G. Muller

Die Photometrie der Gestirne

G. Müller

Die Photometrie der Gestirne

Unveränderter Nachdruck der Originalausgabe von 1897.

1. Auflage 2022 | ISBN: 978-3-36826-112-2

Verlag: Outlook Verlag GmbH, Zeilweg 44, 60439 Frankfurt, Deutschland
Vertretungsberechtigt: E. Roepke, Zeilweg 44, 60439 Frankfurt, Deutschland
Druck: Books on Demand GmbH, In de Tarpen 42, 22848 Norderstedt, Deutschland

DIE

PHOTOMETRIE DER GESTIRNE

VON

Prof. Dr. G. MÜLLER

OBSERVATOR AM KÖNIGLICHEN ASTROPHYSIKALISCHEN OBSERVATORIUM
ZU POTSDAM.

MIT 81 FIGUREN IM TEXT.

LEIPZIG

VERLAG VON WILHELM ENGELMANN

1897.

VORWORT.

Von den drei Hauptzweigen der heut allgemein mit dem Namen
»Astrophysik« bezeichneten Disciplin, welche nach Zöllners Definition
als eine Vereinigung der Physik und Chemie mit der Astronomie betrachtet werden kann, ist die Astrophotometrie bei Weitem der älteste.
Während die Astrospectroskopie und die Astrophotographie erst
in den letzten Jahrzehnten entstanden sind, führt die Helligkeitsbestimmung der Gestirne ihren Ursprung bis zu den Zeiten des Ptolemäus
zurück. Merkwürdiger Weise hat aber die Photometrie stets nur einen
sehr bescheidenen Platz in der Astronomie eingenommen, und die Resultate, welche auf diesem Gebiete bis in das gegenwärtige Jahrhundert
hinein errungen worden sind, bleiben weit hinter den auf anderen Gebieten der Astronomie erreichten Erfolgen zurück. Es scheint, als ob die
allmähliche Loslösung von der alten Astronomie und die immer engere
Vereinigung mit den beiden oben genannten jungen Schwestern der Astrophotometrie zum Heil gereicht hätte, und als ob dieselbe erst durch die
Zuführung dieser neuen Kräfte aus einem gewissen Zustande der Erstarrung zu neuem Leben erweckt worden sei.

Trotz des hohen Alters der Himmelsphotometrie existirt bis jetzt ein
eigentliches Lehr- oder Handbuch derselben noch nicht. Wir besitzen
zwar vortreffliche Schriften über die Photometrie im Allgemeinen, deren
Studium nicht warm genug empfohlen werden kann, in denen aber
speciell den Lichterscheinungen am Himmel nur ein verhältnissmässig
geringer Raum gewidmet ist. Dahin gehören in erster Linie die classi-
schen Werke von Bouguer und Lambert. Die »Photometria« des
Letzteren ist neuerdings durch die vortreffliche Übersetzung Andings
wieder in den Vordergrund des Interesses gerückt worden, und der Werth
des Buches ist noch dadurch wesentlich erhöht, dass Anding in einer
Reihe von kurzgefassten Anmerkungen einen Überblick über die Weiter-
entwicklung der Photometrie seit den Zeiten Lamberts hinzugefügt und

dabei auch die wichtigsten Fortschritte auf dem engeren Gebiete der Himmelsphotometrie berücksichtigt hat.

Um die Mitte des gegenwärtigen Jahrhunderts ist durch die Arbeiten Seidels und besonders durch die geistvollen Schriften Zöllners ein lebhafteres Interesse für die Lichterscheinungen der Himmelskörper geweckt worden. Seitdem hat die beobachtende Thätigkeit die erfreulichsten Fortschritte gemacht, und dass im Zusammenhange damit auch die theoretische Forschung nicht zurückgeblieben ist, beweisen neuerdings die zahlreichen Arbeiten Seeligers, die nach den verschiedensten Richtungen hin interessante und vielversprechende Ausblicke eröffnet haben.

Schon längst dürfte der Zeitpunkt gekommen sein, wo ein ausführlicheres Werk über den bisherigen Entwicklungsgang und den augenblicklichen Standpunkt der Astrophotometrie einem dringenden Bedürfnisse entspricht. Der Wunsch, diese Lücke in der astronomischen Litteratur zu ergänzen, und die Überzeugung, dass jeder Versuch, wenn er auch nicht das Vollkommenste bietet, doch einer freundlichen Aufnahme sicher sein kann, haben mich zur Herausgabe des vorliegenden Buches ermuthigt, welches allen denjenigen, die sich mit der Lichtmessung der Gestirne beschäftigen wollen, als Wegweiser, und denjenigen, die mit diesem Gebiete bereits einigermassen vertraut sind, als Handbuch dienen soll.

Die Eintheilung des Stoffes in drei Hauptabschnitte ergiebt sich gewissermassen von selbst. Der erste Abschnitt beschäftigt sich mit den theoretischen Grundlagen der Himmelsphotometrie, der zweite behandelt die photometrischen Apparate und Methoden von praktischen und theoretischen Gesichtspunkten aus, und der dritte giebt eine ausführliche Übersicht über die Resultate der bisherigen Lichtmessungen am Himmel.

Von den zahlreichen theoretischen Problemen, welche in der Lambert'schen »Photometria« und in dem sich eng daran anschliessenden »Grundriss des photometrischen Calculs« von Beer ausführliche Behandlung gefunden haben, sind in dem ersten Abschnitte nur diejenigen berührt worden, die eine Anwendung auf den Himmel gestatten. Das Hauptgewicht in diesem Theile ist auf die Ergebnisse der modernen theoretischen Forschung gelegt worden. Eingehende Berücksichtigung haben daher das Lommel-Seeliger'sche Beleuchtungsgesetz für zerstreut reflectirende Substanzen, ferner die Seeliger'sche Theorie der Beleuchtung eines Systems kleiner Körperchen und die daraus abgeleitete Theorie des Saturnringes, endlich das Problem der Verfinsterung der Jupitertrabanten gefunden. Ein besonderes, ziemlich umfangreiches Capitel ist der Extinction des Lichtes in der Erdatmosphäre gewidmet.

In Bezug auf die Auswahl und die Anordnung des Stoffes im ersten Abschnitte habe ich mir im Wesentlichen das Programm zum Vorbilde

genommen, welches Herr Seeliger in seinen Vorlesungen über theoretische
Astrophotometrie an der Münchener Universität innezuhalten pflegt, und
ich bin demselben für die liebenswürdige Bereitwilligkeit, mit der er mich
durch Rath und That unterstützt hat, zu aufrichtigstem Danke verpflichtet.

Bei der Eintheilung des zweiten Abschnittes sind zunächst die beiden
grossen Gruppen der Auslöschungs- und der Gleichheitsphotometer voneinander getrennt worden, und innerhalb jeder dieser Gruppen ist eine
Reihe von Unterabtheilungen gewählt, entsprechend den verschiedenen
Methoden, welche die messbare Veränderung der von einer Lichtquelle
ausgehenden lebendigen Kraft ermöglichen. Natürlich sind in erster Linie
diejenigen Apparate und Messungsmethoden berücksichtigt worden, die
bereits mit Erfolg zu Untersuchungen am Himmel angewandt wurden;
doch ist es keineswegs vermieden, auch solche Photometer wenigstens
kurz zu erwähnen, die bisher zwar nur im Laboratorium Verwendung gefunden haben, die sich aber vielleicht mit geringen Modificationen in Zukunft auch zu Messungen am Himmel eignen dürften. Absolute Vollständigkeit wird dabei wohl schwerlich erreicht worden sein; doch hoffe
ich, dass mir kein irgendwie wichtigeres Instrument entgangen ist. Die
ausführlichste Behandlung ist den drei hervorragendsten Messapparaten
der modernen Himmelsphotometrie, dem Keilphotometer, dem Zöllnerschen Astrophotometer und dem Pickering'schen Meridianphotometer, zu
Theil geworden. Es kam mir dabei nicht nur auf eine genaue Beschreibung der gebräuchlichsten Formen dieser Apparate an, sondern es schien
mir auch geboten, an den Vorzügen und Mängeln derselben sorgfältige
Kritik zu üben und auf Grund eigener Erfahrungen Rathschläge zur
zweckmässigsten Handhabung derselben hinzuzufügen.

Die Spectralphotometer, die bisher zwar nur in beschränktem Masse
auf den Himmel angewendet worden sind, denen aber in Zukunft zweifellos
eine wichtige Rolle zukommen wird, sind in einem Capitel für sich behandelt, und in dem Schlusscapitel des zweiten Abschnittes ist noch an-
hangsweise eine knappe Übersicht über diejenigen Apparate und Methoden
gegeben, welche nicht zur Messung der physiologischen Intensität des
Lichtes, sondern zur Feststellung der thermischen und chemischen Energie
dienen, wobei namentlich auf die photographische Photometrie Rücksicht
genommen ist. Über die Berechtigung dieses letzteren Capitels lässt sich
vielleicht streiten; für mich ist bei der Abfassung desselben der Gedanke
bestimmend gewesen, dass bei dem ersten Versuche einer Zusammenstellung aller zu Intensitätsmessungen am Himmel geeigneten Verfahren
auch die eng damit in Berührung stehenden Gebiete nicht ganz unerwähnt
bleiben sollten, und dass hier vielleicht ein Überschreiten der keineswegs
sicheren Grenzen willkommener sein dürfte, als ein zu strenges Aussondern.

In dem dritten Abschnitte ist das Capitel über die Fixsterne bei
Weitem das umfangreichste geworden. Es ergab sich dies ganz naturgemäss daraus, dass auf diesem Gebiete, namentlich in Betreff der veränderlichen Sterne, die Astrophotometrie bisher relativ die meisten Erfolge aufzuweisen hat. Die verschiedensten Helligkeitscataloge, sowohl
die auf Schätzungen, als die auf Messungen beruhenden, sind in histori-
scher Reihenfolge kritisch besprochen und die Beziehungen zwischen ihnen
erörtert worden.

Bei den veränderlichen Sternen konnten natürlich nur die Hauptvertreter der einzelnen Gruppen etwas näher besprochen werden. Die
ursprünglich geplante Mittheilung eines Verzeichnisses der sämmtlichen
gegenwärtig als sicher erkannten Veränderlichen mit den Elementen ihres
Lichtwechsels ist schliesslich unterblieben, weil der ganz kürzlich erschienene neueste Catalog von Chandler in dieser Beziehung allen Anforderungen entsprechen dürfte.

Bei den übrigen Capiteln des dritten Abschnittes, mit Ausnahme höchstens desjenigen über die Planeten und Satelliten, war von vornherein durch
den Mangel an ausreichendem Beobachtungsmaterial ein geringer Umfang
geboten. Der Inhalt dieser Capitel zeigt recht deutlich, wie wenig auf
manchen Gebieten der Astrophotometrie bisher geleistet worden ist, und
welch reiches Feld der Thätigkeit hier noch offen steht. Möchte dieses
Buch in dieser Beziehung etwas zur Anregung beitragen und der Astrophotometrie neue Freunde zuführen!

Im Anhange ist eine ausführliche Tafel der nach den verschiedenen
Beleuchtungstheorien berechneten Phasencorrectionen mitgetheilt, welche
bei Untersuchungen über die Helligkeit von Planeten und Trabanten von
Werth sein kann; ferner sind die mittleren Extinctionstabellen für Potsdam
und für einen Berggipfel von 2500 m Höhe gegeben. Diesen Tafeln schliesst
sich endlich noch eine Übersicht über die wichtigsten Litteraturerzeugnisse
auf dem gesammten Gebiete der Astrophotometrie an.

Zum Schlusse möchte ich nicht unterlassen, allen denjenigen Collegen
und Freunden meinen verbindlichsten Dank auszusprechen, welche mich
bei der Bearbeitung des Buches durch Beiträge und Rathschläge unterstützt haben. Besonderen Dank schulde ich noch Herrn Dr. H. Clemens,
der sich der Mühe des Correcturlesens mitunterzogen hat, und der Verlags-
buchhandlung Wilhelm Engelmann, welche sowohl hinsichtlich des Druckes
als der äusseren Ausstattung durch Figuren meinen oft weitgehenden
Wünschen in der bereitwilligsten Weise entgegengekommen ist.

Potsdam, im März 1897.

G. Müller.

INHALTSVERZEICHNISS.

I. Abschnitt.

Grundzüge der theoretischen Astrophotometrie.

Seite

Capitel I. Die photometrischen Hauptgesetze 3

  1. Allgemeine Definitionen 3

  2. Das Gesetz vom Quadrate der Entfernung 6

  3. Zusammensetzung der von mehreren leuchtenden Punkten ausgehenden
    Lichtbewegungen 7

  4. Die physiologische Intensität und das Fechner'sche psychophysische
    Gesetz 9

  5. Beleuchtung von Flächen durch leuchtende Punkte. Das Gesetz vom
    Cosinus des Incidenzwinkels 19

  6. Beleuchtung von Flächen durch leuchtende Flächen. Das Lambert'sche
    Gesetz vom Cosinus des Emanationswinkels 25

  7. Zerstreut reflectirende Substanzen. Die Bouguer'sche Reflexionstheorie.
    Das Lommel-Seeliger'sche Beleuchtungsgesetz 38

  8. Begriff der Albedo 52

**Capitel II. Anwendung der photometrischen Grundprincipien auf die wichtigsten
Aufgaben der Himmelsphotometrie** 56

  1. Beleuchtung der Planeten und Monde 56

    a. Berechnung der von den Phasen eines beleuchteten Himmelskörpers
      nach der Erde gesandten Lichtmenge. Bestimmung der Albedo . 58

    b. Die Lichtvertheilung auf einer Planetenscheibe 67

    c. Mittlere scheinbare Helligkeit eines Planeten 78

    d. Beleuchtung der Planetentrabanten 79

    e. Berechnung des aschfarbenen Mondlichtes 82

  2. Beleuchtung eines Systems kleiner Körper. Die Seeliger'sche Theorie
    des Saturnringes 86

  3. Die Verfinsterungen der Jupitersatelliten 101

Capitel III. Die Extinction des Lichtes in der Erdatmosphäre 110

  1. Die Lambert'sche Extinctionstheorie 112

  2. Die Bouguer'sche Extinctionstheorie 116

  3. Die Laplace'sche Extinctionstheorie 122

  4. Die Maurer'sche Extinctionstheorie 128

  5. Vergleichung der Theorien mit den Beobachtungsergebnissen. Die Durch-
    lässigkeitscoefficienten der Erdatmosphäre 131

  6. Die selective Absorption der Atmosphäre. Die Langley'schen Unter-
    suchungen 139

II. Abschnitt.

Die photometrischen Apparate.

Seite

Einleitung 147
Capitel I. Photometer, bei denen das Verschwinden von Lichteindrücken beobachtet wird 153
    1. Auslöschung des Lichtes durch Blendvorrichtungen 157
        a. Blenden vor dem Objectiv. Die Photometer von Köhler, Reissig,
        Dawes, Knobel, Thury, Lamont 169
        b. Blenden zwischen Objectiv und Ocular. Die Photometer von Hirsch,
        Dawes, Loewy 175
        c. Das Parkhurst'sche Deflectionsphotometer 177
    2. Auslöschung des Lichtes durch absorbirende Medien. 180
        a. Die Photometer von Lampadius, Horner, Quetelet, Albert. 180
        b. Das Keilphotometer 182
Capitel II. Photometer, bei denen die Gleichheit zweier Lichteindrücke beurtheilt wird 193
    1. Benutzung des photometrischen Hauptgesetzes vom Quadrate der Ent-
fernung 195
        a. Die Photometer von Bouguer, Ritchie und Foucault 195
        b. Das Rumford'sche Schattenphotometer 198
        c. Das Bunsen'sche Fleckphotometer 199
        d. Das Herschel'sche Astrometer 200
        e. Das Steinheil'sche Prismenphotometer 204
    2. Anwendung von Objectivblenden 210
        a. Die Methoden von Bouguer und W. Herschel 210
        b. Die Benutzung des Spiegelsextanten und des Heliometers als Photo-
        meter 212
        c. Das Schwerd'sche Photometer 213
        d. Das Hornstein'sche Zonenphotometer 217
        e. Die Methoden von Searle und Cornu 219
    3. Anwendung von rotirenden Scheiben. Die photometrischen Methoden
von Talbot, Secchi, Abney 221
    4. Anwendung von spiegelnden Kugeln. Die photometrischen Methoden
von Wollaston und Bond 226
    5. Benutzung der Eigenschaften des polarisirten Lichtes 231
        a. Die Photometer von Arago, Bernard und Babinet 240
        b. Die Zöllner'schen Photometer 244
        c. Die Wild'schen Photometer 254
        d. Das Chacornac'sche Sternphotometer 257
        e. Die Pickering'schen Photometer 259
Capitel III. Die Spectralphotometer 266
    1. Die Methoden von Fraunhofer, Vierordt, Draper, Crova, Abney zur Be-
stimmung der Helligkeitsvertheilung im Sonnenspectrum 266
    2. Das Govi'sche Spectralphotometer 272
    3. Das Vierordt'sche Spectralphotometer 273
    4. Das Glan-Vogel'sche Spectralphotometer 275
    5. Das Crova'sche Spectralphotometer 280
    6. Das Interferenz-Spectralphotometer von Trannin 282
    7. Spectralphotometer mit Absorptionskeil 283
Capitel IV. Einiges über Lichtmessungsverfahren, bei denen nicht das Urtheil
des Auges zur Anwendung kommt 285
    1. Apparate zur Messung der thermischen Wirkungen des Lichtes 287

Seite

a. Die wichtigsten Actinometer 287
b. Das Langley'sche Bolometer 290
c. Das Boys'sche Radiomikrometer 290
d. Das Crookes'sche Radiometer und das Zöllner'sche Scalenphotometer 291
2. Apparate zur Messung der chemischen Wirkungen des Lichtes 292
a. Das chemische Photometer von Bunsen und Roscoe 292
b. Das Selenphotometer 293
c. Die Photographie als photometrisches Hülfsmittel 294

III. Abschnitt.

Resultate der photometrischen Beobachtungen am Himmel.

Capitel I. Die Sonne 307
1. Das Licht der Sonne verglichen mit anderen Lichtquellen 308
a. Sonne und künstliches Licht 308
b. Sonne und Vollmond 312
c. Sonne und Fixsterne 316
2. Die Vertheilung der Helligkeit auf der Sonnenscheibe 318
3. Die Helligkeit der Sonnencorona 329
Capitel II. Der Mond 335
1. Das Licht des Mondes verglichen mit anderen Lichtquellen 336
a. Mond und künstliches Licht 336
b. Mond verglichen mit Planeten und Fixsternen 338
2. Die Lichtstärke der Mondphasen 340
3. Die Albedo des Mondes und die Vertheilung der Helligkeit auf der
Mondscheibe 343
Capitel III. Die Planeten und ihre Trabanten 347
1. Mercur 350
2. Venus 355
3. Mars 369
4. Die Marstrabanten 373
5. Die kleinen Planeten 375
6. Jupiter 381
7. Die Jupitersatelliten 385
8. Saturn 393
9. Die Saturnsatelliten 399
10. Uranus 401
11. Die Uranussatelliten 403
12. Neptun 405
13. Der Neptunsatellit 406
Capitel IV. Die Cometen und Nebelflecke 407
Capitel V. Die Fixsterne 425
1. Die Helligkeitsverzeichnisse der Fixsterne 425
a. Helligkeitsverzeichnisse, welche auf Grössenschätzungen beruhen . 428
b. Helligkeitsverzeichnisse, welche aus photometrischen Messungen
hergeleitet sind 443
c. Beziehungen zwischen den Grössenschätzungen und den photometrischen Messungen 454
2. Die veränderlichen Sterne 458
a. Die temporären oder neuen Sterne 472
b. Die Veränderlichen von langer Periode 481
c. Die unregelmässig Veränderlichen 485

Seite

d. Die regelmässig Veränderlichen von kurzer Periode. Der Lyra-
Typus 487
e. Die Veränderlichen vom Algol-Typus 495
3. Die spectralphotometrischen Beobachtungen der Fixsterne 500
4. Die photographischen Helligkeiten der Fixsterne 505

Anhang.

I. Tafel der nach den Theorien von Lambert, Lommel - Seeliger und Euler
berechneten, vom Phasenwinkel abhängigen Reductionen auf volle Beleuchtung eines Planeten 511
II a. Mittlere Extinctionstabellen für Potsdam (Meereshöhe 100 m) und für den
Gipfel des Säntis (Meereshöhe 2500 m) von Grad zu Grad in Helligkeits-
logarithmen und Grössenclassen 515
II b. Mittlere Extinctionstabelle für Potsdam zwischen 50° und 88° Zenithdistanz
von Zehntel zu Zehntel Grad in Helligkeitslogarithmen 516
III. Litteraturverzeichniss 517
Namen- und Sachregister 546

I. ABSCHNITT.

GRUNDZÜGE

DER

THEORETISCHEN ASTROPHOTOMETRIE.

Capitel I.

Die photometrischen Hauptgesetze.

---

1. Allgemeine Definitionen.

Die Undulationstheorie des Lichtes geht bekanntlich von der Anschauung aus, dass ein sehr elastisches Medium von ausserordentlich
geringer Dichtigkeit, der sogenannte Lichtäther, den ganzen Weltraum
sowohl als auch die Zwischenräume zwischen den Molekülen der ponde-
rabelen Körper erfüllt. Durch die von einem leuchtenden Gegenstande
ausgehenden Impulse werden die unmittelbar benachbarten Theilchen dieses
Äthers in Schwingungen versetzt, die Erregung pflanzt sich in dem elastischen Medium nach allen Richtungen mit constanter Geschwindigkeit
fort, und die Empfindung, welche durch die das Auge erreichenden
Schwingungen in dem Nervensystem hervorgebracht wird, nennen wir
Licht. Diese Empfindung wird je nach der Anzahl der Schwingungen,
welche in einer bestimmten Zeiteinheit das Auge treffen, verschieden sein.
Wir sprechen in diesem Sinne von der Farbe des Lichtes und unterscheiden alle möglichen Nüancen zwischen dem äussersten Roth mit etwa
458 Billionen und dem äussersten Violett mit etwa 727 Billionen Schwingungen in der Secunde. Aber auch bei gleicher Farbe kann der Lichteindruck auf das Auge sehr verschieden sein je nach der Stärke der
einwirkenden Impulse. Wir sprechen in diesem Sinne von der Intensität des Lichtes, und diese kann ebenfalls innerhalb sehr weiter Grenzen
variiren, von einer kaum wahrnehmbaren Empfindung an bis zu einem
Eindrucke, den das menschliche Sehorgan nicht ohne Gefahr zu ertragen
vermag. Mit der Bestimmung und Vergleichung der verschiedenen Inten-
sitätsgrade beschäftigt sich die Photometrie.

Die Schwingungen der einzelnen Äthertheilchen werden als geradlinig
und senkrecht zur Fortpflanzungsrichtung der Bewegung vorausgesetzt.

1*

Nach den Principien der Mechanik wird dann die Bewegungsgleichung eines einzelnen Theilchens, dessen Entfernung von der Gleichgewichtslage zur Zeit t mit x bezeichnet sein möge, lauten:

$$m \frac{d^2 x}{dt^2} = - Cx,$$

wo m die Masse des Theilchens und C irgend eine Constante ist. Setzt man noch $\frac{C}{m} = c^2$, so wird:

$$\frac{d^2 x}{dt^2} = - c^2 x.$$

Die Auflösung dieser Differentialgleichung giebt:

$$x = a \cos (ct + b),$$

und für die Geschwindigkeit v des Theilchens folgt daraus:

$$v = \frac{dx}{dt} = - ac \sin (ct + b).$$

Was die Integrationsconstanten a und b anbetrifft, so folgt zunächst, wenn man die Zeit von dem Momente an rechnet, wo das Theilchen die grösste Entfernung von der Gleichgewichtslage erreicht hat, dass für $t = 0$ auch die Geschwindigkeit $v = 0$ sein muss und daher auch $b = 0$ zu setzen ist. Man hat also:

$$x = a \cos ct,$$
$$v = - ac \sin ct.$$

Die Constante a ist, wie man sieht, der Werth, den x zur Zeit $t = 0$ erhält, also der grösste Betrag, um den sich das Theilchen aus der Ruhelage entfernen kann. Man nennt a die Schwingungsamplitude. Die vorstehenden Gleichungen zeigen noch, dass die Bewegung eine periodische ist, und dass sowohl x als v nach Ablauf der Zeit $T = \frac{2\pi}{c}$ immer wieder dieselben Werthe erhalten; die Grösse T heisst die Schwingungsdauer. Führt man dieselbe in die obigen Gleichungen ein, so gehen dieselben über in:

$$x = a \cos \frac{2\pi t}{T},$$
$$v = - a \frac{2\pi}{T} \sin \frac{2\pi t}{T}.$$

Während das betrachtete Äthertheilchen eine ganze Schwingung vollendet, d. h. sich von einer Elongation zur anderen und wieder zurück bewegt, hat sich die Erregung weiter ausgebreitet, und es wird ein Theilchen geben, welches sich genau in demselben Schwingungszustande befindet, wie das erste. Bezeichnet man die Entfernung der beiden Theilchen mit λ, und ist V die Fortpflanzungsgeschwindigkeit der Ätherbewegung, so hat man:

$$\lambda = V T.$$

Die Entfernung λ wird die Wellenlänge des Lichtes genannt.

Unter Intensität des Lichtes im weitesten Sinne versteht man eine Grösse, welche der Energie der Ätherschwingungen proportional ist, und da diese Energie durch die augenblickliche lebendige Kraft der Theilchen gemessen wird, so kann man die Intensität ausdrücken durch $\gamma m v^2$, wo γ eine Constante ist. Je weiter die Theilchen von der Ruhelage entfernt sind, desto mehr nähert sich die lebendige Kraft dem Werthe 0 und wird andererseits am grössten, wenn die Theilchen die Ruhelage passiren. Da aber das Auge nicht im Stande ist, den schnellen Schwingungen zu folgen, so wird nicht die augenblickliche lebendige Kraft in jedem Stadium der Schwingung zur gesonderten Wirkung gelangen, sondern es wird nur der Mittelwerth aus allen Werthen, welche die lebendige Kraft während der Schwingungsdauer T erhalten kann, in Betracht zu ziehen sein. Wir nehmen daher für die Intensität J den Ausdruck an:

$$J = \frac{\gamma m}{T} \int_0^T v^2\, dt.$$

Durch Substitution des Werthes von v^2 erhält man:

$$J = \frac{\gamma m}{T}\, a^2 \left(\frac{2\pi}{T}\right)^2 \int_0^T \sin^2 \frac{2\pi t}{T}\, dt.$$

Der Werth des Integrales ist $\frac{1}{2} T$; folglich:

$$J = \gamma m\, \frac{a^2}{2} \left(\frac{2\pi}{T}\right)^2,$$

und wenn für T der Werth $\frac{\lambda}{V}$ substituirt und eine einzige Constante Γ eingeführt wird:

$$J = \Gamma V^2 \left(\frac{a}{\lambda}\right)^2.$$

Die Fortpflanzungsgeschwindigkeit V hängt von der Wellenlänge ab; doch sind die Unterschiede zwischen den für die einzelnen Wellenlängen gültigen Geschwindigkeiten so gering, dass man ohne grossen Fehler V als Constante betrachten darf. Man kann dann schreiben:

$$J = K\, \frac{a^2}{\lambda^2}.$$

Die Intensität eines Lichtes von der Wellenlänge λ wird also gemessen durch das Quadrat der Amplitude, welche die Lichtschwingungen besitzen.

Hat man es nicht mit homogenem Lichte von der Wellenlänge λ zu thun, sondern mit zusammengesetztem Lichte von allen möglichen Wellenlängen, so wird jeder Farbe eine besondere lebendige Kraft, also auch ein besonderer Werth von a angehören. Man müsste also allgemein die Summe der Werthe $\left(\dfrac{a}{\lambda}\right)^2$ über alle möglichen Werthe von λ bilden und hätte streng genommen statt des obigen Ausdruckes zu setzen:

$$J = K \sum \left(\frac{a}{\lambda}\right)^2.$$

Da der Zusammenhang zwischen a und λ nicht genügend bekannt ist und auch die Grenzen, wo die Lichtwirkung beginnt, schwer zu bestimmen sind, so sieht man, dass eine ganz strenge Definition der Lichtintensität eigentlich nicht möglich ist.

2. Das Gesetz vom Quadrate der Entfernung.

Die vorangehenden Definitionen in Verbindung mit dem Gesetze von der Erhaltung der lebendigen Kraft liefern nun unmittelbar den ersten Hauptsatz der Photometrie, den Satz vom Quadrate der Entfernung. Wir haben die von einem leuchtenden Punkte ausgehende Lichtbewegung als eine Reihe von auf einander folgenden Impulsen aufgefasst. Diese Bewegung breitet sich sowohl im freien Äther als auch in allen sogenannten isotropen Mitteln, wie Luft, Glas, Wasser u. s. w., nach allen Richtungen mit einer für jedes Mittel eigenthümlichen constanten Geschwindigkeit aus; nur in den krystallinischen oder anisotropen Medien ist die Fortpflanzungsgeschwindigkeit in verschiedenen Richtungen eine andere, weil die Elasticität des zwischen den Körpermolekülen eingeschlossenen Lichtäthers durch die besondere Gruppirung dieser Moleküle Veränderungen erfährt. Wir sehen zunächst von solchen anisotropen Medien ab und denken uns um einen leuchtenden Punkt zwei Kugeln mit den Radien r_1 und r_2 construirt; dann befinden sich sämmtliche Theilchen der einen Kugeloberfläche und ebenso sämmtliche Theilchen der anderen in gleichen Schwingungszuständen. Die Schwingungsamplituden seien für die beiden Kugelschalen a_1 resp. a_2. In irgend einem Elemente der ersten Kugelschale, dessen Oberfläche $d\omega$ und dessen Masse $\mu\, d\omega$ sein möge, ist der Mittelwerth der lebendigen Kraft während einer ganzen Schwingung ausgedrückt durch $\frac{1}{2}\dfrac{\mu\, d\omega}{T}\displaystyle\int_0^T v^2\, dt$, oder nach Einsetzen des Werthes von r^2 und Auflösen des Integrales wie früher durch $\mu\, d\omega \left(\dfrac{\pi}{T}\right)^2 a_1^2$. Will man die lebendige Kraft nicht für ein einzelnes Theilchen, sondern für die ganze Kugel angeben, so hat man, da die Amplitude a_1 für alle Theilchen dieselbe ist, in dem vorstehenden Ausdrucke nur $d\omega$ durch die Kugeloberfläche $4\, r_1^2\, \pi$ zu ersetzen und findet demnach für den Mittelwerth der lebendigen Kraft auf der ganzen Kugel während einer Schwingung den Werth $4\,\mu\, a_1^2\, r_1^2\, \dfrac{\pi^2}{T^2}$. Entsprechend findet man für die zweite Kugeloberfläche den Werth $4\,\mu\, a_2^2\, r_2^2\, \dfrac{\pi^2}{T^2}$, und da nach dem Satze von der Erhaltung der lebendigen Kraft die beiden Ausdrücke einander gleich sein sollen, so ergiebt sich ohne Weiteres:

$$a_1\, r_1 = a_2\, r_2 ,$$

oder in Worten: Die Schwingungsamplituden einer Lichtbewegung an zwei Stellen, deren Entfernungen vom lichterregenden Centrum verschieden sind, verhalten sich umgekehrt wie diese Entfernungen. Nun wird aber nach unserer früheren Definition die Lichtintensität gemessen durch das Quadrat der Schwingungsamplitude; es folgt daher, wenn man die Intensität in einem Punkte der ersten Kugel mit J_1 und in einem Punkte der zweiten Kugel mit J_2 bezeichnet, unmittelbar die Proportion:

$$J_1 : J_2 = r_2^2 : r_1^2 ,$$

d. h. die Intensitäten verhalten sich umgekehrt wie die Quadrate der Entfernungen. Dieser Satz, welcher das Fundament der ganzen Photometrie bildet, ist durch zahlreiche Beobachtungen experimentell bewiesen, und es ist von besonderem Interesse, dass durch die Beobachtungen an den Himmelskörpern seine Gültigkeit auch für die enorm grossen Distanzen, die in der Astronomie ins Spiel kommen, festgestellt worden ist.

3. Zusammensetzung der von mehreren leuchtenden Punkten ausgehenden Lichtbewegungen.

Sind statt eines einzigen lichterregenden Centrums deren zwei vorhanden, so fragt es sich, welche Bewegung einem bestimmten Äthertheilchen unter dem gemeinschaftlichen Einflusse der von beiden Punkten ausgehenden Vibrationen ertheilt wird. Wir wollen der Einfachheit wegen dabei annehmen, dass die beiden Lichtbewegungen gleiche Wellenlängen haben, und wollen ferner noch für das betrachtete Äthertheilchen gleiche

Schwingungsphase voraussetzen, d. h. uns denken, dass dieses Theilchen unter der alleinigen Wirkung der einen Lichtbewegung seine einzelnen Schwingungen genau zu denselben Momenten beginnen und vollenden würde, wie unter der alleinigen Wirkung der anderen. Die von der ersten Lichtquelle ausgehenden Impulse mögen nun, für sich allein betrachtet, in einem gewissen Momente dem Theilchen die Geschwindigkeit v_1 in einer bestimmten Schwingungsebene ertheilen, und entsprechend möge das Theilchen, falls es nur der zweiten Lichtbewegung ausgesetzt wäre, in demselben Momente die Geschwindigkeit v_2 annehmen und zwar im Allgemeinen in irgend einer anderen Schwingungsebene, die mit der ersteren den Winkel ϑ einschliesst. Dann setzen sich diese beiden Geschwindigkeiten nach den Lehren der Mechanik zu einer resultirenden Geschwindigkeit V zusammen, die gemäss dem Satze vom Kräfteparallelogramm durch die Gleichung ausgedrückt ist:

$$V^2 = v_1^2 + v_2^2 + 2v_1 v_2 \cos \vartheta.$$

Ist der Winkel $\vartheta = 0$, erfolgen also die von beiden leuchtenden Punkten hervorgebrachten Schwingungen in derselben Ebene, so wird $V^2 = (v_1 + v_2)^2$. Ist dagegen $\vartheta = 90°$, so ergiebt sich $V^2 = v_1^2 + v_2^2$, und wenn endlich $\vartheta = 180°$ ist, so folgt $V^2 = (v_1 - v_2)^2$, und in dem speciellen Falle, wo $v_1 = v_2$ ist, $V^2 = 0$. Man sieht also, dass die von zwei Centren ausgehenden Lichtwirkungen sich sowohl verstärken als vermindern, in einem bestimmten Falle sich sogar gänzlich vernichten können. Indessen findet eine derartige gegenseitige Verstärkung oder Verminderung nur dann statt, wenn die von den leuchtenden Punkten hervorgebrachten Ätherschwingungen constant in denselben Ebenen vor sich gehen, d. h. wenn man es mit sogenanntem linear polarisirten Lichte zu thun hat. Handelt es sich aber, wie hier vorausgesetzt werden soll, um natürliches Licht, und versteht man (nach Kirchhoff) unter natürlichem Lichte solches, bei welchem die Äthertheilchen fortwährend ihre Schwingungsrichtung wechseln und zwar so schnell, dass in einem Zeitraume, der für die menschlichen Sinne unwahrnehmbar klein ist, keine Richtung die anderen überwiegt, so wird man die gemeinschaftliche Wirkung der beiden leuchtenden Punkte auf ein gewisses Äthertheilchen für eine bestimmte Zeit ausdrücken müssen durch:

$$\sum(V^2) = \sum(v_1^2) + \sum(v_2^2) + \sum(2v_1 v_2 \cos \vartheta),$$

wo die Summen über alle möglichen Combinationen von v_1 und v_2 innerhalb dieser Zeit zu bilden sind. Da nun ϑ in diesem Falle, nach der obigen Definition von natürlichem Lichte, alle möglichen Werthe zwischen

$+ 1$ und $- 1$ durchlaufen kann, so wird der Mittelwerth für Zeiten, die unsere sinnliche Wahrnehmung verlangt, Null sein, und man hat daher:

$$\sum (V^2) = \sum (v_1^2) + \sum (v_2^2) .$$

Nun sind aber diese Summen, wenn man sie sich über die Dauer einer ganzen Schwingung ausgedehnt denkt, unmittelbar proportional den im Vorangehenden als Intensität der Lichtbewegung definirten Grössen. Bezeichnet man daher diese Intensitäten für die beiden einzelnen Bewegungen mit J_1 und J_2 und für die resultirende mit J, so ergiebt sich:

$$J = J_1 + J_2 .$$

Dieser Satz lässt sich ohne Schwierigkeit auch auf beliebig viele leuchtende Punkte ausdehnen, und da man sich jede leuchtende Fläche aus lauter leuchtenden Punkten zusammengesetzt denken kann, von denen jeder unabhängig von den anderen eine Wellenbewegung erregt, so folgt ohne Weiteres der wichtige Grundsatz, dass die von einer leuchtenden Fläche hervorgebrachte Lichtintensität der Ausdehnung dieser Fläche proportional ist.

4. Die physiologische Intensität und das Fechner'sche psychophysische Gesetz.

Nach der bisherigen Definition wird die Intensität eines leuchtenden Punktes durch den Mittelwerth der lebendigen Kraft des Äthers während einer Schwingungsdauer gemessen. Denken wir uns an der durch das Licht erregten Stelle unser Auge, so fragt es sich, ob die ganze lebendige Kraft in den Sehnerven wirksam ist, ob wir die ganze lebendige Kraft messen können. Diese Frage ist entschieden zu verneinen; denn ein Theil der Kraft äussert sich als Wärme, ein Theil als chemische Reaction, und nur ein gewisser Theil, der sich zunächst nicht sicher bestimmen lässt, afficirt die Nerven unserer Augen so, dass dadurch der Eindruck des Lichtes hervorgebracht wird. Nennen wir die Intensitäts-Empfindung E, so ist zunächst klar, dass diese Empfindungsgrösse eine Function der objectiven Intensität J ist, also:

$$E = f(J) .$$

Wir wissen von der Beziehung zwischen E und J zunächst nur so viel, dass E mit wachsendem J ebenfalls wächst, ferner, dass E bei einem bestimmten Werthe von J verschwindet. Macht man die Annahme, dass unsere Netzhaut überall dieselbe Reizbarkeit besitzt, ferner, dass die Beschaffenheit der Function f von der Lage der gereizten Stelle der Netzhaut unabhängig ist, und denken wir uns zwei leuchtende Punkte,

deren objective Intensitäten oder lebendigen Kräfte durch J_1 und J_2 ausgedrückt sein mögen und welche die Empfindungsgrössen E_1 und E_2 hervorbringen mögen, so ist aus der Gleichheit von E_1 und E_2 nothwendig
auch auf die Gleichheit von J_1 und J_2 zu schliessen, ganz gleichgültig,
welches die Beschaffenheit der Function f sein mag. Sind die Empfindungsgrössen zweier Lichtquellen verschieden, so können wir nur so viel mit
Sicherheit schliessen, dass die eine heller oder schwächer als die andere
ist, aber es ist unmöglich anzugeben, um wieviel. Sind wir aber im
Stande, durch irgend ein Mittel die lebendige Kraft der einen (der
stärkeren) Lichtquelle in messbarer Weise soweit zu ändern, bis die
physiologischen Eindrücke für unser Urtheil gleich sind, so können wir
aus der Grösse der Veränderung auf das ursprüngliche Verhältniss der
lebendigen Kräfte der beiden Lichtquellen schliessen. Hiermit ist die
Grundbedingung für die Construction eines brauchbaren photometrischen
Apparates ausgesprochen. Wir werden im zweiten Abschnitte ausführlich
die Mittel zu besprechen haben, welche uns zu Gebote stehen, um die lebendige Kraft einer Lichtquelle messbar zu verändern. Im Vorigen ist still-
schweigend die Voraussetzung gemacht, dass die Empfindungsgrösse nur
von der lebendigen Kraft der Lichtbewegung abhängt; dies ist aber nicht
der Fall, sondern E hängt auch noch von der Farbe des Lichtes ab,
wie auch schon J an und für sich eine Function der Wellenlänge war.
Man hat also richtiger:

$$E = \varphi(J, \lambda).$$

In welcher Weise E von der Farbe abhängt, lässt sich nicht mit
Sicherheit angeben. So viel ist aber von vornherein klar, dass bei verschiedenen Beobachtern diese Abhängigkeit nicht als gleich vorauszusetzen
ist, wie schon daraus zur Genüge hervorgeht, dass bekanntlich partielle
Farbenblindheit vorkommt. Handelt es sich um Lichtbewegungen von
verschiedener Wellenlänge, so wird man durch blosse Veränderung der
lebendigen Kraft der einen zwar die Amplitude der Bewegung, aber
nicht zugleich die Wellenlänge ändern können, und es werden daher nie
gleichartige Eindrücke auf der Netzhaut hervorgebracht werden. Wir
können zwar, namentlich nach einiger Übung, entscheiden, ob von zwei
verschiedenfarbigen Lichtquellen derselbe physiologische Reiz ausgeübt
wird, aber wir dürfen unter keinen Umständen, ebenso wie bei gleichgefärbten Lichtquellen, von der Gleichheit der Empfindungsgrössen auf
die Gleichheit der lebendigen Kräfte schliessen. Bekannt ist das sogenannte Purkinje'sche Phänomen [1]), welches zeigt, dass, wenn zwei
farbige Lichteindrücke, welche auf unser Auge den gleichen physiologischen

---

[1]) Purkinje, Zur Physiologie der Sinne. Bd. II, p. 109.

Eindruck machen, im gleichen Verhältnisse geschwächt werden, dann bei der geringeren Lichtstärke die blauen Farben deutlich heller erscheinen als die weniger brechbaren. Dove[1] hat interessante Versuche über den Einfluss einer weissen Beleuchtung auf die relative Intensität verschiedener Farben angestellt und gefunden, dass bei grosser Beleuchtungsstärke die rothen, bei geringerer die blauen Eindrücke überwiegen. Hierher gehört auch die alltägliche Wahrnehmung, dass man in einem dunklen Zimmer zuerst die blauen Gegenstände bemerkt und dann erst die rothen, sowie ferner, dass umgekehrt das Auge den sehr hellen Gegenständen unwillkürlich eine bläuliche Färbung beilegt. Ausführliches über diesen Gegenstand findet man in Helmholtz's physiologischer Optik, wo auch neuere Versuche von A. König[2] über den Helligkeitswerth der Spectralfarben bei verschiedener absoluter Intensität besprochen sind.

Für die messende Photometrie sind diese Thatsachen von der grössten Bedeutung, und man sieht, dass, so lange es sich um die Messung verschiedenfarbiger Lichtquellen handelt und so lange das menschliche Auge in letzter Instanz zu entscheiden hat, von vornherein der zu erreichenden Genauigkeit gewisse Schranken gesetzt sind, die unter Umständen bei anormalen Augen ziemlich weit sein können. Für die Technik, wo es sich beispielsweise um die Vergleichung von bläulichem elektrischen Lichte und röthlichem Gaslichte handelt, sind diese Fragen von der allerhöchsten Bedeutung, und es wird Aufgabe der Praxis sein, geeignete Methoden zu ersinnen, die eine möglichst sichere Beurtheilung der physiologischen Intensität gestatten. Einen Weg dazu eröffnen die spectralphotometrischen Beobachtungen, bei denen das Licht in seine einzelnen Bestandtheile zerlegt, die Vergleichung in den verschiedenen Farbenbezirken ausgeführt und aus der Summirung der Einzelwirkungen auf das ursprüngliche Verhältniss der lebendigen Kräfte geschlossen wird. Dieser verhältnissmässig neue Zweig der Photometrie hat jedenfalls eine grosse Zukunft und verdient eine immer grössere Beachtung. In der Astrophotometrie ist die Verschiedenheit der Farben ebenfalls eine Quelle der Unsicherheit. Zwar kommen am Himmel keine so erheblichen Farbenunterschiede vor wie im gewöhnlichen Leben; wirklich grüne und blaue Sterne giebt es nicht, und die meisten Sterne besitzen eine gelblich weisse oder weisslich gelbe Färbung. Immerhin sind aber die Unterschiede zwischen einem weissen und einem röthlichen Sterne so erheblich, dass die directe Vergleichung ungemein schwierig ist und insbesondere die Vereinigung

---

1) Berl. Monatsber. 1852, p. 69.
2) A. König, Über den Helligkeitswerth der Spectralfarben bei verschiedener absoluter Intensität. (Beiträge zur Psychologie und Physiologie der Sinnesorgane. Festschrift für H. v. Helmholtz, Hamburg 1891, p. 309.)

der von verschiedenen Beobachtern erhaltenen Resultate mit grosser Vorsicht auszuführen ist. Die Spectralphotometrie würde auch hier der einzig richtige Weg sein; doch stellt sich der allgemeinen Anwendung derselben auf den Himmel ein bedenkliches Hinderniss entgegen in der geringen Lichtstärke der Sterne, welche zunächst nur bei den helleren eine erfolgreiche Vergleichung in den verschiedenen Spectralbezirken gestattet. Wir werden auf diesen Punkt in späteren Capiteln eingehender zurückkommen.

Zu weiteren Betrachtungen über die physiologische Empfindungsgrösse, welche, abgesehen von der Wärmewirkung und der chemischen Reaction, das einzige Mass für die ursprüngliche lebendige Kraft der leuchtenden Punkte giebt, möge zunächst wieder homogenes oder wenigstens weisses Licht vorausgesetzt werden. Es fragt sich nun, wie die Empfindungsgrösse sich ändert, wenn die Intensität des objectiven Lichtes verändert wird. Eine einfache Vorstellung davon giebt die Erscheinung, dass man die Sterne am Tage mit blossem Auge nicht sehen kann, obgleich die absolute Differenz der Intensität der Sterne und des umgebenden Himmelsgrundes am Tage ebenso gross ist, wie in der Nacht. Während wir aber des Nachts nur die Intensität des Sternes und des Himmelsgrundes vergleichen, vergleichen wir am Tage die erleuchtete Atmosphäre mit der Summe von Stern und erleuchteter Atmosphäre, also zwei stärkere Lichteindrücke. Man sieht also, dass das menschliche Auge die Differenz zweier Lichteindrücke anders auffasst, wenn beide durch Hinzufügen eines dritten Lichteindruckes verstärkt worden sind. Dasselbe lehrt der bekannte von Fechner angestellte Versuch mit den auf einer weissen Tafel von einem undurchsichtigen Stabe bei Beleuchtung mit zwei Lichtquellen hervorgebrachten Schatten. Die eine Lichtquelle habe die Intensität h, die andere die Intensität H; dann erhält der durch h hervorgebrachte Stabschatten nur die Intensität H, die umgebende Stelle aber die Intensität $H + h$. Ist nun H im Vergleich zu h sehr klein, so wird das Auge den Schatten noch gut von dem Grunde unterscheiden, bei sehr grossen Werthen von H ist aber der Schatten nicht mehr zu erkennen, und es folgt also hieraus, dass das Auge dieselbe Intensitätsdifferenz je nach Umständen anders auffasst, also keinen richtigen Massstab für Helligkeitsunterschiede abgiebt. Ist eine Tafel von einer Lichtquelle beleuchtet, eine zweite von zwei eben solchen Lichtquellen, so kann man den Unterschied in der Intensität erkennen; wird aber die eine Tafel von 100, die andere von 101 solcher Lichtquellen erhellt, so vermag das Auge keinen Unterschied mehr zu bemerken.

Ganz andere Resultate ergeben sich aber, wenn man zwei Lichtquellen nicht um ein gleiches Plus, sondern in gleichem Verhältnisse verstärkt. Hierher gehört der bekannte Fundamentalversuch von Fechner, welcher zwei benachbarte Wolkenflächen, deren Helligkeitsdifferenz eben noch merklich war, einmal mit blossem Auge, das andere Mal durch absorbirende Gläser, die also einen bestimmten Procentsatz des ursprünglichen Lichtes beider Wolkenflächen absorbirten, beobachtete. Im zweiten Falle wurde der ursprünglich eben noch merkliche Unterschied der Helligkeit keineswegs geringer, sondern nach dem Urtheile vieler Beobachter mindestens ebenso auffallend, selbst wenn die Abschwächung innerhalb weiter Grenzen modificirt wurde. Allgemein ergiebt sich aus diesen und zahlreichen ähnlichen Versuchen, dass bei den verschiedensten Helligkeitsgraden die Differenz der Intensitäten, welche vom Auge gerade noch unterschieden werden können, nahezu denselben Bruchtheil der ganzen Helligkeit bildet. Fechner[1]) hat dies in dem nach ihm benannten psychophysischen Gesetze zuerst mit voller Klarheit ausgesprochen, obgleich vor ihm schon Andere, namentlich Bouguer, Arago, Masson und Steinheil auf die Bedeutung der Erscheinungen hingewiesen und entsprechende Versuche zur Bestimmung der Empfindungsgrenze angestellt hatten. Nach Bouguer[2]) kann man noch $\frac{1}{64}$ der Lichtstärke unterscheiden; Arago[3]) beobachtete, dass bei Bewegung der leuchtenden Objecte noch feinere Unterschiede bemerkt werden konnten und bestimmte den Lichtquotienten unter den günstigsten Bedingungen zu $\frac{1}{131}$. Masson[4]) fand im Mittel den Factor zu $\frac{1}{100}$, und nahe denselben Werth lieferten die Versuche von Fechner, während Steinheil[5]) aus photometrischen Messungen den etwas abweichenden Werth $\frac{1}{38}$ erhielt.

Ohne näher auf diese Versuche und die damit zusammenhängenden Fragen einzugehen, über welche die Lehrbücher der physiologischen Optik noch manche interessante Einzelheiten enthalten, genügt es für unsere Zwecke hervorzuheben, dass etwa 1 Procent als diejenige Grösse anzusehen ist, welche unter günstigen Umständen noch als Helligkeitsunterschied wahrgenommen werden kann.

Es verdient hier nicht unerwähnt zu bleiben, dass das psychophysische Gesetz auch auf anderen Gebieten der Sinnesempfindungen Gültigkeit hat. So ist nachgewiesen, dass der Unterschied zweier Tonhöhen sich gleich bleibt, wenn das Verhältniss der Differenz der Schwingungsdauern zur ganzen Schwingungsdauer constant ist; und auch bei der Beurtheilung der

1) Fechner, Über ein psychophysisches Grundgesetz und dessen Beziehung zur Schätzung der Sterngrössen. (Abhandl. der K. Sächs. Ges. der Wiss. Bd. 4, p. 455.)
2) Bouguer, Traité d'optique sur la gradation de la lumière. Ouvrage posthume. Paris, 1760, p. 25.
3) Arago, Sämmtl. Werke. Deutsche Ausg. von Hankel, Bd. 10, p. 210.
4) Annales de chimie et de physique. Série 3, tome 14, p. 159).
5) Steinheil, Elemente der Helligkeitsmessungen am Sternenhimmel. (Denkschriften der K. Bayer. Akad. d. Wiss. Math.-Phys. Classe, Bd. II.) München, 1836, p. 80.

Differenzen von Gewichten und Liniengrössen findet Ähnliches statt. Die Allgemeingültigkeit des Gesetzes ist namentlich durch Untersuchungen von E. H. Weber nachgewiesen worden, und es wird daher dieses Gesetz auch häufig als das Weber'sche bezeichnet.

In seiner Anwendung auf die Photometrie lässt sich das Gesetz in der folgenden Form ausdrücken. Ist E die Empfindungsgrösse, welche der objectiven Helligkeit h entspricht, und ist dE die Zunahme der Empfindungsstärke, welche durch einen Zuwachs dh der objectiven Helligkeit hervorgerufen wird, so hat man:

$$dE = c\,\frac{dh}{h}\,,$$

wo c eine Constante ist. Durch Integration folgt:

$$E = c \log h + C\,.$$

Für zwei andere Werthe E_0 und h_0 hat man ebenso:

$$E_0 = c \log h_0 + C,$$

und daraus folgt:

$$E - E_0 = c \log \frac{h}{h_0}\,, \quad \text{oder:} \quad h = h_0\,e^{\frac{E-E_0}{c}}\,.$$

Es darf nicht verschwiegen werden, dass das Fechner'sche Gesetz nicht unumschränkte Gültigkeit besitzt, vielmehr eine untere und obere Grenze hat und bei sehr kleinen sowohl als bei sehr grossen Helligkeiten ungenau wird. Fechner hat bereits selbst auf diese Ausnahmen hingewiesen und die untere Grenze durch den Einfluss des subjectiven Eigenlichts des Auges zu erklären versucht. Die Sehnerven werden nämlich nicht nur durch das von aussen kommende Licht gereizt, sondern es findet auch durch innere Einflüsse eine beständige Reizung statt, die bei geschlossenen Augen zwar keinen gleichmässigen Lichteindruck, vielmehr nur einen verschwommenen ungleichmässigen Lichtschimmer hervorbringt, die aber niemals absolute Dunkelheit eintreten lässt. Bezeichnet man dieses Eigenlicht des Auges, welches zu dem von aussen kommenden Lichte sich hinzuaddirt, mit H_0, so müsste das Fechner'sche Gesetz eigentlich in der Form geschrieben werden:

$$dE = c\,\frac{dh}{h + H_0}\,\cdot$$

Man sieht hieraus, dass der Empfindungszuwachs geringer ist, als wenn H_0 gleich Null wäre, und es ist ohne Weiteres klar, dass die Abweichung von der ursprünglichen Form um so grösser sein muss, je mehr h sich dem Werthe von H_0 nähert, d. h. je geringer die Helligkeit der betrachteten Lichtquelle ist. Fechner und Volkmann haben sogar versucht, die

Intensität des Eigenlichtes zu bestimmen; indessen sind diese Bestimmungen nicht ganz einwurfsfrei und ergeben offenbar zu kleine Werthe.   Wenn das Eigenlicht des Auges wirklich vorhanden ist, so muss die objective Intensität eine gewisse Stärke haben, um überhaupt wahrgenommen zu werden.   Kleinere Grade der Intensität üben keine Wirkung mehr auf das Auge aus.   Fechner hat die kleinste noch erkennbare Beleuchtung die Reizschwelle genannt.

Was die obere Grenze des Fechner'schen Gesetzes anbelangt, so lässt sich dieselbe ebenso wenig wie die untere mit Sicherheit angeben, aber es ist ohne Weiteres klar, dass bei einer gewissen Stärke des Reizes das Sehorgan geschädigt wird.   Wir können ohne Schutzmittel nicht das directe Sonnenlicht vertragen, und auch schon bei weniger intensiven Lichtquellen findet eine Überreizung der Nerven statt, bei welcher es nicht mehr möglich ist, Empfindungsunterschiede wahrzunehmen.

Für die Astrophotometrie ist das Fechner'sche Gesetz von der fundamentalsten Bedeutung, und es rechtfertigt sich ganz von selbst eine ausführliche Besprechung desselben an erster Stelle in einem Lehrbuche über Astrophotometrie, weil sich die wichtigsten Folgerungen hinsichtlich des Masses, in welchem photometrische Beobachtungen anzugeben sind, sowie hinsichtlich des Ausgleichungsverfahrens an dasselbe knüpfen.   Da es bei allen photometrischen Messungen in letzter Instanz auf die Empfindungsgrösse E ankommt, so sieht man sofort aus der Formel:

$$E = c \log h + C ,$$

dass es nicht die objectiven Helligkeiten (lebendigen Kräfte) selbst, sondern die Logarithmen derselben sind, welche psychisch zur Empfindung kommen, und es ergiebt sich daraus die Nothwendigkeit, die Helligkeitslogarithmen als Mass in die messende Astrophotometrie einzuführen.   Schon Fechner hat selbst auf den Zusammenhang seines Gesetzes mit der messenden Astronomie hingewiesen.   Bekanntlich sind schon von Alters her die Sterne nach dem Eindrucke, den ihr Licht auf das Auge macht, in gewisse Helligkeitsclassen, sogenannte Sterngrössenclassen, eingetheilt worden, und zwar wurden für die mit blossem Auge sichtbaren Sterne sechs Abtheilungen gewählt mit der Bedingung, dass der Helligkeitsunterschied zwischen je zwei aufeinander folgenden Abtheilungen derselbe sein sollte.   Später hat man diese Helligkeitsscala auch auf die teleskopischen Sterne ausgedehnt, und es ist so eine zunächst willkürliche Scala zur Beurtheilung von Helligkeiten der Sterne entstanden.   Es fragt sich, ob diese Scala in dem Fechner'schen Gesetze begründet ist? Man denke sich Sterne, welche in dem eben angedeuteten Sinne Repräsentanten der aufeinander folgenden Grössenclassen 1, 2, 3 .... m sind;

ihre objectiven Lichtstärken seien h_1, h_2, h_3 ... h_m und die Empfindungsgrössen E_1, E_2 .... E_m. Nach dem Fechner'schen Gesetze ist:

$$E_m = c \log h_m + C$$
$$E_{m-1} = c \log h_{m-1} + C;$$

also:
$$E_m - E_{m-1} = c \log \frac{h_m}{h_{m-1}}.$$

Wäre nun das Fechner'sche Gesetz auf die Grössenclassen anwendbar, so
müsste $E_m - E_{m-1}$ für je zwei beliebige auf einander folgende Grössenclassen constant sein; man müsste also haben:

$$c \log \frac{h_m}{h_{m-1}} = k,$$

oder, wenn man $\dfrac{k}{c}$ durch eine einzige Constante $\log \dfrac{1}{\varrho}$ ersetzt:

$$\frac{h_{m-1}}{h_m} = \varrho.$$

In der That haben nun alle bisherigen Untersuchungen ergeben, dass
innerhalb gewisser Grenzen das Helligkeitsverhältniss zweier um eine
Grössenclasse von einander verschiedenen Sterne als constant anzusehen
ist und dass also die Grössenschätzungen als eine Bestätigung des Fechner'schen Gesetzes betrachtet werden können. Im letzten Abschnitte wird
ausführlich über diese Untersuchungen berichtet werden; hier genügt
es hervorzuheben, dass mit Ausnahme der helleren Grössenclassen, wo
etwas stärkere Abweichungen zu bemerken sind, für das Helligkeitsverhältniss zweier auf einander folgenden Classen mit genügender Sicherheit
die Zahl 2.5 angenommen werden kann. Wäre das Fechner'sche Gesetz in aller Strenge auf Sterngrössen von den hellsten bis zu den
schwächsten Sternen anwendbar, so hätte man streng:

$$\frac{h_1}{h_2} = \frac{h_2}{h_3} = \frac{h_3}{h_4} \cdots = \frac{h_{m-1}}{h_m} = \varrho,$$

oder:
$$\log h_1 - \log h_2 = \log h_2 - \log h_3 = \cdots = \log h_{m-1} - \log h_m = \log \varrho,$$

oder wenn man alle Gleichungen addirt:

$$\log h_1 - \log h_m = (m-1) \log \varrho.$$

Setzt man, da die Einheit beliebig angenommen werden kann, die Helligkeit eines Sternes erster Grösse gleich 1, so hat man:

$$\log h_m = -(m-1) \log \varrho,$$

oder:
$$m = 1 - \frac{\log h_m}{\log \varrho},$$

d. h. die ideale Grössenclasse m eines Sternes, dessen Helligkeitsverhältniss zu einem Sterne 1. Grösse durch h_m ausgedrückt ist, wird gefunden, wenn man $\log h_m$ durch eine Constante $\log \varrho$ dividirt und den Quotienten von 1 subtrahirt. Es hat sich in der Photometrie die Bezeichnung mit Sterngrössenclassen so eingebürgert, dass es kaum noch rathsam sein dürfte, dieselbe wieder durch eine andere Schreibweise verdrängen und z. B. alle Angaben in Helligkeitslogarithmen machen zu wollen. Es wird sich daher empfehlen, für die Constante ϱ einen ganz bestimmten Werth einzuführen und als photometrische Sterngrösse denjenigen Werth zu definiren, welcher sich bei der Division der Helligkeitslogarithmen durch den Logarithmus dieser Constanten ergiebt. Man bedient sich jetzt allgemein des Werthes $\log \varrho = -0.4$ oder $\varrho = 0.389$ oder $\frac{1}{\varrho} = 2.512$.

Das Fechner'sche Gesetz ist auch, wie hier noch kurz erwähnt werden soll, für die Ausgleichung der photometrischen Beobachtungen von hoher Bedeutung. Es mögen von einem Sterne eine Anzahl Helligkeitsbestimmungen $h_1, h_2 \ldots h_n$ vorliegen, denen die Empfindungsstärken $E_1, E_2 \ldots E_n$ entsprechen sollen. Der wahrscheinlichste Werth für die Helligkeit des Sternes sei x und die zugehörige Empfindungsstärke sei E_0. Nach dem Fechner'schen Satz hat man dann:

$$E_1 = c \log h_1 + C,$$
$$E_0 = c \log x + C.$$

Mithin ist:

$$E_1 - E_0 = c \log \frac{h_1}{x}.$$

Ebenso wird:

$$E_2 - E_0 = c \log \frac{h_2}{x},$$
$$\cdot \quad \cdot \quad \cdot \quad \cdot \quad \cdot \quad \cdot \quad \cdot$$
$$E_n - E_0 = c \log \frac{h_n}{x}.$$

Die Verschiedenheit der Grössen $E_1, E_2 \ldots E_n$ wird einerseits durch die rein zufälligen, auf der unvollkommenen Urtheilsfähigkeit des Auges beruhenden Messungsfehler bedingt, andererseits durch äussere Einflüsse, wie wechselnde Durchsichtigkeit der Atmosphäre u. s. w., hervorgebracht. Betrachtet man die Grössen $E_1 - E_0$, $E_2 - E_0$, $\ldots E_n - E_0$ als Beobachtungsfehler und legt der Ausgleichung das Gauss'sche Fehlergesetz zu Grunde, nach welchem die Summe der Fehlerquadrate ein Minimum werden muss, so ergiebt sich die Gleichung:

$$c^2 \left(\log \frac{h_1}{x} \right)^2 + c^2 \left(\log \frac{h_2}{x} \right)^2 + \cdots + c^2 \left(\log \frac{h_n}{x} \right)^2 = \text{Minimum},$$

und hierans folgt zur Bestimmung des wahrscheinlichsten Helligkeitswerthes x die Gleichung:

$$\log \frac{h_1}{x} + \log \frac{h_2}{x} + \cdots + \log \frac{h_n}{x} = 0 \,,$$

oder:

$$\log x = \frac{\log h_1 + \log h_2 + \cdots + \log h_n}{n} .$$

Es geht hierans unmittelbar hervor, dass man bei Ableitung des plausi-
belsten Helligkeitswerthes aus einer Reihe von Einzelbestimmungen am
Rationellsten verfährt, wenn man mit den Helligkeitslogarithmen (oder was
dasselbe, mit Sterngrössen) anstatt mit den Helligkeiten selbst operirt.

Auf die Bedeutung dieses Rechnungsverfahrens bei photometrischen
Messungen ist schon wiederholt, am Eingehendsten wohl von Seeliger[1]),
hingewiesen worden, welcher auch noch eine andere Ausgleichungsformel
aufgestellt hat, deren Anwendung sich namentlich dann empfiehlt, wenn
die durch äussere Umstände bedingten Messungsfehler die reinen Beobachtungsfehler wesentlich überwiegen. In der Praxis ist das Rechnungsverfahren mit den Helligkeitslogarithmen bereits seit geraumer Zeit und
zwar durch Seidel[2]) eingeführt worden, und man kann sagen, dass die
Astrophotometrie damit in eine neue Phase der Entwicklung eingetreten ist.

Es ist noch von Interesse zu sehen, welche Genauigkeitsgrenze allen
photometrischen Angaben, die in Helligkeitslogarithmen oder Sterngrössen
gemacht werden, von vornherein gesetzt ist. Wenn sich h um die Grösse
dh ändert, so ändert sich $\log h$ um die Grösse $\frac{dh}{h}$ Mod., und da nach den
oben besprochenen Untersuchungen als äusserste Grenze für einen gerade
noch erkennbaren Lichtunterschied etwa 1 Procent angenommen werden
kann, also $\frac{dh}{h} = \frac{1}{100}$ zu setzen ist, so folgt, dass unter keinen Umständen eine grössere Helligkeitsdifferenz als 0.0043 im Helligkeitslogarithmus
oder etwa 0.01 Sterngrössen bestimmt werden kann. In Wirklichkeit ist
allerdings eine solche Genauigkeit bei Messungen am Himmel auch nicht
angenähert zu erreichen, erstens weil bei der Vergleichung der unruhigen
punktförmigen Sternbilder schwerlich eine so grosse Empfindlichkeit in
der Beurtheilung von Helligkeitsunterschieden vorausgesetzt werden darf,
wie oben angenommen wurde, und zweitens, weil bei allen photometrischen Sternmessungen die äusseren Umstände, insbesondere die schwan-
kende Durchsichtigkeit der Luft, die Extinction in der Atmosphäre u. s. w.,
einen sehr störenden, schwer controlirbaren Einfluss ausüben.

---

1) Astron. Nachr. Bd. 132, Nr. 3158.
2) Abhandl. der K. Bayer. Akad. der Wiss. II. Classe, Bd. 9, Abth. 3.

5. Beleuchtung von Flächen durch leuchtende Punkte.
Das Gesetz vom Cosinus des Incidenzwinkels.

Wir haben im Vorangehenden von der objectiven Intensität oder Leuchtkraft einer Lichtquelle gesprochen und die beiden wichtigsten Gesetze aufgestellt, welche für diese Intensität gelten. Indem wir weiter zunächst nur die Nervenfasern des menschlichen Auges als die Licht empfangende Stelle betrachteten, haben wir den Begriff der physiologischen Intensität eingeführt und die dafür geltenden Gesetze besprochen. Wir können aber nicht immer das von einem Punkte ausgehende Licht direct mit dem Auge betrachten, in vielen Fällen wird uns eine Lichtquelle erst indirect, d. h. dadurch, dass sie auf Gegenstände in unserer Umgebung einwirkt, bemerkbar. Wir sagen von einem Körper, der in den Bereich einer Lichtbewegung kommt, er wird von der Lichtquelle beleuchtet oder »es fällt Licht von der Lichtquelle auf denselben«, und wir führen zur näheren Festlegung des Begriffes den Ausdruck Lichtmenge ein. Von dem Standpunkte der Newton'schen Emanationstheorie aus, nach welcher die Empfindung des Lichtes dadurch hervorgebracht wird, dass von einem leuchtenden Körper aus kleine Theilchen mit grosser constanter Geschwindigkeit geradlinig nach allen Richtungen fortgeschleudert werden, hat dieser Ausdruck nichts Befremdendes, da das Licht danach gewissermassen als etwas Greifbares und Materielles aufzufassen ist und das Wort »Menge« ganz von selbst verständlich ist. Für die Undulationstheorie ist der Begriff allerdings fremdartig, aber er ist als ein sehr bequemer immer beibehalten worden und hat sich allgemein eingebürgert. Wir haben danach die Lichtmenge, welche von einem leuchtenden Punkte auf irgend einen Körper übergeht, als die Summe aller lebendigen Kräfte der Lichtbewegung in den einzelnen Punkten dieses Körpers zu definiren. Es sei P (Fig. 1) ein leuchtender Punkt, in der Entfernung r befinde sich das irgendwie gestaltete zunächst als eben zu betrachtende Element df; es soll die Lichtquantität dq bestimmt werden, welche von P auf df übergeht. Denkt man sich die Pyramide oder den Kegel construirt, welcher df als Grundfläche und P als Spitze hat, und denkt man sich um P zwei Kugeln mit den Radien 1 und r gelegt, so werden diese aus der Pyramide

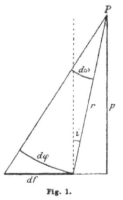

Fig. 1.

oder dem Kegel die Elemente $d\omega$ und $d\varphi$ herausschneiden. Nach unserer Definition ist die Summe der lebendigen Kräfte in $d\omega$ dieselbe, wie in $d\varphi$

und in df, oder auch die auf $d\omega$, $d\varphi$ und df auffallenden Lichtquantitäten sind dieselben. Bezeichnen wir nun, um einen bestimmten Begriff
zu fixiren, die Lichtmenge, welche auf die Einheit der Fläche in der
Entfernung 1 senkrecht auffällt, mit J, so ist klar, dass auf die ganze
Fläche $d\omega$ die Quantität $J d\omega$ gelangen muss, da die Einzelwirkungen
sich ja summiren müssen. Dieselbe Quantität fällt aber auch auf $d\varphi$
und df, und man hat daher das gesuchte $dq = J d\omega$. Nun ist aber:

$$d\omega : d\varphi = 1 : r^2, \quad \text{und:} \quad d\varphi = df \cos i;$$

mithin:

$$dq = J \frac{df \cos i}{r^2}.$$

Es ist aber auch:

$$\cos i = \frac{p}{r},$$

wenn p das Perpendikel von P auf die Verlängerung von df ist; daher
auch:

$$dq = J\, df\, p\, \frac{1}{r^3}.$$

Der Winkel i, den die Normale auf dem Elemente df mit der Richtung nach dem leuchtenden Punkte zu bildet, wird der Incidenzwinkel
genannt, und die voranstehende Formel bildet eins der wichtigsten
Fundamentalgesetze der Photometrie, welches ausspricht, dass die von
einem leuchtenden Punkte auf ein ebenes Element ausgesandte Lichtmenge
dem Cosinus des Incidenzwinkels proportional ist.

Die Grösse J, also die Lichtmenge, welche von einem leuchtenden
Punkte auf die Einheit der Fläche in der Einheit der Entfernung senkrecht gelangt, ändert sich von Lichtquelle zu Lichtquelle und ist ein
Mass für die Energie des Leuchtens oder der Ätherbewegung, welche von
der betreffenden Lichtquelle ausgeht. Man hat diese Grösse auch die
Dichtigkeit des Lichtes genannt, ganz im Sinne der Vorstellung, dass
das Licht eine Materie ist, die, wenn sie sich von einem Punkte aus
strahlenförmig auf verschiedene um diesen Punkt concentrisch gelegte
Kugelschalen ausbreitet, naturgemäss auf der inneren dieser Schalen dichter
vertheilt ist als auf der äusseren. Sehr glücklich ist diese Bezeichnung
im Sinne der Undulationstheorie nicht gerade gewählt, aber sie ist allgemein in die Lehrbücher übergegangen und gewissermassen durch den
Sprachgebrauch sanctionirt; sie giebt übrigens eine recht gute Vorstellung
von den Vorgängen und kann daher unbedenklich beibehalten werden.

Die Lichtmenge oder, wie man sie auch nennt, die wahre oder
objective Helligkeit dq des Flächenelementes df ist, wie man leicht
sieht, etwas, was nicht direct den Beobachtungen zugänglich ist. Denkt

man sich an Stelle des Elementes df eine photographische Platte oder ein empfindliches Thermoelement, so würde man allerdings in diesen Fällen eine Art Mass für die auffallende Lichtmenge haben, insofern dieselbe andere messbare Wirkungen veranlasste, im ersten Falle die Zerlegung der Silbersalze, im anderen die Ablenkung der Galvanometernadel; aber die Wirkung äussert sich in beiden Fällen nur in Betreff eines kleinen Theiles der von dem leuchtenden Punkte ausgehenden Lichtbewegung, da entweder nur die sogenannten chemischen Strahlen oder die sogenannten Wärmestrahlen in Thätigkeit treten. Mit dem Auge, das in letzter Instanz wieder unser hauptsächlichstes Hülfsmittel ist, nehmen wir die auf ein Element auffallende Lichtquantität erst indirect durch Vermittlung dieses Elementes wahr, und dabei ist durch allerlei Vorgänge, wie Brechung, Reflexion, Absorption u. s. w. die ursprünglich empfangene Lichtmenge so modificirt, dass schliesslich etwas ganz Anderes in unserem Sehorgan zur Empfindung gelangt.

Geht man von dem oben aufgestellten Beleuchtungsgesetze aus und dehnt die Betrachtung von dem ebenen Flächenelemente auf eine beliebig grosse, beliebig gekrümmte Fläche aus, so ergeben sich eine Menge von interessanten Aufgaben, deren Behandlung in ein eigentliches Lehrbuch des photometrischen Calcüls gehört, und von denen im Hinblick auf die Himmelsphotometrie hier nur die wichtigsten angedeutet werden können. Es sei ein Kreis mit dem Radius a (Fig. 2) von einem Punkte P aus beleuchtet, welcher in der Entfernung $PC = c$ senkrecht über dem Mittelpunkte C des Kreises liegt. Man beschreibe um das Centrum zwei concentrische Kreise mit den Radien r und $r + dr$; ausserdem ziehe man von C aus zwei unendlich nahe, den Winkel $d\varphi$ einschliessende Radien, dann wird ein kleines Flächenelement ausgeschnitten, dessen Grösse gegeben ist durch $r\, d\varphi\, dr$.

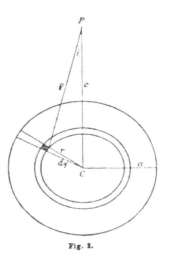

Fig. 2.

Die auf dieses Element fallende Lichtmenge wird, da die Entfernung ϱ vom leuchtenden Punkte $= \sqrt{r^2 + c^2}$ und ausserdem $\cos i = \dfrac{c}{\sqrt{r^2 + c^2}}$ ist, nach der obigen Formel ausgedrückt durch:

$$dq = \frac{J\, c\, r\, dr\, d\varphi}{(r^2 + c^2)^{\frac{3}{2}}}.$$

Will man die ganze auf die Kreisfläche fallende Lichtquantität Q kennen,
so hat man:

$$Q = Jc \int\limits_0^{2\pi} d\varphi \int\limits_0^a \frac{r\,dr}{(r^2 + c^2)^{\frac{3}{2}}}, \quad \text{oder:} \quad Q = 2\pi J \left\{ 1 - \frac{c}{\sqrt{c^2 + a^2}} \right\}.$$

Denkt man sich den Kreis unendlich gross ($a = \infty$), so wird die von dem
Punkte P auf die ganze Hemisphäre ausgehende Lichtmenge $Q = 2\pi J$.

Wir wollen nun ganz allgemein eine beliebige geschlossene Fläche
betrachten, die als convex angenommen werden soll. Die Fläche wird
von dem Punkte P aus beleuchtet (Fig. 3). Denkt man sich einen Kegel
mit der Spitze in P, welcher
die Fläche umhüllt und dieselbe
längs der Curve a, a, a ...
berührt, so folgt ohne Weiteres,
dass alle jenseits dieser Curve
gelegenen Punkte der Fläche
überhaupt kein Licht von P erhalten können; sie befinden
sich im Schatten. Um P sei
eine Kugel mit dem Radius m
beschrieben, und es seien an
diese Kugel und die Fläche
alle gemeinschaftlichen Be-
rührungsebenen construirt. Die
dieser umhüllenden conoidischen
Fläche und der ursprünglichen
Fläche gemeinsamen Punkte
b, b, b ... bilden eine Be-

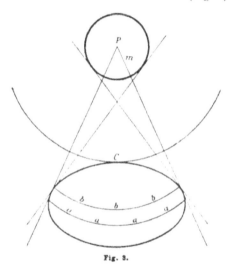

Fig. 3.

rührungscurve, und da für sämmtliche Elemente dieser Curve p denselben
Werth hat, so folgt, dass die Beleuchtung längs dieser Curve umgekehrt
proportional dem Cubus der Entfernung der Elemente vom leuchtenden
Punkte P ist. Legt man um P eine ganze Schaar von Kugeln, deren
Radien immer grösser werden, so findet man neue Berührungscurven
und zwar immer engere, bis endlich die Berührungscurve für eine
bestimmte Kugel in einen einzigen Punkt übergeht, den sogenannten
glänzenden Punkt C, welcher unter allen Punkten der Fläche die grösste
Beleuchtung erhält. Er liegt nicht nur dem leuchtenden Punkte am nächsten,
sondern der Winkel i hat für ein dort befindliches Element den Maximal-
werth $\frac{\pi}{2}$. Legt man durch P und C Ebenen, so schneiden diese die

Fläche längs Curven, auf welchen die Beleuchtung von C aus beständig abnimmt bis zum Schnittpunkte mit der Berührungscurve a, a, a ..., wo die Beleuchtung Null wird. Man nennt diese Curven Beleuchtungsmeridiane, während die Berührungscurven Beleuchtungsparallele heissen. Denkt man sich diejenigen Punkte der Fläche mit einander verbunden, in denen die Beleuchtung gleich intensiv ist, so erhält man Curven, welche im Allgemeinen die oben charakterisirten Berührungscurven schneiden werden; man nennt solche Curven gleicher Helligkeit Isophoten. Ist die betrachtete Fläche eine Kugel, so fallen Isophoten und Berührungscurven zusammen; beim Ellipsoide ist dies schon nicht mehr der Fall, denn dort werden auf jeder Berührungscurve immer nur zwei Punkte sein, die von dem leuchtenden Punkte gleich weit entfernt sind, die also gleiche Beleuchtung erhalten.

Man denke sich wieder eine beliebig gestaltete Fläche F, die nach allen Richtungen convex sein möge, von einem leuchtenden Punkte P aus beleuchtet. Es sei von P als Spitze der die Fläche umhüllende Kegel construirt, und es sei mit dem Radius 1 um P eine Kugel gelegt; aus dieser Kugel wird durch den Kegel ein Flächenstück φ herausgeschnitten, und man nennt φ die scheinbare Grösse der Fläche F, von P aus gesehen. Es ist klar, dass auf φ dieselbe Lichtmenge übergeht, wie auf die ganze Fläche F, nur mit dem Unterschiede, dass die Beleuchtung auf der Kugelzone in allen Punkten ganz gleichmässig vertheilt ist, auf der Fläche jedoch nicht. Da nun die auf φ fallende Lichtmenge nach dem Obigen gleich $J\varphi$ ist, so ergiebt sich der wichtige Satz, dass die Lichtquantität, welche eine Fläche F von einem leuchtenden Punkte P aus erhält, proportional ist der scheinbaren Grösse derselben, gesehen von P aus.

Mit Hülfe dieses Satzes lässt sich z. B. ganz einfach die Lichtmenge berechnen, welche auf eine Kugel vom Radius a von einem leuchtenden Punkte aus gelangt, dessen Entfernung vom Mittelpunkte der Kugel gleich c ist. Der umhüllende Kegel wird in diesem Falle ein gerader Kegel und das Flächenstückchen φ ist eine Kugelcalotte, deren Fläche ausgedrückt ist durch $2\pi\left\{1-\dfrac{\sqrt{c^2-a^2}}{c}\right\}$. Man hat also für die Lichtmenge Q, welche auf die Kugel übergeht, den Ausdruck:

$$Q = 2\pi J\left\{1-\frac{\sqrt{c^2-a^2}}{c}\right\}.$$

Der Satz von dem Zusammenhange zwischen Lichtquantität und scheinbarer Grösse lässt eine vielfache Anwendung zu. So kann man die Aufgabe stellen, alle möglichen Lagen eines leuchtenden Punktes zu ermitteln, bei denen eine Fläche F stets dieselbe Lichtmenge erhält. Wenn Q

constant sein soll, so muss es auch φ sein, und es reducirt sich die Aufgabe daher darauf, alle Lagen von P zu finden, von denen aus gesehen F dieselbe scheinbare Grösse hat. Für eine Kugel ist natürlich der gesuchte Ort wieder eine Kugelfläche, die mit der ersteren concentrisch ist. Man nennt Flächen, von deren sämmtlichen Punkten aus gesehen eine bestimmte Fläche dieselbe scheinbare Grösse hat, Flächen constanter Kegelöffnung.

Es ist hier nicht der Platz, näher auf diese vom rein mathematischen Standpunkte aus höchst interessanten Probleme einzugehen, es soll nur noch kurz der Fall berührt werden, der bei astronomischen Aufgaben am Häufigsten eintreten wird, dass der leuchtende Punkt sehr weit von der erleuchteten Fläche entfernt ist, dass also für alle Elemente der Fläche die Distanz vom leuchtenden Punkte als constant angesehen werden kann. Bezeichnet man hier mit J die Lichtquantität, welche auf die Flächeneinheit senkrecht auffällt, so ist die Quantität, welche auf ein Element df gelangt, ausgedrückt durch:

$$dq = df\, J \cos i\,.$$

Der umhüllende Kegel geht in diesem Falle in einen Cylinder über, dessen Axe der Richtung des einfallenden Lichtes parallel ist; die Beleuchtungsgrenze ist die Curve, in welcher die Fläche von diesem Cylinder berührt wird. Fragt man nach den Curven gleicher Beleuchtung, so ist offenbar die Bedingung dafür: $\cos i = \text{const}$. Lautet die Gleichung der betrachteten Fläche: $F(x, y, z) = 0$, und bildet die Richtung des einfallenden Lichtes mit den Coordinatenaxen die Winkel α, β, γ, so wird der Cosinus des Winkels zwischen der Normalen an irgend einem Punkte der Fläche und der Richtung des einfallenden Lichtes bekanntlich durch die Gleichung ausgedrückt:

$$\cos i = \frac{\frac{\delta F}{\delta x}\cos\alpha + \frac{\delta F}{\delta y}\cos\beta + \frac{\delta F}{\delta z}\cos\gamma}{\sqrt{\left(\frac{\delta F}{\delta x}\right)^2 + \left(\frac{\delta F}{\delta y}\right)^2 + \left(\frac{\delta F}{\delta z}\right)^2}}$$

Für ein Ellipsoid, dessen Mittelpunktsgleichung

$$\frac{x^2}{a^2} + \frac{y^2}{b^2} + \frac{z^2}{c^2} - 1 = 0$$

lautet, hat man danach z. B.

$$\cos i = \frac{\frac{x}{a^2}\cos\alpha + \frac{y}{b^2}\cos\beta + \frac{z}{c^2}\cos\gamma}{\sqrt{\left(\frac{x}{a^2}\right)^2 + \left(\frac{y}{b^2}\right)^2 + \left(\frac{z}{c^2}\right)^2}}\,.$$

Da nun für alle Punkte, die gleich stark beleuchtet werden, $\cos i$ constant sein soll, so folgt, dass der Durchschnitt des Ellipsoides mit derjenigen Fläche, welche durch die Gleichung

$$\left[\frac{x}{a^2}\cos\alpha + \frac{y}{b^2}\cos\beta + \frac{z}{c^2}\cos\gamma\right]^2 = \text{const.}\left[\left(\frac{x}{a^2}\right)^2 + \left(\frac{y}{b^2}\right)^2 + \left(\frac{z}{c^2}\right)^2\right]$$

repräsentirt wird, eine sogenannte Isophote darstellt. Die vorstehende Gleichung gehört aber einem Kegel zweiten Grades an, dessen Spitze im Mittelpunkte des Ellipsoides liegt. Für den speciellen Fall, wo $i = 90°$ ist, also an der Beleuchtungsgrenze, hat man für den Kegel die Gleichung:

$$\left(\frac{x}{a^2}\cos\alpha + \frac{y}{b^2}\cos\beta + \frac{z}{c^2}\cos\gamma\right)^2 = 0,$$

d. h. der Kegel geht dann in zwei zusammenfallende Ebenen über, und die Beleuchtungsgrenze ist eine ebene Ellipse.

Für die Kugel ist es klar, dass bei sehr weit entferntem leuchtenden Punkte, wenn man die Strahlungsrichtung als Axe der Kugel ansieht, die Beleuchtungsgrenze in den Äquator fällt und die Isophoten Parallelkreise sind, ferner dass die Beleuchtung an irgend einem Punkte dem Sinus der Breite proportional ist.

6. Beleuchtung von Flächen durch leuchtende Flächen.
Das Lambert'sche Gesetz vom Cosinus des Emanationswinkels.

Anstatt leuchtender Punkte sollen im Folgenden selbstleuchtende Flächen betrachtet werden, und zwar soll ganz allgemein die Lichtquantität ermittelt werden, welche von einer beliebig gestalteten leuchtenden Fläche auf eine andere ebenfalls ganz beliebige Fläche gelangt. Um von dem einfachsten Falle auszugehen und einige neue wichtige Definitionen einzuführen, sei df (Fig. 4) ein kleines ebenes selbstleuchtendes Flächenelement, welches nach allen Richtungen auf die ganze Hemisphäre Licht aussendet. In der Entfernung r von demselben befinde sich ein zweites ebenes Flächenelement do, welches von dem ersteren Licht zugesandt erhält. Die

Fig. 4.

Normalen zu den beiden Elementen mögen mit der Verbindungslinie

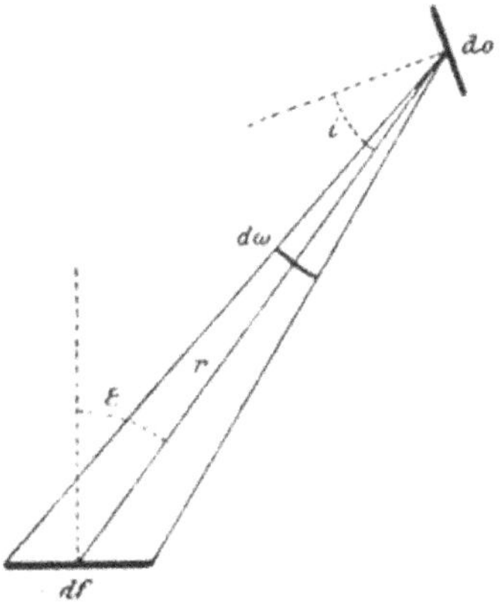

derselben die Winkel ε und i einschliessen, von denen der erstere der
Emanationswinkel oder **Ausflusswinkel** genannt wird. Denkt man
sich das leuchtende Element aus lauter leuchtenden Punkten zusammengesetzt, von denen jeder einzelne der Ausgangspunkt einer Lichtbewegung
sein möge, so wird sich die Wirkung derselben auf do summiren, und
man wird daher in erster Linie sagen können, dass die Lichtmenge,
welche von df auf do übergeht, proportional sein muss der Grösse des
leuchtenden Elementes. Nach dem Früheren muss diese Lichtmenge aber
auch noch proportional sein der Grösse des beleuchteten Elementes, dem
Cosinus des Incidenzwinkels i und dem umgekehrten Quadrate der Entfernung; ferner muss die Energie der Lichtentwicklung in den einzelnen
Punkten von df als constanter Factor J auftreten, und endlich wird die
Lichtwirkung auch noch in irgend einer Weise von dem Emanationswinkel ε
abhängen. Wir wollen diese Abhängigkeit zunächst ganz allgemein durch
die Function $f(\varepsilon)$ bezeichnen.

Die Lichtmenge dL, welche von df auf do übergeht, ist demnach
ausgedrückt durch die Formel:

$$dL = J\,df\,do\,\cos i\,\frac{1}{r^2}\,f(\varepsilon)\,.$$

Den Factor J, welcher die Stärke der von dem Elemente df ausgehenden Lichtbewegung charakterisirt, nennt man die **Lichtintensität** oder
Leuchtkraft des Elementes. Betrachtet man nur die Flächeneinheit des
beleuchteten Elementes do, so ergiebt sich die Lichtmenge dL', welche
von dem leuchtenden Elemente df auf diese Flächeneinheit übergeht, aus
der Gleichung:

$$dL' = J\,df\,\cos i\,\frac{1}{r^2}\,f(\varepsilon)\,.$$

Man nennt diese Grösse allgemein die **Beleuchtung** im Elemente do.

Wird ferner $i = 0$, so fällt das Licht senkrecht auf; man nennt die
von dem leuchtenden Elemente df auf die Flächeneinheit senkrecht gelangende Lichtmenge $D = J\,df\,\frac{1}{r^2}\,f(\varepsilon)$ die **Dichtigkeit der Beleuch-**
tung. Wird endlich noch statt r die Einheit der Entfernung angenommen,
so erhält man die von df auf die Flächeneinheit in der Entfernung 1
senkrecht auffallende Lichtmenge $dq = J\,df\,f(\varepsilon)$; man nennt diese
Grösse, welche von der Lage, Grösse und Entfernung des bestrahlten
Elementes unabhängig ist, ganz allgemein die unter dem Winkel ε **aus-**
gestrahlte Lichtmenge.

Es ist bisher vorausgesetzt worden, dass die Flächenelemente im
Verhältniss zu den Entfernungen als sehr klein zu betrachten sind. Nimmt

man sie so klein an, dass alle von irgend einem Punkte von df nach
irgend einem Punkte von do gezogenen Linien unter einander parallel sind,
so hat man es mit einem unendlich dünnen, unter dem Winkel ε ausgehenden Lichtcylinder zu thun. Eine Ausbreitung des Lichtes im Raume findet
nicht statt, und die Flächeneinheit des zur Cylinderaxe senkrechten Quer-
schnittes erhält daher von df in allen Entfernungen die Lichtmenge
$J\,df\,f(\varepsilon)$. Diese Grösse wird häufig als Dichtigkeit des unter dem
Emanationswinkel ε von df ausgehenden Lichtcylinders bezeichnet, und man sieht, dass diese Bezeichnung mit dem oben gewählten
Ausdruck »ausgestrahlte Lichtmenge« gleichbedeutend ist.

Wir wollen uns nun an der Stelle des beleuchteten Elementes do das
menschliche Auge denken. Betrachtet man die Wirkung des leuchtenden
Elementes df auf dasselbe, so spricht man von der Helligkeit des leuchtenden Elementes df, und zwar unterscheidet man die wirkliche und
die scheinbare Helligkeit. Unter der wirklichen Helligkeit versteht man die Lichtquantität, welche die Flächeneinheit des Elementes df
senkrecht auf die Flächeneinheit des Auges gelangen lässt, also nach
dem Obigen die Grösse: »Dichtigkeit der Beleuchtung dividirt
durch die Grösse des Elementes df«. Wenn man daher die wirkliche Helligkeit mit H bezeichnet, so ist

$$H = \frac{D}{df} = J\,\frac{1}{r^2}\,f(\varepsilon)\,.$$

Hat man an Stelle des einen leuchtenden Elementes eine selbstleuchtende
Fläche, deren einzelne Elemente df_1, df_2, df_3 … mit den Leuchtkräften
J_1, J_2, J_3 … begabt sind, ausserdem die Emanationswinkel ε_1, ε_2, ε_3 …
und die Entfernungen r_1, r_2, r_3 … besitzen, so gelangt von der ganzen
Fläche die Lichtquantität

$$J_1\,\frac{1}{r_1^2}\,f(\varepsilon_1)\,df_1 + J_2\,\frac{1}{r_2^2}\,f(\varepsilon_2)\,df_2 + \cdots$$

senkrecht auf die Flächeneinheit des Auges; man spricht dann von einer
mittleren wirklichen Helligkeit der leuchtenden Fläche und versteht darunter den Quotienten

$$\frac{J_1\,\frac{1}{r_1^2}\,f(\varepsilon_1)\,df_1 + J_2\,\frac{1}{r_2^2}\,f(\varepsilon_2)\,df_2 + \cdots}{df_1 + df_2 + df_3 + \cdots}$$

oder

$$\frac{\sum\left(J\,\frac{1}{r^2}\,f(\varepsilon)\,df\right)}{\sum(df)}\,.$$

Um den Begriff der **scheinbaren Helligkeit** zu fixiren, denke man sich in der obigen Figur um do eine Kugel mit dem Radius 1 construirt, welche aus der Pyramide, die df zur Grundfläche und in do die Spitze hat, das Element $d\omega$ herausschneidet. Man nennt $d\omega$ die scheinbare Grösse des Elementes df und versteht unter der scheinbaren Helligkeit von df die von diesem Elemente ausgehende Dichtigkeit der Beleuchtung, dividirt durch die scheinbare Grösse des Elementes df. Bezeichnet man diese scheinbare Helligkeit mit h, so wird also:

$$ h = \frac{D}{d\omega} = \frac{J\,df\,\frac{1}{r^2}\,f(\varepsilon)}{d\omega}, $$

und da $d\omega = \dfrac{df \cos \varepsilon}{r^2}$ ist, so wird:

$$ h = \frac{J\,f(\varepsilon)}{\cos \varepsilon}. $$

Man sieht also hieraus, dass die scheinbare Helligkeit eines Flächenelementes von der Entfernung vom Auge ganz unabhängig ist und nur durch die Leuchtkraft und den Emanationswinkel bestimmt wird. Hat man wieder eine leuchtende Fläche statt eines einzelnen Elementes, so bezeichnet man entsprechend wie oben mit **mittlerer scheinbarer Flächenhelligkeit** den Quotienten aus der gesammten Lichtmenge, welche von der ganzen Fläche senkrecht auf die Flächeneinheit des Auges gelangt, und der scheinbaren Grösse der ganzen Fläche, also die Grösse

$$ \frac{\sum \left(J\,\frac{1}{r^2}\,f(\varepsilon)\,df \right)}{\sum (d\omega)}. $$

Wir haben bisher die Abhängigkeit der Lichtwirkung von dem Emanationswinkel ganz allgemein durch die Function $f(\varepsilon)$ bezeichnet. Wenn jeder Punkt des leuchtenden Elementes als Ausgangspunkt einer nach allen Richtungen gleich energischen Lichtbewegung aufzufassen ist, so sollte es auf den ersten Blick scheinen, als müsste das Element nach allen Richtungen dieselbe Lichtmenge ausstrahlen. Diese Ansicht ist in der That von Euler vertreten und von Laplace später acceptirt worden, und sie würde auch durchaus einwurfsfrei sein, wenn das leuchtende Element als eine rein mathematische Fläche angesehen werden dürfte. Dies ist aber keineswegs statthaft, und wir werden sogleich sehen, zu welch gänzlich anderem Beleuchtungsgesetze man gelangt, wenn man die allein richtige Annahme macht, dass bei jedem selbstleuchtenden

Körper das Licht nicht nur von den Oberflächentheilchen ausgesandt wird, sondern auch aus einer gewissen Tiefe unterhalb der eigentlichen Oberfläche herkommt. Nach der Euler'schen und Laplace'schen Anschauungsweise wäre die Function $f(\varepsilon)$ ganz unberücksichtigt zu lassen, und nach den obigen Formeln müsste daher die scheinbare Helligkeit eines leuchtenden Elementes ausgedrückt sein durch $h = \dfrac{J}{\cos \varepsilon}$, d. h. die scheinbare Helligkeit des Elementes df müsste immer grösser werden, je grösser der Emanationswinkel wird. Danach müsste also eine glühende Metallplatte, von der Seite her betrachtet, viel heller beurtheilt werden, als senkrecht von vorn gesehen, und eine glühende Metallkugel müsste am Rande beträchtlich intensiver erscheinen, als in der Mitte.

Die Euler'sche Vorstellungsweise ist von Lambert in seinem Hauptwerke[1]) über die Photometrie nicht acceptirt worden. Er nahm die von einem Flächenelemente df ausgehende Lichtquantität nicht unabhängig von dem Ausflusswinkel an, sondern stellte das nach ihm benannte Emanationsgesetz auf, wonach die Lichtquantität proportional dem Cosinus des Emanationswinkels sein soll. Danach wäre also $f(\varepsilon) = \cos \varepsilon$ zu setzen; die wirkliche Helligkeit eines leuchtenden Elementes wäre $H = J\dfrac{1}{r^2}$ und die scheinbare Helligkeit $h = J$. Es würde also das bemerkenswerthe Resultat folgen, dass die scheinbare Helligkeit überall die gleiche wäre. Eine glühende Metallplatte müsste von allen Richtungen aus betrachtet gleich hell erscheinen, und eine leuchtende Kugel würde am Rande eben so hell aussehen wie in der Mitte. Lambert glaubte eine der wichtigsten Stützen für seinen Satz darin zu erblicken, dass die Sonnenscheibe an allen Punkten gleich hell erschiene. Es war ihm unbekannt, dass bereits Bouguer durch genügend zuverlässige Messungen den Beweis erbracht hatte, dass die Randpartien der Sonne beträchtlich lichtschwächer sind, als die Centralpartien; er hatte das Vorhandensein einer Sonnenatmosphäre gar nicht in Betracht gezogen und konnte daher auch nicht zu dem einzig richtigen Schlusse gelangen, dass die Erscheinungen an der Sonne wegen des uncontrolirbaren Einflusses einer unbekannten Sonnenatmosphäre überhaupt nicht zu Gunsten oder Ungunsten irgend welcher Emanationstheorie entscheiden können. Wodurch Lambert speciell zu seinem Emanationsgesetze geführt worden ist, lässt sich nicht mit Sicherheit angeben, soviel aber steht fest, dass er von der Tragweite desselben für die ganze Photometrie überzeugt gewesen ist und dass er Alles ver-

---

[1]) Lambert, Photometria sive de mensura et gradibus luminis, colorum et umbrae (1760). Deutsche Ausgabe von Anding, Leipzig, 1892.

sucht hat, um auf experimentellem und theoretischem Wege die Richtigkeit seines Satzes zu beweisen. Leider verfügte Lambert über durchaus
ungenügende Hülfsmittel, und die Versuche, durch Beobachtungen sein
Gesetz plausibel zu machen, müssen als durchaus unzureichend bezeichnet werden. An selbstleuchtenden Substanzen, also etwa glühenden Platten oder Kugeln, sind von ihm überhaupt keine Experimente angestellt
worden. Auch der Lambert'sche Versuch eines theoretischen Beweises
ist wegen der willkürlichen Annahmen, die dabei zu Grunde gelegt sind,
als verfehlt zu betrachten, und dasselbe gilt in noch viel stärkerem Grade
von den Beweisen, die später Beer[1] und Rheinauer[2] zur Stütze des
Lambert'schen Gesetzes hinzugefügt haben, und die, wie schon Zöllner[3]
dargethan hat, nur auf einem Kreisschlusse beruhen. Zöllner gebührt ohne Zweifel das Verdienst, zuerst auf die Unhaltbarkeit der
bisherigen Versuche, das Lambert'sche Gesetz zu beweisen, aufmerksam
gemacht und gleichzeitig den Weg gezeigt zu haben, auf dem man
allein zu klaren Anschauungen gelangen konnte. An der Richtigkeit des
Gesetzes selbst hielt Zöllner von vornherein fest; er glaubte diese zur
Genüge durch alle experimentellen Versuche ausser Zweifel gestellt und
er versuchte nur, auf plausiblere Weise als bisher auch theoretisch den
Satz zu stützen. Er verwies auf die mit dem Lichte nahe verwandten
Erscheinungen der strahlenden Wärme, machte darauf aufmerksam, dass
auch bei der Wärmeausstrahlung die Intensität von dem Cosinus des Emanationswinkels abhängt und dass bereits Fourier eine vollkommen ausreichende Erklärung dafür angegeben hatte, indem er annahm, dass
nicht nur die an der Oberfläche eines Körpers gelegenen Moleküle,
sondern auch die unter der Oberfläche befindlichen als Sitz der Wärmeausstrahlung zu betrachten seien. Indem Zöllner diese Fourier'sche Hypothese auch auf die Lichtausstrahlung selbstleuchtender Oberflächen über-
trug, gelangte er zu einem einwurfsfreien Beweise des Lambert'schen
Emanationsgesetzes. Damit hat Zöllner einen wichtigen Schritt gethan,
dessen Bedeutung für die Entwicklung der theoretischen Photometrie noch
viel grösser gewesen wäre, wenn er die weiteren Consequenzen daraus
gezogen hätte und nicht auf der ersten Stufe stehen geblieben wäre. In
dem Irrthume befangen, dass das Lambert'sche Gesetz durch alle Beobachtungen unanfechtbar nachgewiesen sei, so auch beispielsweise für die
Beobachtungen der Planeten durch die photometrischen Messungen Seidel's, glaubte er auch bei zerstreut reflectirenden Substanzen in der

1) Beer, Grundriss des photometrischen Calcüles. Braunschweig, 1854. p. 6.
2) Rheinauer, Grundzüge der Photometrie. Halle, 1862. p. 2.
3) Zöllner, Photometrische Untersuchungen mit besonderer Rücksicht auf die
physische Beschaffenheit der Himmelskörper. Leipzig, 1865. p. 12.

weiteren Verfolgung der Fourier'schen Vorstellungen eine Ableitung des Lambert'schen Gesetzes zu finden. Er hat aber dabei einen sehr wichtigen Umstand übersehen, dass nämlich bei den zerstreut reflectirenden Substanzen sowohl beim Eindringen des Lichtes bis zu einer gewissen Tiefe als beim Ausstrahlen eine Absorption stattfindet, welche die Lichterscheinungen wesentlich modificirt. Wir werden im nächsten Paragraphen zeigen, dass die Berücksichtigung dieser Umstände zu einem wesentlich anderen Gesetze als dem Lambert'schen führt. Soviel hier nur in Kürze über Zöllner's Stellung zum Lambert'schen Emanationsgesetze.

Wir kehren nach dieser Abschweifung zu den selbstleuchtenden Oberflächen zurück und wollen zunächst den strengen Beweis angeben, den zuerst Lommel für das Lambert'sche Emanationsgesetz auf Grund der Fourier'schen Anschauungsweise aufgestellt hat. Dieser Beweis findet sich ganz versteckt in einer Abhandlung Lommel's[1]) über das Fluorescenzlicht, in welcher ausserordentlich wichtige Bemerkungen über die Grundsätze der Photometrie enthalten sind. Es sei (Fig. 5) MN die Oberfläche eines leuchtenden Körpers, $AB = d\varphi$ ein Oberflächenelement. In der Richtung AP, welche mit der Normale AC den Winkel ε bildet, mögen die Strahlen (unter einander parallel) aus dem Körper austreten; dann werden nach der Fourierschen Anschauung alle diejenigen Volumelemente an der Lichtausstrahlung sich betheiligen, welche in dem schiefen Cylinder enthalten sind, der AB zur Basis hat und dessen Axe der Richtung AP

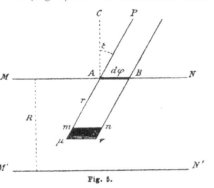

Fig. 5.

parallel ist. Die Tiefe, aus welcher noch Licht hervordringen kann, hängt von dem Grade der Durchsichtigkeit des leuchtenden Körpers ab. Bei den sogenannten undurchsichtigen Körpern dringt das Licht nur aus ganz geringer Tiefe unter der Oberfläche hervor, sie werden erst in unendlich dünnem Zustande durchsichtig, während z. B. glühende Gasmassen das Licht aus ziemlich tiefen Schichten hervorkommen lassen. Wir wollen uns hier zunächst nur mit Körpern der ersten Gattung beschäftigen und ein kleines Volumelement $mn\mu\nu$ in Betracht ziehen, welches von dem Oberflächenelemente AB um die Strecke $Am = r$ entfernt ist. Die Leucht-

1) Wiedem. Annal. Bd. 10, p. 449.

kraft des Körpers, den wir als gleichmässig leuchtend annehmen wollen, sei J, d. h. die Volumeinheit möge in der Entfernung 1 auf die Flächeneinheit senkrecht die Lichtmenge J ausstrahlen, vorausgesetzt, dass keine Absorption stattfindet. Das Volumelement $m\,n\,\mu\,\nu$, dessen Inhalt $= d\varphi\, dr \cos \varepsilon$ ist, würde also ohne Absorption die Lichtquantität

$$q = J\, d\varphi\, dr \cos \varepsilon$$

aussenden. Bezeichnen wir nun die Änderung, welche q auf einem sehr kleinen Wege dr erleidet, mit dq, so ist klar, dass dq negativ sein muss, weil eine Lichtabnahme stattfindet, ferner dass es proportional dem zurückgelegten Wege dr, ebenso proportional der ursprünglichen Energie q sein muss, und endlich, dass es infolge der dem Körper eigenthümlichen Absorption mit einem gewissen Absorptionscoefficienten zu multipliciren ist. Man hat also:

$$dq = -\,kq\, dr, \quad \text{oder:} \quad \frac{dq}{q} = -\,k\, dr\,.$$

Durch Integration über die ganze Strecke r findet man:

$$\log \frac{q_0}{q} = -\,kr, \quad \text{oder:} \quad \frac{q_0}{q} = e^{-\,kr},$$

wo q_0 die Lichtquantität ist, welche anstatt der ursprünglichen Quantität q übrig geblieben ist, wenn das Licht des Volumelementes $m\,n\,\mu\,\nu$ den Körper verlässt. Durch Substitution von q hat man:

$$q_0 = J\, d\varphi\, dr \cos \varepsilon\, e^{-\,kr}\,.$$

Sämmtliche in dem schiefen Cylinder enthaltenen Volumelemente senden also die Lichtmenge aus:

$$Q = J\, d\varphi \cos \varepsilon \int_0^\varrho dr\, e^{-\,kr},$$

wo die Integration von $r = 0$ an bis zu einem Werthe $r = \varrho$ auszuführen ist, für welchen überhaupt kein Licht mehr aus dem Körper hervordringen kann, für welchen also auch $e^{-\,k\varrho}$ verschwindend klein sein muss. Die Ausführung der Integration liefert:

$$Q = J\, d\varphi \cos \varepsilon\, \frac{1}{k}\, \{1 - e^{-\,k\varrho}\}\,,$$

und da nach dem eben Gesagten $e^{-\,k\varrho}$ gleich Null sein soll, so wird:

$$Q = \frac{1}{k}\, J\, d\varphi \cos \varepsilon\,.$$

Bei senkrechter Ausstrahlung ($\varepsilon = 0$) würde man haben:

$$Q_0 = \frac{1}{k}\, J\, d\varphi\,;$$

mithin:

$$\frac{Q}{Q_0} = \cos\varepsilon\,.$$

Es ist hiermit der Lambert'sche Satz vom Cosinus des Emanationswinkels ganz streng bewiesen, allerdings nur für selbstleuchtende Körper und auch bei diesen nur für sogenannte undurchsichtige Substanzen. Würde der durch die Flächen MN und $M'N'$ begrenzte Körper ein durchsichtig glühender sein, so müsste man, um die gesammte von allen Volumelementen des schiefen Cylinders durch $d\varphi$ ausgesandte Lichtmenge zu erhalten, die Integration von $r=0$ bis $r=\dfrac{R}{\cos\varepsilon}$ ausführen, wenn R die Dicke des betrachteten Körpers ist. Man erhielte dann:

$$Q = \frac{1}{k}\, J\, d\varphi\, \cos\varepsilon \left\{ 1 - e^{-k\frac{R}{\cos\varepsilon}} \right\},$$

ebenso:

$$Q_0 = \frac{1}{k}\, J\, d\varphi\, \{1 - e^{-kR}\},$$

und mithin:

$$\frac{Q}{Q_0} = \cos\varepsilon\, \frac{1 - e^{-k\frac{R}{\cos\varepsilon}}}{1 - e^{-kR}}\,.$$

Für $\varepsilon = 0$ und $\varepsilon = 90^\circ$ wird dieser Ausdruck, ebenso wie bei dem einfachen Lambert'schen Emanationsgesetze, gleich 1 resp. gleich 0, und im Allgemeinen nimmt der Werth mit wachsendem ε beständig ab, bleibt jedoch stets grösser als $\cos\varepsilon$. Erst für eine unendlich dicke Schicht geht der Ausdruck in das reine Emanationsgesetz über.

Wir wollen diesen Gegenstand, so interessant er auch namentlich im Hinblick auf das Verhalten aller leuchtenden Flammen und aller glühenden Gasmassen ist, hier nicht weiter verfolgen, sondern kehren zu den sogenannten undurchsichtigen selbstleuchtenden Flächen zurück, für welche das einfache Lambert'sche Emanationsgesetz als gültig nachgewiesen worden ist, um noch einige allgemeine Betrachtungen über die gegenseitige Beleuchtung von Flächen anzuknüpfen und einige specielle Aufgaben zu behandeln, die für die Astrophotometrie von Bedeutung sein können. Beiläufig verdient noch erwähnt zu werden, dass auch experimentell die Anwendbarkeit des Emanationsgesetzes auf die Lichtausstrahlung glühender Metallstreifen, also undurchsichtiger selbstleuchtender Körper, in neuerer Zeit durch Versuche von Möller[1]) in Strassburg ausser Zweifel gestellt worden ist.

---

[1] Elektrotechnische Zeitschrift. Bd. 5, p. 370 und 405.

Es sei f (Fig. 6) eine selbstleuchtende Fläche und F eine andere davon beleuchtete beliebige Fläche; df sei ein Oberflächenelement der

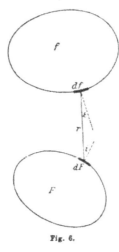

ersten, dF ein Element der zweiten Fläche. Ist die Fläche f gleichmässig leuchtend, ist also die Leuchtkraft J in allen Punkten die gleiche, so ist nach den bisherigen Erörterungen die Lichtquantität dL, welche von dem Element df auf das Element dF übergeht, ausgedrückt durch:

$$dL = J\, df\, dF \cos i \cos \varepsilon \, \frac{1}{r^2}\,.$$

Fig. 6.

Um die Lichtmenge zu haben, die von dem ganzen Körper f auf das Element dF gelangt, hat man zu summiren über sämmtliche Theilchen von f, die von dF aus frei sichtbar sind, und um endlich die ganze Lichtquantität zu haben, die von f auf F gelangt, hat man eine zweite Summation über alle Theilchen dF zu bilden, auf die von f aus überhaupt Licht gelangen kann.

Man hat also für die Lichtmenge L, welche von f auf F gelangt, den Ausdruck:

$$L = J \sum \sum \left(df\, dF \cos i \cos \varepsilon \, \frac{1}{r^2} \right).$$

Denkt man sich nun umgekehrt F als gleichmässig leuchtende Fläche mit der Leuchtkraft J', so würde entsprechend die Lichtmenge L', welche von F auf f übergeht, gegeben sein durch den Ausdruck:

$$L' = J' \sum \sum \left(dF\, df \cos i \cos \varepsilon \, \frac{1}{r^2} \right),$$

und da die Doppelsummen einander gleich sind, so erhält man unmittelbar: $\frac{L}{L'} = \frac{J}{J'}$, oder den wichtigen Satz: »Die Lichtmengen, welche zwei gleichmässig glühende Körper einander zusenden, verhalten sich wie die Intensitäten des Glühens der beiden Körper«, oder: »Die Lichtquantitäten, welche zwei leuchtende Flächen austauschen, sind den Leuchtkräften proportional.«

Auch hier wird die Anschauungsweise durch Einführung der scheinbaren Grösse wesentlich vereinfacht. Es stelle (Fig. 7) F eine selbstleuchtende Fläche dar, welche das kleine Element df beleuchtet. Von df als Spitze sei der umhüllende Kegel an die Fläche F gelegt, welcher dieselbe längs einer Curve berührt, jenseits deren kein Punkt der Fläche

Licht nach df schicken kann. Construirt man um df als Centrum eine Kugel mit dem Radius 1, so wird aus dieser durch den Kegel ein Stück herausgeschnitten, welches man die scheinbare Grösse der leuchtenden Fläche F nennt. Auf irgend einem Radius liegen die Elemente $d\omega$ und dF. Nach den bisherigen Sätzen ist die Lichtmenge dL, welche von dF auf df übergeht, gegeben durch den Ausdruck:

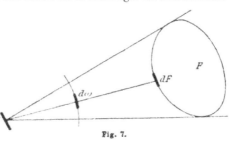

Fig. 7.

$$dL = J\, dF\, df \cos i \cos \varepsilon\, \frac{1}{r^2}\, .$$

Wäre das Element $d\omega$ mit derselben Leuchtkraft J wie die Fläche F selbstleuchtend, so würde es nach df die Lichtmenge $dL' = J\, d\omega\, df \cos i$ senden, da ε in diesem Falle gleich Null wäre. Nun sei aber $d\omega = \dfrac{dF \cos \varepsilon}{r^2}$; folglich wird $dL = dL'$, und es gelangt also von $d\omega$ dieselbe Lichtmenge auf df wie von dF. Dasselbe gilt von den entsprechenden Elementen der Fläche F und der Hülfskugel, und man kann daher die gesammte Lichtmenge, welche von einer beliebigen Fläche F mit der gleichmässigen Leuchtkraft J auf ein Element df übergeht, ersetzen durch die von der scheinbaren Grösse der Fläche ausgehende Lichtquantität, vorausgesetzt, dass auch die scheinbare Figur überall die Leuchtkraft J besitzt; ja man kann diese Substitution auch dann noch einführen, wenn die leuchtende Fläche nicht gleichmässig leuchtend ist, vorausgesetzt nur, dass man in jedem Punkte der Hülfskugel dieselbe Intensität annimmt, welche in dem entsprechenden Punkte der Fläche herrscht.

Dieser Hülfssatz kann nun dazu benutzt werden, um eine ganze Reihe von Aufgaben zu lösen, welche die Beleuchtung eines horizontalen Elementes durch einen irgendwie gelegenen selbstleuchtenden Kreis oder eine Ellipse, durch ein sphärisches Dreieck, durch eine selbstleuchtende Kugel oder ein Ellipsoid u. s. w. behandeln. Anding hat in seiner deutschen Ausgabe von Lamberts ›Photometria‹ in der Anmerkung zu § 140 darauf aufmerksam gemacht, dass bei allen leuchtenden Flächen, die einen Mittelpunkt haben, die Beleuchtungsaufgabe sich darauf reducirt, die Lichtquantität zu ermitteln, welche die betreffende Fläche auf das horizontale Element sendet, wenn der Mittelpunkt senkrecht über demselben, also im Zenith, liegt.

In der That sei (Fig. 8) F irgend eine Fläche mit Mittelpunkt, dF ein Oberflächenelement, C der Mittelpunkt, df das beleuchtete horizontale Element. Auf der Hülfskugel mit dem Radius 1 um df als Centrum sei $d\varphi$ die scheinbare Grösse von dF, Z sei das Zenith und M die Projection des Mittelpunktes; dann ist in dem sphärischen Dreiecke $Z M d\varphi$ die Seite $Z d\varphi$ gleich dem Incidenzwinkel i, die Seite ZM ist die Zenithdistanz z des Mittelpunktes C; die dritte Seite sei mit v bezeichnet, ferner heisse ϑ der Winkel zwischen v und z. Dann hat man:

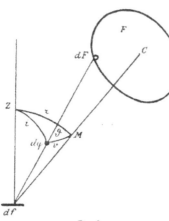

Fig. 8.

$$\cos i = \cos z \cos v + \sin z \sin v \cos \vartheta .$$

Die Lichtquantität, welche von dF nach df gelangt, ist nach dem obigen Hülfssatze ausgedrückt durch:

$$dL' = J\, df\, d\varphi \cos i ,$$

oder, nach Substitution von $\cos i$, durch:

$$dL' = J\, df \cos z \cos v\, d\varphi + J\, df \sin z \sin v \cos \vartheta\, d\varphi .$$

Nun giebt es bei einer Mittelpunktsfläche zu jedem Elemente dF ein zweites, für welches v denselben Werth hat, für welches aber ϑ in den Werth $\pi + \vartheta$ übergeht. Bei der Integration über alle Elemente dF fällt also das zweite Glied fort, und man erhält für die gesammte Lichtmenge den Werth:

$$L' = J\, df \int \cos z \cos v\, d\varphi ,$$

und da $\cos z$ constant ist, so wird:

$$L' = J\, df \cos z \int \cos v\, d\varphi .$$

Es folgt also der wichtige Satz, dass die Lichtmenge, welche eine Mittelpunktsfläche auf ein horizontales Element wirft, stets proportional dem Cosinus der Zenithdistanz des Mittelpunktes ist. Der Satz gilt sogar noch dann, wenn die eigenthümliche Leuchtkraft J nicht überall die gleiche ist, wenn sie nur symmetrisch zum Mittelpunkte ist; denn dann haben die Oberflächenelemente v, ϑ und v, $\pi + \vartheta$ dieselbe Intensität und das zweite Glied verschwindet bei der Integration ebenfalls. Die gesammte Lichtmenge wird dann, da J nicht constant, sondern irgend eine Function von v und ϑ ist, gegeben durch:

$$L' = df \cos z \int J \cos v\, d\varphi .$$

Aus dem Anding'schen Satze folgt ohne Weiteres, dass alle Beleuchtungsaufgaben bei Mittelpunktsflächen sich auf den Fall $z = 0$ reduciren, und dass es also bei jeder speciellen Aufgabe auf die Lösung des Integrales: $\int J \cos i\, d\varphi$ ankommt. Denkt man sich nun an die scheinbare Fläche im Zenith eine tangirende Ebene gelegt, so ist $\cos i\, d\varphi$ nichts Anderes als die Projection von $d\varphi$ auf diese Ebene. Ist die leuchtende Fläche z. B. eine Kugel, deren scheinbarer Radius $= s$ ist, so wird die Projection der scheinbaren Fläche auf die erwähnte Tangentialebene ein Kreis mit dem Radius $\sin s$, und die Lichtmenge, welche von der leuchtenden Kugel im Zenith auf das horizontale Element df übergeht, wird nach dem Vorangehenden:

$$L' = J\, df\, \pi \sin^2 s\,.$$

Befindet sich die Kugel nicht im Zenith, so muss man noch mit dem Cosinus der Zenithdistanz des Mittelpunktes multipliciren, um die Lichtmenge zu finden.

Man sieht, dass durch den Anding'schen Hülfssatz die Lösung von Aufgaben wesentlich erleichtert wird, die bei Lambert und in dem erwähnten Beer'schen Lehrbuche des photometrischen Calcüls einen nicht unerheblichen Aufwand von Rechnungen und Entwicklungen erfordern. So lässt sich sehr einfach die Beleuchtung durch eine sphärische Ellipse bestimmen. Es genügt auch hier wieder der Fall, dass der Mittelpunkt der Ellipse im Zenith liegt. Sind dann s_1 und s_2 die Winkel, unter denen die beiden Halbaxen der Ellipse, von df aus gesehen, erscheinen, so wird die Projection der scheinbaren Fläche auf die Tangentialebene ebenfalls eine Ellipse mit den Halbaxen $\sin s_1$ und $\sin s_2$, und der Inhalt der Projection wird daher:

$$\pi \sin s_1 \sin s_2\,.$$

Die von der selbstleuchtenden sphärischen Ellipse auf df gesandte Lichtmenge ist daher:

$$L' = J\, \pi\, df \sin s_1 \sin s_2\,,$$

oder wenn der Mittelpunkt der Ellipse die Zenithdistanz z hat:

$$L' = J\, \pi\, df \sin s_1 \sin s_2 \cos z\,.$$

Ebenso leicht lassen sich die Fälle behandeln, wo die leuchtende Fläche ein sphärisches Dreieck oder ein sphärisches Polygon, eine sichelförmige Figur wie bei den Phasen einer Sonnenfinsterniss u. s. w. ist, ebenso die Fälle, wo die beleuchtete Fläche nicht ein kleines horizontales Element ist, sondern ebenfalls eine beliebig gestaltete Fläche repräsentirt. Eine ausführlichere Behandlung dieser Aufgaben würde den Rahmen dieses

Buches wesentlich überschreiten, und es muss daher auf die Lehrbücher
von Lambert und Beer verwiesen werden.

7. Zerstreut reflectirende Substanzen. Die Bouguer'sche Reflexionstheorie. Das Lommel-Seeliger'sche Beleuchtungsgesetz.

Die Berechnung der Lichtquantität, welche von einem leuchtenden
Punkte oder einer leuchtenden Fläche auf eine andere Fläche objectiv
gesandt wird, hat, wie schon mehrfach im Früheren betont wurde, im
Grossen und Ganzen nur ein theoretisches Interesse, da diese Lichtmenge
nicht von unserem Auge direct wahrgenommen wird und auch nur unter
bestimmten Voraussetzungen und nur in gewissem Betrage auf andere
Weise (durch Photographie, durch elektrische Wirkungen etc.) gemessen
werden kann. Für unser Auge wird diese Erleuchtung erst dadurch
wahrnehmbar, dass die auffallende Lichtmenge von der beleuchteten
Fläche wieder ausgestrahlt wird, und was in unserem Sehorgan zum Bewusstsein gelangt, ist erst die durch Zurückstrahlung mehr oder weniger
modificirte ursprüngliche objective Lichtmenge. Wieviel von dem auffallenden Lichte zurückgeworfen wird und nach welchen Gesetzen, hängt
einzig und allein von der physischen Beschaffenheit der beleuchteten
Substanz ab, und es wird wohl schwerlich möglich sein, ein allgemein
gültiges Beleuchtungsgesetz aufzustellen. Ist der beleuchtete Körper
optisch vollkommen durchsichtig, so ist klar, dass alles auffallende
Licht hindurchgelassen wird und dass überhaupt nichts mehr reflectirt
werden kann; einen solchen absolut durchsichtigen Körper würde man
seiner äusseren Begrenzung nach überhaupt gar nicht wahrnehmen können.
In der Natur giebt es solche absolut durchsichtigen Körper nicht. Je
weniger durchsichtig ein Körper ist, desto mehr Licht muss er reflectiren,
wenn der Satz von der Erhaltung der Energie Gültigkeit haben soll.
Nach den Fresnel'schen Untersuchungen ist die Lichtquantität L, welche
von einer Oberfläche reflectirt wird, wenn die einfallende Lichtmenge L_0
unter dem Incidenzwinkel i auffällt und unter dem Brechungswinkel r
eindringt, gegeben durch die Gleichung:

$$L = \tfrac{1}{2} L_0 \left\{ \frac{\tan^2(i-r)}{\tan^2(i+r)} + \frac{\sin^2(i-r)}{\sin^2(i+r)} \right\},$$

während die in den Körper eindringende Lichtmenge $D = L_0 - L$ sein muss.

Körper, deren Oberfläche nicht so glatt und gleichmässig ist, dass
nach allen Richtungen eine regelmässige Reflexion nach den Fresnel'schen
Gesetzen stattfinden kann, nennt man zerstreut reflectirende und nimmt

an, dass bei ihnen das auffallende Licht unregelmässig nach allen Richtungen zurückgestrahlt wird. Aber ebenso wenig, wie es vollkommen spiegelnde Substanzen giebt, dürfte es auch vollkommen diffus reflectirende geben, und selbst sehr rauhe Oberflächen zeigen bei grossen Einfalls- und Reflexionswinkeln bekanntlich vollkommene Spiegelbilder. Die zerstreute Reflexion wird wesentlich von der Beschaffenheit der Substanz abhängen, und zwar voraussichtlich in erster Linie von der Absorption, welche das Licht in der Substanz selbst erleidet. Denn dass eine solche Absorption in der That stattfinden muss, folgt schon allein aus dem Vorhandensein einer specifischen Körperfarbe. Seeliger[1] hat darauf aufmerksam gemacht, wie instructiv in dieser Beziehung die Betrachtung pulverisirter Farbstoffe ist. Je feiner das Pulver ist, desto weniger intensiv tritt seine Färbung hervor, desto weisslicher erscheint die Farbe, weil das Licht in diesem Falle nur von den allerobersten Schichten zurückgeworfen wird, während die Färbung bei gröberem Pulver, wo das Licht infolge der grossen Zwischenräume tiefer in den Körper eindringen kann, entschieden deutlicher zu bemerken ist.

Das Studium der Lichtausstrahlung zerstreut reflectirender Substanzen gehört zu den schwierigsten Capiteln der Photometrie und ist auch für die Astronomie von der grössten Bedeutung, weil die Planeten und Monde zweifellos das Sonnenlicht zum grössten Theile diffus reflectiren. Lambert hat sich die Lösung des Problems allerdings sehr leicht gemacht, indem er einfach annahm, dass die beleuchteten Elemente des Körpers ihrerseits wieder als selbstleuchtend betrachtet werden dürften und dass daher dasselbe Emanationsgesetz gelten müsse, wie für selbstleuchtende Körper. Man denke sich ein zerstreut reflectirendes Flächenelement ds von einer Lichtquelle (einem leuchtenden Punkte oder einer leuchtenden Fläche) unter dem Incidenzwinkel i beleuchtet. Ist dann L die Lichtmenge, welche auf die Flächeneinheit senkrecht auffällt, so erhält ds nach dem Früheren die Lichtquantität $L\,ds\cos i$. Von dieser Lichtmenge wird nun das Element nach jeder Richtung einen gewissen Bruchtheil reflectiren, und es sei die in senkrechter Richtung ausgestrahlte Lichtmenge durch $c\,L\,ds\cos i$ ausgedrückt. Wenn sich nun das diffus reflectirende Element, wie Lambert annimmt, wie ein selbstleuchtendes verhalten soll, so müssen sich nach dem Emanationsgesetze die in verschiedenen Richtungen ausgestrahlten Lichtmengen wie die Cosinus der Emanationswinkel verhalten, und es ist daher die unter dem Winkel ε ausgestrahlte Lichtmenge

$$dq = c\,L\cos i\,ds\cos\varepsilon.$$

1) Sitzungsb. der math.-phys. Classe der K. Bayer. Akad. der Wiss. Bd. 18 (1888), p. 228.

Denkt man sich nun um ds eine Halbkugel mit dem Radius 1 construirt, so wird einem Elemente $d\omega$ derselben die Lichtquantität

$$dQ = dq\, d\omega = c\, L\, ds\, \cos i\, \cos \varepsilon\, d\omega$$

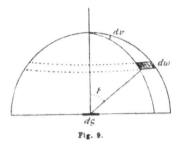

Fig. 9.

zugesandt, und die ganze Halbkugel erhält daher, da sich das Element $d\omega$, wie nebenstehende Figur 9 zeigt, durch $d\varepsilon \sin \varepsilon\, dr$ ausdrücken lässt, die Lichtmenge:

$$Q = c\, L\, ds\, \cos i \int_0^{\frac{\pi}{2}} \cos\varepsilon\, \sin\varepsilon\, d\varepsilon \int_0^{2\pi} dr,$$

oder:

$$Q = c\, L\, ds\, \cos i\; \pi\,.$$

Es wird aber diese ganze ausgestrahlte Lichtmenge auch irgend ein Bruchtheil der von dem Element empfangenen Lichtmenge $L\, ds\, \cos i$ sein, d. h. man wird haben:

$$Q = L\, ds\, \cos i\; A\,,$$

wo der Factor A, welcher angiebt, wieviel von dem einfallenden Lichte auf eine ganze Halbkugel mit dem Radius 1 ausgestrahlt wird, kleiner als 1 ist und von Lambert die Albedo der Substanz genannt worden ist. Aus den beiden Gleichungen für Q folgt: $c = \dfrac{A}{\pi}$, und man hat daher das Lambert'sche Beleuchtungsgesetz für zerstreut reflectirende Substanzen in der bekannten Form:

$$dq = \frac{A}{\pi}\, L\, ds\, \cos i\, \cos \varepsilon\,,$$

oder auch, wenn man eine einzige Constante Γ_1 einführt:

$$dq = \Gamma_1\, ds\, \cos i\, \cos \varepsilon\,.$$

Wie man leicht sieht, hat das Lambert'sche Gesetz keinerlei theoretische Berechtigung. Lambert glaubte dasselbe durch Versuche an verschiedenen Substanzen bewiesen zu haben, indessen sind diese Versuche so ungenau und so wenig zahlreich, dass sie kaum etwas zu Gunsten des Lambert-schen Gesetzes entscheiden können. Neuere Versuchsreihen an einer grossen Zahl irdischer zerstreut reflectirender Substanzen von Seeliger[1] und von Messerschmitt[2] haben zweifellos festgestellt, dass das Lambert'sche

---

1) Sitzungsb. der math.-phys. Classe der K. Bayer. Akad. der Wiss. Bd. 18 201.

2) Messerschmitt, Über diffuse Reflexion. Diss. inaug. Leipzig, 1888.

Gesetz nur ganz ausnahmsweise als Annäherung an die Wahrheit betrachtet werden kann, dass die Lichtmenge vom Azimuth abhängig ist etc., und dass es daher für diffus reflectirende Körper aus der Reihe der photometrischen Grundgesetze gestrichen werden muss. Der Umstand, dass dieses Gesetz so lange eine unumschränkte Herrschaft ausgeübt hat, erklärt sich wohl am besten durch die überaus einfache und elegante Form, in welcher es erscheint, und aus dem Mangel an zuverlässigen Beobachtungen, welche gegen dasselbe stimmen konnten. Für die Astrophotometrie schien es zwar durch die Zöllner'schen Messungen am Monde und am Planeten Mars nicht bewiesen, dafür ergaben aber die Seidel'schen Beobachtungen an der Venus eine vollkommene Bestätigung, und unter geeigneten Annahmen über die Oberflächenbeschaffenheiten dieser Himmelskörper liessen sich diese scheinbaren Widersprüche sehr gut auch mit dem Lambert'schen Gesetze vereinigen. Näheres darüber später. Zöllner hat zwar, wie wir gesehen haben, bei den selbstleuchtenden Substanzen den Weg zu einem strengen Beweise des Lambert'schen Emanationsgesetzes gewiesen, indem er die Fourier'sche Anschauungsweise von dem Hervordringen der Wärmestrahlen aus dem Inneren der Körper auch auf die Lichtstrahlen in Anwendung brachte, er hat aber, indem er versuchte, diese Überlegungen bei der Behandlung der nicht selbstleuchtenden Substanzen einzuführen, den Fehler gemacht, nur eine Lichtabsorption bei der Ausstrahlung der Raumelemente aus dem Inneren anzunehmen, nicht aber auch entsprechend eine Lichtschwächung schon bei dem Eindringen des Lichtes in das Innere. Dieser Umstand hat ihn wieder auf das Lambert'sche Gesetz zurückgeführt und ihn verhindert, schon vor 30 Jahren diejenigen Fortschritte in der theoretischen Photometrie anzubahnen, welche wir den neueren Forschungen von Lommel und Seeliger verdanken.

Nicht ohne Interesse ist die Vorstellung, die sich Bouguer von der physikalischen Beschaffenheit der diffus reflectirenden Substanzen gemacht hat. Er nahm an, dass die Oberfläche eines solchen Körpers wegen seiner Rauhheit keine vollkommen geometrische Fläche sein könne, sondern dass sie aus einer zahllosen Menge von kleinen spiegelnden Elementen bestünde, die unter allen möglichen Winkeln gegen die Oberfläche des Körpers geneigt wären und das Licht nach den Gesetzen der Spiegelung zurückwürfen. Bouguer hat diese Anschauungsweise in seinem »Traité d'optique« mit grosser Consequenz durchzuführen versucht, es ist ihm aber nicht gelungen, ein allgemein gültiges Beleuchtungsgesetz für alle zerstreut reflectirenden Substanzen aufzustellen. Seine Theorie gilt heute als veraltet, es verdient aber vielleicht hervorgehoben zu werden, dass Seeliger in neuerer Zeit die Bouguer'sche Vorstellung unter gewissen Voraussetzungen etwas weiter verfolgt hat. Wir denken uns auf eine zerstreut reflectirende

Oberfläche, die im Grossen und Ganzen eine Ebene sein, aber im Speciellen
aus lauter kleinen spiegelnden Elementen bestehen möge, aus grosser Entfernung Licht unter dem Incidenzwinkel i auffallend. Dasselbe möge unter
dem Emanationswinkel ε wieder ausgestrahlt und von grosser Entfernung
aus betrachtet werden. Dann ist klar, dass, wenn die Lichtwirkung einzig
und allein in einer Spiegelung bestehen soll, nur solche Elemente dem
Beobachter Licht zuschicken können, deren Normale mit der Richtung
der ein- und austretenden Strahlen in einer Ebene liegt und den Winkel
zwischen diesen beiden Richtungen halbirt. Dieser Winkel sei x, und
die Zahl der kleinen spiegelnden Elemente, die dieser Bedingung genügen
und deren Ebenen unter einander natürlich parallel sein müssen, sei n.
Dann wird die Lichtmenge, welche das betrachtete Flächenstück dem
Beobachter zusendet, proportional der Anzahl der Elemente und ausserdem
eine Function des Winkels $\frac{x}{2}$ sein, welche die Abhängigkeit der Intensität
des gespiegelten Lichtstrahles von dem Einfallswinkel ausdrückt. Man
wird also haben:

$$(1) \qquad q = k\, n\, f\left(\frac{x}{2}\right),$$

wo k eine Constante ist.

Man denke sich nun um einen Punkt der Fläche eine Kugel beschrieben, dann wäre in nebenstehender Figur 10 die Richtung des

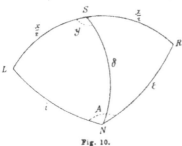

Fig. 10.

einfallenden Lichtes an der Sphäre
durch den Punkt L, die Richtung des
ausstrahlenden Lichtes durch R, die
Normale zur Fläche durch N und die
Normale zu den wirksamen Spiegel-
elementen durch S markirt. Die
Seiten in den sphärischen Dreiecken
sind $LS = SR = \frac{x}{2}$, $LN = i$ und
$NR = \varepsilon$; ausserdem sei NS, d. h. der

Winkel zwischen Normale der wirksamen Spiegel und Normale zur Oberfläche, mit δ bezeichnet. Der Winkel LNR oder die Azimuthdifferenz zwischen
dem einfallenden und austretenden Strahle sei A, endlich sei der Winkel
LSN mit y bezeichnet. Dann hat man in den drei sphärischen Dreiecken:

$$(2) \qquad \begin{cases} \cos x = \cos i \cos \varepsilon + \sin i \sin \varepsilon \cos A, \\[2mm] \cos i = \cos \dfrac{x}{2} \cos \delta + \sin \dfrac{x}{2} \sin \delta \cos y, \\[2mm] \cos \varepsilon = \cos \dfrac{x}{2} \cos \delta - \sin \dfrac{x}{2} \sin \delta \cos y. \end{cases}$$

Aus den beiden letzten dieser Gleichungen folgt:

$$\text{(3)} \qquad \cos i + \cos \varepsilon = 2 \cos \frac{x}{2} \cos \delta \,.$$

Nun ist aber:

$$2 \cos \frac{x}{2} = \sqrt{2} \sqrt{1 + \cos x} \,,$$

oder, wenn man den Werth von $\cos x$ aus der ersten der Gleichungen (2) einträgt:

$$2 \cos \frac{x}{2} = \sqrt{2} \sqrt{1 + \cos i \cos \varepsilon + \sin i \sin \varepsilon \cos A} \,.$$

Man erhält daher aus Gleichung (3):

$$\text{(4)} \qquad \cos \delta = \frac{\cos i + \cos \varepsilon}{\sqrt{2} \sqrt{1 + \cos i \cos \varepsilon + \sin i \sin \varepsilon \cos A}} \,.$$

In den Gleichungen (2) und (4) sind die Grössen x und δ durch die Einfalls- und Emanationswinkel und die Azimuthdifferenz A ausgedrückt. Kennt man also die Form der Function f und kennt auch n, so ist die Lichtquantität durch die Grössen i, ε, A in jedem Falle gegeben. Was die Grösse n anbetrifft, also die Anzahl der in einer bestimmten Richtung spiegelnden Elemente, so hängt diese natürlich vollkommen von der Beschaffenheit der zerstreut reflectirenden Oberfläche ab; man wird aber in jedem Falle eine willkürliche Function φ annehmen können, die n abhängig erscheinen lässt von dem Winkel δ, eigentlich auch noch von dem Azimuth der Normale der kleinen Spiegel. Vernachlässigen wir letztere Abhängigkeit und setzen also willkürlich $n = \varphi(\delta)$, so wird die ausgestrahlte Lichtmenge:

$$q = k \, \varphi(\delta) \, f\left(\frac{x}{2}\right) \,.$$

In den beiden Fällen, wo die Azimuthdifferenz A zwischen einfallendem und austretendem Strahle 0 resp. 180° ist, werden die Beziehungen sehr einfach. Man hat nach den Gleichungen (2) und (4)

im ersten Falle: $x = i - \varepsilon$ und $\delta = \frac{1}{2}(i + \varepsilon)$,
im zweiten Falle: $x = i + \varepsilon$ und $\delta = \frac{1}{2}(i - \varepsilon)$,

und demnach ergeben sich dann die Beleuchtungsgesetze:

$$q = k \, \varphi\left(\frac{i + \varepsilon}{2}\right) f\left(\frac{i - \varepsilon}{2}\right),$$

$$q = k \, \varphi\left(\frac{i - \varepsilon}{2}\right) f\left(\frac{i + \varepsilon}{2}\right).$$

Weiter hat Seeliger den Gegenstand nicht verfolgt, und weiter lässt er sich auch nicht verfolgen, wenn man nicht noch speciellere Annahmen über die Anordnung der spiegelnden Einzelelemente machen will. Dazu liegt aber keinerlei Anregung vor, da die ganze Bouguer'sche Vorstellungsweise etwas gekünstelt ist und inzwischen auch durch die von Lommel und Seeliger ausgebaute Absorptionstheorie vollständig verdrängt worden ist.

Wir haben bereits oben gesehen, zu welchen Resultaten bei den selbstleuchtenden Körpern die Annahme, dass das Licht aus einer gewissen Tiefe unter der Oberfläche hervordringt und auf seinem Wege eine gewisse Absorption erleidet, geführt hat, und werden diese Hypothese nun auch auf die zerstreut reflectirenden Körper ausdehnen, indem wir voraussetzen, dass das auffallende Licht bis zu einer gewissen Tiefe in den Körper eindringt, eine Absorption auf seinem Wege erleidet, von den getroffenen Raumelementen des Körpers wieder zur Umkehr gezwungen wird und endlich auf seinem Rückwege eine neue Schwächung durch Absorption erleidet. Dabei ist noch die Annahme zu Grunde zu legen, dass die einzelnen Volumelemente des Körpers die Fähigkeit haben, das Licht nach allen Seiten mit der nämlichen Intensität zur Umkehr zu bringen, und dass auch die Absorption in allen Richtungen gleich stark ist. Man denke sich den beleuchteten zerstreut reflectirenden Körper als planparallele Platte, und es sei (Fig. 11) dv ein kleines Volumelement

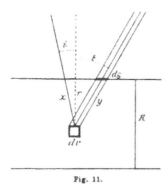

im Inneren derselben. Das Licht falle in einer Richtung, die mit der Normale zum Körper den Winkel i einschliesst, auf. Es soll die in der Richtung ε durch das Oberflächenelement ds ausgestrahlte Lichtmenge, oder was nach unseren früheren Definitionen dasselbe ist, die Dichtigkeit des Lichtes in dem unter dem Emanationswinkel ε aus dem Körper austretenden Lichtcylinder gefunden werden. Ist L die Lichtquantität, welche auf die Volumeinheit an der Oberfläche des Körpers von

Fig. 11.

der Lichtquelle gesandt wird, und ist k der Absorptionscoefficient der Substanz für die eindringenden Strahlen, so gelangt zu dem Volumelemente dv infolge der auf dem Wege x im Inneren des Körpers erlittenen Absorption die Lichtquantität:

$$dq' = L\,dv\,e^{-kx}\,.$$

Wird nun von dem Elemente dv ein gewisser Bruchtheil dieser auffallenden Lichtmenge, den wir durch den Factor μ (das Diffusionsvermögen des

Körpers) bezeichnen wollen, nach allen Richtungen ringsum zurückgeworfen, so würde die von dv in irgend einer Richtung, also auch unter dem Emanationswinkel ε ausgestrahlte Lichtmenge ausgedrückt sein durch:

$$\frac{\mu}{4\pi} dq'.$$

Da aber auf dem Wege y wieder eine Absorption stattfindet, so wird, wenn der Absorptionscoefficient für die austretenden Strahlen mit k' bezeichnet ist, die von dv unter dem Winkel ε wirklich ausgestrahlte Lichtmenge dq gegeben sein durch die Gleichung:

$$dq = \frac{\mu}{4\pi} dq' e^{-k'y} = \frac{\mu}{4\pi} L\, dv\, e^{-(kx + k'y)}.$$

Dass im Allgemeinen der Absorptionscoefficient für die austretenden Strahlen etwas anders sein wird als für die einfallenden, erklärt sich dadurch, dass die Farbe des Lichtes beim Eindringen in die Substanz geändert wird. Ist das auffallende Licht z. B. weisses und der Körper ein blauer, so werden beim Eindringen die rothen, gelben und grünen Strahlen besonders stark absorbirt werden, während nach der Umkehr, wo in der Hauptsache fast nur noch blaue Strahlen übrig sind, die Lichtschwächung geringer sein wird, also $k' < k$.

In der obigen Figur ist $x = \dfrac{r}{\cos i}$, ferner $y = \dfrac{r}{\cos \varepsilon}$ und das Volumelement $dv = ds\, dr$; daher hat man:

$$dq = \frac{\mu}{4\pi} L\, ds\, e^{-\left(\frac{k}{\cos i} + \frac{k'}{\cos \varepsilon}\right) r}\, dr.$$

Um die gesammte Lichtquantität zu haben, welche durch das Oberflächenelement ds in das Auge gelangt, hat man von $r = 0$ bis $r = R$ zu integriren, wenn R die Dicke der Schicht vorstellt, bis zu der überhaupt noch Licht aus der Tiefe hervorkommen kann, für welche also die Grösse

$$e^{-\left(\frac{k}{\cos i} + \frac{k'}{\cos \varepsilon}\right) R}$$

verschwindend klein sein muss.

Man hat also:

$$q = \frac{\mu}{4\pi} L\, ds \int_0^R e^{-\left(\frac{k}{\cos i} + \frac{k'}{\cos \varepsilon}\right) r}\, dr.$$

Setzt man

$$r\left\{\frac{k}{\cos i} + \frac{k'}{\cos \varepsilon}\right\} = z,$$

so wird:

$$dz = \frac{k\cos \varepsilon + k'\cos i}{\cos i\, \cos \varepsilon}\, dr,$$

und mithin:

$$q = \frac{\mu}{4\pi} L \, ds \, \frac{\cos i \, \cos \varepsilon}{k \cos \varepsilon + k' \cos i} \int_0^{R \frac{k \cos \varepsilon + k' \cos i}{\cos i \, \cos \varepsilon}} e^{-z} \, dz \, ,$$

oder:

$$q = \frac{\mu}{4\pi} L \, ds \, \frac{\cos i \, \cos \varepsilon}{k \cos \varepsilon + k' \cos i} \left\{ 1 - e^{-R \frac{k \cos \varepsilon + k' \cos i}{\cos i \, \cos \varepsilon}} \right\}.$$

Nach unserer obigen Annahme über R ist das zweite Glied verschwindend klein, und man hat daher:

$$q = \frac{\mu}{4\pi} L \, ds \, \frac{\cos i \, \cos \varepsilon}{k \cos \varepsilon + k' \cos i} \, .$$

Setzt man noch $\frac{k}{k'} = \lambda$ und bezeichnet $L \frac{1}{4\pi} \frac{\mu}{k'}$ mit Γ_s, so hat man:

$$q = \Gamma_s \, ds \, \frac{\cos i \, \cos \varepsilon}{\cos i + \lambda \cos \varepsilon} \, .$$

Im Allgemeinen wird man $k = k'$ setzen können, ohne einen erheblichen Fehler zu begehen; man hat dann $\lambda = 1$, und erhält das sogenannte Lommel-Seeliger'sche Beleuchtungsgesetz in der einfachsten Form:

$$q = \Gamma_s \, ds \, \frac{\cos i \, \cos \varepsilon}{\cos i + \cos \varepsilon} \, .$$

Die scheinbare Helligkeit ergiebt sich nach den Definitionen auf Seite 28 aus der Gleichung: $h = \Gamma_s \frac{\cos i}{\cos i + \cos \varepsilon}$, und für den speciellen Fall $i = 0$ folgt die scheinbare Helligkeit:

$$h_0 = \Gamma_s \frac{1}{1 + \cos \varepsilon} \, .$$

Für die beiden extremen Annahmen $\varepsilon = 0$ und $\varepsilon = 90^\circ$ wird:

$$h_0 = \tfrac{1}{2} \Gamma_s \quad \text{und} \quad h_{90} = \Gamma_s \, .$$

Es sollte also nach dem obigen Gesetze die scheinbare Helligkeit der senkrecht beleuchteten ebenen Fläche, wenn sie senkrecht betrachtet wird, halb so gross sein, als wenn sie ganz von der Seite angesehen wird, während nach dem Lambert'schen Emanationsgesetze die scheinbare Helligkeit immer die gleiche sein müsste.

Die obigen Endformeln gelten nur dann, wenn die einzelnen Volumelemente lediglich von aussen Licht erhalten und dasselbe nach den gemachten Voraussetzungen wieder zurückstrahlen. In Wirklichkeit wird aber, da jedes Volumelement das Centrum einer neuen Lichtbewegung werden und das empfangene Licht nach allen Richtungen ringsherum

wieder ausstrahlen soll, auch jedes Element von allen übrigen Nachbar-
elementen Licht empfangen, und infolge dessen wird der Ausdruck für
die Gesammtquantität ziemlich complicirt werden. Lommel[1]) hat diese
Anschauungsweise ganz consequent durchgeführt in einer Abhandlung
über die diffuse Zurückwerfung und ist zu ausserordentlich verwickelten
Ausdrücken gelangt. Beschränkt man sich jedoch nur auf die inneren
Reflexe erster Ordnung, so kommt man zu einer verhältnissmässig einfachen Endformel, und es dürfte bei der Wichtigkeit, welche die neue
Anschauungsweise für die Entwicklung der theoretischen Photometrie und
im Speciellen auch für die Astrophotometrie zweifellos besitzt, wünschenswerth erscheinen, die Ableitung dieser Endformel hier ausführlich mitzu-
theilen.

Man denke sich wieder den diffus reflectirenden Körper als planparallele Platte von der Dicke R, und es seien (Fig. 12) dv und dv' zwei
Volumelemente im Inneren der-
selben, deren senkrechte Abstände
von der Oberfläche r und r' und
deren gegenseitige Entfernung ϱ
sein mögen. Die Lichtstrahlen sollen
parallel unter dem Incidenzwinkel i
auffallen und nach dem Austritte
aus dem Körper unter dem Emanationswinkel ε von grosser Entfernung aus betrachtet werden.
Nach dem Vorausgehenden ist die
Lichtquantität, welche von aussen

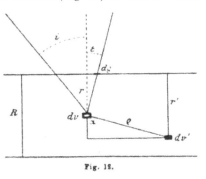

Fig. 12.

bis zu dem Elemente dv gelangt, gleich $L\,e^{-\frac{kr}{\cos i}}\,dv$, wenn k der Absorptionscoefficient der Substanz ist. Ebenso erhält das Element dv' von

aussen die Lichtmenge $L\,e^{-\frac{kr'}{\cos i}}\,dv'$. Nehmen wir nun wie früher an,
dass das Element dv' von dieser Lichtmenge einen gewissen Bruchtheil, der durch den Factor μ bezeichnet werden soll, nach allen Seiten
ringsum zurückwirft, so wird auch dv einen Theil davon erhalten, der
mit Rücksicht auf die Entfernung ϱ und die auf dieser Strecke stattfindende Absorption ausgedrückt wird durch:

$$\frac{\mu}{4\pi}\cdot\frac{L\,dv\,dv'\,e^{-\frac{kr'}{\cos i}}\,e^{-k\varrho}}{\varrho^2}\,.$$

1) Sitzungsb. der math.-phys. Classe der K. Bayer. Akad. der Wiss. Bd. 17
(1887), p. 95.

Eine solche Lichtmenge erhält nun dv auch von allen übrigen Volumelementen des Körpers, und es ist daher die gesammte Lichtmenge l,
welche auf das Element dv gelangt, gegeben durch die Gleichung:

$$l = L\, e^{-\frac{kr}{\cos i}}\, dv + \frac{\mu}{4\pi}\, L\, dv \sum \left(\frac{e^{-\frac{kr'}{\cos i}}\, e^{-k\varrho}}{\varrho^2}\, dv' \right),$$

wo die Summe über sämmtliche Elemente des Körpers zu bilden ist.

Streng genommen müsste nun auch noch das Licht berücksichtigt
werden, welches dv' seinerseits wieder von den andern Elementen erhält
und von welchem es ebenfalls einen Procentsatz nach dv wirft; wir wollen
aber von diesen Reflexen höherer Ordnung, wie schon oben gesagt, Abstand nehmen.

Von der Lichtmenge l, welche dv erhält, wird nun nach allen Richtungen ein Theil wieder ausgestrahlt, welcher durch den Reflexionscoefficienten μ bezeichnet ist. Die Quantität q, welche unter dem Richtungs-
winkel ε durch das Oberflächenelement ds parallel austritt, ist unter
Berücksichtigung der Absorption im Inneren des Körpers gegeben durch:

$$q = \frac{\mu}{4\pi}\, l\, e^{-\frac{kr}{\cos \varepsilon}},$$

wobei der Absorptionscoefficient im Inneren durchgängig als constant
angenommen ist. Nun werfen aber alle Volumelemente, welche in dem
schiefen, durch ds und dv gelegten Cylinder sich befinden, Licht durch
ds in das Auge. Die Gesammtquantität Q, welche ins Auge gelangt,
ist daher:

$$Q = \frac{\mu}{4\pi} \int_{r=0}^{r=R} l\, e^{-\frac{kr}{\cos \varepsilon}},$$

oder wenn man den Werth von l einsetzt und für dv den Werth $ds\, dr$
einführt:

$$Q = \frac{\mu}{4\pi}\, L\, ds \int_0^R dr\, e^{-kr\frac{\cos i + \cos \varepsilon}{\cos i\, \cos \varepsilon}}$$

$$+ \frac{\mu^2}{(4\pi)^2}\, L\, ds \int_0^R dr\, e^{-\frac{kr}{\cos \varepsilon}} \sum \left(\frac{e^{-\frac{kr'}{\cos i}}\, e^{-k\varrho}}{\varrho^2}\, dv' \right).$$

Ist der Körper undurchsichtig, so dass das Licht nur ausserordentlich wenig in denselben einzudringen vermag, so kann die Dicke

R schon als sehr gross angesehen werden, und man kann direct $R = \infty$ setzen.   Man hat dann, da das erste Glied sich leicht berechnen lässt:

$$Q = \frac{\mu}{4\pi} L \, ds \left[\frac{\cos i \cos \varepsilon}{k(\cos i + \cos \varepsilon)} + \frac{\mu}{4\pi} \int_0^\infty e^{-\frac{kr}{\cos i}} \, dr \sum \left(\frac{e^{-\frac{kr'}{\cos i}} e^{-k\varrho}}{\varrho^2} \, dv' \right) \right].$$

Zur Berechnung der Summe im zweiten Gliede denke man sich von dv als Spitze aus einen geraden Kreiskegel mit dem halben Oeffnungswinkel α und der Seitenlänge ϱ construirt und ebenso einen zweiten Kegel mit dem halben Oeffnungswinkel $\alpha + d\alpha$ und der Seitenlänge $\varrho + d\varrho$, so werden die Grundflächen dieser beiden Kegel einen ebenen Kreisring bilden, dessen Flächeninhalt gegeben ist durch:

$$2\pi (r' - r)^2 \tang \alpha \sec^2 \alpha \, d\alpha \,.$$

Das Volumen eines körperlichen Ringes mit dieser Fläche als Basis und mit der Höhe dr' ist dann ausgedrückt durch:

$$2\pi (r' - r)^2 \tang \alpha \sec^2 \alpha \, d\alpha \, dr'.$$

Alle Elemente dieses Ringes, zu denen auch dv' gehört, erhalten von aussen die gleiche Lichtmenge, und man kann daher die obige Summe anstatt über alle einzelnen Elemente dv' sogleich über alle solchen Ringe bilden und dv' direct durch den voranstehenden Werth ersetzen.   Da ferner noch $\varrho = (r' - r) \sec \alpha$ ist, so hat man:

$$\sum \left(\frac{e^{-\frac{kr'}{\cos i}} e^{-k\varrho}}{\varrho^2} \, dv' \right) = 2\pi \sum \left(e^{-\frac{kr'}{\cos i}} e^{-k(r'-r)\sec\alpha} \, \tang \alpha \, d\alpha \, dr' \right).$$

Setzt man noch $\sec \alpha = y$, mithin $\tang \alpha \, d\alpha = \dfrac{dy}{y}$, so wird:

$$\sum \left(\frac{e^{-\frac{kr'}{\cos i}} e^{-ky}}{\varrho^2} \, dv' \right) = 2\pi \sum \left[e^{-\frac{kr'}{\cos i}} \, dr' \, \frac{e^{-k(r'-r)y}}{y} \, dy \right]$$

$$= 2\pi \int_0^\infty e^{-\frac{kr'}{\cos i}} \, dr' \int_1^x \frac{e^{-k(r'-r)y}}{y} \, dy \,.$$

In Bezug auf r' sind die Integrationsgrenzen eigentlich 0 und R, da aber der Körper undurchsichtig ist, so werden sie, wie oben, 0 und ∞. In Bezug auf α sind die Grenzen, da man sich die Schicht, in welcher dr' liegt, von unbegrenzter Ausdehnung denken kann, 0 und $\dfrac{\pi}{2}$, in Bezug auf y werden sie also 1 und ∞.   Setzt man endlich noch $r' - r = x$, mithin $dr' = dx$, so erhalten die Integrationsgrenzen in Bezug auf x die Werthe $-r$ und ∞, und man hat daher, wenn man noch das Integral in Bezug auf r' in zwei Theile, von $-r$ bis 0 und von 0 bis ∞, theilt:

$$\sum\left(\frac{e^{-\frac{kr'}{\cos i}}e^{-k\varrho}}{\varrho^2}\,dr'\right) = 2\pi\int\limits_{-r}^{0}e^{-\frac{k(x+r)}{\cos i}}\,dx\int\limits_{1}^{\infty}\frac{e^{-kxy}}{y}\,dy$$

$$+\,2\pi\int\limits_{0}^{\infty}e^{-\frac{k(x+r)}{\cos i}}\,dx\int\limits_{1}^{\infty}\frac{e^{-kxy}}{y}\,dy$$

$$=2\pi e^{-\frac{kr}{\cos i}}\int\limits_{0}^{r}e^{\frac{kx}{\cos i}}\,dx\,J(x)+2\pi e^{-\frac{kr}{\cos i}}\int\limits_{0}^{\infty}e^{-\frac{kx}{\cos i}}\,dx\,J(x),$$

wenn für den sogenannten Integrallogarithmus $\int\limits_{1}^{x}\frac{e^{-kxy}}{y}\,dy$ die übliche Benennung $J(x)$ eingeführt wird.

Bezeichnet man die beiden Glieder der rechten Seite der kürzeren Schreibweise wegen mit $2\pi X$ und $2\pi Y$, so ergiebt sich nun durch Substitution in die frühere Gleichung für Q:

$$Q=\frac{\mu}{4\pi}\,L\,ds\left[\frac{\cos i\,\cos\varepsilon}{k(\cos i+\cos\varepsilon)}+\frac{\mu}{2}\int\limits_{0}^{r}X e^{-\frac{kr}{\cos i}}\,dr+\frac{\mu}{2}\int\limits_{0}^{x}Y e^{-\frac{kr}{\cos i}}\,dr\right].$$

Nun ist:

$$X=e^{-\frac{kr}{\cos i}}\int\limits_{0}^{r}dx\,e^{\frac{kx}{\cos i}}\int\limits_{1}^{\infty}\frac{dy}{y}e^{-kxy}=e^{-\frac{kr}{\cos i}}\int\limits_{1}^{\infty}\frac{dy}{y}\int\limits_{0}^{r}dx\,e^{\frac{kx(1-y\cos i)}{\cos i}}$$

$$=e^{-\frac{kr}{\cos i}}\int\limits_{1}^{\infty}\frac{dy}{y}\,\frac{\cos i}{k(1-y\cos i)}\left(e^{\frac{kr(1-y\cos i)}{\cos i}}-1\right)$$

$$=\frac{\cos i}{k}\int\limits_{1}^{\infty}\frac{dy}{y}\,\frac{1}{1-y\cos i}\left(e^{-kry}-e^{-\frac{kr}{\cos i}}\right).$$

Mithin wird:

$$\int\limits_{0}^{x}X e^{-\frac{kr}{\cos i}}\,dr=\frac{\cos i}{k}\int\limits_{1}^{x}\frac{dy}{y}\,\frac{1}{1-y\cos i}\int\limits_{0}^{x}dr\left\{e^{-\frac{kr(1+y\cos\varepsilon)}{\cos\varepsilon}}-e^{-\frac{kr(\cos i+\cos\varepsilon)}{\cos i\cos\varepsilon}}\right\}$$

$$=\frac{\cos i}{k^2}\int\limits_{1}^{x}\frac{dy}{y}\,\frac{1}{1-y\cos i}\left(\frac{\cos\varepsilon}{1+y\cos\varepsilon}-\frac{\cos i\,\cos\varepsilon}{\cos i+\cos\varepsilon}\right)$$

$$=\frac{\cos i\,\cos^2\varepsilon}{k^2(\cos i+\cos\varepsilon)}\int\limits_{1}^{\infty}\frac{dy}{y}\,\frac{1}{1+y\cos\varepsilon}$$

$$=\frac{\cos i\,\cos^2\varepsilon}{k^2(\cos i+\cos\varepsilon)}\log\left(\frac{1+\cos\varepsilon}{\cos\varepsilon}\right).$$

Ganz in ähnlicher Weise lässt sich das letzte Glied in der obigen Gleichung für Q berechnen. Man findet:

$$\int_0^r Y e^{-\frac{kr}{\cos \iota}}\, dr = \frac{\cos^2 i \,\cos \iota}{k^2 (\cos i + \cos \iota)} \log\left(\frac{1 + \cos i}{\cos i}\right).$$

Durch Substitution erhält man nun endlich:

$$Q = \Gamma_2 ds \frac{\cos i\,\cos \iota}{\cos i + \cos \iota}\left[1 + \mu' \cos \iota \log\left(\frac{1 + \cos \iota}{\cos \iota}\right) + \mu' \cos i \log\left(\frac{1 + \cos i}{\cos i}\right)\right],$$

wo noch gesetzt ist:

$$\Gamma_2 = \frac{1}{4\pi k}\,\mu L \quad \text{und} \quad \mu' = \frac{\mu}{2k}.$$

Diese Gleichung müsste nun an Stelle des auf Seite 46 entwickelten einfachen Beleuchtungsgesetzes eingeführt werden und würde bei undurchsichtigen, diffus reflectirenden Substanzen das Lambert'sche Emanationsgesetz zu ersetzen haben. Man sieht übrigens aus dieser Form, ebenso wie aus der vereinfachten, dass bei der hier durchgeführten Anschauungsweise auch das Gesetz vom Cosinus des Incidenzwinkels verschwindet, dass vielmehr die Formel in Bezug auf Emanations- und Incidenzwinkel ganz symmetrisch ist, so dass dieselben beliebig mit einander vertauscht werden können. Es würde daraus folgen, dass die Helligkeit ganz unabhängig vom Azimuthe sein müsste, und dass es daher auch gleichgültig wäre, ob Beobachter und Lichtquelle sich auf derselben oder auf entgegengesetzter Seite der Normale zur Fläche befänden. Man weiss aber, insbesondere durch Beobachtungen von Seeliger und Messerschmitt an einer grossen Reihe von diffus reflectirenden Substanzen, dass dies nicht der Fall ist, und dass im Allgemeinen die zurückgeworfene Lichtmenge am grössten ist, wenn Lichtquelle und Auge im Azimuth um 180° von einander entfernt sind. Es geht daraus hervor, dass auch das neue Lommel-Seeliger'sche Beleuchtungsgesetz keineswegs vollkommen den thatsächlichen Verhältnissen entspricht und nur in gewissen Fällen als eine Näherungsformel zu betrachten ist. Dies lässt sich auch von vornherein schon deswegen erwarten, weil die Annahmen, welche der Theorie zu Grunde gelegt wurden, sicher nicht der Wirklichkeit entsprechen und weil es schwerlich Substanzen geben wird, deren einzelne Theilchen das empfangene Licht mit gleicher Stärke nach allen Richtungen zerstreuen und in denen die Absorption nach allen Seiten gleich gross ist; auch wird man kaum Substanzen finden, bei denen die Ausstrahlung aus dem Innern ganz allein zur Geltung kommt und bei denen keinerlei directe Spiegelung zur Wirkung gelangt. Im Allgemeinen werden beide Licht-

4*

wirkungen zu berücksichtigen sein, und da jede einzelne Substanz je nach
der Oberflächenbeschaffenheit und der inneren Anordnung der Theilchen
ein verschiedenes Verhalten zeigen wird, so scheint eigentlich jede Hoffnung ausgeschlossen, die Lichterscheinungen bei diffus reflectirenden
Körpern durch ein einziges Beleuchtungsgesetz zu umfassen und im gegebenen Falle im Voraus zu berechnen. Immerhin verdient die Lommel-
Seeliger'sche Theorie, wenn sie auch das Problem nicht vollständig zu
lösen vermag, durch die Exactheit der Annahmen, auf die sie sich stützt,
entschiedenen Vorzug vor der Lambert'schen Theorie, welche jeglicher
festen Stütze entbehrt.

8. Begriff der Albedo.

Bereits im vorangehenden Paragraphen ist kurz von der Albedo
eines Körpers die Rede gewesen. Nach der von Lambert eingeführten
Definition ist darunter eine Zahl zu verstehen, welche angiebt, wie sich
die von einem beleuchteten Element nach allen Richtungen diffus ausgestrahlte Lichtquantität zu der auffallenden Lichtmenge verhält. Diese
Zahl muss, je nach der Beschaffenheit der verschiedenen Substanzen, verschieden sein. Bei einem absolut weissen Körper, d. h. bei einem solchen, der auf die sichtbaren Strahlen nicht die mindeste Absorption ausübt
und alles empfangene Licht wieder zurückwirft, wäre die Albedo gleich 1,
in allen übrigen Fällen wäre sie kleiner als 1. Lambert hat für eine
Anzahl von Substanzen die Albedo bestimmt und findet dieselbe in den
meisten Fällen unter 0.5. Nach Zöllner, welcher diese Versuche wiederholt hat, sind aber die Lambert'schen Werthe sämmtlich zu klein, und
in der That verdienen die von Zöllner selbst nach zuverlässigeren Methoden ermittelten Albedowerthe grösseres Vertrauen als die Lambert'schen
Zahlen. Neuere Untersuchungen in dieser Richtung sind, abgesehen von
einigen vereinzelten Bestimmungen von Kononowitsch, nicht bekannt
geworden, und man wird daher die Zöllner'schen Angaben zunächst noch
acceptiren müssen. Danach ergeben sich für einige Stoffe die folgenden
Werthe der Albedo nach der Lambert'schen Definition:

Frischer Schnee 0.78
Weisses Papier 0.70
Weisser Sandstein . . . 0.24
Thonmergel 0.16
Quarz 0.11
Feuchte Ackererde . . . 0.08

Vollkommen charakteristisch für diese Substanzen sind die angegebenen
Zahlen nicht, weil die Farbe bei diesen Untersuchungen eine wichtige

Rolle spielt. Der Begriff der Albedo ist streng genommen nur gültig für homogenes Licht oder wenn einfallendes und austretendes Licht gleiche Farbe haben, was fast niemals der Fall sein wird. Rationelle Albedobestimmungen müssten bei jeder Substanz in allen möglichen Farben, etwa mit Hülfe des Spectralphotometers, vorgenommen werden, und wenn es sich, wie in der Astrophotometrie, beispielsweise um die Untersuchung einer Planetenoberfläche handelte, so könnte man, abgesehen von einer Menge anderer Umstände, nur dann auf die stoffliche Verwandtschaft mit irgend einer irdischen Substanz schliessen, wenn die Albedowerthe bei beiden untersuchten Körpern für alle Farben übereinstimmten.

Die Lambert'sche Definition der Albedo ist vollkommen correct, so lange man auch das Lambert'sche Beleuchtungsgesetz gelten lässt. Denn da in diesem Falle das austretende Licht lediglich vom Emanationswinkel abhängt, so hat die Albedo für alle Werthe des Incidenzwinkels denselben Betrag. Wird aber ein anderes Beleuchtungsgesetz, z. B. das Lommel-Seeliger'sche, zu Grunde gelegt, bei welchem das austretende Licht eine Function von Incidenz- und Emanationswinkel zugleich ist, so ergiebt sich für jeden Werth des Incidenzwinkels eine andere Albedo, und die Lambertsche Definition verliert dann ihre Bedeutung. Seeliger[1]) hat auf diesen Umstand aufmerksam gemacht und eine andere Definition der Albedo in Vorschlag gebracht, welche ganz allgemein für jedes Beleuchtungsgesetz Gültigkeit hat.

Man denke sich ein Flächenelement $d\sigma$ unter dem Incidenzwinkel i von einer Lichtquelle beleuchtet, welche auf die Flächeneinheit senkrecht die Lichtmenge L werfen möge; dann erhält $d\sigma$ die Lichtmenge $L \cos i \, d\sigma$. Wird das zunächst als unbekannt vorausgesetzte Beleuchtungsgesetz mit $f(i, \varepsilon)$ bezeichnet, so ist die Lichtmenge dq, welche das Element $d\sigma$ in der Richtung des Emanationswinkels ε auf ein in der Entfernung 1 senkrecht zu dieser Richtung gedachtes Element ds wirft, gegeben durch:

$$dq = C L \, d\sigma \, ds \, f(i, \varepsilon),$$

wo C für jedes Beleuchtungsgesetz $f(i, \varepsilon)$ eine andere Constante ist. Wird nun um $d\sigma$ eine Kugel mit dem Radius 1 construirt, so erhält die ganze Halbkugel die Lichtmenge:

$$q = C L \, d\sigma \sum \left[f(i, \varepsilon) ds \right].$$

Das Element der Kugel ds lässt sich ausdrücken durch $\sin \varepsilon \, d\varepsilon \, dv$, und man hat daher:

$$q = C L \, d\sigma \int_0^{\frac{\pi}{2}} \sin \varepsilon \, d\varepsilon \, f(i, \varepsilon) \int_0^{2\pi} dv = C L \, d\sigma \, 2\pi \int_0^{\frac{\pi}{2}} \sin \varepsilon \, d\varepsilon \, f(i, \varepsilon).$$

1 Abhandl. der K. Bayer. Akad. der Wiss. II. Classe, Bd. 16, p. 430.

Das Verhältniss A dieser ganzen auf die Halbkugel ausgestrahlten Lichtmenge zu der auf $d\sigma$ auffallenden ist mithin:

$$(1) \qquad A = \frac{q}{L\cos i\, d\sigma} = 2\pi C \int_0^{\frac{\pi}{2}} \frac{f(i,\,\varepsilon)}{\cos i}\, \sin\varepsilon\, d\varepsilon\,.$$

Es geht hieraus hervor, dass im Allgemeinen A noch vom Incidenz-
winkel i abhängt. Nur wenn $f(i,\varepsilon) = \cos i\,\varphi(\varepsilon)$ wäre, wie es z. B.
bei dem Lambert'schen Gesetze der Fall ist, würde die obige
Definition der Albedo brauchbar sein, in allen anderen Fällen müsste
jedesmal der Incidenzwinkel angegeben werden, für den der betreffende
Albedowerth gültig sein soll. Man könnte diese Unklarheit vermeiden,
wenn man unter Albedo den Werth verstehen würde, den A für senkrecht
auffallendes Licht, also für $i = 0$, annimmt. Es ist aber vielleicht noch
richtiger, den Seeliger'schen Vorschlag zu acceptiren und unter Albedo
den Mittelwerth aller A, die sich für sämmtliche Werthe des Incidenzwinkels i ergeben, zu verstehen. Denkt man sich wieder um das Element
$d\sigma$ mit dem Radius 1 eine Kugel construirt, so wäre zur Bildung des
gesuchten Mittelwerthes, der mit A' bezeichnet werden soll, die Summe
der A für sämmtliche Punkte der Halbkugel zu bilden und durch den
Flächeninhalt dieser Halbkugel zu dividiren. Man hat also:

$$A' = \frac{1}{2\pi} \sum A\,.$$

Zieht man zunächst eine schmale Kugelzone in Betracht, so ist der
Inhalt derselben $2\pi \sin i\, di$, die Summe aller für die Zone gültigen A
ist daher $2\pi A \sin i\, di$, und die Summe aller für die ganze Halbkugel
gültigen A ist mithin $2\pi \int_0^{\frac{\pi}{2}} A \sin i\, di$. Es wird also:

$$A' = \int_0^{\frac{\pi}{2}} A \sin i\, di\,,$$

oder nach Substitution des obigen Werthes von A:

$$(2) \qquad A' = 2\pi C \int_0^{\frac{\pi}{2}} \tan g\, i\; di \int_0^{\frac{\pi}{2}} f(i,\varepsilon) \sin\varepsilon\, d\varepsilon\,.$$

Dies ist der Ausdruck für die von Seeliger eingeführte Definition
der Albedo. Nimmt man für $f(i,\varepsilon)$ das Lambert'sche Gesetz an, also
$f(i,\varepsilon) = \cos i \cos\varepsilon$, so wird nach den Formeln (1) und (2) $A = \pi C$ und

$A' = \pi C$; es stimmen also in diesem Falle, wie zu erwarten war, die Lambert'sche und Seeliger'sche Albedo überein.

Substituirt man das Lommel-Seeliger'sche Beleuchtungsgesetz in der vereinfachten auf Seite 46 angegebenen Form:

$$f(i, \varepsilon) = \frac{\cos i \ \cos \varepsilon}{\cos i + \lambda \cos \varepsilon},$$

so erhält man aus Formel (2) den Werth:

$$A' = 2 \pi C \int_0^{\frac{\pi}{2}} \sin i \ di \int_0^{\frac{\pi}{2}} \frac{\sin \varepsilon \ \cos \varepsilon}{\cos i + \lambda \cos \varepsilon} \ d\varepsilon.$$

Zur Auflösung des zweiten Integrales setze man $\cos i + \lambda \cos \varepsilon = x$, also $\sin \varepsilon \, d\varepsilon = - \dfrac{dx}{\lambda}$; dann erhält man:

$$A' = \frac{2 \pi C}{\lambda^2} \int_0^{\frac{\pi}{2}} \sin i \ di \left\{ \lambda + \cos i \log \cos i - \cos i \log (\lambda + \cos i) \right\},$$

oder wenn man noch $\cos i = y$ setzt:

$$A' = \frac{2 \pi C}{\lambda^2} \left\{ \lambda - \int_1^0 y \, dy \log y + \int_1^0 y \, dy \log (\lambda + y) \right\}.$$

Nach Auflösung der beiden einfachen Integrale wird endlich:

(3) $$A' = \frac{\pi C}{\lambda} \left\{ 1 - \lambda \log \lambda + \frac{\lambda^2 - 1}{\lambda} \log(1 + \lambda) \right\},$$

wo die sämmtlichen Logarithmen natürliche sind.

Die Seeliger'sche Albedo ist hiernach bei Zugrundelegung des Lommel-Seeliger'schen Beleuchtungsgesetzes in der That vom Einfallswinkel gänzlich unabhängig; sie wird nur durch die Grössen C und λ bestimmt, welche Constanten repräsentiren, die jeder Substanz eigenthümlich sind und von der Reflexions- und Absorptionsfähigkeit derselben abhängen. Sieht man, wie im Früheren, von der Farbenänderung im Innern des Körpers ab und nimmt das Absorptionsvermögen für ein- und austretende Strahlen als gleich an, setzt also $\lambda = 1$, so wird die Albedo einfach gleich πC, also nur durch den Proportionalitätsfactor des Lommel-Seeliger'schen Gesetzes bestimmt.

Capitel II.

Anwendung der photometrischen Grundprincipien auf die wichtigsten Aufgaben der Himmelsphotometrie.

1. Beleuchtung der Planeten und Monde.

Durch die Entwicklungen des vorigen Capitels sind wir in den Stand gesetzt, die Lichterscheinungen derjenigen Himmelskörper theoretisch zu studiren, welche nicht wie die Fixsterne unendlich weit von uns entfernt sind und eigenes Licht besitzen, sondern uns nur durch reflectirtes Sonnenlicht sichtbar werden. Da infolge der Bewegungen im Sonnensystem diese Himmelskörper in sehr verschiedene Entfernungen von der Erde kommen, und ausserdem die Grösse des für uns sichtbaren Theiles der erleuchteten Hälfte, namentlich bei dem Erdmonde und den unteren Planeten, sehr starken Veränderungen unterworfen ist, so schwankt die Lichtmenge, welche von ihnen zu uns gelangt, unter Umständen innerhalb weiter Grenzen, und da wir diese Schwankungen durch photometrische Messungen direct feststellen können, so bietet die Vergleichung der gefundenen Resultate mit den auf theoretischem Wege berechneten Werthen ein vortreffliches Mittel, die Zuverlässigkeit der der Berechnung zu Grunde gelegten photometrischen Grundsätze zu prüfen, freilich nur unter gewissen Voraussetzungen und Einschränkungen. Wir werden annehmen können, dass die meisten Planeten und Monde, ähnlich wie unsere Erde, eine feste oder wenigstens zum Theil feste Oberfläche besitzen, die von einer mehr oder weniger dichten atmosphärischen Hülle umgeben ist. Wir werden ferner voraussetzen müssen, dass die Planetenoberflächen aus verschiedenen Substanzen bestehen, die das auffallende Sonnenlicht in wesentlich verschiedener Stärke zurückwerfen, und dass ferner die Regelmässigkeit der Oberfläche durch mehr oder weniger grosse Erhebungen gestört wird. Wir wissen endlich, dass die Gestalt einiger dieser Himmelskörper nicht unmerklich von der Kugelgestalt abweicht. Aus diesen Gründen können wir von vornherein keine vollständige Darstellung der Beobachtungen durch irgend welche Theorie erwarten, bei der doch immer ein gewisser idealer Zustand der Oberfläche des beleuchteten Körpers vorausgesetzt werden muss. Dazu kommt noch, wie wir im vorigen Capitel bereits auseinandergesetzt haben, dass bei den irdischen zerstreut reflectirenden Substanzen keines der bisher aufgestellten Beleuchtungsgesetze sich als vollkommen unanfechtbar erwiesen hat, und dass daher etwas Ähnliches auch bei den anderen Himmelskörpern zu erwarten ist.

Wir wollen bei den folgenden Betrachtungen die Planeten und Monde zunächst als vollkommen kugelförmig ansehen, ferner annehmen, dass jede Oberfläche überall dieselbe ihr eigenthümliche mittlere Reflexionsfähigkeit besitzt, endlich wollen wir der Berechnung der von ihnen zurückgeworfenen Lichtquantitäten drei verschiedene Beleuchtungsgesetze zu Grunde legen, indem wir zu den beiden im vorigen Capitel ausführlich behandelten Gesetzen von Lambert und Lommel-Seeliger noch ein drittes hinzufügen, welches im Vorausgehenden bereits ebenfalls kurz erwähnt worden ist, und welches auf der einfachen Vorstellung beruht, dass das von einer selbstleuchtenden oder zerstreut reflectirenden Oberfläche ausgesandte Licht gänzlich vom Emanationswinkel unabhängig und lediglich dem Cosinus des Incidenzwinkels proportional ist. Dieses Beleuchtungsgesetz, welches das Euler'sche genannt werden kann, weil es von diesem Mathematiker am Eingehendsten behandelt worden ist, verdient hier deswegen noch eine besondere Berücksichtigung, weil es bis in die neueste Zeit von vielen Astronomen zur Berechnung der Planetenhelligkeiten benutzt worden ist. Es wird sich später bei der Besprechung der neuesten Ergebnisse der Planetenforschung zeigen, dass dieses Gesetz, wie nach den bisherigen Erörterungen auch von vornherein zu erwarten ist, am Wenigsten von allen den thatsächlichen Verhältnissen entspricht. Die drei in Frage kommenden Beleuchtungsgesetze sind durch die folgenden Formeln repräsentirt, wenn dq die Lichtmenge ist, welche ein unter dem Incidenzwinkel i getroffenes Oberflächenelement ds unter dem Emanationswinkel ε wieder ausstrahlt:

$$dq_1 = \Gamma_1 \, ds \cos i \, \cos \varepsilon \qquad \text{(Lambert'sches Gesetz)},$$

$$dq_2 = \Gamma_2 \, ds \cdot \frac{\cos i \, \cos \varepsilon}{\cos i + \lambda \cos \varepsilon} \qquad \text{(Lommel-Seeliger'sches Gesetz)},$$

$$dq_3 = \Gamma_3 \, ds \cos i \qquad \text{(Euler'sches Gesetz)}.$$

Die Constanten hängen von der Intensität des auffallenden Lichtes und ausserdem von der Reflexionsfähigkeit resp. von der Diffusions- und Absorptionsfähigkeit im Innern der betreffenden Substanz ab.

a. Berechnung der von den Phasen eines beleuchteten Himmels-
körpers nach der Erde gesandten Lichtmenge.
Bestimmung der Albedo.

Es soll nun zuerst die Aufgabe behandelt werden, diejenige Lichtmenge zu berechnen, welche eine Planetenkugel der Erde zusendet bei einer
beliebigen Stellung von Sonne, Planet und Erde zu einander. Man denke

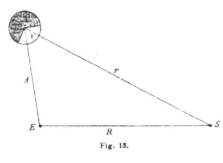

Fig. 13.

sich die Mittelpunkte der drei Himmelskörper mit einander verbunden und bezeichne in dem nebenstehenden Dreieck (Fig. 13) die
Entfernung Erde—Sonne mit R,
die Entfernung Erde—Planet mit
Δ und die Entfernung Sonne—
Planet mit r, ferner den Winkel
am Planeten mit α, dann repräsentirt α die Grösse des verfinsterten Theiles der Planeten-
kugel und wird daher jetzt allgemein der Phasenwinkel genannt, während
Lambert diese Bezeichnung für das Supplement von α gewählt hatte.
Der Winkel α lässt sich durch die drei Entfernungen r, Δ, R, deren
numerische Werthe für jeden Zeitpunkt aus den astronomischen Ephemeriden entnommen werden können, berechnen. Man hat:

$$R^2 = r^2 + \Delta^2 - 2r\Delta \cos\alpha,$$

und mithin:

$$\cos\alpha = \frac{\Delta^2 + r^2 - R^2}{2r\Delta},$$

oder für die logarithmische Rechnung bequemer und bei kleineren Werthen
von α empfehlenswerther:

$$\sin\tfrac{1}{2}\alpha = \tfrac{1}{2}\sqrt{\frac{(R + \Delta - r)(R + r - \Delta)}{r\Delta}}.$$

Man denke sich nun durch den Mittelpunkt des Planeten senkrecht
zu der Linie Erde — Planet eine Ebene gelegt. Der Durchschnitt
dieser Ebene mit der Planetenkugel sei in Figur 14 durch den Kreis
$ABCD$ repräsentirt; senkrecht über M in der Richtung nach E zu befinde sich die Erde, während die Sonne in der Richtung nach S zu
stehen möge. Der Bogen grössten Kreises zwischen E und S ist gleich α.
Die über $ABCD$ befindliche Halbkugel des Planeten möge durch unendlich nahe liegende Parallelkreise und Meridiane in kleine Flächenelemente
getheilt sein; eins derselben sei ds, und der hindurchgehende Meridian

schneide den durch E und S gelegten grössten Kreis im Punkte F.
Verbindet man ds mit S und E durch Bogen grössten Kreises, so ist
leicht ersichtlich, da bei der grossen Entfernung der Himmelskörper
alle auffallenden und ebenso alle
zurückgeworfenen Lichtstrahlen als
parallel unter einander angesehen
werden dürfen, dass der Bogen
zwischen ds und S nichts Anderes als der Incidenzwinkel i
und ebenso der Bogen zwischen ds
und E nichts Anderes als der
Emanationswinkel ε ist.   Führt
man noch andere Coordinaten ein,
indem man die Breite des Elementes
ds mit ψ und die Länge in dem
durch E und S gelegten grössten
Kreise, von E aus gezählt, mit ω
bezeichnet, so hat man in den
beiden bei F rechtwinkligen sphä-

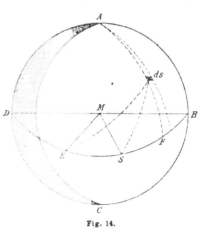

Fig. 14.

rischen Dreiecken $FSds$ und $FEds$ die Beziehungen:

$$\cos i = \cos \psi \, \cos(\omega - \alpha) \,,$$
$$\cos \varepsilon = \cos \psi \, \cos \omega \,.$$

Ist endlich noch der Halbmesser der Planetenkugel gleich ϱ, so hat das
Oberflächenelement ds in der Meridianrichtung die Grösse $\varrho \, d\psi$ und in
dem Parallelkreise die Grösse $\varrho \, d\omega \cos \psi$; mithin ist der Flächeninhalt
von $ds = \varrho^2 \cos \psi \, d\omega \, d\psi$.

Setzt man diese Werthe in die obigen drei Beleuchtungsformeln ein,
so erhält man für die von einem Planetenoberflächenelemente bei dem
Phasenwinkel α nach der Erde ausgestrahlte Lichtmenge die drei Werthe:

$$(1) \quad \begin{cases} dq_1 = \Gamma_1 \varrho^2 \cos^3 \psi \, d\psi \, \cos(\omega - \alpha) \cos \omega \, d\omega \,, \\[2mm] dq_2 = \Gamma_2 \varrho^2 \cos^3 \psi \, d\psi \, \dfrac{\cos \omega \, \cos(\omega - \alpha)}{\cos(\omega - \alpha) + \lambda \, \cos \omega} \, d\omega \,, \\[2mm] dq_3 = \Gamma_3 \varrho^2 \cos^2 \psi \, d\psi \, \cos(\omega - \alpha) \, d\omega \,. \end{cases}$$

Um die von der ganzen Planetenkugel zur Erde gesandte Lichtquantität
zu haben, müssen diese Formeln über den von der Erde aus sichtbaren,
von der Sonne beleuchteten Theil der Oberfläche integrirt werden.   Wie
man aus der obigen Figur ersieht, sind die Integrationsgrenzen in Bezug auf
ψ gleich $-\dfrac{\pi}{2}$ und $+\dfrac{\pi}{2}$, in Bezug auf ω gleich $-\dfrac{\pi}{2}+\alpha$ und $+\dfrac{\pi}{2}$.

Behandelt man die verschiedenen Gesetze für sich, so hat man zunächst für das Lambert'sche Gesetz:

$$q_1 = \Gamma_1 \varrho^2 \int_{-\frac{\pi}{2}}^{\frac{\pi}{2}} \cos^3 \psi \, d\psi \int_{\alpha - \frac{\pi}{2}}^{\frac{\pi}{2}} \cos(\omega - \alpha) \cos \omega \, d\omega \, .$$

Es ist aber:

$$\int_{-\frac{\pi}{2}}^{\frac{\pi}{2}} \cos^3 \psi \, d\psi = \int_{-\frac{\pi}{2}}^{\frac{\pi}{2}} \cos^2 \psi \, d(\sin \psi) = \int_{-\frac{\pi}{2}}^{\frac{\pi}{2}} [1 - \sin^2 \psi] \, d(\sin \psi) = \tfrac{4}{3} \, .$$

Ferner ist einfach:

$$\int_{\alpha - \frac{\pi}{2}}^{\frac{\pi}{2}} \cos(\omega - \alpha) \cos \omega \, d\omega = \tfrac{1}{2} \int_{\alpha - \frac{\pi}{2}}^{\frac{\pi}{2}} \cos \alpha \, d\omega + \tfrac{1}{2} \int_{\alpha - \frac{\pi}{2}}^{\frac{\pi}{2}} \cos(2\omega - \alpha) \, d\omega$$

$$= \tfrac{1}{2} \left[(\pi - \alpha) \cos \alpha + \sin \alpha \right] \, .$$

Daher:

(2) $q_1 = \Gamma_1 \varrho^2 \, \tfrac{2}{3} \left\{ \sin \alpha + (\pi - \alpha) \cos \alpha \right\} \, .$

Für volle Beleuchtung, wenn Sonne, Planet und Erde in einer geraden Linie stehen, wird $\alpha = 0$ und die ausgestrahlte Lichtmenge $q_1^{(0)} = \Gamma_1 \varrho^2 \tfrac{2}{3} \pi$; man hat daher auch:

(3) $q_1 = q_1^{(0)} \dfrac{\sin \alpha + (\pi - \alpha) \cos \alpha}{\pi} \, .$

Für das Lommel-Seeliger'sche Gesetz wird die Berechnung nicht ganz so einfach. Man hat:

$$q_2 = \Gamma_2 \varrho^2 \int_{-\frac{\pi}{2}}^{\frac{\pi}{2}} \cos^2 \psi \, d\psi \int_{\alpha - \frac{\pi}{2}}^{\frac{\pi}{4}} \frac{\cos \omega \cos(\omega - \alpha)}{\cos(\omega - \alpha) + \lambda \cos \omega} \, d\omega \, .$$

Das erste der beiden Integrale hat den Werth $\dfrac{\pi}{2}$. Zur Auflösung des zweiten führt man nach Seeliger statt der Constanten λ und α zwei neue Grössen durch die Relationen ein:

$$\sin \alpha = m \sin \mu \, ,$$
$$\lambda + \cos \alpha = m \cos \mu \, .$$

Dann wird:

$$q_{\mathfrak{s}} = \frac{\Gamma_{\mathfrak{s}}\,\varrho^{\mathfrak{s}}\,\pi}{4\,m} \int\limits_{\alpha-\frac{\pi}{2}}^{\frac{\pi}{2}} \frac{\cos\alpha + \cos(2\omega-\alpha)}{\cos(\omega-\mu)}\, d\omega\,,$$

oder wenn man $\omega - \mu = y$ setzt:

$$q_{\mathfrak{s}} = \frac{\Gamma_{\mathfrak{s}}\,\varrho^{\mathfrak{s}}\,\pi}{4\,m} \int\limits_{\alpha-\frac{\pi}{2}-\mu}^{\frac{\pi}{2}-\mu} \frac{\cos\alpha + \cos(2y+2\mu-\alpha)}{\cos y}\, dy$$

$$= \frac{\Gamma_{\mathfrak{s}}\,\varrho^{\mathfrak{s}}\,\pi}{4\,m} \int\limits_{\alpha-\frac{\pi}{2}-\mu}^{\frac{\pi}{2}-\mu} \frac{dy}{\cos y} \Big[\cos\alpha - \cos(2\mu-\alpha) + 2\cos y\big\{\cos(2\mu-\alpha)\cos y - \sin(2\mu-\alpha)\sin y\big\}\Big]$$

$$= \frac{\Gamma_{\mathfrak{s}}\,\varrho^{\mathfrak{s}}\,\pi}{2\,m} \int\limits_{\alpha-\frac{\pi}{2}-\mu}^{\frac{\pi}{2}-\mu} \frac{\sin\mu\,\sin(\mu-\alpha)}{\cos y}\, dy + \frac{\Gamma_{\mathfrak{s}}\,\varrho^{\mathfrak{s}}\,\pi}{2\,m} \int\limits_{\alpha-\frac{\pi}{2}-\mu}^{\frac{\pi}{2}-\mu} \cos(y+2\mu-\alpha)\, dy\,.$$

Diese Integrationen lassen sich leicht ausführen, und man hat daher endlich:

$$(4)\quad q_{\mathfrak{s}} = \frac{\Gamma_{\mathfrak{s}}\,\varrho^{\mathfrak{s}}\,\pi}{2} \left\{ \frac{2\cos\frac{\alpha}{2}\cos\left(\mu-\frac{\alpha}{2}\right)}{m} + \frac{\sin\mu\,\sin(\mu-\alpha)}{m} \log\left[\cot\frac{\alpha-\mu}{2}\cot\frac{\mu}{2}\right] \right\}.$$

Für volle Beleuchtung wird $\alpha = 0$, folglich $\mu = 0$ und $m = 1 + \lambda$, und man hat daher für die von dem voll beleuchteten Planeten nach der Erde ausgestrahlte Lichtmenge $q_{\mathfrak{s}}^{(0)}$ den Werth:

$$(5)\qquad\qquad q_{\mathfrak{s}}^{(0)} = \frac{\Gamma_{\mathfrak{s}}\,\varrho^{\mathfrak{s}}\,\pi}{1 + \lambda}\,.$$

Von Wichtigkeit zur Bestimmung von $q_{\mathfrak{s}}$ ist die Kenntniss der Grösse λ, d. h. des Verhältnisses der Absorptionscoefficienten für die ein- und austretenden Strahlen. Die Coefficienten werden in den meisten Fällen nicht wesentlich von einander verschieden sein, und man wird daher kaum einen grossen Fehler begehen, wenn man $\lambda = 1$ setzt. Für $\lambda = 1$ wird aber $m\cos\mu = 1 + \cos\alpha$; ferner ist $\operatorname{tang}\mu = \dfrac{\sin\alpha}{1+\cos\alpha} = \operatorname{tang}\dfrac{\alpha}{2}$ oder $\mu = \dfrac{\alpha}{2}$ und $m = 2\cos\dfrac{\alpha}{2}$. Durch Substitution in (4) erhält man daher:

$$(6) \qquad q_2 = \frac{\Gamma_2 \varrho^2 \pi}{2} \left\{ 1 - \sin \frac{\alpha}{2} \, \text{tang} \, \frac{\alpha}{2} \, \log \cot \frac{\alpha}{4} \right\}.$$

Für volle Beleuchtung oder $\alpha = 0$ wird die ausgestrahlte Lichtmenge:

$$q_2^{(0)} = \frac{\Gamma_2 \varrho^2 \pi}{2} \, ;$$

mithin ergiebt sich:

$$(7) \qquad q_2 = q_2^{(0)} \left\{ 1 - \sin \frac{\alpha}{2} \, \text{tang} \, \frac{\alpha}{2} \, \log \cot \frac{\alpha}{4} \right\}.$$

Für das dritte der obigen Gesetze, das Euler'sche, hat man:

$$q_3 = \Gamma_3 \varrho^2 \int_{-\frac{\pi}{2}}^{\frac{\pi}{2}} \cos^2 \psi \, d\psi \int_{\alpha - \frac{\pi}{2}}^{\frac{\pi}{2}} \cos(\omega - \alpha) \, d\omega \, ,$$

woraus sich unmittelbar ergiebt:

$$(8) \qquad q_3 = \Gamma_3 \varrho^2 \pi \, \cos^2 \frac{\alpha}{2} \, .$$

Bei voller Beleuchtung wird die ausgestrahlte Lichtmenge $q_3^{(0)} = \Gamma_3 \varrho^2 \pi$, und man hat daher:

$$(9) \qquad q_3 = q_3^{(0)} \cos^2 \frac{\alpha}{2} \, .$$

Die im Vorangehenden für die drei betrachteten Beleuchtungsgesetze aufgestellten Formeln geben ganz allgemein die von der ganzen beleuchteten Planetenphase in der Richtung nach der Erde ausgestrahlte Lichtmenge oder nach unseren früheren Definitionen die Lichtquantität, welche auf die Flächeneinheit in der Entfernung 1 senkrecht auffällt. Diese Grösse ist aber der Beobachtung nicht direct zugänglich. Was wir mit dem Photometer oder mit dem Auge messen, ist eine Grösse, die der auf das Fernrohrobjectiv oder die Pupille des Auges senkrecht auffallenden Lichtmenge proportional ist. Will man also die theoretisch berechneten Helligkeitswerthe mit den Beobachtungen vergleichen, so müssen zunächst die oben abgeleiteten Werthe q_1, q_2, q_3 mit dem Factor $\frac{1}{\varDelta^2}$ multiplicirt werden, wo $\varDelta$ die jedesmalige Entfernung des Planeten von der Erde ausdrückt. Ferner ist zu beachten, dass die in den Formeln auftretenden Grössen $\Gamma_1, \Gamma_2, \Gamma_3$ nur dann als Constanten angesehen werden dürfen, wenn die Entfernung des Planeten von der Sonne nicht merklichen Änderungen unterworfen ist. Es wird nöthig sein, diese Grössen etwas näher zu betrachten. Nach den Erörterungen im vorigen Capitel ist $\Gamma_1 = \frac{A_1}{\pi} L$

(S. 40), wo A_1 die Lambert'sche Albedo ist. Ferner ist $\Gamma_2 = \frac{1}{4\pi} \frac{\mu}{k} L$
(S. 51), wo μ und k das Diffusions- und Absorptionsvermögen des beleuchteten Körpers bezeichnen. Nun ist aber für das Lommel-Seeliger'sche Gesetz in seiner einfachsten Form die Seeliger'sche Albedo, die wir A_2 nennen wollen, ausgedrückt durch $\frac{1}{4}\frac{\mu}{k}$, es wird also $\Gamma_2 = \frac{A_2}{\pi} L$. Endlich lässt sich durch eine ähnliche Betrachtung, wie durch die auf Seite 40 angestellte, leicht zeigen, dass $\Gamma_3 = \frac{A_3}{2\pi} L$ ist, wo A_3 dieselbe Bedeutung hat, wie die Lambert'sche Albedo. In allen drei Ausdrücken bedeutet L die Lichtmenge, welche auf die Flächeneinheit des Planeten von der Sonne senkrecht ausgestrahlt wird. Betrachtet man die Sonne als eine selbstleuchtende Kugel mit der Leuchtkraft J, so ist nach den Entwicklungen auf Seite 37 $L = J\pi \sin^2 s$, wo s der scheinbare Radius der Sonne ist, vom Planeten aus gesehen. Wir wollen nun statt der Grössen q_1, q_2, q_3 die der Beobachtung zugänglichen Lichtmengen bestimmen, welche von der gesammten beleuchteten Planetenphase senkrecht auf die Flächeneinheit des Fernrohrobjectivs oder der Augenpupille gesandt werden. Bezeichnen wir diese durch Q_1, Q_2, Q_3 und setzen die obigen Werthe für $\Gamma_1, \Gamma_2, \Gamma_3$ ein, so ergiebt sich, wenn man noch den scheinbaren Halbmesser σ des Planeten, von der Erde aus gesehen, durch die Relation $\sin\sigma = \frac{\varrho}{\varDelta}$ einführt:

$$(10) \quad \begin{cases} Q_1 = \tfrac{2}{3} J A_1 \sin^2 s \, \sin^2 \sigma \{\sin\alpha + (\pi - \alpha) \cos\alpha\}, \\[2mm] Q_2 = \tfrac{1}{2} J A_2 \pi \sin^2 s \, \sin^2 \sigma \left\{ 1 - \sin\frac{\alpha}{2} \, \mathrm{tang}\, \frac{\alpha}{2} \, \log \cot \frac{\alpha}{4} \right\}, \\[2mm] Q_3 = \tfrac{1}{2} J A_3 \pi \sin^2 s \, \sin^2 \sigma \cos^2 \frac{\alpha}{2} . \end{cases}$$

Für volle Beleuchtung gehen diese Werthe über in:

$$(11) \quad \begin{cases} Q_1^{(0)} = \tfrac{2}{3} J A_1 \pi \sin^2 s_0 \, \sin^2 \sigma_0 , \\[1mm] Q_2^{(0)} = \tfrac{1}{2} J A_2 \pi \sin^2 s_0 \, \sin^2 \sigma_0 , \\[1mm] Q_3^{(0)} = \tfrac{1}{2} J A_3 \pi \sin^2 s_0 \, \sin^2 \sigma_0 , \end{cases}$$

wo s_0 und σ_0 die scheinbaren Halbmesser von Sonne und Planet zur Zeit der Opposition sind. Aus den Gleichungen (10) und (11) erhält man noch, wenn man statt der scheinbaren Halbmesser wieder die Distanzen einführt:

$$(12) \begin{cases} \dfrac{Q_1}{Q_1^{(0)}} = \dfrac{{\mathit{\Delta}_0^2}\, r_0^2}{{\mathit{\Delta}^2}\, r^2} \cdot \dfrac{\sin\alpha + (\pi - \alpha)\cos\alpha}{\pi}, \\[2ex] \dfrac{Q_2}{Q_2^{(0)}} = \dfrac{{\mathit{\Delta}_0^2}\, r_0^2}{{\mathit{\Delta}^2}\, r^2}\left(1 - \sin\dfrac{\alpha}{2}\,\operatorname{tang}\dfrac{\alpha}{2}\,\log\cot\dfrac{\alpha}{4}\right), \\[2ex] \dfrac{Q_3}{Q_3^{(0)}} = \dfrac{{\mathit{\Delta}_0^2}\, r_0^2}{{\mathit{\Delta}^2}\, r^2}\cos^2\dfrac{\alpha}{2}. \end{cases}$$

Diese Werthe sind direct mit den Resultaten vergleichbar, welche wir durch photometrische Messungen oder Schätzungen erhalten können. Zu ihrer bequemen Berechnung soll die im Anhange mitgetheilte Tafel dienen, welche die Logarithmen der von dem Phasenwinkel abhängigen Factoren und die aus diesen Logarithmen durch Division mit 0.4 hervorgehenden Differenzen in Sterngrössenclassen enthält. Ein Überblick über diese Tafel zeigt, wie stark die nach den verschiedenen Theorien berechneten Helligkeitswerthe von einander abweichen.

Die Formeln (10) oder (11) können noch dazu benutzt werden, die Albedo eines Planeten zu berechnen. Zu diesem Zweck ist es aber zunächst erforderlich, die Grösse J, welche nicht durch Beobachtungen ermittelt werden kann, aus denselben zu eliminiren. Nennen wir L' die Lichtmenge oder Beleuchtung, welche von der Sonne direct auf die Flächeneinheit des Fernrohrobjectivs oder der Augenpupille gesandt wird, so ist ebenso wie oben:

$$L' = J\,\pi\,\sin^2 S,$$

wo S der scheinbare Halbmesser der Sonne ist, von der Erde aus gesehen. Den Quotienten $\dfrac{Q}{L'}$, also das Helligkeitsverhältniss des Planeten zur Sonne, bezeichnen wir noch allgemein durch M; dann ergeben sich aus den Gleichungen (10) die folgenden Albedowerthe:

$$(13) \begin{cases} A_1 = \tfrac{3}{2} M\, \dfrac{\sin^2 S}{\sin^2 s \,\sin^2 \sigma} \cdot \dfrac{\pi}{\sin\alpha + (\pi - \alpha)\cos\alpha}, \\[2ex] A_2 = 2 M\, \dfrac{\sin^2 S}{\sin^2 s \,\sin^2 \sigma} \cdot \dfrac{1}{1 - \sin\dfrac{\alpha}{2}\,\operatorname{tang}\dfrac{\alpha}{2}\,\log\cot\dfrac{\alpha}{4}}, \\[2ex] A_3 = 2 M\, \dfrac{\sin^2 S}{\sin^2 s \,\sin^2 \sigma} \cdot \dfrac{1}{\cos^2\dfrac{\alpha}{2}}. \end{cases}$$

Ist das Helligkeitsverhältniss des Planeten in mittlerer Opposition zur Sonne bekannt, welches M_0 heissen möge, so ergeben sich aus (11) die entsprechenden Werthe:

$$(14) \quad \begin{cases} A_1 = \tfrac{3}{2} M_0 \ \dfrac{\sin^2 S}{\sin^2 s_0 \ \sin^2 \sigma_0}, \\[2mm] A_2 = 2 M_0 \ \dfrac{\sin^2 S}{\sin^2 s_0 \ \sin^2 \sigma_0}, \\[2mm] A_3 = 2 M_0 \ \dfrac{\sin^2 S}{\sin^2 s_0 \ \sin^2 \sigma_0}. \end{cases}$$

Die Albedowerthe für das Lommel-Seeliger'sche und das Euler'sche Gesetz stimmen nach diesen Formeln mit einander überein, und aus den beiden ersten Gleichungen folgt: $A_2 = \tfrac{4}{3} A_1$. Es ist aber dabei zu beachten, dass diese Beziehungen nur gelten, wenn in dem Lommel-Seeliger-schen Gesetze die Grösse $\lambda = 1$ gesetzt werden darf. Für einen beliebigen Werth von λ ergiebt sich statt der zweiten Formel in (11) die folgende:

$$Q_2^{(0)} = \tfrac{1}{4} L' \ \frac{\mu}{k} \ \frac{1}{1+\lambda} \ \frac{\sin^2 s_0 \ \sin^2 \sigma_0}{\sin^2 S}.$$

Ferner ist nach Formel (3) auf Seite 55 die Seeliger'sche Albedo bei einem beliebigen Werthe von λ ausgedrückt durch:

$$A_2 = \frac{1}{4\lambda} \ \frac{\mu}{k} \left\{ 1 - \lambda \log \lambda + \frac{\lambda^2 - 1}{\lambda} \log (1 + \lambda) \right\}.$$

Aus den beiden letzten Formeln erhält man daher den Ausdruck:

$$(15) \quad A_2 = M_0 \ \frac{1+\lambda}{\lambda} \left\{ 1 - \lambda \log \lambda + \frac{\lambda^2 - 1}{\lambda} \log (1 + \lambda) \right\} \frac{\sin^2 S}{\sin^2 s_0 \ \sin^2 \sigma_0},$$

welcher für $\lambda = 1$ unmittelbar in den obigen Ausdruck in (14) übergeht.

Setzt man in (15) $\lambda = \tfrac{1}{2}$, so wird:

$$A_2 = 2.22 \, M_0 \ \frac{\sin^2 S}{\sin^2 s_0 \ \sin^2 \sigma_0};$$

für $\lambda = \tfrac{3}{4}$ wird:

$$A_2 = 2.08 \, M_0 \ \frac{\sin^2 S}{\sin^2 s_0 \ \sin^2 \sigma_0},$$

und für $\lambda = 2$ wird:

$$A_2 = 1.89 \, M_0 \ \frac{\sin^2 S}{\sin^2 s_0 \ \sin^2 \sigma_0}.$$

Man sieht also, dass die Werthe der Seeliger'schen Albedo zwar nicht sehr erheblich, aber doch immerhin merklich geändert werden, wenn man die Grösse λ von $\tfrac{1}{2}$ bis 2 variiren lässt.

Es verdient noch erwähnt zu werden, dass die obigen Formeln (13) oder (14) auch benutzt werden können, um umgekehrt, wenn die Albedo eines Himmelskörpers und seine Helligkeit bekannt sind, den Durchmesser desselben zu berechnen. In der Praxis ist dies von Bedeutung bei der grossen Zahl der Asteroiden und bei den kleinen Planetenmonden, deren Durchmesser mit den gebräuchlichen Messungsmitteln der Astronomie nicht mit Sicherheit bestimmt werden können. Wir wollen annehmen, dass das Helligkeitsverhältniss eines kleinen Planeten zu einem der Hauptplaneten (beide zunächst in mittlerer Opposition gedacht) durch photometrische Beobachtungen sicher bestimmt wäre; es möge mit H_0 bezeichnet sein. Wir wollen ferner das Verhältniss der Albedowerthe der beiden Gestirne a nennen, die scheinbaren Halbmesser der Sonne, von den beiden Planeten aus gesehen, mit $s_{1,0}$ resp. mit $s_{2,0}$ bezeichnen, ebenso die scheinbaren Radien der beiden Planeten, von der Erde aus gesehen, mit $\sigma_{1,0}$ resp. mit $\sigma_{2,0}$, so ergiebt sich aus den Formeln (14), wenn für beide Himmelskörper dasselbe Beleuchtungsgesetz als gültig angenommen werden darf, zur Bestimmung der unbekannten Grösse $\sigma_{1,0}$ die Gleichung:

$$(16) \qquad \sin^2 \sigma_{1,0} = \frac{H_0}{a} \frac{\sin^2 s_{2,0} \sin^2 \sigma_{2,0}}{\sin^2 s_{1,0}} .$$

Ist das Helligkeitsverhältniss H der beiden Planeten nicht für die mittleren Oppositionen, sondern für beliebige Stellungen derselben bekannt, wo ihre Phasenwinkel α_1 resp. α_2 sein mögen, so erhält man statt der einen Gleichung (16) die drei Gleichungen:

$$(17) \quad
\begin{cases}
\sin^2 \sigma_1 = \dfrac{H}{a} \dfrac{\sin^2 s_2 \sin^2 \sigma_2}{\sin^2 s_1} \cdot \dfrac{\sin \alpha_2 + (\pi - \alpha_2) \cos \alpha_2}{\sin \alpha_1 + (\pi - \alpha_1) \cos \alpha_1} , \\[3ex]
\sin^2 \sigma_1 = \dfrac{H}{a} \dfrac{\sin^2 s_2 \sin^2 \sigma_2}{\sin^2 s_1} \cdot \dfrac{1 - \sin \dfrac{\alpha_2}{2} \tan \dfrac{\alpha_2}{2} \log \cot \dfrac{\alpha_2}{4}}{1 - \sin \dfrac{\alpha_1}{2} \tan \dfrac{\alpha_1}{2} \log \cot \dfrac{\alpha_1}{4}} , \\[3ex]
\sin^2 \sigma_1 = \dfrac{H}{a} \dfrac{\sin^2 s_2 \sin^2 \sigma_2}{\sin^2 s_1} \cdot \dfrac{\cos^2 \dfrac{\alpha_2}{2}}{\cos^2 \dfrac{\alpha_1}{2}} .
\end{cases}$$

Man findet also in diesem Falle verschiedene Durchmesserwerthe, je nach dem Beleuchtungsgesetze, welches man der Berechnung zu Grunde legt.

Bei allen vorangehenden Betrachtungen sind die Gestalten der Planeten als vollkommen kugelförmig vorausgesetzt worden, und es tritt daher die Frage auf, in welcher Weise die entwickelten Beleuchtungsformeln modificirt werden, wenn man auf die Abplattung Rücksicht nimmt und ferner noch den Umstand ins Auge fasst, dass die Mittelpunkte von Erde und

Sonne nicht genau in der Aequatorebene des Planeten liegen. Seeliger[1] hat diese Aufgabe gelöst und die Beleuchtungsformeln ganz allgemein anstatt für die Kugel für das Rotationsellipsoid entwickelt, wobei er sowohl das Lommel-Seeliger'sche als das Lambert'sche Beleuchtungsgesetz zu Grunde gelegt hat unter der vereinfachenden Annahme, dass die dritten und höheren Potenzen des Phasenwinkels α vernachlässigt werden dürfen. Diese Vereinfachung ist bei den Verhältnissen in unserem Planetensystem im Allgemeinen durchaus statthaft, weil gerade bei denjenigen Planeten, die eine merkliche Abweichung von der Kugelgestalt zeigen, den Jupiter höchstens ausgenommen, die Phasenwinkel nur verhältnissmässig kleine Werthe erreichen können.

Es ist nicht möglich, den Gang der Seeliger'schen Untersuchung hier in voller Ausführlichkeit wiederzugeben; es muss daher auf die Originalabhandlung selbst verwiesen werden. Im Folgenden mögen nur die beiden Endformeln mitgetheilt werden, welche sich bei Berücksichtigung der ellipsoidischen Gestalt anstatt der beiden ersten Formeln (10) ergeben:

$$(18) \begin{cases} Q_1 = 2\pi J A_1 \sin^2 s \sin^2 \sigma \cos\alpha \left\{ P \cos^2 E + R \sin^2 E \right\}, \\ Q_2 = \tfrac{1}{2}\pi J A_2 \sin^2 s \sin^2 \sigma \left\{ 1 - \sin\frac{\alpha}{2} \, \mathrm{tang} \frac{\alpha}{2} \, \log \, \mathrm{cot} \frac{\alpha}{4} \right\} \sqrt{1 + \frac{a^2 - b^2}{b^2} \sin^2 E}. \end{cases}$$

In diesen Formeln sind a und b die beiden Halbaxen des Planeten, unter σ ist hier der scheinbare grosse Halbmesser zu verstehen, P und R sind zwei Grössen, welche nur von der Abplattung abhängen und deren Zahlenwerthe aus einer am Schlusse der Seeliger'schen Abhandlung mitgetheilten Tafel entnommen werden können, und E ist der Erhebungswinkel der Erde über der Äquatorebene des Planeten.

b. Die Lichtvertheilung auf einer Planetenscheibe.

Wir kehren im Folgenden wieder zu der Annahme zurück, dass die Gestalten der Planeten kugelförmig sind, und wollen nun noch einige Betrachtungen über die Lichtvertheilung auf einer erleuchteten Planetenoberfläche anstellen. Es soll also nicht mehr, wie im Vorangehenden, die gesammte Lichtmenge, welche die Planetenphase auf das Fernrohrobjectiv wirft, untersucht werden, sondern die Flächenhelligkeit an irgend einem Punkte der beleuchteten Scheibe. Wenn es gelänge, durch photometrische Messungen die scheinbare Helligkeit an jeder beliebigen Stelle der Oberfläche zu bestimmen, so würde man einerseits ein vortreffliches

---

1) Abhandl. der K. Bayer. Akad. der Wiss. II. Classe, Bd. 16, p. 405.

Mittel haben, die verschiedenen Beleuchtungsgesetze einer strengeren
Prüfung als bisher zu unterwerfen, und andererseits würde die Möglichkeit gegeben sein, über die Reflexionsfähigkeit an verschiedenen Punkten
der Planetenoberflächen und damit auch bis zu einem gewissen Grade
über die physische Beschaffenheit dieser Himmelskörper Aufschluss zu
erlangen. Leider ist es infolge der Schwierigkeiten, welche sich hauptsächlich wegen der Kleinheit der Planetenscheiben und zum Theil auch
wegen der Unvollkommenheit der photometrischen Messungsmethoden
entgegenstellen, bisher nicht gelungen, brauchbare Beobachtungen über
die Lichtvertheilung auf einer Planetenoberfläche zu erhalten. Es ist
bei den meisten Planeten nicht einmal mit Sicherheit entschieden, an
welchen Stellen der Oberfläche die grösste oder geringste Helligkeit
stattfindet, geschweige denn, dass die Helligkeitsverhältnisse in Zahlen-
werthen angegeben werden könnten, und selbst bei dem Monde, der doch
in dieser Beziehung weniger Schwierigkeiten bieten sollte, weichen die
bisher ermittelten Angaben über die Helligkeitsverhältnisse von hellen
und dunklen Stellen, von Rand und Mittelpartien, ganz erheblich von
einander ab.

Mit der theoretischen Seite der Frage hat sich vor einiger Zeit
Anding[1]) beschäftigt und ist dabei zu einigen Resultaten gelangt, die
der Hervorhebung werth sind. Es handelt sich ganz allgemein um die
Bestimmung der scheinbaren Helligkeit eines beliebig gelegenen Planetenoberflächenelementes. Nach unseren früheren Definitionen wird die scheinbare Helligkeit h eines Flächenelementes ds erhalten, wenn man die in
der Richtung ε von demselben ausgestrahlte Lichtquantität dq durch
die scheinbare Grösse des Elementes, also durch $ds \cos \varepsilon$, dividirt. Diese
Definition gilt natürlich sowohl für selbstleuchtende als zerstreut reflectirende
Flächen. Zieht man wieder die drei verschiedenen Beleuchtungsgesetze
in Betracht, wie sie durch die Formeln auf Seite 57 repräsentirt sind, so
ergiebt sich die scheinbare Helligkeit eines Planetenoberflächenelementes
aus den Gleichungen:

$$(19) \quad \begin{cases} h_1 = \Gamma_1 \cos i & \text{(Lambert'sches Gesetz)}, \\[2mm] h_2 = \Gamma_2 \dfrac{\cos i}{\cos i + \cos \varepsilon} & \text{(Lommel-Seeliger'sches Gesetz)}, \\[2mm] h_3 = \Gamma_3 \dfrac{\cos i}{\cos \varepsilon} & \text{(Euler'sches Gesetz)}, \end{cases}$$

wobei der Einfachheit wegen bei dem zweiten Gesetze wieder $\lambda = 1$
angenommen worden ist. Führt man statt der Winkel i und ε die

---

1) Astron. Nachr. Bd. 129, Nr. 3095.

auf Seite 59 erklärten Winkel ω und ψ vermittelst der Relationen $\cos i = \cos\psi\cos(\omega-\alpha)$ und $\cos\varepsilon = \cos\psi\cos\omega$ ein und substituirt für $\Gamma_1, \Gamma_2, \Gamma_3$ die früheren Werthe, so gehen die obigen Gleichungen über in:

$$(20)\quad\begin{cases} h_1 = JA_1\sin^2 s\,\cos\psi\,\cos(\omega-\alpha),\\ h_2 = JA_2\sin^2 s\left[\dfrac{1}{2}+\dfrac{1}{2}\tan\dfrac{\alpha}{2}\tan\left(\omega-\dfrac{\alpha}{2}\right)\right],\\ h_3 = \tfrac{1}{2}JA_3\sin^2 s\,\cos\alpha\,\{1+\tan\alpha\,\tan\omega\}. \end{cases}$$

Aus diesen Formeln lässt sich sofort die theoretisch verlangte Lichtvertheilung bei voller Beleuchtung, also bei $\alpha = 0$, übersehen. Nach der zweiten und dritten Gleichung wird die scheinbare Helligkeit, abgesehen natürlich von Verschiedenheiten der Albedo, an allen Stellen der Planetenscheibe constant. Nach dem Lambert'schen Gesetze wird dagegen die scheinbare Helligkeit proportional dem Werthe $\cos\psi\cos\omega$, sie nimmt also von der Mitte der Scheibe, wo ψ und ω gleich Null sind, beständig nach dem Rande zu ab und wird in unmittelbarer Nähe des Randes, wo ω nahe gleich 90° ist, verschwindend klein. Nach dem blossen Anblicke einer voll beleuchteten Planetenscheibe zu urtheilen möchte man von vornherein geneigt sein, dem Lommel-Seeliger'schen und dem Euler'schen Gesetze vor dem Lambert'schen den Vorzug zu geben. Die scheinbare Helligkeit in der Mitte einer voll beleuchteten Planetenscheibe, welche mit $h_1^{(0)}, h_2^{(0)}, h_3^{(0)}$ bezeichnet werden möge, wird, da ψ, ω und α in diesem Falle gleich Null sind, gegeben durch die Gleichungen:

$$(21)\quad\begin{cases} h_1^{(0)} = JA_1\sin^2 s,\\ h_2^{(0)} = \tfrac{1}{2}JA_2\sin^2 s,\\ h_3^{(0)} = \tfrac{1}{2}JA_3\sin^2 s, \end{cases}$$

und wenn man diese Werthe in (20) substituirt, so erhält man ganz allgemein die scheinbare Helligkeit in irgend einem Punkte der Planetenscheibe bei beliebiger Stellung von Sonne, Planet und Erde ausgedrückt im Verhältniss zur centralen scheinbaren Helligkeit in der Opposition. Man hat:

$$(22)\quad\begin{cases} h_1 = h_1^{(0)}\cos\psi\cos(\omega-\alpha),\\ h_2 = h_2^{(0)}\left\{1+\tan\dfrac{\alpha}{2}\tan\left(\omega-\dfrac{\alpha}{2}\right)\right\},\\ h_3 = h_3^{(0)}\cos\alpha\,\{1+\tan\alpha\,\tan\omega\}. \end{cases}$$

Aus diesen Gleichungen lässt sich nun in Bezug auf die Helligkeitsvertheilung auf einer Planetenscheibe Folgendes ermitteln. Es stelle

Figur 15 die theilweise beleuchtete scheinbare Planetenoberfläche dar, und der horizontale Durchmesser repräsentire den Durchschnitt mit einer senkrecht zur Papierebene gedachten Ebene, welche die Mittelpunkte von Erde und Sonne (erstere senkrecht über dem Centrum c) enthalte. Sind dann x und y die rechtwinkligen Coordinaten irgend eines Punktes P auf der Planetenscheibe, so hat man (den Radius des Planeten gleich 1 gesetzt):

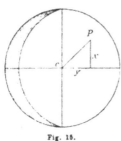

Fig. 15.

$$x = \sin\psi \quad \text{und} \quad y = \cos\psi \sin\omega .$$

Substituirt man diese Werthe in die erste der obigen Gleichungen (22) und bezeichnet den Quotienten $\dfrac{h_1}{h_1^{(0)}}$ mit a, so ergiebt sich:

$$x^2 \cos^2\alpha + y^2 - 2ya \sin\alpha + (a^2 - \cos^2\alpha) = 0 .$$

Diese Gleichung repräsentirt den geometrischen Ort aller Punkte der Planetenscheibe, welche dieselbe Helligkeit a besitzen. Es ist, wie man leicht sehen kann, die Gleichung einer Ellipse, deren kleine Axe in der obigen y-Axe liegt, deren Centrum von dem Mittelpunkte der Scheibe um das Stück $a \sin\alpha$ entfernt ist und deren Halbaxen die Werthe $\sqrt{1-a^2}$ und $\cos\alpha \sqrt{1-a^2}$ haben. Die Curven gleicher Helligkeit auf einer Planetenscheibe sind also, falls das Lambert'sche Gesetz gilt, im Allgemeinen Ellipsen mit verschiedenen Mittelpunkten; auch die Axen haben verschiedene Werthe, nur ist das Axenverhältniss bei allen Ellipsen constant gleich 1 : $\cos\alpha$.

Für die voll beleuchtete Scheibe, also für $\alpha = 0$, gehen die Ellipsen gleicher Helligkeit in Kreise mit dem Radius $\sqrt{1-a^2}$ über, deren Mittelpunkte mit dem Centrum der Scheibe zusammenfallen. Das Maximum der Helligkeit findet im Centrum statt, und die Helligkeit nimmt, wie schon oben erwähnt wurde, nach allen Seiten gleichmässig von der Mitte nach dem Rande zu ab. Für Werthe von α zwischen 0 und 90°, also bei mehr als halb beleuchteter Scheibe, findet das Maximum der Helligkeit nicht im Centrum der Scheibe statt, sondern, wie unmittelbar aus (22) hervorgeht, erhält h_1 den grössten Werth, nämlich $h_1^{(0)}$, für $\psi = 0$ und $\omega = \alpha$, d. h. also in demjenigen Punkte der Scheibe, welcher senkrecht von der Sonne beleuchteten Elemente der Oberfläche entspricht. Es wird dann $a = 1$, und die Curve gleicher Helligkeit zieht sich in einen einzigen Punkt, den eben charakterisirten, zusammen. Von diesem Punkte aus nimmt die Helligkeit nach allen Seiten hin ab. An

dem sogenannten positiven, der Sonne zugewandten Rande (in unserer
Figur dem rechten Rande) wird $\omega = 90°$, und es folgt daher für einen
Punkt in der y-Axe aus (22) für a der Werth $\sin\alpha$, die Helligkeit wird
an diesem Rande nicht, wie bei voller Scheibe, gleich 0, und die Ellipse
gleicher Helligkeit hat die Axen $\cos\alpha$ und $\cos^2\alpha$; ihr Mittelpunkt ist
von dem Centrum der Scheibe um die Strecke $\sin^2\alpha$ entfernt. An dem
negativen Rande wird $\omega = -\left(\dfrac{\pi}{2} - \alpha\right)$, und daher wird dort nach (22)
die Helligkeit gleich Null. Die Ellipse gleicher Helligkeit reducirt sich
hier auf eine Halbellipse mit dem Mittelpunkt im Centrum der Scheibe
und den Halbaxen 1 und $\cos\alpha$, fällt also mit dem negativen Rande selbst
zusammen.

Ist α gerade gleich 90°, ist also die beleuchtete Planetenscheibe ein
Halbkreis, so wird $\cos\alpha = 0$, die Ellipsen gleicher Helligkeit gehen, da
die halben kleinen Axen derselben gleich Null werden, in gerade Linien
über, die zur Beleuchtungsgrenze parallel sind. In der Beleuchtungsgrenze, dem negativen Rande selbst, ist die Helligkeit gleich Null, sie
nimmt nach dem positiven Rande hin beständig zu und erreicht das
Maximum in diesem Rande, in dem Endpunkte der y-Axe. Wird endlich
α noch grösser als 90°, so dass die beleuchtete Planetenscheibe die
Gestalt einer Sichel hat, so kommen nur Werthe von ω zwischen $\alpha - \dfrac{\pi}{2}$
und $\dfrac{\pi}{2}$ in Betracht; für den ersteren wird die Helligkeit gleich Null, und
die Curve gleicher Helligkeit fällt also wieder mit dem von der Sonne
abgewandten negativen Rande zusammen, für den letzteren wird die
Grösse a im Äquator gleich $\sin\alpha$, die Curve gleicher Helligkeit fällt aber
nicht mit dem positiven Rande zusammen, sondern ist ein Stück einer
Halbellipse, deren Halbaxen $\cos\alpha$ und $\cos^2\alpha$ sind, und deren Mittelpunkt
in der Entfernung $\sin^2\alpha$ vom Centrum der vollständig gedachten Scheibe
liegt. Die grösste Helligkeit auf der sichelförmigen Planetenscheibe
erreicht, da a nie grösser als $\sin\alpha$ werden kann, niemals den Werth 1;
es ist also kein Punkt so hell, wie das Centrum der voll beleuchteten
Scheibe. Im Allgemeinen folgt aus den Betrachtungen über die nach dem
Lambert'schen Gesetze bei irgend einer Phase stattfindende Helligkeitsvertheilung, dass nach dem negativen Rande hin die Helligkeit stets bis
Null abnimmt, während nach dem positiven Rande zu, je nach der Gestalt
der Phase, entweder Abnahme (aber nicht bis Null) oder Zunahme stattfindet; es wird infolge dessen der positive Rand stets schärfer begrenzt
erscheinen müssen als der negative, eine Erscheinung, die allerdings, wie
Anding in der erwähnten Schrift hervorgehoben hat, durch die Beugung

am Objectivrande des Fernrohrs erheblich modificirt und zwar zum Theil
verwischt werden kann.

Wesentlich anders als nach dem Lambert'schen Gesetze ergiebt sich
die Lichtvertheilung auf einer Planetenscheibe, wenn man das Lommel-
Seeliger'sche Gesetz in Betracht zieht. Führt man wieder die rechtwinkligen Coordinaten eines Punktes der Planetenscheibe durch die
Relationen $x = \sin \psi$ und $y = \cos \psi \sin \omega$ ein und bezeichnet $\dfrac{h_2}{h_2^{(0)}}$ wieder
mit a, so erhält man aus der zweiten der Gleichungen (22) für den geo-
metrischen Ort der Punkte gleicher Helligkeit die Formel:

$$ x^2 + y^2 \left\{ \frac{1 + 2b \cos \alpha + b^2}{(1 - b \cos \alpha)^2} \right\} = 1 , $$

wo noch der Abkürzung wegen b eingeführt ist für die Grösse: $\dfrac{2 - a}{a}$.

Dies ist die Gleichung einer Ellipse, deren Mittelpunkt im Centrum der
Scheibe liegt, deren grosse Halbaxe 1 mit der Verbindungslinie der Pole
zusammenfällt, und deren kleine Halbaxe gleich $\dfrac{1 - b \cos \alpha}{\sqrt{1 - 2b \cos \alpha + b^2}}$ ist.
Die Curven gleicher Helligkeit sind also nach dem Lommel-Seeliger'schen
Gesetze stets Halbellipsen, welche durch die Pole gehen. In Betreff der
Lichtvertheilung auf der Scheibe ergiebt sich aus der zweiten Gleichung
(22) unmittelbar, dass bei $\alpha = 0$ für alle Werthe von ω die scheinbare
Helligkeit $h_2 = h_2^{(0)}$ wird, d. h. das bereits bekannte Resultat, dass die
voll beleuchtete Scheibe in allen Punkten dieselbe Helligkeit besitzt. Bei
mehr als halb beleuchteter Scheibe, also bei Werthen von α zwischen 0
und 90°, kommen für ω alle Werthe zwischen $-\left(\dfrac{\pi}{2} - \alpha\right)$ und $+\dfrac{\pi}{2}$ in
Betracht, und die Helligkeit nimmt von 0 am negativen Rande bis zu
dem Werthe $h_2 = 2 h_2^{(0)}$ am positiven Rande continuirlich zu; die Hellig-
keit im Centrum der Scheibe ist gleich $h_2^{(0)} \left(1 - \text{tang}^2 \dfrac{\alpha}{2}\right)$. Auch bei halb
beleuchteter Scheibe und bei sichelförmiger Gestalt ist die Helligkeit am
negativen Rande stets gleich Null und am positiven Rande $= 2 h_2^{(0)}$. Die
Lichtvertheilung nach dem Lommel-Seeliger'schen Gesetze unterscheidet
sich also ganz wesentlich von der nach dem Lambert'schen Gesetze, insofern das Maximum der Helligkeit stets am positiven Rande liegt und
bei allen Phasen denselben Werth, nämlich den doppelten Betrag der
Centralhelligkeit bei voller Scheibe, besitzt. Die Abnahme der Helligkeit
nach dem negativen Rande bis zu dem Werthe 0 erfolgt im Allgemeinen
etwas weniger rasch als die Zunahme am positiven Rande, und der Effect

davon ist, dass der erstere verwaschen, der letztere dagegen scharf begrenzt erscheint. Der Unterschied in dem Aussehen der beiden Ränder muss noch deutlicher in's Auge fallen, als bei der Helligkeitsvertheilung nach dem Lambert'schen Gesetze.

Was endlich das dritte Beleuchtungsgesetz anbelangt, so ergiebt die Substitution der Werthe von x und y in die letzte der Formeln (22) für den geometrischen Ort der Punkte gleicher Helligkeit die Gleichung:

$$x^2 + y^2 \frac{1 - 2a \cos \alpha + a^2}{(a - \cos \alpha)^2} = 1 \, ,$$

welche wieder einer Ellipse mit den Halbaxen 1 und $\dfrac{a - \cos \alpha}{\sqrt{1 - 2a \cos \alpha + a^2}}$ angehört, deren Mittelpunkt im Coordinatenanfange liegt. Die Lichtvertheilung auf der Scheibe selbst ist bei voller Beleuchtung dieselbe wie nach dem Lommel-Seeliger'schen Gesetze, d. h. es haben alle Punkte die constante Helligkeit $h_2 = h_3^{(0)}$. Bei allen anderen Phasen nimmt auch hier, wie aus der Betrachtung der Gleichung (22) hervorgeht, die Helligkeit nach dem negativen Rande zu beständig ab und ist längs eines unendlich schmalen Streifens verschwindend klein, dagegen wächst die Helligkeit nach dem positiven Rande hin beträchtlich stärker an als nach dem Lommel-Seeliger'schen Gesetze, sie wird sogar am Rande selbst längs eines unendlich schmalen Streifens bei allen Phasen unendlich gross. Die beiden Ränder müssten also nach dem Euler'schen Gesetze am meisten von einander verschieden erscheinen, und es ist wohl schon bei einer ganz flüchtigen Betrachtung der Planetenoberflächen einleuchtend, dass die durch das Euler'sche Gesetz in Bezug auf die Lichtvertheilung verlangten Verhältnisse in Wirklichkeit nicht vorhanden sind.

Selbstverständlich darf nicht ausser Acht gelassen werden, dass die Anordnung der Helligkeit auf einer Planetenscheibe, wie sie sich nach dem Vorangehenden mit Zugrundelegung der verschiedenen Beleuchtungsgesetze ergiebt, nur für den idealen Fall gilt, dass die Oberfläche eine gleichmässig rauhe ist und an allen Punkten dieselbe Reflexionsfähigkeit besitzt. In Wirklichkeit werden die Verhältnisse ganz wesentlich modificirt, und zwar einmal durch das Vorhandensein einer mehr oder weniger dichten Atmosphäre, dann durch die verschiedenen Albedowerthe, welche zweifellos den einzelnen Partien einer Planetenoberfläche zukommen, und endlich nicht zum Wenigsten durch Erhebungen, welche infolge des Schattenwurfes ganz besondere Erscheinungen hervorrufen.

Von der Wirkung der Atmosphäre auf das Aussehen verschiedener Stellen der Planetenscheibe kann man sich nur eine ungefähre Vorstellung machen, wenn man nicht im Stande ist, den Grad ihrer Dichtigkeit in

Rechnung zu bringen. Im Allgemeinen wird bei voller Beleuchtung ein Abnehmen der Helligkeit von der Mitte nach dem Rande hin zu erwarten sein;
es kann also durch die Atmosphäre derselbe Effect hervorgebracht werden,
der sich nach dem Lambert'schen Gesetze auch ohne Vorhandensein einer
Atmosphäre erklären lässt. Bei nicht voll beleuchteter Scheibe würde sich
die Wirkung der Atmosphäre in der Weise äussern müssen, dass der von
der Sonne abgewandte Rand verwaschen und undeutlich erscheint, während
der positive Rand scharf begrenzt ist. Die von den sämmtlichen Beleuchtungsgesetzen geforderte Verschiedenheit im Aussehen der Ränder würde
also bei Vorhandensein einer Atmosphäre noch erheblich verstärkt werden.

Ganz uncontrolirbar ist natürlich der Antheil, welchen die verschiedene
Albedo der einzelnen Partien an der beobachteten Lichtvertheilung auf einer
Planetenscheibe hat. Wenn man nur Stoffe voraussetzt, wie sie auf der
Erde vorkommen, so würden Unterschiede bis zum Zehnfachen in der
Albedo verschiedener Punkte der Oberfläche gar nichts Auffallendes sein,
und es ist klar, dass solche Unterschiede ein wesentlich anderes Aussehen
der Planetenscheibe bedingen können, als es bei gleichmässiger Albedo
nach den Beleuchtungsgesetzen erwartet werden sollte. Dieser Umstand
vereitelt daher allein schon fast vollständig die Möglichkeit, aus der Art
und Weise der beobachteten Lichtvertheilung zu Gunsten irgend eines
der aufgestellten Beleuchtungsgesetze zu entscheiden.

Was ferner die Wirkung von Erhebungen auf den Planetenoberflächen
anbelangt, so kann man sich von derselben nur dann eine ungefähre Vorstellung machen, wenn man die Vertheilung der Erhebungen und ihre
Höhen kennt. Denkt man sich an Stelle der in Wirklichkeit stattfindenden
unregelmässigen Vertheilung von Bergen eine regelmässige und zwar der
Einfachheit wegen in der Art, dass die ganze Oberfläche von continuirlichen Bergzügen bedeckt ist, die in der Richtung der Meridiane verlaufen
und die Gestalt von schmalen Wänden besitzen mögen, so werden bei
voller Beleuchtung des Planeten die in der Mitte der Scheibe befindlichen
Gebirgszüge lichtschwächer erscheinen müssen als die am Rande befindlichen, deren Wände nahezu senkrecht von der Sonne beschienen werden
und ausserdem auch nahe senkrecht gegen die Gesichtslinie geneigt sind.
Bei nicht ganz beleuchteter Scheibe werden die Gebirge am positiven
Rande gar keinen oder nur geringen Schatten werfen; dieser Rand wird
infolge dessen voll und scharf beleuchtet erscheinen, während am negativen Rande durch starken Schattenwurf Unterbrechungen in der Lichtintensität eintreten, die einen verwaschenen Eindruck hervorrufen müssen.
Stellt Figur 16 einen Querschnitt durch ein kleines Stück der Planetenoberfläche dar mit gleich gross gedachten, in regelmässigen Abständen
von einander befindlichen Erhebungen a, b, c, so werden bei voller Be-

leuchtung des Planeten sowohl die beiden Seitenwände jeder Erhebung als auch die zwischen je zweien derselben befindlichen Vertiefungen Licht nach der in der Richtung E stehenden Erde senden. Ist die Sonne dagegen in S, so erhalten die linken Seitenwände überhaupt kein Licht von derselben, und auch die Vertiefungen erscheinen finster, weil sie zum Theil oder ganz im Schatten der benachbarten Erhebungen liegen. Je

höher die Berge sind und je geringer die Abstände zwischen ihnen, desto merklicher wird schon bei einer geringen Entfernung von der Opposition die beobachtete Lichtverminderung sein. Dieser Umstand ist nicht unwichtig, weil bei einigen kleinen Planeten ein merkliches Anwachsen der Gesammthelligkeit unmittelbar vor der Opposi-

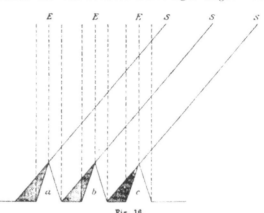

Fig. 16.

tion und ebenso eine Abnahme nach derselben in den beobachteten Helligkeiten angedeutet zu sein scheint.

Es ist wiederholt die Frage aufgeworfen worden, ob es nicht möglich wäre, unter gewissen plausibelen Annahmen über die Anordnung und die Grössenverhältnisse der Erhebungen auf einer Planetenoberfläche mit Benutzung der bekannten Beleuchtungsgesetze einen theoretischen Ausdruck für die von den Phasen einer Planetenkugel ausgesandte Gesammtlichtmenge abzuleiten. Mit Rücksicht auf die complicirten Verhältnisse, welche sich darbieten, könnte man diese Frage von vornherein verneinen; es ist aber bemerkenswerth, dass ein Versuch zur Lösung der Aufgabe bereits gemacht worden ist und zwar von Zöllner in dem zweiten Abschnitt seiner ›Photometrischen Untersuchungen‹, welcher die Überschrift trägt ›Theorie der relativen Lichtstärke der Mondphasen‹. Wenn der Zöllner'sche Versuch auch als verfehlt zu bezeichnen ist, weil die von ihm gemachten Voraussetzungen schwerlich acceptirt werden können, und ausserdem, wie von mehreren Seiten nachgewiesen worden ist, in seinen mathematischen Entwicklungen Fehler enthalten sind, so verdient derselbe doch noch an dieser Stelle eine kurze Besprechung.

Zöllner wendet durchweg das Lambert'sche Beleuchtungsgesetz an und geht bei seinen Untersuchungen von einem streng beweisbaren Satze

aus, den er in der folgenden Form ausspricht: » Die Erleuchtung eines
auf der Erde gelegenen Flächenelementes durch die Phasen der als
homogen und kugelförmig angenommenen Mondoberfläche bleibt dieselbe,
wenn die Mondkugel durch einen homogenen Kreiscylinder ersetzt wird,
dessen Axe senkrecht zu der durch Sonne, Erde und ihn selber gelegten
Ebene steht und dessen Höhe sich zu dem, dem Monddurchmesser gleichen,
Durchmesser seiner Basis wie 2 zu 3 verhält.« Diesen an und für sich
richtigen Satz glaubt Zöllner auch in dem Falle anwenden zu dürfen,
wenn Kugel und Cylinder nicht eine gleichmässig rauhe, sondern mit
Erhebungen bedeckte Oberfläche haben. Er sagt: » Indem man nun den
Einfluss zu ermitteln sucht, welchen eine regelmässige Vertheilung von
schattenwerfenden Körpern auf das Phasenerleuchtungsgesetz eines Cylinders
ausübt, kann man jederzeit auf der Kugel eine solche unregelmässige
Vertheilung jener Körper annehmen, dass sowohl für den Cylinder mit
regelmässiger als auch für die Kugel mit unregelmässiger Vertheilung
von Erhebungen dasselbe Phasenerleuchtungsgesetz stattfindet.« Er glaubt
daher für die irgendwie mit Bergen bedeckte Mondoberfläche einen regelmässig cannelirten Cylinder substituiren zu dürfen, dessen Furchen durch
je zwei Ebenen gebildet werden, die unter einem gewissen Winkel gegen
einander geneigt sind und sich in einer zur Cylinderaxe parallelen Kante
schneiden. Es liegt auf der Hand, dass die Berechtigung zu dieser Substitution strenger dargethan werden müsste, und man wird schwerlich dem
Satze zustimmen können, mit dem Zöllner die einleitenden Betrachtungen
zu seiner Mondtheorie schliesst: » Die befriedigende Übereinstimmung der
auf diese Weise entwickelten Theorie mit den Beobachtungen wird zeigen,
dass man zu den bei ihr gemachten Voraussetzungen berechtigt war.«

Unter der weiteren Annahme, dass auf dem cannelirten Cylinder die
Anzahl der Erhebungen unendlich gross ist und die Höhe derselben im
Verhältnisse zu den Dimensionen des Cylinders sehr klein, ist nun Zöllner
zu einer sehr einfachen Formel für die von den Phasen eines solchen
Cylinders reflectirte Lichtmenge L gelangt. Bezeichnet nämlich β den
Winkel, welchen die Seitenflächen der einzelnen Erhebungen mit ihrer
Basis bilden, und wird nach der Lambert'schen Schreibweise statt des
Phasenwinkels α das Supplement desselben $v = 180° - \alpha$ eingeführt, so
lautet die Zöllner'sche Formel:

$$L = \gamma \left\{ \sin\left(v - \beta\right) - \left(v - \beta\right) \cos\left(v - \beta\right) \right\},$$

wo γ eine Constante ist, die von der Leuchtkraft der Sonne, von den
Dimensionen des Cylinders, von seiner Albedo, endlich noch von den
Entfernungen desselben von Sonne und Erde abhängt. Für $\beta = 0$ geht
die Gleichung unmittelbar in die bekannte Lambert'sche Beleuchtungs-

formel über. Zöllner hat nun gezeigt, dass die von ihm zwischen Vollmond und Quadratur angestellten photometrischen Mondbeobachtungen
durch die obige Formel genügend dargestellt werden, wenn man für β
den Werth 52° annimmt, und glaubt in der Übereinstimmung seiner Theorie
mit den Beobachtungen den Beweis zu erblicken, dass die bei den theoretischen Entwicklungen vorausgesetzten Einflüsse in der That auf dem
Monde vorhanden sind, wenn er auch vorsichtiger Weise bemerkt, dass
man sich hüten müsse, der Constanten β hinsichtlich ihrer physischen
Bedeutung einen allzu grossen Werth beizulegen.

Neuerdings ist von Searle[1]) und Seeliger[2]) übereinstimmend nach-
gewiesen worden, dass die mathematischen Entwicklungen Zöllners einen
Irrthum enthalten, insofern bei den vorkommenden Integrationen unrichtige
Grenzen zur Anwendung gekommen sind. Infolge dessen gilt die obige
Zöllner'sche Formel nicht unumschränkt, sondern nur für ein ganz
bestimmtes Phasenintervall. Es sind nämlich bei der Behandlung des
Problems die beiden Fälle zu unterscheiden, wo $v < 2\beta$ und wo $v > 2\beta$
ist. Nach den Entwicklungen Searles lautet die Formel:

$$L = \gamma\, 2 \cos \beta \left[\sin (v - \beta) - (v - \beta) \cos (v - \beta) \right],$$

wenn $v < 2\beta$ ist; dagegen:

$$L = \gamma \left[\sin v - v \cos v - 2\beta \sin \beta \sin (v - \beta) \right],$$

wenn $v > 2\beta$ ist. Da die Zöllner'schen Beobachtungen nur bei Werthen
von v zwischen 110° und 180° angestellt sind, so hätte bei der Vergleichung mit der Theorie nur die zweite der obigen Formeln zur Anwendung kommen dürfen. Wenn also Zöllner trotzdem mit Benutzung
der in seinem Falle unrichtigen ersten Formel die Beobachtungen
befriedigend dargestellt hat, so beweist dies nur, dass die Formel
weiter nichts als eine brauchbare Interpolationsformel ist, dass ihr
aber eine physikalische Bedeutung unter keinen Umständen zuerkannt
werden darf.

Seeliger hat noch darauf hingewiesen, dass die Zöllner'sche
Annahme einer unendlich grossen Zahl von sehr wenig tiefen Canälen
eigentlich nur einer Hypothese über die Oberflächenbeschaffenheit des
Cylinders in seinen kleinsten Theilen gleichkomme, und dass daher das
Zöllner'sche Resultat auf dasselbe hinauslaufe, als wenn man irgend
ein beliebiges nicht näher zu definirendes photometrisches Hauptgesetz
zu Grunde gelegt hätte; die Zöllner'sche Formel hätte schon deshalb

---

1) Proc. of the Amer. Acad. of arts and sciences. Vol. 19, 1884, p. 310.
2) Vierteljahrsschrift der Astr. Gesellsch. Jahrg. 21, 1886, p. 216.

keinen anderen Werth, als den einer einfachen Interpolationsformel. So
interessant und anregend in gewisser Beziehung die Zöllner'schen Untersuchungen zweifellos sind, so wird man nach dem Gesagten doch zu
dem Schlusse kommen, dass Zöllner sich umsonst an ein Problem gewagt
hat, dessen strenge Lösung aus den verschiedensten Gründen überhaupt
nicht möglich ist.

c. Mittlere scheinbare Helligkeit eines Planeten.

In den meisten Lehrbüchern der Photometrie, besonders in dem
Lambert'schen Werke und den sich eng an dasselbe anschliessenden
Schriften von Beer und Rheinauer, ist der Berechnung der scheinbaren
mittleren Helligkeit einer Planetenphase ein grösserer Platz eingeräumt
worden, als dieselbe verdient, weil diese Grösse eine nur in der Vorstellung beruhende ist, die mit directen Beobachtungen niemals verglichen
werden kann. Uns interessirt an den Planeten eigentlich nur die in
unsere Instrumente oder in das Auge gelangende, von der Planetenphase
herkommende gesammte Lichtmenge und ferner die Vertheilung der Helligkeit in den einzelnen Punkten der sichtbaren hellen Scheibe, dagegen
hat die Angabe einer mittleren scheinbaren Helligkeit so gut wie gar
keinen Zweck, zumal wir dieselbe nur unter der zweifellos unrichtigen
Annahme berechnen können, dass die Reflexionsfähigkeit an allen Punkten
der Planetenoberfläche denselben Werth hat. Es soll im Folgenden nur
kurz und mehr der Vollständigkeit wegen auf diesen Punkt eingegangen
werden. Nach den Definitionen auf Seite 28 versteht man unter der
mittleren scheinbaren Helligkeit einer leuchtenden (oder beleuchteten)
Fläche das Verhältniss der von der ganzen Fläche auf die Flächeneinheit
(des Objectivs oder des Auges) senkrecht gesandten Lichtquantität zu der
scheinbaren Grösse dieser Fläche. Betrachtet man in Figur 15, welche
die scheinbare Fläche eines Planeten darstellt, den erleuchteten Theil,
so besteht derselbe aus einem Halbkreise mit dem Radius $\frac{\varrho}{\varDelta}$ (wenn ϱ der
wahre Halbmesser des Planeten und $\varDelta$ seine Entfernung von der Erde
ist) und aus einer Halbellipse mit den Halbaxen $\frac{\varrho}{\varDelta}$ und $\frac{\varrho}{\varDelta} \cos \alpha$. Die
scheinbare Grösse des erleuchteten Theiles ist daher ausgedrückt durch
$\frac{\pi}{2} \frac{\varrho^2}{\varDelta^2} (1 + \cos \alpha)$ oder, wenn man statt $\frac{\varrho}{\varDelta}$ wieder den scheinbaren Halbmesser σ einführt, durch $\frac{\pi}{2} \sin^2 \sigma (1 + \cos \alpha)$. Dividirt man mit diesem
Werthe in die früheren Formeln (10), welche für die verschiedenen Be-

leuchtungsgesetze die zur Erde gesandten Lichtquantitäten ausdrücken,
so erhält man unmittelbar die gesuchten mittleren scheinbaren Helligkeiten:

$$(23) \begin{cases} H_1 = \tfrac{1}{3} A_1 J \sin^2 s \; \dfrac{\sin \alpha + (\pi - \alpha)\cos \alpha}{\pi(1 + \cos \alpha)}, \\[2ex] H_2 = A_2 J \sin^2 s \; \dfrac{1 - \sin\frac{\alpha}{2}\, \mathrm{tang}\,\frac{\alpha}{2}\, \log \cot \frac{\alpha}{4}}{1 + \cos \alpha}, \\[2ex] H_3 = \tfrac{1}{2} A_3 J \sin^2 s. \end{cases}$$

Bemerkenswerth ist, dass nach dem Euler'schen Gesetze die mittlere
scheinbare Helligkeit vom Phasenwinkel ganz unabhängig wird, mithin
bei allen Beleuchtungsphasen constant bleibt. Für voll beleuchtete Planetenscheiben erhält man die mittleren scheinbaren Helligkeiten aus den
Gleichungen:

$$(24) \begin{cases} H_1^{(0)} = \tfrac{2}{3} A_1 J \sin^2 s, \\ H_2^{(0)} = \tfrac{1}{2} A_2 J \sin^2 s, \\ H_3^{(0)} = \tfrac{1}{2} A_3 J \sin^2 s. \end{cases}$$

Man sieht, dass die Werthe von $H_2^{(0)}$ und $H_3^{(0)}$ mit den entsprechenden
Ausdrücken in den Gleichungen (21) übereinstimmen, was auch ohne
Weiteres zu erwarten ist, weil, wie wir gesehen haben, nach dem zweiten
und dritten Beleuchtungsgesetze die scheinbare Helligkeit in allen Punkten
der voll beleuchteten Scheibe die gleiche sein muss.

d. Beleuchtung der Planetentrabanten.

Wenn man die Lichtquantität berechnen will, welche von einem
Planetentrabanten bei beliebiger Stellung von Sonne, Erde, Planet und
Satellit nach der Erde gesandt wird, so ist zu beachten, dass diese Lichtmenge sich aus zwei Theilen zusammensetzt, erstens aus dem direct von
dem Trabanten zurückgeworfenen Sonnenlichte und zweitens aus demjenigen Lichte, welches vom Planeten selbst nach seinem Satelliten und
von diesem wieder nach der Erde reflectirt wird. Der zweite Theil ist
im Verhältnisse zum ersten ausserordentlich geringfügig und wird in der
Praxis bei photometrischen Messungen kaum merklich sein; indessen
bietet die theoretische Behandlung des Falles doch ein gewisses Interesse.

Der Einfachheit wegen soll vorausgesetzt werden, dass die Mittelpunkte der vier in Betracht kommenden Himmelskörper alle in einer
und derselben Ebene liegen; ferner sollen die Dimensionen derselben im
Verhältnisse zu den Entfernungen als sehr klein angenommen werden.
Wir wollen der Berechnung zunächst das Lambert'sche Beleuchtungsgesetz
zu Grunde legen. Ist q' das direct von der Trabantenphase reflectirte

Sonnenlicht, q'' das vom Planeten auf den Trabanten übergehende und von diesem wieder nach der Erde gesandte Licht, so wird die Gesammtmenge Q_i, welche die Flächeneinheit des Fernrohrobjectivs senkrecht von der Trabantenphase erhält, ausgedrückt durch $Q_i = q' + q''$. Es sei:

α   der Phasenwinkel des Trabanten,
A_i die Albedo des Trabanten,
σ   der scheinbare Halbmesser des Trabanten, von der Erde aus gesehen,
s der scheinbare Halbmesser der Sonne, vom Trabanten aus gesehen,

dann erhält man q' unmittelbar aus der ersten der Gleichungen (10). Es ist:

$$q' = \tfrac{2}{3} J A_i \sin^2 s \, \sin^2 \sigma \left[\sin \alpha + (\pi - \alpha) \cos \alpha \right].$$

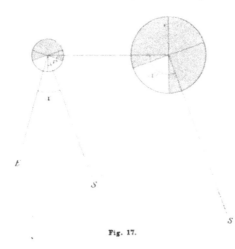

Zur Berechnung von q'' denke man sich ein Oberflächenelement ds auf dem Trabanten, welches von dem Planeten Licht erhält. Die Quantität dq, welche von dem ganzen vom Trabanten aus sichtbaren, durch die Sonne beleuchteten Theil der Planetenoberfläche (Fig. 17) auf dieses Element übergeht, falls es senkrecht zur Strahlungsrichtung steht, ist, ebenfalls nach der ersten der Gleichungen (10), ausgedrückt durch:

Fig. 17.

$$dq = \tfrac{2}{3} J A_i' \sin^2 s' \, \sin^2 \sigma' \left[\sin \alpha' + (\pi - \alpha') \cos \alpha' \right] ds.$$

Dabei ist:

α'   der Phasenwinkel des Planeten in Bezug auf den Trabanten,
A_i' die Albedo des Planeten,
σ'   der scheinbare Halbmesser des Planeten, vom Trabanten aus gesehen,
s' der scheinbare Halbmesser der Sonne, vom Planeten aus gesehen.

Nach den bei der Ableitung des Lambert'schen Beleuchtungsgesetzes angestellten Betrachtungen (Seite 40) ist nun die Lichtquantität dq'', welche ein beliebig gelegenes Trabantenelement ds von dem empfangenen Lichte wieder nach der Flächeneinheit auf der Erde senkrecht sendet, gegeben durch die Gleichung:

$$dq'' = \frac{A_1}{A^2 \pi} \, dq \cos i' \cos \varepsilon \,,$$

wo A die Entfernung des Trabanten von der Erde, i' der Incidenzwinkel der als parallel vorausgesetzten, vom Planeten auf das Trabantenelement gelangenden Lichtstrahlen und ε der Emanationswinkel am Elemente ds ist. Um die gesammte Lichtmenge q'' zu haben, ist zu integriren über den vom Planeten beleuchteten, von der Erde aus sichtbaren Theil der Trabantenkugel, der in der obigen Figur durch den Winkel v bezeichnet ist. Ersetzt man i' und ε, wie früher, durch die Winkel ω und ψ, und rechnet die Längen ω von demjenigen Punkte der Trabantenscheibe, über welchem die Erde senkrecht steht, und die Breiten ψ von der durch die Mittelpunkte der vier Himmelskörper gehenden Ebene, so hat man die Relationen:

$$\cos i' = \cos \psi \cos \left[180^\circ - (\alpha' - \alpha) - \omega\right],$$
$$\cos \varepsilon = \cos \psi \cos \omega \,,$$
$$ds = \varrho^2 \cos \psi \, d\omega \, d\psi \,,$$

wo noch ϱ der wahre Halbmesser des Trabanten ist.

Die Integrationsgrenzen in Bezug auf ψ sind $-\dfrac{\pi}{2}$ und $+\dfrac{\pi}{2}$, in Bezug auf ω sind dieselben $\dfrac{\pi}{2} - v$ und $\dfrac{\pi}{2}$ oder, da $v = \alpha' - \alpha$ ist, $\dfrac{\pi}{2} - (\alpha' - \alpha)$ und $\dfrac{\pi}{2}$.

Substituirt man die Werthe von $\cos i'$, $\cos \varepsilon$, dq und ds, so erhält man endlich:

$$q'' = \frac{2}{3\pi} J A_1 A_1' \frac{\varrho^2}{A^2} \sin^2 s' \sin^2 \sigma' \left[\sin \alpha' + (\pi - \alpha') \cos \alpha'\right] \int_{-\frac{\pi}{2}}^{\frac{\pi}{2}} \cos^3 \psi \, d\psi \times$$

$$\int_{\frac{\pi}{2} - (\alpha' - \alpha)}^{\frac{\pi}{2}} \cos \omega \, \cos \left[180^\circ - (\alpha' - \alpha) - \omega\right] d\omega \,.$$

Beachtet man noch, dass $\dfrac{\varrho}{A} = \sin \sigma$ ist, so hat man nach Ausführung der Integrationen:

$$q'' = \frac{4}{9\pi} J A_1 A_1' \sin^2 s' \sin^2 \sigma \sin^2 \sigma' \left[\sin \alpha' + (\pi - \alpha') \cos \alpha'\right] \left[\sin (\alpha' - \alpha) \right.$$
$$\left. - (\alpha' - \alpha) \cos (\alpha' - \alpha)\right].$$

Addirt man die Werthe von q' und q'' und setzt noch, was ohne erheblichen Fehler gestattet ist, s und s' einander gleich, so hat man endlich die gesuchte Lichtmenge:

$$Q_1 = \frac{2}{3} JA_1 \sin^2 s \sin^2 \sigma \left[\sin \alpha + (\pi - \alpha) \cos \alpha + \frac{2A_1' \sin^2 \sigma'}{3\pi} \times \right.$$
$$\left. \left\{ \sin \alpha' + (\pi - \alpha') \cos \alpha' \right\} \left\{ \sin (\alpha' - \alpha) - (\alpha' - \alpha) \cos (\alpha' - \alpha) \right\} \right].$$

Mit Zugrundelegung des Lommel-Seeliger'schen und des Euler'schen Beleuchtungsgesetzes ergeben sich ohne besondere Schwierigkeiten die entsprechenden Formeln:

$$Q_2 = \frac{1}{2} \pi JA_2 \sin^2 s \sin^2 \sigma \left[1 - \sin \frac{\alpha}{2} \tan \frac{\alpha}{2} \log \cot \frac{\alpha}{4} + \frac{1}{2} A_2' \sin^2 \sigma' \times \right.$$
$$\left. \left(1 - \sin \frac{\alpha'}{2} \tan \frac{\alpha'}{2} \log \cot \frac{\alpha'}{4} \right) \left(1 - \frac{1}{2} \cos \frac{\alpha' - \alpha}{2} \cot \frac{\alpha' - \alpha}{2} \log \frac{1 + \sin \frac{\alpha' - \alpha}{2}}{1 - \sin \frac{\alpha' - \alpha}{2}} \right) \right],$$

$$Q_3 = \frac{1}{2} \pi JA_3 \sin^2 s \sin^2 \sigma \left(\cos^2 \frac{\alpha}{2} + \frac{1}{2} A_3' \sin^2 \sigma' \cos^2 \frac{\alpha'}{2} \sin^2 \frac{\alpha' - \alpha}{2} \right).$$

Die Werthe der Phasenwinkel α und α' lassen sich sehr bequem durch die heliocentrischen, geocentrischen und planetocentrischen Längen der einzelnen Himmelskörper, wie sie in den astronomischen Ephemeriden angegeben sind, ausdrücken.

e. Berechnung des aschfarbenen Mondlichtes.

Eine Aufgabe, welche mit der soeben behandelten grosse Ähnlichkeit hat, bezieht sich auf die Bestimmung des sogenannten aschfarbenen Lichtes des Mondes. Bekanntlich erscheint der von der Sonne nicht direct beleuchtete Theil der Mondscheibe nicht vollkommen dunkel, sondern leuchtet mit einem schwachen Lichte, welches namentlich einige Tage nach dem Neumond mit blossem Auge deutlich wahrzunehmen ist. Dieses Licht rührt von den Sonnenstrahlen her, welche von unserer Erde nach dem Monde hin reflectirt und von diesem wieder nach der Erde zurückgeworfen werden. Seine Berechnung hat deshalb ein besonderes Interesse, weil es unter gewissen vereinfachenden Annahmen möglich ist, daraus einen Werth für die mittlere Reflexionsfähigkeit der Erde abzuleiten. Man denke sich in Figur 18 die Mittelpunkte von Sonne, Mond und Erde in einer Ebene liegend und die Sonnenstrahlen unter sich parallel auf Erde und Mond auffallend. α sei der Phasenwinkel des Mondes und folglich $\pi - \alpha$ der Phasenwinkel der Erde in Bezug auf den Mond. Der zwischen den Punkten a und b liegende Kreisbogen bezeichnet denjenigen Theil der Erdoberfläche, von welchem überhaupt nur Licht nach dem Monde gelangen kann; ferner be-

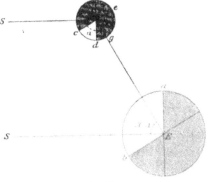

zeichnet der Bogen zwischen c und d denjenigen Theil des Mondes, welcher für einen Beobachter auf der Erde von der Sonne beleuchtet erscheint, dagegen der Bogen zwischen d und e den im aschfarbenen Lichte leuchtenden Theil der Mondscheibe. Wir wollen zunächst wieder das Lambert'sche Beleuchtungsgesetz zu Grunde legen und die folgenden Bezeichnungen einführen:

Fig. 18.

$A_1' =$ Albedo der Erde,
$S \;=$ scheinbarer Halbmesser der Sonne, von der Erde aus gesehen,
$\sigma' =$ scheinbarer Halbmesser der Erde, vom Monde aus gesehen.

Ist dann dq die Lichtmenge, welche von der gesammten Erdphase senkrecht auf ein Oberflächenelement ds des Mondes geworfen wird, so hat man nach der ersten der Gleichungen (10), da anstatt α hier der Werth $\pi - \alpha$ zu setzen ist:

$$dq = \tfrac{2}{3} J A_1' \sin^2 S \sin^2 \sigma' (\sin \alpha - \alpha \cos \alpha)\, ds\,.$$

Die Lichtquantität dq', welche von diesem Elemente ds nun wieder nach der Erde (senkrecht auf die Flächeneinheit) zurückgeworfen wird, ist nach dem Früheren ausgedrückt durch:

$$dq' = \frac{A_1}{\varDelta^2 \pi}\, dq \cos i' \cos \varepsilon\,,$$

wo A_1 die Albedo des Mondes, $\varDelta$ die Entfernung des Mondes von der Erde, i' der Incidenzwinkel der von der Erde auf ein Mondelement reflectirten Strahlen und ε der Emanationswinkel der von dem Elemente wieder nach der Erde zurückgeworfenen Strahlen ist. In dem vorliegenden Falle müssen die Werthe von i' und ε stets einander gleich sein, und man erhält daher, wenn ε und ds wieder durch die von Punkt g aus auf der Mondoberfläche gezählten Längen ω und durch die auf die Zeichnungsebene bezogenen Breiten ψ ausgedrückt werden, durch Substitution die Gleichung:

$$dq' = \frac{2}{3\pi} J A_1 A_1' \frac{\varrho^2}{\varDelta^2} \sin^2 S \sin^2 \sigma' (\sin \alpha - \alpha \cos \alpha) \cos^3 \psi \cos^2 \omega\, d\omega\, d\psi\,.$$

6*

Um die Lichtmenge zu haben, welche von dem ganzen im aschfarbenen Lichte leuchtenden Theile der Mondoberfläche herrührt, hat man die vorstehende Gleichung in Bezug auf ψ zwischen $-\frac{\pi}{2}$ und $+\frac{\pi}{2}$ und in Bezug auf ω zwischen $-\left(\alpha - \frac{\pi}{2}\right)$ und $+\frac{\pi}{2}$ zu integriren. Man findet leicht, wenn man $\frac{\varrho}{\varDelta}$ noch durch den scheinbaren Halbmesser σ des Mondes (von der Erde aus gesehen) ausdrückt:

$$q' = \frac{4}{9\pi}\, J A_{\text{\tiny I}} A_{\text{\tiny I}}' \sin^2 S \sin^4 \sigma \sin^2 \sigma' (\sin\alpha - \alpha \cos\alpha)(\alpha - \sin\alpha \cos\alpha)\,.$$

Durch photometrische Beobachtungen kann man diese Grösse nicht bestimmen, weil sich das von dem aschfarbenen Theile des Mondes herrührende Licht nicht von dem durch den beleuchteten Theil ausgesandten trennen lässt. Dagegen ist es nicht unmöglich, durch geeignete Methoden die Flächenhelligkeiten gleich grosser Stücke auf dem hellen und dunklen Theile der Mondscheibe mit einander zu vergleichen, und in der That sind derartige Messungen bereits von Zöllner und in neuester Zeit von mir selbst versucht worden. Theoretisch lässt sich die Flächenhelligkeit an jeder beliebigen Stelle auf dem aschfarbenen Theile des Mondes leicht bestimmen. Die scheinbare Helligkeit des Oberflächenelementes ds erhält man nach dem Früheren, wenn man die von demselben nach der Erde gelangende Lichtquantität dq' durch die scheinbare Grösse des Elementes, von der Erde aus gesehen, dividirt. Diese scheinbare Grösse von ds ist aber gleich $\dfrac{ds \cos\varepsilon}{\varDelta^2}$; mithin erhält man die scheinbare Helligkeit $h_{\text{\tiny I}}'$ an irgend einem Punkte, der durch die Coordinaten ω und ψ bestimmt ist, aus der Gleichung:

$$h_{\text{\tiny I}}' = \frac{dq'\,\varDelta^2}{ds \cos\varepsilon} = \frac{2}{3\pi}\, J A_{\text{\tiny I}} A_{\text{\tiny I}}' \sin^2 S \sin^2 \sigma' (\sin\alpha - \alpha\cos\alpha) \cos\psi \cos\omega\,.$$

Dass diese Formel und infolge dessen auch das dabei vorausgesetzte Lambert'sche Gesetz der Wirklichkeit nicht entspricht, geht daraus hervor, dass nach derselben für $\omega = 90^\circ$ $h_{\text{\tiny I}}'$ verschwinden müsste, die Helligkeit am Rande also gleich Null sein sollte, während thatsächlich der Rand scharf begrenzt und sogar eher heller als die übrigen Partien der nicht beleuchteten Scheibe erscheint.

Mit Berücksichtigung der anderen Beleuchtungsgesetze erhält man ohne Schwierigkeit für die scheinbare Helligkeit des aschfarbenen Theiles an irgend einem Punkte der Scheibe die Formeln:

$$h_2' = \tfrac{1}{4} J A_3 A_2' \sin^2 S \sin^2 \sigma' \left\{ 1 - \cos \frac{\alpha}{2} \cot \frac{\alpha}{2} \log \cot \left(45^0 - \frac{\alpha}{4} \right) \right\},$$

$$h_3' = \tfrac{1}{4} J A_3 A_3' \sin^2 S \sin^2 \sigma' \sin^2 \frac{\alpha}{2}.$$

Man sieht, dass nach diesen beiden Formeln die scheinbare Helligkeit von ω und ψ unabhängig ist und daher in allen Punkten des aschfarbenen Theiles gleich sein sollte, ein Resultat, welches mit der directen Beobachtung jedenfalls besser harmonirt, als das Ergebniss nach der Lambert'schen Theorie.

Hat man durch irgend ein Verfahren das Helligkeitsverhältniss des aschfarbenen Lichtes zu dem beleuchteten Theile des Mondes bestimmt, so geben die soeben abgeleiteten Formeln in Verbindung mit den früheren Gleichungen (22) ein Mittel an die Hand, um einen angenäherten Werth für die mittlere Albedo der Erde abzuleiten. Wir wollen annehmen, dass die beiden verglichenen Stellen der Mondscheibe in der Nähe des Äquators gelegen sind, so dass also $\psi = 0$ zu setzen ist; ferner soll die Länge der auf dem hellen Theile gemessenen Stelle ω, die Länge der auf dem dunklen Theile betrachteten ω' heissen; endlich wollen wir noch die scheinbaren Halbmesser der Sonne S und s, von der Erde und dem Monde aus gesehen, als gleich betrachten, dann erhält man durch Division der obigen Gleichungen in die Gleichungen (22) die Helligkeitsverhältnisse:

$$\begin{cases} \dfrac{h_1}{h_1'} = \dfrac{3\pi}{2 A_1' \sin^2 \sigma'} \dfrac{\cos (\omega - \alpha)}{(\sin \alpha - \alpha \cos \alpha) \cos \omega}, \\[2ex] \dfrac{h_2}{h_2'} = \dfrac{2}{A_2' \sin^2 \sigma'} \dfrac{1 + \tan \frac{\alpha}{2} \tan \left(\omega - \frac{\alpha}{2} \right)}{1 - \cos \frac{\alpha}{2} \cot \frac{\alpha}{2} \log \cot \left(45^0 - \frac{\alpha}{4} \right)}, \\[2ex] \dfrac{h_3}{h_3'} = \dfrac{2}{A_3' \sin^2 \sigma'} \dfrac{\cos \alpha + \sin \alpha \tan \omega}{\sin^2 \frac{\alpha}{2}}. \end{cases}$$

Mit Hülfe dieser Gleichungen kann man die mittlere Albedo der Erde berechnen. Es darf aber dabei nicht vergessen werden, dass die Formeln nur gelten, wenn die beiden verglichenen Stellen der Mondoberfläche dieselbe Reflexionsfähigkeit besitzen, eine Voraussetzung, die nicht ohne Weiteres acceptirt werden kann. In der Praxis wird man daher gut thun, die Beobachtungen bei verschiedenen Mondphasen und an möglichst vielen Punkten der Mondscheibe anzustellen und aus allen so erhaltenen Werthen der Albedo einen Mittelwerth zu bilden.

2. Beleuchtung eines Systems kleiner Körper. Die Seeliger'sche Theorie des Saturnringes.

Bei einer Reihe von optischen Erscheinungen der Erdatmosphäre tritt die Aufgabe auf, die Lichtmenge zu bestimmen, welche ein Aggregat von unendlich vielen ganz zufällig vertheilten kleinen Körperchen, deren Dimensionen im Verhältniss zu ihren gegenseitigen Entfernungen als klein anzusehen sind, nach einer beliebigen Richtung aussendet, wenn dasselbe in irgend einer anderen Richtung von der Sonne beleuchtet wird. Hierher gehören die Untersuchungen über die Reflexion des Lichtes an den in der Atmosphäre vertheilten Wasserbläschen und die damit im Zusammenhange stehenden Erscheinungen der Morgen- und Abendröthe, ferner die Versuche zur Erklärung der blauen Farbe des Himmels und endlich die Untersuchungen über die Intensität des diffusen Tageslichtes. Alle diese Probleme, deren theoretische Behandlung zum Theil mit grossen Schwierigkeiten verknüpft ist, liegen schon ausserhalb der Grenze des eigentlichen Gebietes der Astrophotometrie und können daher hier mit Fug und Recht unberücksichtigt bleiben. Was die Astrophotometrie im engeren Sinne anbetrifft, so kommt die bezeichnete Aufgabe zur Verwendung bei dem Zodiakallicht, sofern dasselbe als Licht betrachtet werden darf, welches von einer ungeheuer grossen Menge von Meteoroiden zwischen Sonne und Erde reflectirt wird, und vor Allem bei dem Saturnringe, welcher nach der jetzt allgemein acceptirten Maxwell-Hirn'schen Ansicht aus getrennten Theilchen besteht, die sich wie ein dichter Schwarm von Satelliten um den Saturn bewegen. Soweit die Aufgabe unter gewissen vereinfachenden Annahmen überhaupt eine Lösung zulässt, ist sie bisher nur von Seeliger[1]) ausführlich und erschöpfend behandelt worden. Im Folgenden sollen die wichtigsten Ergebnisse dieser theoretischen Untersuchungen wiedergegeben und namentlich etwas ausführlicher auf die Beleuchtung des Saturnringes eingegangen werden.

Man denke sich zunächst ein irgendwie gestaltetes System von einzelnen getrennten Körperchen und führe die Beschränkung ein, dass diese Theilchen sämmtlich gleich gross sind und eine kugelförmige Gestalt besitzen, ferner dass ihre gegenseitigen Abstände gross sind im Verhältniss zu ihren Dimensionen. Diese Beschränkungen erleichtern wesentlich die Lösung der Aufgabe, sie sind aber nicht unbedingt erforderlich; denn,

---

1) Abhandl. der K. Bayer. Akad. der Wiss. II. Classe, Bd. 16, p. 405 und Bd. 18, p. 1.

wie Seeliger gezeigt hat, lässt sich auch der allgemeinere Fall behandeln, wo das System aus Kugeln von beliebiger Grösse in beliebigem Mischungsverhältnisse besteht. Es werde endlich noch die Lichtquelle, die Sonne, als ein leuchtender Punkt angesehen.

Wenn ein solcher Schwarm von Körperchen in einer gewissen Richtung beleuchtet wird, so ist klar, dass ein einzelnes bestimmtes Partikelchen im Inneren der Masse einerseits von anderen Theilchen beschattet, andererseits, wenn es von aussen her in einer gewissen Richtung betrachtet wird, durch andere davor liegende Partikelchen theilweise verdeckt werden kann. Die beschatteten und verdeckten Theile sind im Allgemeinen von einander verschieden, nur im Moment der genauen Opposition fallen sie zusammen. Sobald die Opposition vorüber ist, treten zu den verdeckten Partien noch die beschatteten hinzu, und es lässt sich daraus sofort ersehen, dass die Helligkeit einer solchen wolkenartigen Masse in der Nähe der Opposition merklich variiren kann, besonders dann, wenn die Masse wenig durchsichtig ist, die Theilchen also verhältnissmässig nahe bei einander liegen. Diese Lichtänderung in der Nähe der Opposition ist von dem Beleuchtungsgesetze, welches auf die einzelnen Theilchen anzuwenden ist, so gut wie gänzlich unabhängig. Erst bei grösseren Phasen kommt die Form dieses Gesetzes in Frage, und in diesem Falle ist daher die theoretische Behandlung des Problems am schwierigsten und unsichersten.

Ein unendlich kleines Element einer im Inneren der Masse gelegenen Kugel sende, wenn es frei wäre, dem Auge des Beobachters die Lichtmenge dq' zu. Der Radius der sämmtlichen Kugeln sei ϱ. Nun kann dieses Element durch andere Kugeln beschattet oder verdeckt sein, und es wird daher die wirkliche Lichtmenge desselben, die mit dq bezeichnet werde, im Allgemeinen kleiner sein als dq'. Es handelt sich darum, einen Durchschnittswerth für dq zu bestimmen, wenn sehr viele solcher Elemente in Frage kommen. Ist nun p die Anzahl der Fälle, in denen ein Element ganz frei liegt, p' die Anzahl der Fälle, in denen es beschattet oder verdeckt ist, so gelangt von den p Elementen im Ganzen die Lichtmenge $p\,dq'$, von den p' Elementen dagegen die Lichtmenge Null in das Auge. Der Mittelwerth aller Lichtmengen ist daher:

$$dq = dq' \frac{p}{p + p'},$$

oder, wenn $\dfrac{p}{p + p'}$ mit w bezeichnet wird:

$$dq = w\,dq'.$$

Sind die Kugeln ganz zufällig innerhalb der Masse vertheilt, so ist w die Wahrscheinlichkeit dafür, dass ein unendlich kleines Element im Inneren weder beschattet noch verdeckt ist. In Figur 19 bedeute R einen irgendwie gestalteten Raum, der mit zerstreut reflectirenden Theilchen angefüllt ist; df sei ein unendlich kleines Element. Von df werden zwei Gerade nach der Sonne und nach der Erde gezogen, und um diese als Axe zwei Kreiscylinder construirt gedacht mit den Durchmessern 2ϱ, welche sich an dem unteren Ende durchschneiden. Der von den Cylindern innerhalb der Masse eingeschlossene Raum heisse V. Wenn

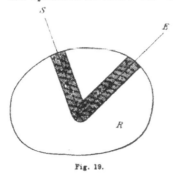

Fig. 19.

nun von den sämmtlichen Kugeln, welche in R vertheilt sind, keine einzige so liegt, dass ihr Mittelpunkt in den Raum V fällt, so ist das Element df weder beschattet noch verdeckt. Man kann also w auch definiren als die Wahrscheinlichkeit dafür, dass sämmtliche Kugelmittelpunkte ausserhalb des Raumes V liegen. Die Dimensionen der einzelnen Kugeln mögen im Verhältniss zur Ausdehnung der ganzen Masse R als sehr klein vorausgesetzt sein; dann wird man w für alle Elemente einer und derselben Kugel als nahe gleich annehmen können und hat dann für die von einer ganzen Kugel ausgesandte Lichtmenge die Gleichung:

$$q = w\,q'\,.$$

q' ist die Lichtquantität, welche eine einzelne Kugel nach der Erde ausstrahlen würde, wenn sie isolirt läge. Nach den Entwicklungen des vorigen Paragraphen wird aber q' ausgedrückt durch die Formel:

$$q' = \varGamma f(\alpha)\,,$$

wo $f(\alpha)$ die Abhängigkeit von dem Phasenwinkel α angiebt, die je nach dem zu Grunde gelegten Beleuchtungsgesetze verschieden ist, und $\varGamma$ eine Constante bedeutet, die von der Grösse der Kugel, von der Reflexionsfähigkeit u. s. w. abhängt. Die Anzahl der sämmtlichen in R enthaltenen Kugeln sei N. Ist nun diese Anzahl gross, so wird man ohne erheblichen Fehler annehmen dürfen, dass bei zufälliger Anordnung der Theilchen der ganze Raum nahezu gleichmässig mit Kugeln angefüllt ist. Unter dieser Voraussetzung sind in der Raumeinheit $\dfrac{N}{R}$ Kugeln enthalten, und in einem Volumelemente dv beträgt die Anzahl der Kugeln $\dfrac{N}{R}\,dv$. Da nach Obigem die durchschnittliche Lichtmenge, welche eine einzelne Kugel aussendet, gleich wq' ist, so wird die von dem Volumelemente dv ausgehende Lichtmenge gegeben durch:

$$dQ = \frac{N}{R}\, dv\, w\, q',$$

oder nach Substitution des Werthes von q' durch:

(1) $$dQ = \Gamma f(\alpha)\, w\, \frac{N}{R}\, dv.$$

Das Volumelement dv kann man sich ersetzt denken durch $dx\, d\sigma$, wo dx das Element der Geraden ist, die von dv nach dem Beobachter hin gezogen ist, und $d\sigma$ die scheinbare Grösse von dv repräsentirt. Man hat also:

$$dQ = \Gamma f(\alpha)\, w\, \frac{N}{R}\, dx\, d\sigma,$$

und daher folgt für die Lichtquantität aller derjenigen Kugeln, welche überhaupt einen Beitrag zu der Helligkeit von $d\sigma$ liefern, der Werth:

$$Q = \Gamma f(\alpha)\, \frac{N}{R}\, d\sigma \int_0^X w\, dx,$$

wobei also $f(\alpha)$ als constant angesehen wird, und X die Länge der Strecke innerhalb der Masse von dem Elemente dv an bis zu der äusseren Begrenzung in der Richtung nach dem Beobachter zu bedeutet.

Die mittlere scheinbare Helligkeit von $d\sigma$, oder, wie man sie auch nennen kann, die Flächenhelligkeit von $d\sigma$, d. h. nach dem Früheren die ausgesandte Lichtquantität, dividirt durch die scheinbare Grösse, wird nun:

(2) $$J = \Gamma f(\alpha)\, \frac{N}{R} \int_0^X w\, dx.$$

Die Wahrscheinlichkeit w ist eine Function der Lage der betrachteten kleinen Kugel innerhalb des Raumes R und hängt ausserdem noch von den Richtungen nach Sonne und Erde ab; eine Bestimmung dieser Grösse ist nur unter gewissen Voraussetzungen möglich.

Befindet sich nur eine einzige Kugel in dem Raume R, so bedeute w_1 die Wahrscheinlichkeit dafür, dass der Mittelpunkt derselben ausserhalb des Raumes V oder innerhalb des Raumes $R - V$ liegt. Ist dann ferner w_2 die Wahrscheinlichkeit dafür, dass eine zweite Kugel dieselbe

Bedingung erfüllt, während der Mittelpunkt der ersten bereits im Raume $R - V$ liegt, und sind w_3, w_4 . . . . w_N die entsprechenden Werthe für 3, 4 . . . . N Kugeln, so ergiebt sich nach den Gesetzen der Wahrscheinlichkeitsrechnung:

$$w = w_1 w_2 w_3 \ldots w_N.$$

Nun ist aber die Wahrscheinlichkeit dafür, dass eine erste Kugel innerhalb von V liegt, ausgedrückt durch $\dfrac{V}{R}$; folglich ist die Wahrscheinlichkeit w_1 dafür, dass sie ausserhalb von V liegt, gegeben durch:

$$w_1 = 1 - \frac{V}{R}.$$

Liegt aber eine Kugel bereits in R, so bleibt für den Mittelpunkt einer zweiten Kugel nur der Raum $R - k$ übrig, wo $k = \dfrac{32}{3} \varrho^3 \pi$ ist (siehe

Fig. 20.

nebenstehende kleine Figur 20). Da nun die erste Kugel theilweise im Raume V liegen kann, so lässt sich die Wahrscheinlichkeit w_2, falls ε_1' einen ausserordentlich kleinen positiven echten Bruch bedeutet, ausdrücken durch:

$$w_2 = 1 - \frac{V - \varepsilon_1' k}{R - k}.$$

Kommt noch eine dritte Kugel hinzu, so bleibt für den Mittelpunkt derselben ein Raum übrig, der grösser ist als $R - 2k$, weil das k der zweiten und dritten Kugel sich mit dem der ersten und zweiten zum Theil deckt. Bezeichnet also ε_2 einen echten Bruch, so ist der für das Centrum der dritten Kugel überhaupt verfügbare Raum $R - 2\varepsilon_2 k$, und da die Kugeln zum Theil wieder in den Raum V hineinreichen können, so wird:

$$w_3 = 1 - \frac{V - 2\varepsilon_2' k}{R - 2\varepsilon_2 k}.$$

Ganz allgemein wird ferner:

$$w_N = 1 - \frac{V - (N - 1)\varepsilon_{N-1}' k}{R - (N - 1)\varepsilon_{N-1} k},$$

und mithin:

$$w = \left(1 - \frac{V}{R}\right)\left(1 - \frac{V - \varepsilon_1' k}{R - k}\right) \cdots \left(1 - \frac{V - (N - 1)\varepsilon_{N-1}' k}{R - (N - 1)\varepsilon_{N-1} k}\right).$$

Eine strenge Berechnung der Grösse w ist im Allgemeinen nicht möglich, wenn die Anzahl der Kugeln sehr gross, das betrachtete System also sehr dicht angenommen werden muss. Nur dann lässt sich ein

Näherungsausdruck einführen, wenn die Materie dünn vertheilt ist, wie man es z. B. bei dem das Zodiakallicht veranlassenden Meteoroidenringe und wahrscheinlich auch bei dem Saturnringe voraussetzen darf. Der Gesammtinhalt aller Kugeln kann in diesem vereinfachten Falle, der hier allein weiter verfolgt werden soll, im Vergleich zu dem ganzen Raume R als klein angesehen werden, und man wird keinen sehr grossen Fehler begehen, wenn man bei der Entwicklung des obigen Ausdruckes von w alle Glieder fortlässt, in denen der ausserordentlich kleine Factor $\frac{k}{R}$ oder eine Potenz desselben auftritt. Man erhält dann einfach:

$$w = \left(1 - \frac{V}{R}\right)^{N}.$$

Nun kann man die weitere vereinfachende Annahme machen, die jedenfalls in den oben erwähnten Fällen gestattet sein wird, dass $\frac{V}{R}$ klein ist und dass infolge dessen die höheren Potenzen von $\frac{V}{R}$ gegen die erste vernachlässigt werden dürfen; dann wird:

$$\log w = N \log\left(1 - \frac{V}{R}\right) = - N\frac{V}{R},$$

oder:

$$w = e^{-N\frac{V}{R}}.$$

Durch Substitution dieses Werthes in Gleichung (2) ergiebt sich nun:

$$(3) \qquad J = \Gamma f(\alpha)\,\frac{N}{R}\int_{0}^{x} e^{-N\frac{V}{R}}\,dr.$$

Diese Gleichung schliesst alle Fälle der Beleuchtung eines Systems kleiner Körper, die nicht allzu dicht vertheilt sind, in sich. Ihre Auflösung ist im Allgemeinen, da V vom Phasenwinkel abhängt, äusserst schwierig, insbesondere bei einer beliebigen unregelmässigen Gestaltung der ganzen Masse, wie sie z. B. beim Zodiakallicht anzunehmen ist. Seeliger hat den Fall einer kugelförmigen homogenen Staubwolke unter der Voraussetzung, dass der Phasenwinkel nicht zu klein ist, ausführlich behandelt und gelangt dabei zu einem verhältnissmässig einfachen Ausdrucke; unter der speciellen Annahme, dass die Masse so dicht ist, dass sie als undurchsichtig betrachtet werden darf, findet er die Gesammtlichtmenge identisch mit der von einer festen Kugel ausgesandten, welche denselben Durchmesser wie die Staubwolke besitzt.

Von besonderem Interesse ist der Fall, wo der Raum R von zwei parallelen Ebenen begrenzt wird, wie man es z. B. beim Saturnringe annimmt. Ist in Figur 21 H die Gesammtdicke der Schicht, h der senkrechte Abstand eines Volumelementes von der oberen begrenzenden Ebene, sind ferner i und ε die Winkel, welche die Normale zu dieser Ebene mit den Richtungen nach Sonne und Erde hin bildet, so hat man $h = x \cos \varepsilon$ und mithin durch Substitution in (3):

$$(4) \qquad J = l' f(\alpha) \frac{N}{R \cos \varepsilon} \int_0^H e^{- N \frac{V}{R}} \, dh \, .$$

Das Volumen V besteht aus vier Theilen, aus den beiden cylindrischen Räumen V_0 und V_1, aus dem beiden Cylindern gemeinsamen Stück G und einem kleinen von der Kugel begrenzten Stück, das ohne Bedenken vernachlässigt werden kann. Für den Fall, dass der Phasenwinkel nicht sehr klein ist, kann man auch das Stück G gegenüber dem Inhalte der beiden Cylinder vernachlässigen und hat dann $V = V_0 + V_1$. Nun kann man angenähert setzen:

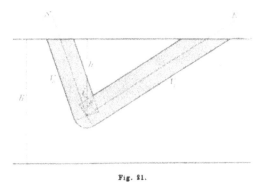

Fig. 21.

$$V_0 = \varrho^2 \pi \frac{h}{\cos i} \, ,$$

$$V_1 = \varrho^2 \pi \frac{h}{\cos \varepsilon} \, ;$$

mithin ist:

$$V = \varrho^2 \pi h \, \frac{\cos i + \cos \varepsilon}{\cos i \cos \varepsilon} \, ,$$

und:

$$J = l' f(\alpha) \frac{N}{R \cos \varepsilon} \int_0^H e^{- \frac{N}{R} \varrho^2 \pi h \frac{\cos i + \cos \varepsilon}{\cos i \cos \varepsilon}} \, dh \, .$$

Führt man die Bezeichnungen ein $y = \frac{N}{R} \varrho^2 \pi h \frac{\cos i + \cos \varepsilon}{\cos i \cos \varepsilon}$, mithin $dy = \frac{N}{R} \varrho^2 \pi \frac{\cos i + \cos \varepsilon}{\cos i \cos \varepsilon} \, dh$, so folgt:

$$J = \frac{l' f(\alpha)}{\varrho^2 \pi} \frac{\cos i}{\cos i + \cos \varepsilon} \int_0^\Gamma e^{- y} \, dy \, ,$$

wo noch die obere Grenze Y gegeben ist durch die Gleichung:

$$Y = \frac{N}{R} \varrho^2 \pi H \frac{\cos i + \cos \varepsilon}{\cos i \cos \varepsilon}.$$

Daraus erhält man sofort, wenn man noch statt $\frac{\Gamma}{\varrho^2 \pi}$ die neue Constante γ einführt:

$$(5) \qquad J = \gamma f(\alpha) \frac{\cos i}{\cos i + \cos \varepsilon} \left(1 - e^{-Y}\right),$$

und da das zweite Glied für den Fall, dass der Raum R als nahezu undurchsichtig oder, was dasselbe ist, H als sehr gross angesehen werden darf, zu vernachlässigen ist, so ergiebt sich:

$$(6) \qquad J = \gamma f(\alpha) \frac{\cos i}{\cos i + \cos \varepsilon}.$$

Dieser Ausdruck stimmt unter der Voraussetzung, dass $f(\alpha)$ als constant zu betrachten ist, mit dem Werthe überein, der für die Flächenhelligkeit eines festen Körpers nach dem Lommel-Seeliger'schen Gesetze gefunden wird.

Die Formeln (5) und (6) werden ungenau bei kleinen Werthen von α, weil dann das beiden Cylindern gemeinsame Stück nicht unberücksichtigt bleiben darf. Von besonderem Interesse ist der Fall $\alpha = 0$. Bei dieser Stellung fallen die beiden Cylinder V_0 und V_1 in einen einzigen zusammen, und das Volumen V lässt sich (wieder mit Vernachlässigung der sehr kleinen Halbkugel am unteren Ende) ausdrücken durch:

$$V = \varrho^2 \pi \frac{h}{\cos i}.$$

Mithin wird aus (4):

$$J_0 = \Gamma f(0) \frac{N}{R \cos i} \int_0^H e^{-\frac{N}{R} \varrho^2 \pi \frac{h}{\cos i}} dh,$$

oder nach Ausführung der Integration:

$$(7) \qquad J_0 = \gamma f(0) \left\{ 1 - e^{-N \frac{H}{R} \frac{\varrho^2 \pi}{\cos i}} \right\}.$$

Einen wesentlich hiervon verschiedenen Werth erhält man, wenn man die obige Formel (5) auf den Fall $\alpha = 0$ anwendet. Da hierbei $i = \varepsilon$ sein muss, so wird die Flächenhelligkeit, die wir jetzt J_0' nennen wollen, ausgedrückt durch:

$$J_0' = \frac{1}{2} \gamma f(0) \left\{ 1 - e^{-2N \frac{H}{R} \frac{\varrho^2 \pi}{\cos i}} \right\}.$$

Aus der Vergleichung mit Formel (7) folgt dann:

$$\frac{J_0}{J_0'} = 2\,\frac{1 - e^{-\lambda}}{1 - e^{-2\lambda}},$$

wobei zur Abkürzung gesetzt ist $\lambda = N\,\dfrac{H}{R}\,\dfrac{\varrho^2\pi}{\cos i}$.

Ist das System fast undurchsichtig, also H und demnach auch λ als sehr gross anzusehen, so wird $\dfrac{J_0}{J_0'} = 2$. Daraus ersieht man, dass bei einem sehr dichten System von kleinen Körpern die Helligkeit in unmittelbarer Nähe der Opposition doppelt so stark anwachsen kann, wie bei einem festen Körper, für welchen das Lommel-Seeliger'sche Beleuchtungsgesetz Gültigkeit hat.

Ist das System nicht als fast undurchsichtig zu betrachten, so wird der Quotient $\dfrac{J_0}{J_0'}$ stets kleiner als 2, und wenn endlich die Masse äusserst durchsichtig, also λ sehr klein ist, so nähert sich der Bruch $\dfrac{1 - e^{-\lambda}}{1 - e^{-2\lambda}}$ dem Grenzwerthe $\dfrac{1}{2}$, und mithin $\dfrac{J_0}{J_0'}$ dem Grenzwerthe 1. Bei sehr durchsichtigen Massen, wie sie z. B. beim Zodiakallicht in Betracht kommen mögen, wird die Helligkeitszunahme in der Nähe der Opposition nicht so sehr ins Auge fallen.

Es soll nun noch etwas specieller auf die Seeliger'sche Beleuchtungstheorie des Saturnsystems eingegangen werden, welche deshalb von besonderem Interesse ist, weil ihre Ergebnisse durch die neuesten Helligkeitsmessungen des Planeten Saturn in vollem Umfange bestätigt werden. Dass der Saturnring als ein Aggregat von getrennten Massentheilchen zu betrachten ist, dürfte gegenwärtig bei den Astronomen kaum noch auf Widerspruch stossen, nachdem insbesondere durch die Maxwell'schen Untersuchungen festgestellt ist, dass die Annahme eines festen Zustandes wenig Wahrscheinlichkeit für sich hat. Wie schon der blosse Augenschein lehrt, kann der Saturnring nicht als ein vollkommen homogenes Gebilde angesehen werden. Er besteht aus dem der Planetenkugel am nächsten liegenden sogenannten dunklen Ringe, dem sehr hellen inneren Ringe und dem durch die Cassini'sche Trennungslinie davon geschiedenen, etwas schwächeren äusseren Ringe. Die beiden letzten Theile, die hier allein in Betracht zu ziehen sind, wird man als ziemlich dicht und nahezu undurchsichtig voraussetzen dürfen. In voller Strenge ist die Theorie natürlich nicht anwendbar, weil sie eine vollkommen gleichmässige Vertheilung der einzelnen Partikelchen verlangt, während in Wirklichkeit die Theilchen an einigen Stellen des Ringes dichter, an anderen dünner stehen werden. Auch ist es schwerlich statthaft, den Saturnring als einen vollkommen regelmässigen, von zwei parallelen Ebenen begrenzten cylindrischen Raum zu betrachten. Das Resultat der Untersuchung wird daher nur ein genähertes sein können.

Bei den vorangehenden allgemeinen Betrachtungen war der Raum V berechnet worden mit Vernachlässigung des kugelförmig begrenzten Stückes am Durchschnitt der beiden Cylinder und des den beiden Cylindern gemeinsamen Stückes. Die erstere Vereinfachung wird statthaft sein, da die einzelnen Kugeln gegenüber den Cylindern V_0 und V_1 stets klein sind; dagegen wird es rathsam sein, beim Saturnringe das gemeinsame Stück G mit zu berücksichtigen. Man hat dann:

$$V = V_0 + V_1 - G.$$

Diese Gleichung gilt jedoch nur für alle diejenigen Volumelemente des Ringes, für welche der zugehörige Raum G gänzlich innerhalb des Ringes liegt und nicht von der oberen Ringebene geschnitten wird. Ist dies letztere der Fall, so bleibt ein Theil von G, der mit Σ bezeichnet werden soll, ausserhalb des Ringes, und es wird dann:

$$V = V_0 + V_1 - G + \Sigma.$$

Nennt man nun h_1 denjenigen Werth von h, für welchen Σ gerade verschwindet, so wird die Flächenhelligkeit des Saturnringes nach Gleichung (4) ausgedrückt durch:

$$(8) \quad J = \Gamma f(\alpha) \frac{N}{R \cos \varepsilon} \left\{ \int_0^{h_1} e^{-\frac{N}{R}(V_0 + V_1 - G + \Sigma)} \, dh + \int_{h_1}^{H} e^{-\frac{N}{R}(V_0 + V_1 - G)} \, dh \right\}.$$

Führt man noch die Elevationswinkel A und A' von Erde und Sonne über der Ringebene ein durch die Relationen $A = 90^\circ - \varepsilon$ und $A' = 90^\circ - i$, so ist mit ausreichender Genauigkeit:

$$V_0 = \varrho^2 \pi \frac{h}{\sin A},$$

$$V_1 = \varrho^2 \pi \frac{h}{\sin A'}.$$

Die Berechnung der Räume G und Σ ist etwas umständlich und soll hier übergangen werden. Nach den Seeliger'schen[1]) Entwicklungen ist:

---

1) Abhandl. der K. Bayer. Akad. der Wiss. II. Classe, Band 16, Seite 477 ff. und 495 ff.

$$G = \frac{4}{3} \varrho^3 \frac{1 + \cos \alpha}{\sin \alpha},$$

und:

$$\Sigma = \frac{(\sin A + \sin A')^2}{\sin \alpha \sin A \sin A' \cos \mu} \varrho^3 \left\{ \cos \varphi - \frac{1}{3} \cos^3 \varphi - \left(\frac{\pi}{2} - \varphi \right) \sin \varphi \right\},$$

wobei die Grössen μ und φ bestimmt sind durch die Gleichungen:

$$\tan \mu = \frac{\cos A \sin \beta}{\sin A + \sin A'} \sin \alpha,$$

$$\varrho \sin \varphi = \frac{h \cos \mu \sin \alpha}{\sin A + \sin A'}.$$

β ist dabei der Winkel zwischen der durch Saturn, Sonne und Erde gelegten Ebene und der durch Saturn und Erde senkrecht zur Ringebene gelegten Ebene.

Der Grenzwerth h_1 ist endlich nach Seeliger bestimmt durch:

$$h_1 = \frac{\varrho (\sin A + \sin A')}{\sin \alpha}.$$

Man hat nun:

$$V_0 + V_1 - G = \varrho^2 \pi h \frac{\sin A + \sin A'}{\sin A \sin A'} - \frac{4}{3} \varrho^3 \frac{1 + \cos \alpha}{\sin \alpha},$$

$$V_0 + V_1 - G + \Sigma =$$
$$\frac{(\sin A + \sin A')^2}{\sin \alpha \sin A \sin A' \cos \mu} \varrho^3 \left\{ \cos \varphi - \frac{1}{3} \cos^3 \varphi + \left(\frac{\pi}{2} + \varphi \right) \sin \varphi \right\} - \frac{4}{3} \varrho^3 \frac{1 + \cos \alpha}{\sin \alpha}.$$

Da der Phasenwinkel α beim Saturn stets klein ist (im Maximum 6°5), so kann man ohne erheblichen Fehler setzen:

$$1 + \cos \alpha = 2.$$

Ferner sind die Elevationswinkel A und A' stets nur um sehr kleine Beträge von einander verschieden, und man darf daher auch setzen:

$$\frac{(\sin A + \sin A')^2}{\sin A \sin A'} = 4.$$

Endlich ist der Winkel μ von derselben Ordnung wie α, und man darf daher $\cos \mu$ gleich 1 setzen.

Mit diesen Vereinfachungen ergiebt sich:

$$V_0 + V_1 - G = \varrho^2 \pi h \frac{\sin A + \sin A'}{\sin A \sin A'} - \frac{8}{3} \frac{\varrho^3}{\sin \alpha},$$

$$V_0 + V_1 - G + \Sigma = \frac{4 \varrho^3}{\sin \alpha} \left\{ \cos \varphi - \frac{1}{3} \cos^3 \varphi + \left(\frac{\pi}{2} + \varphi \right) \sin \varphi - \frac{2}{3} \right\}.$$

Das zweite Integral in Gleichung (8) lässt sich nun durch Einführung des ersten dieser Werthe leicht berechnen. Man hat:

$$\int_{h_1}^{H} e^{-\frac{N}{R}(V_0 + V_1 - G)} \, dh$$

$$= \frac{\sin A \sin A'}{\frac{N}{R}\varrho^3 \pi (\sin A + \sin A')} e^{\frac{8}{3}\frac{N}{R}\frac{\varrho^3}{\sin\alpha}} \left\{ e^{-\frac{N}{R}\varrho^2 \pi \frac{\sin A + \sin A'}{\sin A \sin A'} h_1} - e^{-\frac{N}{R}\varrho^2 \pi \frac{\sin A + \sin A'}{\sin A \sin A'} H} \right\}.$$

Das zweite Glied in der Klammer ist zu vernachlässigen, weil der Ring als undurchsichtig und mithin H als sehr gross angenommen werden kann. Führt man noch die Bezeichnungen ein:

$$\delta = \frac{32}{3}\frac{\varrho^3 \pi}{R},$$

$$\xi = \frac{N\delta}{\sin\alpha},$$

so wird, wenn man den Werth von h_1 substituirt:

(10) $$\int_{h_1}^{H} e^{-\frac{N}{R}(V_0 + V_1 - G)} \, dh = \frac{32}{3}\frac{\varrho}{\xi \sin\alpha}\frac{\sin A \sin A'}{\sin A + \sin A'} e^{-\xi \frac{3\pi-2}{8\pi}}.$$

Das erste Integral in Gleichung (8) lässt sich, wenn man die Variable h durch φ ersetzt, in der Form schreiben:

$$\int_{0}^{h_1} e^{-\frac{N}{R}(V_0 + V_1 - G + \Sigma)} \, dh = \varrho \frac{\sin A + \sin A'}{\sin\alpha} \int_{0}^{\frac{\pi}{2}} e^{-\frac{N}{R}(V_0 + V_1 - G + \Sigma)} \cos\varphi \, d\varphi,$$

und wenn man die Grösse Φ einführt durch die Substitution:

$$\Phi = \frac{3}{8\pi}\left\{\cos\varphi - \frac{1}{3}\cos^3\varphi + \left(\frac{\pi}{2} + \varphi\right)\sin\varphi - \frac{2}{3}\right\},$$

so wird:

(11) $$\int_{0}^{h_1} e^{-\frac{N}{R}(V_0 + V_1 - G + \Sigma)} \, dh = \varrho \frac{\sin A + \sin A'}{\sin\alpha} \int_{0}^{\frac{\pi}{2}} e^{-\xi\Phi} \cos\varphi \, d\varphi.$$

Durch Substitution von (10) und (11) in (8) ergiebt sich nun:

$$J = \Gamma f(\alpha) \frac{\varrho(\sin A + \sin A')}{R\delta \sin A}\left\{ \xi \int_{0}^{\frac{\pi}{2}} e^{-\xi\Phi} \cos\varphi \, d\varphi + \frac{8}{3} e^{-\xi \frac{3\pi-2}{8\pi}} \right\}.$$

Da $f(\alpha)$ durchweg als nahezu constant angesehen worden ist, so kann man noch den Werth $\dfrac{\Gamma f(\alpha)\,\varrho}{R\,\delta}$ durch eine einzige Constante I'' ersetzen und erhält dann, mit Einführung der Bezeichnungen:

$$\mathfrak{A} = \xi \int_0^{\frac{\pi}{2}} e^{-\xi\Phi} \cos\varphi\, d\varphi\,,$$

$$\mathfrak{B} = \frac{8}{3}\, e^{-\xi\frac{3\pi-2}{8\pi}}\,,$$

$$\mathfrak{C} = \mathfrak{A} + \mathfrak{B}\,,$$

die Endgleichung:

(12) $$J = I''\,\mathfrak{C}\,\frac{\sin A + \sin A'}{\sin A}\,.$$

Der Bruch $\dfrac{\sin A + \sin A'}{\sin A}$ unterscheidet sich stets nur wenig von dem Werthe 2, und da $\mathfrak{C}$ von ξ allein abhängt, so folgt ohne Weiteres, dass die Flächenhelligkeit des Saturnringes stets nahezu dieselbe sein muss, mag der Ring ganz schmal erscheinen oder weit geöffnet sein, ein Resultat, welches durch die directen Beobachtungen bestätigt zu werden scheint.

Der Werth von $\mathfrak{A}$ kann nur durch mechanische Quadratur oder durch Reihenentwicklung ermittelt werden. Die Seeliger'schen Abhandlungen enthalten Tafeln, aus denen die numerischen Werthe dieser Grösse, ebenso der Grössen $\mathfrak{B}$ und $\mathfrak{C}$, für verschiedene Werthe von ξ entnommen werden können. Da ξ vom Phasenwinkel α abhängt, so folgt das wichtige Resultat, dass die Ringhelligkeit mit dem Phasenwinkel variirt. Es ist aber ξ auch von $N\delta$ abhängig, und diese Grösse ist ein Mass für die Dichtigkeit, mit welcher die einzelnen Partikelchen in dem Ringe vertheilt sind. Bezeichnet man nämlich das ganze von sämmtlichen N Kugeln eingenommene Volumen mit K, so ist die Dichtigkeit D der Materie ausgedrückt durch: $D = \dfrac{K}{R}$. Nun ist aber $K = N\,\dfrac{4}{3}\,\varrho^3\pi$, und da nach Obigem $\delta = \dfrac{32}{3}\,\dfrac{\varrho^3\pi}{R}$ gesetzt war, so ist $D = \dfrac{1}{8}\,N\delta$. Für $N\delta = 0.4$ wird z. B. $D = 0.05$, d. h. etwa $\dfrac{1}{20}$ des gesammten Raumes des Saturnringes würde in diesem Falle mit Materie erfüllt sein.

Seeliger giebt eine Zusammenstellung der Werthe von $\log\mathfrak{C}$ für verschiedene Annahmen von $N\delta$, und es ergiebt sich aus dieser Tabelle, dass die gesammte Lichtvariation innerhalb des in Betracht gezogen

Phasenintervalles von 0 bis 5° sehr beträchtlich ist, in der Hauptsache aber sich schon in unmittelbarer Nähe von $\alpha = 0$ abspielt, und zwar um so schneller, je kleiner $N\delta$, d. h. je geringer die Dichtigkeit der Ringmaterie angenommen wird.

In der Praxis ist es bisher noch nicht mit Erfolg versucht worden, die Flächenhelligkeit des Saturnringes zu bestimmen. Die vorhandenen zuverlässigen Messungen beziehen sich auf die Lichtquantität, welche das ganze Saturnsystem, also Kugel und Ring zusammen, nach der Erde sendet, und um diese Ergebnisse mit der Theorie zu vergleichen, ist es daher noch erforderlich, das vom Planeten selbst ausgestrahlte Licht zu berechnen. Dabei muss Rücksicht genommen werden auf die theilweise Bedeckung von Ring und Kugel. Ist Q_S die Lichtmenge, welche die frei gedachte Saturnkugel uns zusenden würde, ferner Q_F die Lichtmenge des vom Ringe verdeckten Theiles der Kugel, R die scheinbare Fläche des frei gedachten Ringes, F die scheinbare Fläche des vom Saturn verdeckten Theiles des Ringes, so ist die Gesammthelligkeit des ganzen Systems:

$$(13) \qquad Q_B = (R - F)J + Q_S - Q_F,$$

wobei zunächst auf die gegenseitige Beschattung von Ring und Kugel keine Rücksicht genommen ist. Der Einfachheit wegen soll der Saturnkörper als Kugel mit dem scheinbaren Radius a betrachtet werden, ferner soll die Voraussetzung gemacht werden, die in aller Strenge allerdings nur für das Lommel-Seeliger'sche und das Euler'sche Beleuchtungsgesetz und auch für diese nur beim Phasenwinkel 0 gilt, dass nämlich die Planetenscheibe in allen Punkten gleichmässig hell ist; dann kann man setzen:

$$Q_F : Q_S = F : a^2 \pi .$$

Bei Anwendung des Lommel-Seeliger'schen Gesetzes ist aber nach Formel (6) S. 62:

$$Q_S = \frac{\Gamma_2 a^2 \pi}{2} \left\{ 1 - \sin \frac{\alpha}{2} \, \mathrm{tang} \, \frac{\alpha}{2} \, \log \cot \frac{\alpha}{4} \right\},$$

und wenn man den Ausdruck in der Klammer mit D bezeichnet, so wird:

$$Q_S - Q_F = \frac{\Gamma_2 D}{2} \left\{ a^2 \pi - F \right\}.$$

Führt man nun noch die Bezeichnungen ein:

$$X = \frac{R - F}{a^2 \pi},$$

$$Y = \frac{a^2 \pi - F}{a^2 \pi},$$

$$B = \frac{2J}{\Gamma_2},$$

so wird durch Substitution in Gleichung (13):

$$Q_B = \frac{a^2 \pi \Gamma_2}{2} \left\{ BX + DY \right\}.$$

Nun ist aber nach dem Früheren $\frac{a^2 \pi}{2} \Gamma_2$ nichts Anderes als die Licht-quantität, welche die Saturnkugel allein ohne Ring bei voller Beleuch-tung aussendet, und wenn diese $Q_{(0)}$ genannt wird, so ergiebt sich:

(14) $Q_B = Q_{(0)} \{ BX + DY \}.$

Eine ganz analoge Formel mit anderen Werthen für die Grössen X und Y hat Seeliger auch mit Zugrundelegung des Lambert'schen anstatt des Lommel-Seeliger'schen Gesetzes abgeleitet. Für die verschiedenen Grössen X, Y, D u. s. w. sind von ihm Tafeln berechnet, und es ist noch zu er-wähnen, dass bei Berechnung dieser Grössen auch auf die Abplattung des Saturnkörpers Rücksicht genommen ist. Der Schattenwurf von dem Ringe auf den Saturn und umgekehrt ist von Seeliger ebenfalls in Rechnung gezogen, und es sind für die Grössen X und Y kleine Correctionen ab-geleitet worden, die jedoch in der Praxis ohne Bedenken vernachlässigt werden dürfen, weil sie im Vergleich zu der bei photometrischen Mes-sungen erreichbaren Genauigkeit verschwindend klein sind. Setzt man noch

$$\frac{\sin A + \sin A'}{\sin A} \, \mathfrak{C} X = m \,,$$

ferner

$$DY = n \,,$$

und führt statt der Grösse $\frac{2\Gamma}{\Gamma_2}$ eine neue Constante γ ein, so wird:

$$Q_B = Q_{(0)} \{ \gamma m + n \} \,,$$

oder endlich, wenn man y statt $Q_{(0)}$ und x statt $\gamma Q_{(0)}$ schreibt:

(15) $Q_B = mx + ny.$

Mit Hülfe dieser Gleichung lässt sich jede beobachtete Helligkeit des ganzen Saturnsystems auf die Helligkeit bei verschwundenem Ringe re-duciren.

Die photometrischen Erscheinungen, welche der dunkle Saturnring zeigt, sind von Seeliger ebenfalls theoretisch verfolgt worden unter der Annahme, dass dieser Theil des Ringes aus Partikelchen besteht, welche weniger dicht angeordnet sind, als in dem hellen Ringe, so dass das Licht theilweise durchscheinen kann.

Eine directe Stütze erhält diese Annahme durch Beobachtungen des Trabanten Japetus, wenn derselbe durch den Schatten des Saturnsystems hindurchgeht. Eine derartige Beobachtungsreihe ist neuerdings von Barnard ausgeführt worden, und es folgt aus den Beobachtungen, dass der dunkle Ring in den dem Planeten am nächsten liegenden Theilen fast ganz durchsichtig ist, und dass die Undurchsichtigkeit erst mit der Annäherung an den hellen Ring allmählich zunimmt. Eine ausführlichere Behandlung dieses Problems ist vor Kurzem von Buchholz[1] versucht worden.

Die Seeliger'schen Betrachtungen führen noch zu dem Schlusse, dass die Theilchen des dunklen Ringes eine etwas andere Reflexionsfähigkeit haben müssten, wie die des hellen Ringes, und Seeliger macht darauf aufmerksam, dass nach den bisherigen Beobachtungen im Laufe der Zeit Veränderungen innerhalb des Saturnringes vor sich gegangen zu sein scheinen, und zwar dass möglicher Weise die Albedo der den dunklen Ring bildenden Theilchen sich vergrössert hat.

3. Die Verfinsterungen der Jupitersatelliten.

Die Anwendung der photometrischen Hauptgesetze bietet noch ein besonderes Interesse in dem Falle der Verfinsterung eines Himmelskörpers durch einen anderen. Hierher gehören die Lichterscheinungen des Mondes während einer totalen Mondfinsterniss und die Bedeckungen der Satelliten von ihren Hauptplaneten. Die erstere Aufgabe scheint auf den ersten Blick die einfachere zu sein, weil es sich dabei nur um drei Himmelskörper (Sonne, Mond und Erde) handelt, und die ganze Erscheinung sich zu der Zeit abspielt, wo die Mittelpunkte derselben sich in einer geraden Linie befinden. In Wirklichkeit aber ist die theoretische Behandlung dieses Problems deshalb erschwert, weil bei der verhältnissmässig geringen Entfernung des Erdsystems von der Sonne diese letztere nicht als leuchtender Punkt, sondern als eine Scheibe von ungleichmässiger Helligkeit angenommen werden muss, und weil ferner die complicirte Form der Schattengrenze auf dem Monde, ausserdem die Wirkung des Halbschattens streng in Rechnung zu ziehen sind.

Eine vollständige Lösung dieser interessanten Aufgabe ist erst in allerneuester Zeit von v. Hepperger[2] und noch eingehender und erfolg-

---

1) Astron. Nachr. Bd. 137, Nr. 3280.
2) Sitzungsb. der Wiener Akad. der Wiss. Math.-naturw. Classe. Bd. 104. Abth. II a, p. 189.

reicher von Seeliger[1]) versucht worden, nachdem Letzterer bereits früher gelegentlich einer Besprechung[2]) der Arbeiten von Brosinsky und Hartmann über die Vergrösserung des Erdschattens bei Mondfinsternissen die Frage kurz berührt hatte. Da eine ausführliche Darlegung der theoretischen Entwicklungen den Rahmen dieses Buches erheblich überschreiten würde, so muss hier der blosse Hinweis auf die genannten Arbeiten genügen. Übrigens hat sich die praktische Photometrie mit dem Problem der Mondverfinsterung bisher so gut wie gar nicht beschäftigt, und erst vor Kurzem ist von Very[3]) ein erster Versuch gemacht worden, die Helligkeitsvertheilung auf der verdunkelten Mondscheibe durch wirkliche photometrische Messungen anstatt durch blosse Schätzungen zu bestimmen.

Was nun die zweite der oben erwähnten Aufgaben, das Studium der Verfinsterungen der übrigen Planetentrabanten, anbelangt, so ist die photometrische Beobachtung dieser Phänomene, wie zuerst Cornu[4]) nachgewiesen hat, speciell im Jupitersystem, deshalb von ausserordentlicher Bedeutung, weil daraus mit viel grösserer Sicherheit als bisher der Zeitpunkt bestimmt werden kann, zu welchem sich der Trabant in einem gewissen Stadium der Verfinsterung befindet, und weil daher auch die praktische Verwendung der Jupitertrabantenbedeckungen zu Längenbestimmungen eine ganz neue erhöhte Wichtigkeit erlangt hat. Die theoretische Seite dieses Problems ist sehr ausführlich von Obrecht[5]), Wellmann[6]) und Anding[7]) behandelt worden mit voller Berücksichtigung aller dabei ins Spiel kommenden Factoren. Ersterer hat dabei eine gleichmässige Vertheilung der Helligkeit auf der Trabantenscheibe vorausgesetzt, die sowohl durch das Lommel-Seeliger'sche als auch durch das Euler'sche Beleuchtungsgesetz, jedoch nur bei voller Beleuchtung, gefordert wird, die beiden anderen haben ihren Betrachtungen das Lambert'sche Gesetz zu Grunde gelegt. In einer Besprechung der Obrecht'schen Arbeit hat Seeliger[8]) noch einige wichtige Bemerkungen über die Bedeutung

---

1) Abhandl. der K. Bayer. Akad. der Wiss. II. Classe, Bd. 19, Abth. II, p. 385.

2) Vierteljahrsschrift der Astron. Gesellschaft. Jahrg. 27 (1892), p. 186.

3) Astrophysical Journal. Vol. II, p. 293.

4) Comptes Rendus. Tome 96, p. 1609.

5) Annales de l'Observ. de Paris. Mémoires, tome 18. (Siehe auch Referat darüber: Viertelj.-Schrift der Astr. Ges. Jahrg. 20 (1885), p. 176.)

6) Wellmann, Zur Photometrie der Jupiters-Trabanten. Berlin 1887.

7) Anding, Photometrische Untersuchungen über die Verfinsterungen der Jupitertrabanten. Preisschrift der Univ. München. München 1889.

8) Vierteljahrsschrift der Astr. Gesellschaft. Jahrg. 20 (1885), p. 176.

verschiedener Beleuchtungsgesetze für das vorliegende Problem hinzugefügt. Die strenge Lösung der Aufgabe führt zu ziemlich complicirten Entwicklungen. Unter gewissen Voraussetzungen gelangt man aber zu verhältnissmässig einfachen Ausdrücken, die im Folgenden etwas näher betrachtet werden sollen.

Die Aufgabe selbst ist zunächst folgendermassen zu präcisiren. Ein Jupitertrabant tritt in den Schatten seines Planeten; dabei wird allmählich ein immer grösseres Stück seines Scheibchens verfinstert, bis er zuletzt ganz unsichtbar wird. Bei dem ersten Trabanten beträgt die ganze Dauer des Phänomens 4^m 19^s, bei dem vierten 16^m 27^s. Es soll nun die Helligkeitsabnahme des Trabanten als Function der Zeit ermittelt werden.

Streng genommen müsste man zunächst auf die Bewegungsverhältnisse im Jupitersystem Rücksicht nehmen. Bei der verhältnissmässig kurzen Dauer der Erscheinung wird aber kein grosser Fehler entstehen, wenn man die Verschiebung der Schattengrenze auf dem Trabanten der Zeit proportional setzt. Zur weiteren Vereinfachung werde die Gestalt der Trabanten als kugelförmig angesehen, ferner werde die Wirkung der Jupiteratmosphäre ausser Acht gelassen. Zweifellos wird durch dieselbe eine Brechung und Schwächung der Sonnenstrahlen hervorgebracht, und die Schattengrenze auf dem Trabanten wird infolge dessen nicht scharf erscheinen; aber bei der gänzlichen Unkenntniss von der Höhe und Dichtigkeit dieser Atmosphäre fehlt jeder Anhalt für eine rechnerische Berücksichtigung ihres Einflusses. Bei der grossen Entfernung des Jupitersystems von der Sonne wird es ohne merklichen Fehler erlaubt sein, alle von einem beliebigen Punkte der Sonne nach einem beliebigen Punkte des Satelliten gelangenden Strahlen als parallel unter einander zu betrachten; man kann also die Sonne als eine punktförmige Lichtquelle ansehen und braucht auf die Wirkung des Halbschattens keine Rücksicht zu nehmen. Die Schattengrenze, welche durch den Durchschnitt des Kernschattenkegels des Jupiter mit der Trabantenkugel entsteht, projicirt sich auf der Trabantenscheibe als eine Linie von gewisser Krümmung. Da der Trabant im Verhältniss zur Jupiterkugel sehr klein ist, so kommt nur ein kleines Stück dieser Curve in Frage, und dieses Stück darf ohne allzu grossen Fehler als geradlinig angesehen werden. Sieht man ferner von dem Phasenwinkel, der beim Jupitersystem bis zu 12° steigen kann, ganz ab und berücksichtigt nur den Fall der vollen Beleuchtung, so reducirt sich das ganze Problem auf die folgende Aufgabe: Es soll die Helligkeitsabnahme einer beleuchteten Kreisscheibe ermittelt werden, wenn dieselbe von einem mit gleichförmiger Geschwindigkeit über sie hinweg gehenden geradlinig begrenzten dunklen Schirme bedeckt wird.

Die Figur 22 stelle die scheinbare Trabantenscheibe dar; der Radius
derselben sei r, und der kürzeste Abstand der Schattengrenze vom
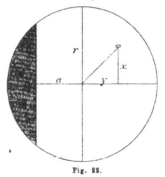
Mittelpunkte heisse a. Die Coordinaten
irgend eines kleinen Elementes der Scheibe,
bezogen auf ein rechtwinkliges Coordinaten-
system, dessen y-Axe mit der Geraden a
zusammenfällt, mögen x und y sein. Die
scheinbare Helligkeit irgend eines Elementes der Scheibe wird im Allgemeinen
bei voller Beleuchtung eine Function des
Abstandes vom Centrum séin. Die Lichtquantität, welche durch ein solches Element
zu dem Beobachter gelangt, wird also ausgedrückt werden können durch:

Fig. 22.

$$dq = \gamma f\left(\sqrt{x^2 + y^2}\right) dx\,dy,$$

wo γ eine Constante ist, und wo das Beleuchtungsgesetz, von welchem
die scheinbare Helligkeit abhängt, zunächst noch unbestimmt gelassen
werden soll. Die gesammte Lichtmenge, welche der Trabant in dem
Moment aussendet, wo die Schattengrenze auf der Scheibe den kürzesten
Abstand a vom Centrum hat, ist daher, falls mehr als die Hälfte der
Scheibe beleuchtet ist:

(1) $$Q = 2\gamma \int_{-a}^{r} dy \int_{0}^{\sqrt{r^2 - y^2}} f\left(\sqrt{x^2 + y^2}\right) dx.$$

Es sollen nun die bekannten Beleuchtungsgesetze auf diese Gleichung
angewendet werden. Nach den Formeln (22) (S. 69) ist beim Lambert-
schen Gesetze die scheinbare Helligkeit eines Elementes einer Planetenscheibe[1]), für den Fall, dass der Planet voll beleuchtet ist, ausgedrückt
durch:

$$h_t = C \cos \psi \cos \omega,$$

wo C eine Constante bedeutet. Es ist also in der obigen Gleichung
$\cos \psi \cos \omega$ statt $f\left(\sqrt{x^2 + y^2}\right)$ zu setzen. Die Winkel ψ und ω hängen
mit den Coordinaten x und y nach den Erläuterungen auf Seite 70, wenn
alle Distanzen in demselben Masse wie der scheinbare Radius r ausgedrückt werden, durch die Relationen zusammen:

$$x = r \sin \psi,$$
$$y = r \cos \psi \sin \omega.$$

---

1) Das Licht, welches vom Planeten auf den Trabanten reflectirt und von
diesem wieder nach der Erde geworfen wird, ist hier gänzlich zu vernachlässigen.

Daraus ergiebt sich:

$$f(\sqrt{x^2 + y^2}) = \cos\psi\,\cos\omega = \sqrt{1 - \frac{x^2 + y^2}{r^2}},$$

und durch Substitution in (1) wird:

$$(2) \qquad Q = 2\gamma \int_{-a}^{r} dy \int_{0}^{\sqrt{r^2 - y^2}} dx \sqrt{1 - \frac{x^2 + y^2}{r^2}}.$$

Um das zweite Integral aufzulösen, ist zunächst y als constant anzunehmen.
Setzt man $1 - \frac{y^2}{r^2} = b$ und $\frac{1}{r^2} = c$, so wird:

$$\int_{0}^{\sqrt{r^2 - y^2}} dx \sqrt{1 - \frac{x^2 + y^2}{r^2}} = \int_{0}^{\sqrt{r^2 - y^2}} dx\sqrt{b - cx^2}$$

$$= \left[\frac{1}{2}\, x\sqrt{b - cx^2} + \frac{b}{2\sqrt{c}} \arcsin x \sqrt{\frac{c}{b}}\right]_{x=0}^{x=\sqrt{r^2 - y^2}}$$

$$= \frac{r}{2}\left(1 - \frac{y^2}{r^2}\right)\arcsin 1$$

$$= \frac{r\pi}{4}\left(1 - \frac{y^2}{r^2}\right).$$

Damit erhält man aus Gleichung (2):

$$Q = \frac{\gamma r\pi}{2}\int_{-a}^{r}\left(1 - \frac{y^2}{r^2}\right)dy,$$

oder endlich:

$$(3) \qquad Q = \frac{\gamma\pi}{2r}\left\{r^2(r + a) - \frac{1}{3}(r^3 + a^3)\right\}.$$

Wäre die Scheibe ganz unbedeckt, so würde man zu setzen haben $a = r$,
und erhielte dann die Lichtmenge:

$$(4) \qquad Q_0 = \frac{\gamma\pi}{2r}\,\frac{4}{3}\,r^3.$$

Durch Division von (3) und (4) wird dann endlich:

$$\frac{Q}{Q_0} = \frac{1}{2} + \frac{3}{4}\,\frac{a}{r} - \frac{1}{4}\,\frac{a^3}{r^3},$$

oder, wenn man die neue Bezeichnung $\frac{a}{r} = \cos\varphi$ einführt:

$$(5) \qquad \frac{Q}{Q_0} = \frac{1}{2} + \frac{3}{4}\cos\varphi - \frac{1}{4}\cos^3\varphi.$$

Wird also die Helligkeit des Trabanten während der Dauer einer Verfinsterung in Einheiten der Helligkeit ausgedrückt, welche derselbe vor
dem Beginn der Verfinsterung hat, so giebt die Gleichung (5) die Abhängigkeit der augenblicklichen Lichtstärke von dem Werthe von a an, oder,
da a der Zeit proportional ist, die Abhängigkeit von der Zeit. Für die
Mitte der Verfinsterung ist $a = 0$ zu setzen, und man erhält dann aus (5)
$\frac{Q}{Q_0} = \frac{1}{2}$, die Lichtstärke ist also auf die Hälfte herabgesunken. Dies
ist auch von vornherein zu erwarten, da, wie wir früher gesehen haben,
nach dem Lambert'schen Beleuchtungsgesetze die scheinbare Helligkeit
auf einer Planetenscheibe von der Mitte nach allen Seiten hin gleichmässig
abnimmt.

Ist die Schattengrenze über die Mitte der Scheibe hinausgerückt,
also weniger als die Hälfte des Trabanten erleuchtet, so erhält man die
zugehörigen Werthe von Q aus den Formeln (3) und (5), wenn man a
negativ rechnet.

Bei Anwendung des Lommel-Seeliger'schen und des Euler'schen Beleuchtungsgesetzes wird die Bestimmung der Lichtcurve noch einfacher.
Denn in beiden Fällen ist bekanntlich bei voller Beleuchtung des Trabanten die scheinbare Helligkeit an allen Punkten der Scheibe gleich,
und die Function $f(\sqrt{x^2 + y^2})$ kann daher gleich 1 gesetzt werden.
Die Gleichung (1) geht dann sofort in die folgende über:

$$(6) \qquad Q = 2\gamma \int_{-a}^{r} dy \int_{0}^{\sqrt{r^2 - y^2}} dx = 2\gamma \int_{-a}^{r} \sqrt{r^2 - y^2}\, dy.$$

Nach Ausführung der einfachen Integration hat man:

$$Q = \gamma \left[y\sqrt{r^2 - y^2} + r^2 \arcsin \frac{y}{r} \right]_{y = -a}^{y = r},$$

und, wenn man wieder wie oben $\frac{a}{r} = \cos\varphi$ setzt:

$$(7) \qquad Q = \gamma r^2 \{\pi + \sin\varphi \cos\varphi - \varphi\}.$$

Für die Helligkeit bei unbedeckter Scheibe ergiebt sich, da $a = r$ ist:

$$Q_0 = \gamma r^2 \pi,$$

und mithin wird endlich:

$$(8) \qquad \frac{Q}{Q_0} = \frac{\pi - \varphi + \sin\varphi \cos\varphi}{\pi}.$$

Selbstverständlich reducirt sich auch hier für die Mitte der Verfinsterung,

d. h. für $a = 0$, die Helligkeit auf die Hälfte des ursprünglichen Betrages. Zur Vergleichung der beiden durch die Formeln (5) und (8) repräsentirten Lichtcurven kann man die Werthe von $\frac{Q}{Q_0}$ für verschiedene Werthe von a, d. h. für verschiedene Stadien der Bedeckung, berechnen. Man erhält so z. B. die folgenden Werthe:

$\frac{a}{r}$	$\frac{Q}{Q_0}$		$\frac{a}{r}$	$\frac{Q}{Q_0}$	
	Lambert'sches Gesetz	Lommel-Seeliger-sches und Euler'sches Gesetz		Lambert'sches Gesetz	Lommel-Seeliger-sches und Euler'sches Gesetz
1.0	1.000 ᴰⁱᶠᶠ· 7	1.000 ᴰⁱᶠᶠ· 19	0.0	0.500 ᴰⁱᶠᶠ· 75	0.500 ᴰⁱᶠᶠ· 64
0.9	0.993 21	0.981 33	— 0.1	0.425 73	0.436 63
0.8	0.972 33	0.948 42	— 0.2	0.352 70	0.373 61
0.7	0.939 43	0.906 48	— 0.3	0.282 66	0.312 60
0.6	0.896 52	0.858 54	— 0.4	0.216 60	0.252 56
0.5	0.844 60	0.804 56	— 0.5	0.156 52	0.196 54
0.4	0.784 66	0.748 60	— 0.6	0.104 43	0.142 48
0.3	0.718 70	0.688 61	— 0.7	0.061 33	0.094 42
0.2	0.648 73	0.627 63	— 0.8	0.028 21	0.052 33
0.1	0.575 75	0.564 64	— 0.9	0.007 7	0.019 19
0.0	0.500 75	0.500 64	— 1.0	0.000	0.000

Betrachtet man die Werthe von a als Abscissen, die zugehörigen Helligkeitswerthe als Ordinaten, so sieht man, dass die beiden den obigen Zahlenreihen entsprechenden Curven sich bei $a = 0$ schneiden, und dass die dem Lambert'schen Gesetze zugehörige in der ersten Hälfte der Verfinsterung oberhalb, in der zweiten unterhalb der anderen Curve liegt. Bei $a = - 0.5\,r$ ist nach dem Lambert'schen Gesetze die Lichtstärke des Trabanten, in Grössenclassen ausgedrückt, um 2.02 geringer als vor Beginn der Verfinsterung, nach den anderen Gesetzen nur um 1.77. Bei $a = - 0.8\,r$ werden die entsprechenden Zahlen 3.88 und 3.21 Grössenclassen u. s. w. Wenn es möglich wäre, die Helligkeiten der Trabanten noch in diesem vorgerückten Stadium der Verfinsterung mit einiger Sicherheit zu messen, so liesse sich aus solchen Beobachtungen ein Urtheil darüber gewinnen, welches von den zu Grunde gelegten Beleuchtungsgesetzen den Vorzug verdient. Beide Curven zeigen das Charakteristische, dass die Ordinaten sich am schnellsten um die Mitte der Erscheinung ändern, und dass an dieser Stelle ein Wendepunkt

punkt vorhanden ist. Dies lässt sich auch unmittelbar aus den Gleichungen (3) und (7) ableiten, wenn man die zweiten Differentialquotienten
nach a bildet. Man hat aus (3) sofort:

$$\frac{d^2 Q}{da^2} = - \frac{a \gamma \pi}{r},$$

und da der zweite Differentialquotient einer Function verschwinden muss,
wenn die betreffende Curve einen Wendepunkt haben soll, so sieht man,
dass die dem Lambert'schen Gesetze entsprechende Lichtcurve für $a = 0$,
d. h. also in der Mitte der Verfinsterung, einen solchen besitzt.

Aus Gleichung (7) wird entsprechend nach kurzer Rechnung:

$$\frac{d^2 Q}{da^2} = - \frac{2 a \gamma}{\sqrt{r^2 - a^2}},$$

und es folgt daher auch für die durch (7) repräsentirte Lichtcurve ein
Wendepunkt bei $a = 0$.

Seeliger hat noch ganz allgemein gezeigt, dass, wie auch die Form
der Function $f(\sqrt{x^2 + y^2})$ beschaffen sein möge, die Lichtcurve des
Trabanten während der Verfinsterung stets einen Wendepunkt für $a = 0$
besitzen muss. In der That ergiebt sich aus Gleichung (1) sofort:

$$\frac{dQ}{da} = 2 \gamma \int_0^{\sqrt{r^2 - a^2}} f(\sqrt{a^2 + x^2})\, dx.$$

Daraus folgt dann weiter:

(9) $$\frac{d^2 Q}{da^2} = 2 \gamma \left\{ - \frac{a f(r)}{\sqrt{r^2 - a^2}} + \int_0^{\sqrt{r^2 - a^2}} \frac{\delta f(\sqrt{a^2 + x^2})}{\delta a}\, dx \right\}.$$

Nun kann man schreiben:

$$\frac{\delta f(\sqrt{a^2 + x^2})}{\delta a} = 2 a \frac{\delta f(\sqrt{a^2 + x^2})}{\delta (a^2)},$$

und da allgemein gilt:

$$\frac{\delta f(u + v)}{\delta u} = \frac{\delta f(u + v)}{\delta (u + v)},$$

so ergiebt sich:

$$\frac{\delta f(\sqrt{a^2 + x^2})}{\delta a} = 2 a \frac{\delta f(\sqrt{a^2 + x^2})}{\delta (a^2 + x^2)}.$$

Führt man noch die neue Variable z ein durch die Substitution $a^2 + x^2 = z^2$, woraus folgt $dx = \dfrac{z\,dz}{\sqrt{z^2 - a^2}}$, so wird:

$$\frac{\delta f(\sqrt{a^2 + x^2})}{\delta a}\,dx = 2a\,\frac{\delta f(z)}{\delta (z^2)}\,\frac{z}{\sqrt{z^2 - a^2}}\,dz$$

$$= a\,\frac{\delta f(z)}{\delta z}\,\frac{dz}{\sqrt{z^2 - a^2}}$$

$$= a\,\frac{f'(z)}{\sqrt{z^2 - a^2}}\,dz.$$

Setzt man diesen Werth in Gleichung (9) ein und beachtet, dass für z die Integrationsgrenzen r und a sind, so erhält man:

$$\frac{d^2 Q}{da^2} = -2a\gamma\left\{\frac{f(r)}{\sqrt{r^2 - a^2}} - \int_a^r \frac{f'(z)}{\sqrt{z^2 - a^2}}\,dz\right\}.$$

Dieser Ausdruck verschwindet jedenfalls für $a = 0$, und es findet sich also an dieser Stelle unter allen Umständen ein Wendepunkt; es ist aber nicht nothwendig, dass dies der einzige Wendepunkt ist, den die Lichtcurve haben kann. Seeliger hat nachgewiesen, dass, wenn das Beleuchtungsgesetz z. B. die willkürliche Form hätte $f(\sqrt{x^2 + y^2}) = x^2 + y^2$, die allerdings durchaus unwahrscheinlich ist, weil nach ihr die scheinbare Helligkeit in der Mitte der Scheibe gleich Null sein müsste, dann drei Wendepunkte anstatt des einen auftreten.

Der Umstand, dass jedes beliebige Beleuchtungsgesetz auf eine Lichtcurve führt, die in der Mitte der Verfinsterung einen Wendepunkt besitzt, an dieser Stelle also gradlinig verläuft, lässt es für die praktische Verwerthung von photometrischen Beobachtungen eines solchen Phänomens empfehlenswerth erscheinen, wie schon von Cornu hervorgehoben worden ist, die Messungen sämmtlich auf denjenigen Moment zu reduciren, wo die Lichtstärke des Trabanten halb so gross ist, wie vor dem Beginn der Verfinsterung, d. h. also auf den Zeitpunkt, wo der Mittelpunkt der Trabantenscheibe durch den Mantel des Tangentenkegels hindurchgeht, welcher vom Mittelpunkte der Sonne aus an den Jupiter gelegt werden kann.

Capitel III.
Die Extinction des Lichtes in der Erdatmosphäre.

Die unsere Erde umgebende Lufthülle übt auf das von den Gestirnen
zu uns gelangende Licht eine absorbirende Wirkung aus. Die Sterne
erscheinen uns in der Ebene schwächer als auf hohen Bergen, und auf
diesen wieder schwächer, als es ohne das Vorhandensein einer Atmosphäre
der Fall sein würde, und auch an ein und demselben Orte variirt die Helligkeit eines Sternes mit seiner Erhebung über den Horizont. Je weiter er
vom Zenith entfernt ist und je grösser der Weg ist, den die Lichtstrahlen
in der Erdatmosphäre zu durchlaufen haben, desto stärker ist auch die
Absorption, welche dieselben erfahren. Aus den photometrischen Messungen geht hervor, dass in unmittelbarer Nähe des Horizontes ein Stern
bereits mehr als 95 Procent von seinem ursprünglichen Lichte eingebüsst
hat und um mehrere Grössenclassen schwächer erscheint als im Zenith.

Es ist klar, welch wichtige Rolle die Extinction in der Astrophotometrie spielt, und dass eine möglichst genaue Bestimmung dieses Reductionselementes eine der ersten Grundbedingungen für die Ausführung
von brauchbaren photometrischen Messungen am Himmel ist. Der Gegenstand ist daher auch stets mit dem grössten Eifer sowohl auf theoretischem
als auch auf praktischem Wege verfolgt worden, und wir besitzen bereits
eine ziemlich umfangreiche Litteratur über denselben. Leider stellen sich
einer vollkommenen Lösung der Aufgabe Hindernisse verschiedener Art
entgegen, die zum Theil ganz unüberwindlich sind. Sie beruhen einmal
auf der nicht genügenden Kenntniss der Ausbreitung unserer Atmosphäre
und des Gesetzes, nach welchem die Dichtigkeit derselben mit der Höhe
abnimmt, dann aber vor Allem auf den Veränderungen, denen die Zusammensetzung unserer Lufthülle infolge der meteorologischen Vorgänge
beständig unterworfen ist. Temperatur, Luftdruck und Feuchtigkeits-
gehalt der Luft wechseln ohne Aufhören und modificiren die Absorptionsfähigkeit der Atmosphäre. Man wird daher nicht nur an verschiedenen
Orten der Erdoberfläche, sondern auch an demselben Orte zu verschiedenen
Jahreszeiten, unter Umständen sogar zu verschiedenen Stunden des Tages,
eine andere Wirkung der Extinction erwarten können. Dazu kommt
der gänzlich uncontrolirbare Einfluss, den namentlich in den tieferen
Schichten der Atmosphäre locale Verhältnisse, unter anderen die Anwesenheit von Staub- und Rauchpartikelchen, ausüben. Erschwerend

wirkt auch der Umstand, dass beim Durchgange des Lichtes durch die
Atmosphäre neben der Quantität desselben auch die Qualität Änderungen
erleidet, indem die verschiedenen Strahlengattungen, aus denen es zusammengesetzt ist, ungleich durch die Luftschichten beeinflusst werden.
Die Wahrnehmung, dass alle Gestirne, wenn sie in die Nähe des Horizontes
kommen, röthlich gefärbt erscheinen, deutet darauf hin, dass die brechbareren Lichtstrahlen viel mehr durch die Atmosphäre absorbirt werden
als die rothen; infolge dessen werden auch die Extinctionserscheinungen
verwickelter, wenn man es nicht mit homogenem Lichte zu thun hat,
sondern, wie es bei den Sternbeobachtungen der Fall ist, mit zusammengesetztem.

Eine einheitliche Theorie kann allen diesen störenden Einflüssen
unmöglich gerecht werden, und man wird sich daher begnügen müssen,
den theoretischen Betrachtungen einen idealen mittleren Zustand der
Erdatmosphäre zu Grunde zu legen. Eine gewisse Verwandtschaft des
Problems mit dem Refractionsproblem springt sofort in die Augen; es
liegt daher nahe, diejenigen Annahmen über die Constitution der Atmosphäre, welche allgemein bei der Behandlung der Refraction acceptirt
worden sind, auch auf die Extinction anzuwenden, d. h. also in erster
Linie vorauszusetzen, dass die Atmosphäre aus concentrischen Schichten
besteht, deren Dichte und Absorptionsvermögen nach einem regelmässigen
Gesetze von der Erdoberfläche nach aussen zu abnimmt.

Zwei Fragen sind es vornehmlich, die uns bei dem vorliegenden
Probleme interessiren: 1) Nach welchem Gesetze nimmt die Helligkeit eines
Sternes vom Zenith bis zum Horizonte ab? und: 2) Welches würde die
Lichtintensität eines Sternes sein, wenn die Atmosphäre gar nicht vorhanden wäre? Die Beantwortung der ersten Frage ist für die praktische
Astrophotometrie von der höchsten Bedeutung, weil davon die Möglichkeit
abhängt, Messungen von Sternen, die verschiedene Zenithdistanzen haben,
mit einander zu vergleichen. Die zweite Frage hat mehr theoretisches
als praktisches Interesse; ihre Beantwortung verspricht Aufschluss darüber,
wie die raumdurchdringende Kraft unserer Fernröhre ohne Vorhandensein
der Atmosphäre zunehmen und welcher Gewinn der Astronomie eventuell
schon durch Errichtung von festen Beobachtungsstationen auf hohen
Bergen erwachsen würde.

Lambert[1]) und Bouguer[2]), die beiden Begründer der wissenschaftlichen Photometrie, sind die ersten gewesen, welche das Extinctionsproblem theoretisch und praktisch zu lösen versucht haben. Die von ihnen

---

1) Lambert, Photometria sive de mensura et gradibus luminis, colorum et
umbrae. Deutsche Ausgabe von E. Anding, Heft 2, p. 64. (Ostwald's Klassiker Nr. 32.)
2) Bouguer, Traité d'optique. Livre III, section 4, p. 315.

abgeleiteten Formeln haben bis heutigen Tages Bedeutung behalten, und der aus den Bouguer'schen Messungen hervorgehende Werth des Durchlässigkeitscoefficienten der Erdatmosphäre gilt als einer der besten für diese wichtige Constante.

Eine noch eingehendere und rationellere Behandlung hat das Problem durch Laplace[1]) erfahren, welcher sich dabei streng an die der Refractionstheorie zu Grunde liegenden Voraussetzungen angeschlossen hat. Seine Theorie ist in neuerer Zeit in einigen Punkten durch Maurer[2]) und Hausdorff[3]) modificirt worden, ohne dass damit jedoch ein wesentlicher Fortschritt erzielt worden wäre.

Im Folgenden sollen die einzelnen Extinctionstheorien etwas näher behandelt werden, und es wird sich empfehlen, unmittelbar daran eine kurze Besprechung der wichtigsten Ergebnisse der praktischen Astronomie auf diesem Gebiete anzuschliessen, insbesondere die von Seidel in München, sowie die von mir in Potsdam und auf dem Säntis ausgeführten Arbeiten mit den Resultaten der Theorie zu vergleichen. Auch wird es wünschenswerth sein, wenigstens in aller Kürze auf die wichtigen Untersuchungen Langley's einzugehen, in welchen die Frage von einem ganz neuen interessanten Gesichtspunkte aus betrachtet wird.

1. Die Lambert'sche Extinctionstheorie.

Es stelle in Figur 23 $A A' B B'$ die von parallelen Ebenen begrenzte Schicht eines vollkommen homogenen Mittels dar, und ab bezeichne den Weg eines Lichtstrahles durch diese Schicht. Man kann sich die absorbirende Wirkung des Mittels so denken, dass der Lichtstrahl beim Durchlaufen einer unendlich kleinen Strecke ds stets einen gleich grossen Theil von derjenigen Intensität, die er am Anfange der Strecke besass, verliert. Drückt man diesen Lichtverlust durch den constanten Factor λ aus, nennt die Intensität des Lichtstrahles, wenn er im Punkte P angelangt ist, i und wenn er im Punkte P' nach Durchlaufen des Weges ds angelangt

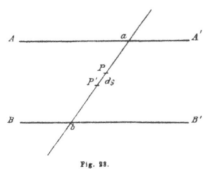

Fig. 23.

1) Laplace, Mécanique céleste. Vol. IV, p. 282.
2) Maurer, Die Extinction des Fixsternlichtes in der Atmosphäre in ihrer Beziehung zur astron. Refraction. Diss. inaug. Zürich, 1882.
3) Berichte der K. Sächs. Ges. der Wiss. Jahrg. 1895, Heft 4, p. 401.

ist, $i - di$, so hat man ohne Weiteres: $di = -\lambda i$. Die Grösse λ ist unendlich klein, und man kann sie durch die ebenfalls unendlich kleine Grösse ds ersetzen, wenn man diese letztere mit einer gewissen positiven Constante ν multiplicirt. Dann erhält man:

(1) $$di = -\nu\, ds\, i,$$

oder durch Integration:

$$\log i = -\nu s + \text{Const.},$$

mithin:

$$i = Ce^{-\nu s}.$$

Bedeutet noch J die Intensität des Lichtstrahles beim Eintritte in die Schicht im Punkte a, wo s gleich Null ist, so hat man $J = C$ und mithin $i = Je^{-\nu s}$. Die Grösse ν, welche für das betrachtete homogene Mittel charakteristisch ist, nennt man den Extinctions- oder Absorptionscoefficienten der Substanz. Ersetzt man noch $e^{-\nu}$ durch eine andere Constante c, so geht die Gleichung in die allgemein gebräuchliche über:

(2) $$i = Jc^s.$$

Darin heisst c der Transmissions- oder Durchlässigkeitscoefficient der Substanz; er bezeichnet das Verhältniss der nach Durchlaufen der Wegeinheit austretenden Lichtmenge zu der in dieselbe eindringenden. Ist das Medium, in welches der Lichtstrahl eintritt, nicht homogen, so bleibt ν keine Constante, sondern ändert sich von Punkt zu Punkt auf dem Wege s; man wird im Allgemeinen haben $\nu_s = f(s)$. Aus der Gleichung (1) folgt dann:

$$\log i = -\int \nu_s\, ds + \text{Const.},$$

und wenn man das Integral zwischen den Grenzen 0 und s bildet, wobei zu beachten, dass $\log i$ für $s = 0$ in $\log J$ übergeht, so hat man:

(3) $$\log \frac{i}{J} = -\int_0^s \nu_s\, ds.$$

Diese Gleichung ist unmittelbar auf das Extinctionsproblem anwendbar, wenn man die Erdatmosphäre aus lauter unendlich schmalen, concentrischen Luftschichten zusammengesetzt denkt, deren Absorptionsfähigkeit von der Erdoberfläche an mit der Höhe beständig abnimmt. Ist das Gesetz dieser Abnahme bekannt, so lässt sich die Aufgabe streng lösen. Lambert hat nun die vereinfachende Voraussetzung gemacht, dass der Weg des Lichtstrahles durch die Atmosphäre als geradlinig zu betrachten sei. In aller Strenge ist diese Annahme nur für solche Strahlen zulässig, die senkrecht in die Atmosphäre eindringen, also für Sterne im Zenith des

Beobachtungsortes. Je weiter die Sterne vom Zenith entfernt sind, desto stärker weicht der Weg der Lichtstrahlen infolge der Brechung in den einzelnen Luftschichten von der geraden Linie ab, und in unmittelbarer Nähe des Horizontes ist die Refractionskrümmung bereits sehr merklich. Dadurch, dass Lambert die Brechung in der Atmosphäre vernachlässigt, findet er die Weglängen durchgängig zu klein, und daher müssen auch die nach seiner Formel berechneten Extinctionen im Allgemeinen zu klein sein; indessen ist der Fehler vom Zenith bis zu wenigen Graden über dem Horizont kaum merklich.

In der nebenstehenden Figur 24 bedeute AA die Oberfläche der Erde,

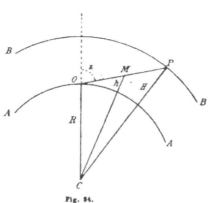

Fig. 24.

BB die Grenze der Atmosphäre. Die Höhe der letzteren sei mit H bezeichnet und der Radius der Erde mit R. PO sei der Weg eines Lichtstrahles, welcher bei P in die Atmosphäre eindringt und in O die Erdoberfläche erreicht; derselbe bilde mit der Zenithrichtung CO den Winkel z. Endlich sei M ein Punkt auf dem Wege des Lichtstrahles, dessen Abstand vom Erdmittelpunkte $R + h$ heissen möge. Bezeichnet man noch die Strecke MO mit s, so hat man in dem Dreieck MOC:

$$(R + h)^2 = R^2 + s^2 + 2Rs \cos z,$$

woraus sich ergiebt:

$$s = -R\cos z \pm \sqrt{R^2 \cos^2 z + h^2 + 2Rh}.$$

Da s eine positive Länge sein muss, so kann nur das positive Vorzeichen der Wurzelgrösse in Frage kommen. Setzt man noch $h^2 + 2Rh = y^2$. so wird:

$$s = -R\cos z + \sqrt{y^2 + R^2 \cos^2 z},$$

und durch Differentiation:

$$ds = \frac{y\,dy}{\sqrt{y^2 + R^2 \cos^2 z}}.$$

Wir wollen nun die Helligkeit eines Lichtstrahles beim Eintritt in die Atmosphäre J und bei der Ankunft an der Erdoberfläche J, nennen, ferner noch die ganze Weglänge in der Atmosphäre mit S bezeichnen; dann erhält man aus Gleichung (3) unmittelbar:

$$\log \frac{J_s}{J} = - \int_0^S \nu_s \, ds = + \int_S^0 \nu_s \, ds ,$$

oder wenn man den obigen Werth von ds substituirt:

$$\log \frac{J_s}{J} = \int_{s=S}^{s=0} \nu_s \frac{y \, dy}{\sqrt{y^2 + R^2 \cos^2 z}} .$$

An der Erdoberfläche (für $s = S$) wird h und mithin auch $y = 0$; an der Grenze der Atmosphäre dagegen (für $s = 0$) geht h in H über, und der entsprechende Werth von y, der mit Y bezeichnet werden möge, wird $= \sqrt{H^2 + 2RH}$. Mithin kommt:

(4) $$\log \frac{J_s}{J} = \int_0^Y \nu_s \frac{y \, dy}{\sqrt{y^2 + R^2 \cos^2 z}} .$$

Nun ist $\dfrac{1}{\sqrt{y^2 + R^2 \cos^2 z}} = \dfrac{\sec z}{\sqrt{R^2 + y^2 + y^2 \tan^2 z}}$, oder durch Reihenentwicklung

$$= \sec z \left[(R^2 + y^2)^{-\frac{1}{2}} - \frac{1}{2}(R^2 + y^2)^{-\frac{3}{2}} y^2 \tan^2 z + \frac{1 \cdot 3}{2 \cdot 4}(R^2 + y^2)^{-\frac{5}{2}} y^4 \tan^4 z - \cdots \right];$$

folglich ergiebt sich aus (4) die Gleichung, welche unter dem Namen der Lambert'schen Extinctionsgleichung bekannt ist:

(5) $$\log \frac{J_s}{J} = A \sec z - \frac{1}{2} B \sec z \tan^2 z + \frac{1 \cdot 3}{2 \cdot 4} C \sec z \tan^4 z - \cdots ,$$

wo die Coefficienten A, B, $C \ldots$ die Werthe haben:

$$A = \int_0^Y \frac{\nu_s y \, dy}{(R^2 + y^2)^{\frac{1}{2}}} ,$$

$$B = \int_0^Y \frac{\nu_s y^3 \, dy}{(R^2 + y^2)^{\frac{3}{2}}} ,$$

$$C = \int_0^Y \frac{\nu_s y^5 \, dy}{(R^2 + y^2)^{\frac{5}{2}}} \quad \text{u. s. w.}$$

Für das Zenith eines Beobachtungsortes geht die Lambert'sche Extinctionsformel (5), wenn man die Helligkeit des Sternes im Zenith mit J_0 bezeichnet, in den einfachen Ausdruck über:

(6) $$\log \frac{J_0}{J} = A.$$

8*

Der Coefficient A ist also der Logarithmus der Zahl, welche angiebt, wievielmal schwächer ein Stern im Zenith eines Beobachtungsortes erscheint, als wenn gar keine Atmosphäre vorhanden wäre. Man nennt diese Zahl gewöhnlich den Transmissionscoefficienten der gesammten Erdatmosphäre.

Aus den Gleichungen (5) und (6) erhält man noch:

$$(7) \quad \log J_0 - \log J_z = A(1 - \sec z) + \frac{1}{2} B \sec z \tang^2 z - \frac{1 \cdot 3}{2 \cdot 4} C \sec z \tang^4 z + \cdots$$

Diese Form ist für die praktische Verwendung in der Astrophotometrie die bequemste. Sie liefert unmittelbar die sogenannte Zenithreduction, die man meistens durch $\varphi(z)$ bezeichnet, d. h. die Grösse, die zu einem bei beliebiger Zenithdistanz beobachteten Helligkeitslogarithmus hinzugefügt werden muss, um den für das Zenith gültigen Helligkeitslogarithmus zu erhalten. Die Coefficienten A, B, C ... in der Lambert'schen Formel lassen sich nur dann berechnen, wenn man eine Annahme über die Höhe der Erdatmosphäre und über die Änderung des Absorptionscoefficienten ν, mit der Länge des durchlaufenen Weges macht. Lambert hat dieses Verfahren nicht eingeschlagen, sondern nur darauf hingewiesen, dass man auf rein empirischem Wege, aus photometrischen Beobachtungen eines und desselben Sternes in verschiedenen Höhen über dem Horizonte, numerische Werthe für die Coefficienten A, B, C ... ableiten kann. Auf diese Weise erhält man allerdings eine Formel, die den Gang der Extinction ziemlich gut bis nahe an den Horizont darstellt; aus mehrjährigen photometrischen Messungen in Potsdam sind für die beiden ersten Coefficienten der Lambert'schen Formel die Werthe gefunden worden:

$$A = - 0.080441,$$
$$B = - 0.0000911.$$

Es ist aber klar, dass die so bestimmte Lambert'sche Extinctionsformel nur den Werth einer blossen Interpolationsformel haben kann, und dass ihr keinerlei physikalische Bedeutung zukommt.

Beiläufig bemerkt, ergiebt sich mit dem angeführten Zahlenwerthe von A aus (6) der Transmissionscoefficient der gesammten Erdatmosphäre zu 0.8309, d. h. die Atmosphäre absorbirt 17 Procent von dem senkrecht in sie eindringenden Lichte.

2. Die Bouguer'sche Extinctionstheorie.

Weit gründlicher als von Lambert ist das Extinctionsproblem von Bouguer behandelt worden. Obgleich auch er den Weg des Lichtstrahles

in der Atmosphäre als geradlinig annimmt, so hat doch seine Endformel
einen höheren Werth als den einer blossen Interpolationsformel, weil er
seine Theorie auf eine bestimmte Voraussetzung über die Abnahme der
Dichtigkeit mit der Höhe der Atmosphäre gründet. Die aus seinen Untersuchungen hervorgehende Extinctionstabelle (Traité d'optique, p. 332) weicht
bis zu Zenithdistanzen von mehr als 80° noch nicht merklich von den
besten neueren Extinctionstabellen ab. Sein Verfahren ist das folgende.
Es stelle (Fig. 25) AA die Erdoberfläche dar, GG die Grenze der Atmosphäre, BB eine beliebige Schicht derselben in dem Abstande x von
der Erdoberfläche. O ist
ein Punkt der Erdober-
fläche, C der Mittel-
punkt derselben, der Erd-
radius heisse a. Bouguer
nimmt nun für die ganze
Atmosphäre das Mariotte-
sche Gesetz als gültig
an, er vernachlässigt die
Temperaturabnahme mit
der Höhe und setzt also

ganz allgemein: $\dfrac{\varrho}{\varrho_0} = \dfrac{p}{p_0}$,

wenn ϱ und p Dichtigkeit und Druck an ir-
gend einem Punkt der
Atmosphäre, ϱ_0 und p_0 die
entsprechenden Grössen
an der Erdoberfläche vor-

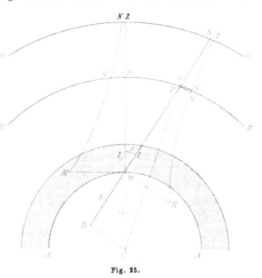

Fig. 25.

stellen. Auf der nach dem Zenith Z gerichteten Linie OZ, die als Abscissenaxe betrachtet werden soll, mögen nun in den einzelnen Punkten
die zugehörigen Dichtigkeiten ϱ als Ordinaten aufgetragen werden; durch
die Endpunkte derselben sei eine Curve MQN gelegt, die an der Grenze
der Atmosphäre, wo die Dichtigkeit unendlich klein ist, die Abscissenaxe
fast berührt. Die von dieser Curve und der Axe OZ begrenzte Fläche
$OMNZ$ ist offenbar der gesammten über dem Beobachtungsorte O ruhenden
Luftmasse proportional, und ebenso ist das Flächenstück $PQNZ$ dem in
P geltenden Luftdrucke oder, was dasselbe ist, der über P befindlichen
Luftmasse proportional. Da nach dem Mariotte'schen Gesetz diese beiden
Flächenstücke sich wie die zugehörigen Ordinaten MO und QP verhalten
sollen, so ergiebt sich leicht, dass die Curve MQN eine logarithmische
Linie sein muss, deren Gleichung die Form hat: $y = \varrho_0 q^x$, wo q eine

Constante bedeutet. Diese Curve hat die besondere Eigenschaft, dass in allen Punkten derselben die Subtangente $y\dfrac{dx}{dy}$ einen constanten Werth hat. Die Fläche $OMNZ$ wird ausgedrückt durch das bestimmte Integral $\displaystyle\int_{y=0}^{y=\varrho_0} y\,dx$, und da aus der Gleichung der Curve ohne Weiteres folgt: $\dfrac{dy}{y}$ $= dx \log q$, so wird die gesammte über O ruhende Luftmasse gegeben durch $\dfrac{\varrho_0}{\log q}\cdot$ Bouguer denkt sich nun die gesammte Atmosphäre ersetzt durch eine gleichmässig absorbirende Schicht, welche überall die an der Erdoberfläche herrschende Dichtigkeit ϱ_0 besitzt. Bezeichnet man die Höhe derselben mit l_0, so wird die ganze Luftmasse über O auch ausgedrückt durch $\varrho_0 l_0$, und es folgt daher, dass die Höhe der homogenen Atmosphäre gleich ist $\dfrac{1}{\log q}$, d. h. gleich dem constanten Werthe der Subtangente $y\dfrac{dx}{dy}\cdot$ Der numerische Werth dieser Subtangente lässt sich angenähert aus Beobachtungen des Luftdruckes in verschiedenen Höhen über der Erdoberfläche bestimmen, und Bouguer hat selbst aus Beobachtungen von De la Hire für die Höhe der homogenen Atmosphäre die Zahl 3911 Toisen = 7623 Meter abgeleitet, ein Werth, der, wie auch schon Bouguer selbst aus eigenen Beobachtungen geschlossen hat, ein wenig zu klein sein dürfte.

Es sei nun weiter SO der als geradlinig angenommene Weg eines Lichtstrahles, der mit der Zenithrichtung ZO den Winkel z bildet. Trägt man wieder in jedem Punkte der Linie SO senkrecht zu ihr die der betreffenden Luftschicht entsprechende Dichtigkeit auf und legt durch die Endpunkte dieser Senkrechten eine Curve, so repräsentirt die Fläche $ORTS$, die mit F bezeichnet werden möge, die gesammte Luftmasse, welche das Licht bei der Zenithdistanz z zu passiren hat. In der von Bouguer substituirten homogenen Atmosphäre durchläuft das Licht die Weglänge l, und es kann daher die gesammte Luftmasse auch durch $\varrho_0 l$ ausgedrückt werden, so dass man hat $F = \varrho_0 l$.

Es handelt sich nun darum, den Flächeninhalt F zu berechnen. Die Linie SO werde über O hinaus verlängert und vom Erdmittelpunkte C eine Senkrechte CD auf diese Linie gefällt; das Stück OD möge mit b bezeichnet sein. Wir betrachten nun das Flächenelement $P'Q'p'q'$. Man hat:

$$(P'D)^2 = (P'C)^2 - (CD)^2,$$

oder:

$$(P'D)^2 = (a + x)^2 - (a^2 - b^2) = b^2 + 2ax + x^2.$$

Mithin wird:

$$d\,(P'D) = P'p' = \frac{(a + x)\,dx}{\sqrt{b^2 + 2ax + x^2}} \cdot$$

Die Strecke $P'Q'$ entspricht der Luftdichtigkeit im Punkte P'; wir wollen die Dichtigkeit in irgend einem Punkte nach Bouguer mit $\varrho_0\,(1 - u)$ bezeichnen, wo u an der Erdoberfläche den Werth 0 und an der Grenze der Atmosphäre den Werth 1 hat; dann ist das Flächenelement $P'Q'p'q'$ gegeben durch:

$$\frac{\varrho_0\,(1 - u)\,(a + x)\,dx}{\sqrt{b^2 + 2ax + x^2}},$$

und die gesammte Fläche F wird bestimmt durch:

$$(8) \qquad F = \varrho_0 \int_{u=0}^{u=1} \frac{(1 - u)\,(a + x)\,dx}{\sqrt{b^2 + 2ax + x^2}} \cdot$$

Um x als Function von u zu haben, beachte man, dass nach dem Obigen $l_0 = y\,\dfrac{dx}{dy}$ und $y = \varrho_0\,(1 - u)$ zu setzen ist. Daraus folgt: $dy = -\varrho_0\,du$, wobei das negative Zeichen zu vernachlässigen ist, weil es nur aussagt, dass y wächst, wenn u abnimmt, und weil es hier nur auf die absolute Weglänge ankommt. Man hat daher:

$$dx = \frac{l_0\,du}{1 - u},$$

und daraus durch Reihenentwicklung und Integration:

$$x = l_0 \left\{ u + \frac{u^2}{2} + \frac{u^3}{3} + \cdots \right\} \cdot$$

Substituirt man die Werthe von dx und x in die obige Gleichung für F und entwickelt die Quadratwurzel im Nenner in eine Reihe, so findet man nach Ausführung der Integration:

$$F = \varrho_0 l_0 \left[\frac{a}{b} - \frac{a^2 - b^2}{2b^3}\,l_0 + \left(a^3 l_0 - ab^2 l_0 - \frac{1}{3}\,a^2 b^2 + \frac{1}{3}\,b^4 \right)\frac{l_0}{2b^5} \cdots \right] \cdot$$

Aus der Figur ergiebt sich, dass $b = a \cos z$ ist. Führt man diesen Werth ein und ersetzt noch nach Obigem F durch das Product $\varrho_0 l$, so erhält man endlich:

$$(9) \quad l = l_0 \left[\sec z - \frac{l_0}{2a}\,\mathrm{tang}^2 z \sec z + \left(l_0 - \frac{1}{3}\,a \cos^2 z \right)\frac{l_0\,\mathrm{tang}^4 z}{2a^2 \cos^3 z} \cdots \right] \cdot$$

Diese Gleichung ermöglicht es, für jede Zenithdistanz die Weglänge in der supponirten homogenen Atmosphäre zu berechnen, falls die Höhe derselben l_0 als bekannt vorauszusetzen ist. Bis zu Zenithdistanzen von etwa

82° erhält man daraus l genau genug, wenn man sich auf die drei ersten Glieder der Reihe beschränkt. Darüber hinaus wird die Berechnung unsicher, und für $x = 90°$, also im Horizonte, versagt die Formel gänzlich. Um die Weglänge im Horizonte zu berechnen, hat Bouguer die Gleichung (8) unter der Berücksichtigung, dass $b = 0$ wird, entwickelt, und findet so für die gesuchte Grösse die unendliche Reihe:

$$(2\,a\,l_0)^{\frac{1}{2}} - \frac{a\,l_0 - 3\,l_0^2}{6(2\,a\,l_0)^{\frac{1}{2}}} - \frac{7\,a^2\,l_0^2 - 18\,a\,l_0^3 + 15\,l_0^4}{120(2\,a\,l_0)^{\frac{3}{2}}} - \cdots$$

Mit Zugrundelegung des oben erwähnten Werthes von $l_0 = 3911$ Toisen hat Bouguer eine Tafel berechnet, aus welcher für jede Höhe eines Gestirnes die Weglänge in der homogenen Atmosphäre, ausgedrückt in Toisen, entnommen werden kann.

Die Einführung der homogenen Atmosphäre und die Berechnung der Weglängen in derselben ermöglicht nun sofort die Lösung des Extinctionsproblems. Für ein homogenes Medium gilt die einfache Gleichung $i = J c^s$, worin s die durchlaufene Wegstrecke, c den sogenannten Transmissionscoefficienten für die Längeneinheit, J die Helligkeit beim Eintritte und i die Helligkeit beim Verlassen der Strecke s bedeutet. Nennt man nun J_z die an der Erdoberfläche beobachtete Lichtstärke eines Sternes bei der Zenithdistanz z, J seine Helligkeit ausserhalb der Atmosphäre, so hat man für die homogen gedachte Atmosphäre:

(10)
$$J_z = J c^l.$$

Für das Zenith wird:

(11)
$$J_0 = J c^{l_0},$$

und daraus folgt:

$$l_0 \log c = \log \frac{J_0}{J}.$$

Das Verhältniss $\dfrac{J_0}{J}$ der Helligkeit eines Sternes im Zenith zu seiner Helligkeit ausserhalb der Atmosphäre nennt man, wie schon im vorigen Paragraphen erwähnt ist, den Durchlässigkeitscoefficienten der gesammten Atmosphäre. Bezeichnet man denselben mit p, so hat man $\log p = l_0 \log c$. Aus (10) und (11) folgt:

$$\log \frac{J_0}{J_z} = (l_0 - l) \log c,$$

mithin:

(12)
$$\log \frac{J_0}{J_z} = -\log p \left(\frac{l}{l_0} - 1 \right).$$

Dies ist die Bouguer'sche Extinctionsgleichung in derjenigen Form, welche für die Berechnung am bequemsten ist. Setzt man für $\frac{l}{l_0}$ den Werth aus (9) ein, so sieht man, dass die Bouguer'sche Formel mit der Lambert'schen in der Form nahe übereinstimmt. Während aber die Lambert'sche Theorie an dem wichtigsten Punkte stehen bleibt und die Bestimmung der einzelnen Coefficienten lediglich den Beobachtungen überlässt, hat die Bouguer'sche Formel physikalische Bedeutung, und das einzige hypothetische Element bleibt die Ermittelung der Höhe l_0 der homogenen Atmosphäre. Der Transmissionscoefficient p kann nach der Gleichung (12) aus zwei Helligkeitsmessungen desselben Gestirnes bei verschiedenen Zenithdistanzen bestimmt werden, wenn die zugehörigen Weglängen nach (9) berechnet sind. Bouguer hat selbst aus photometrischen Beobachtungen des Vollmondes bei Zenithdistanzen von $70°7$ und $23°8$ den Werth $p = 0.8123$ abgeleitet und mit Hülfe dieses Werthes eine Tabelle berechnet, aus welcher die Helligkeiten eines Sternes bei beliebigen Zenithdistanzen entnommen werden können, wobei die Helligkeit ausserhalb der Atmosphäre mit 10000 bezeichnet ist. (Traité d'optique, p. 332.)

Die Bouguer'schen Tabellen gelten für einen Beobachtungsort im Niveau des Meeres, und die Weglänge l_0 entspricht der ganzen Masse der Atmosphäre. Für einen höher gelegenen Beobachtungsort ist die darüber befindliche Luftmasse geringer und die Helligkeit der Sterne wird grösser. Auch die Abnahme der Lichtstärke vom Zenith nach dem Horizonte zu ist an einem solchen Beobachtungsorte geringer. Betrachtet man den Punkt P, so ist die darüber ruhende Luftmasse repräsentirt durch die Fläche $PQZN$; man kann sich dieselbe wieder ersetzt denken durch eine homogene Luftmasse von der Dichtigkeit ϱ_0, deren Höhe l_0' sein möge. Es verhalten sich aber die über P und O befindlichen Luftmassen wie die Dichtigkeiten an diesen beiden Orten oder auch wie die entsprechenden Barometerstände, welche b und b_0 heissen mögen. Man hat also:

und daher:
$$\varrho_0 l_0' : \varrho_0 l_0 = b : b_0 ,$$

$$l_0' = \frac{b}{b_0} l_0 .$$

Man kann demnach für jeden Ort, dessen Barometerhöhe b gegeben ist, die Höhe der entsprechenden homogenen Atmosphäre berechnen, wenn die für das Meeresniveau geltende Höhe l_0 bekannt ist. Die Weglängen l' am Beobachtungsorte P für beliebige Zenithdistanzen ergeben sich aus Gleichung (9), wenn man l_0 durch $\frac{b}{b_0} l_0$ ersetzt, und man kann daher für jeden Ort mit Leichtigkeit die Zenithreduction $\varphi(z)$ vorausberechnen.

Ist noch J_0' die Zenithhelligkeit eines Sternes am Beobachtungsorte P, so ist nach Gleichung (11) $J_0' = J c^{l_0'}$ oder $\log \dfrac{J_0'}{J} = l_0' \log c$. Da aber auch $\log \dfrac{J_0}{J} = l_0 \log c$ ist, so hat man:

$$\log \frac{J_0'}{J} : \log \frac{J_0}{J} = l_0' : l_0 = b : b_0 .$$

Bezeichnet man die Grösse $\dfrac{J_0'}{J}$, d. h. den Transmissionscoefficienten der über P befindlichen Luftmasse, mit p', so wird:

(13) $\log p' : \log p = b : b_0 ,$

d. h. die Logarithmen der Transmissionscoefficienten für zwei Beobachtungsorte verhalten sich wie die entsprechenden Barometerstände.

3. Die Laplace'sche Extinctionstheorie.

Wie schon oben bemerkt wurde, schliesst sich die von Laplace aufgestellte Extinctionstheorie eng an die Refractionstheorie an und unterscheidet sich von der Lambert'schen und Bouguer'schen Behandlung des

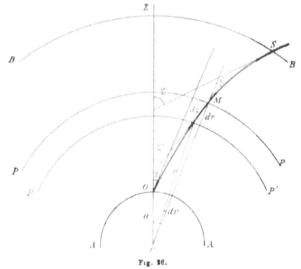

Fig. 26.

Problems wesentlich dadurch, dass sie auf die Krümmung des Weges, welchen die Lichtstrahlen in der Atmosphäre durchlaufen, Rücksicht nimmt. Es bedeute in Figur 26 AA die Erdoberfläche, BB die Grenze der Atmosphäre, $PPP'P'$ eine unendlich dünne Schicht derselben, deren Abstand vom Centrum der Erde r sein möge. In S trete ein Lichtstrahl in die Atmosphäre und erreiche in O die Erdoberfläche. Der Winkel, den die Tangente an die Refractionscurve im Punkte S mit der Zenithrichtung OZ bildet, ist die wahre Zenithdistanz ζ, während der Winkel der Tangente im Punkte O mit der Richtung OZ die scheinbare Zenithdistanz z darstellt. Streng genommen müsste die wahre Zenithdistanz auch von dem Punkte O aus gerechnet werden, indessen ist der Unterschied bei der verhältnissmässig geringen Höhe der Atmosphäre und der mässigen Krümmung der Refractionscurve, sowie bei der bedeutenden Entfernung der Himmelskörper nur geringfügig und selbst beim Monde fast ganz zu vernachlässigen. Der Lichtstrahl trifft die in Betracht zu ziehende Schicht in M, der Einfallswinkel an der Grenze der Schicht sei i, und der innerhalb derselben zurückgelegte Weg, der als geradlinig aufzufassen ist, sei ds. Nennt man noch μ den Brechungsexponenten aus dem luftleeren Raume in die betrachtete Schicht, so gilt die bekannte der Refractionstheorie zu Grunde liegende Gleichung:

$$(14) \qquad r\mu \sin i = \text{Const.}$$

Für einen Punkt der Erdoberfläche geht i in die scheinbare Zenithdistanz z über, r in den Erdhalbmesser a, und der Brechungsexponent erhält den Werth μ_0; man hat also auch:

$$(15) \qquad a\mu_0 \sin z = \text{Const.}$$

Nennt man die Helligkeit des Lichtstrahles, wenn er in M angelangt ist J_i, so hat man nach Gleichung (1):

$$\frac{dJ_i}{J_i} = -\nu ds \, ,$$

wo ν der Absorptionscoefficient der unendlich schmalen Luftschicht $PPP'P'$ ist. Man kann sich nun vorstellen, dass die Absorption durch die sämmtlichen Massentheilchen hervorgebracht wird, auf welche der Lichtstrahl beim Durchlaufen der Strecke ds trifft, und es ist daher klar, dass die Absorption um so grösser sein wird, je grösser die Anzahl der im Wege stehenden Partikelchen ist, d. h. je dichter das Medium ist. Man wird daher den Absorptionscoefficienten der Dichtigkeit ϱ proportional annehmen dürfen und erhält dann durch die Substitution $\nu = k\varrho$ die Gleichung:

$$(16) \qquad \frac{dJ_i}{J_i} = -k\varrho \, ds \, .$$

Die Weglänge ds lässt sich nach der Figur ausdrücken durch:

$$ds = \frac{dr}{\cos i} \, ;$$

mithin wird:

(17)
$$\frac{dJ_t}{J_s} = - k\varrho \frac{dr}{\cos i} \cdot$$

Wir wollen nun, um den Zusammenhang zwischen Extinction und Refraction näher darzulegen, die Refractionscurve betrachten und zunächst in ds eine Tangente an dieselbe legen, welche mit der Normalen OZ den Winkel ζ' bilden möge. Dann ist $\zeta' = v + i$, mithin $d\zeta' = dv + di$. Man nennt $d\zeta'$ das Element der Refraction. Aus Gleichung (14) ergiebt sich durch logarithmische Differentiation:

$$\frac{dr}{r} + \frac{d\mu}{\mu} + \cot i\, di = 0 ,$$

$$\frac{d\mu}{\mu} + \cot i \left\{ di + \frac{dr}{r} \tan i \right\} = 0 .$$

Nun ist aber $\tan i = \dfrac{r\, dv}{dr}$; folglich:

$$\frac{d\mu}{\mu} + \cot i\, (di + dv) = 0 ,$$

oder mit Berücksichtigung der obigen Gleichung für $d\zeta'$:

$$d\zeta' = - \frac{d\mu}{\mu} \tan i .$$

Zwischen dem Brechungsexponenten μ eines Mediums und seiner Dichtigkeit ϱ besteht irgend eine Beziehung, und zwar nimmt die Emanationstheorie des Lichtes an, dass der Werth von $\mu^2 - 1$ (die sogenannte brechende Kraft) der Dichtigkeit proportional ist. **Laplace** hat diese Auffassung acceptirt, und es ist daher zu setzen:

$$\mu^2 - 1 = c\varrho .$$

Daraus ergiebt sich:

$$\frac{d\mu}{\mu} = \frac{c\, d\varrho}{2\mu^2} ,$$

und wenn man diesen Werth in die Gleichung für $d\zeta'$ einsetzt:

$$d\zeta' = - \frac{c \sin i}{2\mu^2 \cos i} d\varrho .$$

Aus den Gleichungen (14) und (15) folgt noch:

$$\sin i = \frac{a}{r} \frac{\mu_0}{\mu} \sin z ,$$

und daher kommt:

(18)
$$d\zeta' = - \frac{c\, a\, \mu_0 \sin z}{2\, r\, \mu^3 \cos i} d\varrho .$$

Um $d\varrho$ in dieser Gleichung durch andere Grössen auszudrücken, muss man das Gesetz kennen, nach welchem die Luftdichtigkeit mit der Höhe über der Erdoberfläche abnimmt. Man hat dabei Folgendes zu beachten. Es seien p und ϱ Luftdruck und Dichtigkeit an einem Punkte der Atmosphäre, der vom Erdmittelpunkte die Entfernung r besitzt, g sei die entsprechende Schwere; dann ist die Änderung des Luftdruckes dp für eine Änderung des Abstandes dr bekanntlich gegeben durch die Gleichung:

$$dp = -\, g\varrho \, dr,$$

und da nach dem Gravitationsgesetze $g = g_0 \left(\dfrac{a}{r}\right)^2$ ist, wo g_0 die Schwere an der Erdoberfläche bezeichnet, so wird:

$$dp = -\, g_0 \left(\frac{a}{r}\right)^2 \varrho \, dr.$$

Nennt man noch l_0 die Höhe einer Luftsäule von der Dichtigkeit ϱ_0, welche dem an der Erdoberfläche stattfindenden Drucke p_0 das Gleichgewicht hält, so ist:

$$p_0 = \varrho_0 g_0 l_0 \,.$$

Die Grösse l_0 stellt also wie früher die Höhe dar, welche die Atmosphäre haben würde, wenn sie durchweg die Dichtigkeit der untersten Schichten besässe. Es folgt nun:

$$(19) \qquad \frac{dp}{p_0} = -\left(\frac{a}{r}\right)^2 \frac{\varrho}{\varrho_0 l_0}\, dr\,.$$

Nach dem Mariotte'schen Gesetz, welches Laplace ebenso wie Bouguer für die ganze Atmosphäre als gültig annimmt, ohne die Temperatur abnahme mit der Höhe zu berücksichtigen, ist aber:

$$\frac{p}{p_0} = \frac{\varrho}{\varrho_0},$$

und folglich auch:

$$\frac{dp}{p_0} = \frac{d\varrho}{\varrho_0}\,.$$

Durch Substitution in (19) wird daher:

$$d\varrho = -\left(\frac{a}{r}\right)^2 \frac{\varrho}{l_0}\, dr\,,$$

und wenn man diesen Werth in (18) einsetzt, so ergiebt sich:

$$(20) \qquad d\zeta' = \frac{c\,\mu_0}{2\,l_0\,\mu^3} \left(\frac{a}{r}\right)^3 \sin z\, \frac{\varrho\, dr}{\cos i}\,.$$

Die beiden Gleichungen (17) und (20) geben nun eine Beziehung zwischen Extinction und Refraction. Man erhält durch Elimination von $\dfrac{\varrho\,dr}{\cos z}$ sofort:

$$\frac{dJ_z}{J_z} = -\frac{2kl_0}{c\mu_0}\,\frac{\mu^3}{\left(\dfrac{a}{r}\right)^3}\,\frac{d\zeta'}{\sin z}.$$

Die Grösse $\dfrac{\mu^3}{\left(\dfrac{a}{r}\right)^3}$ wird ohne erheblichen Fehler gleich 1 gesetzt werden dürfen; denn bei der verhältnissmässig geringen Ausbreitung der Erdatmosphäre unterscheidet sich r nur wenig von a, und der Brechungsexponent μ weicht ebenfalls nur wenig von der Einheit ab (an der Grenze der Atmosphäre ist $\mu = 1$, an der Erdoberfläche ist $\mu_0 = 1.000294$). Daher wird:

$$\frac{dJ_z}{J_z} = -\frac{2kl_0}{c\mu_0}\,\frac{d\zeta'}{\sin z},$$

oder wenn man $\dfrac{2kl_0}{c\mu_0}$ durch eine neue Constante K ersetzt:

(21)
$$\frac{dJ_z}{J_z} = -\frac{K}{\sin z}\,d\zeta'.$$

Dies ist die sogenannte Laplace'sche Extinctionsformel. Integrirt man dieselbe über die sämmtlichen Schichten der Atmosphäre, nennt die Helligkeit des Lichtstrahles ausserhalb der Atmosphäre J und bezeichnet mit ›Refraction‹ den Gesammtbetrag der Refraction bei der Zenithdistanz z, so erhält man:

$$\log\frac{J_z}{J} = -\frac{K}{\sin z} \times \text{Refraction}.$$

Nun wird allgemein der Werth der Refraction gegeben durch den Ausdruck $\alpha_z\,\tan z$, wo der Zahlenwerth von α_z aus den bekannten Refractionstafeln zu entnehmen ist. Man hat daher auch:

(22)
$$\log\frac{J_z}{J} = -K\alpha_z\,\sec z.$$

Für $z = 0$ geht diese Gleichung über in:

(23)
$$\log\frac{J_0}{J} = -K\alpha_0.$$

Aus (22) und (23) erhält man endlich, wenn man den Transmissionscoefficienten der gesammten Atmosphäre $\frac{J_0}{J}$ wie früher mit p bezeichnet, die Laplace'sche Zenithreduction $\varphi(z)$ in der Form:

$$(24) \qquad \varphi(z) = \log \frac{J_0}{J_z} = -\log p \left\{ \frac{\alpha_z}{\alpha_0} \sec z - 1 \right\}.$$

Aus der Refractionstheorie ergiebt sich noch, dass die Grösse α_z durch eine Reihe ausgedrückt werden kann, die nach Potenzen von $\operatorname{tang}^2 z$ fortschreitet. Man hat nämlich:

$$\alpha_z = \alpha_0 \left\{ 1 + a \operatorname{tang}^2 z + b \operatorname{tang}^4 z + c \operatorname{tang}^6 z + \cdots \right\},$$

wo die Coefficienten a, b, c ... Constanten sind, deren numerische Werthe je nach den Hypothesen, die man über die Abnahme der Temperatur in der Atmosphäre machen will, verschieden sind. Setzt man den Werth für α_z in die obige Gleichung (22) ein, so geht dieselbe über in:

$$\log \frac{J_z}{J} = -K\alpha_0 \sec z - K\alpha_0 a \sec z \operatorname{tang}^2 z - K\alpha_0 b \sec z \operatorname{tang}^4 z - \cdots,$$

welche der Form nach ganz mit der Lambert'schen Extinctionsformel (5) übereinstimmt.

Stellt man den Laplace'schen Ausdruck der Extinction (24) dem Bouguer-schen (12) gegenüber, so sieht man, dass die beiden vollkommen identisch werden, wenn man das Verhältniss der Weglängen $\frac{l}{l_0}$ durch $\frac{\alpha_z}{\alpha_0} \sec z$ ersetzt. Die Laplace'sche Grösse $\alpha_z \sec z$ entspricht also der jedesmaligen Weglänge in der homogen gedachten Atmosphäre, wenn die Weglänge im Zenith als Einheit gewählt ist. Da aber die Laplace'sche Theorie auf die Krümmung des Weges Rücksicht nimmt, so ist einleuchtend, dass die so ausgedrückten Weglängen den Vorzug vor den Bouguer'schen verdienen, und dass hierin der Fortschritt der Laplace'schen Extinctionstheorie zu erblicken ist. Bis zu Zenithdistanzen von etwa 85° weichen übrigens die Bouguer'schen Werthe nur so unbedeutend von den Laplace-schen ab, dass es für die Praxis vollkommen gleichgültig ist, welche man benutzt. In jedem Falle setzt die Berechnung der Zenithreduction $\varphi(z)$ die Kenntniss des Transmissionscoefficienten p voraus, der durch Beobachtungen desselben Gestirnes in verschiedenen Zenithdistanzen ermittelt werden kann.

Die gebräuchlichen Refractionstafeln geben die Werthe von α_z für einen gewissen mittleren Zustand der Atmosphäre, also für einen bestimmten Barometerstand und eine bestimmte Temperatur. So gelten die Bessel'schen Tafeln für einen Luftdruck von 751.5 Millimeter und für 9°.3 Celsius. Um die Werthe α_z für einen beliebigen anderen Zustand der Atmosphäre zu erhalten, hat man nach Bessel die mittleren Werthe mit dem Ausdrucke $(B \times T)^A \gamma^\lambda$ zu multipliciren, wo A und λ Grössen sind, die von der scheinbaren Zenithdistanz abhängen, während B dem Barometerstande proportional ist, γ von der Temperatur der Luft (der äusseren Temperatur) und T von der Temperatur am Barometer (der inneren Temperatur) abhängt. Alle diese Grössen sind von Bessel in Tafeln gebracht, und es ist daher leicht, die Werthe α_s und daher auch die Zenithreduction $\varphi(z)$ für jeden Beobachtungsort zu berechnen, wenn man ausserdem den Transmissionscoefficienten für denselben kennt. Da aber $\log p = - K\alpha_0$ ist und $K = \frac{2 k l_0}{c \mu_0}$, endlich noch l_0 dem Luftdrucke p_0 proportional ist, so folgt, ebenso wie bei der Bouguer'schen Extinctionstheorie, dass der Logarithmus des Transmissionscoefficienten dem jedesmaligen Barometerstande proportional ist und daher für jeden Ort im Voraus berechnet werden kann, wenn er für irgend einen Ort, z. B. für das Meeresniveau, aus Beobachtungen bestimmt worden ist.

4. Die Maurer'sche Extinctionstheorie.

In neuerer Zeit ist von J. Maurer in Zürich eine Bearbeitung des Extinctionsproblems versucht worden, welche ebenfalls die Refractionstheorie zu Hülfe nimmt, sich aber von der Laplace'schen Behandlung im Wesentlichen darin unterscheidet, dass sie für die Beziehung zwischen dem Brechungsexponenten μ einer Luftschicht und der zugehörigen Dichte ϱ den Ausdruck acceptirt:

$$\mu - 1 = c \varrho ,$$

während Laplace nach den Anschauungen der Emanationstheorie des Lichtes die Dichtigkeit proportional der sogenannten brechenden Kraft $\mu^2 - 1$ setzt. Obgleich die Frage noch keineswegs endgültig entschieden ist, so sprechen doch die meisten Untersuchungen, besonders die von Dale und Gladstone, Landolt, Mascart angestellten, mehr zu Gunsten der ersteren Beziehung, und der von Maurer eingeschlagene Weg hat daher seine volle Berechtigung.

Die Laplace'sche Grundgleichung (16) der Extinction gestaltet sich mit der Maurer'schen Annahme um in:

$$(25) \qquad \frac{dJ_s}{J_s} = C(\mu - 1)\, ds ,$$

wenn noch $-\frac{k}{c}$ durch eine neue Constante C ersetzt ist. In Figur 27 ist M ein Punkt auf dem Wege des Lichtstrahles durch die Atmosphäre an der Grenze zweier unendlich dünnen Schichten derselben; der in der unteren Schicht durchlaufene Weg sei ds. Verlängert man die Tangenten an die Weg-curve und fällt von C aus die Senkrechten CD und CE auf dieselben, so ist, wenn CD mit t bezeichnet wird, $CE = t + dt$. Der Winkel zwischen den Tangenten ist gleich dem Element der Refraction, welches mit d (Refr.) bezeichnet werden soll. Man hat nun in dem unendlich schmalen Dreieck MEF mit genügender Genauigkeit:

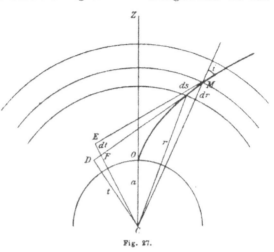

Fig. 27.

$$d(\text{Refr.}) = \frac{dt}{\sqrt{r^2 - t^2}} \cdot$$

Ferner ist:

$$ds = \frac{dr}{\cos i} = \frac{r\,dr}{\sqrt{r^2 - t^2}},$$

oder auch:

$$ds = \frac{t\,dt}{\sqrt{r^2 - t^2}} + \frac{r\,dr - t\,dt}{\sqrt{r^2 - t^2}},$$

mithin auch:

$$ds = t\,d(\text{Refr.}) + \frac{r\,dr - t\,dt}{\sqrt{r^2 - t^2}}.$$

Setzt man diesen Werth in die obige Gleichung (25) ein und erlaubt sich die Vereinfachung, in dem Factor $\mu - 1$ statt des von Schicht zu Schicht veränderlichen Werthes von μ überall einen Mittelwerth μ' einzuführen, so erhält man durch Integration über die ganze Atmosphäre:

$$(26)\quad \log \frac{J_z}{J} = - C(\mu' - 1)\left[\int t\,d(\text{Refr.}) + \int \frac{r\,dr - t\,dt}{\sqrt{r^2 - t^2}}\right]_{\text{Erdoberfläche}}^{\text{Grenze der Atmosphäre}},$$

wo J wieder die Helligkeit ausserhalb der Atmosphäre bedeutet, und wo die Integrale zwischen denjenigen Grenzen in Bezug auf r, t und die Refraction zu nehmen sind, die der Erdoberfläche und der Höhe der gesammten Atmosphäre entsprechen. Da $t = r \sin i$ oder mit Berücksichtigung der Gleichungen (14) und (15) $t = \dfrac{a\,\mu_0\,\sin z}{\mu}$ ist, so sind die Grenzen in Bezug auf t an der Erdoberfläche $a \sin z$ und an der Grenze der Atmosphäre $a\mu_0 \sin z$. In Bezug auf r sind die Grenzen, wenn die Höhe der Erdatmosphäre mit H bezeichnet wird, resp. a und $a + H$. Der Werth des zweiten Integrales wird dann

$$= \sqrt{(a + H)^2 - a^2\mu_0^2 \sin^2 z} - a \cos z\,.$$

Das erste Integral hat nach Substitution des Werthes von t die Form $a \sin z \displaystyle\int \dfrac{\mu_0}{\mu}\,d$ (Refr.). Da μ an der Grenze der Atmosphäre $= 1$, an der Erdoberfläche $= 1.000294$ ist, so wird man keinen sehr grossen Fehler begehen, wenn man den veränderlichen Quotienten $\dfrac{\mu_0}{\mu}$ innerhalb des Integralzeichens durch den constanten Werth $\dfrac{\mu_0 + 1}{2}$ ersetzt; damit wird aber der Werth des ersten Integrales sofort

$$= a\,\frac{\mu_0 + 1}{2}\,\sin z \times \text{Refr.},$$

wenn man unter »Refr.« die für die gesammte Atmosphäre bei der scheinbaren Zenithdistanz z gültige Refraction versteht. Man hat nun:

$$(27)\quad \log \frac{J_z}{J} = -C(\mu' - 1)\left[a\sin z\,\frac{\mu_0 + 1}{2} \times \text{Refr.} + \sqrt{(a+H)^2 - a^2\mu_0^2\sin^2 z} - a\cos z \right].$$

Für $z = 0$ geht dieselbe über in:

$$(28)\qquad\qquad \log \frac{J_0}{J} = -C(\mu' - 1)H,$$

und es folgt daher durch Subtraction, wenn man wieder den Transmissionscoefficienten $p = \dfrac{J_0}{J}$ einführt:

$$(29)\qquad\qquad \varphi(z) = \log \frac{J_0}{J_z}$$

$$= -\log p\left[\frac{a}{H}\left\{ \frac{\mu_0 + 1}{2}\sin z \times \text{Refr.} + \sqrt{\left(1 + \frac{H}{a}\right)^2 - \mu_0^2 \sin^2 z} - \cos z \right\} - 1 \right].$$

Dies ist die Maurer'sche Endformel der Extinction. Sie hat vor der Laplaceschen den Vorzug, dass sie bis zum Horizont anwendbar bleibt, während jene für $z = 90°$ unendlich grosse Werthe für $\varphi(z)$ ergiebt. Der schwache Punkt der Maurer'schen Theorie liegt darin, dass sie durch Einführung eines mittleren Werthes für μ jeder Hypothese über die Änderung des Brechungsexponenten von Luftschicht zu Luftschicht aus dem Wege geht. Die Maurer'sche Formel wird daher in diesem Sinne auch nur als eine Interpolationsformel zu betrachten sein. Die Anwendung derselben verlangt übrigens noch eine bestimmte Annahme über das Verhältniss der Atmosphärenhöhe zum Erdradius. Maurer schlägt dafür die Zahl $\frac{1}{100}$ vor und vertritt die Ansicht, dass wenn auch wirklich die Atmosphäre sich weiter als etwa 64 Kilometer ausbreiten sollte, die jenseits dieser Grenze befindlichen Luftschichten bereits so unendlich dünn sein müssten, dass ihr Einfluss auf die Refraction und Extinction unter allen Umständen zu vernachlässigen wäre.

5. Vergleichung der Theorien mit den Beobachtungsergebnissen. Die Durchlässigkeitscoefficienten der Erdatmosphäre.

Die Bestimmung der für die praktische Astrophotometrie überaus wichtigen Zenithreductionen ist auch auf rein empirischem Wege versucht worden und zwar zuerst von Seidel in München. Derselbe benutzte dazu die Helligkeitsvergleichungen, welche er in den Jahren 1844—1848 zwischen den Fixsternen erster Grösse mit Hülfe des Steinheil'schen Prismenphotometers angestellt hatte. Indem er das am häufigsten beobachtete Sternpaar (Wega und Capella) auswählte, ermittelte er zunächst aus denjenigen Vergleichungen, wo die Zenithdistanzen beider Sterne nahe gleich waren, einen vorläufigen Werth für das wahre Helligkeitsverhältniss derselben und erhielt dann mit Zugrundelegung dieses Werthes aus den übrigen Beobachtungen eine Reihe von Bestimmungen für verschiedene Differenzen $\varphi(z_1) - \varphi(z_4)$, aus denen sich durch ein Näherungsverfahren eine vorläufige Extinctionstabelle ableiten liess. Mit Anwendung dieser vorläufigen Tabelle auf die anderen beobachteten Sternpaare ergab sich dann durch wiederholte Ausgleichungen und Interpolationen die definitive Extinctionstabelle[1], welche die sämmtlichen Messungen relativ am besten darstellte. Seidel hat diese Tafel später noch an einem grösseren Beobachtungsmaterial, welches sich auf 208 Fixsterne von der ersten bis zur fünften Grössenclasse erstreckte, geprüft, wobei sich aber keine Veranlassung zu irgend welchen Änderungen herausgestellt hat[2].

---

1) Abhandl. d. K. Bayer. Akad. d. Wiss. II. Classe, Bd. 6, p. 581.
2) Abhandl. d. K. Bayer. Akad. d. Wiss. II. Classe, Bd. 9, p. 503.

Wesentlich abweichend von dem Seidel'schen Verfahren ist dasjenige, welches von mir bei der empirischen Ableitung der Extinctionstabelle für Potsdam in den Jahren 1879—1881 angewandt worden ist. Mit Hülfe des Zöllner'schen Photometers wurden fünf hellere Sterne (α Cygni, η Ursae majoris, δ Persei, α Aurigae und α Tauri) bei möglichst vielen Zenithdistanzen mit dem Polarstern verglichen, für welchen wegen der geringen Änderungen seiner Höhe über dem Horizonte $\varphi(z)$ nahezu constant angenommen werden kann. Aus dem sehr umfangreichen Beobachtungsmaterial wurde nun zunächst für jeden einzelnen Stern durch ein graphisches Verfahren eine Extinctionscurve bestimmt, und aus der Vereinigung dieser fünf Einzelcurven wurde dann nach Ausgleichung der Differenzen die mittlere Extinctionstabelle für Potsdam bis zur Zenithdistanz 80° hergeleitet. Bei grösseren Zenithdistanzen als 80° war das Verfahren etwas anders. Es wurden helle Gestirne, meistens Planeten, beim Auf- oder Untergange beobachtet. Aus der Vergleichung je zweier Messungen desselben Objectes ergaben sich dann Werthe von $\varphi(z_1) - \varphi(z_2)$ für alle möglichen Werthe der Zenithdistanzen z_1 und z_2 zwischen 80° und 88°, aus denen sich nach der Methode der kleinsten Quadrate der wahrscheinlichste Verlauf der Extinctionscurve zwischen 80° und 88° Zenithdistanz ermitteln liess. Beide Curventheile wurden endlich an einander gefügt, und so entstand die Extinctionstabelle für Potsdam [1]). Es ist noch zu erwähnen, dass die Messungen für den zweiten Theil ohne Ausnahme an aussergewöhnlich klaren Tagen angestellt worden sind, während die Vergleichungen der fünf Sterne mit dem Polarstern auch an mittelmässig guten Tagen ausgeführt wurden. Infolge dessen entsprechen die beiden Theile der Tabelle streng genommen nicht ein und demselben mittleren Luftzustande. Für die praktische Verwendung der Tabelle wird diese kleine Ungleichmässigkeit eher zum Vortheil als zum Schaden sein, weil man es im Allgemeinen streng vermeiden wird, photometrische Beobachtungen in der Nähe des Horizontes bei anderem als dem allerbesten Luftzustande auszuführen, während man sich nicht scheuen wird, in Höhen über 10° auch bei weniger ausgezeichneter Luft zu beobachten. Dagegen darf bei allen theoretischen Untersuchungen, die sich auf die Potsdamer Tabelle stützen, diese Ungleichmässigkeit, wie es bereits mehrfach geschehen ist, durchaus nicht ausser Acht gelassen werden.

Bei der Ableitung der einzelnen Extinctionscurven für die fünf Sterne ergaben sich Unterschiede zwischen denselben, die im Zusammenhange

[1] Publ. d. Astrophys. Obs. zu Potsdam. Bd. 3, p. 285.

mit der Farbe dieser Sterne zu stehen schienen. Die gesammte Lichtabnahme vom Zenith bis zu 80° Zenithdistanz war am grössten bei den
gelben und röthlichen Sternen, am kleinsten bei den weissen, während
man von vornherein wegen der stärkeren Absorption der blauen Strahlen
in der Atmosphäre eher das Gegentheil hätte erwarten sollen. Vielleicht
ist diese Erscheinung, deren Realität noch weiterer Bestätigung bedarf,
durch physiologische Einflüsse zu erklären.

Die Vergleichung der mittleren Potsdamer Extinctionstabelle mit der
Münchener zeigt im Grossen und Ganzen eine sehr befriedigende Übereinstimmung. Von 0 bis 50° Zenithdistanz sind die Seidel'schen Werthe
zwar durchgängig etwas kleiner, von 55° bis 79° etwas grösser als die
Potsdamer, so dass man auf systematische Unterschiede schliessen könnte;
indessen ist der numerische Betrag der Differenzen so geringfügig, dass
er für die praktische Anwendung gar nicht in Betracht kommt, und dass
bis zu Zenithdistanzen von etwa 80° beide Tabellen als durchaus gleichwerthig anzusehen sind. Für grössere Zenithdistanzen als 80° verdient
die Potsdamer Tafel zweifellos den Vorzug, weil sie auf einer grösseren
Anzahl von Beobachtungen in der Nähe des Horizontes beruht.

Bei Benutzung der empirischen Extinctionstabellen (der Münchener
oder Potsdamer), deren Brauchbarkeit auch an anderen Beobachtungsorten in der Nähe des Meeresniveaus zur Genüge nachgewiesen ist, wird
selbstverständlich ein, so weit das Auge zu beurtheilen vermag, klarer
und dunstfreier Himmel vorausgesetzt. Jede Staub- oder Dunstschicht
muss eine beträchtlich stärkere Lichtabnahme bedingen, und der Standpunkt des Beobachters (ob auf freiem Felde oder auf einem erhöhten
Punkte oder inmitten einer grossen Stadt, wo Rauch- und Staubtheilchen
fast nie fehlen) ist von der grössten Wichtigkeit. Zweifellos werden auch
bei scheinbar ganz reinem Himmel Schwankungen in der Absorptionswirkung der Atmosphäre vorkommen, die durch Änderungen des Luftdruckes, der Temperatur und namentlich des Feuchtigkeitsgehaltes hervorgerufen werden; man sollte infolge dessen zu verschiedenen Jahreszeiten
an ein und demselben Orte Unterschiede in den Extinctionswerthen erwarten. Indessen sind diese Schwankungen verhältnissmässig so gering,
dass sie nicht erheblich die unvermeidliche Unsicherheit der photometrischen Messungen übersteigen dürften. Das Richtigste wäre es, für jede
Beobachtungsreihe durch besondere Messungen den Verlauf der Extinctionscurve zu bestimmen. Da aber ein derartiges Verfahren einen verhältnissmässig grossen Zeitaufwand erfordert, so wird man nur ausnahmsweise davon Gebrauch machen können. In den meisten Fällen wird man
sich doch mit der mittleren Extinctionstabelle begnügen müssen, wobei
nach Möglichkeit die Vorschrift innezuhalten ist, die Beobachtungen so

zu arrangiren, dass grosse Unterschiede in den Zenithdistanzen überhaupt nicht vorkommen. Auch Vergleichungen von Gestirnen in sehr verschiedenen Azimuthen sind, wenn irgend angängig, zu vermeiden, weil erfahrungsmässig locale Verhältnisse, z. B. die Anwesenheit von grossen Wassermengen oder ausgedehnten Wäldern, den regelmässigen Verlauf der Extinction stören können. Im Allgemeinen wird man behaupten dürfen, dass bei Anwendung der mittleren Extinctionstabelle innerhalb des Intervalles von 0 bis 60° Zenithdistanz selten ein Fehler hervorgebracht werden kann, der gegenüber der Ungenauigkeit der photometrischen Messungen selbst irgendwie ins Gewicht fiele.

Zur Vervollständigung sei noch erwähnt, dass ausser an den beiden in der Ebene gelegenen Orten München und Potsdam, auch noch auf einem 2500 Meter hohen Berggipfel (dem Säntis in der Schweiz) die Extinctioncurve durch ein umfangreiches Beobachtungsmaterial von mir empirisch bestimmt worden ist [1]. Es wurde dabei das gleiche Beobachtungsverfahren wie in Potsdam eingeschlagen, nur mit dem Unterschiede, dass mehr Sterne (13 statt 5) benutzt und alle so weit wie möglich bis zum Horizonte verfolgt wurden. Das Säntismaterial ist daher weit homogener als das Potsdamer, und da ausserdem auf dem hohen Berge gleichmässigere Durchsichtigkeitsverhältnisse vorausgesetzt werden dürfen als in der Ebene, so eignet sich dieses Material am besten zu theoretischen Untersuchungen über die Extinction.

Im Anhange sind die mittleren Extinctionstabellen für Potsdam und für den Säntis ausführlich mitgetheilt, und zwar sind die Zenithreductionen $\varphi(z)$ sowohl in Helligkeitslogarithmen als in Grössenclassen angegeben.

Es fragt sich nun, wie sich die empirisch bestimmten Extinctionstabellen zu den Ergebnissen der theoretischen Forschung verhalten. Wir haben gesehen, dass die Endgleichungen der verschiedenen Theorien sämmtlich auf die Form gebracht werden können:

$$\log \frac{J_0}{J_z} = - \log p\, [F(z) - 1].$$

Darin bedeutet p durchweg den Transmissionscoefficienten der ganzen Atmosphäre, und $F(z)$ ist eine Function der Zenithdistanz, die je nach den Annahmen über die Constitution der Atmosphäre nach den einzelnen Theorien verschiedene Zahlenwerthe haben kann.

Sieht man von der Lambert'schen Interpolationsformel ab, so giebt die folgende kleine Tabelle eine Übersicht der verschiedenen Werthe

---

1) Publ. d. Astrophys. Obs. zu Potsdam. Bd. 8, p. 1.

von $F(z)$ oder, was dasselbe ist, der Weglängen in der homogen gedachten Atmosphäre, sowie gleichzeitig der daraus berechneten Werthe der Zenithreductionen $\varphi(z)$, wobei für den Transmissionscoefficienten p der Werth 0.835 zu Grunde gelegt ist. Argument dieser Tabelle, welche für Orte in der Nähe des Meeresniveaus gilt, ist die scheinbare Zenithdistanz. In der letzten Columne stehen zur Vergleichung die der Potsdamer mittleren Extinctionstabelle entnommenen Werthe von $\varphi(z)$.

Scheinbare Zenith-distanz	Bouguer		Laplace		Maurer		Potsdamer empirische Tabelle
	$F(z)$	$\varphi(z)$	$F(z)$	$\varphi(z)$	$F(z)$	$\varphi(z)$	$\varphi(z)$
0°	1.000	0.000	1.000	0.000	1.000	0.000	0.000
10	1.015	0.001	1.015	0.001	1.014	0.001	0.000
20	1.064	0.005	1.064	0.005	1.064	0.005	0.004
30	1.155	0.012	1.154	0.012	1.154	0.012	0.011
40	1.305	0.024	1.304	0.024	1.300	0.023	0.024
45	1.414	0.032	1.413	0.032	1.406	0.032	0.035
50	1.556	0.044	1.553	0.043	1.546	0.043	0.048
55	1.742	0.058	1.739	0.058	1.728	0.057	0.067
60	1.990	0.078	1.993	0.078	1.972	0.076	0.092
65	2.350	0.106	2.354	0.106	2.315	0.103	0.128
70	2.900	0.149	2.899	0.149	2.824	0.143	0.180
72	3.200	0.172	3.201	0.172	3.108	0.165	0.208
74	3.580	0.202	3.579	0.202	3.442	0.191	0.241
76	4.060	0.240	4.060	0.240	3.864	0.224	0.282
78	4.690	0.289	4.694	0.289	4.397	0.266	0.332
80	5.560	0.357	5.563	0.357	5.084	0.320	0.394
81	6.130	0.402	6.129	0.402	5.506	0.353	0.432
82	6.820	0.456	6.818	0.456	6.001	0.392	0.477
83	7.670	0.522	7.676	0.523	6.573	0.436	0.533
84	8.770	0.608	8.768	0.608	7.252	0.490	0.607
85	10.200	0.721	10.196	0.720	8.048	0.552	0.707
86	12.140	0.872	12.125	0.871	8.987	0.625	0.846
87	14.877	1.087	14.835	1.083	10.114	0.714	1.045
88	19.030	1.412	18.835	1.397	11.438	0.817	(1.333)

Aus dieser Zusammenstellung geht zunächst hervor, dass die Bouguerschen und Laplace'schen Werthe bis zu Zenithdistanzen von etwa 85° vollkommen miteinander übereinstimmen und erst von da an grössere Abweichungen ergeben, wie auch von vornherein zu erwarten ist, weil Bouguer für $z = 90°$ einen endlichen Werth von $\varphi(z)$ berechnet, während die Laplace'sche Theorie dafür einen unendlich grossen Werth ergiebt. Die Maurer'sche Theorie liefert durchweg kleinere Werthe als die beiden

anderen. Die Vergleichung der theoretischen Werthe von $\varphi(z)$ mit der
Potsdamer empirischen Extinctionstabelle zeigt für Bouguer und Laplace
im Allgemeinen eine sehr befriedigende Übereinstimmung, da die Differenzen zwischen Rechnung und Beobachtung bis zu 87° Zenithdistanz
niemals den Betrag von 0.04 im Helligkeitslogarithmus oder von 0.1
Grössenclassen merklich übersteigen. Zwar spricht sich in diesen Differenzen ein systematischer Charakter aus, indem die beobachteten Werthe
bis zur Zenithdistanz 84° durchweg grösser, darüber hinaus durchweg
kleiner sind als die nach den Theorien berechneten; aber dieser systematische Charakter ist wohl lediglich auf die oben erwähnte Ungleichmässigkeit der Potsdamer Extinctionstabelle zurückzuführen; er verschwindet
gänzlich, wie vor Kurzem von Kempf[1]) nachgewiesen ist, wenn man
die Laplace'sche Theorie auf die beiden Theile der Potsdamer Tabelle
getrennt anwendet. Was die Maurer'sche Theorie betrifft, so genügt
dieselbe nach der obigen Tabelle den Beobachtungen in keiner Weise.
Wollte man nach dieser Theorie eine leidliche Übereinstimmung zwischen
den berechneten und beobachteten Extinctionswerthen $\varphi(z)$ erzielen, so
müsste man für den Transmissionscoefficienten p statt der benutzten Zahl
0.835 einen viel kleineren Werth (etwa 0.768) zu Grunde legen. Nach
allen bisherigen Untersuchungen ist aber ein so kleiner Werth des Transmissionscoefficienten so gut wie ausgeschlossen.

Die Laplace'sche Theorie verdient jedenfalls vor allen anderen den
Vorzug, und da die Berechnung der Extinctionswerthe mit Benutzung
der bekannten Refractionstafeln ausserordentlich einfach ist, so steht ihrer
allgemeinen Anwendung auf photometrische Messungen Nichts im Wege.
Ihre Brauchbarkeit ist übrigens nicht nur für Beobachtungsorte in den
untersten Schichten der Atmosphäre, sondern, wie meine Untersuchungen
auf dem Säntis gezeigt haben, auch für eine Meereshöhe von 2500 Meter
dargethan. Die Übereinstimmung zwischen Theorie und Beobachtung
ist in den höheren Luftschichten sogar noch besser als in der Ebene,
wahrscheinlich weil dort ein idealerer Zustand der Atmosphäre stattfindet,
namentlich alle verunreinigenden Bestandtheile, wie Staub und Dunst,
gänzlich fehlen.

Ein Überblick über die im Anhange mitgetheilten Extinctionstabellen
für Potsdam und den Säntis zeigt noch unmittelbar den Unterschied
zwischen einer niederen und höheren Beobachtungsstation. Bei einer
Zenithdistanz von 70° ist die Helligkeit eines Sternes am Meeresniveau
um 0.45 Grössenclassen, dagegen auf einem 2500 Meter hohen Berge
nur um 0.26 kleiner als im Zenith; bei 80° Zenithdistanz beträgt die

---

1) Vierteljahrsschrift der Astr. Ges. Jahrg. 31 (1896), p. 12.

Lichtabschwächung gegenüber dem Zenith in der Ebene ungefähr eine
Grössenclasse, auf dem Berge nur 0.64; bei 88° Zenithdistanz endlich
hat ein Stern von seiner Zenithhelligkeit an der unteren Station eine
volle Grössenclasse mehr eingebüsst als auf der oberen. Der Umstand,
dass man auf einem hohen Berge in der Nähe des Horizontes mit
blossem Auge mehr Sterne sieht als in der Ebene, lässt den Anblick des
gestirnten Himmels daselbst etwas fremdartig erscheinen und verleitet
leicht zur Überschätzung des Durchsichtigkeitszuwachses. Im Zenith
selbst ist der Helligkeitsgewinn, wenn man aus den unteren Schichten
der Atmosphäre in die höheren aufsteigt, verhältnissmässig unbedeutend;
nach der Theorie dürfte die Zenithhelligkeit eines Sternes an einem
2500 Meter hohen Beobachtungsorte noch nicht um 0.1 grösser sein als
in der Ebene. Eine directe empirische Bestimmung dieses Betrages wäre
im hohen Grade erwünscht. Bisher ist eine solche erst einmal und zwar
im Jahre 1894 von Kempf und mir durch gleichzeitige Beobachtungen
in Catania und auf dem Gipfel des Ätna versucht worden; doch ist dieser
Versuch, dessen Ergebnisse noch nicht veröffentlicht sind, keineswegs als
entscheidend zu betrachten. Soviel steht fest, dass die mehrfach aufgestellte Frage, ob die Errichtung von festen Observatorien auf hohen
Bergen zu empfehlen sei, verneint werden müsste, falls es sich lediglich
um die Zunahme der Sternhelligkeit handelt, weil der Gewinn von wenigen
Zehntel Grössenclassen, noch dazu erst bei niedrigem Stande der Sterne,
in keinem Verhältnisse zu den beträchtlichen Kosten und der schwierigen
Unterhaltung solcher Stationen stehen würde.

Was nun noch die Frage nach der Helligkeit der Gestirne ausserhalb der Erdatmosphäre betrifft, so lässt sich dieselbe natürlich nur auf
Grund der Theorien aus Beobachtungen in verschiedenen Zenithdistanzen
beantworten, und es existirt bereits eine ziemlich grosse Anzahl von Bestimmungen des Transmissionscoefficienten p für verschiedene Beobachtungsorte. Die wichtigsten derselben sind in der folgenden Tabelle zusammengestellt mit Angabe des Beobachters, der Station, der Höhe derselben
über dem Meere und des zugehörigen mittleren Barometerstandes. Da
die absorbirende Luftmasse an den einzelnen Stationen sehr verschieden
ist, so sind die in Columne 5 mitgetheilten direct ermittelten Coefficienten
noch auf den Barometerstand 760 Millimeter, also auf die ganze Atmosphäre, reducirt worden; die reducirten Werthe finden sich in der vorletzten Columne, und in der letzten Columne ist der Helligkeitsbetrag in
Grössenclassen angegeben, um welchen das senkrecht in die Atmosphäre eindringende Licht eines Sternes am Meeresniveau geschwächt
erscheint.

Beobachter	Beobachtungs-Station	Höhe über dem Meere in Metern	Bar.	Beobacht. Transmiss.-Coefficient.	Transm. für eine Atmosphäre	Ab-sorbirte Lichtmenge in Stern-grössen
			mm			
Bouguer[1])	Croisic (Bretagne)	—	760	0.812	0.812	0.23
Pritchard[2])	Cairo	33	759	0.843	0.843	0.19
Trépied[3])	Paris	59	758	0.810	0.809	0.23
Wolff[4])	Bonn	62	756	0.806	0.805	0.24
Pritchard[2])	Oxford	64	756	0.791	0.790	0.26
Abney[5])	Derby	—	754	0.850	0.849	0.18
Müller[6])	Potsdam	100	752	0.835	0.833	0.20
Stampfer[7])	Wien	202	744	0.824	0.821	0.21
Seidel[8])	München	529	716	0.804	0.793	0.25
Abney[5])	Grindelwald	1057	676	0.838	0.820	0.22
Langley[9])	Casa del Bosco am Ätna	1440	660	0.90	0.886	0.13
Müller[10])	Säntis	2504	569	0.879	0.842	0.19
Abney[5])	Faulhorn	2683	546	0.921	0.892	0.12
Müller und Kempf[11])	Ätnaobservatorium	2942	540	0.880	0.835	0.20
Langley[12])	Mount Whitney	3543	500	0.92	0.881	0.14

Die Zahlenangaben für den Transmissionscoefficienten der ganzen Atmosphäre in der obigen Tabelle sind nicht als gleichwerthig anzusehen. Während einige derselben, so namentlich die Münchener und Potsdamer, aus einem sehr grossen Beobachtungsmaterial hergeleitet sind, beruhen andere nur auf vereinzelten Messungen, und die Langley'schen Werthe gründen sich sogar nur auf wenige nicht sehr zuverlässige Helligkeits-schätzungen. Zur Ableitung eines Mittelwerthes müsste man den einzelnen Angaben verschiedene Gewichte beilegen, wobei eine gewisse Willkür nicht zu vermeiden wäre. Als ein brauchbarer Durchschnittswerth für den Transmissionscoefficienten p dürfte sich die Zahl 0.835 empfehlen;

---

1) Bouguer, Essai d'optique sur la gradation de la lumière. Paris 1729, p. 163.
2) Memoirs of the R. Astr. Soc. Vol. 47, p. 416.
3) Comptes Rendus. Tom. 82, p. 559.
4) Wolff, Phot. Beob. an Fixsternen aus den Jahren 1876—1883. Berlin 1884, p. 34.
5) Phil. Trans. of the R. Soc. of London. 1893, p. 24—42. Die obigen Werthe sind aus den a. a. O. mitgetheilten Beobachtungen von mir berechnet worden.
6) Publ. des Astrophys. Obs. zu Potsdam. Band 8, p. 32.
7) Entnommen aus der unter 4) citirten Abhandl. von Wolff, p. 31 u. 32.
8) Abh. d. K. Bayer. Akad. d. Wiss. II. Classe, Bd. 6, p. 619.
9) American Journal of science. 3 Ser. Vol. 20, p. 38.
10) Publ. des Astrophys. Obs. zu Potsdam. Bd. 8, p. 39.
11) Noch nicht publicirt.
12) Professional papers of the Signal Service. No. 15, p. 155.

daraus würde folgen, dass die Sterne ausserhalb der Erdatmosphäre um
rund 0.2 Grössenclassen heller erscheinen als im Zenith eines Beobachtungsortes im Niveau des Meeres bei besonders günstigem Luftzustande.

6. Die selective Absorption der Atmosphäre.
Die Langley'schen Untersuchungen.

Die Extinction des Lichtes in der Erdatmosphäre ist nicht für alle
Strahlengattungen dieselbe, vielmehr übt die Lufthülle eine selective Absorption aus, welche sich in zweifacher Weise äussert. Zunächst werden
Strahlen von gewisser Wellenlänge fast vollständig von dem in der Atmosphäre enthaltenen Wasserdampf aufgehalten. Es treten daher an bestimmten Stellen des Spectrums Absorptionslinien, ähnlich den bekannten
Fraunhofer'schen Linien, auf, welche je nach der Quantität des vorhandenen Wasserdampfes und der Länge des in der Atmosphäre von den
Lichtstrahlen durchlaufenen Weges in Bezug auf Intensität und Breite
variiren. Diese Wirkung ist eine discontinuirliche und erstreckt sich
über ein verhältnissmässig kleines Gebiet im gelben und rothen Theile
des Spectrums. Eine bemerkenswerthe Schwächung im Gesammtlichte
eines Sternes wird durch diese Absorptionsstreifen nicht hervorgebracht.

Wesentlich anders ist die zweite Art der selectiven Absorption, welche
sich continuirlich über das ganze Spectrum ausdehnt und in der Weise
zu Tage tritt, dass die blauen und violetten Strahlen stärker ausgelöscht
werden als die grünen, und diese wieder stärker als die gelben und rothen.
Wenn man diese Absorption als eine rein mechanische ansieht, hervorgebracht durch die in der Luft befindlichen Partikelchen der verschiedensten
Art, welche eine allgemeine Diffraction verursachen, so erklärt sich der
continuirlich wechselnde Grad der Lichtschwächung im Spectrum durch
die Beziehung, welche zwischen den Dimensionen dieser Partikelchen
und der Wellenlänge existirt. In welchem Betrage sich die Absorptionsfähigkeit der Atmosphäre für die einzelnen Strahlengattungen ändert, geht
aus der folgenden Tabelle hervor, in welcher die zuverlässigsten Werthe
der Transmissionscoefficienten zusammengestellt sind. Die von mir für
Potsdam gefundenen Resultate[1] beruhen auf Vergleichungen des Sonnenspectrums und des Spectrums einer Petroleumflamme mit Hülfe des Spectralphotometers, die Abney'schen[2] Zahlen sind aus Helligkeitsvergleichungen

1) Astr. Nachr. Bd. 103, No. 2464 und Publ. des Astrophys. Obs. zu Potsdam.
Bd. 8, p. 7, Anmerkung.
2) Phil. Trans. of the R. Soc. of London. 1887, p. 251—283. NB. Die Werthe
sind aus Mascart's Traité d'optique, Tome III, p. 372, entnommen.

verschiedener Theile des Sonnenspectrums mit dem Gesammtlichte der Sonne abgeleitet, und die Langley'schen[1]) Angaben gründen sich auf Messungen mit dem Bolometer, sind also eigentlich streng genommen nicht direct mit den anderen Werthen vergleichbar, weil sie sich auf die Wärmewirkung der Sonne, nicht auf die Lichtwirkung beziehen. Die in der Tabelle angeführten Zahlenwerthe für die verschiedenen Wellenlängen sind aus den betreffenden Reihen durch Interpolation gewonnen worden und können um einige Einheiten der letzten Decimale unsicher sein.

Wellenlänge	Müller	Abney	Langley	Wellenlänge	Müller	Abney	Langley
760 $\mu\mu$	—	0.954 $_7$	0.838 $_7$	560 $\mu\mu$	0.819 $_{11}$	0.843 $_{22}$	0.750 $_{12}$
740	—	0.947 $_7$	0.831 $_7$	540	0.808 $_{13}$	0.821 $_{26}$	0.738 $_{14}$
720	—	0.940 $_8$	0.824 $_7$	520	0.795 $_{14}$	0.795 $_{30}$	0.724 $_{16}$
700	—	0.932 $_9$	0.817 $_8$	500	0.781 $_{17}$	0.765 $_{36}$	0.708 $_{19}$
680	0.881 $_{10}$	0.923 $_9$	0.809 $_9$	480	0.764 $_{24}$	0.729 $_{43}$	0.689 $_{24}$
660	0.871 $_{10}$	0.914 $_{10}$	0.800 $_8$	460	0.740 $_{34}$	0.686 $_{49}$	0.665 $_{28}$
640	0.861 $_{11}$	0.904 $_{12}$	0.792 $_9$	440	0.706	0.637 $_{56}$	0.637 $_{33}$
620	0.850 $_{10}$	0.892 $_{11}$	0.783 $_{11}$	420	—	0.581 $_{59}$	0.604 $_{39}$
600	0.840 $_{10}$	0.878 $_{16}$	0.772 $_{11}$	400	—	0.522	0.565
580	0.830 $_{11}$	0.862 $_{19}$	0.761 $_{11}$				

Die Müller'sche und Langley'sche Reihe zeigen trotz der merklichen Unterschiede in den absoluten Werthen der Transmissionscoefficienten eine auffallende Übereinstimmung in dem Gange der Zahlen, während bei der Abney'schen Reihe nach dem brechbareren Ende des Spectrums zu die Differenzen beträchtlich stärker anwachsen als bei den anderen Reihen. Bei Müller und Langley sind die Logarithmen der Transmissionscoefficienten, abgesehen von den etwas unsicher bestimmten Werthen an den beiden Enden des sichtbaren Spectrums, sehr nahe proportional den umgekehrten Quadraten, bei Abney dagegen ungefähr proportional den umgekehrten vierten Potenzen der Wellenlängen.

Weitere Bestimmungen dieser wichtigen Constanten sind im hohen Grade erwünscht. Soviel ist jedenfalls sicher, dass die rothen Strahlen nur etwa 10 Procent des Lichtes beim Durchgange durch die ganze Erdatmosphäre verlieren, die blauen und violetten dagegen 40 Procent, und dass nach dem Ultraviolett zu die absorbirende Wirkung der Atmosphäre ausserordentlich rasch anwächst. Es können in dem Lichte der Sterne sehr wohl auch Strahlengattungen enthalten sein, deren Durchlässigkeits-

---

1) Professional papers of the Signal service. No. 15, p. 151.

coefficienten so klein sind, dass sie bereits in den ersten Schichten der
Atmosphäre gänzlich ausgelöscht werden und überhaupt nicht bis zur Erdoberfläche gelangen. Daraus würde aber folgen, dass das Gesammtlicht
eines Sternes ausserhalb der Atmosphäre viel grösser sein könnte, als
man gewöhnlich annimmt, und dass die auf Seite 138 zusammengestellten
Transmissionscoefficienten nur obere Grenzwerthe für die Lichtdurch-
lässigkeit der Atmosphäre repräsentiren würden. Dieses Bedenken haben
bereits Forbes[1]) und Crova[2]) geäussert, und Ersterer hat die Wirkung
der Atmosphäre mit der eines rothen Glases verglichen, welches bei
geringer Dicke noch alle Strahlengattungen passiren lässt, dagegen bei
zunehmender Dicke nur den rothen Strahlen leichten Durchgang gestattet,
so dass man den Durchlässigkeitscoefficienten für das Gesammtlicht um
so grösser finden würde, aus je dickeren Stücken des Glases man denselben bestimmte. Langley[3]) hat diesen Einwurf noch präciser in mathe-
matischer Form begründet und glaubt zu dem Schlusse berechtigt zu sein,
dass alle bisherigen Bestimmungen der Gesammtenergie (Licht oder Wärme)
ausserhalb der Atmosphäre beträchtlich von der Wahrheit entfernt sind,
und dass der Energieverlust bei senkrechtem Strahlendurchgange anstatt
der gewöhnlich angenommenen 18 Procent wahrscheinlich etwa 40 Procent
betragen wird.

Da der Gegenstand für die Astrophotometrie von nicht unerheblichem
Interesse ist, so soll hier noch etwas näher darauf eingegangen werden.
Es sei L die Gesammtintensität des Lichtes eines Sternes ausserhalb
der Atmosphäre. Dieses Licht bestehe aus n verschiedenen Strahlengattungen, deren Helligkeiten vor dem Eintritte in die Atmosphäre B_1,
B_2, B_3 ... B_n sein mögen. Dann hat man:

$$L = B_1 + B_2 + B_3 + \cdots + B_n.$$

Nimmt man nun an, dass die im Vorangehenden erörterten Extinctionstheorien für homogenes Licht strenge Gültigkeit besitzen, und nennt die
Transmissionscoefficienten der ganzen Atmosphäre für die einzelnen Strahlengattungen $c_1, c_2, c_3 \ldots c_n$, so wird die Helligkeit J_z des Sternes bei
der Zenithdistanz z, wenn man die durchlaufene Luftmasse mit γ bezeichnet, nach der Bouguer'schen Theorie ausgedrückt durch:

$$J_z = B_1 c_1^\gamma + B_2 c_2^\gamma + B_3 c_3^\gamma + \cdots + B_n c_n^\gamma.$$

Nun war früher ganz allgemein gesetzt worden: $J_z = J p^\gamma$, wo p der
Transmissionscoefficient für das Gesammtlicht des Sternes und J die
Helligkeit ausserhalb der Atmosphäre ist, wie sie durch Extrapolation

1) Phil. Trans. of the R. Soc. of London. 1842, p. 225.
2) Annales de chimie et de physique. Série 5, t. 11, p. 433 und t. 19, p. 167.
3) American Journal of science. 3. Ser. Vol. 28, p. 163.

aus den Beobachtungen ermittelt wird. Für zwei verschiedene Zenithdistanzen z_1 und z_2, denen die Luftmassen γ_1 und γ_2 entsprechen mögen, hat man daher:

$$J_{z_1} = J p^{\gamma_1} = B_1 c_1^{\gamma_1} + B_2 c_2^{\gamma_1} + \cdots + B_n c_n^{\gamma_1},$$
$$J_{z_2} = J p^{\gamma_2} = B_1 c_1^{\gamma_2} + B_2 c_2^{\gamma_2} + \cdots + B_n c_n^{\gamma_2}.$$

Erhebt man die erste Gleichung zur Potenz γ_2, die zweite zur Potenz γ_1 und dividirt die beiden Gleichungen durch einander, so erhält man:

$$J^{\gamma_2 - \gamma_1} = \frac{\left(B_1 c_1^{\gamma_1} + B_2 c_2^{\gamma_1} + \cdots + B_n c_n^{\gamma_1} \right)^{\gamma_2}}{\left(B_1 c_1^{\gamma_2} + B_2 c_2^{\gamma_2} + \cdots + B_n c_n^{\gamma_2} \right)^{\gamma_1}}.$$

Für den Quotienten $\dfrac{L}{J}$ ergiebt sich daher der Werth:

$$(30) \quad \frac{L}{J} = \frac{(B_1 + B_2 + \cdots + B_n)(B_1 c_1^{\gamma_1} + B_2 c_2^{\gamma_1} + \cdots + B_n c_n^{\gamma_1})^{\frac{\gamma_2}{\gamma_2 - \gamma_1}}}{(B_1 c_1^{\gamma_2} + B_2 c_2^{\gamma_2} + \cdots + B_n c_n^{\gamma_2})^{\frac{\gamma_1}{\gamma_2 - \gamma_1}}}.$$

Wir wollen annehmen, dass die Zenithdistanz z_2 grösser ist als z_1; dann ist auch $\gamma_2 > \gamma_1$, und wir können setzen $\gamma_2 = m \gamma_1$, wo $m > 1$ ist. Mithin wird $\gamma_2 - \gamma_1 = (m - 1)\gamma_1$ und ferner:

$$\frac{\gamma_1}{\gamma_2 - \gamma_1} = \frac{1}{m - 1},$$

$$\frac{\gamma_2}{\gamma_2 - 1_1} = \frac{m}{m - 1}$$

Führt man endlich noch der bequemeren Schreibweise wegen die Bezeichnungen ein:

$$c_1^{\gamma_1} = b_1, \quad c_2^{\gamma_1} = b_2, \quad \ldots \quad c_n^{\gamma_1} = b_n,$$

so erhält man aus der obigen Gleichung (30) durch Substitution die neue Gleichung:

$$(31) \left(\frac{L}{J} \right)^{m-1} = \frac{(B_1 + B_2 + \cdots + B_n)^{m-1}(B_1 b_1^m + B_2 b_2^m + \cdots + B_n b_n^m)}{(B_1 b_1 + B_2 b_2 + \cdots + B_n b_n)^m}.$$

Die linke Seite der Gleichung werde mit Z_m bezeichnet, und es sei zunächst m eine ganze Zahl. Bildet man dann entsprechend den Werth Z_{m-1}, so ergiebt sich:

$$(32) \quad \frac{Z_m}{Z_{m-1}} = \frac{L}{J} = \frac{(B_1 + B_2 + \cdots + B_n)(B_1 b_1^m + B_2 b_2^m + \cdots + B_n b_n^m)}{(B_1 b_1 + B_2 b_2 + \cdots + B_n b_n)(B_1 b_1^{m-1} + B_2 b_2^{m-1} + \cdots + B_n b_n^{m-1})}.$$

Zähler und Nenner dieses Bruches lassen sich in der Form schreiben:

$$\text{Zähler} = B_1^2 b_1^m + B_2^2 b_2^m + B_1 B_2 \left(b_1^m + b_2^m \right) + \cdots,$$
$$\text{Nenner} = B_1^2 b_1^m + B_2^2 b_2^m + B_1 B_2 \left(b_1 b_2^{m-1} + b_2 b_1^{m-1} \right) + \cdots.$$

Durch Subtraction erhält man daraus:

(33)   Zähler — Nenner $= B_1 B_2 (b_1 - b_2)(b_1^{m-1} - b_2^{m-1}) + \cdots$

Nun ist ohne Weiteres klar, dass, wenn $b_1 > b_2$ ist, dann auch $b_1^{m-1} > b_2^{m-1}$ sein muss, und ebenso, wenn $b_1 - b_2$ eine negative Zahl ist, auch $b_1^{m-1} - b_2^{m-1}$ negativ sein muss. Unter allen Umständen ist das Product der beiden Grössen positiv, und da dasselbe auch für die weiteren Glieder der oberen Reihe gilt, so folgt, dass die Differenz Zähler — Nenner ebenfalls eine positive Grösse ist und mithin $L > J$ wird. Damit ist also, wenigstens für ganze m, erwiesen, dass die wirkliche Gesammtintensität eines Sternes vor dem Eintritte in die Atmosphäre stets grösser ist, als die aus Beobachtungen bei verschiedenen Zenithdistanzen nach der Theorie berechnete Helligkeit J, und dass mithin die auf Seite 138 mitgetheilten Transmissionscoefficienten in der That, wie von Langley behauptet worden ist, nur Maximalwerthe für diese Constante repräsentiren können. Auch für beliebige Werthe von m lässt sich der Beweis führen, dass $L > J$ ist, indem man nachweist, dass $\dfrac{d(Z_m)}{dm}$ beständig wächst. Aus Gleichung (33) geht noch hervor, da die Grösse $b_1^{m-1} - b_2^{m-1}$ und die entsprechenden Factoren der weiteren Glieder dem absoluten Betrage nach um so grösser werden, je grösser m ist, dass die Differenz zwischen Zähler und Nenner und demnach auch der Quotient $\dfrac{L}{J}$ mit wachsendem m zunehmen muss.

Man sollte demnach erwarten, dass die nach der Theorie berechneten Werthe von J verschieden ausfallen, je nachdem man Beobachtungen mit einander combinirt, bei denen der Unterschied der Zenithdistanzen klein oder gross ist. Wenn man z. B. die Helligkeitsmessung eines Sternes im Zenith successive mit Messungen bei den Zenithdistanzen 60°, 65°, 70°, 75°, 80° etc. vereinigte, so müssten sich die daraus bestimmten Werthe von J beständig kleiner ergeben oder, was dasselbe ist, die ermittelten Transmissionscoefficienten der Atmosphäre müssten anwachsen. Nun zeigt aber eine sorgfältige Prüfung der beiden zuverlässigsten empirischen Extinctionstabellen, der Seidel'schen sowohl wie der Potsdamer, davon keine Spur, im Gegentheil findet bis zu einer gewissen Zenithdistanz gerade das Umgekehrte statt, und man könnte schon daraus mit einiger Wahrscheinlichkeit schliessen, dass der Fehler, den man bei der Berechnung der Helligkeit der Sterne ausserhalb der Atmosphäre unter Anwendung der gewöhnlichen Extinctionstheorien begeht, nicht beträchtlich sein kann, jedenfalls nicht so gross, wie Langley annimmt. Seeliger[1]) hat sich

1) Sitzungsber. der math.-phys. Classe der K. Bayer. Akad. der Wiss. Bd. 21, 1891, p. 247.

neuerdings etwas eingehender mit diesem Gegenstande beschäftigt und den Versuch gemacht, aus den Abweichungen zwischen der Potsdamer Extinctionstabelle und den nach der Laplace'schen Theorie berechneten Helligkeitswerthen einen Schluss zu ziehen auf den wahren Transmissions-coefficienten der Atmosphäre. Er findet, indem er die Langley'schen Durchlässigkeitscoefficienten für die verschiedenfarbigen Strahlen zu Grunde legt, dass die Helligkeit der Sterne ausserhalb der Atmosphäre noch nicht um 7 Procent grösser sein kann, als die Theorien ergeben, und dass die absorbirte Lichtmenge zwar mehr als 18 Procent, wie gewöhnlich angenommen wird, aber gewiss weniger als 25 Procent betragen muss. Seeliger macht auch darauf aufmerksam, dass die physiologischen Wirkungen der einzelnen Farben, auf die es doch bei der optischen Photometrie fast ausschliesslich ankommt, sich auf eine verhältnissmässig schmale Zone im Gelb und Grün concentriren, die an Wirkung die übrigen Partien im Spectrum so sehr übertrifft, dass fast nur sie allein berück-sichtigt zu werden braucht; dadurch wird der fragliche Fehler wahr-scheinlich noch mehr verringert.

Eine ganz strenge Widerlegung der Langley'schen Bedenken ist damit freilich noch nicht gegeben; es ist nur ihre Unwahrscheinlichkeit plausibel gemacht worden. Mit einiger Sicherheit liesse sich die wirkliche Sternhelligkeit ausserhalb der Atmosphäre nur dann ermitteln, wenn es gelänge, auf sehr hohen Bergen möglichst zahlreiche absolut zuverlässige photometrische Messungen zur Bestimmung der Extinction zu erhalten. In einer Höhe von 4000 bis 5000 Meter, wo bereits mehr als ein Drittel der gesammten Luftmasse unterhalb des Beobachters liegt, müssten nach der Langley'schen Auffassung bereits Strahlungen zur Wirkung kommen, die gar nicht mehr bis zu den alleruntersten Schichten der Atmosphäre gelangen; es müsste daher auch an einem solchen Punkte aus sorgfältigen Extinctionsbeobachtungen ein Transmissionscoefficient für die ganze At-mosphäre hervorgehen, der bereits merklich kleiner wäre, als die an tiefen Stationen gefundenen. Die wenigen bisher in dieser Richtung auf hohen Bergen angestellten rein photometrischen Untersuchungen, sowie die bei weitem zahlreicheren, wenn auch nicht so zuverlässigen actinometrischen Messungen zeigen nichts dergleichen, und man wird daher wohl berechtigt sein, den Langley'schen Einwendungen keine allzu grosse praktische Bedeutung beizumessen.

II. ABSCHNITT.

DIE PHOTOMETRISCHEN APPARATE.

Einleitung.

Es giebt wohl kaum einen Zweig der praktischen Astronomie, welcher so lange und so gründlich vernachlässigt worden ist, wie die Lichtmessung der Gestirne. Obgleich bereits die Alten die hohe Bedeutung der Helligkeitsbestimmungen für die Erweiterung der menschlichen Vorstellung von der Anordnung des Weltalls erkannt hatten, existiren aus dem Alterthum doch nur Lichtschätzungen, und es ist kein Versuch bekannt geworden, Apparate zur genaueren Messung der Lichtquantitäten zu construiren. Auch in den späteren Jahrhunderten und durch das ganze Mittelalter hindurch ist auf diesem Gebiete so gut wie Nichts geschehen. Selbst die Erfindung des Fernrohres, die auf allen übrigen Gebieten der Astronomie einen gewaltigen Umschwung hervorgebracht hat, ist in dieser Beziehung spurlos vorübergegangen. Noch im 18. Jahrhundert, als Bouguer und Lambert ihre grundlegenden Werke über die theoretische Photometrie verfassten, waren die instrumentellen Hülfsmittel, welche diesen Männern zu Gebote standen, von der allerprimitivsten Art. Die Photometer, deren sich Bouguer und Lambert bedienten, gestatteten nur die Vergleichung von ziemlich hellen Lichtquellen. Am Himmel liessen sie sich allenfalls auf Sonne und Mond anwenden, aber die Messung selbst der allerhellsten Fixsterne blieb damit unausführbar. Erst im gegenwärtigen Jahrhundert hat sich eine erfreuliche Wandlung vollzogen. Arago, der jüngere Herschel und Steinheil haben die erste Anregung zur Construction brauchbarer Instrumente für die Himmelsphotometrie gegeben, und es gebührt diesen Männern das Verdienst, diesem arg vernachlässigten und fast abgestorbenen Zweige der Astronomie neues Leben eingeflösst zu haben. Seit dieser Zeit ist ein Stillstand in den Bestrebungen zur Vervollkommnung der photometrischen Apparate nicht mehr eingetreten. Erst allmählich, dann immer schneller und allgemeiner ist das Interesse für diesen Gegenstand bei den Astronomen gewachsen, und namentlich die letzten Jahrzehnte haben uns mit einer reichen Fülle von nützlichen Instrumenten zur Lichtmessung der Gestirne beschenkt. Nicht wenig hat zu dieser Entwicklung der Umstand beigetragen, dass die grossartigen

10*

Fortschritte der Technik in Bezug auf das Beleuchtungswesen nothwendig die Einführung exacter photometrischer Methoden bedingten und einen regen Erfindungseifer bei Physikern und Technikern hervorriefen. Wenn auch die meisten der für die Zwecke des praktischen Lebens construirten Photometer, deren Zahl bereits zu einer sehr bedeutenden angewachsen ist, nicht unmittelbar zu Messungen am Himmel verwendbar sind, so ist doch manche glückliche Idee, mancher praktische Kunstgriff auch der Himmelsphotometrie zu Gute gekommen.

Noch sind wir weit von der Erreichung des Endzieles entfernt, das uns für die Construction eines vollkommenen Photometers vorschwebt. Die Genauigkeit, die mit den jetzigen Hülfsmitteln erreichbar ist, bleibt verhältnissmässig weit hinter den Ansprüchen zurück, welche die Astronomie auf anderen Gebieten zu stellen pflegt, und ist unter allen Umständen nicht genügend, um subtile Fragen, wie sie z. B. bei dem Problem der Planetenbeleuchtung, bei den Lichterscheinungen der veränderlichen Sterne u. s. w. auftreten, zu entscheiden. So lange es nicht gelingt, die Helligkeit eines Gestirnes bis auf wenige Hundertstel Grössenclassen genau zu bestimmen, fehlt es für die Lösung einer grossen Zahl von photometrischen Aufgaben an den sicheren Grundlagen.

Die meisten bisher gebräuchlichen Astrophotometer verlangen in letzter Instanz das Urtheil des menschlichen Auges; sie messen nicht die objective Helligkeit der betrachteten Lichtquelle, sondern sie erleichtern nur die Ermittlung der physiologischen Intensität. Es ist klar, dass auf diese Weise von vornherein allen Photometern infolge der Unvollkommenheit des Sehorgans eine Genauigkeitsgrenze gesetzt ist, welche unter keinen Umständen, auch wenn der Messapparat und die demselben zu Grunde liegenden photometrischen Methoden noch so sehr verfeinert würden, überschritten werden kann. Durch lange Übung lässt sich allerdings das Auge bis zu einem gewissen Grade schulen, und wer sich viel mit photometrischen Beobachtungen beschäftigt hat, wird z. B. feinere Lichtunterschiede wahrzunehmen vermögen, als ein Anfänger auf diesem Gebiete. Aber die natürlichen Mängel des Auges, die namentlich bei der Vergleichung verschiedenfarbiger Lichtquellen hervortreten, stellen der Erreichung der allerhöchsten Genauigkeit für immer eine unüberwindliche Schranke entgegen. Kein Auge ist im Stande, die relative Stärke zweier merklich von einander verschiedenen Lichteindrücke zahlenmässig festzustellen, ebenso wenig wie es nach einem längeren Zeitraume mit Sicherheit zu constatiren vermag, ob eine Lichtquelle ihre Intensität bis zu einem gewissen Grade bewahrt hat. Was das Auge, namentlich bei einiger Übung, mit Zuverlässigkeit leisten kann, das ist die Beurtheilung der Gleichheit zweier nahe bei einander befindlichen gleichzeitig wahrgenommenen Lichteindrücke. Dabei müssen aber noch eine Reihe von Bedingungen erfüllt sein. In erster Linie ist es erwünscht, dass die zu vergleichenden Gegenstände dieselbe scheinbare Grösse besitzen und in allen Theilen gleichmässig erleuchtet erscheinen. Die Vergleichung eines leuchtenden Punktes mit einer leuchtenden Fläche ist gänzlich unausführbar, und die Beurtheilung zweier Sterne wird um so unsicherer, je mehr die Durchmesser der Diffractionsscheibchen derselben von einander verschieden sind. Zuverlässiger als Punktvergleichungen sind Flächenvergleichungen; doch ist es unbedingt nothwendig, dass die beiden Flächen genau in einer geraden Linie oder, was Manche für wünschenswerther halten, in irgend einer scharf begrenzten Curve aneinander stossen, sodass im Falle der vollkommenen Helligkeitsgleichheit die Grenzlinie ganz verschwindet. Gelingt es nicht, den beiden Lichtquellen dieselbe scheinbare Grösse zu geben, so beurtheilt man in vielen Fällen mit Vortheil ihre Intensität nach dem Grade der Erleuchtung, die sie auf einer weissen Fläche hervorrufen, indem man nach den Grundgesetzen der Photometrie annimmt, dass zwei Lichtquellen dieselbe Intensität haben, wenn sie auf einer weissen Fläche, in gleichen Entfernungen und bei denselben Incidenz- und Emanationswinkeln, denselben Beleuchtungseffect hervorbringen. Durchaus erforderlich ist es ferner, dass die zu vergleichenden Lichteindrücke weder allzu intensiv noch allzu schwach sind; im ersten Falle werden die Sehnerven zu stark gereizt, und es tritt eine Abstumpfung ein, die ein richtiges Urtheil erschwert, im anderen Falle muss sich das Auge unter Umständen übermässig anstrengen. Endlich ist für eine sichere Beurtheilung der Gleichheit zweier Lichtquellen die gleiche Färbung derselben unerlässlich. Je auffallender der Farbenunterschied ist, desto schwieriger wird die Entscheidung des Auges, und desto mehr weichen die Urtheile verschiedener Beobachter von einander ab.

Aus dem Vorangehenden folgt, dass, solange das menschliche Auge bei der Lichtmessung hervorragend betheiligt ist, die Hauptaufgabe für die Construction brauchbarer Photometer sich darauf reducirt, Mittel ausfindig zu machen, um die lebendige Kraft einer Lichtquelle in messbarer Weise so weit zu verändern, bis dieselbe auf der Netzhaut des Auges denselben physiologischen Eindruck hervorbringt, wie eine andere Lichtquelle. Wenn dabei ein solches Photometer noch möglichst viele der oben angeführten Bedingungen erfüllt, so wird es um so vollkommener seinem Zwecke entsprechen.

Die zahlreichen Methoden, welche im Laufe der Zeit in dieser Hinsicht vorgeschlagen worden sind, lassen sich in die folgenden Hauptkategorien zusammenfassen.

1. Anwendung der Fundamentalsätze der Photometrie, insbesondere des Gesetzes vom Quadrate der Entfernung. Die bekanntesten und verbreitetsten Lichtmessungsapparate, wie das bereits von Lambert, später wieder von Rumford benutzte Schattenphotometer, das Ritchie'sche Photometer und das Bunsen'sche Fettfleckphotometer beruhen auf dieser Methode. Speciell für die Astronomie sind von grosser Bedeutung geworden das Herschel'sche Astrometer und das Steinheil'sche Prismenphotometer, bei denen die Gleichheit der Lichteindrücke auf der Netzhaut des Auges durch Änderung der Distanzen hervorgebracht wird.

2. Veränderung der Öffnung des Fernrohrobjectivs oder des aus dem Objectiv austretenden Strahlenkegels. Diese Methode setzt voraus, dass die Intensität proportional der freien Öffnungsfläche ist. Die Zahl der Photometer, bei denen man dieses Princip zur Anwendung gebracht hat, ist ungemein gross. Schon Bouguer hat sich desselben bedient, und seitdem sind bis in die neueste Zeit alle nur denkbaren Formen von Blendenöffnungen und zahlreiche mechanische Vorrichtungen zur messbaren Änderung dieser Öffnungen versucht worden, obgleich vom theoretischen Standpunkte aus nicht unwichtige Bedenken gegen diese Methode erhoben werden können.

3. Schwächung des Lichtes durch absorbirende Medien. Dabei wird vorausgesetzt, dass gleich grosse Schichten der benutzten Substanz einen gleich grossen Procentsatz des auffallenden Lichtes auslöschen. Diese Methode hat fast noch grössere Verbreitung gefunden als die vorangehende, von den primitivsten Versuchen an, wo die Schwächung durch Übereinanderlegen von Glasplatten oder Papierscheiben oder mittelst absorbirender Flüssigkeitsschichten hervorgebracht wurde, bis zu dem relativ hohen Grade der Vervollkommnung, welcher in den neuesten Formen des Keilphotometers erreicht worden ist.

4. Zurückwerfung des Lichtes an spiegelnden Flächen. Der Intensitätsverlust wird dabei entweder auf rein empirischem Wege mittelst irgend einer anderen photometrischen Methode bestimmt oder durch Rechnung nach den bekannten Fresnel'schen Formeln ermittelt. In der Astrophotometrie sind am häufigsten spiegelnde Kugeln zur Verwendung gekommen.

5. Das Princip der rotirenden Scheiben. Dieselben sind mit sectorförmigen Ausschnitten versehen, deren Winkelöffnung sich messbar verändern lässt. Wird eine solche Scheibe zwischen einer Lichtquelle und dem Auge in schnelle Rotation versetzt, so entsteht bekanntlich auf der Netzhaut ein continuirlicher Lichteindruck, der um so schwächer ist, einen je kleineren Raum die offenen Ausschnitte auf der ganzen Scheibe einnehmen. Besonders in der technischen Photometrie ist dieses Princip

ungemein häufig zur Anwendung gekommen; doch ist es auch für die Lichtmessung der Gestirne nutzbar gemacht worden, hauptsächlich durch Secchi, Langley und Abney.

6. **Anwendung der Polarisation und Interferenz des Lichtes.** Keine Methode hat sich speciell für die Himmelsphotometrie so nutzbringend gezeigt wie diese, seit Arago zuerst auf sie aufmerksam gemacht hat. Die vollkommensten und am meisten benutzten Messapparate, unter diesen besonders das Zöllner'sche Astrophotometer und das Pickering'sche Meridianphotometer basiren auf diesem Princip. Sie haben in erster Linie die bedeutenden Fortschritte ermöglicht, welche die praktische Astrophotometrie in den letzten Jahrzehnten gemacht hat.

Durch eine der im Vorangehenden flüchtig skizzirten Methoden ist es nun jederzeit möglich, die Helligkeit einer Lichtquelle messbar so weit zu verändern, bis unser Auge von ihr denselben Eindruck empfängt, wie von einer zweiten mit ihr zu vergleichenden Lichtquelle. Bei einem Theile der für die Messungen am Himmel bestimmten Photometer kann auf diese Weise entweder direct das Helligkeitsverhältniss zweier Sterne ermittelt werden, oder es kann auch, was häufig vorzuziehen ist, jedes Gestirn einzeln mit einer künstlichen Lichtquelle verglichen werden.

Wesentlich davon verschieden ist eine Classe von Photometern, bei denen mit Hülfe einer der oben aufgezählten Methoden die Helligkeit eines Gestirnes bis zur vollständigen Auslöschung abgeschwächt wird, so dass gar kein Lichteindruck mehr auf der Netzhaut des Auges hervorgebracht wird. Auf den ersten Blick könnte es scheinen, als ob dieses Verfahren wesentliche Vortheile böte, indem es unter der Voraussetzung, dass das Verschwinden eines Lichteindruckes für jedes menschliche Auge an eine bestimmte unveränderliche Grenze gebunden sei, gewissermassen absolute Helligkeitsmessungen gestatten würde. Indessen ist dies wegen der Unvollkommenheit des Auges keineswegs der Fall, und es kommt streng genommen auch bei diesem Verfahren in letzter Linie auf die Beurtheilung der Gleichheit zweier Lichteindrücke an, indem der Moment fixirt wird, wo das betrachtete Gestirn sich nicht mehr von dem umgebenden Himmelsgrunde unterscheidet.

Bei der im Folgenden versuchten Classificirung der photometrischen Apparate werde ich diese beiden soeben erwähnten Arten der Beobachtung streng von einander trennen. Im ersten Capitel sollen diejenigen Apparate behandelt werden, welche auf dem Princip der Auslöschung beruhen, im zweiten Capitel diejenigen, bei denen direct die Gleichheit zweier leuchtenden Punkte oder Flächen beurtheilt wird. Die erste Classe zeichnet sich im Allgemeinen durch grössere Einfachheit der Construction vor der anderen aus, während sie in Bezug auf die zu erreichende

Genauigkeit hinter ihr zurücksteht. Bei beiden Classen von Photometern wird es sich empfehlen, noch eine besondere Gruppirung vorzunehmen, und zwar nach den verschiedenen oben angeführten Hauptmethoden, welche zur messbaren Veränderung der lebendigen Kraft einer Lichtquelle benutzt werden.

Im dritten Capitel sollen dann die verschiedenen Formen der Spectralphotometer besprochen werden, bei denen die zu untersuchenden Lichtquellen vor der Vergleichung in ihre einzelnen Strahlengattungen zerlegt werden, und im letzten Capitel sollen endlich noch einige Formen von Instrumenten Erwähnung finden, bei denen das Licht eine mechanische Wirkung hervorbringt und das Urtheil des menschlichen Auges entbehrlich ist. Dabei wird namentlich auf die Anwendung der Photographie zu photometrischen Messungen hinzuweisen sein.

Obgleich es mein Bestreben gewesen ist, eine möglichst vollständige Übersicht über alle zu Lichtmessungen am Himmel benutzten Apparate zu geben, so wird mir doch bei der grossen Fülle derselben und bei dem bisherigen Mangel einer geordneten Zusammenstellung auf diesem Gebiete ein oder das andere Photometer entgangen sein. Manche Apparate, die sich in der Praxis bisher wenig eingebürgert haben oder fast ausschliesslich auf technischem Gebiete verwendet worden sind, sollen im Folgenden nur flüchtig berührt oder nur dann etwas näher beschrieben werden, wenn sie in irgend einer Beziehung besonderes Interesse bieten. Eingehende Berücksichtigung soll in erster Linie denjenigen Photometern zu Theil werden, die mit Erfolg zu umfassenderen Beobachtungsreihen verwendet worden sind. Die Vortheile und Mängel derselben verdienen eine kritische Beleuchtung, und es wird nicht überflüssig erscheinen, wenn hier und da praktische Winke zur vortheilhaftesten Handhabung dieser Apparate eingestreut werden, und wenn nebenbei auch die theoretischen Gesichtspunkte, welche bei ihnen in Betracht kommen, wenigstens in Kürze erörtert werden.

Capitel I.
Photometer, bei denen das Verschwinden von Lichteindrücken beobachtet wird.

Bevor wir auf die einzelnen Apparate dieser Gattung näher eingehen, sollen einige Punkte von allgemeinem Interesse hervorgehoben
werden. Alle hierher gehörigen Instrumente stellen an die Urtheilsfähigkeit des Auges ganz besonders hohe Anforderungen. Die Empfindlichkeit des Auges ist einem beständigen Wechsel unterworfen, und es
ist gerade bei dieser Methode eine besonders lange Übung erforderlich,
um zu brauchbaren Messungsresultaten zu gelangen. Wer zum ersten
Male versucht, das Bild eines Sternes in einem Fernrohre zum Verschwinden zu bringen, wird sicher kein günstiges Urtheil über die Methode
abgeben. Jeder wird anfangs die Erfahrung machen, dass, wenn ein
Stern bereits ausgelöscht scheint, häufig nur ein kurzes Schliessen und
Wiederöffnen des Auges genügt, um denselben noch deutlich zu erkennen, und ganz besonders schwierig wird die Beurtheilung, wenn die
Stelle des Gesichtsfeldes, wo die Auslöschung stattfinden soll, nicht durch
eine besondere Einrichtung kenntlich gemacht ist. Auf diesen Punkt
sollte bei der Construction jedes auf dem Princip des Verschwindens
beruhenden Photometers in erster Linie geachtet werden. Bei der Methode
der Gleichmachung zweier Lichteindrücke wird die Fixirung der richtigen Einstellung dadurch wesentlich erleichtert, dass man nach zwei
Seiten einen Ausschlag geben und das eine Object abwechselnd heller
und schwächer machen kann als das andere. Bei der Auslöschungsmethode
dagegen nähert man sich immer nur der einen unteren Grenze und hat
keinen sicheren Anhalt zur Beurtheilung, wie weit man eventuell diese
Grenze bereits überschritten hat.

Bei längerer Übung gestaltet sich die Sachlage allerdings etwas
günstiger. Jeder Beobachter gewöhnt sich daran, einen bestimmten
minimalen Helligkeitsgrad als Verschwindungspunkt aufzufassen, und es
ist bemerkenswerth, mit welcher Genauigkeit dieser Moment (natürlich
bei gleichen äusseren Umständen) immer wieder erreicht wird. Bei verschiedenen Beobachtern können selbstverständlich grosse Unterschiede
vorkommen, theils infolge grösserer oder geringerer Sehschärfe, theils
infolge der von jeder Person willkürlich getroffenen Wahl des zu fixi-
renden Momentes. In Potsdam sind von Kempf und mir besondere

Beobachtungsreihen zur Bestimmung der persönlichen Differenz an Keil-photometern angestellt worden, und es hat sich dabei mit bemerkens-werther Constanz während eines längeren Zeitraumes der ziemlich er-hebliche Betrag von ungefähr einer halben Grössenclasse ergeben.

Wenn nun aber auch für jeden Beobachter ein bestimmter Grenz-werth der Auffassung existirt, so darf doch nicht übersehen werden, dass, zumal bei einer längeren Beobachtungsreihe, dieser Grenzwerth nicht fortdauernd innegehalten wird. Bei Beginn der Messungen, wo das Auge zwar noch frisch, aber durch die äussere Helligkeit beeinflusst ist, wird die Auslöschung zu zeitig geschehen. Dann wächst die Em-pfindlichkeit des Auges und erreicht ziemlich bald den Höhepunkt, auf dem sie mit kleinen zufälligen Schwankungen bleibt, bis eine gewisse Ermüdung eintritt, infolge deren der Auslöschungspunkt ganz allmählich wieder herabsinkt. Dieser Verlauf der Empfindlichkeitscurve scheint für alle Beobachter typisch zu sein; nur lässt sich die Zeitdauer, innerhalb welcher die Empfindlichkeit nahezu constant bleibt, nicht mit Sicherheit angeben. Es wird dies ganz wesentlich von der jedesmaligen Disposition des Beobachters, sowie von einer Anzahl äusserer Umstände abhängen, und es ist klar, dass diese Unbeständigkeit und vor Allem die über-mässige Anstrengung, die dem Auge zugemuthet wird, die Hauptschwächen der Auslöschungsmethode bilden. Es kann nicht dringend genug em-pfohlen werden, die einzelnen Messungsreihen nicht allzu lange (keines-falls mehr als 30 Minuten) auszudehnen und vor Beginn einer neuen Reihe das Auge eine Zeit lang, womöglich im Finstern, ausruhen zu lassen, damit es die frühere Empfindlichkeit wiedererlangen kann. Aus dem oben charakterisirten allgemeinen Verlaufe der Empfindlichkeitscurve ergeben sich noch die folgenden speciellen Regeln.

Die ersten Einstellungen jeder grösseren Beobachtungsreihe, die stets zu niedrige Auslöschungspunkte geben, sollten nicht zur Bearbeitung verwerthet werden, namentlich dann nicht, wenn das Auge vorher einer hellen Beleuchtung ausgesetzt gewesen ist. Ferner ist es unter keinen Umständen rathsam, weit auseinander liegende Messungen mit einander zu combiniren. Handelt es sich um die Vergleichung zweier Objecte, so ist es am besten, die Einstellungen des einen zwischen die des an-deren einzuschieben, und wenn mehrere Objecte in Betracht kommen, so sollte das Augenmerk stets auf eine möglichst symmetrische Anord-nung der Einstellungen gerichtet sein.

Auf das Strengste ist darauf zu achten, dass während der Messungen jedes fremde Licht von dem Auge fern gehalten wird. Die Beobach-tungen geschehen am besten in vollkommen dunklem Raume, und es muss, wenn irgend angängig, vermieden werden, dass der Beobachter die Ablesungen und Aufzeichnungen selbst besorgt. Wenn man gezwungen ist, nach jeder Auslöschung auf eine erleuchtete Scala oder einen Theilkreis oder auf ein helles Blatt Papier zu blicken, so ist eine beständige Accommodation des Auges nothwendig, welche nicht nur zeitraubend ist, sondern die Beobachtungen unsicher macht. Im Interesse brauchbarer Messungen muss es als eine unerlässliche Bedingung hingestellt werden, dass dem Beobachter entweder ein Gehülfe zum Ablesen und Aufnotiren zur Seite steht, oder dass der Messapparat mit einer geeigneten Registrirvorrichtung versehen ist.

Eine unvermeidliche Fehlerquelle bei allen auf dem Princip der Auslöschung beruhenden Photometern bildet die veränderliche Helligkeit des Grundes, auf welchen sich die beobachteten Himmelsobjecte projiciren. Wir können mit blossem Auge am Tage die Sterne nicht sehen, weil die Intensitätsdifferenz zwischen Stern und umgebendem Himmelsgrunde im Verhältniss zur Helligkeit des letzteren ausserordentlich klein ist. Mit Hülfe des Fernrohres gelingt es wenigstens die helleren Sterne am Tage wahrzunehmen, weil durch die vergrössernde Kraft desselben das Licht des Grundes merklich abgeschwächt und das erwähnte Verhältniss daher vergrössert wird; aber die schwächeren Sterne, die bei Nacht noch mit Leichtigkeit sichtbar sind, können auch durch das Fernrohr nicht am Tage von dem Himmelsgrunde unterschieden werden. Alles dieses folgt von selbst aus dem Fechner'schen psychophysischen Grundgesetze. Ist h die eigene Helligkeit eines Sternes, die er bei ganz dunklem Grunde für unser Auge haben würde, so wird, wenn die Intensität des Grundes g ist, die Stelle, wo der Stern steht, für unser Auge die Gesammthelligkeit $g + h$ besitzen. Die entsprechende Empfindungsdifferenz dE zwischen Stern und Grund wird daher nach dem Fechner'schen Gesetze ausgedrückt sein durch die Gleichung (siehe Seite 14):

$$dE = c \log \frac{g + h}{g}.$$

Je grösser g ist im Verhältniss zu h, desto mehr nähert sich der Bruch $\frac{g + h}{g}$ dem Grenzwerthe 1, und die Empfindungsdifferenz dE wird Null, d. h. der Stern unterscheidet sich nicht mehr vom Grunde. Nach den bisherigen Untersuchungen braucht das Verhältniss von g zu h gar nicht einmal sehr gross zu sein, um schon das Verschwinden hervorzubringen. Wie bereits früher mitgetheilt wurde, kann unter besonders günstigen Bedingungen noch ein Helligkeitsunterschied von ungefähr $\frac{1}{100}$ empfunden werden, doch gründet sich dieser Werth fast nur auf Beobachtungen über das Verschwinden von ausgedehnten Lichtflächen. Bei Lichtpunkten

scheint die Grenze noch viel niedriger zu sein, und es braucht, wie
einige Beobachter behaupten, die Helligkeit des Grundes nur ungefähr
40 Mal grösser zu sein als die ursprüngliche Intensität des Sternes, um
eine Unterscheidung zwischen Grund und Stern unmöglich zu machen.
Hat man zwei Sterne von der gleichen objectiven Helligkeit h, die sich
aber auf verschieden hellen Grund von der Intensität g_1 resp. g_2 projiciren, so werden nach dem Fechner'schen Gesetze die Empfindungsunterschiede zwischen den Sternen und dem Grunde ausgedrückt durch:

$$dE_1 = c \log \frac{h + g_1}{g_1}$$

und

$$dE_2 = c \log \frac{h + g_2}{g_2},$$

mithin:

$$dE_1 - dE_2 = c \log \frac{1 + \dfrac{h}{g_1}}{1 + \dfrac{h}{g_2}}.$$

Ist nun $g_1 > g_2$, so wird die rechte Seite negativ, d. h. $dE_2 > dE_1$,
und es folgt, was von vornherein auch ganz selbstverständlich scheint,
dass wenn der eine Stern auf dem Grunde g_1 gerade verschwindet, der
andere auf dem schwächeren Grunde g_2 noch sichtbar ist. Bei astronomischen Beobachtungen kommen allerdings im Allgemeinen keine sehr
auffallenden Helligkeitsunterschiede des Grundes vor, und da bei der
Abschwächung der Sterne die Intensität des Grundes ebenfalls vermindert wird, so erfolgt gewöhnlich, namentlich bei den helleren Objecten,
die eigentliche Auslöschung auf vollkommen dunklem Grunde. In mond-
losen Nächten ist infolge dessen keine merkliche Beeinflussung der
Beobachtungen durch verschiedene Helligkeit des Grundes zu befürchten;
dagegen dürfen auf keinen Fall Messungen in der Dämmerung oder bei
Mondschein mit Messungen in dunklen Nächten combinirt werden, und
ebenso wenig ist es gestattet, bei heller Beleuchtung schwache und helle
Sterne mit einander zu vergleichen oder Beobachtungen in unmittelbarer
Nähe des Mondes mit solchen an anderen weit davon entfernten Stellen
des Himmels zu vereinigen.

Durch die vorangehenden Bemerkungen ist der Bereich, innerhalb
dessen die Auslöschungsmethode mit Vortheil verwendbar sein dürfte,
ziemlich genau fixirt. Wie man sieht, sind die Grenzen eng genug, aber
die bisherigen Erfahrungen haben gezeigt, dass bei strenger Befolgung
der angedeuteten Vorsichtsmassregeln sehr brauchbare Resultate erhalten
werden können.

Von den in der Einleitung erwähnten sechs Hauptmethoden zur messbaren Veränderung der lebendigen Kraft einer Lichtquelle sind bei der Construction der bisher bekannten Auslöschungsphotometer fast ausschliesslich die zweite und dritte zur Verwendung gekommen, während die übrigen nur gelegentlich mit zu Hülfe gezogen wurden. Wir unterscheiden daher im Folgenden nur die beiden Hauptabtheilungen: 1) Auslöschung durch Blendvorrichtungen und 2) Auslöschung durch absorbirende Medien. Ein einzig in seiner Art dastehendes Auslöschungsphotometer, das Parkhurst'sche, welches streng genommen in keine der Hauptkategorien hineinpasst, soll im Anschlusse an die erste Abtheilung besprochen werden.

1. Auslöschung des Lichtes durch Blendvorrichtungen.

Wenn man eine leuchtende Fläche mit dem blossen Auge betrachtet, so entsteht auf der Netzhaut ein Bild dieser Fläche, welches sich je nach der Ausdehnung derselben über eine grössere oder geringere Anzahl von Netzhautelementen ausbreitet. Jedes dieser Elemente empfängt eine Reizung, und man nimmt gewöhnlich an, dass der Reizstärke auch die im Nervensystem hervorgerufene Empfindungsstärke proportional ist. Dabei ist natürlich abgesehen von einer etwaigen Verschiedenheit der Empfindlichkeit einzelner Netzhautelemente oder ganzer Gruppen derselben.

Unter der scheinbaren Helligkeit einer leuchtenden Fläche versteht man die auf ein einzelnes Netzhautelement durch das optische System des Auges übergeführte Lichtmenge oder, entsprechend den Definitionen im ersten Abschnitte, die auf der Netzhaut hervorgebrachte Beleuchtung, mit anderen Worten die gesammte ins Auge gelangende Lichtquantität dividirt durch die Bildfläche auf der Netzhaut. Nun lässt sich diese Bildfläche, die wir b nennen wollen, nach den Lehren der geometrischen Optik ausdrücken durch $k \frac{F}{r^2}$, wo k ein Proportionalitätsfactor ist, F die Grösse der leuchtenden Fläche und r die Entfernung derselben vom Auge (streng genommen von dem vorderen Knotenpunkte des Auges) bedeutet. Ferner ist die gesammte Lichtmenge L, welche auf die Netzhaut gelangt, wenn man die absorbirende Wirkung der brechenden Medien des Auges ausser Acht lässt, identisch mit derjenigen, welche auf die vordere Öffnung des Auges, die Pupille, auffällt, und diese lässt sich nach dem Früheren mit hinreichender Genauigkeit ausdrücken durch $Jp \frac{F}{r^2}$, wo p die Pupillenöffnung und J die der Fläche innewohnende Leuchtkraft ist. Für die scheinbare Helligkeit h der Fläche ergiebt sich daher der Werth:

$$h = \frac{L}{b} = KJp.$$

Daraus folgt, dass die scheinbare Helligkeit proportional der Pupillenöffnung ist und ganz unabhängig bleibt von der Entfernung der leuchtenden Fläche vom Auge. Bei unveränderter Pupillenöffnung ist also die Helligkeit einer leuchtenden Fläche in allen Entfernungen constant, vorausgesetzt natürlich, dass die Entfernung nicht so gross ist, dass jeder Eindruck der Flächenausdehnung verschwindet.

Ist dies letztere der Fall und erblickt das Auge also statt einer leuchtenden Fläche einen leuchtenden Punkt, so verhält sich die Sache allerdings wesentlich anders. Das Bild auf der Netzhaut ist dann ebenfalls ein Punkt und daher klein im Vergleich zu dem minimalsten erregbaren Flächenstücke der Netzhaut. Es kann in diesem Falle von einer Beleuchtung nicht die Rede sein, und der im Auge hervorgebrachte Reiz oder die Bildhelligkeit ist der gesammten auf die Netzhaut oder auf die Pupille gelangenden Lichtmenge proportional, d. h. also nicht nur von der Öffnung der Pupille, sondern auch von der Entfernung abhängig. Es ist schon früher auf diesen Unterschied zwischen Flächen- und Punkthelligkeit hingewiesen worden.

Bei den meisten photometrischen Apparaten kommt ausser dem Auge noch irgend ein dioptrisches System in Betracht, und in der Astronomie speciell wird es sich um die Wirkungsweise des Gesammtsystems »Fernrohr und Auge« handeln.

Es sei df ein der Fernrohraxe nahes, zu ihr senkrecht stehendes Element einer leuchtenden Fläche, J die specifische Leuchtkraft desselben, dann fällt auf die erste Fläche des Objectivs, deren Grösse o sein möge, die Lichtmenge $Q = \dfrac{J\,df\,o}{r^i}$, wenn r der Abstand der Fläche vom Objectiv (oder richtiger von der ersten Hauptebene des Objectivs) ist. Nimmt man keine Rücksicht auf das in dem Linsensysteme des Objectivs durch Reflexion und Absorption verloren gehende Licht und vernachlässigt zunächst auch den Einfluss der Beugung, so geht diese Lichtmenge Q unvermindert auf das vom Objectiv entworfene Bild, dessen Flächeninhalt df' sein möge, über. Man kann sich nun das Bild als selbstleuchtendes Object vorstellen, welches sowohl nach vorwärts als rückwärts Licht ausstrahlt, und es würde daher, da dieselben Lichtstrahlen auftreten, nach dem Objectiv die gleiche Lichtmenge gelangen, wie von dem leuchtenden Elemente df selbst. Nennt man also J'

die specifische Leuchtkraft des Bildes, r' seinen Abstand vom Objectiv oder von der zweiten Hauptebene desselben, so ist auch $Q = \dfrac{J'\,df'\,o}{r'^2}$ und folglich:

$$\frac{J'}{J} = \frac{df}{r^2}\frac{r'^2}{df'}.$$

Nun besteht aber nach den Sätzen der geometrischen Optik für ein beliebiges System brechender sphärischer Flächen die Relation:

$$\frac{df}{r^2}F^2 = \frac{df'}{r'^2}F''^2,$$

wo F und F' die Hauptbrennweiten des Systems, erstere nach dem Objectraume, letztere nach dem Bildraume zu gerechnet, vorstellen. Da aber diese Brennweiten auch proportional sind den Brechungsindices n und n' der beiden Medien, welche den Objectraum und den Bildraum füllen, so hat man:

$$\frac{J'}{J} = \frac{F''^2}{F^2} = \frac{n'^2}{n^2}.$$

In den meisten Fällen sind die Indices n und n' einander gleich, und es wird daher

$$J = J',$$

d. h. die Leuchtkräfte in conjugirten Punkten von Object und Bild sind einander gleich. Hat das leuchtende Object in allen Punkten dieselbe Leuchtkraft, so findet bei dem Bilde dasselbe statt. In Wirklichkeit geht allerdings durch Reflexion, Absorption etc. Licht verloren, und es wird daher J' fast immer etwas geringer sein als J. Eine Verstärkung der Leuchtkraft im Bilde kann durch ein optisches System unter keinen Umständen hervorgebracht werden.

Ist die leuchtende Fläche sehr weit vom Objective entfernt, so liegt das Bild in der Brennebene desselben. Die gesammte auf das Objectiv auffallende Lichtmenge ist proportional der Grösse der Objectivöffnung, also gleich ko; die Bildgrösse ist proportional dem Quadrate der Brennweite F des Objectivs, also gleich cF^2. Mithin ist die Lichtmenge, welche auf die Einheit der Bildfläche gelangt, oder, wie man auch sagt, die objective Flächenhelligkeit H des Brennpunktbildes ausgedrückt durch $K\dfrac{o}{F^2}$. Für ein zweites Objectiv mit der Öffnung o_1 und der Brennweite F_1 hat man die entsprechende objective Flächenhelligkeit

$$H_1 = K\frac{o_1}{F_1^2}.$$

Mithin ist:

$$H : H_{\iota} = \frac{o}{F^{\iota}} : \frac{o_{\iota}}{F_{\iota}{}^{\iota}},$$

oder wenn man die Durchmesser d und d_{ι} der Objective einführt:

$$H : H_{\iota} = \frac{d^{\iota}}{F^{\iota}} : \frac{d_{\iota}{}^{\iota}}{F_{\iota}{}^{\iota}}.$$

Wenn also das Verhältniss von Objectivdurchmesser zur Brennweite in zwei Fernröhren desselbe ist, so haben die Brennpunktsbilder in beiden gleiche Flächenintensität.

Das vom Objectiv entworfene Bild wird nun mit dem System »Ocular und Auge« betrachtet, und es ist nach dem Früheren klar, dass die Helligkeit des auf der Netzhaut entstehenden Bildes oder die Beleuchtung der Netzhaut (in letzter Linie also auch die Empfindungsstärke) proportional sein wird der Öffnung des aus dem Ocular austretenden Strahlenbündels oder, wie man gewöhnlich sagt, der Grösse der Austrittspupille des optischen Systems[1]). Nennt man diese Grösse o', und ist h die Helligkeit des mit dem Fernrohre gesehenen Netzhautbildes, während h_0 die Helligkeit des mit blossem Auge gesehenen Bildes sein möge, so hat man:

$$\frac{h}{h_0} = \frac{o'}{p}.$$

Ist die Austrittsöffnung des optischen Systems o' gleich der Augenpupille p, füllt also der aus dem System tretende Strahlencylinder gerade die Pupille aus, so wird $h = h_0$, d. h. das optische System vor dem Auge bringt in Bezug auf die Helligkeit des Netzhautbildes gar keine Änderung hervor. Dasselbe gilt auch noch, wenn $o' > p$ ist; denn dann wird die Augenpupille selbst die Stelle der Austrittsöffnung einnehmen. Ist dagegen $o' < p$, so wird auch $h < h_0$, das optische System bringt eine Abschwächung des Bildes auf der Netzhaut hervor. Vernachlässigt ist dabei immer der Lichtverlust beim Durchgange durch das optische System, welcher bewirkt, dass die vollständige Gleichheit von h und h_0 niemals erreicht werden kann.

Bei jedem astronomischen Fernrohre ist der Quotient $\frac{o}{o'}$, wenn o die wirksame Objectivöffnung ist, gleich dem Quadrate der linearen Vergrösserung r des Systems. Man hat also:

$$\frac{h}{h_0} = \frac{o}{p r^{\iota}}.$$

---

1) Die Austrittsöffnung des optischen Systems ist nicht zu verwechseln mit der Öffnung im Augendeckel des Oculars, welche bei richtig construirten Ocularen stets grösser sein sollte, als die erstere.

Bei Abbildung von Flächen durch ein astronomisches Fernrohr verhalten sich demnach die Helligkeiten der Netzhautbilder direct wie die freien Flächen des Objectivs und umgekehrt wie die Quadrate der Vergrösserungen. Die Grösse $\sqrt{\dfrac{o}{p}}$ nennt man die Normalvergrösserung des Systems; bezeichnet man dieselbe mit v_0, so wird:

$$\frac{h}{h_0} = \left(\frac{v_0}{v}\right)^2.$$

Natürlich gilt diese Gleichung nur für Werthe von v, die grösser als v_0 sind; denn wenn die Vergrösserung kleiner ist als die Normalvergrösserung, so muss die Austrittspupille grösser sein als die Augenpupille, und in diesem Falle ist, wie wir oben gesehen haben, die Beleuchtung der Netzhaut stets gleich h_0.

Bei Betrachtung von Sternen, die sich auf der Netzhaut als Lichtpunkte abbilden, wird die Helligkeit durch die gesammte Lichtmenge gemessen, welche durch das Fernrohr dem Auge zugeführt wird; sie verhält sich also zu der Helligkeit des direct mit blossem Auge gesehenen Sternes wie die freie Objectivöffnung zu der Pupillenöffnung; es ist demnach:

$$\frac{h}{h_0} = \frac{o}{p}.$$

Solange die Austrittsöffnung des Strahlenbündels nicht grösser als die Augenpupille, oder mit anderen Worten, solange die Vergrösserung des Fernrohrs nicht kleiner als die Normalvergrösserung ist, geht alles auf das Objectiv fallende Licht in das Auge, und die Helligkeit des Sternes im Fernrohr im Verhältniss zur Helligkeit mit blossem Auge bleibt constant gleich $\dfrac{o}{p}$. Wird dagegen die Vergrösserung des Fernrohrs kleiner als die Normalvergrösserung und mithin die Austrittspupille grösser als die Augenpupille, so gelangt nur ein Theil des gesammten Lichtes im Netzhautbilde zur Wirkung. Die Helligkeit des mit dem Fernrohr gesehenen Sternes im Verhältniss zur Helligkeit mit freiem Auge ist dann kleiner als $\dfrac{o}{p}$, und zwar ist sie, wie man leicht sieht, gleich dem Quadrate der jedesmaligen Vergrösserung.

Die Thatsache, dass bei dem System »Fernrohr und Auge« die Helligkeit des Netzhautbildes (sei es von einer Fläche oder von einem Sterne), falls die Vergrösserung constant bleibt, stets der freien Objectivöffnung proportional ist, lässt auf den ersten Blick die Abblendung des Objectivs oder, was dasselbe ist, des aus dem Objectiv austretenden Strahlen-

kegels als das einfachste und bequemste Mittel erscheinen, um die
Intensität einer Lichtquelle in messbarer Weise zu verringern. Auf die
Form der Blendenöffnung kommt es dabei nicht an, wenn es nur möglich ist, die Grösse der freien Fläche genau zu bestimmen. Freilich erheben sich sofort einige gewichtige Bedenken gegen diese Methode. Auf
die Mitte des Objectivs fallen die Strahlen unter etwas anderen Winkeln
auf als auf die Randpartien, und infolge dessen ist der Lichtverlust durch
Reflexion am Rande grösser als in der Mitte. Dieser Nachtheil wird
dadurch wieder einigermassen aufgewogen, dass die Mittelstrahlen gewöhnlich eine etwas dickere Glasschicht zu durchlaufen haben als die
Randstrahlen und daher etwas mehr Licht durch Absorption einbüssen.
Auch kann diesem Übelstande, wie wir später sehen werden, dadurch
zum Theil abgeholfen werden, dass man das Objectiv nicht von dem
Rande nach der Mitte zu abblendet, sondern fächerartige Blenden anwendet. Trotzdem wird aber eine vollkommen gesetzmässige Lichtschwächung selten zu erzielen sein, weil kleine Fehler in der Glasmasse
und vor Allem die niemals gänzlich zu beseitigende sphärische Aberration
Unregelmässigkeiten in der Lichtwirkung der einzelnen Partien des Objectivs im Gefolge haben werden.

Ist schon aus diesen Gründen die Anwendung von Blenden zu photometrischen Messungen im Princip durchaus anfechtbar, so kommt noch
als weiteres bedenkliches Moment der Einfluss der Beugung des Lichtes
an den Rändern der Blendenöffnung hinzu. Auf die Bedeutung der
Diffraction für Lichtmessungen ist bisher noch nicht mit dem nöthigen
Nachdrucke hingewiesen worden, und es dürfte daher hier am besten
Gelegenheit sein, auf diesen Punkt aufmerksam zu machen und zu zeigen,
dass unter Umständen photometrische Messungen mittelst Verkleinerung
der Objectivöffnung infolge der Beugungswirkung zu gänzlich falschen
Resultaten führen können.

Die Theorie der Beugungserscheinungen, wie sie von Airy, Schwerd,
Knochenhauer, in neuerer Zeit besonders von H. Struve und Lommel
entwickelt worden ist, soll dabei als bekannt vorausgesetzt werden, und
der Einfachheit wegen soll nur der Fall der Abblendung vom Rande
nach der Mitte zu bei Benutzung von kreisförmigen Blendenöffnungen
etwas weiter verfolgt werden, weil diese Art der Abblendung in der
Praxis wohl am häufigsten vorkommen dürfte. Bei anders gestalteten
Öffnungen, beispielsweise dreieckigen, viereckigen u. s. w., welche ebenfalls mitunter in der Himmelsphotometrie zur Verwendung kommen, sind
die theoretischen Entwicklungen im Allgemeinen etwas complicirter. Ferner soll hier nur von den Erscheinungen die Rede sein, welche sich bei
der Betrachtung von Fixsternen durch das Fernrohr darbieten, während

die schwierigeren Verhältnisse, welche bei der Abbildung von leuchtenden Flächen auftreten, ausser Spiel gelassen werden können.

Wie schon Herschel bemerkt hatte, ist das mit hinreichend starker Vergrösserung in einem Fernrohr betrachtete Bild eines Fixsternes nicht ein wirklicher Punkt, sondern besteht aus einem kleinen kreisrunden Scheibchen, dessen Helligkeit von der Mitte nach dem Rande zu abnimmt und dessen Saum gefärbt erscheint, sowie aus einigen concentrischen, abwechselnd dunklen und hellen Ringen, von denen die letzteren ebenfalls gefärbt sind. Die Intensität der Ringe nimmt nach aussen zu sehr schnell ab, und die Zahl der überhaupt sichtbaren ist für Sterne eine sehr geringe. Es hängt dies von mehreren Umständen ab, in erster Linie natürlich von der Helligkeit des Sternes, dann von der angewandten Vergrösserung und der Helligkeit des Himmelsgrundes, auf den sich das Bild projicirt; im Allgemeinen wird man nur selten mehr als drei Ringe wahrnehmen können.

Ehe man diese Erscheinung richtig zu deuten wusste, nahm man an, dass die Fixsterne messbare Durchmesser besässen, und versuchte, die Grössen derselben daraus zu bestimmen. Erst Airy wies mit Sicherheit darauf hin, dass die scheibenartigen Bilder der Sterne und die sie umgebenden Ringe eine unausbleibliche Folge der Beugung des Lichtes an den Rändern der Objectivöffnung seien, und dass sich nach den Fresnel-schen Untersuchungen die Lichtvertheilung innerhalb des Beugungsbildchens mit voller Strenge theoretisch berechnen lasse. Aus der Diffractionstheorie ergiebt sich auch die Folgerung, dass bei Verkleinerung der Objectiv-öffnung der Durchmesser des centralen Beugungsscheibchens grösser werden muss, und zwar umgekehrt proportional dem Durchmesser der Öffnung, eine Folgerung, die mit den Resultaten der praktischen Messung in vollem Einklange ist.

Was die Lichtvertheilung innerhalb der in der Focalebene des Fernrohrs entstehenden Beugungsfigur anbelangt, so folgt für die specifische Leuchtkraft L irgend eines von der optischen Axe um den Abstand ζ entfernten Punktes aus der Lommel'schen[1]) Theorie die Formel:

(1)
$$L = C\pi^2 r^4 \left[\frac{2}{z} J_1(z) \right]^2.$$

Hierin bedeutet C eine Constante, r den Radius der Objectivöffnung. Ferner ist gesetzt $z = \frac{2\pi}{\lambda f} \zeta r$, wo f die Brennweite des Objectivs und λ

---

1) Lommel, Die Beugungserscheinungen einer kreisrunden Öffnung und eines kreisrunden Schirmchens theoretisch und experimentell bearbeitet (Abh. d. K. Bayer. Akad. d. Wiss. Math.-phys. Cl. Bd. 15, p. 227).

die Wellenlänge des zunächst als homogen angenommenen einfallenden Lichtes ist. Endlich ist $J_1(z)$ die bekannte Bessel'sche Function ersten Grades, nämlich:

$$J_1(z) = \frac{z}{\pi} \int_0^\pi \cos(z\cos\omega)\sin^2\omega\, d\omega = \frac{z}{2} - \frac{z^3}{2^2\cdot 4} + \frac{z^5}{(2\cdot 4)^2\cdot 6} - \frac{z^7}{(2\cdot 4\cdot 6)^2\cdot 8} + \cdots$$

Durch Substitution dieses Werthes in die obige Gleichung für L wird:

$$(2) \qquad L = C\pi^2 r^4 \left\{ 1 - \frac{z^2}{2\cdot 4} + \frac{z^4}{2\cdot 4\cdot 4\cdot 6} - \frac{z^6}{2\cdot 4\cdot 6\cdot 4\cdot 6\cdot 8} + \cdots \right\}^2.$$

Die numerischen Werthe des Klammerausdruckes sind von Lommel in einer ausführlichen Tabelle für Werthe von z zwischen 0 und 20 von Zehntel zu Zehntel angegeben, und es lässt sich daher sehr leicht in jedem Falle die Intensitätsvertheilung im Beugungsbilde berechnen. Um einen bestimmten Fall zu fixiren, wollen wir ein Fernrohr von 100 mm Öffnung und 1500 mm Focallänge annehmen und voraussetzen, dass es sich um homogenes Licht von der mittleren Wellenlänge 0.0005 mm handelt; ferner wollen wir die Leuchtkraft im Mittelpunkte des Beugungsscheibchens als Einheit annehmen. Dann ergiebt sich die Leuchtkraft in verschiedenen Abständen von der optischen Axe aus der folgenden kleinen Tabelle.

Vertheilung der Leuchtkraft im Beugungsbilde eines Sternes bei einem Fernrohr von 100 mm Öffnung und 1500 mm Brennweite.

Abstand von der Axe	Leuchtkraft	Abstand von der Axe	Leuchtkraft
0.000 mm	1.0000	0.013 mm	0.0160
0.001	0.9570	0.014	0.0105
0.002	0.8368	0.015	0.0046
0.003	0.6644	0.016	0.0008
0.004	0.4729	0.017	0.0001
0.005	0.2949	0.018	0.0015
0.006	0.1542	0.019	0.0033
0.007	0.0615	0.020	0.0041
0.008	0.0141	0.021	0.0036
0.009	0.0001	0.022	0.0021
0.010	0.0042	0.023	0.0007
0.011	0.0126	0.024	0.0000
0.012	0.0173	0.025	0.0002

Die drei ersten dunklen Beugungsringe haben die Abstände 0.0091, 0.0167 und 0.0243 mm vom Centrum, und das centrale Diffractionsscheibchen hat demnach einen Durchmesser von 0.018 mm oder (vom Objectiv aus gesehen) von 2.5 Bogensecunden.

Wird das Objectiv des Fernrohrs kreisförmig abgeblendet, so nimmt die specifische Leuchtkraft in der Mitte des Bildes, wie aus der obigen Formel unmittelbar hervorgeht, proportional der vierten Potenz des Halbmessers der freien Öffnung ab, gleichzeitig vergrössert sich aber die Dimension des Beugungsbildes proportional der Öffnung selbst, so dass also bei einer Abblendung des obigen Objectivs auf 50, 20 und 10 mm die Durchmesser der betreffenden centralen Beugungsscheiben, in Bogensecunden ausgedrückt, gleich 5".0, 12".5 und 25".0 werden.

In der Praxis kommt es weniger auf die Kenntniss der specifischen Leuchtkraft in irgend einem Punkte des Sternbildes an, als vielmehr auf die Ermittlung der gesammten Lichtmenge, welche von der ganzen Beugungserscheinung oder einem bestimmten Theile derselben ausgeht und sich auf einen gewissen Bezirk der Netzhaut ausbreitet. Denkt man sich in dem Beugungsbilde eine ringförmige Zone mit den Radien ζ und $\zeta + d\zeta$, so wird die Lichtquantität dQ, welche über diese Zone ausgebreitet ist, durch die Formel bestimmt sein:

$$dQ = 2\pi\zeta\, d\zeta\, L,$$

wenn L die specifische Leuchtkraft im Abstande ζ vom Centrum bezeichnet. Die gesammte innerhalb eines Kreises mit einem beliebigen Radius ζ_1 eingeschlossene Lichtmenge des Beugungsbildes ist daher gegeben durch:

$$Q = 2\pi \int_0^{\zeta_1} L\,\zeta\, d\zeta.$$

Als Einheit ist die auf die ganze Beugungserscheinung vertheilte Lichtmenge oder, was dasselbe ist, wenn man von Absorption, Reflexion u. s. w. absieht, die auf die freie Objectivöffnung auffallende Lichtquantität zu betrachten.

Substituirt man den Werth von $\zeta = \dfrac{\lambda f}{2\pi r}\, x$ und den Werth von L aus Gleichung (1), so ergiebt sich:

$$Q = 2C\lambda^2 f^2 \pi r^2 \int_0^{x_1} \frac{J_1{}^2(x)}{x}\, dx,$$

wo die Integrationsgrenze x_1 dem Werthe von ζ_1 entspricht.

Nach den Lommel'schen Untersuchungen über die Bessel'schen Functionen ist:

$$2\int_0^{z_1} \frac{J_1^2(x)}{x}\, dx = 1 - J_0^2(z_1) - J_1^2(z_1).$$

Man hat also, wenn man noch $C\lambda^2 f^2$ durch eine einzige Constante C_1 ersetzt:

$$Q = C_1 \pi r^2 [1 - J_0^2(z_1) - J_1^2(z_1)].$$

Die numerischen Werthe der Functionen J_0 und J_1 sind für verschiedene Werthe von x von Lommel berechnet und in Tabellen zusammengestellt worden. Daraus ergeben sich für den obigen Klammerausdruck die folgenden Zahlenwerthe:

x	$1 - J_0^2(x) - J_1^2(x)$	x	$1 - J_0^2(x) - J_1^2(x)$
0	0.000	7	0.910
1	0.221	8	0.915
2	0.617	9	0.932
3	0.817	10	0.938
4	0.838	11	0.939
5	0.861	12	0.948
6	0.901		

Betrachtet man nur die Gesammtlichtmenge im centralen Scheibchen, die bei Sternbeobachtungen hauptsächlich in Frage kommt, so ergiebt sich, da in diesem Falle $x = 3.8317$ zu setzen ist, für die Lichtquantität der Werth $0.84\, C_1 r^2 \pi$; wenn man aber noch den ersten hellen Beugungsring hinzunimmt, so muss man für x den Werth 7.0156 wählen und findet für die gesammte Lichtmenge den Werth $0.91\, C_1 r^2 \pi$.

Es sei nun das Objectiv so weit abgeblendet, dass der Radius der freien Öffnung ϱ statt r ist; dann vergrössert sich der Radius des centralen Beugungsscheibchens im Verhältniss von r zu ϱ. Die Gesammtlichtmenge in diesem Scheibchen ist dann $= 0.84\, C_1 \varrho^2 \pi$, und es folgt also, dass die in den centralen Beugungsfiguren vereinigten Lichtquantitäten sich zu einander verhalten wie die zugehörigen freien Flächen des Objectivs. Würde das centrale Beugungsbild durch das System ›Ocular und Auge‹ so auf die Netzhaut projicirt, dass es dort stets entweder einen kleineren Raum als ein einzelnes getrennt erregbares Element einnähme oder wenigstens immer dieselbe Dimension besässe, so wäre auch die Beleuchtung der Netzhaut (demnach auch angenähert die Empfindungsstärke) der freien Objectivfläche proportional, und die photometrische Methode der Abblendung wäre, was die Beugungswirkung des Fernrohrs anbetrifft, durchaus einwurfsfrei. Dies ist aber keineswegs der Fall;

vielmehr hängt die Grösse des Netzhautbildes wesentlich von der Vergrösserung des Fernrohrs ab. Ist f die Brennweite des Oculars und k die hintere Knotenlänge des Auges, für welche man den Werth 15 mm annehmen kann, so verhalten sich die Durchmesser des Brennpunktbildes und des Netzhautbildes zu einander, wie f zu k. Bei einem Fernrohre mit der Brennweite f und dem Objectivdurchmesser d wird der Durchmesser des centralen Brennpunktbeugungsbildes gemäss der Formel

$$2 \frac{..}{.} = \frac{\lambda f}{r \pi} z, \text{ wo } z = 3.8317 \text{ zu setzen ist, ausgedrückt durch } 0.00122 \frac{f}{d}.$$

Der Durchmesser des Netzhautbildes wird daher gleich $0.00122 \frac{f}{d} \frac{k}{f}$.

oder, wenn man für k seinen Werth einsetzt und für $\frac{f}{f'}$ die Vergrösserung v des Fernrohrs einführt, gleich $0.0183 \frac{v}{d}$ mm.

Bei zwei verschiedenen Fernrohren nimmt die Beugungsfigur eines Sternes nur dann den gleichen Raum auf der Netzhaut ein, wenn die angewandten Gesammtvergrösserungen den Objectivdurchmessern proportional sind, und nur in diesem Falle verhalten sich also die Lichteindrücke des Sternes in beiden Instrumenten genau wie die freien Objectivflächen.

Dasselbe gilt bei der Abblendung eines und desselben Fernrohrs. Auch hier müsste für jede Blende die Gesammtvergrösserung entsprechend der Öffnung verändert werden, wenn man strenge photometrische Messungen ausführen wollte. Bleibt die Vergrösserung, wie es gewöhnlich geschieht, unverändert, so verbreitet sich bei starker Abblendung die Beugungserscheinung über eine grössere Anzahl von einzeln erregbaren Netzhautelementen aus, und die im Nervensystem hervorgerufene Lichtempfindung ist infolge dessen relativ zu schwach. Man gelangt also unter Umständen zu ganz falschen Resultaten.

Da der Durchmesser eines einzelnen Netzhautzapfens etwa 0.005 mm beträgt, so folgt noch aus dem obigen Werthe des Durchmessers des Netzhautbildes, dass das centrale Beugungsscheibchen dann ungefähr mit einem Netzhautzapfen coincidirt, wenn die Vergrösserungszahl etwa gleich dem vierten Theile des in Millimetern ausgedrückten Objectivdurchmessers ist.

Für ein Fernrohr von 100 mm Öffnung und 1500 mm Brennweite sind in der folgenden kleinen Tabelle die Durchmesser des centralen Beugungsscheibchens in der Brennebene sowohl als im Netzhautbilde zusammengestellt bei verschiedenen Abblendungen und verschiedenen Vergrösserungen, und zwar ausgedrückt in Millimetern.

Dimension der centralen Beugungsfigur eines Sternes bei einem Fernrohr von 100 mm Öffnung und 1500 mm Brennweite und kreisrunder Abblendung.

Durchmesser der freien Öffnung	Durchmesser des Brennpunktbildes	Durchmesser des Netzhautbildes			
		Vergröss. 10	Vergröss. 20	Vergröss. 30	Vergröss. 40
100	0.0183	0.0018	0.0037	0.0055	0.0073
90	0.0203	0.0020	0.0041	0.0061	0.0081
80	0.0229	0.0023	0.0046	0.0069	0.0092
70	0.0261	0.0026	0.0052	0.0078	0.0104
60	0.0305	0.0031	0.0061	0.0092	0.0122
50	0.0366	0.0037	0.0073	0.0110	0.0146
40	0.0458	0.0046	0.0092	0.0137	0.0183
30	0.0610	0.0061	0.0122	0.0183	0.0244
20	0.0915	0.0092	0.0183	0.0275	0.0366
10	0.1830	0.0183	0.0366	0.0549	0.0732

Wie man sieht, ist bei der schwächsten Vergrösserung, selbst wenn das Objectiv bis auf mehr als den halben Durchmesser abgeblendet wird, das Netzhautbild noch kleiner als die Oberfläche eines einzelnen Netzhautzapfens, und der Lichteindruck auf das Auge wird also bis dahin durchaus streng proportional der freien Objectivfläche bleiben. Erst wenn der Objectivdurchmesser bis auf 30 mm und mehr abgeblendet ist, breitet sich das Netzhautbild auf mehr als einen Netzhautzapfen aus, und die Lichtempfindung wird schwächer, als man nach dem Verhältnisse der Objectivöffnungen erwarten sollte. Bei den stärkeren Vergrösserungen tritt dieser Fall schon bei weit geringerer Abblendung ein.

Rechnungsmässig lässt sich der Fehler, den man in jedem einzelnen Falle begeht, nicht mit Sicherheit bestimmen, schon deshalb nicht, weil die physiologische Wirkung des Auges nicht genau genug bekannt ist, insbesondere die Frage, wie sich die einzelnen Netzhautelemente hinsichtlich der Empfindlichkeit für Lichtreize zu einander verhalten, als keineswegs entschieden zu betrachten ist. Auch darf man nicht unberücksichtigt lassen, dass die Helligkeit im Beugungsbilde von der Mitte aus sehr schnell abnimmt und dass daher z. B., wenn das centrale Scheibchen sich in einem Falle über vier Netzhautelemente, in einem anderen nur über ein einziges Element ausbreitet, die Empfindungsstärken keineswegs im Verhältnisse 1 zu 4 stehen werden. Endlich ist nicht zu vergessen, dass die angeführten Zahlenwerthe nur für homogenes Licht von der Wellenlänge 0.0005 mm gelten. Für andere Strahlengattungen ergeben sich etwas verschiedene Verhältnisse, und da es sich bei den Sternbeobachtungen

um gemischtes Licht handelt, so werden die Erscheinungen noch complicirter; die Beugungsbilder sind mit farbigem Saume versehen.
Für ein weiteres Eingehen auf den angeregten Gegenstand ist hier
nicht der geeignete Platz. Es möge genügen, auf einen bisher nicht hinreichend beachteten Fall etwas ausführlicher hingewiesen und gezeigt zu
haben, dass die centrale Abblendung bei photometrischen Messungen infolge der Beugungserscheinungen grosse Gefahren in sich birgt, und zwar
stets in dem Sinne, dass die beobachteten Helligkeitsunterschiede grösser
sind, als die gemäss dem Verhältnisse der zugehörigen freien Objectivflächen berechneten. Die begangenen Fehler werden im Allgemeinen
um so grösser sein, je erheblicher die Helligkeitsunterschiede der verglichenen Sterne sind, je weiter also das Objectiv abgeblendet werden
muss; dagegen werden sich die Fehler wesentlich verkleinern, wenn
man möglichst schwache Vergrösserungen zu den Messungen benutzt.

Von den verschiedenen Photometern, bei denen die Auslöschung des
Lichtes durch Ablendungsvorrichtungen bewirkt wird, sollen im Folgenden
die wichtigsten angeführt, aber nur kurz besprochen werden, weil die
wenigsten von ihnen dauernde Verwendung in der Astrophotometrie gefunden haben. Am gebräuchlichsten ist die Anbringung der Blenden vor
dem Objectiv, jedoch sind auch Apparate construirt worden, bei denen
erst der aus dem Objectiv austretende Strahlenkegel messbar verkleinert
wird.

a. Blenden vor dem Objectiv. Die Photometer von Köhler,
Reissig, Dawes, Knobel, Thury und Lamont.

Eins der ältesten Abblendungsphotometer ist das von Köhler[1]
construirte. Dasselbe besteht in einer Vorrichtung, die so vor dem Fernrohrobjectiv angebracht werden kann, dass stets eine quadratförmige Öffnung frei bleibt, deren Mittelpunkt unveränderlich mit der Mitte des Objectivs zusammenfällt. Eine nähere Beschreibung des Mechanismus fehlt,
es ist von Köhler nur angegeben, dass sich die jedesmalige Diagonal-
länge des Quadrates an einer willkürlichen Scala von 0 bis 1000 ablesen
lässt. Wahrscheinlich ist die Einrichtung ähnlich einer später noch mehrfach benutzten und unter dem Namen »Katzenaugendiaphragma« bekannten, deren Erfindung allgemein s'Gravesande zugeschrieben wird,
und die neuerdings wieder von Cornu und Pickering für photometrische
Zwecke empfohlen worden ist.

---

1) Berliner Astronom. Jahrbuch 1792, p. 233.

In einem fest mit dem Objectiv verbundenen Rahmen (Fig. 28) gleiten zwei Metallplatten A und B dicht übereinander, welche zwei gleich grosse quadratische Ausschnitte haben, deren Diagonale mit der Bewegungsrichtung parallel ist. Jede dieser Platten ist mit einer Triebstange versehen, ausserdem ist auf der unteren Platte B eine feine Theilung, auf der oberen A ein Indexstrich angebracht. Durch Drehung des an dem festen Theile befindlichen Triebes a werden die bei

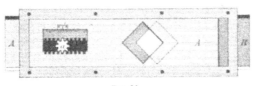

Fig. 28.

den Platten im entgegengesetzten Sinne übereinander fortbewegt und zwar so, dass die Mitte der freien Öffnung, welche stets ein Quadrat ist, über der Mitte des Objectivs bleibt. Die Ablesungen an der Scala geben direct die Längen der Öffnungsdiagonalen, und die Helligkeiten zweier Sterne verhalten sich zu einander wie die Quadrate der Ablesungen, bei denen diese beiden Sterne zum Auslöschen gebracht werden. Der Apparat liesse sich sehr leicht in der Richtung vervollkommnen, dass man die Verschiebung der beiden Platten vom Ocular aus bewerkstelligte und eine Registrirvorrichtung damit in Verbindung brächte.

Ein etwas anderes Arrangement, ebenfalls mit Benutzung von quadratischen Öffnungen, ist von Reissig[1]) empfohlen worden. Derselbe befestigte eine Scheibe, die mit einer grossen Anzahl von quadratischen Ausschnitten von verschiedener Grösse versehen war, in der Weise an dem Objectiv eines Fernrohrs, dass bei der Drehung der Scheibe die einzelnen Öffnungen genau vor die Mitte des Objectivs geführt werden konnten. Durch eine bis zum Ocular reichende Stange wurde die Scheibe bewegt, und der jedesmalige Vortritt einer Öffnung vor die Mitte des Objectivs wurde durch das Einspringen eines kleinen Sperrkegels in einen mit der Scheibe verbundenen Zahnkreis markirt. Bei einigermassen grossen Instrumenten hat diese Einrichtung das Unbequeme, dass die Scheibe sehr beträchtliche Dimensionen haben muss; auch ist dem zu erreichenden Genauigkeitsgrade durch die Anzahl der Öffnungen eine gewisse Grenze gesteckt.

Anstatt quadratischer Öffnungen sind am häufigsten kreisrunde in Vorschlag gebracht worden, die entweder mittelst eines dem Reissig'schen ähnlichen Arrangements oder mit Hülfe einer Art Schiebervorrichtung oder durch einfaches Übereinanderlegen vor die Mitte des Objectivs gebracht

---

1) Berliner Astronom. Jahrbuch 1811, p. 250.

werden konnten. Ein derartiges Verfahren ist z. B. von Dawes[1]) etwas genauer beschrieben worden, und seine Methode verdient noch deswegen eine besondere Erwähnung, weil er statt der Beobachtung der vollständigen Auslöschung der Sterne die Fixirung desjenigen Momentes empfiehlt, wo die Sterne gerade noch mit Mühe sichtbar sind (limit of steady visibility), und weil er alle Helligkeitsbestimmungen auf diejenige Normalöffnung des Teleskops beziehen will, bei welcher die Sterne 6. Grösse diese Sichtbarkeitsgrenze erreichen.

Bei dem Knobel'schen[2]) Astrometer kommen dreieckige Blendenausschnitte zur Verwendung. Diese haben nach dem Urtheile verschiedener Astronomen, unter anderen J. Herschel's, vor anders gestalteten Öffnungen den Vorzug voraus, dass die centrale Beugungsfigur sich durch besondere Schärfe auszeichnet, und dass auch die begleitenden Beugungserscheinungen, welche in sechs gleichweit von einander entfernten, vom Centrum ausgehenden Strahlen bestehen, verhältnissmässig wenig störend sind.

In dem mit dem Fernrohr verbundenen Rahmen H (Fig. 29) gleiten zwei Platten übereinander. Die untere A hat einen Ausschnitt in der Form eines gleichseitigen Dreiecks, die obere B endet in einer scharfen zur Bewegungsrichtung senkrechten Kante. Damit die Mitte der freien Öffnung. welche beim Übereinandergleiten der Platten stets ein gleichseitiges Dreieck bildet, unverändert mit dem Centrum des Objectivs zusammenfällt, muss die Platte A

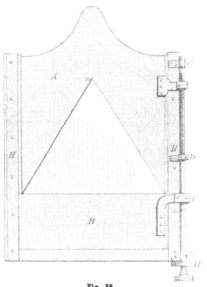

Fig. 29.

sich um eine doppelt so grosse Strecke verschieben, wie die Platte B, weil im gleichseitigen Dreieck der Abstand des Mittelpunktes von den Ecken doppelt so gross ist, wie von den Seiten. Dies wird erreicht durch die mit Links- und Rechts-Gewinde versehene Mikrometerschraube CF, deren oberer die Platte A bewegender Theil CD doppelt so grosse Steigung besitzt wie der untere DE. Die an dem Mikrometerkopf ange-

1) Monthly Notices. Vol. 11, p. 187.
2) Monthly Notices. Vol. 35, p. 100.

brachte Theilung giebt ein Mass für die jedesmalige Länge der Dreiecks-
seite, und da der Inhalt des Dreiecks, wenn diese Seite mit s bezeichnet
ist, durch $\dfrac{\sqrt{3}}{4}s^2$ ausgedrückt wird, so verhalten sich die Helligkeiten
zweier zum Verschwinden gebrachten Sterne wie die Quadrate der zugehörigen Mikrometerablesungen.

Besonders interessant ist das Thury'sche[1]) Photometer, welches zwar
meines Wissens niemals zu zusammenhängenden Messungsreihen am Himmel
verwendet worden ist, aber schon deswegen der Vergessenheit entrissen
zu werden verdient, weil bei ihm das Abblendungsprincip in der rationellsten Weise zur Anwendung gebracht worden ist.

Thury hat bereits in vollem Umfange den schädlichen Einfluss
der Diffraction bei Helligkeitsmessungen nach der Abblendungsmethode
erkannt und denselben dadurch abzuschwächen versucht, dass er die
Abblendung des Objectivs nur
innerhalb mässiger Grenzen und
hauptsächlich zum Zwecke der letzten feinen Auslöschung der Sterne
benutzte, die Hauptschwächung
aber durch Reflexe an Spiegeln
hervorbrachte. Die Thury'sche
Blendscheibe vor dem Objectiv
(Fig. 30) besteht aus 16 über einander verschiebbaren Lamellen,
welche ein gleichseitiges Polygon
bilden, dessen Mittelpunkt stets
die Mitte des Objectivs einnimmt.
Jede einzelne Lamelle ist mit einem
Stift versehen, welcher in einen
zugehörigen gekrümmten Einschnitt
einer Metallscheibe eingreift. Diese

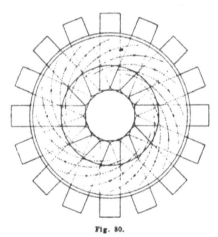

Fig. 30.

Scheibe lässt sich drehen, und da die Einschnitte, in denen sich die
Stifte der Lamellen bewegen, die Form von Archimedischen Spiralen
haben, so ist die Winkelbewegung der Scheibe proportional der linearen
Bewegung der Lamellen und infolge dessen auch dem freien Durchmesser
des Objectivs. Die Drehung der Scheibe kann von dem Ocularende des
Instrumentes aus dirigirt werden, und auf einer mit dem Bewegungs-
schlüssel verbundenen Theilscheibe aus mattem Porzellan lässt sich im

1) Bibliothèque universelle et Revue Suisse. Archives des sciences phys. et
naturelles. Nouvelle période, t. 51 (1874), p. 209.

Finstern durch eine ganz einfache Registrirvorrichtung der Betrag der Bewegung markiren. Das ganze Arrangement ähnelt den bei photographischen Apparaten vielfach üblichen Irisblenden.

Um bei der Messung heller Objecte die Öffnung des Objectivs nicht allzu sehr verkleinern zu müssen, hat Thury dem Ocularkopfe eine besondere Einrichtung gegeben (Fig. 31).

Ein und dasselbe Ocular kann in die Hülsen bei a, b und c eingeschoben werden; m und n sind zwei Spiegel, die unter 45° gegen die Richtung der auffallenden Strahlen geneigt sind. Bei a beobachtet man die Sterne direct, bei b nach einmaliger Spiegelung an m und bei c nach zweimaliger Spiegelung an m und n. Die Fassungen der Spiegel gleiten in Schlittenführungen, so dass sie je nach Bedürfniss in den Gang der Lichtstrahlen eingeschoben, oder aus demselben entfernt werden können. Bei gewöhnlichen Quecksilberspiegeln mit Glas wird von dem unter 45°

auffallenden Licht etwa 75 Procent zurückgeworfen, und es erscheinen daher bei Benutzung solcher Spiegel die Sterne bei b um ungefähr 0.3 Grössenclassen, bei c um mehr als 0.6 Grössenclassen schwächer als bei a. Ungefähr der gleiche Effect wird erreicht, wenn man anstatt der Spiegel total reflectirende Glasprismen anwendet. Versilberte Glasspiegel reflectiren etwas mehr

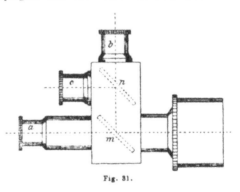

Fig. 31.

Licht, während bei Metallspiegeln der Lichtverlust im Allgemeinen grösser ist. Benutzt man endlich planparallele Glasplatten, so beträgt das zurückgeworfene Licht nur etwa 6 Procent des auffallenden, und ein Stern wird daher nach einmaliger Reflexion um 3, nach zweimaliger um 6 volle Grössenclassen geschwächt. Durch Combination verschiedener reflectirender Mittel lässt sich mit Hülfe der Thury'schen Einrichtung innerhalb gewisser Grenzen ein beliebiger Grad der Lichtschwächung hervorbringen. In der Praxis ist es natürlich, wenn man genaue photometrische Messungen ausführen will, unbedingt erforderlich, in jedem speciellen Falle die Reflexionscoefficienten der benutzten Spiegel, Prismen oder Glasplatten durch besondere Untersuchungen empirisch zu bestimmen, da bei der Verschiedenheit des Verhaltens einzelner Glassorten und Metalle und bei dem Einflusse, den die Art der Politur u. s. w. besitzt, allgemeingültige exacte Angaben über den Betrag des reflectirten Lichtes nicht gemacht werden

können. Diese unentbehrlichen Constantenbestimmungen sind ein Nachtheil der Thury'schen Methode, den dieselbe aber mit vielen anderen
photometrischen Methoden gemeinsam hat. Beiläufig bemerkt liesse sich
dasselbe Ziel wie durch mehrfache Spiegelung auch durch Anwendung
von verschiedenen Blendgläsern oder eines Keiles aus dunklem Glase erreichen, die in den Gang der Lichtstrahlen zwischen Objectiv und Ocular a,
am besten in der Nähe des Brennpunktes, eingeschoben werden könnten,
und deren Absorptionscoefficienten durch besondere Untersuchungen im
Voraus ermittelt werden müssten.

Thury hat seinen Ocularapparat noch benutzt, um einige Untersuchungen über den Einfluss der Beugung auf Helligkeitsmessungen anzustellen. Er gelangt zu dem aus unseren früheren Erörterungen unmittelbar hervorgehenden Resultate, dass, wenn in einem Fernrohre zwei
verschieden helle Sterne bei den freien Objectivflächen o und o' (von
denen o die grössere sein möge) zum Verschwinden gebracht werden,
dann das richtige Intensitätsverhältniss der beiden Sterne nicht durch $\dfrac{o}{o'}$

gegeben ist, sondern durch $\dfrac{o}{o' - x}$, wo die Correction x für jeden Werth
von o' einen anderen Betrag hat. Thury hat bei seinem Instrumente
diese Correction zu ermitteln gesucht, indem er verschiedene Sterne einmal durch starke Verkleinerung des Objectivs allein und dann nach Ein-
fügung des einen oder der beiden Spiegel durch geringe Abblendung des
Objectivs zum Verschwinden brachte. Mit Hülfe der bekannten Reflexions-
constanten der Spiegel liessen sich daraus die Correctionen für die kleinen
Öffnungen im Verhältnisse zu den grossen ableiten.

Bei den sämmtlichen im Vorangehenden besprochenen Einrichtungen
geschah die Abblendung des Objectivs von dem Rande nach der Mitte
zu. Da dieses Verfahren, wie ausführlich gezeigt worden ist, aus verschiedenen Gründen die schwerwiegendsten Nachtheile mit sich bringen
kann, so ist es rathsamer, die Abblendung so vorzunehmen, dass alle
Zonen des Objectivs gleichmässig davon betroffen werden. Ein grosser
Theil der Fehlerquellen wird auf diese Weise ganz beseitigt oder wenigstens auf ein Minimum reducirt. Zur Erreichung dieses ·Zieles sind die
verschiedensten Vorschläge gemacht worden; am praktischsten hat sich
die Benutzung von sectorförmigen Ausschnitten erwiesen, welche bereits
von Bouguer[1] mit den folgenden Worten als die einzig richtigen Ab-
blendungsvorrichtungen bezeichnet worden sind: »Il n'y a qu'une seule
manière légitime de diminuer l'ouverture des objectifs. Puisqu'on veut
que la grandeur de la surface du verre exprime la quantité des rayons

---

1) Traité d'optique, p. 36.

qui le traverse, il ne faut pas plus couvrir les parties du centre que celles des bords; les premières étant plus épaisses sont moins transparentes et les autres le sont davantage; mais il n'y a qu'à les couvrir toutes proportionnellement, et pour cela il faut se servir de diaphragmes qui aient exactement la figure des secteurs.« Der Bouguer'sche Vorschlag, der lange ganz unbeachtet geblieben zu sein scheint, ist später wiederholentlich erneuert worden, unter Anderen von Lamont[1]), welcher die Benutzung eines vom Mittelpunkte des Objectivs ausgehenden fächerförmig zu entfaltenden Diaphragmas empfiehlt. In Potsdam ist eine ähnliche Blendvorrichtung in Gebrauch, die zwar gewöhnlich nur zur allgemeinen Abschwächung von Sternen benutzt wird, aber auch zu wirklichen Helligkeitsmessungen verwendet werden könnte. Sie besteht (Fig. 32) aus drei auf einander gesteckten Metallkappen, von denen die unterste fest mit der Objectivfassung verbunden ist, während die beiden anderen, einzeln oder zusammen, um die erstere gedreht werden können. An zwei Kreistheilungen lässt sich der Betrag der Drehungen ablesen. Die beiden unteren Kappen haben je vier sectorförmige Ausschnitte von 60° Öffnungswinkel, die dritte Kappe besitzt vier Ausschnitte mit

Fig. 32.

Winkeln von 70°. Man kann durch dieses Arrangement das Objectiv von $\frac{2}{3}$ bis auf $\frac{1}{6}$ der vollen Öffnung abblenden und daher eine Lichtschwächung von ungefähr 2 Grössenclassen hervorbringen.

b. Blenden zwischen Objectiv und Ocular. Photometer von Hirsch, Dawes, Loewy.

Anstatt den auf das Objectiv auffallenden Strahlencylinder messbar zu verkleinern, ist mehrfach der Versuch gemacht worden, die Abblendung erst nach dem Austritte aus dem Objectiv vorzunehmen. Eins der ältesten auf diesem Princip beruhenden Auslöschungsphotometer rührt von Hirsch[2]) her und ist für die Sternwarte Neuchâtel von Merz in München angefertigt worden. Eine Scheibe, welche in der Mitte mit einer feinen kreisrunden Öffnung versehen ist, lässt sich innerhalb des Fernrohrtubus vom

1) Jahresbericht der Münchener Sternwarte für 1852, p. 40.
2) Bulletin de la société des sciences naturelles de Neuchâtel. T. 6 (1861—64), p. 94.

Brennpunkte nach dem Objectiv zu verschieben, und diese Verschiebung wird an einer aussen am Rohre angebrachten Scala abgelesen. Je weiter die Blendscheibe vom Focus entfernt ist, desto mehr Licht wird abgeblendet. Ist b der Durchmesser der Blendenöffnung, d der Durchmesser des Objectivs und f seine Brennweite, so ergiebt sich, dass, wenn die Blendscheibe um die Strecke m vom Brennpunkte absteht, die Helligkeit h eines Sterns ausgedrückt wird durch $h = \dfrac{b^2 f^2}{d^2 m^2}$, falls die Helligkeit ohne Blende mit 1 bezeichnet ist. Die ursprünglichen Helligkeiten zweier zum Verschwinden gebrachten Sterne verhalten sich also wie die Quadrate der zugehörigen vom Focus aus gezählten Scalenablesungen. Bei dem Hirsch'schen Apparate, welcher an einem Fernrohre von 16.2 cm Öffnung und 259.9 cm Brennweite angebracht war, hatte die Diaphragmenöffnung einen Durchmesser von 0.5 cm und liess sich innerhalb der Abstände 7.6 cm und 48.2 cm vom Brennpunkte verschieben. Bei der ersten Stellung wurde die Öffnung gerade von dem vom ganzen Objectiv herkommenden Strahlenkegel ausgefüllt, und die Gesammtlichtschwächung, die mit dieser Einrichtung zu erzielen war, betrug ungefähr vier Grössenclassen. Im Allgemeinen werden die im Innern jedes Fernrohres zur Vermeidung von seitlichen Reflexen angebrachten Scheiben einer grösseren Verschiebung des Diaphragmas hinderlich sein, und man wird daher, wenn man eine sehr erhebliche Lichtschwächung hervorbringen will, entweder verhältnissmässig viel feinere Öffnungen als bei dem von Hirsch beschriebenen Apparate anwenden oder noch Blendgläser zu Hülfe nehmen müssen.

Die Hirsch'sche Methode hat dieselben Nachtheile wie jede Abblendung des Objectivs. Sie beruht ebenfalls auf der zweifelhaften Voraussetzung, dass alle Theile des Objectivs gleichmässig zur Helligkeit des Bildes beitragen, und ist dem störenden Einflusse der Beugung in nicht geringerem Grade ausgesetzt. Dagegen bietet sie den Vortheil, dass die mechanische Einrichtung ausserordentlich einfach ist.

Eine grössere Verbreitung hat das Verfahren der Abblendung zwischen Objectiv und Ocular niemals gefunden. Mir sind ausser dem Hirsch'schen Vorschlage nur noch zwei andere bekannt geworden, von Dawes[1] und von Loewy[2], die offenbar ganz unabhängig von dem ersteren sind, im Wesentlichen aber auf dasselbe hinauskommen. Dawes hat an Stelle der einzigen Öffnung ein Diaphragma mit drei kleinen Öffnungen von verschiedener Grösse benutzt, welche durch Drehung der Diaphragmenscheibe nach einander in die Mitte des Strahlenkegels gebracht werden

1) Monthly Notices. Vol. 25, p. 229.
2) Monthly Notices. Vol. 42, p. 91.

konnten. Loewy warnt davor, allzu kleine Öffnungen zu benutzen oder die Verschiebung nach dem Objectiv hin sehr weit zu treiben, er will die directe Vergleichung nur auf ein Helligkeitsintervall von 5 oder höchstens 6 Grössenclassen anwenden und empfiehlt für die Beobachtung der helleren Sterne die allgemeine Abschwächung durch Reflex von einer vor dem Oculare unter einem Winkel von 45° angebrachten Glasplatte.

c. Das Parkhurst'sche Deflectionsphotometer.

Eine ganz eigenartige Auslöschungsmethode ist in neuester Zeit von Parkhurst[1]) eingeführt und bei seinen Helligkeitsmessungen an kleinen Planeten in grösserem Umfange angewendet worden. Die Vorrichtung, welcher Parkhurst den Namen »deflecting apparatus« gegeben hat, besteht im Wesentlichen aus einer sehr dünnen, etwas keilförmigen Glasplatte, welche zwischen Objectiv und Brennpunkt eines parallaktisch montirten Fernrohres von 22.9 cm Öffnung und 284.5 cm Brennweite, etwa 40.6 cm von der Focalebene entfernt angebracht ist, und zwar so, dass die scharfe Kante derselben bis in die Mitte des Rohres hineinragt. Wird das Instrument auf irgend einen Stern gerichtet, so geht die eine Hälfte des Strahlenkegels an der Glasplatte vorbei, die andere fällt auf dieselbe und wird ein wenig abgelenkt, so dass zwei nahe bei einander befindliche Bilder des Sternes entstehen. Es findet also keine eigentliche Abblendung statt in dem Sinne, wie es bei den bisher besprochenen Photometern der Fall war, sondern eine Zerlegung des Lichtkegels in zwei Theile, und es ist klar, dass man durch Verschiebung der Glasplatte in der Richtung senkrecht zur optischen Axe sehr leicht das directe neben der Glasplatte gesehene Bild eines Sternes zur Auslöschung bringen könnte. Parkhurst hat zur Erreichung dieses Zieles einen etwas anderen Weg eingeschlagen. Er lässt bei unbeweglicher Glasplatte den zu beobachtenden Stern durch das Gesichtsfeld des Fernrohres hindurchwandern. Beim Eintritt in dasselbe geht zunächst der ganze vom Objectiv kommende Strahlenkegel an der Glasplatte vorbei, und man erblickt nur ein einziges Sternbild. Sobald aber der Mantel des Kegels die Platte erreicht hat, wird ein zweites schwaches Bild des Sternes sichtbar, während das ursprüngliche Bild an Helligkeit abnimmt. Man kann auf diese Weise das vollständige Verschwinden des directen Bildes beobachten. Sterne von verschiedener Lichtstärke werden natürlich an verschiedenen Stellen des Gesichtsfeldes zum Verschwinden kommen, und die Zeit, die von ihrem Eintritte in das Gesichtsfeld bis zur vollständigen Auslöschung ver-

---

1) Annals of the Astr. Observatory of Harvard College. Vol. 18, Nr. III.

streicht, wird mit Rücksicht auf die Declination der Sterne ein Mass für ihre Helligkeit geben. Da der Eintritt in das Gesichtsfeld nicht mit der erforderlichen Genauigkeit zu bestimmen ist, so wird statt dessen der Antritt der Sterne an einer dunklen Linie beobachtet, welche auf einer in der Focalebene angebrachten Glasplatte markirt ist. Diese letztere Platte lässt sich noch verschieben und an mehreren Punkten, deren Entfernung von einander in Zeitsecunden genau bestimmt ist, festklemmen. Man kann auf diese Weise, wenn es wünschenswerth sein sollte, die Durchgangszeit abkürzen. Das Ocular ist ebenfalls verschiebbar und zwar parallel zur Focalebene, um es bei der Beobachtung der Auslöschung in die vortheilhafteste Position zu dem Sterne bringen zu können. Die ablenkende Glasplatte kann vom Ocular aus mittelst einer einfachen Vorrichtung ganz zurückgeklappt werden, so dass das Gesichtsfeld nöthigen Falls vollständig frei wird.

Das Eigenthümliche der Parkhurst'schen Methode besteht darin, dass die eigentliche Helligkeitsbeobachtung durch eine Zeitmessung erfolgt, ein Verfahren, welches, wie wir sehen werden, auch beim Keilphotometer und zwar schon lange vor Parkhurst zur Anwendung gekommen ist. Was den Zusammenhang zwischen Durchgangszeit und Helligkeitsabnahme beim Deflectionsphotometer anbetrifft, so liesse sich derselbe entweder durch Berechnung des von der ablenkenden Glasplatte aus dem Strahlenkegel ausgeschnittenen Theiles bestimmen,

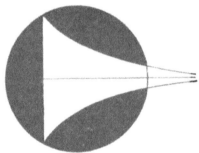

Fig. 33.

oder auf experimentellem Wege durch Messungen an Sternen von bekannter Helligkeit oder durch irgend eine andere photometrische Methode ermitteln. Parkhurst hat bei seinem Apparate noch eine Einrichtung getroffen, um unmittelbar aus den für zwei verschiedene Sterne beobachteten Durchgangszeiten den Helligkeitsunterschied derselben in Grössenclassen abzuleiten. Zu diesem Zwecke hat er vor dem Objectiv eine Blendkappe angebracht, deren eigenthümliche Construction aus Figur 33 ersichtlich ist.

Die freie Öffnung der Blende wird begrenzt durch eine gerade Linie und zwei Curvenstücke, die symmetrisch zu einer senkrecht auf der Geraden durch die Mitte des Objectivs gezogenen Linie liegen. Die Curven sind logarithmische und durch die Gleichung bestimmt: $x = P \log y$, wo P eine Constante ist. Die x-Axe fällt mit der Mittellinie zusammen. Der Inhalt der Fläche, welche von irgend einer Ordinate y, der x-Axe und der asymptotisch zu derselben verlaufenden Curve gebildet wird, ist ausgedrückt durch PMy, wenn M der Modul der Brigg'schen Logarithmen ist. Für zwei bestimmte Ordinaten y_1 und y_2 hat man daher die entsprechenden Flächen PMy_1 und PMy_2. Soll nun das Verhältniss dieser beiden Flächen gleich sein dem Verhältnisse zweier auf einander folgenden Sterngrössenclassen (wofür gewöhnlich die Zahl 2.512 angenommen wird), so ist $\log y_1 - \log y_2 = 0.4$ und demnach $x_1 - x_2 = 0.4\,P$. Parkhurst hat für die willkürliche Constante P den Werth 5 angenommen, und es ist daher bei ihm $x_1 - x_2$ gleich 2 Zoll. Die Blendkappe ist so auf das Objectiv aufgesetzt, dass die Mittellinie mit der Richtung der täglichen Bewegung der Sterne zusammenfällt. Verschiebt sich nun, durch Bewegung des Sternes, der Strahlenkegel, dessen Querschnitte natürlich überall ähnliche Form haben müssen wie die freie Objectivöffnung, gegen die ablenkende Glasplatte um ein Stück, welches an dem Objectiv einer Strecke von 2 Zoll entspricht, so ändert sich die Helligkeit des Sternes um eine ganze Grössenclasse. Die dazu erforderliche Zeit beträgt für einen Äquatorstern ungefähr 40 Zeitsecunden. Will man zwei beliebige Sterne in Bezug auf ihre Helligkeit miteinander vergleichen, so bestimmt man für jeden die Durchgangszeit vom Antritt an die dunkle Linie bis zum vollständigen Auslöschen des directen Bildes. Die Differenz dieser Durchgangszeiten (in Zeitsecunden ausgedrückt), reducirt auf den Aequator und dividirt durch 40, giebt dann unmittelbar den Helligkeitsunterschied der beiden Sterne in Grössenclassen. Da die Constante P ganz willkürlich ist, und ebenso die Entfernung der ablenkenden Glasplatte von der Focalebene beliebig gewählt werden kann, so lässt sich die Zeitdauer, welche zur Hervorbringung einer Lichtabnahme von einer Grössenclasse erforderlich ist, ganz nach Gutdünken von vornherein festsetzen. Zu berücksichtigen ist noch, dass die Blendenöffnung streng genommen nach der einen Seite hin ins Unendliche sich erstrecken müsste, weil die begrenzenden logarithmischen Curven asymptotisch zur Mittellinie verlaufen. Um daher den ausserhalb des Objectivs fallenden Theil der Öffnung in Rechnung zu ziehen, ist es nothwendig, an dieser Seite der Blendscheibe eine besondere Öffnung anzubringen, welche eine beliebige Form haben kann, deren Fläche aber gleich diesem ausserhalb liegenden Stück sein muss.

Die Parkhurst'sche Objectivblende hat den Vortheil, dass die experimentelle Bestimmung der Beziehung zwischen Durchgangszeit und Helligkeitsänderung überflüssig wird; dagegen dürfte die exacte mechanische Herstellung der complicirten Öffnungsform, von der allein die zu erreichende Messungsgenauigkeit abhängt, mit grossen Schwierigkeiten verknüpft sein. Auch sonst hat das ganze Beobachtungsverfahren mancherlei Bedenken gegen sich, und es ist kaum zu erwarten, dass das Parkhurst'sche Photometer weite Verbreitung finden wird.

2. Auslöschung des Lichtes durch absorbirende Medien.

a. Die Photometer von Lampadius, Horner, Quetelet, Albert.

Der Gedanke, die Absorption des Lichtes in verschieden grossen Schichten eines nicht absolut durchsichtigen Mediums als Helligkeitsmass zu benutzen, ist schon verhältnissmässig früh aufgetaucht. Bouguer erwähnt in seinem Traité d'optique (p. 46 , dass bereits im Jahre 1700 der Kapuzinerpater François Marie in einer kleinen Schrift, betitelt »Nouvelles découvertes sur la lumière«, die Auslöschung des Lichtes durch Übereinanderlegen mehrerer Glasstücke von gleicher Dicke empfohlen hat. Theoretisch lässt sich gegen dieses Princip kaum etwas einwenden. Unter der Voraussetzung, dass die einzelnen Glasstücke nicht nur hinsichtlich der Dicke, sondern auch hinsichtlich der Beschaffenheit des Glases vollkommen identisch sind, kann man leicht den Lichtverlust bestimmen, der von einer beliebigen Anzahl derselben verursacht wird. Ist J die Intensität eines Lichtstrahles vor dem Eintritte in das erste Glasstück, J' die Intensität beim Austritte aus n solchen Stücken, so hat man nach den Erörterungen auf Seite 113 die einfache Beziehung: $J' = J c^n$, wobei c, der sogenannte Transmissionscoefficient, das Verhältniss der von einem einzelnen Glasstück hindurch gelassenen Lichtmenge zu der ursprünglichen Intensität ausdrückt. In der Praxis stellen sich diesem Verfahren und ebenso allen anderen auf dem Princip der Absorption beruhenden Auslöschungsmethoden einige Schwierigkeiten entgegen. Zunächst findet man nicht leicht vollkommen homogene absorbirende Medien, und noch bedenklicher ist der Umstand, dass es kaum eine Substanz geben dürfte, welche für Strahlen von verschiedener Brechbarkeit in absolut gleichem Masse durchlässig wäre. Die Vergleichung verschiedenfarbiger Lichteindrücke ist daher bei jedem Absorptionsphotometer ein mehr oder weniger heikler Punkt.

Anstatt der von François Marie benutzten Glasplattensäule bediente sich Lampadius[1] im Jahre 1814 zur Bestimmung der Helligkeit des zerstreuten Tageslichtes, sowie der Sonne und des Mondes, einer Röhre, in welche so viele mit Öl getränkte Papierscheiben eingelegt wurden, bis

---

1 Lampadius, Beiträge zur Atmosphärologie. II. Phot Beob. im Jahre 1814, p. 164. Freiberg 1817.

jede Spur von Licht ausgelöscht war. Diese Papierscheiben ersetzte er später durch Hornscheiben, welche sich weit homogener und vor Allem viel haltbarer erwiesen; ferner schlug er vor, an jeder Photometerröhre eine Theilung anzubringen und mit 100 denjenigen Punkt zu bezeichnen, bis zu welchem die Röhre mit aufeinander gelegten Scheiben angefüllt werden muss, falls gerade das Licht eines im Sauerstoffgas brennenden Phosphorstückes zum Verschwinden gebracht werden soll; auf diese Weise würde die Angabe einer beliebigen Zahl der Scala in verschiedenen derartigen Apparaten ein ganz bestimmtes Helligkeitsmass repräsentiren.

Eine ähnliche Einrichtung ist fast zu derselben Zeit von Horner[1]) vorgeschlagen worden. Derselbe verwendete einen Rahmen mit 10 neben einander befindlichen, gleich grossen Öffnungen, von denen die erste ganz frei blieb, während die zweite mit einer einzelnen Lage durchsichtigen Papieres, die dritte mit 2 solchen Lagen u. s. w., die zehnte mit 9 Lagen überzogen war. Ausserdem waren Scheiben vorhanden, die aus je 10 Lagen desselben Papieres bestanden und die in dem Photometerrohre mittelst einer Hülse festgehalten werden konnten. Bei der Beobachtung wurden zunächst soviel Zehnerscheiben eingesetzt, als erforderlich waren, um die Lichtquelle nahezu zum Auslöschen zu bringen, dann wurde der Rahmen so weit hineingeschoben, bis der letzte Lichteindruck verschwand, und die Nummer der betreffenden Rahmenöffnung notirt. Das Verfahren ist, wie man leicht einsieht, in mancher Hinsicht bedenklich und dürfte schwerlich sichere Resultate ergeben.

Dasselbe gilt von den zahlreichen Versuchen, Flüssigkeitsschichten zur Auslöschung zu verwenden. Quetelet[2]) hat bereits im Jahre 1833 vorgeschlagen, in den Gang der Lichtstrahlen ein Gefäss einzuschalten, welches oben und unten mit parallelen Glasplatten verschlossen ist. Diese Platten können durch eine einfache Vorrichtung einander genähert oder von einander entfernt werden, sodass die eingeschlossene Flüssigkeitsschicht, welche in ein seitlich angebrachtes Rohr zurücktreten kann, jede beliebige Länge erhält. Dieselbe Idee ist bis in die jüngste Zeit immer wieder von Neuem mit nur geringen Modificationen aufgetaucht. Am bekanntesten ist wohl das Albert'sche Photoscop[3]) geworden, welches im Wesentlichen mit dem Quetelet'schen Apparate die grösste Ähnlichkeit hat. Die Benutzung von Flüssigkeiten hat ausser vielen anderen Übelständen noch den Nachtheil, dass sich die selective Absorption der einzelnen Farben in ganz besonders starkem Masse fühlbar macht.

---

1) Bibliothèque universelle des sciences. Genève. Tome 6 (1817).
2) Bibliothèque universelle des sciences. Genève. Tome 52 (1833), p. 212.
3) Dinglers polytechnisches Journal. Bd. 100 (1846), p. 20.

b. Das Keilphotometer.

Alle im Vorangehenden erwähnten Einrichtungen und viele andere
auf demselben Princip beruhenden eignen sich wenig zu Untersuchungen
am Himmel und können auch nicht im Entferntesten rivalisiren mit dem
hervorragendsten Repräsentanten dieser Gattung von Instrumenten, dem
Keilphotometer, welches zweifellos überhaupt als das vollkommenste
Auslöschungsphotometer zu bezeichnen ist. Es wird häufig auch das
Pritchard'sche Keilphotometer genannt, weil Pritchard dasselbe am Eingehendsten studirt und zuerst zu umfangreichen Messungen benutzt hat.
Der Gedanke selbst ist ziemlich alt, und die Geschichte der Entwicklung
dieses Photometers ist ein deutlicher Beweis dafür, welch geringes Interesse
stets von Seiten der Astronomen den Helligkeitsbestimmungen der Gestirne entgegengebracht worden ist, da sonst schwerlich eine so einfache
und praktische Methode immer wieder in gänzliche Vergessenheit gerathen
wäre. Es existiren nicht weniger als fünf verschiedene Abhandlungen, in
denen die Benutzung von Glaskeilen zu photometrischen Zwecken als
neu in Vorschlag gebracht worden ist, zum Theil bereits mit allen denjenigen Modificationen und Verbesserungen, die sich erst seit Pritchard
dauernd in der Praxis eingebürgert haben.

Der älteste Vorschlag scheint aus dem Jahre 1832 von dem Grafen
de Maistre[1]) herzurühren. Derselbe benutzte zwei Prismen von ungefähr
11° brechendem Winkel und fast 9 Zoll Länge, das eine aus weissem,
das andere aus blauem Glase, welche so aufeinander gelegt waren, dass
sie ein Parallelepipedum bildeten, damit die hindurchgehenden Lichtstrahlen nicht von ihrer ursprünglichen Richtung abgelenkt würden. Das
Prisma aus weissem Glase erhielt bei der Messung eine feste Stellung,
während das andere mit Hülfe einer Mikrometerschraube dagegen verschoben werden konnte. Das de Maistre'sche Photometer ist ein Jahr
später von Quetelet[2]) in der Weise modificirt worden, dass anstatt eines
weissen und eines blauen Prismas zwei Keile von demselben dunklen
Glase benutzt wurden; doch hat Quetelet dieses Instrument sehr bald
wieder aufgegeben, weil er die Unmöglichkeit einsah, Glas von solcher
Färbung zu erhalten, dass die verschiedenen Farben gleichmässig dadurch absorbirt würden.

In den Berichten der Schwedischen Akademie beschreibt C. D. v. Schumacher[3]) im Jahre 1852 eine ganz ähnliche Einrichtung, ohne offenbar
von den früheren Vorschlägen Kenntniss zu haben; er bewegt die beiden

---

1) Bibliothèque universelle des sciences. Genève. Tome 51 (1832), p. 323.
2) Bibliothèque universelle des sciences. Genève. Tome 52 (1833), p. 212.
3) Öfversigt af K. Vetensk. Akad. Förh. 1852, p. 236.

Keile durch eine Schraube mit Doppelgewinde gleichmässig gegeneinander und bringt dieselben (was als eine wesentliche Verbesserung zu bezeichnen ist) nicht vor dem Objectiv oder Ocular, sondern in der Focalebene des Fernrohres an.

Kayser[1] in Danzig hat zum ersten Male die Prismen nicht getrennt von einander benutzt, sondern zu einem festen Doppelprisma zusammengekittet, bestehend aus einem weissen durchsichtigen und einem dunklen Keile. Sein Instrument gleicht bis ins Kleinste unseren besten heutigen Photometern, und es ist fast unbegreiflich, dass dasselbe in der damaligen Zeit gar keinen Anklang gefunden hat. Von Kayser stammt auch zuerst der Vorschlag, den Doppelkeil in der Brennebene eines parallaktischen Fernrohres feststehen zu lassen und zwar mit seiner Längsausdehnung in der Richtung der täglichen Bewegung, und die Secunden zu zählen von dem Antritt der Sterne an den Glasstreifen bis zu dem Momente, wo die Sterne unsichtbar werden.

Dawes[2] hat sich ebenfalls Verdienste um das Keilphotometer erworben und insbesondere seine Anwendung ausser zu Sternbeobachtungen noch in solchen Fällen empfohlen, wo andere photometrische Methoden schwierig zu benutzen sind, beispiels-weise zur Vergleichung der Hellig-keit verschiedener Partien der Mond-oberfläche und zur Vergleichung der Lichtstärke der von der Sonne be-leuchteten Atmosphäre und der Photo-sphäre der Sonne selbst.

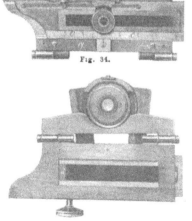

Fig. 34.

Fig. 35.

Ausser der Dawes'schen Ein-richtung und einem weniger bekann-ten Vorschlage von Piazzi Smyth aus dem Jahre 1843, der nirgends veröffentlicht zu sein scheint, ist Pritchard bei der Construction seines Keilphotometers im Jahre 1881 offenbar keiner der älteren Vor-schläge bekannt gewesen. Sein Apparat enthält in keiner Hinsicht etwas Neues, im Gegentheil bedeutet er insofern sogar einen gewissen Rückschritt, als die Verschiebung des Keiles wieder aus der Focalebene vor das Ocular verlegt worden ist. Die Figuren 34 und 35 stellen das Pritchard'sche Keilphotometer dar, wie es

1) Astron. Nachr. Bd. 57, Nr. 1346.
2) Monthly Notices. Vol. 25, p. 229.

in der optischen Anstalt von Grubb in Dublin angefertigt wird. In dem Rahmen *a* bewegt sich mit Hülfe eines Triebes *b* der aus weissem und neutralem Glase zusammengekittete Doppelkeil, dessen Verschiebung an der Theilung *c* abgelesen werden kann. Um dem Auge die nöthige Seh- richtung zu geben, ist vor dem Keil noch eine Hülse mit einer Augen- öffnung angebracht. Der ganze Rahmen *a* lässt sich mittelst eines Scharniers herunterklappen (Fig. 35), so dass das Ocular nach Bedürfniss sofort frei ohne Keil benutzt werden kann. Diese Einrichtung ist in mancher Hin- sicht vortheilhaft, sie hat aber den grossen Nachtheil, dass der Keil viel leichter der Gefahr einer Beschädigung oder des Beschlagens durch den Hauch des Beobachters ausgesetzt ist, als wenn er sich im Innern des Fernrohres befindet, und dass im Momente des Verschwindens der Sterne das ganze Gesichtsfeld verdunkelt ist, was in vielen Fällen die Beobach- tung erschwert. Da' der Augendeckel nicht zu weit von der Ocularlinse entfernt sein darf, so ist die vorn befindliche Hülse so kurz, dass, wie Young[1]) bei einer Besprechung des Pritchard'schen Keilphotometers miss- billigend bemerkt, Nase und Stirn des Beobachters der Bewegung des Keiles unter Umständen hinderlich sind.

Entschiedenen Vorzug vor dem Pritchard'schen Instrumente verdient der in Potsdam eingeführte, vom Mechaniker Töpfer construirte Apparat, welcher zugleich mit einer bequemen Registrirvorrichtung versehen ist.

Fig. 36.

Figur 36 stellt diesen Apparat in etwa ½ der natürlichen Grösse (mit abgeschraubtem Ocular) dar. Er wird mittelst eines Zwischenringes an das zur Verwendung kommende Fernrohr so angesetzt, dass sich der Keil ungefähr in der Brenn- ebene desselben befindet. In dem eigentlichen aus Aluminiumblech angefertigten Kasten des Apparates bewegt sich mit Hülfe des Triebes *a* der Rahmen *b*, in welchem der Keil mittelst der Schrauben *c* be- festigt wird. Auf der Vorderseite dieses Rahmens ist eine Millimeter- theilung angebracht, die an dem

festen Index *i* abgelesen werden kann; ausserdem befindet sich eine zweite zur Registrirung benutzte Theilung mit erhabenen Strichen und

1) Investigations on light and heat published with appropriation from the Rumford Fund. 1856, p. 301.

Zahlen auf der oberen Kante *e* des Rahmens. Durch die Mitte des Gesichtsfeldes geht ein aus zwei schmalen Lamellen gebildeter, unmittelbar vor dem Keil sitzender Steg, welcher mit Hülfe des Knopfes *d* nach Wunsch ganz aus dem Gesichtsfelde zurückgezogen werden kann. Bei der Benutzung eines parallaktisch montirten Fernrohres wird das Keilphotometer so angesetzt, dass dieser Steg in die Richtung der täglichen Bewegung zu stehen kommt und die Sterne den schmalen Streifen zwischen den Lamellen zu durchlaufen haben. Das positive Ocular, welches nicht zu stark zu wählen ist, wird so eingestellt, dass der Steg und die Begrenzung des Keils scharf erscheinen, und dann erst wird der ganze Apparat mittelst des Fernrohrtriebes so weit verstellt, bis auch die Sterne scharf zu sehen sind. Der Umstand, dass zu beiden Seiten des Keils das Gesichtsfeld frei bleibt, ist bei den meisten Sternbeobachtungen als ein Vortheil zu betrachten; denn erstens wird dem Auge dadurch die Mühe erleichtert, diejenige Stelle richtig zu fixiren, wo der Stern verschwindet, und dann giebt die Entfernung der beiden Lamellen und ebenso die Breite des Keils ein vortreffliches Mittel an die Hand, die Distanzen benachbarter Sterne in beiden Coordinaten richtig zu taxiren und daher bei grösseren Beobachtungsreihen Verwechslungen von Sternen zu vermeiden. Wenn es erforderlich sein sollte, kann mittelst des Knopfes *f* ein Schieber vorgeschoben werden, welcher das ganze Gesichtsfeld bis auf einen schmalen Ausschnitt in der Mitte verdeckt; es kann endlich auch noch eine andere Blende mit feinen runden Öffnungen eingesetzt werden, um nach dem Dawes'schen Vorschlage einzelne Stellen der Mond- oder Sonnenoberfläche, bei sehr grossen Brennpunktbildern auch verschiedene Partien einer Planetenscheibe mit einander zu vergleichen.

Als Registrirvorrichtung, welche beim Keilphotometer durchaus unentbehrlich ist, empfiehlt sich am meisten die von E. v. Gothard[1] herrührende, welche im Wesentlichen auch bei dem Potsdamer Instrument beibehalten ist. Auf das Rad *g* ist eine Rolle schmalen Telegraphenpapieres aufgesteckt, welches sich in der aus der Figur ersichtlichen Weise auf das zweite etwas grössere Rad *k* aufwickelt. Durch einen Druck auf den Hebel *l* wird dieser Papierstreifen mittelst des elastischen Kissens *m* an die erhabene Theilung angedrückt. Ausser dieser Theilung presst sich noch ein an dem festen Theile des Photometers ebenfalls erhaben angebrachter Indexstrich in das Papier ein. Die Markirung ist so deutlich, dass die Ablesung des Streifens, namentlich mittelst einer schwachen Lupe, keine Schwierigkeiten bereitet. Man kann auch noch zwischen Streifen und Theilung, wie es E. v. Gothard gethan hat, einen zweiten Streifen

1 Zeitschrift für Instrumentenkunde. Jahrg. 7, p. 347.

mit Farblösung getränkten Papieres einschieben; die Ablesung wird dann noch bequemer, indessen ist diese Complication der Einrichtung, welche auch einige Übelstände mit sich führt, nicht unbedingt erforderlich. Beim Herabdrücken des Hebels *l* fasst die starke Feder *n* in eine Art Zahnkranz ein, welcher auf dem Rade *k* fest aufsitzt, und beim Loslassen des Hebels wird das Rad um ein Stück gedreht und der Papierstreifen eine kleine Strecke fortgezogen, so dass für eine neue Einstellung Raum wird. Um den Streifen nach Beendigung der Beobachtung schnell abwickeln zu können, wird die Feder *n* mittelst der Schraube *a* ein wenig angehoben, so dass das Rad *k* sich frei und schnell drehen lässt.

Die Theorie des Keilphotometers ist die denkbar einfachste. Es stelle in Figur 37 *ABC* das dunkle und *ADC* das durchsichtige Prisma dar.

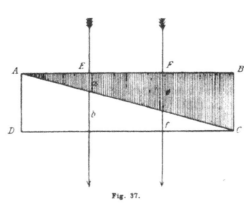

Die Länge des Keiles *AB* sei *l*, seine Gesammtdicke *AD* sei *d*. Die von zwei Sternen mit den Lichtstärken J_1 und J_2 herkommenden Lichtstrahlen mögen bei *E* und *F* in den Keil eintreten und innerhalb desselben die Strecken *a* und *b*, resp. *e* und *f* durchlaufen. Die Lichtstärken beim Austritt aus dem Keil seien J_1' und J_2'. Nennt man den Durchlässigkeitscoefficienten des dunklen Glases *k*, den des weissen Glases *c*, so hat man nach dem Früheren:

Fig. 37.

$$J_1' = J_1 k^a c^b, \quad \text{oder:} \quad \log J_1' - \log J_1 = a \log k + b \log c,$$

oder endlich, da $b = d - a$ ist:

$$\log J_1' - \log J_1 = a(\log k - \log c) + d \log c.$$

Ebenso ist auch:

$$\log J_2' - \log J_2 = e(\log k - \log c) + d \log c.$$

Sind nun beide Sterne gerade zum Auslöschen gebracht, also $J_2' = J_1'$, so erhält man aus den letzten Gleichungen:

$$\log J_1 - \log J_2 = (e - a)(\log k - \log c).$$

Es ist aber, wenn man die Strecke EF mit s bezeichnet, $e - a = \dfrac{sd}{l}$; folglich:

$$\log J_1 - \log J_2 = \frac{sd}{l} (\log k - \log c).$$

Statt der Differenz der Helligkeitslogarithmen kann man den Intensitätsunterschied der beiden Sterne in Grössenclassen (nach der üblichen Weise durch Division mit 0.4) einführen. Bezeichnet man denselben mit g, und ersetzt noch die verschiedenen Constanten durch eine einzige Constante K, so hat man endlich:

$$g = Ks.$$

Der Grössenunterschied zweier im Keilphotometer ausgelöschten Sterne ergiebt sich also aus der Differenz s der Scalenablesungen unmittelbar durch Multiplication mit einer Constante K, welche man die Keilconstante nennt, und die von der Beschaffenheit des dunklen Glases, sowie von dem Winkel des Keiles abhängt. Giebt die Theilung Millimeter an, so ist K die Grössenabnahme eines Sternes bei einer Verschiebung des Keiles um 1 mm. Bestimmte Vorschriften über die Wahl dieser Constante lassen sich nicht geben. Ist der Keilwinkel sehr klein und das Glas nicht sehr dunkel, so tritt wegen der ausserordentlich langsamen Auslöschung leicht eine Ermüdung des Auges ein; ist dagegen die Steigung des Keiles gross, so liegt die Gefahr vor, dass ein verhältnissmässig unbedeutendes Überschreiten des Auslöschungspunktes schon einen merklichen Fehler hervorruft. Die in England angefertigten Keile sind im Allgemeinen etwas flach und wenig stark absorbirend, sie müssen daher, um eine grössere Lichtschwächung hervorzubringen, ziemlich lang gewählt werden (die beiden von Pritchard benutzten Keile waren ungefähr 10 resp. $16\tfrac{1}{2}$ cm lang, die zugehörigen Keilconstanten waren 0.10 resp. 0.07 Grössenclassen), und dies bringt den Übelstand mit sich, dass die Beschaffung von so grossen Stücken homogenen Glases schwierig ist. Die in Potsdam angewendeten Keile sind merklich kürzer (ungefähr nur 6 bis 8 cm lang), dagegen ist ihre Constante etwa doppelt so gross wie die der Pritchard'schen Photometer. Nach den in Potsdam gemachten Erfahrungen eignet sich eine Keilconstante von 0.15 bis 0.20 Grössenclassen am besten zu photometrischen Messungen. Werthe unter 0.10 und über 0.25 sind nach Möglichkeit zu vermeiden.

Die genaue Bestimmung der Keilconstante kann bei jedem Apparate nur auf experimentellem Wege erfolgen. Pritchard hat dafür zwei Methoden vorgeschlagen, die Anwendung von Blendvorrichtungen und die Benutzung von polarisirenden Medien. Die erstere Methode ist nach dem, was im Vorangehenden über die Beugungswirkungen gesagt worden ist, entschieden zu verwerfen. Die zweite Methode ist theoretisch unanfechtbar, aber in der von Pritchard angewandten Form nicht empfehlenswerth. Pritchard benutzt zwei neben einander befindliche schmale Spalte, die eine genau bestimmte Entfernung von einander haben und setzt hinter dieselben seinen Keil. Auf die Spalte gelangt paralleles Licht, welches nach dem Passiren des Keiles auf ein doppeltbrechendes Prisma auffällt. Es entstehen so zwei Bilder von jedem Spalt, die senkrecht zu einander polarisirt sind. Durch ein vor dem Auge befindliches Nicolprisma lässt sich die Gleichheit der von beiden Spalten herrührenden Bilder herstellen und daher die einem bestimmten Stücke des Keiles entsprechende Absorption ermitteln.

Gegen dieses Verfahren kann man zweierlei einwenden. Erstens wird die Constante für ein viel zu kleines Stück des Keiles bestimmt, da die Entfernung der Spalte nicht sehr gross sein darf (bei Pritchard nur 9.5 mm); der Fehler der Messung geht also zu stark ein. Zweitens wird die Gleichheit zweier Lichteindrücke beurtheilt, der Keil also unter ganz anderen Bedingungen benutzt, als bei den Sternbeobachtungen. Spitta hat ausserdem noch darauf aufmerksam gemacht, dass bei der Pritchard-schen Methode infolge der an den inneren Flächen der Nicolprismen stattfindenden Reflexe leicht Fehler entstehen können, wenn nicht ein geeignetes Diaphragma zwischen Auge und Nicolprisma eingesetzt ist.

Anstatt des Pritchard'schen Verfahrens zur Bestimmung der Keil-constante wendet man mit Vortheil eine der folgenden Methoden an.

1. Vorschlag von Abney. Das Photometer wird auf einen durch ein geeignetes Arrangement hergestellten künstlichen Stern gerichtet. Vor demselben ist eine Scheibe mit verstellbaren sectorförmigen Ausschnitten angebracht, die in schnelle Rotation versetzt werden kann. Man giebt nun dem künstlichen Stern durch geeignete Wahl der Sectoren nacheinander bestimmte Helligkeitsgrade' und bringt den Stern jedesmal durch Verschieben des Keiles zum Verschwinden. Auf diese Weise lässt sich die Keilconstante aus Messungen an beliebigen Stellen und über beliebig grosse Strecken des Keiles durchaus einwurfsfrei ermitteln.

2. Vorschlag von Spitta. Eine Anzahl von kleinen Spiegeln, deren Reflexionsvermögen genau gleich sein muss, wird so aufgestellt, dass von jedem derselben das Licht einer Flamme in gleichem Betrage auf eine sehr kleine weisse Scheibe geworfen wird. Diese Scheibe erscheint im Photometer als winziger weisser Fleck, und ihre Helligkeit ändert sich im Verhältniss der Anzahl der exponirten Spiegel; sie wird mit Hülfe des Keiles ausgelöscht. Die Methode ist etwas complicirter und nicht ganz

so sicher wie die Abney'sche, auch ist sie dadurch etwas beschränkt, dass die Anzahl der Spiegel nicht zu gross gewählt werden darf. Eine sorgfältige Untersuchung dieser Spiegel hinsichtlich ihrer Reflexionsfähigkeit ist ein unerlässliches Erforderniss, und dadurch werden leicht Fehlerquellen herbeigeführt.

3. Potsdamer Methode. Am einfachsten und sichersten lässt sich die Keilconstante mit Hülfe des Zöllner'schen Photometers bestimmen. Das Keilphotometer wird unmittelbar an Stelle des Oculars an ersteres angesetzt und der künstliche Stern zum Auslöschen gebracht, nachdem dessen Helligkeit durch Verstellung der Nicolprismen am Intensitätskreise in messbarem Grade verändert worden ist. Man kann das Verfahren auch in der Weise umkehren, dass man den Keil zunächst um eine ganz bestimmte Strecke verschiebt und den künstlichen Stern durch Drehung des Intensitätskreises zum Verschwinden bringt; die eigentliche Messung geschieht dann nicht mit dem Keil, sondern mit den polarisirenden Mitteln. Das erstere Verfahren ist entschieden vorzuziehen.

4. Benutzung von photometrisch bestimmten Sternen. Diese Methode hat den grossen Vortheil, dass keinerlei besondere instrumentellen Einrichtungen erforderlich sind, und dass die Constantenbestimmung unter genau den gleichen äusseren Bedingungen erfolgt, wie die gewöhnlichen Beobachtungen mit dem Keilphotometer. Man sucht aus den Helligkeitscatalogen (Harvard Photometry, Uranometria nova Oxoniensis, Potsdamer Durchmusterung) Sternpaare aus, die in Bezug auf Farbe nicht allzu sehr von einander verschieden sind, dagegen beträchtliche Intensitätsunterschiede aufweisen, und misst dieselben mit dem Keil. Um von den zufälligen Fehlern der Cataloghelligkeiten möglichst frei zu werden, thut man gut, eine sehr grosse Zahl von Sternpaaren zu benutzen.

Langley hat zur Constantenbestimmung die Anwendung des Bolometers empfohlen, und mehrfach ist der Vorschlag aufgetaucht, die Photographie nutzbar zu machen. Man blendet die eine Seite des Keiles bis auf zwei schmale, in einer bestimmten Entfernung von einander befindliche Spalte ab und bringt auf der anderen Seite einen Streifen photographischen Papieres an. Lässt man dann auf die Vorderseite paralleles Licht auffallen, so giebt der Grad der Schwärzung auf dem Papiere ein Mass für das Verhältniss des an den beiden betreffenden Stellen des Keiles hindurchgegangenen Lichtes. Die Langley'sche Methode berücksichtigt nur die Wirkung des Keiles auf die Wärmestrahlen, die photographische Methode zieht nur die brechbareren Strahlen in Betracht, die letztere ist ausserdem nur einer geringen Genauigkeit fähig. Beide Methoden sind wenig zu empfehlen.

Der Benutzung jedes Keilphotometers muss ausser der Constantenbestimmung, die am besten nicht nur nach einer, sondern gleichzeitig
nach mehreren der oben empfohlenen Methoden geschieht, noch eine
specielle Untersuchung des Keiles in Bezug auf Homogenität des Glases,
Regelmässigkeit der Gestalt und Durchlässigkeit für verschiedene Farben
vorangehen.

Bei der Vollkommenheit, mit welcher heutigen Tages Glas hergestellt
wird, sind auffallende Mängel in der Homogenität von vornherein kaum
zu befürchten, namentlich wenn man die Keile nicht zu lang wählt und
daher auch nicht zu grosse Glasstücke nöthig hat; dagegen bereitet das
Anschleifen von absolut ebenen Flächen bei den verhältnissmässig dünnen
Keilen einige Schwierigkeit, und es liegt die Gefahr vor, dass die begrenzenden Flächen eine leichte Krümmung besitzen, und dass infolge
dessen einer Verschiebung des Keiles um gleiche Strecken nicht überall
ein gleichmässiger Zuwachs der absorbirenden Schicht entspricht. Zur
Untersuchung dieser Punkte wendet man ein ähnliches Verfahren an, wie
bei der Ermittlung der Theilungsfehler von Massstäben oder Kreistheilungen. Man misst ein bestimmtes Helligkeitsintervall an verschiedenen
Stellen des Keiles, indem man den Endpunkt der ersten Messung zum
Anfangspunkte der zweiten wählt u. s. f. über die ganze zum Gebrauch
bestimmte Länge des Keiles hinweg. Dann nimmt man ein anderes
doppelt so grosses Helligkeitsintervall, ebenso ein dreimal, viermal u. s. w.
so grosses und misst auch diese von denselben Anfangspunkten aus. Durch
ein geeignetes Ausgleichungsverfahren leitet man dann die Fehler der
einzelnen Anfangspunkte her und kann auf diese Weise eine vollkommene
›Kalibrirung‹ des Keiles bewerkstelligen. Am besten eignet sich zu dieser
Prüfung die oben empfohlene dritte Methode mit Benutzung des Zöllner'schen
Photometers; die zur Hervorbringung bestimmter Helligkeitsunterschiede
erforderlichen Einstellungen am Intensitätskreise werden dabei im Voraus berechnet.

Die Durchlässigkeit des Keiles für verschiedene Farben hängt von
der Beschaffenheit des dunklen Glases ab. Vollkommen neutral gefärbtes
Glas ist äusserst schwierig zu beschaffen. Loewy giebt an, dass er
unter 50 verschiedenen Sorten nicht eine einzige gefunden habe, die
seinen Anforderungen entsprochen hätte. In der That haben die meisten
sogenannten neutralen Gläser eine schwach grünliche Färbung und lassen
daher die rothen Strahlen weniger leicht hindurch als die gelben und
grünen. Man überzeugt sich am einfachsten von der allgemeinen Absorptionswirkung eines Glases, indem man dasselbe durch ein Spektroskop
betrachtet und sieht, an welchen Stellen Absorptionsstreifen auftreten.
Man wird fast immer drei mehr oder weniger starke Bänder, zwei davon

im rothen und eins im blaugrünen Theile des Spectrums-erkennen. Zur specielleren Untersuchung bedient man sich mit Vortheil wieder der künstlichen Sterne des Zöllner'schen Photometers, denen man mit Hülfe des Colorimeters die verschiedensten Farben geben kann. Man erhält so Sterne von ähnlichen Farbennüancen, wie sie auch bei den wirklichen Sternen vorkommen; nur weisse oder bläulichweisse Sterne lassen sich nicht herstellen. Wenn man nun dasselbe Helligkeitsintervall in den verschiedenen Farben mit dem Keil misst, so kann man die Unterschiede in der Absorptionsfähigkeit rechnungsmässig bestimmen. Die von Töpfer in Potsdam gelieferten Keile zeichnen sich in dieser Beziehung durch bemerkenswerthe Gleichförmigkeit aus.

Über den Gebrauch und den Anwendungsbereich des Keilphotometers lassen sich noch folgende allgemeine Vorschriften aufstellen.

Da Fehler in der Constantenbestimmung die Resultate der Messungen um so stärker verfälschen, je grösser der beobachtete Helligkeitsunterschied ist, so empfiehlt es sich nicht, sehr helle und sehr schwache Sterne direct mit einander zu vergleichen; jedenfalls ist es unstatthaft, den Keil ausserhalb der Strecke, für welche speciell die Constante bestimmt ist, zu benutzen. Bei sorgfältig untersuchten Keilen wird man eine Differenz von 4 bis 5 Grössenclassen unbedenklich messen können.

Die Unmöglichkeit, absolut neutrales Glas zu erhalten, bedingt grosse Vorsicht bei der Vergleichung sehr verschieden gefärbter Sterne. Die Messungen rother oder röthlicher Sterne sind nach Möglichkeit ganz zu vermeiden.

Mit allen Auslöschungsphotometern hat das Keilphotometer die schon früher besprochenen Übelstände gemein, welche durch die Erleuchtung des Grundes und die wechselnde Empfindlichkeit des Auges herbeigeführt werden. Es sind demnach Beobachtungen in der Dämmerung und in hellen Mondnächten zu unterlassen, jedenfalls dürfen unter keinen Umständen Sterne in der Nähe des Mondes mit anderen weit davon entfernten verbunden werden. Es ist rathsam, nur unmittelbar aufeinander folgende Differenzmessungen auszuführen und die Beobachtungen stets vollkommen symmetrisch anzuordnen. Die ersten Messungen jedes Abends sind wegen der am Anfange der Beobachtungen besonders stark veränderlichen Empfindlichkeit des Auges am besten gar nicht zu verwerthen.

Die zuerst von Kayser empfohlene, später wieder von Pickering in Vorschlag gebrachte Beobachtungsmethode, bei welcher die Zeitdauer des Durchganges der Sterne durch den Keil bis zum Verschwinden als Mass benutzt wird, ist aus zwei Gründen zu verwerfen. Erstens ist die Genauigkeit der Auslöschungsbeobachtung nicht die gleiche für Sterne von verschiedener Declination, weil diese den Keil mit verschiedener

Geschwindigkeit passiren, und zweitens erfordert diese Methode einen unverhältnissmässigen Zeitaufwand, da bei jeder einzelnen Messung der Stern immer wieder den ganzen Weg von dem Antrittsfaden bis zum Verschwindungspunkte durchlaufen muss. Es ist auch ein Nachtheil, dass die Auslöschung, je nach der Helligkeit der Sterne, an verschiedenen Stellen des Gesichtsfeldes stattfindet.

In Figur 38 ist die Abbildung eines nach meinen Angaben von Töpfer in Potsdam gebauten Instrumentes mit Keilphotometer beigefügt, welches wegen seiner bequemen Handhabung sehr zu empfehlen ist. Es hat die Form eines Équatorial coudé und kann für jede Polhöhe eingestellt werden. Das Ocular ist nach dem Pole gerichtet, der Beobachter braucht also seine Stellung niemals zu verändern. Die Declination der Sterne wird an dem Kreise a eingestellt, welcher mit dem vor dem Objectiv befindlichen drehbaren Prisma fest verbunden ist; b ist der Stundenkreis und c eine Vorrichtung zur Feinbewegung, um die Sterne immer in der Mitte des Gesichtsfeldes zu halten. Da das Photometer sich bei der Drehung im Stundenwinkel mitbewegt, so bleibt infolge der Spiegelung an den beiden Prismen (eins vor dem Objectiv, das andere im Innern des gebrochenen Fernrohrs) der im Keilphotometer angebrachte Steg nicht parallel der täglichen Bewegung. Das Photometer ist daher noch für sich im Positionswinkel drehbar, und, wie man leicht sieht, braucht man an dem Positionskreise d nur die jedesmalige Declination des Sterns einzustellen, damit derselbe sich innerhalb des Steges, also senkrecht zur Richtung der Keilverschiebung, durch das Gesichtsfeld bewegt. Bei dem für das Potsdamer Observatorium construirten Apparate hat das Objectiv eine Öffnung von 5.5 cm und eine Brennweite von 60 cm. Es eignet sich in diesen Dimensionen zur Beobachtung aller Sterne bis zur achten Grösse.

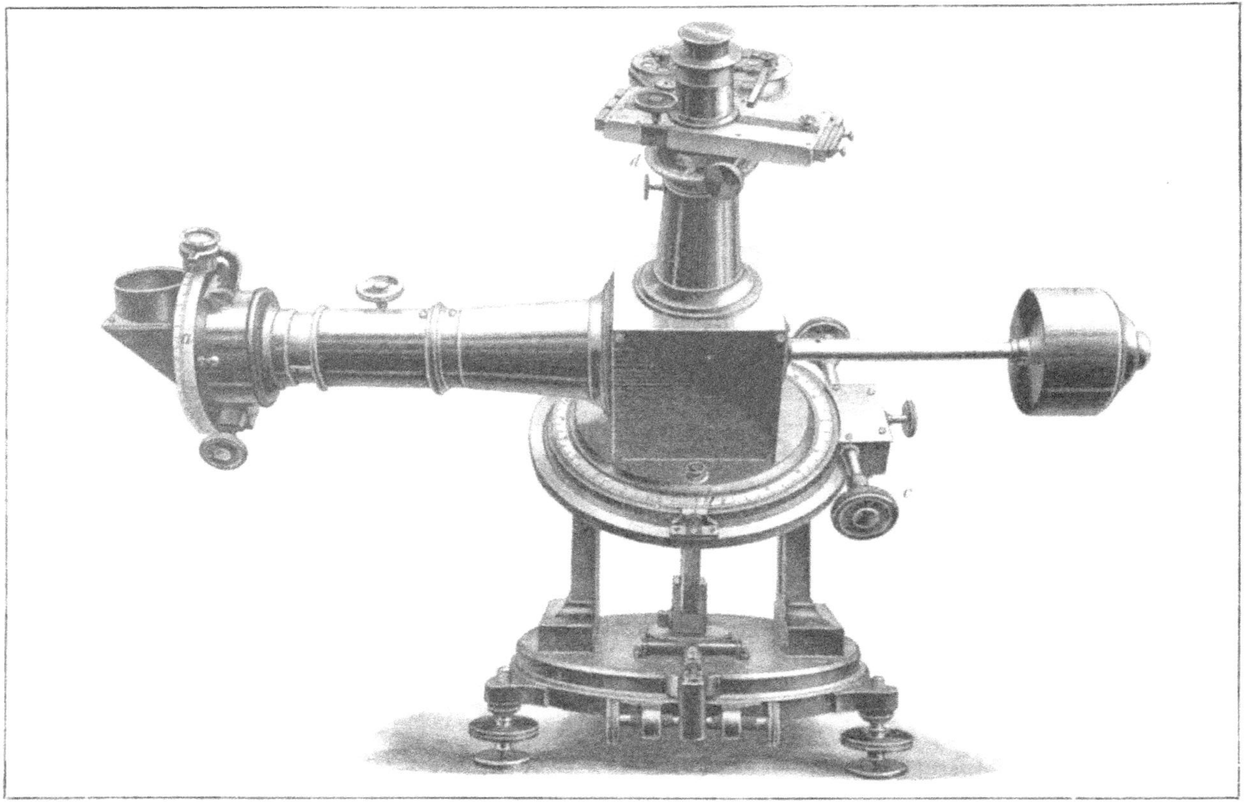

Fig. 38.

Capitel II.
Photometer, bei denen die Gleichheit zweier Lichteindrücke beurtheilt wird.

Die zweite Classe von Photometern, bei denen die zu messende Lichtquelle durch irgend welche Mittel soweit geschwächt wird, bis ihre Helligkeit der einer anderen Lichtquelle gleichkommt, hat vor den Auslöschungsphotometern so viele Vortheile voraus, dass ihre grössere Verbreitung ganz selbstverständlich erscheint. Einer der Hauptvorzüge dieser Methode besteht darin, dass das Auge viel weniger angestrengt wird, als bei der Beobachtung des Verschwindens, und dass eine Änderung der Empfindlichkeit des Auges wenig oder gar keinen Einfluss auf die Messungen ausübt, weil die beiden zu vergleichenden Lichtquellen gleichmässig davon betroffen werden. Dabei ist die Sicherheit der einzelnen Einstellung grösser als bei der Auslöschungsmethode, schon deshalb, weil die eigentliche Pointirung keine einseitige ist, vielmehr das zu messende Object abwechselnd heller und schwächer gemacht werden kann als das Vergleichsobject. Die verschiedene Helligkeit des Grundes kommt bei dieser Gattung von Photometern zwar auch in Betracht, der störende Einfluss derselben lässt sich aber durch geeignete Vorrichtungen bei den meisten Apparaten so gut wie ganz unschädlich machen; es ist nämlich fast immer zu erreichen, dass sich die Helligkeiten des Grundes, auf den die zu vergleichenden Objecte, beispielsweise zwei Sterne, projicirt erscheinen, im Instrumente mit einander vermischen, so dass die Objecte auf einem gleichmässig hellen Untergrunde sichtbar sind. Es wäre also nur die Frage zu entscheiden, ob die Genauigkeit der Vergleichung von der grösseren oder geringeren Intensität dieses gemeinschaftlichen Grundes abhängt. Nach allen bisherigen Untersuchungen ist dies nicht der Fall. Die meisten Beobachter stimmen zwar darin überein, dass die Vergleichung für das Auge am Angenehmsten auszuführen ist bei einem schwach erhellten Gesichtsfelde, dass die Sicherheit aber keineswegs grösser ist als bei ganz hellem oder ganz dunklem Gesichtsfelde. Die Methode hat demnach den Vortheil, dass Sterne mit einander verglichen werden können, die am Himmel sehr weit von einander entfernt sind, und dass Beobachtungen bei heller Dämmerung und in Mondscheinnächten durchaus unbedenklich sind. Dafür treten aber auch einige Übelstände auf. Wie schon in der

Einleitung zu diesem Abschnitte hervorgehoben wurde, müssen die beiden
Lichteindrücke gleichzeitig unmittelbar neben einander betrachtet werden,
da das Auge nicht im Stande ist, den Eindruck einer Helligkeit auch
nur kurze Zeit festzuhalten; auch ist es unbedingt erforderlich, dass die
beiden Objecte in Bezug auf ihr Aussehen und ihre scheinbare Grösse
einander vollkommen ähnlich sind. Diese Bedingungen lassen sich zum
Theil nur durch ziemlich complicirte mechanische Einrichtungen erfüllen,
und in dieser Beziehung stehen die meisten Gleichheitsphotometer den
Auslöschungsphotometern nach. Da die Vergleichung von Flächen im
Allgemeinen sicherer ausführbar ist, als diejenige von Punkten, so wäre
die Benutzung solcher Apparate vorzuziehen, in denen, wie bei dem Steinheil'schen Prismenphotometer, das Licht der zu messenden Himmelskörper
in eine Fläche ausgebreitet werden kann. Diese Methode ist aber wegen
des bedeutenden Lichtverlustes nur auf hellere Objecte anwendbar; bei
der Messung schwächerer Sterne ist allein die Punktvergleichung möglich.
Ganz besonders brauchbar für die Himmelsphotometrie hat sich die Einführung von künstlichen Vergleichsobjecten erwiesen, deren Helligkeit
messbar verändert werden kann. Man ist dabei freilich bis zu einem gewissen Grade von der Constanz der benutzten Lichtquelle abhängig, und
das Aussehen eines künstlichen Sterns unterscheidet sich stets nicht unmerklich von dem des wirklichen Sterns, schon aus dem Grunde, weil
das Bild des letzteren durch die Unruhe der Luft, durch Scintillation u. s. w.
beeinflusst wird; aber diese Nachtheile werden zum grossen Theil wieder
durch die grössere Einfachheit der Construction und die bequemere Handhabung aufgewogen. Ein Hauptübelstand der Vergleichungsmethode ist
der Einfluss der Farbe. Es ist schwierig, ja fast unmöglich, die Gleichheit der Intensität zweier sehr verschieden gefärbten Objecte richtig zu
beurtheilen, und die Angaben verschiedener Beobachter weichen daher
auch unter Umständen sehr beträchtlich von einander ab. So lange man
keine zuverlässigen Mittel besitzt, um die Färbung einer Lichtquelle in
der Weise zu ändern, dass man zugleich auch angeben kann, um wie
viel die lebendige Kraft derselben sich vermindert oder vergrössert hat,
so lange wird jede Vergleichung verschiedenfarbiger Objecte mit einer
gewissen Unsicherheit verbunden sein.

Aus der überaus grossen Zahl der zur unmittelbaren Vergleichung
zweier Lichteindrücke bestimmten Photometer sollen im Folgenden die
wichtigsten besprochen und dabei speciell diejenigen bevorzugt werden,
deren Brauchbarkeit durch Beobachtungen direct nachgewiesen worden ist.
Die Eintheilung erfolgt wieder nach den in der Einleitung zu diesem Abschnitte angeführten Hauptkategorien, welche bei dieser Gattung von
Photometern fast sämmtlich zur Anwendung gekommen sind.

1. Benutzung des photometrischen Hauptgesetzes vom Quadrate der Entfernung.

Das erste Grundgesetz der Photometrie, nach welchem sich die lebendigen Kräfte der Ätherbewegung an zwei verschiedenen Punkten eines Lichtstrahls umgekehrt wie die Quadrate der Entfernungen dieser Punkte von der Lichtquelle verhalten, ist naturgemäss schon sehr früh bei der Construction von photometrischen Apparaten zur Anwendung gebracht worden und liefert uns auch heute noch eins der einfachsten und sichersten Hülfsmittel zur Prüfung von neuen Lichtmessungsmethoden. Bouguer und Lambert haben sich bei ihren photometrischen Untersuchungen fast ausschliesslich dieses Principes bedient, und eine ganze Reihe der bekanntesten und weitverbreitetsten Instrumente der technischen Photometrie beruht auf diesem Gesetze.

Da es bei den älteren hierher gehörigen Apparaten auf eine indirecte Vergleichung zweier Lichtquellen ankam, indem nur die von ihnen auf einer Fläche hervorgebrachten Beleuchtungen in Betracht gezogen wurden, so ist es erklärlich, dass dieselben für die Astrophotometrie, insbesondere für die Photometrie der Fixsterne, wo es sich um ausserordentlich schwache Lichteindrücke handelt, keine wesentliche Bedeutung gewonnen haben. Immerhin verdanken wir denselben die ersten brauchbaren Helligkeitsmessungen an Sonne und Mond, sowie werthvolle Resultate bezüglich mancher Fragen der atmosphärischen Photometrie.

Es dürfte daher nicht gerechtfertigt sein, diese älteren Instrumente ganz mit Stillschweigen zu übergehen; es wird aber eine kurze Beschreibung derselben, ohne näheres Eingehen auf ihre Besonderheiten und ihre Handhabung, ausreichend erscheinen.

a. Die Photometer von Bouguer, Ritchie und Foucault.

Bouguer[1]) hat zwei verschiedene Formen von Apparaten benutzt, je nachdem es sich um die Messung von verhältnissmässig wenig ausgedehnten leuchtenden Flammen oder um die Vergleichung von grossen Flächen handelte. Das erste dieser Bouguer'schen Photometer (Fig. 39, Seite 196) besteht aus zwei unter einem stumpfen Winkel aneinander stossenden Brettchen, beide mit gleich grossen kreisrunden Öffnungen versehen, die mit geöltem Papier bedeckt sind. Die zu vergleichenden Lichtquellen S und S' sind so aufgestellt, dass ihr Licht senkrecht auf die beiden Öffnungen auffällt, und das Auge des Beobachters befindet sich, gegen jedes fremde

---

1) Traité d'optique, p. 9 und 32.

Licht durch geeignete Vorrichtungen geschützt, in der den stumpfen Winkel halbirenden Ebene. Ein drittes Brettchen ist noch in der verlängerten Halbirungsebene angebracht, um von jeder Öffnung das für sie nicht bestimmte Licht abzuhalten. Während die eine Lichtquelle unverändert stehen bleibt, wird die andere immer in der Richtung senkrecht zur beleuchteten Ebene verschoben, bis die beiden Öffnungen dem Auge gleich hell erscheinen. Die Quadrate der Entfernungen der Lichtquellen von den Öffnungen geben dann das Mass für das Helligkeitsverhältniss derselben.

Das zweite Bouguer'sche Photometer (Fig. 40) besteht aus zwei Holzröhren, die an dem einen Ende durch ein Scharnier so miteinander verbunden sind, dass sie jeden beliebigen, an einem Gradbogen einstellbaren Winkel miteinander einschliessen können. Die unteren Enden dieser

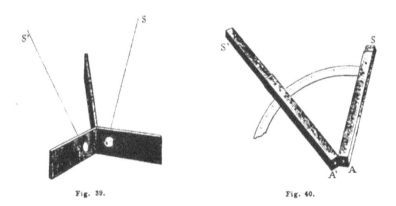

Fig. 39.   Fig. 40.

Röhren sind mit Deckeln verschlossen, in welchen sich kleine, mit geöltem Papier überzogene Öffnungen A und A' befinden. In die oberen Enden der Röhren lassen sich andere Röhren einschieben, die mit freien Öffnungen S und S' von bedeutend grösserem Durchmesser als A und A' versehen sind. Die beiden Röhren werden auf die zu vergleichenden Flächen, z. B. auf zwei verschiedene Stellen des Himmels oder auf zwei von der Sonne beleuchtete Wände etc., eingestellt, und die auf die hellere Fläche gerichtete Röhre wird dann soweit ausgezogen, bis die kleinen Öffnungen A und A' gleich hell erscheinen. Unter der Voraussetzung, dass jede der beiden zu vergleichenden Flächen an allen Punkten gleichmässig hell ist, dass ferner die Öffnungen S und S', ebenso auch A und A' unter einander gleich sind, findet man, dass die Flächenhelligkeiten sich zu einander verhalten, wie umgekehrt die Quadrate der Rohrlängen.

Eine Verbesserung des ersten Bouguer'schen Photometers ist das viel benutzte Ritchie'sche[1]) Photometer. Dasselbe (Fig. 41) ist ein innen geschwärzter Kasten, in dessen oberer Wand bei abc eine rechteckige Öffnung angebracht ist, bedeckt mit geöltem Papier. Im Innern des Kastens sind zwei Spiegel befestigt, die bei b unter einem rechten Winkel aneinander stossen. Die zu vergleichenden Lichtquellen werden vor die offenen Enden des Kastens gestellt, und der letztere wird zwischen ihnen längs eines Massstabes so lange verschoben, bis die beiden in b aneinander grenzenden Theile der Öffnung gleich hell erscheinen. Man blickt auf diese Öffnung durch eine längere, innen geschwärzte Röhre, um

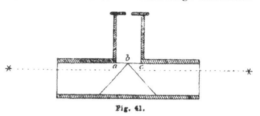

Fig. 41.

fremdes Licht vom Auge fern zu halten. Der Vortheil der Einrichtung gegenüber dem Bouguer'schen Photometer besteht darin, dass die beiden erleuchteten Felder unmittelbar aneinander grenzen. Haben die zu vergleichenden Lichtquellen verschiedene Färbung, so empfiehlt Ritchie, die Öffnung im Photometer mit einem in kleiner Schrift bedruckten Papierstreifen zu bedecken. Die Gleichheit der Beleuchtung wird dann als erreicht betrachtet, wenn die Schrift über die ganze Länge der Öffnung hin gleich gut gelesen werden kann.

Fast noch grössere Verbreitung als das Ritchie'sche Photometer hat das Foucault'sche[2]) gefunden (photomètre à compartiment), welches ebenfalls als eine Modification des Bouguer'schen Photometers zu betrachten ist. Ein innen geschwärzter Holzkasten (Fig. 42) ist an der einen Seite offen und hat an der gegenüberliegenden Seite eine kreisrunde Öffnung, die mit einem halbdurchsichtigen

Fig. 42.

Schirm bedeckt ist. Dieser Schirm wird von zwei Glasplatten gebildet, zwischen denen sich eine dünne gleichförmige Stärkemehlschicht befindet.

Eine undurchsichtige Zwischenwand theilt den Kasten in zwei Theile und lässt sich mittels eines Knopfes vorwärts und rückwärts bewegen. Dadurch kann man erreichen, dass die von den beiden Lichtquellen beleuchteten Halbkreise in einer scharfen Linie aneinander stossen. Die Entfernungen der Lichtquellen von dem Schirme müssen mittels Massstabes direct gemessen werden.

<h3>b. Das Rumford'sche Schattenphotometer.</h3>

Etwas weniger genaue Resultate, als die im Vorangehenden beschriebenen Apparate liefert das gewöhnlich unter dem Namen »Rumford'sches Schattenphotometer« bekannte Instrument[1]. Dasselbe sollte eigentlich Lambert'sches Photometer heissen, weil sich Lambert bei den meisten Helligkeitsmessungen einer vollkommen ähnlichen Einrichtung bedient hat. Ausser von Lambert ist dieses Photometer auch von anderen Beobachtern mehrfach zu Messungen an helleren Himmelskörpern benutzt worden, und noch in der allerneuesten Zeit hat Abney bei seinen Helligkeitsvergleichungen der verschiedenen Partien des Sonnenspectrums von diesem Principe Gebrauch gemacht.

Vor einer senkrechten weissen Fläche AA_1 (Fig. 43) ist ein runder Stab G senkrecht aufgerichtet, von welchem durch die beiden zu vergleichenden Lichtquellen L_1 und L_2 die Schatten S_1 und S_2 entworfen werden. S_1 erhält nur Licht von L_2, dagegen S_2 nur Licht von L_1, während die übrige Fläche von beiden Lichtquellen zusammen beleuchtet wird. L_1 bleibt in constanter Entfernung von dem Schirme AA_1, und L_2 wird nun so lange verschoben, bis die beiden Schatten gleich intensiv erscheinen; die Distanzen L_1S_2 und L_2S_1 sind dann genau zu bestimmen. Sind die Lichtquellen etwas ausgedehnter, so stören bei der Vergleichung die verwaschenen Halbschatten. Es ist

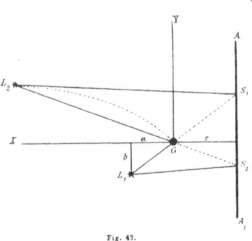

Fig. 43.

1) Philos. Trans. of the R. Society of London. 1794, p. 67.

erwünscht, dass L_1 und L_2 sich in der Nähe der Normalen zum Schirm befinden, welche durch den Stab G hindurch geht, damit einerseits die Schatten nahe bei einander liegen, andererseits die Beleuchtung von S_1 und S_2 unter angenähert denselben Incidenzwinkeln erfolgt. Ist diese Bedingung nicht erfüllt, und hat L_1 eine unveränderliche Position, so lässt sich sehr leicht die Curve bestimmen, auf welcher L_2 verschoben werden muss, damit die Schatten unter gleichen Incidenzwinkeln beleuchtet werden. Macht man nämlich G zum Anfangspunkte eines rechtwinkligen Coordinatensystems, dessen x-Axe mit der Normalen zum Schirme zusammenfällt, nennt die Coordinaten von L_1 in Bezug auf dieses System a und b, ferner den senkrechten Abstand des Stabes G vom Schirme c, so findet man für den geometrischen Ort der Lichtquelle L_2 die Gleichung:

$$abx^2 - (a^2 + 2ac)xy + bc(c + 2a)x - ac^2y = 0.$$

Dies ist die Gleichung einer Hyperbel, welche durch den Coordinatenanfang G hindurch geht. Mittels der bekannten Werthe von a, b und c kann man bei jedem Photometer den Weg der Lichtquelle L_2 aufzeichnen und die jedesmalige Distanz $L_2 S_2$ tabellarisch berechnen.

c. Das Bunsen'sche Fleckphotometer.

Bei diesem Instrumente, welches in der technischen Photometrie eine der ersten Stellen einnimmt, werden die zu vergleichenden Lichtquellen zu beiden Seiten eines Papierschirmes aufgestellt, auf welchem sich ein durch Öl oder Stearin hervorgebrachter Fettfleck befindet. Derselbe erscheint bei auffallendem Lichte dunkel auf hellem Grunde, dagegen bei durchgehendem Lichte hell auf dunklem Grunde, und wenn daher die Beleuchtung von beiden Seiten gleich stark ist, so wird der Fettfleck sich gar nicht mehr von dem übrigen Schirme unterscheiden lassen. Ist dieser Effect durch Verschiebung der beiden Lichtquellen erreicht, so verhalten sich die Helligkeiten derselben zu einander, wie die Quadrate ihrer Entfernungen vom Schirme.

Die gebräuchlichste von Rüdorff[1]) empfohlene Anordnung dieses Photometers wird durch die schematische Figur 44 (Seite 200) erläutert. L_1 und L_2 sind die beiden Lichtquellen, P der Photometerschirm mit dem Fettfleck F in der Mitte, S_1 und S_2 zwei Spiegel, die einen stumpfen Winkel mit einander bilden, in dessen Halbirungsebene der Schirm steht. Das Auge sieht durch eine Öffnung o in einem dunklen Schirm auf die

1. Pogg. Annalen. Jubelband, p. 234.

Spiegel und erblickt daher die beiden Seiten des Fettfleckes. Es lässt sich leicht nachweisen, dass derselbe nie gleichzeitig auf beiden Seiten verschwinden kann, weil der nicht gefettete Theil des Schirmes mehr Licht absorbirt als der Fleck. Man beobachtet daher meist so, dass man erst den Fettfleck auf der rechten, dann auf der linken Seite verschwinden lässt und das Mittel aus den gemessenen Distanzen zur Berechnung benutzt. Man kann auch eine bestimmte Hülfslichtquelle stets in unveränderter Entfernung auf der einen Seite des Papierschirmes stehen lassen und die zu messenden Lichtquellen nach einander auf der anderen Seite in solche Entfernungen bringen, dass der Fettfleck jedesmal auf dieser Seite unsichtbar wird.

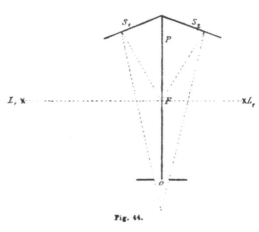

Fig. 44.

Die Litteratur über das Bunsen'sche Photometer ist ausserordentlich umfangreich, und es sind eine Menge von wichtigen Verbesserungen von v. Hefner-Alteneck, Krüss, Weber u. A. vorgeschlagen worden, um die Empfindlichkeit der Messungen zu steigern. Es soll hier nicht weiter auf diese Verbesserungen eingegangen werden, weil das Bunsen'sche Photometer in der Astrophotometrie überhaupt nur sehr wenig Verwendung gefunden hat. In der Technik scheint es neuerdings etwas verdrängt zu werden durch die ausgezeichneten Lichtmesser von Lummer und Brodhun[1]) und von Weber[2]), die im Princip eine gewisse Ähnlichkeit mit demselben haben, aber eine weit grössere Genauigkeit zu erreichen gestatten. Auf eine nähere Beschreibung dieser, für die Himmelsphotometrie ebenfalls nur in ganz beschränktem Grade anwendbaren Instrumente muss hier verzichtet werden.

d. Das Herschel'sche Astrometer.

Wenn von einer weit entfernten leuchtenden Fläche Licht auf eine Linse von sehr kurzer Brennweite auffällt, so entsteht in dem Focus der-

---

1) Zeitschrift für Instrumentenkunde. Jahrg. 9, p. 41 und 461.
2. Wiedemann, Annalen. Bd. 20, p. 326.

selben ein punktförmiges Bildchen, welches als künstlicher Stern benutzt werden kann. Betrachtet man diesen künstlichen Stern aus verschiedenen Entfernungen mit dem blossen Auge, so ist nach dem früher Gesagten klar, dass die auf der Netzhaut hervorgebrachte Lichtempfindung umgekehrt proportional sein muss dem Quadrate der jedesmaligen Entfernung des Auges von dem Brennpunkte der Linse. Dieses Princip hat J. Herschel[1]) der Construction seines Photometers zu Grunde gelegt, indem er die Helligkeiten der mit blossem Auge sichtbaren Sterne mit der Helligkeit der durch eine Linse sternartig verkleinerten Mondscheibe verglich. So primitiv und mangelhaft auch der ganze Messapparat ist und so sehr er in mancher Hinsicht zu Bedenken Anlass giebt, so hat dieses Instrument

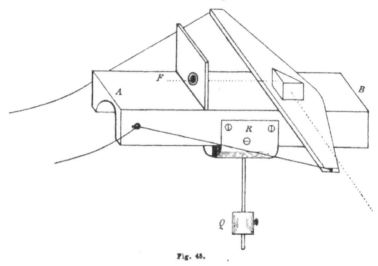

Fig. 45.

für die Entwicklungsgeschichte der Astrophotometrie doch eine gewisse Bedeutung, weil mittels desselben der erste nicht auf blossen Schätzungen beruhende Helligkeitscatalog einer Anzahl von hellen Sternen hergestellt worden ist.

Die Einrichtung des Haupttheils dieses Photometers ist aus Figur 45 ersichtlich.

Ein Holzkasten AB von ungefähr 38 cm Länge kann auf einer cylindrischen Walze von 366 cm Länge hin und her geschoben werden. Durch eine federnde Vorrichtung, die an dem eisernen Bande R befestigt

---

1) Results of astron. observ. made during 1834—1838 at the Cape of Good Hope. London 1847, p. 353.

ist, wird der Kasten leicht gegen die Walze gedrückt, ohne dass die Beweglichkeit dadurch gehindert würde. Ein Gegengewicht Q balancirt den Kasten aus und bewirkt, dass derselbe bei einer Drehung um die Walze in jeder Lage stehen bleiben kann. Die Walze selbst endet in zwei Zapfen, von denen der eine frei beweglich in einem Lager ruht, welches an einem tragbaren dreifüssigen Stativ in Augenhöhe angebracht ist. An dem anderen Zapfen ist ein Seil befestigt, vermittelst dessen die Walze an einem feststehenden Balken über eine nach allen Richtungen drehbare Rolle bis zu einer beträchtlichen Höhe hinaufgezogen werden kann. Durch diese Einrichtung und durch geeignete Aufstellung des tragbaren Stativs lässt sich der Apparat nach jedem dem Zenith nicht allzu nahen Punkte des Himmels richten, und man betrachtet die zu messenden Sterne durch Visiren längs der Walze mit dem blossen Auge. Auf dem verschiebbaren Kasten AB ist, um einen Zapfen drehbar, ein Brettchen angebracht mit einem darauf befestigten rechtwinkligen total reflectirenden Prisma. Dieses Brettchen kann mittelst zweier Schnüre ein wenig nach jeder Seite hin um den Zapfen bewegt werden, so dass von Stellen des Himmels, die etwa 60° bis 100° von dem Punkte, auf welchen die Walze gerichtet ist, abstehen, noch das Licht längs des Kastens hin total reflectirt wird. Eine Linse von kurzer Brennweite, die in einem auf dem Kasten senkrecht befestigten Brette sitzt, entwirft bei F ein punktartiges Bild von dem durch das Prisma reflectirten Mondlichte. Der Beobachter erblickt den so erzeugten künstlichen Stern gleichzeitig mit dem direct anvisirten Sterne und kann ihn durch Bewegen des Kopfes nach Belieben rechts, links, oben oder unten neben den wirklichen Stern bringen. Der ganze Kasten wird nun auf der Walze soweit dem Auge genähert oder von ihm entfernt, bis der künstliche und der wirkliche Stern gleich hell erscheinen, und dann wird die Entfernung des Brennpunktes F vom Auge möglichst genau gemessen. Hat man in derselben Weise einen zweiten Stern beobachtet, so ergiebt sich das Helligkeitsverhältniss der beiden Objecte unmittelbar aus dem umgekehrten Verhältnisse der Quadrate der gemessenen Distanzen zwischen Auge und künstlichem Stern. Die zu vergleichenden Gestirne dürfen nicht allzu verschiedene Abstände vom Monde haben, weil sonst die Incidenzwinkel, unter welchen die Mondstrahlen auf die Prismenflächen auffallen, zu stark von einander differiren würden und dadurch die Constanz der Helligkeit des künstlichen Sterns gefährdet sein würde. Man wird gut thun, in Betreff der Abstände zwischen Mond und Sternen bei den Beobachtungen sich etwa auf das oben angegebene Intervall von 60° bis 100° zu beschränken, wodurch freilich der Anwendung des Herschel'schen Astrometers von vornherein eine gewisse Grenze gesteckt ist.

Solange der künstliche Mondstern, wie bisher vorausgesetzt ist, nur als Vergleichslichtquelle dient, und lediglich Helligkeitsdifferenzen zwischen Sternen mittelst dieses Verbindungsgliedes bestimmt werden, lassen sich mit Hülfe des Herschel'schen Photometers, so unvollkommen es auch ist, ganz brauchbare Messungsresultate erzielen.

Wenn der Herschel'sche Catalog, in welchem alle Helligkeiten auf einen einzigen Stern (α Centauri) als Einheit bezogen sind, heute nur noch ein historisches Interesse beanspruchen kann, so liegt dies weniger an den Messungen selbst, als an der unzureichenden Bearbeitung derselben und insbesondere an der Vernachlässigung des Extinctionseinflusses. Zöllner[1]) hat aus den Herschel'schen Beobachtungen die Werthe für das Helligkeitsverhältniss zweier Sterne zusammengestellt, die an neun verschiedenen Abenden mit einander verglichen waren. Mit Berücksichtigung der Extinction ergiebt sich daraus für den wahrscheinlichen Fehler eines einzelnen Abends der Werth ± 0.0236 im Helligkeitslogarithmus oder ± 0.06 Grössenclassen, ein Genauigkeitsgrad, der selbst mit den besten modernen Photometern kaum übertroffen werden kann.

Eine Vereinigung der an verschiedenen Abenden mit dem Astrometer angestellten Messungen, wie sie Herschel ausgeführt hat, ist natürlich nur dann möglich, wenn man das Gesetz kennt, nach welchem die Helligkeit des Mondes von seiner Phase abhängt. Herschel hat sich zur Reduction der jedesmaligen Mondhelligkeit auf die Vollmondintensität der von Euler aufgestellten Formel bedient und hat auf diese Weise für die Lichtstärke desselben Sterns an verschiedenen Abenden sehr erheblich von einander abweichende Werthe erhalten. Er suchte diese Unterschiede durch den Einfluss der verschiedenen Erleuchtung des Himmelsgrundes bei wechselndem Abstande des Sterns vom Monde zu erklären. Bond und Zöllner haben aber nachgewiesen, dass, wenn man zur Reduction der einzelnen Mondphasen auf einander anstatt der Euler'schen Formel eine von ihnen empirisch abgeleitete Intensitätscurve anwendet, die Herschel'schen Beobachtungen desselben Sterns an verschiedenen Abenden in durchaus befriedigende Übereinstimmung gebracht werden können; Bond hat auch noch direct gezeigt, dass die Erleuchtung des Himmelsgrundes auf die Messungen mit dem Herschel'schen Astrometer nur einen geringen Einfluss ausüben kann. Die Benutzung des Mondes zur Hervorbringung des künstlichen Sterns bleibt jedenfalls der bedenklichste Punkt dieses Photometers. Herschel hat dies wohl selbst gefühlt und daher später den Vorschlag gemacht, anstatt des Mondes den Planeten Jupiter zu benutzen, dessen Licht, abgesehen von den durch die veränderlichen Abstände

---

1) Zöllner, Photometrische Untersuchungen. Leipzig 1865. p. 176.

von Sonne und Erde bedingten Schwankungen, als hinreichend constant angesehen werden darf. Man könnte ebenso gut, wenn man sich nur auf Differenzmessungen beschränken wollte, zur Hervorbringung des künstlichen Sterns eine irdische Lichtquelle benutzen, die in geeigneter Weise mit dem Apparate in Verbindung zu bringen wäre.

c. Das Steinheil'sche Prismenphotometer.

Fast genau zu derselben Zeit, in welcher Herschel sein Astrometer zu Helligkeitsmessungen am Fixsternhimmel benutzte, trat Steinheil[1]) mit seinem Prismenphotometer hervor. Wenn dieses Instrument auch ebenso wie das Herschel'sche heute veraltet und durch bessere verdrängt ist, so gebührt ihm doch wegen der Eigenartigkeit seiner Construction und vor Allem wegen der ausgezeichneten Resultate, welche Seidel mit Hülfe dieses Photometers gewonnen hat, in der Geschichte der Helligkeitsmessungen für alle Zeiten ein hervorragender Platz. Dem Herschel'schen Astrometer ist es, sowohl was die mechanische Einrichtung als die Genauigkeit der Beobachtungen anbetrifft, weit überlegen.

Das von Steinheil erstrebte Endziel ist die directe Vergleichung zweier beliebigen Sterne am Himmel, und das Charakteristische, was sein Instrument überhaupt von allen anderen Photometern unterscheidet, ist der zum ersten Male gemachte Versuch, die Sterne nicht im Bilde, sondern ausserhalb desselben zu beobachten und die Punktvergleichung durch die anerkanntermassen sicherere Flächenvergleichung zu ersetzen. Ein Nachtheil dieser Methode, welcher sofort in die Augen springt, ist der bedeutende Lichtverlust, und dieser Nachtheil ist wohl auch der hauptsächlichste Grund, weshalb das Steinheil'sche Photometer trotz seiner grossen Vorzüge keine weitere Verbreitung gefunden hat. Wollte man dasselbe für die schwächeren Sterne am Himmel benutzen, so müsste man die Dimensionen so gross wählen, dass die Handhabung des Apparates ausserordentlich erschwert wäre, und die Kosten seiner Herstellung ganz unerschwinglich würden. Die Verwandlung der punktartigen Sternbilder in ausgedehntere Flächen erreicht Steinheil durch Verschiebung des Objectivs gegen das feststehende Ocular. Seine Methode hat also eine gewisse Ähnlichkeit mit dem früher (Seite 196) besprochenen zweiten Bouguerschen Photometer, bei welchem die grösseren Öffnungen gegen die feststehenden kleineren verschoben werden. Die Theorie des Steinheil'schen Apparates ist nach den Gesetzen der geometrischen Optik ausserordentlich

---

1) Steinheil, Elemente der Helligkeitsmessungen am Sternenhimmel. Preisschrift. (Denkschriften der K. Bayer. Akad. d. Wiss. Math.-phys. Classe, Bd. II.' München 1836.

einfach. Wenn das Objectiv eines Fernrohrs sich in seiner normalen Stellung zum Oculare befindet, so wird von einer unendlich entfernten punktförmigen Lichtquelle auf der Netzhaut des Auges auch ein punktförmiges Bild entworfen. Wird aber das Objectiv dem Oculare genähert oder von ihm entfernt, so fallen die Lichtstrahlen auf die vordere Fläche des Auges divergent oder convergent auf und verbreiten sich in beiden Fällen über ein grösseres oder kleineres Stück der Netzhaut, je nach der Grösse der Verschiebung des Objectivs. Aus den gewöhnlichen Formeln der Dioptrik folgt nun, wenn man Grössen von der Ordnung des Unterschiedes zwischen Tangente und Bogen vernachlässigt, dass das Flächenstück, welches auf der Netzhaut von dem Lichtkegel ausgeschnitten wird, proportional sein muss der freien Objectivfläche einerseits und dem Quadrate der Verschiebung des Objectivs aus seiner normalen Stellung andererseits. Nennt man also die Grösse der beleuchteten Fläche der Netzhaut F, die benutzte freie Objectivfläche O und die Verschiebung des Objectivs a, so hat man:

$$F = m\,O\,a^2,$$

wo m eine Constante bedeutet. Auf diese Fläche F vertheilt sich nun die gesammte Lichtmenge, welche von der freien Objectivöffnung aufgenommen wird, abgesehen natürlich von jedem durch Reflex, Absorption u. s. w. in dem ganzen Systeme hervorgebrachten Lichtverlust. Ist J die Lichtquantität, welche ein Stern auf die Flächeneinheit des Objectivs sendet, so gelangt demnach die Quantität $J\,O$ auf die Fläche F der Netzhaut, und die Flächeneinheit der Netzhaut empfängt daher die Lichtmenge $h = \dfrac{J}{m\,a^2}$. Es ist also die Flächenintensität auf der Netzhaut ganz unabhängig von der Grösse der freien Öffnung. Für einen zweiten Stern, welcher auf die Flächeneinheit des Objectivs die Lichtmenge J' sendet, wird bei einer Verschiebung a' des Objectivs die Flächenintensität auf der Netzhaut $h' = \dfrac{J'}{m\,a'^2}$. Beurtheilt das Auge die beiden Flächenintensitäten gleich, so ergiebt sich unmittelbar:

$$J : J' = a^2 : a'^2,$$

d. h. die Helligkeiten zweier Sterne verhalten sich wie die Quadrate der Grössen, um welche man das Objectiv aus seiner normalen Stellung verschieben muss, damit die Flächenhelligkeiten auf der Netzhaut gleich sind. Auf diesem Satze beruht das Steinheil'sche Photometer. Um die beiden Sternbilder gleichzeitig vor Augen zu haben, was für eine sichere Beurtheilung ihrer Gleichheit durchaus nothwendig ist, benutzt Steinheil nicht, wie es später Schwerd und De la Rive gethan haben, getrennte

Objective, sondern die beiden Hälften eines und desselben Objectivs, welches ebenso wie beim Heliometer in der Mitte durchgeschnitten ist. Die beiden Hälften sitzen in demselben Rohre und lassen sich, jedes für sich, dem gemeinschaftlichen Oculare messbar nähern oder von ihm ent-

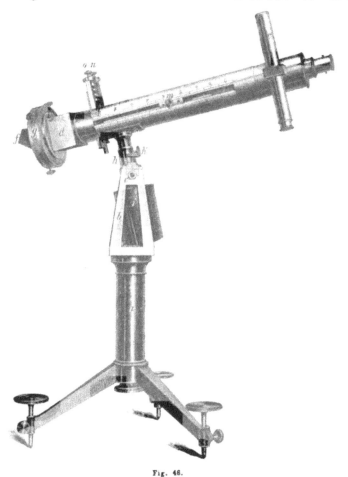

Fig. 46.

fernen. Die Einrichtung des Instruments geht aus Figur 46 hervor, welche nach einer photographischen Aufnahme des auf der Münchener Sternwarte befindlichen Steinheil'schen Originalphotometers (etwa in ⅙ der natürlichen Grösse) hergestellt ist, desselben Apparates, der durch die Untersuchungen von Seidel Berühmtheit erlangt hat.

Die Säule a des dreifüssigen Stativs enthält die verticale Drehungs-axe, mittels deren das Instrument im Azimuth beliebig bewegt werden kann. Durch den oberen Theil des gabelförmigen Stückes b geht die horizontale Axe c, um welche eine Bewegung in Höhe ausführbar ist. Das Fernrohr hat einen würfelförmigen Ansatz d; dieser ist an der oberen Seite offen und enthält im Innern, in der einen Hälfte festsitzend, ein total reflectirendes rechtwinkliges Prisma, von welchem das durch die offene Seite des Würfels auffallende Licht auf das eine halbe Objectiv reflectirt wird. Parallel mit der einen Seitenfläche dieses Prismas ist an dem Ocularende des Fernrohrs ein kleiner Sucher e angebracht. Wird derselbe durch Drehung des Instrumentes in Azimuth und Höhe auf irgend einen Stern gerichtet, so erscheint derselbe auch durch Reflex an dem Prisma im Oculare des Hauptfernrohrs. Um nun auch einen zweiten Stern in das Gesichtsfeld zu bringen, ist vor dem Würfel d ein zweites total reflectirendes Prisma f drehbar angebracht, welches durch die freie Hälfte des Würfels hindurch Licht auf die zweite Objectivhälfte sendet. Die Drehung dieses Prismas kann an dem getheilten Kreise g abgelesen werden, und man hat die Einstellung Null, wenn die sämmtlichen Seiten der beiden Prismen einander paarweise parallel sind. Das Fernrohr ist endlich noch um die Axe h, welche das Gegengewicht i trägt, drehbar und kann mittels der Schraube k in jeder Lage festgeklemmt werden. Bei der Drehung um diese Axe bleibt der Sucher e und das im Würfel festsitzende Prisma unveränderlich auf denselben Punkt des Himmels ge-richtet. Nachdem der eine Stern mit Hülfe des Suchers in das Ocular gebracht ist, wird an dem Kreise g der vorher berechnete Winkelabstand der beiden Sterne eingestellt und dann das Fernrohr um die Axe h so lange bewegt, bis der zweite Stern im Gesichtsfelde erscheint. Um die beiden Sterne während der Dauer der Messung im Gesichtsfelde zu halten, muss man um alle drei mechanischen Axen des Instruments Bewegungen ausführen, was die Handhabung des Apparates beträchtlich erschwert. Dann werden die beiden Objectivhälften, von denen jede mittelst eines Knopfes m in einem Schlitze längs des Rohres verschoben werden kann, so lange bewegt, bis die beiden Flächenhelligkeiten gleich erscheinen; die Stellung der Objectivhälften wird an Scalen, die auf dem Rohre angebracht sind, abgelesen. Die Lichtflächen, in welche die Bilder der Fixsterne verwandelt werden, haben natürlich die Form des erleuchteten Objectiv-theiles und erscheinen daher ohne Abblendung als Halbkreise. Um aber die Grösse dieser Lichtscheiben beliebig verändern zu können, was unter Umständen erwünscht sein kann, ist noch hinter dem Würfel eine Vor-richtung angebracht zur Verkleinerung der Objectivhälften. Dieselbe be-steht für jede Hälfte aus zwei durch die Schrauben n und o mit Links-

und Rechts-Gewinde gleichzeitig gegeneinander verschiebbaren Metallplatten, die stets ein gleichseitiges rechtwinkliges Dreieck offen lassen.
Die Hypotenusen der beiden Dreiecke stossen genau aneinander, und
wenn die Flächen gleich gross gemacht, ausserdem die beiden Lichtflächen genau gleich hell sind, so erscheint das Gesichtsfeld als gleichmässig helles Quadrat, in welchem die Trennungslinie der beiden Hälften
gänzlich verschwunden ist. Auf die Messung der Flächenhelligkeit darf
nach dem Obigen die Grösse der Objectivöffnung theoretisch keinen Einfluss haben, und auch praktisch ist es nach den Versicherungen Seidel's,
der sich am Eifrigsten mit diesem Instrumente beschäftigt hat, ohne Einfluss auf das Messungsresultat, ob die beiden Dreiecke dieselbe Grösse
haben oder wesentlich von einander verschieden sind. Um die Grösse
der Verschiebung der Objectivhälften genau angeben zu können, müsste
man noch diejenige Ablesung der Scalen wissen, bei welcher die Brennpunkte von Objectiv und Ocular zusammenfallen. Anstatt diese Ablesung durch den Versuch direct zu ermitteln, verfährt man besser so, dass
man immer zwei Vergleichungen nach einander ausführt, indem man
die beiden Objectivhälften von der normalen Stellung aus einmal in der
Richtung nach dem Oculare hin, das andere Mal von ihm hinweg verschiebt und in beiden Fällen die Helligkeitsgleichheit herstellt. Sind die
zugehörigen Ablesungen der einen Scala m_1 resp. n_1, die der zweiten m_2
resp. n_2, sind ferner f_1 und f_2 die Scalenablesungen bei normaler Focus-
stellung der beiden Objectivhälften, so ist das Helligkeitsverhältniss P
der verglichenen Sterne ausgedrückt durch die Gleichungen:

$$P = \frac{(f_1 - m_1)^2}{(f_2 - m_2)^2},$$

$$P = \frac{(n_1 - f_1)^2}{(n_2 - f_2)^2},$$

aus denen unmittelbar folgt:

$$P = \frac{(n_1 - m_1)^2}{(n_2 - m_2)^2}.$$

Kleine Unterschiede in der Reflexionsfähigkeit der Prismen, sowie
in der Absorption der beiden Objectivhälften, welche einen schädlichen
Einfluss auf die Beobachtungen ausüben könnten, lassen sich eliminiren,
wenn man bei jeder Messung die Sterne abwechselnd in beiden Objectivhälften einstellt. Man kann aber auch an jedem Beobachtungsabende
das Verhältniss der beiden Hälften zu einander experimentell bestimmen,
indem man ein und denselben Stern gleichzeitig in beiden Hälften einstellt und ihn also mit sich selbst vergleicht. Dass die verschiedene

Helligkeit des Himmelsgrundes, auf welchen sich die Sterne projiciren, bei dem Steinheil'schen Photometer gar nicht in Betracht kommt, geht daraus hervor, dass sich die beiden Helligkeiten, da es sich ja eigentlich um ein einziges Fernrohr handelt, zu einer mittleren Helligkeit in dem gemeinsamen Gesichtsfelde vermischen.

Die Genauigkeit der Messungen, welche mit dem Steinheil'schen Instrumente erreicht werden kann, ist sehr befriedigend. Seidel hat für den wahrscheinlichen Fehler einer Helligkeitsvergleichung zwischen zwei Sternen den durchschnittlichen Werth ± 0.024 im Logarithmus, also ± 0.06 in Grössenclassen, gefunden und glaubt, dass unter besonders günstigen äusseren Umständen ein noch grösserer Genauigkeitsgrad erreicht werden kann. Es ist schon oben der starke Lichtverlust als der empfindlichste Nachtheil des Steinheil'schen Photometers bezeichnet worden, und in der That hat Seidel bei den freilich nur geringen Dimensionen des Apparates (das Objectiv besass eine Öffnung von 35 mm) seine Beobachtungen kaum bis zu Sternen der fünften Grösse ausdehnen können. Um diesem Nachtheil abzuhelfen und seine photometrische Methode auch auf schwächere Sterne anwendbar zu machen, hat Steinheil später die Construction eines Ocularphotometers[1]) vorgeschlagen, welches mit jedem beliebigen Refractor in Verbindung gebracht werden kann. Dasselbe besteht im Wesentlichen aus einem um die optische Axe des Hauptfernrohrs drehbaren Rohre, in welchem ein kleines Hülfsobjectiv mit davor sitzendem totalreflectirenden Prisma angebracht ist. Durch dieses Hülfsobjectiv wird das Licht eines hellen Sternes in das gemeinsame Ocular geworfen, während das Hauptfernrohr nacheinander auf die zu vergleichenden schwächeren Sterne gerichtet wird. Durch Verschiebung des Oculars werden diese Sterne in Lichtscheiben verwandelt und mit dem durch Verschieben des Hülfsobjectivs ebenfalls in eine Lichtfläche verwandelten hellen Sterne verglichen. Da dieser Apparat meines Wissens niemals zu Messungen verwerthet worden ist, so soll hier nicht näher auf denselben eingegangen werden, ebensowenig wie auf ein zweites von Steinheil empfohlenes Ocularphotometer, bei welchem die Sterne nicht als Lichtscheiben, sondern als Lichtpunkte beobachtet werden.

Dagegen verdient noch ein auf der Wiener Sternwarte befindliches Prismenphotometer Erwähnung, bei welchem eine wesentliche Vereinfachung in der Handhabung dadurch erzielt worden ist, dass dasselbe parallaktisch montirt ist. Das Hauptrohr (Fig. 47, Seite 210) ist auf einem soliden Stativ in der Meridianebene nach dem Pol gerichtet und lässt sich um seine eigene optische Axe drehen.

[1) Astron. Nachr. Bd. 48, Nr. 1152.

Das Licht der Sterne fällt nicht direct auf die vor den Objectivhälften sitzenden Prismen, sondern erst nach Reflexion von Spiegeln,

die in der aus der Figur ersichtlichen Weise mit drehbaren Kreistheilungen verbunden sind. Der Vortheil
der Einrichtung besteht
darin, dass nicht erst vor jeder Beobachtung der Winkelabstand der zu vergleichenden Sterne berechnet zu
werden braucht, sondern dass
unmittelbar die Stunden-
winkel und Declinationen
bei den Einstellungen be-
nutzt werden, und dass ferner, wenn die beiden Sterne
einmal in das Gesichtsfeld
gebracht sind, sie allein
durch die Feinbewegung des
Hauptrohres um seine Axe
darin gehalten werden können. Der einzige Nachtheil

Fig. 47.

des Arrangements ist der Umstand, dass der ohnehin schon grosse Lichtverlust noch durch die Zurückwerfung an den Spiegeln gesteigert wird.

2. Anwendung von Objectivblenden.

Alles was bei den Auslöschungsphotometern über die Abblendungsmethode gesagt worden ist, trifft auch bei den hier zu besprechenden
Apparaten in vollem Umfange zu. Insbesondere ist es die Beugungswirkung, welche sich hier vielleicht noch störender fühlbar macht und
von vornherein nur eine beschränkte Anwendung der Methode rathsam
erscheinen lässt.

a. Die Methoden von Bouguer und W. Herschel.

Als ältestes Instrument dieser Gattung darf wohl ein von Bouguer[1]
vielfach benutztes bezeichnet werden. Dasselbe besteht aus zwei Ob-

1) Traité d'optique, p. 35.

jectiven von vollkommen gleicher Öffnung und Brennweite. Die Röhren, an deren einem Ende sich diese Objective befinden, haben genau die Länge der Brennweite und sind am anderen Ende mit Deckeln verschlossen, in denen kleine kreisrunde Öffnungen von 7 mm bis 9 mm Durchmesser angebracht sind, bedeckt mit feinem weissen Papier oder mit mattgeschliffenem Glase. Die beiden Objective werden auf die zu vergleichenden Lichtquellen gerichtet und die Öffnung des einen durch Sectorblenden so weit verringert, bis die kleinen in der Brennebene befindlichen Löcher für das Auge gleich hell beleuchtet erscheinen. Die Helligkeiten der beiden Lichtquellen verhalten sich dann wie die freien Objectivöffnungen. Um etwaige kleine Unterschiede in der Beschaffenheit der beiden Objective unschädlich zu machen, kann man dieselben bei jeder Beobachtung mit einander vertauschen. Durch eine geeignete Schutzvorrichtung wird noch Sorge getragen, dass alles äussere Licht von dem Auge des Beobachters fern bleibt. Die Sicherheit der Beobachtungen mit diesem Instrumente ist von vornherein dadurch etwas eingeschränkt, dass die beleuchteten Flächen nicht unmittelbar aneinander grenzen. Auch ist es klar, dass der Apparat nur zur Vergleichung von leuchtenden Flächen, nicht von Lichtpunkten verwendet werden kann. Bouguer hat damit die Helligkeit des Himmels an verschiedenen Stellen gemessen und Helligkeitsvergleichungen einzelner Partien der Sonnenscheibe angestellt.

Zur Vergleichung von Sternen hat W. Herschel[1]) ein Verfahren vorgeschlagen, welches dem Bouguer'schen ähnlich ist. Er benutzt zwei unmittelbar nebeneinander aufgestellte Fernrohre von gleicher Öffnung und Focallänge. Mit dem einen betrachtet er das Bild des einen der zu vergleichenden Sterne, mit dem zweiten unmittelbar darauf das des anderen und schwächt das hellere Bild durch Abblenden des betreffenden Objectivs, bis ihm die Bilder in den beiden Fernrohren gleich intensiv erscheinen. Durch Umwechseln der Instrumente lässt sich auch hier jeder durch Verschiedenheit der Objective hervorgerufene Fehler eliminiren. Wie man übrigens sofort sieht, steht das Herschel'sche Verfahren dem Bouguer'schen entschieden nach, denn die Betrachtung der Bilder geschieht hier nicht gleichzeitig, sondern nacheinander, und wenn auch die Zeit, die man braucht, um von dem einen Instrument auf das andere überzugehen, noch so kurz ist, so vermag das Auge doch nicht die Erinnerung an den empfangenen Lichteindruck mit vollkommener Sicherheit festzuhalten. Herschel macht bei der Beschreibung seines photometrischen Verfahrens schon selbst auf die störenden Einflüsse der Diffractionserscheinungen und der Helligkeit des Himmelsgrundes aufmerksam.

---

1) Philos. Trans. of the R. Soc. of London. 1817, p. 302.

b. Die Benutzung des Spiegelsextanten und des Heliometers
als Photometer.

Von verschiedenen Seiten, unter Anderen auch von A. v. Humboldt,
ist der Gedanke angeregt worden, den Spiegelsextanten zu Helligkeitsvergleichungen am Himmel zu verwenden. Die gewöhnliche Form des
Sextanten ist für diesen Zweck dahin abzuändern, dass das Fernrohr nicht
fest auf die Mitte des zur Hälfte belegten, zur Hälfte unbelegten Spiegels
gerichtet bleibt, sondern nach Belieben um messbare Beträge gehoben oder
gesenkt werden kann. Durch den unbelegten Theil des Spiegels blickt
man direct nach dem einen Sterne, während man das Bild des zweiten
damit zu vergleichenden Sternes durch Reflex von dem drehbaren Spiegel
des Sextanten und von der belegten Hälfte des anderen Spiegels in das
Gesichtsfeld gelangen lässt. Durch Heben oder Senken des Fernrohrs
wird die Helligkeitsgleichheit der Bilder hergestellt, und das Verhältniss
der beiden Abschnitte des Objectivs, welche auf den belegten und unbelegten Theil des Spiegels gerichtet sind, giebt ein Mass für das Helligkeitsverhältniss der miteinander verglichenen Sterne. Natürlich muss der durch
die zweimalige Spiegelung verursachte Lichtverlust experimentell bestimmt
werden, was am Besten dadurch geschieht, dass man das directe und das
reflectirte Bild eines und desselben Sternes miteinander vergleicht.

Die Verwendung des Sextanten zu photometrischen Messungen am
Himmel muss wegen der verhältnissmässig kleinen Dimensionen des Instrumentes und wegen der Schwierigkeit, zwei beliebige Objecte in das
Gesichtsfeld des Fernrohrs zu bringen und darin während der Vergleichungen festzuhalten, auf die helleren Sterne beschränkt bleiben. Auch
dürfte der Umstand, dass das Licht der reflectirt gesehenen Sterne unter
verschiedenen Incidenzwinkeln auf den ersten Spiegel auffällt, leicht zu
Fehlern Anlass geben.

Handelt es sich nur um die Vergleichung nahe bei einander befind-
licher Himmelsobjecte, so kann mit Vortheil anstatt des Spiegelsextanten
auch ein anderer zu Winkelmessungen am Himmel bestimmter Apparat,
das Heliometer, benutzt werden. Bekanntlich rührt die Bezeichnung
»Heliometer« von Bouguer her, welcher dieses Instrument in der Form
construirte, dass er zwei Objective unmittelbar nebeneinander in ein
Rohr einsetzte und ein einziges Ocular für beide zur Anwendung brachte.
Von ihm ist auch zum ersten Male der Vorschlag gemacht worden, ein
solches Instrument zu photometrischen Zwecken zu gebrauchen, indem
das eine der beiden Objective durch Blenden soweit verkleinert wurde,
bis die beiden Sterne gleich hell erschienen. In der Form, in welcher
das Heliometer heutzutage construirt wird, mit einem einzigen in der

Mitte durchschnittenen Objectiv, ist dasselbe von Johnson[1]) sehr angelegentlich zu photometrischen Beobachtungen empfohlen worden. Johnson fand bei der Untersuchung seines Heliometers, dass die eine Objectivhälfte ein helleres Bild gab als die andere (Helligkeitsverhältniss 100 zu 95.5), und dass bei beiden Hälften die Centralpartien verhältnissmässig durchsichtiger waren als die Randpartien. Dem ersteren Fehler liess sich bei den photometrischen Beobachtungen sehr leicht durch Vertauschen der Objectivhälften abhelfen. Sieht man von allen Übelständen ab, die beim Gebrauche jeder Blendvorrichtung ins Spiel kommen, und vermeidet man vor allen Dingen eine allzu starke Verkleinerung der einen Objectivhälfte, so eignet sich das Heliometer ohne Zweifel sehr gut zu Helligkeitsmessungen an Doppelsternen, sowie zur Vergleichung von Veränderlichen mit nahe dabei stehenden Sternen. Schur[2]) hat dasselbe gelegentlich einer Conjunction von Venus und Mercur auch zu Messungen der relativen Lichtstärke dieser beiden Planeten mit Erfolg verwendet.

c. Das Schwerd'sche Photometer.

Dieses Instrument dürfte wohl das complicirteste sein, welches jemals zu Helligkeitsmessungen am Himmel construirt worden ist, es hat daher auch trotz mancher interessanten Einrichtungen so wenig Verbreitung gefunden, dass es heute fast ganz in Vergessenheit gerathen ist. Die Litteratur über dieses Photometer ist äusserst spärlich. Schwerd selbst hat seine Beobachtungen mit diesem Instrumente niemals veröffentlicht, und ausser einer Beschreibung von Argelander[3]), der sich sehr lebhaft für den Apparat interessirte, ist mir nur eine kleine Abhandlung von F. Berg[4]) in Wilna bekannt geworden, welcher Extinctionsbestimmungen

---

1) Astron. Observ. made at the Radcliffe Observatory, Oxford, in the year 1851. Vol XII, Appendix I. (Siehe ausserdem Monthly Notices. Vol. 13, p. 278.)

2) Astron. Nachr. Bd. 94, Nr. 2245.

3) Sitzber. des naturhistorischen Vereins der preuss. Rheinlande und Westphalens. Neue Folge, Jahrg. 6, 1859, p. 64, Bonn. (Siehe auch Heis, Wochenschrift. Jahrg. 1859, p. 275.)

4. F. Berg, Über das Schwerd'sche Photometer und die Lichtextinction für den Wilnaer Horizont. Wilna 1870. — NB. Diese kleine in russischer Sprache gedruckte Schrift befindet sich in der Bibliothek der Sternwarte Pulkowa. Herr E. Lindemann in Pulkowa hat die Güte gehabt, mir eine Übersetzung des auf das Instrument selbst bezüglichen Theiles dieser Abhandlung zuzusenden, der ich zum grössten Theil die obige Beschreibung entnommen habe. Herrn Lindemann verdanke ich auch die Mittheilung, dass von dem Schwerd'schen Photometer überhaupt nur vier Exemplare angefertigt worden sind, von denen zwei sich in Russland, auf den Sternwarten zu Pulkowa und Wilna, befinden, eins im Besitze der Familie Schwerd geblieben ist, während das vierte auf der Sternwarte Bonn in einer besonderen Kuppel aufgestellt ist. Der Abbildung (Fig. 48) liegt eine photographische Aufnahme des letzteren Instrumentes zu Grunde.

mit einem solchen Instrumente ausgeführt hat. Das Photometer (Fig. 48) besteht aus zwei Fernrohren. Das grössere ist parallaktisch aufgestellt und durch ein Uhrwerk beweglich, während das kleinere um zwei zu einander senkrechte Axen drehbar ist, von denen die eine zur optischen Axe des grossen Fernrohrs senkrecht steht. Die Drehungen sind an zwei Kreisen ablesbar; aa sind die Klemmen für den einen, bb die für den anderen Kreis, cc und dd die entsprechenden Feinbewegungsschrauben. Ist das grosse Fernrohr auf einen Stern gerichtet, so kann man das kleinere durch Einstellung an diesen Kreisen auf irgend einen anderen Stern richten, wenn der Abstand desselben von dem ersteren, sowie der Positionswinkel in Bezug auf ihn bekannt sind. Zur bequemeren Einstellung des kleineren Fernrohrs dient noch ein damit fest verbundenes Hülfsfernröhrchen e.

In den beiden würfelförmigen Ansatzstücken f und g sind totalreflectirende Prismen angebracht, welche das Licht der beiden Sterne in ein gemeinschaftliches Ocular h werfen. Man sieht die Sterne im Gesichtsfelde nahe bei einander, jeden aber auf den ihm zugehörigen Himmelsgrund projicirt. Um nun dem schädlichen Einflusse der verschiedenen Helligkeit des Grundes zu begegnen, werden beide Fernrohre durch Lampenlicht erleuchtet, und diese Beleuchtung lässt sich nach Belieben so moderiren, dass die beiden Hälften des Gesichtsfeldes gleich hell erscheinen.

Die Dimensionen des Schwerd'schen Photometers sind so gewählt, dass das Verhältniss von Objectivdurchmesser zur Focaldistanz in beiden Fernrohren gleich ist, und zwar hat das grosse Objectiv einen Durchmesser von 5.2 cm und eine Brennweite von 126 cm, das kleine einen Durchmesser von 2.6 cm und eine Brennweite von 63 cm. Infolge dessen erscheint ein Stern in dem kleinen Fernrohr viermal schwächer als in dem grossen. Vor dem Objectiv des ersteren ist excentrisch eine Scheibe mit verschieden grossen kreisrunden Öffnungen angebracht, die durch Drehung der Scheibe nacheinander vor die Mitte des Objectivs geführt werden können. Sind die Fernrohre auf zwei Sterne gerichtet, so wird das Licht des helleren (im kleinen Fernrohr eingestellten) durch Drehung dieser Scheibe so weit abgeschwächt, bis die Bilder im Ocular gleiche Helligkeit besitzen. Wenn die ursprüngliche Helligkeit des einen der beiden zu vergleichenden Sterne die des anderen um weniger als das Vierfache übertrifft, so ist eine Gleichmachung durch Abblenden des kleinen Objectivs nicht möglich, und es sind daher auch für das grosse Fernrohr Blendvorrichtungen vorhanden. Diese können auch benutzt werden, um bei Einstellung beider Fernrohre auf einen und denselben Stern die Gleichheit der Bilder herzustellen und auf diese Weise das

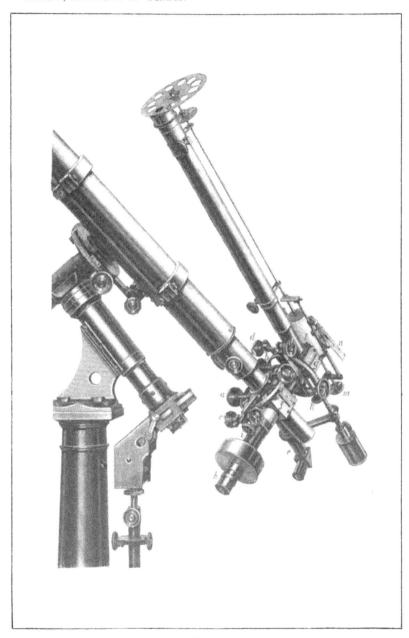

Fig. 48.

Verhältniss der beiden Objective zu einander experimentell genau zu bestimmen.

Schwerd hat den wichtigen Einfluss, welchen die Beugung des Lichtes bei Benutzung von Blenden hat, richtig erkannt und infolge dessen Einrichtungen getroffen, um stets den beiden Beugungsbildern die gleiche Grösse geben zu können. Dadurch ist allerdings jeder theoretische Einwand gegen das Princip seiner Methode gehoben, aber zugleich auch die praktische Handhabung des Apparates wesentlich erschwert. Wie bereits im vorangehenden Capitel auseinandergesetzt wurde, nimmt die Beugungsfigur eines Sternes bei zwei verschiedenen Fernrohren nur dann den gleichen Raum auf der Netzhaut des Auges ein, wenn die angewandten Gesammtvergrösserungen den Objectivdurchmessern proportional sind, und nur in diesem Falle geben die freien Öffnungen ein streng richtiges Mass für das Helligkeitsverhältniss zweier Sterne. Da bei dem Schwerdschen Photometer für beide Fernrohre ein gemeinschaftliches Ocular benutzt wird, so ist also Bedingung für eine theoretisch einwurfsfreie Benutzung des Instrumentes, dass das Verhältniss von Objectivöffnung und Brennweite in beiden Fernrohren stets dasselbe bleibt. Bei nicht abgeblendeten Objectiven ist diese Bedingung durch die gewählten Dimensionen von vornherein erfüllt, wenn aber das eine Objectiv abgeblendet wird, muss gleichzeitig auch eine Verkürzung der Brennweite desselben stattfinden. Um dies bewerkstelligen zu können, hat Schwerd in beiden Fernrohren zwischen Objectiv und Brennpunkt Sammellinsen eingesetzt, die längs der optischen Axen verschiebbar sind. Bei dem grossen Fernrohre sitzt die Sammellinse vor dem totalreflectirenden Prisma in dem langen Theile des gebrochenen Rohres, bei dem kleinen dagegen hinter dem Prisma in dem kurzen Theile. Die Schrauben i und k dienen zur Verschiebung dieser Linsen, und der Betrag der Verschiebung lässt sich an den beiden auf den würfelförmigen Stücken f und g angebrachten Scalen ablesen. Sind die beiden Sammellinsen auf den Nullpunkt der Scala eingestellt, dann verhalten sich die Brennweiten der Gesammtsysteme »Objectiv und Sammellinse« zu einander, wie die nicht abgeblendeten Objectivöffnungen. Die Theilung auf der Scala steht in Beziehung zu den benutzten mit Nummern versehenen Blendenöffnungen, so dass beispielsweise bei Benutzung der Blendennummer 10 die Sammellinse auf den Theilstrich 10 eingestellt werden muss, damit freie Öffnung und Brennweite wieder das bestimmte Verhältniss zu einander haben. Natürlich muss auch noch das Gesammtsystem »Objectiv-Sammellinse« zusammen verschiebbar sein, wenn das Ocular h unverändert an seiner Stelle bleiben soll.

Die Vergleichung zweier Sterne mit dem Schwerd'schen Photometer erfordert nach dem Gesagten die folgenden Manipulationen. Der schwächere

Stern wird mit Hülfe des Declinations- und Stundenkreises in dem grossen
Fernrohre, der hellere, dessen Distanz und Positionswinkel in Bezug auf
ersteren vorher berechnet sein müssen, mit Hülfe der beiden anderen
Kreise in dem kleineren Fernrohre eingestellt. Durch das Uhrwerk werden
beide Sterne im Gesichtsfelde fest gehalten. Dann wird das kleine Objectiv
so weit abgeblendet, bis die Bilder ungefähr gleich hell erscheinen, die
Sammellinse wird auf den Theilstrich, welcher der betreffenden Blendenöffnung entspricht, eingestellt und das ganze System »Objectiv-Sammellinse« so weit verschoben, bis der Stern im Oculare wieder scharf erscheint. Die beiden Hälften des Gesichtsfeldes werden sodann durch
Moderirung der Beleuchtung gleich hell gemacht, und die letzte feine Einstellung auf gleiche Intensität der beiden Sternbilder wird endlich durch
Drehen der Blendscheibe bewirkt. Die Nummer der richtigen Blendenöffnung giebt dann mit Hülfe einer für jedes Instrument berechneten
Tabelle unmittelbar den Helligkeitsunterschied der beiden Sterne. Bei
dem von Berg in Wilna benutzten Instrumente waren die 25 verschiedenen
Blendenöffnungen, welche zu Gebote standen, so abgestuft, dass jede folgende Öffnung immer um 0.1 Grössenclassen weniger Licht hindurch
liess als die vorangehende. Da nun der Helligkeitsunterschied der beiden
unabgeblendeten Objective etwa 1.5 Grössenclassen betrug, so konnten
mit diesem Apparate Sterne bis zu vier Grössenclassen Helligkeitsdifferenz
gemessen werden. Es ist wegen des Aussehens der Bilder nicht rathsam,
das Objectiv mehr als bis auf etwa ⅓ der Öffnung abzublenden; will man
daher noch grössere Unterschiede als vier Grössenclassen direct messen,
so muss das kleine Fernrohr durch ein anderes von noch geringeren
Dimensionen ersetzt werden. Mit dem Apparate ist endlich noch eine Art
Registrirvorrichtung verbunden, um die jedesmalige vor dem Objective befindliche Öffnung zu notiren. Diese Vorrichtung besteht im Wesentlichen
aus einer mit Papier überzogenen Trommel oder Walze l, welche auf der
langen bis zur Blendscheibe reichenden Bewegungsstange fest aufgesteckt ist und mittels des Handgriffes m zugleich mit der Blendscheibe
gedreht wird. Durch einen Druck auf den Hebel n wird auf der
Walze ein Zeichen markirt und dadurch die Stellung der Blendscheibe
registrirt.

Die Handhabung des Schwerd'schen Photometers ist, wie man aus
dem Vorangehenden sieht, viel zu umständlich, als dass an eine Verwendung des Instrumentes zu grösseren Beobachtungsreihen zu denken
wäre. Sofern das Photometer nicht im Freien Aufstellung findet, ist
ausserdem noch eine besondere Einrichtung der Kuppel erforderlich, um
die beiden Fernrohre gleichzeitig nach zwei beliebigen Punkten des Himmels richten zu können. Das drehbare Dach der kleinen Kuppel, in

welcher das Bonner Instrument aufgestellt ist, besteht aus einer grossen Anzahl von Klappen, die nach Bedürfniss einzeln geöffnet werden können.

Eine grosse Ähnlichkeit mit dem Schwerd'schen Photometer besitzt ein von De la Rive[1]) construirtes Instrument, welches hier noch kurz Erwähnung finden mag, obgleich es ursprünglich nicht zu Beobachtungen am Himmel bestimmt war. Es besteht ebenfalls aus zwei Fernrohren, die sich gleichzeitig auf zwei beliebige Punkte richten lassen. Durch ein System von Spiegeln oder totalreflectirenden Prismen werden die Lichtstrahlen in ein gemeinschaftliches Ocular geworfen, und die gleiche Helligkeit der Bilder wird durch Abblenden der Objective erreicht. Als eine Verbesserung des Schwerd'schen Photometers kann das De la Rivesche nicht betrachtet werden, schon darum nicht, weil der schädliche Einfluss der Beugungswirkung dabei gar keine Berücksichtigung findet.

d. Das Hornstein'sche Zonenphotometer.

Wie schon aus der Bezeichnung dieses Photometers hervorgeht, ist dasselbe speciell zu Zonenbeobachtungen, d. h. zur Messung von ganzen Gruppen nahe bei einander stehender, an Helligkeit nicht allzu verschiedener Sterne bestimmt. Das Princip ist Abblenden des Objectivs und Vergleichung der Bilder mit dem Bilde eines Hülfssternes, welcher durch einen Theil des Objectivs in das Gesichtsfeld gebracht wird. Die Einrichtung geht aus der von Hornstein[2]) selbst gegebenen Abbildung (Fig. 49) hervor.

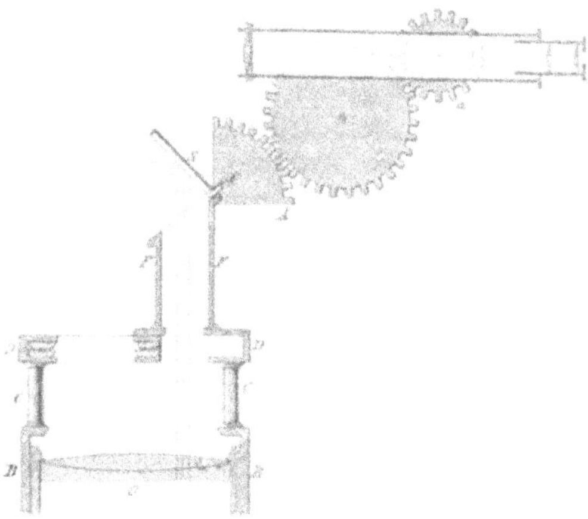

Auf die Fassung des Objectivs O ist ein Ring BB aufgesetzt, der sich vom Ocular aus mittelst eines Schlüssels um die optische Axe des Fernrohrs drehen lässt. Mit dem Ringe ist

Fig. 49.

durch die Säulchen CC ein Rahmen DD verbunden, in welchem zwei Blendschieber zur Abblendung eines Theiles des Objectivs übereinander verschoben werden können. Auf dem Rahmen sitzt ferner noch eine

1) Annales de chim. et de phys. Série 4, tome 12 (1867), p. 243.
2) Sitzber. der K. Akad. der Wiss zu Wien. Math.-naturw. Classe, Bd. 41, p. 261.

cylindrische Röhre FF, an deren oberem Ende bei x ein kleiner Spiegel S, drehbar um eine zur Zeichnungsebene senkrechte Axe, angebracht ist. Mit Hülfe dieses Spiegels, der ebenfalls vom Ocular aus dirigirt werden kann, wird nun das Bild eines Hülfssternes in das Fernrohr reflectirt, und die direct gesehenen Sterne werden durch Verschieben der Blenden so weit geschwächt, bis sie dem Hülfssterne an Helligkeit gleich sind. Man sieht sofort, dass der Anwendungsbereich des Photometers zur Vergleichung zweier beliebigen Sterne am Himmel an gewisse Grenzen gebunden ist. Der Spiegel darf nicht so gross sein, dass er bei irgend einer Stellung etwas von dem für die directe Beobachtung der Sterne bestimmten Theil des Objectivs verdeckt, und er darf nur unter solchen Neigungswinkeln gegen die optische Axe des Fernrohrs benutzt werden, dass immer der ganze Querschnitt der cylindrischen Röhre FF Licht erhält.

Um das Bild des Hülfssternes bequem und sicher in das Hauptrohr zu bringen, wird ein kleines Hülfsfernrohr benutzt, welches in folgender Weise mit dem Apparate verbunden ist. Mit dem Spiegel S gemeinschaftlich um Punkt x drehbar ist ein gezahnter Sector A, dessen Drehung mit Hülfe eines gezahnten Zwischenrades auf das Rad a übertragen wird, an welchem letzteren das kleine Fernrohr befestigt ist. Da der Durchmesser von a gerade halb so gross ist wie der von A, während die Breite der Zähne bei allen drei Rädern übereinstimmt, so entspricht einer beliebigen Bewegung des Spiegels S eine doppelt so grosse Bewegung des Hülfsfernrohrs. Man probirt nun an einem hellen Sterne aus, in welcher Lage das Hülfsfernrohr mit dem Rade a zu befestigen ist, damit der Stern gleichzeitig in diesem und, durch Reflex an dem Spiegel, auch in dem Hauptfernrohre sichtbar wird. Ist diese Justirung einmal bewirkt, so wird auch jeder andere Stern, auf welchen das Hülfsfernrohr gerichtet wird, im Gesichtsfelde des grossen erscheinen. Man verfährt bei den Beobachtungen mit dem Hornstein'schen Photometer meistens so, dass man für eine ganze Reihe (Zone) ein und denselben Hülfsstern benutzt, welcher durch Feinbewegung des Ringes B und des Spiegels S während der Dauer einer solchen Reihe beständig in der Mitte des Gesichtsfeldes gehalten wird. Da dieser Hülfsstern lediglich als Verbindungsglied dient, um die Helligkeitsunterschiede der einzelnen Zonensterne gegeneinander zu ermitteln, so braucht die Helligkeit desselben gar nicht bekannt zu sein, ebensowenig wie das Intensitätsverhältniss eines direct gesehenen Sternes zu seinem reflectirten Bilde. Dass die Zonensterne nicht allzu weit auseinander stehen dürfen, ist schon deshalb geboten, weil sonst die vom Vergleichssterne kommenden Strahlen unter merklich verschiedenen Incidenzwinkeln auf den Spiegel auffallen würden, und die Helligkeit des Vergleichssternes während der Zone nicht constant wäre. Den Schiebern,

mit welchen die eigentliche Lichtmessung ausgeführt wird, hat Hornstein Ausschnitte gegeben, welche die Form von Hyperbeln haben; die
Axen dieser Hyperbeln sind zu einander und zu der Bewegungsrichtung
der Schieber parallel. In Figur 50 ist $abcde$ der untere, $a'b'c'd'e'$ der
obere Schieber, und o ist der freie, durch die Schieber
nicht verdeckte Theil des Objectivs. In welcher Weise
die Grösse der freien Fläche o von der Verschiebung
der Blenden abhängt, ist von Hornstein nicht angegeben. Am sichersten würde es wohl sein, die Scalen-
werthe empirisch durch Messungen an Sternen von
anderweitig bekannter Helligkeit zu ermitteln.

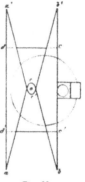

Fig. 50.

Das Hornstein'sche Photometer, welches aus dem
Jahre 1860 herstammt, hat übrigens bereits im Jahre 1834
einen Vorgänger gehabt. Infolge einer von der Kgl.
Gesellschaft der Wissenschaften in Göttingen ausge-
schriebenen Preisaufgabe über Astrophotometrie waren
mehrere Bewerbungsschriften eingegangen, von denen
die oben citirte Steinheil'sche Abhandlung über das
Prismenphotometer mit dem Preise gekrönt wurde. Eine zweite Schrift,
deren Verfasser nicht bekannt ist, enthält nun die Beschreibung eines
Photometers, welches fast vollkommen mit dem Hornstein'schen identisch
ist. Der einzige Unterschied besteht darin, dass die eine ganze Hälfte
des Objectivs (nicht bloss ein kleiner Theil desselben) von dem Spiegel
Licht erhält, und dass die Abblendung nicht durch Schieber, sondern
durch eine drehbare Scheibe erfolgt, welche immer eine Hälfte des Objectivs bedeckt, die andere freilässt.

e. Die Methoden von Searle und Cornu.

Ganz eigenartig ist das von G. Searle[1] empfohlene Photometer, bei
welchem, ähnlich wie bei dem Parkhurst'schen Deflectionsphotometer, eine
Theilung des auf das Objectiv auffallenden Lichtcylinders, also nicht eine
Abblendung im eigentlichen Sinne stattfindet. Eine keilförmig geschliffene
Glasplatte von ausserordentlich kleinem Winkel wird so vor dem Objectiv
des Beobachtungsfernrohrs angebracht, dass sie über dasselbe hinweg
bewegt werden kann und daher einen beliebig grossen messbaren Theil
desselben bedeckt. Von jedem Sterne entstehen so zwei Bilder, deren
Intensitäten durch Verschieben der Glasplatte nach Gefallen verändert
werden können. Da der Winkel des Prismas sehr klein ist, so sind die

---

[1] Astron. Nachr. Bd. 57, Nr. 1353.

beiden Bilder nicht sehr weit voneinander entfernt, und die prismatischen
Farben des abgelenkten Bildes treten nicht wesentlich störend hervor.
Hat man nun zwei Sterne von verschiedener Helligkeit, so kann man
durch Verschieben der Glasplatte das directe Bild des einen gleich dem
abgelenkten des anderen machen, und das Verhältniss des bedeckten zum
unbedeckten Theile des Objectivs giebt dann unmittelbar das ursprüngliche
Intensitätsverhältniss der beiden Sterne, vorausgesetzt, dass der durch
Absorption und Reflexion an der Glasplatte hervorgebrachte Lichtverlust
bekannt ist. Derselbe kann entweder durch Vergleichung der beiden
Bilder ein und desselben Sternes bestimmt oder auch dadurch zum
grössten Theil eliminirt werden, dass man immer die Bilder der beiden
zu messenden Sterne kreuzweise miteinander vergleicht. Grosse Helligkeitsunterschiede zu messen ist mit diesem Instrumente nicht rathsam,
auch sieht man sofort, dass die Benutzung des Photometers auf die
Vergleichung sehr nahe bei einander stehender Sterne beschränkt ist.
Wie aber die von Searle mitgetheilten Beobachtungen zeigen, erweist
sich das Instrument innerhalb seines Anwendungsbereiches durchaus
brauchbar.

In neuerer Zeit hat Cornu[1]) noch einige Modificationen zu diesem
Photometer vorgeschlagen. Um die Anwendung einer Correction wegen
der Absorption in der prismatischen Glasplatte überflüssig zu machen,
empfiehlt er, anstatt eines Prismas deren zwei anzubringen, von absolut
gleichem Winkel und womöglich aus derselben Glasplatte herausgeschnitten.
Dieselben stossen mit ihren scharfen Kanten gegeneinander, die Ablenkungen erfolgen daher im entgegengesetzten Sinne. Das Verhältniss
der beiden bedeckten Objectivsegmente giebt dann ohne jede Correction
das gesuchte Intensitätsverhältniss. Will man grössere Ablenkungen als
etwa $\frac{1}{2}°$ hervorbringen, so würden die Farben schon störend sein, und es
wäre dann rathsam, die prismatischen Glasplatten zu achromatisiren. Da
die Anwendung von Objectivprismen bei Fernrohren von grossen Dimensionen wegen der schwierigen Herstellung und der bedeutenden Kosten
kaum möglich sein würde, so hat Cornu noch den Gebrauch von sogenannten photometrischen Ocularen vorgeschlagen, d. h. von gewöhnlichen
terrestrischen Ocularen, bei denen zwischen der ersten und zweiten Linse
an der Stelle, wo ein reelles Bild des Fernrohrobjectivs liegt, zwei
prismatische Glasstücke angebracht sind, die messbar verschoben werden
können und von jedem Gestirn zwei Bilder von variabler Helligkeit er-
zeugen. Über praktische Versuche mit solchen Ocularphotometern ist
bisher Nichts bekannt geworden.

---

1) Comptes Rendus. Tome 103, p. 1227.

3. Anwendung von rotirenden Scheiben. Die photometrischen Methoden von Talbot, Secchi, Abney.

Wenn die Augennerven durch irgend einen Lichtreiz afficirt worden sind, so dauert bekanntlich die Wirkung noch eine Zeitlang fort, nachdem die Lichtquelle entfernt ist. Die Dauer dieser Nachwirkung hängt von der Intensität des Lichtes und ausserdem von dem jeweiligen Zustande des Auges ab. Sendet ein leuchtender Gegenstand intermittirend Licht auf unser Sehorgan, und folgen sich die einzelnen Impulse in so kurzen Zwischenräumen, dass der erste Eindruck noch fortdauert, wenn der zweite eintritt, so erhalten wir die Empfindung einer vollkommen continuirlichen Beleuchtung, die Helligkeit des leuchtenden Gegenstandes erscheint aber geschwächt und zwar im Verhältniss der Erscheinungsdauer zur Summe der Erscheinungs- und Verschwindungsdauer. Dieser Satz ist von Talbot[1]) und Plateau[2]) fast zu derselben Zeit aufgestellt und durch eine Reihe von Versuchen mit rotirenden Scheiben bewiesen worden. Versetzt man eine weisse mit einem schwarzen Sector bemalte Scheibe in schnelle Rotation und beleuchtet dieselbe, so erscheint sie gleichmässig grau, und wenn man zwei solcher Scheiben, die mit verschieden grossen schwarzen Sectoren versehen sind, nahe bei einander aufstellt und die Entfernung der einen von der Lichtquelle so lange verändert, bis beide Scheiben bei der Rotation die gleiche graue Färbung zeigen, so findet man, dass die Quadrate der Entfernungen von der Lichtquelle sich umgekehrt verhalten wie die Winkelöffnungen der beiden Sectoren, wodurch also der obige Satz bestätigt ist. Etwas Ähnliches gilt auch, wenn es sich nicht um diffus reflectirtes, sondern um durchgehendes Licht handelt, wenn man also undurchsichtige, mit sectorförmigen Ausschnitten versehene Scheiben vor einem leuchtenden Gegenstande rotiren lässt. Je kleiner der Ausschnitt ist, desto schwächer erscheint der Gegenstand, und es folgt unmittelbar, dass die Helligkeit proportional ist dem Öffnungswinkel des Sectors. Enthält die Scheibe, wie es gewöhnlich der Fall ist, mehrere Ausschnitte, so wird die Helligkeit durch das Verhältniss der Summe der Winkelöffnungen dieser Ausschnitte zum ganzen Kreisumfange ausgedrückt, vorausgesetzt, dass die Helligkeit ohne die Scheibe als Einheit genommen ist. Es fragt sich, mit welcher Geschwindigkeit die Scheibe vor der Lichtquelle rotiren muss. Eine bestimmte Vorschrift darüber lässt sich nicht geben; jedenfalls ist Bedingung, dass

---

1) Philosophical Magazine. Ser. 3, Vol. 5, p. 321.
2) Pogg. Ann. Bd. 35, p. 457.

die Lichterscheinung vollkommen continuirlich ist und jedes Flimmern
oder Zittern, welches bei zu langsamer Drehung eintritt, verschwindet.
Schnelleres Rotiren hat auf die Intensität des Lichtes gar keinen Einfluss. Nach den Versuchen von Plateau, Emsmann, Helmholtz u. A.
ist eine Umdrehungsgeschwindigkeit von 24 bis 30 mal in der Secunde
unter allen Umständen ausreichend, um Gleichförmigkeit in der Helligkeit zu erzielen.   Es kommt dabei auch wesentlich darauf an, wie die
offenen und geschlossenen Abschnitte auf der rotirenden Scheibe vertheilt sind.   Hat man z. B. eine Scheibe, in welcher sich nur ein einziger Ausschnitt in Grösse eines Halbkreises befindet, und daneben eine
zweite Scheibe mit vier Ausschnitten von der Winkelöffnung 45°, so
werden diese beiden Scheiben die gleiche Lichtschwächung hervorbringen, die zweite braucht aber nicht so schnell gedreht zu werden,
wie die erste.

Das Princip der rotirenden Scheiben ist schon von Talbot zu photometrischen Zwecken empfohlen worden, und in der That ist dasselbe
nicht nur in theoretischer Beziehung durchaus einwurfsfrei, sondern auch
in praktischer Beziehung so bequem anwendbar, dass es nur zu verwundern ist, dass diese photometrische Methode sich noch nicht mehr
Eingang verschafft hat.

Um nach dieser Methode die Helligkeit eines leuchtenden Gegenstandes messen zu können, muss man im Stande sein, die sectorförmigen
Ausschnitte nach Belieben zu vergrössern oder
zu verkleinern.   Talbot hat zu diesem
Zwecke zum ersten Male die Benutzung von
zwei Scheiben mit gleich vielen und gleich
grossen Ausschnitten vorgeschlagen, welche
um eine gemeinschaftliche Axe rotiren und
messbar gegeneinander verstellt werden können.   Ein ähnliches Arrangement ist schon
früher bei der Besprechung der verschiedenen
Blendvorrichtungen erwähnt worden.

Ein zweites ebenfalls von Talbot empfohlenes Messungsmittel besteht darin, dem
Ausschnitte in der Scheibe eine durch Figur 51
repräsentirte Form zu geben.

Fig. 51.

Der Ausschnitt wird begrenzt durch den Radius ab und durch eine
Archimedische Spirale, deren Gleichung in Polarcoordinaten bekanntlich
ausgedrückt werden kann durch $r = \dfrac{2\pi - v}{2\pi}$ oder $1 - r = \dfrac{v}{2\pi}$, wenn
der Radius der Scheibe mit 1 bezeichnet wird, und die Winkel v von

ab aus nach rechts gezählt werden. Die Grösse $1 - r$ ist der Abstand vom Rande der Scheibe, und da das Verhältniss $\dfrac{v}{2\pi}$ das Helligkeitsmass abgiebt, so sieht man, dass die Helligkeit eines leuchtenden Gegenstandes, wenn man ihn an verschiedenen Punkten der rotirenden Scheibe betrachtet, in demselben Verhältnisse zu- oder abnimmt, wie die Abstände dieser Punkte vom Scheibenrande. Von dieser Methode ist mehrfach Gebrauch gemacht worden.

Statt der rotirenden Scheibe hat Talbot, speciell zur Messung des Sonnenlichtes, noch einen rotirenden Spiegel in Vorschlag gebracht, welcher das Bild einer Lichtquelle im Kreise herumführt. Das Auge des Beobachters wird bei jeder Umdrehung des Spiegels einmal von den reflectirten Strahlen getroffen und erblickt bei genügend schneller Rotation ein stetiges Bild der Lichtquelle, dessen scheinbare Helligkeit sich zur Helligkeit der Lichtquelle selbst verhält, wie die Winkelbreite derselben zum Kreisumfange. Streng genommen ist dabei noch der Incidenzwinkel der auffallenden Strahlen oder der Winkel zwischen Lichtquelle, Spiegelmittelpunkt und Auge zu berücksichtigen, da von diesem die Intensität des reflectirten Lichtes abhängt. Von der Sonne, deren scheinbarer Durchmesser ungefähr einen halben Grad beträgt, wird durch einen solchen rotirenden Spiegel eine Lichtzone hervorgebracht, deren Intensität im centralen Streifen sich zur Intensität der Sonne selbst wie $1:720$ verhält. Um das Sonnenlicht mehr abschwächen zu können, hat Talbot noch einen zweiten rotirenden Spiegel eingeführt, welcher zunächst das von dem ersten kommende Licht empfängt und dasselbe dann entsprechend geschwächt in das Auge sendet.

Für Helligkeitsmessungen an Sternen ist das Princip der rotirenden Scheiben zum ersten und meines Wissens bisher auch einzigen Male von Secchi[1]) in Anwendung gebracht worden. Derselbe verglich, allerdings nur mit blossem Auge, zwei nicht allzuweit voneinander entfernte Sterne, indem er den helleren durch eine rotirende Scheibe hindurch, den schwächeren ohne dieselbe betrachtete, und die sectorförmigen Öffnungen der Scheibe so weit verkleinerte, bis die beiden Sterne gleich erschienen. Er bediente sich dabei, ebenso wie Talbot, theils zweier gegeneinander verstellbaren Scheiben, deren gegenseitige Stellung an einer am Rande angebrachten Theilung abgelesen werden konnte, theils einer einzelnen Scheibe mit Ausschnitten, die etwa wie in Figur 52, Seite 224, von der Mitte nach dem Rande zu immer schmäler wurden.

----

1) Atti dell' accad. Pontificia dei nuovi Lincei. Tomo 4, anno 4 (1850—1851), p. 10.

Bei dem zweiten Beobachtungsverfahren wurde diejenige Stelle auf der rotirenden Scheibe bestimmt, wo der geschwächte Stern dem direct gesehenen an Intensität gleich erschien.

Aus dem gemessenen Abstande dieses Punktes vom Rande liess sich dann leicht der gesuchte Helligkeitsunterschied berechnen. Dass das erste Verfahren dem zweiten bei Weitem vorzuziehen ist, liegt auf der Hand. Da der Himmelsgrund, auf dem der hellere Stern steht, durch Verkleinerung der Ausschnitte in der Scheibe mit verdunkelt wird, so sieht man die beiden zu vergleichenden Sterne stets auf verschieden hellem Grunde, was das ohnedies schon ziemlich unsichere Beobachtungsverfahren Secchi's noch weniger empfehlenswerth macht.

Fig. 53.

Es sind noch eine ganze Reihe von photometrischen Einrichtungen bekannt geworden, bei denen die rotirenden Scheiben in den mannigfachsten Formen zur Verwendung kommen. Ich erwähne speciell die Vorschläge von Guthrie[1]), Napoli[2]), Hammerl[3]), Langley[4]) und Abney[5]), gehe aber nicht näher auf dieselben ein, da sie fast alle lediglich für die technische Photometrie von Interesse sind. Nur Abney hat die Methode auch auf die Messung der Lichtintensität in verschiedenen Theilen des Sonnenspectrums angewendet. Er und vor ihm schon Napoli haben insofern einen Fortschritt erreicht, als sie mechanische Einrichtungen getroffen haben, um zwei auf derselben Axe rotirende Scheiben während der Drehung gegeneinander um jeden beliebigen Betrag zu verschieben. Dadurch ist die Methode eigentlich erst aus einem blossen Mittel, die Helligkeit einer Lichtquelle zu variiren, zu einem feinen Messungsverfahren umgewandelt worden.

Auch Lummer und Brodhun haben sich bei ihren photometrischen Untersuchungen eines ähnlichen Arrangements zur Verstellung der Scheiben während der Rotation bedient.

Diese wichtige Verbesserung der Methode legt den Gedanken nahe, die Secchi'schen Vorschläge wieder aufzunehmen und die rotirenden Scheiben

1) The Chemical News and Journal of phys. science. Vol. 40 (1879), p. 262.
2) Séances de la soc. Franç. de physique. 1880, p. 53.
3) Elektrotechn. Zeitschrift. Jahrg. 4 (1883), p. 262.
4) American Journ. of science. Ser. 3, Vol. 30 (1885), p. 210.
5) Phil. Trans. of the R. Soc. of London. 1886, p. 423 und 1888 p. 547; ausserdem Proc. of the R. Soc. of London. Vol. 43, p. 247.

zur Helligkeitsmessung der Sterne nutzbar zu machen. Versuche in dieser Richtung können nicht dringend genug empfohlen werden, und es scheint nicht allzu schwierig, auf irgend einem Wege zum Ziele zu gelangen. Es lässt sich z. B. leicht ein compendiöser Apparat, bei welchem zwei gegeneinander beliebig verstellbare Scheiben mit gleich grossen Ausschnitten durch ein Uhrwerk oder irgend einen kleinen Motor in schnelle Rotation versetzt werden, so an einem beliebigen Refractor anbringen, dass die Scheiben durch den vom Objectiv kommenden Lichtkegel in der Nähe des Brennpunktes hindurchgehen. Wird das Fernrohr auf irgend einen Stern gerichtet, so kann man durch Verstellen der beiden Scheiben gegeneinander (während der Rotation) die Helligkeit desselben so weit verändern, bis er gleich hell erscheint mit einem künstlichen Sterne von constanter Helligkeit, welcher durch ein seitliches Rohr und durch Reflex an einer unter 45° gegen die optische Axe des Fernrohrs geneigten planparallelen Glasplatte (ähnlich wie beim Zöllner'schen Photometer) in das Gesichtsfeld des Oculars gebracht wird. Auf dieselbe Weise beobachtet man einen zweiten Stern und findet so das Helligkeitsverhältniss desselben zu dem ersten. Die verschiedene Helligkeit des Himmelsgrundes hat dabei keinen schädlichen Einfluss, weil sich stets der Untergrund des künstlichen Sternes mit dem des wirklichen vermischt. Wir wollen annehmen, dass jede der beiden Scheiben vier Ausschnitte von 45° Öffnungswinkel hat; dann wird eine vollständige Abschliessung des Lichtes eintreten, sobald die Ausschnitte der einen Scheibe mit den undurchsichtigen Theilen der anderen coincidiren, dagegen wird die grösste nutzbare Öffnung 180° betragen. Man sieht übrigens sofort, dass die Empfindlichkeit der Messungen sehr verschieden sein kann. Sind die Scheiben möglichst weit, also auf 180°, geöffnet, so muss man sie um 16° gegeneinander verstellen, um eine Lichtschwächung von 0.1 Grössenclassen hervorzubringen; lassen die Scheiben aber nur eine Öffnung von 4° frei, so genügt bereits eine Verschiebung von 0°.4, um denselben Effect hervorzubringen. Je kleiner also der Öffnungswinkel ist, desto grösser muss die Genauigkeit der Einstellung und Ablesung sein, wenn man die gleiche Genauigkeit des Resultates verbürgen will. Es wird sich daher empfehlen, nicht allzu grosse Helligkeitsdifferenzen direct zu messen. Benutzt man bei dem hier ins Auge gefassten Apparate nur Öffnungswinkel von 180° bis etwa 10°, so könnte man bereits Intensitätsunterschiede von drei Grössenclassen messen, was für viele Zwecke der Himmelsphotometrie ausreichend sein würde.

4. Anwendung von spiegelnden Kugeln. Die photometrischen Methoden von Wollaston und Bond.

Wenn von einer nicht allzu ausgedehnten Lichtquelle auf eine voll-kommen spiegelnde Kugel Licht auffällt, so sieht ein Beobachter ein verkleinertes Spiegelbild der Lichtquelle, dessen Helligkeit variirt, je nachdem die Entfernung der Kugel von der Lichtquelle oder dem Beob-achter zu- oder abnimmt. Diese Erscheinung ist vielfach zu Helligkeits-messungen benutzt worden und hat sich namentlich bei der Vergleichung von sehr hellen Objecten, wie Sonne, Mond und grossen Planeten, als ein sehr werthvolles Hülfsmittel erwiesen. Es handelt sich dabei um

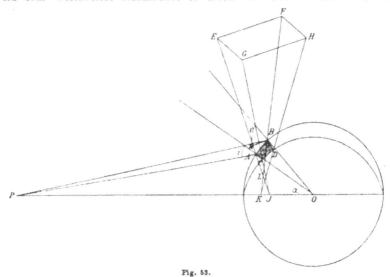

Fig. 53.

die Lösung der folgenden Aufgabe. Das von der spiegelnden Kugel reflectirte Licht breitet sich nach allen Richtungen im Raume aus; man soll die an irgend einer bestimmten Stelle hervorgebrachte Beleuchtung berechnen, wenn die Leuchtkraft der Lichtquelle und ihre Entfernung von der Kugel, ausserdem der Radius der letzteren bekannt sind. Es sei in Figur 53 P ein leuchtender Punkt, $ABCD$ ein kleines Element einer spiegelnden Kugel, welches von zwei unendlich nahen Meridianen und zwei unendlich nahen Parallelkreisen begrenzt wird.

Das Centrum der Kugel liegt in O, der Radius derselben sei ϱ. Ferner seien die Entfernungen PO und PA mit a und b bezeichnet, und der Winkel POA mit α. Der unter dem Incidenzwinkel i in A auffallende Lichtstrahl PA wird in der Richtung nach AE reflectirt. Durch E lege man eine Ebene senkrecht zur Richtung AE, dieselbe werde in den Punkten F, G, H von den in den Punkten B, C und D an der Kugel zurückgeworfenen Strahlen getroffen. Die Strahlen AE und CG, welche von Punkten desselben Parallels herkommen, schneiden sich rückwärts verlängert in einem Punkte J, der auf der Axe PO liegen muss; ebenso schneiden sich die Strahlen BF und DH in einem Punkte K der Axe PO. Dagegen schneiden sich die von den Meridianpunkten A und B herkommenden Strahlen in dem Punkte L. Wir nehmen nun an, dass der leuchtende Punkt P in der Entfernung 1 auf die Flächeneinheit senkrecht die Lichtquantität q sendet, dann erhält das Kugeloberflächenelement $ABCD$, dessen Inhalt mit df bezeichnet werden möge, die Lichtmenge $Q = q \dfrac{df}{b^2} \cos i$. Nun ist aber $df = AB \times AC$, und wenn man von B auf die Richtung AE das Perpendikel BM fällt, so hat man $AB \cos i = BM$; folglich:

$$Q = q \frac{AC \times BM}{b^2}.$$

Von dieser Lichtmenge wird ein bestimmter Bruchtheil, der von der Politur der Kugelfläche u. s. w. abhängt, nach dem Element $EFGH$ reflectirt. Bezeichnet man diesen Bruchtheil durch den Factor k, so erhält $EFGH$ die Lichtmenge $kq \dfrac{AC \times BM}{b^2}$.

Die auf die Flächeneinheit von $EFGH$ gelangende Lichtmenge (die Beleuchtung der Fläche), welche δ heissen möge, wird daher, wenn der Inhalt des Elementes $EFGH$ mit $d\varphi$ bezeichnet ist, gegeben durch die Gleichung:

$$\delta = \frac{kq}{b^2} \frac{AC \times BM}{d\varphi},$$

oder, da $d\varphi$ ausgedrückt werden kann durch $EF \times EG$:

$$\delta = k \frac{q}{b^2} \frac{AC \times BM}{EF \times EG}.$$

Nun ist, zwar nicht streng, aber bei den vorauszusetzenden kleinen Verhältnissen ausreichend genau:

$$AC : EG = JA : (JA + AE).$$

Ferner ist streng:

$$BM : EF = LM : LE,$$

oder, wenn man das kleine Stück AM vernachlässigt:

$$BM : EF = LA : (LA + AE).$$

Durch Substitution wird daher, wenn noch die Entfernung AE der auffangenden Fläche von der Kugel mit c bezeichnet wird:

$$\delta = k\,\frac{q}{b^2}\,\frac{JA \times LA}{(c + JA)(c + LA)}\,.$$

Es handelt sich nun noch darum, JA und LA durch die Grössen ϱ, i
und α auszudrücken. Im Dreieck AJO hat man ohne Weiteres:

$$JA = \frac{\varrho \sin \alpha}{\sin (i + \alpha)}\,.$$

Etwas umständlicher ist die Bestimmung von LA. Betrachtet man AB
als geradlinig und bezeichnet den Incidenzwinkel bei B mit i', so hat
man in den beiden Dreiecken ABP und ABL:

$$AP : AB = \sin (90^0 - i') : \sin APB,$$
$$AL : AB = \sin (90^0 - i') : \sin ALB.$$

Mithin:

$$AP \times \sin APB = AL \times \sin ALB,$$

und da der Winkel $APB = di - d\alpha$, Winkel $ALB = di + d\alpha$, ferner
noch $AP : \varrho = \sin \alpha : \sin (i - \alpha)$ ist, so wird:

$$LA = \frac{\varrho \sin \alpha}{\sin (i - \alpha)}\,\frac{1 - \dfrac{d\alpha}{di}}{1 + \dfrac{d\alpha}{di}}\,.$$

Es ist aber auch:

$$\alpha : \varrho = \sin i : \sin (i - \alpha),$$

und daraus:

$$\frac{d\alpha}{di} = \frac{\sin \alpha}{\sin i \cos (i - \alpha)}\,;$$

daher endlich durch Substitution:

$$LA = \frac{\tfrac{1}{2}\varrho \sin \alpha \cos i}{\sin \alpha + \tfrac{1}{2} \sin (i - \alpha) \cos i}\,.$$

Setzt man die Werthe von JA und LA in die Gleichung für δ ein, so
erhält man eine etwas complicirte Formel, aus welcher man für jeden
Punkt der spiegelnden Kugel die Beleuchtung in der Entfernung c von
derselben finden kann. Die Formel vereinfacht sich aber ganz wesentlich, wenn die Entfernung des leuchtenden Punktes von der Kugel im
Verhältniss zum Kugelradius sehr gross ist. Dann kann man ohne
grossen Fehler b durch a ersetzen, ferner $i = \alpha$ annehmen. Man hat
dann:

$$JA = \tfrac{1}{2}\,\frac{\varrho}{\cos \alpha} \quad \text{und} \quad LA = \tfrac{1}{2}\varrho \cos \alpha,$$

und damit:

$$\delta = k\,\frac{q}{a^2}\,\frac{\tfrac14\varrho^2}{(c+\tfrac12\varrho\sec\alpha)(c+\tfrac12\varrho\cos\alpha)} = k\,\frac{q}{a^2}\,\frac{\varrho^2}{4c^2+2\varrho c(\sec\alpha+\cos\alpha)+\varrho^2}.$$

Ist endlich auch die Entfernung c gross im Verhältniss zum Kugelradius ϱ, so ergiebt sich:

$$\delta = kq\,\frac{\varrho^2}{4\,a^2\,c^2},$$

d. h. die Beleuchtung ist in diesem Falle unabhängig von dem Incidenzwinkel und allein bestimmt durch die Grösse der Kugel und die Entfernungen derselben von Lichtquelle und Auffangfläche. Denkt man sich an Stelle der letzteren das Auge oder das Fernrohrobjectiv, so erblickt man stets ein gleich helles Reflexbild, in welcher Richtung man auch nach der Kugel sieht. Dabei ist allerdings die Voraussetzung gemacht, dass der Factor k für alle Incidenzwinkel derselbe bleibt, was in aller Strenge keineswegs der Fall ist.

Man kann zu dem eben gefundenen Resultate noch auf einem anderen viel kürzeren Wege gelangen, wenn man einen wichtigen Satz aus der theoretischen Astrophotometrie (Seite 36) benutzt. Wir wollen dabei noch annehmen, dass die Lichtquelle nicht ein leuchtender Punkt sei, sondern eine auf der Axe PO senkrecht stehende leuchtende Scheibe mit der Leuchtkraft q, deren scheinbarer Radius, von der Kugel aus gesehen, s sein möge. Die Lichtmenge dl, welche diese Scheibe auf das Element df der Kugeloberfläche sendet, ist nach dem betreffenden Satze ausgedrückt durch:

$$dl = qdf\pi\,\sin^2 s\,\cos i.$$

Es ist aber (Fig. 53) $df = \varrho^2 d\alpha\,\sin\alpha\,dv$, wenn dv der Winkel zwischen den beiden Meridianen ist, welche das Element df einschliessen. Mithin gelangt auf die ganze Kugel von der leuchtenden Scheibe die Lichtquantität:

$$l = q\varrho^2\pi\,\sin^2 s\int_0^{2\pi}dv\int_0^{\frac{\pi}{2}}\cos i\,\sin\alpha d\alpha.$$

Ist die Entfernung der Lichtquelle sehr gross im Verhältniss zu ϱ, so kann man α durch i ersetzen und erhält dann:

$$l = q\pi^2\varrho^2\sin^2 s.$$

Wir setzen wieder voraus, dass bei allen Incidenzwinkeln ein gleich grosser Bruchtheil des auffallenden Lichtes reflectirt wird; dann strahlt die Kugel die Gesammtlichtmenge kl aus, und wenn man sich concentrisch

um die spiegelnde Kugel eine Hohlkugel mit dem Radius c gelegt denkt,
so empfängt die Flächeneinheit dieser Hohlkugel die Lichtquantität:

$$\delta = \frac{kl}{4\pi c^2} = \frac{kq\varrho^2}{4c^2}\,\pi \sin^2 s.$$

Statt $\pi \sin^2 s$ kann man schreiben $\dfrac{F}{a^2}$, wenn F den Flächeninhalt der
leuchtenden Scheibe ausdrückt, und man hat endlich:

$$\delta = kq\,F\,\frac{\varrho^2}{4\,a^2\,c^2}.$$

Diese Formel stimmt bis auf den Factor F mit der oben abgeleiteten
überein; sie sagt aus, dass die Helligkeit des von einer spiegelnden Kugel
reflectirten Bildes direct proportional ist dem Quadrate des Kugelradius
und umgekehrt proportional den Quadraten der Entfernungen der Kugel
von Lichtquelle und Beobachter.

Der Erste, der von diesem wichtigen Satze in der Astrophotometrie
Gebrauch gemacht hat, war Wollaston[1]. Derselbe liess das Licht der
Sonne von einer kleinen Thermometerkugel reflectiren und betrachtete
von grosser Entfernung aus das punktartige Bildchen im Ocular eines
Fernrohrs mit dem einen Auge, während er mit dem anderen Auge das
von einer zweiten Thermometerkugel reflectirte Bild einer Kerzenflamme
durch eine Linse von kurzer Brennweite ansah. Durch Verschiebung der
Kerze stellte er die Gleichheit der beiden Helligkeiten her. Dann rich-
tete er das Fernrohr direct auf einen hellen Stern und verglich denselben
ebenfalls mit dem von der zweiten Kugel reflectirten Kerzenlichte. Mit
Benutzung der obigen Formel liess sich auf diese Weise das Helligkeitsverhältniss der Sonne zu dem Fixstern aus den gemessenen Distanzen
und den Kugeldurchmessern berechnen. Das Wollaston'sche Verfahren
hat einen bedenklichen Mangel. Da der Stern direct, das Sonnenlicht
aber nach der Spiegelung betrachtet wurde, so war zur Reduction der
Beobachtungen die Kenntniss des Reflexionscoefficienten k erforderlich,
welcher sich nur schwer bestimmen lässt und von Wollaston sehr
willkürlich gleich $\frac{1}{2}$ angenommen wurde.

Steinheil[2] hat ein ähnliches Verfahren wie das Wollaston'sche zur
Vergleichung von Sonne und Fixsternen in Vorschlag gebracht und hat
sich zur Prüfung seines Prismenphotometers eines Hülfsapparates bedient,
bei welchem das Princip der spiegelnden Kugeln ebenfalls zur Anwendung kam.

---

1) Phil. Trans. of the R. Soc. of London. 1829, p. 19.
2) Elemente der Helligkeitsmessungen am Sternenhimmel, p. 33 und 49.

Noch empfehlenswerther ist die Methode, welche Bond[1]) bei Vergleichung des Mondes mit den Planeten Jupiter und Venus, sowie bei der Messung der Lichtstärke der verschiedenen Mondphasen eingeschlagen hat. Derselbe benutzte nur eine einzige spiegelnde Kugel, von welcher er sowohl das Licht der Himmelskörper als dasjenige der Vergleichsflamme reflectiren liess. Es kam daher nur auf die jedesmalige genaue Bestimmung des Abstandes der Flamme von der Kugel an, bei welcher die mit blossem Auge von constanter Entfernung aus betrachteten Reflexbilder gleich hell geschätzt wurden.

In ähnlicher Weise ist die Methode noch oft in der Photometrie angewendet worden. Zu spiegelnden Kugeln eignen sich sehr gut aussen versilberte oder mit Quecksilber gefüllte Glaskugeln, noch vortheilhafter sind Stahlkugeln, bei denen sich leichter die vollkommene Kugelgestalt herstellen lässt. Um übrigens den Einfluss etwaiger Abweichungen von der regelmässigen Gestalt, sowie auch ungleicher Reflexionsfähigkeit an verschiedenen Stellen der Kugel unschädlich zu machen, empfiehlt es sich, vor jeder einzelnen Messung die Kugel ein wenig zu drehen, damit stets möglichst viele verschiedene Partien der Kugeloberfläche zur Wirkung kommen.

5. Benutzung der Eigenschaften des polarisirten Lichtes.

Die merkwürdigen Eigenschaften des polarisirten Lichtes haben sehr bald, nachdem durch die epochemachenden Untersuchungen von Arago und Fresnel das Wesen der Erscheinungen richtig erkannt und die hauptsächlichsten Gesetze auf experimentellem und theoretischem Wege festgestellt waren, den Gedanken angeregt, die Polarisation des Lichtes für die Photometrie nutzbar zu machen, und in der That hat wohl keine andere Methode die Lichtmessungen in gleicher Weise gefördert. Nicht ganz mit Unrecht nennt man daher bisweilen Arago, der die ersten wichtigen Schritte auf diesem Gebiete gethan hat, den Begründer der modernen praktischen Photometrie. Auch die Himmelsphotometrie verdankt dieser Methode ihre besten instrumentellen Hülfsmittel.

Da man es bei den meisten photometrischen Aufgaben, sowohl in der Technik als am Himmel, mit natürlichem oder nur partiell polarisirtem Lichte zu thun hat, so kommt es in erster Linie darauf an, Mittel zu besitzen, um aus solchem Lichte vollkommen polarisirtes herzustellen. Es giebt eine Menge Wege, welche zu diesem Ziele führen. Für die Photometrie haben sich hauptsächlich zwei als brauchbar erwiesen: erstens

1) Memoirs of the Amer. Acad. of science. New series, Vol. 8, p. 221.

die Reflexion an der Oberfläche isotroper Medien und zweitens die Doppelbrechung in.Krystallen.

Bekanntlich hat Malus durch Zufall die Entdeckung gemacht, dass
das von der Oberfläche des Wassers oder einer Glasplatte reflectirte
Licht die Eigenschaften des natürlichen Lichtes verloren hat und je nach
der Grösse des Incidenzwinkels mehr oder weniger polarisirt ist. Alle
durchsichtigen festen und flüssigen Substanzen besitzen diese Eigenschaft, ·
und für jede existirt ein ganz bestimmter Incidenzwinkel, bei welchem
die Polarisation des reflectirten Strahles vollständig wird. Man nennt
diesen Incidenzwinkel den Polarisationswinkel der Substanz. Für Glas
beträgt derselbe etwa 56"—60°, für Wasser etwa 53°. Brewster[1]) hat
das nach ihm genannte Gesetz aufgestellt, welches aussagt, dass bei jeder
durchsichtigen Substanz das zurückgeworfene Licht dann vollständig
polarisirt ist, wenn der reflectirte Strahl auf dem gebrochenen senkrecht
steht. Ist p der Polarisationswinkel einer Substanz, n der Brechungsexponent derselben und r der Brechungswinkel, so ist $\sin p = n \sin r$,
und da nach dem Brewster'schen Gesetze $p + r = 90°$ sein soll, so hat
man $n = \tan g\, p$, wodurch also für jeden durchsichtigen Körper der
Polarisationswinkel bestimmt ist. Die Kenntniss dieses Winkels giebt,
wie man sieht, ein vortreffliches Mittel, gewöhnliches Licht in vollständig
polarisirtes zu verwandeln, doch ist dabei zu beachten, dass für jede
Farbengattung ein besonderer Polarisationswinkel existirt, und dass infolge
dessen bei Benutzung von zusammengesetztem Lichte streng genommen
niemals eine vollkommene Polarisation stattfinden kann. Je stärker
brechend die spiegelnde Substanz ist, desto grösser ist natürlich die
Quantität des unpolarisirt bleibenden Lichtes, doch wird in der Praxis
der störende Einfluss meistens von geringer Bedeutung sein, wenn man
den Spiegel auf denjenigen Polarisationswinkel einstellt, welcher der
intensivsten Strahlengattung entspricht.

Fällt das Licht unter einem anderen als dem Polarisationswinkel
auf, so findet nur eine partielle Polarisation statt, und das reflectirte
Licht ist aus natürlichem und polarisirtem gemischt; wenn man aber dieses
zurückgeworfene Licht noch mehrmals und zwar unter beliebigen Winkeln
reflectiren lässt, so wird dasselbe endlich, wie schon Brewster hervorgehoben hat, beinahe vollständig polarisirt. Man kann also auch mehrfache Reflexion unter beliebigen Winkeln zur Herstellung von vollkommen
polarisirtem Licht benutzen, hat aber natürlich mit dem Übelstande zu
kämpfen, dass eine ausserordentliche Lichtschwächung eintritt.

Was noch die in durchsichtigen Medien gebrochenen Strahlen an-

1 Phil. Trans. of the R. Soc. of London. 1815, p. 125.

betrifft, so sind dieselben niemals vollständig polarisirt, sie enthalten natürliches und polarisirtes Licht, und zwar ist die Polarisationsebene des letzteren senkrecht zur Polarisationsebene der reflectirten Strahlen. Arago hat das wichtige Gesetz aufgestellt, dass, wenn natürliches Licht auf ein durchsichtiges Medium auffällt, der reflectirte und der gebrochene Strahl gleiche Quantitäten polarisirten Lichtes enthalten. Da nun bei nicht allzu grossen Incidenzwinkeln das reflectirte Licht schwächer ist als das durchgehende, so folgt, dass das letztere nur eine partielle Polarisation aufweisen kann. Wenn man aber eine grössere Anzahl von durchsichtigen planparallelen Platten übereinander legt, so wird bei dem Durchgange durch jede folgende immer ein neuer Bruchtheil des Lichtes polarisirt, und schliesslich ist fast alles durchgehende Licht polarisirt. Die sogenannte Glasplattensäule dient also ebenfalls als Polarisator und ist als solcher z. B. bei dem Wild'schen Photometer verwendet worden. Neumann[1]) hat speciell die Theorie dieser Glassäule sehr ausführlich behandelt.

Die bei weitem gebräuchlichsten Polarisatoren, speciell in der Himmelsphotometrie, sind die doppeltbrechenden einaxigen Krystalle, und zwar benutzt man fast ausschliesslich entweder das Rochon'sche und Wollaston'sche Prisma, bei welchen beide Strahlen, sowohl der ordentliche als der ausserordentliche, zur Wirksamkeit gelangen, oder die verschiedenen Formen des sogenannten Nicol'schen Prismas, bei welchem der ordentliche Strahl durch Totalreflexion fortgeschafft wird. Einige Bemerkungen über diese wichtigen Hülfsmittel der Photometrie mögen hier am Platze sein[2]).

Das Rochon'sche[3]) Prisma, das älteste von allen Polarisationsprismen, wird gewöhnlich aus Bergkrystall (seltener aus Kalkspath) angefertigt und besteht aus zwei vollkommen gleichen rechtwinkligen Prismen, welche mit ihren Hypotenusenflächen an einander gekittet sind. Die Hauptaxe des Krystalles steht in dem einen Prisma auf der Eintrittsfläche senkrecht, in dem anderen liegt sie parallel der brechenden Kante. Ein Strahl natürlichen Lichtes, welcher senkrecht auf die Vorderfläche des ersten Prismas auffällt, geht daher ohne Ablenkung und Zerlegung durch dasselbe hindurch und wird erst bei dem Eintritte in das zweite Prisma in zwei Strahlen zerspalten, die nach dem Verlassen des Doppelprismas

---

1) Neumann, Vorlesungen über theoretische Optik, herausg. von E. Dorn. Leipzig, 1885, p. 147.

2) Ausführliche Angaben über die verschiedenen Polarisationsprismen findet man in den beiden folgenden Abhandlungen: W. Grosse, Die gebräuchlichen Polarisationsprismen mit besonderer Berücksichtigung ihrer Anwendung in Photometern. Clausthal, 1886, und: K. Feussner, Über die Prismen zur Polarisation des Lichtes Zeitschr. für Instrumentenkunde, Jahrg. 4, 1884, p. 41).

3) Recueil de mémoires sur la mécanique et sur la physique. Brest, 1873. Siehe auch Gilberts Annalen. Bd. 40, p. 141.

vollkommen polarisirt sind, und zwar in Ebenen, die aufeinander senkrecht stehen. Der ordentliche Strahl behält nach dem Austritte aus
dem Doppelprisma die Richtung des auffallenden Lichtes bei, erleidet
aber meistens durch die Kittschicht eine kleine seitliche Versetzung. Nur
wenn die Kittsubstanz genau denselben Brechungsexponenten wie der
ordentliche Strahl hat, findet gar keine solche Verschiebung statt. Der
ausserordentliche Strahl tritt abgelenkt von der ursprünglichen Richtung aus dem Doppelprisma aus in einer Ebene, die auf der brechenden
Kante senkrecht steht. Die Grösse der Ablenkung hängt von dem brechenden Winkel der Prismen und von dem Unterschiede der Brechungsexponenten des ordentlichen und ausserordentlichen Strahles ab. Ist bei
Verwendung von Quarz der Prismenwinkel ungefähr 60°, so beträgt die
Ablenkung fast einen ganzen Grad. Wenn das Doppelprisma aus Kalkspath angefertigt ist, so wird entsprechend der grösseren Differenz zwischen
den Brechungsexponenten des ordentlichen und ausserordentlichen Strahles
auch eine grössere Ablenkung der austretenden Strahlen erzielt werden,
was unter Umständen von Wichtigkeit sein kann. Das ordentliche Bild
beim Rochon'schen Prisma ist farblos, während das ausserordentliche
gefärbt erscheint. Dies macht sich als empfindlicher Nachtheil bemerk-
lich, wenn man das ordentliche Bild einer Lichtquelle mit dem ausserordentlichen einer anderen direct vergleichen will.

Eine Modification des Rochon'schen Prismas, bei welcher eine besonders weite Trennung der beiden austretenden Strahlen erreicht ist,
rührt von Wollaston[1]) her. Bei dieser Form ist das erste Prisma so
hergestellt, dass die Hauptaxe des Krystalls (Quarz oder Kalkspath)
parallel zur Eintrittsfläche und senkrecht zur brechenden Kante liegt.
Das zweite Prisma ist genau so gearbeitet, wie bei dem Rochon'schen
Polarisator. Die beiden austretenden Strahlen sind von der ursprünglichen Richtung um gleiche Beträge nach entgegengesetzten Seiten abgelenkt, und die Gesammttrennung ist doppelt so gross, wie bei dem Rochon-
schen Prisma. Ordentliches und ausserordentliches Bild erscheinen in
gleicher Weise gefärbt.

Häufig wird in photometrischen Apparaten auch von dem sogenannten
achromatisirten Kalkspathprisma Gebrauch gemacht. Bei diesem
besteht die eine Hälfte aus Kalkspath, die andere aus Crownglas, dessen
Brechungscoefficient nahe mit dem des ausserordentlichen Strahles im
Kalkspath übereinstimmt. Als Kittungsmittel ist Canadabalsam verwendet. Die ausserordentlichen Strahlen gehen ohne Ablenkung und fast
ohne jede seitliche Verschiebung hindurch und sind bei geeigneter Wahl

1. Phil. Trans. of the R. Soc. of London. 1820, part. I, p. 126.

des brechenden Winkels fast vollkommen achromatisirt; die ordentlichen
Strahlen erfahren eine ziemlich starke Totalablenkung und zwar, wenn
die Kalkspathhälfte dem auffallenden Lichte zugekehrt ist, eine etwas
grössere, als wenn das Licht zuerst die Glashälfte passirt.

Von der grössten Bedeutung für die Photometrie sind das Nicol'sche
Prisma und die verschiedenen Modificationen desselben, die im Laufe
der Zeit eingeführt worden sind. Diese Prismen sind aus zwei Kalkspath-
stücken zusammengesetzt, die so aus dem Krystall herausgeschnitten
und mit geeigneten Kittsubstanzen wieder vereinigt sind, dass der ordentliche Strahl durch Totalreflexion ganz beseitigt wird, und nur der ausserordentliche unabgelenkt hindurchgeht. Von den verschiedenen Formen
sind die gebräuchlichsten: das ursprüngliche Nicolprisma mit schrägen
Endflächen, das Nicolprisma mit geraden Endflächen, das Hartnack-
Prazmowski'sche, das Foucault'sche und das Glan-Thompson'sche Prisma.
Sie unterscheiden sich voneinander durch die Art des Schnittes und
durch die Schicht zwischen den beiden Hälften. Bei den drei ersten Formen
wird zum Kitten Canadabalsam oder Copaivabalsam oder Leinöl benutzt,
bei den beiden letzten Formen ist die Kittschicht ganz weggelassen
und durch eine dünne Luftschicht ersetzt. Jede dieser Formen hat
ihre Vorzüge und Nachtheile, und man wird je nach dem Zwecke, den
man erreichen will, von einer oder der anderen Gebrauch machen. Ein
Hauptübelstand fast aller Nicolprismen ist die nicht zu vermeidende
geringe seitliche Abweichung. Dadurch wird bewirkt, dass in photometrischen Apparaten, wo Nicolprismen und Linsen combinirt werden,
die Bilder etwas seitlich von der optischen Axe liegen, und da meistens
Drehungen der Prismen erforderlich sind, so findet infolge dessen eine
Rotation des Bildes um die Axe, ein sogenanntes Schleudern, statt. Bei
photometrischen Beobachtungen ist dieses Schleudern sehr störend; am
Besten ist dem Fehler bei Nicolprismen mit geraden Endflächen abgeholfen, und in dieser Beziehung eignen sich dieselben in erster Linie zur
Verwendung in Photometern. Sehr gefährlich sind die Nebenreflexe,
welche an den Seitenflächen der Prismen und an der Zwischenschicht
auftreten und nicht nur die Reinheit der Bilder erheblich beeinträchtigen,
sondern auch zur Entstehung von elliptisch polarisirtem Lichte und zur
directen Verfälschung der Messungsresultate beitragen können. Durch
sorgfältige Schwärzung der Seitenflächen und vor Allem durch passende
Anwendung von Diaphragmen, welche nur den Hauptlichtkegel frei hindurchgehen lassen, kann dieser Fehler wesentlich abgeschwächt werden,
und es sollte bei der Construction von Photometern niemals verabsäumt
werden, die Prismen in Bezug auf diesen Punkt einer genauen Prüfung
zu unterwerfen. Das Foucault'sche und Glan'sche Prisma stehen in

Bezug auf Reinheit der Bilder den anderen nach, weil die Reflexionen innerhalb der Luftschicht eine nicht unbeträchtliche Trübung hervorbringen.
Bei manchen photometrischen Aufgaben kommt es auf ein möglichst
grosses Gesichtsfeld an, und in dieser Beziehung verdienen die älteren
Formen des Nicolprismas, und das Hartnack-Prazmowski'sche den Vorzug vor den anderen. Was endlich noch die Lichtstärke anbetrifft, so
ist von vornherein zu bedenken, dass infolge der Trennung in ordentlichen und ausserordentlichen Strahl bei keiner der erwähnten Formen
mehr als die Hälfte des einfallenden Lichtes zur Ausnutzung kommen
kann, und dass durch die Absorption und Reflexion im Prisma selbst
noch ein weiterer Lichtverlust eintritt. Das eigentliche Nicolprisma ist
das lichtstärkste von allen, es lässt etwa 40 bis 45 Procent des auffallenden Lichtes hindurch. Dann folgt das Prazmowski'sche und erst
hinter diesem das Foucault'sche und das Glan'sche Prisma. In der Astrophotometrie, wo es fast immer auf die äusserste Ausnutzung des vorhandenen Lichtes ankommt, verwendet man daher mit Vorliebe das Nicolprisma und zwar aus den oben schon erwähnten Gründen dasjenige mit
senkrechten Endflächen.

    Wir haben im Vorangehenden die verschiedenen in photometrischen
Apparaten üblichen Hülfsmittel zur Hervorbringung von vollständig polarisirtem Lichte besprochen. Um nun aus den Eigenschaften dieses so erhaltenen Lichtes auf die ursprüngliche Intensität schliessen zu können,
muss in jedem Photometer noch ein sogenannter Analysator zur Verwendung kommen, welcher es ermöglicht, die Beschaffenheit des polarisirten Lichtes zu untersuchen. Man benutzt hierzu fast ausschliesslich
eine der erwähnten Formen des Nicol'schen Prismas. Die theoretische
Berechnung der Lichtstärken stützt sich dann auf das wichtige Malus'sche
Gesetz oder, wie es gewöhnlich genannt wird, das Cosinusquadratgesetz. Dieses Gesetz sagt aus, dass, wenn ein geradlinig polarisirter
Lichtstrahl auf einen doppeltbrechenden Krystall auffällt, die Lichtstärke
des austretenden ordentlichen Strahles proportional dem Quadrate des Cosinus, die des ausserordentlichen proportional dem Quadrate des Sinus desjenigen Winkels ist, welchen die Polarisationsebene des auffallenden Lichtes
mit dem Hauptschnitte des Krystalls bildet. Hat man als Polarisator ein
Rochon'sches oder Wollaston'sches Prisma verwendet, so theilt sich der auffallende Strahl, dessen Intensität J sein möge, in zwei gleichstarke Strahlen,
von denen der ordentliche in der Ebene des Hauptschnittes, der ausserordentliche in der Ebene senkrecht zum Hauptschnitte polarisirt ist. Bezeichnet
man die Helligkeiten derselben mit O und E, so hat man, wenn noch m
einen Schwächungsfactor beim Durchgange durch die Substanz ausdrückt:

$$O = \tfrac{1}{2} mJ \quad \text{und ebenso} \quad E = \tfrac{1}{2} mJ.$$

Fallen diese beiden Strahlen auf ein Nicolprisma als Analysator, so liefert jeder nur einen einzigen austretenden Strahl. Die Intensitäten derselben mögen O' und E' heissen. Bildet dann der Hauptschnitt des Nicols mit dem Hauptschnitte des Polarisators den Winkel φ, so hat man nach dem Malus'schen Gesetze:

$$O' = \tfrac{1}{2} m^2 J \sin^2 \varphi \,,$$
$$E' = \tfrac{1}{2} m^2 J \cos^2 \varphi \,.$$

Wir denken uns nun zwei Lichtquellen mit den ursprünglichen Intensitäten J_1 und J_2, welche ihr Licht nebeneinander auf den Polarisator werfen. Dann treten aus dem analysirenden Nicol im Ganzen vier Lichtbündel heraus mit den Intensitäten:

$$O_1' = \tfrac{1}{2} m^2 J_1 \sin^2 \varphi \,, \qquad O_2' = \tfrac{1}{2} m^2 J_2 \sin^2 \varphi \,,$$
$$E_1' = \tfrac{1}{2} m^2 J_1 \cos^2 \varphi \,, \qquad E_2' = \tfrac{1}{2} m^2 J_2 \cos^2 \varphi \,.$$

Man findet stets eine Stellung des Nicols, bei welcher die Werthe O_1' und E_2' einander gleich sind. Wird der dieser Stellung entsprechende Werth von φ mit α bezeichnet, so folgt:

$$(1) \qquad \frac{J_2}{J_1} = \operatorname{tang}^2 \alpha \,.$$

Ebenso giebt es eine zweite Stellung des Nicols, bei welcher die Werthe E_1' und O_2' einander gleich werden. Heisst der entsprechende Winkel α', so wird:

$$\frac{J_1}{J_2} = \operatorname{tang}^2 \alpha' \,,$$

und es folgt daher unmittelbar: $\alpha' = 90^0 - \alpha$.

Wenn man als Polarisator anstatt des Rochon'schen oder Wollaston-schen Prismas ein Nicolprisma benutzt, so liefert eine Lichtquelle mit der ursprünglichen Intensität J nur einen einzigen aus dem analysirenden Nicol austretenden Strahl, dessen Intensität gegeben ist durch:

$$E = \tfrac{1}{2} m^2 J \cos^2 \varphi \,.$$

Wählt man diese Lichtquelle als Vergleichsobject für eine andere mit der Intensität J_1, die man ohne polarisirende Medien direct neben derselben erblickt, so kann man E durch Drehung des analysirenden Nicols so weit verändern, bis es gleich J_1 wird. Man hat dann, wenn der entsprechende Winkel zwischen den Hauptschnitten der beiden Nicols mit α_1 bezeichnet wird:

$$J_1 = \tfrac{1}{2} m^2 J \cos^2 \alpha_1 \,.$$

Für eine dritte Lichtquelle mit der Intensität J_2 wird ebenso bei einem gewissen Winkel α_2 die Gleichheit mit dem Vergleichslichte hergestellt werden können. Man erhält:

$$J_2 = \tfrac{1}{2} m^2 J \cos^2 \alpha_2,$$

und mithin:

(2)
$$\frac{J_1}{J_2} = \frac{\cos^2 \alpha_1}{\cos^2 \alpha_2}.$$

Wenn endlich noch als Polarisator eine unter dem Polarisationswinkel gegen die auffallenden Strahlen geneigte reflectirende Glasplatte dient, so hat der einzige aus dem analysirenden Nicol austretende Strahl die Intensität:

$$E = mJ \sin^2 \varphi.$$

Hier bedeutet φ den Winkel, den die Einfallsebene des Lichtes mit dem Hauptschnitte des Nicols bildet. Benutzt man die Lichtquelle J wieder als Vergleichslicht für zwei andere Lichtquellen mit den Intensitäten J_1 und J_2 und stellt nacheinander durch Drehung des analysirenden Nicols die Gleichheit der Helligkeiten dar, so ergiebt sich:

(3)
$$\frac{J_1}{J_2} = \frac{\sin^2 \alpha_1}{\sin^2 \alpha_2},$$

wo α_1 und α_2 die entsprechenden Werthe des Winkels φ sind.

Jede der drei im Vorangehenden angedeuteten Methoden hat in der Photometrie Verwendung gefunden, die erste z. B. bei den Pickering'schen Photometern und dem Glan-Vogel'schen Spectralphotometer, die zweite bei dem Zöllner'schen Astrophotometer, und die dritte bei dem ersten Wild'schen Photometer.

Was die Richtigkeit des zu Grunde liegenden Cosinusquadratgesetzes anbelangt, so ist dieselbe durch zahlreiche Beobachtungen innerhalb der bei Lichtmessungen zu verbürgenden Genauigkeit nachgewiesen. In der That stimmen die meisten Beobachter darin überein, dass der Helligkeitsunterschied zwischen den beiden durch ein doppeltbrechendes Prisma erzeugten Bildern nicht mehr als etwa $\tfrac{1}{80}$ oder $\tfrac{1}{33}$ der Intensität betragen kann. Die ganz strengen Ausdrücke für die Intensitäten O und E des ordentlichen und ausserordentlichen Strahles, in welche ein linear polarisirter Lichtstrahl von der Intensität J beim Durchgange durch einen doppeltbrechenden Krystall zerlegt wird, sind von Wild[1]) auf Grund der von Neumann gegebenen Theorien aufgestellt worden; sie lauten:

$$O = \frac{16 a^2}{(1 + a)^4}\, J \cos^2 \omega,$$

$$E = \frac{16 \left[a^2 - (a^2 - c^2)\sin^2 \nu \right]}{\left[1 + \sqrt{a^2 - (a^2 - c^2)\sin^2 \nu} \right]^4}\, J \sin^2 \omega.$$

1) Poggend. Annalen. Bd. 118, p. 193.

Hierin ist ω der Winkel zwischen der Polarisationsebene des einfallenden Lichtes und dem Hauptschnitte des Krystalls, ferner bedeuten a und c die reciproken Brechungsindices des ordentlichen und ausserordentlichen Strahles und ν den Winkel zwischen optischer Axe und Einfallsloth. Für $\nu = 0$ und für $a^2 - c^2 = 0$ gehen die Formeln in das einfache Malussche Gesetz über; dasselbe wird also um so besser erfüllt sein, je geringer die Doppelbrechung des benutzten Polarisationsprismas ist. Der Bergkrystall verdient in dieser Beziehung den Vorzug vor dem Kalkspath. Man sieht noch, dass die Formeln (2) und (3) auch mit Benutzung der strengen Wild'schen Ausdrücke ganz einwurfsfrei sind, da stets nur Werthe von der Form O oder E miteinander combinirt sind. Nur bei Formel (1). würde die Abweichung vom einfachen Malus'schen Gesetze in Betracht kommen; doch darf man dieselbe bei allen Aufgaben der Himmelsphotometrie unbedenklich ausser Acht lassen.

Bei den drei oben erwähnten Methoden kommt es auf die Beurtheilung der Gleichheit zweier Lichteindrücke an. Arago hat noch ein anderes Polarisationsprincip zu photometrischen Messungen vorgeschlagen, welches von Babinet und namentlich von Wild mit Erfolg angewendet worden ist. Nach diesem Principe verhalten sich gleiche Quantitäten senkrecht zu einander polarisirten Lichtes bei ihrer Mischung wie natürliches Licht. Nun giebt aber das bekannte Polariskop ein vortreffliches Mittel, auch die geringsten Mengen von polarisirtem Lichte nachzuweisen, da in einem solchen Apparate bei vollständig oder partiell polarisirtem Lichte Interferenzfiguren auftreten, während solche bei natürlichem Lichte nicht vorhanden sind. Kann man also von zwei Lichtquellen Strahlenbüschel zum Zusammenfallen bringen, die senkrecht zu einander polarisirt sind, und deren Intensität durch Drehung eines Polarisators nach Belieben um messbare Quantitäten geändert werden kann, so braucht man diese Drehung nur so weit auszuführen, bis in einem Polariskope die Interferenzfiguren verschwinden. Die gemischten Quantitäten sind dann nach Obigem gleich, und die Drehung des Polarisators erlaubt die Berechnung des ursprünglichen Lichtverhältnisses. An Stelle der Gleichheitsbeurtheilung tritt also bei dieser Methode die Beobachtung des Auftretens oder Verschwindens von Interferenzerscheinungen, welche bei einiger Übung ausserordentlich fein ist.

_____

In der folgenden Besprechung der wichtigsten Polarisationsphotometer sind in erster Linie diejenigen bevorzugt worden, welche bei Beobachtungen am Himmel ausgedehnte Verwendung gefunden haben; von den übrigen sind nur solche hervorgehoben, die für die ganze Entwicklung dieser Classe von Instrumenten bedeutungsvoll sind, oder die durch

besonders eigenthümliche Einrichtungen Interesse verdienen. Eine Gruppirung der einzelnen Apparate nach einem bestimmten Gesichtspunkte,
etwa nach den verschiedenen im Vorangehenden erwähnten Methoden,
ist nicht durchgeführt worden; es ist vielmehr bei der Zusammenstellung
lediglich die chronologische Reihenfolge massgebend gewesen.

a. Die Photometer von Arago, Bernard, Babinet.

Von den zahlreichen Apparaten, welche Arago zur Lichtmessung
vorgeschlagen hat, wird gewöhnlich einer mit dem speciellen Namen des
Arago'schen Photometers bezeichnet, bei welchem die Helligkeitsänderungen des von einer planparallelen Glasplatte unter verschiedenen
Winkeln reflectirten und durchgelassenen Lichtes zur Verwendung kommen.
Dieses Instrument ist von Arago[1] erst verhältnissmässig spät (im Jahre
1850) beschrieben worden, während seine ersten Vorschläge zur Verwendung der Polarisationserscheinungen in der Photometrie bereits aus den
dreissiger Jahren herrühren. Der Apparat (Fig. 54) besteht aus einem kreuz-

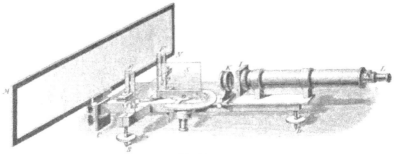

Fig. 54.

förmigen Untergestell, welches mittels der drei Fussschrauben A, B, D
horizontal gestellt werden kann. Bei C ist ein transparenter senkrecht
stehender Papierschirm MN angebracht, welcher von den zu untersuchenden Lichtquellen beleuchtet wird. Senkrecht zum Horizont und zur
Ebene dieses Schirmes steht die planparallele Glasplatte S. Zu beiden Seiten
derselben zwischen ihr und dem Schirme befinden sich die Träger E und F,
welche zwei horizontale Stäbchen oder Nadeln enthalten, die in jeder
Höhe festgeklemmt werden können. Auf dem Stativ befestigt ist ferner
ein getheilter Kreis, dessen Mittelpunkt O genau unter der Glasplatte
liegt. Um einen durch O gehenden Zapfen lässt sich ein das Rohr IL
tragender horizontaler Arm frei drehen, so dass dieses Rohr unter jedem

---

[1] Arago. Sämmtliche Werke. Deutsche Ausgabe von Hankel. Bd. 10, p. 156.

beliebigen Winkel von beiden Seiten her auf die Glasplatte gerichtet werden kann. Der Betrag der Drehung wird mit Hülfe eines gleichzeitig mit dem Arme beweglichen Nonius abgelesen. Das Rohr enthält keine Linsen, die Beobachtungen werden mit blossem Auge ausgeführt, und an Stelle des Objectivs befindet sich ein schmaler verticaler Spalt, welcher das Gesichtsfeld beschränkt.

Ist der Schirm MN ganz gleichmässig durch eine Lichtquelle von hinten erleuchtet, und sieht man durch das Rohr auf die Glasplatte, so erblickt man gleichzeitig einen Theil des Schirmes durch die Platte hindurch und einen anderen Theil gespiegelt. An der Stelle, wo das gespiegelte Bild der einen horizontalen Nadel erscheint, sieht man nur das durchgelassene Licht des Schirmes, und an der Stelle, wo die andere Nadel im durchgehenden Lichte sichtbar ist, sieht man bloss das gespiegelte Licht des Schirmes. Man kann das Rohr so weit gegen die Glasplatte drehen, bis die beiden schwarzen Streifen, welche man nebeneinander auf dem gleichmässig hellen Untergrunde erblickt, gleich intensiv erscheinen; dann weiss man, dass bei dieser Stellung das gespiegelte und durchgelassene Licht gleich sind. Um nun empirisch feststellen zu können, wie sich die Quantitäten des reflectirten und durchgehenden Lichtes bei jedem beliebigen anderen Winkel zu einander verhalten (theoretisch liesse sich dies nach den Formeln von Fresnel und Neumann berechnen), benutzte Arago doppeltbrechende Krystallplatten, die in einer Hülse K und am Ende des Rohres bei I angebracht werden konnten, und bestimmte zunächst durch Versuche diejenigen Stellungen des Beobachtungsrohres, bei denen das reflectirte Licht das Vierfache, Doppelte, Halbfache, Viertelfache des durchgehenden betrug. Durch Interpolation ergab sich dann eine Tabelle, aus der für jeden beliebigen Winkel das betreffende Helligkeitsverhältniss entnommen werden konnte. Mit einem derartig auf empirischem Wege kalibrirten Photometer liess sich nun das Helligkeitsverhältniss zweier beliebigen Lichtquellen ermitteln, wenn dieselben so aufgestellt waren, dass die erste nur die eine Hälfte des transparenten Schirmes, die zweite nur die andere Hälfte beleuchtete.

Weiter auf die Theorie dieses Instrumentes und die Vorsichtsmassregeln, welche bei seiner Anwendung erwünscht sind, einzugehen, dürfte schon aus dem Grunde überflüssig erscheinen, weil dasselbe ausser von Arago (und auch von diesem nur zur Prüfung der Polarisationsgesetze) niemals wieder benutzt worden ist und in der Himmelsphotometrie jedenfalls nur in ganz beschränktem Grade zur Verwendung kommen könnte.

Für die Lichtmessungen der Gestirne hat Arago eine ganze Reihe anderer Einrichtungen empfohlen, die fast alle später für die Construction von Photometern massgebend gewesen sind, von ihm selbst aber nur in

ganz wenigen Fällen zu wirklichen Beobachtungen am Himmel benutzt
worden sind. Er hat zuerst auf die Wichtigkeit der Doppelbrechung im
Kalkspath und Bergkrystall für die Photometrie hingewiesen und unter
Anderem das Rochon'sche Prismenfernrohr (ein gewöhnliches astronomisches
Fernrohr, bei welchem durch ein in der Nähe des Brennpunktes in den
Strahlengang eingesetztes Rochon'sches Doppelprisma zwei Bilder eines
Objectes hervorgerufen werden, deren Helligkeiten durch ein vor das
Ocular gesetztes Nicolprisma beliebig verändert werden können) zur Ver-
gleichung der centralen Partien der Sonnenscheibe mit den Randtheilen
und zur Vergleichung des aschfarbenen Mondlichtes mit dem übrigen
Mondlichte empfoh-
len. Von ihm rührt

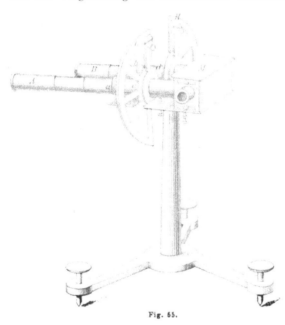

auch der Vorschlag
her, das Licht der
Sterne mit einem
ganz ähnlichen Ap-
parate in der Weise
zu messen, dass man
bei jedem Stern die-
jenige Stellung des
Nicols bestimmt, bei
welcher das eine
Bild verschwindet.

Die Arago'schen
Vorschläge sind
ohne Zweifel für die
Photometer von B e r-
n a r d[1]) und B a b i-
n e t[2]) vorbildlich ge-
wesen. Diese Instru-
mente sind zwar in
erster Linie zu tech-

Fig. 55.

nischen Zwecken bestimmt worden; ihre Verwendung bei gewissen Aufgaben der Himmelsphotometrie scheint aber keineswegs ausgeschlossen.
B e r n a r d hat sein Photometer insbesondere zu Absorptionsuntersuchungen
benutzt. Die Einrichtung desselben ist aus Figur 55 ersichtlich.

Die beiden Röhren A und B, welche an dem einen Ende durch
Diaphragmen verschlossen sind, werden auf die zu vergleichenden Lichtquellen oder beleuchteten Flächen gerichtet. Im Innern dieser Röhren

1) Annales de chimie et de physique. Série 3, tome 35, p. 385.
2) Comptes Rendus. Tome 37, p. 774.

sind bei *a* und *b* zwei Nicolprismen fest eingesetzt, zwei andere Nicolprismen sind bei *c* und *d* beweglich angebracht, die Drehungen können
an zwei getheilten Halbkreisen *G* und *H* abgelesen werden. In dem
Kasten *M* sitzen zwei total reflectirende Prismen, welche das von den
kleinen Diaphragmenöffnungen herkommende Licht nebeneinander in ein
gemeinschaftliches Ocular werfen. Durch Drehung eines der beiden beweglichen Prismen oder auch beider lässt sich Intensitätsgleichheit herstellen, und durch Vertauschen der beiden Lichtquellen lassen sich die
etwaigen Unterschiede der beiden optischen Systeme eliminiren. Das
Cosinusquadratgesetz ermöglicht dann die Be-
rechnung des Intensitätsverhältnisses. Wenn

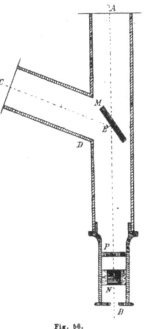

man die Diaphragmen an den Enden der
Röhren durch Fernrohrobjective von gleicher
Grösse ersetzte und vor denselben drehbar
totalreflectirende Prismen anbrächte, so liesse
sich das Bernard'sche Instrument, falls noch
die Fernrohre in die Richtung Ost—West
gestellt würden, in ähnlicher Weise, wie wir
es später bei dem Pickering'schen Instrumente
sehen werden, als Meridianphotometer am
Himmel benutzen. Im Principe ganz ähnlich
dem Bernard'schen Photometer sind die von
Beer[1]) und Becquerel[2]) construirten, auf
die hier nicht näher eingegangen werden soll.

Wesentlich anders ist das Babinet'sche,
welches in erster Linie zur Vergleichung der
Helligkeit von Gasflammen bestimmt war.
Dasselbe (Fig. 56) besteht aus einer Röhre
AB, in welche seitlich unter einem Winkel
von etwa 60° eine zweite Röhre *CD* ein-
mündet. Beide Röhren sind durch mattge-

Fig. 56.

schliffene Glasplatten oder durch Diaphragmen
mit messbar veränderlichen Öffnungen verschlossen. Bei *E* ist im Innern
der Röhre *AB* ein Glasplattensatz *M* eingesetzt, welcher den Winkel der
beiden Röhren halbirt. Die zu vergleichenden Lichtquellen befinden sich
vor den Öffnungen *A* und *C*. Das bei *C* eindringende Lichtbündel wird
nahe unter dem Polarisationswinkel von der Glassäule reflectirt und ist
daher beinahe vollständig in der Einfallsebene polarisirt; dagegen besteht
das durch die Glassäule hindurchgegangene, von *A* herkommende Licht-

1) Pogg. Annalen. Bd. 86, p. 78.
2) Annales de chimie et de physique. Série 3, tome 62, p. 11.

bündel zum Theil aus natürlichem Lichte, zum Theil aus solchem, welches in einer zur Einfallsebene senkrechten Ebene polarisirt ist. Sind die beiden Lichtquellen gleich intensiv, so enthalten nach dem früher erwähnten Satze von Arago das reflectirte und das durchgelassene Lichtbündel gleiche Quantitäten von entgegengesetzt polarisirtem Lichte, und das aus beiden zusammengesetzte Doppellichtbündel EB verhält sich ganz wie natürliches Licht. Sind aber die Lichtquellen ungleich intensiv, so bleibt dieses Doppellichtbündel partiell polarisirt. In das Rohrende B ist ein Soleil'sches Polariskop eingeschoben, bestehend aus dem analysirenden Nicol N und einer davor befindlichen Doppelquarzplatte P, die aus zwei aneinander gekitteten Hälften zusammengesetzt ist, von denen die eine rechtsdrehend, die andere linksdrehend ist. Wenn auf ein solches Polariskop partiell oder vollständig polarisirtes Licht auffällt, so erscheinen die beiden Hälften des Bildes verschieden gefärbt, dagegen sind sie gleich gefärbt, falls das auffallende Licht natürliches ist. Bei Benutzung des Babinet'schen Photometers stellt man entweder durch Veränderung der Distanzen der Lichtquellen von der Eintrittsfläche oder durch Variirung der Diaphragmenöffnungen die gleiche Färbung der beiden Hälften im Polariskop her und kann daraus das Helligkeitsverhältniss der beiden Lichtquellen ermitteln.

b. Die Zöllner'schen Photometer.

Von den beiden Instrumenten, welche Zöllner in die Photometrie eingeführt hat, stammt das eine aus dem Jahre 1857[1]), das zweite, das bekannte Astrophotometer, ist zuerst in einer im Jahre 1861 erschienenen Abhandlung[2]) beschrieben worden, die ursprünglich als Bewerbungsschrift für eine von der Akademie der Wissenschaften in Wien ausgeschriebene Preisaufgabe eingereicht war. Beide Instrumente sind dann nach wesentlichen Modificationen und Verbesserungen ausführlich in Zöllners ›Photometrischen Untersuchungen‹ behandelt worden mit Berücksichtigung derjenigen Formen, die nachher im Grossen und Ganzen massgebend geblieben sind.

Das erste Instrument war ausser zu technischen Zwecken nur für die Beobachtung der allerhellsten Himmelskörper bestimmt und ist von Zöllner selbst zu seinen Lichtmessungen von Sonne und Mond verwendet worden. Es kommt dabei auf die Vergleichung der Helligkeit zweier unmittelbar aneinander grenzenden Flächen an, und es wird die durch Reflex hervorgerufene Polarisation verwerthet.

---

1) Pogg. Annalen. Bd. 100, p. 381.
2. Zöllner, Grundzüge einer allgemeinen Photometrie des Himmels. Berlin, 1861.

In einem Stativ C (Fig. 57) ist der Haupttheil des Apparates um die horizontale Axe AB drehbar und kann in jeder Zenithdistanz festgeklemmt werden. Eine Petroleumlampe F ist auf einem starken Arme befestigt und dreht sich im Azimuth zugleich mit dem ganzen Apparate um eine verticale Axe. Das Licht der Flamme a fällt durch ein Diaphragma r auf die Convexlinse b, tritt aus dieser parallel aus, gelangt auf den kleinen Silberspiegel c, von diesem auf den Polarisationsspiegel f aus schwarzem Glase, dessen Normale mit der Axe DE den Polarisationswinkel für Glas einschliesst, und tritt endlich durch die Convexlinse g und das Nicolprisma h in das Auge bei o. Der Spiegel f steht so, dass die scharfe Kante das kreisförmige Gesichtsfeld halbirt, und wenn die Linse g auf diese Kante eingestellt ist, so erblickt man die eine Hälfte des Feldes durch das in der Ebene der Zeichnung polarisirte Licht der Flamme a beleuchtet. An dem Ende des Hauptrohres ist der ebenfalls aus schwarzem Glase gefertigte Polarisationsspiegel d angebracht, und zwar so, dass seine Ebene senkrecht liegt

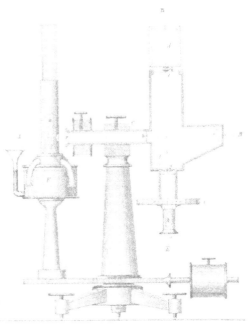

Fig. 57.

zu einer durch DE normal zur Zeichnungsfläche stehenden Ebene, und dass ausserdem die Normale zu diesem Spiegel mit der Axe DE den Polarisationswinkel bildet. Das von d reflectirte Licht einer Lichtquelle geht bei f vorbei und beleuchtet die zweite Hälfte des Gesichtsfeldes. Das Licht ist senkrecht zur Ebene der Zeichnung polarisirt und kann daher durch Drehung des Nicols h dem Lichte der Vergleichsflamme gleich gemacht werden. Die Berührung der beiden Hälften des Gesichtsfeldes ist so vollkommen, dass bei eintretender Gleichheit der Intensität das Gesichtsfeld als eine einzige leuchtende Scheibe erscheint. Das Quadrat der Tangente des Drehungswinkels des Nicols, welcher an dem Kreise i abgelesen wird, giebt dann das Verhältniss der Helligkeit der beobachteten Lichtquelle zum Vergleichslichte. Um noch die bei den meisten Beobachtungen störende röthlichgelbe Färbung der von der Lampe erleuchteten Hälfte zu beseitigen, wird in den Blechcylinder der Lampe ein Stück blauen Kobaltglases eingesetzt, welches der Flamme einen gelblichweissen Farbenton giebt. Handelt es sich um die Messung des Sonnenlichtes, so wird vor dem Spiegel d noch eine mattgeschliffene Glasplatte angebracht, um eine gleichförmige Erleuchtung zu erzielen; auch können bei e zur Schwächung des allzu intensiven Sonnenlichtes Blendgläser in den Strahlengang eingesetzt werden. Die Genauigkeit der Messungen ist bei diesem Apparate ausserordentlich gross. Nach Zöllner beträgt der wahrscheinliche Fehler einer einzelnen Vergleichung zweier Lichtquellen nur etwa 2—3 Procent des Helligkeitsverhältnisses. Sehr sorgfältig ist darauf zu achten, dass die zu untersuchenden Lichtquellen kein polarisirtes Licht enthalten, da sonst die Resultate erheblich verfälscht werden könnten.

In dieser Beziehung ist jede Gefahr ausgeschlossen bei dem zweiten Zöllner'schen Photometer, welches ausschliesslich zu Himmelsbeobachtungen bestimmt ist, und bei welchem die polarisirenden Medien nur zur Veränderung der Helligkeit der Vergleichsflamme benutzt werden. Die Form, welche Zöllner nach manchen Änderungen diesem Instrumente gegeben hat, ist durch Figur 58 illustrirt.

Die Fernrohraxe AB wird durch Bewegung in Höhe und durch Drehung des ganzen Apparates im Azimuth auf das zu messende Himmelsobject gerichtet, und das in der Brennebene bei b entstehende Sternbild wird mit zwei in derselben Ebene durch die Petroleumlampe F entworfenen künstlichen Sternen gg verglichen. Zur Erzeugung der künstlichen Sterne dienen die verschiedenen in der seitlichen Axe CD angebrachten Medien. Bei o' ist eine feine Öffnung (in den neueren Instrumenten befindet sich an dieser Stelle eine drehbare Scheibe mit verschieden grossen Öffnungen, um den künstlichen Sternen beliebige Grösse geben zu können); durch diese Öffnung fällt das Licht der Lampe auf die Biconcavlinse m, welche die Bestimmung hat, das Bild der Öffnung zu verkleinern. Das Licht passirt dann das Nicolprisma k, die senkrecht zur Axe geschliffene Bergkrystallplatte l, ferner die beiden Nicolprismen i und h und wird dann durch die Sammellinse f auf die planparallele Glasplatte ee' geworfen und endlich zu zwei punktförmigen Bildern (durch Reflex an der vorderen und hinteren Glasfläche) gg vereinigt. Die Bilder werden mit dem schwach vergrössernden Oculare o betrachtet. Um gleichzeitig die wirklichen und die künstlichen Sterne scharf einstellen

zu können, war bei den älteren Formen des Zöllner'schen Photometers
die Convexlinse f verschiebbar; diese Verschiebung gestattete die Pointirung auf die künstlichen Sterne, nachdem der wirkliche Stern mittelst
des Oculares o eingestellt war. Bei den neueren Formen des Apparates
wird meistens das Objectiv O durch Trieb verstellbar eingerichtet und
die Convexlinse f bleibt unverändert. Das letzte Nicolprisma h sitzt in
dem seitlichen Rohre fest, und da das austretende polarisirte Licht von

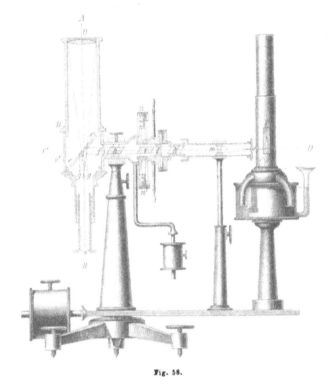

Fig. 58.

der Glasplatte zurückgeworfen wird, so ist zur Erzielung des grössten
Lichteffectes erforderlich, dass der Hauptschnitt dieses Prismas in der
durch die Figur repräsentirten Schnittebene liegt, eine Vorschrift, die
nicht immer genügend beachtet wird. Die beiden Nicolprismen i und k
mit der zwischen ihnen befindlichen Bergkrystallplatte sind gegen das
feste Prisma h drehbar, und die Drehung kann an zwei Nonien n und n'
abgelesen werden. Der mitgehende getheilte Kreis, der Intensitätskreis, wird am besten in jedem der vier Quadranten von 0° bis 90°

getheilt, und die Stellung von i wird so regulirt, dass bei der Ablesung
0° gar kein Licht auf die Glasplatte fällt; dann wird bei irgend einer
anderen Ablesung die Helligkeit des künstlichen Sternes nach dem Malus-
schen Gesetze proportional dem Quadrate des Sinus des abgelesenen
Winkels. In der Figur ist die Biconcavlinse m auf einer besonderen
Säule montirt und bleibt sowohl bei Bewegung des ganzen oberen In-
strumenttheiles mit dem Fernrohre AB, als auch bei der Drehung des
Intensitätskreises fest vor der Lampenöffnung stehen. Bei den meisten
neueren Apparaten bleibt die Säule weg; die Linse, sowie die Diaphragmenscheibe sitzen in dem seitlichen Rohre und nehmen an der Drehung des
Intensitätskreises Theil. Die Bergkrystallplatte l und das Nicolprisma k
haben den Zweck, den künstlichen Sternen eine beliebige Färbung zu geben.
Das Prisma k ist nämlich für sich (gewöhnlich zusammen mit m und o')
gegen die anderen polarisirenden Medien drehbar, und der Winkel, den
der Hauptschnitt von k mit demjenigen von i bildet, kann mittelst der
Indices c und c' an einem getheilten Kreise, dem Colorimeterkreise,
abgelesen werden. Ist dieser Winkel bekannt, und nimmt man eine bestimmte Dicke der Bergkrystallplatte an (man wählt gewöhnlich 5 mm),
so ist die Farbe des Sternes unzweideutig charakterisirt. Die ganze Einrichtung dient in erster Linie dazu, die Farbe der künstlichen Sterne
möglichst der der wirklichen Sterne gleich zu machen, sie kann aber
auch zu directen Farbenmessungen der Gestirne benutzt werden. Will
man auf den letzteren Zweck von vornherein verzichten, so wäre es einfacher, l und k ganz fortzulassen und dafür ein geeignetes blaues Glas
in den Gang der von der Lampe kommenden Strahlen einzuschalten,
welches den künstlichen Sternen eine mittlere Sternfarbe giebt. Die
mechanische Ausführung des Apparates würde dadurch erheblich vereinfacht werden.

Es ist übrigens merkwürdig, dass ausser Zöllner Niemand ernstlich
versucht hat, das Colorimeter zu umfangreicheren Farbenmessungen am
Himmel zu verwenden. Die hervorgebrachten Farben sind zwar eigent-
thümliche Mischfarben; sie gehen von röthlich Violett schnell in Blau über,
dann etwas langsamer durch grünliche Nüancen nach Hellgelb und dann
sehr allmählich durch die verschiedenen Stufen des Gelb nach Orange
und Purpurroth. Die Farbe der am Himmel am meisten verbreiteten
weisslichen und gelblichweissen Sterne lässt sich überhaupt nicht vollständig herstellen; dagegen finden sich für alle gelblichen, gelben und
röthlichen Sterne entsprechende Farben am Colorimeter, und es würde
zweifellos eine höchst verdienstliche und lohnende Arbeit sein, an solchen
Sternen, zu denen auch die meisten Veränderlichen gehören, ausgedehnte
Farbenmessungen mit dem Zöllner'schen Colorimeter anzustellen. Das

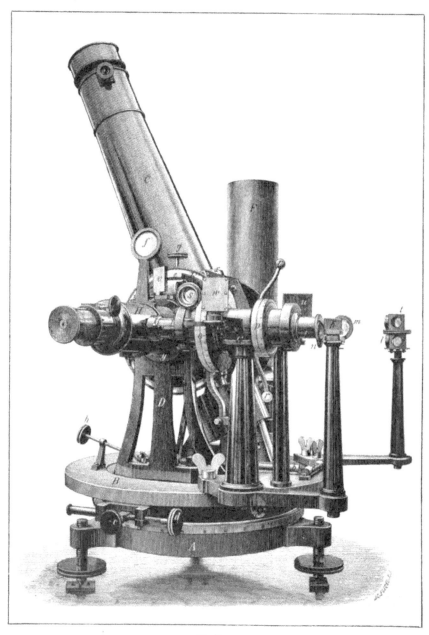

Fig. 59.

Colorimeter kann noch zu einer interessanten Untersuchung über die Beurtheilung der Gleichheit verschieden gefärbter Sterne benutzt werden.
Man richtet das Fernrohr auf irgend einen Stern am Himmel, giebt den
künstlichen Sternen durch Einstellen auf bestimmte Striche des Colori-
meterkreises verschiedene Farben und stellt die Gleichheit am Intensitätskreise her. Durch Vergleichung der von verschiedenen Beobachtern auf
diese Weise erhaltenen sogenannten Intensitätstabellen ist es möglich,
ein Urtheil über die Farbenauffassung derselben zu gewinnen. Wie eine
von mir gegebene Zusammenstellung[1]) zeigt, kommen, mit Ausnahme bei
den allerextremsten Farben, keine sehr merklichen Auffassungsunterschiede vor.

Zur Vervollständigung der Beschreibung der alten Form des Zöllnerschen Photometers ist noch zu bemerken, dass der obere Theil des Fernrohrs bei D abgeschraubt und nach Bedarf durch Objective von längerer
oder kürzerer Brennweite ersetzt werden kann. Ferner muss vor das
Ocular o bei den meisten Beobachtungen, um die unbequeme Lage des
Kopfes zu vermeiden, ein total reflectirendes Prisma gesetzt werden, was
leider die Sicherheit der Messungen ein wenig beeinträchtigt.

Figur 59 stellt ein auf der Potsdamer Sternwarte befindliches Zöllner-
sches Photometer dar, bei welchem der zuletzt erwähnte Übelstand vermieden ist. Dasselbe hat die Form eines Passageninstrumentes; der
Beobachter blickt daher stets in horizontaler Richtung in das Fernrohr.
Die Lampe befindet sich nicht unmittelbar vor der Diaphragmenöffnung,
sondern steht dem Ocular gegenüber auf dem festen im Azimuth drehbaren Untergestelle B. Das Licht gelangt durch Reflex an den total
reflectirenden Prismen i und k in den seitlichen Theil G des Photometers,
welcher die drei Nicolprismen mit der Bergkrystallplatte enthält. Zwei
Linsen l und m, welche in den Gang der Lichtstrahlen eingefügt sind,
sammeln das Licht und entwerfen auf der Diaphragmenscheibe n ein
scharfes rundes Lichtbildchen. Was die Handhabung dieses Apparates
noch mehr erleichtert, ist der Umstand, dass alle Kreise von der
Photometerlampe selbst mit Hülfe des total reflectirenden Prismas t
und der Spiegel u, v und w beleuchtet werden, so dass die Einstellungen und Ablesungen ohne Beobachtungslampe ausgeführt werden
können. Das grosse Objectiv von 67 mm Öffnung und 700 mm Brennweite lässt sich mit zwei kleineren (36.5 mm Öffnung und 350 mm
Brennweite, resp. 21.5 mm Öffnung und 137 mm Brennweite) vertauschen, die an den in der Figur mit x und y bezeichneten Stellen
eingesetzt werden können. Auf diese Weise ist es möglich, mit dem

---

1) Publ. des Astrophys. Obs. zu Potsdam. Bd. 3, p. 245.

Apparate Sterne von der siebenten Grösse bis zu den allerhellsten zu beobachten und auch die grossen Planeten in den Messungsbereich zu ziehen,
da diese mit dem kleinsten Objective durchaus punktförmig erscheinen[1]).

Um auch die schwächsten Sterne beobachten zu können, hatte bereits
Zöllner eine Einrichtung getroffen, die gestattete, sein Photometer mit
jedem beliebigen Refractor in Verbindung zu bringen. Eine dafür sehr
geeignete handliche Form des Apparates, welche in Potsdam benutzt
wird, ist in Figur 60 dargestellt.

In dem Ringe A, welcher an Stelle des Oculars an den Refractor an-
geschraubt wird, dreht sich das Photometer frei, so dass die Axe CD bei

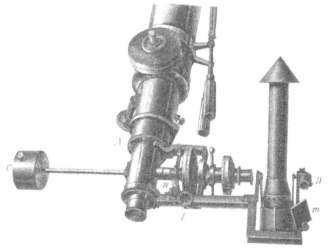

Fig. 60.

jeder Stellung des Fernrohrs horizontal bleiben und die bewegliche Lampe
genau vertical hängen kann. Auch hier ist es so eingerichtet, dass das
Licht der Flamme zur Beleuchtung des Intensitätskreises benutzt wird, indem dasselbe mittelst des Prismas D und der Spiegel m und n auf die
Theilung geworfen wird; die Ablesung geschieht mit Hülfe der schwach
vergrössernden Lupe l.

Beachtenswerth ist ein Vorschlag, den Ceraski[2]) gemacht hat, um
ohne Vertauschen der Objective sowohl schwache als auch sehr helle
Sterne beobachten zu können. Ceraski bringt in der Axe CD (Figur 58)

1) Eine ausführliche Beschreibung des Apparates findet sich in den Publ. des
Astrophys. Obs. zu Potsdam, Bd. 8, p. 17.
2) Annales de l'obs. de Moscou. Série 2, Vol. I, livr. 2, p. 13. — Siehe auch
Astr. Nachr. Bd. 120, Nr. 2870.

an dem der Lampe entgegengesetzten Ende ungefähr bei o'' ein zweites
Ocular an, mit welchem der künstliche Stern direct gesehen werden kann,
während die wirklichen Sterne von der Glasplatte ee' in das Ocular reflectirt werden. Da der Lichtverlust bei der Reflexion unter 45° etwa 3
bis 4 Grössenclassen beträgt, so kann man mit Hülfe des doppelten
Oculars ein sehr beträchtliches Helligkeitsintervall durchmessen.

Über den Gebrauch des Zöllner'schen Photometers und die mit demselben zu erreichende Genauigkeit mögen noch einige Bemerkungen Platz
finden. Gewisse Vorurtheile haben dem Instrumente nicht diejenige Verbreitung verschafft, welche es ohne Zweifel verdient. Man macht ihm
hauptsächlich die Benutzung des künstlichen Vergleichslichtes zum Vor-
wurfe. Zöllner hatte sich anfangs bemüht, den künstlichen Sternen durch
Construction einer besonderen Gaslampe constante Helligkeit zu geben,
um so zu verschiedenen Zeiten und an verschiedenen Orten angestellte
Messungen direct miteinander vergleichbar zu machen. Die Einrichtung
erwies sich jedoch als viel zu complicirt, und Zöllner führte daher eine
einfache Petroleumlampe ein, deren Flamme auf eine durch ein Diopter
bestimmte Höhe eingestellt wurde. Auch heute bedient man sich noch
ausschliesslich dieses Hülfsmittels. Man kann freilich nicht erwarten,
dass auf diese Weise die künstlichen Sterne lange Zeit hindurch constante Helligkeit besitzen. Dies wird, abgesehen von anderen Umständen,
dadurch unmöglich gemacht, dass sich an der die Cylinderöffnung ab-
schliessenden Glasplatte Russtheilchen und an den Öffnungen der Diaphragmenscheibe Staubpartikelchen ansetzen, welche allmählich die Helligkeit verringern. Zöllner hat zwar bei seinen Vergleichungen von Sonnen-
und Mondlicht viele Wochen hindurch die unveränderte Intensität der
Lampe zu constatiren vermocht und infolge dessen die Messungen unbedenklich auf die Lampenhelligkeit als Einheit bezogen. Indessen dürfte
dieses Beispiel doch nicht nachahmenswerth sein, und man sollte es sich
zur strengen Regel machen, die künstlichen Sterne stets nur als Verbindungsglied zu benutzen und lediglich Differenzmessungen am Himmel
anzustellen. Alle Beobachter, die sich eingehend mit dem Zöllner'schen
Photometer beschäftigt haben, stimmen darin überein, dass an ein und
demselben Beobachtungsabende die Lampe stundenlang vollkommen gleichmässig brennt, namentlich wenn man die nöthigen Vorsichtsmassregeln
nicht ausser Acht lässt, nämlich erstens Flachbrenner (nicht Rundbrenner)
benutzt, zweitens für sorgfältige Reinhaltung des Dochtes sorgt und endlich nur das beste Petroleum verwendet. Ceraski[1]) hat ausführliche
Untersuchungen über diesen Gegenstand angestellt, insbesondere den

---

1 Annales de l'obs. de Moscou. Série 2, Vol. I, livr. 2, p. 13.

wirksamsten Theil der Flamme bestimmt und Einrichtungen zur genauen Einstellung auf denselben empfohlen; er findet, dass bei gehöriger Vorsicht die Flamme 10 Stunden lang constant bleibt. Nach meinen eigenen Erfahrungen halte ich es, auch wenn man nicht besondere Vorsicht anwendet, für durchaus unbedenklich, sich ein bis zwei Stunden lang auf die Constanz der Lampe zu verlassen. Längere Zeit wird bei zweckmässiger Anordnung der Beobachtungen kaum erforderlich sein. Empfehlenswerth ist es, vor Beginn der Beobachtungen die Lampe erst einige Zeit (vielleicht 10 bis 15 Min.) brennen zu lassen, weil sich die Helligkeit bald nach dem Anzünden gewöhnlich etwas ändert. Eine grosse Gefahr ist das durch Wind und Luftzug hervorgebrachte Flackern der Flamme, welches namentlich das Beobachten im Freien wesentlich erschwert. Man kann sich zwar durch zweckmässige Construction der Blechcylinder, wie es bei den Potsdamer Photometern geschehen ist, theilweise dagegen schützen, es würde aber eine wesentliche Verbesserung des Apparates erzielt werden können, wenn es gelänge, anstatt der Petroleumlampe das elektrische Licht nutzbar zu machen. Bei der gegenwärtig erreichten grossen Vervollkommnung der elektrischen Beleuchtungseinrichtungen und nach den Erfahrungen, die z. B. in jüngster Zeit in Bezug auf die constante Helligkeit der Glühlampen in der technischen Reichsanstalt in Charlottenburg gemacht worden sind[1]), erscheint die Sache keineswegs aussichtslos, und es kann nicht dringend genug zu Versuchen in dieser Richtung aufgefordert werden.

Ein zweiter Einwurf gegen die Benutzung der künstlichen Sterne beim Zöllner'schen Photometer, der viel schwieriger als der Vorwurf nicht genügend gleichmässiger Lichtintensität zurückzuweisen ist, bezieht sich auf das nicht vollkommen gleichartige Aussehen der wirklichen und der künstlichen Sterne. Hier liegt wirklich ein Mangel vor. Denn die Bilder der künstlichen Sterne sind kleine scharf begrenzte runde Scheibchen von etwas mattem Aussehen, die sich von den strahlenförmigen Sternbildern auf den ersten Blick unterscheiden, besonders auffallend dann, wenn die letzteren durch starke Luftunruhe in wallende Bewegung versetzt werden. Es gehört eine ziemlich lange Übung dazu, bevor das Auge sich an das verschiedene Aussehen gewöhnt und das Gefühl der Unsicherheit verloren hat, und die Gefahr ist niemals ganz ausgeschlossen, dass bei directer Vergleichung sehr heller und sehr schwacher Sterne Auffassungsfehler ins Spiel kommen. Von der grössten Wichtigkeit ist daher die Wahl der Diaphragmenöffnung, die sich stets nach der speciellen Aufgabe, die man im Auge hat, richten sollte. Man wird am Besten

---

[1]) Zeitschr. f. Instrumentenkunde. Jahrg. 10 (1890), p. 119.

eine solche Öffnung benutzen, dass die Bildgrösse der künstlichen Sterne etwa in der Mitte liegt zwischen den Bildgrössen der hellsten und der schwächsten Sterne, die man beobachten will. Je grösser die zu messende Helligkeitsdifferenz ist, desto mehr wird sich die Verschiedenheit des Aussehens geltend machen, und es ist bedauerlich, dass der dadurch herbeigeführte Fehler die Resultate stets in einem bestimmten Sinne beeinflusst. Man misst die schwachen Sterne verhältnissmässig zu hell und die hellen verhältnissmässig zu schwach, und die Folge davon ist, dass man im Allgemeinen ein bestimmtes Helligkeitsintervall mit dem Zöllnerschen Photometer zu klein findet. Um diesem Mangel nach Möglichkeit abzuhelfen, ist es streng zu vermeiden, grosse Helligkeitsdifferenzen direct zu messen. In dieser Beziehung ist etwa ein Helligkeitsintervall von drei Grössenclassen als Grenze anzusehen, und es sollte als Regel gelten, wenn es irgend angeht, nur Ablesungen zwischen $10°$ und $40°$ am Intensitätskreise zu benutzen. Wenn es erforderlich ist, grössere Unterschiede zu messen, so ist es entschieden rathsam, das Intervall zu theilen und verschiedene Objective und Diaphragmenöffnungen, eventuell auch Blendgläser, zu verwenden und zur Übertragung Sterne von mittlerer Helligkeit zu benutzen. Bei einiger Übung lernt man sehr bald die geeignetsten Vorsichtsmassregeln kennen, um den gefährlichen Einfluss des verschiedenartigen Aussehens, wenn nicht ganz zu beseitigen, so doch auf ein Minimum zu beschränken.

Infolge der Reflexion von der Vorder- und Rückfläche der Glasplatte sieht man, wie schon erwähnt, im Zöllner'schen Photometer zwei künstliche Sterne, deren Distanz von der Dicke der Glasplatte abhängt, und von denen der eine etwas schwächer als der andere ist. Da sie nicht gleichzeitig scharf erscheinen, so benutzt man zur Vergleichung gewöhnlich nur den helleren und betrachtet den anderen nur nebenbei zur Controle. Die meisten Beobachter bringen den wirklichen Stern in eine bestimmte Stellung zu dem künstlichen, und zwar möglichst nahe an denselben heran. Es ist aber vielleicht besser, die beiden Bilder in verschiedenen Positionswinkeln zu vergleichen, damit nicht stets dieselben Stellen auf der Netzhaut von ihnen eingenommen werden. Bei der photometrischen Durchmusterung in Potsdam wird so beobachtet, dass der wirkliche Stern der Reihe nach links, oben, rechts und unten neben den künstlichen gebracht und gleichzeitig auch mit den vier Quadranten des Intensitätskreises abgewechselt wird. Letzteres Verfahren ist deswegen erwünscht, weil auf diese Weise der Indexfehler des Intensitätskreises und der Excentricitätsfehler der Nicolprismen eliminirt wird.

Was die Sicherheit der Messungen mit dem Zöllner'schen Photometer anbetrifft, so ist zunächst klar, da die Helligkeit sich proportional

dem Quadrate des Sinus des Drehungswinkels der Nicolprismen ändert,
dass der wahrscheinliche Fehler einer einzelnen Einstellung, in Winkel-
werth ausgedrückt, bei kleinen Ablesungen des Intensitätskreises viel
geringer sein muss als bei grossen. Wenn man aber den wahrscheinlichen Fehler in Helligkeitslogarithmen oder in Grössenclassen ausdrückt,
so zeigt sich, dass die Genauigkeit der Einstellung bei den meisten
Beobachtern fast über die ganze Ausdehnung des Intensitätskreises von
etwa 5° bis 50° nahezu dieselbe ist; nur Lindemann[1]) kommt zu dem
Resultate, dass bei grösseren Einstellungen am Intensitätskreise, also im
Allgemeinen bei Beobachtung hellerer Sterne, die Messungen am sichersten
sind. Als wahrscheinlichen Fehler einer einzelnen Einstellung am Photometer findet man im Durchschnitt bei einer grossen Zahl von geübten
Beobachtern ± 0.092 Grössenclassen und mithin für einen Mittelwerth
aus vier Einstellungen ± 0.046 Grössenclassen. Berechnet man aber für
eine an verschiedenen Abenden gemessene Helligkeitsdifferenz zweier
Sterne den wahrscheinlichen Fehler eines Abends, so findet man, allerdings nur in besonders günstigen Fällen, wenn z. B. die Sterne nahe bei
einander stehen und in Farbe nicht wesentlich verschieden sind, den
Werth ± 0.06 Grössenclassen oder etwa 6 Procent des Helligkeitsverhältnisses. Diese Genauigkeitsgrenze ist bisher mit keinem anderen Sternphotometer überschritten worden und wird wohl auch schwerlich bei
Messungen am Himmel übertroffen werden können, weil die von Tag zu
Tage, ja von Stunde zu Stunde schwankenden Durchsichtigkeitsverhältnisse der Atmosphäre und die Unsicherheit der Extinctionscorrectionen
unüberwindliche Hindernisse in den Weg stellen, die um so stärker einwirken, je weiter die zu vergleichenden Sterne am Himmel voneinander
entfernt sind.

c. Die Wild'schen Photometer.

Man rühmt den von Wild zu Helligkeitsmessungen construirten Apparaten allgemein eine Empfindlichkeit nach, wie sie bei keinem anderen
Photometer erreicht worden ist, und es dürfte schon aus diesem Grunde
gerechtfertigt erscheinen, dieselben hier zu erwähnen, obgleich sie bisher
in der Astrophotometrie nicht benutzt worden sind und auch künftig
höchstens zu Messungen der allerhellsten Himmelsobjecte Verwendung
finden könnten. Eine kurze Beschreibung möge hier genügen. In Betreff der ausführlichen, etwas complicirten Theorie muss auf die Abhand-

---

1) Observations de Poulkova. Supplément II, p. 118.

lungen von Wild[1]) und die neueren Arbeiten von Möller[2]) verwiesen werden, welcher auch einige Abänderungen an den Apparaten vorgeschlagen hat.

Von den beiden verschiedenen Formen des Wild'schen Photometers beruht die erste (Fig. 61) auf einer Idee von Neumann[3]) und ähnelt im Principe dem oben beschriebenen Babinet'schen Photometer.

Die zu vergleichenden Lichtquellen senden ihr Licht durch die kurzen Röhren A und B. Die von A kommenden Strahlen fallen unter dem Polarisationswinkel auf eine in dem Rahmen C befindliche, senkrecht stehende planparallele Glasplatte, werden von dort auf eine im Rahmen D sitzende mit C parallele Glasplattensäule reflectirt und von dort in die Beobachtungsröhre E zurückgeworfen. Diese Strahlen sind vollständig in der Horizontalebene polarisirt. Die aus B kommenden Strahlen gehen zunächst durch einen im Rahmen F befestigten Glassatz, dann durch die Glasplattensäule

in D und treten zu-
gleich mit den re-
flectirten in E ein.
Ein Theil des durch-
gehenden Lichtes
bleibt unpolarisirt,
ein Theil ist in der
Verticalebene pola-
risirt, und die In-
tensität des letzteren
ändert sich mit dem

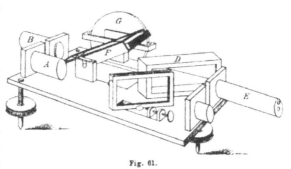

Fig. 61.

Winkel, den der Glassatz in F mit der Horizontalebene bildet und der an einer Kreistheilung auf der Scheibe G abgelesen werden kann. In der Beobachtungsröhre E ist ein Polariskop, bestehend aus einer senkrecht zur Axe geschliffenen Kalkspathplatte und einem Turmalin, angebracht. Wenn nun die Quantitäten entgegengesetzt polarisirten Lichtes in den beiden sich vermischenden Strahlenbündeln gleich sind, so erblickt das Auge in o Nichts von der sonst sichtbaren Interferenzerscheinung. Man kann aber durch Drehung des Rahmens F stets erreichen, dass die Interferenzfarben verschwinden, und da mit Hülfe der Neumann'schen Formeln für jede Stellung von F die Menge des in E eintretenden, in der Verticalebene polarisirten Lichtes in Theilen der ursprünglichen von B

1) Pogg. Annalen. Bd. 99, p. 235 und Bd. 118, p. 193. — Ausserdem Bull. de l'Acad. Imp. des sciences de St. Pétersb. Vol. 28, p. 392.
2) Wiedem. Annalen. Bd. 24, p. 266 und p. 446.
3) Neumann, Vorles. über theor. Optik; herausg. von Dorn. Leipzig, 1885, p. 152.

herkommenden Lichtmenge ausgedrückt werden kann, ebenso ein für
alle Male die Menge des von A kommenden in der Horizontalebene polarisirten Lichtes, so lässt sich das ursprüngliche Helligkeitsverhältniss der
beiden Lichtquellen berechnen.

Die Complicirtheit der zur Berechnung erforderlichen Formeln und
der Umstand, dass wegen des erheblichen Lichtverlustes bei der zweimaligen Reflexion nur die Vergleichung von verhältnissmässig intensiven
Lichtquellen möglich war, veranlasste W i l d zur Construction seines zweiten
Photometers, bei welchem die Doppelbrechung zur Benutzung kommt. Die
Anordnung des Apparates geht aus der schematischen Zeichnung (Fig. 62)
hervor.

A_1 und A_2 sind zwei total reflectirende Prismen, auf welche das
Licht der zu vergleichenden Lichtquellen auffällt. Die aus der Nähe der

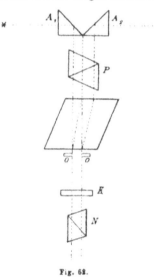

Fig. 62.

Trennungslinie der Prismen herkommenden beiden Strahlenbündel werden zunächst durch das Nicolprisma P polarisirt und fallen dann senkrecht auf die
vordere Begrenzungsfläche eines Kalkspathrhomboëders. An der Austrittsfläche
dieses Rhomboëders ist ein Diaphragma O
angebracht von solchen Dimensionen, dass
vom Prisma A_2 nur die ordentlich gebrochenen, vom Prisma A_1 nur die ausserordentlich gebrochenen Strahlen austreten
können. Das vereinigte Strahlenbündel
geht dann durch ein Savart'sches Polariskop, bestehend aus einer Krystallplatte
K und einem analysirenden Nicol N.
Die Interferenzstreifen verschwinden,
wenn das aus O austretende vereinigte
Strahlenbündel gleich grosse Mengen
senkrecht zu einander polarisirten Lichtes

enthält. Nach dem Malus'schen Gesetze ist dies aber der Fall, wenn man
für die ursprünglichen Lichtintensitäten J_1 und J_2 die Relation hat:

$$\frac{J_1}{J_2} = C \tan^2 \varphi \, ,$$

wo φ der Winkel ist, den der Hauptschnitt von P mit dem Hauptschnitte
des Kalkspathrhomboëders bildet. Die Grösse C, welche nach der Neumann'schen Theorie berechnet werden kann und bei strenger Gültigkeit
des Malus'schen Gesetzes gleich 1 sein sollte, lässt sich experimentell
durch Vergleichung zweier gleich intensiven Lichtquellen bestimmen.

Möller hat den Apparat in der Weise abgeändert, dass er das Polariskop fortgelassen und den Gang der Strahlen so eingerichtet hat, dass
die beiden aus dem Kalkspathrhomboëder austretenden Lichtbündel nicht
zusammenfallen, sondern in einer scharfen Trennungslinie aneinander
grenzen. Anstatt des Polariskops wird ein kleines Fernrohr benutzt,
welches in der Brennebene mit einem Diaphragma versehen ist, um das
Gesichtsfeld bis auf die beiden erleuchteten Felder abzublenden. Die
Gleichheit der Helligkeit dieser Felder wird dann durch Drehung des
Prismas P hergestellt, und das Quadrat der Tangente des Drehungswinkels giebt das gesuchte Intensitätsverhältniss.

d. Das Chacornac'sche Sternphotometer.

Im Jahre 1864 hat Chacornac[1]) der Pariser Akademie eine Methode
zur Helligkeitsvergleichung zweier Sterne vorgeschlagen, die, wenn auch
umständlich und nicht sehr genau, doch von einigem Interesse ist. Ein
parallaktisch montirtes Fernrohr wird auf den einen der zu vergleichenden
Sterne gerichtet, und der zweite Stern wird, ähnlich wie bei dem Hornstein'schen Zonenphotometer, mit Hülfe eines Spiegels in das Gesichtsfeld gebracht, der in einer Ringfassung um den Objectivrand drehbar ist
und ausserdem beliebig gegen die Ebene des Objectivs geneigt werden
kann. Die eine Hälfte desselben erhält Licht von dem reflectirten, die
andere von dem direct eingestellten Stern. Durch die Dimensionen des
Spiegels ist der Anwendungsbereich des Apparates etwas eingeschränkt.
Bei dem Chacornac'schen Arrangement konnten nur Sterne miteinander
verglichen werden, deren Winkeldistanz am Himmel zwischen 20° und
160° betrug. Das Licht beider Sterne geht durch ein in der Nähe des
Oculars befindliches doppeltbrechendes Prisma und wird mit Hülfe eines
zwischen Ocular und Auge drehbar angebrachten Nicols analysirt. Bildet
der Hauptschnitt des Nicols mit dem Hauptschnitt des doppeltbrechenden
Prismas den Winkel φ, und ist J_1 die Intensität des direct gesehenen
Sternes, so werden die beiden Bilder desselben nach dem Malus'schen
Gesetze die Helligkeiten haben:

$$(1) \qquad \begin{cases} J_1' = \tfrac{1}{2}\varkappa J_1 \sin^2\varphi\,, \\ J_1'' = \tfrac{1}{2}\varkappa J_1 \cos^2\varphi\,, \end{cases}$$

wo $\varkappa$ den Schwächungscoefficienten beim Durchgange des Lichtes durch
beide polarisirenden Prismen repräsentirt.

Für den reflectirten Stern ist die Berechnung der Helligkeiten etwas
schwieriger, weil bei der Reflexion ein Theil des Lichtes polarisirt wird.

1) Comptes Rendus. Tome 58, p. 657.

Die ursprüngliche Lichtstärke des zweiten Sternes sei J_2. Ein gewisser
Procentsatz Licht geht von vornherein bei der Zurückwerfung verloren.
Bezeichnen wir den Reflexionscoefficienten des Spiegels mit k, so gelangt
auf das doppeltbrechende Prisma von dem zweiten Stern die Lichtmenge
kJ_2. Dieselbe setzt sich aus zwei Theilen zusammen, einer Quantität in
der Einfallsebene polarisirten Lichtes, die wir kL_2 nennen wollen, und
einer Quantität natürlichen Lichtes, die demnach gleich $k(J_2 - L_2)$ ist.
Es bilde zunächst die Einfallsebene mit dem Hauptschnitte des doppeltbrechenden Prismas den Winkel ω; dann erhält man für die beiden im
Gesichtsfelde sichtbaren Bilder des reflectirten Sternes die Intensitäten:

$$J_2' = \varkappa k \left[\tfrac{1}{2}(J_2 - L_2) + L_2 \cos^2\omega\right] \sin^2\varphi,$$
$$J_2'' = \varkappa k \left[\tfrac{1}{2}(J_2 - L_2) + L_2 \sin^2\omega\right] \cos^2\varphi.$$

Zur Vereinfachung kann man das doppeltbrechende Prisma so drehen,
dass sein Hauptschnitt mit der Einfallsebene zusammenfällt. Dann ist
$\omega = 0$, und man hat, wenn der Winkel zwischen den Hauptschnitten
des doppeltbrechenden Prismas und des Nicols wieder φ heisst, für die
beiden Bilder die Intensitäten:

$$(2) \qquad \begin{cases} J_2' = \tfrac{1}{2}\varkappa k(J_2 + L_2) \sin^2\varphi, \\ J_2'' = \tfrac{1}{2}\varkappa k(J_2 - L_2) \cos^2\varphi. \end{cases}$$

Durch Drehung des analysirenden Nicols lässt sich, wenn man die zu
vergleichenden Bilder der beiden Sterne nahe aneinander gebracht hat,
die Gleichheit von J_2' und J_2'' herstellen. Ist der betreffende Drehungswinkel φ_1, so hat man:

$$J_1 \sin^2\varphi_1 = k(J_2 - L_2) \cos^2\varphi_1.$$

Ebenso kann man die beiden Bilder des reflectirten Sternes durch Drehung
des Nicols gleich machen. Heisst der hierbei abgelesene Drehungswinkel α_1, so ergiebt sich:

$$(J_2 + L_2) \sin^2\alpha_1 = (J_2 - L_2) \cos^2\alpha_1.$$

Aus den beiden letzten Formeln erhält man durch Elimination von L_2
die Gleichung:

$$(3) \qquad \frac{J_1}{J_2} = 2k \sin^2\alpha_1 \cot^2\varphi_1.$$

Hieraus würde man unmittelbar das gesuchte Helligkeitsverhältniss der
beiden Sterne erhalten, wenn der Reflexionscoefficient des Spiegels bekannt wäre. Ist dies nicht der Fall, so kann man k dadurch eliminiren,
dass man zwei weitere Beobachtungen ausführt, indem man die Sterne
miteinander vertauscht, d. h. den vorher reflectirt gesehenen Stern direct
betrachtet und den anderen vom Spiegel reflectiren lässt. Man erhält

dann statt der obigen Formeln (1) und (2) vier andere, die sich von den ersteren nur dadurch unterscheiden, dass die unteren Indices 1 und 2 miteinander vertauscht sind. Selbstverständlich ist dabei die Voraussetzung, dass auch hier wieder der Hauptschnitt des doppeltbrechenden Prismas zu der Einfallsebene des reflectirten Sternes parallel gestellt ist. Macht man dann wieder durch Drehung des Nicols das erste Bild des direct gesehenen Sternes und das zweite des reflectirt gesehenen einander gleich, ebenso die beiden Bilder des reflectirt gesehenen Sternes untereinander gleich, so ergiebt sich, wenn die betreffenden Drehungswinkel φ_2 und α_2 heissen, entsprechend der Formel (3) die Gleichung:

$$(4) \qquad \frac{J_2}{J_1} = 2k \sin^2\alpha_2 \cot^2\varphi_2 \, .$$

Aus (3) und (4) folgt dann endlich:

$$\frac{J_1}{J_2} = \frac{\sin\alpha_1}{\sin\alpha_2} \cot\varphi_1 \, \tan\varphi_2 \, .$$

Wie man sieht, ist das ganze Beobachtungsverfahren äusserst umständlich. Denn es sind nicht nur vier getrennte Messungen zur Bestimmung der Winkel φ_1, α_1, φ_2, α_2 erforderlich, sondern es muss auch noch zweimal der Hauptschnitt des doppeltbrechenden Prismas zu der Einfallsebene des vom Spiegel reflectirten Sternes parallel gestellt werden. Übrigens ist die Endformel nur dann streng richtig, wenn der Reflexionscoefficient des Spiegels für die beiden in Betracht kommenden Einfallswinkel als gleich angenommen werden darf, was keineswegs immer statthaft ist. Die ganze Methode ist schon aus diesem Grunde wenig zu empfehlen. Chacornac scheint sie auch selbst nicht in grösserem Umfange angewendet zu haben, wenigstens sind von ihm ausser einer Helligkeitsvergleichung von Sirius und Arctur keine weiteren Bestimmungen bekannt geworden.

e. Die Pickering'schen Photometer.

Das Verdienst, welches sich Pickering um die Himmelsphotometrie durch seine alle Gebiete derselben umfassenden Arbeiten erworben hat, wird noch dadurch erhöht, dass er eine Anzahl von Apparaten construirt hat, die zwar im Princip nichts wesentlich Neues enthalten, bei denen aber ältere Vorschläge in so zweckentsprechender Weise verwerthet sind, dass sie genug des Lehrreichen und Nachahmenswerthen bieten. Je nach der Aufgabe, deren Lösung Pickering im Auge hatte, unterscheiden sich die verschiedenen Formen dieser Instrumente voneinander. Der eine Typus umfasst alle diejenigen Apparate, welche speciell zur Messung

nahe bei einander stehender Himmelsobjecte, insbesondere der Doppel-
sterne, bestimmt waren; ein zweiter Typus repräsentirt alle Instrumente,
mit denen die schwächsten Objecte am Himmel, vornehmlich die Planetentrabanten, gemessen werden sollten. Den hervorragendsten Platz unter
allen aber nimmt das Meridianphotometer ein, mit welchem Pickering seine grossen Helligkeitscataloge, die umfangreichsten, die wir bisher besitzen, hergestellt hat. Mit Recht wird dieses Instrument in gleicher
Linie mit dem Pritchard'schen Keilphotometer und dem Zöllner'schen
Photometer zu den besten modernen Hülfsmitteln der Astrophotometrie
gerechnet.

Als Hauptvertreter des ersten Typus ist das in Figur 63 abgebildete
Instrument zu erwähnen. · Dasselbe gleicht vollkommen dem unter dem
Namen Rochon'sches Fernrohr bekannten Mikrometer, welches zu
Messungen kleiner Distanzen am Himmel vielfach Verwendung findet.

Die Röhre E wird an dem Ocularende eines parallaktisch montirten
Fernrohrs eingeschoben. In derselben kann ein Rochon'sches Bergkrystall-

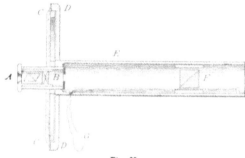

prisma F mittelst eines
Schnurlaufes G dem Ob-
jectiv des Fernrohrs ge-
nähert oder von demselben
entfernt werden. Vor dem
Ocular B, dessen Gesichtsfeld durch ein geeignetes
Diaphragma etwas abge-
blendet ist, befindet sich
ein Nicolprisma A, welches
zugleich mit dem getheilten
Kreise C drehbar ist; die

Fig. 63.

jedesmalige Stellung des Kreises wird an den Indices D abgelesen.
Von zwei nahe stehenden Objecten werden durch das Rochon'sche Prisma
je zwei Bilder hervorgebracht, deren Distanzen durch Nähern oder Entfernen des Prismas innerhalb gewisser Grenzen nach Belieben verändert
werden können. Man bringt durch Drehung des Nicols das ordentliche
Bild des einen und das ausserordentliche Bild des anderen Objects auf
gleiche Intensität. Ist φ_0 die Ablesung, bei welcher das eine Bild ganz
verschwindet, dagegen φ die Ablesung, bei welcher die beiden Bilder
einander gleich sind, so erhält man das gesuchte Helligkeitsverhältniss $\dfrac{J_1}{J_2}$
der beiden verglichenen Objecte aus der Gleichung:

$$\frac{J_1}{J_2} = \operatorname{tang}^2(\varphi - \varphi_0).$$

Die Gleichheit der Bilder kann in allen vier Quadranten des Kreises C hergestellt werden; dadurch eliminirt man einerseits einen etwaigen Fehler in der Stellung der Axe des Nicols, andererseits macht man die Bestimmung der Nulllage φ_0 überflüssig. Für den speciellen Zweck, zu welchem der Apparat bestimmt ist, erweist er sich ausserordentlich werthvoll. Ein Nachtheil ist nur der erhebliche Lichtverlust, der durch die Trennung in zwei Bilder bedingt wird, und ferner die Beschränkung auf die Messung verhältnissmässig sehr kleiner Distanzen. In Verbindung mit einem Fernrohr von 38 cm Öffnung und 683 cm Brennweite liessen sich nur Objecte messen, die weniger als 64″ voneinander entfernt waren, und mit Anwendung eines Fernrohrs von 12.7 cm Öffnung und 231 cm Brennweite betrug die grösste verwendbare Distanz etwa 190″. Um dem letzteren Übelstande abzuhelfen, hat Pickering[1]) in allerneuester Zeit eine Modification dieses Photometers vorgeschlagen. Er befestigt das doppeltbrechende Prisma in der Nähe des Brennpunktes und bringt zwischen Focus und Objectiv nebeneinander zwei achromatische Prismen von kleinem Winkel an, die sich längs des Rohres im Innern mittelst Triebwerkes hin und her bewegen lassen. Die Winkel des doppeltbrechenden Prismas und der achromatischen Prismen sind so gewählt, dass bei der Verbindung dieses Photometers mit dem ersten der oben genannten Refractoren noch die Bilder von zwei Sternen, die 35′ auseinander stehen, zusammengebracht werden können; dabei haben die achromatischen Prismen den grösstmöglichen Abstand (40 cm) von der Focalebene. Sind die Prismen aber in unmittelbarer Nähe der Brennebene, so fallen die Bilder von zwei Sternen zusammen, die nur eine Distanz von 3′ haben. Man kann auf diese Weise durch Bewegung der Prismen Sternpaare mit Distanzen zwischen 3′ und 35′ photometrisch messen.

Der Nachtheil des Lichtverlustes durch die Trennung in zwei Bilder ist von Pickering bei der zweiten Classe von Photometern vermieden worden, welche speciell zur Beobachtung der lichtschwächsten Objecte am Himmel bestimmt sind. Figur 64 (Seite 262) stellt eins dieser Instrumente dar. Der schwache Stern wird direct in dem grossen Fernrohre durch das Ocular A in der einen Hälfte des Gesichtsfeldes betrachtet, während das Bild eines hellen zur Vergleichung dienenden Sternes durch das Prisma B in das seitliche Hülfsfernrohr mit dem Objectiv D reflectirt und nach dem Austritt aus demselben durch das Prisma F in die andere Hälfte des Gesichtsfeldes gebracht wird. Das Prisma B ist um die Axe des Hülfsfernrohrs drehbar, und das ganze Photometer kann endlich noch um die

---

1) The Astrophysical Journal. Vol. 2, p. 89.

Axe des Hauptinstrumentes gedreht werden, so dass es möglich ist, jeden
beliebigen Stern zur Vergleichung zu benutzen.

In dem seitlichen Rohre sitzen die beiden Nicolprismen C und E;
das letztere ist zusammen mit dem Kreise G drehbar, und der Betrag
der Drehung wird an dem Index H abge-
lesen. Durch Bewegung von E wird der
Vergleichstern so weit abgeschwächt, bis
er dem direct gesehenen an Helligkeit
gleichkommt. Die Einrichtung hat drei bedenkliche Übelstände. Erstens erscheinen
die beiden verglichenen Sterne auf verschiedenem Himmelsgrunde, zweitens wird
das Bild des Vergleichsternes durch die
Nicolprismen merklich verschlechtert, so dass
sein Aussehen von dem des direct gesehenen
etwas verschieden ist, und drittens ist die
Constante des Photometers, d. h. das Verhältniss eines im Hülfsfernrohr bei parallel
gestellten Nicols gesehenen Sternes zu seinem
Bilde im Hauptfernrohre, durch besondere
Versuche zu ermitteln. Der erste Übelstand
kann, wie schon Pickering selbst bemerkt
hat, dadurch beseitigt werden, dass das

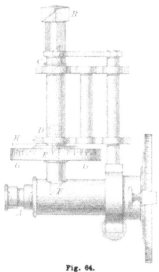

Fig. 64.

Prisma F, ebenso wie beim Zöllner'schen Photometer, durch eine planparallele Glasplatte ersetzt wird, dem zweiten Nachtheil hat Pickering
später dadurch zu begegnen versucht, dass er an Stelle der Nicolprismen
eine Abblendungseinrichtung vor dem Objectiv D angewandt hat. Dadurch ist aber keine Verbesserung erzielt, vielmehr können durch die bekannten Mängel der Abblendungsmethode unter Umständen merkliche
Fehler verursacht werden. Der dritte Übelstand ist überhaupt nicht zu
beseitigen, und da die Bestimmung der Constante des Photometers, für
welche Pickering verschiedene Methoden in Vorschlag gebracht hat[1]),
ziemlich schwierig ist, so steht die hier besprochene Form von Photometern an Genauigkeit hinter dem ersten Typus zurück.

Wir kommen nun zu dem wichtigsten der Pickering'schen Apparate,
dem Meridianphotometer, welches dazu bestimmt ist, die Sterne beim
Durchgange durch den Meridian zu messen. Pickering hat zwei solcher
Instrumente construirt; Figur 65 stellt das grössere derselben dar.

---

1) Annals of the Astr. Obs. of Harvard College. Vol. 11, part II, p. 195.

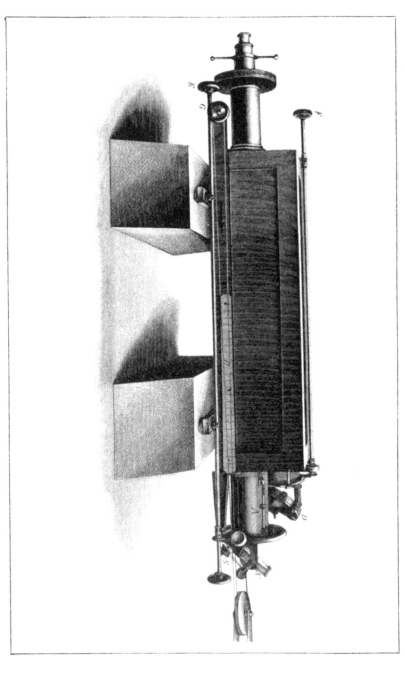

Fig. 65.

Ein Holzkasten ist in der Richtung Ost-West auf Pfeilern fest montirt. An dem östlichen Ende des Kastens sind zwei Röhren A und B angesetzt, welche zwei gleich grosse Objective von 10.5 cm Öffnung enthalten. Vor diesen Objectiven sitzen, unter 45° gegen dieselben geneigt, die versilberten Glasspiegel C und D, welche mit ihren Fassungen vermittelst der langen Triebstangen E und F um die optischen Axen der Objective gedreht werden können. An zwei Kreistheilungen lassen sich bei richtiger Justirung des Apparates unmittelbar die Declinationen der Sterne einstellen. Das südliche Objectiv (im Rohre A) hat eine etwas längere Brennweite (166 cm) als das nördliche (145 cm); es ragt nach Osten zu um 21 cm über das nördliche hinaus, und für den Spiegel C ist daher die ganze Meridianebene frei. Vermittelst der Schraube S kann man die Neigung des Spiegels C gegen das Objectiv innerhalb kleiner Grenzen variiren, um während der Beobachtung den eingestellten Stern an derselben Stelle im Gesichtsfelde zu halten. Die Schraube S wird durch einen über mehrere Rollen geführten Schnurlauf vom Ocular aus mittelst des Griffes G bewegt, und an einer auf der Längsseite des Kastens angebrachten Scala H kann die jedesmalige Stellung des Spiegels (die Collimation desselben) abgelesen werden. Eine ähnliche Bewegungseinrichtung für den Spiegel D befindet sich auf der entgegengesetzten Seite des Apparates. Dieser zweite Spiegel ist dazu bestimmt, das Bild eines Polsternes (Pickering hat λ Ursae minoris gewählt) in das Gesichtsfeld zu bringen. Mit diesem constanten Vergleichsobject werden die in C eingestellten Sterne beim Passiren des Meridians verglichen. In dem Ocularansatze an dem westlichen Ende des Instrumentes sitzt in der Nähe der Brennebene ein doppeltbrechendes achromatisirtes Kalkspathprisma. Zwischen Ocular und Auge befindet sich endlich noch ein drehbares Nicolprisma, dessen Stellung gegen das feste doppeltbrechende Prisma an einem getheilten Kreise abgelesen wird. Die Winkel der beiden Theile des doppeltbrechenden Prismas, von denen der eine aus Glas, der andere aus Kalkspath besteht, sind so gewählt, dass das ordentliche Bild eines mit C betrachteten Sternes genau coincidirt mit dem ausserordentlichen Bilde eines mit Hülfe von D gesehenen Sternes. Dadurch, dass das doppeltbrechende Prisma in der Nähe des Focus steht, wird der Vortheil erreicht, dass die Bilder sehr wenig gefärbt erscheinen, und dass ausserdem ordentliches und ausserordentliches Bild desselben Objectivs möglichst weit voneinander getrennt sind. Die beiden nicht zur Beobachtung benutzten Bilder sind durch den Augendeckel des Oculars vom Gesichtsfelde ausgeschlossen. Ist J die Helligkeit des Meridiansternes, J_0 diejenige des Polsternes, ist ferner φ der am Kreise abgelesene Winkel, wenn die in Betracht kommenden Bilder der beiden Sterne gleich hell

erscheinen, und endlich φ_0 die Ablesung am Kreise, wenn das Bild des
Polsternes verschwindet, so hat man:

$$\frac{J}{J_0} = \text{tang}^2\,(\varphi - \varphi_0).$$

Es versteht sich von selbst, dass die Einstellungen in sämmtlichen
Quadranten des Intensitätskreises ausgeführt werden müssen, wenn man
den Indexfehler desselben, sowie eine etwaige schiefe Stellung der Axe
des Nicols eliminiren will; auch empfiehlt es sich, wie bei den Beobachtungen mit dem Zöllner'schen Photometer, die Vergleichungen bei verschiedenen Stellungen der beiden Bilder zu einander anzustellen, um von
Auffassungsfehlern möglichst frei zu sein. Nicht ganz unbedenklich ist
die Benutzung der Spiegel vor den Objectiven, weil bei der Reflexion
eine partielle Polarisation des Lichtes stattfindet, und der Winkel, den
die Einfallsebene mit dem Hauptschnitte des doppeltbrechenden Prismas
bildet, je nach der Meridianhöhe des Gestirns verschieden ist. In dieser
Hinsicht ist bei dem kleineren, von Pickering zuerst construirten Meridianphotometer[1]), dessen Objective nur Öffnungen von 4 cm und Brennweiten von 80 cm besitzen, und bei welchem α Urs. min. an Stelle von
λ Urs. min. als Vergleichstern dient, jedes Bedenken ausgeschlossen,
weil statt der Spiegel total reflectirende Prismen zur Anwendung gekommen sind. Bei grösseren Dimensionen können freilich solche Prismen
wegen der Schwierigkeit und Kostspieligkeit ihrer Herstellung nicht in
Frage kommen.

Da bei dem Meridianphotometer die beiden zu vergleichenden Sterne
durch verschiedene Objective abgebildet werden, so ist bei jedem Instrumente die Bestimmung einer Constante erforderlich, welche das Helligkeitsverhältniss der beiden Objective zu einander angiebt. Diese Constante wird sehr einfach dadurch ermittelt, dass ein und derselbe Stern
in beiden Objectiven eingestellt und mit sich selbst verglichen wird, und
da diese Constante durch äussere Einflüsse, wie Staub etc., sich von
Tag zu Tag verändern kann, so empfiehlt es sich, nach dem Vorgange
Pickering's, dieselbe am Anfange und am Ende jeder grösseren Beobachtungsreihe zu bestimmen.

Aus der vorangehenden Beschreibung des Pickering'schen Meridianphotometers geht hervor, dass der Hauptvorzug desselben vor vielen
anderen Photometern darin zu sehen ist, dass direct zwei Sterne am
Himmel miteinander zur Vergleichung kommen, deren Bilder, mit fast
gleichen Objectiven und mit demselben Ocular betrachtet, ein absolut

---

1) Annals of the Astr. Obs. of Harvard College. Vol. 14, part I, p. 1.

gleiches Aussehen haben, abgesehen natürlich von den Unterschieden der
Färbung. Diesem sehr hoch zu schätzenden Vortheile stehen freilich
einige Mängel gegenüber. Durch die feste Aufstellung des Apparates wird
zunächst der Anwendungsbereich desselben wesentlich beschränkt. Man kann
nicht jederzeit beliebige Sterne am Himmel miteinander vergleichen, und
die mehrmalige Beobachtung eines Sternes an ein und demselben Abend
ist unmöglich. Der Umstand, dass ein Polstern als constantes Mittelglied
benutzt wird, bringt den Nachtheil mit sich, dass die beiden verglichenen
Objecte unter Umständen weit am Himmel voneinander entfernt sind,
und dass infolge dessen Verschiedenheiten in der Durchsichtigkeit der
Atmosphäre schädlichen Einfluss auf die Messungen haben können. An
Beobachtungsorten in niedrigen Breiten ist von der Benutzung des Photometers ganz abzurathen, weil infolge der geringen Höhe der Polsterne
über dem Horizonte die Extinction eine allzu bedenkliche Rolle spielt.
Ferner ist es ein empfindlicher Übelstand, dass durch die Anwendung
des doppeltbrechenden Prismas eine starke Lichtverminderung herbeigeführt wird, und dass das Instrument daher, wenn es für die Beobachtung schwächerer Sterne dienen soll, verhältnissmässig grosse Dimensionen
haben muss. Die Theilung in ordentliches und ausserordentliches Bild
reducirt schon die ursprüngliche Lichtmenge auf die Hälfte, und da noch
eine weitere Verminderung bei der Gleichmachung mit dem Vergleichsterne stattfinden muss, auch etwas Licht durch Absorption und Reflexion
verloren geht, so wird man nur solche Sterne in den Bereich der
Messungen ziehen dürfen, die mindestens $1\frac{1}{2}$ bis 2 Grössenclassen heller
sind als die schwächsten, welche man mit dem betreffenden Objective
ohne polarisirende Medien gerade noch wahrnehmen kann. Die Benutzung des Intensitätskreises bei sehr kleinen Winkeln ist ebenso wenig
rathsam als beim Zöllner'schen Photometer, weil schon ganz geringfügige
Ablesungsfehler einen grossen Einfluss ausüben. Macht man bei einer
Einstellung von 4° einen Ablesefehler von 0°1, so ändert dies schon die
berechnete Helligkeit, da das Quadrat der Tangente in Frage kommt, um
0.05 Grössenclassen, ein Betrag, der als unzulässig zu bezeichnen ist.
Will man daher solche oder noch kleinere Winkel benutzen, so müsste
die Theilung genauer als bis auf 0°1 abzulesen sein, und auch die Bewegung des Kreises müsste feiner bewirkt werden können, als es bei der
Drehung mit der Hand möglich ist. Grössere Helligkeitsunterschiede als
etwa vier Grössenclassen direct zu messen scheint daher beim Pickering-
schen Meridianphotometer kaum statthaft. Pickering ist mit dem kleineren
seiner beiden Instrumente nicht viel über die 6. Grössenclasse, mit dem
grösseren nicht weit über die 9. Grössenclasse hinausgegangen, und es
fragt sich, ob er nicht damit bereits die zulässige Grenze überschritten

hat. Wollte man gar noch ganz schwache Sterne in den Messungsbereich
des Meridianphotometers ziehen, so müssten die Dimensionen noch erheblich gesteigert werden, und damit würden die Kosten der Herstellung
unverhältnissmässig wachsen. In dieser Hinsicht steht das Meridianphotometer jedem anderen Photometer, welches sich mit einem beliebigen
Refractor in Verbindung bringen lässt, entschieden nach.

Capitel III.
Die Spectralphotometer.

1. Die Methoden von Fraunhofer, Vierordt, Draper, Crova, Abney zur Bestimmung der Helligkeitsvertheilung im Sonnenspectrum.

Wenn man das von verschiedenen Lichtquellen ausgesandte Licht mit
Hülfe eines Prismas in die einzelnen Strahlengattungen zerlegt und auf
irgend eine Weise die Gleichheit der Intensität in einem bestimmten
Farbenbezirke bei sämmtlichen Spectren herstellt, so sieht man, dass
an anderen Stellen diese Gleichheit nicht mehr besteht. Bei einzelnen
Lichtquellen überwiegen die weniger brechbaren, bei anderen die brechbareren Strahlen. Die Lichtvertheilung im Spectrum ist durchaus charakteristisch für jede Lichtquelle; sie wird im Allgemeinen bedingt durch die
Temperatur und die damit im Zusammenhang stehende Färbung derselben.
Je höher die Temperatur einer Lichtquelle und je weisser infolge dessen
gewöhnlich auch ihre Färbung ist, desto reicher ist ihr Spectrum an
blauen und violetten Strahlen. Umgekehrt macht sich eine niedrigere
Temperatur durch das stärkere Hervortreten der rothen Strahlengattungen
bemerkbar. Es geht hieraus hervor, wie wichtig die Kenntniss der
Lichtcurve des Spectrums für die Beurtheilung einer Lichtquelle ist, es
ist aber auch unmittelbar klar, dass die Bestimmung dieser Curve, da es
sich um die Vergleichung verschiedener Farben handelt, aus physiologischen Gründen grosse Schwierigkeit bereitet.

Der Erste, welcher den Versuch gemacht hat, verschiedene Partien des Sonnenspectrums in Bezug auf Helligkeit miteinander zu

vergleichen, war Fraunhofer[1]). Er bediente sich dabei der folgenden Methode.

Vor dem Objectiv A eines Fernrohrs (Fig. 66) wurde ein Prisma P aufgestellt und das entstehende Sonnenspectrum durch das Ocular B betrachtet. Im Innern des Rohrs ist ein kleiner, unter einem Winkel von 45° gegen die optische Axe geneigter Metallspiegel s angebracht, auf dessen scharfe, bis in die Mitte des Rohrs reichende Kante das Ocular B eingestellt wird. In der vom Spiegel nicht verdeckten Hälfte des Gesichtsfeldes, welches durch ein Diaphragma beschränkt ist, erblickt man ein Stück des prismatischen Spectrums. Vom Spiegel s wird das Licht einer kleinen Lampe L reflectirt, aus deren Flamme durch die Blende b ein kleiner Theil herausgeblendet ist, und die in einem seitlichen,

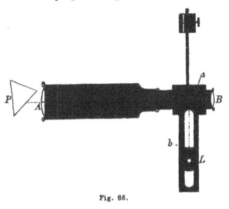

Fig. 66.

oben und unten durchbrochenen Rohre messbar verschoben werden kann. Die Intensität der von diesem Vergleichslichte ausgehenden Beleuchtung ändert sich umgekehrt proportional dem Quadrate des Abstandes der Lampe vom Spiegel. Man verschiebt nun die Lampe jedesmal so weit, bis die von ihr beleuchtete Hälfte des Gesichtsfeldes und der in der anderen Hälfte sichtbare Theil des Spectrums gleich hell erscheinen. Einer sehr grossen Genauigkeit ist diese Beobachtungsmethode, welche Fraunhofer auf acht verschiedene Bezirke des Sonnenspectrums angewandt hat, nicht fähig, weil die Vergleichung verschieden gefärbter Flächen ungemein schwierig ist. Die einzelnen Messungsreihen von Fraunhofer zeigen daher auch grosse Abweichungen untereinander, und noch stärkere Unterschiede würden zwischen verschiedenen Beobachtern zu erwarten sein.

Die Fraunhofer'schen Versuche zur Vergleichung verschiedener Spectralbezirke sind erst ein halbes Jahrhundert später von Vierordt[2]) wieder aufgenommen worden, und zwar nach einer gänzlich anderen Methode.

1) Denkschriften der K. Bayer. Akad. der Wiss. Math.-phys. Classe, Bd. 5 (1817), p. 193. — Siehe auch Gilberts Annalen, Bd. 56, p. 264.
2) Vierordt, Die Anwendung des Spectralapparates zur Messung und Vergleichung der Stärke des farbigen Lichtes. Tübingen, 1871. — Siehe auch Pogg· Annalen, Bd. 137, p. 200.

In dem Scalenrohre eines gewöhnlichen Spectralapparates wird an Stelle
der Scala ein horizontaler Spalt angebracht, welcher durch eine Petroleumlampe beleuchtet wird. Durch ein vorgesetztes blaues Glas kann die
Farbe der Flamme in Weiss verwandelt werden. Das Bild des Spaltes
gelangt durch Reflex an der letzten Prismenfläche in das Beobachtungsfernrohr und projicirt sich als weisser Streifen auf das Spectrum. Die
Höhe des Spaltes ist so bemessen, dass das Spectrum ober- und unterhalb des Streifens sichtbar bleibt. Das Licht der Lampe kann dann
durch vorgesetzte Blendgläser von verschiedener Absorptionsfähigkeit so
weit geschwächt werden, bis der weisse Streifen in den einzelnen Farbenbezirken, die durch geeignete Ocularschieber herausgeblendet werden
können, verschwindet. Sind die Absorptionscoefficienten der Blendgläser
durch besondere Untersuchungen bekannt, so lässt sich aus den Quantitäten des zugemischten weissen Lichtes das gesuchte Helligkeitsverhältniss der betreffenden Spectralbezirke berechnen. Um nicht allzu viele verschiedene Blendgläser nöthig zu haben und um die Messungen noch mehr
zu verfeinern, hat Vierordt den Vorschlag gemacht, eine Abschwächung
der Vergleichsflamme innerhalb kleiner Grenzen durch Verengung des
Hülfsspaltes zu erreichen. Die Vierordt'sche Methode leidet ebenso wie
die Fraunhofer'sche an dem Mangel, dass die Empfindlichkeit des Auges
sich für die verschiedenen Farben ändert und auch mit der absoluten Intensität des Spectrums variirt. Fast in noch stärkerem Grade trifft dies eine
von W. Draper[1]) empfohlene Methode, welcher das Spectrum auf eine von
weissem Licht beleuchtete Fläche projicirt und untersucht, bei welchen
Intensitäten des weissen Lichtes die einzelnen Spectralbezirke nicht mehr
von der erleuchteten Fläche unterschieden werden können. Zu erwähnen
ist noch, dass Vierordt der Erste gewesen ist, welcher sein Verfahren
auch für die Untersuchung der Sternspectren in Vorschlag gebracht hat[2]).

Ein wesentlich anderer Weg ist von Crova und Lagarde[3]) eingeschlagen worden. Diese bringen vor den Spalt eines gewöhnlichen
Spectralapparates eine Glasplatte, auf welcher eine Anzahl feiner Striche
eingeritzt sind. Letztere projiciren sich als schwarze Querstreifen auf
das Spectrum, und indem das Licht desselben durch polarisirende Medien
geändert wird, lässt es sich erreichen, dass die Striche in den einzelnen
Farbenregionen verschwinden. Die Sehschärfe des menschlichen Auges
ist also hierbei der entscheidende Factor, und es unterliegt keinem Zweifel,
dass die Methode einer etwas grösseren Genauigkeit fähig ist, als die vorher besprochenen.

---

1) Philos. Mag. Ser. 5, Vol. 8 (1879), p. 75.
2) Astr. Nachr. Bd. 78, No. 1863.
3) Comptes Rendus. T. 93 (1881), p. 959.

Eines ähnlichen Verfahrens haben sich auch Macé de Lépinay und Nicati[1]) bedient.

Besondere Beachtung gebührt endlich noch der Methode, welche in neuerer Zeit von Abney und Festing[2]) bei ihren farbenphotometrischen Untersuchungen angewendet worden ist. Die von einem Heliostat kommenden Sonnenstrahlen RR (Fig. 67) werden durch die Linse L_4 zu einem Bilde auf dem Spalt S_1 des Collimators vereinigt. Nach dem Austritt aus dem Collimatorobjectiv L_2 gehen die Strahlen durch die Prismen P_1 und P_2, fallen auf die Linse L_3 und bilden auf dem schräg zu ihrer Rich-

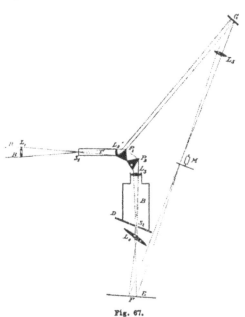

Fig. 67.

tung stehenden Schirme D ein reines Sonnenspectrum. Der Schirm D enthält eine spaltförmige Öffnung S_2 und lässt sich parallel mit sich selbst verschieben, so dass S_2 auf jede beliebige Stelle des Spectrums eingestellt werden kann. Man erhält dann mit Hülfe der Linse L_4 auf einem weissen Schirme ein monochromatisches Bild F von der Austrittsöffnung des zweiten Prismas; die Farbe desselben kann durch Verschieben von D beliebig geändert werden. Als Vergleichslicht kommt keine Lampe zur Verwendung, sondern es werden dazu die von der ersten Prismenfläche reflectirten Sonnenstrahlen benutzt. Dieselben fallen auf einen versilberten Glasspiegel G, werden durch die Linse L_5 gesammelt und bilden bei F ein weisses Bild der freien Prismenfläche. Vor dem auffangenden Schirme bei F steht ein dünner senkrechter Stab, und es kommt, genau so wie beim Rumford'schen Photometer, auf die Beurtheilung der von diesem Stabe hervorgebrachten Schatten an. In den Gang der von G kommenden Strahlen ist bei M noch ein kleiner elektrischer Motor

1) Annales de chimie et de physique. Série 5, t. 24 (1881), p. 289 und t. 30 (1883), p. 145.

2) Phil. Trans. of the R. Soc. of London. 1886, part II, p. 455.

eingefügt, welcher eine mit sectorförmigen Ausschnitten versehene Scheibe
in schnelle Rotation versetzt. Durch Vergrösserung oder Verkleinerung
der Ausschnitte lässt sich die Gleichheit der Schatten auf dem Schirme
herstellen. Die Methode hat den Vortheil, dass Spectrum und Vergleichslicht von derselben Lichtquelle herstammen, und dass infolge dessen kleine
Schwankungen des Sonnenlichtes während der Messungen die Resultate
nicht schädlich beeinflussen können. —

Die Lichtcurve des Sonnenspectrums, die man mit Hülfe einer der
im Vorangehenden beschriebenen Methoden findet, hängt ganz und gar
von der Dispersion des benutzten Spectralapparates ab. Um allgemein
vergleichbare Werthe für die Lichtvertheilung zu erhalten, muss man die
gefundenen Intensitäten auf das sogenannte Normalspectrum reduciren,
d. h. auf dasjenige Spectrum, welches durch Diffractionsgitter hervorgebracht wird. Diese Reductionen bestimmt man auf folgende Weise.
Hat man in irgend einem prismatischen Spectrum für einen gewissen
Bezirk, der zwischen den Wellenlängen λ und $\lambda + d\lambda$ enthalten ist, und
dessen lineare Ausdehnung dx sein möge, die mittlere Flächenhelligkeit i
nach einer der obigen Methoden gefunden, so ist die Gesammtlichtmenge
des betreffenden Spectralstreifens proportional dem Werthe $i\,dx$. In dem
Normalspectrum würde der entsprechende Bezirk eine lineare Ausdehnung haben, die direct dem Wellenlängenintervall $d\lambda$ proportional ist.
Nennt man daher die Flächenintensität an dieser Stelle des Normalspectrums J, so hat man:

$$ J\,d\lambda = C\,i\,dx , $$

wo C eine Constante bedeutet. Daraus ergiebt sich:

$$ J = C\,i\,\frac{dx}{d\lambda} . $$

Rechnet man die Abstände x im prismatischen Spectrum von irgend
einem Anfangspunkte aus, so lässt sich nach den Dispersionsgesetzen x
angenähert ausdrücken durch die Formel:

$$ x = a + \frac{b}{\lambda^2} + \frac{c}{\lambda^4} , $$

wo a, b, c Constanten sind, die von der Beschaffenheit des Prismas u. s. w.
abhängen. Man hat also:

$$ dx = - 2\left(\frac{b}{\lambda^3} + \frac{2c}{\lambda^5}\right) d\lambda , $$

und folglich:

$$ \frac{J}{i} = K\left(\frac{b}{\lambda^3} + \frac{2c}{\lambda^5}\right) , $$

wo eine neue Constante K statt $-2C$ eingeführt ist.

Bezieht man alle Intensitäten auf eine bestimmte Stelle des Spectrums, so ergeben sich die Werthe von J aus den entsprechenden beobachteten Werthen von i durch Multiplication mit dem Ausdrucke $\dfrac{b}{\lambda^3} + \dfrac{2c}{\lambda^5}$, der für jeden Spectralapparat zu ermitteln ist. Man kann die gesuchten Reductionen anstatt durch Rechnung auch durch einfaches graphisches Verfahren bestimmen.

Das Maximum der Lichtintensität liegt im Normalspectrum etwa in der Mitte zwischen den Spectrallinien D und E, also ungefähr bei der Wellenlänge 558 $\mu\mu$, dagegen im prismatischen Spectrum ungefähr in der Gegend von D.

Aus der beobachteten Lichtcurve eines Spectrums ergiebt sich noch die gesammte Intensität L der untersuchten Lichtquelle mittelst der Formel:

$$L = k \int_{\lambda_1}^{\lambda_2} J d\lambda \,,$$

wo k eine Constante bedeutet, und λ_1 und λ_2 diejenigen Wellenlängen an den beiden Enden des Spectrums sind, wo jede Lichtwirkung aufhört. Hat man den Zusammenhang zwischen J und λ an hinreichend vielen Stellen durch Messungen ermittelt, so kann man L durch mechanische Quadratur bestimmen.

Alle Versuche, die verschiedenen Partien eines und desselben Spectrums in Bezug auf ihre Helligkeit miteinander zu vergleichen, haben hauptsächlich wegen der Schwierigkeiten, die sich in physiologischer Hinsicht entgegenstellen, nur wenig befriedigende Resultate ergeben. Weit fruchtbarer hat sich der Gedanke erwiesen, die Spectra zweier Lichtquellen nebeneinander zu bringen und die verschiedenen Partien des einen mit den gleichgefärbten Partien des anderen zu vergleichen. Durch dieses Verfahren erhält man nicht nur sehr zuverlässige Werthe für das Helligkeitsverhältniss der in beiden Lichtquellen enthaltenen Strahlengattungen, woraus sich dann auch leicht das Verhältniss ihrer Gesammtintensitäten finden lässt, sondern man gewinnt gleichzeitig auch eine ungefähre Vorstellung von dem Temperaturverhältniss derselben. Wenn nämlich die Spectra zweier Lichtquellen in den mittleren Partien gleiche Intensität haben, dagegen an dem brechbaren Ende starke Intensitätsunterschiede zeigen, so weiss man, dass diejenige Lichtquelle, deren Helligkeit im Blau überwiegt, die höhere Temperatur besitzt, und wenn man Flammen von bekannter Temperatur zur Vergleichung benutzt, so kann man auf rein optischem Wege eine Art Temperaturbestimmung ausführen. Das Spectrum einer Petroleumflamme sieht neben dem Sonnenspectrum, wenn die Gleichheit in den grünen Theilen hergestellt ist, in

den blauen und violetten Partien vollkommen dunkel aus, und das Spectrum des elektrischen Lichtes übertrifft dasjenige einer Gasflamme durch
einen Überschuss an brechbaren Strahlen.

Die Bedeutung der spectralphotometrischen Methode für die Technik,
bei der die Frage nach der Ausnutzung einer Leuchtkraft im Vorder-
grunde des Interesses steht, liegt auf der Hand; sie ist für dieselbe von
unschätzbarem Werthe geworden. Aber auch für die Himmelsphotometrie
ist diese Methode zweifellos von der allergrössten Wichtigkeit. Die
Vergleichung verschiedener Sternspectren giebt einen Begriff von den
Temperaturverhältnissen der betreffenden Himmelsobjecte und erlaubt in
Verbindung mit spectralanalytischen Forschungen einen Schluss auf das
Entwicklungsstadium, in welchem sich dieselben befinden. Bei sehr ver-
schieden gefärbten Sternen, wo die directe photometrische Vergleichung
mit Schwierigkeiten verknüpft ist, darf man von spectralphotometrischen
Messungen bessere Resultate erwarten. Von allerhöchstem Interesse sind
solche Untersuchungen in Bezug auf den Lichtwechsel der veränderlichen
Sterne. Leider ist eine erfolgreiche Anwendung der Methode auf alle
Probleme der Himmelsphotometrie wegen der verhältnissmässig geringen
Lichtstärke der meisten Gestirne nur mit Benutzung der mächtigsten Instrumente möglich.

Die Zahl der bisher speciell zu spectralphotometrischen Beobachtungen construirten Apparate, der sogenannten Spectrophotometer
oder Spectralphotometer, ist bereits ausserordentlich gross. Fast
alle in den vorangehenden Capiteln erörterten Verfahren kommen dabei
zur Anwendung, am häufigsten die Polarisationsmethode. Im Folgenden
sollen nur die wichtigsten derselben einer etwas eingehenderen Besprechung unterworfen werden.

2. Das Govi'sche Spectralphotometer.

Das erste Spectralphotometer rührt von Govi[1]) her, welcher sich
bereits im Jahre 1850 mit dem Plane zu diesem Instrumente beschäftigt
hatte, aber erst im Jahre 1860 eine Mittheilung darüber an die Pariser
Akademie gelangen liess. Sein Apparat hat grosse Ähnlichkeit mit dem
Ritchie'schen Photometer. Ein länglicher viereckiger Holzkasten hat an
den beiden Enden zwei vollkommen gleiche verticale Spalte, auf welche
das Licht der zu untersuchenden Lichtquellen fällt. Im Innern des
Kastens, ungefähr in der Mitte, sind zwei total reflectirende Prismen so
angebracht, dass sie das von den Spalten herkommende Licht auf eine

---

1) Comptes Rendus. T. 50 (1860), p. 156.

in der oberen Seite des Kastens befindliche Öffnung werfen. Vor dieser Öffnung sitzt eine achromatische Linse, welche das aus beiden Prismen austretende Licht parallel macht. Die Strahlen fallen dann auf ein grosses Flintglasprisma, dessen Kante der Längsrichtung des Kastens parallel ist, und welches auf das Minimum der Ablenkung für mittlere Strahlen eingestellt ist; die beiden entstehenden Spectra werden auf einer matten Glasscheibe aufgefangen. Durch eine verschiebbare Platte mit schmalem Ausschnitt kann ein kleines Stück aus ihnen herausgeblendet werden. Die gleiche Helligkeit der beiden Spectralstreifen wird dann durch Verschiebung der einen oder beider Lichtquellen hergestellt; etwaige Unterschiede in den Spectralspalten und den reflectirenden Prismen können dadurch unschädlich gemacht werden, dass der ganze Apparat um 180° gedreht wird oder, was dasselbe ist, die Lichtquellen miteinander vertauscht werden.

Es ist von mehreren Seiten, besonders von Vierordt[1]), versucht worden, Govi die Priorität der Erfindung des Spectralphotometers streitig zu machen. Jedenfalls mit Unrecht. Denn wenn sich Govi auch nicht der ganzen Bedeutung und vollen Anwendungsfähigkeit seines Apparates, den er selbst » photomètre analyseur « nennt, bewusst gewesen ist, so entspricht derselbe, mit geringen Modificationen, so vollkommen allen Anforderungen, die man heute an ein Spectralphotometer stellt, dass er unbedingt als Vorbild für diese Classe von Instrumenten anerkannt werden muss, wenn auch bei den späteren Apparaten dieser Gattung eine wesentlich andere Form und ein anderes Beobachtungsverfahren gewählt worden ist.

3. Das Vierordt'sche Spectralphotometer[2]).

Dasselbe ist ein gewöhnlicher Spectralapparat, dessen Spalt durch einen besonders construirten Doppelspalt ersetzt ist. Die eine Schneide desselben ist fest, während die andere in zwei Hälften getheilt ist, von denen jede für sich mittelst einer feinen Mikrometerschraube hin und her bewegt werden kann. Die beiden Spalthälften entwerfen im Beobachtungsfernrohre von einer Lichtquelle zwei scharf aneinander grenzende Spectra, welche gleich lichtstark sind, sobald die Spalthälften gleichweit geöffnet sind. Um einen beliebig grossen Spectralbezirk benutzen zu können und nicht von den angrenzenden Theilen beeinflusst zu werden, kann man in der Brennebene des Oculars durch zwei gegeneinander

1) Wiedem. Annalen. Bd. 3, p. 375.
2) Pogg. Annalen. Bd. 140, p. 172.

verschiebbare Metallplatten einen Ocularspalt von willkürlicher Breite
herstellen. Gewöhnlich wird der Apparat direct auf die zu untersuchende
Lichtquelle gerichtet, während die andere Spalthälfte durch ein davor
gesetztes total reflectirendes Prisma Licht von einer Vergleichsflamme (einer
Petroleumlampe etc.) erhält. Die Gleichheit der Helligkeit in den beiden
Spectren wird durch Veränderung der Spaltbreiten bewirkt. Erweitert
man den Spalt, so wächst die Lichtstärke des Spectrums proportional
der Breite desselben. Denn man kann sich den Spalt in lauter nebeneinander befindliche Spalte getheilt denken, von denen jeder für sich
ein Spectrum entwirft, und da die einzelnen Spectra sich übereinander
lagern, so nimmt die Helligkeit direct proportional der Spaltbreite zu. Je
breiter der Spalt ist, desto mehr Elementarspectra legen sich übereinander,
desto unreiner werden aber auch die Farben in dem entstehenden
Gesammtspectrum, weil die einzelnen Farben sich nicht genau decken.
Man darf also, um diesen Nachtheil zu vermeiden, den Spalt nicht über
eine gewisse Grenze hinaus öffnen. Andererseits ist es aber auch nicht
rathsam, den Spalt allzu sehr zu verengen. Denn in diesem Falle können
Unvollkommenheiten der Spaltbacken, anhaftende Staubpartikelchen u. s. w.
sehr leicht die Proportionalität zwischen Öffnung und Intensität stören.
Unter allen Umständen wird man demnach mit dem Vierordt'schen Doppelspalt nicht sehr grosse Intensitätsunterschiede direct messen dürfen.
Vierordt hat diesen Mangel schon selbst erkannt und daher vorgeschlagen, die stärkere der zu vergleichenden Lichtquellen durch vorgesetzte Blendgläser zu schwächen; da es aber schwierig, wenn nicht ganz
unmöglich ist, Blendgläser zu erhalten, welche alle Farben ganz gleichmässig absorbiren, so bleibt es bei Anwendung solcher Gläser eine sehr
lästige aber unumgängliche Forderung, die Absorptionscoefficienten derselben für möglichst viele verschiedenen Farben zu bestimmen. Der
Vierordt'sche Doppelspalt hat in neuerer Zeit noch eine wesentliche Verbesserung erfahren. Ursprünglich war die eine Spaltschneide fest. Wenn
daher die beiden Hälften verschieden weit geöffnet werden mussten,
dann fielen ihre Mitten nicht zusammen, und die Folge davon war, dass
die beiden entstehenden Spectra ein wenig gegeneinander verschoben
waren, und nicht vollkommen gleiche Farbenbezirke verglichen werden
konnten. Diesem Übelstande ist von Krüss abgeholfen worden, welcher
die beiden Spalthälften so eingerichtet hat, dass bei jeder beide Backen
sich symmetrisch bewegen, so dass die Mitten der beiden Hälften stets
zusammenfallen.

    Vierordt hat seinen Apparat hauptsächlich zu Untersuchungen der
Absorptionsspectren benutzt, er hat aber auch auf seine Verwendbarkeit
für Messungen an den Himmelskörpern hingewiesen und bereits betont,

dass die Kenntniss der Helligkeiten der Einzelfarben in den Sternspectren ebenso wichtig, wenn nicht wichtiger sei, als die der Gesammthelligkeiten. Meines Wissens sind Versuche in dieser Richtung niemals angestellt worden, aber ohne Zweifel eignet sich gerade das Vierordt'sche Spectralphotometer sehr gut zu Beobachtungen an Sternspectren, schon deshalb, weil bei ihm die erste Bedingung, die volle Ausnutzung des vorhandenen Lichtes, viel besser erfüllt ist, als bei den meisten anderen Spectralphotometern. Als ein Vorzug der Vierordt'schen Methode ist die grosse Genauigkeit anzusehen, die sich mittelst derselben erreichen lässt, sowie der Umstand, dass diese Genauigkeit für alle Grade der Intensität, bei welchen die Vergleichungen ausgeführt werden, dieselbe bleibt, was z. B. bei den auf dem Polarisationsprincipe beruhenden Spectralphotometern nicht der Fall ist. Aus einer grösseren Reihe von Messungen mit einem Vierordt'schen Apparate habe ich als wahrscheinlichen Fehler einer Helligkeitsvergleichung in den grünen Theilen des Spectrums 0.61 Procent, in den blauen Theilen 0.75 Procent des gemessenen Intensitätsverhältnisses gefunden.

4. Das Glan-Vogel'sche Spectralphotometer.

Dasjenige Spectralphotometer, welches am meisten verbreitet ist und bisher allein von allen ausgedehntere Verwendung in der Astrophotometrie gefunden hat, ist das unter dem Namen des Glan-Vogel'schen bekannte. Das Princip und die allgemeine Einrichtung rührt von Glan[1] her, während Vogel[2] dem Apparate diejenige Form gegeben hat, in welcher er heute gewöhnlich benutzt wird, und die sich am besten zu Untersuchungen am Himmel bewährt hat; auch sind von Vogel die eingehendsten Studien an diesem Instrumente angestellt worden. Der folgenden Beschreibung ist dasjenige Photometer zu Grunde gelegt, welches für das Potsdamer Observatorium von Schmidt und Hänsch in Berlin angefertigt worden ist. Der Apparat (Fig. 68, Seite 276) kann entweder auf ein festes Holzstativ aufgelegt werden oder er wird mittelst des Rohrendes O in den Ocularstutzen eines grösseren Refractors so weit eingeschoben, dass der Spalt in die Brennebene fällt.

Der im Innern des Rohres liegende Spalt, welcher durch die Schraube s symmetrisch zur Mitte geöffnet oder geschlossen werden kann, wird durch

---

1) Wiedem. Annalen. Bd. 1, p. 351.
2) Monatsber. der K. Preuss. Akad. der Wiss. 1877, p. 104. — Eine ausführliche Kritik des Glan'schen Photometers findet sich in einem Aufsatze von Ketteler und Pulfrich in Wiedem. Annalen, Bd. 15, p. 337.

einen etwa 2 mm breiten Metallsteg in zwei Hälften getheilt. Die eine
Hälfte empfängt direct von O her das Licht der zu untersuchenden
Lichtquelle, während die andere Hälfte durch eine zur Vergleichung
dienende Petroleumlampe l beleuchtet wird. Diese Lampe, durch ein
Gegengewicht G ausbalancirt, ist in den Gabeln gg beweglich, ausserdem
noch um eine andere Axe drehbar, so dass sie bei allen Lagen des Apparates eine senkrechte Stellung behalten kann; eine Wasserwage w
dient zur Controle der richtigen Lage. Das Licht der Lampe fällt zunächst auf das total reflectirende Prisma p und gelangt von diesem auf
ein zweites unmittelbar vor dem Spalt sitzendes Prisma (in der Figur

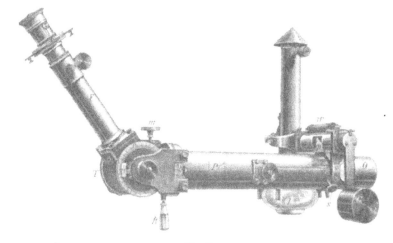

Fig. 68.

nicht sichtbar), welches sich durch eine einfache Vorrichtung nach Belieben vor die eine oder andere Hälfte des Spaltes oder auch ganz bei
Seite schieben lässt. Das Vergleichslicht kann auf diese Weise sowohl
durch die eine als durch die andere Spalthälfte in das Photometer geleitet werden oder auch ganz davon ausgeschlossen bleiben. Für die
Justirung des Apparates ist dies von Vortheil. Die von den beiden
Spalthälften kommenden Lichtstrahlen werden durch eine Collimatorlinse,
welche mit Hülfe des Triebes t bewegt werden kann, parallel gemacht
und gelangen dann auf ein doppeltbrechendes Bergkrystallprisma P,
dessen Hauptschnitt der Spaltrichtung parallel ist. Das Ende des Hauptrohres nimmt ein Nicolprisma als Analysator ein, welches mittelst des
Handgriffes h gedreht werden kann; mit demselben fest verbunden ist
eine Kreistheilung k, die an zwei einander gegenüberliegenden Nonien

abgelesen wird. Auf dem runden tellerartigen Stück T ist ein stark zerstreuendes Flintglasprisma befestigt und zwar in der Weise, dass seine brechende Kante der Spaltrichtung parallel ist, und dass es für Strahlen von mittlerer Brechbarkeit im Minimum der Ablenkung steht. Das Beobachtungsfernrohr F ist wie bei den Vierordt'schen Apparaten mit Schiebervorrichtungen in der Brennebene versehen, welche gestatten, eine rechteckige Öffnung von beliebiger Breite und Höhe herzustellen. Durch die Wirkung des doppeltbrechenden Prismas P und des Flintglasprismas entstehen im Beobachtungsfernrohre vier Spectra, zwei von jeder Spalthälfte, von denen je zwei senkrecht zu einander polarisirtes Licht enthalten. Die Breite des vor der Mitte des Spaltes sitzenden Steges ist so bemessen, dass zwei Spectra unmittelbar aneinander grenzen, während die beiden anderen durch die Schieberplatten verdeckt werden. Mittelst der anderen Schieber lässt sich noch ein beliebig schmaler Streifen aus den Spectren herausblenden, und durch Drehung des analysirenden Nicols kann die Helligkeit beider gleich gemacht werden. Das Intensitätsverhältniss der untersuchten Lichtquelle zu der Petroleumlampe an der betreffenden Stelle des Spectrums wird dann bei richtiger Justirung der einzelnen Theile durch das Quadrat der Tangente des an der Kreistheilung k abgelesenen Winkels gegeben. Natürlich ist es rathsam, behufs Elimination des Index- und Excentricitätsfehlers, wie bei jedem Polarisationsphotometer, die Einstellungen in allen vier Quadranten zu machen. Das Fernrohr F lässt sich noch mittelst der Schraube m um eine durch die Mitte des Flintglasprismas, parallel zu seiner brechenden Kante gehende Axe bewegen, und diese Drehung kann mit Hülfe des Nonius n an der Kreistheilung v abgelesen werden. Man ist so im Stande, jeden beliebigen Theil des Spectrums in die Mitte des Gesichtsfeldes zu bringen. Um die Wellenlänge der untersuchten Stelle aus den Ablesungen an v angenähert angeben zu können, muss für jeden Apparat auf graphischem Wege eine Tabelle hergeleitet werden, welche den Zusammenhang zwischen Wellenlänge und Einstellung am Kreise angiebt. Zu diesem Zwecke wird am Besten das Sonnenspectrum benutzt. Man bringt die bekanntesten Fraunhofer'schen Linien der Reihe nach in die Mitte des schmalen Ocularspaltes, notirt die entsprechenden Ablesungen am Gradbogen v und leitet daraus graphisch eine Einstellungstabelle ab. Da der Ocularspalt öfter mit oder ohne Absicht verändert wird, so muss man sich vor jeder Beobachtungsreihe überzeugen, ob die Tabelle noch Gültigkeit hat; man stellt zu diesem Zwecke den Kreis v auf diejenige Ablesung, welche nach der Tabelle einer bestimmten Spectrallinie, z. B. der D-Linie, entspricht, und verändert eventuell die Stellung der Ocularschieber, bis die Linie genau in der Mitte des Spaltes erscheint.

Es empfiehlt sich im Allgemeinen nicht, diesen Ocularspalt zu breit zu
wählen, weil dann, namentlich in den ziemlich dicht zusammengedrängten
weniger brechbaren Theilen des Spectrums, ein viel zu grosser Wellenlängenbezirk mit einem Male übersehen wird; andererseits darf aber der
Ocularspalt auch nicht zu eng gemacht werden, weil dann die Sicherheit
der Beobachtungen leidet. Grossen Vortheil würde die Verwendung von
Reflexgittern anstatt der Dispersionsprismen bieten, denn in diesem Falle
würde man an allen Stellen des Spectrums ein gleich grosses Wellenlängenintervall übersehen, und die Einstellungen an dem Gradbogen v
wären unmittelbar den Wellenlängen proportional. Die directe Benutzung
des Normalspectrums hat freilich auch den Nachtheil, dass das Spectrum
noch lichtschwächer ist, auch wird man meistens nur das Spectrum erster
oder höchstens zweiter Ordnung benutzen dürfen, weil sonst Übereinander-
lagerungen störend wären.

Ein grosser Vorzug des Glan-Vogel'schen Spectralphotometers vor
dem Vierordt'schen besteht darin, dass viel grössere Helligkeitsunterschiede
direct ohne Zuhülfenahme von Blendgläsern gemessen werden können,
und dass die Spectralfarben im Allgemeinen viel reiner sind, weil der
Spectralspalt nicht weiter geöffnet zu werden braucht, als gerade nöthig
ist, damit die störenden Fraunhofer'schen Linien verschwinden. Ein
Nachtheil ist dagegen der Lichtverlust, welcher durch die Trennung in
zwei Lichtbündel bedingt wird; derselbe erschwert insbesondere die Ausführung der Messungen in den brechbareren Theilen des Spectrums. Was
die Genauigkeit anbetrifft, welche bei den Messungen zu erreichen ist,
so scheint im Grossen und Ganzen der Vierordt'sche Apparat überlegen
zu sein. Während meine Messungen mit diesem für den wahrscheinlichen Fehler einer Beobachtung Werthe zwischen 0.61 und 0.75 Procent
ergaben, erhielt ich aus Messungen an dem Glan-Vogel'schen Instrumente
Werthe zwischen 1.2 und 2.8 Procent. Die meisten Beobachter finden
eine verhältnissmässig grössere Genauigkeit in den mittleren Theilen des
Spectrums, als im äussersten Roth und Violett; auch von der absoluten
Intensität, bei welcher die Gleichheit in beiden Spectren stattfindet, scheint
der Genauigkeitsgrad abhängig, und zwar in der Weise, dass die Sicherheit bei mittleren Helligkeitsgraden am grössten ist, bei sehr heller Beleuchtung am kleinsten. Bei Ablesungen des Intensitätskreises k in der
Nähe von 0° oder 90° wäre es ebenso wie bei dem Pickering'schen
Meridianphotometer erwünscht, das Nicolprisma feiner als aus freier Hand
drehen zu können und den Kreis selbst genauer als bis auf Zehntel
Grade abzulesen, weil das Resultat schon durch sehr geringe Fehler in
dieser Beziehung merklich beeinflusst wird.

Ein Hauptmangel, der dem Glan-Vogel'schen Instrumente zur Last gelegt wird, bezieht sich darauf, dass die beiden zu vergleichenden Spectra nicht der ganzen Länge nach in einer scharfen Linie aneinander stossen. Es rührt dies von der Wirkung des doppeltbrechenden Prismas her, welches für violettes Licht das ordentliche und ausserordentliche Bild etwas weiter auseinander bringt, als für rothes Licht. Da dies nun für die Bilder beider Spalthälften gilt, so müssen die beiden aneinander grenzenden, entgegengesetzt polarisirten Spectra, falls sie sich an einer bestimmten Stelle, z. B. im Grün genau berühren, in den violetten Partien etwas übereinander liegen, dagegen im Roth durch einen dunklen Zwischenraum getrennt sein. Um diesen Übelstand, welcher die Sicherheit der Messungen beeinträchtigt, zu beseitigen, kann man nach Glans Vorgange das Collimatorobjectiv mit Hülfe des Triebes t dem Spalt nähern oder von ihm entfernen. Eine derartige Verschiebung bringt eine Änderung in dem Gange der Strahlen hervor und bewirkt, dass ordentliches und ausserordentliches Bild derselben Spalthälfte weiter auseinanderfallen oder näher zusammenrücken. Auf diese Weise lassen sich die beiden Spectra in jedem beliebigen Farbenbezirke zum Contact bringen; freilich ist dabei auch jedesmal eine entsprechende Verstellung des Fernrohroculares erforderlich, damit die Linie, in welcher sich die Spectra berühren, scharf erscheint. Crova[1]) hat ein einfaches Mittel vorgeschlagen, um die lästige und nicht ganz unbedenkliche Verschiebung von Collimatorobjectiv · und Fernrohrocular zu vermeiden. Dasselbe besteht darin, dass man als Trennungssteg einen Metallstreifen benutzt, dessen Ränder nicht parallel sind, sondern einen kleinen Winkel miteinander bilden, und der vermittelst einer Schraube in der Richtung senkrecht zur Spaltlänge verschoben werden kann. Dadurch ist ein Steg von variabler Breite hergestellt, und die genaue Berührung der Spectren lässt sich an jeder beliebigen Stelle erreichen.

Zu erwähnen ist noch, dass durch innere Reflexe an den verschiedenen Linsen und Prismenflächen sehr leicht diffuses Licht erzeugt wird, welches sich wie ein dünner Nebel über das ganze Spectrum verbreitet und die Messungen erschwert. Es wird dies namentlich dann fühlbar, wenn die untersuchte Lichtquelle im Vergleich zur Petroleumlampe sehr intensiv ist; denn in diesem Falle wird die nicht aus dem Nicol austretende ordentliche Componente im Innern desselben mehrfache Reflexion erleiden und einen Lichtschimmer auch auf das Spectrum der anderen Spalthälfte werfen. Man sieht daher häufig, auch wenn das Licht der Petroleumlampe ganz abgeblendet wird, diejenige Stelle im Gesichtsfelde, wo das Spectrum derselben hinfällt, nicht vollkommen dunkel. Am Auf-

---

1) Annales de chimie et de physique. Série 5, t. 19, p. 495.

fallendsten und Störendsten treten diese Nebenlichtwirkungen in den brechbareren Partien des Spectrums hervor. Bis zu einem gewissen Grade
lässt sich durch sorgfältige Schwärzung der inneren Theile des Apparates
Abhülfe schaffen.

5. Das Crova'sche Spectralphotometer.

In mancher Hinsicht verdient das von Crova[1]) construirte Spectralphotometer den Vorzug vor dem Glan-Vogel'schen. Bei demselben können
entweder einfache Prismen oder Prismensätze à vision directe zur Verwendung kommen; die letzteren haben den Nachtheil, dass die Absorption
im Blau und Violett sehr bedeutend ist, und dass ausserdem die Kittung
der einzelnen Theile Veränderungen unterworfen ist und die Bilder daher

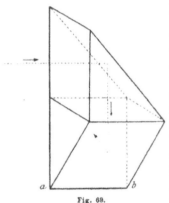

mit der Zeit leicht trübe werden. Crova
benutzte einen Satz von fünf Prismen, von
denen das mittelste ohne Ablenkung von
den Strahlen mittlerer Brechbarkeit durchlaufen wurde, während die anderen paarweise symmetrisch dazu standen. Die
Stellung des Beobachtungsfernrohrs lässt
sich, wie bei den meisten Spectroskopen
à vision directe, an einem Gradbogen ablesen, und mit Hülfe einer Tabelle kann
man jeden beliebigen Theil des Spectrums
in die Mitte des Gesichtsfeldes einstellen.
Das Ocular ist mit der üblichen Schieber-
einrichtung versehen. Vor der einen
Hälfte des gewöhnlichen Spectroskopspaltes

Fig. 69.

sitzt ein Prisma mit doppelter totaler Reflexion, welches die aus Fig. 69
ersichtliche Gestalt hat.

Dasselbe besteht aus zwei rechtwinkligen Prismen, von denen das
eine so vor der Spaltplatte befestigt ist, dass die scharfe Kante ab
senkrecht zur Spaltrichtung ist. Das zweite Prisma sitzt auf dem ersten,
und zwar in der Weise, dass die eine Kathetenfläche nach unten, die
andere nach der Seite gekehrt ist. Eine seitlich aufgestellte, oder
ähnlich wie beim Glan-Vogel'schen Photometer beweglich aufgehängte
Vergleichslampe sendet dann ihr Licht auf dem in der Figur durch Pfeile
angedeuteten Wege in die eine Spalthälfte, während die andere von der
zu untersuchenden Lichtquelle beleuchtet wird. Das Arrangement hat den

---

1) Annales de chimie et de physique. Série 5, t. 29, p. 556.

Vortheil, dass die beiden Spectra der ganzen Länge nach in einer feinen Linie zusammenstossen, was selten vollkommen zu erreichen ist, wenn man nur ein gewöhnliches totalreflectirendes Prisma anwendet. In einem kurzen seitlichen Rohre, durch welches die Vergleichsflamme ihr Licht sendet, befindet sich ein Nicol, dessen Drehung an einem Theilkreise abgelesen wird; dasselbe dient als Polarisator. Ein zweites festes Nicolprisma ist ebenfalls in dem seitlichen Rohre unmittelbar hinter dem ersten, also vor dem total reflectirenden Prisma angebracht. Ist J die Intensität der direct beobachteten Lichtquelle, J' diejenige der Vergleichsflamme, und ist α der am beweglichen Nicol abgelesene Winkel für den Fall, dass an irgend einer Stelle die Gleichheit der Spectren hergestellt ist, so findet man das Helligkeitsverhältniss der beiden Lichtquellen für die betreffende Spectralfarbe ausgedrückt durch die Formel:

$$\frac{J}{J'} = \tfrac{1}{2} k \sin^2 \alpha \, ,$$

wo k eine Constante ist, die von der Absorption des Lichtes in den Prismen abhängt. Dabei ist die Stellung des festen Nicols so regulirt, dass am Kreise der Winkel 0 abgelesen wird, wenn gar kein Licht durch die beiden Nicols hindurch gelangt. Wie man sofort sieht, hat das Crova'sche Spectralphotometer den grossen Vorzug, dass die zu untersuchende Lichtquelle nicht, wie beim Glan'schen, durch Doppelbrechung geschwächt wird, und dass auch ein etwaiges Vorhandensein von polarisirtem Lichte keinen Fehler in die Messung bringt. Das Crova'sche Instrument eignet sich daher mehr zur Untersuchung schwächerer Lichtquellen, und es empfiehlt sich, dasselbe für die Sternspectren in Anwendung zu bringen. Da nur die seitliche Vergleichsflamme geschwächt werden kann, so muss dieselbe stets heller und zwar mindestens zweimal so hell sein, als die zu untersuchende Lichtquelle. Wenn dies nicht der Fall ist, so muss man die direct gesehene Lichtquelle durch Blendgläser oder irgend ein anderes Verfahren abschwächen. Es ist dies ein Nachtheil des Crova'schen Apparates.

Eine ganze Anzahl von Spectralphotometern, bei denen ebenfalls die Polarisation des Lichtes zur Verwendung kommt, sind dem Crova'schen ähnlich. Unter ihnen sind besonders hervorzuheben die Photometer von Gouy[1]) und Glazebrook[2]), welche sich dadurch von den bisher erwähnten unterscheiden, dass für die beiden zu vergleichenden Lichtquellen zwei besondere Collimatoren benutzt werden, was für manche Untersuchungen von Vortheil ist.

· 1) **Annales** de chimie et de physique. Série 5, t. 18, p. 1.
2) Proc. of the Cambridge Philos. Soc. T. 4, p. 304.

6. Das Interferenz-Spectralphotometer von Trannin.

Kurze Erwähnung verdient noch eine Classe von Spectralphotometern, bei denen das Verschwinden von Interferenzstreifen beobachtet wird. Das bekannteste dieser Instrumente, welches noch älter als die Photometer von Glan und Crova ist, rührt von Trannin[1]) her. Die beiden zu vergleichenden Lichtquellen werfen ihr Licht von entgegengesetzten Seiten auf zwei total reflectirende Prismen, welche die obere und die untere Spalthälfte eines Spectralapparates bedecken. Beim Austritt aus dem Collimator werden die Strahlen durch irgend einen Polarisator (Nicol'sches oder Foucault'sches Prisma), dessen Hauptschnitt der Spaltrichtung parallel ist, polarisirt, passiren dann eine senkrecht zur Axe geschnittene Quarzplatte von etwa 1 cm Dicke, deren Hauptschnitt einen Winkel von 45° mit dem des Polarisators bildet, gehen ferner durch ein Rochon'sches oder Wollaston'sches Prisma, dessen Hauptschnitt wieder parallel dem des Polarisators ist, und werden dann erst durch die Prismen des Spectralapparates in die einzelnen Farben zerlegt. Im Beobachtungsfernrohre erblickt man vier Spectra, von denen je zwei entgegengesetzt zu einander polarisirt sind, und von denen die beiden mittleren (den beiden Lichtquellen zugehörig) zum Theil übereinander liegen. Durch die Quarzplatte werden in allen vier Spectren Interferenzstreifen hervorgebracht, und zwar wechseln in den senkrecht zu einander polarisirten Spectren die dunklen und hellen Streifen miteinander ab. In dem Theile, wo die Spectra übereinander liegen, und der allein beobachtet wird, verschwinden die Streifen vollständig, sobald das Licht beider Lichtquellen in dem betreffenden Spectralbezirke gleich ist. Man stellt diese Gleichheit dadurch her, dass man eine der beiden Lichtquellen oder auch beide verschiebt; das Verhältniss der Quadrate der Distanzen von dem Spalt giebt dann das gesuchte Helligkeitsverhältniss. Dabei ist Rücksicht zu nehmen auf die ungleiche Durchlässigkeit der Dispersionsprismen für die senkrecht zu einander polarisirten Strahlensysteme, was dadurch erreicht werden kann, dass man während der Beobachtungen das doppeltbrechende Prisma um 180° dreht. Das Verfahren wird noch exacter, wenn man stets eine dritte constante Lichtquelle, die unveränderlich mit dem Apparate in Verbindung gebracht werden kann, als Vergleichsobject benutzt, und diese mit jeder der zu untersuchenden Lichtquellen vergleicht. Die Veränderung der Intensitäten kann natürlich anstatt durch Variation der Distanzen auch durch irgend eine andere Methode bewirkt werden, z. B. durch Drehung eines Nicolprismas zwischen Ocular und Auge.

---

1) Comptes Rendus. T. 77 (1873), p. 1495. Siehe auch Journal de physique, T. 5 (1876), p. 297.

Auf ganz ähnlichen Principien wie das Trannin'sche Photometer beruhen die Apparate von Gouy[1]), Krech[2]) und Violle[3]). Auch Wild[4]) hat sein zweites Photometer in ein Spectralphotometer umgewandelt. Sämmtliche Instrumente gestatten eine grosse Genauigkeit der Messungen, leiden aber an dem gemeinsamen Übelstande, dass ein beträchtlicher Theil des Lichtes absorbirt wird, und dass sie daher nur zur Messung sehr intensiver Strahlungen geeignet sind. Für die Sternphotometrie dürften sie kaum verwendbar sein.

7. Spectralphotometer mit Absorptionskeil.

Zu Untersuchungen über die Helligkeitsvertheilung im Spectrum der Sonne und des Mondes ist in neuester Zeit für das Potsdamer Observatorium nach meinen Angaben von Töpfer ein Apparat construirt worden, bei welchem das Auslöschungsprincip zur Anwendung kommt. Der äusseren Form nach ist das Instrument (Fig. 70, Seite 284) vollkommen ähnlich dem grossen Potsdamer Keilphotometer (Seite 192); es ist parallaktisch montirt, und das Beobachtungsfernrohr F ist nach dem Pol gerichtet.

Der Collimator C ist seitlich in den Würfel w eingeschraubt, und der Spalt wird durch die Schraube s symmetrisch zur Mitte verbreitert oder verengt. Vor dem Spalte sitzt in dem Rohre R ein total reflectirendes rechtwinkliges Prisma. Das Rohr ist um die Axe des Collimators drehbar, und an der Kreistheilung k lässt sich die Declination des betrachteten Himmelsobjectes einstellen. Eine kleine Linse l am Ende des Rohres entwirft auf der Scheibe m ein punktförmiges Bild der Sonne oder des Mondes, und die Justirung der einzelnen Theile ist so angeordnet, dass das Bildchen sich auf die Mitte dieser Scheibe projicirt, wenn das Licht genau auf die Mitte des Spaltes fällt. Während der Beobachtung hat ein Gehülfe durch langsames Drehen an der Feinbewegung f des Stundenkreises dafür zu sorgen, dass das Sonnenbildchen beständig auf der Scheibenmitte bleibt. Im Innern des Würfels w ist ein Rowland'sches Diffractionsgitter angebracht, dessen Striche der Spaltrichtung parallel sind. Dieses Gitter kann mittelst des Knopfes n um

---

1) Comptes Rendus. T. 83 (1876), p. 269 und Annales de chimie et de physique, Série 5, t. 18, p. 15.
2) Krech, Photometrische Untersuchungen. (Wissensch. Beilage zum Programm des Luisenstädtischen Gymnasiums zu Berlin, 1883.)
3) Annales de chimie et de physique. Série 6, t. 3, p. 391.
4) Bull. de l'acad. Imp. des sciences de St. Pétersbourg. T. 28, p. 392. — Siehe auch Wiedem. Annalen, Bd. 20, p. 452.

grössere Beträge, mittelst der Feinbewegung i um minimale Strecken gedreht werden, und die Drehung wird an dem Gradbogen v mit Hülfe
von Nonius und Lupe abgelesen. Auf diese Weise wird jeder beliebige
Theil des Spectrums in die Mitte des Gesichtsfeldes gebracht. An dem
Ocularende des Beobachtungsfernrohrs ist das auf Seite 184 beschriebene
Keilphotometer angesetzt; an Stelle des dort erwähnten Steges wird
durch den Knopf r ein Schieber unmittelbar vor den Keil eingeführt,
welcher das ganze Gesichtsfeld bis auf eine schmale spaltförmige Öffnung, die genau parallel den Spectrallinien zu stellen ist, abblendet.

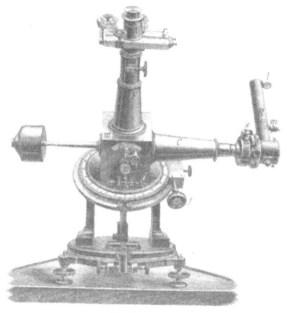

Fig. 70.

Man bringt nun durch Drehung des Gitters die einzelnen Spectralbezirke
in diesen Ocularspalt und löscht dieselben mit Hülfe des Keiles aus. Es
versteht sich ganz von selbst, dass der Beobachter durch Bedecken mit
einem dunklen Tuche vor jedem äusseren Lichte geschützt sein muss.
Die früher erwähnten Übelstände des Keilphotometers machen sich natürlich im vollen Grade fühlbar, und ganz besonders bedenklich ist hier der
Umstand, dass die dunklen Glassorten, aus denen die Keile gefertigt
werden, selten alle Farben gleichmässig absorbiren. Eine sorgfältige
Untersuchung der benutzten Keile in dieser Beziehung ist durchaus er-

forderlich, und es ist rathsam, für alle diejenigen Spectralgegenden, in denen man Messungen vornehmen will, die Keilconstante besonders zu bestimmen.

Im Grossen und Ganzen bietet die Auslöschungsmethode in der Spectralphotometrie manche Vortheile und dürfte sich vielleicht, mit entsprechenden Modificationen, auch zur Beobachtung der Sternspectren eignen.

Capitel IV.
Einiges über Lichtmessungsverfahren, bei denen nicht das Urtheil des Auges zur Anwendung kommt.

In den vorangehenden Capiteln sind nur solche lichtmessenden Apparate besprochen worden, bei denen es in letzter Instanz auf das Urtheil des Auges ankommt, sei es, um das Verschwinden eines Lichteindruckes auf der Netzhaut zu constatiren, sei es, um die Gleichheit zweier verschiedenen Lichteindrücke zu beurtheilen. Wenn wir die Definitionen Lichtstärke, Helligkeit u. s. w. ausschliesslich auf diejenige Wirkung der Ätherbewegung beziehen, welche in unserem Auge eine Gesichtsempfindung hervorruft, so ist damit das Gebiet der Photometrie streng abgegrenzt, und unsere messenden Hülfsmittel sind mit den bisher aufgezählten nahezu erschöpft. Gleichzeitig ist damit auch die Genauigkeitsgrenze, die bei photometrischen Messungen überhaupt erreichbar ist, festgelegt; sie hängt ganz und gar von der Empfindlichkeit der Netzhaut ab, und da wir wissen, dass diese von Person zu Person verschieden ist, und selbst bei demselben Beobachter im Laufe der Zeit merklichen Schwankungen unterworfen sein kann, so sind wir gezwungen, uns mit einem Grade der Sicherheit zu begnügen, den wir durch keine Verfeinerung unserer instrumentellen Hülfsmittel erhöhen können. Der berechtigte Wunsch, diese Grenze, wenn irgend möglich, noch zu überschreiten, hat immer wieder den Gedanken angeregt, bei den Helligkeitsmessungen das unvollkommene Sehorgan ganz entbehrlich zu machen und

die physiologische Wirkung durch irgend eine andere weniger subjective
zu ersetzen. Insbesondere hat man versucht, die von jeder Lichtquelle
ausgehende Wärmewirkung und die von ihr hervorgerufenen chemischen
Processe als Mass der Helligkeit zu verwerthen. Die Berechtigung zu
diesen Versuchen bedarf keiner Vertheidigung, und da jede Veränderung
der Lichtstärke (in dem gewöhnlichen Sinne) auch von einer Veränderung
der Wärme und der chemischen Wirkung begleitet ist, so kann man mit
gewissem Fug und Recht Apparate, welche zur Messung dieser Wirkungen
dienen, auch Photometer nennen; nur darf man nicht vergessen, dass
photographische, optische und thermische Photometrie, wenn man sie so
nennen will, wesentlich voneinander verschieden sind, und dass ein
directer Zusammenhang zwischen ihnen, wenn überhaupt, jedenfalls nur
mit grossen Schwierigkeiten ermittelt werden kann. Man nimmt zwar
nicht mehr an, wie es früher häufig geschah, dass allein die am Wenigsten
brechbaren Strahlen eine Wärmewirkung, die brechbarsten lediglich eine
chemische Wirkung ausüben, während die mittleren die Gesichtsempfindung hervorrufen; man weiss jetzt, dass innerhalb des ganzen sichtbaren
Spectrums sowohl eine erwärmende als eine chemische Wirkung der
Strahlen vorhanden ist, und dass nur das Maximum derselben sich verschiebt, je nach der Beschaffenheit derjenigen Körper, welche dem Lichte
ausgesetzt sind. Das Maximum der Wärmewirkung im Spectrum bei
Verwendung von gewöhnlichen Glasprismen liegt im Roth, dagegen bei
Benutzung eines Wasserprismas im Gelb; ebenso kann das Maximum
der photographischen Wirkung aus dem Violett nach jedem anderen
Theile des sichtbaren Spectrums rücken, je nach den Substanzen, mit
denen man die empfindlichen Platten imprägnirt. Die Frage, ob es
möglich ist, aus der Stärke der einen Wirkung unmittelbar auf die der
anderen zu schliessen, und ob man daher berechtigt ist, die verschiedenen
Wirkungen nach Gefallen durch einander zu ersetzen, ist im Princip
durchaus zu verneinen. Eine Proportionalität findet unter gewissen
Bedingungen allerdings statt. Handelt es sich z. B. um zwei Lichtquellen, welche nur Strahlen von ein und derselben bestimmten Wellenlänge aussenden, so wird man finden, dass, wenn die eine doppelt so
hell erscheint als die andere, dann auch die thermische und chemische
Wirkung der ersten doppelt so stark ist als diejenige der zweiten. Etwas
Ähnliches wird sich ergeben, wenn es sich nicht um homogenes Licht
handelt, sondern um zusammengesetztes Licht von solcher Beschaffenheit,
dass die einzelnen Strahlengattungen bei beiden Lichtquellen in gleichem
Verhältnisse vorkommen. Hat man z. B. zwei Sterne von genau gleichem
Spectraltypus, so wird man für ihr Energieverhältniss dieselben Werthe
erwarten können, sei es, dass man sie mit Hülfe der Thermosäule oder

eines unserer optischen Photometer oder auf photographischem Wege miteinander vergleicht. Handelt es sich jedoch um Licht von ganz verschiedener Zusammensetzung, so hört jede Proportionalität zwischen den
drei fraglichen Wirkungen auf, und man kann nicht unmittelbar von der
einen auf die andere schliessen. Bestimmt man z. B. die Extinctionscurve in der Erdatmosphäre durch thermische, optische und photographische Messungen, so ist der Verlauf derselben in allen drei Fällen
ein absolut anderer, weil die selective Absorption der Atmosphäre die
Zusammensetzung des Spectrums beständig verändert. Aus dem Gesagten
dürfte bereits zur Genüge hervorgehen, dass Apparate, welche speciell
zur Messung der thermischen und chemischen Wirkung des Lichtes bestimmt sind, nur in sehr beschränktem Masse die physiologischen Photometer zu ergänzen oder gar zu ersetzen vermögen. Es wäre daher in
einem Lehrbuche der Astrophotometrie, welches in erster Linie die
physiologische Wirkung des Lichtes behandeln will, ohne Zweifel erlaubt, von diesen Apparaten ganz abzusehen und in Betreff derselben
auf die ausführlichen Schriften über Actinometrie und Photographie zu
verweisen. Vielleicht wird aber doch ein kurzer Überblick über die
wichtigsten Hülfsmittel und Messungsverfahren auf diesen Gebieten nicht
unerwünscht sein. Insbesondere dürfte ein Hinweis auf die Anwendung
der Photographie vollauf berechtigt erscheinen, schon aus dem Grunde,
weil heute die photographischen Helligkeiten der Fixsterne neben den
optischen bereits Bedeutung erlangt haben. Ich möchte aber ausdrücklich hervorheben, dass dieses Capitel weder auf Vollständigkeit noch auf
besondere Gründlichkeit Anspruch macht.

1. Apparate zur Messung der thermischen Wirkungen des Lichtes.

a. Die wichtigsten Actinometer.

In seiner »Photometria« (§ 886) erwähnt Lambert die Versuche,
die er zur Bestimmung der Extinction des Sonnenlichtes in der Erdatmosphäre angestellt hat. Diese Versuche sind nicht mit eigentlichen
Photometern ausgeführt worden, vielmehr hat sich Lambert dabei der
thermischen Methode bedient, indem er ein gewöhnliches Thermometer
den directen Sonnenstrahlen aussetzte, dasselbe mit einem zweiten, im
Schatten liegenden Thermometer verglich und die Differenz der Ablesungen
als Mass für die Stärke der Sonnenstrahlung betrachtete. Dass Lambert
diese Messungen ganz gleichbedeutend mit irgend welchen anderen Lichtmessungen auffasste, geht aus seinen Worten unzweideutig hervor; man

wird sich aber wohl mit Rücksicht auf die grundverschiedenen Verfahren kaum wundern dürfen, dass die Lambert'schen Extinctionsresultate sehr erheblich von allen anderen, auf rein photometrischem Wege abgeleiteten abweichen.

Nach Lamberts Vorgange ist noch häufig die Differenz der Angaben zweier Thermometer zu Strahlungsmessungen benutzt worden, und um die Empfindlichkeit zu erhöhen, hat man Thermometer mit geschwärzten oder versilberten Kugeln benutzt. Von den älteren Apparaten dieser Art sind besonders das Heliothermometer von de Saussure[1]), das Differentialthermometer von Leslie[2]), dem der Erfinder selbst den Namen Photometer beigelegt hat, das Rumford'sche[3]) Thermoskop und das Ritchie'sche[4]) Photometer, welches eine Modification des Leslie'schen Instrumentes ist, zu erwähnen. Die drei letzten Apparate sind Luftthermometer mit zwei gleich grossen Glaskugeln, die durch eine gebogene Röhre miteinander verbunden sind; in der Röhre ist irgend eine Flüssigkeit enthalten. Wird die eine Kugel von einer Lichtquelle bestrahlt, während die andere durch einen Schirm vor Bestrahlung geschützt ist, so bewegt sich die Flüssigkeit, sobald die Luft in den beiden Gefässen sich ungleich ausdehnt. Die eine Kugel ist gewöhnlich geschwärzt. Die Genauigkeit der Differentialthermometer wird nicht unwesentlich beeinträchtigt durch den Umstand, dass die Strahlung erst das Glas zu passiren hat, ehe sie auf die Luft einwirken kann, und ferner noch mehr dadurch, dass sich in der benutzten Flüssigkeit Dämpfe entwickeln, deren Expansion die Bewegung der Flüssigkeit mit beeinflusst und daher die Angaben des Instrumentes verfälscht.

Bei den meisten der vorher erwähnten Apparate kommt es darauf an, zu constatiren, wann der Überschuss der Temperatur der bestrahlten über die unbestrahlte Thermometerkugel den Höhepunkt erreicht hat. Man nennt diese Methode die statische. Häufig wird an Stelle derselben die dynamische Methode angewandt, welche darin besteht, die Verschiebung der Flüssigkeit in den Thermometern während eines bestimmten Zeitintervalles, abwechselnd bei Bestrahlung und Nichtbestrahlung, zu messen. Das erste Instrument dieser Art ist das Actinometer von J. Herschel[5]), welches aus einem sehr empfindlichen Thermometer mit grosser Kugel und einer dunkel gefärbten Flüssigkeit besteht. Man wendet dasselbe in der Weise an, dass man es eine Minute lang der

1) De Saussure, Voyage dans les Alpes. Bd. 2, p. 294.
2) Leslie, Inquiry into the nature and propagation of heat. London, 1804.
3) Phil. Trans. of the R. Soc. of London. 1804, p. 77.
4) Phil. Trans. of the R. Soc. of London. 1825, p. 141.
5) The Edinburgh Journal of science. Vol. 3 (1825), p. 107.

Strahlung aussetzt und das Anwachsen der Temperatur während dieser Zeit beobachtet, dann das Instrument eine Minute lang vor den directen Strahlen durch einen Schirm schützt und das weitere Anwachsen oder Abnehmen der Temperatur während dieser Zeit beobachtet. Ein Anwachsen im Schatten deutet darauf hin, dass das Steigen während der Bestrahlung nicht dem Einflusse derselben allein zuzuschreiben war, sondern zum Theil von indirecter Wärmezufuhr (z. B. durch die umgebenden Gegenstände oder die Theile des Apparates u. s. w.) herrührt. Um den reinen Einfluss der Strahlung und somit ein Mass für ihre Intensität zu erhalten, hat man also in diesem Falle die Zunahme im Schatten von der Zunahme während der Bestrahlung zu subtrahiren. Im anderen Falle, wenn eine Abnahme im Schatten eintritt, muss der Betrag derselben zu dem Anwachsen während der Bestrahlung hinzuaddirt werden.

Noch brauchbarer als das Herschel'sche Actinometer hat sich das Pouillet'sche Pyrheliometer[1]) erwiesen, welches im Wesentlichen aus einem flachen, cylindrischen, mit Wasser gefüllten Gefässe besteht, dessen vordere geschwärzte Fläche die Sonnenstrahlen senkrecht auffängt. In das Gefäss taucht ein Thermometer ein. Da die Quantität des Wassers bekannt ist, so kann man aus dem Steigen des Thermometers während eines bestimmten Zeitraums (nach Pouillet 5 Min.) die Strahlungsmenge bestimmen, welche die geschwärzte Oberfläche in dieser Zeit von der Sonne empfängt. Um den durch Ausstrahlung in die Umgebung bewirkten Verlust zu berücksichtigen, beobachtet man während weiterer 5 Minuten das Sinken des Thermometers im Schatten und addirt diesen Betrag zu der vorher erhaltenen Strahlungsmenge hinzu. Als Masseinheit für die Strahlung betrachtet man diejenige Wärmemenge, welche erforderlich ist, um 1 kg Wasser um 1° (C.) zu erhöhen.

Aus neuerer Zeit stammen eine grosse Anzahl von Actinometern, bei denen zum Theil die im Vorangehenden erwähnten Methoden mit wichtigen Verbesserungen zur Anwendung kommen, zum Theil noch empfindlichere Hülfsmittel, insbesondere die Thermosäule in Verbindung mit dem Galvanometer, benutzt werden. Die wichtigsten dieser Instrumente, auf die hier nicht näher eingegangen werden kann, sind die Actinometer von Secchi[2]), Violle[3]), Crova[4]) und Ericsson[5]).

1) Comptes Rendus. Tome 7, p. 24.
2) Bollettino dell'osserv. del Collegio Romano. 1863, p. 19.
3) Comptes Rendus. Tome 78, p. 1425; t. 82, p. 729 nnd 896.
4) Crova, Mesures de l'intensité calorifique des radiations solaires et de leur absorption par l'atmosphère terrestre (Mém. de l'acad. des sciences et lettres de Montpellier). Paris 1876.
5) Nature. Vol. 4, p. 204 u. 449; Vol. 5, p. 287, 344, 505; Vol. 12, p. 517.

b. Das Langley'sche Bolometer.

Die vorhergenannten Apparate zur Messung der Lichtstrahlung werden an Empfindlichkeit wesentlich durch das von Langley[1]) erfundene Bolometer übertroffen, welches die allergeringsten Strahlungsänderungen anzeigt und daher vielleicht auch für die lichtschwachen Himmelsobjecte nutzbar zu werden verspricht. Das Bolometer beruht auf der bekannten Thatsache, dass sich der elektrische Widerstand in dünnen Metallstreifen unter dem Einflusse einer Bestrahlung ändert. Es besteht aus einer Wheatstone'schen Brücke, in deren beide Zweige je ein System von dünnen Eisen- oder Platinstreifen eingeschaltet ist. Das eine dieser Systeme wird der zu untersuchenden Strahlung ausgesetzt. Hierdurch vermehrt sich der elektrische Leitungswiderstand im entsprechenden Stromzweige, und das Gleichgewicht in der Wheatstone'schen Brücke wird gestört. Das in diese Brücke eingeschaltete Galvanometer, welches sich bei gleicher Temperatur der beiden Streifensysteme in Ruhe befindet, wird nun bei Verschiedenheit des Leitungswiderstandes einen Ausschlag zeigen, und die Grösse dieses Ausschlages ist ein Mass für die Intensität der ausgeübten Strahlungswirkung. Langley hat mit diesem empfindlichen Instrumente seine epochemachenden Untersuchungen über die Vertheilung der Energie im Diffractionsspectrum der Sonne ausgeführt, und es ist ihm gelungen, die Strahlungswirkungen nicht nur in allen Theilen des sichtbaren Spectrums, sondern auch bis weit über die Grenzen desselben hinaus zu bestimmen. Das kleine Instrument, dessen Behandlung allerdings wegen verschiedener Fehlerquellen die alleräusserste Vorsicht erfordert, ist in jüngster Zeit noch in mancher Hinsicht verfeinert worden[2].

c. Das Boys'sche Radiomikrometer.

Von Boys[3]) ist zur Messung sehr schwacher Strahlungen ein Instrument construirt worden, bei welchem ein empfindliches Thermoelement zur Verwendung kommt. Dieses Element besteht im Wesentlichen aus einem Rahmen, gebildet von sehr schmalen Lamellen aus Antimon und Wismuth, die mit ihren unteren Enden an ein dünnes Kupferscheibchen gelöthet sind, während die oberen Enden durch einen gekrümmten Kupferdraht miteinander verbunden sind. Der Rahmen hängt an einem dünnen

1) Proc. of the Amer. Acad. of arts und sciences. Vol. 16 (1880—81), p. 342.
2) Wiedem. Annalen. Bd. 46, p. 204.
3) Proc. of the R. Soc. of London. Vol. 42, p. 159. Ausserdem Phil. Trans. of the R. Soc. of London. 1889 A, p. 159.

Quarzfaden zwischen den Polen eines kräftigen Magneten. Wird die Löthstelle von einer Strahlung getroffen, so tritt der erzeugte Thermostrom mit dem magnetischen Felde in Wechselwirkung, und der Rahmen erhält daher eine Ablenkung aus der Ruhelage, welche der Strahlungsintensität proportional ist. Eine einfache Spiegelablesung mit Scala giebt den Betrag der Drehung an. Das Instrument hat neben hoher Empfindlichkeit noch den Vortheil, dass es von den störenden Einwirkungen der äusseren Temperatur und des äusseren Magnetismus unabhängig ist. Boys hat dasselbe zu Versuchen über die vom Monde, von Planeten und hellen Fixsternen ausgehende Strahlungsintensität benutzt[1]) und ist dabei im Gegensatze zu anderen Beobachtern zu dem Resultate gekommen, dass sich eine Sternenstrahlung nicht mit Sicherheit nachweisen lässt.

d. Das Crookes'sche Radiometer und das Zöllner'sche Scalenphotometer.

Ein gewisses Aufsehen hat das von Crookes[2]) erfundene Radiometer erregt, bei welchem die von einer Lichtquelle ausgesandte Strahlung direct in Bewegung umgesetzt wird. Ein vierarmiges Kreuz aus Aluminiumdraht ruht mittelst eines Glashütchens auf einer feinen Spitze. An jedem Arme ist ein Blättchen aus Glimmer befestigt, welches auf der einen Seite mit Russ überzogen ist; die schwarzen Seiten aller vier Blättchen sind nach derselben Drehungsrichtung hingewandt. Die ganze Vorrichtung befindet sich innerhalb einer Glaskugel, in welcher die Luft ausserordentlich verdünnt worden ist. Unter der Einwirkung einer Lichtstrahlung beginnt das Kreuz zu rotiren und zwar stets in solchem Sinne, dass die nicht berussten Flächen vorangehen. Die Bewegung ist um so schneller, je stärker die Strahlung ist, und durch die verschiedenartigsten Versuche ist nachgewiesen, dass die Rotationsgeschwindigkeit direct der Strahlungsintensität proportional ist. Zöllner[3]) hat nach dem Crookes'schen Princip ein sehr compendiöses Instrument construirt, dem er den Namen Scalenphotometer gegeben hat, und bei dem das Radiometerkreuz wie bei einer Drehwage an einem Coconfaden aufgehängt ist. Massgebend für die Schnelligkeit der Drehung ist der Grad der Verdünnung der in dem Glasrecipienten enthaltenen Luft; im Allgemeinen steigert sich die Empfindlichkeit mit zunehmender Verdünnung, jedoch nur bis zu einer

---

1) Proc. of the R. Soc. of London. Vol. 47, p. 480.
2) Phil. Trans. of the R. Soc. of London. 1873, p. 277.
3) Zöllner, Das Scalen-Photometer, ein neues Instrument zur mechanischen Messung des Lichtes etc. Leipzig, 1879.

gewissen Grenze. Ferner wird die Beweglichkeit um so grösser, je ungleichartiger die beiden Seiten der Radiometerflügel in Betreff ihres
Strahlungsvermögens sind. Lampenruss und Versilberung sind die wirksamsten Contraste; bei gleicher Beschaffenheit der Seiten findet überhaupt
keine Drehung statt.

Lässt man nur Strahlen von bestimmter Brechbarkeit auf das Radiometer einwirken, so findet man, dass die Bewegungsgeschwindigkeit um
so grösser wird, je weniger brechbar die Strahlen sind, ein Beweis, dass
die thermischen Wirkungen den hauptsächlichsten Einfluss auf die Vorgänge ausüben. Meistens nimmt man zur Erklärung der Erscheinungen
die kinetische Gastheorie zur Hülfe, nach welcher die einzelnen Moleküle
eines Gases in rascher Bewegung nach allen Richtungen begriffen sind
und daher theils gegeneinander, theils gegen die umgebenden Gefäss-
wände und andere Hindernisse anprallen und zurückgestossen werden.
An den höher erwärmten geschwärzten Flächen werden die Moleküle
häufiger zurückgeworfen als an den nicht geschwärzten, und dadurch
wird die Reaction auf die beweglichen Blättchen bestimmt. Obgleich
diese Hypothese nicht alle Einzelheiten der Erscheinung erklärt, so verdient sie doch vor vielen anderen weit complicirteren Hypothesen den
Vorzug.

2. Apparate zur Messung der chemischen Wirkungen des Lichtes.

a. Das chemische Photometer von Bunsen und Roscoe.

Von der schon früher bekannten Fähigkeit des Lichtes, chemische
Veränderungen hervorzubringen, ist mehrfach zu Strahlungsmessungen
Gebrauch gemacht worden. Nachdem im Jahre 1843 Draper einen Apparat construirt hatte, bei welchem die Strahlungsintensität aus der Wirkung
des Lichtes auf ein Gemenge von Chlor und Wasserstoff bestimmt wurde,
ist diese Methode von Bunsen und Roscoe[1] weiter ausgebildet und
vervollkommnet worden. Das von ihnen construirte chemische Photometer
ist eine thermometerartige Vorrichtung, bestehend aus einem kleinen zum
Auffangen der Strahlung bestimmten Gefässe, einem dünnen mit Scala
versehenen Rohre und einem grösseren Behältnisse am anderen Ende. Dieses
Behältniss und ein Theil des kleinen Gefässes sind mit Wasser gefüllt.
Durch das Ganze wird mittelst eines besonderen Verfahrens ein Gemenge

---

1) Pogg. Annalen. Bd. 96, p. 373; Bd. 100, p. 43 u. 481; Bd. 101, p. 235; Bd. 108,
p. 193; Bd. 117, p. 529.

von gleichen Volumtheilen Chlor und Wasserstoff so lange hindurch-
geleitet, bis die Flüssigkeiten vollständig gesättigt sind und der übrige
Raum damit erfüllt ist. Wird nun das Insolationsgefäss allein dem Lichte
exponirt, so verbindet sich unter der Einwirkung desselben der Wasserstoff mit dem Chlor zu Salzsäure, und da diese von dem Wasser im Gefässe absorbirt wird, so bewirkt die Volumverminderung des Gasgemenges
ein Vorrücken der Flüssigkeit aus dem grösseren Behälter in das Scalen-
rohr. Aus der Grösse der Verschiebung lässt sich die Stärke der Lichtwirkung bestimmen, und zwar folgt aus zahlreichen Versuchen, dass die
chemische Wirkung (d. h. die Volumveränderung des Gases) direct der
Intensität der Strahlung proportional ist. Dabei sind freilich eine Menge
von Nebenumständen zu beachten, insbesondere ist darauf Rücksicht zu
nehmen, dass der Beginn des Processes eine gewisse Zeit verlangt, die
von der Lichtstärke abhängt, und dass ebenso wieder von dem Beginn der
chemischen Wirkung bis zur Erreichung des Maximums eine Zeit vergeht,
deren Dauer mit der Intensität der Strahlung variirt. Auf diese und
andere damit zusammenhängende Fragen kann hier nicht näher eingegangen werden.

b. Das Selenphotometer.

Das krystallinische Selen besitzt die merkwürdige Eigenschaft, unter
Einwirkung des Lichtes die Elektricität besser zu leiten als im Dunkeln.
Dieses Verhalten des Selens ist zuerst von Sale[1]), dann besonders eingehend von Siemens[2]) studirt worden, und es sind mehrfach Versuche
gemacht worden, dasselbe zur Construction von Photometern zu verwerthen. Ein vollständiger Erfolg ist bisher nicht zu erzielen gewesen,
hauptsächlich wegen der Unbeständigkeit der Erscheinungen. Eine längere
Dauer der Belichtung hat nämlich eine Abnahme der Wirkung, eine ›Ermüdung‹ der Substanz zur Folge, und ein ähnlicher Effect wird durch
allzu intensive Lichtstrahlungen hervorgebracht, ferner wird durch die geringste Verunreinigung des Selens mit anderen Metallen die Lichtempfindlichkeit vermindert. Nach den Untersuchungen von Siemens nimmt die
Leitungsfähigkeit nicht proportional der Lichtstärke selbst zu, sondern
nahezu proportional der Quadratwurzel aus derselben. Die Wirkung geht
hauptsächlich von den sichtbaren Strahlen des Spectrums aus; sie beginnt
mit dem Violett, steigt von da ziemlich gleichmässig bis zum Roth, ist
noch im Ultraroth zu constatiren, verschwindet aber darüber hinaus.

---

1) Proc. of the R. Soc. of London. Vol. 21, p. 283.
2) Monatsb. der K. Preuss. Akad. der Wiss. 1875, p. 280; 1876, p. 95; 1877, p. 299.

Siemens erklärt die Erscheinungen dadurch, dass die Lichtstrahlen direct
eine Molekularveränderung des Selens hervorbringen, indem sie das
krystallinische Selen zu metallischem, viel besser leitendem reduciren;
nach Aufhören der Beleuchtung bildet sich die metallische Selenoberfläche
wieder in krystallinisches Selen zurück.

Siemens hat noch auf eine andere eigenthümliche Eigenschaft des
Selens im Verhalten gegen die Lichtstrahlen aufmerksam gemacht[1]. Er
hat nämlich gefunden, dass manche Selenplatten bei der Beleuchtung
nicht besser leitend werden, dagegen selbst elektromotorisch wirken, als
ob die Energie des Lichtes unmittelbar in elektrische Energie umgewandelt
würde. Die auffallende Erscheinung ist in neuerer Zeit von Minchin[2]
weiter verfolgt worden. Derselbe hat photoelektrische Elemente, ähnlich
den galvanischen Elementen, construirt, bestehend aus Selen, Aluminium
und einer Flüssigkeit. Im Dunklen zeigen dieselben keinerlei Wirkungen,
dagegen entwickeln sie bei Belichtung des Selens eine elektromotorische
Kraft, die mittelst eines empfindlichen Elektrometers gemessen werden
kann. Die einwirkende Lichtquantität ist direct dem Quadrate der beobachteten elektromotorischen Kraft proportional. Minchin hat in aller-
jüngster Zeit[3] solche photoelektrischen Elemente in einem grossen Teleskop an Stelle des Oculares angebracht und versucht, mittelst derselben
die von den Sternen ausgehende Energie zu bestimmen. Bei der Vergleichung gleich gefärbter Sterne zeigen seine Resultate eine vollkommene
Übereinstimmung mit den Ergebnissen der photometrischen Messungen.
Eine weitere Ausbildung der im hohen Grade beachtenswerthen photoelektrischen Methode könnte für die ganze Photometrie des Fixsternhimmels
bedeutungsvoll werden.

c. Die Photographie als photometrisches Hülfsmittel.

Bald nachdem durch die epochemachende Entdeckung Daguerres
im Jahre 1839) die Möglichkeit gegeben war, das auf einer jodirten
Silberplatte unter Einwirkung des Lichtes erzeugte latente Bild durch Behandlung mit Quecksilberdämpfen hervorzurufen und dauernd auf der Platte
zu erhalten, tauchte der Gedanke auf, das neue Verfahren auch zu quantitativen Lichtmessungen nutzbar zu machen. Arago ist wohl der Erste
gewesen, welcher auf die Bedeutung der Photographie für Lichtmessungen
hingewiesen hat, und auf seinen Einfluss sind auch die ersten gründlichen

---

1) Sitzungsber. der K. Preuss. Akad. der Wiss. 1885, p. 147.
2) Philos. Mag. Ser. 5, Vol. 31, p. 207.
3) Nature. Vol. 49, p. 270; Vol. 52, p. 246. — Ausserdem Proc. of the R. Soc.
of London. Vol. 58, p. 142.

Untersuchungen auf diesem Gebiete zurückzuführen, die im Jahre 1844 von Fizeau und Foucault[1]) angestellt worden sind. Diese gingen von dem durchaus plausibel erscheinenden Grundsatze aus, dass die von einer Lichtquelle auf einer empfindlichen Platte geleistete Arbeit, die sich in der Zersetzung der Schicht bemerkbar macht, direct proportional sein müsse der ursprünglichen Intensität der Lichtquelle und ferner der Zeitdauer der Belichtung. Hat man also verschiedene Lichtquellen, welche mit den Intensitäten i_1, i_2, i_3 ... auf eine Platte einwirken, und bei den Expositionszeiten t_1, t_2, t_3 ... dieselbe Arbeit auf der empfindlichen Schicht ausüben, so ist nach dem obigen Grundsatze:

$$i_1 t_1 = i_2 t_2 = i_3 t_3 = \ldots ; \quad \text{allgemein: } it = \text{const.}$$

Man findet also für zwei zu untersuchende Lichtquellen das Intensitätsverhältniss $\dfrac{i_1}{i_2}$, nachdem die Expositionszeiten t_1 und t_2 bestimmt sind, bei denen von ihnen der gleiche Effect auf der Platte hervorgebracht wird, aus der Gleichung:

$$\frac{i_1}{i_2} = \frac{t_2}{t_1} .$$

Um ein für alle Male einen bestimmten Grad der Veränderung in den benutzten Jodsilberplatten als Fixpunkt für die Lichtvergleichungen zu normiren, wählten Fizeau und Foucault denjenigen Moment, wo die empfindliche Schicht die Quecksilberdämpfe gerade zu verdichten beginnt, wo also das photographische Bild zu entstehen anfängt. Ihre Lichtmessungen geschahen in der Weise, dass sie das in einer Camera entworfene Bild einer Lichtquelle nacheinander auf verschiedene Stellen derselben Platte einwirken liessen, wobei sie jedesmal die Expositionszeit um kleine Beträge veränderten. Ebenso verfuhren sie mit einer zweiten Lichtquelle, und indem sie nun in beiden Reihen von Aufnahmen denjenigen Punkt bestimmten, wo bei der Entwicklung das Bild gerade zu entstehen begann, erhielten sie aus dem Verhältnisse der zugehörigen Expositionszeiten nach der obigen Gleichung das Intensitätsverhältniss der beiden Lichtquellen. Die Untersuchungen von Fizeau und Foucault erstreckten sich auf das Licht der Sonne, auf das elektrische Kohlenlicht und auf das Kalklicht und lieferten unter Anderem das interessante Resultat, dass für diese Lichtquellen die chemischen Intensitäten den optischen gleich seien. Bei den Mängeln, die den Daguerreotypieplatten anhaften, sind die Lichtmessungen von Fizeau und Foucault nur als erste Versuche in dieser Richtung zu betrachten, die auf grosse Genauig-

---

1) Comptes Rendus. Tome 18, p. 746 u. 860.

keit keinen Anspruch machen können. Es ist übrigens von grossem Interesse, dass die beiden französischen Gelehrten in der citirten Abhandlung bereits durch besondere Versuche nachgewiesen haben, dass das von
ihnen benutzte Gesetz von dem reciproken Verhältniss der Expositionszeiten und Intensitäten zweier Lichtquellen bei gleicher chemischen Wirkung nur innerhalb beschränkter Grenzen Gültigkeit hat, und zwar dass
Abweichungen von diesem Gesetze schon bemerkbar werden, wenn das Verhältniss der Intensitäten oder Expositionszeiten das Zehnfache übersteigt.

Anstatt der jodirten Silberplatten versuchte man unmittelbar nach der
Entdeckung der Daguerreotypie auch das billiger herzustellende Chlorsilberpapier zu Messungen der chemischen Lichtstärke zu benutzen. Es
sind Untersuchungen von Jordan, Hunt, Herschel und Anderen in
dieser Richtung bekannt, die aber zu keinen befriedigenden Resultaten
führten, weil es nicht gelang, ein photographisches Papier von vollkommen
gleich bleibender Empfindlichkeit herzustellen, sowie eine gesetzmässige
Abhängigkeit der Schwärzung des Papiers von der Intensität und Expositionsdauer aufzufinden. Erst Bunsen und Roscoe[1]) haben die Methode
so weit vervollkommnet, dass sie zu exacten Messungen brauchbar geworden ist. Durch zahlreiche sehr sorgfältige Versuche haben sie zunächst
den Satz bewiesen, »dass innerhalb sehr weiter Grenzen (Änderung der
Intensität um das 25fache) gleichen Producten aus Lichtintensität und
Belichtungsdauer gleiche Schwärzungen auf Chlorsilberpapier von gleicher
Sensibilität entsprechen«. Die Einschränkungen, welchen dieses Gesetz
nach den Untersuchungen von Fizeau und Foucault bei den Daguerreotypieplatten unterworfen ist, und welche nach den neuesten Untersuchungen
auch für die photographischen Trockenplatten gültig sind, kommen also
bei den lichtempfindlichen mit Chlorsilber getränkten Papieren in Wegfall.
Besonderen Fleiss haben Bunsen und Roscoe auf die Herstellung eines
unveränderlichen photographischen Normalpapieres verwandt, und ihre
Versuche zeigen, dass es in der That möglich ist, ein solches Papier von
hinlänglich constant bleibender Lichtempfindlichkeit zu bereiten. Um
ferner bei der Beurtheilung des Schwärzungsgrades einen bestimmten unveränderlichen Farbenton als Ausgangspunkt benutzen zu können, der
jederzeit auch leicht wieder hergestellt werden kann, bereiteten sie eine
Mischung von 1000 Theilen Zinkoxyd und 1 Theil reinen Lampenruss,
die auf Papier aufgetragen sich als eine Normalschwärze von gleicher
und unveränderlicher Beschaffenheit erwies. Als willkürliche Masseinheit
für alle ihre photometrischen Bestimmungen legten Bunsen und Roscoe

---

1) Phil. Trans. of the R. Soc. of London. 1863, p. 139. — Pogg. Annalen.
Bd. 117, p. 529.

diejenige Lichtintensität zu Grunde, welche in einer Secunde auf dem Normalpapier die Normalschwärze hervorbringt.

Bunsen und Roscoe haben ihre photometrische Methode, die einer beträchtlichen Genauigkeit fähig ist, hauptsächlich zu Messungen der chemischen Intensität des Tageslichtes an verschiedenen Beobachtungsorten und zur Aufsuchung der Beziehung zwischen Sonnenhöhe und Tageslicht angewandt, ausserdem hat Roscoe[1]) nach dieser Methode Bestimmungen der chemischen Helligkeit an verschiedenen Stellen der Sonnenoberfläche ausgeführt. Dass das Verfahren in der Astronomie keine weitere Verbreitung gefunden hat, liegt wohl, abgesehen von der Umständlichkeit, die mit der Herstellung des photographischen Normalpapieres verbunden ist, besonders daran, dass bei sehr schwachen Lichteindrücken die Empfindlichkeit nicht ausreichend ist, um genaue Bestimmungen zu ermöglichen. Für die technische Photographie sind dagegen die Untersuchungen von Bunsen und Roscoe von der grössten Bedeutung gewesen, weil ihr Verfahren vorbildlich geworden ist für die Construction einer ganzen Reihe von sogenannten chemischen Photometern und Sensitometern.

Während Fizeau und Foucault, ebenso Bunsen und Roscoe von den Himmelskörpern nur die Sonne in den Bereich ihrer Untersuchungen zogen, wandten Bond[2]) und nach ihm Warren de la Rue[3]) bereits in den fünfziger Jahren die Photographie auch zu quantitativen Bestimmungen am Monde und an den helleren Planeten an. Sie machten anfangs auf Daguerreotypie-, dann auf Collodiumplatten die ersten gelungenen Aufnahmen von diesen Himmelskörpern und schlossen aus den Expositionszeiten, die erforderlich waren, um fertige Negative zu erlangen, auf die chemischen Intensitätsverhältnisse dieser Gestirne. So erhielt Bond die ersten, wenn auch nicht sehr zuverlässigen Werthe für das photographische Helligkeitsverhältniss von Sonne zu Mond und von Mond zu Venus, Jupiter und Saturn und fand unter Anderem in Übereinstimmung mit Warren de la Rue das bemerkenswerthe Resultat, dass Jupiter von einer bestimmten Menge auffallenden Sonnenlichtes einen viel grösseren Theil der chemischen Strahlen reflectirt als der Mond. Ferner ergaben sich aus diesen Photographien interessante Aufschlüsse über die Vertheilung der Helligkeit auf den sichtbaren Scheiben dieser Himmelskörper; so zeigte sich Jupiter im Centrum der Scheibe beträchtlich heller als am Rande, während beim Mond eine Zunahme der Helligkeit von der Mitte nach dem Rande hin angedeutet war. Es ist merkwürdig, dass die Bond'schen

1) Proc. of the R. Soc of London. Vol. 12, p. 648.
2) Memoirs of the American Acad. New Series. Vol. 8, p. 221.
3) Monthly Notices. Vol. 18, p. 54.

Versuche in dieser Richtung später nicht weiter verfolgt und zu genaueren Messungen der Helligkeitsvertheilung auf Planetenscheiben ausgebildet worden sind; gerade auf diesem Gebiete könnte die Photographie ein sehr werthvolles Hülfsmittel für die Photometrie werden.

Der Gedanke, auch die Helligkeiten der Fixsterne auf photographischem Wege zu ermitteln, ist ebenfalls von Bond[1]) zuerst angeregt worden. Er fand, dass die Durchmesser der in der Focalebene eines Fernrohrs auf einer photographischen Platte erzeugten Sternscheibchen je nach der Expositionszeit verschieden gross waren, und folgerte daraus, dass Durchmesserbestimmungen verschiedener Sterne auf derselben Platte ein Mass für ihre relativen Helligkeiten liefern müssten. Die wichtigsten Resultate, zu denen Bond durch die Discussion einer grossen Zahl von Sternaufnahmen geführt wurde, gipfeln in den folgenden Sätzen : 1) »Das erste Bild eines Sternes entsteht auf der photographischen Platte ganz plötzlich, und dieser Moment kann mit grosser Genauigkeit festgestellt werden.« 2) »Der Flächeninhalt eines Sternscheibchens nimmt direct proportional der Expositionszeit zu.« 3) »Für jeden Stern und jede Platte gilt die empirische Gleichung: $Pt + Q = y^2$, wo y der zur Expositionszeit t gehörige Durchmesser des photographischen Scheibchens ist und Q eine Constante bedeutet. Wendet man diese Gleichung auf Sterne von verschiedener Helligkeit an, so können die daraus abgeleiteten Werthe von P ein Mass für die photographische Intensität derselben abgeben.«

Bond hat durch seine wichtigen Untersuchungen zweifellos den Grund zu einer exacten photographischen Photometrie der Fixsterne gelegt, und es ist fast unbegreiflich, dass seine Vorschläge bis in die Neuzeit gänzlich unbeachtet geblieben sind, ja so vollständig in Vergessenheit gerathen konnten, dass die meisten Ergebnisse, zu denen er bereits in den Jahren 1857 und 1858 gelangt war, ganz von Neuem hergeleitet werden mussten.

Der Erste, der nach Bond das Problem der photographischen Fixsternhelligkeiten, und zwar auf einem ganz anderen Wege, in Angriff nahm, war Janssen[2]). Er hatte dabei das specielle Ziel im Auge, das Intensitätsverhältniss der Sonne zu den helleren Fixsternen zu ermitteln, und construirte zu diesem Zwecke ein Instrument, welches er photographisches Photometer nannte, und welches dazu bestimmt war, die Beziehungen festzulegen zwischen der Intensität der Strahlung und dem Dichtigkeitsgrade des Silberniederschlages, den die-

1) Astron. Nachr. Bd. 47, Nr. 1105; Bd. 48. Nr. 1129; Bd. 49, Nr. 1158—1159.
2) Comptes Rendus. Tome 92, p. 821.

selbe auf der Platte hervorbringt. Dieses Photometer besteht im Wesentlichen aus einer Cassette, welche die empfindliche Platte enthält. Vor derselben wird mit Hülfe eines Uhrwerks, oder wenn eine sehr grosse
Schnelligkeit erwünscht ist, mit Hülfe von starken Federn ein undurchsichtiger mit einer Öffnung versehener Schieber mit constanter Geschwindigkeit vorbeigeführt. Hat die Öffnung die Form eines Rechtecks, so wird
die Platte überall die gleiche Schwärzung annehmen; ist die Öffnung
aber ein Dreieck, welches parallel zu der einen Seite über die Platte
hinwegbewegt wird, so erscheint dieselbe an demjenigen Ende, welches
dieser Seite des Dreiecks entspricht, dunkler als an dem entgegengesetzten Ende, wo die Spitze des Dreiecks vorbeigeht, und da die Bewegung gleichförmig ist, so wird man unter Berücksichtigung der Dimensionen des Dreiecks für jede Stelle der Platte den Zusammenhang
zwischen Schwärzung und Intensität finden. Janssen hat mit diesem
Apparate das bereits von Fizeau und Foucault nachgewiesene Resultat
bestätigt, wonach die Zunahme der Schwärzung nicht streng proportional
bleibt der Zunahme der Lichtintensität, sobald dieselbe sehr beträchtlich
ist, und er hat daher, um diesen Fehler zu corrigiren, den Seiten der
Schieberöffnung eine Curvenform gegeben, welche die gefundenen Abweichungen berücksichtigt. Mit einem solchen corrigirten Instrumente hat
Janssen zahlreiche Aufnahmen der Sonne gemacht und auf diese Weise
eine Reihe von Sonnenscalen erhalten. Zur Vergleichung der Fixsterne
mit der Sonne empfiehlt er, die ersteren in einiger Entfernung von der
Focalebene aufzunehmen, die so erhaltenen Scheibchen mit den Sonnenscalen zu vergleichen und auf denselben den Punkt der gleichen Schwärzung aufzusuchen. Aus den zugehörigen Zeiten lässt sich dann das
photographische Intensitätsverhältniss der betreffenden Himmelskörper
ermitteln, wenn noch gebührende Rücksicht auf den Abstand der photographischen Platte von der Brennebene bei den Fixsternaufnahmen genommen wird. Eine praktische Anwendung dieser Methode in grösserem
Umfange scheint weder von Janssen noch von Anderen versucht worden
zu sein; auch ist sehr zweifelhaft, ob dieselbe eine hinreichende Genauigkeit gestattet.

Die Frage nach den photographischen Fixsternhelligkeiten trat erst
dauernd in den Vordergrund des Interesses bei Gelegenheit der Vor-
bereitungen und der ersten Arbeiten für die internationale Himmelskarte,
und ist auch heute noch lange nicht als abgeschlossen zu betrachten.
Ganz allgemein wurde bald die Methode der Durchmesserbestimmung als
die bei Weitem beste anerkannt. Die Vorbedingungen für die Anwendung
dieser Methode sind heutzutage viel günstiger als zu der Zeit, wo Bond
sie zuerst in Vorschlag brachte. Durch die Construction besonderer

photographischer Objective, welche speciell für die chemisch wirksamen Strahlen achromatisirt sind, gelingt es, den Sternbildchen auf der Platte vollkommen scharf begrenzte regelmässige Form zu geben. In dieser Beziehung dürfte der Ausbildung der photographischen Photometrie kaum noch ein ernstes Hinderniss im Wege stehen, zumal wenn man gewisse Vorsichtsmassregeln nicht ausser Acht lässt und namentlich nicht in zu grossen Abständen von der optischen Axe auf der Platte Messungen ausführt. Dass die Sternscheibchen am Rande der Platte etwas anders aussehen, als in der Mitte, beruht, abgesehen von unvermeidlichen kleinen Mängeln des Objectivs, schon darauf, dass die exacte Abbildung der Sterne auf einer Kugelfläche erfolgt, während die Platte eben ist. Man hat zwar, um diesem Übelstande zu begegnen, die Benutzung von gekrümmten Platten vorgeschlagen; indess dürfte dies in der Praxis aus verschiedenen Gründen schwer ausführbar sein. Gewöhnlich haben die Bilder am Rande der Platte eine elliptische, in der Richtung nach dem Centrum der Platte zu verlängerte Form. Es empfiehlt sich daher, wenn man die Randbilder nicht ganz von den Helligkeitsbestimmungen ausschliessen will, die Durchmesser sowohl in der radialen als in der dazu senkrechten Richtung zu messen und die Mittelwerthe aus beiden Bestimmungen zu benutzen. Bei guten photographischen Objectiven ist übrigens der Unterschied in der Form der Sternscheibchen bis zu nicht unbeträchtlicher Entfernung von der Mitte der Platte kaum merklich. Im Allgemeinen erhält man aus Messungen am Rande der Platte die Helligkeiten der Sterne etwas zu gross.

Voraussetzung ist natürlich bei allen photographisch-photometrischen Bestimmungen, dass die Sternbilder richtig ausexponirt sind. Ist die Expositionszeit verhältnissmässig sehr gross, so werden die hellsten Sterne überexponirt, und die Begrenzung der Scheibchen wird dann durch verschiedene Ursachen, insbesondere durch Reflexe von der Rückseite der Platte, unscharf und verwaschen. Dagegen wird bei sehr schwachen unterexponirten Sternen infolge der kleinen Mängel des Objectivs, ferner infolge der nicht in aller Strenge erreichbaren exacten Focussirung und anderer Ursachen der erste Bildeindruck auf der Platte verhältnissmässig einen zu grossen Durchmesser haben, jedoch nicht vollständig schwarz erscheinen. Es ist daher nicht gerathen, die Helligkeiten der schwächsten sowohl als der hellsten Sterne auf einer Platte aus den Durchmesserbestimmungen zu ermitteln, und man wird sich am Besten auf ein gewisses Helligkeitsintervall, über dessen Grenzen bei jedem Objective die Erfahrung entscheiden muss, beschränken.

Während Bond bei seinen Helligkeitsmessungen im hohen Grade von den Mängeln der damaligen photographischen Verfahren, insbesondere

auch von den Unvollkommenheiten der Daguerreotypieplatten und der Collodiumplatten abhängig war, ist heute in dieser Beziehung bei den ausserordentlichen Fortschritten der photographischen Technik so gut wie keine
Gefahr mehr zu befürchten. Die trockenen Bromsilber-Gelatineplatten
werden in den verschiedenen renommirten Fabriken, sowohl was Gleichmässigkeit der empfindlichen Schicht als deren Feinheit anbetrifft, in
solcher Güte hergestellt, dass man sogar Aufnahmen auf verschiedenen
Platten derselben Emulsion unbedenklich zu vergleichenden Helligkeitsbestimmungen benutzen kann, wenn man nicht gerade die höchsten Anforderungen an Genauigkeit stellt. Selbstverständlich muss die Ent-
wickelung solcher Aufnahmen unter genau gleichen Bedingungen erfolgen,
und die Aufnahmen dürfen zeitlich nicht allzu weit auseinander liegen,
weil erfahrungsmässig die Empfindlichkeit der Platten bei längerer Auf-
bewahrung sich allmählich etwas verändert. Da man in neuerer Zeit
photographische Platten hergestellt hat, die nicht nur für die violetten
und ultravioletten, sondern auch für andere Strahlen des Spectrums
empfindlich sind, so liegt der Gedanke nahe, solche Platten zur photographischen Photometrie zu verwenden. Wenn es gelänge, einen Sensi-
bilisator zu finden, der die Platten gerade nur für die im Auge wirksamen Strahlen empfänglich macht, so würde die Platte unmittelbar das
menschliche Auge vertreten, und die photographischen Helligkeiten wären
direct mit den optischen vergleichbar. Vorläufig ist dieses Ziel noch
nicht erreicht, und es bereitet insbesondere Schwierigkeit, orthochroma-
tische Platten von vollkommen gleichartiger Beschaffenheit herzustellen,
aber es unterliegt wohl keinem Zweifel, dass die Überwindung dieser
Schwierigkeit nur eine Frage der Zeit ist.

Bedenklicher für die ganze photographische Photometrie ist ein Übelstand, gegen den sich voraussichtlich überhaupt keine vollständige Abhülfe treffen lässt. Es ist dies der enorme Einfluss der Luftunruhe auf
die Durchmesser der photographischen Sternscheibchen. Bei unruhiger
Luft werden die Bilder grösser als bei ruhiger Luft, und demnach werden
im ersten Falle die Helligkeiten zu gross gefunden. Nach Untersuchungen
von Scheiner kann der Fehler bis zu einer halben Grössenclasse und
darüber anwachsen. Es folgt daraus, dass, wenn es sich um Erreichung
der höchsten Genauigkeit handelt, die Helligkeitsvergleichungen nur auf
Messungen an ein und derselben Aufnahme beschränkt bleiben sollten,
wo die Durchmesser aller Sterne im gleichen Sinne durch die Luftunruhe
beeinflusst worden sind. Die besten Resultate wird man daher bei der
Ausmessung von dicht gedrängten Sterngruppen, sowie bei der Vergleichung von Veränderlichen mit nahestehenden Vergleichsternen erwarten
können. Am Günstigsten liegen in dieser Beziehung die Bedingungen an

hochgelegenen Beobachtungsstationen, wo im Allgemeinen die Ruhe der
Luft gleichmässiger zu sein pflegt.

Auch in Betreff der Extinction des Lichtes in der Erdatmosphäre ist
bei den photographischen Helligkeitsbestimmungen viel grössere Vorsicht
geboten als bei den photometrischen Messungen. Die chemisch wirksamen
Strahlen werden durch die Atmosphäre am Stärksten absorbirt, und es ist
daher zur Reduction der photographischen Helligkeiten eine besondere
Extinctionstabelle erforderlich. Da aber die Bestimmung einer solchen
Tabelle namentlich für die grösseren Zenithdistanzen mit grossen Schwierigkeiten verbunden ist (bisher existiren über diesen Gesenstand nur zwei
keineswegs ausreichende Untersuchungen von Schäberle[1]) und Pickering[2])), so ist es dringend gerathen, sich bei der photographischen Photometrie nur auf Beobachtungen in kleinen Zenithdistanzen zu beschränken.

Um aus den Durchmesserbestimmungen der photographischen Sternscheibchen die Helligkeiten abzuleiten, ist es nöthig, eine gewisse Masseinheit für dieselben zu Grunde zu legen. Man könnte eine solche natürlich
ganz willkürlich wählen, doch drängt sich von selbst der Gedanke auf,
die photographische Helligkeitsscala in möglichste Übereinstimmung mit der
üblichen optischen Sterngrössenscala zu bringen und demnach die Intensitätsdifferenz zweier Sterne, deren Helligkeiten sich zu einander wie
1 : 2.512 verhalten, als eine Grössenclasse zu definiren. Es handelt sich
dann darum, die Beziehungen zwischen optischen Sterngrössen und den
photographischen Durchmessern zu ermitteln. Über diesen Gegenstand
sind im letzten Jahrzehnt eine ganze Reihe von Untersuchungen, insbesondere von Scheiner[3]), Charlier[4]), Schäberle[5]), Wolf[6]) angestellt
worden, auch in dem »Bulletin du comité international pour l'exécution
photographique de la carte du ciel« finden sich zahlreiche wichtige Notizen
von Seiten verschiedener Astronomen. Am Gründlichsten und Erschöpfend-
sten ist die Frage bisher von Charlier und Scheiner behandelt worden.
Ersterer findet für die Relation zwischen dem Durchmesser D und der
Sterngrösse m den Ausdruck:

$$m = a - b \log D,$$

worin a und b Grössen sind, die für jede Aufnahme bestimmte Werthe
haben. Die Grösse a hängt ausser von der Empfindlichkeit der Platte
und dem Luftzustande hauptsächlich von der Expositionszeit t ab,

---

1) Schäberle, Terrestrial atmospheric absorption of the photographic rays of
light. Contributions from the Lick Observatory, No. 3), Sacramento 1893.
2) Annals of the Astr. Obs. of Harvard College. Vol. 19, part II, p. 247.
3) Astr. Nachr. Bd. 121, Nr. 2884; Bd. 124, Nr. 2969; Bd. 128, Nr. 3054.
4) Publ. der Astr. Gesellschaft, Nr. XIX.
5) Publ. of the Astr. Soc. of the Pacific. Vol. I, p. 51.
6) Astr. Nachr. Bd. 126, Nr. 3006.

dagegen kann b für ein bestimmtes Instrument und für eine bestimmte Plattensorte innerhalb gewisser Grenzen als constant betrachtet werden. Vergleicht man zunächst nur Sterne auf derselben Aufnahme miteinander, so ist auch a als constant anzusehen, und man erhält für die Grössendifferenz zweier Sterne die Gleichung:

$$m_1 - m_2 = b \left(\log D_2 - \log D_1 \right).$$

Scheiner hat gefunden, dass, wenn man nicht allzu grosse Helligkeitsdifferenzen in Betracht zieht, die Zunahme der Sterngrössen direct der Zunahme der Durchmesser proportional gesetzt werden kann, so dass also die noch einfachere Relation besteht:

$$m_1 - m_2 = k \left(D_2 - D_1 \right).$$

Beide Formeln, ebenso wie alle anderen bisher aufgestellten, sind nur als Interpolationsformeln aufzufassen und haben keine physikalische Bedeutung. Mit Hülfe derselben kann man auf jeder Aufnahme für alle ausexponirten Sterne die photographische Grösse ermitteln, nachdem aus einer Anzahl von Sternen derselben Aufnahme, deren optische Grössen genau bekannt sind, die Constanten der Formel abgeleitet worden sind. Diese Anhaltsterne sind am Besten aus ein und derselben Spectralclasse und zwar der ersten (weisse Sterne), welche am Meisten am Himmel verbreitet ist, auszuwählen. Für diese Spectralclasse wird so ein enger Anschluss der photographischen und optischen Grössen erreicht, während natürlich für Sterne anderer Spectralclassen sehr erhebliche Unterschiede zwischen den beiden Systemen bestehen können.

Etwas weniger zuverlässige photographische Grössen lassen sich in Ermanglung einer genügenden Anzahl von photometrisch gut bestimmten Anhaltsternen auf folgende Weise erlangen. Man benutzt bei jeder Himmelsaufnahme nur einen gewissen Theil der Platte, z. B. die Hälfte, und nimmt jedesmal unmittelbar vor- oder nachher auf dem anderen Theile der Platte mit Beibehaltung der betreffenden Expositionszeit eine bestimmte Region des Himmels auf, welche eine Menge sorgfältig photometrisch gemessener Sterne aller möglichen Grössen enthält; diese Sterne dienen dann zur Berechnung der Constanten für die Platte. Da die beiden Aufnahmen nicht absolut gleichzeitig gemacht sind, so wirken bei diesem Verfahren kleine Schwankungen in der Luftbeschaffenheit störend ein; auch ist man nicht immer von der Verpflichtung befreit, die Extinction des Lichtes in der Atmosphäre in Rechnung zu ziehen. Immerhin gestattet auch dieses Verfahren bei einiger Vorsicht in der Wahl der Beobachtungstage eine recht befriedigende Genauigkeit, zumal wenn man sich nicht nur auf eine einzige Gruppe von Anhaltsternen beschränkt, sondern mehrere an verschiedenen Stellen des Himmels auswählt und in jedem gegebenen Falle die günstigste benutzt.

Ein drittes Verfahren, welches jedoch nur beschränkte Genauigkeit
giebt, besteht darin, die photographischen Sternscheibchen mit einer festen
Scala zu vergleichen. Eine solche Scala kann man sich dadurch verschaffen, dass man von einem Sterne bekannter Helligkeit, etwa dem
Polarstern, auf derselben Platte nebeneinander eine Anzahl von Aufnahmen
bei gleicher Expositionszeit macht, indem man jedes Mal durch irgend
eine Methode, sei es durch Abblendung des Objectivs, sei es durch die
einwurfsfreiere Verwendung von rotirenden Scheiben, die Helligkeit um
einen bestimmten Betrag, etwa eine ganze Grössenclasse, verändert. Man
erhält dann eine Reihe von Scheibchen, welche Helligkeitsdifferenzen
von je einer Grössenclasse entsprechen, und wenn man diese feste Scala
mit den zu untersuchenden Aufnahmen vergleicht, so kann man für jeden
Stern derselben die Stellung innerhalb dieser Scala angeben und durch
Schätzung die Helligkeit bis auf Zehntel Grössenclassen ermitteln. Abgesehen davon, dass hier in letzter Linie alles auf eine Beurtheilung des
Auges ankommt, wirken Veränderungen in der Luftbeschaffenheit, Extinction u. s. w. ebenso störend wie bei der zweiten Methode, und ausserdem kommt noch die verschiedene Empfindlichkeit der Platten in Betracht.
Die Methode kann daher nur als ein Näherungsverfahren angesehen werden.
Pickering[1] hat sich einer ähnlichen Methode bei seinen zahlreichen
photographisch-photometrischen Untersuchungen bedient; er hat aber in
den meisten Fällen nicht die Durchmesser der Sterne in Betracht gezogen,
sondern die Spuren, welche dieselben auf der Platte einzeichnen, wenn
man während der Exposition das Uhrwerk des Fernrohrs entweder
ganz ausser Thätigkeit setzt oder demselben eine geringere Geschwindigkeit giebt, als der täglichen Bewegung der Sterne entspricht. Das Aussehen dieser Striche wird ebenfalls durch Schätzung mit einer festen
Scala verglichen, die durch Aufnahmen der Spuren eines oder mehrerer
bekannter Sterne bei messbar veränderter Helligkeit derselben erhalten
ist. Da der Schwärzungsgrad der Striche wegen der verschieden grossen
linearen Bewegung der Sterne von der Declination derselben abhängt, so
ist bei dieser Methode noch eine besondere Correction erforderlich, und
die Pickering'schen photographischen Sternhelligkeiten können schon aus
diesem Grunde kaum einen höheren Werth beanspruchen, als er z. B. blossen
Helligkeitsschätzungen zukommt.

1) Memoirs of the American Acad. Vol. 11, p. 179. Ausserdem Annals of
the Astr. Obs. of Harvard College. Vol. 18, p. 119; Vol. 26, part. I; Vol. 32, part. I.

III. ABSCHNITT.

RESULTATE

DER PHOTOMETRISCHEN BEOBACHTUNGEN

AM HIMMEL.

Capitel I.
Die Sonne.

Der Centralkörper unseres Planetensystems, von welchem alle Glieder desselben Licht und Wärme empfangen, nimmt bekanntlich als Stern unter den übrigen Sternen keineswegs einen hervorragenden Platz ein. Wie gewaltig auch die Lichtfülle ist, die bei der verhältnissmässig geringen Entfernung der Erde von der Sonne unser Auge trifft, so würde doch von einem der nächsten Fixsterne aus betrachtet die Sonne nur als ein Lichtpunkt von bescheidenem Glanze erscheinen. Wenn es gelingt, das Helligkeitsverhältniss der Sonne zu anderen Himmelskörpern mit grosser Genauigkeit zu bestimmen, so wird uns dadurch nicht nur Aufschluss gegeben, welche Stellung dem Sonnensystem unter den übrigen Welten zukommt, sondern wir gewinnen auch ein einigermassen sicheres Fundament zu weiteren Speculationen über die Dimensionen der anderen Weltkörper, sowie über die ganze Anordnung des Weltalls. Aber auch aus anderen Gründen ist eine genaue Kenntniss der Intensität des Sonnenlichtes erwünscht. Wir haben bereits im ersten Abschnitte bei Berechnung des von einem Planeten reflectirten Sonnenlichtes gesehen, dass eine sichere Bestimmung der Albedo des Planeten nur dann möglich ist, wenn das Helligkeitsverhältniss desselben zur Sonne bekannt ist; wir können also nur auf diesem Wege Aufschlüsse über die physische Beschaffenheit unserer Nachbarplaneten zu erlangen hoffen. Auch die immer wieder auftauchende Frage, ob die Sonne ein veränderlicher Stern ist, lässt sich nur durch die sorgfältigsten photometrischen Messungen beantworten. Bei den gewaltigen Veränderungen, die sich beständig vor unseren Augen auf der Sonnenoberfläche abspielen, ist die Annahme durchaus berechtigt, dass auch Licht und Wärme Schwankungen unterworfen sind, deren Kenntniss schon im Hinblick auf den bedeutenden Einfluss, den diese

Factoren auf alles organische Leben an der Erdoberfläche ausüben, von allerhöchstem Interesse sein muss. Leider ist die Erforschung der Lichtverhältnisse des Sonnenkörpers bisher so mangelhaft geblieben, dass auch nicht im Entferntesten daran zu denken ist, auf Grund derselben Fragen wie die eben angeführten zu entscheiden. Mit einem gewissen Widerstreben haben sich offenbar die Astronomen aller Zeiten an dieses Problem gewagt, und das bisher vorhandene Beobachtungsmaterial, welches in den folgenden Paragraphen in möglichster Vollständigkeit zusammengestellt und kritisch besprochen werden soll, giebt zunächst nur einen keineswegs zuverlässigen Werth für eine der wichtigsten Constanten der Astrophotometrie, welcher dringend der Verbesserung bedarf. Der Grund, weshalb das Studium der Sonnenintensität bisher so sehr vernachlässigt worden ist, liegt wohl hauptsächlich darin, dass eine directe Vergleichung der Sonne sowohl mit irdischen Lichtquellen als auch mit anderen Himmelskörpern wegen der enormen Helligkeitsunterschiede schwer ausführbar ist. Um mit unseren bisherigen instrumentellen Hülfsmitteln derartige Intensitätsdifferenzen zu bestimmen, muss das Sonnenlicht zuvor in messbarem Grade erheblich abgeschwächt werden, und gerade die dazu erforderlichen Zwischenoperationen sind es, welche die Genauigkeit der Resultate beträchtlich verringern. Nur durch zahlreiche, immer wieder abgeänderte Versuche und durch Verbesserung der photometrischen Methoden lässt sich in Zukunft ein Fortschritt auf diesem Gebiete erwarten. Jedenfalls bleibt hier für den Astrophysiker noch ein reiches und lohnendes Feld der Thätigkeit offen.

1. Das Licht der Sonne verglichen mit anderen Lichtquellen.

a. Sonne und künstliches Licht.

Der erste Versuch, das Licht der Sonne mit dem einer Kerze zu vergleichen, ist meines Wissens von Bouguer[1] im Jahre 1725 gemacht worden. Bouguer liess das Sonnenlicht durch eine kleine Öffnung, welche mit einer Concavlinse von 2.25 mm Durchmesser verschlossen war, in ein dunkles Zimmer fallen und fing dasselbe in einer Entfernung von etwa 180 cm auf einem weissen Schirme auf. Da das Licht sich auf dem Schirme über einen Kreis von ungefähr 24.3 cm Durchmesser ausbreitete, so ergab sich die Dichtigkeit der Beleuchtung auf dem Schirme 11664 mal geringer, als die Dichtigkeit der Beleuchtung beim Auffallen auf die Linse. Eine Wachskerze in der Entfernung von 43.3 cm beleuchtete den Schirm

---

1. Traité d'optique, p. 85.

etwa ebenso hell, wie die Sonne durch die Linse. Um aber eine 11664 mal
stärkere Beleuchtung hervorzubringen, müsste die Kerze dem Schirme
bis auf eine Distanz von 4.01 mm nahe gebracht werden. Es folgt also
daraus leicht, dass in der Entfernung von 1 Meter rund 62000 Kerzen
aufgestellt werden müssten, um den gleichen Beleuchtungseffect wie die
Sonne zu erzielen.

Bei diesem Versuche hatte die Sonne eine Höhe von 31° über dem
Horizonte. Berücksichtigt man die Extinction in der Erdatmosphäre, so
findet man, dass die Sonne, im Zenith gedacht, eine Fläche senkrecht
ebenso stark beleuchten würde, wie rund 75600 Kerzen in der Entfernung
von 1 Meter. Da bei dieser Berechnung auf die Absorption des Sonnenlichtes in der Linse gar keine Rücksicht genommen ist, und da ferner
die Vergleichung wegen der Verschiedenheit der Farben von Sonnen- und
Kerzenlicht nothgedrungen sehr schwierig sein musste, so kann das abgeleitete Resultat nur als ein erster Näherungswerth betrachtet werden.

Nicht viel besser steht es mit dem Resultate. zu welchem Wollaston[1])
im Jahre 1799 gelangt ist. Derselbe bediente sich der Rumford'schen
Schattenmethode, indem er das Sonnenlicht durch eine kleine Öffnung
(ohne Linse) in ein dunkles Zimmer eindringen liess, in gewisser Entfernung von der Öffnung einen dünnen cylindrischen Stab und unmittelbar
dahinter eine weisse Fläche aufstellte und eine Kerzenflamme so lange
verschob, bis die beiden auf dem Schirme entstehenden Schatten gleich
intensiv erschienen. Ist e die Entfernung der Kerze vom Auffangschirme
in Metern, und ist d' die Lichtquantität, welche auf die Flächeneinheit
in der Entfernung von 1 Meter senkrecht auffällt, so erhält der Sonnen-
schatten von der Kerze die Beleuchtung $\dfrac{d'}{e^2}$. Ist ferner d die Lichtquantität, welche von der Sonne auf die Flächeneinheit senkrecht auffällt, so wird infolge der kleinen Öffnung auf die Flächeneinheit des
Schirmes nur ein Theil gelangen können, der sich zu d selbst verhält
wie der vom Schirme aus durch die kleine Öffnung hindurch sichtbare
Theil der Sonne zu der ganzen scheinbaren Sonnenscheibe. Dieses Verhältniss ist aber gleich dem Verhältnisse der Quadrate der Tangenten der
scheinbaren Halbmesser von Öffnung (vom Schirme aus gesehen) und
Sonne. Ist also D der wirkliche Durchmesser der kleinen Öffnung in
Metern, E die Entfernung derselben vom Schirme, und S endlich der
scheinbare Sonnenradius, so erhält der Kerzenschatten auf dem Schirme
von der Sonne die Beleuchtung $\dfrac{d \times D^2}{4\,E^2\,\mathrm{tang}^2\,S}$.

1 Phil. Trans. of the R. Soc. of London. 1829, p. 19.

Da nun die Kerze bei den Versuchen so weit verschoben wird, bis die Beleuchtungen der beiden Schatten einander gleich erscheinen, so hat man:

$$\frac{d'}{e^2} = \frac{d \times D^2}{4\,E'^2\,\mathrm{tang}^2\,S},$$

und mithin:

$$\frac{d}{d'} = \frac{4\,E'^2\,\mathrm{tang}^2\,S}{e^2\,D^2}.$$

Aus den zwölf einzelnen Messungen, welche Wollaston angestellt hat, ergiebt sich im Mittel $\frac{d}{d'} = 59881$, d. h. die Sonne beleuchtet die Flächeneinheit ebenso stark wie 59881 Kerzen in der Entfernung von 1 Meter.

Was die Sicherheit der Messungen und die angewandte Methode betrifft, so würde der Wollaston'sche Werth entschieden den Vorzug vor dem Bouguer'schen verdienen; leider verliert derselbe aber dadurch an Bedeutung, dass die Sonnenhöhen, bei denen die Beobachtungen angestellt wurden, nicht angegeben sind, und daher der Einfluss der Extinction nicht bestimmt werden kann. Nimmt man an, dass die Messungen stets gegen Mittag ausgeführt wurden, so würde die durchschnittliche Sonnenhöhe, da die Beobachtungen Anfang Juni stattfanden, etwa 60° betragen haben, und es würde daraus folgen, dass die Beleuchtung durch die Sonne im Zenith der Beleuchtung durch 61446 Kerzen in der Entfernung von 1 Meter gleichkommt. Dieser Werth ist als Minimalwerth anzusehen; er würde sich, falls die Beobachtungen in grösseren Entfernungen vom Meridian angestellt wären, noch mehr dem Bouguer'schen nähern.

Aus neuerer Zeit sind noch zwei weitere Bestimmungen des Helligkeitsverhältnisses von Sonnen- und Kerzenlicht bekannt geworden, und zwar von Thomson[1]) und Exner[2]). Ersterer hat seine Beobachtungen ebenso wie Wollaston nach der Rumford'schen Schattenmethode angestellt. Aus den mitgetheilten Zahlen ergiebt sich, mit Berücksichtigung der Extinction in der Atmosphäre, für die Lichtwirkung der Sonne im Zenith der Werth 36104 Meterkerzen, der beträchtlich kleiner als die Werthe von Bouguer und Wollaston ist. Da die Beobachtungen an einem Wintertage bei einer Sonnenhöhe von nur 9° ausgeführt worden sind, so ist wegen der Unsicherheit der Extinctionsreduction eine stärkere Abweichung leicht erklärlich. Man wird daher dem Thomson'schen Werthe kein sehr grosses Gewicht geben dürfen.

---

1 Nature. Vol. 27, p. 277.
2) Sitzungsb. der K. Akad. der Wiss. zu Wien. Math.-naturw. Classe. Bd. 94 (1886), p. 345.

Exner hat sich bei seinen Messungen eines Ritchie'schen Photometers bedient, in welchem die Spiegel durch ein rechtwinkliges Prisma aus Gyps ersetzt waren, so dass nur diffuse Reflexion stattfinden konnte. Das Sonnenlicht wurde, ehe es auf das Prisma fiel, durch rotirende Scheiben mit verstellbaren sectorförmigen Ausschnitten in messbarem Grade geschwächt, und die letzte feine Vergleichung mit dem Lichte der benutzten Normalkerze wurde durch die Drehung des Prismas um eine zu der Kante desselben parallele Axe ausgeführt, wodurch der Incidenzwinkel der Sonnenstrahlen verändert wurde. Die Abhängigkeit der Intensität von dem Incidenzwinkel wurde empirisch durch besondere Versuche bestimmt. Die Messungen selbst geschahen bei Einschaltung von farbigen Medien (Gläser und Flüssigkeiten) zwischen Prisma und Auge in drei verschiedenen Farben, Roth, Grün und Blau. Zieht man nur die durch das grüne Glas hindurchgelassenen Strahlengattungen, welche etwa das Spectralgebiet zwischen D und F umfassen, in Betracht, so folgt im Mittel aus allen einzelnen Bestimmungen mit Berücksichtigung der Extinction für die von der Sonne im Zenith ausgehende Beleuchtung der Werth 46450 Meterkerzen.

Mit Rücksicht darauf, dass die Intensität einer Kerzenflamme kein absolut constantes Helligkeitsmass[1] ist, und dass z. B. schwerlich vollkommene Gleichheit zwischen der von Bouguer und der von Exner benutzten Kerze vorausgesetzt werden kann, wird man von vornherein starke Differenzen zwischen verschiedenen Bestimmungen erwarten können, wenn auch nicht so grosse, wie sie in den angeführten Zahlen zu Tage treten. Am meisten Vertrauen verdient der Exner'sche Werth, der sich aber nur auf die grünen Strahlen bezieht. Man wird jedenfalls auf Grund der bisherigen Untersuchungen nicht mehr sagen dürfen, als dass die Sonne in mittlerer Entfernung (im Zenith) eine ebenso starke Beleuchtung hervorbringt, wie etwa 50000 Normalkerzen in der Entfernung von 1 Meter. Diese Zahl würde noch um ungefähr 20 Procent zu vergrössern, also durch 60000 zu ersetzen sein, wenn man die Gesammtabsorption unserer Erdatmosphäre in Rechnung bringen und die Lichtwirkung der Sonne ausserhalb der Atmosphäre betrachten wollte.

[1] Unter Normalkerze versteht man gewöhnlich die englische Wallrathkerze, welche eine Flammenhöhe von 44.5 mm hat und in der Stunde 7.77 g verbraucht. Ausser dieser Kerze wird als Lichteinheit häufig noch die französische Stearinkerze und die deutsche Vereinskerze benutzt, deren Lichtstärken sich zu derjenigen der englischen Normalkerze nach Bestimmungen von Violle wie 1.15 resp. 1.13 zu 1 verhalten. Die von Violle vorgeschlagene Platinlichteinheit entspricht in ihrer Wirkung etwa 18.5 englischen Normalkerzen, und die besonders in Frankreich gebräuchliche Carcellampe kommt etwa 9 solcher Kerzen gleich. — Näheres über diese und andere irdische Normallichtquellen findet man in dem Buche von H. Krüss »Die elektrotechnische Photometrie. Wien, Pest, Leipzig, 1886«.

Denkt man sich endlich Kerzen in einer Entfernung von der Erde, die gleich der Sonnenentfernung ist, aufgestellt, so würde eine Anzahl von etwa 134×10^{15} erforderlich sein, um die gesammte Lichtwirkung der Sonne zu ersetzen.

Wir haben bisher nur von der Beleuchtung gesprochen, welche das gesammte von der Sonne ausgestrahlte Licht hervorbringt. Wesentlich verschieden davon ist die mittlere scheinbare Helligkeit der Sonnenoberfläche. Wollen wir diese im Verhältnisse zu anderen Lichtquellen ausdrücken, so müssen wir die scheinbaren Grössen der ausstrahlenden Flächen berücksichtigen. Die Fläche einer Kerzenflamme beträgt etwa $3 \square$ cm; sie erscheint daher, als Kreis gedacht, in der Entfernung von 1 m unter einem Winkel von $1°7'11''$. Mit Zugrundelegung des obigen Werthes von 50000 Kerzen für die Sonnenbeleuchtung findet man daher, dass die scheinbare Helligkeit der Sonnenoberfläche ungefähr 220420 mal so stark ist, wie die scheinbare Helligkeit einer englischen Normalkerze.

Vereinzelt sind Versuche gemacht worden, das Sonnenlicht auch mit intensiveren irdischen Lichtquellen als dem Kerzenlichte zu vergleichen. So haben Fizeau und Foucault auf photographischem Wege festgestellt, dass die mittlere scheinbare Helligkeit der Sonnenoberfläche 146 mal so hell ist wie das Drummond'sche Kalklicht und ungefähr 3 mal so hell wie der elektrische Flammenbogen. Ferner hat Langley das von geschmolzenem Eisen ausgestrahlte Licht mit der Sonne verglichen und gefunden, dass die scheinbare Helligkeit desselben etwa 5300 mal geringer ist als die der Sonne.

b. Sonne und Vollmond.

Unter allen Himmelskörpern kommt der Mond an Helligkeit der Sonne am nächsten, und es ist daher begreiflich, dass man der Bestimmung des Intensitätsverhältnisses dieser beiden Gestirne besonderes Interesse gewidmet hat. Da eine gleichzeitige Beobachtung derselben nicht möglich ist, so ist man leider gezwungen, als Mittelglied bei ihrer Vergleichung künstliches Licht zu benutzen, und dadurch wird die Sicherheit der Resultate nicht unwesentlich beeinträchtigt. Dazu kommt, dass die Helligkeit des Mondes mit der Phase variirt, und dass, wenn man die Beobachtungen nicht zu der genauen Zeit des Vollmondes anstellen kann, Reductionen erforderlich sind, die ein weiteres Element der Unsicherheit bilden. Es ist daher nicht zu verwundern, dass die bisherigen Angaben sehr erhebliche Schwankungen zeigen, und dass der Endwerth, den man

aus den besten Bestimmungen ableiten kann, mindestens noch um sechs
Procent unsicher ist.

Bis vor wenigen Jahrzehnten waren nur zwei Werthe für das Helligkeitsverhältniss von Sonne und Vollmond bekannt, die sich auch in allen
astronomischen Lehrbüchern finden, obgleich sie miteinander gänzlich unvereinbar sind. Bouguer[1]) giebt die Zahl 300000 und Wollaston[2]) den
Werth 801072 an. Bouguer hat sowohl Sonne als Mond nach seiner im
Vorangehenden erwähnten Methode mit dem Lichte einer Kerze verglichen,
und da er nur Vollmondnächte (im Ganzen vier) benutzt, ausserdem beide
Gestirne stets nahe in gleichen Höhen über dem Horizonte gemessen hat,
so würde man von vornherein geneigt sein, dem von ihm angegebenen
Mittelwerthe ein gewisses Vertrauen zu schenken, wenn er nicht selbst die
Genauigkeit desselben durch die Bemerkung in Zweifel gestellt hätte:
»les grandes difficultés qu'il y a à déterminer un semblable rapport, font
que je n'ose pas le regarder comme exact«. Offenbar ist sein Endwerth
beträchtlich zu klein.

Was den Wollaston'schen Werth betrifft, so ist derselbe entschieden
zu verwerfen, obgleich die Messungen selbst (Vergleichung von Sonne und
Mond mit Kerzenlicht nach der Rumford'schen Schattenmethode) den
Bouguer'schen Messungen überlegen sind. Die Verwerfung ist aus dem
Grunde geboten, weil es zweifelhaft bleibt, ob die Extinction bei den
Wollaston'schen Beobachtungen berücksichtigt worden ist. Die Höhen
der beiden Gestirne und die Beobachtungszeiten sind von Wollaston
nicht angegeben; da aber der Mond an den beiden Beobachtungstagen
eine sehr grosse südliche Declination besass, so dass er nicht höher als
etwa 11° über dem Horizonte von London gestanden haben kann, so ist
die Wollaston'sche Zahl nur dann zu acceptiren, wenn auch die Sonnen-
messungen bei demselben tiefen Stande gemacht sind. Darüber findet
sich keine Angabe, die Voraussetzung ist aber deshalb kaum zulässig,
weil sich dann ein übermässig grosser Werth für das Helligkeitsverhältniss
von Sonnen- und Kerzenlicht ergeben würde. Welchen Einfluss aber
die Vernachlässigung der Extinction auf das Endresultat haben kann,
geht daraus hervor, dass man unter der Annahme, Sonne und Mond
wären beide in der Nähe des Meridians beobachtet worden, statt
801072 den Werth 372450 finden würde, also eine Zahl, die der
Bouguer'schen nahe käme. Die Unklarheit, welche über diesen wichtigen Punkt herrscht, bedingt jedenfalls ein gänzliches Ausschliessen des
Wollaston'schen Werthes.

---

1. Traité d'optique, p. 87.
2) Phil. Trans. of the R. Soc. of London. 1829, p. 27.

Die zuverlässigsten Bestimmungen des Helligkeitsverhältnisses von Sonne und Vollmond verdanken wir den Untersuchungen von Bond[1]) aus dem Jahre 1860 und von Zöllner[2]) aus dem Jahre 1864. Ersterer hat bei seinen Beobachtungen versilberte Glaskugeln benutzt. Eine solche Kugel wurde den Sonnenstrahlen ausgesetzt, das durch Reflex entstehende Bildchen von einer zweiten kleineren Kugel aufgefangen und zugleich mit dem Bilde einer künstlichen Lichtquelle betrachtet, welches ebenfalls von dieser zweiten Kugel entworfen wurde. Durch Verstellen der Kugeln gegeneinander und durch Verschieben des Vergleichslichtes liess sich die gleiche Helligkeit der Bilder herstellen, und aus den Dimensionen der Kugeln, sowie aus den gemessenen Entfernungen ergab sich nach den bekannten Formeln (siehe Seite 229) das Intensitätsverhältniss von Sonne und Vergleichslicht. In derselben Weise geschahen die Messungen am Monde. Als Vergleichslicht diente das Licht von bengalischen Flammen (Bengola lights). Mit Berücksichtigung aller Reductionsgrössen findet Bond für das Verhältniss von Sonne zu Vollmond, beide Himmelskörper in mittleren Entfernungen von der Erde gedacht, den Werth 470980. Trotz der geringen Zahl von Messungen, auf denen dieser Werth beruht, erscheint er durchaus vertrauenswürdig. Bedenklich dürfte höchstens die Anwendung des von Bond gewählten Vergleichslichtes sein, über dessen Constanz jegliche näheren Angaben fehlen.

Zöllner hat bei seinen Vergleichungen von Sonne und Mond die beiden von ihm construirten Photometer benutzt; seine Resultate beruhen daher auf zwei ganz verschiedenen Beobachtungsmethoden, da bei dem ersten Zöllner'schen Photometer Flächen, bei dem zweiten Punkte miteinander verglichen werden. Als Zwischenglied diente bei beiden Methoden die mit dem Photometer verbundene Petroleumlampe. Das Sonnenlicht wurde durch eine Combination von Blendgläsern, deren Absorptionscoefficienten genau bestimmt waren, abgeschwächt. Bei dem zweiten Photometer kam an Stelle des gewöhnlichen Objectivs eine besondere Linsencombination zur Verwendung, welche punktartige Bilder von Sonne und Mond lieferte. Die Mondbeobachtungen wurden endlich mit Hülfe der von Zöllner abgeleiteten Phasencurve (siehe nächstes Capitel) auf Vollmondhelligkeit reducirt. Gegen das Zöllner'sche Verfahren ist der Einwurf zu erheben, dass die Petroleumlampe nicht während längerer Zeiträume als genügend constantes Vergleichslicht betrachtet werden kann. Bei geeigneten Vorsichtsmassregeln wird zwar eine gleich-

---

1) Memoirs of the American Acad. New series, Vol. 8, p. 287.
2) Zöllner, Photometrische Untersuchungen etc. Leipzig, 1865, p. 73—117.

mässige Helligkeit innerhalb vieler Stunden erzielt werden können, aber die Annahme, dass die Helligkeit während mehrerer Monate, wie es bei den Zöllner'schen Beobachtungen gefordert wurde, unverändert bleibt, ist nach den Erfahrungen Aller, die sich mit photometrischen Messungen beschäftigt haben, durchaus unzulässig. Wenn die Zöllner'schen Messungen trotzdem ganz ausgezeichnet miteinander übereinstimmen, so kann dies nur einem glücklichen Zufalle zugeschrieben werden. Bei einer Wiederholung der Zöllner'schen Versuche, die sehr wünschenswerth ist, wird man gut thun, nur solche Beobachtungen von Sonne und Mond zu combiniren, die einige Stunden auseinander liegen, so dass merkliche Änderungen der Lampenhelligkeit nicht zu befürchten sind.

Die Werthe, welche Zöllner aus seinen sämmtlichen Messungen für den Quotienten $\dfrac{\text{Sonne (in mittl. Entf.)}}{\text{Vollmond (in mittl. Entf.)}}$ abgeleitet hat, sind 618000 nach der einen und 619600 nach der anderen Methode.

Trotz der vortrefflichen Übereinstimmung dieser beiden Werthe ist den Zöllner'schen Zahlen doch schwerlich grössere Bedeutung einzuräumen als dem Bond'schen Werthe, schon deshalb nicht, weil der absolute Betrag bei Zöllner ganz und gar von den angenommenen Absorptionscoefficienten der benutzten Blendgläser abhängt, deren sichere Bestimmung mit Schwierigkeiten verbunden ist. Bis bessere Bestimmungen vorhanden sind, dürfte es sich empfehlen, das Mittel aus den beiden Zöllner'schen Werthen und dem Bond'schen zu benutzen und daher abgerundet zu setzen:

$$\frac{\text{Sonne}}{\text{Vollmond}} = 569500.$$

Der wahrscheinliche Fehler dieses Werthes dürfte schwerlich unter 6 Procent betragen.

Da die beiden Himmelskörper nahezu dieselbe scheinbare Grösse besitzen, so giebt die obige Zahl auch gleichzeitig das Verhältniss ihrer mittleren scheinbaren Helligkeiten an.

Will man den Intensitätsunterschied zwischen Sonne und Mond, wie es jetzt in der Astronomie allgemein üblich ist, in Sterngrössenclassen ausdrücken, so folgt aus dem obigen Werthe, dass die Sonne um rund 14.4 Grössenclassen heller ist als der Mond. Es ist dies ungefähr derselbe Betrag, um welchen der Planet Mars seine Trabanten an Lichtstärke übertrifft.

c. Sonne und Fixsterne.

Die bisherigen Versuche, das Helligkeitsverhältniss der Sonne zu einem Fixsterne direct zu bestimmen, sind sehr spärlich und haben zu stark voneinander abweichenden Resultaten geführt, was bei der Schwierigkeit derartiger Vergleichungen kaum in Verwunderung setzen kann. Die erste Bestimmung rührt, soweit bekannt ist, von Huyghens[1] her, welcher eine Helligkeitsvergleichung zwischen Sonne und Sirius in seinem » Kosmotheoros « ausführlich beschreibt. Bei der Ungenauigkeit seiner Beobachtungsmethode, die darin bestand, dass er das Sonnenbild durch winzige Öffnungen so weit verkleinerte, bis es ihm der Erinnerung nach ebenso hell zu sein schien, wie der Sirius bei Nacht, kann das Huyghens'sche Resultat, welches die Helligkeit der Sonne 765 Millionen mal grösser giebt als die Helligkeit des Sirius, nur ein historisches Interesse beanspruchen. Der Werth ist zweifellos viel zu klein.

Ausser der Huyghens'schen Bestimmung sind nur noch zwei Versuche zur directen Vergleichung von Sonnen- und Fixsternlicht bekannt geworden, und zwar von Wollaston[2] aus dem Jahre 1827 und von Zöllner[3] aus dem Jahre 1864. Wollaston hat die Sonne ebenfalls mit Sirius verglichen und zwar vermittelst einer Kerze als Zwischenglied. Er beobachtete das von einer kleinen Thermometerkugel reflectirte Sonnenbild durch ein Teleskop und verglich es mit dem durch eine Linse von kurzer Brennweite betrachteten Bilde einer Kerze, welches von einer anderen Kugel reflectirt wurde. Die gleiche Helligkeit der Bilder wurde durch Veränderung der Entfernung der Kerze hergestellt. In ähnlicher Weise wurde der im Teleskop eingestellte Sirius mit dem reflectirten Kerzenbildchen verglichen. Mit Berücksichtigung der Distanzen der Kerze und der Durchmesser der Kugeln erhielt Wollaston aus sieben verschiedenen Versuchen für das Helligkeitsverhältniss von Sonne zu Sirius im Mittel den Werth 108809². Dabei ist der Lichtverlust nicht berücksichtigt, den die Sonne bei der Reflexion von der Thermometerkugel erfahren hat. Indem Wollaston ganz willkürlich dafür ungefähr 50 Procent annahm, leitete er den Endwerth ab:

$$\frac{\text{Sonne}}{\text{Sirius}} = 20000 \text{ Millionen}.$$

Diese Zahl ist wahrscheinlich zu gross, weil nach den Erfahrungen anderer Beobachter eine Quecksilberkugel beträchtlich mehr als die Hälfte

1) Christiani Hugenii opera varia. Herausg. von G. J. s'Gravesande. Lugduni Batavorum, 1724. Tomus tertius, p. 717.
2) Phil. Trans. of the R. Soc. of London. 1829, p. 19.
3) Zöllner, Photometrische Untersuchungen etc., p. 120—125.

des auffallenden Lichtes zurückwirft. Der Werth 15000 Millionen würde vermuthlich der Wahrheit näher kommen. Leider wird durch die Unsicherheit dieses Reductionselementes die Bedeutung der im Übrigen durchaus vertrauenswürdigen Wollaston'schen Bestimmung etwas beeinträchtigt.

Zöllner hat das Intensitätsverhältniss der Sonne zu α Aurigae vermittelst seines Astrophotometers bestimmt, indem er durch eine Linsencombination ein punktartiges Bild der Sonne herstellte und dasselbe mit dem künstlichen Photometerstern verglich, während er mit dem gewöhnlichen Objectiv des Instrumentes die Helligkeit von α Aurigae im Verhältniss zum künstlichen Stern ermittelte. Durch besondere Messungen musste das Verhältniss der bei der Sonne angewandten Linsencombination zu dem gewöhnlichen Objectiv bestimmt werden, und zur Abschwächung des Sonnenlichtes waren ausserdem Blendgläser erforderlich. Zöllner findet:

$$\frac{\text{Sonne}}{\alpha\ \text{Aurigae}} = 55760 \text{ Millionen};$$

er schreibt diesem Werthe, nach der inneren Übereinstimmung der einzelnen Messungen, einen wahrscheinlichen Fehler von 5 Procent zu. Die Unsicherheit des absoluten Betrages ist aber jedenfalls aus denselben Gründen, wie bei dem Helligkeitsverhältnisse von Sonne und Vollmond, viel grösser.

Interessant ist noch eine Vergleichung des Zöllner'schen Werthes mit derjenigen Zahl, zu der man auf indirectem Wege gelangt, wenn man das Helligkeitsverhältniss von Sonne zu Vollmond mit dem anderweitig bestimmten Helligkeitsverhältniss von Mond zu Fixsternen (siehe nächstes Capitel) combinirt. Es ergiebt sich dann:

$$\frac{\text{Sonne}}{\alpha\ \text{Aurigae}} = 37165 \text{ Millionen},$$

also ein Werth, der von dem Zöllner'schen um mehr als 30 Procent des letzteren verschieden ist.

Will man die Helligkeit der Sonne in Sterngrössen ausdrücken (wobei man natürlich auf negative Grössen kommt), so ergiebt sich, da α Aurigae nach den neuesten Messungen die Grösse 0.27 besitzt, dass die Sonne ein Stern ist von der Grösse — 26.60 (nach Zöllner) oder — 26.16 (nach der indirecten Methode).

Unter der Voraussetzung endlich, dass α Aurigae eine jährliche Parallaxe von 0.″11 hat, folgt noch aus den obigen Bestimmungen, dass uns die Sonne in derselben Entfernung wie α Aurigae als ein Stern von der Grösse 6.5 erscheinen würde. Demnach müsste, da sich nach den spectralanalytischen Untersuchungen die beiden Gestirne höchstwahrscheinlich in demselben Entwicklungsstadium, also auch in gleichem Glühzustande befinden, die Sonne·ein viel kleinerer Weltkörper sein als α Aurigae.

2. Die Vertheilung der Helligkeit auf der Sonnenscheibe.

Es ist in den vorangehenden Abschnitten schon mehrfach darauf hingewiesen worden, dass die Sonnenscheibe uns nicht als eine gleich-mässig leuchtende Fläche erscheint, sondern dass die Helligkeit am Rande merklich geringer ist als in der Mitte. Diese heut allgemein anerkannte Thatsache ist früher ein vielumstrittener Punkt gewesen. Galilei und später Huyghens hielten die Sonne an allen Punkten für gleich hell. Der Jesuitenpater Scheiner scheint der Erste gewesen zu sein, der dieser Ansicht entgegengetreten ist, ohne dass jedoch sein Widerspruch die ver-diente Beachtung gefunden hat. Zwei um die Photometrie so hoch ver-diente Männer wie Bouguer und Lambert wichen noch um die Mitte des vorigen Jahrhunderts in dieser Frage, wie schon früher betont wurde, durchaus voneinander ab. Während Lambert in seiner »Photometria« (§ 73) ausdrücklich sagt, dass wohl Niemand leugnen wird, dass das Auge die Oberfläche der Sonne überall gleich hell erblickt, hat Bouguer[1] nicht nur die entgegengesetzte Meinung vertreten, sondern er hat auch die ersten Versuche zur quantitativen Bestimmung der Helligkeits-abnahme von der Mitte der Sonnenscheibe nach dem Rande hin an-gestellt. Sein Resultat gipfelt darin, dass die Lichtintensität im Centrum sich zur Intensität einer um $\frac{3}{4}$ des Radius vom Centrum entfernten Stelle wie 48 zu 35 verhält. Es ist bemerkenswerth, dass diese Angabe des ausgezeichneten französischen Physikers, dessen Beobachtungsergebnisse auf fast allen Gebieten der Photometrie auch heute noch die höchste Beachtung verdienen, sehr gut mit den besten neueren Bestimmungen harmonirt. Das Bouguer'sche Resultat ist später noch mehrfach angezweifelt worden, unter Anderen sogar von einer Autorität wie Arago, der zwar eine Helligkeitsabnahme nach dem Rande hin nicht gänzlich in Abrede stellte, aber auf Grund seiner Versuche zu dem Schlusse kam, dass der Unterschied zwischen der Intensität am Rande und der in der Mitte nicht mehr als etwa $\frac{1}{10}$ betragen könnte. Man kann diese mit zuverlässigen Messungen durchaus unvereinbare Zahlenangabe wohl kaum anders er-klären als durch die Unzulänglichkeit der von Arago benutzten Hülfs-mittel, insbesondere durch die Kleinheit der Sonnenbilder, mit denen er

---

1) Traité d'optique, p. 90.

operirt hat. Durch eine Anzahl von wichtigen Untersuchungen ist seitdem die Vertheilung der Helligkeit auf der Sonnenscheibe so sorgfältig studirt worden, dass die gewonnenen Resultate bereits als werthvolle Grundlage zu weiteren Betrachtungen über die Ausdehnung und Beschaffenheit der Sonnenatmosphäre, welche diese Intensitätsverschiedenheiten bedingt, dienen können.

Eine der ersten neueren Messungsreihen, die wenig bekannt zu sein scheint, rührt von Chacornac[1] her. Derselbe blendete in einem grösseren Fernrohre aus dem Brennpunktsbilde der Sonne mittelst zweier in einem undurchsichtigen Schirme angebrachten kleinen Öffnungen zwei Partien heraus, eine in der Mitte, die andere in bestimmter Entfernung vom Rande, brachte dann durch ein doppeltbrechendes Prisma das ordentliche Bild des einen Lichtscheibchens neben das ausserordentliche des anderen und stellte endlich die gleiche Helligkeit dieser beiden Bilder mit Hülfe eines drehbaren Nicolprismas her. Die Resultate, zu denen er gelangte, sind die folgenden, wenn der Radius der Sonnenscheibe mit 1 und die Intensität in der Mitte mit 100 bezeichnet wird.

Abstand von der Sonnenmitte	Intensität
0.000	100
0.292	100
0.523	92

Für Punkte in der Nähe des Randes fand Chacornac die Intensität höchstens halb so gross wie diejenige des Centrums. Er hat ausserdem auf die verschiedene Färbung von Mitte und Rand aufmerksam gemacht, welche solche Messungen wesentlich erschwert, und schon damals auf die Wichtigkeit spectrophotometrischer Beobachtungen hingewiesen, die erst viele Jahre später von Vogel zur praktischen Ausführung gebracht worden sind.

Eine sehr umfangreiche Untersuchung über die fragliche Helligkeitsvertheilung ist im Jahre 1859 von Liais[2] angestellt worden, deren Ergebnisse jedoch wegen der Unzuverlässigkeit der angewandten Methode kein sehr grosses Vertrauen verdienen. Liais brachte in der Focalebene seines Fernrohrs einen beweglichen Schirm an, mittelst dessen er einen beliebig grossen Theil der Sonnenscheibe verdecken konnte. Das abgeblendete Bild wurde durch Ausziehen des Oculars in vergrössertem Massstabe auf einen weissen Schirm projicirt, der durch die direct auf ihn fallenden Sonnenstrahlen gleichmässig beleuchtet war.

1) Comptes Rendus. T. 49, p. 806.
2) Mémoires de la société des sciences de Cherbourg. Vol. 12 (1866), p. 277.

Durch die bewegliche Blende wurden dann nacheinander verschiedene Partien der Sonnenscheibe herausgeblendet, und in jedem Falle wurde das Ocular so weit verschoben, bis das projicirte Bild auf dem Schirme nicht mehr vom Untergrunde unterschieden werden konnte. Die Grösse der Verschiebung des Oculars gab ein Mass für das Intensitätsverhältniss der untersuchten Stellen. Es unterliegt keinem Zweifel, dass diese Verschwindungsmethode gerade bei der grossen Lichtfülle der Sonne wenig geeignet ist. Die Liais'schen Zahlen ergeben die Intensitätsabnahme von der Mitte nach dem Rande hin offenbar zu gering.

Zuverlässiger sind die Resultate, welche Pickering und Strange[1] im Jahre 1874 nach einem etwas ähnlichen Verfahren erhalten haben. Sie projicirten in einem dunklen Raume vermittelst eines kleinen Fernrohrs ein Sonnenbild von etwa 40 cm Durchmesser auf einen Schirm, in welchem eine Öffnung von 1.9 cm Durchmesser angebracht war. Das durch diese Öffnung hindurchgehende Licht traf auf ein Bunsen'sches Photometer und wurde mit dem Lichte einer Normalkerze verglichen. Auf diese Weise konnte das Helligkeitsverhältniss beliebiger Stellen der Sonnenscheibe mit ziemlicher Sicherheit ermittelt werden. Ein Nachtheil dieser Methode liegt in der Verwendung des Kerzenlichtes als Mittelglied, weil etwaige Schwankungen des Luftzustandes während einer Messungsreihe die Ergebnisse verfälschen können, was bei der Liais'schen Methode nicht zu befürchten ist. Aus den von Pickering und Strange angestellten Messungen lässt sich die folgende Tabelle ableiten:

Abstand von der Mitte	Intensität	Abstand von der Mitte	Intensität
0.00	100.0	0.70	82.3
0.10	99.2	0.75	78.8
0.20	97.6	0.80	74.5
0.30	95.7	0.85	69.2
0.40	93.8	0.90	63.2
0.50	91.3	0.95	55.4
0.60	87.4	1.00	37.4

Bei Weitem die ausführlichsten und zuverlässigsten Beobachtungen über die Helligkeitsabnahme nach dem Rande hin sind von H. C. Vogel[2] im Jahre 1877 angestellt worden. Der hohe Werth dieser Messungen liegt hauptsächlich darin, dass sie sich nicht, wie die früheren, auf das

1) Proc. of the American Acad. of arts and sciences. New Series, Vol. II, p. 428.
2) Monatsber. d. K. Preuss. Akad. d. Wiss. 1877, p. 104.

Gesammtlicht der Sonne, sondern auf die einzelnen Strahlengattungen beziehen und das wichtige Resultat ergeben, dass die Intensitätsabnahme von der Sonnenmitte nach dem Rande hin für die violetten Strahlen beträchtlich grösser ist als für die rothen. Vogel hat sich des Spectralphotometers bei seinen Beobachtungen bedient und dadurch, dass er das Spectrum der einzelnen Partien der Sonnenoberfläche stets mit dem Spectrum des Gesammtlichtes verglich, den bei dem Pickering'schen Verfahren auftretenden Übelstand vermieden. Die Vogel'schen Werthe sind in der folgenden Tabelle enthalten, wobei durchgängig die Helligkeit in der Sonnenmitte mit 100 bezeichnet ist.

Abstand von der Sonnenmitte	Intensität für die Strahlen von der Wellenlänge					
	405—412 μμ	440—446 μμ	467—473 μμ	510—515 μμ	573—585 μμ	658—666 μμ
0.00	100.0	100.0	100.0	100.0	100.0	100.0
0.10	99.6	99.7	99.7	99.7	99.8	99.9
0.20	98.5	98.7	98.8	98.7	99.2	99.5
0.30	96.3	96.8	97.2	96.9	98.2	98.9
0.40	93.4	94.1	94.7	94.3	96.7	98.0
0.50	88.7	90.2	91.3	90.7	94.5	96.7
0.60	82.4	84.9	87.0	86.2	90.9	94.8
0.70	74.4	77.8	80.8	80.0	84.5	91.0
0.75	69.4	73.0	76.7	75.9	80.1	88.1
0.80	63.7	67.0	71.7	70.9	74.6	84.3
0.85	56.7	59.6	65.5	64.7	67.7	79.0
0.90	47.7	50.2	57.6	56.6	59.0	71.0
0.95	34.7	35.0	45.6	44.0	46.0	58.0
1.00	13.0	14.0	16.0	16.0	25.0	30.0

Diese Tabelle zeigt den erheblichen Unterschied in dem Verhalten der rothen und violetten Strahlen. Es geht daraus hervor, dass die Färbung der Sonne am Rande eine andere sein muss als in der Mitte, eine Thatsache, die ausser von Chacornac auch von Secchi, Langley und Anderen betont worden ist, und die mit dazu beiträgt, die directe Vergleichung von Mitte- und Randpartien zu erschweren.

Die Pickering'schen Angaben stimmen mit den Vogel'schen Werthen für die gelben und rothen Strahlen ziemlich befriedigend überein; nur die Zahlen für die äussersten Randtheile weichen merklich ab, was aber wohl darauf zurückzuführen ist, dass bei dem Pickering'schen Verfahren überhaupt nicht der eigentliche Rand, sondern stets ein messbarer Theil der Scheibe bei der Beobachtung benutzt wird, und daher im Allgemeinen zu grosse Angaben erwartet werden müssen. In dieser Beziehung ist die spectralphotometrische Methode, bei der jedesmal nur der winzige auf den

Spalt fallende Theil des Sonnenbildes berücksichtigt wird, allen anderen Methoden überlegen, und es kann nicht dringend genug empfohlen werden, sich bei weiteren Untersuchungen über den Gegenstand derselben ausschliesslich zu bedienen.

Eine allerdings nur kurze Messungsreihe aus dem Jahre 1882 von Guy und Thollon[1] mit einem Spectralphotometer von Guy bestätigt in befriedigender Weise die Vogel'schen Resultate. Da Vogel seine Messungen zur Zeit des Sonnenfleckenminimums angestellt hat, so dürfte es von Interesse sein, dieselben mit ebensolcher Genauigkeit zur Zeit des Maximums zu wiederholen, wo möglicher Weise die absorbirende Wirkung der Sonnenatmosphäre etwas anders sein kann. Auch ist es empfehlenswerth, derartige Untersuchungen an der Sonnenscheibe nicht auf eine bestimmte Richtung, z. B. auf diejenige vom Centrum nach den Polen hin, zu beschränken, sondern dieselben über möglichst viele verschiedene Positionswinkel auszudehnen, um Fragen nach etwaigen Unterschieden zwischen nördlicher und südlicher Hemisphäre der Sonne u. s. w. mit Sicherheit zu entscheiden. Alles, was in dieser Beziehung bekannt geworden ist, geht über die Bedeutung blosser Muthmassungen nicht hinaus und darf daher unbedenklich übergangen werden.

Dagegen ist es der Vollständigkeit wegen erforderlich, wenigstens kurz auf die Versuche hinzuweisen, die gemacht worden sind, um über die Vertheilung der Energie auf der Sonnenscheibe auf anderem als rein optischem Wege, und zwar durch das Studium der chemischen und thermischen Wirkungen des Sonnenlichtes Aufschluss zu erhalten. In ersterer Hinsicht liegen bisher zwei Messungsreihen vor, eine von Roscoe[2] aus dem Jahre 1863 und eine von H. C. Vogel[3] aus dem Jahre 1872, beide nach der bekannten Bunsen-Roscoe'schen Methode ausgeführt. Roscoe hat die Messungen ausser in der Mitte der Sonnenscheibe nur noch in zwei Entfernungen vom Centrum, allerdings in verschiedenen Positionswinkeln, angestellt, während Vogel die chemische Intensität in sehr verschiedenen Abständen vom Centrum bestimmt hat. Wie aus der folgenden kleinen Tabelle hervorgeht, weichen die Werthe für die Randhelligkeit bei Roscoe und Vogel nicht unerheblich voneinander ab; dagegen stimmt die Vogel'sche Reihe recht gut mit den Resultaten der spectralphotometrischen Untersuchungen für die violetten und dunkelblauen Strahlen überein.

---

1) Comptes Rendus. T. 95, p. 834.

2) Proc. of the R. Soc. of London. Vol. 12 (1863), p. 648 und Pogg. Annalen. Bd. 120, p. 331.

3) Ber. über die Verhandl. d. K. Sächs. Ges. d. Wiss. Bd. 24 (1872), p. 135 und Pogg. Annalen. Bd. 148, p. 161.

Abstand von der Mitte	Chemische Intensität nach	
	Roscoe	Vogel
0.00	100.0	100.0
0.20	—	98.7
0.40	—	94.2
0.60	—	82.9
0.80	—	59.6
0.85	50.9	50.3
0.90	—	39.5
0.95	—	27.1
1.00	29.7	13.5

Was den Unterschied der Wärmewirkung zwischen einzelnen Stellen der Sonnenscheibe betrifft, so ist das bisher gesammelte Beobachtungsmaterial ziemlich umfangreich. Es seien hier nur die Bestimmungen von Secchi[1]), Vogel[2]), Ericsson[3]), Langley[4]), Cruls[5]) und Frost[6]) namhaft gemacht. Aus den zuverlässigsten dieser Beobachtungsreihen sind in der folgenden Tabelle für verschiedene Stellen der Sonnenoberfläche einige Intensitätsangaben zusammengestellt.

Abstand von der Sonnenmitte	Wärmeintensität der Sonnenscheibe nach:			
	Secchi u. Vogel	Langley	Frost	Mittel
0.00	100	100.0	100.0	100
0.20	99	99.5	99.4	99
0.40	98	96.8	96.3	97
0.60	94	92.2	89.8	92
0.70	89	88.4	84.6	87
0.80	82	82.5	77.9	81
0.90	69	72.6	68.0	70
0.96	(57)	61.9	57.2	59
0.98	(47)	50.1	50.0	49
1.00	40	—	(39)	(40)

1) Mem. dell' Osserv. del Collegio Romano. 1851, App. 3 und Astron. Nachr. Bd. 34, Nr. 806; Bd. 35, Nr. 833 und Mem. della Società degl. Spettroc. Ital. Vol. 4 (1875), p. 121.
2) Monatsber. d. K. Preuss. Akad. d. Wiss. 1877, p. 135.
3) Nature. Vol. 12, p. 517; Vol. 13, p. 114 und 224.
4) Am. Journal of science. Ser. 3, Vol. 10 (1875), p. 489. Ausserdem Comptes Rendus. t. 80, p. 746 und 819; t. 81, p. 436. — NB. Die Langley'schen Resultate sind nirgends ausführlich publicirt; es finden sich überall nur kurze Auszüge und Notizen.
5) Comptes Rendus. T. 88, p. 570.
6) Astron. Nachr. Bd. 130, Nr. 3105—3106.

Die ausgezeichnete Übereinstimmung der drei Messungsreihen lässt die Mittelwerthe aus ihnen sehr vertrauenswerth erscheinen, und die Vergleichung dieser Zahlen mit den spectralphotometrischen Messungen Vogels zeigt, dass die thermischen Bestimmungen sehr gut mit den Resultaten für die äussersten sichtbaren rothen Strahlen des Spectrums harmoniren.

Wie bereits mehrfach betont worden ist, rührt die Abnahme der Energie von der Mitte der Sonne nach dem Rande hin von der Absorption einer die Sonne umgebenden Atmosphäre her, und es ist von Interesse zu wissen, um wieviel uns die Sonne heller resp. wärmer erscheinen würde, wenn diese Atmosphäre nicht vorhanden wäre. Laplace hat bereits auf Grund der oben erwähnten Bouguer'schen Beobachtungen diese Frage zu beantworten versucht und ist mit Zugrundelegung seiner bekannten Extinctionstheorie zu dem Resultate gelangt, dass die Sonnenatmosphäre nicht weniger als $\frac{11}{12}$ des gesammten Lichtes absorbirt. Dieser Werth ist aber unrichtig, weil Laplace für die Berechnung der von einer selbstleuchtenden Kugel ausgehenden Lichtstrahlung das Euler'sche Gesetz angenommen hat, wonach eine solche Kugel ohne Atmosphäre am Rande heller erscheinen müsste als in der Mitte, während nach den neueren Forschungen für selbstleuchtende Körper ausschliesslich das Lambert'sche Emanationsgesetz zu Grunde gelegt werden muss. Pickering und Vogel haben bei der Anwendung der Laplace'schen Extinctionstheorie auf ihre Sonnenbeobachtungen diesen Fehler vermieden und finden daher für die Absorption der Sonnenatmosphäre erheblich kleinere Werthe als Laplace. Nach Ersterem würde die beobachtete Helligkeitsabnahme hervorgebracht werden können durch eine homogene Atmosphäre von derselben Höhe wie der Sonnenradius und von solchem Absorptionsvermögen, dass bei senkrechter Ausstrahlung etwa 26 Procent des Lichtes hindurchgelassen würden; das Gesammtlicht der Sonne würde nach Pickering, wenn gar keine Atmosphäre vorhanden wäre, 4.64mal stärker sein als in Wirklichkeit.

Vogel findet aus seinen Beobachtungen für die Transmissionscoefficienten der Sonnenatmosphäre Werthe, die von 0.79 im Roth bis 0.48 im Violett abnehmen, und macht darauf aufmerksam, »dass die Extinction in Anbetracht der enormen Dimensionen der Chromosphäre ausserordentlich gering ist«. Nach ihm würde das Gesammtlicht der Sonne ohne Atmosphäre für violettes Licht 3.01mal, für rothes Licht 1.49mal heller erscheinen als bei Anwesenheit der Atmosphäre.

Die Vogel'schen Beobachtungen gestatten noch, wie Seeliger[1]) in jüngster Zeit bei einer Neubearbeitung derselben gezeigt hat, einige interessante Ausblicke auf die Beschaffenheit der Sonnenatmosphäre, die hier noch eine kurze Erwähnung verdienen. Ist J_0 die Helligkeit im Centrum der Sonnenscheibe, J diejenige an irgend einer beliebigen Stelle, ist ferner z der Winkel, den der von dieser Stelle ausgegangene und in das Auge gelangende Lichtstrahl mit dem verlängerten Sonnenradius bildet, und bedeutet endlich (Refr.) die Refraction, welche dieser Lichtstrahl in der Sonnenatmosphäre erleidet, so giebt die Anwendung der Laplace'schen Extinctionstheorie (Seite 122) die folgende Gleichung:

$$\log J = - K \frac{(\text{Refr.})}{\sin z}.$$

Unter der Voraussetzung, dass die Refraction auf der Sonne ebenso wie auf der Erde ausgedrückt werden kann durch α taug z, wo der Vereinfachung wegen zunächst α als constant für alle Werthe von z angenommen werden soll, ergiebt sich:

$$\log J = - K' \sec z,$$

wo K' statt $K\alpha$ gesetzt ist.

Ferner ist für $z = 0$:

$$\log J_0 = - K'.$$

Mithin wird:

(1) $$\log \frac{J}{J_0} = - K' (\sec z - 1).$$

Es sei in Figur 71 (Seite 326) C der Mittelpunkt der Sonne, P ein Punkt der Oberfläche. Der wahre Sonnenradius sei a, und die Entfernung Sonne—Erde möge mit $\varDelta$ bezeichnet werden. Die gekrümmte Linie PE ist die Refractionscurve; der Winkel σ giebt ein Mass für den scheinbaren Abstand des in Betracht gezogenen Punktes vom Centrum der Scheibe. Nimmt man an, dass die Sonnenatmosphäre concentrisch geschichtet ist, so gilt für irgend einen Punkt P' der Refractionscurve die bekannte Gleichung:

$$r \mu \sin i = \text{Const.},$$

wobei r die Entfernung des Punktes P' vom Sonnenmittelpunkt, μ der Brechungsexponent der Sonnenatmosphäre im Punkte P' und i der Winkel ist, den der Radius CP' mit der Refractionscurve einschliesst.

---

1) Sitzber. d. math.-phys. Classe d. K. Bayer. Akad. d. Wiss. Bd. 21, p. 264.

Für die beiden Punkte P und E der Refractionscurve gelten die entsprechenden Gleichungen:

$$a\mu_0 \sin \varkappa = \text{Const.}$$
$$\varDelta \sin \sigma = \text{Const.},$$

wo noch μ_0 der Brechungsexponent an der Sonnenoberfläche ist. Man hat also:

$$a\mu_0 \sin \varkappa = \varDelta \sin \sigma.$$

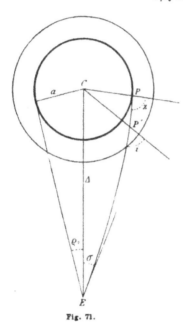

Fig. 71.

Nun ist aber $\dfrac{a}{\varDelta} = \sin \varrho_0$, wenn ϱ_0 den Winkel bedeutet, unter welchem der Sonnenradius ohne Vorhandensein einer Sonnenatmosphäre von der Erde aus erscheinen würde. Daher:

$$(2) \qquad \sin \varkappa = \frac{\sin \sigma}{\mu_0 \sin \varrho_0}.$$

Für $\varkappa = 90^\circ$ berührt die Refractionscurve die Sonnenoberfläche, σ geht dann in den scheinbaren Sonnenradius (Sonne + Atmosphäre) über, der mit ϱ bezeichnet werden soll, und man hat:

$$(3) \qquad \sin \varrho = \mu_0 \sin \varrho_0.$$

In Gleichung (2) darf man noch mit genügender Näherung den Quotient $\dfrac{\sin \sigma}{\sin \varrho_0}$ durch den scheinbaren Abstand des in Betracht gezogenen Punktes der Sonnenscheibe von der Mitte derselben (ausgedrückt in Theilen des scheinbaren Radius) ersetzen. Nennt man diesen Abstand d, so wird:

$$(4) \qquad \sin \varkappa = \frac{d}{\mu_0}.$$

Für jeden auf der Sonnenscheibe gemessenen Abstand d kann man hieraus, wenn μ_0 bekannt ist, den Winkel $\varkappa$ bestimmen und dann mit Hülfe von Gleichung (1) das Helligkeitsverhältniss irgend eines Punktes der Scheibe zur Mitte derselben berechnen.

Die Gleichung (1) kann natürlich nur als eine erste Näherung betrachtet werden, weil die Refraction auf der Sonne schwerlich durch $a \tan\varkappa$ (mit constantem a) ausgedrückt werden darf. Zu einem etwas genaueren Resultate würde man gelangen, wenn man die Refraction ausgedrückt hätte durch $\alpha \tan x + \beta \tan^3 x$. Die Formel (1) würde dann übergehen in:

$$\log \frac{J}{J_0} = - K' \left\{ \sec x - 1 + \frac{\beta}{\alpha} \frac{\sin^4 x}{\cos^3 x} \right\}.$$

Seeliger hat die Gleichungen (1) und (4) auf die Vogel'schen spectralphotometrischen Beobachtungen und zwar auf die Helligkeitslogarithmen, nicht auf die Helligkeiten selbst, angewendet und gezeigt, dass, wenn μ_0 zunächst durchweg gleich 1 gesetzt wird, die Messungen im Roth und Gelb durchaus genügend, dagegen die Messungen in den anderen Farben nur mangelhaft dargestellt werden, dass jedoch eine beinahe vollkommene Darstellung der Beobachtungen in allen Farben erhalten werden kann, wenn man μ_0 für verschiedene Wellenlängen andere Werthe annehmen lässt. Hieraus würde der Schluss zu ziehen sein, dass die Sonnenatmosphäre eine merkliche Dispersion besitzen müsse. Für die Transmissionscoefficienten ergeben sich nach der Seeliger'schen Bearbeitung die folgenden Werthe:

Wellenlänge	Transmissions-coefficient
$662 \mu\mu$	0.77
579	0.66
513	0.63
470	0.64
443	0.57
409	0.54

Die Sonnenatmosphäre absorbirt also danach innerhalb des untersuchten Spectralbezirkes nur $\frac{1}{4}$ bis $\frac{1}{2}$ des ursprünglichen Lichtes. Diese relativ geringe Absorptionsfähigkeit kann nur erklärt werden, wenn die Sonnenatmosphäre entweder sehr dünn oder sehr niedrig angenommen wird. Die erstere Annahme ist nicht sehr wahrscheinlich, weil bei einer dünnen Atmosphäre keine starke Dispersion stattfinden könnte, wie sie durch die Verschiedenheit der Werthe von μ_0 durch die photometrischen Beobachtungen angedeutet ist. Man wird also auf eine relativ niedrige Sonnenatmosphäre schliessen müssen.

Aus der Verschiedenheit der Werthe von μ_0 würde man noch, mit Berücksichtigung der Gleichung (3), folgern müssen, dass der scheinbare Sonnendurchmesser im rothen Lichte merklich anders gemessen werden müsste als im violetten. Bekanntlich wird dies durch die Beobachtungen von Auwers[1] nicht bestätigt; doch kann dieser scheinbare Widerspruch,

---

1) Astron. Nachr. Bd. 123, Nr. 2935.

wie Seeliger nachgewiesen hat, dadurch erklärt werden, dass bei einer
niedrigen und dichten Atmosphäre am Sonnenrande totale Reflexionen
auftreten müssen, welche sehr wohl eine Vergrösserung der scheinbaren
Durchmesser verhindern können.

Zum Schlusse dieses Paragraphen soll noch kurz auf die Versuche
hingewiesen werden, die gemacht worden sind, um die Strahlungsintensität der Sonnenflecke im Verhältniss zu den benachbarten Theilen
der Sonnenoberfläche zu bestimmen, obgleich diese Versuche bisher nur
sehr ungenügende, einander widersprechende Resultate ergeben haben.
Dass die Sonnenflecke keineswegs so wenig Licht aussenden, als man
geneigt ist, nach dem blossen Augenschein aus der Contrastwirkung anzunehmen, ist längst bekannt gewesen, und schon Schwabe in Dessau
hatte bei Gelegenheit eines Vorüberganges des Mercur vor der Sonnenscheibe auf den beträchtlichen Unterschied der Intensität zwischen Planet
und Sonnenfleck aufmerksam gemacht. Aber die Frage, um wie viel
die Photosphäre den Kern und die Penumbra eines Fleckes an Helligkeit übertrifft, ist noch nicht als endgültig beantwortet zu betrachten.
W. Herschel[1]) schätzte die Intensität der Penumbra gleich 47, die des
Kernes gleich 0.7, wenn die mittlere Flächenintensität der Sonnenscheibe
gleich 100 angenommen wurde. Chacornac[2]) constatirte, dass die Penumbra eines etwa um ein Drittel des Radius von der Mitte entfernten Sonnenfleckes heller war als ein gleich grosses Stück der Scheibe in unmittelbarer Nähe des Randes; es würde daraus folgen, dass die Intensität der
Penumbra höchstens halb so gross sein kann als die Intensität im Centrum
der Scheibe.   Nach Liais[3]) ist die Helligkeit der Fleckenkerne etwa
10 mal geringer, als die der umgebenden Photosphäre, und aus seinen
Beobachtungen folgt ferner, dass die Intensität der Sonnenfackeln in
einer Entfernung von 1′ vom Rande gleich der des Centrums der Sonnenscheibe ist.   Die spectralphotometrischen Messungen von Guy und
Thollon[4]) endlich ergaben für das Helligkeitsverhältniss eines Kernes zu
benachbarten Stellen der Sonnenscheibe (für Strahlen von der Wellenlänge 680 $\mu\mu$) in Übereinstimmung mit Liais den Werth 0.1.

Alle diese Angaben, von denen allerdings keine ein besonderes Vertrauen beanspruchen kann, weichen sehr stark von den Resultaten ab,
die in Betreff der Wärmewirkung der Sonnenflecke gewonnen worden

---

1) Phil. Trans. of the R. Soc. of London. 1801, p. 354.
2) Comptes Rendus. T. 49, p. 806.
3) Mém. de la Soc. des sciences de Cherbourg. Vol. 12, p. 277.
4) Comptes Rendus. T. 95, p. 834.

sind. Nachdem zuerst Henry und Alexander[1]) in Princeton festgestellt hatten, dass die thermische Wirkung eines Sonnenfleckes geringer
ist, als die seiner Umgebung, sind derartige Bestimmungen mehrfach
gemacht worden, unter Anderen von Langley[2]) und in neuester Zeit
von Frost[3]). Aus den Langley'schen Messungen folgt für die Wärmeausstrahlung eines Sonnenfleckenkerns der Werth 54, für diejenige der
Penumbra der Werth 80, wenn die Strahlung der unmittelbaren Nach-
barschaft des Fleckes mit 100 bezeichnet ist. Frost findet den Unterschied zwischen Fleck und Photosphäre noch kleiner als Langley; seine
Beobachtungen zeigen ferner, dass, wenn ein Fleck sich auf der Mitte
der Scheibe befindet, der Wärmeunterschied zwischen ihm und der unmittelbaren Umgebung grösser ist, als wenn er sich in der Nähe des
Randes befindet, was darauf hindeuten würde, dass die Flecke eine
geringere Absorption in der Sonnenatmosphäre erfahren als die Photosphäre. Dieses Resultat, welches für die Beurtheilung der physischen
Beschaffenheit der Sonne von hohem Interesse sein würde, bedarf freilich
erst noch einer definitiven Bestätigung. Es sind hierüber ausgedehnte
systematische Beobachtungsreihen sowohl zur Zeit des Sonnenflecken-
maximums als des Minimums nicht nur mit der Thermosäule, sondern
auch mit dem Photometer im hohen Grade erwünscht.

3. Die Helligkeit der Sonnencorona.

Alles was wir bisher über die Helligkeit der äussersten Umhüllung
der Sonne, der Corona, wissen, beruht auf dem spärlichen Beobachtungsmaterial, welches bei einigen totalen Sonnenfinsternissen der letzten Jahrzehnte gesammelt worden ist. Es liegt auf der Hand, dass Beobachtungen,
welche innerhalb der wenigen Minuten einer solchen Erscheinung, meistens
noch unter erschwerenden äusseren Umständen, ausgeführt werden müssen,
von vornherein nicht das höchste Vertrauen beanspruchen können, und es
darf daher auch kaum verwundern, dass die bisherigen Ergebnisse beträchtliche Abweichungen untereinander zeigen. Trotzdem wird man
die grossen Unterschiede in den Resultaten nicht allein der Unsicherheit
der Messungen zuschreiben dürfen, vielmehr kann es als unzweifelhaft
gelten, dass, ebenso wie die Form und die Ausdehnung der Corona von
Finsterniss zu Finsterniss wechselt, auch die Lichtenergie derselben

1) Philos. Magazine. 3. Ser. 1846, p. 230 und Pogg. Annalen. Bd. 68, p. 102.
2) Monthly Notices. Vol. 37, p. 5.
3) Astr. Nachr. Bd. 130, Nr. 3105—3106.

starken Schwankungen unterworfen ist. Ob diese Schwankungen in
engem Zusammenhange stehen mit den beobachteten Vorgängen auf der
Sonnenoberfläche und daher auch denselben periodischen Verlauf nehmen
wie diese, darüber können erst länger fortgesetzte sorgfältige Beobachtungen Aufschluss geben. Soviel scheint schon jetzt festzustehen, dass
zur Zeit des Maximums der Sonnenthätigkeit auch die Lichtentwicklung
der Corona besonders lebhaft ist.

Die bisherigen Angaben über die Helligkeit der Corona beruhen nur
zum Theil auf directen photometrischen Messungen, zum grössten Theile
sind sie aus photographischen Aufnahmen abgeleitet. Bei der ersteren
Methode muss man sich hauptsächlich auf die Bestimmung der gesammten
von der Corona ausgestrahlten Lichtmenge, der von ihr hervorgebrachten
Beleuchtung, beschränken, da eingehende Untersuchungen über die Flächenhelligkeit der Corona an möglichst vielen Punkten derselben während der
kurzen Dauer einer totalen Sonnenfinsterniss schwer durchführbar sind.
Die Entscheidung über diese bei Weitem interessantere Frage muss daher
nothgedrungen in erster Linie der photographischen Methode überlassen
werden.

Bei den directen photometrischen Messungen hat man sich bis jetzt
ausschliesslich des Bunsen'schen Photometers bedient, und in der That
eignet sich dieses oder ein im Princip ihm ähnliches (etwa das Ritchie-
sche oder das in neuerer Zeit viel in Anwendung gebrachte Weber'sche)
vortrefflich zu solchen Bestimmungen. Ein im Inneren sorgfältig ge-
schwärztes Rohr wird so auf die verdunkelte Sonne gerichtet, dass das
Licht der Corona senkrecht auf einen im Rohre angebrachten, mit einem
Fettfleck versehenen Papierschirm fällt, welcher von der anderen Seite
her durch eine verschiebbare künstliche Lichtquelle beleuchtet wird. Die
Länge des Rohrs muss dabei so bemessen sein, dass möglichst wenig
Licht von den an die Corona angrenzenden Partien des Himmelsgrundes
mit zur Wirkung gelangt, dass aber auch andererseits nichts von dem
Coronalichte abgeschnitten wird. Der wunde Punkt bei diesen und allen
ähnlichen Helligkeitsbestimmungen bleibt immer die Benutzung einer
irdischen Vergleichslichtquelle. So lange wir noch keine einwurfsfreie
Lichteinheit besitzen, welche während beliebig langer Zeiträume als absolut
unverändert gelten kann, so lange haben wir mit einer Fehlerquelle zu
kämpfen, welche die Vergleichung der bei verschiedenen Sonnenfinsternissen erhaltenen Resultate erheblich unsicher macht.

Die folgende kleine Tabelle giebt eine Übersicht über die Resultate
der bisherigen photometrischen Bestimmungen der Leuchtkraft der Corona.
Bei den beiden Finsternissen von 1870 und 1878 sind Normalkerzen zur
Vergleichung benutzt worden, während 1886 eine Glühlampe und 1889

ein Carcelbrenner zur Verwendung kamen. In der Zusammenstellung ist Alles in Meterkerzen umgewandelt und ausserdem noch der Einfluss der Extinction in der Erdatmosphäre berücksichtigt worden. Die Zahlen geben daher an, wie viel Normalkerzen in der Entfernung von 1 Meter die gleiche Beleuchtung hervorbringen, wie die gesammte Sonnencorona, letztere im Zenith gedacht. In der letzten Columne ist noch die Leuchtkraft der Corona in Einheiten der Leuchtkraft des mittleren Vollmondes angegeben, welche gleich 0.234 Meterkerzen zu setzen ist. (Siehe nächstes Capitel.)

Datum	Beobachter	Zenith-distanz der Sonne	Zenithhelligkeit der Corona in	
			Meterkerzen	Einheiten der Vollmond-helligkeit
1870 December 22 [1]	W. O. Ross	62°	5.75	24.6
1878 Juli 29 [2]	J. C. Smith	46	0.64	2.7
1886 August 29 [3]	A. Douglas	71	0.34	1.4
1889 Januar 1 [4]	A. O. Leuschner	66	0.12	0.5

Die beträchtlichen Unterschiede zwischen den einzelnen Resultaten lassen sich kaum durch die Unsicherheit der Messungen allein erklären; sie sind zum grossen Theile wahrscheinlich darauf zurückzuführen, dass die Beziehungen der benutzten Vergleichslichtquellen zu einander nicht genau genug bekannt sind, theils deuten sie auf wirkliche Helligkeits-änderungen der Corona hin. Mit einiger Sicherheit wird man daher aus den bisherigen Messungen nur folgern dürfen, dass die Beleuchtung durch die Corona im Durchschnitt stärker ist als durch den Vollmond.

Will man den Versuch machen, die Intensitätsvertheilung innerhalb der Corona photometrisch zu bestimmen, so empfiehlt sich das Verfahren, welches von Langley im Jahre 1878 vorgeschlagen und bei Gelegenheit der Augustfinsterniss 1886 von Thorpe[5] zur Anwendung gebracht worden ist. Durch eine Linse von langer Brennweite wird auf einem Schirme in einem geschwärzten Photometerkasten ein Brennpunktsbild der Corona entworfen. Auf dem Schirme ist ein Kreis von der Grösse des Sonnenbildes gezeichnet, und während der Beobachtung ist Sorge zu tragen, dass das Sonnenbild genau innerhalb dieses Kreises bleibt. In bestimmten Abständen von der Peripherie des Kreises sind kleine

1) U. S. Coast Survey Report. 1870, p. 173.
2) Washington Observations. 1876, Appendix III, p. 386.
3) Phil. Trans. of the R. Soc. of London. 1889, A. p. 363.
4) Reports on the observations of the total eclipse of the Sun of Jan. 1, 1889, publ. by the Lick Observatory. Sacramento 1889, p. 15.
5) Phil. Trans. of the R. Soc. of London. 1889, A. p. 363.

Öffnungen in dem Schirme angebracht, die mit geöltem Papier überdeckt sind. Auf diese Öffnungen fallen nun verschiedene Partien des Coronabildes, und man kann nach der Bunsen'schen Methode in verhältnissmässig kurzer Zeit für eine ganze Anzahl von Punkten die Flächenintensität ermitteln. Die Thorpe'schen Messungen, die allerdings unter sehr ungünstigen atmosphärischen Verhältnissen ausgeführt worden sind, ergaben, dass die Helligkeit der Corona in einem Abstande von etwa 1.5 Sonnenradien vom Centrum der Sonne ungefähr dreimal so hell war, wie in einem Abstande von 3.5 Sonnenradien. Eine Vergleichung mit der mittleren Flächenhelligkeit des Vollmondes führte zu dem Resultate, dass die Intensität der Corona in einem Abstande von 1.5 Sonnenradien bei der Augustfinsterniss 1886 ungefähr 15 mal geringer war als die mittlere Flächenintensität des Vollmondes.

Weit besser als derartige photometrische Messungen eignen sich, wie bereits bemerkt ist, zu Untersuchungen über die Helligkeitsvertheilung innerhalb der Corona die photographischen Aufnahmen derselben, wenn sie uns auch nur Aufschluss über die chemische Wirkung des Coronalichtes geben. Ein von Abney empfohlenes Verfahren, welches ebenfalls bei der Augustfinsterniss 1886, sowie bei den Finsternissen im Januar und December 1889 angewandt wurde, ist das folgende. Auf den zur Aufnahme der Corona bestimmten Platten werden vor der Finsterniss kleine quadratische Stücke in der Nähe des Randes dem Lichte einer Vergleichsflamme ausgesetzt (während der übrige Theil der Platte verdeckt bleibt), und zwar jedes derselben während einer verschieden langen Zeitdauer, z. B. 1 Sec., 2 Sec., 4 Sec. u. s. w. Die exponirten Stellen werden mit dunklen Papierstreifen überdeckt, und erst nachdem die Aufnahme der Corona auf derselben Platte erfolgt ist, zugleich mit dieser entwickelt. Die Dichtigkeit des Silberniederschlages an beliebig vielen Stellen der Corona wird dann mit den verschiedenen Quadraten am Rande der Platte verglichen, und für jeden Punkt das an Intensität gleiche Quadrat aufgesucht. Nimmt man nun an, dass die Flächenhelligkeit dieser Quadrate direct proportional ist der Expositionsdauer, so lassen sich leicht die Curven gleicher Intensität auf der Corona bestimmen.

Das Verfahren ist in der soeben beschriebenen Form nicht nachahmenswerth, weil nach den neuesten Untersuchungen die photographische Intensität keineswegs proportional der Belichtungsdauer vorausgesetzt werden darf. Man wird daher besser so verfahren, dass man sämmtliche Hülfsquadrate dem Vergleichslichte so lange exponirt, wie es für die Coronaaufnahmen beabsichtigt ist, und die Helligkeitsabstufungen in der Weise hervorbringt, dass man die Intensität des Vergleichslichtes mittelst eines vorgeschobenen Keiles oder noch besser mittelst der rotirenden

Photometerscheiben von Quadrat zu Quadrat um bekannte Beträge verändert. Die Benutzung von vollkommen gleichartigen constanten Vergleichslichtquellen ist natürlich auch hier ein erstes unerlässliches Erforderniss, wenn man die Resultate verschiedener Finsternisse miteinander vergleichen will. Bei den oben erwähnten drei Finsternissen sind Carcellampen von gleicher Leuchtkraft zur Verwendung gekommen. Als Masseinheit des Lichtes galt die Dichtigkeit des Silberniederschlages auf der photographischen Platte, welcher von dieser Lampe, wenn sie durch eine Öffnung von 1 mm Radius hindurchschien, bei einem Abstande von 1 Meter in einer Secunde hervorgebracht wurde.

Aus den photographischen Helligkeitsbestimmungen an verschiedenen Stellen der Corona kann man auch einen angenäherten Werth für die photographische Intensität des gesammten Coronalichtes ableiten. Im Allgemeinen wird die Flächenhelligkeit der Corona in irgend einem Punkte eine Function des Abstandes vom Sonnenrande sein und ausserdem von dem Positionswinkel des betreffenden Punktes in Bezug auf den Sonnenäquator abhängen. Nennt man h die Flächenhelligkeit an einer Stelle, deren scheinbarer Abstand vom Sonnenrande mit s und deren Positionswinkel mit v bezeichnet werden soll, so ist allgemein:

$$h = f(v, s).$$

Der Flächeninhalt eines kleinen Elementes der Corona an der betrachteten Stelle ist, wenn der scheinbare Sonnenradius r genannt wird, ausgedrückt durch $(r + s)\, dv\, ds$. Mithin wird die Gesammtlichtmenge L der Corona, falls dieselbe in allen vier Quadranten als vollkommen gleich angenommen werden darf, gegeben durch:

$$L = 4 \int_{v=0}^{v=\frac{\pi}{2}} \int_{s=0}^{s=S} (r + s)\, f(v, s)\, dv\, ds,$$

wo der Grenzwerth S der grössten Ausdehnung der Corona entspricht. Wenn die Helligkeitsbestimmungen an verschiedenen Stellen der Corona einen einfachen gesetzmässigen Zusammenhang zwischen der Flächenintensität eines Punktes und den Coordinaten desselben lieferten, so wäre das Doppelintegral unter Umständen lösbar, und man erhielte einen ziemlich zuverlässigen Werth für das Gesammtlicht der Corona. Aus den photographischen Aufnahmen bei der totalen Sonnenfinsterniss vom 29. Juli 1878 hatte Harkness[1]) den Schluss gezogen, dass die Helligkeit irgend eines Punktes der Corona umgekehrt proportional ist dem

---

1) Washington Observations. 1876, Appendix III, p. 57.

Quadrate seines Abstandes vom Sonnenrande, und dass ferner die Abhängigkeit der Intensität vom Positionswinkel des betreffenden Punktes ausgedrückt werden kann durch die einfache Relation $a + b \cos v$, wo a und b Constanten sind. Man würde also zu setzen haben:

$$f(v, s) = \frac{a + b \cos v}{s^2},$$

und unter dieser Annahme liesse sich das obige Integral leicht berechnen.

Der von Harkness vorausgesetzte einfache Zusammenhang zwischen den Grössen h, v, s ist bei keiner späteren Sonnenfinsterniss bestätigt gefunden worden. Vielmehr scheint die Vertheilung der Helligkeit innerhalb der Corona ziemlich ungleichmässig zu sein, und die Hoffnung, einen einfachen Ausdruck für die Function $f(v, s)$ zu finden, ist äusserst gering. Um trotzdem aus den photographischen Aufnahmen einen angenäherten Werth für das Gesammtlicht der Corona abzuleiten, haben Holden und Barnard ein zwar etwas primitives, aber ganz zweckmässiges und ausreichendes Verfahren eingeschlagen. Sie zeichneten auf starkes Cartonpapier um einen die Sonnenscheibe repräsentirenden Kreis in entsprechenden Dimensionen die aus den photographischen Aufnahmen der Corona bestimmten Linien gleicher Helligkeit. Den Flächeninhalt der einzelnen auf diese Weise entstandenen Zonen der Corona ermittelten sie dann dadurch, dass sie dieselben herausschnitten, ihr Gewicht genau bestimmten und dasselbe mit dem Gewichte des der Sonnenscheibe entsprechenden Kreises verglichen. Für alle Punkte einer Zone wurde als Flächenintensität der für die begrenzende Curve festgestellte Werth angenommen. Durch Multiplication mit dem betreffenden Flächeninhalte ergab sich dann sofort das Gesammtlicht der einzelnen Zonen, und die Summe aller dieser Werthe lieferte endlich den gewünschten Endwerth für das Gesammtlicht der Corona in der bei den Messungen zu Grunde gelegten Lichteinheit (Meterkerze, Carcellampe u. s. w.).

Die wichtigsten Ergebnisse der bisherigen photographischen Helligkeitsbestimmungen der Corona nach der von Holden[1]) gegebenen Zusammenstellung sind in der folgenden kleinen Tabelle enthalten, wo Alles in der oben definirten Lichteinheit der Carcellampe ausgedrückt ist. Die Extinction des Lichtes in der Erdatmosphäre ist dabei nicht berücksichtigt, doch hat dies auf die Vergleichbarkeit der Resultate keinen merklichen Einfluss, weil bei den drei in Betracht kommenden Finsternissen die Sonnenhöhen sehr wenig verschieden waren.

---

1) Reports on the observ. of the total eclipse of the Sun, Dec. 21—22, 1889. Publ. by the Lick Observ. Sacramento, 1891, p. 14.

Datum	Autorität	Flächenhelligkeit der intensivsten Stellen der Corona	Flächenhelligkeit der Pol-gegenden der Corona	Gesammtlicht der Corona
1886 August 28—29	W. H. Pickering [1]	0.031	—	37.0
1889 Januar 1	Holden u. Barnard	0.079	0.053	60.8
1889 December 21—22	Holden u. Barnard	0.029	0.016	26.2

Nach den Bestimmungen von W. H. Pickering, die allerdings noch weiterer Bestätigung bedürfen, ergiebt sich noch für die mittlere photographische Flächenhelligkeit des Vollmondes, ausgedrückt in derselben Einheit wie die voranstehenden Zahlen, der Werth 1.66 und ferner für die Flächenhelligkeit des Himmelsgrundes in einer Entfernung von 1° von der Sonne (ausser der Zeit einer Finsterniss) der Werth 40. Die Richtigkeit dieser Zahlen vorausgesetzt würde also folgen, dass eine kleine Stelle des Vollmondes im Mittel mindestens eine 20 mal so starke photographische Wirkung ausübt, als eine gleich grosse Stelle aus den hellsten Partien der Corona. Ferner würde sich ergeben, dass, selbst wenn man nur den höchsten der obigen Tabellenwerthe berücksichtigte, die Flächenhelligkeit der lichtstärksten Stellen der Corona nur den 500sten Theil von der Helligkeit der nächsten Umgebung der Sonne beträgt, und dass daher die Bemühungen, directe Aufnahmen der Corona auch ausser der Zeiten einer totalen Sonnenfinsterniss zu erhalten, von vornherein so gut wie gänzlich aussichtslos sind.

Capitel II.
Der Mond.

Wenn dem Trabanten der Erde getrennt von den übrigen Gliedern unseres Planetensystems ein besonderes Capitel in diesem Buche gewidmet wird, so geschieht dies aus dem Grunde, weil der Mond wegen der bedeutenden Lichtmenge, die er nach der Erde sendet, eine hervorragende

[1] Annals of the Astr. Obs. of Harvard College. Vol. 18, p. 105.

Rolle in der Astrophotometrie spielt. Er bildet, wie wir bereits gesehen haben, ein wichtiges, ja fast unentbehrliches Mittelglied bei den Vergleichungen zwischen dem Lichte der Sonne und dem der anderen Gestirne. Da er kein eigenes Licht ausstrahlt, sondern nur das empfangene Sonnenlicht zurückwirft, und da er ferner bei allen möglichen Beleuchtungsphasen, von der fast vollkommen verdunkelten Scheibe bis zum Vollmond, beobachtet werden kann, so bietet er, wie kein anderer Himmelskörper, die Möglichkeit, die Gesetze, welche für die Zurückwerfung des Lichtes zerstreut reflectirender Körper aufgestellt worden sind, zu prüfen. Die verhältnissmässig grosse Ausdehnung der scheinbaren Mondoberfläche gestattet ferner ein eingehendes Studium der Lichtvertheilung auf einer beleuchteten Kugel, und es ist wohl nur der Unvollkommenheit unserer photometrischen Hülfsmittel zuzuschreiben, dass die bisherigen Ergebnisse auf diesem Gebiete noch lückenhaft geblieben sind. Zweifellos werden auf diesem Wege, wenn nur überhaupt erst ein regeres Interesse für photometrische Untersuchungen bei den Astronomen erwacht sein wird, manche wichtigen Aufschlüsse über die physische Beschaffenheit unseres Trabanten zu gewinnen sein.

1. Das Licht des Mondes verglichen mit anderen Lichtquellen.

a. Mond und künstliches Licht.

Die bisherigen Untersuchungen in dieser Richtung beziehen sich fast ausschliesslich auf Kerzenlicht, und es gilt daher von ihnen dasselbe, was bei der Besprechung der Vergleichungen von Sonne und Kerzenlicht gesagt worden ist. Insbesondere kann das Licht einer Kerze nicht zu allen Zeiten als ein constantes Helligkeitsmass angesehen werden, und ferner ist eine Vereinigung der an verschiedenen Orten und zu verschiedenen Zeiten erhaltenen Resultate auch nur unter der weiteren Voraussetzung zulässig, dass sich alle Angaben auf eine und dieselbe Höhe des Mondes beziehen, und dass die Mondbeobachtungen auf gleiche Phase reducirt sind.

Die bekanntesten Versuche rühren von Bouguer[1]), Lambert[2]), Wollaston[3]), Plummer[4]) und Thomson[5]) her; alle sind nahe zur Zeit des Vollmondes angestellt. Bouguer, Wollaston und Thomson haben

---

1) Traité d'optique, p. 86.
2) Lambert, Photometria. Deutsche Ausgabe von Anding, Heft 3, § 1075.
3) Phil. Trans. of the R. Soc. of London. 1829, p. 27.
4) Monthly Notices. Vol. 36, p. 354.
5) Nature. Vol. 27, p. 277.

sich derselben Methoden bedient, die sie bei den Helligkeitsmessungen der Sonne angewendet haben, Plummer hat seine Beobachtungen nach der Bunsen'schen Methode ausgeführt, und Lambert hat von dem einfachen Verfahren Gebrauch gemacht, das er bei fast allen seinen photometrischen Untersuchungen ausschliesslich benutzt hat. Dasselbe ist durch Figur 72 illustrirt. Das Licht des Vollmondes, welcher zur Zeit der Beobachtung eine Höhe von 63° hatte, fiel in der Richtung LA auf die horizontale weisse Ebene EF. In der Mitte derselben war eine dunkle Tafel BG so aufgestellt, dass der Theil BD im Schatten des Mondes lag. Dieser Theil erhielt nur Licht von der Kerze, während das Stück AB vom Monde beleuchtet wurde. Die Kerze wurde dann in eine solche Stellung gebracht,

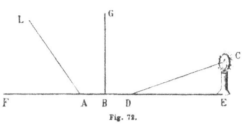

Fig. 72.

dass die beiden Theile gleich hell beleuchtet schienen. Bei dem Lambert'schen Versuche war $DE = 97.45$ cm, $CE = 21.66$ cm; folglich ergab sich $CD = 99.83$ cm und der Winkel $CDE = 12°\,32'$. Ist nun d die Lichtquantität, welche vom Vollmonde im Zenith auf die Flächeneinheit senkrecht ausgestrahlt wird (die Dichtigkeit der Beleuchtung), so ergiebt sich unter Berücksichtigung des Incidenzwinkels die vom Monde auf der horizontalen Ebene hervorgebrachte Beleuchtung gleich $0.981 d$ sin 63° (wenn der Factor 0.981 der Extinction in der Erdatmosphäre zwischen Zenith und Höhe 63° entspricht). Bedeutet ferner d' die Lichtquantität, welche von der Kerze in der Entfernung von 1 Meter auf die Flächeneinheit senkrecht fällt, so wird die von der Kerze auf der horizontalen Ebene bewirkte Beleuchtung ausgedrückt durch $\dfrac{d' \sin 12°\,32'}{(0.9983)^2}$.

Da die beiden Beleuchtungen gleich sein sollen, so findet man nun leicht das gesuchte Verhältniss $\dfrac{d}{d'}$.

Die Resultate der verschiedenen Beobachter sind in der folgenden Zusammenstellung enthalten. Die Zahlen bedeuten die Anzahl der Kerzen, welche in der Entfernung von 1 Meter auf einer weissen Fläche dieselbe Dichtigkeit der Beleuchtung hervorrufen, wie der Vollmond im Zenith. Die Reductionen auf das Zenith sind nicht bei allen Werthen sicher, weil nicht durchweg die Höhen des Mondes angegeben sind. Am bedenklichsten ist dies bei den Wollaston'schen Beobachtungen, bei denen der Mond wegen sehr grosser südlicher Declination nicht sehr hoch über dem Horizont gestanden hat; die Reductionen sind in diesem Falle unter der Annahme berechnet, dass der Mond im Meridian beobachtet worden ist.

Beobachter	Anzahl der Kerzen in Entfernung von 1 Meter
Bouguer	0.2959
Lambert	0.2491
Wollaston	0.1650
Plummer	0.2282
Thomson	0.2336

Bildet man aus diesen Zahlen, die verhältnissmässig starke Unterschiede aufweisen, das Mittel, so ergiebt sich, dass die Beleuchtung einer Fläche durch den Vollmond im Zenith äquivalent ist der Beleuchtung durch 0.234 Kerzen in der Entfernung von 1 Meter oder, was dasselbe ist, durch 1 Kerze in der Entfernung von 2.07 Meter.

Daraus würde noch unter Berücksichtigung der scheinbaren Grössen von Vollmond und Kerzenflamme folgen, dass die mittlere scheinbare Helligkeit des Mondes ungefähr 1.09 mal grösser ist als diejenige einer Kerzenflamme.

b. Mond verglichen mit Planeten und Fixsternen.

Weit zuverlässiger als das Intensitätsverhältniss des Mondes zu künstlichem Lichte ist dasjenige zu den grossen Planeten und den hellsten Fixsternen bekannt. Bereits Steinheil[1] hatte eine Vergleichung zwischen Vollmond und Arctur versucht, indem er das Bild des Sternes in einem Fernrohre durch Ausziehen des Oculars in eine Scheibe verwandelte, den Mond aber bei normaler Ocularstellung in demselben Fernrohre betrachtete und das Objectiv soweit abblendete, bis die Helligkeit der Sternscheibe der des Mondes vergleichbar wurde. Als Verbindungsglied diente künstliches Licht. Seidel[2] hat diese Beobachtungen neu bearbeitet und macht darauf aufmerksam, dass bei der Steinheil'schen Methode zugleich mit dem Lichte des Sternes auch das vom Himmelsgrunde reflectirte Mondlicht in das Auge gelangt; indem er dafür eine ziemlich willkürliche

1) Steinheil, Elemente der Helligkeitsmessungen am Fixsternhimmel. München, 1836, p. 31.
2) Abhandl. d. K. Bayer. Akad. der Wiss. II. Classe, Bd. 6, p. 629.

Correction in Rechnung brachte, fand er für den Quotienten $\dfrac{\text{Vollmond}}{\text{Arctur}}$ in runder Zahl den Werth 20000, der aber wegen der grossen Unsicherheit der Reduction kein grosses Vertrauen beanspruchen kann.

J. Herschel[1]) hat aus den photometrischen Messungen, die er im Jahre 1836 mit seinem Astrometer am Cap der guten Hoffnung ausgeführt hat, für das Helligkeitsverhältniss von Vollmond zu α Centauri im Mittel aus 11 Vergleichungen die Zahl 27408 abgeleitet. Diese Zahl ist aber, wie Bond und Zöllner nachgewiesen haben, zu klein, weil sich Herschel zur Reduction der bei verschiedenen Mondphasen angestellten Beobachtungen der Euler'schen Beleuchtungsformel bedient hat. Bond findet, indem er die Herschel'schen Messungen mittelst der von ihm abgeleiteten empirischen Lichtcurve auf den Vollmond reducirt, statt des obigen Werthes die Zahl 41400. Geht man noch von α Centauri auf einen hellen Stern am nördlichen Himmel, z. B. α Aurigae[2]), über, so folgt aus den Herschel'schen Beobachtungen:

$$\frac{\text{Mittl. Vollmond}}{\alpha \ \text{Aurigae}} = 64170 \ .$$

Bond[3]) hat im Jahre 1860 den Mond mit den Planeten Jupiter und Venus verglichen unter Benutzung der von versilberten Glaskugeln reflectirten Bilder. Er findet:

$$\frac{\text{Mittl. Vollmond}}{\text{Jupiter in mittl. Opp.}} = 6430 \ ,$$

$$\frac{\text{Mittl. Vollmond}}{\text{Venus in mittl. Entf. beim Phasenwinkel } 68°8} = 1815 \ .$$

Mit Berücksichtigung der aus den Potsdamer Messungen[4]) hervorgehenden Helligkeiten der beiden Planeten ergeben sich für das Intensitätsverhältniss des mittleren Vollmondes zu α Aurigae die Werthe 64480 resp. 67120. Die Verbindung dieser beiden Zahlen mit dem obigen

---

1) J. F. W. Herschel, Outlines of astronomy. 11th edition, London, 1871, p. 595.

2) Aus den von Zöllner in seinen »Photometrischen Untersuchungen«, p. 171 ff. neu reducirten Herschel'schen Messungen am Cap folgt für das Helligkeitsverhältniss von α Centauri zu α Aquilae der Werth 2.927; ferner ergiebt sich aus den Potsdamer Messungen (Publ. des Astrophys. Obs. zu Potsdam. Bd. 8, p. 235) für das Verhältniss von α Aquilae zu α Aurigae der Werth 0.530; mithin wird $\dfrac{\alpha \ \text{Centauri}}{\alpha \ \text{Aurigae}} = 1.550.$

3) Memoirs of the American Acad. New Series, Vol. 8, p. 258.

4) Publ. d. Astrophys. Obs. zu Potsdam. Bd. 8, p. 366.

22*

Herschel'schen Werthe liefert endlich den als zuverlässig zu betrachtenden Endwerth:

$$\frac{\text{Mittl. Vollmond}}{\alpha \text{ Aurigae}} = 65260 \,,$$

dessen Unsicherheit auf höchstens 1 Procent zu schätzen ist.

Neuere Bestimmungen für diese wichtige Constante liegen nicht vor. Eine von Plummer[1] im Jahre 1876 nach der Rumford'schen Schattenmethode ausgeführte photometrische Vergleichung zwischen Vollmond und Venus ist wegen der Schwierigkeit, mit welcher der schwache und undeutliche von der Venus entworfene Schatten beobachtet werden konnte, als durchaus unzureichend zu bezeichnen; sie giebt für das gesuchte Verhältniss einen entschieden zu kleinen Werth.

Aus dem obigen Mittelwerthe folgt noch, dass der Vollmond in mittlerer Entfernung an Helligkeit einem Sterne von der Grösse — 11.77 gleichkommt. Wäre aber der Mond von der Sonne ebenso weit entfernt, wie etwa der Planet Jupiter, so würde er uns als ein Stern von der Grösse 7.9 erscheinen.

2. Die Lichtstärke der Mondphasen.

Im theoretischen Theile sind Formeln abgeleitet worden zur Berechnung der von den Phasen eines beleuchteten Himmelskörpers nach der Erde reflectirten Lichtmengen. Diese Formeln basiren auf drei verschiedenen Beleuchtungsgesetzen, und es ist daher von Interesse, an der Hand von beobachteten Helligkeitswerthen zu prüfen, welches dieser drei Gesetze den Vorzug verdient. Gerade der Mond eignet sich am Besten zu einer solchen Untersuchung, weil er infolge seiner Stellung zur Erde in allen Phasen beobachtet werden kann. Merkwürdiger Weise ist aber das vorhandene Material so überaus spärlich und so wenig übereinstimmend, dass eine definitive Entscheidung zur Zeit noch nicht möglich ist. Wir besitzen bisher nur drei einigermassen Vertrauen verdienende Messungsreihen über die Helligkeit der Mondphasen, von Herschel[2], Bond[3] und Zöllner[4]; aber nur die Bond'sche Reihe erstreckt sich

---

1) Monthly Notices. Vol. 36, p. 351.
2) Herschel, Results of Astr. Obs. made during 1834—1838 at the Cape of Good Hope. London, 1847, p. 353.
3 Memoirs of the American Acad. New Series, Vol. 8, p. 250.
4 Zöllner, Photometrische Untersuchungen etc. Leipzig, 1865, p. 102.

über ein grösseres Phasenwinkelintervall (von $\alpha = 0°$ bis $\alpha = 153°$), während die Beobachtungen Herschels und Zöllners lediglich die Phasen zwischen Vollmond und Quadraturen umfassen. Herschel hat seine Beobachtungen gar nicht in der Absicht unternommen, einen Beitrag zur Bestimmung der Lichtcurve der Mondphasen zu liefern; er hat vielmehr den Mond nur als Vergleichsobject benutzt, um die Helligkeiten einer Anzahl von Sternen des südlichen Himmels zu ermitteln. Bei der Reduction seiner Beobachtungen hat er, wie bereits erwähnt, das Euler'sche Beleuchtungsgesetz als richtig angenommen; die grossen Unterschiede, die sich dabei in den verschiedenen Tageswerthen einzelner Sterne herausstellten, suchte er durch den Hinweis auf den Einfluss des verschieden hellen Himmelsgrundes zu erklären, während doch diese starken Abweichungen nichts Anderes aussagen, als dass die Euler'sche Formel die Lichtstärken der Mondphasen nicht darzustellen vermag. Man kann nun aber umgekehrt aus den Herschel'schen Messungen, wenn man die Helligkeiten der Sterne als constant annimmt und die mehrfach beobachteten Sterne zur Verbindung der einzelnen Beobachtungsabende benutzt, die Lichtcurve des Mondes ableiten. Bond und Zöllner haben eine derartige Bearbeitung der Herschel'schen Beobachtungen durchgeführt und die Brauchbarkeit derselben nachgewiesen. Die von ihnen selbst angestellten Lichtmessungen der Mondphasen verdienen selbstverständlich den Vorzug vor den Herschel'schen, schon deshalb, weil sie planmässiger ausgeführt sind. Bond hat versilberte Glaskugeln zur Hervorbringung von punktförmigen Mondbildern benutzt und diese dann mit künstlichem Lichte verglichen, und Zöllner hat dieselben beiden Methoden wie bei seinen Bestimmungen der Sonnenhelligkeit angewendet.

In der folgenden Tabelle sind die Ergebnisse der drei Messungsreihen nach einer von mir vorgenommenen graphischen Ausgleichung von 10 zu 10 Grad Phasenwinkel zusammengestellt. Alle Werthe sind in Helligkeitslogarithmen angegeben und gelten für die mittlere Entfernung des Mondes von Sonne und Erde. Sie sind bezogen auf die Vollmondhelligkeit als Einheit und daher direct vergleichbar mit den Zahlen der im Anhange mitgetheilten Tafel I, welche die nach den verschiedenen Beleuchtungstheorien berechneten Phasenhelligkeiten angiebt. Zur bequemeren Übersicht sind die aus dieser Tafel entnommenen Werthe in der Zusammenstellung mit aufgeführt.

Phasen-winkel	Beobachtete Helligkeitslogarithmen			Berechnete Helligkeitslogarithmen		
	J. Herschel	Bond	Zöllner	Lambert	Lommel-Seeliger	Euler
0°	0.000	0.000	0.000	0.000	0.000	0.000
10	9.903	9.965	9.928	9.994	9.989	9.997
20	9.805	9.917	9.844	9.975	9.966	9.987
30	9.705	9.855	9.748	9.945	9.934	9.970
40	9.602	9.778	9.639	9.903	9.894	9.946
50	9.494	9.686	9.516	9.850	9.847	9.915
60	9.378	9.578	9.377	9.785	9.792	9.875
70	9.250	9.454	9.220	9.706	9.730	9.827
80	9.105	9.313	—	9.613	9.658	9.769
90	—	9.155	—	9.503	9.576	9.699
100	—	8.979	—	9.373	9.482	9.616
110	—	8.783	—	9.220	9.373	9.517
120	—	8.564	—	9.037	9.246	9.398
130	—	8.318	—	8.815	9.092	9.252
140	—	8.038	—	8.536	8.903	9.068
150	—	7.698	—	8.171	8.656	8.826

Aus dieser Zusammenstellung geht zunächst hervor, dass die bisherigen Beobachtungen über die Lichtstärke der Mondphasen keineswegs genügend untereinander übereinstimmen, und dass daher weitere sorgfältige Messungen dringend erwünscht sind. Die Herschel'schen und Zöllner'schen Zahlen für das Intervall vom Vollmond bis in die Nähe der Quadraturen harmoniren allenfalls noch leidlich unter sich, sie differiren aber von den Bond'schen Werthen um Beträge (bis 0.6 Grössenclassen), die bei photometrischen Beobachtungen durchaus unzulässig sind. Es würde daher nicht gerechtfertigt sein, auf Grund des vorliegenden Materials schon jetzt weitergehende Schlüsse auf die physische Beschaffenheit des Mondes ziehen zu wollen, doch dürfte aus der Vergleichung der beobachteten und berechneten Helligkeiten mit grosser Bestimmtheit hervorgehen, dass keine der bisher aufgestellten Beleuchtungstheorien die wirklich stattfindenden Helligkeitsänderungen darzustellen vermag. Die beobachtete Intensitätsabnahme ist grösser, als die theoretisch berechnete. Während nach der Euler'schen Theorie die Helligkeit des Mondes im ersten oder letzten Viertel gleich $\frac{1}{2}$, nach der Lambert'schen ungefähr gleich $\frac{1}{3}$ der Vollmondshelligkeit sein sollte, ist dieselbe nach der Bond'schen Lichtcurve nur etwa gleich $\frac{1}{4}$.

Da alle Beleuchtungstheorien einen gewissen idealen Zustand des diffus reflectirenden Himmelskörpers voraussetzen, vor Allem eine gleichmässige Oberfläche, so ist es von vornherein klar, dass gerade beim Monde, von dem wir wissen, dass er ein Körper ohne merkliche Atmosphäre und mit verhältnissmässig grossen Erhebungen ist, eine vollkommene Übereinstimmung zwischen den wirklichen Intensitätsänderungen und den Theorien gar nicht erwartet werden darf. Die stark abfallende Lichtcurve der Mondphasen wird zweifellos zum grössten Theile durch die gebirgige Natur der Mondoberfläche bedingt sein, aber bei der unregelmässigen Vertheilung der Erhebungen dürfte jede Hoffnung ausgeschlossen sein, einen theoretischen Ausdruck für die Lichterscheinungen zu finden. Auf die Zöllner'schen Bemühungen in dieser Richtung ist bereits im ersten Abschnitte hingewiesen und gezeigt worden, dass die von Zöllner abgeleitete Formel, welche sich auf das Lambert'sche Beleuchtungsgesetz stützt, eine blosse Interpolationsformel ist, welche einen Theil der Lichtcurve zufällig recht gut darstellt, und dass jedenfalls der von Zöllner gefundene Werth für die mittlere Erhebung der Mondberge völlig illusorisch ist.

3. Die Albedo des Mondes und die Vertheilung der Helligkeit auf der Mondscheibe.

Die Frage nach der Albedo des Mondes liesse sich erst dann mit einiger Sicherheit beantworten, wenn der Nachweis geliefert wäre, welches Beleuchtungsgesetz für die Mondoberfläche anzuwenden wäre, da ja die Definition der Albedo für jedes Gesetz verschieden sein muss. Mit Rücksicht darauf, dass von den drei in diesem Buche betrachteten Beleuchtungstheorien keine den wirklich beobachteten Helligkeiten des Mondes genügt, erscheint es daher von vornherein unmöglich, auf Grund derselben einen brauchbaren Albedowerth für den Mond abzuleiten. Wir wollen trotzdem die Zahlenangaben mittheilen, welche sich mit Hülfe der im ersten Abschnitte entwickelten Formeln berechnen lassen, weil dieselben wenigstens einen ungefähren Begriff von der Reflexionsfähigkeit des Mondes geben und voraussichtlich als untere Grenzwerthe derselben zu betrachten sind. Nimmt man für das Helligkeitsverhältniss von Sonne zu Vollmond die früher mitgetheilte Zahl 569500 an, so ergeben sich aus den Formeln (14) (Seite 65) die Albedowerthe:

$$A_1 = 0.129 \quad \text{(Lambert'sche Definition)},$$
$$A_4 = 0.172 \quad \text{(Seeliger'sche Definition)}.$$

Bond und Zöllner haben mit Zugrundelegung des Lambert'schen Gesetzes noch etwas kleinere Werthe gefunden, und zwar Ersterer 0.096, Letzterer 0.119. Eine Vergleichung dieser Zahlen mit den von Zöllner für verschiedene irdische Substanzen ermittelten Albedowerthen zeigt,

dass dieselben ungefähr mit den Werthen für Quarz und Thonmergel
übereinstimmen. Natürlich kann eine solche Gegenüberstellung nur ein
ganz nebensächliches Interesse haben. Denn die angeführten Albedowerthe beziehen sich ja nur auf die gesammte von der Mondoberfläche
zurückgestrahlte Lichtmenge; sie geben also nur einen ungefähren Begriff
von der mittleren Reflexionsfähigkeit des Mondes, nicht aber von der verschiedenen Wirkungsweise einzelner Theile der Oberfläche. Schon der
blosse Anblick der Mondscheibe zeigt ganz beträchtliche Unterschiede in
der Helligkeit einzelner Partien, und da zweifellos damit eine stoffliche
Verschiedenheit dieser Stellen im Zusammenhange sein wird, so ist es
für die Erkenntniss der physischen Beschaffenheit des Mondes von viel
grösserem Interesse, die Reflexionsfähigkeit an möglichst vielen Punkten
der Scheibe und bei den mannigfachsten Beleuchtungsverhältnissen zu
studiren, als nur das Gesammtlicht in Betracht zu ziehen. Das Brennpunktsbild des Mondes ist bereits in mittelstarken Fernrohren gross genug,
um eine photometrische Untersuchung bestimmter einzelner Partien zu
ermöglichen; aber die wenigen Versuche, die bisher in dieser Richtung
gemacht worden sind, haben wegen der grossen Schwierigkeiten, die
sich bei Anwendung der gebräuchlichen Photometer den Messungen entgegenstellen, noch zu keinen verwerthbaren Ergebnissen geführt. Ausser
einigen mehr allgemeinen Angaben über das Helligkeitsverhältniss verschiedener Stellen der Mondoberfläche von Bouguer, Arago und Bond
sind systematisch durchgeführte Beobachtungsreihen über die Helligkeitsvertheilung auf der Mondscheibe nur von Pickering bekannt geworden,
und auch diese Messungen sind offenbar noch viel zu unsicher, um weitere
Schlüsse darauf zu gründen. Nach Bouguer[1] ist die dunkle Stelle im
Grimaldi fünf- bis sechsmal lichtschwächer, als die Mitte des Mare
humorum. Arago[2] fand, dass sich im Mittel die Intensität des Mond-
randes zu der Intensität der grossen Flecke auf der Scheibe verhält
wie 2.7 zu 1. Eine sehr glänzende Stelle des Randes übertraf nach
seinen Messungen einen dunklen Fleck um das 15½ fache, und ein isolirter,
nicht weit von der Schattengrenze gelegener glänzender Punkt soll nach
ihm sogar 108 mal heller gewesen sein, als die allgemeine Oberfläche
des Mondes. Bond[3] hat seine Messungen bei verschiedenen Phasen des
Mondes angestellt. In der Nähe des ersten Viertels ($\alpha = 81°$) fand er,
wenn die Intensität der hellsten Partien auf der Mondscheibe mit 100
bezeichnet ist, die folgenden Werthe:

---

1) Traité d'optique. p. 122.
2) Arago's Werke. Deutsche Ausgabe von Hankel. Bd. 10, p. 239.
3) Memoirs of the American Acad. New Series. Vol. 8, p. 267—276.

$$\text{Hellste Stellen auf dem Monde} \ldots \ldots = 100$$

Mare crisium (Mitte der südl. Hälfte desselben) $= 60.8$

Mare tranquillitatis (dunkelster Theil) $\ldots \ldots = 57.9$

$$\left.\begin{array}{l} \text{Stelle nahe der Mitte des Mondes, etwa 1 Min.} \\ \text{von der Schattengrenze entfernt} \ldots \ldots \end{array}\right\} = 9.3$$

Flächenstück, etwa $\frac{1}{2}$ Min. von der Schattengrenze

entfernt $\ldots \ldots \ldots \ldots \ldots \ldots = 7.0$

Eine zweite Beobachtungsreihe von Bond, einige Tage später angestellt ($\alpha = 39°$), gab für das Mare crisium die Helligkeit 47.5.

Die photometrischen Messungen Pickerings[1]) erstrecken sich auf 60 verschiedene Stellen der Mondoberfläche. Sie sind mit einem Photometer ausgeführt, welches dem auf Seite 262 beschriebenen ähnlich ist. Die einzelnen Objecte wurden dabei direct verglichen mit einem ganz kleinen Mondbilde, welches durch ein Hülfsfernrohr in das Gesichtsfeld des Hauptteleskopes reflectirt wurde. Die Pickering'schen Zahlen beruhen auf mehrfach wiederholten Messungen, die fast sämmtlich in der Nähe des Vollmondes ausgeführt sind. In der folgenden Zusammenstellung sind statt der Pickering'schen Grössenclassenangaben die Intensitäten selbst angeführt, und zwar ist die Intensität des hellsten Objectes der Mondscheibe, des inneren Walls und der Centralspitze von Aristarch, mit 100 bezeichnet.

Object	Hellig-keit	Object	Hellig-keit
1. Centralspitze des Aristarchus .	100.0	16. Wall d. Kraterebene Hortensius	25.1
2. Inneres von Aristarchus . .	100.0	17. » der Ringebene Kant . .	20.9
3. Wall der Kraterebene Proclus .	75.9	18. » » » Godin .	20.9
4. » des Kraters Censorinus .	69.2	19. » » » Copernicus	20.9
5. » » » Mersenius C.	63.1	20. » d. Kraterebene Theon jun.	19.1
6. » » » HipparchusC.	52.5	21. » des Kraters Wichmann .	19.1
7. » » » Dionysius .	52.5	22. » der Ringebene Theaetetus	17.4
8. der Ringebene Bode . . .	39.8	23. » des Kraters Bode B. . .	17.4
9. » des Kraters Euclides . .	36.3	24. » der Ringebene Macrobius	15.8
10. » » » Mösting A.	36.3	25. » » » Mösting .	14.5
11. » der Kraterebene Ukert .	33.1	26. » » » Flamsteed	14.5
12. » des Kraters Mersenius B.	30.2	27. » » » Picard . .	12.0
13. » » » Bode A. . .	27.5	28. » » » Timocharis	11.0
14. Berg Lahire	25.1	29. » » » Landsberg	11.0
15. Wall der Ringebene Kepler . .	25.1	30. Umgebung von Kepler	10.0

[1] Die Pickering'schen Beobachtungen sind in dem »Selenographical Journal« für 1882 veröffentlicht, welches mir leider nicht zugänglich gewesen ist. Ich verdanke die obigen Angaben einer brieflichen Mittheilung von Herrn E. C. Pickering, welcher mir eine Copie seines Manuscriptes gütigst zur Verfügung gestellt hat.

Object	Hellig-keit	Object	Hellig-keit
31. Wall der Wallebene Langrenus	8.3	46. Inneres von Mercator	1.9
32. Inneres von Guericke	8.3	47. Wallebene Endymion	1.7
33. Sinus Medii	8.3	48. Inneres von Pitatus	1.6
34. Umgebung von Archimedes . .	8.3	49. » » Hippalus	1.6
35. » » Aristillus . . .	7.6	50. » » Taruntius . . .	1.6
36. Inneres von Ptolemäus . . .	6.9	51. Fläche der Ringebene Fourier a	1.1
37. » » Manilius	6.3	52. Inneres von Flamsteed. . .	1.1
38. Fläche der Ringebene Hansen.	5.8	53. Inneres d. Wallebene Jul. Caesar	1.0
39. Wall der Ringebene Arago . .	4.8	54. Inneres von Vitruvius	1.0
40. Fläche von Mersenius. . . .	4.4	55. » d. Wallebene Grimaldi	0.9
41. Wall des Kraters Bessel . . .	4.0	56. » der Ringebene Crüger	0.9
42. Inneres von Theophilus	2.3	57. » von Zupus	0.8
43. Innere Fläche von Archimedes	2.3	58. » » Le Monnier. . .	0.8
44. Inneres von Azout	2.1	59. » » Billy.	0.8
45. » » Marius	2.1	60. » » Boscovich . . .	0.6

Aus dieser Zusammenstellung geht hervor, dass die dunkelsten Stellen
der nahezu voll beleuchteten Mondscheibe um das 160- bis 170fache an
Intensität von den allerhellsten Punkten übertroffen werden. Pickering
hat seine Messungen mit den Helligkeitsschätzungen verglichen, die von
zahlreichen Mondbeobachtern nach einer allgemein gebräuchlichen Scala
ausgeführt worden sind. Diese Scala ist zuerst von Schröter in seinen
»Selenotopographischen Fragmenten« in Vorschlag gebracht, später von
Beer und Mädler etwas abgeändert worden und dient in dieser letzteren
Form jetzt allgemein als Richtschnur. Danach sind 10 verschiedene Helligkeitsgrade festgesetzt, von denen die Grade 1—3 als dunkelgrau bis grau,
4—5 als lichtgrau, 6—7 als weiss und 8—10 als glänzend weiss zu bezeichnen sind. Die Schatten der Mondberge würden in dieser Scala den
Helligkeitsgrad 0 haben, der Grad 1 wird den dunkelsten Schatten im
Innern von Ring- und Wallebenen zugeschrieben. 2° und 3° ist die gewöhnliche Flächenhelligkeit der Meere, die Ränder der meisten Ring-
gebirge und Wallebenen sind 4° bis 7°, und die drei höchsten Lichtgrade
kommen hauptsächlich bei Kratern und Ringgebirgen vor. Nach den
Untersuchungen Pickerings ist das photometrisch bestimmte Helligkeitsverhältniss, welches je zwei aufeinander folgenden Lichtgraden entspricht,
als constant zu betrachten und zwar ungefähr gleich 1.74, oder mit
anderen Worten: zwei aufeinander folgende Lichtgrade unterscheiden sich
um 0.24 im Helligkeitslogarithmus oder um 0.6 in Sterngrössenclassen.
    Alle Helligkeitsschätzungen auf dem Monde und ebenso die photo-
metrischen Messungen werden durch die Verschiedenheit der Färbung
der einzelnen Objecte, die schon auf den ersten Blick deutlich erkennbar

ist, erschwert. Während das Mare serenitatis eine grünliche Färbung besitzt, zeigt das Mare imbrium einen bräunlichgelben Farbenton, und der Palus somnii hat einen goldbräunlichen, fast röthlichen Schimmer. Für die Kenntniss der physischen Beschaffenheit des Mondes ist es zweifellos von der grössten Wichtigkeit, die relative Albedo der einzelnen Objecte für verschiedene Strahlengattungen, nicht bloss für das zusammengesetzte Licht, zu bestimmen. Es empfiehlt sich daher, wenn es auf die genaueste Erforschung der Helligkeitsvertheilung auf der Mondscheibe ankommt, spectralphotometrische Messungen anzustellen. Ein dahin gehender Vorschlag ist bereits im Jahre 1877 von Petruscheffsky[1] gemacht worden, und vor längerer Zeit haben Vogel und ich eine Reihe von Beobachtungen mit einen Glan-Vogel'schen Spectralphotometer begonnen, die aber noch nicht zum Abschlusse gebracht ist. Solche Untersuchungen, bei verschiedenen Beleuchtungen des Mondes ausgeführt und verglichen mit entsprechenden Messungen an irdischen Substanzen, können am Ehesten dazu dienen, unsere Vorstellungen von der stofflichen Zusammensetzung der Mondoberfläche zu erweitern. Auch die mehrfach aufgestellte Vermuthung, dass die Helligkeit einzelner Punkte der Mondscheibe veränderlich ist, was nur möglich wäre, wenn das Reflexionsvermögen der betreffenden Regionen Schwankungen unterworfen wäre, lässt sich erst auf Grund langjähriger photometrischen Messungen mit Sicherheit entscheiden.

Capitel III.
Die Planeten und ihre Trabanten.

Dass die Helligkeitsmessungen der Planeten und ihrer Monde ein vortreffliches Hülfsmittel zur Erforschung der physikalischen Beschaffenheit dieser Himmelskörper liefern, unterliegt wohl keinem Zweifel; nur muss man sich davor hüten, die Bedeutung dieser Messungen zu überschätzen, und, wie es bereits häufig geschehen ist, allzu grosse Erwartungen an dieselben zu knüpfen. Zöllner geht offenbar zu weit, wenn er in seinen

[1] Astr. Nachr. Bd. 91, Nr. 2173.

»Photometrischen Untersuchungen« die Ansicht ausspricht »dass die Anwesenheit einer Atmosphäre oder partiell spiegelnder Substanzen in den
Helligkeitsänderungen der Phasen eines Planeten ihren bestimmten und
gesetzmässigen Ausdruck finden wird, so dass man aus der besonderen
Beschaffenheit dieser Änderungen mit grösserer Sicherheit die physikalische
Eigenthümlichkeit der Planetenoberflächen wird ermitteln können, als dies
bisher auf dem Wege directer Beobachtung möglich gewesen ist«.
    Wie schwierig es ist, aus den blossen Messungen des Gesammtlichtes
eines Planeten auf seine wirkliche Oberflächenbeschaffenheit zu schliessen,
lässt sich am Besten beurtheilen, wenn man sich vorstellt, welchen Anblick unsere Erde einem Beobachter auf einem der anderen Planeten darbieten würde.   Die grossen Wassermengen, welche wie mächtige Spiegel
wirken, die Schnee- und Eismassen, welche zum Theil immerwährend,
zum Theil nur in bestimmten Zeitepochen grosse Strecken der Erde bedecken, die gewaltigen Flächen bebauten und unbebauten Landes, die
hohen Gebirgszüge mit den Schatten, die sie bei verschiedener Beleuchtung
werfen, endlich die Atmosphäre mit den beständig wechselnden Wolkengebilden — alle diese Factoren, zu denen noch die Rotation des Erdballes
hinzukommt, würden sich in den Helligkeitserscheinungen zu einer Ge-
sammtwirkung vereinigen, in welcher sich auf keinen Fall der Einfluss
der einzelnen Ursachen erkennen liesse.   Etwas anders, aber nicht viel
besser verhält es sich mit denjenigen Planeten, welche, abweichend von
der Erde, mit einer so dichten Atmosphäre umgeben sind, dass die Sonnenstrahlen zum grossen Theil von derselben reflectirt werden und kaum bis
zu der eigentlichen festen Oberfläche gelangen; hier ist natürlich gar keine
Aussicht vorhanden, aus den Lichtmessungen etwas Näheres über die
physikalische Beschaffenheit derselben zu erfahren.
    Wenn es gelänge, die Helligkeit eines Planeten an jedem beliebigen
Punkte seiner Scheibe mit derselben Sicherheit zu bestimmen, wie sein
Gesammtlicht, dann würde sich vielleicht eher Aufschluss über manche
der in Betracht kommenden Fragen finden lassen.   Solange dies aber
nicht gelungen ist, muss man jede optimistische Auffassung bei Seite
lassen und sich damit begnügen, Analogien zwischen den einzelnen
Gliedern des Sonnensystems aufzusuchen.   Es ist wohl kaum zu be-
streiten, dass Himmelskörper, welche unter denselben Beleuchtungsverhältnissen dieselben Helligkeitserscheinungen zeigen, hinsichtlich ihrer
physischen Beschaffenheit eine gewisse Verwandtschaft miteinander haben
müssen, die sich nicht nothwendig bis in die genaueste stoffliche Übereinstimmung zu erstrecken braucht, die aber doch gerade für diese Körper
charakteristisch ist.   Es liegt auch nahe, festzustellen, nach welchen Gesichtspunkten eine Classificirung der Planeten zu erfolgen hätte.   Es wird

sich dabei hauptsächlich um den grösseren oder geringeren Grad der Dichtigkeit handeln, welchen die Planetenatmosphären besitzen. Bei Körpern mit sehr dichter Atmosphäre wird man voraussichtlich das höchste Reflexionsvermögen finden, ausserdem wird man die Helligkeitserscheinungen ihrer Phasen am Leichtesten durch eine rationelle Theorie darstellen können. Bei denjenigen Planeten, welche, wie unsere Erde, von einer wenig dichten, beständigen Veränderungen unterworfenen Atmosphäre umgeben sind, wird die Phasenlichtcurve wahrscheinlich ganz unregelmässig verlaufen und der Theorie wenig oder gar nicht zugänglich sein. Diejenigen Himmelskörper endlich, die, wie unser Mond, so gut wie gar keine Atmosphäre haben, werden am wenigsten Licht reflectiren, und es scheint bei ihnen die Möglichkeit nicht ausgeschlossen, aus der Vergleichung mit dem Reflexionsvermögen irdischer Substanzen einen Rückschluss auf ihre Beschaffenheit zu ziehen, wenigstens in dem Sinne, dass besonders auffallende Erscheinungen, wie sie z. B. eine ganz mit Schnee und Eis bedeckte Oberfläche darbieten würde, richtig gedeutet werden könnten. Auch wäre es denkbar, dass bei einer aussergewöhnlichen Vertheilung von hellen und dunklen Partien auf der Oberfläche eines solchen Planeten seine Rotation durch sorgfältige photometrische Beobachtungen mit einiger Zuverlässigkeit bestimmt werden könnte.

Hiermit ist das Gebiet näher fixirt, innerhalb dessen in Bezug auf die physische Beschaffenheit der Planeten und Trabanten von der Photometrie Erfolge zu hoffen sind. Es giebt aber noch eine Anzahl von Fragen, die mit dem Problem der Planetenbeleuchtung in enger Beziehung stehen. Dazu gehört vor Allem die Frage nach der Veränderlichkeit der Sonnenstrahlung. Es ist bereits im Früheren erörtert worden, mit welchen Schwierigkeiten die Lichtmessungen der Sonne verbunden sind, und wie geringe Aussicht vorhanden ist, etwaige periodische oder säculare Veränderungen der Lichtintensität durch directe Beobachtungen zu ermitteln. Die Messungen der Planeten bieten nun insofern einen gewissen Ersatz, als sich in ihren Helligkeiten nothwendig alle Schwankungen des Sonnenlichtes wiederspiegeln müssen, und da die Intensitätsbestimmungen der Planeten mit verhältnissmässig grosser Sicherheit ausgeführt werden können, so lässt sich eine Entscheidung darüber, ob die Sonne ein veränderlicher Stern ist, viel eher auf diesem indirecten Wege hoffen, zumal der Umstand dabei ins Gewicht fällt, dass alle Planeten gleichzeitig denselben Verlauf der Erscheinung zeigen müssen.

Von hohem Interesse ist auch die Frage nach der Existenz eines lichtabsorbirenden Mediums innerhalb des von unserem Planetensysteme eingenommenen Weltraumes. Dass die Photometrie der Planeten ein werthvolles Mittel zur Entscheidung dieser Frage geben kann, liegt auf der Hand. Eine einfache Betrachtung auf Grund der im Capitel über die Extinction des Lichtes in der Erdatmosphäre gefundenen Resultate lehrt, dass ein gleichmässig den Planetenraum erfüllendes Medium, wenn seine Dichtigkeit auch 30 Millionen mal geringer wäre als diejenige der untersten atmosphärischen Schichten, doch in den Lichtquantitäten, die ein Planet einmal in seiner grössten Erdnähe, das andere Mal in seiner grössten Erdferne uns zusenden würde, einen Helligkeitsunterschied von 0.2 bis 0.3 Grössenclassen hervorbringen könnte, ein Betrag, der durch sorgfältige photometrische Messungen noch mit vollkommener Sicherheit festzustellen ist.

Es verdient hier endlich noch auf die hohe Bedeutung hingewiesen zu werden, welche die Lichtmessung der kleinen Planeten und der Satelliten für die Bestimmung der Dimensionen dieser Himmelskörper hat. Gegenwärtig bietet noch bei der überwiegenden Mehrzahl derselben die Photometrie das einzige Mittel, Werthe für ihre Durchmesser zu erhalten. Wenn diese Angaben auch verhältnissmässig unsicher sind, weil sie auf uncontrolirbaren Annahmen über die Reflexionsfähigkeit der betreffenden Himmelskörper beruhen, so werden sie doch voraussichtlich nicht allzu weit von der Wahrheit entfernt sein und uns eine ausreichende Vorstellung von den Grössenverhältnissen im Sonnensysteme geben.

Das grosse Verdienst, die ersten werthvollen Messungen über die Helligkeiten der Planeten ausgeführt zu haben, gebührt Seidel und Zöllner, und obgleich ihre Resultate in mancher Beziehung der Verbesserung bedürfen, so bilden sie doch einen unschätzbaren Ausgangspunkt für alle Untersuchungen auf diesem Gebiete. Leider hat ihr Beispiel nur wenig Nachahmer gefunden, und erst in neuerer Zeit ist durch die Satellitenbeobachtungen Pickerings und durch die langjährigen Planetenmessungen in Potsdam ein ausreichendes Material geliefert worden, um auf dem von Seidel und Zöllner geschaffenen Fundamente weiter bauen zu können.

1. Mercur.

Die Helligkeitsbeobachtungen des Mercur sind wegen der grossen Sonnennähe dieses Planeten mit ausserordentlichen Schwierigkeiten verbunden. In mittleren Breiten wird er nur zu gewissen Zeiten und bei besonders guten Luftverhältnissen für das blosse Auge sichtbar, und es scheint durchaus nicht unglaublich, dass es Copernicus trotz vieler Mühe nie geglückt sein soll, diesen Planeten zu Gesicht zu bekommen. Riccioli nennt in der Vorrede zu seinem »Almagest« den Mercur ein sidus dolosum, und v. Zach[1]) erzählt, dass ihm der Planet, bei grosser Digression von der Sonne, ungeachtet aller angewandten Vorsicht, doch öfter mehrere Tage nacheinander unsichtbar geblieben sei. Da Messungen seiner Lichtstärke am hellen Tage, in unmittelbarer Nähe der Sonne, nicht ausführbar sind, und da der Planet in unseren Breiten höchstens $1\frac{1}{2}$ Stunden vor der Sonne aufgeht oder nach ihr untergeht, so beschränkt sich die Möglichkeit der Beobachtungen auf kurze Zeiträume in der Morgen- und Abenddämmerung, wobei er natürlich dem Horizonte so nahe steht, dass seine Sichtbarkeit durch die Extinction in der Atmosphäre noch wesentlich beeinträchtigt wird. Nur an Beobachtungsorten, die sich eines besonders reinen und dunstfreien Horizontes erfreuen, wird es gelingen, den Planeten während längerer Zeiträume hintereinander zu beobachten. Es ist daher auch nicht zu verwundern, dass das bisher gesammelte Beobachtungsmaterial sehr spärlich geblieben ist. Im Allgemeinen sind die Epochen der grössten östlichen und westlichen Elongation des Mercur von der Sonne für seine Auffindung am günstigsten, und unter besonders guten Luftverhältnissen ist es möglich, den Planeten etwa 8—10 Tage zu beiden Seiten von diesen Epochen zu verfolgen. Im Jahre 1876 konnte Denning[2]) in Bristol den Mercur in der Zeit vom 5. bis 28. Mai an jedem Abend, wo der Himmel genügend klar war, mit blossem Auge erkennen, am letzten Tage allerdings nur mit grosser Mühe; nach seiner Ansicht ist der Planet am Vortheilhaftesten für das blosse Auge sichtbar wenige Tage vor der grössten östlichen oder wenige Tage nach der grössten westlichen Elongation. Freilich spielt dabei die Entfernung des Mercur von der Sonne eine wichtige Rolle, da es bei der grossen Excentricität der Mercurbahn wesentlich darauf ankommt, ob sich derselbe zur Zeit der grössten Elongation in der Nähe seines Perihels oder Aphels befindet. In Potsdam ist es in den Jahren 1878 bis 1888 selten gelungen, den Planeten über einen längeren Zeitraum als 15 Tage mit blossem Auge zu verfolgen, und Schmidt hat in dem ausgezeichneten Klima von Athen während vieler Jahre den Mercur niemals länger als 20 Tage hintereinander wahrnehmen können. Unter allen Umständen bleibt für zuverlässige photometrische Messungen bei jeder Erscheinung des Planeten als Morgen- oder Abendstern nur eine verhältnissmässig kurze Periode zur Verfügung. Unsere Kenntniss über die Abhängigkeit der Lichtstärke von der Grösse der beleuchteten Phase ist daher auch zunächst auf das Intervall zwischen den Phasenwinkeln 50° und 120° beschränkt geblieben.

Die umfangreichsten photometrischen Messungen des Mercur sind

1) Bodes astron. Jahrbuch für 1794, p. 188.
2) Monthly Notices. Vol. 36, p. 345.

bisher in Potsdam[1]) ausgeführt worden; ausser diesen sind nur drei vereinzelte Bestimmungen von Zöllner[2]) und zwei von Vogel[3]) bekannt geworden, welche gut mit den Potsdamer Resultaten übereinstimmen. Eine grössere, in Stufenschätzungen des Planeten bestehende Beobachtungsreihe von Schmidt[4]), welche sich in den hinterlassenen Papieren dieses Astronomen befindet, ist vor einigen Jahren von mir bearbeitet worden und giebt eine erwünschte Ergänzung für die Potsdamer Lichtcurve.

Der Umstand, dass die photometrischen Beobachtungen des Mercur fast ausschliesslich bei sehr grossen Zenithdistanzen ausgeführt werden müssen, beeinträchtigt dieselben in nicht unerheblichem Grade. Die Genauigkeit der Resultate bleibt daher, namentlich infolge der Schwankungen, welche die Absorption der Erdatmosphäre in der Nähe des Horizontes erfahrungsgemäss erleidet, ein wenig hinter der bei den photometrischen Beobachtungen der übrigen Planeten erreichten Genauigkeit zurück.

Die grösste in Potsdam beobachtete Helligkeit des Mercur, von dem Einflusse der Extinction befreit und in Grössenclassen ausgedrückt, ist — 1.2, dagegen die kleinste 1.1. Da in dem ersten Falle der Planet seinem Perihel sehr nahe, in dem zweiten nicht weit von seinem Aphel entfernt war, und da es nur ganz ausnahmsweise möglich sein wird, ihn noch in grösserer Nähe der oberen oder unteren Conjunction zu messen, so kann man die angeführten Helligkeitswerthe ungefähr als die äussersten Grenzen bezeichnen, innerhalb deren die beobachtete Lichtstärke schwanken kann. Mercur erreicht also im Maximum etwa die Helligkeit des Sirius und sinkt im Minimum bis zur Helligkeit des Aldebaran hinab; er würde demnach, wenn er hoch am Himmel beobachtet werden könnte, eine glänzende Erscheinung darbieten.

Wegen der starken Excentricität der Mercurbahn kann, wie schon oben erwähnt, die Helligkeit bei derselben Elongation sehr verschieden sein, und zwar zeigt die Rechnung, dass der Unterschied bis zu einer vollen Grössenclasse, also bis zum 2.5 fachen, anwachsen kann. Daraus erklärt sich am Besten die oft bemerkte Thatsache, dass der Planet in manchen Erscheinungen leichter aufzufinden ist als in anderen. Im Allgemeinen lehren die photometrischen Messungen, dass die Lichtstärke des Mercur am Abendhimmel während seiner ganzen Sichtbarkeitsdauer beständig abnimmt, dagegen am Morgenhimmel beständig anwächst, dass er also als Abendstern am hellsten ist, wenn er uns zum ersten Male sichtbar wird, und als Morgenstern, wenn wir ihn zum letzten Male

---

1) Publ. des Astrophys. Obs. zu Potsdam. Bd. 8, p. 305.
2) Poggend. Annalen. Jubelband, p. 624.
3) Bothkamper Beobachtungen. Heft II. p. 133.
4) Publ. des Astrophys. Obs. zu Potsdam. Bd. 8, p. 372.

erblicken; nur der Umstand, dass er bei diesen Stellungen schon zu sehr im Bereiche der Sonnenstrahlen ist, verhindert die augenfällige Constatirung dieser Thatsache. Von einem grössten Glanze des Mercur in dem Sinne, wie wir es bei der Venus sehen werden, dass nämlich seine Helligkeit während ein und derselben Erscheinung erst anwächst und dann wieder abnimmt oder umgekehrt, kann demnach keine Rede sein.

Zur Ableitung der Curve, welche die Abhängigkeit der Lichtstärke des Mercur allein von der Grösse der beleuchteten Phase darstellt, müssen die beobachteten Helligkeitswerthe zuvor von dem Einflusse der verschiedenen Distanzen befreit werden. Man reducirt sie gewöhnlich auf die mittlere Entfernung 0.38710 des Planeten von der Sonne und auf seine mittlere Entfernung 1 von der Erde. Die sämmtlichen in dieser Weise bearbeiteten Potsdamer Messungen haben sich innerhalb des Phasenintervalles von $\alpha = 50°$ bis $\alpha = 120°$ durch die Formel darstellen lassen:

$$(I) \qquad h = - 0.901 + 0.02838 \, (\alpha - 50°) + 0.0001023 \, (\alpha - 50°)^2 \, ,$$

worin h die jedesmalige mittlere Lichtstärke beim Phasenwinkel α, in Grössenclassen ausgedrückt, bedeutet, und $- 0.901$ die mittlere Grösse beim Phasenwinkel 50° bezeichnet.

Fast ebenso gut entspricht den Beobachtungen auch eine gerade Linie, welche gegeben ist durch die Gleichung:

$$(II) \qquad h = - 1.041 + 0.03679 \, (\alpha - 50°).$$

Die Helligkeitsschätzungen von Schmidt, welche nahezu dasselbe Phasenintervall wie die Potsdamer Messungen umfassen, an Genauigkeit allerdings wesentlich hinter jenen zurückstehen, sind ebenfalls durch eine gerade Linie darstellbar, deren Gleichung $h = - 0.969 + 0.03548 \, (\alpha - 50°)$ hinreichend mit der obigen Formel (II) übereinstimmt.

Sowohl aus den Athener als aus den Potsdamer Werthen geht hervor, dass zwischen den Morgen- und Abendbeobachtungen keine systematischen Unterschiede vorhanden sind, und ferner ergiebt sich, dass in dem ganzen Zeitraume von 1861 bis 1888, den diese Beobachtungen umfassen, die mittlere Helligkeit des Mercur keine nachweisbaren Schwankungen gezeigt hat. Für die Helligkeit bei voller Beleuchtung ($\alpha = 0°$) würde sich, wenn der Formel (I) noch ausserhalb des Intervalles von $\alpha = 50°$ bis $\alpha = 120°$ Gültigkeit zukäme, der Werth $- 2.06$ ergeben. Ganz allgemein lässt sich für einen beliebigen Zeitpunkt, für welchen die Entfernungen r und $\varDelta$ des Mercur von Sonne und Erde gegeben sind, die Lichtstärke desselben in Grössenclassen aus der Formel vorausberechnen:

$$h = \frac{1}{0.4} \log \frac{r^2 \varDelta^2}{(0.38710)^2} - 0.901 + 0.02838 \, (\alpha - 50°) + 0.0001023 \, (\alpha - 50°)^2.$$

Von Interesse ist die Vergleichung der aus der empirischen Lichtcurve (I) hervorgehenden Helligkeiten des Mercur mit den Werthen, die
sich aus den verschiedenen Beleuchtungstheorien ergeben, sowie ferner
mit den entsprechenden Helligkeiten des Mondes. Eine Übersicht giebt
die folgende kleine Tabelle, in welcher von 10 zu 10 Grad Phasenwinkel
zwischen $\alpha = 50^{0}$ und $\alpha = 120^{0}$ die betreffenden Lichtstärken (auf mittlere
Entfernungen reducirt) zusammengestellt sind, wobei Alles in Grössenclassen ausgedrückt ist, und die Helligkeit bei $\alpha = 50^{0}$ überall dem aus
Formel (I) hervorgehenden Werthe — 0.90 gleichgesetzt ist. Für den Mond
sind die Bond'schen Zahlen (Seite 342) zu Grunde gelegt.

α	Beob. Helligk. des Mercur	Helligkeit nach der Theorie von			Beob. Helligk. des Mondes
		Lambert	Seeliger	Euler	
50°	— 0.90	— 0.90	— 0.90	— 0.90	— 0.90
60	— 0.61	— 0.73	— 0.76	— 0.80	— 0.63
70	— 0.29	— 0.54	— 0.60	— 0.68	— 0.32
80	0.04	— 0.30	— 0.42	— 0.53	0.03
90	0.40	— 0.03	— 0.22	— 0.36	0.43
100	0.77	0.29	0.01	— 0.15	0.87
110	1.17	0.68	0.29	0.10	1.36
120	1.59	1.13	0.61	0.40	1.90

Von den Theorien stellt keine die Beobachtungen genügend dar; am
Nächsten der empirischen Curve kommt noch die Lambert'sche Formel,
obgleich auch bei dieser die Abweichungen bis zu einer halben Grössenclasse gehen. Dagegen zeigt sich eine bemerkenswerthe Übereinstimmung
zwischen den Lichtcurven des Mercur und des Mondes. Schon Zöllner
hatte auf Grund seiner vereinzelten Beobachtungen den Satz ausgesprochen,
»dass der Mercur ein Körper ist, dessen Oberflächenbeschaffenheit mit
derjenigen des Mondes sehr nahe übereinstimmt, der also auch, wie der
Mond, wahrscheinlich keine wirkliche Atmosphäre besitzt«. Da der von
Zöllner versuchte Beweis bei dem unzureichenden Material nur indirect
und wenig überzeugend sein konnte, so hat man diesem Satze niemals
besondere Bedeutung beigemessen; erst durch die umfangreichen neueren
Messungen ist er über den Werth einer blossen Hypothese hinausgerückt
worden. In der That wird man es für im hohen Grade wahrscheinlich
halten dürfen, dass zwei Himmelskörper, welche in Bezug auf die Zurückwerfung des Sonnenlichtes ein so ähnliches Verhalten zeigen, auch
hinsichtlich ihrer Oberflächenbeschaffenheit nicht wesentlich voneinander
verschieden sein können.

Dass der Mercur, ebenso wie der Mond, ein Körper ist, der von dem auffallenden Sonnenlichte nur einen ziemlich geringen Betrag zurückstrahlt, geht aus seiner kleinen Albedo hervor. Wird die mittlere Helligkeit der Sonne in Grössenclassen nach Zöllner (siehe Seite 317) gleich — 26.60 gesetzt, ferner für die Lichtstärke des Mercur bei mittlerer Entfernung und voller Beleuchtung nach der Formel (I) der Werth — 2.06 angenommen, so ergeben sich aus den Gleichungen (14) (Seite 65) die folgenden Albedo-werthe des Mercur:

$$A_1 = 0.140 \quad \text{(Lambert'sche Definition)},$$
$$A_2 = 0.187 \quad \text{(Seeliger'sche Definition)}.$$

So unsicher diese Zahlen auch sind, so beweisen sie doch, dass die mittlere Reflexionsfähigkeit des Mercur jedenfalls nur gering sein kann; sie entspricht etwa der Albedo von Thonmergel. Im Vergleich zu allen anderen Planeten erscheint Mercur als ein relativ dunkler Körper, und man wird daraus schliessen dürfen, dass das Sonnenlicht in der Haupt-sache von den festen Theilen des Planeten zurückgeworfen wird, und dass die ihn umgebende Atmosphäre nur sehr dünn sein kann.

Diese Schlüsse werden zum Theil auch durch die topographischen Beobachtungen des Mercur bestätigt. Die von verschiedenen Beobachtern, unter Anderen von Vogel[1] gemachte Wahrnehmung, dass die Grösse der gemessenen Phase meistens kleiner als die berechnete ist, lässt sich bei einer mit Erhebungen bedeckten und von einer sehr dünnen Atmosphäre umgebenen Oberfläche unschwer durch Schattenwurf erklären. Auch die neueren Untersuchungen von Schiaparelli[2] und Anderen, durch welche das Vorhandensein von bestimmten Gebilden auf der Mercurscheibe nach-gewiesen ist, deuten auf eine bis zum gewissen Grade durchsichtige Atmo-sphäre hin. Freilich folgt gleichzeitig aus der unbestimmten Begrenzung der Flecke und aus ihrer veränderlichen Intensität, dass in der um-gebenden Hülle zeitweilig Condensationen stattfinden müssen, die für uns einen ähnlichen Anblick hervorbringen, wie ihn etwa die Erdatmosphäre für einen auf dem Mercur befindlichen Beobachter bedingen würde.

2. Venus.

Für das Studium der Beleuchtungsverhältnisse der grossen Planeten ist keiner besser geeignet als die Venus, weil dieselbe in dem grössten Theile ihrer Bahn photometrisch beobachtet werden kann. Freilich sind

1) Bothkamper Beobachtungen. Heft II, p. 127 und 134.
2) Astr. Nachr. Bd. 123, Nr. 2944.

die Messungen, insbesondere in der Nähe der Conjunctionen, durch den tiefen Stand des Planeten in der Morgen- oder Abenddämmerung etwas erschwert, und dazu kommt, dass der überaus grosse Glanz des Gestirnes, welcher meist die Benutzung von Blendgläsern erforderlich macht, die Genauigkeit der Bestimmungen ein wenig beeinträchtigt.

Zusammenhängende Beobachtungsreihen sind zuerst von Seidel in den Jahren 1852 bis 1857 angestellt worden; später haben Bond, Zöllner, Plummer und Pickering den Helligkeitserscheinungen des Planeten Aufmerksamkeit gewidmet; die umfassendsten Beobachtungen sind aber in den Jahren 1877 bis 1890 in Potsdam ausgeführt worden, und durch diese ist die Lichtcurve der Venus für das Phasenintervall von $\alpha = 22°5$ bis $\alpha = 157°5$ mit relativ grosser Genauigkeit festgelegt. Über diese Grenzen hinaus ist bisher nur eine einzige Helligkeitsbestimmung der Venus bekannt geworden, und zwar von Bremiker bei Gelegenheit der totalen Sonnenfinsterniss am 18. Juli 1860, wo die Venus einen Phasenwinkel von 172°2 besass; doch bedarf diese Bestimmung, welche nur in einer flüchtigen Schätzung bestand, sehr der Bestätigung und verdient nicht die Bedeutung, die ihr mehrfach zugeschrieben worden ist.

Einen Überblick über die Helligkeitserscheinungen der Venus während der Dauer ihrer Sichtbarkeit giebt die folgende Tabelle, welche aus den Potsdamer photometrischen Messungen abgeleitet ist. Argument derselben

Anzahl der Tage vor oder nach der		Elongations-winkel	Phasen-winkel	Beobachtete Helligkeit
oberen Conjunction	unteren Conjunction			
60	232	15°4	21°6	— 3.25
80	212	20.4	28.9	— 3.29
100	192	25.3	36.3	— 3.34
120	172	30.1	43.9	— 3.40
140	152	34.6	51.7	— 3.48
160	132	38.7	59.9	— 3.57
180	112	42.3	68.6	— 3.67
200	92	45.1	78.2	— 3.80
210	82	45.9	83.5	— 3.87
220	72	46.3	89.3	— 3.95
230	62	46.0	95.8	— 4.04
240	52	44.8	103.2	— 4.14
250	42	42.1	112.0	— 4.26
260	32	37.4	122.9	— 4.28
270	22	29.7	136.7	— 4.11
280	12	18.2	154.4	— 3.75

ist die Anzahl der Tage vor oder nach der oberen und unteren Conjunction; daneben ist der Elongationswinkel des Planeten von der Sonne, der Phasenwinkel und die vom Einflusse der Extinction befreite Lichtstärke (in Grössenclassen) angegeben. Zu bemerken ist, dass bei Aufstellung der Tafel die Bahnen von Venus und Erde als kreisförmig vorausgesetzt sind. Da die Excentricitäten in beiden Fällen unbedeutend sind, so weichen die thatsächlichen Verhältnisse nicht erheblich von dem mittleren Verlaufe ab.

Aus dieser Tabelle und der Figur 73 geht hervor, dass innerhalb des betrachteten Zeitraumes von 220 Tagen die Helligkeit der Venus nur

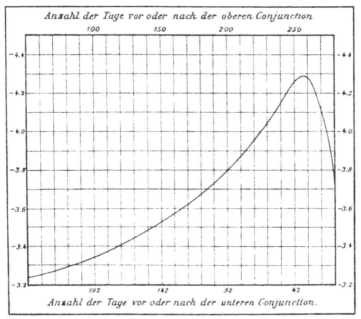

Fig. 73.

um den verhältnissmässig kleinen Betrag von etwas mehr als einer Grössenclasse schwankt. Die Änderungen, welche die Lichtstärke infolge der wechselnden Entfernungen des Planeten von der Erde erfährt, werden also zum grössten Theile durch die Phasenwirkungen wieder ausgeglichen.

Im Maximum wird die Venus etwa um 4.5 Grössenclassen, also ungefähr 60 mal heller als Arctur. In der Nähe der oberen Conjunction scheint die Helligkeit nahezu constant zu bleiben; erst in grösserer Entfernung von derselben beginnt sie allmählich ziemlich gleichmässig anzuwachsen bis etwa 35 oder 36 Tage vor der unteren Conjunction, von welchem Zeitpunkte an sie dann sehr schnell abnimmt. Dieser letztere Theil der Lichtcurve ist noch etwas unsicher bestimmt, weil die Beobachtungen in unmittelbarer Nähe der unteren Conjunction ziemlich spärlich und verhältnissmässig am ungenauesten sind. Nach dem blossen Augenschein werden die Licht-schwankungen der Venus gewöhnlich viel grösser geschätzt, als aus der obigen Tabelle hervorgeht; es rührt dies wohl daher, dass die Beobachtungen, insbesondere am Anfang und am Ende der Sichtbarkeitsdauer, häufig bei sehr tiefem Stande des Planeten angestellt werden müssen, und der starke Einfluss der Extinction dabei nicht genügend berücksichtigt wird.

Es ist bekannt, dass die Venus am hellen Tage, selbst um die Mittags-zeit, für das blosse Auge sichtbar ist. In früheren Zeiten hat man diese Erscheinung für eine aussergewöhnliche gehalten, und es ist aus den vorigen Jahrhunderten eine Reihe von Fällen[1]) überliefert, wo die Sicht-barkeit der Venus am Tage grosses Aufsehen erregt hat. Man braucht deswegen keineswegs anzunehmen, dass zu diesen Zeiten eine besondere Lichtentwicklung auf dem Planeten stattgefunden habe; vielmehr erklärt sich das grosse Aufsehen in den meisten Fällen dadurch, dass die Venus für einen Cometen gehalten und von dem abergläubischen Volke als die Vorbedeutung drohenden Unglückes angesehen wurde. Bei Anwendung der nöthigen Vorsichtsmassregeln, insbesondere wenn man das directe Sonnenlicht abhält, bereitet es keine Schwierigkeiten, die Venus während ihrer ganzen Sichtbarkeitsdauer zu jeder Tageszeit mit blossem Auge auf-zufinden, natürlich nur bei besonders günstigen Luftverhältnissen. Im Jahre 1890 sind von Cameron in Yarmouth (Neuschottland) und von Bruguière in Marseille umfassende Beobachtungen über diesen Gegen-stand angestellt worden[2]). Ersterer hat die Venus $26\frac{1}{4}$ Tage nach der oberen Conjunction bei einer Elongation von $6\frac{1}{4}°$ zum ersten Male mit blossem Auge sehen können, Letzterer hat sie noch bis $4\frac{1}{3}$ Tage vor der unteren Conjunction verfolgt; danach ist also der Planet 259 Tage lang mit blossem Auge sichtbar gewesen. Diese Zeitdauer würde sich sogar noch um 14 Tage vergrössern, wenn man der Angabe Baldwins[3]) Glauben schenken will, welcher in Denver (Colorado) im Sommer 1880 die Venus 12 Tage nach der oberen Conjunction um Mittag ohne Fernrohr gesehen zu haben behauptet.

---

1) Eine Zusammenstellung solcher Fälle findet sich in der Abhandlung: Wurm, Über den grössten Glanz der Venus, sammt Tafeln für diese periodische Erscheinung. Allg. geograph. Ephemeriden, herausg. von v. Zach. Bd. 2, p. 305.
2) Nature. Vol. 48, p. 623.
3) Observatory. Vol. 3, p. 573.

Was die Abhängigkeit der Lichtstärke der Venus lediglich von der Grösse der erleuchteten Phase betrifft, so hat sich aus den Potsdamer Messungen, nachdem dieselben auf die mittlere Entfernung 0,72333 des Planeten von der Sonne und auf die Entfernung 1 von der Erde reducirt waren, ergeben, dass die Helligkeit (in Grössenclassen) durch die empirische Formel dargestellt werden kann:

$$h = -4.707 + 0.01322\,\alpha + 0.0000004247\,\alpha^3.$$

Dass die nach dieser Formel berechneten Werthe mit keiner der bekannten Beleuchtungstheorien vollständig harmoniren, zeigt die folgende kleine Tabelle, in welcher durchweg die Lichtstärke für $\alpha = 20°$ dem aus der Formel hervorgehenden Werthe -4.44 Grössenclassen gleich gesetzt worden ist.

Phasen-Winkel	Empirische Lichtcurve	Lambert'sches Gesetz	Lommel-Seeliger'sches Gesetz	Euler'sches Gesetz
20°	− 4.44	− 4.44	− 4.44	− 4.44
30	− 4.30	− 4.37	− 4.36	− 4.39
40	− 4.15	− 4.26	− 4.26	− 4.33
50	− 3.99	− 4.13	− 4.14	− 4.26
60	− 3.82	− 3.96	− 4.00	− 4.16
70	− 3.63	− 3.77	− 3.84	− 4.04
80	− 3.43	− 3.53	− 3.66	− 3.89
90	− 3.21	− 3.26	− 3.46	− 3.72
100	− 2.96	− 2.94	− 3.23	− 3.51
110	− 2.69	− 2.55	− 2.95	− 3.26
120	− 2.39	− 2.10	− 2.63	− 2.96
130	− 2.06	− 1.54	− 2.25	− 2.60
140	− 1.69	− 0.84	− 1.78	− 2.14
150	− 1.29	0.07	− 1.16	− 1.53
160	− 0.85	1.37	− 0.28	− 0.67

Bei kleinen Phasenwinkeln nimmt die beobachtete Lichtstärke schneller ab, als es die Theorien verlangen, während in der Nähe der unteren Conjunction das Gegentheil stattfindet. Relativ am Besten schliesst sich den Beobachtungen, namentlich wenn der letzte Werth der obigen Tabelle ausser Acht bleibt, die Seeliger'sche Theorie an. Die Lambert'sche Formel, welche etwa bis $\alpha = 120°$ leidlich gut mit den Messungen harmonirt, zeigt darüber hinaus so starke Abweichungen, dass sie entschieden zu verwerfen ist. Dieses Resultat ist deswegen von Wichtigkeit, weil die photometrischen Venusbeobachtungen Seidels und Zöllners, die mit einer einzigen Ausnahme bei Phasenwinkeln unter 120° angestellt wurden,

stets als Beweis dafür angeführt worden sind, dass das Lambert'sche
Emanationsgesetz auch auf die Phasen einer Planetenkugel anwendbar sei.
Die für die Venus aus den photometrischen Messungen ermittelte
Phasencurve weicht gänzlich von derjenigen des Mondes und des Mercur ab.
Während sich die Lichtstärke des Mercur von $\alpha = 50°$ bis $\alpha = 120°$ um
2.5 Grössenclassen ändert, findet bei der Venus innerhalb des gleichen
Intervalles nur eine Änderung von 1.6 Grössenclassen statt. Dieses gänzlich verschiedene Verhalten der beiden Planeten deutet auf bemerkenswerthe Unterschiede in der physischen Beschaffenheit ihrer Oberflächen
oder ihrer atmosphärischen Umhüllungen hin. Dass die Venus eine ausserordentlich dichte Atmosphäre besitzen muss, geht einerseits daraus hervor,
dass es bisher noch nicht gelungen ist, deutliche Gebilde von längerer
Dauer auf der Scheibe zu erkennen, andererseits aus der starken Refraction, welche sich aus der Verlängerung der Hörnerspitzen ergiebt.
Nach den Untersuchungen von Neison[1]), welcher die Beobachtungen von
Mädler und Lyman zu Grunde gelegt hat, beträgt die Horizontalre-
fraction auf der Venus ungefähr 54.7; daraus würde folgen, dass die
Dichtigkeit der Atmosphäre an der Oberfläche des Planeten fast doppelt
so gross ist, wie die der Erdatmosphäre. Wahrscheinlich ist sie noch beträchtlich grösser anzunehmen, wie man auch aus der auffallenden Abnahme des Lichtes nach der Beleuchtungsgrenze hin schliessen könnte, und
es ist sehr wohl denkbar, dass der grösste Theil des Sonnenlichtes unmittelbar von den dichten Wolkengebilden der Venusatmosphäre reflectirt
wird und gar nicht zu der eigentlichen Oberfläche des Planeten gelangt.
Im Einklange damit steht das aussergewöhnlich grosse Reflexionsvermögen
der Venus, welches kaum durch die Zurückstrahlung von einer festen,
etwa unserer Erde ähnlichen Oberfläche zu erklären wäre. Wird die
Helligkeit der Venus bei mittleren Entfernungen von Sonne und Erde
und bei voller Beleuchtung nach der obigen empirischen Formel zu $- 4.707$
angenommen, so ergeben sich aus den Gleichungen (14) (Seite 65) die
folgenden Werthe für die Albedo der Venus:

$$A_1 = 0.758 \text{ (Lambert'sche Definition)},$$
$$A_2 = 1.010 \text{ (Seeliger'sche Definition)}.$$

Der letzte Werth würde mit der Annahme, dass das von dem Planeten
zu uns gelangende Licht nur diffus reflectirtes Sonnenlicht ist, gänzlich
unvereinbar sein; es ist aber nicht zu vergessen, dass die abgeleiteten
Zahlenwerthe wegen der grossen Unsicherheit, die dem zu Grunde gelegten Werthe der Sonnenhelligkeit anhaftet, keineswegs als sehr zuver-

1) Monthly Notices. Vol. 36, p. 347.

lässig anzusehen sind. Jedenfalls ist so viel klar, dass die Albedo der
Venus sehr gross sein muss. Dieser Umstand hat mehrfach zu der Vermuthung Veranlassung gegeben, dass die Venusoberfläche spiegelnde Eigenschaften besitzt. Besonders lebhaft ist für diese zuerst von Brett aufgestellte Behauptung Christie[1]) eingetreten, welcher in den Jahren 1876
und 1878 mit einem Polarisationsocular Beobachtungen ausgeführt hat,
nach denen sich eine bestimmte Stelle des erleuchteten Theiles der Scheibe
etwa 7 mal heller ergab, als die Randpartien. Wurde die Helligkeit der
Venusscheibe allmählich abgeschwächt, so blieb bei den verschiedensten
Beleuchtungsverhältnissen des Planeten zuletzt immer ein undeutlich be-
grenzter Lichtfleck mit einem kleinen intensiven Punkte in der Mitte übrig,
und zwar an einer Stelle, wo nach der Vorausberechnung bei einer vollständig spiegelnden Kugeloberfläche ein Reflexbild der Sonne entstehen
musste. Das verschwommene Aussehen des Lichtfleckes erklärte Christie
durch die Zerstreuung der Sonnenstrahlen in der Venusatmosphäre. Von
verschiedenen Seiten, unter Anderen von Noble, Neison und Zenger,
ist gegen die Christie'schen Erklärungsversuche Einspruch erhoben worden,
und die ganze Erscheinung bedarf der Bestätigung durch weiter ausgedehnte
Untersuchungen.

Ein anderes, ebenfalls noch nicht vollständig aufgeklärtes Phänomen,
welches schon im vergangenen Jahrhundert die Aufmerksamkeit der Astronomen auf sich lenkte, ist das sogenannte aschfarbene Licht der Venus,
welches besonders zu der Zeit, wo der erleuchtete Theil als schmale Sichel
erscheint, ähnlich wie beim Monde sichtbar ist. Die erste genaue Beschreibung dieser Erscheinung rührt von dem Berliner Astronomen Ch.
Kirch her, welcher in den Jahren 1721 und 1726 deutlich die dunkle
Seite der Venus erkannte. Nach ihm wurde dasselbe Phänomen von
Derham, Harding, Schröter, Gruithuisen wahrgenommen, in neuerer
Zeit dann unter Anderen von Engelmann, Noble, Browning, Safarik,
Winnecke und Webb bestätigt. Alle Beobachter stimmen in der Beschreibung ihrer Wahrnehmungen so nahe überein, dass an der Realität
der Erscheinung nicht zu zweifeln ist. Zur Erklärung derselben sind verschiedene Hypothesen aufgestellt worden. Einige haben sie für eine blosse
Contrastwirkung gehalten. Harding, später Herschel und Olbers
glaubten, dass das Dämmerlicht von einer Phosphorescenz der Atmosphäre oder des festen Kernes des Planeten herrühre, und Harding fand
eine gewisse Ähnlichkeit mit den Nordlichterscheinungen auf der Erde.
Diese letztere Analogie ist auch von anderen Beobachtern behauptet worden,
indessen spricht schon der Umstand dagegen, dass die ganze Oberfläche

1) Monthly Notices. Vol. 37, p. 90 und Vol. 38, p. 108.

des Planeten der Schauplatz solcher Lichtentwicklungen sein müsste, und dass ferner dieselben bisher nur in der Nähe der unteren Conjunction bemerkt worden sind.

Die ebenfalls hier und da vertretene Ansicht, dass das Dämmerlicht der Venus von einem Monde derselben hervorgebracht sein könnte, wird dadurch so gut wie ganz ausgeschlossen, dass es bis heute trotz vieler Bemühungen nicht gelungen ist, einen Venussatelliten aufzufinden. Aus photometrischen Versuchen, welche Pickering[1]) mit künstlichen Venusbegleitern angestellt hat, geht hervor, dass ein Venusmond, selbst wenn er nicht grösser als die Marstrabanten wäre, schwerlich der Aufmerksamkeit der Astronomen hätte entgehen· können; es liegt aber auf der Hand, dass ein so kleiner Körper nicht im Stande sein würde, die dunkle Seite der Venus mit dem beobachteten Dämmerlichte zu erleuchten.

Am meisten Verbreitung hat die Ansicht gefunden, dass das secundäre Licht der Venus, ähnlich dem aschfarbenen Mondlichte, von dem von der Erde zurückgeworfenen Sonnenlichte herrührt. Aber auch diese Hypothese ist nicht ganz einwurfsfrei, weil die nach den bekannten Beleuchtungstheorien berechnete Helligkeit durchaus nicht genügend sein würde, um die beobachtete Erscheinung vollständig zu erklären. —

Die beobachtete Phasenlichtcurve der Venus zeigt, wie bereits erwähnt, ein Maximum der Helligkeit zwischen der unteren Conjunction und der grössten (östlichen oder westlichen) Elongation des Planeten. Die Vorausberechnung des Zeitpunktes dieses grössten Glanzes ist stets ein beliebtes Problem gewesen, und die Litteratur über diesen Gegenstand ist sehr umfangreich. Da man bis in die neueste Zeit aus Mangel an ausreichendem Beobachtungsmaterial lediglich auf theoretische Betrachtungen angewiesen war, so mussten die Resultate je nach den Annahmen über die Phasenbeleuchtungsgesetze verschieden sein; es ist daher auch nicht zu verwundern, dass die Angaben für die Epochen des grössten Glanzes in den verschiedenen astronomischen Ephemeriden häufig um mehrere Tage voneinander differiren. Zum ersten Male ist das Problem bereits im Jahre 1716 von Halley[2]) behandelt worden, welcher zu seiner Untersuchung durch die damals allgemeines Aufsehen erregende Sichtbarkeit der Venus am hellen Tage veranlasst wurde. Mit Zugrundelegung des später nach Euler genannten Beleuchtungsgesetzes ergab sich die folgende einfache mathematische Lösung der Aufgabe. Nimmt man die Lichtstärke der Venus in mittlerer oberer Conjunction, wo die Distanzen Sonne—Venus und Erde—Venus die Werthe r_0 und $r_0 + 1$ haben mögen, als

---

1] Annals of the Astr. Obs. of Harvard College. Vol. 11, part II, p. 294.
2] Phil. Trans. of the R. Soc. of London. 1716, p. 466.

Einheit an, so wird die Lichtstärke h des Planeten zu irgend einer anderen Zeit, wo die betreffenden Entfernungen r und $\varDelta$ und der zugehörige Phasenwinkel α heissen mögen, nach der Euler'schen Formel ausgedrückt durch:

$$h = \frac{r_0^2 (r_0 + 1)^2}{r^2 \varDelta^2} \cos^2 \frac{\alpha}{2}.$$

Unter der vorläufigen Annahme, dass die Bahnen der Venus und der Erde kreisförmig sind, bleiben in dieser Gleichung nur die Grössen α und $\varDelta$ variabel, und die Bedingung des grössten Glanzes reducirt sich daher darauf, dass der Bruch $\dfrac{\cos \frac{\alpha}{2}}{\varDelta}$ ein Maximum wird. Es folgt also die Bedingungsgleichung:

(1) $$\frac{d\varDelta}{d\alpha} = -\frac{1}{2} \varDelta \tan \frac{\alpha}{2}.$$

Nun gilt in dem Dreieck Sonne—Venus—Erde die Gleichung:

(2) $$R^2 = r^2 + \varDelta^2 - 2r\varDelta \cos \alpha,$$

wenn R die Entfernung Erde—Sonne bedeutet. Durch Differentiation der letzten Gleichung wird:

(3) $$\frac{d\varDelta}{d\alpha} = -\frac{r\varDelta \sin \alpha}{\varDelta - r \cos \alpha}.$$

Ferner hat man noch, wenn der Elongationswinkel der Venus, d. h. der Winkel an der Erde im Dreieck Sonne—Venus—Erde, mit e bezeichnet wird, die Beziehungen:

(4) $$\begin{cases} r \sin \alpha = R \sin e, \\ \varDelta - r \cos \alpha = R \cos e. \end{cases}$$

Durch Substitution in (3) wird also:

(5) $$\frac{d\varDelta}{d\alpha} = -\varDelta \tan e,$$

und aus (1) und (5) ergiebt sich dann die einfache Halley'sche Formel:

(6) $$2 \tan e = \tan \frac{\alpha}{2}.$$

Beachtet man noch, dass $\tan \dfrac{\alpha}{2} = \dfrac{\sin \alpha}{1 + \cos \alpha}$ ist, so folgt mit Berücksichtigung von (4):

$$2 \tan e = \frac{\dfrac{R}{r} \sin e}{1 + \sqrt{1 - \dfrac{R^2}{r^2} \sin^2 e}}.$$

Daraus ergiebt sich leicht:

$$\cos^2 e + \frac{4}{3}\frac{r}{R}\cos e = \frac{4}{3},$$

und wenn man endlich den Hülfswinkel x einführt mittelst der Substitution:

(7) $$\tan x = \frac{R}{r}\sqrt{3},$$

so erhält man zur Bestimmung desjenigen Elongationswinkels, bei welchem der grösste Glanz der Venus eintritt, die einfache Gleichung:

(8) $$\cos e = \sqrt{\frac{4}{3}}\,\tan\frac{x}{2}.$$

Zu ähnlichen Resultaten wie Halley sind auf etwas verschiedenen Wegen später auch Euler[1]), Lalande[2]), Boscovich[3]) und Delambre[4]) gelangt. Im Nautical Almanac werden noch heute die Epochen des grössten Glanzes der Venus nach den Halley'schen Formeln angegeben.

Aus den Gleichungen (7) und (8) erhält man $e = 39°43'$, und der zugehörige Phasenwinkel wird $117°56'$. Das grösste Licht tritt danach also ungefähr 36 Tage vor und nach der unteren Conjunction ein.

Wollte man auf die Excentricitäten der Venus- und Erdbahn Rücksicht nehmen, so wäre eine strenge Lösung der Aufgabe nicht möglich; indessen ist der Fehler, welcher bei der Annahme von Kreisbahnen begangen wird, nur unbedeutend. Nach einer Untersuchung von Kies[5]) schwanken die Werthe des Phasenwinkels für den grössten Glanz, je nachdem man die kleinsten, mittleren und grössten Entfernungen der beiden Planeten von der Sonne zu Grunde legt und dieselben auf alle möglichen Weisen miteinander combinirt, zwischen den Grenzen $116°46'$ und $119°3'$; und dem entspricht in der Zeitangabe des grössten Lichtes ein Spielraum von ungefähr 6 Tagen.

Welches Interesse der Frage nach dem grössten Glanze der Venus früher entgegengebracht worden ist, geht daraus hervor, dass sogar ein kleiner Apparat construirt worden ist, an welchem direct der Phasenwinkel, bei welchem die Erscheinung eintritt, abgemessen werden kann. Da die sinnreiche, von J. A. Herschel[6]) angegebene Einrichtung wenig

---

1) Hist. et Mémoires de l'acad. R. des sciences et belles lettres de Berlin. 1750, p. 280.
2) Lalande, Astronomie. 3. édition, tome I, p. 475.
3) Boscovich, Opera pertinentia ad opticam et astronomiam. Tomus 4, p. 388.
4) Delambre, Astronomie théorique et pratique. Tome II, p. 513.
5) Hist. et Mémoires de l'acad. R. des sciences et belles lettres de Berlin. 1750, p. 218.
6) The Quarterly Journal of pure and applied mathematics. Vol. 4 (1861), p. 232.

bekannt sein dürfte, so möge eine kurze Beschreibung derselben hier
Platz finden; sie beruht auf der unmittelbar aus den obigen Formeln (1)
und (3) hervorgehenden Bedingungsgleichung für den grössten Glanz:

(9) $$\varDelta = 2r + 3r \cos \alpha\,.$$

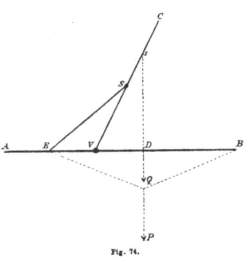

An einer Schiene AB (Fig 74) ist um ein Scharnier bei V eine Stange
VC drehbar, an welcher in der Mitte bei S eine zweite Stange SE befestigt ist, ebenfalls um ein Scharnier frei beweglich, und zwar so, dass
bei der Drehung des Armes
VC das freie Ende E stets
längs der Schiene AB
hingleitet. Die Länge VC
$= VB$ entspricht der doppelten Entfernung Sonne
— Venus, und die Länge
SE der Entfernung Sonne
— Erde. Die Dimen-
sionen sind daher so ge-
wählt, dass wenn z. B. SE
eine Länge von 10 cm hat,
die Stange VC 14.4 bis
14.5 cm lang ist. Die
Punkte B und E sind
durch eine lose Schnur
verbunden, von deren Mitte
ein Loth P herabhängt;

Fig. 74.

ein zweites Loth Q ist im Punkte s, der Mitte zwischen S und C, an
der Stange VC befestigt. Wird nun diese Stange so weit gedreht, bis
die beiden Lothe in eine Linie fallen, so giebt der Winkel CVE den
Phasenwinkel an, bei welchem der grösste Glanz der Venus stattfindet.
Denn bezeichnet man im Dreieck SVE die Seiten SV und EV resp.
mit r und $\varDelta$, den Winkel SVE mit α, so ist:

$$\varDelta + VD = VB - VD = 2r - VD\,.$$

Ferner hat man:

$$VD = Vs \cos \alpha = -\tfrac{1}{2}r \cos \alpha\,,$$

mithin:

$$\varDelta = 2r + 3r \cos \alpha\,,$$

entsprechend der obigen Bedingungsgleichung (9). Der Verfertiger dieses
kleinen Instrumentes hat für den Winkel SVE durch Messung den Werth
117° gefunden, in naher Übereinstimmung mit dem aus der Rechnung her-
vorgegangenen Werthe.

Wird statt des Euler'schen Beleuchtungsgesetzes das Lambert'sche zu Grunde gelegt, so ergiebt sich die Lichtstärke der Venus, falls die Helligkeit in mittlerer oberer Conjunction wieder als Einheit gewählt ist, aus der Formel:

$$h = \frac{r_0^2 (r_0 + 1)^2}{r^2 \varDelta^2} \; \frac{\sin \alpha + (\pi - \alpha) \cos \alpha}{\pi} \, .$$

Die Bedingung für das grösste Licht wird danach (unter Voraussetzung von Kreisbahnen):

$$(\pi - \alpha) \sqrt{1 - r_0^2 \sin^2 \alpha} = 2 r_0 \left[\sin \alpha + (\pi - \alpha) \cos \alpha \right].$$

Aus dieser Gleichung, welche nur durch successive Näherungsrechnungen lösbar ist, folgt für den Winkel α der Werth $103°46\rlap{.}'5$; die Epochen des grössten Glanzes liegen danach etwa 51 Tage von der unteren Conjunction entfernt, weichen also um 15 Tage von den Epochen der Halley'schen Formel ab.

Nach der Lommel-Seeliger'schen Theorie endlich, welche sich den Helligkeitsbeobachtungen verhältnissmässig am Besten anschliesst, ergiebt sich die Lichtstärke der Venus aus der Gleichung:

$$h = \frac{r_0^2 (r_0 + 1)^2}{r^2 \varDelta^2} \left[1 - \sin \frac{\alpha}{2} \, \mathrm{tang} \, \frac{\alpha}{2} \, \log \cot \frac{\alpha}{4} \right],$$

und daraus folgt als Bedingung für den grössten Glanz die Formel:

$$\left(2 \, \mathrm{tang} \, \varepsilon + \frac{1}{2} \, \mathrm{tang} \, \frac{\alpha}{2} \right) \left(1 - \sin \frac{\alpha}{2} \, \mathrm{tang} \, \frac{\alpha}{2} \, \log \cot \frac{\alpha}{4} \right) - \sin \frac{\alpha}{2} \, \log \cot \frac{\alpha}{4} = 0 \, .$$

Dieser Gleichung genügt der Werth $\alpha = 116°0'$; die Epochen der Maximalhelligkeit liegen etwa 38 Tage vor und nach der unteren Conjunction, nähern sich also wieder der Halley'schen Bestimmung.

In Betreff der fraglichen Erscheinung ist übrigens noch zu bemerken, dass, wie die photometrischen Messungen ergeben haben, der ganze Betrag, um den sich die beobachtete Lichtstärke der Venus innerhalb eines Zeitraumes von 40 Tagen (gerechnet von dem Zeitpunkte an, wo die Venus noch 60 Tage von der unteren Conjunction entfernt ist, bis zu dem Momente, wo diese Entfernung nur 20 Tage beträgt) ändert, nur etwa 0.25 Grössenclassen ausmacht, ein Werth, der bei einem so schwierig zu beobachtenden Objecte, wie die Venus, nur durch sehr zuverlässige Messungen verbürgt werden kann. Es folgt hieraus, dass in Wirklichkeit der grösste Glanz der Venus keine sehr auffallende Erscheinung ist und durchaus nicht die Beachtung verdient, die ihm bisher immer beigelegt worden ist.

Zur Bestimmung der definitiven Epochen empfiehlt es sich jedenfalls, statt eines der theoretischen Ausdrücke, von denen keiner die thatsäch-

lichen Lichterscheinungen der Venus ausreichend darstellt, die empirische
Formel zu benutzen. Nach dieser erhält man die Helligkeit der Venus
zu irgend einer Zeit, in Grössenclassen ausgedrückt, durch die Gleichung:

$$(10) \quad h = -4.707 + 0.01322\, a + 0.0000004247\, a^3 + \frac{1}{0.4} \log \frac{r^1 \varDelta^1}{r_0^2}.$$

Unter der Annahme von Kreisbahnen lautet dann die Bedingungsgleichung für den grössten Glanz:

$$0 = 0.01322 + 0.0000012741\, a^2 - 5\, \text{Mod.}\, \frac{\pi}{180} \frac{r \sin a}{\sqrt{1 - r^2 \sin^2 a}},$$

und daraus ergiebt sich $a = 118°37'$.

Innerhalb welcher Grenzen die Epochen des grössten Glanzes und
die Maximalhelligkeiten selbst schwanken können, wenn die Excentricitäten der Venus- und Erdbahn in Betracht gezogen werden, zeigt die
folgende Zusammenstellung, in welcher die betreffenden Werthe nebst
den zugehörigen Phasenwinkeln für neun verschiedene Fälle angegeben sind.

Stellung der Erde	Stellung der Venus	Phasenwinkel	Anzahl der Tage vor oder nach der unteren Conjunction	Grösste Helligkeit
1) Perihel . .	Aphel	120° 8′	32.5	— 4.55
2) Perihel . .	Mittl. Entf.	119 43	33.4	— 4.40
3) Perihel . .	Perihel	119 16	34.3	— 4.38
4) Mittl. Entf.	Aphel	119 4	34.7	— 4.30
5) Mittl. Entf.	Mittl. Entf.	118 37	35.6	— 4.28
6) Mittl. Entf.	Perihel	118 10	36.5	— 4.27
7) Aphel . .	Aphel	117 59	37.0	— 4.19
8) Aphel . .	Mittl. Entf.	117 31	37.9	— 4.18
9) Aphel . .	Perihel	117 4	38.8	— 4.16

Mit Hülfe dieser Tabelle lässt sich der Zeitpunkt des grössten Lichtes
in jedem Falle angenähert vorherbestimmen. Ist eine genauere Angabe
erwünscht, so verfährt man am Besten so, dass man nach Formel (10)
die Lichtstärke der Venus für einige Tage in der Nähe der Epoche berechnet und den genauen Zeitpunkt dann durch Interpolation bestimmt. Ein
Beispiel möge zur Illustration dieses Verfahrens dienen. Am 28. April 1897
befindet sich Venus in der unteren Conjunction; der grösste Glanz ist
also angenähert in der zweiten Hälfte des März zu erwarten, und da zu
dieser Zeit Venus dem Perihele nahe steht, während die Erde ungefähr
ihre mittlere Entfernung besitzt, so fällt nach der obigen Zusammenstellung
die genauere Epoche des grössten Glanzes auf den 23. März. Die nach
Formel (10) berechneten Lichtstärken der Venus für die Tage März 21

bis März 25 sind nun, mit Zugrundelegung der Werthe r und Δ aus dem Nautical Almanac:

1897 März 21, 0^h M. Z. Greenwich $h = -4.2840$ Grössenclassen
22 -4.2849
23 -4.2855
24 -4.2848
25 -4.2832

Daraus ergiebt sich als Zeitpunkt des grössten Lichtes: 1897 März 22, 21^h mittl. Zeit Greenwich.

Im Berliner astronomischen Jahrbuche für 1897 sind zum ersten Male die Epochen des grössten Glanzes der Venus nach diesem Verfahren berechnet worden, nachdem in den früheren Jahrgängen bis 1867 die Lambert'sche Theorie, und von 1868 bis 1896 eine von Bremiker[1]) aufgestellte Formel zu Grunde gelegt worden war.

Nicht ohne Interesse ist noch eine Zusammenstellung der Ergebnisse aller bisher an der Venus angestellten photometrischen Messungen, nachdem dieselben in einheitlicher Weise auf eine bestimmte Stellung des Planeten reducirt worden sind. Wird dazu die mittlere obere Conjunction gewählt, so ergeben sich mit Benutzung der aus den Potsdamer Messungen abgeleiteten Lichtcurve die folgenden Jahresmittel:

Jahr	Beobachter	Anzahl der Beob.	Helligkeit	Jahr	Beobachter	Anzahl der Beob.	Helligkeit
1852	Seidel	23	-3.63	1880/81	Müller	38	-3.48
1857	»	10	-3.49	1884	»	13	-3.39
1865	Zöllner	8	-3.56	1885/86	»	8	-3.56
1877/78	Müller	4	-3.49	1887	»	18	-3.61
1878	»	10	-3.52	1888/89	»	33	-3.65
1879	»	29	-3.50	1890	»	5	-3.47

In der Potsdamer Reihe scheint ein Minimum der Helligkeit für das Jahr 1884 und ein Maximum für die erste Hälfte des Jahres 1889 angedeutet zu sein; indessen sind die Unterschiede so unbedeutend, dass sie allenfalls noch durch die Unsicherheit der Messungen erklärt werden können. Aus der Vergleichung des Potsdamer Gesammtmittelwerthes -3.53 mit den Resultaten von Seidel und Zöllner geht mit Sicherheit hervor, dass die mittlere Helligkeit der Venus, also voraussichtlich auch ihre Albedo, in dem Zeitraume von 1852 bis 1890 keine merklichen Änderungen erfahren hat.

1 Monatsber. der K. Preuss. Akad. der Wiss. Jahrg. 1860, p. 707.

3. Mars.

Während die beiden inneren Planeten in sehr verschiedenen Phasen sichtbar sind, ändert sich beim Mars die Grösse des beleuchteten Theiles der Scheibe nur wenig, da der grösste Phasenwinkel, welcher überhaupt vorkommen kann, noch nicht 50° übersteigt. Die Helligkeitsänderungen, welche von der Phase herrühren, sind infolge dessen bei diesem Planeten viel unbedeutender als bei Mercur und Venus; dagegen sind die Lichtschwankungen, welche durch die stark veränderlichen Entfernungen des Mars von der Erde hervorgebracht werden, so erheblich wie bei keinem anderen Planeten. Die grösste Helligkeit tritt zur Zeit der Opposition ein; doch variirt auch diese Lichtstärke wegen der beträchtlichen Excentricität der Marsbahn sehr merklich. Im günstigsten Falle, wenn Mars zur Zeit der Opposition dem Perihel nahe, und gleichzeitig die Erde im Aphel ist, erreicht der Planet ungefähr die Grösse — 2.8; er ist dann heller als Jupiter und nächst Venus das glänzendste Gestirn am Himmel. Befindet er sich dagegen zur Opposition im Aphel, während die Erde zugleich den kleinsten Abstand von der Sonne hat, so wird die Helligkeit nur — 1.0; er gleicht dann an Glanz etwa dem Sirius. Von der Opposition an bis zu dem Zeitpunkte zwischen Quadratur und Conjunction, wo der Planet wegen allzu grosser Nähe der Sonne nicht mehr am Morgen- oder Abendhimmel beobachtet werden kann, nimmt seine Helligkeit beständig ab, so dass er zuletzt nur noch α Leonis oder α Geminorum gleichkommt, also etwa die Grösse 1.6 besitzt.

Die gesammten messbaren Lichtschwankungen des Mars können nach dem Gesagten den Betrag von beinahe 4.5 Grössenclassen erreichen, d. h. die Maximalhelligkeit übertrifft unter Umständen mehr als 60 mal die kleinste Lichtstärke. Diese starken Helligkeitsunterschiede erschweren die Genauigkeit der photometrischen Bestimmungen ein wenig, und dazu kommt noch, dass die röthliche Farbe des Planeten störend wirkt und die Gefahr von Auffassungsdifferenzen bei verschiedenen Beobachtern mit sich führt.

Da das Phasenintervall, über welches sich die Messungen erstrecken können, verhältnissmässig klein ist, so ist eine einigermassen sichere Bestimmung der Phasenlichtcurve nur auf Grund eines sehr grossen Beobachtungsmateriales möglich. Seidel, von dem die erste zusammenhängende Messungsreihe des Mars herrührt, hat daher sehr Recht daran gethan, dass er auf den Versuch einer empirischen Bestimmung der Phasencurve verzichtet und seine wenigen Beobachtungen, von denen nur drei in einiger Nähe der Opposition liegen, mit Hülfe der Lambert'schen Formel berechnet hat. Weniger vorsichtig ist Zöllner verfahren, welcher auf

Grund eines noch geringeren Beobachtungsmaterials als das Seidel'sche zu
dem Schlusse berechtigt zu sein glaubte, dass die Lambert'sche Theorie
auf die Marsphasen keine Anwendung finden könne, dass vielmehr die
Lichtcurve des Mars eine gewisse Ähnlichkeit mit der des Mondes besitze,
in der Nähe der Opposition sogar noch steiler als diese verlaufe, und
dass infolge dessen auf der Marsoberfläche, ähnlich wie auf dem Monde,
sehr starke Erhebungen anzunehmen seien.

Sehr beachtenswerth sind zwei Beobachtungsreihen, welche von Kononowitsch[1]) in Odessa bei den Marsoppositionen 1875 und 1881/82 ausgeführt worden sind und welche bisher nur deshalb wenig bekannt
geblieben sind, weil die betreffende Abhandlung in russischer Sprache
erschienen ist. Kononowitsch hat ausser seinen eigenen 35 Messungen
auch die Seidel'schen und Zöllner'schen Beobachtungen einer Neubearbeitung unterworfen und aus allen 69 Bestimmungen eine empirische
Formel abgeleitet, nach welcher die Reductionen auf volle Beleuchtung

(in Grössenclassen) durch den Ausdruck $\frac{1}{0.4} \log \{1 - \sqrt{0.00616\, \alpha}\}$ gegeben

werden. Die hierdurch charakterisirte Lichtcurve zeigt zwar auch ein
etwas stärkeres Anwachsen der Helligkeit in der Nähe der Opposition,
verläuft aber im Ganzen viel weniger steil als die Zöllner'sche.

Die umfangreichsten Messungen der Marshelligkeit sind in den Jahren
1877 bis 1889 in Potsdam angestellt worden. Eine graphische Darstellung
der sämmtlichen 176, auf mittlere Opposition (Entfernung Mars — Sonne
= 1.52369 und Entfernung Erde — Sonne = 1) reducirten Helligkeitswerthe zeigt, dass die Grössenänderungen sehr nahe den entsprechenden
Phasenänderungen proportional sind, und dass sich die jedesmalige
Lichtstärke des Planeten am Besten aus der einfachen Formel

$$h = -1.787 + 0.01486\, \alpha$$

berechnen lässt, worin — 1.787 die Grösse des Mars in mittlerer Opposition ausdrückt. Bei den einzelnen Oppositionen scheinen nicht unmerk-
liche Unterschiede vorhanden zu sein; namentlich die Beobachtungsreihe
aus dem Jahre 1879 deutet im Vergleich zu den anderen auf einen
steileren Verlauf der Phasencurve und auf ein etwas stärkeres Anwachsen
der Helligkeit bei den kleinen Phasenwinkeln hin. Ob diese Unterschiede
nur von grösseren zufälligen Messungsfehlern herrühren oder auf wirkliche Änderungen im Reflexionsvermögen des Mars zurückzuführen sind,
lässt sich nicht mit Sicherheit entscheiden. An und für sich dürfte die
letztere Annahme nichts Befremdliches haben; denn die topographischen

---

1) Kononowitsch, Photometrische Untersuchungen der Planeten Mars,
Jupiter und Saturn. Denkschriften der K. Neuruss. Universität. Bd. 37, 1883.)

Beobachtungen des Mars deuten auf erhebliche Änderungen der Ober-
flächengebilde und wahrscheinlich auch der atmosphärischen Zustände
hin, und man könnte sich wohl vorstellen, dass dadurch zu gewissen
Zeiten eine besonders intensive Zurückstrahlung des Sonnenlichtes begünstigt würde. Schon die Annahme, dass die Rotation des Planeten in
den photometrischen Messungen zum Ausdruck kommen könnte, insofern
uns bald dunklere, bald hellere Partien der Oberfläche zugekehrt
werden, ist nicht ganz von der Hand zu weisen. Schmidt in Athen
glaubte mehr als ein Mal sicher bemerkt zu haben, dass die Anwesenheit
von grossen dunklen Flecken auf der Marsscheibe eine wirkliche Verminderung des Lichtes herbeiführte. Freilich steht diese Wahrnehmung
bisher nur vereinzelt da, und es ist klar, dass es zahlreicher, besonders
zu diesem Zwecke angestellter Messungen bedarf, wenn eine sichere Entscheidung über diese Frage getroffen werden soll.

Zur Vergleichung der für den Mars gefundenen Phasencurve mit denjenigen des Mondes und der Venus dient die folgende Tabelle, in welcher
von 4 zu 4 Grad Phasenwinkel die Reductionen auf volle Beleuchtung
angegeben sind. Die letzte Columne enthält noch die entsprechenden aus
der Lambert'schen Theorie hervorgehenden Werthe.

Phasen-Winkel	Reductionen auf volle Beleuchtung				
	Mars		Mond	Venus	Lambert'sche
	Kononowitsch	Müller	(nach Zöllner)	(nach Müller)	Theorie
0	0.00	0.00	0.00	0.00	0.00
4	0.12	0.06	0.07	0.06	0.00
8	0.24	0.12	0.14	0.11	0.01
12	0.34	0.18	0.22	0.17	0.02
16	0.42	0.24	0.30	0.22	0.04
20	0.48	0.30	0.39	0.27	0.06
24	0.54	0.36	0.48	0.33	0.09
28	0.60	0.42	0.58	0.38	0.12
32	0.66	0.48	0.68	0.44	0.16
36	0.71	0.53	0.79	0.50	0.20
40	0.75	0.59	0.90	0.56	0.24
44	0.80	0.65	1.02	0.62	0.29
48	0.85	0.71	1.15	0.69	0.35

Es geht aus dieser Zusammenstellung hervor, dass die Lambert'sche
Theorie beim Mars ebenso wie bei Mercur und Venus versagt; ferner
ergiebt sich, dass die Marscurve innerhalb des betrachteten Phasenintervalles weniger steil verläuft als die Mondcurve, und dass daher die
Zöllner'sche Annahme einer Verwandtschaft zwischen diesen beiden
Himmelskörpern zurückzuweisen ist. Dagegen tritt zwischen den Planeten Mars und Venus eine gewisse Ähnlichkeit zu Tage, wobei freilich

nicht übersehen werden darf, dass die Werthe für die Venus zum Theil nicht direct aus den Beobachtungen hergeleitet, sondern nur durch Extrapolation gewonnen sind.

Ausser den angeführten Untersuchungen über die Marshelligkeit sind noch einige kürzere Messungsreihen von Copeland[1]) und Pickering[2]), sowie eine grosse nur auf Schätzungen beruhende Reihe von Schmidt[3]) bekannt geworden, die zwar sämmtlich keine weiteren Beiträge zur Ergänzung der Phasencurve liefern, weil sie entweder ein zu kurzes Phasenintervall umfassen oder nicht sicher genug sind, die aber doch für die betreffenden Beobachtungsepochen ganz brauchbare Mittelwerthe der Lichtstärke geben. Erwähnenswerth ist auch noch die älteste bisher bekannte Helligkeitsbestimmung des Mars von Olbers[4]), welcher am 23. Februar 1801 den Planeten fast gleich hell mit α Tauri und ein wenig schwächer als α Orionis schätzte. Da die Gestirne nahe dieselbe Farbe besitzen, auch die Zenithdistanzen von Mars und α Tauri zur Zeit der Beobachtung nicht erheblich voneinander verschieden waren, so hat diese Schätzung fast den Werth einer guten Messung.

Die folgende Zusammenstellung giebt einen Überblick über die Resultate aller bisherigen Helligkeitsbeobachtungen des Mars, nachdem dieselben in einheitlicher Weise mit Hülfe der Potsdamer empirischen Phasenformel und mit Zugrundelegung der in Potsdam bestimmten Helligkeitswerthe der Vergleichsterne auf mittlere Opposition reducirt und für die verschiedenen Beobachtungsepochen zu Mittelwerthen vereinigt worden sind.

Beobacht.-Epoche	Beobachter	Zahl der Beobacht.	Mittl. Oppos.-Helligkeit
1801	Olbers	1	— 1.65
1845—1858	Seidel	19	— 1.55
1848—1880	Schmidt	—	— 1.65
1864—1865	Zöllner	15	— 1.87
1875	Kononowitsch	20	— 1.72
1880	Copeland	8	— 1.92
1880—1882	Pickering	19	— 1.65[5])
1881—1882	Kononowitsch	15	— 2.03
1877—1890	Müller	176	— 1.79

1) Monthly Notices. Vol. 40, p. 380.
2) Annals of the Astr. Obs. of Harvard College. Vol. 14, part II, p. 410.
3) Astr. Nachr. Bd. 97, Nr. 2310.
4) v. Zach's monatliche Correspondenz. Bd. 8, p. 293.
5) Der von Pickering mitgetheilte Werth ist — 1.29; da aber die Phasencorrectionen von Pickering nach der Euler'schen Formel angebracht sind, so war eine Änderung erforderlich, um den Werth auf die Potsdamer Formel zu beziehen.

Die hier zu Tage tretenden Unterschiede sind grösser, als man nach der Genauigkeit der einzelnen Resultate erwarten sollte. Man braucht deswegen aber noch nicht an wirkliche Helligkeitsänderungen des Mars zu denken, da bei der stark röthlichen Farbe des Planeten Auffassungsunterschiede von ähnlichem Betrage durchaus nichts Befremdliches haben würden, zumal wenn man berücksichtigt, dass der kleinste Werth von allen, der Seidel'sche, mit Benutzung des Steinheil'schen Prismenphotometers gefunden ist, wo das Licht auf eine Fläche ausgebreitet wird, und die Beurtheilung der Gleichheit verschiedenfarbiger Eindrücke besonders schwierig ist.

Die Albedo des Mars ist nächst der des Mondes und des Mercur die kleinste unter allen Himmelskörpern. Mit Benutzung des Werthes — 1.787 für die mittlere Oppositionshelligkeit des Mars und des Zöllner'schen Werthes — 26.60 für die mittlere Helligkeit der Sonne ergeben sich aus den Formeln (14) (Seite 65) die folgenden Albedowerthe:

$$A_1 = 0.220 \text{ (Lambert'sche Definition)},$$
$$A_2 = 0.293 \text{ (Seeliger'sche Definition)}.$$

Das verhältnissmässig geringe Reflexionsvermögen dürfte wohl hauptsächlich darin begründet sein, dass die Sonnenstrahlen die nicht sehr dichte Atmosphäre des Planeten leicht durchdringen und erst von der festen Oberfläche zurückgeworfen werden. Für diese Annahme spricht auch die röthliche Farbe des Planeten. Denn da die Marsatmosphäre nach den spectroskopischen Beobachtungen wahrscheinlich eine ganz ähnliche Zusammensetzung hat wie die Erdatmosphäre, so wird sie vorzugsweise die blauen Strahlen absorbiren, und das reflectirte Sonnenlicht, welches die Atmosphärenschicht zweimal passirt hat, wird vorzugsweise gelbe und rothe Strahlen enthalten. Unsere Erde, die nach allen bisherigen Forschungen viel Ähnlichkeit mit dem Mars besitzt, würde, von diesem aus betrachtet, wahrscheinlich eine ähnliche Farbe und ein gleiches Reflexionsvermögen zeigen.

4. Die Marstrabanten.

Die Satelliten des Mars, welche bei der günstigen Opposition des Jahres 1877 von Hall in Washington entdeckt wurden, gehören zu den kleinsten Körpern unseres Sonnensystems. Die Bestimmung ihrer Helligkeit ist wegen der Nähe der blendenden Marsscheibe mit grossen Schwierigkeiten verbunden; doch können brauchbare Resultate erhalten werden,

wenn die Trabanten mit ganz nahen Fixsternen verglichen werden, deren
Helligkeiten später, sobald der Planet sich etwas weiter von ihnen fortbewegt hat, mit Sicherheit bestimmt werden können. Hall hat in den
ersten Tagen nach der Entdeckung die Helligkeiten der Trabanten etwa
12. bis 13. Grösse geschätzt; an einigen Tagen schien die Lichtstärke
des einen Mondes in der Nähe der Elongation sogar noch ein wenig beträchtlicher zu sein als 12. Grösse. Im Allgemeinen giebt er dem inneren
Satelliten Phobos eine etwas grössere Helligkeit als dem äusseren Deimos,
und nur ein Mal schätzt er beide gleich hell. Holden dagegen hat den
Intensitätsunterschied der beiden Trabanten zu fast zwei Grössenclassen
taxirt und für die Oppositionshelligkeiten derselben die Werthe 11.5
(Phobos) und 13.5 (Deimos) angegeben. Auch von anderen Beobachtern
liegen Helligkeitsschätzungen, namentlich des äusseren Mondes, vor, z. B.
von Watson, Wagner, Trouvelot, Erck, welche alle dem Deimos
etwa die Grösse 12 bis 13 zuschreiben. Die Erck'schen Schätzungen [1])
verdienen deswegen besonders hervorgehoben zu werden, weil es diesem
Beobachter gelungen ist, Deimos noch mit einem Refractor von 19 cm
Oeffnung zu sehen, und weil er zuerst den Versuch gemacht hat, aus
Vergleichungen mit den Planeten Mars und Vesta einen angenäherten
Werth für den Durchmesser des Trabanten abzuleiten; er giebt als wahrscheinlichen Werth dafür 13.6 engl. Meilen oder 21.9 Kilom. an, ein Betrag, der allerdings beträchtlich zu gross sein dürfte.

Zuverlässigere Werthe für die Dimensionen dieser kleinen Himmelskörper gehen aus den photometrischen Messungen Pickerings [2]) hervor,
welcher bei den Oppositionen 1877, 1879 und 1881/82 mit Hülfe eines
der von ihm construirten Photometer die Trabanten mit dem sternartig
verkleinerten Bilde des Mars verglichen hat. Für die Helligkeitsdifferenzen zwischen Planet (in mittlerer Opposition) und Satellit ergeben sich aus allen Bestimmungen die Werthe 14.47 (Phobos) und
14.53 (Deimos), d. h. der Planet ist 614000 mal resp. 649000 mal heller
als die Satelliten; er übertrifft sie also ungefähr ebenso sehr an Helligkeit, wie die Sonne den Vollmond. Wird die Lichtstärke des Mars in
mittlerer Opposition zu − 1.79 angenommen, so erhält man für die
Oppositionsgrössen der Trabanten die Zahlen 12.68 (Phobos) und 12.74
(Deimos).

Aus den gemessenen Helligkeitsdifferenzen folgen nun unter der Annahme, dass die Reflexionsfähigkeit der Satelliten die gleiche ist wie die

---

1) Astronomical Register. Vol. 16, p. 20.
2) Annals of the Astr. Obs. of Harvard College. Vol. 11, p. 226 und 311.
Ausserdem Astr. Nachr. Bd. 102, Nr. 2437.

des Mars, nach den Formeln (16) (Seite 66) die folgenden Werthe für die Durchmesser:

	Entfernung 1	Vom Mars aus gesehen	In Kilom.
Phobos	0″.0119	190″	8.6
Deimos	0.0116	74	8.4

Aus den Beobachtungen des Jahres 1879 glaubte Pickering auf Veränderungen im Lichte des äusseren Trabanten schliessen zu dürfen, und zwar in dem Sinne, dass derselbe auf der Westseite des Planeten stets heller erschien als auf der Ostseite. Da ein ähnliches Verhalten bei einem der Saturntrabanten mit Sicherheit nachgewiesen ist, so wäre diese Beobachtung an und für sich durchaus nicht unwahrscheinlich. Aber mit Rücksicht auf die Geringfügigkeit des wahrgenommenen Helligkeitsunterschiedes und besonders weil die Beobachtungen der anderen Oppositionen nichts Ähnliches zeigen, ist dieses Resultat zunächst noch mit Vorsicht aufzunehmen.

5. Die kleinen Planeten.

Bei dem ausserordentlich regen Interesse, mit welchem die zwischen Mars und Jupiter befindlichen Asteroiden stets von den Astronomen beobachtet worden sind, bleibt es auffallend, dass die Helligkeitsverhältnisse dieser kleinen Himmelskörper bis in die allerneueste Zeit so gut wie gänzlich vernachlässigt worden sind. Schon bald nach Entdeckung der ersten kleinen Planeten am Anfange dieses Jahrhunderts haben Gauss und Olbers auf die Wichtigkeit guter Helligkeitsbestimmungen der Asteroiden hingewiesen, und später, als bereits eine grössere Anzahl derselben bekannt war, ist namentlich Argelander[1]) sehr eifrig für ihre photometrischen Beobachtungen eingetreten. Die folgenden Ausführungen von ihm verdienen auch heute noch volle Beachtung: »Da wir voraussetzen müssen, dass alle die kleinen Planeten zwischen Mars und Jupiter einen gemeinschaftlichen Ursprung haben, dass der Gang ihrer Fortbildung ein analoger gewesen ist, so werden wir auch bei ihnen allen eine wenigstens nahe gleiche Albedo annehmen können. Bestimmungen der Helligkeiten der einzelnen werden uns daher auch ihre relativen Grössen mit ziemlicher Sicherheit kennen lehren, und folglich ihre wahren, sobald wir nur von einem von ihnen den scheinbaren Durchmesser zu messen im Stande sind.«

1) Astr. Nachr. Bd. 42, Nr. 996.

Trotz der warmen Fürsprache von Seiten einer solchen Autorität, und trotzdem später noch mehrfach, besonders lebhaft von Hornstein[1]), auf die Wichtigkeit des Gegenstandes aufmerksam gemacht worden ist, hat sich niemals ein regeres Interesse für die Helligkeitsverhältnisse der kleinen Planeten kundgegeben. Man hat sich auf gelegentliche Grössenschätzungen derselben beschränkt, und es existiren bis in die Neuzeit nur ganz vereinzelte zusammenhängendere Beobachtungsreihen. Die Werthe für die mittleren Oppositionshelligkeiten, welche im Berliner astronomischen Jahrbuche mitgetheilt werden, sind Mittelwerthe aus den vereinzelten Schätzungen verschiedener Beobachter und können schon wegen der Ungleichartigkeit des Materials auf keine grosse Genauigkeit Anspruch machen.

Ab und zu ist die Vermuthung ausgesprochen worden, dass Lichtänderungen bei einzelnen Asteroiden stattgefunden haben, aber die Angaben, welche beispielsweise schon Olbers und Schröter über Helligkeitsschwankungen bei den Planeten Ceres, Pallas, Juno und Vesta, später Ferguson in Betreff der Clio und Goldschmidt in Betreff der Pales gemacht haben, sind so unbestimmt, dass an eine weitere Verwerthung derselben gar nicht zu denken ist. Nur in einigen grösseren Reihen von Helligkeitsschätzungen, insbesondere von Tietjen an Melete und Niobe, von C. F. Peters an Frigga, in neuerer Zeit von Harrington an Vesta und von Pickering an Ceres, lassen sich ganz regelmässige Lichtänderungen erkennen, an deren Realität trotz der Unsicherheit der Bestimmungen nicht zu zweifeln ist, die aber keinenfalls, wie z. B. Harrington bei der Vesta annimmt, durch Axendrehung der Planeten zu erklären sind, sondern, wie die neueren Untersuchungen gezeigt haben, offenbar vom Phaseneinflusse herrühren. Es könnte befremdlich erscheinen, dass man nicht schon früher auf diese Deutung gekommen ist, aber es darf nicht vergessen werden, dass, solange das Euler'sche oder Lambert'sche Phasengesetz als gültig angesehen wurde, ein merklicher Einfluss der Phase bei den Asteroiden von vornherein ausgeschlossen scheinen musste. Denn da der Phasenwinkel bei diesen Himmelskörpern im Maximum nur etwa 30° betragen kann, so waren mit Berücksichtigung dieser Phasengesetze höchstens Lichtänderungen von 0.08 oder 0.14 Grössenclassen zu erwarten, also Quantitäten, die durch Helligkeitsschätzungen überhaupt nicht mehr mit Sicherheit zu bestimmen sind. Erst nachdem durch genaue photometrische Messungen der grossen Planeten nachgewiesen war, dass die bekannten Phasentheorien unzureichend sind, und

---

1) Sitzungsber. der K. Akad. der Wiss. in Wien. Math.-Naturw. Classe, Bd. 41, p. 261.

dass die beobachteten Lichtänderungen viel grösser sind, als von vornherein vorauszusetzen war, liess sich ein analoger Schluss auch auf die kleinen Planeten ziehen. Die in den Jahren 1881—1886 von mir an einer Anzahl derselben ausgeführten Beobachtungsreihen[1]) haben zuerst auf den Phaseneinfluss aufmerksam gemacht, und seitdem auch die Messungen von Parkhurst[2]) zu ganz ähnlichen Resultaten geführt haben, dürfte es wohl kaum einem Zweifel unterliegen, dass alle bisher an den Asteroiden wahrgenommenen Helligkeitsänderungen in erster Linie auf die wechselnden Beleuchtungsverhältnisse zurückzuführen sind. Erst wenn es sich zeigen sollte, dass in gewissen Fällen diese Erklärung versagt, würde es statthaft sein, an wirkliche Änderungen der Oberflächenbeschaffenheit oder an Rotationswirkungen u. dergl. zu denken. Bisher liegt hierzu jedenfalls kein zwingender Grund vor.

Aus den Potsdamer Beobachtungen und ebenso aus den Messungen von Parkhurst ergiebt sich, dass bei den meisten der bisher untersuchten Asteroiden die Änderungen der auf mittlere Opposition reducirten Helligkeitswerthe (in Grössenclassen) den entsprechenden Phasenänderungen proportional sind. Nur bei einigen scheint die Lichtcurve von der geraden Linie abzuweichen und in der Nähe der Opposition etwas steiler zu verlaufen als bei grösseren Phasenwinkeln; jedoch ist zu einer sicheren Entscheidung dieser angedeuteten Verschiedenheit noch ein grösseres Beobachtungsmaterial erforderlich, und es wird daher der Einfachheit wegen zunächst gestattet sein, bei allen Asteroiden die Lichtcurven als gerade Linien vorauszusetzen.

Die folgende Zusammenstellung enthält die Resultate aller bisherigen Untersuchungen über die Helligkeitsschwankungen der kleinen Planeten, wobei ausser den Potsdamer und Parkhurst'schen Messungen noch einige grössere Schätzungsreihen berücksichtigt worden sind, die ein gewisses Vertrauen verdienen. Aufgenommen sind in die Tabelle nur solche Planeten, bei denen die Beobachtungen ein grösseres Phasenwinkelintervall als 8° umfassen. In der Tabelle ist ausser der Zahl der Beobachtungen und dem benutzten Phaseintervall noch die mittlere Oppositionsgrösse uud die aus den Beobachtungen abgeleitete Helligkeitsänderung für je 1° Phasenwinkel angegeben.

---

1) Astr. Nachr. Bd. 114, Nr. 2724 und 2725. — Publ. des Astrophys. Obs. zu Potsdam. Bd. 8, p. 355.
2) Annals of the Astr. Obs. of Harvard College. Vol. 18, p. 29 und Vol. 29, p. 65. — Siehe auch Astr. Journal. Vol. 9, p. 127.

Nummer und Name des Planeten	Zahl der Beob.	Phasen-winkel-Intervall	Beobachter	Mittlere Oppositions-grösse	Änderung für 1° Phasen-winkel	Durchmesser in Kilom. Mercur-Albedo	Mars-Albedo
1. Ceres . . .	21	3°1—20°5	Müller	6.91	0.042		
	73	4.5—23.2	Parkhurst	7.19	0.043	857	684
	9	8.5—17.1	Pickering[1]	7.14	0.045		
2. Pallas . .	39	4.2—23.9	Müller	7.56	0.042	662	529
	23	6.2—18.3	Parkhurst	7.95	0.033		
3. Juno . . .	53	6.7—29.6	Parkhurst	9.01	0.030	329	263
4. Vesta . .	54	1.8—23.0	Müller	6.01	0.027	939	750
	100	1.3—28.0	Parkhurst	6.02	0.018		
5. Asträa. . .	24	4.2—25.5	Parkhurst	10.11	0.025	180	144
6. Hebe . . .	6	3.6—30.6	Parkhurst	9.02	0.023	253	202
7. Iris . . .	28	4.0—29.4	Müller	8.46	0.019	273	218
	57	2.4—31.0	Parkhurst	8.91	0.016		
8. Flora. . .	14	8.4—26.4	Müller	8.93	0.027	210	168
	25	4.5—31.0	Parkhurst	8.80	0.029		
9. Metis . . .	9	1.6—9.6	Müller	8.70	0.041	281	225
11. Parthenope	33	2.8—26.1	Parkhurst	9.68	0.022	193	154
12. Victoria . .	21	9.6—30.1	Parkhurst	10.13	0.020	137	109
14. Irene . . .	17	7.5—20.5	Müller	9.64	0.034	227	181
15. Eunomia. .	11	9.3—25.6	Müller	8.86	0.028	343	274
16. Psyche . .	29	1.9—21.8	Parkhurst	9.56	0.048	322	257
18. Melpomene	39	3.9—32.8	Parkhurst	8.96	0.033	224	179
20. Massalia .	18	1.5—18.6	Müller	9.18	0.026	239	190
	25	2.0—22.7	Parkhurst	9.06	0.051		
21. Lutetia . .	7	1.4—13.5	Müller	10.09	0.036	157	125
25. Phocaea . .	16	10.7—22.6	Parkhurst	10.77	0.025	110	88
29. Amphitrite	18	1.9—22.2	Müller	8.90	0.025	315	251
	13	13.1—23.7	Parkhurst	8.79	0.033		
30. Urania . .	24	1.0—24.2	Parkhurst	10.43	0.025	124	99
37. Fides . . .	8	4.3—16.1	Müller	10.41	0.029	168	134
39. Laetitia . .	9	5.1—22.9	Müller	9.67	0.022	266	213
40. Harmonia	12	3.9—24.5	Müller	9.31	0.018	147	117
	26	3.4—26.1	Parkhurst	10.02	0.017		
41. Daphne . .	12	13.1—24.2	Müller	11.04	0.028	141	113
43. Ariadne . .	10	3.8—15.5	Parkhurst	10.39	0.020	103	83
44. Nysa . . .	22	0.0—21.6	Parkhurst	9.85	0.025	172	138
56. Melete. . .	18	18.7—27.7	Tietjen[2]	10.90	0.046	128	102
71. Niobe . . .	13	3.9—16.2	Tietjen[2]	10.17	0.042	209	167
75. Eurydice .	11	7.8—28.0	Parkhurst	12.61	0.030	63	50
77. Frigga. . .	11	3.1—20.4	Peters[3]	10.35	0.053	177	141
127. Johanna. .	7	6.5—17.5	Parkhurst	12.69	0.020	65	52
192. Nausikaa .	6	6.1—15.7	Müller	9.63	0.034	163	130
	20	9.6—32.8	Parkhurst	10.01	0.020		
258. Tyche. . .	49	0—27	Stechert[4]	10.52	0.046	155	124
261. Prymno . .	9	5.9—21.0	Parkhurst	12.74	0.017	41	33

Nach dieser Zusammenstellung schwanken die Phasencoefficienten zwischen den Werthen 0.016 (Iris) und 0.053 (Frigga); einem Phasenintervall von 20° entspricht also bei dem letzteren Planeten eine Grössen-

1) Annals of the Astr. Obs. of Harvard College. Vol. 24, p. 265.
2) Astr. Nachr. Bd. 135, Nr. 3227.
3) Astr. Nachr. Bd. 114, Nr. 2724.
4) Mittheilungen der Hamburger Sternwarte. Nr. 2, p. 31 ff.

Änderung von 1.1, dagegen bei dem ersteren nur eine Änderung von 0.3. Will man die Unterschiede zwischen den Phasencoefficienten der einzelnen Planeten als reell ansehen, so würde, da diese Coefficienten alle möglichen Werthe zwischen den früher für Mercur und Mars gefundenen besitzen, die Folgerung zu ziehen sein, dass die Asteroiden bezüglich ihres photometrischen Verhaltens eine continuirliche Stufenreihe zwischen diesen beiden Himmelskörpern bilden. Will man jedoch die Unterschiede lediglich als zufällige ansehen, veranlasst durch die Unsicherheit der Messungen, und will man annehmen, dass sämmtliche Asteroiden das gleiche photometrische Verhalten zeigen, so liesse sich aus den vorhandenen Bestimmungen der Phasencoefficienten ein recht zuverlässiger Mittelwerth ableiten. Mit Rücksicht auf die verschieden grosse Zahl der Beobachtungen bei den einzelnen Planeten ergiebt sich aus der obigen Tabelle der Werth 0.0299. Da dieser Werth dem für den Mercur gültigen Phasencoefficienten am nächsten kommt, so würde man zu dem Schlusse berechtigt sein, dass die Asteroiden mit diesem Planeten die meiste Ähnlichkeit besitzen. Erst weiter fortgesetzte Untersuchungen an einer viel grösseren Anzahl der kleinen Planeten werden zu Gunsten der einen oder anderen Annahme entscheiden können.

Über das Reflexionsvermögen der Asteroiden im Vergleich zu dem der grossen Planeten lassen sich so lange keine directen zuverlässigen Angaben machen, als es nicht gelungen ist, die Durchmesser dieser Himmelskörper mit einiger Sicherheit zu bestimmen. Bei einigen der hellsten sind zwar wiederholt Versuche in dieser Richtung gemacht worden, und zwar bereits von Schröter, Herschel, Lamont und Mädler, später dann noch von Tacchini und Millosevich; aber die Angaben dieser Beobachter wichen zum Theil so erheblich voneinander ab, dass an eine Benutzung dieser Werthe kaum zu denken war. Neuerdings hat Barnard[1]) für Ceres, Pallas und Vesta Durchmesserbestimmungen mitgetheilt, die mit Hülfe des grossen Refractors der Lick-Sternwarte erhalten sind und daher vielleicht grösseres Vertrauen verdienen dürften. Er findet für die wahren Durchmesser in Kilometern die Werthe 779 (Ceres), 489 (Pallas) und 391 (Vesta). Mit Zugrundelegung dieser Zahlen und der aus der obigen Tabelle entnommenen mittleren Oppositionshelligkeiten (Mittelwerthe aus den Resultaten der verschiedenen Beobachter) ergeben sich dann die folgenden Albedowerthe, sowohl nach der Lambert'schen als nach der Seeliger'schen Definition.

---

1) Monthly Notices. Vol. 56, p. 55. — NB. Es sind in dieser Abhandlung auch einige Durchmesserbestimmungen für den Planet Juno angegeben; da sie aber von Barnard selbst als relativ unsicher bezeichnet sind, so dürfte es nicht rathsam sein, dieselben weiter zu verarbeiten.

Ceres	Pallas	Vesta
0.170	0.258	0.810
0.227	0.344	(1.080)

Danach würde Ceres das Licht etwas stärker reflectiren als Mercur, Pallas etwas stärker als Mars, und das Reflexionsvermögen der Vesta würde noch ein wenig dasjenige der Venus übertreffen. Es ist nicht · sehr wahrscheinlich, dass die kleinen Planeten, bei denen man in Bezug auf die physische Beschaffenheit eine gewisse Verwandtschaft voraussetzen darf, so starke Albedounterschiede haben sollten, wie aus den Barnard'schen Zahlen hervorgeht. Namentlich scheint der letzte Werth, der eine nahezu spiegelnde Oberfläche oder eigenes Licht bei dem Planeten Vesta bedingen würde, kaum mit unseren Anschauungen über die Entstehung und die Beschaffenheit der kleinen Himmelskörper vereinbar. Es geht daraus hervor, dass auch die neuesten directen Durchmesserbestimmungen noch Manches unaufgeklärt lassen und erst noch durch weitere Untersuchungen nach wesentlich verfeinerten Messungsmethoden bestätigt werden müssen. Gegenwärtig wird man sicher noch zu besseren Resultaten gelangen, wenn man unter Annahme einer gleichen Albedo für alle Asteroiden aus den photometrischen Bestimmungen ihre relativen Dimensionen ableitet, als wenn man umgekehrt ihr Reflexionsvermögen aus den durch Schätzungen gewonnenen oder mit dem Fadenmikrometer erhaltenen Durchmessern zu bestimmen versucht. Schon Stampfer[1]) hat auf die Verwendung der photometrischen Beobachtungen der kleinen Planeten zu Durchmesserbestimmungen hingewiesen, und Argelander[2]) hat auf Grund der Stampfer'schen Formeln im Jahre 1855 für 26 derselben Durchmesser mitgetheilt. Diese Werthe sind aber offenbar beträchtlich zu klein, weil die Albedo dabei gleich derjenigen der grossen Planeten Saturn, Uranus und Neptun vorausgesetzt war. Später sind noch von Bruhns[3]) für die ersten 39 und von Stone[4]) für die ersten 71 Asteroiden Durchmesser berechnet worden; aber auch diese Werthe sind zweifellos zu klein, schon aus dem Grunde, weil die Oppositionshelligkeiten der Planeten wegen Nichtberücksichtigung der Phasencorrection meistens zu gering angesetzt waren. Nachdem die photometrischen Messungen an einer grösseren Anzahl der Asteroiden gezeigt haben, dass die Beträge der von der Phasenänderung abhängigen Lichtvariation nicht wesentlich verschieden sind von

---

1) Sitzungsber. der K. Akad. der Wiss. zu Wien. Bd. 7, p. 756.
2) Astr. Nachr. Bd. 41, Nr. 982.
3) Bruhns, De planetis minoribus inter Martem et Jovem circa solem versantibus. Berolini. 1865, p. 15.
4. Monthly Notices. Vol. 27, p. 302.

den bei den Planeten Mercur und Mars constatirten, wird man zu besseren Durchmesserwerthen gelangen, wenn man die Albedo der kleinen Planeten gleich der von Mercur oder Mars annimmt. Berechnet man die Durchmesser für beide Hypothesen, so erhält man zwei Grenzwerthe, zwischen denen voraussichtlich die wahren Werthe liegen werden. In der obigen Zusammenstellung sind für die bisher mit einiger Sicherheit photometrisch beobachteten kleinen Planeten in den letzten Columnen die berechneten Durchmesser in Kilometern angegeben. Danach hat der grösste dieser Asteroiden, Vesta, im Mittel einen Durchmesser von 845 Kilom. und übertrifft an Grösse den kleinsten, Prymno, um mehr als das zwanzigfache. Der für Vesta berechnete Werth ist mehr als doppelt so gross, wie der aus den Barnard'schen Messungen hervorgehende.

Natürlich werden die aus den photometrischen Beobachtungen abgeleiteten Durchmesserwerthe um so mehr Vertrauen verdienen, je sorgfältiger die Oppositionshelligkeiten bestimmt sind. Es wäre daher im höchsten Grade zu wünschen, dass in Zukunft den Lichterscheinungen dieser Himmelskörper eine regere Theilnahme entgegengebracht würde, als bisher. Es liegt hier noch ein weites Feld der Thätigkeit offen. Wenn die zahlreichen Beobachter der kleinen Planeten die geringe Mühe nicht scheuten, mit jeder Positionsbestimmung eine Helligkeitsbestimmung zu verbinden, und zwar nach dem Argelander'schen Vorschlage durch Stufenvergleichungen mit passend gewählten Fixsternen, deren Lichtstärken dann auf photometrischem Wege genau ermittelt werden könnten, so würde sehr bald ein umfangreiches Material gesammelt sein, welches unsere Kenntniss von diesen kleinen Weltkörpern wesentlich bereichern und vielleicht zu manchen interessanten Folgerungen hinsichtlich ihrer physischen Beschaffenheit führen würde.

6. Jupiter.

Die Helligkeitsänderungen, welche beim Jupiter durch die wechselnden Entfernungen von Sonne und Erde hervorgebracht werden, sind im Vergleich zu den der Sonne näheren Planeten unbedeutend. In der günstigsten Opposition erreicht Jupiter die Sterngrösse — 2.5; er ist dann fast genau so hell wie Mars in seiner günstigsten Opposition und etwa eine Grössenclasse schwächer als Venus in ihrer durchschnittlichen Lichtstärke. Wie Arago in seiner populären Astronomie angiebt, haben verschiedene Beobachter, unter Anderen bereits Galilei, die Wahrnehmung gemacht, dass Jupiter bei dieser Stellung hinter undurchsichtigen Körpern Schatten wirft. Bei einer ungünstigen Opposition, wenn der Planet am

weitesten von der Sonne entfernt und gleichzeitig die Erde ihr am
nächsten ist, wird die Helligkeit etwa gleich — 2.0. In der Nähe der
Conjunction endlich, zu der Zeit, wo Jupiter für die Beobachtungen un-
zugänglich wird, sinkt seine Lichtstärke ungefähr bis zur Grösse — 1.5
hinab, er ist dann nur wenig heller als Sirius. Maximum und Minimum
der überhaupt beim Jupiter messbaren Helligkeiten verhalten sich etwa
wie 2.5 zu 1.

Der Phasenwinkel schwankt nur zwischen den Grenzen 0° und 12°;
die davon herrührenden Helligkeitsänderungen können also unter allen
Umständen nur geringfügig sein. Schwankungen, wie sie unter Zugrundelegung der verschiedenen Phasentheorien für das Intervall von
0° bis 12° zu erwarten wären (im Maximum etwa 0.04 Grössenclassen),
lassen sich überhaupt nicht durch photometrische Messungen nachweisen.
Verhielte sich Jupiter genau so wie Mars, so würde die gesammte Helligkeitsänderung wegen Phase 0.17 Grössenclassen betragen, eine Quantität,
die durch sehr zahlreiche sorgfältige Messungen vielleicht eben noch zu bestimmen wäre. Wenn dagegen Jupiter das Sonnenlicht in derselben Weise
reflectirte, wie die kleinen Planeten oder wie Mercur und der Mond, so könnte
die durch die Phasen bewirkte Lichtänderung bis zu 0.3 oder 0.4 Grössenclassen anwachsen und würde dann schon durch einigermassen zuverlässige photometrische Beobachtungen mit Sicherheit ermittelt werden
können. Alle bisher ausgeführten Lichtmessungen des Jupiter zeigen
nun keinerlei Einwirkung der Phase. Weder in der Seidel'schen Reihe
aus den Jahren 1845—1857, noch in den Beobachtungen von Zöllner
und Kononowitsch aus den Zeiträumen 1862—1864 und 1875—1882
ist ein Anwachsen der Lichtstärke in der Nähe der Opposition zu erkennen, und noch deutlicher tritt dies aus den Potsdamer Messungen
hervor, welche sich über einen ganzen Umlauf des Planeten um die
Sonne erstrecken. Soviel folgt mit Sicherheit aus diesem umfangreichen Material, dass Jupiter in seinem photometrischen Verhalten durchaus verschieden ist vom Monde, von den Planeten Mercur und Mars
und den Asteroiden, und dass wir daher bei ihm eine wesentlich
andere physische Beschaffenheit als bei diesen Himmelskörpern voraussetzen dürfen. Nach Allem, was wir durch die topographischen Beobachtungen des Jupiter wissen, ist derselbe mit einer ausserordentlich
dichten Atmosphäre umgeben, und es ist daher sehr wahrscheinlich, dass
die Sonnenstrahlen zum grössten Theile von den Wolkengebilden dieser
Atmosphäre zurückgeworfen werden und nur in relativ geringer Menge
von den festen Theilen des eigentlichen Jupitersphäroides. Diese Ansicht
wird auch bestätigt durch das aussergewöhnlich grosse Reflexionsvermögen des Jupiter, welches ganz besonders deutlich in seiner photo-

graphischen Wirkung zu Tage tritt. Warren de la Rue[1]) hat auf diesen Punkt hingewiesen, und von Bond[2]) existiren ausführliche Untersuchungen darüber. Letzterer findet, dass Jupiter von den chemischen Strahlen des Sonnenlichtes etwa 14 mal mehr reflectirt als der Mond, falls aber nur die hellen Stellen des Planeten und die Centralregionen des Mondes in Betracht gezogen werden, sogar 27 mal mehr. Neuere Versuche von Lohse[3]) zeigen eine ähnliche Überlegenheit der photographischen Wirkung des Jupiter über diejenige des Mars.

Auch die optische Albedo des Jupiter ergiebt sich aus den bisherigen photometrischen Beobachtungen sehr gross. Mit Zugrundelegung des aus den Potsdamer Messungen hervorgehenden Werthes — 2.233 für die mittlere Oppositionshelligkeit des Planeten erhält man die folgenden Albedowerthe:

$$A_1 = 0.616 \text{ (Lambert'sche Definition)},$$
$$A_2 = 0.821 \text{ (Seeliger'sche Definition)}.$$

Das Reflexionsvermögen des Jupiter ist hiernach zwar etwas geringer als dasjenige der Venus, aber im Vergleich zu irdischen Substanzen doch noch so beträchtlich, dass wiederholt die Vermuthung ausgesprochen worden ist, dass Jupiter uns nicht nur reflectirtes Licht zusendet, sondern auch eigenes Licht ausstrahlt.

Was die Abstufungen der Helligkeit auf der Jupiterscheibe anbetrifft, so lehrt schon eine flüchtige Betrachtung, dass die Randpartien im Allgemeinen schwächer sind als die centralen Regionen, eine Erscheinung, die durch die Annahme einer sehr dichten Atmosphäre unschwer zu erklären ist. Der Helligkeitsunterschied ist sehr bedeutend, wie schon daraus hervorgeht, dass die Trabanten des Jupiter, die beim Vorübergange vor der Mitte der Scheibe als dunkle Flecke erscheinen, beim Ein- oder Austritt sich nur wenig von dem Untergrunde abheben, wiederholentlich sogar als helle Flecke auf dunklem Grunde gesehen worden sind. Arago[4]) hat durch Versuche mit einem doppeltbrechenden Prisma festgestellt, dass die Polargegend des Jupiter mindestens zweimal schwächer ist als die Äquatorealzone, und Bond[5]) ist durch Schätzungen und Messungen zu dem Resultate gelangt, dass die Intensität der hellsten Stellen auf der Scheibe etwa 1.7 mal grösser ist als die mittlere Helligkeit der ganzen Scheibe, während die dunklen Streifen etwa ebenso viel-

1) Monthly Notices. Vol. 18, p. 55.
2) Memoirs of the American Acad. New Series, Vol. 8, p. 221.
3) Publ. des Astrophys. Obs. zu Potsdam. Bd. 8, p. 141.
4) Aragos Werke. Deutsche Ausgabe von Hankel, Bd. 14, p. 281.
5) Memoirs of the American Acad. New Series, Vol. 8, p. 284.

mal schwächer sind. Nach Browning[1] ist eine schmale Zone nördlich vom Äquator bei Weitem die hellste Partie auf der ganzen Planetenscheibe. Zenger[2] hat zur Ermittlung von relativen Helligkeitsunterschieden auf der Planetenscheibe die Bestimmung der Zeitpunkte empfohlen, zu welchen in der Morgen- und Abenddämmerung die verschiedenen Details verschwinden oder zum Vorschein kommen.

Weitere Untersuchungen in dieser Richtung sind im hohen Grade erwünscht, und insbesondere verdient die Frage nach etwaigen Veränderungen der relativen Intensitäten eingehende Berücksichtigung. Dass zeitweilig gewaltige Revolutionen auf der Jupiteroberfläche vor sich gehen, die sich uns durch Farben- und Helligkeitsänderungen einzelner Partien, sowie durch das Auftreten und Verschwinden heller und dunkler Flecke (z. B. des bekannten rothen Flecks in den letzten Jahrzehnten) bemerkbar machen, ist eine allgemein constatirte Thatsache. Huggins und Ranyard haben darauf hingewiesen, dass die Epochen lebhafter Veränderungen auf der Jupiterscheibe mit den Epochen der Sonnenfleckenmaxima im Zusammenhange zu stehen scheinen, und Letzterer[3] hat eine Anzahl von Fällen angeführt, die zu Gunsten dieser Vermuthung sprechen, so die Beobachtungen von Cassini (1692), von Herschel (1778—1780), von Lassell und Dawes (1848) und von Huggins, Lassell und Airy (1858 bis 1860). Weitere Beispiele zur Unterstützung der Ranyard'schen Annahme sind von Lohse[4] veröffentlicht worden, welcher eine ausführliche Zusammenstellung der Litteratur über diesen Gegenstand gegeben hat. Naturgemäss drängt sich die Frage auf, ob ähnliche Veränderungen von periodischem Charakter etwa auch in den Messungen der Gesammthelligkeit des Jupiter zu Tage treten. Eine Zusammenfassung aller bisher bekannten zuverlässigen Beobachtungsreihen liefert die folgenden auf mittlere Opposition reducirten Mittelwerthe.

Epoche	Beobachter	Zahl der Mess.	Mittlere Oppos.-Helligkeit	Bemerkungen
1845—1846	Seidel	5	— 2.05	1848 Sonnenfleckenmaximum
1852	»	12	— 2.04	1860 Maximum
1862—1864	Zöllner	6	— 2.33	1871 Maximum
1875	Kononowitsch	8	— 2.21	
1882	»	8	— 2.06	
1878	Müller	26	— 2.11	

1) Monthly Notices. Vol. 31, p. 33.
2) Monthly Notices. Vol. 38, p. 65.
3) Monthly Notices. Vol. 31, p. 34.
4) Bothkamper Beobachtungen. Heft 2, p. 92.

Epoche	Beobachter	Zahl der Mess.	Mittlere Oppos.- Helligkeit	Bemerkungen
1879—1880	Müller	53	— 2.23	1879 Minimum
1880—1881	»	27	— 2.26	
1881—1882	»	15	— 2.33	
1883	»	5	— 2.30	
1883—1884	»	12	— 2.35	1884 Maximum
1885	»	15	— 2.31	
1886	»	20	— 2.28	
1887	»	7	— 2.25	
1889	»	6	— 2.16	1889 Minimum
1890	»	21	— 2.14	

In der Potsdamer Reihe, welche wegen der grösseren Zahl der Beobachtungen die sichersten Werthe enthält, tritt ein deutlicher Gang auf, und zwar in dem Sinne, dass die Helligkeit des Planeten in dem Zeitraume von 1878—1884 beständig zunimmt und von da an wieder beständig kleiner wird. Da die Anfangs- und Endepochen nahe mit Sonnenfleckenminimis, das Jahr 1884 mit einem Sonnenfleckenmaximum zusammenfällt, so könnte man in den photometrischen Messungen eine Bestätigung dafür finden, dass die grösste Lichtentwicklung auf dem Jupiter mit der grössten Thätigkeit auf der Sonne im Zusammenhange steht. Indessen sind die Potsdamer Beobachtungen allein noch keineswegs ausreichend, um die Frage mit Sicherheit zu entscheiden.

7. Die Jupitersatelliten.

Die Helligkeitsverhältnisse der Jupitertrabanten sind von jeher Gegenstand des lebhaftesten Interesses bei den Astronomen gewesen. Schon Cassini in der zweiten Hälfte des 17. Jahrhunderts und Maraldi am Anfange des 18. haben auf die eigenthümlichen Erscheinungen aufmerksam gemacht, welche die Satelliten beim Vorübergange vor der Jupiterscheibe zeigen. Letzterer glaubte sogar Flecke auf denselben zu bemerken, die grossen Veränderungen unterworfen zu sein schienen, er wies ferner auf Helligkeitsschwankungen und Veränderungen der scheinbaren Grössen hin und schloss daraus auf Rotation derselben. Die ersten Versuche zu wirklichen Helligkeitsvergleichungen scheinen von Bailly[1] herzurühren, der im Jahre 1771 eine sehr wichtige Abhandlung über das

---

[1] Mémoires de l'acad. R. des sciences de Paris. Année 1771, p. 580.

Problem der Verfinsterung der Jupitertrabanten veröffentlicht und darin auch Resultate aus Beobachtungen der Lichtstärke mit Benutzung von Diaphragmen vor dem Objective des Fernrohrs mitgetheilt hat. Nach ihm ist die Reihenfolge der Satelliten in Bezug auf ihre Helligkeit die folgende: 3, 4, 2, 1 (die beiden letzten gleich hell), oder in Zahlen ausgedrückt, wenn die Lichtstärke des dritten Trabanten gleich 1 gesetzt ist:

Trabant 3 $= 1.00$,   Trabant 4 $= 0.30$,   Trabant 1 und 2 $= 0.24$.

Bei Weitem ausführlichere Angaben verdanken wir W. Herschel[1]. Aus seinen Schätzungen ergiebt sich das Resultat, dass die Jupitermonde veränderliche Helligkeit haben. Nach ihm ist die Reihenfolge der Lichtstärken: 3, 1, 2, 4. Der erste Mond erscheint nach Herschels Angaben in seinem grössten Glanze, wenn er sich zwischen Conjunction und grösster östlicher Digression befindet. Dasselbe gilt vom zweiten Trabanten, bei welchem aber die Lichtschwankungen innerhalb engerer Grenzen als bei jenem bleiben. Am wenigsten veränderlich ist Trabant 3, welcher das Maximum der Lichtstärke in den grössten Elongationen erreicht, und abweichend von allen anderen verhält sich der vierte Trabant, bei welchem der grösste Glanz kurz vor und nach der Opposition eintritt. Herschel

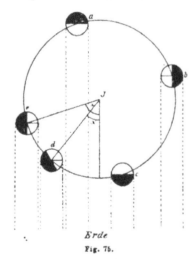

Fig. 75.

setzt die Helligkeitsvariationen als durchaus periodisch voraus und nimmt zu ihrer Erklärung an, dass die Trabanten mit Flecken bedeckt sind und sich in derselben Zeit um den Jupiter bewegen, in welcher sie eine Umdrehung um ihre eigene Axe vollenden. Dass eine solche Annahme in der That einen periodischen Lichtwechsel ungezwungen erklären kann, ist aus der nebenstehenden Figur 75 leicht ersichtlich, in welcher J das Jupitercentrum vorstellt, und a, b, c, d, e verschiedene Stellungen des Trabanten in seiner Bahn markiren. Nimmt man der Einfachheit wegen an, dass eine ganze Hemisphäre des Trabanten hell, die andere relativ dunkel ist, so wird derselbe, da er nach der Herschel'schen Voraussetzung dem Planeten stets dieselbe Seite zukehren muss, von der Erde aus gesehen in a am hellsten, in c am schwächsten, in b und e von mittlerer Lichtstärke

1) Phil. Trans. of the R. Soc. of London. 1797, p. 332.

erscheinen. Nennt man diese mittlere Lichtstärke h, die Anomalie des Trabanten bei dieser Stellung, von der Conjunction an gezählt, α, setzt man ferner, da es sich hier ja nur um einen ungefähren Überblick handelt, das Euler'sche Beleuchtungsgesetz als gültig voraus und bezeichnet endlich das Verhältniss der Albedo der hellen Hemisphäre zu der der dunklen mit C, so ergiebt sich die Lichtstärke h' des Satelliten bei der Stellung d, wo die Anomalie den Werth α' haben möge, aus der Formel:

$$h' = h\left[1 + \sin(\alpha - \alpha')\frac{1 - C}{1 + C}\right].$$

Aus Helligkeitsbeobachtungen an verschiedenen Punkten der Bahn liesse sich mittelst dieser Formel α und C bestimmen; es würde also beispielsweise, wenn der Unterschied zwischen beobachtetem Maximum und Minimum der Lichtstärke eine Grössenclasse betrüge, für das Albedoverhältniss der beiden Hemisphären die Zahl 2.5 gefunden werden, ein Betrag, der zwar eine etwas auffallende Vertheilung von hellen und dunklen Partien auf der Oberfläche voraussetzen würde, aber keineswegs als unmöglich anzusehen wäre.

Die Herschel'schen Resultate sind durch die fast gleichzeitigen Beobachtungen von Schröter in Lilienthal in manchen Punkten ergänzt worden. Schröter hat den Erscheinungen der Jupitertrabanten einen ganzen Band seiner »Beiträge zu den neuesten astronomischen Entdeckungen« gewidmet und eine grosse Zahl von Fällen angeführt, in denen er auf den Trabanten dunkle Flecke mit Bestimmtheit wahrgenommen hat. Beim vierten Satelliten hält er periodische Lichtvariationen für erwiesen, und zwar findet er ihn am ersten und zweiten Tage nach der Conjunction am schwächsten, am ersten und zweiten Tage nach der Opposition am hellsten. Bei den drei anderen Trabanten konnte Schröter keinen regulären periodischen Lichtwechsel erkennen, obgleich sie ihm ebenfalls das Licht zu verändern schienen. Er ist der Ansicht, dass auch bei ihnen die Rotation um die eigene Axe in derselben Zeit erfolgt, wie der Umlauf um den Jupiter, dass aber die Flecke, welche die Lichtschwankungen hervorbringen, veränderliche Atmosphärengebilde sein müssten und daher nur einen irregulären Lichtwechsel verursachen könnten.

Nach Herschel und Schröter ist der Gegenstand bis in die neuere Zeit hin nicht mehr mit solcher Gründlichkeit behandelt worden. Von Flaugergues[1]) besitzen wir noch Angaben über die relativen Helligkeiten der Trabanten, welche auf Messungen nach der Abblendungsmethode beruhen; aus diesen folgt, übereinstimmend mit Herschel, die Reihenfolge 3, 1, 2, 4. Zu gleichem Resultate gelangten auch Beer und

---

1) Connaissance des temps. 1802, p. 400; 1803, p. 352; 1805, p. 399; 1806, p. 425.

Mädler[1]) im Jahre 1836, deren Beobachtungen in Bezug auf die Veränderlichkeit von Trabant 3 ebenfalls zur Bestätigung der Ergebnisse von Herschel und Schröter angeführt werden.

Die Untersuchungen von Secchi, Lassell, Dawes, Noble und vielen Anderen beziehen sich mehr auf die merkwürdigen Erscheinungen, welche die Satelliten beim Vorübergange vor dem Jupiter darbieten, als auf die absoluten oder relativen Lichtstärken derselben. Ueber diesen letzteren Punkt sind erst wieder im Jahre 1870 eingehendere Untersuchungen von Engelmann[2]) angestellt worden; dieselben verdienen um so mehr Beachtung, als es die ersten sind, welche auf zuverlässigen photometrischen Messungen basiren. Engelmann hat mit Hülfe eines Zöllner'schen Photometers die Satelliten unter einander und mit benachbarten Fixsternen verglichen, dann mit Zugrundelegung des Lambert'schen Beleuchtungsgesetzes aus jeder einzelnen Beobachtung die Albedo der Trabanten berechnet und schliesslich untersucht, ob dieselbe irgend welchen Änderungen, speciell periodischen, unterworfen ist. Die Resultate seiner Beobachtungen gipfeln in den folgenden Sätzen: »Für die beiden inneren und kleinsten Trabanten, besonders den zweiten, ergiebt sich eine grössere, rasche und unregelmässige, für die beiden äusseren und grössten, insbesondere für den vierten Trabanten, eine kleinere und mehr periodische Änderung der Albedo; bei den ersten scheint Fleckenbildung in raschem Wechsel und während der ganzen Revolutions- und Rotationsdauer stattzufinden, bei den letzten nur zu gewissen Zeiten und namentlich bei der unteren Conjunction ausser den Flecken von nahe unveränderlicher Gestalt noch schnelle Verdunklung der Oberflächen vorzukommen. Von den Principien der Kant-Laplace'schen Kosmogonie ausgehend, wie sie Zöllner benutzt hat, um an der Hand der durch die Astrophysik gelieferten Thatsachen die verschiedenen Entwicklungsstufen der Himmelskörper physikalisch zu begründen und darzulegen, dürfte demnach angenommen werden, dass die beiden äusseren Trabanten, vornehmlich der vierte, in weiter fortgeschrittenem Entwicklungszustande als die inneren sich befinden. Mit Rücksicht auf die geringe Albedo könnte selbstverständlich an eigene Lichtentwicklung nicht gedacht werden; auch Erhebungen scheinen, wenigstens bei dem 1., 3. und 4. Trabanten, nicht vorhanden zu sein, da bei den schon ziemlich verschiedenen Phasenwinkeln sich sonst der Einfluss der Mangelhaftigkeit des zu Grunde liegenden Lambert'schen Princips geltend machen würde. Die Rotationsdauer ist beim 4. Trabanten sicher gleich

---

1) Beer und Mädler, Beiträge zur physischen Kenntniss der himmlischen Körper im Sonnensysteme. Weimar, 1841, p. 101.
2) Engelmann, Über die Helligkeitsverhältnisse der Jupiterstrabanten. Leipzig, 1871.

der Umlaufszeit um Jupiter ($16^d 8^h 5^m$ synodisch); bei den übrigen ist dasselbe zwar wahrscheinlicher als eine andere Annahme, allein die Beobachtungen liegen in noch zu geringer Zahl und zum Theil zweideutiger Form vor, als dass die Frage durch sie schon entschieden werden könnte. ‹

Die Engelmann'schen Resultate weichen zum Theil ganz erheblich von denen Herschels ab und scheinen nur für den 4. Trabanten mit einiger Sicherheit einen periodischen Lichtwechsel zu beweisen, während sie für die anderen Trabanten nur unregelmässige Schwankungen andeuten.

Von sonstigen Helligkeitsbeobachtungen der Jupitersatelliten sind noch die ausgedehnten Schätzungsreihen von Auwers, Flammarion, Zenger und Dennett, vor Allem aber die photometrischen Messungen Pickerings und Spittas hervorzuheben.

Die Auwers'schen[1] Schätzungen bestätigen in den wesentlichsten Punkten die Engelmann'schen Resultate.

Flammarion[2] findet bei allen vier Satelliten Lichtvariationen, die geringsten bei Trabant 3, die stärksten bei Trabant 4. Nach ihm haben aber die Helligkeitsschwankungen keinen Zusammenhang mit der Rotation; sie rühren nicht von permanenten Oberflächengebilden, sondern von wolkenartigen Producten der Atmosphären her, die sehr schnellen gewaltigen Veränderungen unterworfen sind.

Zenger[3] hat die relativen Helligkeiten der Trabanten durch Beobachtung der Zeitpunkte ermittelt, zu welchen dieselben in der Morgendämmerung verschwinden. Beim 2. und 4. Trabanten glaubt er periodische Lichtänderungen wahrgenommen zu haben, deren Dauer mit den Umdrehungszeiten um den Jupiter übereinstimmt.

Nach Dennetts[4] Angaben sind sämmtliche Satelliten veränderlich; sie gruppiren sich in Bezug auf die absolute Helligkeit in der Reihenfolge 3, 1, 2, 4, in Bezug auf den Betrag der Lichtvariationen in der Reihenfolge 4, 2, 1, 3. Satellit 1 soll am hellsten sein in dem unteren westlichen Quadranten, am wenigsten veränderlich in dem oberen westlichen, am stärksten variabel in dem unteren östlichen Quadranten. Trabant 2 ist nach Dennett heller im Osten als im Westen und in allen Theilen der Bahn veränderlich. Trabant 3 ist am hellsten im oberen östlichen und am schwächsten im unteren östlichen Quadranten, zur Zeit seines Maximums

1) Die Auwers'schen Beobachtungen, welche in Schätzungen nach der Argelander'schen Stufenmethode bestehen, sind in der oben citirten Abhandlung von Engelmann (Seite 69) publicirt und verarbeitet.

2) Comptes Rendus. T. 78, p. 1295; T. 79, p. 1490; T. 81, p. 145.

3) Monthly Notices. Vol. 38, p. 65.

4) Astr. Register. Vol. 17, p. 48.

ändert sich die Helligkeit am stärksten. Satellit 4 endlich, welcher nach
Dennett ebenso wie nach Flammarion bis unter die 10. Grösse sinken
soll, ist am hellsten im oberen westlichen Quadranten.

Sehr auffallend ist, dass die photometrischen Messungen Pickerings[1])
aus den Jahren 1877 und 1878 bei keinem der Trabanten, auch nicht
beim 4., gesetzmässige Helligkeitsänderungen erkennen lassen. Pickering
hat die Satelliten mit Hülfe eines der von ihm construirten Polarisationsphotometer theils unter einander, theils mit einem punktartig verkleinerten
Bilde des Jupiter verglichen, und wenn die Messungen auch wegen der
Schwierigkeit der Beobachtung stärkere Abweichungen aufweisen, als
sonst bei photometrischen Untersuchungen vorzukommen pflegen, so zeigt
sich in den Abweichungen doch keine Spur von systematischer Vertheilung,
so dass sie unbedingt nur als zufällige anzusehen sind.

Die Pickering'schen Angaben werden fast vollkommen durch Messungen
von Spitta[2]) bestätigt, welcher mittelst eines Keilphotometers die Trabanten
mit dem Jupiter selbst verglichen hat. Besondere Untersuchungen über
etwaige periodische Lichtänderungen der Trabanten sind von ihm nicht
angestellt worden; dagegen hat er noch eine Reihe von interessanten Versuchen an kleinen Scheibchen von verschiedener Reflexionsfähigkeit, welche
vor einer weissen Kugel beobachtet wurden, ausgeführt, um zu zeigen, dass
die merkwürdigen Erscheinungen der Trabanten beim Vorübergange vor
dem Planeten künstlich hervorgebracht werden können und nur auf Contrastwirkung zurückzuführen sind. Wenn der Albedounterschied zwischen
künstlichem Planet und künstlichem Satellit einen bestimmten Werth hat,
dann erscheint der letztere am Rande der Planetenscheibe hell, verschwindet
dann allmählich, wenn er über die Scheibe hinweg bewegt wird, und wird
in der Mitte als dunkler Fleck sichtbar, genau in derselben Weise, wie es
wiederholt am Himmel beobachtet worden ist. Man braucht also zur
Erklärung dieser Phänomene nicht besondere physische Vorgänge auf den
Satellitenoberflächen oder in deren Atmosphären anzunehmen, wie es von
früheren Beobachtern geschehen ist.

Ein Überblick über alle bisherigen Untersuchungen über die Lichtverhältnisse der Jupitertrabanten zeigt, dass trotz der zahlreichen Bemühungen eine volle Klarheit noch nicht gewonnen ist. Die Mehrzahl
der Beobachter stimmt zwar darin überein, dass der 4. Trabant einem
periodischen Lichtwechsel unterliegt; aber in Betreff der Epochen und
der Amplitude der Helligkeitsschwankungen gehen die Angaben weit auseinander; eine Autorität wie Pickering stellt sogar die Lichtänderung

---

1) Annals of the Astr. Obs. of Harvard College. Vol. 11, p. 239.
2) Monthly Notices. Vol. 48, p. 32.

überhaupt in Abrede. Noch zweifelhafter sind die Resultate hinsichtlich
der anderen drei Trabanten. Weitere sorgfältige Beobachtungen derselben
sind daher mehr als je erwünscht. Freilich gehören diese zu den schwierigsten Aufgaben der Photometrie, weil die Nähe des Hauptplaneten
störend wirkt, und die Erleuchtung des Untergrundes, zumal bei den
Schätzungen, eine wichtige, schwer controlirbare Rolle spielt. Die Frage,
ob der Phaseneinfluss in den Helligkeitswerthen der Satelliten zu erkennen
ist, harrt noch gänzlich der Lösung und kann erst dann mit Erfolg behandelt werden, wenn sicher entschieden ist, ob und nach welchen Gesetzen periodische Lichtschwankungen vor sich gehen.

Die folgende Tabelle enthält eine Zusammenstellung der wichtigsten
Angaben über die mittleren Lichtstärken der vier grossen Jupitersatelliten,
und zwar unter der Überschrift A in Einheiten der Lichtstärke von
Trabant 3, unter der Überschrift B in Sterngrössen und reducirt auf
mittlere Opposition.

Jahr	Beobachter	Satellit 1		Satellit 2		Satellit 3		Satellit 4	
		A	B	A	B	A	B	A	B
1771	Bailly	0.24		0.24		1.00		0.30	
1802—1806	Flaugergues	0.62		0.57		1.00		0.54	
1858—1860	Auwers	0.60	6.43	0.52	6.59	1.00	5.87	0.44	6.76
1870	Engelmann	0.83	5.52	0.70	5.70	1.00	5.32	0.41	6.28
1874—1875	Flammarion	0.44	6.4	0.36	6.6	1.00	5.5	0.21	7.2
1877	Zenger	0.96		0.97		1.00		0.82	
1877—1878	Pickering	0.71	5.90	0.63	6.04	1.00	5.53	0.35	6.66
1887	Spitta	0.80	5.89	0.62	6.17	1.00	5.65	0.46	6.50

Da die Durchmesser der Jupitersatelliten einigermassen sicher bestimmt sind, so lassen sich aus den photometrischen Resultaten ange-
näherte Werthe für die Albedo derselben ableiten. Mit Benutzung der
neuesten Durchmesserbestimmungen von Barnard[1] und der Oppositionshelligkeiten, wie sie sich im Mittel aus den Beobachtungen von Pickering
und Spitta ergeben, erhält man die folgenden Albedowerthe:

	Lambert'sche Albedo	Seeliger'sche Albedo
Trabant 1	0.412	0.550
» 2	0.489	0.652
» 3	0.259	0.346
» 4	0.118	0.157

---

1) Monthly Notices. Vol. 55, p. 382.

Das Reflexionsvermögen des 4. Trabanten ist danach noch geringer als das des Planeten Mercur und nahe gleich dem unseres Mondes, während die Albedo der übrigen Trabanten zwischen der Mars- und Jupiteralbedo liegt.

Über die Lichtstärke des im Vorangehenden noch nicht erwähnten 5. Jupitersatelliten, welcher erst im September 1892 auf der Lick-Sternwarte von Barnard entdeckt wurde, sind sichere Angaben bisher nicht bekannt geworden. Er gilt für ein noch schwierigeres Object als die beiden inneren Uranusmonde und ist nur mit den lichtstärksten Instrumenten sichtbar, und zwar nicht als kleines Scheibchen, sondern auch unter den günstigsten Verhältnissen nur als Lichtpunkt, dessen Helligkeit mit Rücksicht auf die blendende Nähe des Jupiter etwa einem Sterne 13. Grösse gleich geschätzt werden kann.

Wie bereits im ersten Abschnitte hervorgehoben worden ist, bieten die photometrischen Beobachtungen der Jupitersatelliten zur Zeit ihrer Verfinsterung ein vortreffliches Mittel dar, um bestimmte Momente dieses Phänomens, also etwa den Anfang oder die Mitte oder das Ende der Verfinsterung, mit ausserordentlich grosser Sicherheit zu berechnen und dadurch das Problem der geographischen Längenbestimmung wesentlich zu fördern. Die bisherige Methode bei den Beobachtungen der Trabantenverfinsterungen bestand in der Feststellung desjenigen Momentes, wo der Trabant beim Eintritte in den Schattenkegel eben unsichtbar wurde oder beim Austritte aus demselben gerade aufleuchtete. Da bei einer solchen Beobachtung die Grösse des benutzten Fernrohrs, die Helligkeit des Grundes, die Luftbeschaffenheit, die Empfindlichkeit des Auges und andere Umstände mitspielen, so lässt sich eine grosse Genauigkeit auf diesem Wege nicht erreichen; man kann die Unsicherheit der Bestimmungen auf 5 bis 10 Secunden schätzen.

Der Gedanke, anstatt den Verschwindungsmoment zu bestimmen, die Helligkeit des Trabanten während der ganzen Dauer der Verfinsterung zu messen und dadurch die Lichtcurve abzuleiten, muss als ein sehr glücklicher bezeichnet werden. Er ist zuerst von Pickering[1] ausgesprochen worden, welcher auch die ersten Messungen in dieser Richtung angestellt hat; dagegen gebührt Cornu[2], welcher unabhängig von Pickering die photometrischen Beobachtungen der Trabantenverfinsterungen empfohlen hat, das Verdienst, bestimmtere Vorschläge gemacht und insbesondere darauf hingewiesen zu haben, dass die Helligkeit sich in der Mitte der Verfinsterung

---

1) Annual report of the director of the Harvard College Observ. for the year 1878.
2) Comptes Rendus. T. 96, p. 1609 und 1815.

am schnellsten und zwar der Zeit proportional ändert, und dass daher die
einzelnen Beobachtungen am Besten auf denjenigen Moment zu reduciren
sind, wo der Satellit die Hälfte der Helligkeit erlangt hat.

Die theoretische Seite des Problems ist im ersten Abschnitte behandelt
worden; in Bezug auf die praktische Seite ist vielleicht noch zu betonen,
dass es sich empfiehlt, auch unmittelbar vor oder nach der Verfinsterung
die Helligkeit des Trabanten sehr sorgfältig zu bestimmen und ausserdem,
wenn irgend möglich, noch einen anderen etwa sichtbaren Trabanten zu
beobachten. Ferner ist es rathsam, zu diesen Beobachtungen ein Photometer
zu wählen, welches in möglichst kurzer Zeit die meisten Einstellungen
zu machen gestattet, und endlich dürfte gerade bei diesen Messungen
die Anwendung einer Registrirvorrichtung besonders erwünscht sein.

Bisher sind ausser einer einzigen Beobachtungsreihe von Obrecht[1]),
welche mehr zur Illustrirung des ganzen Verfahrens dienen sollte, keine
zusammenhängenden Messungen nach der Cornu'schen Methode veröffentlicht worden. Man wird daher mit um so grösserem Interesse der Verarbeitung des umfangreichen Materials entgegensehen dürfen, welches nach
den Pickering'schen Jahresberichten auf der Sternwarte des Harvard
College seit dem Jahre 1878 ununterbrochen gesammelt worden ist.

8. Saturn.

Die eigenthümliche Beschaffenheit des Saturnsystems macht sich auch
in den Helligkeitserscheinungen desselben bemerkbar und stellt sowohl
der theoretischen als der praktischen Photometrie wichtige Aufgaben.
Das von den Ringen reflectirte Sonnenlicht bildet einen wesentlichen
Bruchtheil des Gesammtlichtes, und da die Ringe während eines vollen
Umlaufes des Planeten um die Sonne der Erde zweimal die schmale,
kaum sichtbare Kante zukehren, andererseits zweimal weit geöffnet erscheinen, so zeigen im Zusammenhange damit die photometrischen Beobachtungen des Planeten einen periodischen Lichtwechsel, bei welchem
die Zeit zwischen Maximum und Minimum der Helligkeit ungefähr 7 Jahre
4 Monate beträgt. Wäre von der Existenz der Ringe Nichts bekannt, so
würden die periodischen Lichtschwankungen allein zu der Annahme
zwingen, dass entweder die Reflexionsfähigkeit des Planeten einer periodischen Veränderung unterliegen müsse, was sehr unwahrscheinlich wäre,
oder dass die Gestalt des Planeten merklich von der Kugelgestalt abweichen müsse.

1, Comptes Rendus. T. 97, p. 1128.

Wie aus den photometrischen Messungen hervorgeht, beträgt der
Lichtzuwachs, den Saturn durch seine Ringe, wenn sie am weitesten geöffnet sind, erhält, etwa eine volle Grössenclasse. Bei weit geöffnetem
Ringe und in einer besonders günstigen Opposition (Erde im Aphel und
Saturn im Perihel) erreicht die Lichtstärke des Systems den grösstmöglichen Werth; Saturn erscheint dann ungefähr um 0.4 Grössenclassen
heller als Arctur. In der Nähe der Conjunction ist die Helligkeit im
Allgemeinen am geringsten. Als unterste Grenze wird man (bei verschwundenem Ringe) die Sterngrösse 1.5, also etwa die Lichtstärke von
α Leonis, annehmen dürfen. Danach beträgt also die grösste Helligkeitsdifferenz, die bei photometrischen Beobachtungen des Saturn überhaupt
vorkommen kann, fast zwei ganze Grössenclassen, entspricht also etwa
dem Helligkeitsverhältniss 6 zu 1.

Der Phasenwinkel kann bei Saturn im Maximum nur den Werth $6°3$
erreichen, und es wäre daher a priori ein Einfluss der Phase auf die
Helligkeit des Planeten noch viel weniger zu erwarten als beim Jupiter.
Auffallender Weise ist aber durch langjährige Beobachtungen in Potsdam
ein solcher Einfluss im höchsten Grade wahrscheinlich gemacht worden.
Die bei zwölf verschiedenen Erscheinungen des Planeten ausgeführten
Messungen zeigen deutlich eine Zunahme der Helligkeit vor der Opposition
und eine Abnahme nach derselben, und zwar von solchem Betrage, dass die
Lichtstärke des Systems 60 Tage vor oder nach der Opposition etwa
79 Procent der Oppositionshelligkeit ausmacht. Wenn diese Differenz
auch so gering ist, dass sie nicht erheblich die unvermeidliche Unsicherheit
der photometrischen Messungen übersteigt, so scheint sie doch durch das
übereinstimmende Verhalten in verschiedenen Erscheinungen des Planeten
ziemlich sicher verbürgt zu sein. Wird die Helligkeitsänderung der Einfachheit wegen proportional der Phasenwinkeländerung angenommen, so
folgt aus den Potsdamer Untersuchungen für jeden Grad Phasenwinkel
eine Zu- oder Abnahme der Lichtstärke von 0.0436 Grössenclassen. Bemerkenswerth ist, dass die im ersten Abschnitte behandelte Seeliger'sche
Theorie des Saturnringes ebenfalls eine Helligkeitsänderung des Systems
im Zusammenhange mit der Phase fordert.

Was die Abhängigkeit der Lichtstärke des ganzen Saturnsystems von
der Erhebung der Erde über der Ringebene anbelangt, so hat sich aus
den sämmtlichen Potsdamer Beobachtungen, nachdem dieselben wegen
des soeben erwähnten Phaseneinflusses corrigirt und auf mittlere Opposition
reducirt waren, die empirische Formel ergeben:

$$h = 0.877 - 2.5965 \sin l + 1.2526 \sin^2 l,$$

wo 0.877 die mittlere Oppositionshelligkeit bei verschwundenem Ringe
ausdrückt, und l der Elevationswinkel der Erde über der Ringebene ist.

Ausser den Potsdamer Messungen eignen sich zu Untersuchungen über den Einfluss der Ringöffnung auf die Helligkeit des ganzen Saturnsystems nur noch die zahlreichen Helligkeitsschätzungen von Schmidt, welche in den hinterlassenen Papieren desselben aufgefunden und von mir bearbeitet worden sind[1]. Dieselben haben deshalb noch ein besonderes Interesse, weil sie fast die ganze Zeit umfassen, in welcher die Nordseite des Ringes der Erde zugekehrt war, während sich die Potsdamer Messungen nur auf das von der Südseite reflectirte Sonnenlicht beziehen. Im Grossen und Ganzen besteht eine befriedigende Übereinstimmung zwischen den beiden Reihen.

Die älteren Saturnbeobachtungen von Seidel und Zöllner, sowie die neueren von Kononowitsch und Pickering sind weder zahlreich genug, noch über einen ausreichend grossen Zeitraum vertheilt, um die Abhängigkeit der Helligkeitsvariationen von der Änderung des Elevationswinkels erkennen zu lassen.

Mehrfach ist der Versuch gemacht worden, die Helligkeitsänderungen des Saturnsystems auf theoretischem Wege abzuleiten. Die von Albert[2]) und Seidel[3]) zu diesem Zwecke aufgestellten Formeln sind so überaus umständlich und unbequem, dass ihre praktische Verwendung von vornherein fast gänzlich ausgeschlossen scheint. Ausserdem hat Zöllner hinsichtlich der Seidel'schen Theorie darauf hingewiesen, dass sich nach derselben aus den Seidel'schen Messungen, welche sämmtlich bei weit geöffnetem Ringe ausgeführt sind, für die Helligkeit bei verschwundenem Ringe ein Werth ergiebt, welcher den durch directe Beobachtungen bestimmten um 34 Procent übertrifft.

Zöllner[4]) hat selbst eine Formel zur Reduction von Saturnbeobachtungen angegeben, welche auf der einfachen Annahme beruht, dass die Helligkeit des Systems proportional ist dem Flächeninhalte der ganzen scheinbaren Figur. Ist J' die Lichtmenge bei einer beliebigen Lage des Ringes, J diejenige bei verschwundenem Ringe, wird ferner die scheinbare Fläche der Saturnscheibe gleich 1 gesetzt und der Flächeninhalt der nicht mit der Kugel zusammenfallenden Theile der Ringprojection gleich p, so ist nach Zöllner:

$$J' = J(1 + p).$$

1) Publ. des Astrophys. Obs. zu Potsdam. Bd. 8, p. 372.
2) Albert, Versuch den Saturnring photometrisch zu betrachten. Diss. inaug. München, 1832.
3) Seidel, Untersuchungen über die Lichtstärke der Planeten Venus, Mars. Jupiter und Saturn etc. Nebst einem Anhange enthaltend die Theorie der Lichterscheinung des Saturn. München, 1859, p. 57.
4. Zöllner, Photometrische Untersuchungen etc. Leipzig, 1865, p. 140.

Da Zöllner den Ring als eine feste zusammenhängende Masse betrachtet, so ist klar, dass die Annahme einer Unabhängigkeit der Beleuchtung von Incidenz- und Emanationswinkel, wie sie der Formel zu Grunde liegt, nicht zulässig ist. Man wird daher diese Formel, welche zufällig die Beobachtungen sehr gut darstellt, nur als eine Interpolationsformel ansehen dürfen.

Von wirklicher Bedeutung ist nur die im ersten Abschnitte besprochene Saturntheorie von Seeliger, welche sich auf die moderne Anschauung über die physische Constitution des Ringes stützt und eine leichte praktische Anwendung gestattet. Nach dieser Theorie ergiebt sich die jedesmalige Helligkeit des Saturnsystems aus der Gleichung (Seite 100):

$$Q_B = mx + ny,$$

wo m und n Grössen sind, die mit Hülfe der Elevationswinkel und der Phase aus Tafeln zu entnehmen sind, wo ferner y die auf verschwundenen Ring reducirte Lichtmenge bedeutet, endlich $x = \text{Const.} \times y$ ist. Seeliger hat seinen theoretischen Untersuchungen sowohl das Lambert'sche als das Lommel-Seeliger'sche Beleuchtungsgesetz zu Grunde gelegt und kommt in beiden Fällen zu der gleichen Endformel, in welcher nur die Constanten andere Werthe haben. Es ist schwerlich zu erwarten, dass es durch Beobachtungen des Saturn jemals gelingen wird, zu Gunsten des einen oder anderen Gesetzes zu entscheiden. Unter Benutzung des Lambert'schen Gesetzes und mit Zugrundelegung der Potsdamer photometrischen Messungen ergiebt sich nach der Seeliger'schen Theorie die folgende Formel, aus welcher die Helligkeit des Saturn in Grössenclassen zu entnehmen ist:

$$h = -\frac{1}{0.4} \log \left[0.1656\, m + 0.4163\, n \right].$$

Diese Formel schliesst sich den vorhandenen Beobachtungen so gut an, dass man, wie bereits Seeliger hervorgehoben hat, zu dem Schlusse berechtigt ist, dass die Maxwell'sche Saturnringhypothese in den photometrischen Messungen eine neue und nicht unwichtige Stütze gefunden hat.

Die folgende Zusammenstellung enthält die Reductionen auf verschwundenen Ring (in Grössenclassen), wie sie sich auf empirischem Wege aus meinen und Schmidts Beobachtungen ergeben, ferner wie sie aus der Zöllner'schen und Seeliger'schen Formel hervorgehen. Argument ist der Elevationswinkel der Erde über der Ringebene.

Elevations-winkel der Erde	Müllers Messungen	Schmidts Schätzungen	Zöllners Formel	Seeligers Theorie
0°	0.00	0.00	0.00	0.00
2	0.09	0.07	0.08	0.09
4	0.17	0.15	0.16	0.18
6	0.26	0.22	0.23	0.27
8	0.34	0.30	0.30	0.35
10	0.41	0.37	0.36	0.43
12	0.49	0.44	0.43	0.50
14	0.55	0.52	0.49	0.58
16	0.62	0.59	0.55	0.65
18	0.68	0.67	0.61	0.73
20	0.74	0.74	0.67	0.80
22	0.80	0.81	0.74	0.88
24	0.85	0.89	0.80	0.96
26	0.90	0.96	0.87	1.04
28	0.94	1.04	0.94	1.11

Aus den bisher bekannten Helligkeitsbeobachtungen des Saturn ergeben sich, wenn dieselben in einheitlicher Weise auf verschwundenen Ring, auf Phase 0 und auf mittlere Opposition reducirt werden, für die verschiedenen Zeitepochen die folgenden Mittelwerthe.

Jahr	Beobachter	Zahl der Beob.	Helligkeit in mittl. Opp. bei verschwund. Ring	Bemerkungen
1717	Kirch[1]	1	1.18	Schätzung
1803	Olbers[2]	1	0.58	»
1852—1858	Seidel	8	1.04	Photom. Messungen
1858—1880	Schmidt	493	1.04	Schätzungen
1862—1865	Zöllner	14	0.95	Photom. Messungen
1875—1882	Kononowitsch	18	0.82	» »
1877—1891	Müller	252	0.88	» »

Mit Ausnahme der beiden ersten Werthe zeigen diese Zahlen genügende Uebereinstimmung und rechtfertigen den Schluss, dass die Lichtstärke des Saturn in dem letzten halben Jahrhundert keine nachweisbare Änderung erfahren hat. Etwas auffallend ist die starke Abweichung des Olbers'schen Werthes; doch würde es gewagt sein, auf Grund dieser einen,

1) Astr. Nachr. Bd. 67, Nr. 1592. — Schönfeld hat diese älteste Helligkeitsbeobachtung des Saturn aufgefunden und mit allen erforderlichen Reductionselementen veröffentlicht.
2) v. Zach s monatliche Correspondenz. Bd. 8, p. 306.

noch dazu etwas unbestimmten Helligkeitsangabe auf eine besonders grosse Lichtstärke des Saturn am Anfange des 19. Jahrhunderts schliessen zu wollen.

Die Reflexionsfähigkeit des Saturn ist grösser als die der anderen Planeten, ausgenommen allein die Venus. Unter Annahme des Werthes 0.88 für die Lichtstärke in mittlerer Opposition bei verschwundenem Ringe ergeben sich die Albedowerthe:

$$A_1 = 0.721 \quad \text{(Lambert'sche Definition)},$$

$$A_2 = 0.961 \quad \text{(Seeliger'sche Definition)}.$$

Aus dem hohen Reflexionsvermögen kann man mit einiger Wahrscheinlichkeit folgern, dass Saturn voraussichtlich ebenso wie die Planeten Jupiter und Venus mit einer sehr dichten Atmosphäre umgeben ist. Dafür spricht ja auch der Umstand, dass keine deutlichen Gebilde auf seiner Oberfläche zu erkennen sind.

Genauere Messungen über die Vertheilung der Intensität auf der Saturnscheibe sind nicht bekannt. Allgemein gilt die Äquatorealzone als die hellste. Nach Secchi soll dies von dem durch den Ring auf die Kugel reflectirten Lichte herrühren; doch ist dieser Annahme von verschiedenen Seiten, namentlich von Dawes, widersprochen worden.

Auch über das Helligkeitsverhältniss von Ring und Kugel existiren keine sicheren Angaben. Im Allgemeinen nimmt man an, dass der Ring ein intensiveres Licht besitzt als der Planet, und diese Ansicht wird insbesondere durch die photographischen Aufnahmen bestärkt. Über die Intensitätsvertheilung auf dem Ringsysteme sind zwar Messungen nicht vorhanden, doch gilt es nach den Beobachtungen von W. Struve[1] als sicher, dass der äussere Ring bedeutend weniger Glanz hat als der innere, und dass der letztere nach dem Planeten zu weniger scharf begrenzt ist und ein matteres Aussehen hat. Etwas ausführlichere Angaben darüber sind in neuerer Zeit von Trouvelot[2] gemacht worden. Nach ihm befindet sich die allerhellste Stelle auf dem inneren Ringe an der Haupttheilung, dann folgt in Bezug auf Intensität eine daran grenzende Zone nach dem Planeten zu, dann die an die Haupttheilung angrenzende Zone des äusseren Ringes; die allerschwächste Region des ganzen Systems endlich ist die dem Planeten zunächst befindliche.

---

1) Astr. Nachr. Bd. 5, Nr. 97.
2) American Journal of science. 3 Ser. Vol. 11, p. 447.

9. Die Saturnsatelliten.

Von den acht Monden des Saturn bietet der am Weitesten vom Planeten entfernte Japetus in photometrischer Beziehung das hervorragendste Interesse, weil bei ihm ein regelmässiger periodischer Lichtwechsel im Zusammenhange mit seiner Rotationszeit ziemlich sicher nachgewiesen ist. Schon der ältere Cassini hatte im Jahre 1673, zwei Jahre nach Entdeckung dieses Trabanten, die Beobachtung gemacht, dass derselbe in der Nähe der grössten östlichen Digression während eines ganzen Monats unsichtbar blieb, dagegen in der grössten westlichen Digression gut zu sehen war. Ähnliche Lichtunregelmässigkeiten sind später auch von dem jüngeren Cassini wahrgenommen worden und ebenso ein Jahrhundert später von Bernard in Paris, welcher fand, dass Japetus von der östlichen Digression bis zu seiner unteren Conjunction nur mit Mühe sichtbar ist, dass er dagegen seinen grössten Glanz vor der westlichen Digression erreicht und noch gut sichtbar ist in der Nähe der oberen Conjunction. W. Herschel[1]) hat diese Lichtschwankungen noch etwas genauer verfolgt. Nach ihm ist Japetus am hellsten, wenn er sich in dem Bogen seiner Bahn zwischen 68° und 129° (gezählt von dem Durchgange durch die untere Conjunction) befindet; er kommt dann an Lichtstärke etwa dem Trabanten Titan gleich. Am schwächsten erscheint er nach dem Passiren der Opposition bis wieder zur unteren Conjunction; er ist dann weniger hell als Rhea und übertrifft kaum Dione und Thetys. Der Unterschied zwischen Maximal- und Minimalhelligkeit des Japetus beträgt nach Herschel fast drei volle Grössenclassen.

Der eifrige Planetenbeobachter Schröter[2]) in Lilienthal hat nicht nur die Herschel'schen Beobachtungen in Bezug auf Japetus in der Hauptsache bestätigt, sondern er hat auch an den Satelliten Thetys, Dione und Rhea Lichtschwankungen bemerkt, allerdings nicht mit gleicher Sicherheit und von wesentlich geringerem Betrage als bei Japetus, ausserdem mit dem Unterschiede, dass die grösste Lichtstärke nicht in die westliche, sondern in die östliche Digression trifft.

Seit Schröter sind bis in die neueste Zeit keine weiteren eingehenden Untersuchungen über die Helligkeitsverhältnisse der Saturntrabanten angestellt worden. Es finden sich zwar hier und da Schätzungen veröffentlicht, unter denen besonders die von Bond[3]) angegebenen Erwähnung verdienen; aber dieselben sind meistens so unbestimmt und unsicher, dass sich zuverlässige Resultate daraus nicht ableiten lassen. Erst in den

---

1) Phil. Trans. of the R. Soc. of London. 1792, p. 13.
2) Berliner astr. Jahrbuch für 1800, p. 169.
3) Annals of the Astr. Obs. of Harvard College. Vol. 2, part I.

Jahren 1877—1879 hat Pickering[1]) sorgfältige photometrische Messungen an allen acht Satelliten ausgeführt, indem er sie mit dem sternartig verkleinerten Bilde des Saturn verglich. Die Pickering'schen Resultate sind in der folgenden Zusammenstellung mitgetheilt, und zwar erstens die aus den Messungen abgeleiteten Grössenunterschiede zwischen Trabanten und Planet ohne Ring, wobei die Reductionen auf verschwundenen Ring der Zöllner'schen Formel entnommen sind, ferner die mittleren Oppositionsgrössen der Trabanten, berechnet unter der Annahme von 0.88 für die Oppositionsgrösse von Saturn ohne Ring, und endlich die aus den photometrischen Werthen berechneten Durchmesser der Trabanten, wenn die Reflexionsfähigkeit derselben gleich der des Saturn angenommen ist.

Nummer und Name des Trabanten	Grössendiff. gegen Saturn ohne Ring	Mittlere Oppositions- grösse	Scheinbarer Durchmesser in mittl. Entf. Trabant—Sonne	Durchmesser in Kilom.
1. Mimas . .	11.91	12.79	0".068	470
2. Enceladus	11.40	12.28	0.086	594
3. Thetys . .	10.46	11.34	0.132	916
4. Dione . .	10.57	11.45	0.126	871
5. Rhea . .	9.88	10.76	0.173	1197
6. Titan . .	8.50	9.38	0.327	2259
7. Hyperion	12.81	13.69	0.045	310
8. Japetus .	10.80	11.68	0.113	783

Bei den Satelliten Nr. 1—7 hat Pickering keinerlei Lichtschwankungen von periodischem oder unregelmässigem Charakter constatiren können, dagegen ist durch seine Messungen der periodische Lichtwechsel beim letzten Trabanten mit vollkommener Sicherheit nachgewiesen und die Form der Lichtcurve recht genau bestimmt worden. Maximum und Minimum der Helligkeit treten, wie schon die früheren Beobachter gefunden hatten, nahe zu den Zeiten der grössten westlichen resp. östlichen Elongation ein, dagegen folgt aus den photometrischen Messungen für den Gesammtbetrag der Lichtschwankung ein viel kleinerer Werth als aus den Schätzungen Herschels; Pickering findet zwischen Maximum und Minimum nur eine Grössendifferenz von 1.36. Zur Erklärung des Lichtwechsels nimmt Pickering ebenso wie Cassini, Herschel, Schröter und Andere an, dass der Satellit in derselben Zeit um seine Axe rotirt, in welcher er einen Umlauf um den Saturn vollendet, und dass er auf verschiedenen Seiten das Sonnenlicht sehr ungleich reflectirt; er hält es ferner nicht für ausgeschlossen, dass die Gestalt des Trabanten merklich von der Kugelgestalt abweicht und daher bei der Rotation als verschieden grosse

---

1) Annals of the Astr. Obs. of Harvard College. Vol. 11, part II, p. 247.

Scheibe erscheint. Zur Darstellung der beobachteten Lichterscheinungen des Japetus ist von Pickering eine Interpolationsformel von der Gestalt: $h = a + b \sin v + c \cos v + d \sin 2v + e \cos 2v$ versucht worden, wo v die Länge des Trabanten in seiner Bahn, von der Opposition an gezählt, bedeutet. Ist die mittlere Lichtstärke des Japetus mit 100 bezeichnet, so folgt aus den Pickering'schen sämmtlichen Messungen, wenn die äusserst klein sich ergebenden Coefficienten von $\cos v$ und $\sin 2v$ vernachlässigt werden, die Gleichung:

$$h = 100 - 50 \sin v + 10 \cos 2v,$$

welche sich den Beobachtungen sehr gut anschliesst.

Für verschiedene Stellungen des Japetus in seiner Bahn ergeben sich aus dieser Formel die folgenden Helligkeiten, ausgedrückt in Procenten der mittleren Lichtstärke des Trabanten, und ausserdem noch in Grössenclassen.

Länge	Lichtstärke von Japetus	
	in Proc. der mittl. Lichtst.	in mittleren Oppos.-Grössen
0°	110	11.58
30	80	11.92
60	52	12.39
90	40	12.67
120	52	12.39
150	80	11.92
180	110	11.58
210	130	11.40
240	138	11.33
270	140	11.31
300	138	11.33
330	130	11.40

10. Uranus.

Alles, was wir über die Lichtstärke des Planeten Uranus wissen, beruht auf einigen wenigen photometrischen Beobachtungen von Zöllner aus dem Jahre 1864 und von Pickering aus den Jahren 1880—1888, ausserdem auf einer umfangreicheren Messungsreihe, die in den Jahren 1878—1888 von mir in Potsdam ausgeführt worden ist. Aus früherer Zeit sind nur ganz vereinzelte, nicht sehr zuverlässige Helligkeitsschätzungen aufzufinden.

Die Oppositionshelligkeit des Uranus kann wegen der Excentricitäten der Erd- und Uranusbahn um 0.4 Grössenclassen variiren und erreicht im Maximum, wie es im Jahre 1884 der Fall war, die Grösse 5.5 bis 5.6. Die kleinste Helligkeit zeigt der Planet in der Nähe der Conjunction; er sinkt dann unter Umständen bis zur Grösse 6.3 hinab. Es geht daraus hervor, dass der Planet zu allen Zeiten, falls er nicht zu tief am Horizonte steht, mit blossen Augen aufgefunden werden kann.

Eine Einwirkung der Phase auf die Lichtstärke des Uranus ist bei dem äusserst kleinen Werthe (3°1), den der Phasenwinkel im Maximum erreicht, von vornherein so gut wie ausgeschlossen. Zöllner hat zwar aus seinen Messungen eine derartige Einwirkung vermuthet, und in der That zeigen diese Beobachtungen ein Anwachsen der Helligkeit nach der Opposition zu; indessen ist die Zahl der Messungen viel zu klein, und die Abweichungen zwischen den einzelnen Werthen bleiben durchaus innerhalb der Beobachtungsungenauigkeit, sodass eine sichere Entscheidung nicht zu treffen ist. Aus den viel zahlreicheren Potsdamer Messungen lässt sich jedenfalls keine Spur eines Phaseneinflusses nachweisen, und man hat daher zunächst auch keine Veranlassung, beim Uranus ein gänzlich abnormes Verhalten im Vergleich zu den übrigen Planeten anzunehmen.

Für die mittlere Oppositionshelligkeit des Uranus liefern die bisherigen photometrischen Bestimmungen die folgenden Mittelwerthe:

Jahr	Beobachter	Zahl der Beob.	Mittlere Oppositions-helligkeit
1864	Zöllner	4	5.73
1880—1888	Pickering	6	5.66
1878—1888	Müller	93	5.86

Zu der Potsdamer Reihe ist noch zu bemerken, dass, wenn die Beobachtungen zu einzelnen Jahresmitteln zusammengefasst werden, diese unter einander grössere Abweichungen zeigen, als man nach der Sicherheit der einzelnen Messungen erwarten sollte, und dass sich insofern eine gewisse Gesetzmässigkeit zu erkennen giebt, als die Helligkeit von 1878 an beständig zuzunehmen scheint bis zu einem Maximum Anfang der 80er Jahre, und dann wieder zu einem Minimum gegen das Ende des Jahrzehnts herabsinkt. Ob diese Helligkeitsänderungen als reell anzusehen sind, bleibt noch fraglich; immerhin ist bemerkenswerth, dass ein ähnliches Verhalten in noch stärkerem Grade beim Jupiter nachgewiesen ist und auch bei Mars und Saturn schwach angedeutet zu sein scheint, so dass man auf die Vermuthung kommen könnte, dass eine gemeinsame

Ursache, etwa ein Lichtwechsel der Sonne, zu Grunde läge. Bei den Pickering'schen Uranusbeobachtungen ist es ebenfalls auffallend, dass die zwei Messungen aus dem Jahre 1881 eine besonders grosse Helligkeit ergeben, dagegen die Messung aus dem Jahre 1888 eine sehr geringe.

In Bezug auf das Reflexionsvermögen ähnelt Uranus am meisten dem Jupiter. Aus den Potsdamer Helligkeitsangaben resultiren die Albedowerthe:

$$A_1 = 0.604 \text{ (Lambert'sche Definition)},$$
$$A_2 = 0.805 \text{ (Seeliger'sche Definition)}.$$

Wahrscheinlich ist Uranus, ebenso wie Jupiter, mit einer dichten und ausgedehnten Atmosphäre umgeben, was auch aus den Beobachtungen seines Spectrums folgt, in welchem eine Anzahl von kräftigen Absorptionsstreifen zu erkennen ist.

Seeliger[1]) hat noch auf einen Punkt hingewiesen, der beim Uranus Beachtung verdient. Bekanntlich ist die Frage noch nicht entschieden, ob die Rotationsaxe des Planeten nahe in der Ekliptik liegt, und ferner ob derselbe eine merkliche Abplattung besitzt. Wäre das Erstere der Fall, und erreichte ausserdem die Abplattung den von einigen Beobachtern angegebenen Werth 0.1, so müsste nach Seeligers Berechnung die Helligkeit des Uranus je nach der Stellung in seiner Bahn um etwa 0.17 Grössenclassen verschieden sein können, ein Betrag, der durch sehr sorgfältige Messungen noch sehr wohl constatirt werden könnte. Maximum und Minimum der Lichtstärke würden um ¼ der Umlaufszeit des Uranus, also etwa um 21 Jahre, auseinander liegen müssen. Die bisherigen photometrischen Bestimmungen entscheiden eher zu Ungunsten als zu Gunsten dieser Hypothese; doch ist dies nicht massgebend, weil das Beobachtungsmaterial nicht vollständig homogen ist, und die am weitesten zurückliegenden Zöllner'schen Messungen viel zu wenig zahlreich sind. Die Frage verdient jedenfalls noch weiter verfolgt zu werden.

11. Die Uranussatelliten.

Die Uranustrabanten gehören zu den lichtschwächsten Objecten im Sonnensysteme und können nur mit grossen Instrumenten einigermassen sicher beobachtet werden. W. Herschel hat bekanntlich sechs Satelliten zu sehen geglaubt, von denen jedoch nur zwei, Oberon und Titania, als wirkliche Planetenmonde erkannt worden sind, während die anderen vier niemals wieder, selbst nicht unter den günstigsten Beobachtungsumständen

1) Abhandl. der K. Bayer. Akad. der Wiss. Classe II, Bd. 16, p. 435.

und mit den mächtigsten Instrumenten, aufgefunden werden konnten. Dagegen hat Lassell auf Malta im Jahre 1851 zwei weitere Trabanten des Uranus entdeckt, die dem Planeten noch näher stehen als Titania und Oberon, und die von J. Herschel die Namen Ariel und Umbriel erhielten. Nach Lassells Ansicht können sich die vermeintlichen Satellitenbeobachtungen von W. Herschel nur auf Fixsterne bezogen haben, und es gilt ihm als ganz unwahrscheinlich, dass es mehr als vier Uranussatelliten geben sollte. Dieselbe Meinung ist später auch von Newcomb ausgesprochen worden.

Ueber die Helligkeiten der vier Trabanten existiren nur ganz spärliche Angaben. Lassell schätzt die äusseren Monde etwa doppelt so hell als die inneren. Newcomb taxirt Ariel etwas heller als Umbriel und letzteren ungefähr halb so hell wie Titania. Aus Schätzungen von Hall und Holden[1]) folgt, dass Titania und Oberon nahe gleich hell sind, vielleicht der erstere sogar ein wenig heller als der letztere, ferner dass Titania gewiss doppelt so lichtstark ist wie Ariel, und Umbriel ein wenig schwächer als dieser.

Die einzigen photometrischen Messungen, welche bekannt geworden sind, rühren von Pickering[2]) her, welcher die beiden äusseren Trabanten mit Uranus verglichen und im Mittel aus allen Beobachtungen die folgenden Grössendifferenzen zwischen Satellit und Planet gefunden hat:

für Titania 8.79 und für Oberon 8.95.

Daraus ergeben sich, wenn die mittlere Oppositionsgrösse von Uranus zu 5.86 angenommen wird, für die mittleren Oppositionsgrössen der Trabanten die Werthe 14.65 (Titania) und 14.81 (Oberon). Für die Durchmesser dieser kleinen Himmelskörper resultiren endlich unter Voraussetzung gleicher Albedo von Planet und Trabant die Werthe 942 km (Titania) und 875 km (Oberon).

Bei Ariel hat Newcomb Helligkeitsänderungen vermuthet, weil er diesen Trabanten trotz der günstigsten Luftverhältnisse wiederholt nicht gesehen hat, während Umbriel bei weniger vortheilhafter Stellung gut sichtbar blieb. Nach seinen Angaben würde die grösste Helligkeit ungefähr beim Positionswinkel 0°, dagegen ein Minimum bei 180° zu erwarten sein. Auch bei Titania sollen nach H. C. Vogel Helligkeitsschwankungen vorkommen. Doch sind naturgemäss bei den überaus schwierigen Sichtbarkeitsverhältnissen der Trabanten alle derartigen Vermuthungen mit einer gewissen Vorsicht aufzunehmen.

---

1) American Journal of science. 3. Ser. Vol. 15, p. 195.
2) Annals of the Astr. Obs. of Harvard College. Vol. 11, part II, p. 271.

12. Neptun.

Von den Hauptplaneten ist Neptun der einzige, welcher niemals für das blosse Auge sichtbar ist. Er hat die Helligkeit eines Sternes 7. bis 8. Grösse, und die Lichtänderungen, welche durch die wechselnden Entfernungen des Planeten von Sonne und Erde hervorgebracht werden, sind so geringfügig, dass sie durch blosse Schätzungen kaum erkennbar sind und nur durch sorgfältige photometrische Messungen nachgewiesen werden können; sie betragen im Maximum während eines ganzen Umlaufes des Neptun um die Sonne nur 0.23 Grössenclassen.

Der Phasenwinkel bleibt beim Neptun stets kleiner als 2°, und es ist daher eine Einwirkung der Phase auf die Lichtstärke noch viel weniger denkbar als beim Uranus.

Aus den bisher bekannt gewordenen photometrischen Bestimmungen, welche sich auf einige Messungen von Zöllner und Pickering, sowie auf eine grössere Messungsreihe in Potsdam beschränken, ergeben sich die folgenden mittleren Oppositionsgrössen des Neptun:

Jahr	Beobachter	Zahl der Beob.	Mittlere Oppositions- helligkeit
1864	Zöllner	4	8.16
1882—1885	Pickering	25	7.71
1878—1887	Müller	138	7.66

Der erste Werth weicht von den beiden anderen viel stärker ab, als nach der Genauigkeit der photometrischen Bestimmungen zu erwarten ist, und man wird daher, falls man nicht bei den Zöllner'schen Beobachtungen eine Verwechslung oder irgend ein anderes Versehen annehmen will, zu dem Schlusse gedrängt, dass die Helligkeit des Neptun seit 1864 sehr beträchtlich angewachsen ist. Innerhalb des Zeitraums, welchen die Potsdamer Messungen umfassen, lassen sich Helligkeitsänderungen nicht mit Sicherheit erkennen, es ist höchstens anzuführen, dass die einzelnen Jahresmittel in der Zeit von 1878—1883 sämmtlich eine etwas geringere Lichtstärke ergeben, als in der Zeit von 1884—1887.

Nach Helligkeitsschätzungen von Maxwell Hall[1] soll Neptun am Ende des Jahres 1883 Lichtänderungen bis zum Betrage von beinahe einer ganzen Grössenclasse gezeigt haben, welche sich durch Annahme einer nahezu achtstündigen Rotationsdauer des Planeten erklären liessen.

1) Monthly Notices. Vol. 44, p. 257.

Es ist von mir nachgewiesen worden[1]), dass die Hall'schen Angaben weder mit den Potsdamer Messungen noch mit denjenigen Pickerings in Einklang zu bringen sind, und es ist ausserdem durch eigens zu diesem Zwecke in Potsdam ausgeführte Beobachtungen in den Jahren 1884 und 1885 dargethan, dass jedenfalls zu diesen Zeiten keine Helligkeitsschwankungen von kurzer Periode vorgekommen sind. Entweder beruhen also die Hall'schen Werthe auf irrigen Schätzungen, oder es müsste die gänzlich unwahrscheinliche Voraussetzung gemacht werden, dass nur während einer ganz kurzen Zeit periodische Lichtänderungen beim Neptun stattgefunden haben.

Für die Albedo des Neptun giebt Zöllner die Zahl 0.465 an; doch ist dieser Werth offenbar zu klein, entsprechend der verhältnissmässig geringen Lichtstärke, welche Zöllner für den Neptun gefunden hat. Aus den Potsdamer Beobachtungen ergeben sich die folgenden Albedowerthe:

$$A_1 = 0.521 \text{ (Lambert'sche Definition)},$$
$$A_2 = 0.694 \text{ (Seeliger'sche Definition)}.$$

Danach reflectirt Neptun das Sonnenlicht beinahe ebenso stark wie Uranus, und es ist daher sehr wahrscheinlich, dass die Atmosphären der beiden Planeten eine gewisse Ähnlichkeit miteinander haben. Dafür spricht auch der Umstand, dass im Spectrum des Neptun dieselben Absorptionsstreifen beobachtet worden sind, wie in demjenigen des Uranus.

13. Der Neptunsatellit.

Bisher ist nur ein einziger Trabant des äussersten Planeten bekannt, welcher im Jahre 1847 von Lassell entdeckt wurde. Mehrfach ist die Vermuthung ausgesprochen worden, dass noch ein zweiter Trabant vorhanden ist; doch hat sich dies nicht bestätigt, und Lassell ist der festen Überzeugung, dass, wenn wirklich ein zweiter Satellit existirt, dieser im Verhältniss zum ersten mindestens so lichtschwach sein muss, wie die Saturnsatelliten Dione und Rhea im Verhältniss zu Titan.

Die Helligkeit des Neptuntrabanten wird allgemein 13. bis 14. Grösse geschätzt; er ist ein ziemlich schwieriges Object, aber jedenfalls bedeutend leichter zu sehen als die beiden inneren Uranussatelliten. Pickering ist es gelungen, denselben an 7 Tagen im Jahre 1878 photometrisch zu messen; er findet im Mittel für den Helligkeitsunterschied zwischen Neptun und seinem Trabanten den Werth 5.93 Grössenclassen, und daraus

---

1) Publ. des Astrophys. Obs. zu Potsdam. Bd. 8, p. 351.

folgt für die mittlere Oppositionsgrösse des Satelliten, wenn diejenige des Neptun zu 7.66 angenommen wird, der Werth 13.59. Der Durchmesser des Trabanten ist demzufolge, wenn man demselben gleiche Albedo wie dem Planeten zuerkennt, gleich 3630 km; er würde also fast dem ersten Satelliten des Jupiter an Grösse gleichkommen.

Capitel IV.
Die Cometen und Nebelflecke.

So fruchtbringend sich die Anwendung der Spectralanalyse schon seit der kurzen Zeit ihres Bestehens für die Erkenntniss der Natur der Cometen erwiesen hat, so wenig hat die Photometrie trotz ihres hohen Alters zur Aufklärung der einfachsten und wichtigsten Fragen hinsichtlich der physischen Beschaffenheit dieser merkwürdigen Himmelskörper beigetragen. Die vorhandene Litteratur über die Cometenhelligkeiten ist ungemein dürftig. Nur von einer verschwindend kleinen Anzahl aller bisher erschienenen Cometen besitzen wir zusammenhängende Beobachtungsreihen, und diese wenigen, zumeist auf blossen Schätzungen beruhenden Angaben sind grösstentheils so unbestimmt und ungenau, dass sie kein klares Bild von den Lichterscheinungen geben, geschweige denn gar zuverlässige Schlüsse auf die Natur der Cometen gestatten. Von wirklichen photometrischen Messungen ist bis Anfang des vorigen Jahrzehnts wenig oder nichts bekannt geworden. Die Versuche, die seitdem von verschiedenen Seiten gemacht worden sind, bekunden zwar einen entschiedenen Fortschritt auf diesem Gebiete und deuten den Weg an, auf welchem weiter geschritten werden sollte; aber von einer eigentlichen Photometrie der Cometen kann heute noch kaum die Rede sein.

Der Grund, weshalb man den Beobachtungen der Cometenhelligkeiten stets nur ein nebensächliches Interesse zugewendet hat, und weshalb auch das bisher gesammelte Material sich als unzulänglich erwiesen hat, liegt an dem beständigen Wechsel, dem in den meisten Fällen die Form und das ganze Aussehen eines Cometen unterworfen ist. Es sind viele Cometen bekannt, die zur Zeit ihrer Entdeckung als schwache, regelmässig gestaltete Nebelflecke mit mehr oder weniger starker centraler Verdichtung erschienen, die sich aber in der Nähe des Perihels zu einer glänzenden Erscheinung mit blendend hellem fixsternartigen Kern, mit einer ausgedehnten ebenfalls hellleuchtenden Umhüllung und einem mächtigen Schweif entwickelten. Bei vielen Cometen, namentlich bei den der Sonne nahe kommenden, traten hierzu noch zeitweilig fächerförmige Ausstrahlungen aus dem Kern, die das Aussehen des Cometen vollständig veränderten. Die Unmöglichkeit, solche gänzlich heterogenen Erscheinungen miteinander zu vergleichen, hat zweifellos die Astronomen von einer systematischen Beobachtung des Lichtwechsels der Cometen abgeschreckt; sie ist auch Schuld daran, dass von den wenigen vorliegenden Beobachtungsreihen manche als gänzlich werthlos zu bezeichnen sind, und es darf fraglich erscheinen, ob es überhaupt jemals gelingen wird, für so extreme Lichterscheinungen ein gemeinschaftliches einwurfsfreies Mass zu finden.

Das Hauptinteresse hat sich von jeher auf die viel umstrittene Frage concentrirt, ob die Cometen eigenes Licht besitzen oder uns, wie die übrigen Glieder des Sonnensystems, nur reflectirtes Licht zusenden. Während Newton und Olbers die Cometen für dunkle Weltkörper hielten, nahmen Herschel und Schröter dieselben als selbstleuchtend an, und beide Ansichten sind noch bis in die neueste Zeit mit lebhaften Gründen gegen einander vertheidigt worden. Als Hauptargument gegen die erstere wurde früher häufig geltend gemacht, dass die Cometen bei ihren stark wechselnden Stellungen zu Sonne und Erde keine Lichtphasen wie die Planeten zeigen. Es ist zwar mehrfach das Vorhandensein von Phasenerscheinungen behauptet worden, so z. B. von De la Hire am Cometen des Jahres 1682, von Cassini am Cometen von 1744 und besonders von Cacciatore am Cometen von 1819; aber alle diese Wahrnehmungen sind keineswegs als verbürgt anzusehen und lassen sich durch unregelmässige Gestalt der betreffenden Cometenkerne ungezwungen erklären. Man kann es in der That heute als erwiesen betrachten, dass die Cometen keine Spur von Lichtphasen zeigen. Dies ist aber durchaus kein directer Beweis gegen die Annahme von reflectirtem Sonnenlicht. Denn es ist schon längst durch zahlreiche Beobachtungen, insbesondere bei Bedeckungen von Fixsternen durch Cometen, festgestellt, dass die Cometenmaterie nicht nur im Schweif, sondern auch im Kern und der umgebenden Hülle ausserordentlich dünn sein muss, so dass von einer eigentlich festen Masse ähnlich wie z. B. bei den Planeten nicht die Rede sein kann. Sind aber die Cometen, wie es als sicher anzunehmen ist, Aggregate von zahllosen getrennten Partikelchen, die im Kern am dichtesten zusammengedrängt sind, so ist es nicht zu verwundern, dass wir an ihnen, selbst wenn sie nur Sonnenlicht reflectirten, keine regelmässigen Phasenerscheinungen bemerken.

Man hat ferner eine Entscheidung über den Ursprung des Cometenlichtes aus den Helligkeitsschätzungen bei verschiedenen Entfernungen
von Sonne und Erde zu gewinnen gesucht. Wenn ein Comet lediglich
eigenes Licht ausstrahlte (und zwar von unveränderlicher Leuchtkraft), so
müsste nach den Grundsätzen der Photometrie die beobachtete Gesammt-
intensität stets dem Werthe $\frac{1}{\varDelta^2}$ proportional sein, wo $\varDelta$ die Entfernung
Comet—Erde bedeutet; die beobachtete Flächenintensität müsste in
diesem Falle bei allen Entfernungen die gleiche sein. Wäre dagegen der
Comet nur durch reflectirtes Sonnenlicht sichtbar, so müsste (vorausgesetzt dass die Dimensionen desselben unverändert blieben) die beobachtete
Gesammtintensität ebenso wie bei den Planeten proportional der Grösse
$\frac{1}{r^2\,\varDelta^2}$ sein, wo r die Entfernung des Cometen von der Sonne ist; die beobachtete Flächenintensität wäre dann proportional der Grösse $\frac{1}{r^2}$.

Es liegt nun der Gedanke nahe, aus den Helligkeitsbeobachtungen,
je nachdem sich dieser oder jener Ausdruck denselben am Besten anschliesst, zu Gunsten der einen oder anderen Hypothese zu entscheiden.
Indessen ist die Sache in Wirklichkeit keineswegs so einfach. Denn
abgesehen davon, dass, wenigstens bei den meisten bisherigen Cometenbeobachtungen, eine gewisse Unklarheit darüber herrscht, ob die Angaben sich auf die Gesammtintensität oder die Flächenhelligkeit beziehen, so wird auch häufig durch die Gestaltsänderungen der Cometen,
besonders aber durch plötzliche Lichtausbrüche, der regelmässige Verlauf
der Lichtcurve so wesentlich modificirt, dass von vornherein jede Hoffnung
ausgeschlossen ist, die beobachteten Helligkeitserscheinungen durch einen
der obigen einfachen Ausdrücke darzustellen. Die Thatsache, dass an
einigen Cometen eigenthümliche Lichtentwicklungen in Form von Ausstrahlungen aus dem Kern oder auch in plötzlichem Auflodern des ganzen
Kerns beobachtet worden sind, ist vielfach als Beweis von Eigenlicht betrachtet worden; indessen hat man dem entgegengehalten, dass diese
Ausstrahlungen elektrischer Natur seien, die gewöhnlich erst in der
Sonnennähe des Cometen zur Entwicklung gelangten, und dass im
Übrigen sehr wohl das Cometenlicht in der Hauptsache oder ausschliesslich reflectirtes Sonnenlicht sein könnte.

Als ein wichtiges Hülfsmittel zur Entscheidung der Frage nach dem
Ursprunge des Cometenlichtes ist vielfach auch das Polariskop in Vorschlag gebracht worden. Schon Arago hat bald nach der Malus'schen
Entdeckung an den Cometen von 1819 und 1835 sichere Spuren von
polarisirtem Lichte nachgewiesen und daraus mit Recht gefolgert, dass

diese Cometen nicht ausschliesslich eigenes Licht nach der Erde senden könnten. Später sind auch an vielen anderen Cometen Polarisationserscheinungen nachgewiesen worden, und nur bei einigen wenigen Cometen hat sich keine Spur von Polarisation gezeigt. Da aber der Grad der Polarisation sehr wesentlich von der Grösse des Einfallswinkels abhängt, so kann es vorkommen, dass bei gewissen Elongationen des Cometen fast gar keine Polarisation wahrzunehmen ist. Im Allgemeinen darf man es durch die bisherigen Untersuchungen in dieser Richtung für erwiesen annehmen, dass in der That wenigstens ein Theil des Cometenlichtes von Reflexion herrührt, wenn man auch über den Betrag desselben schon aus dem Grunde nichts Sicheres angeben kann, weil die Polarisation keine vollständige ist.

Vollkommene Klarheit über die Beschaffenheit des Cometenlichtes hat uns erst das Spectroskop gebracht. Bei den meisten der bis jetzt untersuchten Cometen ist ein mehr oder weniger intensives continuirliches Spectrum und ausserdem eine Anzahl von hellen Bändern constatirt worden, die nach dem rothem Ende hin scharf begrenzt, nach dem violetten hin verwaschen sind, und deren Position und Aussehen vollkommen mit den Bändern in den Spectren der Kohlenstoffverbindungen übereinstimmen. Bei einigen Cometen, z. B. vom Jahre 1881 und 1882, sind bei der Annäherung derselben an die Sonne ausser diesen Bändern noch andere helle Linien, insbesondere die Natriumlinien, bemerkt worden. Das Vorhandensein von hellen Linien und der Umstand, dass dieselben, wenigstens die Kohlenwasserstofflinien, in allen Theilen des Cometen und bei allen Entfernungen desselben sichtbar sind, beweisen nun ohne Weiteres, dass glühende Gase vorhanden sind. Mag der Glühzustand durch eine gewaltige Erhitzung des ganzen Körpers hervorgerufen sein, oder, wie es die Meteoritenhypothese verlangt, die Folge von Zusammenstössen zwischen den festen Partikelchen sein, die in der gasförmigen Hülle zerstreut sind, oder mögen endlich, was das Wahrscheinlichste ist, elektrische Entladungen im Spiele sein, so viel steht jedenfalls fest; dass durch die spectroskopischen Beobachtungen das Selbstleuchten der Cometen über jeden Zweifel gestellt ist. Auch das continuirliche Spectrum könnte an und für sich von Eigenlicht der Cometen herrühren; da jedoch auf den photographischen Spectralaufnahmen einiger Cometen deutlich Fraunhofer'sche Linien gesehen worden sind, so ist die Annahme gerechtfertigt, dass das continuirliche Spectrum der Cometen wenigstens zum Theil dem zurückgeworfenen Sonnenlichte den Ursprung verdankt. Dem Spectroskop wird es voraussichtlich auch in Zukunft vorbehalten bleiben, in erster Linie über Alles, was hinsichtlich der hier besprochenen Frage noch unaufgeklärt ist, Auskunft zu geben, und in dieser Beziehung werden die

Helligkeitsbeobachtungen der Cometen stets an Bedeutung hinter den spectroskopischen Untersuchungen zurückstehen. Trotzdem sollten die ersteren keineswegs so wie bisher vernachlässigt werden. Ein genaues Studium der Sichtbarkeitsverhältnisse, namentlich bei den periodisch wiederkehrenden Cometen, ist für das Wiederauffinden derselben von grossem Werthe, und die mehrfach ausgesprochene Vermuthung, dass periodische Lichtschwankungen bei den meisten Cometen vorkommen, kann nur durch sorgfältige Helligkeitsbestimmungen entschieden werden. Soll aber auf diesem Gebiete etwas Erspriessliches erreicht werden, so muss zunächst die gegenwärtig herrschende Unklarheit beseitigt und eine Verständigung darüber angestrebt werden, was unter Helligkeit eines Cometen zu verstehen ist.

In den Cometenephemeriden wird von jeher als Helligkeit eine Grösse angeführt, die dem Ausdrucke $\frac{1}{r^2 \varDelta^2}$ proportional ist; meistens wird dabei als Einheit der Helligkeiten der Werth angenommen, den dieser Ausdruck zur Zeit der Entdeckung des Cometen besass. Voraussetzung bei dieser Bezeichnungsweise ist nach dem früher Gesagten, dass der Comet nur reflectirtes Licht aussendet, und dass seine Reflexionsfähigkeit während der Dauer seiner Erscheinung unverändert bleibt. Da diese Voraussetzung nach dem, was das Spectroskop uns lehrt, keineswegs vollkommen zutreffend ist, und sicher wenigstens ein Bruchtheil des Cometenlichtes vom Selbstleuchten herrührt, so ist klar, dass die bisher gebräuchliche Vorausberechnung der Helligkeiten ungenau sein muss. Aber selbst wenn das zurückgeworfene Licht bei einem Cometen ganz und gar überwiegen sollte, so würde auch dann der obige Ausdruck nur gelten, wenn es sich um das Gesammtlicht, nicht um die Flächenhelligkeit an einer bestimmten Stelle des Cometen handelte; im letzteren Falle würde, wie bereits erwähnt ist, statt des Ausdruckes $\frac{1}{r^2 \varDelta^2}$ der Werth $\frac{1}{r^2}$ für die Vorausberechnung zu benutzen sein. Es ist in der jüngsten Zeit mehrfach über die Berechtigung des einen oder anderen dieser Ausdrücke gestritten worden; wie mir scheint, durchaus ohne zwingenden Grund. Nach den ersten Grundsätzen der Photometrie haben beide Ausdrücke vollkommene Gleichberechtigung[1]; es kommt nur bei der Vergleichung mit den Beobachtungen in jedem Falle auf die Entscheidung an, ob es sich um das Gesammtlicht oder um die Flächenhelligkeit handelt.

---

[1] Es wäre sehr erwünscht, wie auch schon mehrfach von anderer Seite hervorgehoben ist, wenn in den Cometenephemeriden neben den Werthen von $\frac{1}{r^2 \varDelta^2}$ auch die Werthe $\frac{1}{r^2}$ angegeben würden.

Wie sind nun bisher gewöhnlich die Helligkeitsbeobachtungen der Cometen angestellt worden? Meistens ist die Lichtstärke in Sterngrössen angegeben, aber es hängt wesentlich von dem benutzten Hülfsmittel ab, worauf diese Angabe zu beziehen ist. Wird ein Comet so hell, dass er mit blossen Augen sichtbar ist, so erscheint er gewöhnlich, vom Schweif abgesehen, wie ein nebelartiger Stern, dessen Vergleichung mit benachbarten Sternen zwar äusserst schwierig, aber bei einiger Übung doch ausführbar ist. Der Comet wird dabei durchaus als Stern aufgefasst, und die Grössenschätzung, so unsicher sie auch ist, kann als gültig für das Gesammtlicht betrachtet werden.

Bei Anwendung von Fernrohren kommt es einerseits auf die Beschaffenheit des Cometen selbst an, dann aber auch auf die instrumentellen Hülfsmittel, insbesondere auf die angewandte Vergrösserung. Hat der Comet von Anfang an einen deutlichen sternartigen Kern, so wird man diesen Kern mit lichtstarken Fernrohren und mittlerer Vergrösserung fast ebenso gut wie jeden beliebigen anderen Fixstern in Bezug auf seine Grösse schätzen oder mit anderen Sternen vergleichen können. Diese Schätzungen des Kerns allein sind gewöhnlich die zuverlässigsten und geben die brauchbarsten Lichtcurven; man wird bei ihnen, da es sich um Punktvergleichungen handelt, am Ehesten den Ausdruck $\frac{1}{r^2 \varDelta^2}$ zur Anwendung bringen können. In kleineren Fernrohren und bei Benutzung recht schwacher Vergrösserung wird häufig der Kern des Cometen zusammen mit der umgebenden Hülle, also der ganze Kopf, wie ein punktartiges Nebelobject erscheinen, welches sich zur Noth mit benachbarten Fixsternen, namentlich wenn man dieselben etwas ausserhalb des Focus betrachtet, vergleichen lässt.

Hat der Comet gar keinen sternartigen Kern, sondern erscheint im Fernrohr als matter, höchstens nach der Mitte zu etwas verdichteter Nebelfleck von merklicher Ausdehnung, so sind Grössenschätzungen so gut wie unausführbar. Die einzig mögliche Art der Helligkeitsbestimmungen sind dann Messungen der Flächenintensität mittelst irgend eines dazu geeigneten Instrumentes, etwa des Steinheil'schen Prismenphotometers oder noch besser des Keilphotometers.

Rechnet man zu den bisher aufgezählten Schwierigkeiten, die sich einer einheitlichen Beobachtungsweise der Cometenhelligkeiten entgegenstellen, noch den Umstand, dass bei den meisten Cometen Veränderungen in der Form und dem ganzen Aussehen eintreten, so ist klar, dass exacte Resultate aus den Helligkeitsbeobachtungen niemals erwartet werden dürfen, und dass sich auch kaum bindende Vorschriften für die Anstellung der Beobachtungen geben lassen. Soviel geht jedenfalls aus dem Gesagten hervor, dass unter allen Umständen nur Helligkeitsangaben mit

einander vereinbar sind, die von demselben Beobachter mit demselben
Instrumente und der gleichen Vergrösserung gewonnen sind.

Welche Unterschiede bei den Grössenschätzungen eines Cometen je
nach den benutzten Hülfsmitteln hervortreten können, möge im Folgenden
an dem Beispiele des Cometen 1874 III (Coggia) gezeigt werden, dessen
Helligkeit von Schmidt[1]) in Athen auf dreifache Art untersucht worden
ist. Die beiden ersten Beobachtungsreihen sind am Refractor angestellt,
und zwar die eine mit Benutzung eines stark vergrössernden Oculars,
die andere mit einem schwachen Ocular; beide beziehen sich auf die
Helligkeit des Kerns allein. Die dritte Reihe enthält die Schätzungen
mit unbewaffnetem Auge und bezieht sich auf die Helligkeit des ganzen
Cometenkopfes. In der folgenden Zusammenstellung der Schmidt'schen
Grössenangaben sind nur diejenigen Beobachtungstage herausgegriffen
worden, an denen alle drei Schätzungsmethoden zugleich angewandt
wurden. Da der Comet im Juli einen ziemlich tiefen Stand hatte, so
wird der Einfluss der Extinction nicht ganz unbedeutend gewesen sein;
es ist aber anzunehmen, dass ein so geübter Beobachter wie Schmidt
bereits bei den Schätzungen selbst auf die Extinction Rücksicht genommen
hat[2]). Zur Vergleichung mit den Beobachtungen sind in der Zusammenstellung noch die berechneten Helligkeiten angeführt und zwar sowohl
mit Benutzung des Ausdrucks $\frac{1}{r^2 \varDelta^2}$ als $\frac{1}{r^2}$. Die Logarithmen dieser
Werthe sind durch Division mit 0.4 in der üblichen Weise in Grössen-
classen umgewandelt, und zu den so erhaltenen Zahlen ist dann eine
Constante hinzugefügt worden, um die berechnete Helligkeit für den
ersten Beobachtungstag (Juni 1) in genaue Übereinstimmung mit der beobachteten Grösse in der ersten Reihe zu bringen.

Datum 1874	Grössenschätzungen			Berechnete Helligkeit	
	mit starkem Ocular	mit schwachem Ocular	mit freiem Auge	$\frac{1}{0.4}\log\frac{1}{r^2\varDelta^2}+$ Const.	$\frac{1}{0.4}\log\frac{1}{r^2}+$ Const.
Juni 1	10.0	8.0	6.5	10.0	10.0
11	10.0	8.0	5.2	9.3	9.7
17	9.0	7.5	4.6	8.9	9.5
18	9.0	7.7	4.5	8.8	9.5
20	8.0	7.0	4.5	8.7	9.4
22	8.5	7.2	4.2	8.5	9.4

1) Astr. Nachr. Bd. 87, Nr. 2067.
2) Bei Gelegenheit der Mittheilung seiner Helligkeitsschätzungen an dem
Klinkerfues'schen Cometen des Jahres 1853 (Astr. Nachr. Bd. 37, Nr. 883) hat Schmidt
ausdrücklich hervorgehoben, dass er bemüht gewesen ist, ebenso wie bei allen
seinen Beobachtungen der veränderlichen Sterne, die Extinction des Lichtes in der
Atmosphäre zu berücksichtigen.

Datum 1874	Grössenschätzungen			Berechnete Helligkeit	
	mit starkem Ocular	mit schwachem Ocular	mit freiem Auge	$\frac{1}{0.4} \log \frac{1}{r^2 \mathit{\Delta}^2} + \text{Const.}$	$\frac{1}{0.4} \log \frac{1}{r^2} + \text{Const.}$
Juni 24	8.0	6.8	4.0	8.4	9.3
27	9.0	7.0	4.0	8.1	9.3
30	8.5	7.2	3.5	7.8	9.2
Juli 2	7.5	6.7	3.2	7.7	9.2
4	7.5	6.0	3.0	7.5	9.2
6	7.5	6.7	2.9	7.3	9.2
8	7.0	6.0	2.5	7.1	9.1
10	7.5	5.5	1.9	6.9	9.1
12	7.0	5.0	1.5	6.7	9.2
13	6.5	4.7	1.5	6.6	9.2

Dieses Beispiel ist in mehrfacher Beziehung lehrreich. Erstens sieht man, wie stark die verschiedenen Helligkeitsangaben voneinander abweichen. Für das blosse Auge erschien am letzten Tage der Cometenkopf als Stern 1. bis 2. Grösse, während im Fernrohre der Kern allein als Stern 6. bis 7. Grösse taxirt wurde; die Schätzungen des Kerns mit verschiedenen Vergrösserungen differiren um durchschnittlich 1.5 Grössenclassen voneinander. Man sieht hieraus, dass Grössenangaben für einen Cometen ohne nähere Bezeichnung, auf welchen Theil sich dieselben beziehen, und ohne genaue Mittheilung der angewandten Instrumente und Vergrösserungen vollständig werthlos sind. Ferner ergiebt sich aus dem obigen Beispiele, dass die Form der Lichtcurve für die einzelnen Reihen wesentlich verschieden ist. Während die beiden ersten für den Kern allein gültigen Reihen noch in leidlicher Übereinstimmung innerhalb des betrachteten Zeitraumes eine Helligkeitszunahme von ungefähr 3.5 Grössen ergeben, folgt aus der dritten Reihe ein Anwachsen von 5 Grössen, offenbar weil bei den Schätzungen mit blossem Auge die Lichthüllen um den Kern, die bei der Annäherung des Cometen an die Sonne fast immer grösser und intensiver werden, wesentlich zur Verstärkung des Eindrucks beitragen. Die Vergleichung mit den berechneten Intensitäten zeigt endlich, dass der Ausdruck $\frac{1}{r^2}$, welcher für den grössten Theil des betrachteten Zeitintervalles constant bleibt, auch nicht im Entferntesten die Beobachtungen darstellt. Dagegen schliesst sich der Ausdruck $\frac{1}{r^2 \mathit{\Delta}}$ den ersten Reihen im Grossen und Ganzen leidlich an, wenn auch einige Abweichungen zwischen Beobachtung und Rechnung vorkommen, die kaum durch blosse zufällige Schätzungsfehler erklärt werden können. Jedenfalls würde in diesem Falle, da es sich nur um die Schätzung des Kernes, also eines nahezu punktartigen Objectes handelt, der Schluss gerechtfertigt

erscheinen, dass das Licht des Cometenkernes während der Zeit von Juni 1 bis Juli 13 in der Hauptsache reflectirtes Sonnenlicht gewesen ist.

Die Zahl der Cometen, an denen ebenso ausführliche und sichere Helligkeitsbeobachtungen wie die eben besprochenen angestellt worden sind, ist ausserordentlich gering. Das meiste Material ist Schmidt[1] zu verdanken, welcher ausser von dem Cometen 1874 III noch von den Cometen 1850 I (Petersen), 1853 III (Klinkerfues), 1854 II (de Menciaux), 1862 II (Schmidt) zusammenhängende Schätzungsreihen veröffentlicht hat. Weiter verdienen noch Erwähnung die von Paschen[2] an den beiden Kernen des Biela'schen Cometen im Jahre 1846 ausgeführten Vergleichungen, die besonders deswegen bemerkenswerth sind, weil dabei die Steinheil'sche Methode der Vergleichung ausser dem Bilde durch Ausziehen des Oculars benutzt wurde; ferner die Schätzungen der Cometen 1881 III (Tebbutt) und 1881 IV (Schaeberle) von Schwab[3], und endlich die in Potsdam[4] mit dem Zöllner'schen Photometer angestellten Messungen an den Cometen 1882 I (Wells), 1884 I (Pons-Brooks), 1886 I (Fabry), 1886 II (Barnard). Die meisten dieser Beobachtungsreihen beziehen sich auf den Kern allein oder wenigstens auf den Kern mit seiner unmittelbaren Umgebung; sie werden daher im Allgemeinen besser durch den Ausdruck $\frac{1}{r^2 \mathit{\Delta}^2}$ als durch $\frac{1}{r^2}$ dargestellt, obgleich auch der erstere, wie zu erwarten ist, sich keineswegs als ausreichend erweist. Es kommen nicht nur unregelmässige Lichtschwankungen vor, sondern es zeigt sich gewöhnlich noch in der Nähe des Perihels eine besonders starke Lichtzunahme, die häufig von Ausströmungen aus dem Kern, wahrscheinlich elektrischen Ursprungs, begleitet ist. Der Versuch, alle diese Erscheinungen durch eine einfache Formel darzustellen, muss als vollständig aussichtslos betrachtet werden.

Eine besondere Erwähnung verdient unter den oben aufgezählten Beobachtungsreihen noch die von Schmidt am Kern des Cometen 1862 II angestellte, welche eine scharf ausgeprägte Wellencurve mit deutlichen Maximis und Minimis von kurzer Periode zeigt. Die Bearbeitung der zwischen Aug. 13 und Sept. 15 beobachteten Maxima ergiebt eine regelmässige Periode von 2.698 Tagen; die Maximalhelligkeiten, welche von Mitte August (Grösse etwa 7.5) bis Ende August (Grösse etwa 6.7) zunehmen, von da an aber wieder abnehmen, lassen sich vollkommen befriedigend durch den Ausdruck $\frac{1}{r^2 \mathit{\Delta}^2}$ darstellen. Die Minima, für sich

1) Astr. Nachr. Bd. 31, Nr. 736; Bd. 37, Nr. 883; Bd. 38, Nr. 911; Bd. 59, Nr. 1395.
2 Astr. Nachr. Bd. 24, Nr. 562.
3; Astr. Nachr. Bd. 101, Nr. 2412.
4) Astr. Nachr. Bd. 103, Nr. 2453; Bd. 108, Nr. 2579; Bd. 114. Nr. 2733.

behandelt, ergeben fast genau dieselbe Periode (2.707 Tage); dagegen
fügen sich die Minimalhelligkeiten durchaus nicht dem einfachen Ausdrucke
$\frac{1}{r^2 \varDelta^2}$. Die Helligkeitsdifferenz zwischen einem Maximum und dem darauf
folgenden Minimum betrug Mitte August etwa $1\frac{1}{2}$ Grösse, stieg dann bis
Ende August (bis kurz nach dem Perihel) auf etwa vier Grössen und
sank endlich bis Mitte September wieder auf etwa zwei Grössen zurück.
Die Pulsationen des Cometenlichtes sind also in der Nähe des Perihels
am lebhaftesten gewesen. Interessant ist, dass diese Erscheinungen im
deutlichen Zusammenhange standen mit den drehenden Bewegungen, welche
an den Ausströmungen aus dem Kerne bemerkt wurden. Die scheinbaren
Neigungswinkel des Strömungsfächers gegen die Schweifaxe erreichten
in einer Periode von 2 bis 3 Tagen ihre Maxima und Minima, und
zwar coincidirten die Maximazeiten mit den Zeiten der grössten Kern-
helligkeit und ebenso die Minima mit den Zeiten der geringsten Helligkeit.
Die überaus interessanten Beobachtungen Schmidts, an deren Realität
nicht zu zweifeln ist, zeigen, von welcher Bedeutung sorgfältige Helligkeitsschätzungen für die Erforschung der physischen Beschaffenheit der
Cometen eventuell sein können.

Periodische Helligkeitsänderungen, allerdings von langer Dauer, sind
auch bei einigen anderen Cometen vermuthet worden, insbesondere bei
dem Encke'schen Cometen. Berberich[1] hat sich im Jahre 1888 der
verdienstlichen Arbeit unterzogen, Alles, was über die Helligkeit dieses
Cometen bei den 24 Erscheinungen desselben zwischen 1786 und 1885
bekannt geworden ist, zusammenstellen. Es sind dies allerdings meistens
nur ganz rohe Angaben; nur vereinzelt finden sich wirkliche Schätzungen
der Lichtstärke, und auch diese sind nur mit Vorsicht zu verwerthen,
weil bei dem nebelartigen Aussehen dieses Cometen, an dem fast niemals
ein wirklicher Kern wahrgenommen ist, die Entscheidung schwierig ist,
ob die Beobachtung sich auf das Gesammtlicht oder die Flächenintensität
bezieht. Berberich glaubte aus dem Material den Schluss ziehen zu
können, dass die Lichtstärke des Encke'schen Cometen in den einzelnen
Erscheinungen nicht unmerklich verschieden gewesen ist. Dabei schien
ein Zusammenhang mit der Sonnenthätigkeit in der Weise angedeutet,
dass die hellen Erscheinungen mit den Zeiten der Maxima, die schwachen
mit den Zeiten der Minima der Sonnenthätigkeit zusammenfallen; selbst
die Unregelmässigkeiten in der 11 jährigen Sonnenperiode sollen sich nach
Berberichs Meinung in der Cometenhelligkeit abspiegeln. Wenn auch
das ungenügende Material sichere Schlüsse in dieser Beziehung nicht

---

[1] Astr. Nachr. Bd. 119, Nr. 2836—37.

gestattet, so ist doch bei der unzweifelhaften Einwirkung der Sonne auf
die Lichterscheinungen der Cometen die Berberich'sche Vermuthung nicht
ohne Weiteres von der Hand zu weisen.

Zum Schlusse mögen noch einige Bemerkungen Platz finden über die
bisherigen Versuche, bei den Helligkeitsbestimmungen der Cometen die
Schätzungsmethode durch photometrische Messungen zu ersetzen. Dass
wirkliche Messungen vor den blossen Schätzungen den Vorzug verdienen,
bedarf wohl kaum der Erörterung; nur dürfte es sich fragen, welche
Methode gerade hier am Vortheilhaftesten zu verwenden ist. Bestimmte
Vorschriften lassen sich natürlich von vornherein nicht geben, weil es in
jedem einzelnen Falle auf das Aussehen des betreffenden Cometen an-
kommen wird; indessen unterliegt es keinem Zweifel, dass das Keilphotometer sich wie kein anderes Instrument zu Untersuchungen des
Cometenlichtes eignet, nicht nur bei solchen Cometen, die einen scharfen
fixsternartigen Kern haben, sondern auch bei solchen, die nur eine nebel-
artige centrale Verdichtung aufweisen. Empfehlenswerth ist auch das
Verfahren, welches von mir bei den Helligkeitsmessungen einiger Cometen
bereits mit Erfolg angewendet worden ist. An einem Zöllner'schen
Photometer wird an Stelle der Diaphragmenscheibe für die künstlichen
Sterne ein Blendglas von dunklem blauen Glase in geeigneter Fassung
vor der Lampenöffnung angebracht. In dieses Blendglas, welches für
das Lampenlicht fast vollständig undurchsichtig sein muss, wird eine
kleine Kugelschale eingeschliffen, sodass dasselbe in der Mitte nur noch
eine Dicke von etwa 0.3 mm behält und stark durchsichtig wird, während
von der Mitte nach allen Seiten hin die Durchsichtigkeit erst langsam,
dann schneller abnimmt und in einer Entfernung von etwa 5 mm von der
Mitte vollständig aufhört. Durch diese Einrichtung entstehen im Gesichtsfelde des Photometers anstatt der künstlichen Sterne zwei runde Nebel-
bildchen, die am Rande ganz verwaschen sind und, je nach der Form
der eingeschliffenen Fläche, eine mehr oder weniger sternartige centrale
Verdichtung zeigen. Durch Verschiebung des Oculars kann diesen künstlichen Nebeln nach Bedarf ein noch verschwommeneres Aussehen gegeben
werden, und es lässt sich fast in jedem Falle, namentlich bei entsprechender
Wahl der Vergrösserung, erreichen, dass die künstlichen Objecte den Co-
metenkernen nebst ihrer unmittelbaren Umhüllung sehr ähnlich sehen.
Die Vergleichungen lassen sich, wie aus meinen Messungen der Cometen
1884 I, 1886 I und 1886 II hervorgeht, mit ausserordentlicher Sicherheit
ausführen, und die Methode wird voraussichtlich bei denjenigen Cometen
die brauchbarsten Resultate liefern, wo der Kern nicht allzu sehr als Stern
hervortritt und wo die Form sich im Laufe der Erscheinung nur wenig
ändert. In allen denjenigen Fällen, wo diese Bedingungen nicht erfüllt

sind, besonders aber dann, wenn Lichtausstrahlungen aus dem Kern und ganz plötzliche Änderungen des ganzen Aussehens eintreten, versagt natürlich dieses photometrische Verfahren genau ebenso wie überhaupt jeder Versuch, solche gänzlich heterogenen Lichterscheinungen miteinander vergleichen zu wollen.

Noch weniger als auf dem Gebiete der Cometenphotometrie ist bisher auf demjenigen der Nebelphotometrie geleistet worden, obgleich bei dieser Classe von Himmelskörpern die Sachlage insofern etwas günstiger ist, als reflectirtes Licht dabei gar nicht in Frage kommt, und im Allgemeinen Form und Aussehen dieser Objecte keinen oder nur ganz geringfügigen Änderungen unterworfen sind. Alles was wir über die Helligkeiten dieser Weltkörper wissen, beschränkt sich im Wesentlichen auf die kurzen beschreibenden Notizen, die von den Beobachtern in den verschiedenen Nebelcatalogen mitgetheilt worden sind. Als Richtschnur hat dabei bis heutigen Tages die von Herschel in seinem Generalcataloge eingeführte Bezeichnungsweise gedient, nach welcher die folgenden zehn hauptsächlichsten Helligkeitsstufen unterschieden werden (man benutzt auch heute noch gewöhnlich die Herschel'schen Abkürzungen):

$eB =$ extremely oder excessively bright,

$vB =$ very bright,

$B =$ bright,

$cB =$ considerably bright,

$pB =$ pretty bright,

$pF =$ pretty faint,

$cF =$ considerably faint,

$F =$ faint,

$vF =$ very faint,

$eF =$ extremely oder excessively faint.

Diese durchaus willkürlich gewählte Scala macht keineswegs den Anspruch darauf, ganz gleichmässige Helligkeitsabstufungen anzugeben; sie soll nur allgemein eine »Reihung« der Nebel nach ihrer Helligkeit ermöglichen. Aber auch dieses Ziel ist schon schwierig genug zu erreichen in Rücksicht auf die enormen Unterschiede in dem Aussehen der einzelnen Nebelclassen. Ein sehr ausgedehnter Nebel von unregelmässiger Gestalt und gleichmässiger Helligkeitsvertheilung wird z. B. ebenso gut mit vB bezeichnet, wie ein kleiner runder Nebel mit einer starken fixsternartigen Verdichtung in der Mitte, obgleich streng genommen beide Objecte durchaus nicht miteinander vergleichbar sind. Abgesehen von dieser fast unüberwindlichen Schwierigkeit hat eine derartige »Reihung« streng genommen nur Bedeutung für die Schätzungen eines und desselben Beobachters mit Benutzung desselben Instrumentes und der gleichen Vergrösserung. Es ist bekannt, wie sehr die Sichtbarkeit und Helligkeitsbeurtheilung namentlich ausgedehnter schwacher Nebelflächen von der Grösse des Objectivs und insbesondere von der angewandten Vergrösserung abhängt. Berücksichtigt man ferner noch, dass Ungleichmässigkeiten in der Luftdurchsichtigkeit und die Helligkeit des Grundes bei den Nebelbeobachtungen eine besonders wichtige Rolle spielen, und dass auch die verschiedene Sehschärfe der Beobachter bei diesen schwierigen Objecten in Betracht kommt, so liegt es auf der Hand, dass Helligkeitsschätzungen verschiedener Beobachter nicht ohne Weiteres miteinander vereinbar sind. Man wird sich daher auch nicht wundern dürfen, dass z. B. ein und derselbe Nebel in zwei verschiedenen Catalogen mit B und F bezeichnet ist, und dass häufig noch grössere Differenzen vorkommen. Verhältnissmässig am Besten stimmen die Helligkeitsangaben für diejenigen Nebel untereinander überein, die eine starke sternartige Concentration in der Mitte zeigen. Man hat bei diesen Nebeln bisweilen auch versucht, die Helligkeit des Kerns mit benachbarten Fixsternen zu vergleichen und direct in Grössenclassen auszudrücken.

An Vorschlägen, die Lichtstärke der Nebelflecke mit Hülfe von photometrischen Vorrichtungen zu messen, hat es nicht gefehlt; doch sind bisher niemals grössere Beobachtungsreihen angestellt worden. Am meisten Beachtung verdienen in dieser Beziehung die Vorschläge von Huggins[1], Pickering[2] und Holden[3]. Ersterer empfiehlt die Benutzung eines Instrumentes, in welchem zwei bereits von Dawes angewandte photometrische Methoden combinirt sind. Eine Diaphragmenscheibe mit einem kleinen Loch in der Mitte kann mittelst einer Schraube messbar vom Brennpunkte nach dem Objective hin bewegt werden; ausserdem sind vor dem Oculare zwei Keile aus Neutralglas angebracht, welche messbar gegeneinander verschoben werden können. Die Beobachtungen geschehen nun in der Weise, dass das Diaphragma zunächst in eine Position gebracht wird, wo alle vom Objectiv kommenden Strahlen ungehindert die kleine Öffnung in der Mitte passiren. Der zu untersuchende Nebel wird dann mit Hülfe der Keile gänzlich zum Verschwinden gebracht. Zur Vergleichung dient eine Normalkerze, die in grosser Entfernung auf dem Dache eines Hauses aufgestellt ist, und deren Bild mit demselben Instrumente wie vorher der Nebel betrachtet wird. Indem dieselbe Stellung der Keile beibehalten wird, bei der das Verschwinden des

---

1) Phil. Trans. of the R. Soc. of London. 1866, p. 381.
2) American Journal of science. 3. Ser. Vol. 11 (1867), p. 482.
3) Nature. Vol. 21, p. 346.

Nebels beobachtet war, kann nun durch Bewegung des Diaphragmas auch das Kerzenbild ausgelöscht werden; die Grösse dieser Verschiebung giebt dann nach den bekannten Principien der Photometrie ein Mass für das Verhältniss der Flächenhelligkeiten von Nebel und Kerzenbild. Huggins hat auf diese Weise den Nebel G. C. Nr. 4628 == h 2098, den Ringnebel in der Leier und den Dumbbell-Nebel mit der Kerzenflamme verglichen, und seine Messungen ergeben, wenn die Helligkeit des ersteren Nebels mit 1 bezeichnet wird, die Helligkeitswerthe:

$$\text{G. C. Nr. 4628} \qquad \text{Helligkeit} = 1$$
$$\text{Ringnebel} \qquad\qquad > \quad = \tfrac{1}{4}$$
$$\text{Dumbbell-Nebel} \qquad > \quad = \tfrac{1}{13}.$$

Natürlich beziehen sich diese Angaben nur auf die hellsten Partien der betreffenden Nebel.

Pickering hat zur Beobachtung der kleinen regelmässig gestalteten Nebel, insbesondere der sogenannten planetarischen Nebel, das folgende Verfahren in Vorschlag gebracht. Durch ein seitlich an dem Hauptfernrohre angebrachtes Hülfsfernrohr wird, ähnlich wie bei einem der früher beschriebenen Pickering'schen Sternphotometer (Seite 262), das Bild eines hellen Sternes in das Gesichtsfeld neben den zu untersuchenden Nebel gebracht, und durch Verschiebung des Hülfsfernrohrobjectivs (sowohl nach dem Brennpunkte hin als von demselben hinweg) wird die Flächenhelligkeit des in eine verwaschene Scheibe verwandelten Sternes der des Nebels gleichgemacht. Die Grösse der Verschiebung giebt ein Mass für das Intensitätsverhältniss der beiden Objecte. Benutzt man denselben Stern (mit Vortheil liesse sich z. B. bei grösseren Beobachtungsreihen der Polarstern verwenden) zur Vergleichung mit verschiedenen Nebeln, so erhält man aus den Verschiebungen am Hülfsfernrohre das Verhältniss der Flächenhelligkeiten derselben. Man kann dann entweder alle Helligkeiten auf einen bestimmten Nebel beziehen, oder man kann als Einheit der Flächenhelligkeiten, wie Pickering vorschlägt, die Intensität wählen, welche das Vergleichsternscheibchen annimmt, wenn es auf einen Raum von 1 Bogenminute im Durchmesser ausgebreitet ist. Aus dem Verhältnisse der Flächenhelligkeiten verschiedener Nebel lässt sich endlich noch, mit Berücksichtigung ihrer Dimensionen, das Verhältniss der von ihnen ausgesandten Gesammtlichtmengen berechnen. Pickering hat nach dieser Methode den planetarischen Nebel B. D. + 41°4004 mit α Cygni verglichen und gefunden, dass der Nebel uns 590mal weniger Licht zusendet als dieser Stern, und dass daher seine Gesammtintensität der eines Sternes 8.6ter Grösse gleichkommt.

Zur Beobachtung grösserer, unregelmässig gestalteter Nebelflecke hat Pickering noch eine andere Methode empfohlen, bei welcher das Princip des Bunsen'schen Photometers benutzt wird, und bei welcher es sich um die Messung der Flächenhelligkeit an verschiedenen Stellen des Nebels handelt. In der Praxis scheint diese Methode, die kaum einer grossen Genauigkeit fähig sein dürfte, niemals in Anwendung gekommen zu sein.

Wesentlich verschieden davon ist eine Methode, die Holden zur Bestimmung der Flächenintensität verschiedener Partien des Orionnebels angewandt hat. Zwischen den beiden dem Auge zunächst befindlichen Linsen eines terrestrischen Oculars, mit welchem der Nebel betrachtet wird, befindet sich im Brennpunkte der vordersten Linse ein kleiner Silberspiegel. Dieser erhält von einem seitlich am Rohre befestigten Schirme, der durch eine bewegliche Lampe beleuchtet wird, diffus reflectirtes Licht und erscheint, durch die vorderste Linse betrachtet, im Gesichtsfelde als ein kleiner heller Fleck, der auf jede Stelle des Nebels projicirt werden kann. Durch Verschiebung der Lampe lässt sich die Beleuchtung des Schirmes so moderiren, dass der helle Fleck mit jeder beliebigen Partie des Nebels gleich hell gemacht werden kann. Der Betrag der Verschiebung liefert das Mass für das Intensitätsverhältniss der verglichenen Theile des Nebels. So ungenau diese Methode auch sein mag, so giebt sie doch eine ungefähre Vorstellung von der Helligkeitsvertheilung innerhalb des Orionnebels. Holden glaubt aus seinen Messungen sogar auf Helligkeitsvariationen einzelner Partien schliessen zu dürfen; doch bedarf diese Vermuthung noch weiterer Bestätigung. Anstatt der Holdenschen photometrischen Einrichtung könnte man auch mit Vortheil das Zöllner'sche Photometer benutzen, wenn man die Diaphragmenöffnungen desselben so gross wählte, dass an Stelle der künstlichen Sterne zwei Lichtscheibchen im Gesichtsfelde erschienen. Man würde diese Scheibchen entweder auf gleiche Helligkeit mit verschiedenen Theilen des Nebels bringen, oder man könnte auch in ähnlicher Weise, wie es z. B. von mehreren Beobachtern bei Vergleichung einzelner Stellen der Mondoberfläche bereits versucht worden ist, diese Scheibchen auf den Nebel selbst projiciren und so lange schwächen, bis sie auf der betreffenden Stelle vollkommen verschwinden. Grosse Genauigkeit lässt sich freilich bei keinem dieser Verfahren erwarten.

Etwas besseren Erfolg verspricht bei der Helligkeitsbestimmung solcher ausgedehnten Nebel die Anwendung der Photographie. W. H. Pickering[1] hat eine sehr ausführliche Untersuchung über die photographische Helligkeit des Orionnebels angestellt nach einem Verfahren, ähnlich dem bei den photographischen Intensitätsbestimmungen des Coronalichtes erwähnten. Eine siebartig durchlöcherte dünne Metallplatte

[1] Annals of the Astr. Obs. of Harvard College. Vol. 32, part I, p. 57.

wird in die Brennebene des Fernrohrs unmittelbar vor die dort angebrachte photographische Platte gesetzt, auf welcher das Bild des Nebels aufgenommen werden soll. Dieses photographische Bild besteht dann aus einer Anzahl von verschieden intensiven Punkten, von denen jeder einer anderen Stelle des Nebels, die sich durch Vergleichung mit einer zweiten ohne die Metallplatte gemachten Aufnahme leicht bestimmen lässt, entspricht. Als Vergleichslicht dient eine Normallampe (Carcellampe), aus deren Flamme ein bestimmter Theil herausgeblendet ist. Auf den Rand derselben photographischen Platte, auf welcher der Nebel aufgenommen wird, werden nun von dieser Lampenöffnung mit vorgesetzter durchlöcherter Metallscheibe eine Anzahl von Aufnahmen gemacht, wobei jedesmal die Intensität der Lampe durch Änderung der Expositionszeit oder, da dieses Verfahren zu Fehlern Anlass giebt, durch irgend eine photometrische Einrichtung (Nicolprismen, rotirende Scheiben u. s. w.) um einen messbaren Betrag verändert werden kann. Die Vergleichung der von verschiedenen Stellen des Nebels herrührenden Punkte auf der Platte mit den von der Vergleichslampe erzeugten Punkten ermöglicht dann die Bestimmung des Helligkeitsverhältnisses der betrachteten Nebelpartien und die Feststellung der Linien von gleicher Helligkeit auf dem Nebel. Das ganze Verfahren ist der Beachtung werth und kann ohne Zweifel noch in mancher Hinsicht vervollkommnet werden.

Von allen im Vorangehenden erwähnten Vorschlägen zu photometrischen Nebelbeobachtungen scheint der Huggins'sche am empfehlenswerthesten zu sein; namentlich bei den ausgedehnten Nebelflecken dürfte die Anwendung des Keilphotometers die besten Resultate versprechen. Bei den planetarischen und ganz regelmässig gestalteten kleinen Nebeln wäre vielleicht noch besser das Zöllner'sche Photometer zu benutzen, mit der bereits bei den Cometenbeobachtungen erwähnten Modification, dass an Stelle der künstlichen Sterne künstliche Nebelflecke verwendet werden. Dieselben können gewissen Classen von Nebeln am Himmel so vollkommen ähnlich gemacht werden, dass die photometrische Bestimmung solcher Objecte mit grosser Genauigkeit ausführbar ist.

Der Hauptwerth exacter Helligkeitsmessungen an Nebelflecken liegt offenbar darin, dass sie die Möglichkeit gewähren, etwaige Lichtveränderungen zu constatiren. Gerade bei diesen noch in einem frühen Entwicklungsstadium befindlichen Himmelskörpern dürften solche Änderungen von vornherein durchaus wahrscheinlich sein. Von Seiten verschiedener geübten Beobachter sind auch in der That bereits Lichtschwankungen bei einigen Nebeln vermuthet worden, allerdings lediglich auf Grund von Helligkeitsschätzungen oder gar nur von Notizen über die Deutlichkeit des Sichtbarseins. Bei dem schwer controlirbaren Einfluss, den einerseits

die atmosphärischen Zustände, andererseits die angewandten optischen
Hülfsmittel, namentlich die Vergrösserung, auf die Sichtbarkeit der Nebelflecke ausüben, müssen solche blossen Schätzungsangaben mit der aller-
äussersten Vorsicht aufgenommen werden, und es unterliegt keinem Zweifel,
dass bei den meisten der für variabel erklärten Nebel die beobachteten
Helligkeitsunterschiede auf solche Einflüsse zurückzuführen sind.'

Mit einiger Sicherheit kann man bisher eigentlich nur von drei Nebeln
die Veränderlichkeit behaupten; und auch bei diesen ist es gegenwärtig noch
unmöglich, den Betrag der Helligkeitsschwankungen zahlenmässig anzugeben und irgend eine Gesetzmässigkeit des Lichtwechsels aufzufinden.
Der eclatanteste Fall ist der berühmte Hind'sche Nebel (Nr. 1555 in
Dreyers »New General Catalogue of nebulae«; Position für 1860,0:
$\alpha = 4^h 13^m 48^s$ und $\delta = + 19° 11.'2$). Dieser Nebel wurde im Jahre 1852
von Hind als ein ziemlich schwaches Object mit einem Durchmesser von
nicht mehr als 30" entdeckt. In den folgenden Jahren wurde er von
verschiedenen Beobachtern, zum Theil mit mässigen Instrumenten, leicht
gesehen, und d'Arrest bezeichnete ihn 1855 und 1856 sogar als sehr
hell. Dagegen konnte ihn Schönfeld im Jahre 1861 mit dem acht-
füssigen Refractor der Mannheimer Sternwarte nicht auffinden, und auch
d'Arrest gelang es in diesem und dem folgenden Jahre nicht, im Kopenhagener Refractor eine Spur von dem Nebel wahrzunehmen. Mit dem
Lassell'schen Teleskop auf Malta und dem Pulkowaer Refractor wurde
das Object noch in den folgenden Jahren mit Mühe erkannt, aber im
Jahre 1868 war es auch für das Pulkowaer Instrument gänzlich unsichtbar. Später scheint man dem Nebel keine weitere Beachtung geschenkt
zu haben, und erst in der allerneuesten Zeit ist von Burnham[1] und
Barnard[2] von Neuem auf denselben aufmerksam gemacht worden. Mit
dem 36-Zöller der Lick-Sternwarte konnten diese beiden Beobachter im
Jahre 1890 und später im Februar 1895 den Nebel deutlich wahrnehmen,
und Barnard glaubt sogar behaupten zu können, dass er 1895 etwas
heller gewesen [ist als 1890. Im September 1895 hat Barnard noch
mehrere Male nach dem Nebel gesucht, ohne dass es ihm gelungen ist,
die geringste Spur davon zu sehen. Das Object ist also gegenwärtig
auch für das mächtige Lickfernrohr unsichtbar, und es unterliegt daher
keinem Zweifel, dass seine Lichtstärke sich verändert hat. In unmittelbarer Nähe des Hind'schen Nebels (etwa 2' folgend und 26" nördlicher)
steht der veränderliche Stern T Tauri, welcher von den beiden genannten
Beobachtern in der neuesten Zeit ebenfalls als Nebelstern erkannt worden

---

1) Monthly Notices. Vol. 51, p. 94.
2) Monthly Notices. Vol. 55, p. 442; Vol. 56, p. 66.

ist. Im Jahre 1890, als der Stern sieh im Minimum der Lichtstärke befand, bildete er den deutlichen Kern eines sehr kleinen, ziemlich hellen, länglich geformten Nebels; dagegen war im Februar 1895, wo der Stern selbst viel heller war, nur eine ganz schwache Andeutung von diffuser Nebelmasse um denselben zu erkennen.

Der zweite Nebel, bei welchem zweifellos ebenfalls eine merkliche Helligkeitsänderung vor sich gegangen ist, steht merkwürdiger Weise ganz in der Nähe des Hind'schen Nebels. Es ist dies Nr. 1554 des Dreyer-schen Catalogs (Position für 1860.0: $\alpha = 4^{\mathrm{h}} 13^{\mathrm{m}} 33^{\mathrm{s}}$ und $\delta = + 19^{\circ} 11'.0$). Er wurde 1868 von O. Struve aufgefunden und nachher mehrere Male von d'Arrest beobachtet, welcher sicher zu sein glaubte, dass früher an dieser Stelle kein Nebel vorhanden gewesen war. D'Arrest bezeichnete ihn als ziemlich klein und fast rund mit excentrischem Kern und schätzte ihn schwächer als den Hind'schen Nebel, etwa der Herschel'schen Classe II angehörig. Im Jahre 1877 (November 8) konnte Tempel in Arcetri den Struve'schen Nebel noch deutlich erkennen, dagegen sah er ihn am 12. December desselben Jahres nicht mehr, und nur zwei schwache Sternchen waren an der Stelle des Nebels sichtbar, von denen der eine auch bereits im November bemerkt worden war. Im Jahre 1890 haben Burnham und Barnard mit dem grossen Lickfernrohr den Nebel nicht mehr aufgefunden, und auch 1895 war er unsichtbar; von den beiden Tempel'schen Sternchen liess sich nur der eine constatiren. Es unterliegt keinem Zweifel, dass der Struve'sche Nebel ebenso wie der Hind'sche gegenwärtig gänzlich unsichtbar geworden ist. Die ganze Umgebung dieser beiden merkwürdigen Objecte verdient andauernd die sorgfältigste Beachtung von Seiten der Astronomen.

Der dritte als verbürgt zu betrachtende Fall eines veränderlichen Nebels stützt sich zwar nur auf das Zeugniss eines einzigen Beobachters, aber die Angaben sind so klar, dass an der Realität kaum zu zweifeln ist. Im Jahre 1888 entdeckte Barnard[1]) mit dem 12-Zöller der Lick-Sternwarte einen kleinen ziemlich hellen Nebel, der in keinem Cataloge zu finden war, und den er etwa einem Sterne 9. bis 10. Grösse gleich schätzte. Seine Position wurde genau bestimmt und ergab sich für 1880.0 zu: $\alpha = 0^{\mathrm{h}} 37^{\mathrm{m}} 55^{\mathrm{s}}.7$ und $\delta = - 8^{\circ} 48'.1$. Drei Jahre später war dieser Nebel mit demselben Instrumente nur äusserst schwierig aufzufinden und ist auch bis heutigen Tages ein ganz schwaches Object geblieben.

Ausser den drei angeführten Nebeln sind noch viele der Veränder-lichkeit verdächtigt worden, von denen hier zum Schlusse noch zwei namhaft gemacht werden sollen, weil bei ihnen die Möglichkeit von

---

1) Monthly Notices. Vol. 55, p. 451.

periodischen Lichtschwankungen vorhanden ist. Es sind dies die beiden Nebel Nr. 955 und Nr. 3666 in Dreyers Nebelcatalog oder h 229 und h 882 (Positionen 1860.0: $\alpha = 2^h 23^m 26^s$, $\delta = -1^\circ 44'.0$ resp. $\alpha = 11^h 17^m 10^s$, $\delta = +12^\circ 6'.6$). Winnecke[1]) hat die wichtigsten Beobachtungsangaben über diese beiden Objecte zusammengestellt, und es geht daraus Folgendes hervor. Der erstere Nebel ist von den beiden Herschel 1785 resp. 1827 als pB bezeichnet worden, dagegen ist er 1856 von d'Arrest sehr schwach genannt und 1861 von Schönfeld und ebenso später 1865 von Vogel vergeblich gesucht worden; 1868 wurde er von Schönfeld wieder deutlich gesehen und 1877 von Winnecke sogar als »recht hell« bezeichnet; im Jahre 1887 war er noch ein leidlich helles Object. Der andere Nebel, den W. Herschel vB nannte, ist von J. Herschel 1830 und 1831 wiederholt als F oder sogar eF aufgeführt; Winnecke rechnete ihn 1878—1879 wieder zur zweiten Herschel'schen Classe, während Dreyer ihn 1887 nur mit der grössten Schwierigkeit wahrnehmen konnte.

Die periodische Variabilität scheint hiernach bei beiden Objecten ziemlich sicher zu sein, und es ist zu hoffen, dass durch exacte photometrische Messungen die Dauer der Periode und der Betrag der Lichtänderung festgestellt werden kann.

Capitel V.
Die Fixsterne.

---

1. Die Helligkeitsverzeichnisse der Fixsterne.

Genaue Helligkeitsbestimmungen einer möglichst grossen Anzahl von Fixsternen haben in zweifacher Hinsicht hohen Werth. Erstens gewähren sie in Ermanglung von genügend zahlreichen zuverlässigen Parallaxenbestimmungen das einzige Mittel, uns unter Zuhülfenahme von plausibelen Hypothesen eine Vorstellung von der wirklichen Vertheilung

---

1, Monthly Notices. Vol. 38, p. 104. — Ausserdem Astr. Nachr. Bd. 96, Nr. 2293.

der Sterne im Raume und von der Anordnung des Weltalls zu bilden; und zweitens geben sie uns Aufschluss über Veränderungen, welche in der physischen Beschaffenheit der Gestirne vor sich gehen. In letzterer Beziehung handelt es sich nicht nur um die Auffindung aller mit dem speciellen Namen »Veränderliche« bezeichneten Objecte, bei denen Lichtschwankungen von grösserem oder geringerem Betrage schon in verhältnissmässig sehr kurzen Zeiträumen beobachtet werden können, sondern von viel grösserer Tragweite ist die Entscheidung der Frage, ob im Laufe der Jahrhunderte eine gleichmässige Zunahme oder Abnahme des Lichtes bei sämmtlichen Fixsternen oder wenigstens in bestimmten Regionen des Himmelsraumes und bei gewissen Classen von Sternen, beispielsweise bei denjenigen von gleicher Färbung, stattfindet. Da ein Stillstand in dem Entwicklungsprocesse eines Weltkörpers undenkbar ist, so wird man ohne Weiteres zu der Annahme berechtigt sein, dass auf jedem Fixsterne Veränderungen vor sich gehen, die sich, wenn auch möglicherweise erst nach vielen Jahrtausenden, durch ein Anwachsen oder eine Verminderung der Leuchtkraft offenbaren müssen.

Der Photometrie ist seit wenigen Jahrzehnten ein mächtiger Bundesgenosse entstanden in der Spectralanalyse, welche sich nicht mit der Untersuchung der Quantität, sondern der Qualität des von den Fixsternen zu uns gelangenden Lichtes beschäftigt und uns gelehrt hat, dass die Gestirne sich in ganz verschiedenen Entwicklungsstadien hinsichtlich ihrer physischen Beschaffenheit befinden. Noch ist dieser blühende Zweig der Astrophysik viel zu jung, um auch nur den kleinsten Theil aller dabei auftretenden Fragen zu entscheiden. In absehbarer Zeit ist gar nicht daran zu denken, dass das Spectroskop sicheren Aufschluss darüber geben könnte, ob bei allen Fixsternen ein gleicher Entwicklungsgang vorausgesetzt werden darf, und zwar in dem Sinne, dass alle Spectra der ersten Classe allmählich in solche der zweiten und diese wieder in solche der dritten Classe übergehen, dass also eine allmähliche Abkühlung und infolge dessen auch Lichtabnahme aller Fixsterne eintritt, oder ob entsprechend den Lockyer'schen Hypothesen ebenso oft Übergänge aus niederen in höhere Spectralclassen wie umgekehrt vorkommen, und ob demnach Zunahme der Temperatur bei einem Theile der Fixsterne ebenso wahrscheinlich ist wie Abkühlung bei den übrigen. Auch darf nicht vergessen werden, dass bei dem gegenwärtigen Stande der instrumentellen Hülfsmittel vorläufig nur an den helleren Fixsternen sichere spectralanalytische Untersuchungen möglich sind. Bei dem unermesslichen Heere der schwächeren Sterne werden wir voraussichtlich noch auf lange Zeit hinaus, wenn wir nach Veränderungen in ihrer physischen Beschaffenheit fragen, lediglich auf photometrische Messungen angewiesen sein. Es geht daraus hervor, dass es Pflicht

jedes Zeitalters sein sollte, ein möglichst getreues Bild von den Helligkeitsverhältnissen am Fixsternhimmel zu entwerfen und damit den kommenden
Geschlechtern das Material zu weiteren erfolgreichen Forschungen zu liefern.
Im hohen Grade befremdlich bleibt es, dass diese Erkenntniss so wenig be-
herzigt worden ist, und dass die Entwicklung der Fixsternphotometrie unendlich weit hinter der anderer Zweige der Astronomie zurückgeblieben ist.

Der älteste Positionscatalog von Fixsternen, den wir im Almagest
des Ptolemäus besitzen, ist zugleich auch das erste Helligkeitsverzeichniss. Aber während von der Zeit des Ptolemäus an in Bezug
auf die Positionsbestimmungen der Sterne ein stetiger Fortschritt zu erkennen ist, bis zu dem relativ hohen Grade der Vollkommenheit, der
heute erreicht ist, kann in Bezug auf die Helligkeitsbestimmungen der
Fixsterne bis fast in die Mitte des gegenwärtigen Jahrhunderts nur ein
vollkommener Stillstand constatirt werden. Die im Jahre 1843 erschienene
Uranometria nova von Argelander giebt die Intensität der Sterne
nach blossen Schätzungen in fast denselben unvollkommenen Unterabtheilungen an, welche bereits die Beobachter des Almagest eingeführt
hatten. Der Fortschritt von den Zeiten des Ptolemäus bis zu Argelander
ist ausserordentlich unbedeutend. Die Sicherheit der Helligkeitsangaben
zu beiden Epochen ist so gering, dass es unmöglich sein würde, säculare
Helligkeitsänderungen von nicht allzu grossem Betrage zu entdecken.
Innerhalb dieses langen Zeitraumes kann von einer eigentlichen Fixsternphotometrie nicht die Rede sein; eine solche datirt erst von J. Herschel,
Seidel und Zöllner, welche zuerst photometrische Apparate auf den
Fixsternhimmel angewendet und wirkliche Helligkeitscataloge aufgestellt
haben. Warum das Beispiel dieser Männer bis in die Neuzeit noch nicht
diejenige Nachahmung gefunden hat, die der Wichtigkeit des Gegenstandes entspricht, und warum auch heute noch ein grosser Theil der
Astronomen der Photometrie der Fixsterne gleichgültig gegenübersteht,
ist schwer zu sagen und um so unbegreiflicher, als gerade die Pflege
dieses Zweiges verhältnissmässig bescheidene instrumentelle Hülfsmittel
erfordert, wie sie auch der kleinsten Sternwarte zu Gebote stehen würden.
Vielleicht liegt der Grund zum Theil darin, dass viele Astronomen den
blossen Helligkeitsschätzungen einen übertriebenen Werth beilegen, dagegen den verschiedenen photometrischen Instrumenten ein gewisses Miss-
trauen entgegenbringen. Jedenfalls ist es eine bedauerliche Thatsache,
dass, während heutzutage für mehrere Hunderttausende von Sternen die
allergenauesten Positionen bekannt sind, wir kaum für den dreissigsten
Theil derselben photometrisch bestimmte Helligkeitsangaben besitzen, die
noch dazu fast alle den Bemühungen einer einzigen Sternwarte, der des
Harvard College in Cambridge (Amerika), zu verdanken sind. Gerade

auf einem so ausgedehnten Gebiete lassen sich nur durch ein planmässiges
Zusammenwirken grosse Fortschritte erzielen.

Im Folgenden soll eine kritische Übersicht über die wichtigsten
Helligkeitsverzeichnisse von Fixsternen, die wir besitzen, gegeben werden,
und zwar in erster Linie über diejenigen, welche auf blossen Schätzungen
beruhen, zweitens über diejenigen, welche aus photometrischen Messungen
hergeleitet sind; endlich sollen die Beziehungen erörtert werden, welche
zwischen diesen beiden Classen von Helligkeitscatalogen existiren.

a. Helligkeitsverzeichnisse, welche auf Grössenschätzungen beruhen.

Das älteste Helligkeitsverzeichniss, welches bis auf unsere Zeiten gekommen ist, findet sich, wie schon erwähnt, in der μεγάλη σύνταξις des
Ptolemäus. Die Epoche, welche Ptolemäus seinem Cataloge zuschreibt,
ist etwa das Jahr 138 n. Chr.; es steht aber fest, dass die Beobachtungen,
auf welchen der Catalog beruht, nicht von Ptolemäus selbst herrühren,
sondern aus einer viel früheren Zeit stammen. Die Meisten schreiben sie
dem Hipparch (etwa 150 v. Chr.), einige sogar einem noch früheren
Astronomen, dem Eudoxus (etwa 366 v. Chr.), zu. Für die Beurtheilung
der Genauigkeit der Positionen ist diese Streitfrage von der allergrössten
Wichtigkeit, während sie in Betreff der Helligkeitsangaben von geringerem
Belange ist. In dieser Beziehung genügt die Angabe, dass der Ptolemäus'sche Catalog ein Bild von den Helligkeitsverhältnissen der helleren
Sterne ungefähr zu Beginn der christlichen Zeitrechnung giebt. Heutzutage
ist man wohl kaum noch im Zweifel, dass der Hauptwerth dieses Cataloges
gerade in der Eintheilung der Sterne nach ihren Intensitäten besteht, und es
ist in hohem Grade bemerkenswerth, dass die von Ptolemäus eingeführte
Classificirung mit geringen Modificationen bis jetzt beibehalten worden
ist. Ptolemäus hat zuerst das Wort μέγεϑος (Grösse) für die Bezeichnung
der Sternhelligkeiten benutzt und hat für die mit blossem Auge sichtbaren
Sterne, die bei ihm allein in Betracht kommen konnten, ganz willkürlich
sechs Hauptabtheilungen oder Grössenclassen (er hätte natürlich ebenso
gut auch deren acht oder zehn wählen können) festgesetzt, indem er die
allerhellsten Objecte am Himmel Sterne erster Grösse, die schwächsten
Sterne sechster Grösse nannte und die dazwischen liegenden so einzu-
theilen suchte, dass der Helligkeitsunterschied zwischen zweiter und dritter
Grösse ungefähr ebenso gross wurde, wie der zwischen dritter und vierter
Grösse u. s. w. Eine Gefahr, die bei einem derartigen Eintheilungsver-
suche, überhaupt bei allen blossen Helligkeitsschätzungen, sofort auftritt,
liegt darin, dass die Zahl der schwächeren Sterne am Himmel beträchtlich

grösser ist als die der helleren. Infolge dessen wird das Auge von vornherein versucht sein, bei den weniger häufig vertretenen eine verhältnissmässig grössere Zahl zu einer Hauptclasse zusammenzufassen, als bei
den schwächeren, und es kann daher sehr leicht kommen, dass die eingeführte Helligkeitsscala eine ungleichmässige wird. Wir kommen hierauf
später noch ausführlicher zurück.

In den älteren Handschriften des Almagest finden wir bei einer Anzahl von Sternen zu der Zahl, welche die Grösse angiebt, noch die Buch-
staben μ ($\mu\varepsilon\acute{\iota}\zeta\omega\nu$) oder $\acute{\varepsilon}$ ($\acute{\varepsilon}\lambda\acute{\alpha}\sigma\sigma\omega\nu$) hinzugefügt. Diese Buchstaben bedeuten, dass der betreffende Stern heller oder schwächer ist als die
angegebene volle Grössenclasse. Die Beobachter des Almagest haben also
das Unzulängliche einer Eintheilung in nur sechs verschiedene Hauptclassen bereits gefühlt und versucht, Unterabtheilungen einzuführen, offenbar mit der Absicht, dass auch diese Unterabtheilungen einem ganz regelmässigen Helligkeitsverlaufe entsprechen sollten. Dass erst durch diese
Zwischenstufen der Helligkeitscatalog des Ptolemäus seinen vollen Werth
erhält, liegt auf der Hand, und es ist zu bedauern, dass in den beiden
am meisten verbreiteten Ausgaben des Ptolemäus'schen Sternverzeichnisses,
sowohl in der Halmas als in der Bailys, die Bezeichnung der Zwischenstufen fortgelassen ist. Die verschiedenen Handschriften des Almagest
zeigen leider in Betreff der hinzugefügten μ und $\acute{\varepsilon}$ beträchtliche Unterschiede; häufig stehen die Buchstaben zwischen zwei aufeinander folgenden
Zeilen, so dass nicht zu entscheiden ist, zu welcher derselben sie gehören,
bei manchen Sternen sind sie ganz fortgelassen, an anderen Stellen sind
sie wahrscheinlich miteinander vertauscht u. s. w.   Peirce[1]) hat eine
sehr dankenswerthe Vergleichung zwischen acht der bekanntesten Handschriften des Ptolemäus ausgeführt und kommt dabei zu dem Resultate,
dass die aus dem 9. Jahrhundert stammende Handschrift Nr. 2389 in der
Sammlung der Bibliothèque nationale zu Paris, welche auch der Halma'schen
Ausgabe zu Grunde gelegen hat, bei weitem die zuverlässigste ist und nur
in vier Fällen in Betreff der $\mu\varepsilon\acute{\iota}\zeta\omega\nu$ und $\acute{\varepsilon}\lambda\acute{\alpha}\sigma\sigma\omega\nu$ irrt. Aus dem Umstande, dass nach der Peirce'schen Identificirung von den sämmtlichen
1028 Sternen, welche nach Bailys Zählung der Almagest enthält, nur
154 den neun bei Ptolemäus vorkommenden Zwischenstufen angehören,
während die übrigen sämmtlich den sechs vollen Grössenclassen zugetheilt
werden, geht übrigens zur Genüge hervor, dass der Ptolemäus'sche Helligkeitscatalog kein vollkommen homogenes Material enthält.   Nur für
einen Bruchtheil der Sterne sind engere Intensitätsintervalle eingeführt
worden; bei dem Gros der Sterne schreiten die Unterschiede von Grössen-

---

1) Annals of the Astr. Obs. of Harvard College. Vol. 9, p. 39.

classe zu Grössenclasse vorwärts. Die häufig wiederkehrende Angabe, dass der Almagest die Helligkeiten der Sterne in Drittelgrössenclassen enthalte, ist also in dieser allgemeinen Form nicht richtig. Bei einem grossen Theile der Ptolemäus'schen Sterne ist überdies infolge ungenauer Ortsangabe die Identificirung schwierig. Pickering[1]) hat bei einer Vergleichung der Sterngrössen des Almagest mit den photometrischen Messungen auf dem Harvard Observatorium nach Ausschluss aller nicht mit absoluter Sicherheit zu identificirenden Objecte nur 757 von den Sternen des Ptolemäus benutzt, darunter 111, bei denen Zwischenstufen angegeben sind. Aus der Pickering'schen Vergleichung geht hervor, dass die einzelnen Helligkeitsabtheilungen keineswegs gleichmässig sind, und dass, wie von vorneherein zu erwarten stand, bei den helleren Sternen eine Grössenclasse ein viel grösseres Helligkeitsintervall umfasst, als bei den schwächeren Objecten. Ferner zeigt sich, dass zwischen je zwei benachbarten Unterabtheilungen nur ganz geringe Intensitätsunterschiede vorhanden sind, und dass also die Bezeichnungen $3\,l$ und $4\,\mu$, ebenso $4\,l$ und $5\,\mu$ u. s. w. fast dasselbe besagen; es kann also schon aus diesem Grunde nicht von einer Eintheilung in Drittelgrössen bei Ptolemäus die Rede sein. Für den wahrscheinlichen Fehler einer Helligkeitsangabe des Almagest wird man nach Pickering die Zahl $\pm$ 0.3 Grössenclassen annehmen dürfen.

Ein Zeitraum von ungefähr 800 Jahren liegt zwischen dem Erscheinen des Almagest und dem Zeitalter des persischen Astronomen Abd-al-Rahman Al-Sûfi, der von 903—986 lebte und uns in seinem Werke »Beschreibung der Gestirne« einen Helligkeitscatalog hinterlassen hat. Dieses Werk, früher nicht genug beachtet, ist erst durch die vortreffliche Übersetzung Schjellerups ein Gemeingut der Astronomen geworden. Sûfi hat zwar seinem Werke den Catalog des Ptolemäus zu Grunde gelegt, sich aber keineswegs vollständig von demselben beeinflussen lassen. Er hat nicht nur die Örter des Almagest einer Prüfung unterworfen, sondern vor Allem die Helligkeiten der Sterne revidirt, und man kann wohl mit Sicherheit annehmen, dass er uns ein Bild des Fixsternhimmels überliefert hat, wie es sich den Blicken seiner Zeitgenossen zeigte. Es scheint sogar fast, als wäre die Ermittlung der Sterngrössen der Hauptzweck seiner Arbeit gewesen. Der Catalog enthält 1145 Objecte, es sind also zu den Sternen des Almagest noch einige, meist schwächere, hinzugenommen worden. Die Grössenscala des Ptolemäus ist unverändert beibehalten, und es trifft daher im Grossen und Ganzen dasselbe zu, was oben bemerkt wurde. Die Zwischenstufen sind

---

1) Annals of the Astr. Obs. of Harvard College. Vol. 14, part II, p. 329.

nicht planmässig eingeführt, sondern offenbar nur gelegentlich benutzt
worden, und der Unterschied zwischen je zwei benachbarten Unterabtheilungen ist verschwindend klein; es kann also auch bei Sûfi
nicht von einer Trennung in Drittelgrössen, höchstens von einer solchen
in halbe Grössen gesprochen werden. Dagegen ist die Identificirung der
Sterne sicherer als bei Ptolemäus, und auch die Genauigkeit der Schätzungen
scheint eine etwas grössere zu sein. Nach Pickerings Untersuchungen
ist der wahrscheinliche Fehler einer Sûfi'schen Helligkeitsangabe gleich
± 0.24 Grössenclassen.

Von Sûfis Zeit bis zum Ende des 18. Jahrhunderts ist kein wesentlicher Fortschritt in den Helligkeitsschätzungen der Fixsterne zu ver-
zeichnen. Wir besitzen zwar aus diesem langen Zeitraume eine Anzahl
von Sterncatalogen, in denen auch Grössen angegeben sind; jedoch beruhen die letzteren entweder nur auf älteren Schätzungen oder sind viel
zu ungenau, um Vertrauen zu verdienen. Der viel gerühmte Catalog von
Ulugh Begh für die Epoche 1437, der besonders durch die Hyde'sche
Ausgabe aus dem Jahre 1665 in der astronomischen Welt bekannt geworden ist, giebt offenbar nur die Sûfi'schen Grössen unverändert wieder.
Von Tycho Brahe sind uns zwei Sterncataloge überliefert, der eine
in seiner Schrift »De nova stella u. s. w.«, enthaltend 777 Sterne, bei
denen die Helligkeiten in ganzen Grössen und Ptolemäus'schen Zwischenstufen angegeben sind, der andere in Keplers »Tabulae Rudolphinae«
mit 1005 Sternen, die aber bloss in ganzen Grössen ausgedrückt sind.
Nur das erste dieser Helligkeitsverzeichnisse kann einen gewissen Werth
beanspruchen.

Offenbar beeinflusst durch Tycho Brahe sind in ihren Helligkeitsangaben sowohl Hevelius, von dem im Jahre 1690 in seinem »Pro-
dromus astronomiae« ein Catalog von 1564 Sternen erschien, als besonders
Bayer, dessen »Uranometria« (mit einem Cataloge von 1706 Sternen)
deswegen eine besondere Berühmtheit erlangt hat, weil darin zuerst die
noch heute übliche Bezeichnung der Sterne durch griechische und latei-
nische Buchstaben eingeführt worden ist. Hätte Bayer, wie früher vielfach geglaubt wurde, die Reihenfolge der Buchstaben innerhalb jeder
Constellation streng nach den Helligkeiten der Sterne gewählt, so würde
seine »Reihung« einen bedeutenden Werth besitzen; offenbar ist aber seine
Benennungsweise, wenn auch im Allgemeinen der Buchstabe α dem hellsten
Sterne jeder Constellation beigefügt worden ist, mehr durch die relative
Stellung der Sterne innerhalb der einzelnen Constellationen, als durch den
Grad ihrer Helligkeit beeinflusst worden.

Das erste umfangreichere Helligkeitsverzeichniss, welches auf Grössenschätzungen am Fernrohre beruht, ist in Flamsteeds »Historia coelestis

Britannica‹ aus dem Jahre 1725 enthalten. Nach der Baily'schen Revision dieses Werkes beträgt die Zahl der Flamsteed'schen Sterne 2913. Es scheint, als ob die Benutzung des Teleskops den Helligkeitsschätzungen anfangs nicht sehr förderlich gewesen sei. Jedenfalls stehen die Flamsteedschen Helligkeitsangaben an Genauigkeit denen seiner Vorgänger, die mit blossem Auge beobachtet haben, wesentlich nach.

Einen wichtigen Abschnitt in der Geschichte der Intensitätsschätzungen der Fixsterne bezeichnen die Beobachtungen W. Herschels. Nur dem Umstande, dass diese Untersuchungen unvollständig und in einer Form veröffentlicht sind, die erst eine weitere Bearbeitung behufs Herstellung eines wirklichen Helligkeitscataloges erforderlich macht, ist es zuzuschreiben, dass die Herschel'sche Arbeit bis heute noch nicht diejenige Beachtung gefunden hat, die ihr zweifellos gebührt. Herschels Absicht war es gewesen, die relativen Helligkeiten aller in Flamsteeds Catalog enthaltenen Sterne zu bestimmen. Dieser Plan ist auch durchgeführt worden, aber nur ein Theil des ganzen Werkes ist im Druck erschienen[1]. Das übrige Manuscript hat sich, wie aus einer Mittheilung Pickerings[2] hervorgeht, in den hinterlassenen Papieren Herschels, vollständig zum Druck fertig gestellt, vorgefunden, und es wäre mit Freude zu begrüssen, wenn auch dieser Theil der Arbeit der wissenschaftlichen Welt zugänglich gemacht würde. Herschel hatte erkannt, dass die bis dahin übliche Eintheilung der Fixsterne in ganze, allenfalls in halbe oder drittel Grössenclassen für genauere Untersuchungen keineswegs ausreichend sei; das von ihm eingeschlagene Verfahren ging daher darauf hinaus, jeden einzelnen Stern direct mit einem anderen oder auch mit mehreren benachbarten zu vergleichen, die sich so wenig wie möglich an Helligkeit von ihm unterschieden, und auf diese Weise eine Gruppirung der Sterne in minimalen Intensitätsstufen herzustellen. Seine Methode ist vorbildlich gewesen für die später von Argelander eingeführte Stufenschätzungsmethode, die mit so grossem Erfolge bei den Beobachtungen der veränderlichen Sterne zur Anwendung kommt; sie unterscheidet sich von ihr eigentlich nur durch die Schreibweise. Herschel hat die drei Zeichen (.), (,), (—) und die verschiedenen Combinationen dieser Zeichen benutzt, um verschieden grosse Intensitätsunterschiede zwischen zwei Sternen zu kennzeichnen. Ein Punkt zwischen den Nummern zweier Sterne soll ausdrücken, dass dieselben entweder ganz gleich hell erscheinen, oder dass höchstens der voranstehende ein wenig überwiegt. Das Comma sagt aus,

---

1) Phil. Trans. of the R. Soc. of London. 1796, p. 166 und 452; 1797, p. 293; 1799, p. 121.
2) Annals of the Astr. Obs. of Harvard College. Vol. 14, part II, p. 345.

dass der zuerst genannte Stern entschieden, wenn auch nur in geringem Betrage, heller ist als der zweite. Der Strich endlich bedeutet einen merklichen Unterschied. Noch stärkere Differenzen werden gelegentlich durch die Zeichen (—,) und (——) ausgedrückt, und neue Zwischenstufen finden sich bisweilen noch durch andere Zusammenstellungen der Zeichen markirt. Die einfachen Symbole kommen am Häufigsten vor. Pickering hat den Helligkeitswerth der einzelnen Herschel'schen Stufen aus der Vergleichung mit den photometrischen Messungen des Harvard College abgeleitet und dabei nicht bloss die vier publicirten Herschel'schen Sternverzeichnisse, sondern auch die beiden nur im Manuscript vorhandenen benutzt. Unter allen mit Sicherheit zu identificirenden Sternen kommt das Symbol (.) 385 mal, das Symbol (,) 868 mal und das Symbol (—) 505 mal vor. Im Mittel ergiebt sich, dass diese drei Zeichen Helligkeitsunterschieden von 0.06, 0.23 und 0.38 oder rund von 1, 2 und 4 Zehntel Grössenclassen entsprechen. Etwas weniger sichere Werthe ergeben sich für die complicirteren, seltener vorkommenden Herschel'schen Bezeichnungen. Bemerkenswerth für die Zuverlässigkeit der Herschel'schen Schätzungen ist, dass der Werth der einzelnen Symbole innerhalb des ganzen Helligkeitsgebietes, welches die Beobachtungen umfassen, nahezu constant ist.

Die Kenntniss der durch die einzelnen Zeichen ausgedrückten Helligkeitsunterschiede kann nun dazu dienen, aus den Herschel'schen Beobachtungen einen Intensitätscatalog abzuleiten. Ein derartiger Versuch ist bereits von Peirce[1]) gemacht worden mit Zugrundelegung von etwas anderen Werthen für die einzelnen Symbole als den oben angegebenen; da jedoch dabei nur die im Druck erschienenen Herschel'schen Beobachtungen benutzt und ausserdem als Fundament die für diesen Zweck keineswegs ausreichenden Grössen der Bonner Durchmusterung herangezogen worden sind, so kann diese Bearbeitung nicht als definitive bezeichnet werden. Dasselbe gilt von der Pickering'schen Bearbeitung, bei der zwar sämmtliche Herschel'schen Beobachtungen mit wirklichen photometrischen Messungen verglichen wurden, die aber im Übrigen viel zu summarisch ausgeführt und in viel zu wenig übersichtlicher Form mitgetheilt worden ist, um volles Vertrauen zu verdienen. Eine erschöpfende Behandlung des ganzen Herschel'schen Materials bliebe auch heute noch eine dankbare Aufgabe; sie würde uns für den Anfang des jetzigen Jahrhunderts einen Helligkeitscatalog von mehr als 2000 Sternen liefern, der allen anderen aus dieser und noch aus späteren Epochen stammenden bedeutend überlegen wäre und beinahe mit den modernen photometrischen

---

1) Annals of the Astr. Obs. of Harvard College. Vol. 9, p. 56.

Catalogen concurriren könnte. Welchen Fortschritt die Herschel'schen Bestimmungen gegenüber den älteren bezeichnen, geht daraus hervor, dass der wahrscheinliche Fehler einer Helligkeitsangabe nach Pickering nur ± 0.15 Grössenclassen beträgt.

Nicht ganz so werthvoll wie die Beobachtungen des älteren Herschel sind die etwa 40 Jahre später von seinem Sohne am Cap der guten Hoffnung ausgeführten Intensitätsschätzungen, deren Bedeutung hauptsächlich darin liegt, dass es die ersten zuverlässigen Angaben über den Glanz der helleren Sterne am südlichen Himmel sind. J. Herschel[1]) hat ebenfalls die Methode der directen Schätzung in Grössenclassen angegeben und ein Verfahren angewendet, welches ähnlich wie das seines Vaters in einer Aneinanderreihung der Fixsterne bestand, jedoch mit dem wesentlichen Unterschiede, dass nicht bloss einzelne nahe bei einander stehende Sterne verglichen wurden, sondern dass in ein und derselben Nacht eine grosse Anzahl von Sternen (bis 80) in der Reihenfolge ihrer scheinbaren Helligkeit aufnotirt wurden, die nun eine Stufenleiter von nicht vollkommen gleichen, aber im Allgemeinen minimalen Intensitätsunterschieden bildeten. Um diese Stufenfolgen in den sämmtlichen 46 Beobachtungsreihen in die übliche Grössenscala umzuwandeln, verglich J. Herschel dieselben mit den im Cataloge der Royal Astr. Society vom Jahre 1827 angegebenen Sterngrössen und leitete durch ein graphisches Ausgleichungsverfahren schliesslich einen Catalog von ungefähr 300 Sternen von der ersten bis zur fünften Grössenclasse ab, der lange Zeit als das genaueste Helligkeitsverzeichniss angesehen wurde. Der Werth dieses Cataloges ist jedoch dadurch ein wenig beeinträchtigt, dass bei den Schätzungen auf die Extinction des Lichtes in der Erdatmosphäre keine Rücksicht genommen ist. Bei den einzelnen Serien kommen Zenithdistanzen bis zu 60° und 70° vor, und es würden daher an die Beobachtungen unter Umständen Correctionen von 3 bis 5 Zehntel Grössenclassen anzubringen sein. Die ursprünglich beobachteten Reihungen der Fixsterne würden also eine wesentliche Umgestaltung erfahren. Dazu kommt noch, dass bei den Schätzungen auch Mondnächte nicht vermieden sind, und dass infolge dessen die verschieden helle Erleuchtung des Himmelsgrundes die Stufenfolge nicht unmerklich beeinflusst haben kann. Bei einer eventuellen Neubearbeitung der J. Herschel'schen »Sequenzen«, die sich auf genaue photometrische Messungen stützen müsste, wäre auf diese beiden wichtigen Punkte Rücksicht zu nehmen.

---

1) J. Herschel, Results of Astr. Obs. made during 1834—38 at the Cape of Good Hope. London 1847. Chapter III, p. 304.

Das Beispiel der beiden Herschel hat trotz der grossen Vorzüge der von ihnen eingeführten Schätzungsmethoden wegen der Umständlichkeit der Bearbeitung keine Nachahmung gefunden, und die späteren Helligkeitsverzeichnisse, wenn sie auch eine beträchtlich grössere Anzahl von Sternen enthalten, können in Bezug auf Genauigkeit nicht als ein Fortschritt betrachtet werden. Dies gilt zunächst von 'der Argelander-schen »Uranometria Nova«, die im Jahre 1843 veröffentlicht wurde und die Grössen von allen im mittleren Europa mit blossen Augen sichtbaren Sternen enthalten sollte. Argelander kehrte dabei wieder zu der schon von Ptolemäus und Sûfi benutzten Eintheilung in 6 Grössenclassen mit je zwei Unterabtheilungen zurück. Für die Bezeichnung der Zwischenstufen wählte er eine wohl zuerst von Flamsteed angewandte Schreibweise, indem er durch 3.4^m einen Stern kennzeichnete, der etwas schwächer als dritter Grösse ist, dagegen durch 4.3^m einen solchen, der etwas heller als vierter Grösse ist. Um eine Verwechslung dieser Schreibweise mit der Bezeichnung von Zehntelgrössen zu vermeiden, wurde später bei den Zwischenstufen der Punkt nicht unten zwischen die beiden Zahlen, sondern obenhin gesetzt, von einigen Astronomen wurde auch die Benutzung von mehreren Punkten oder eines Striches vorgeschlagen, also entweder (3·4) oder (3...4) oder (3 — 4) u. s. w. geschrieben. Wenn auch die Genauigkeit der Schätzungen der Uranometrie nicht unbeträchtlich grösser ist als in den alten Catalogen, so tritt doch auch hier der Übelstand zu Tage, dass die Unterabtheilungen verhältnissmässig zu spärlich vertreten sind und dass sie keineswegs genau Drittelgrössen entsprechen. Nach Pickering, der von den 3256 Objecten der Uranometria Nova 3188 mit seinen photometrischen Messungen verglichen hat, sind die ersten Zwischenstufen 2·3, 3·4, 4·5, 5·6 im Durchschnitt gleichbedeutend mit 2.28, 3.28, 4.28, 5.28, dagegen die zweite Stufe 3·2, 4·3, 5·4, 6·5 gleichbedeutend mit 2.52, 3.52, 4.52, 5.52. Das Material der Uranometria Nova ist also durchaus nicht homogen, und die Argelander'sche Scala ist eine ungleichförmige. Wie fast bei allen auf Schätzungen basirten Helligkeitsverzeichnissen ergiebt sich auch hier, dass bei den helleren Sternen eine Grössenclasse ein weiteres Intensitätsintervall umfasst, als bei den schwächsten. Der wahrscheinliche Fehler einer einzelnen Grössenangabe dürfte auf rund 0.2 Grössenclassen zu taxiren sein.

Eng an die Uranometria Nova schliesst sich der im Jahre 1872 erschienene »Atlas coelestis novus« von Heis an. Derselbe enthält eine Revision der Argelander'schen Grössen, die schwerlich als ganz unabhängig zu betrachten ist. Was jedenfalls mehr Werth hat, ist die Fortführung des Argelander'schen Werkes bis zu den Sternen der Grösse 6·7, soweit sie von Heis noch mit blossem Auge gesehen werden konnten. Die

Zahl der Objecte beträgt im Ganzen 5421. In Betreff der Scala gilt dasselbe wie für die Uranometria Nova; auch die Genauigkeit der Beobachtungen dürfte ungefähr dieselbe sein.

Als eine Fortsetzung der Arbeiten von Argelander und Heis ist der »Atlas des südlichen gestirnten Himmels« von Behrmann (erschienen 1874) anzusehen, welcher die Schätzungen der mit blossem Auge sichtbaren Sterne zwischen 20 Grad südlicher Declination und dem Südpol in der Argelander'schen Scala enthält. Die Genauigkeit dieser Beobachtungen scheint eine verhältnissmässig geringe zu sein, wie sowohl aus der von Gould als von Pickering angestellten Vergleichung hervorgeht. Nach Letzterem ist der w. F. einer Behrmann'schen Helligkeitsangabe grösser als 0.2 Grössenclassen.

Nicht besser steht es um die Angaben der von Houzeau im Jahre 1878 herausgegebenen »Uranométrie générale«. Dieselbe enthält die Helligkeitsschätzungen von allen sowohl am nördlichen als südlichen Himmel mit blossem Auge sichtbaren Sternen, im Ganzen von 5719 Objecten, welche Houzeau während eines Aufenthalts in den Tropen angestellt hatte. Dadurch dass diese Schätzungen direct nur in halben Grössenclassen statt in Dritteln ausgeführt sind, ist schon von vornherein der zu erreichenden Genauigkeit eine Grenze gesetzt, und das an und für sich verdienstliche Unternehmen bezeichnet in der Geschichte der Helligkeitsbestimmungen im Vergleich zu seinen Vorgängern jedenfalls keinen bemerkenswerthen Fortschritt.

Bei Weitem das hervorragendste Helligkeitsverzeichniss, nicht nur unter den bisher angeführten, sondern überhaupt unter allen, die auf Grössenschätzungen beruhen, ist die »Uranometria Argentina« von Gould (1879), deren Bedeutung bisher noch nicht genügend gewürdigt zu sein scheint. Was dieses Werk weit über andere derartige emporhebt, ist der Umstand, dass sämmtliche Schätzungen direct in Zehntelgrössen ausgeführt sind, und zwar nicht nach einer bloss im Gedächtniss beruhenden Scala, sondern im Anschluss an einen Gürtel von Hauptsternen, deren Grössen durch die sorgfältigsten Vergleichungen als Fundament der ganzen Arbeit vorher festgelegt wurden. Es ist dies das einzig richtige Verfahren bei einer derartigen Catalogisirung der Sterne. Denn dadurch, dass die willkürlich gewählte Intensitätsscala immer wieder von Neuem zu Rathe gezogen wird, ist eine vollkommene Gleichmässigkeit der Schätzungen von vornherein gesichert; die Methode kommt dadurch, ähnlich wie die Herschel'sche, auf die Beurtheilung von minimalen Helligkeitsunterschieden hinaus, und es darf mit Recht behauptet werden, dass die Genauigkeit der Resultate beinahe diejenige von Messungen mit photometrischen Apparaten erreicht. Als ein besonderer Vorzug der Gould-

schen Uranometrie ist ferner anzuführen, dass die Schätzungen stets von
mehreren Beobachtern angestellt sind. Das Werk umfasst den ganzen
südlichen Himmel und den Gürtel zwischen Äquator und + 10° Declination und erstreckt sich über alle mit blossem Auge sichtbaren Sterne
bis zur Grösse 7.0 hinab, geht also noch etwas über die von Heis ge-
steckte Grenze hinaus. Der Catalog enthält 7756 Objecte, welche heller
als 7.1 geschätzt sind, wobei eine Anzahl von Veränderlichen und Nebelflecken mitgerechnet ist; ausserdem ist noch eine nicht unbeträchtliche
Zahl (981) von schwächeren Objecten hinzugefügt, bei deren Einreihung
das Opernglas und eventuell das Teleskop zu Hülfe genommen wurde.
Die Scala ist so gewählt, dass sie sich eng an die der Argelander'schen
Uranometria Nova anlehnt. Zu diesem Zweck sind die Anhaltsterne
in dem Gürtel zwischen + 5° und + 15° Declination ausgesucht, welcher
in Bonn und Cordoba nahe dieselben Zenithdistanzen erreicht, und die
Grössen derselben sind so festgelegt, dass .der Durchschnittswerth jeder
Hauptabtheilung mit dem entsprechenden Werthe bei Argelander übereinstimmt. Von den so herausgegriffenen 1800 Sternen wurden diejenigen 722 als eigentliche » standards « beibehalten, bei denen die
Schätzungen von vier Beobachtern vollkommen miteinander harmonirten.
Diese 722 Hauptsterne bilden ein ganz besonders werthvolles Material,
da die zufälligen Schätzungsfehler jedenfalls ausserordentlich geringfügig
sein werden; sie sind das eigentliche Gerüst, auf welchem die Uranometria Argentina aufgebaut ist. Zur Erleichterung sind an die Haupt-
serie der Vergleichsterne noch einige Nebenserien in südlichen Declinationen angeschlossen worden, um in allen Theilen des Himmels Anhaltsterne zur Verfügung zu haben. Wenn überhaupt etwas an der Gould'schen
Uranometrie zu tadeln wäre, so könnte sich dies höchstens darauf beziehen, dass, wie bei den meisten der aufgezählten Uranometrien, die
Sterne nach Sternbildern und nicht in der Reihenfolge der Rectascensionen
zusammengestellt worden sind, wodurch die Übersichtlichkeit und das
Aufsuchen der einzelnen Objecte etwas erschwert ist.

Wir kommen nun zur Besprechung derjenigen Helligkeitsverzeichnisse, deren Angaben auf Schätzungen am Fernrohr beruhen. Fast alle
Positionscataloge, mögen sie aus planmässig angestellten Zonenbeobachtungen hergeleitet sein oder mehr einen gelegentlichen Charakter tragen,
enthalten Helligkeitsschätzungen von grösserem oder geringerem Werthe.
Bei allen ist die Eintheilung in Grössenclassen beibehalten worden; doch
findet zwischen den verschiedenen Beobachtern hinsichtlich des Umfanges
der einzelnen Classen keineswegs dieselbe Übereinstimmung statt, wie bei
den helleren Sternen. Es hat dies wohl hauptsächlich darin seinen Grund,
dass eine unterste Grössenclasse für die teleskopischen Sterne nicht von

vornherein festzulegen ist, und dass die ganze Eintheilung mehr in einer Extrapolation als in einer Interpolation besteht. Am meisten voneinander abweichend sind die von W. Struve und J. Herschel eingeführten Scalen. Nach der ersteren sind die schwächsten mit einem Fernrohre von 24 cm Öffnung gerade noch sichtbaren Sterne als Sterne 12. bis 13. Grösse zu bezeichnen, während dieselben nach Herschel bereits zur 20. Grössenclasse gerechnet werden. Der verschiedene Gang der beiden Scalen ist aus der folgenden kleinen Zusammenstellung zu ersehen:

Herschel	Struve	Herschel	Struve
7. Grösse	6.3	13. Grösse	10.6
8. »	7.2	14. »	10.8
9. »	8.1	15. »	11.0
10. »	8.8	16. »	11.2
11. »	9.6	⋮	⋮
12. »	10.2	20. »	12.0

Die von Argelander in der grossen Bonner Durchmusterung gewählte Scala stimmt sehr nahe mit der Struve'schen überein, und da dieselbe, wie später bei der Vergleichung mit den photometrischen Messungen gezeigt werden soll, angenähert einem gleichmässigen Stufengange der Helligkeiten entspricht, so verdient zweifellos die Struve'sche Scala den Vorzug vor der Herschel'schen. Sie ist auch jetzt fast allgemein adoptirt worden, und die Herschel'sche Scala findet nur noch vereinzelte Anhänger in England.

Das umfangreichste und werthvollste Verzeichniss von teleskopischen Grössenschätzungen ist die Bonner Durchmusterung von Argelander, Schönfeld und Krüger, welche die Helligkeiten aller Sterne bis zur Grösse 9.5 vom Nordpol bis zur Declination −2° angiebt, und die Fortsetzung derselben, die Südliche Durchmusterung von Schönfeld für den Gürtel von −2° bis −23° Declination. Daran schliesst sich die nach demselben Plane auf dem Observatorium in Cordoba von Thome unternommene Durchmusterung des übrigen südlichen Himmels, von welcher der erste Theil (−22° bis −32° Declination) bereits veröffentlicht ist. Nach Fertigstellung dieses Werkes werden wir von mehr als einer Million Sternen Helligkeitsschätzungen besitzen. Da in vielen Jahrzehnten, vielleicht in Jahrhunderten, schwerlich Aussicht vorhanden ist, dass diese Schätzungen durch genaue photometrische Messungen ersetzt werden, so liegt die hohe Bedeutung derselben klar zu Tage. Sie werden noch für lange Zeit das Fundament für alle Speculationen sein, die an die Helligkeiten der Sterne geknüpft werden können, und es ist daher

von der grössten Wichtigkeit, über den Genauigkeitsgrad dieser Grössenschätzungen vollkommen unterrichtet zu sein. Es scheint dies um so
nothwendiger, als gar nicht selten in astronomischen Kreisen die Neigung
vorhanden ist, die Bedeutung der Helligkeitsangaben der Bonner Durchmusterung zu überschätzen und wohl gar besondere photometrische Messungen
für überflüssig zu halten. Dem gegenüber ist zu betonen, dass der Hauptzweck jenes gewaltigen Unternehmens die Bestimmung der Positionen der
Sterne war, nicht die ihrer Grössen, und dass man daher von vornherein
den Helligkeitsangaben keine höhere Bedeutung beimessen sollte, als ihnen
der Natur der Sache nach zukommen kann, und als ihnen die Beobachter
selbst von Anfang an zugeschrieben haben. Bei der Schnelligkeit, mit
welcher besonders in sternreichen Gegenden die Sterne aufeinander folgen,
konnten selbstverständlich die Helligkeitsschätzungen neben den Positionsbestimmungen nicht mit derjenigen Ruhe und Sicherheit gemacht werden,
die unter anderen Verhältnissen eher möglich gewesen wäre, und es ist
wohl nur der grossen Übung und der ausserordentlichen Gewissenhaftig-
keit der Beobachter zuzuschreiben, dass die Endresultate einen verhältnissmässig so hohen Genauigkeitsgrad besitzen. Entsprechend dem
Hauptzwecke der Arbeit ist ferner auf die Auswahl der Beobachtungsnächte nicht so ängstlich geachtet worden, wie es bei photometrischen
Messungen erwünscht ist. Es sind daher Beobachtungen von solchen
Tagen mitgenommen, wo der Himmel mit leichtem Dunstschleier bedeckt
war, und helle Mondnächte, die für blosse Grössenschätzungen ebenfalls
sehr gefährlich sein können, sind natürlich nicht vermieden worden. Dazu
kommt der Einfluss der Extinction, der besonders bei den südlichen Sternen
schwer ins Gewicht fällt, und der trotz der Bemühungen der Beobachter,
ihre Schätzungsscala nach dem durch die Zenithdistanz bedingten Aussehen der Sterne zu modificiren, keineswegs als vollkommen beseitigt
angesehen werden kann.

Die Grössen in der Durchmusterung sind in Zehnteln angegeben; es
darf aber nicht unbeachtet bleiben, dass bei einem erheblichen Procent-
satze aller Werthe diese Zehntel nur Rechenresultat sind (entstanden durch
die Vereinigung der zweimaligen Beobachtungen zu Mitteln). Die eigentlichen Schätzungen sind zum Theil nur in halben oder viertel Grössen
gemacht. Vollkommene Klarheit über die Schätzungsweise der Bonner
Durchmusterung giebt ein Brief von Schönfeld an Peirce, den Letzterer
in seinen ›Photometric Researches‹ [1] abgedruckt hat. Danach sind drei
verschiedene Theile zu unterscheiden. In der ersten Periode, welche
etwa 20 Procent aller Beobachtungen umfasst, ist eine in gleichen Inter-

1) Annals of the Astr. Obs. of Harvard College. Vol. 9, p. 27.

vallen von einer halben Grössenclasse fortschreitende Scala zu Grunde gelegt, also: 1^m, $1\cdot2^m$, 2^m, $2\cdot3^m$, 3^m u. s. w. Bei der Mittelbildung von zwei Beobachtungen, die um ein Intervall voneinander verschieden waren, wurde im Allgemeinen das Zehntel so abgerundet, dass der Stern schwächer angenommen wurde als das genaue Mittel; es kommen also aus dieser Periode die Zehntel 0, 3, 5 und 8 fast ausschliesslich vor. In der zweiten Periode, welche beinahe 50 Procent aller Beobachtungen enthält, haben die Beobachter noch Zwischenstufen zwischen je zwei aufeinander folgende halbe Grössenclassen eingefügt, jedoch nur besonders auffällige Helligkeitsunterschiede hervorgehoben. Es sind daher nicht genau Viertelgrössen, in denen die Schätzungen ausgeführt sind. Die Hinzufügung des Zeichens ›s‹ (schwach) zur Grösse 7 z. B. sollte ausdrücken, dass der Stern merklich schwächer war als 7. Grösse, aber doch näher der Grösse 7 als der Grösse 7·8; ebenso sollte die Bezeichnung 7 gt (gt = gut) einem Sterne zwischen $6\cdot7^m$ und 7^m, aber näher an 7^m, angehören. Es sind also in der zweiten Periode fünf Stufen zwischen zwei aufeinander folgenden Grössenclassen zu unterscheiden, und es entspricht z. B.

die Bezeichnung 7^m den Grössen 6.9, 7.0, 7.1

»   » $7^m\,s$ »   »   7.2

»   » $7\cdot8^m\,gt$ »   »   7.3

»   » $7\cdot8^m$ »   »   7.4, 7.5, 7.6

»   » $7\cdot8^m\,s$ »   »   7.7

»   » $8^m\,gt$ »   »   7.8

»   » 8^m »   »   7.9, 8.0, 8.1.

In der dritten Periode endlich (mit etwa 30 Procent aller Beobachtungen) sind die Schätzungen direct in Zehnteln ausgeführt worden; doch sind auch hier die Zehntel 1, 4, 6, 9, besonders aber 1 und 6 viel seltener benutzt worden als die übrigen. Dieser letzte Theil erstreckt sich fast nur auf Declinationen über 50°, also auf Gegenden des Himmels, die im Durchschnitt weniger reiche Zonen enthalten, wo also die Schätzungen mit etwas mehr Musse gemacht werden konnten.

Man sieht, dass das Material der Bonner Durchmusterung ziemlich ungleichförmig ist, und dass eine regelmässige Eintheilung in Zehntel-Grössenclassen nicht stattfindet. Die Zehntel 1 und 6 kommen viel zu selten vor, dann folgen in der Häufigkeit die Zehntel 4 und 9, dann 2 und 7, 3 und 8 und endlich in ganz gleichmässiger Vertheilung die Zehntel 0 und 5. Zu beachten ist noch, dass dem ursprünglichen Plane gemäss die B. D. die Sterne des nördlichen Himmels bis zur Grösse 9.0 nahezu vollständig enthält, dass aber die letzten Unterabtheilungen 9.3,

9.4 , 9.5 insofern aus der Scala herausfallen, als sie eine grosse Anzahl von viel schwächeren Sternen, bis zur Grösse 10 und darüber hinaus, einschliessen. Bei der Schönfeld'schen Südlichen Durchmusterung,
die im Allgemeinen ein gleichmässigeres Material enthält, ist die Vollständigkeit bis zur Grösse 9.2 oder 9.3 erstrebt worden, und die letzten
Unterabtheilungen umfassen nicht ein so grosses Helligkeitsintervall, wie
bei der nördlichen Durchmusterung.

Über die Genauigkeit der Grössenangaben der Bonner Durchmusterung hat Argelander in der Einleitung zu diesem Werke eine Untersuchung angestellt, die allerdings nur eine ungefähre Vorstellung geben
kann, weil sie auf der Vergleichung mit den Bessel'schen und Lalande-
schen Grössenschätzungen in den Meridianzonen beruht, die selbst offenbar viel unsicherer sind, als die Bonner Schätzungen. Nach Argelanders
Rechnung ist der wahrscheinliche Fehler einer Grössenangabe der B. D.
im Durchschnitt etwa $= \pm 0.16$; er stellt sich für die schwächeren
Sterne, wie von vornherein zu erwarten ist, wegen der grösseren Menge
dieser Sterne und der dadurch erleichterten Vergleichung beträchtlich
kleiner heraus, als für die helleren. Für alle Sterne bis etwas über die
sechste Grösse hinaus, hat Pickering aus der Vergleichung mit seinen
photometrischen Messungen den wahrscheinlichen Fehler der Durchmusterungsgrössen zu ± 0.18 bestimmt. Noch etwas grösser, ungefähr
zu ± 0.2, ergiebt sich dieser Werth aus der Vergleichung aller Sterne
bis zur Grösse 7.5 innerhalb des Gürtels zwischen $+ 0°$ und $+ 20°$
Declination mit den Potsdamer photometrischen Messungen[1]).

Für die Südliche Durchmusterung haben Schönfeld[2]) und Scheiner[3])
zur Beurtheilung des Genauigkeitsgrades eine ähnliche Untersuchung wie
Argelander für den nördlichen Theil angestellt, indem sie die Bonner
Grössen mit denen anderer Cataloge verglichen haben. Nach ihnen ergiebt sich der wahrscheinliche Fehler im Durchschnitt zu etwa ± 0.2
Grössen, und es zeigt sich auch hier, dass die schwächeren Sterne sicherer
bestimmt sind, als die helleren. Schönfeld hat noch für eine grosse
Anzahl von zweimal beobachteten Sternen aus den Abweichungen von
einander den w. F. berechnet. Das Resultat wird auf diesem Wege
etwas günstiger. Der w. F. einer Cataloggrösse schwankt dann zwischen
± 0.06 bei den Sternen 9.5 Grösse und ± 0.20 bei den Sternen
5. Grösse.

---

1) Publ. des Astrophys. Obs. zu Potsdam. Bd. 9, p. 489.
2) Astr. Beob. auf der Sternw. Bonn. Bd. 8, p. 34 ff.
3) Astron. Nachr. Bd. 116, Nr. 2766.

Ein vollkommen richtiges Bild von dem Genauigkeitsgrade der Bonner Schätzungen wird man erst erhalten können, wenn sorgfältige photometrische Messungen von einer bedeutend grösseren Anzahl von Sternen vorliegen werden. Soviel kann man jedoch schon aus den bisherigen Untersuchungen schliessen, dass die Genauigkeit der einzelnen Werthe durchschnittlich nicht grösser ist als 0.2, und dass die Zahl der Sterne, bei denen Fehler von mehr als einer ganzen Grössenclasse vorkommen, gar nicht gering ist. Weitere Fragen, ob und in welchem Grade die Sicherheit der Schätzungen in verschiedenen Zonen des Himmels wechselt, und ob dieselbe insbesondere von der Sterndichtigkeit u. s. w. abhängt, harren noch der Entscheidung. Als eine sehr wichtige Ergänzung der Bonner Durchmusterung ist das nunmehr bald vollendete Zonenunternehmen der Astronomischen Gesellschaft zu betrachten, welches auch eine Revision der Sterngrössen enthält. Wenn auch diese neuen Schätzungen der Natur der Sache nach im Allgemeinen nicht sicherer sein werden als die Bonner, so ist doch zu hoffen, dass bei dieser Gelegenheit besonders auffallende Schätzungsfehler der Entdeckung nicht entgehen werden.

Die folgende Zusammenstellung giebt einen vergleichenden Überblick über die Schätzungsscalen der wichtigsten im Vorangehenden besprochenen Catalogs, zu denen noch die häufig benutzten Helligkeitsschätzungen der Lalande'schen und Bessel'schen Meridianzonen, sowie der Struve'schen Doppelsternbeobachtungen hinzugenommen sind. Als Vergleichsmassstab für alle Catalogs dient die Bonner Durchmusterung. Für die in den Überschriften der einzelnen Columnen angegebenen ganzen und halben Grössen der verschiedenen Sterncataloge sind in der Tafel die entsprechenden Grössen der B. D. aufgeführt. So bedeuten also beispielsweise die Zahlen der letzten Columne, dass ein Stern 9^m in den Catalogen von Lalande, Bessel, Struve und Schönfeld (Südl. Durchm.) durchschnittlich an Helligkeit gleich ist einem Stern in der B. D. von der Grösse 8.5, 8.8, 9.3 und 9.1. Die Vergleichung beginnt erst bei der Grösse 3.0, weil die helleren Sterne zu wenig zahlreich und meistens auch nicht sicher genug bestimmt sind. Wenn in einem Catalogs zwei Unterabtheilungen zwischen je zwei aufeinander folgenden vollen Grössenclassen eingeführt sind, so ist das Mittel aus diesen Abtheilungen für die halben Grössen angesetzt worden. Zur Ableitung der Tafel sind die bereits von Argelander, Schönfeld, Gould und Pickering ausgeführten Vergleichungen benutzt worden. Auf alleräusserste Genauigkeit machen die mitgetheilten Zahlen keinen Anspruch.

Catalog	3.0	3.5	4.0	4.5	5.0	5.5	6.0	6.5	7.0	7.5	8.0	8.5	9.0
Ptolemäus	3.1	3.6	4.4	4.7	5.0	5.3	5.5						
Sûfi	3.0	3.5	4.1	4.6	4.9	5.1	5.4	5.9					
Argel. Uranom.	3.0	3.4	4.0	4.5	5.0	5.4	6.0						
Heis	3.0	3.4	4.0	4.5	5.0	5.5	6.0	(6.5)					
Houzeau	2.8	3.3	3.9	4.4	4.9	5.4	5.9	6.3	6.6				
Uran. Argent.	2.9	3.4	4.0	4.4	4.9	5.4	6.0	6.5	7.0				
Lalande	2.9	3.3	3.9	4.5	4.9	5.5	6.2	6.8	7.2	7.6	7.9	8.3	8.5
Bessel	3.1	3.4	3.7	4.2	4.7	5.2	5.7	6.2	6.8	7.4	7.9	8.4	8.8
Struve	3.2	3.7	4.4	4.8	5.2	5.7	6.2	6.6	7.2	7.7	8.3	8.8	9.3
Schönfeld (S. D.)					4.9	5.4	6.0	6.6	7.2	7.6	8.1	8.5	9.1

Trotz einiger nicht unbeträchtlichen Differenzen zwischen einzelnen Reihen, insbesondere zwischen Struve und Bessel und zwischen Lalande und Bessel, sind im Allgemeinen die Schätzungsscalen nicht so sehr voneinander verschieden, wie man vielleicht erwarten möchte. Die Scala der B. D. entspricht, wie man sieht, durchweg sehr nahe dem Mittel der sämmtlichen oben angeführten Cataloge.

b. Helligkeitsverzeichnisse, welche aus photometrischen Messungen hergeleitet sind.

Es ist schon mehrere Male darauf hingewiesen worden, dass J. Herschel zuerst den Versuch gemacht hat, einen Helligkeitscatalog unter Anwendung von instrumentellen Hülfsmitteln herzustellen. Mit dem von ihm erfundenen Astrometer hat er die Helligkeit von 69 meist südlichen Sternen durch Vergleichung mit einem verkleinerten Mondbildchen bestimmt; die Resultate sind in einem Cataloge[1]) zusammengefasst, in welchem die Intensitäten in Einheiten der Helligkeit von α Centauri ausgedrückt sind. Wie schon früher bemerkt wurde, hat dieser Catalog deshalb kaum ein anderes als ein historisches Interesse, weil auf die Extinction des Lichtes in der Erdatmosphäre gar keine Rücksicht genommen ist, und vor Allem, weil bei der Reduction der Mondphasen aufeinander die unrichtige Euler'sche Formel benutzt worden ist.

Das erste durchaus einwurfsfreie Verzeichniss von photometrisch bestimmten Sternen verdanken wir Seidel[2]). Dasselbe enthält zwar nur 208 hellere Fixsterne, die Messungen zeichnen sich aber durch solche Genauigkeit aus, dass dieser Catalog als grundlegend für die moderne

---

1) J. Herschel, Results of Astr. Obs. made during 1834—1838 at the Cape of Good Hope. London 1847, p. 367.

2) Abhandl. der K. Bayer. Akad. der Wiss. II. Classe, Bd. 9, p. 421.

Astrophotometrie zu bezeichnen ist. Die Beobachtungen sind mit Benutzung des Steinheil'schen Prismenphotometers in den Jahren 1852—1860 ausgeführt, und es ist wohl lediglich dem Umstande, dass bei diesem Photometer infolge der Vergleichung ausserhalb des Focus ein bedeutender Lichtverlust stattfindet, zuzuschreiben, dass Seidel seine Messungen nicht weiter als bis zu Sternen der fünften Grösse ausgedehnt hat. Die Sterne sind paarweise miteinander verglichen, einzelne Paare mehrfach, die meisten nur einmal beobachtet worden. Aus dem so erhaltenen regellosen Netz von Kreuz- und Querverbindungen sind dann unter strenger Berücksichtigung der Extinction durch ein etwas complicirtes Näherungsverfahren die Endwerthe des Cataloges gefunden worden. Seidel hat die Intensitäten aller Sterne auf diejenige von α Lyrae als Einheit bezogen und durchweg die Logarithmen der Helligkeitsverhältnisse, nicht die Zahlen selbst bei seiner Verarbeitung benutzt.

Fast gleichzeitig mit der Seidel'schen Arbeit erschienen die ›Grundzüge einer allgemeinen Photometrie des Himmels‹ von Zöllner, welche in erster Linie der Beschreibung und Untersuchung des von Zöllner erfundenen Astrophotometers gewidmet sind. In diesem Werke finden sich auch photometrische Messungen von mehr als 200 Sternen, die Zöllner wohl mehr in der Absicht, die Brauchbarkeit seines Apparates darzuthun, ausgeführt hatte, als um einen zusammenhängenden Helligkeitscatalog herzustellen. Die Beobachtungen sind daher ohne Plan angestellt. Jede Reihe enthält eine Anzahl von Sternen, deren Helligkeiten auf einen beliebigen Stern in derselben bezogen sind. Eine Vereinigung der verschiedenen Reihen ist nur dann möglich, wenn einzelne Sterne in mehreren derselben vorkommen und so sämmtliche Sterne auf die Helligkeit einer einzigen Gruppe reducirt werden können. Der Versuch zu einer derartigen Verarbeitung der Zöllner'schen Beobachtungen ist vor einigen Jahren von Dorst[1]) gemacht worden, aber da eine gewisse Willkür bei der Vereinigung der Gruppen unvermeidlich ist, so hat der abgeleitete Catalog nicht denjenigen Werth, welcher der Genauigkeit der Messungen entspricht.

Das Zöllner'sche Astrophotometer ist in grösserem Umfange zur Catalogisirung von Sternhelligkeiten zuerst von Peirce[2]) und Wolff[3]) benutzt worden. Von Ersterem besitzen wir einen Catalog von 495 Sternen, hauptsächlich solchen der Argelander'schen Uranometrie, in dem Gürtel zwischen + 40° und + 50° Declination. Diese Zone war von Peirce

1) Astr. Nachr. Bd. 118, Nr. 2822—23.
2) Annals of the Astr. Obs. of Harvard College. Vol. 9.
3) Wolff, Photometrische Beobachtungen an Fixsternen. Leipzig, 1877 und Berlin, 1884. Zwei Abhandlungen.

ausgewählt worden, um zu allen Zeiten in jeder beliebigen Zenithdistanz Anhaltsterne zu haben, mit denen die Helligkeiten anderer Sterne bei Ableitung eines umfassenderen Cataloges verglichen werden könnten. Peirce giebt den wahrscheinlichen Fehler seiner endgültigen Helligkeitswerthe zu ± 0.09 Grössenclassen an, also ein wesentlicher Fortschritt gegenüber dem Genauigkeitsgrade der blossen Helligkeitsschätzungen.

Wolff hat zwei Helligkeitscataloge veröffentlicht mit zusammen über 1100 Sternen, von denen nahezu die Hälfte in beiden Verzeichnissen vorkommt. Der Plan war, sämmtliche Sterne der Argelander'schen Uranometrie bis etwa zur Grösse 5·6 durchzubeobachten; es sind aber auch noch schwächere Sterne mit hinzugenommen worden. Die Intensitäten sind wie bei Seidel in Logarithmen angegeben, aber nicht bezogen auf einen einzelnen Stern, sondern auf die Helligkeit des künstlichen Sternes im Photometer. Da nun eine gleichförmige Helligkeit der Flamme zwar innerhalb kurzer Zeiträume, aber keinesfalls von Tag zu Tag vorausgesetzt werden darf, so muss das Intensitätsverhältniss der Lampe bei verschiedenen Beobachtungsreihen durch Vermittlung von Sternen, welche gemeinschaftlich in denselben vorkommen, bestimmt werden, um schliesslich durch wiederholte Übergänge alle Angaben auf die Lampenhelligkeit einer einzigen Beobachtungsreihe als Einheit beziehen zu können. Dieses Verfahren, welches in ähnlicher Weise auch bei der oben erwähnten Bearbeitung der Zöllner'schen Messungen, sowie bei der Reduction der Peirce'schen Beobachtungen Anwendung gefunden hat, ist so umständlich und wenig Vertrauen erweckend, dass es in keiner Beziehung Nachahmung verdient. Betreffs der Wolff'schen Beobachtungen ist noch darauf hinzuweisen, dass dieselben zwar eine ganz vortreffliche innere Übereinstimmung zeigen, dass sie aber, wie die Vergleichung mit anderen photometrischen Catalogen, speciell mit Seidel, Pickering und Pritchard lehrt, mit nicht unerheblichen systematischen Fehlern behaftet sind. Die helleren Sterne sind von Wolff offenbar verhältnissmässig zu schwach, und die schwächsten Sterne zu hell gemessen worden. Solche principielle Unterschiede zwischen verschiedenen Catalogen sind an und für sich infolge der individuellen Auffassung jedes Beobachters nicht befremdlich, doch ist der Betrag der Abweichung bei Wolff so beträchtlich, dass er besondere Beachtung verdient. Es liegt nahe, den Grund dieser Eigenthümlichkeit in der Benutzung des Zöllner'schen Photometers zu suchen, bei welchem das verschiedene Aussehen der künstlichen und wirklichen Sterne eine gewisse Gefahr hinsichtlich der abweichenden Auffassung verschiedener Beobachter in sich birgt. Es ist bereits bei der ausführlichen Beschreibung dieses Instrumentes auf diese Gefahr hingewiesen und näher erörtert worden, durch welche Vorsichtsmassregeln dieselbe zu beseitigen ist. Offenbar hat

Wolff an solche Vorsichtsmassregeln nicht gedacht, insbesondere hat er verabsäumt, allzu kleine Ablesungen des Intensitätskreises durch Wahl geeigneter Diaphragmen für die künstlichen Sterne zu vermeiden, und dadurch ist bei ihm der Auffassungsfehler so bedenklich gross geworden. Die Angaben der Wolff'schen Cataloge sind jedenfalls nicht ohne Anbringung von Scalencorrectionen, wie sie z. B. von Pickering abgeleitet worden sind, zu benutzen. Dass fast alle anderen Beobachter mit dem Zöllner'schen Photometer bemerkenswerthe Auffassungsfehler vermieden haben, beweisen ausser dem oben erwähnten Catalage von Peirce noch die vortrefflichen Arbeiten von Lindemann, unter denen besonders die Vergleichungen der Plejadensterne, die Revision der Bonner Durchmusterungsgrössen und die Ausmessung des Sternhaufens *h* Persei hervorzuheben sind, ferner die Untersuchungen Ceraskis, der sich besonders mit Helligkeitsmessungen von Circumpolarsternen beschäftigt hat, und endlich die Potsdamer Arbeiten.

Alle im Vorangehenden erwähnten photometrischen Cataloge können wegen der verhältnissmässig beschränkten Anzahl der darin enthaltenen Sterne nur als Vorläufer betrachtet werden zu den umfangreichen Verzeichnissen, welche in den letzten Jahren von den Observatorien zu Cambridge (Mass.), Oxford und Potsdam veröffentlicht worden sind und als Ausgangspunkte einer neuen Aera in der Fixsternphotometrie betrachtet werden können. Pickering gebührt das grosse Verdienst, zuerst eine planmässige Durchmusterung des Fixsternhimmels begonnen und diejenige Bezeichnungsweise für die Helligkeiten der Sterne eingeführt zu haben, welche nunmehr hoffentlich definitiv in der Astronomie Geltung behalten wird. In seinem unter dem Namen »Harvard Photometry« bekannten Catalage sind die Helligkeiten von 4260 Sternen, abgeleitet aus Messungen mit dem Meridianphotometer, enthalten, mit einer Genauigkeit, die zwar noch nicht das Äusserste repräsentirt, was bei Anwendung von instrumentellen Hülfsmitteln erreicht werden kann, die aber doch alle aus blossen Schätzungen erhaltenen Resultate weit überflügelt. Die Harvard Photometry umfasst alle Sterne bis zur 6. Grösse und noch eine grosse Anzahl schwächerer zwischen dem Nordpol und etwa 30° südlicher Declination. Die Intensitäten sind, entsprechend dem Principe des benutzten Instrumentes, beim Meridiandurchgange der Sterne durch Vergleich mit dem Polarstern abgeleitet. So einfach dieses Verfahren auch ist, und so sehr dadurch namentlich die Reduction der Beobachtungen erleichtert wird, so dürfte doch, wenn es sich um Erreichung der höchsten Genauigkeit handelt, die Methode nicht unumschränkt zu empfehlen sein und zwar hauptsächlich wegen des schwer zu bestimmenden Einflusses der Extinction. Es kommt ja, wie schon im ersten Abschnitte betont wurde, nicht nur auf

die verschiedene Höhe der beiden zu vergleichenden Sterne, sondern auch
auf ihren Azimuthunterschied an, und es tritt nicht selten der Fall ein,
dass in scheinbar ganz klaren Nächten die Durchsichtigkeit in verschiedenen
Regionen des Himmels wesentlich anders ist, wobei namentlich locale
Einflüsse eine grosse Rolle spielen können. Bedingung für die allervoll-
kommensten photometrischen Messungen ist die unmittelbare Nähe der mit
einander zu vergleichenden Objecte, und gerade diese Bedingung ist bei
dem Pickering'schen Verfahren durchaus ausser Acht gelassen. Was die
in der Harvard Photometry gewählte Masseinheit für die Helligkeitsangaben betrifft, so hat Pickering einen wichtigen und entscheidenden
Schritt gethan, indem er statt der von Seidel und Wolff benutzten Helligkeitslogarithmen den Begriff der photometrischen Sterngrösse festgesetzt hat. An und für sich ist die Bezeichnung in Helligkeitslogarithmen
durchaus rationell und einwurfsfrei; da aber die Astronomen seit den
Zeiten des Ptolemäus gewöhnt sind, die Intensitäten in Grössenclassen
auszudrücken, und da wir ferner noch lange Zeit für den grössten Theil
der Sterne auf die Grössenschätzungen der B. D. und anderer Cataloge
angewiesen sein werden, so würde die Einführung einer ganz neuen Scala
auf Widerspruch stossen. Es ist daher durchaus zu billigen, dass Pickering
die Bezeichnung Sterngrösse beibehalten hat. Nach seinem Vorschlage
versteht man unter einer photometrischen Sterngrösse den Intensitätsunterschied zweier Sterne, für welche der Logarithmus ihres Helligkeitsverhältnisses gleich 0.4 ist; man hat also die Logarithmen der instrumentell gemessenen Helligkeitsverhältnisse mit 0.4 zu dividiren, um die Differenzen
der betreffenden Objecte in photometrischen Grössen zu erhalten. Wir
werden im Folgenden sehen, dass aus der Vergleichung der üblichen
Grössenschätzungen mit photometrischen Messungen für den Logarithmus
des Verhältnisses zweier aufeinander folgenden Grössen Werthe zwischen
0.3 und 0.4 resultiren.

Ebenso wie die neue photometrische Scala von vornherein ganz willkürlich gewählt werden konnte, so liesse sich auch der Nullpunkt dieses
Systems ganz beliebig festsetzen. Man könnte z. B. dem allerhellsten
Fixsterne (dem Sirius) die photometrische Grösse 0.0 beilegen und würde
auf diese Weise negative Sterngrössen vermeiden. Interessant ist auch
ein Vorschlag Fechners, welcher empfiehlt, den Nullpunkt der Scala bei
der Helligkeit eines Sternes festzusetzen, welcher für ein normales Auge
eben in der Nachtdunkelheit verschwindet, und den teleskopischen Sternen
negative, den mit blossem Auge sichtbaren positive Grössenwerthe beizulegen. Pickering hat auch in dieser Beziehung das Richtige gethan,
indem er von jeder derartigen radicalen Neuerung abgesehen und sein
System so gewählt hat, dass das Mittel aus seinen Helligkeitsbestimmungen

von 100 Circumpolarsternen der 2. bis 6. Grösse mit dem entsprechenden
Mittel aus den Werthen der B. D. zusammenfiel. Sein System, in welchem
der Polarstern die Grösse 2.15 besitzt, trifft also etwa bei der 4. bis
5. Grösse genau mit dem Schätzungssystem der B. D. zusammen. Zur
Reduction der Grössen des einen Cataloges auf die des anderen sind nur
verhältnissmässig geringe Beträge erforderlich. Wie bei allen genauen
photometrischen Catalogen, ist auch in der Harvard Photometry der Einfluss der Extinction in Rechnung gebracht worden und zwar nach der
Laplace'schen Theorie; die sämmtlichen Helligkeitswerthe gelten für das
Zenith von Cambridge. Jeder Stern der Harvard Photometry ist an
mindestens drei verschiedenen Abenden beobachtet worden, manche auch
noch viel öfter. Der wahrscheinliche Fehler eines Catalogwerthes ergiebt
sich im Durchschnitte zu etwa ± 0.075 Grössenclassen, derjenige einer
einzelnen Beobachtung zu etwa ± 0.15 Grössenclassen. Zu bedauern ist
es, dass bei einer nicht unerheblichen Zahl von Sternen zwischen den an
verschiedenen Abenden gemessenen Helligkeiten ganz aussergewöhnlich
starke Abweichungen (bis zu einer ganzen Grössenclasse und darüber
auftreten. Solche Differenzen können natürlich nicht durch blosse Messungsfehler erklärt werden; sie sind zweifellos entweder auf unvorsichtige Wahl
der Beobachtungsnächte oder, was wahrscheinlicher ist, auf Verwechslungen
mit nahe stehenden Sternen zurückzuführen. Bei der auffallend grossen
Schnelligkeit, mit welcher die Cambridger photometrischen Messungen
angestellt worden sind, kann ein häufiges Vorkommen solcher Verwechslungen gar nicht in Verwunderung setzen. Es ist dies ein Vorwurf, der
dem verdienstlichen Werke nicht erspart werden kann, und der leider
vielfach das Vertrauen auf seine Zuverlässigkeit etwas beeinträchtigt hat.
Pickering hat übrigens in den letzten Jahren eine Neubeobachtung
sämmtlicher Sterne der Harvard Photometry unternommen, die gegenwärtig dem Abschlusse nahe ist und jedenfalls zur Aufklärung mancher
Zweifel beitragen wird.

Ausser der Harvard Photometry ist noch ein zweiter weit umfang-
reicherer Helligkeitscatalog von Pickering veröffentlicht worden, welcher
gewöhnlich unter dem Namen »Photometric Revision of the Durchmusterung« bekannt ist. Dieser umfasst kein zusammenhängendes Gebiet am
Himmel, sondern enthält in kleinen, meist nur 20' breiten Streifen, deren
Mitten in Declination um je 5° voneinander entfernt sind, die sämmtlichen
Sterne der beiden Bonner Durchmusterungen bis zur Grösse 9.0 und
ausserdem eine beträchtliche Zahl von schwächeren Sternen, im Ganzen
nahe an 17000 Objecte. Der Zweck dieser Arbeit war, den Scalenwerth
der Bonner Durchmusterung für Sterne aller Helligkeiten in verschiedenen
Regionen des Himmels photometrisch zu bestimmen und ausserdem die

Mittel zu geben, die Grössenschätzungen in den einzelnen Abschnitten des von der Astronomischen Gesellschaft herausgegebenen Sterncataloges untereinander vergleichbar zu machen. Neben der Erreichung dieses Hauptzweckes liegt der Werth dieses Cataloges darin, dass wir nunmehr für eine sehr grosse Anzahl von schwächeren Sternen überall am Himmel photometrische Grössen besitzen, die bei den Beobachtungen von veränderlichen Sternen, kleinen Planeten u. s. w. als Anhaltspunkte dienen und bei Grössenschätzungen zur Controle der gewählten Scala benutzt werden können. Die meisten Sterne sind nur zweimal beobachtet, sodass im Allgemeinen die Sicherheit der Endwerthe vielleicht etwas geringer ist, als in der Harvard Photometry; man wird aber auch hier den wahrscheinlichen Fehler einer Cataloghelligkeit nicht grösser als ± 0.1 Grössenclassen annehmen dürfen. Im Übrigen gilt das oben über die Cambridger photometrischen Messungen Gesagte auch für dieses Werk; die Zahl der auffallend starken Abweichungen zwischen Beobachtungen desselben Sternes ist grösser, als es bei Benutzung von instrumentellen Hülfsmitteln und bei vorsichtigster Auswahl der Beobachtungsabende der Fall sein sollte.

Eine werthvolle Ergänzung der beiden genannten Sternverzeichnisse bildet ein dritter, ganz kürzlich von Pickering[1]) veröffentlichter Helligkeitscatalog von 7922 südlichen Sternen. Die Beobachtungen zu diesem Cataloge sind gelegentlich der von der Harvard-Sternwarte nach Südamerika entsendeten Expedition an verschiedenen Stationen durch Bailey ausgeführt und später von Pickering in ähnlicher Weise wie die Beobachtungen am nördlichen Himmel bearbeitet worden. Auch bei diesen Messungen kam das Meridianphotometer in Gebrauch, und als Polstern am südlichen Himmel wurde σ Octantis benutzt. Da die Beobachtungsstationen sämmtlich in verhältnissmässig niedrigen Breiten lagen, so kann wegen des tiefen Standes des Polsternes die Anwendung des Meridianphotometers bei diesem Unternehmen nicht als eine glückliche Wahl bezeichnet werden. Die Genauigkeit der Resultate übertrifft nicht diejenige der Cambridger Messungen.

Nur ein Jahr später als die Harvard Photometry ist die »Uranometria nova Oxoniensis« von Pritchard[2]) erschienen, welche die Helligkeiten aller mit blossem Auge sichtbaren Sterne zwischen dem Nordpole und der Declination $- 10°$ enthält, im Ganzen von 2784 Objecten. Die photometrischen Messungen, auf denen dieser Catalog beruht, sind von Plummer und Jenkins ausgeführt worden. Die Arbeit ist im Wesentlichen als eine Wiederholung des Pickering'schen Werkes

---

1) Annals of the Astr. Obs. of Harvard College. Vol. 34.
2) Astron. Observ. made at the University Observatory Oxford. No. II. Oxford, 1885.

anzusehen, sie hat aber neben demselben deshalb eine durchaus selbständige Bedeutung, weil die Beobachtungen nach einem ganz anderen
photometrischen Princip, und zwar mit Hülfe des Keilphotometers ausgeführt sind. Pritchard hat dieselbe Grössenscala wie Pickering angewendet und ebenso wie dieser sämmtliche Sterne mit dem Polarstern
verglichen. Da er für letzteren die Zenithhelligkeit 2.05 (statt 2.15) zu
Grunde gelegt hat, so ist zwischen den beiden Catalogen von vornherein
eine constante Differenz von 0.1 zu erwarten. Um negative Sterngrössen
zu vermeiden, hat Pritchard die Helligkeiten aller Sterne, welche die
Grösse 1.0 überschreiten, durch Vorsetzen des Zeichens + ausgedrückt,
so dass also z. B. seine Schreibweise + 1.95 für den Sirius dasselbe bedeutet, was sonst allgemein durch − 0.95 bezeichnet wird. Diese Neuerung ist entschieden nicht empfehlenswerth, und es ist kein Grund ein-
zusehen, warum die Continuität der photometrischen Grössenscala unterbrochen werden sollte; die negativen Grössen, die nur bei sehr wenigen
Fixsternen und bei den hellsten Planeten vorkommen, können unmöglich
zu Missverständnissen Anlass geben. Die Genauigkeit der Oxforder Cataloghelligkeiten ist im Durchschnitt nicht grösser als die der Cambridger
Verzeichnisse, schon deshalb, weil bei Weitem der grösste Theil der Sterne
(über 90 Procent aller) nur an einem Abend beobachtet worden ist; man
wird den wahrscheinlichen Fehler einer Catalogangabe jedenfalls nicht
kleiner als 0.1 Grössenclassen annehmen dürfen.

Die genauesten Helligkeitswerthe, welche wir gegenwärtig besitzen,
dürften in der Potsdamer »Photometrischen Durchmusterung«[1])
enthalten sein, von welcher bis jetzt erst ein Theil (von 0° bis + 20°
Declination) erschienen ist. Das Werk, welches in der Fortsetzung begriffen ist, soll am nördlichen Himmel alle Sterne der Bonner Durchmusterung bis zur Grösse 7.5 umfassen, und wird demnach, wenn es vollendet
ist, einen Catalog von mehr als 14000 Objecten bilden.

Die bisherigen Messungen sind von Kempf und mir mit Benutzung
von Zöllner'schen Photometern ausgeführt, und jeder Stern an zwei
Abenden, alle diejenigen, bei denen die Bestimmungen der beiden Beobachter um mehr als 0.3 Grössenclassen voneinander abwichen, an vier
Abenden gemessen worden. Das Beobachtungsverfahren ist wesentlich
von dem Pickering'schen und dem Pritchard'schen verschieden, und
gerade der Anwendung dieses Verfahrens dürfte wohl in erster Linie
die befriedigende Genauigkeit der Resultate zuzuschreiben sein. Statt
eines einzigen Vergleichsternes ist ein System von 144 Hauptsternen
ausgewählt worden, welche bei drei verschiedenen Declinationen (10°, 30°

---

1) Publ. des Astrophys. Obs. zu Potsdam. Bd. 9.

und 60°) je in durchschnittlichen Intervallen von 30 Zeitminuten aufeinander folgen. Diese Hauptsterne, welche das eigentliche Fundament
des ganzen Cataloges bilden sollen, sind durch mannigfache Kreuz-
verbindungen aneinander angeschlossen und so oft beobachtet worden,
dass die Ungenauigkeit der abgeleiteten Endwerthe schwerlich mehr als
wenige Hundertstel Grössenclassen betragen kann. Unter Benutzung der
Pickering'schen photometrischen Grössenscala ist das Potsdamer System
so festgelegt worden, dass der mittlere Helligkeitswerth der 144 Funda-
mentalsterne mit dem entsprechenden Mittelwerthe der Bonner Durchmusterungsgrössen übereinstimmt. Die beiden Systeme fallen ungefähr
bei der Grösse 6.0 miteinander zusammen.

An die Hauptsterne sind dann die Catalogsterne in der Weise angeschlossen, dass dieselben in Zonen von ungefähr je 12 zusammengefasst
und mit zwei in ihrer Nähe befindlichen Fundamentalsternen verglichen
wurden, welche am Anfange, in der Mitte und am Ende der Zonen gemessen wurden. Dieses Verfahren, welches bei derartigen Catalogunter-
nehmungen das empfehlenswertheste sein dürfte, hat den grossen Vortheil, dass die Extinctionscorrectionen stets unbedeutend sind, und dass
vor Allem Durchsichtigkeitsunterschiede an verschiedenen Stellen des
Himmels und partielle Trübungen nicht so schädlich wirken, wie bei dem
Pickering'schen und Pritchard'schen Messungsverfahren.

Es ist hier nicht der Platz, näher auf das Detail der Potsdamer
Durchmusterung einzugehen; es genügt hier noch hervorzuheben, dass in
dem publicirten ersten Theile der wahrscheinliche Fehler einer einzelnen
Helligkeitsmessung nicht grösser als ± 0.06, derjenige eines Catalogwerthes im Durchschnitt gleich ± 0.04 Grössenclassen ist. Eine grössere
Genauigkeit ist bei photometrischen Messungen bisher noch nicht erreicht
worden.

Der vollendete Potsdamer Catalog wird sämmtliche Sterne des nördlichen Himmels, welche in der Harvard Photometry und in der
Uranometria nova Oxoniensis vorhanden sind, ebenfalls enthalten,
und die Vereinigung aller drei Cataloge wird uns für das Ende des
19. Jahrhunderts die Helligkeiten der Sterne bis über die 6. Grösse hinaus
mit einer Genauigkeit geben, wie sie nicht grösser gewünscht werden
kann. Als ein Vortheil ist es dabei anzusehen, dass bei diesen drei
photometrischen Arbeiten drei im Princip wesentlich voneinander verschiedene Instrumente zur Verwendung gekommen sind.

Von Interesse ist noch die Frage, ob zwischen den Angaben dieser
Verzeichnisse systematische Unterschiede vorhanden sind, sowohl was die
absoluten Grössen als den Gang der Scala betrifft. Zur Beantwortung
dieser Frage dient die folgende Tabelle, welche insofern nur als provisorisch

anzusehen ist, weil sich die Vergleichung lediglich auf die in Potsdam vollendete Zone von 0° bis 20° Declination bezieht und daher die Anzahl der gemeinschaftlichen Sterne verhältnissmässig gering ist. Argument der Tabelle sind die Grössenangaben der in den Überschriften genannten Cataloge, zu denen noch die Bonner Durchmusterung hinzugenommen worden ist. Für jeden Catalog sind unter der Überschrift »Diff.« die Reductionen auf Potsdam angeführt, d. h. die Werthe, welche zu den Grössenangaben des betreffenden Verzeichnisses hinzugefügt werden müssen, um die entsprechenden Grössen der Potsdamer Durchmusterung zu finden. Das positive Vorzeichen bedeutet also, dass die zugehörige Sternclasse in Potsdam schwächer gemessen ist, als in dem betreffenden Catalage. Die Sterne heller als 3. Grösse sind wegen ihrer kleinen Anzahl zu einer Gruppe zusammengefasst worden.

Helligkeit	Harvard Photometry		Photom. Revision		Uranom. Oxoniensis		Bonner Durchmust.	
	Diff.	Anzahl	Diff.	Anzahl	Diff.	Anzahl	Diff.	Anzahl
Heller als 3.0	+ 0.28	16	—	—	+ 0.34	17	+ 0.55	9
3.00—3.49	+ 0.16	11	—	—	+ 0.22	12	+ 0.42	21
3.50—3.99	+ 0.16	41	+ 0.13	3	+ 0.24	38	+ 0.36	26
4.00—4.49	+ 0.16	54	+ 0.04	4	+ 0.14	47	+ 0.19	42
4.50—4.99	+ 0.13	75	+ 0.08	4	+ 0.08	55	+ 0.08	45
5.00—5.49	+ 0.20	162	+ 0.27	14	+ 0.12	157	+ 0.04	108
5.50—5.99	+ 0.19	253	+ 0.21	72	+ 0.11	195	— 0.06	167
6.00—6.49	+ 0.13	150	+ 0.16	145	+ 0.11	149	+ 0.01	327
6.50—6.99	+ 0.13	29	+ 0.13	262	+ 0.15	21	+ 0.06	658
7.00—7.49	—	—	+ 0.10	205	—	—	+ 0.02	1252
7.50 u. darunter	—	—	+ 0.04	90	—	—	— 0.03	680
Zusammen:	+ 0.17	791	+ 0.13	799	+ 0.13	691	+ 0.02	3335

Die Differenzen der Harvard Photometry können, mit Ausnahme der ersten nicht sehr sicher bestimmten, als constant betrachtet werden, woraus also folgt, dass die Grössenscalen beider Systeme denselben Gang haben. Die constante Differenz von + 0.17 ist theilweise dadurch zu erklären, dass das Potsdamer System etwa bei der 6. Grösse, das Pickering'sche dagegen etwa bei der 5. an die Bonner Durchmusterung angeschlossen ist.

Die Vergleichung mit der Photometric Revision liefert ebenfalls nahezu constante Differenzen; der geringe Gang, der für die schwächeren Sterne angedeutet zu sein scheint, kann noch nicht als verbürgt angesehen werden. Die beiden Pickering'schen Systeme stimmen jedenfalls genügend miteinander überein, und es wird im Allgemeinen ausreichend sein, für den Fall dass man eine Cambridger Helligkeitsangabe auf das Potsdamer

System reduciren will, an dieselbe die Correction + 0.15 (den Mittelwerth aus den constanten Differenzen der beiden Cambridger Cataloge) anzubringen.

Die Uranometria Oxoniensis giebt die Differenzen für die Sterne bis zur Grösse 4.0 etwas grösser als für die Sterne von 4.0 bis 7.0; innerhalb jeder dieser beiden Gruppen dürfen aber die Unterschiede mit Rücksicht auf die den Zahlen noch anhaftende Unsicherheit als constant gelten. Will man daher bei der Reduction einer Oxforder Helligkeitsangabe auf das Potsdamer System nicht die mittlere Differenz aus allen Sternen + 0.13 als Correction benutzen, so kann man für Sterne bis zur Grösse 4.0 die Correction + 0.26, für die übrigen + 0.11 anwenden.

Was endlich die Vergleichung mit der Bonner Durchmusterung anbelangt, so spricht sich für die Sterne bis zur 6. Grösse ein deutlicher Gang in den Differenzen aus, während für die schwächeren Sterne die Unterschiede als constant zu betrachten sind. Die Grössenschätzungsscala stimmt also keineswegs für das ganze in Betracht kommende Helligkeitsintervall mit der photometrischen Grössenscala überein. (Siehe den folgenden Paragraphen.)

Es ist im Früheren schon hier und da betont worden, dass die Farbe eines Sternes einen wichtigen Einfluss auf die Helligkeitsschätzungen und Messungen ausüben muss, da es bekannt ist, dass die Augen der einzelnen Beobachter für die verschiedenen Farben ungleich empfindlich sind. Das verhältnissmässig sichere Material, welches die besprochenen photometrischen Cataloge enthalten, hat die Möglichkeit geboten, die hierbei vorkommenden Unterschiede zahlenmässig festzustellen, wobei sich die in der folgenden Tabelle zusammengefassten Resultate ergeben haben. Die Sterne sind in Bezug auf die Farbe in die fünf Unterabtheilungen: Weiss, Gelblich-Weiss, Weisslich-Gelb, Gelb, Röthlich-Gelb bis Roth angeordnet worden, und die Differenzen der verschiedenen Cataloge sind wieder gegen den Potsdamer und zwar im Sinne: Potsdam—Catalog gebildet, wobei noch die beiden Cambridger Cataloge, welche sich offenbar genau gleich verhalten, zusammengezogen wurden.

Farbe	Potsdam — Pickering	Potsdam — Oxford	Potsdam — B. D.
Weiss	+ 0.29	+ 0.24	+ 0.09
Gelblich-Weiss	+ 0.23	+ 0.20	+ 0.08
Weisslich-Gelb	+ 0.07	+ 0.06	— 0.02
Gelb	— 0.03	— 0.05	— 0.09
Röthlich-Gelb bis Roth	— 0.13	— 0.15	— 0.16

Es folgt hieraus, dass im Potsdamer Cataloge die Helligkeitsdifferenz zwischen einem weissen und röthlichen Stern kleiner ist als in den anderen Catalogen, und zwar im Vergleich zu Cambridge und Oxford um rund 0.4, im Vergleich zur B. D. um 0.25. Zwischen weissen und gelblich-weissen Sternen ist der Abstand nur gering; von da an aber wachsen die Differenzen von einer Farbenabtheilung zur anderen um nahe gleiche Beträge. Die B. D. steht ungefähr in der Mitte zwischen dem Potsdamer Cataloge und den Catalogen von Pickering und Pritchard. Diese systematischen Unterschiede werden ihren Grund zum Theil in der Eigenthümlichkeit der verschiedenen angewandten Instrumente haben, wie es ja z. B. von vornherein klar ist, dass beim Keilphotometer eine leichte Färbung des Glaskeiles derartige Abweichungen hervorbringen kann; aber zweifellos muss der grösste Theil der Unterschiede in der ungleichen Empfindlichkeit der Augen gesucht werden. Jedenfalls sind die oben constatirten Beträge im Verhältniss zu der Sicherheit moderner photometrischen Messungen so beträchtlich, dass bei der Vergleichung von Catalogen unbedingt auf die Farben Rücksicht zu nehmen ist. Man wird gut thun, bei der Reduction der Cambridger und Oxforder Helligkeitswerthe auf das Potsdamer System, wenn es sich um die grösste Genauigkeit handelt, anstatt der constanten Correctionen $+0.15$ und $+0.13$ das obige Täfelchen zu benutzen. Eine weitere Verfolgung des wichtigen Gegenstandes, der bisher wenig oder gar nicht beachtet worden ist, wäre im hohen Grade erwünscht, und es sollte bei keiner photometrischen Catalogarbeit, überhaupt bei keiner genauen Helligkeitsmessung verabsäumt werden, sorgfältige Farbenschätzungen auszuführen. An eine selbständige, auf unanfechtbaren Principien begründete instrumentelle Colorimetrie der Fixsterne ist ja leider gegenwärtig noch nicht zu denken.

c. Beziehungen zwischen den Grössenschätzungen
und den photometrischen Messungen.

Seit man in der Astronomie begonnen hat, die Helligkeitsverhältnisse der Gestirne unter Anwendung von instrumentellen Hülfsmitteln zu bestimmen, ist auch immer von Neuem die Frage aufgestellt worden, welche Beziehung zwischen den gemessenen Lichtverhältnissen und den bis dahin üblichen, auf einer ganz willkürlichen Schätzungsscala beruhenden Grössenangaben besteht. Diese Frage, welche durch die bisherigen Untersuchungen keineswegs als endgültig gelöst zu betrachten ist, hat gegenwärtig, soweit es die helleren Sterne bis etwa zur 7. Grösse hinab betrifft, allerdings nur ein vorwiegend theoretisches Interesse. Denn da wir für die meisten dieser Sterne in den oben besprochenen photometrischen

Catalogen jetzt genaue Helligkeitswerthe besitzen, so wird es nur in ganz seltenen Fällen erforderlich sein, auf die früheren Grössenschätzungen zurückzukommen. Dagegen ist die Frage bei den schwächeren Sternen, bei denen wir voraussichtlich noch lange Zeit lediglich auf die Schätzungsangaben angewiesen sein werden, von eminent praktischer Bedeutung, weil wir die Mittel zu haben wünschen, diese Angaben eventuell auf das für die helleren Sterne eingeführte photometrische Grössensystem zu reduciren. Die theoretische Seite der Frage ist bereits im ersten Abschnitte dieses Buches bei Besprechung des Fechner'schen psychophysischen Grundgesetzes berührt worden. Nach diesem Gesetze müsste das Helligkeitsverhältniss zweier aufeinander folgenden Grössenclassen constant sein. Werden also die Intensitäten von Sternen, deren Schätzungsgrössen 1, 2, 3 . . . n sind, mit $h_1, h_2, h_3 \ldots h_n$ bezeichnet, und bedeutet ϱ eine Constante, so müsste sein:

$$\frac{h_1}{h_2} = \frac{h_2}{h_3} = \cdots = \frac{h_{n-1}}{h_n} = \varrho .$$

Hieraus ergiebt sich, wie früher gezeigt wurde, ganz allgemein für zwei Sterne von den Grössen m und n die Gleichung:

$$\log \frac{h_m}{h_n} = (n - m) \log \varrho .$$

Diese Gleichung gestattet, aus dem gemessenen Helligkeitsverhältnisse zweier beliebigen Sterne, deren Schätzungsgrössen gegeben sind, das Intensitätsverhältniss ϱ zweier aufeinander folgenden Grössenclassen zu berechnen und zu entscheiden, ob dieser Werth in der That für alle Helligkeiten, wie es das Fechner'sche Gesetz verlangt, als constant anzusehen ist. Bei den meisten bisherigen Untersuchungen hierüber sind die Grössenschätzungen aus Argelanders Uranometrie oder diejenigen der Bonner Durchmusterung zu Grunde gelegt worden, und zwar mit vollem Rechte. Denn einmal zeichnen sich gerade diese Schätzungen durch Genauigkeit aus, andererseits ist das Bonner System, wie wir bereits gesehen haben, für die meisten anderen Grössenschätzungen massgebend gewesen. Nur bei den ersten Versuchsreihen von Steinheil[1], Johnson[2] und Pogson[3], die schon wegen der geringen Zahl der verglichenen Sterne, zum Theil auch wegen der angewandten mangelhaften Messungsmethoden ganz unsicher sind und daher lediglich historisches Interesse besitzen, sind andere

1) Steinheil, Elemente der Helligkeitsmessungen am Sternenhimmel. München, 1836, p. 21.
2) Astron. Observ. at the Radcliffe Observatory, Oxford. Vol. 12, Appendix.
3) Astron. Observ. at the Radcliffe Observatory, Oxford. Vol. 15, p. 296.

Grössenschätzungen zu Grunde gelegt worden. Steinheil hat nur die Messungen von 30 Sternen von der 1. bis 6. Grösse verwendet und bemerkt selbst ausdrücklich, dass die Werthe weder genau genug bestimmt noch zahlreich genug sind, um ein zuverlässiges Resultat zu liefern. Johnson und Pogson haben sich des keineswegs einwurfsfreien Princips der Objectivabblendung bedient. Ersterer hat nach dieser Methode am Heliometer die Helligkeitsverhältnisse von nahe stehenden Sternen (im Ganzen nur von 39 Paaren) bestimmt und die Resultate mit eigenen Grössenschätzungen verglichen; die Endwerthe können schon deshalb nicht sehr zuverlässig sein, weil bei der nahen Stellung der verglichenen Objecte störende Beeinflussung zu erwarten ist, ausserdem auch bei einigen Paaren die gemessene Helligkeitsdifferenz viel zu klein ist. Pogson hat das Verschwinden von Sternen bei Verkleinerung der Objectivöffnung beobachtet und diese Helligkeitsmessungen mit den Schätzungen von Bessel, Argelander, Groombridge, Lalande und Piazzi verglichen; die Zahl der beobachteten Sterne, auch die Grössen derselben sind nicht angegeben.

Die Endwerthe, welche sich aus diesen drei ältesten, zweifellos unsicheren Beobachtungsreihen ergeben, sind:

Beobachter	ϱ	log ϱ
Steinheil	2.83	0.452
Johnson	2.65	0.423
Pogson	2.40	0.380

Von Pogson ist zuerst der Vorschlag ausgegangen, der Bequemlichkeit der Berechnung wegen für das Helligkeitsverhältniss zweier aufeinander folgenden Grössenclassen die Zahl 2.512, deren Logarithmus 0.400 ist, zu benutzen.

Die folgende Zusammenstellung giebt eine Übersicht über die Werthe von log ϱ, welche aus den zuverlässigsten neueren Messungsreihen durch Vergleichung mit den Schätzungen der Argelander'schen Uranometrie oder der B. D. abgeleitet worden sind. Eine Unterscheidung zwischen den beiden Bonner Schätzungssystemen scheint bei der nahen Übereinstimmung derselben überflüssig. Die meisten der im Vorangehenden besprochenen photometrischen Cataloge sind bei dieser Zusammenstellung verwerthet worden, ausserdem sind noch die eigens zu diesem Zwecke angestellten Messungsreihen von Rosén[1] und Lindemann[2] hinzugezogen, die deshalb besonders wichtig sind, weil es bisher die einzigen sind, die für die schwächeren Sterne einigermassen sichere Werthe von log ϱ liefern. Die

---

1) Bull. de l'acad. Imp. de St.-Pétersb. Tome 14, 1870, p. 95.
2) Supplément II aux Observations de Poulkova. St.-Pétersb. 1889.

Zahlen der Tabelle sind, soweit sie nicht von den Beobachtern selbst angegeben sind, einer Abhandlung von Chandler[1]) über das Lichtverhältniss aufeinander folgender Grössenclassen entnommen. Für die Sterne der ersten Grössenclasse ist die Berechnung von log ϱ gänzlich illusorisch, da dieselbe alle Sterne von Sirius bis α Leonis und α Geminorum umfasst, also Objecte, die in der photometrischen Scala um mehr als 2.5 Grössenclassen auseinander liegen. Die Zusammenstellung beginnt daher erst für die zweite Grössenclasse, und auch für diese sind die Werthe von log ϱ wegen der geringen Zahl der verwendbaren Sterne ausserordentlich unsicher.

Bonner Schätzungen	Zöllner	Seidel	Peirce	Wolff	Harvard Photom.	Uranom. Oxonien.	Potsd. Durchm.	Rosén	Lindemann
2—3 Grösse	0.406	0.487	—	0.368	0.396	0.424	0.329	—	—
3—4	0.283	0.362	0.391	0.328	0.368	0.368	0.329	—	0.291
4—5	0.315	0.342	0.340	0.230	0.328	0.364	0.329	—	0.303
5—6	0.209	—	0.437	0.178	0.382	0.377	0.329	0.388	0.303
6—7	—	—	—	—	—	—	0.400	0.388	0.394
7—8	—	—	—	—	—	—	(0.400)	0.363	0.392
8—9	—	—	—	—	—	—	—	0.379	0.437
Aus allen Sternen 2^m-6^m	0.341	—	0.371	0.305	0.356	0.385	0.329	—	0.280
» » » 6 -9	—	—	—	—	—	—	(0.400)	0.380	0.402

Betrachtet man in dieser Zusammenstellung zunächst nur die Sterne bis zur 6. Grösse, welche in den meisten Reihen vorkommen, so sieht man, dass sehr beträchtliche Unterschiede zwischen den einzelnen Beobachtern vorhanden sind. Ein systematischer Gang in den Werthen von log ϱ innerhalb des betrachteten Intervalls ist nur in der Wolff'schen Reihe deutlich ausgesprochen, und nach dem, was im Früheren über die Wolff'schen Cataloge bemerkt worden ist, unterliegt es keinem Zweifel, dass dieser Gang in der Eigenthümlichkeit der Wolff'schen Messungen, nicht in den Grössenschätzungen seine Erklärung findet. Die anderen Reihen zeigen nichts Derartiges; sie geben im Allgemeinen zwar für die Sterne 2. bis 3. Grösse etwas höhere Werthe, dagegen lässt sich für die anderen Grössenclassen ein bestimmter Gang nicht nachweisen, und man wird daher jedenfalls annehmen dürfen, dass für die 3. bis 6. Grössenclasse der Bonner Verzeichnisse ein constanter Werth von log ϱ gilt. Werden die in der vorletzten Horizontalreihe der obigen Tabelle angeführten Endwerthe zu einem einzigen zusammengefasst, wobei streng genommen die auf einem grösseren Material beruhenden Cataloge von Cambridge, Oxford und Potsdam stärkeres Gewicht als die anderen erhalten

---

1) Astr. Nachr. Bd. 115, Nr. 2746.

sollten, so ergiebt sich für den Logarithmus des Helligkeitsverhältnisses zweier aufeinander folgenden Grössenclassen innerhalb des Intervalles von der 2. bis 6. Grösse mit genügender Annäherung der Werth:

$$\log \varrho = 0.340 \, .$$

Für die Seidel'sche Reihe ist kein Endwerth abgeleitet, weil die Zahl der Sterne unter der 4. Grösse in dieser Reihe viel zu gering ist.

Was die schwächeren Sterne anbelangt, so stimmen die verschiedenen Werthe von $\log \varrho$ weit besser untereinander, als bei den helleren Sternen; indessen ist das bisherige Material nicht ausreichend, um mit Sicherheit zu entscheiden, ob $\log \varrho$ für das ganze Intervall von der 6. bis 9. Grösse als constant zu betrachten ist. Macht man zunächst diese Annahme, so folgt aus der obigen Tabelle als plausibelster Werth für die teleskopischen Sterne:

$$\log \varrho = 0.394 \, .$$

Wenn auch die abgeleiteten Endwerthe noch ziemlich unsicher sind, so steht doch soviel fest, dass für die schwächeren Sterne ein anderer und zwar unter allen Umständen ein grösserer Werth von $\log \varrho$ gilt, als für die helleren. Bemerkenswerth ist, dass diese Änderung ganz plötzlich einzutreten scheint, und zwar bei der Grösse 6.0, also bei derjenigen Helligkeit, bis zu welcher die Grössenschätzungen mit blossem Auge angestellt werden.

Es geht ferner aus den bisherigen Untersuchungen hervor, dass die zuerst von Pogson vorgeschlagene und jetzt allgemein acceptirte Zahl 0.400 sehr nahe mit dem für die teleskopischen Sterne gültigen Werthe von $\log \varrho$ übereinstimmt. Lässt man also die photometrische Grössenclasse 6.0, wie es z. B. bei der Potsdamer Durchmusterung geschehen ist, mit der Bonner Durchmusterung angenähert zusammenfallen, so sind auch für alle schwächeren Sterne die Grössenangaben der letzteren und ebenso die der meisten anderen auf Schätzungen beruhenden Cataloge direct mit dem photometrischen Grössen vergleichbar. Für die helleren Sterne bringt freilich die Benutzung des Werthes 0.400 merkliche Abweichungen zwischen Schätzungsangaben und photometrischen Grössen hervor; doch ist dies praktisch nicht von Bedeutung, weil man von den ersteren schwerlich in Zukunft Gebrauch machen wird, seitdem von allen Sternen bis zur 6. Grösse sorgfältige Helligkeitsmessungen vorliegen.

2. Die veränderlichen Sterne.

Dasjenige Gebiet der Fixsternphotometrie, welches etwa seit der Mitte des gegenwärtigen Jahrhunderts relativ am Meisten gepflegt worden ist, und auf welchem verhältnissmässig auch die besten Erfolge erreicht worden sind, umfasst die sogenannten Veränderlichen, jene Classe von Sternen, bei denen sich in kürzeren oder längeren Zeiträumen Lichtschwankungen von regelmässigem oder unregelmässigem Charakter mit Sicherheit nachweisen lassen. Der Grund, weshalb gerade diesen Sternen eine besondere Aufmerksamkeit geschenkt worden ist, beruht nicht nur in dem Interesse, welches diese merkwürdigen Erscheinungen von jeher hervorgerufen haben, sondern vor Allem darin, dass auf diesem Gebiete schon mit den allergeringsten Hülfsmitteln wirklich brauchbare Resultate erhalten werden können. Argelander[1]) gebührt das grosse Verdienst, in seiner bekannten »Aufforderung an Freunde der Astronomie« eine Beobachtungsmethode in Vorschlag gebracht zu haben, welche nicht nur den Fachastronomen, sondern auch Liebhabern der Astronomie ermöglicht, werthvolle Beiträge zur Erkenntniss des Lichtwechsels der Veränderlichen zu liefern. Zweifellos hat der Widerhall, den der Argelander'sche Aufruf allenthalben gefunden hat, nicht zum Wenigsten zu der erfreulichen Entwicklung eines der wichtigsten Zweige der Photometrie mitgewirkt.

Die Argelander'sche Beobachtungsmethode, allgemein unter dem Namen der Stufenschätzungsmethode bekannt, ist im Wesentlichen eine Modification des von W. Herschel empfohlenen Verfahrens, minimale Helligkeitsunterschiede zwischen zwei Sternen durch eine bestimmte Bezeichnungsweise auszudrücken. Der Hauptunterschied zwischen der Argelander'schen und Herschel'schen Methode besteht darin, dass bei jener zur Bezeichnung der wahrgenommenen Intensitätsunterschiede Zahlen, bei dieser Zeichen (siehe Seite 432) benutzt werden. Als Einheit für die Schätzungsscala wählte Argelander den willkürlichen Begriff einer Stufe und führte die folgende Schreibweise ein. Wenn zwei Sterne a und b entweder immer gleich hell geschätzt sind, oder bald der eine, bald der andere für heller gehalten ist, so wird dies in der Weise bezeichnet, dass die Namen der Sterne unmittelbar nebeneinander geschrieben werden, also ab oder, was ganz gleichbedeutend ist, ba. Erscheinen zwei Sterne zwar beim ersten Anblicke nahe gleich hell, ergiebt sich aber bei wiederholter abwechselnder Betrachtung entweder immer oder in den meisten Fällen a etwas heller als b, so wird zwischen den beiden Sternen ein Unterschied von einer Stufe angenommen und die Schreibweise gebraucht $a1b$, so dass stets der hellere Stern vor, der schwächere hinter der Zahl steht. Wird der eine Stern bei jeder Betrachtung für zweifellos heller gehalten, als der andere, so nimmt man einen Unterschied von zwei Stufen an und schreibt $a2b$, falls a der hellere, dagegen $b2a$,

---

falls b der hellere ist. Eine sofort auf den ersten Anblick hervortretende Verschiedenheit gilt für drei Stufen und eine noch auffallendere Differenz für vier Stufen; die Bezeichnungen dafür sind $a\,3\,b$ resp. $b\,3\,a$ und $a\,4\,b$ resp. $b\,4\,a$. Noch grössere Unterschiede zu schätzen, wie es z. B. Schmidt und Andere gethan haben, ist nicht rathsam, weil dann die Sicherheit der Beurtheilung abnimmt; schon die Benutzung der vierten Stufe ist nach Möglichkeit zu vermeiden. Dagegen hat Argelander bei den niedrigeren Stufen die Methode noch verfeinert, indem er halbe Stufen einführte, wenn ihm der Unterschied zu gross erschien, um ihn zu der einen, zu klein, um ihn zu der nächst grösseren zu rechnen. Ausserdem empfiehlt er unter Umständen bei Beobachtung der Veränderlichen noch Vergleichungen mit dem Mittel zweier anderen Sterne, von denen der eine heller, der andere schwächer ist als der Veränderliche. Die Schreibweise ist dann so gewählt, dass die beiden Sterne nebeneinander in Klammern gesetzt werden und die Anzahl der Stufen hinzugefügt wird, um die der Unterschied zwischen dem Veränderlichen und dem einen Sterne denjenigen zwischen dem Veränderlichen und dem anderen übertrifft. So bedeutet z. B. die Bezeichnung $v\,2\,(ab)$, dass der Veränderliche v an Helligkeit zwischen a und b liegt und zwar dem helleren Stern a um 2 Stufen näher als dem schwächeren b, dass er also um eine Stufe heller ist als die Mitte zwischen a und b.

Pickering[1]) hat noch eine Modification dieser letzteren Schätzungsweise vorgeschlagen, indem er empfiehlt, das Intervall zwischen dem Variablen und dem helleren Vergleichsterne mit dem Intervall zwischen den beiden Vergleichsternen, welches gleich 10 zu setzen ist, zu vergleichen. So würde die Schreibweise $a\,3\,b$ bedeuten, dass der Helligkeitsunterschied zwischen Stern a und dem Veränderlichen 3 Zehntel des Helligkeitsunterschiedes zwischen a und b beträgt. Eine wesentliche Verfeinerung der Methode wird dadurch nicht erreicht.

Die Argelander'schen Definitionen sind so klar und unzweideutig, dass sich Jeder leicht mit der Methode vertraut machen kann. Es ist auch bemerkenswerth, wie gut die Stufenwerthe verschiedener Beobachter untereinander übereinstimmen. Bei geringer Übung wird man zwar im Allgemeinen geneigt sein, die Intervalle etwas zu gross zu wählen; aber man gewöhnt sich sehr bald an eine engere Scala, die man dann auch meist unverändert beibehält. Bei der Mehrzahl der Beobachter schwankt der Werth einer Stufe zwischen 0.08 und 0.10 Grössenclassen.

Der wichtigste Punkt bei der Anwendung der Argelander'schen Stufenschätzungsmethode auf die Beobachtung der Veränderlichen ist die Aus-

---

1) Proc. of the American Academy. New Series, Vol. 8 (1881), p. 281.

wahl geeigneter Vergleichsterne. Da die Schätzungen um so sicherer
ausfallen, je schneller man mit dem Auge oder mit dem Fernrohre von
einem Objecte zum anderen übergehen kann, so ist vor allen Dingen erwünscht, dass die Vergleichsterne dem Veränderlichen nahe stehen; ferner
müssen sie so gewählt werden, dass der hellste von ihnen den Veränderlichen in seinem Lichtmaximum noch übertrifft, während das Licht des
schwächsten noch unter der Minimalhelligkeit des Veränderlichen bleibt.
Zwischen diesen beiden Grenzen sind möglichst viele Zwischenglieder
einzuschalten, am Besten so, dass die einzelnen Vergleichsterne in Intervallen von 4 bis 5 Stufen aufeinander folgen. Das strenge Innehalten
dieser Vorschrift bedingt natürlich bei Veränderlichen, die einem sehr
starken Lichtwechsel unterworfen sind, eine grosse Zahl von Vergleichsternen, die in unmittelbarer Nähe des Variablen in der gewünschten
Stufenfolge nur selten zu finden sind. Von Wichtigkeit wäre es, wenn
alle Beobachter der Veränderlichen sich derselben Vergleichsterne bedienten, und aus diesem Grunde wäre für alle bekannten Veränderlichen
die Herstellung von Kärtchen erwünscht, auf denen die geeigneten Vergleichsterne bezeichnet wären. Eine derartige, im hohen Grade verdienstliche Arbeit ist in neuester Zeit auf dem Observatorium des Georgetown
College in Washington und auf der Sternwarte in Bamberg in Angriff
genommen worden.

Ist die wichtige Vorarbeit der Auswahl von passenden Vergleichsternen erledigt, so gilt bei jeder Beobachtung eines Veränderlichen die
Regel, denselben mit so vielen von diesen Vergleichsternen zu verbinden,
als mit Vermeidung von allzu grossen Stufenunterschieden irgend möglich
ist, jedenfalls aber mindestens zwei zu benutzen, von denen einer heller,
der andere schwächer als der Veränderliche sein muss.

Bei den Schätzungen der Stufenunterschiede ist es rathsam, erst das
eine Object eine kurze Zeit lang (bei genauer Einstellung in die Mitte
des Gesichtsfeldes) zu fixiren, bis sich der Helligkeitseindruck dem Gedächtnisse fest eingeprägt hat, dann das zweite Object in gleicher Weise
zu betrachten, und so abwechselnd mehrere Male von einem Sterne auf
den anderen überzugehen, bis man ein festes Urtheil gewonnen hat. Mit
blossem Auge oder mit dem Opernglase lässt sich im Allgemeinen dieser
Übergang schneller bewerkstelligen, als wenn ein Teleskop benutzt wird,
und aus diesem Grunde sind die Vergleichungen der teleskopischen Veränderlichen eher etwas schwieriger auszuführen, als die der helleren
Variablen.

Eine gleichzeitige Betrachtung der beiden zu vergleichenden Objecte
(falls sie nahe genug bei einander stehen) ist weniger empfehlenswerth
als die successive Beobachtung, weil die beiden Sternbilder auf ver-

schiedene Stellen der Netzhaut fallen, und daher eine geringe Veränderung der Kopflage des Beobachters unter Umständen bereits merkliche Unterschiede in der Helligkeitsbeurtheilung hervorbringt. Will man die simultane Beobachtungsweise doch beibehalten, so thut man gut, sich eines sogenannten Reversionsoculares zu bedienen, vermittelst dessen man die Bilder zweier Sterne in beliebige Positionswinkel zu einander bringen kann. Man schätzt dann den Stufenunterschied zweier zu vergleichenden Sterne einmal mit dem gewöhnlichen Ocular, und ein zweites Mal unmittelbar darauf mit Benutzung des Reversionsoculares, nachdem man mit Hülfe desselben die gegenseitige Stellung der Sterne vertauscht, also den rechtsstehenden nach links, oder den obenstehenden nach unten gebracht hat. Der Mittelwerth aus den beiden Beobachtungen ist dann von jedem Auffassungsfehler frei.

Was die Berechnung der Beobachtungen nach der Stufenschätzungsmethode betrifft, so wird nach Argelanders Vorgange die Lichtstärke ausgedrückt in Stufenwerthen über einem willkürlichen, für jeden Veränderlichen verschiedenen Nullpunkt. Es ist daher das erste Erforderniss, die Stufenunterschiede der einzelnen Vergleichsterne eines Veränderlichen gegen diesen Nullpunkt, für den man gewöhnlich die Lichtstärke des schwächsten Vergleichsternes annimmt, auf das Genaueste zu bestimmen. Zu diesem Zwecke benutzt man sämmtliche Beobachtungen des Veränderlichen, bei denen er gleichzeitig mit einem helleren und einem schwächeren Vergleichsterne verbunden ist, und leitet aus diesen die Stufendifferenzen für die einzelnen Paare ab. Hat man z. B. den Veränderlichen v mit den Vergleichsternen a und b verglichen und gefunden $a\,2\,v$ und $v\,3\,b$, so erhält man hieraus unmittelbar $a\,5\,b$. Entsprechende Gleichungen ergeben sich für die anderen Sternpaare, und aus der Combination aller (entweder streng nach der Methode der kleinsten Quadrate oder durch irgend ein Näherungsverfahren) findet man die Stufenunterschiede sämmtlicher Vergleichsterne gegen den schwächsten unter ihnen, dem gewöhnlich der Helligkeitswerth 0 beigelegt wird.

Da jeder Beobachter sich seine Stufenscala selbst bildet, so ist von vornherein klar, dass die Resultate verschiedener Beobachter nicht ohne Weiteres miteinander vergleichbar sind. Dies ist nur dann möglich, wenn für jeden der Stufenwerth in ein und demselben unveränderlichen Masse, am Besten in Sterngrössenclassen, bekannt ist, und die Helligkeiten der Vergleichsterne durch sorgfältige photometrische Messungen ein für alle Male festgelegt worden sind.

Zur Beurtheilung der Sicherheit, welche bei einiger Übung nach der Stufenschätzungsmethode zu erreichen ist, dient eine Angabe von Argelander, wonach der wahrscheinliche Fehler einer Helligkeitsvergleichung unter günstigen Umständen etwa 0.5 bis 0.6 Stufen, oder da eine Stufe ungefähr 0.1 Grössenclassen entspricht, etwa 0.05 Grössenclassen beträgt. Zu ähnlichem Resultate sind auch andere Beobachter gelangt, und es geht daraus hervor, dass die Genauigkeit der Stufenschätzungen, sofern es sich nur um die innere Übereinstimmung mehrfach wiederholter Vergleichungen desselben Sternpaares handelt, kaum hinter den besten photometrischen Messungen zurücksteht.

Es ist im Vorangehenden etwas ausführlich bei der Stufenschätzungsmethode verweilt worden, weil fast das gesammte Beobachtungsmaterial, welches wir gegenwärtig über die Veränderlichen besitzen, auf dieser Methode beruht, und weil dieselbe auch heute noch in Ermanglung von geeigneten instrumentellen Hülfsmitteln, namentlich für Liebhaber der Astronomie, durchaus zu empfehlen ist. Nur muss dringend davor gewarnt werden, die Bedeutung dieser Methode, wie es häufig sogar von Seiten der Fachastronomen geschieht, zu überschätzen. Es kann nicht oft genug betont werden, dass jede Messung mit einem erprobten Photometer einer Beobachtung nach dem Argelander'schen Verfahren vorzuziehen ist. Wo die instrumentellen Hülfsmittel vorhanden sind, sollte diese Methode gänzlich aufgegeben werden, deren einzige unbestrittene Überlegenheit in einer kleinen Zeitersparniss bestehen dürfte. Unter allen Umständen müsste dafür gesorgt werden, dass die bedenklichsten Punkte der Argelander'schen Methode nach Möglichkeit unschädlich gemacht würden. Dahin gehört in erster Linie die Bestimmung der Lichtstärken der Vergleichsterne. Dieselben aus den Vergleichungen mit dem Veränderlichen selbst herzuleiten, wie oben auseinandergesetzt wurde, ist im hohen Grade bedenklich, weil sich die einmal geschätzten Unterschiede zwischen den einzelnen Paaren dem Gedächtnisse sehr bald so fest einprägen, dass die späteren Vergleichungen sehr leicht dadurch beeinflusst werden, ganz abgesehen davon, dass die Resultate verschiedener Beobachter nicht direct miteinander vergleichbar sind.

Für eine erspriessliche Weiterentwickelung der Photometrie der Veränderlichen wäre es von höchstem Werthe, wenn die Helligkeiten der Vergleichsterne ein für alle Male durch sorgfältige photometrische Messungen festgelegt würden. Es wäre auf diese Weise ein Fundament geschaffen, welches dazu beitragen würde, das Willkürliche der Argelander'schen Methode zu beseitigen und die einzelnen Beobachter in den Stand zu setzen, jederzeit ihren Stufenwerth zu controliren. Pickering hat auf diesen wichtigen Umstand schon wiederholt hingewiesen und ist selbst mit gutem Beispiele vorangegangen, indem er für eine beträchtliche Zahl von Veränderlichen die Helligkeiten der Vergleichsterne photometrisch bestimmt hat.

Bei Weitem der wundeste Punkt der Argelander'schen Methode ist
jedenfalls die Voreingenommenheit, die sich beim besten Willen und ungeachtet aller Vorsicht nicht vermeiden lässt, und die je nach der Aufgabe, welche man im Auge hat, und nach der Natur der einzelnen
Variablen mehr oder weniger schädlich wirken kann. Bekanntlich sind
es zwei Hauptaufgaben, die sich bei dem Problem der veränderlichen
Sterne ganz von selbst darbieten, erstens die Ermittlung der Zeitpunkte,
zu denen der Veränderliche das Maximum oder das Minimum der Lichtstärke erreicht, also die Bestimmung der Periodendauer, und zweitens die
Feststellung der Form der Lichtcurve, insbesondere Untersuchungen darüber,
ob dieselbe durchweg continuirlich und symmetrisch verläuft oder ob sich
Unregelmässigkeiten (Nebenmaxima und Nebenminima u. s. w.) zeigen.

Ist die Periode lang und die gesammte Lichtänderung beträchtlich,
so dass die Beobachtungen einerseits nur in grösseren Zeitintervallen zu
erfolgen brauchen, andererseits immer neue Vergleichsterne zur Verwendung
kommen, so werden die Schätzungen weniger durch Voreingenommenheit
beeinflusst sein. In solchen Fällen sind infolge dessen auch die Beobachtungen nach der Stufenschätzungsmethode unbedenklich zu empfehlen.
Die einzige Gefahr liegt dann darin, dass sich im Laufe der langen Zeit
auch bei dem einzelnen Beobachter der Stufenwerth verändern könnte;
diese Gefahr verliert aber an Bedeutung, wenn nach der obigen Vorschrift
die Vergleichsterne photometrisch bestimmt sind, und der Stufenwerth
daher beständig geprüft werden kann.

Ist die Periode dagegen kurz und der ganze Lichtwechsel nur unbedeutend, so liegt die grosse Gefahr vor, dass jede folgende Beobachtung
durch die vorangehende noch im Gedächtniss haftende beeinflusst wird,
und dass sich eine ganz bestimmte Vorstellung von dem Verlaufe der Lichtcurve bildet, die unwillkürlich immer wieder auf das Urtheil einwirkt.
Am Gefährlichsten ist dies bei denjenigen Veränderlichen, bei denen sich
der ganze Lichtwechsel innerhalb weniger Stunden abspielt. Nach wiederholten Beobachtungen eines solchen Veränderlichen weiss z. B. der Beobachter, auch wenn er sich absichtlich vorher nicht den genauen Zeitpunkt des Minimums aus den Ephemeriden gemerkt hat, sehr wohl aus
seinen Schätzungen, wann ungefähr die geringste Lichtstärke erreicht ist,
und das Bewusstsein, dass nun wieder eine Zunahme der Helligkeit erfolgen
muss, wirkt im hohen Grade störend auf die weiteren Schätzungen. Alle
Eigenthümlichkeiten in der Form der Lichtcurven, die bei einigen dieser
kurz veränderlichen Sterne von verschiedenen Beobachtern bemerkt worden
sind, müssen mit äusserster Vorsicht aufgenommen werden, und wenn
irgendwo, so sind gerade bei dieser Classe von Veränderlichen unbeein-
flusste exacte photometrische Messungen durchaus unentbehrlich.

Die Zahl der gegenwärtig als sicher veränderlich erkannten Sterne ist verhältnissmässig noch gering; sie beträgt kaum 400. Die meisten derselben sind erst in neuerer Zeit entdeckt worden, und nur sehr wenige waren bereits in früheren Jahrhunderten bekannt. Das älteste Verzeichniss von veränderlichen Sternen rührt von Pigott[1]) aus dem Jahre 1786 her und enthält nur 12 Sterne, deren Veränderlichkeit damals unzweifelhaft festgestellt war, ausserdem noch 38 Objecte, bei denen die Veränderlichkeit weiterer Bestätigung bedurfte. Ein Catalog von Pogson[2]) aus dem Jahre 1856 umfasst erst 53 sicher bestimmte veränderliche Sterne, und das von Chambers[3]) im Jahre 1865 veröffentlichte Verzeichniss enthält 113 bekannte und 15 zweifelhafte Objecte. Die grössten Verdienste um die Catalogisirung der Veränderlichen haben sich Schönfeld[4]), Gore[5]) und Chandler[6]) erworben. Von Ersterem besitzen wir zwei Verzeichnisse, eins aus dem Jahre 1866 mit 119, das zweite aus dem Jahre 1874 mit 143 Veränderlichen. Gore zählt in seinem ersten Cataloge (1884) bereits 191, in seinem dritten (1888) 243 Variable auf, während er in dem zweiten (1885) eine Zusammenstellung aller der Veränderlichkeit verdächtigen Sterne, im Ganzen 736, giebt. Die zuverlässigsten neuesten Daten enthalten die drei Cataloge von Chandler (1888, 1893, 1896). In dem letzten derselben sind für nahezu 400 einigermassen sicher bekannte Veränderliche die aus den besten Bestimmungen abgeleiteten Elemente des Lichtwechsels mitgetheilt; er giebt uns in Verbindung mit den hinzugefügten Noten einen Gesammtüberblick über den Stand unserer Kenntniss von den veränderlichen Sternen für den Anfang des Jahres 1896.

In der Vierteljahrsschrift der Astronomischen Gesellschaft werden alljährlich die Epochen der Maxima und Minima der wichtigsten ,Veränderlichen für das folgende Jahr vorausberechnet.

Die Benennung der Veränderlichen geschieht nach den von Schönfeld und Winnecke[7]) gemachten Vorschlägen in der Weise, dass dieselben nach den Sternbildern und ausserdem mit Buchstaben des grossen lateinischen Alphabetes bezeichnet werden, jedoch erst von R an, um Verwechslungen mit den von Bayer eingeführten Benennungen zu vermeiden. Ausgenommen

1) Phil. Trans. of the R. Soc. of London. 1786, p. 189.
2) Astr. Obs. made at the Radcliffe Observatory, Oxford. Vol. 15, p. 281.
3) Monthly Notices. Vol. 25, p. 208.
4) Schönfeld, Catalog von veränderlichen Sternen und Zweiter Catalog von veränderlichen Sternen. (Jahresbericht des Mannheimer Vereins für Naturkunde, 1866 und 1874.)
5) Proc. of the R. Irish Acad. II. Ser., Vol. 4, No. 2 und No. 3; III. Ser., Vol. 1, No. 1.
6) Astronomical Journal. Vol. 8, p. 81; Vol. 13, p. 89; Vol. 15, p. 81; Vol. 16, p. 145.
7) Vierteljahrsschrift der Astron. Gesellschaft. Jahrg. 3, p. 66.

sind dabei einige der sogenannten Novae und eine kleine Zahl von Sternen (wie o Ceti, η Aquilae, δ Cephei u. s. w.), für welche sich die früheren Bezeichnungen bereits fest eingebürgert hatten. Da die Zahl der zur Verfügung stehenden Buchstaben in einzelnen Sternbildern sehr bald erschöpft war, so musste die Schönfeld'sche Nomenclatur erweitert werden, und es fand daher ein Vorschlag von Hartwig[1]) allgemeine Anerkennung, nach welchem in solchen Fällen zwei Buchstaben anzuwenden sind, so dass der 10. Veränderliche in einem Sternbilde die Bezeichnung RR, der 11. die Bezeichnung RS, u. s. w., dann weiter der 19. die Bezeichnung SS u. s. w. erhält. Im Sternbilde des Schwans ist die erste dieser neuen Combinationen bereits verbraucht, und der nächste Veränderliche in diesem Sternbilde bekommt die Bezeichnung SS Cygni. Bemerkenswerth ist noch die Art der Numerirung, welche Chandler in seinen Catalogen eingeführt hat. Um bei der voraussichtlich sehr schnell zunehmenden Zahl der Veränderlichen und der infolge dessen auch sehr häufig erforderlich werdenden Anfertigung von neuen Verzeichnissen die jedesmalige Angabe des betreffenden Cataloges und der laufenden Nummer desselben überflüssig zu machen, wählt Chandler als Nummer des Veränderlichen den 10. Theil seiner Rectascension für das Aequinoctium 1900, ausgedrückt in Zeitsecunden. So hat z. B. der Stern U Ophiuchi, dessen Rectascension für 1900 gleich $17^h 11^m 27^s$ oder gleich 61887 Secunden ist, die Nummer 6189. Es kann natürlich vorkommen, dass nach diesem Principe zwei oder sogar mehrere Sterne dieselbe Nummer erhalten müssten, und dies ist ein bedenklicher Nachtheil der im Grossen und Ganzen empfehlenswerthen Bezeichnungsmethode; es muss in solchen Fällen, wie es auch Chandler bereits mehrfach gethan hat, von der strengen Vorschrift abgewichen und die richtige Nummer um eine oder mehrere Einheiten geändert werden.

In Bezug auf die Länge der Periode und den Intensitätsunterschied zwischen Maximum und Minimum herrscht bei den Veränderlichen die grösste Mannigfaltigkeit. Es sind Sterne bekannt, bei denen die ganze Veränderung nur eine halbe Grössenclasse beträgt, während die Lichtstärke anderer um 6 bis 8 Grössenclassen zu- und abnimmt; ferner giebt es Sterne, bei denen die Lichtschwankungen in wenigen Stunden vor sich gehen, dagegen andere, bei denen die Periode beinahe zwei Jahre umfasst. Zweifellos giebt es eine grosse Zahl von Veränderlichen, bei denen regelmässige Schwankungen in noch viel längeren Perioden erfolgen; aber da zuverlässige Helligkeitsbeobachtungen aus früherer Zeit nicht vorliegen, so ist es bisher nicht möglich gewesen, solche Fälle mit

---

1) Vierteljahrsschrift der Astr. Gesellschaft. Jahrg. 16 (1881), p. 286.

Sicherheit zu constatiren. Ebenso sind bisher wegen der unzureichenden Genauigkeit der Beobachtungen alle diejenigen zahlreichen Veränderlichen unentdeckt geblieben, bei denen die gesammte Lichtvariation weniger als etwa 0.5 Grössenclassen beträgt. Solche Objecte werden auch in Zukunft nur unter besonders günstigen Umständen und mit Hülfe eines ausserordentlich grossen Beobachtungsmaterials aufzufinden sein.

Die Periodendauer der Variablen von langsamer Lichtänderung wird in den Catalogen meistens nur auf ganze oder höchstens Zehntel Tage angegeben, und die Unsicherheit in der Bestimmung der Zeitpunkte des grössten oder kleinsten Lichtes beträgt bei ihnen oft mehrere Tage. Dagegen wird bei den schnell Veränderlichen, insbesondere bei denjenigen vom sogenannten Algoltypus, in den Catalogen die Periodenlänge bis auf Bruchtheile der Zeitsecunde angegeben, und die Epochen lassen sich aus den Beobachtungen bis nahe auf die Minute sicher ableiten. Bei diesen letzteren Sternen ist es daher von Wichtigkeit, auf den Umstand Rücksicht zu nehmen, dass die Erde infolge ihrer Bewegung um die Sonne dem Stern bald näher kommt, bald sich von ihm entfernt, und dass daher auch die Lichterscheinungen verfrüht oder verspätet beobachtet werden. Man reducirt bei diesen Sternen die Beobachtungen gewöhnlich auf den Sonnenmittelpunkt, d. h. man berechnet die Zeiten, zu denen die betreffende Erscheinung, z. B. das Minimum des Lichtes, von der Sonne aus wahrgenommen sein würde. In den Ephemeriden der variablen Sterne werden für diese Objecte meist die heliocentrischen Zeiten der Minima mitgetheilt. Die Reduction auf den Sonnenmittelpunkt, die sogenannte Lichtgleichung, berechnet sich, wie leicht ersichtlich ist, für jeden Stern aus der Formel:

$$\text{Helioc. Zeit} - \text{Geoc. Zeit} = -497\overset{s}{.}8\, R \cos \beta \cos (\odot - \lambda),$$

worin β und λ Breite und Länge des betreffenden Veränderlichen, bezogen auf die Ekliptik, bedeuten, $\odot$ die Länge der Sonne, R der Radiusvector der Erdbahn und $497\overset{s}{.}8$ die Lichtzeit ist, d. h. die Zeit, welche das Licht braucht, um die halbe grosse Axe der Erdbahn zu durchlaufen. Für Sterne, welche dem Pol der Ekliptik nahe stehen, wird diese Reduction verschwindend klein, für Sterne in der Ebene der Ekliptik erreicht sie die extremsten Werthe — 8.3 und + 8.3 Minuten, und zwar zu denjenigen Jahreszeiten, wo Sonnen- und Sternlänge einander gleich resp. um 180° voneinander verschieden sind.

Die Entdeckung der bisher bekannten veränderlichen Sterne ist fast ohne Ausnahme dem blossen Zufall zu verdanken. Ein planmässiges Suchen nach solchen Objecten ist auch gänzlich aussichtslos, solange nicht irgend eine Gesetzmässigkeit in Betreff ihrer Vertheilung am Himmel

oder in Bezug auf ihre Eigenschaften ermittelt ist. Wesentlich erleichtert
und begünstigt ist das Auffinden von Veränderlichen seit dem Erscheinen
der verschiedenen Uranometrien und insbesondere der Bonner Durchmusterungen; und eine ganz neue Epoche für die Entdeckung von Veränderlichen wird zweifellos durch die neuen photometrischen Cataloge,
zum nicht geringen Theile auch durch die Anwendung der photographischen
Methoden eingeleitet werden. Freilich wächst durch die Vermehrung der
Zahl auch die Arbeit, die zur weiteren Verfolgung und zur sicheren Festlegung der Elemente ihres Lichtwechsels erforderlich ist; es wäre daher
dringend erwünscht, dass sich die Astronomen mehr als bisher diesem
interessanten Zweige zuwendeten und nicht die Hauptsorge dafür den
Liebhabern der Astronomie überliessen. Eine strenge Regel sollte es sein,
um Verwirrung in den Benennungen zu vermeiden, nur solche Objecte in
die Verzeichnisse aufzunehmen, bei denen die Veränderlichkeit durch
mehrere Beobachter ausser jeden Zweifel gestellt ist, ausserdem die Dauer
der Periode und die Hauptepoche möglichst genau bekannt sind. Selbst
der vortreffliche Chandler'sche Catalog enthält noch eine ganz beträchtliche
Anzahl von keineswegs sicher bestimmten Veränderlichen, die besser in
die Liste der noch zu bestätigenden Objecte gehörten. Für die Sterne
mit sehr starkem Lichtwechsel fehlen häufig zuverlässige Angaben über
das kleinste Licht, weil die Instrumente, mit denen gewöhnlich die Veränderlichen beobachtet werden, eine Verfolgung dieser Objecte bis zum
Minimum nicht gestatten. Es wäre mit Freude zu begrüssen, wenn diese
Lücken an Sternwarten, die im Besitz sehr lichtstarker Fernrohre sind,
ergänzt würden.

Alle Versuche, die bisher gemacht worden sind, um ein Gesetz für
die Vertheilung der Veränderlichen am Himmel festzustellen, sind als
gescheitert zu bezeichnen; sie werden auch in Zukunft noch so lange
verfrüht sein, bis nicht die Zahl der bekannten Veränderlichen erheblich
stärker angewachsen ist. Zwar glaubte Espin[1]) bereits im Jahre 1881
aussprechen zu dürfen, dass die variablen Sterne eine deutlich markirte
Zone repräsentirten mit einer Neigung von 15° oder 20° gegen den
Äquator, eine Zone, welche südlich vom Äquator in enger Beziehung zur
Milchstrasse stehen und sich dort, ebenso wie diese, in zwei Streifen
trennen sollte. Dieses Resultat hat sich aber später an einem grösseren
Material nicht bestätigt. Chandler[2]) findet im Jahre 1889, dass die
Veränderlichen von kurzer Periode, mit Ausnahme derer vom Algoltypus,
zum grössten Theile nahe in der Ebene der Milchstrasse liegen, dass aber

---

1) Observatory. Vol. 4, p. 250.
2) Astronomical Journal. Vol. 9, p. 1.

die Variablen von langer Periode in Beziehung zur Milchstrasse genau
so liegen, wie es bei einer ganz zufälligen Vertheilung derselben von
vornherein zu erwarten ist. Weitere Untersuchungen über diesen Gegenstand müssen der Zukunft überlassen bleiben. Dagegen verdienen schon
jetzt zwei allgemein charakteristische Eigenschaften hervorgehoben zu
werden, die einigermassen verbürgt erscheinen. Erstens findet, wenn man
die Dauer der Perioden ins Auge fasst, keine Gleichförmigkeit in der
Anzahl der Veränderlichen statt; es geht dies aus der folgenden kleinen
Zusammenstellung hervor, welche die Zahl der zu bestimmten Perioden-
längen gehörigen Sterne angiebt. Es sind zu dieser Tabelle nur diejenigen Sterne des letzten Chandler'schen Cataloges benutzt worden, für
welche die Perioden sicher genug bekannt sind.

Periodenlänge	Anzahl der Veränderlichen
Kürzer als 20 Tage	35
Zwischen 20 und 50 Tagen	6
» 50 » 100 »	7
» 100 » 150 »	8
» 150 » 200 »	14
» 200 » 250 »	27
» 250 » 300 »	33
» 300 » 350 »	37
» 350 » 400 »	29
» 400 » 450 »	14
» 450 » 500 »	5
Grösser als 500 Tage	3

Abgesehen von der ersten Gruppe, welche die sämmtlichen Sterne
des ganz eigenartigen Algoltypus umfasst, bemerkt man ein deutliches
Häufigkeitsmaximum bei Perioden zwischen 300 und 350 Tagen. Es ist
dies um so bemerkenswerther, weil gerade das Auffinden von Veränderlichen mit Perioden von nahe einem Jahre dadurch erschwert ist, dass
diese Sterne zu denjenigen Zeiten, wo sie am Bequemsten zu beobachten
sind, sich immer wieder nahe in demselben Stadium der Helligkeit befinden.

Ein zweiter, fast noch auffallenderer Zusammenhang findet zwischen
der Länge der Periode und der Färbung der Veränderlichen statt. Während die Variablen von kurzer Periode, vor Allem die Algolsterne, fast
ausschliesslich weiss sind, haben diejenigen mit langer Periode vorwiegend gelbe und röthliche Farben, und man kann als Regel aufstellen,
dass, je röther ein Veränderlicher ist, desto länger gewöhnlich auch seine
Periode sich ergiebt. Es geht dies sehr deutlich aus der folgenden kleinen

Tabelle hervor. In dieser sind zur Bezeichnung der Farben die Zahlen der Chandler'schen Scala benutzt, in welcher 0 dem weissen Lichte und 10 dem tiefsten röthlichen Farbentone, wie er z. B. bei den Sternen *V* Cygni und *R* Leporis vorkommt, entspricht. Auch bei dieser Zusammenstellung sind die Angaben des letzten Chandler'schen Cataloges zu Grunde gelegt.

Periodenlänge	Mittlere Farbe	Anzahl der benutzten Sterne
Zwischen 0 und 100 Tagen	1.2	32
» 100 » 200 »	2.9	17
» 200 » 300 »	2.9	38
» 300 » 400 »	4.5	50
Über 400 Tage	6.4	19

Der Zusammenhang tritt so klar zu Tage, dass an der Realität kaum zu zweifeln ist, trotzdem die bisherigen Farbenschätzungen keine sehr grosse Sicherheit besitzen. Behufs weiterer Verfolgung dieser interessanten Beziehung sollten es sich alle Beobachter der veränderlichen Sterne zur strengen Regel machen, mit jeder Helligkeitsbestimmung auch eine sorgfältige Farbenschätzung zu verbinden, wo möglich nach einer einheitlichen Scala. Auf diese Weise liesse sich allein auch die Frage entscheiden, ob mit dem Lichtwechsel eines Sternes gleichzeitig auch eine Farbenänderung eintritt. Fast noch wichtiger wäre eine sorgfältige Untersuchung der Spectren der Veränderlichen, und zwar sowohl hinsichtlich des allgemeinen Charakters, als auch in Bezug auf die Helligkeit in verschiedenen Farben. Leider treten der Ausführung dieser Untersuchungen in grösserem Massstabe gegenwärtig noch bedeutende Schwierigkeiten entgegen, weil die Lichtschwäche der meisten Veränderlichen die Anwendung der mächtigsten optischen Hülfsmittel erfordert.

Von verschiedenen Seiten sind noch Versuche gemacht worden, den Gesammtbetrag der Lichtänderung vom Maximum zum Minimum, und ferner das Verhältniss der Zeitdauer der Lichtabnahme zu der der Lichtzunahme bei den einzelnen Veränderlichen mit der Länge der Periode in Zusammenhang zu bringen. Aber alle diese Versuche schweben aus Mangel an genügendem Material vollständig in der Luft und brauchen an dieser Stelle nicht näher besprochen zu werden.

Eine strenge Classificirung der Veränderlichen von irgend einem einfachen Gesichtspunkte aus ist bei der Mannigfaltigkeit der Erscheinungen und der verhältnissmässig geringen Zahl der Objecte gegenwärtig noch nicht möglich. Ich werde mich daher bei der folgenden Besprechung der wichtigsten Ergebnisse der bisherigen Forschungen an die von Pickering[1]) vorgeschlagene Eintheilung in fünf Hauptclassen halten, obgleich dieselben keineswegs scharf gegeneinander abgegrenzt sind, und auch nicht alle beobachteten Erscheinungen darin untergeordnet werden können. Die Pickering'schen Classen sind die folgenden.

I. Die temporären oder neuen Sterne, welche plötzlich erscheinen und im Verlaufe von relativ kurzer Zeit wieder bis fast zur Unsichtbarkeit hinabsinken. Der berühmteste Vertreter dieser Classe ist der Tychonische Stern vom Jahre 1572.

II. Die Veränderlichen von langer Periode, welche in Zeiträumen von einem halben Jahre bis zu zwei Jahren und darüber einen mehr oder weniger regelmässigen Lichtwechsel vom Maximum zum Minimum und wieder zum Maximum zurück vollenden, wobei die gesammten Lichtänderungen meist sehr beträchtlich sind. Als interessantestes Beispiel wird gewöhnlich der Stern Mira Ceti angeführt, und der ganze Typus heisst daher auch allgemein der Mira-Typus.

III. Die unregelmässig veränderlichen Sterne, bei denen die Lichtschwankungen ganz regellos verlaufen und bei denen weder eine Periodenlänge noch die Maximal- und Minimalhelligkeiten mit Sicherheit angegeben werden können. Die Sterne α Cassiopejae und α Orionis gehören zu diesem Typus, der auch bisweilen der Orion-Typus genannt wird.

IV. Die Veränderlichen von kurzer Periode, bei denen der Lichtwechsel mit grosser Regelmässigkeit im Laufe von wenigen Tagen vor sich geht. Meistens treten neben dem Hauptmaximum und Hauptminimum noch Nebenepochen auf. Als Beispiel gelten die Sterne δ Cephei und β Lyrae; nach letzterem heisst diese Classe auch der Lyra-Typus.

V. Der Algol-Typus, umfassend alle diejenigen Sterne, die während längerer Zeit constante Helligkeit besitzen, aber nach ganz regelmässigen Intervallen im Verlaufe von wenigen Stunden einen beträchtlichen Theil ihres Lichtes verlieren und ebenso schnell wiedergewinnen. Der Typus ist nach dem ältesten und bekanntesten Vertreter, dem Stern β Persei oder Algol, benannt.

Die wichtigsten Hypothesen, welche zur Erklärung der verschiedenen Phänomene des Lichtwechsels der Veränderlichen aufgestellt worden sind, sollen im Folgenden bei Besprechung der einzelnen Typen kurz berührt werden.

[1] Proc. of the Amer. Acad. New Series. Vol. 8 (1881), p. 17 und 257.

a. Die temporären oder neuen Sterne.

Das Charakteristische dieser Classe von Sternen besteht darin, dass
sie an Stellen des Himmels, wo vor ihrer Entdeckung keine oder nur
ganz schwache Objecte zu erkennen waren, plötzlich in hellem Lichte aufflammen, verhältnissmässig kurze Zeit in dieser Helligkeit verharren und
dann zuerst langsam und meist mit geringen Schwankungen, zuletzt mit
grosser Schnelligkeit an Lichtstärke abnehmen, bis sie entweder gänzlich
dem Blicke entschwinden oder als ganz schwache Sternchen sichtbar bleiben.
Früher war man der Ansicht, dass man es bei diesen Sternen mit neuen
Weltbildungen zu thun hätte, und daher stammt die auch heute noch
übliche Bezeichnung »Novae« für dieselben.   Es unterliegt wohl aber
kaum einem Zweifel, dass diese Sterne keine Neubildungen sind, sondern
dass durch irgend welche Katastrophen ein plötzliches Aufleuchten und
Wiederverschwinden von sehr lichtschwachen Objecten hervorgebracht
wird, die bei Anwendung der allergrössten Fernrohre sowohl vor dem
Auftauchen als nach dem Erlöschen erkannt werden könnten.   Man wird
daher die »Novae« als Veränderliche ansehen dürfen, welche nur einem
einmaligen aussergewöhnlich starken Lichtwechsel unterworfen sind.   Die
Vermuthung, dass es Veränderliche mit Perioden von vielen Jahrzehnten
oder Jahrhunderten seien, entbehrt zunächst der Begründung.   Die Angaben
eines Zeitgenossen Tycho Brahes, nach denen ungefähr in der Gegend der
Tychonischen Nova vom Jahre 1572 bereits in den Jahren 945 und 1264
neue Sterne bemerkt worden seien, so dass also auf eine etwa 314jährige
Periode geschlossen werden könnte [1]), sind nicht als erwiesen zu betrachten.

Ein besonderes Merkmal aller neuen Sterne ist die überaus grosse
Schnelligkeit, mit welcher das Anwachsen bis zum grössten Lichte erfolgt.
Bei einem derselben, T Coronae, ist eine Lichtzunahme von mehr als drei
Grössenclassen innerhalb $2\frac{1}{4}$ Stunden nachgewiesen, und aus den zuver-
lässigen Angaben bei den in den letzten Jahrzehnten entdeckten neuen
Sternen geht hervor, dass der ganze Aufleuchtungsprocess stets innerhalb
weniger Tage vor sich gegangen ist.

Man rechnet heute gewöhnlich 11 Sterne zu der Classe der neuen
Sterne, von denen aber zwei als zweifelhaft zu bezeichnen sind.   Pickering
hat in den letzten Jahren noch drei weitere, auf photographischem Wege
entdeckte, hinzugefügt; doch scheint es fraglich, ob diese nicht besser zu
den Variablen mit langer Periode zu zählen sind.   Auch früher sind mehrfach Objecte als Novae bezeichnet worden, die dann später als regel-

---

1. Von verschiedenen Seiten ist im Zusammenhange damit die Vermuthung aufgestellt worden, dass auch der biblische Stern von Bethlehem als eine frühere Erscheinung der Tychonischen Nova anzusehen wäre.

mässig veränderliche Sterne erkannt wurden, wie z. B. vor einer Reihe von Jahren der bei χ_1 Orionis entdeckte Variable U Orionis. In der folgenden Tabelle ist eine Zusammenstellung der 11 neuen Sterne mit den Oertern für 1900 in der Reihenfolge ihrer Entdeckung gegeben. Etwas auffallend ist die grosse Zeitlücke zwischen dem vierten und fünften Stern.

Name	A. R. 1900	Decl. 1900	Helligkeit Max.	Helligkeit Min.	Jahr der Ent- deckung	Name des Entdeckers
B Cassiopejae . .	0ʰ 19ᵐ 15ˢ	+ 63° 35ʹ5	>1	?	1572	Tycho Brahe
P Cygni.	20 14 6	+ 37 43.3	3.5	<6	1600	Janson
Nova Serpentarii	17 24 38	− 21 23.7	>1	?	1604	Brunowski
11 Vulpeculae . .	19 43 28	+ 27 4.2	3	?	1670	Anthelm
Nova Ophiuchi .	16 53 54	− 12 44.4	5.5	12.5	1848	Hind
T Scorpii	16 11 5	− 22 43.6	7.0	<12	1860	Auwers
T Coronae . . .	15 55 19	+ 26 12.2	2.0	9.5	1866	Birmingham
Q Cygni.	21 37 47	+ 42 23.1	3	14.8	1876	Schmidt
S Andromedae. .	0 37 15	+ 40 43.2	7	?	1885	Hartwig
T Aurigae. . . .	5 25 34	+ 30 22.2	4.5	<15	1892	Anderson
R Normae. . . .	15 22 11	− 50 13.9	7	13	1893	Harvard Coll. Obs.

Die Angaben über den Verlauf der Lichterscheinungen sind bei den älteren von diesen Sternen sehr lückenhaft und unsicher und entbehren schon deswegen der Vollständigkeit, weil sie nicht über die Sichtbarkeitsgrenze für das blosse Auge hinaus verfolgt werden konnten. Die grösste Lichtstärke von allen scheint der Tychonische Stern erreicht zu haben. Nach Tychos Angaben soll er Ende November 1572 der Venus an Helligkeit gleich gewesen sein, und die Lichtabnahme bis zum Verschwinden für das unbewaffnete Auge erfolgte innerhalb eines Zeitraums von 1 Jahr und 4 Monaten. Bereits im Februar und März 1573 war er bis zur Helligkeit eines Sternes erster Grösse herabgesunken, im Juli und August erreichte er die dritte, im October und November die vierte Grösse und im Februar 1574 erschien er als Stern 5—6. Grösse. Ob seine Lichtstärke in den Zwischenzeiten continuirlich abgenommen hat oder geringen Fluctuationen unterworfen gewesen ist, steht nicht fest, dagegen scheint mit der Helligkeitsverminderung ein auffallender Farbenwechsel verbunden gewesen zu sein. Nach Tychos Versicherung war die Nova im Maximum weiss, wurde dann gelblich und röthlich, etwa von der Farbe des Mars, zeigte aber vom Mai 1573 an bis zum Verschwinden wieder eine entschieden weissliche Färbung. Die Frage, ob an der Stelle der Tychonischen Nova sich jetzt ein schwaches Object findet, ist wegen der verhältnissmässig unsicheren Positionsangaben der damaligen Zeit nicht sicher zu entscheiden; nach Untersuchungen von d'Arrest steht etwa 49″ südlich von dem Tycho'schen Orte ein Sternchen 10½ Grösse, welches möglicher Weise mit der Nova identisch ist.

Den zweiten Stern der obigen Liste, *P* Cygni, wollen manche Astronomen ganz aus der Reihe der neuen Sterne streichen. Soweit die dürftigen Angaben erkennen lassen, wurde der Stern, der im Jahre 1600 von dem Geographen Janson zuerst gesehen war, zwei Jahre später von Kepler als Stern dritter Grösse beobachtet. 1621 war er für das blosse Auge unsichtbar, erreichte aber 1655 nach Cassinis Angaben wieder die dritte Grösse, verschwand abermals, wurde 1665 von Hevel schwächer als dritter Grösse wiedergefunden und sank bis zum Jahre 1677 bis zur fünften Grösse hinab, in welcher er seitdem bis heute unverändert geblieben ist. Wenn der Stern vor 1600 schon die jetzige Helligkeit besessen hat, was zwar nicht erwiesen, aber sehr wohl möglich ist, so wäre er allerdings nicht zu den neuen Sternen im gewöhnlichen Sinne zu rechnen. Auch das mehrmalige Aufleuchten nahe in derselben Helligkeit widerspricht der obigen Definition der neuen Sterne.

Über die Nova Serpentarii, die von einem Schüler Keplers am 10. October 1604 entdeckt wurde, hat Kepler[1]) selbst eine kleine Schrift veröffentlicht, aus der hervorgeht, dass dieser Stern in seinem Lichtwechsel grosse Ähnlichkeit mit der Tychonischen Nova gehabt hat. Die Sichtbarkeitsdauer für das blosse Auge betrug nahezu 1 Jahr und 5 Monate. Im Maximum erreichte der Stern nicht die grösste Lichtstärke der Tychonischen Nova, übertraf aber an Glanz noch den Planeten Jupiter. Im Januar 1605 war er schon wieder etwas schwächer als Arctur, Ende März glich er einem Sterne dritter, im October einem Sterne sechster Grösse, und im März 1606 wurde er für das unbewaffnete Auge unsichtbar. Über auffallende Farbenänderungen finden sich in der Kepler'schen Schrift keine Mittheilungen; der Stern wird als weiss bezeichnet. An der Stelle dieses Sternes ist heute auch mit Hülfe der stärksten Fernrohre kein Object zu finden, welches sicher mit ihm identificirt werden könnte.

Auch die Anthelm'sche Nova vom Jahre 1670 (am 20. Juni entdeckt) ist, ähnlich wie *P* Cygni, insofern nicht ganz streng zu den neuen Sternen zu rechnen, als bei ihr ein mehrmaliges Aufleuchten constatirt worden ist. Bei der Entdeckung besass er die dritte Grösse, nahm sehr bald an Helligkeit ab und war schon nach zwei Monaten verschwunden. Im März 1671 tauchte er von Neuem auf und wurde von Dom. Cassini als Stern vierter Grösse mit kleinen Schwankungen beobachtet. Im Februar 1672 war er nicht sichtbar, dagegen leuchtete er noch einmal im März 1672 als Stern sechster Grösse auf, um dann für immer zu ver-

---

1) Kepler, De stella nova in pede Serpentarii. Prague, 1606.

schwinden. In der Nähe des nicht ganz sicher bestimmten Ortes findet sich ein Sternchen elfter Grösse, welches von Hind für veränderlich gehalten wurde und vielleicht mit der Nova identisch ist.

Weit zuverlässigere Angaben als über die älteren Novae besitzen wir über die im gegenwärtigen Jahrhundert entdeckten. Bemerkenswerth ist, dass keine von diesen im Maximum auch nur entfernt die Lichtstärke der Tychonischen oder Kepler'schen Nova erreicht hat, und dass bei den meisten der Lichtwechsel sich in verhältnissmässig viel kürzeren Zeiträumen abgespielt hat.

Hinds Nova, die als Stern 6. Grösse am 27. April 1848 entdeckt wurde, muss ziemlich schnell aufgetaucht sein, denn nach Hinds Versicherung war noch am 3. April kein Object heller als 9½ Grösse an dem Orte sichtbar gewesen. Im Jahre 1850 war der stark röthlich gefärbte Stern schon wieder unter die 10. Grösse gesunken, und seit 1876 ist er ohne merkliche Änderungen als Stern 12½ Grösse sichtbar gewesen.

Bei Weitem die kürzeste Sichtbarkeitsdauer ist bei der Auwers'schen Nova *T* Scorpii nachgewiesen, die am 21. Mai 1860 in dem kugelförmigen Sternhaufen Messier 80 an einer Stelle, wo noch am 18. Mai nichts Auffallendes bemerkt werden konnte, als Stern 7. Grösse auftauchte, aber so schnell wieder an Lichtstärke abnahm, dass sie schon nach Verlauf eines Monats nicht mehr von dem Nebellichte zu unterscheiden war. Auch später ist an der bezeichneten Stelle keine Spur von einem Sternchen wiedergefunden worden.

Das schnellste Aufleuchten ist bisher bei *T* Coronae constatirt worden, welcher bereits vor der Katastrophe als Stern 9.5 Grösse bekannt war und auch nach derselben constant unter 9. Grösse geblieben ist. Derselbe wurde am 12. Mai 1866 um 12 Uhr Pariser Zeit von Birmingham als Stern 2. Grösse (etwa so hell wie α Coronae) erblickt und noch in derselben Nacht auch von anderen Beobachtern fast ebenso hell geschätzt. Da nach der bestimmten Angabe von Schmidt in Athen an der betreffenden Stelle noch um 9½ Uhr Par. Zeit desselben Abends kein Object heller als 5. Grösse sichtbar gewesen ist, so muss das Aufleuchten innerhalb weniger Stunden erfolgt sein. Schon am 13. Mai war die Lichtstärke geringer geworden, nach 9 Tagen wurde der Stern für das blosse Auge unsichtbar, und nach Verlauf eines Monats war bereits die 9. Grösse erreicht. Der Stern ist dann nach zuverlässigen Angaben noch einige Male heller geworden, ohne sich jedoch jemals wieder über die 7.5 Grösse zu erheben. In den Jahren 1894 und 1895 ist seine Helligkeit unverändert 14.8 Grösse gewesen. *T* Coronae ist die erste Nova, von welcher spectroskopische Beobachtungen vorliegen. Nach den Untersuchungen von Huggins bestand das Spectrum aus dunklen und hellen Linien, von denen zwei mit den Wasserstofflinien

C und F identificirt werden konnten. Damit war der Beweis erbracht, dass das Auflodern des Sternes mit dem Auftreten von glühenden Gasmassen im Zusammenhange stand. Heute zeigt das Spectrum von T Coronae nichts Auffallendes.

Ein zweites Beispiel von aussergewöhnlich schnellem Anwachsen der Helligkeit bietet die am 24. November 1876 von Schmidt entdeckte Nova Q Cygni. Dieselbe tauchte als Stern 3. Grösse an einer Stelle auf, wo in der Bonner Durchmusterung kein Object verzeichnet ist, und wo noch am 20. November von Schmidt bestimmt kein Stern heller als 5. Grösse gesehen war. Seine Sichtbarkeitsdauer für das blosse Auge betrug 21 Tage, und die Helligkeitsabnahme erfolgte ohne bemerkenswerthe Fluctuationen zuerst schneller, dann etwas langsamer. Anfang 1877 war er 8. Grösse. 1878 sank er unter die 10. Grösse, und gegenwärtig ist er nur noch mit starken Instrumenten sichtbar.

Die zuverlässigsten Kenntnisse über den Verlauf der Lichtänderungen besitzen wir von den neuen Sternen S Andromedae und T Aurigae. Während die Helligkeitsangaben bei den früheren Novis nur auf Schätzungen beruhten, sind diese beiden auch mehrfach photometrisch gemessen worden, und das vorhandene Material ist namentlich bei T Aurigae ziemlich umfangreich. Bezüglich des ersteren im Andromedanebel am 30. August 1885 aufgetauchten Objectes, dessen Entdeckung gewöhnlich dem Freiherrn von Spiessen zugeschrieben wird, der aber schon früher von Hartwig wahrgenommen worden ist, lässt sich nicht mit Sicherheit der Zeitpunkt des Aufleuchtens constatiren; nur soviel dürfte feststehen, dass etwa Mitte August das Aussehen des Nebels noch nichts besonders Auffallendes gezeigt hat. Seine Anfangshelligkeit wird 7. Grösse geschätzt, doch dürfte diese Angabe, sowie die übrigen Helligkeitsschätzungen wegen des störenden Einflusses des umgebenden Nebels wenig Vertrauen verdienen. Meine photometrischen Messungen[1]) geben für September 2 die Helligkeit 7.95, für Ende September 9.50; Mitte October war die Lichtstärke schon unter die 10. Grösse gesunken. Die aus den Potsdamer Messungen abgeleitete Lichtcurve (Fig. 76) zeigt um die Mitte September einen Stillstand in der continuirlichen Lichtabnahme, der auch durch die Beobachtungen von Hartwig bestätigt wird. Der Ort der Nova fällt nicht genau mit der Mitte des Andromedanebels und auch nicht mit dem Orte eines Sternchens 11. Grösse zusammen, das schon früher bekannt war. Nach dem vollständigen Verschwinden soll die Nova, wie v. Kövesligethy versichert, noch einmal (Ende September 1886) aufgetaucht sein; doch ist diese Behauptung nicht durch andere Beobachter bestätigt worden, und es hat

1) Astron. Nachr. Bd. 113, Nr. 2690.

möglicher Weise eine Verwechslung mit dem oben erwähnten Sternchen
11. Grösse stattgefunden.

Von der Nova T Aurigae liegen bei Weitem die zahlreichsten und
sichersten Helligkeitsbestimmungen vor. Dieselben sind von Lindemann[1])
gesammelt und in sehr gründlicher Weise bearbeitet worden. Der Stern
wurde von Anderson am 24. Januar 1892 zuerst wahrgenommen, jedoch
erst am 31. Januar als Nova erkannt. Er besass damals die Helligkeit
5. Grösse, nahm in den ersten Tagen des Februar noch etwas an Licht

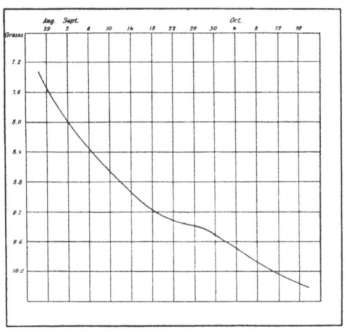

Fig. 76. Lichtcurve des neuen Sterns im Andromedanebel, 1885.

zu, sank dann im Laufe des Februar ganz langsam und mit deutlich aus-
geprägten Nebenmaximis bis zur 6. Grösse herab und nahm erst im Monat
März mit grosser Schnelligkeit continuirlich bis fast zur vollständigen Unsichtbarkeit ab. Höchst charakteristisch für diese Nova ist, dass sie verhältnissmässig lange Zeit nahezu die Maximalhelligkeit behalten hat. Wie
aus einer Reihe von photographischen Aufnahmen auf der Sternwarte des
Harvard College in der Zeit von 1891 December 10 bis 1892 Januar 20
hervorgeht, ist die Nova bereits vom 10. December an als Stern 5. Grösse

---

1) Bull. de l'acad. Imp. des sciences de St.-Pétersb. Nouv. Sér. III (35), p. 507.

sichtbar gewesen; sie hat sich also fast drei Monate lang nur wenig an
Helligkeit verändert. Anf photographischen Aufnahmen zwischen October.21
und December 1 findet sich die Nova nicht; ihr Aufleuchten fällt mithin
in die Zeit zwischen December 1 und December 10. Die von Lindemann mit Hinzuziehung der Cambridger Aufnahmen abgeleitete Lichtcurve von T Aurigae ist in Fig. 77 dargestellt. Ende 'August 1892 ist
ein nochmaliges Auflodern dieses Sternes constatirt worden, wobei er
jedoch nicht heller als 9. bis 10. Grösse wurde. In dieser Lichtstärke
scheint er dann mit geringen Schwankungen bis fast in die Mitte des

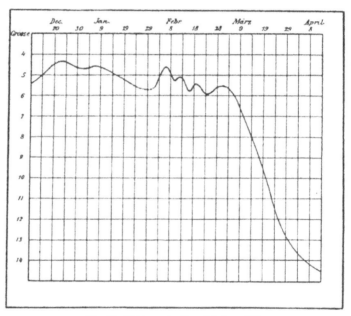

Fig. 77. Lichtcurve der Nova T Aurigae, 1892.

Jahres 1894 geblieben zu sein; erst von da an ist er allmählich wieder
schwächer geworden, ohne jedoch bis heute vollkommen unsichtbar zu
werden.

Der letzte Stern in der obigen Liste, R Normae, ist mit Hülfe der
Photographie entdeckt worden. Auf einer am 10. Juli 1893 in Are-
quipa von Bailey gemachten Sternspectralaufnahme, welche auf dem
Harvard College Observatorium von Mrs. Fleming untersucht wurde,
fand sich ein Spectrum, welches vollkommen identisch zu sein schien
mit dem Spectrum der Nova Aurigae. Eine zweite Spectralaufnahme vom

21. Juni 1893 zeigte keine Spur von dem Sterne, und da er auch auf zahlreichen photographischen Karten aus der Zeit von 1889 Juni 6 bis 1893 Mai 27 fehlte, so ergab sich als sicher, dass der Stern zwischen dem 21. Juni und dem 10. Juli 1893 an einer Stelle aufgeleuchtet war, wo vorher entweder gar kein oder nur ein schwaches Object gestanden hatte. Die Helligkeit des Sternes wurde nach der Aufnahme vom 10. Juli ungefähr 7. bis 8. Grösse geschätzt. Directe Beobachtungen dieser Nova sind nur von Campbell bekannt geworden; demnach war die Lichtstärke Mitte Februar 1894 etwa 9.5 Grösse, sie sank dann langsam weiter, und am 23. Mai 1895 war bereits die 13. Grösse erreicht. Seitdem sind keine weiteren Beobachtungen veröffentlicht worden. —

Zur Erklärung der Natur der sogenannten neuen Sterne haben die Helligkeitsbeobachtungen derselben verhältnissmässig wenig beigetragen; sie haben nur festgestellt, dass bei diesen Sternen der Vorgang des Aufleuchtens von vollständiger Unsichtbarkeit oder wenigstens von sehr geringer Lichtstärke an bis zu enormer Helligkeit zum Theil in ganz kurzer Zeit erfolgt, und dass dann sehr bald ein ganz allmähliches Abnehmen der Leuchtkraft eintritt, zuweilen noch durch erneute kurze Anschwellungen des Lichtes unterbrochen, bis der ursprüngliche Zustand wieder erreicht ist. Daraus geht zweifellos hervor, dass die betreffenden Himmelskörper durch ein plötzlich eintretendes Ereigniss vorübergehend in einen ungemein hohen Glühzustand versetzt worden sind; aber einen näheren Aufschluss über das Wesen dieser Katastrophe erhalten wir aus den beobachteten Lichterscheinungen nicht. In dieser Beziehung haben die spectroskopischen Untersuchungen, obgleich sie erst bei den zuletzt erschienenen neuen Sternen zur Anwendung kommen konnten, bereits viel mehr Anhaltspunkte geliefert als alle photometrischen Beobachtungen. Die verschiedenen Hypothesen, die zur Erklärung der Erscheinungen der neuen Sterne aufgestellt worden sind, müssen daher in erster Linie auf Grund der spectroskopischen Ergebnisse geprüft werden, und eine kritische Besprechung dieser Hypothesen gehört in ein Lehrbuch über die Spectralanalyse der Gestirne[1]). Im Folgenden soll nur der Vollständigkeit wegen ein kurzer Überblick über die wichtigsten Erklärungsversuche gegeben werden ohne näheres Eingehen auf dieselben.

Schon vor Anwendung der Spectralanalyse hat Zöllner[2]) eine Hypothese aufgestellt, welche die beobachteten Erscheinungen in der Hauptsache zu erklären vermag. Nach ihm sind die neuen Sterne Weltkörper, bei denen sich durch allmähliche Abkühlung eine feste Schlackendecke

---

1) Siehe Scheiners Spectralanalyse der Gestirne. Leipzig, 1890, p. 300—305.
2) Zöllner, Photometrische Untersuchungen etc. Leipzig, 1865, p. 247.

gebildet hat, die plötzlich aus irgend einer Ursache gewaltsam durchbrochen wird, so dass die im Innern eingeschlossene Gluthmasse sich über die ganze Oberfläche oder einen Theil derselben verbreiten und dadurch Licht und Wärme hervorbringen kann. Dabei werden auch noch die bereits an der erstarrten Oberfläche vorhandenen chemischen Verbindungen zersetzt, und diese Zersetzung ist gleichfalls mit einer starken Lichtentwicklung verbunden. Je gewaltiger die herausgetretenen Gluthmassen sind, desto länger wird der Verbrennungsprocess dauern, und desto langsamer wird auch die allmähliche Abkühlung vor sich gehen. Über die Ursache des plötzlichen Ausbruches macht Zöllner keine bestimmten Annahmen, er deutet nur gelegentlich an, dass der Zustand der Erstarrung lediglich durch äussere Einflüsse, wie z. B. durch den Zusammenstoss mit einem anderen Weltkörper oder durch den Einsturz eines Meteors wieder aufgehoben werden kann.

Eine gewisse Verwandtschaft mit der Zöllner'schen Hypothese hat die von Lohse[1]) aufgestellte. Nach dieser ist die Abkühlung des Sternes nicht bis zur Bildung einer festen Schale, sondern nur bis zur Bildung einer lichtabsorbirenden Atmosphäre vorgeschritten, welche aber nicht immer so dicht zu sein braucht, dass der Stern gänzlich unsichtbar wird, sondern sehr wohl noch, wie es in einigen Fällen constatirt ist, als schwaches Object vor und nach der Katastrophe vorhanden sein kann. Die Katastrophe selbst besteht in der plötzlichen Bildung von chemischen Verbindungen, die bei ganz bestimmten Graden der Abkühlung eintreten und infolge der enormen Wärmeentwicklung ein Auflodern des Sternes bedingen. Da in verschiedenen Stadien der Erkaltung bei ein und demselben Sterne alle möglichen Verbindungen erfolgen können, so findet nach dieser Hypothese ein mehrmaliges erneutes Aufflackern eine ungezwungene Erklärung.

Auf wesentlich anderen Grundsätzen beruht die von Wilsing[2]) erweiterte Klinkerfues'sche[3]) Fluthhypothese, nach welcher die neuen Sterne als schwach leuchtende Himmelskörper mit dichter Atmosphäre aufzufassen sind, die von einem relativ dunkleren Begleiter in sehr excentrischer Bahn umkreist werden. Beim Durchgange durch das Periastron findet eine so starke Deformation der Atmosphäre des Hauptsternes statt, dass ein Theil der Oberfläche ganz freigelegt und infolge dessen eine bedeutende Helligkeitszunahme bewirkt wird. Ist die Annäherung ganz besonders gross, so können dadurch, dass nicht nur in der Atmosphäre, sondern auch in den glühenden Gasmassen im Innern des

1) Monatsber. der K. Preuss. Akad. d. Wiss. 1877, p. 826.
2) Astron. Nachr. Bd. 124, Nr. 2960.
3) Nachr. von der K. Ges. d. Wiss. zu Göttingen. Jahrg. 1865.

Hauptsternes Fluthwellen entstehen, Eruptionen hervorgebracht werden, die noch wesentlich zum plötzlichen Anwachsen der Leuchtkraft beitragen und die auch das Auftreten der hellen Linien im Spectrum am Einfachsten erklären. Nach dem Durchgange durch das Periastron bedeckt sich mit zunehmender Entfernung des Begleiters die Oberfläche des Hauptsternes wieder allmählich mit der Atmosphäre, und infolge dessen verringert sich die Leuchtkraft. Die Annahme eines Doppelsternsystemes würde natürlich ein periodisch wiederkehrendes Aufflammen verlangen, und da ein solches bei keinem der bisher bekannten neuen Sterne beobachtet worden ist, so müsste man, wenigstens bei den älteren derselben, sehr grosse Umlaufszeiten voraussetzen, die aber sehr wohl möglich sind.

Manche Astronomen haben die Erscheinungen der neuen Sterne anstatt durch Vorgänge in einem zusammengehörigen Systeme durch zufällige Annäherung zweier ganz getrennten Weltkörper zu erklären gesucht, oder auch, wie Vogel[1]), durch das Zusammentreffen eines Himmelskörpers mit einem dem unseren ähnlichen Sonnensysteme, dessen Centralstern durch allmähliche Abkühlung seine Leuchtkraft verloren hat. Sehr beachtenswerth ist auch die von Seeliger[2]) aufgestellte Hypothese, welche den Eintritt eines Weltkörpers in ein wolkenartiges Gebilde von sehr dünn verstreuter Materie annimmt. Ähnlich wie bei dem Eindringen eines Meteors in die oberen Schichten der Erdatmosphäre tritt eine plötzliche Erhitzung der Oberfläche ein, die so lange bestehen bleiben muss, als der Stern innerhalb der kosmischen Wolke sich bewegt, vielleicht mit geringem Auf- und Abschwanken der Helligkeit, je nachdem die Materie dichter oder dünner vertheilt ist. Nach dem Austritte des Sternes aus der Wolke beginnt die Helligkeit sofort ziemlich schnell abzunehmen.

Zu erwähnen ist endlich noch die Meteoritenhypothese Lockyers, welcher die Erscheinungen der neuen Sterne durch die Collision von Meteoritenschwärmen zu erklären versucht.

b. Die Veränderlichen von langer Periode.

Das Unzulängliche der Pickering'schen Eintheilung der Veränderlichen tritt am Deutlichsten bei der zweiten Classe hervor, zu welcher bei Weitem der grösste Theil aller Variablen zu rechnen ist. Eine scharfe Abgrenzung gegenüber der dritten und vierten Gruppe sowohl in Bezug auf die Länge der Periode als auf die Art und Weise des Lichtwechsels ist nicht innezuhalten, und durch Sterne wie η Argus scheint ein Übergang zu der Gruppe der neuen Sterne angedeutet zu sein. Man rechnet

---

1) Mathem. Abhandl. der Kgl. Preuss. Akad. der Wiss. 1893, p. 1.
2) Astr. Nachr. Bd. 130, Nr. 3118.

zu dieser Classe gewöhnlich alle Veränderlichen, bei denen die Licht variationen in bestimmter Gesetzmässigkeit in Perioden von etwa drei Monaten bis zu zwei Jahren und darüber vor sich gehen. Der bekanntest Vertreter dieser Classe ist der Stern *o* Ceti, von Hevel wegen seine merkwürdigen Lichtwechsels »der Wunderbare (Mira)« genannt. Er wurde von Fabricius im Jahre 1596 als Stern 2. Grösse entdeckt und galt weil er nach einigen Monaten für das blosse Auge verschwand und auch in den nächsten Jahren nicht weiter beobachtet wurde, längere Zeit für eine Nova. Erst von Holwarda wurde im Jahre 1638 seine Eigenschaf als Variabler endgültig festgestellt. Durch zahlreiche Beobachtungen sei dieser Zeit ist constatirt, dass der Stern im Minimum bis zur 9. Grösse und darunter herabsinkt, und dass seine Maximalhelligkeit zwischen 2 und 5. Grösse schwanken kann. Das hellste Maximum scheint im November 1779 stattgefunden zu haben. Die Periode beträgt etwa 331.6 Tage doch ist diese Dauer veränderlich und zwar, wie die Beobachtungen zeigen, selbst wieder periodisch veränderlich. Argelander hat eine Formel mit mehreren Sinusgliedern aufgestellt, welche die Berechnung der Periodenlänge für jede beliebige Zeit ermöglichen soll, sich aber keineswegs stets als vollkommen ausreichend erwiesen hat. Die Zunahme des Lichtes vom Minimum bis zum Maximum erfolgt bei *o* Ceti viel schneller als die Abnahme bis zum nächsten Minimum, welche etwa eine doppelt so lange Zeit in Anspruch nimmt. Es ist dies eine Eigenthümlichkeit, welche ebenso wie die Veränderlichkeit der Periodendauer für die meisten der zu dieser Classe gerechneten Variablen charakteristisch ist. Erst bei einer verhältnissmässig geringen Zahl derselben sind die Erscheinungen des Lichtwechsels so gründlich studirt worden, dass es möglich gewesen ist, Formeln zur Berechnung der veränderlichen Periodendauer aufzustellen und die Gestalt der mittleren Lichtcurven mit einiger Zuverlässigkeit zu ermitteln. Verhältnissmässig gut bekannt sind die am Frühesten entdeckten Glieder der Gruppe, darunter besonders χ Cygni, *R* Aquarii, *S* Serpentis, *R* Pegasi, *R* Cancri, *R* Ursae majoris u. s. w. Eine der kürzesten Perioden in dieser Gruppe besitzt der Stern *U* Geminorum, welcher in weniger als 20 Tagen von der 13. bis zur 9. Grösse anwächst und dann in 60 bis 70 Tagen wieder zum Minimum herabsinkt. Ob der bereits oben erwähnte Stern η Argus zur zweiten Classe zu rechnen ist, kann noch als zweifelhaft gelten, da eine wirkliche Gesetzmässigkeit im Lichtwechsel nicht nachzuweisen ist; jedenfalls nimmt er eine extreme Stellung innerhalb der Gruppe ein. Halley zählte diesen Stern im Jahre 1677 zur 4. Grösse, 1687 und später 1751 wurde er 2. Grösse geschätzt, 1811—1815 besass er wieder die 4. Grösse, und 1827 wurde er von Burchell heller als α Virginis und α Aquilae geschätzt. Nach

J. Herschel erreichte er im Jahre 1837 fast die Lichtstärke von Sirius und verblieb in dieser Helligkeit mit geringen Schwankungen bis Mitte 1843. Seitdem hat er beständig abgenommen und ist seit 1865 constant 7. bis 8. Grösse geblieben. Interessant ist, dass der Stern sich inmitten eines Nebelfleckes befindet, welcher ebenfalls der Veränderlichkeit verdächtig ist. Nach Loomis soll η Argus eine Periode von ungefähr 70 Jahren besitzen, doch fehlen zunächst noch sichere Anhaltspunkte zur Bestätigung dieser Behauptung.

Bei allen Sternen der zweiten Classe ist der Helligkeitsunterschied zwischen Maximum und Minimum sehr bedeutend; er beträgt fast immer mehrere Grössenclassen, und es giebt auch ausser Mira Ceti und η Argus eine ganze Anzahl Sterne, deren Maximallichtstärke um mehr als das 500fache die Minimalhelligkeit übertrifft. Bemerkenswerth ist, dass diese Veränderlichen fast sämmtlich eine gelbe oder röthliche Färbung besitzen, was darauf hindeuten würde, dass wir es bei ihnen mit Himmelskörpern zu thun haben, deren Abkühlung bereits so weit vorgeschritten ist, dass der Zustand des Rothglühens eingetreten ist. Dafür sprechen auch die spectroskopischen Beobachtungen, nach denen die Sterne dieser Gruppe meistens zum III. Spectraltypus gehören. Bei einigen derselben, wie z. B. bei o Ceti, sind zur Zeit des Maximums auch helle Linien im Spectrum beobachtet worden. Die Spectralanalyse, die sich bisher noch wenig mit diesen Sternen beschäftigt hat, wird hier noch manche interessante Aufschlüsse geben können. Leider bereitet die geringe Lichtstärke im Minimum einer andauernden spectroskopischen Verfolgung dieser Veränderlichen grosse Schwierigkeit.

Zur Erklärung der Lichterscheinungen dieser Variablen, bei denen es sich nicht um eine einmal eintretende gewaltige Katastrophe, sondern um periodisch wiederkehrende Vorgänge handelt, wird mit Vorliebe die Zöllner'sche Schlackentheorie herangezogen. Dieselbe setzt voraus, dass die Abkühlung bei diesen Himmelskörpern nicht gleichmässig auf der ganzen Oberfläche erfolgt, sondern dass sich mehr oder weniger grosse dunkle Flecke bilden, und dass die Erscheinungen des Lichtwechsels von der Rotation des Himmelskörpers herrühren. So einfach und plausibel die Hypothese auf den ersten Blick erscheint, so stösst sie doch auf manche Schwierigkeiten. Um das im Vergleich zur Abnahme schnellere Anwachsen der Helligkeit zu erklären, muss eine besondere Configuration der Schlackenfelder bei allen hierher gehörigen Variablen angenommen werden, und die Veränderlichkeit in der Dauer der Periode kann nur durch eine Verschiebung der Schlackenfelder erklärt werden. Die letzteren dürfen also nicht als feste unveränderliche Gebilde, sondern eher wie flüssige oder wolkenartige Condensationsproducte aufgefasst werden;

aber auch dann ist die Erklärung der mehrfach beobachteten Erscheinung, dass die Veränderlichkeit der Periodendauer selbst wieder einen periodischen Charakter hat, eine missliche Sache. Gyldén[1]) hat, um diese Schwierigkeit zu beseitigen, die Zöllner'sche Hypothese erweitert, indem er nicht bloss den besonderen Fall ins Auge fasst, wo die Rotationsaxe des Himmelskörpers mit der Hauptträgheitsaxe unveränderlich zusammenfällt, sondern indem er ganz allgemein voraussetzt, dass die Rotationsaxe ihre Lage zu den Massentheilchen des Körpers beständig verändert. Dadurch würde eine eigenthümliche Drehung desselben entstehen, die auch eine periodische Veränderung der Umdrehungszeit erklären könnte. Eine strenge mathematische Behandlung des interessanten Problems ist von Gyldén durchgeführt worden. Die Zöllner-Gyldén'sche Hypothese muss auch mit der Thatsache des enormen Intensitätsunterschiedes zwischen Maximum und Minimum, sowie ferner mit der grossen Dauer der Periode rechnen; sie muss also eine sehr weit vorgeschrittene eigenthümlich vertheilte Schlackenbildung und eine langsame (im Vergleich zur Sonnenrotation sogar sehr langsame) Umdrehungszeit voraussetzen.

In vieler Beziehung sympathischer erscheint daher eine Hypothese, die zwar ebenfalls das Vorhandensein von Abkühlungsproducten an der Oberfläche oder in der Photosphäre des Gestirns annimmt, jedoch von der Rotation ganz absieht und nur voraussetzt, dass diese Abkühlungsproducte, ähnlich wie wir es an der Sonne beobachten, in periodischen Zeiträumen sich auflösen und von Neuem wieder bilden. Die Veränderlichkeit der Periode hat nach dieser Annahme nichts Befremdliches an sich, da das Gleiche von der Sonnenfleckenperiode bekannt ist. Auch die Ungleichmässigkeit in der Dauer der Licht-Zunahme und -Abnahme findet eine Analogie bei den Erscheinungen der Sonnenflecke. Dagegen besteht ein grosser Unterschied darin, dass die Fleckenbildung auf den Veränderlichen in viel grösserem Umfange stattfinden und sich in viel kürzeren Zeiträumen wiederholen muss, als auf der Sonne. Bei letzterer ist bekanntlich nicht mit Sicherheit ein Anwachsen und Abnehmen der Lichtstärke im Zusammenhange mit der periodischen Fleckenbildung nachzuweisen. Wie gewaltig müssen also die Umwälzungen auf den anderen Gestirnen sein, um Lichtänderungen von 6 oder 7 Grössenclassen hervorzubringen! Hier liegt der schwache Punkt dieser Hypothese, ganz abgesehen davon, dass man sich von der Ursache des periodischen Entstehens und Vergehens so grosser Abkühlungsproducte nur schwer eine klare Vorstellung machen kann.

---

1) Gyldén, Versuch einer mathematischen Theorie zur Erklärung des Lichtwechsels der veränderlichen Sterne. (Acta societatis scientiarum Fennicae, Vol. XI. 1880.)

Sehr viele Anhänger hat in Bezug auf die Veränderlichen vom Mira-Typus auch die bereits bei den neuen Sternen erwähnte Wilsing-Klinkerfues'sche Fluth-Hypothese. Wenn der Trabant, welcher in der sehr hoch und sehr dicht vorauszusetzenden Atmosphäre des Hauptsternes eine Fluthwelle hervorbringt, zur Zeit seines Durchganges durch das Periastron, wo die Fluthwirkung (insbesondere bei sehr excentrischen Bahnen) am allerstärksten ist, gerade auf der von der Erde abgewandten Seite des Hauptsternes steht, so wird die grösste Aufhellung eintreten, weil die absorbirende Hülle zum grössten Theile von der uns zugekehrten Seite hinweggezogen ist und die eigentliche Photosphäre zu Tage tritt. Freilich muss die absorbirende Kraft der Atmosphäre im Vergleich zur Sonnenatmosphäre ganz ausserordentlich gross angenommen werden, um die Lichtzunahme bei Sternen wie o Ceti, χ Cygni u. s. w. plausibel zu machen. Im Übrigen lassen sich die beobachteten Erscheinungen durch die Fluth-Hypothese leidlich gut erklären. Zur Begründung der Veränderlichkeit der Periodendauer müssen Störungen zu Hülfe genommen werden, die von weiteren Trabanten des Systems ausgehen. Da diese ebenfalls grössere oder geringere Fluthwellen je nach der Lage ihrer Bahnen und nach ihren Dimensionen bewirken können, so lässt sich die Verschiedenheit der Lichtstärke in verschiedenen Maximis und die Ungleichheit der Perioden ungezwungen deuten.

Weniger annehmbar als diese Hypothese erscheint die ebenfalls bereits kurz erwähnte Lockyer'sche Collisionstheorie. Lockyer stellt sich die Veränderlichen vom Mira-Typus nicht als einzelne compacte Weltkörper vor, sondern als ziemlich dichte Meteoritenschwärme, jeden begleitet von einem zweiten kleineren Meteoritenschwarm, der sich in einer excentrischen Bahn um den Hauptschwarm bewegt. Wenn die Periastrondistanz sehr klein ist, so treffen im Periastron die äusseren Theile der beiden Schwärme direct aufeinander; zwischen den einzelnen Partikelchen finden zahllose Zusammenstösse statt, und dadurch wird eine starke Lichtentwicklung hervorgebracht. Abgesehen davon, dass die ganze Vorstellungsweise etwas erkünstelt ist, bereitet die Erklärung mancher beobachteten Thatsachen, insbesondere der grossen Unregelmässigkeit der Perioden, erhebliche Schwierigkeiten. Es scheint nicht, als ob diese Hypothese bisher weitere Vertheidiger gefunden hätte.

c. Die unregelmässig Veränderlichen.

Alle diejenigen Sterne, bei denen zwar Lichtänderungen mit Sicherheit constatirt sind, die aber keinerlei Gesetzmässigkeit erkennen lassen,

werden zu der dritten Pickering'schen Gruppe der Veränderlichen gerechnet. Ihre Überwachung und Verfolgung ist eine der schwierigsten
und undankbarsten Aufgaben für den Astronomen, und es ist daher leicht
erklärlich, dass das Interesse für die meisten dieser Veränderlichen sehr
bald erlahmt und unsere Kenntniss von ihnen durchaus lückenhaft geblieben ist. Dazu kommt, dass die gesammte Lichtänderung bei sehr
vielen dieser Variablen äusserst geringfügig ist, bei einigen nur wenige
Zehntel Grössen umfasst, sodass die allergenauesten Messungen und
Schätzungen dazu gehören, um überhaupt die Veränderlichkeit zu erkennen.
Da die meisten hierher gehörigen Sterne röthlich gefärbt sind, so ist ihre
Beobachtung von vornherein erschwert, und es giebt zweifellos manche
unter ihnen, bei denen die vermeintliche Variabilität lediglich auf physiologische Einflüsse zurückzuführen ist. Man sollte gerade bei dieser
Gruppe mit der Behauptung der Veränderlichkeit sehr vorsichtig sein und
nur solche Sterne in die Cataloge aufnehmen, bei denen die Gesammt-
änderung der Helligkeit mindestens 0.5 Grössen beträgt und von mindestens
zwei Beobachtern vollkommen übereinstimmend constatirt worden ist. Es
ist durchaus gerechtfertigt, dass Chandler aus der Liste der Veränderlichen einen Stern wie δ Orionis entfernt hat, der früher allgemein als
variabel galt und für den sogar eine Periode von 16 Tagen angenommen
wurde, der aber nach dem übereinstimmenden Urtheile verschiedener Beobachter schon längst keine Helligkeitsänderungen gezeigt hat, die über
die erlaubten Unsicherheitsgrenzen der Schätzungen hinausgingen. Vielleicht wäre es empfehlenswerth, noch manche anderen Sterne, bei denen
ein ähnliches Verhalten beobachtet ist, aus der Liste der als sicher
veränderlich bezeichneten in diejenige der nur verdächtigen zu übertragen.

Die bekanntesten Vertreter der dritten Pickering'schen Classe sind
die hellen Sterne α Herculis, α Cassiopejae und α Orionis, nach welchem
letzteren die Gruppe häufig benannt wird. Da gerade bei diesen hellen
Sternen die Anwendung der Schätzungsmethode durch den Mangel an
genügend zahlreichen, nahe gleich hellen und nahe gleich gefärbten Vergleichsternen sehr erschwert ist, so sollten dieselben nur mit Hülfe von
Photometern verfolgt werden.

Die Lichtstärke von α Orionis schwankt etwa zwischen den Grössen
0.7 und 1.3. Bisweilen findet ein ganz regelmässiges Abnehmen und
Anwachsen der Helligkeit statt, sodass sich die Zeit des Minimums mit
ziemlicher Genauigkeit ableiten lässt; in anderen Jahren sind aber die
Lichtänderungen während längerer Zeit ganz unmerklich. Nach Argelander wäre eine Periode von etwa 196 Tagen anzunehmen, doch ist
diese Zahl durch neuere Beobachtungen durchaus fraglich geworden.

Fast ebenso vergeblich wie bei α Orionis sind die Versuche gewesen, bei den anderen Sternen der Gruppe bestimmte Periodendauern nachzuweisen, und es ist daher auch kaum möglich, die ganz unregelmässigen Lichterscheinungen durch eine einheitliche Theorie zu erklären. Die Fluth-Hypothese dürfte kaum anwendbar sein, weil man nur durch die Annahme von mehreren Satelliten und von complicirten Störungen unter denselben zu einer gekünstelten Deutung der Vorgänge gelangen könnte. Auch die Fleckenhypothese in einer der im vorigen Paragraphen erwähnten Formen dürfte für sich allein nicht ausreichend sein, und man wird daher in Ermanglung von etwas Besserem zur Combination von mehreren Hypothesen die Zuflucht nehmen müssen. So könnte man sich vorstellen, dass in der Photosphäre ähnliche Revolutionen wie auf der Sonne, aber in noch unregelmässigeren Zeiträumen vor sich gehen, und dass gleichzeitig eine Rotation des Sternes stattfindet. Manche haben auch noch eine neue Hypothese hinzugefügt, indem sie eine von der Kugel oder dem Rotationsellipsoid abweichende Gestalt des Sternes voraussetzen, sodass bei einer Axendrehung desselben verschieden grosse Theile der Oberfläche für uns sichtbar werden können. Alle diese und ähnliche Combinationen haben jedoch eine befriedigende Deutung der Erscheinungen nicht zu geben vermocht. Auch die spectroskopischen Beobachtungen dieser Classe von Veränderlichen haben bisher keine bemerkenswerthen Anhaltspunkte geliefert.

d. Die regelmässig Veränderlichen von kurzer Periode.
Der Lyra-Typus.

Die vierte Classe der Veränderlichen hat ihren Namen von dem interessantesten Vertreter derselben, dem Sterne β Lyrae. Man rechnet zu ihr alle diejenigen Variablen, bei denen die Periodendauer zwischen wenigen Tagen und etwa 2 bis 3 Monaten schwankt, und bei denen ein continuirlicher Lichtwechsel stattfindet. Eine strenge Abgrenzung gegen die anderen Typen, namentlich gegen die zweite Pickering'sche Classe, ist natürlich unmöglich; doch sind verschiedene Merkmale vorhanden, die gerade für diese Veränderlichen charakteristisch sind. Die meisten von ihnen zeigen eine weissliche oder gelbliche Färbung, und ihre Spectra gehören dem ersten oder zweiten Spectraltypus an; es sind also wahrscheinlich Weltkörper, die sich noch nicht in so vorgeschrittenem Entwicklungsstadium befinden, wie die Veränderlichen vom Mira-Typus. Die gesammten Helligkeitsänderungen sind verhältnissmässig unbedeutend, und es scheint beachtenswerth, dass bei einer grossen Zahl dieser Variablen der Intensitätsunterschied zwischen Maximum und Minimum nahezu den gleichen Betrag von etwa einer Grössenclasse hat. Ein weiteres Merkmal ist, dass bei den meisten hierher gehörigen Veränderlichen neben dem Hauptmaximum und Hauptminimum mehr oder weniger deutlich ausgeprägte Nebenmaxima und Nebenminima auftreten. Die regelmässigste Lichtcurve von allen zeigt wohl β Lyrae, dessen Veränderlichkeit schon 1784 von Goodricke entdeckt wurde, dessen Periode aber anfangs zu klein angenommen wurde, weil man den Unterschied zwischen Haupt- und Nebenminimum nicht richtig zu erkennen vermochte. Erst durch die ausführlichen Untersuchungen von Argelander[1]), Oudemans[2]) und Schönfeld[3]) ist der Lichtwechsel mit grosser Genauigkeit bestimmt worden. Nach

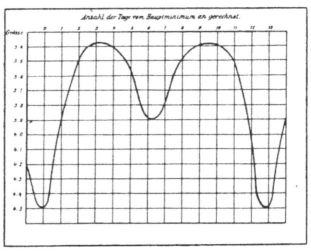

Fig. 78.   Lichtcurve von β Lyrae.

Letzterem hat β Lyrae im Hauptminimum die Grösse 4.5. Die Lichtstärke steigt von da innerhalb $3^d 3^h3$ bis zum ersten Maximum (Grösse 3.4), sinkt dann in weiteren $3^d 5^h8$ zum Nebenminimum (Grösse 3.9) hinab, erhebt sich wieder in $3^d 2^h9$ zum Maximum 3.4 und erreicht endlich nach $3^d 9^h8$ von Neuem das Hauptminimum. Der ganze Vorgang spielt sich in $12^d 21^h8$ ab, und die Lichtcurve (Fig. 78) zeigt zwei gleich grosse Erhebungen mit einer dazwischen liegenden Einbuchtung.

1) Argelander, De stella β Lyrae variabili disquisitio. Bonnae, 1844 und De stella β Lyrae variabili commentatio altera. Bonnae, 1859.

2) Oudemans, Zweijährige Beobachtungen der meisten jetzt bekannten veränderlichen Sterne. Amsterdam, 1856.

3) Astr. Nachr. Bd. 75, Nr. 1777.

Neuere Untersuchungen von Schur[1]), welche sich auf die von ihm angestellten Helligkeitsschätzungen in den Jahren 1877—1885 gründen, bestätigen im Grossen und Ganzen die Form der Argelander'schen und Schönfeld'schen Lichtcurve. Dagegen deuten die Untersuchungen Lindemanns[2]), bei denen Beobachtungen von Plassmann aus den Jahren 1888—1893 zu Grunde gelegt sind, auf eine nicht unwesentliche Änderung der Lichtcurve hin, insofern sich für die Zwischenzeiten zwischen den Hauptmomenten anstatt der oben angegebenen Zahlen die folgenden Werthe ergeben:

$$
\begin{array}{lll}
\text{Min. I bis Max. I} & 3^d & 12^h.0 \\
\text{Max. I } \rangle \text{ Min. II} & 3 & 3.6 \\
\text{Min. II } \rangle \text{ Max. II} & 3 & 1.2 \\
\text{Max. II } \rangle \text{ Min. I} & 3 & 5.0
\end{array}
$$

Eine weitere Bestätigung dieser Änderungen der Lichtcurve, womöglich durch photometrische Messungen, bleibt abzuwarten.

Zur Berechnung der Epochen der Hauptminima von β Lyrae kann man die von Schur aufgestellte Formel benutzen:

$$1855 \text{ Jan. 6, } 15^h 28^m.0 \text{ (Mittl. Z. Bonn)} + 12^d 21^h 47^m 23^s.72\ E$$
$$+ 0^s.315938\ E^2 - 0^s.00001211\ E^3,$$

wo E die Anzahl der Perioden ist, die seit dem angenommenen Hauptminimum im Jahre 1855 verflossen sind. Die Gesammtlänge der Periode ist kleinen Schwankungen unterworfen, die selbst wieder einen periodischen Charakter tragen; ausserdem ist noch eine säculare Zunahme derselben angedeutet.

Ebenso lange bekannt wie β Lyrae sind zwei andere Sterne desselben Typus, η Aquilae und δ Cephei, beide gleichfalls im Jahre 1784 entdeckt, ersterer von Pigott, letzterer von Goodricke. Ihre Lichtcurven sind nicht so symmetrisch wie diejenige von β Lyrae. Bei η Aquilae ist das zweite Maximum nur schwach ausgeprägt, und bei δ Cephei ist es sogar fast ganz verwischt. Die Länge der Periode beträgt bei dem ersteren Stern $7^d 4^h 13^m 59^s.3$ und ist offenbar etwas veränderlich. Nach dem Minimum (Grösse 4.7) steigt die Helligkeit innerhalb $2^d 6^h$ zum Hauptmaximum (Grösse 3.5) an; nach Verlauf von $1^d 15^h$ ist das Nebenminimum mit der Helligkeit 4.1 erreicht, dann erhebt sich die Lichtstärke noch einmal in etwa 13^h zu einem zweiten Maximum 3.8, um

1. Astr. Nachr. Bd. 137, Nr. 3282.
2) Bull. de l'acad. Imp. des sciences de St.-Pétersb. Nouv. Sér. IV (XXXVI), 1893, p. 251.

dann endlich wieder in $2^d 18^h$ zum Hauptminimum herabzusinken. (Fig. 79.)

Bei δ Cephei ist die Periode noch kürzer; sie beträgt nach den Bestimmungen von Argelander $5^d 8^h 47^m 39\overset{s}{.}974$ und dürfte, wie die neueren Beobachtungen von Schur zeigen, jetzt wohl noch eine Secunde kleiner anzunehmen sein. Die Grenzwerthe der Helligkeit sind 4.9 im Hauptminimum und 3.7 im Hauptmaximum; zwischen diesen beiden Epochen liegt ein Zeitraum von etwa $1^d 14^h$. Nach den Beobachtungen von Argelander und Heis findet etwa 20^h nach dem Hauptmaximum ein Stillstand in der Lichtabnahme statt, entsprechend dem Nebenminimum und Nebenmaximum bei β Lyrae und η Aquilae. Doch ist diese Einbiegung nicht

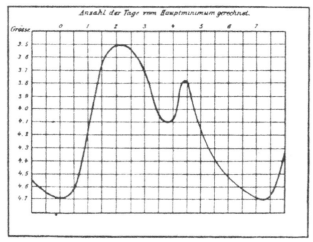

Fig. 79. Lichtcurve von η Aquilae.

als sicher verbürgt zu betrachten; die Beobachtungen von Oudemans ergeben den Stillstand in der Lichtabnahme erst etwa 3 Tage nach dem Hauptmaximum, und die Schur'sche Lichtcurve (Fig. 80) lässt nur wenig davon erkennen.

Die übrigen Sterne, welche man mit einigem Rechte zu der vierten Pickering'schen Classe zählen kann, sind bei Weitem noch nicht so gründlich in Bezug auf den Verlauf der Lichtänderungen untersucht, wie die drei eben besprochenen. Einige scheinen ein ganz ähnliches Verhalten wie η Aquilae zu haben, und man spricht daher bisweilen von einem besonderen η Aquilae-Typus. Bei anderen ist die Einbiegung der Curve nach dem Maximum nur unsicher angedeutet; man rechnet sie zu einem δ Cephei-Typus. Bei allen zeigt die Periodendauer kleine säculare

Unregelmässigkeiten. Die bekanntesten Vertreter sind T Monocerotis, ζ Geminorum, S Sagittae und T Vulpeculae. —

Was die Erklärungsversuche für die Lichterscheinungen bei den Sternen der vierten Gruppe anbelangt, so ist ohne Weiteres ersichtlich, dass die Annahme von periodisch erfolgenden Fleckenbildungen, ähnlich wie bei der Sonne, kaum mit einem so kurzen und so unregelmässig verlaufenden Lichtwechsel vereinbar sein dürfte. Auch die Zöllner'sche Hypothese stösst auf manche Schwierigkeiten. Um eine so symmetrische Lichtcurve, wie bei β Lyrae, zu erklären, müsste man annehmen, dass die Abkühlungsproducte auf zwei gerade entgegengesetzten Seiten des Sternes angehäuft

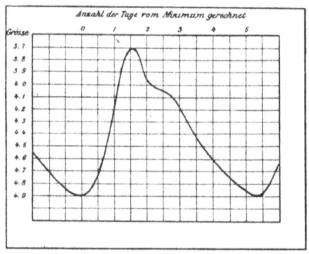

Fig. 60. Lichtcurve von δ Cephei.

seien, und zwar auf der einen Seite in beträchtlich grösserer Menge als auf der anderen, während die dazwischen befindlichen helleren Oberflächentheile zwei ebenfalls gerade gegenüberstehende Maxima besitzen müssten. Sehr wahrscheinlich ist eine solche Vertheilung von dunklen und hellen Partien nicht, und noch unwahrscheinlicher ist es, dass bei der ziemlich schnellen Rotation des Sternes keine merkliche Verschiebung der Abkühlungsproducte gegeneinander eintreten sollte. Pickering[1] hat noch eine zweite Hypothese zu Hülfe genommen, indem er eine ellipsoidische Gestalt des mit unregelmässigen Schlackenfeldern bedeckten Körpers voraussetzte und die kürzeste Axe sich als Rotationsaxe dachte. Aber wenn es ihm auch gelungen ist, unter diesen Voraussetzungen empirische Formeln

---

1) Proc. of the Amer. Acad. New series. Vol. VIII, p. 257.

abzuleiten, welche die beobachteten Lichterscheinungen bei β Lyrae, η Aquilae, δ Cephei und ζ Geminorum befriedigend darstellen, so wird man sich schwerlich dazu verstehen, die physikalische Bedeutung dieser Interpolationsformeln in vollem Umfange anzuerkennen.

Viel näher liegt bei den Veränderlichen vom Lyra-Typus der Gedanke an eine bisher noch nicht berührte Hypothese, welche den Lichtwechsel durch die gegenseitige Verdeckung zweier (oder mehrerer) um einen gemeinsamen Schwerpunkt sich bewegenden Himmelskörper erklären will. Denkt man sich die Erde gerade in der Bahnebene eines solchen Systems und nimmt zunächst zwei gleich grosse und gleich helle Sterne an, die sich in einer kreisförmigen Bahn umeinander bewegen, so wird die Gesammthelligkeit des Systems zu den Zeiten der genauen Bedeckung gerade halb so gross sein als zu den Zeiten, wo die Verbindungslinie der beiden Componenten senkrecht zum Visionsradius ist und das Licht derselben sich addirt. Während einer ganzen Umdrehung des Systems finden in diesem Falle zwei gleich grosse Helligkeitsmaxima und Helligkeitsminima statt. Haben die Componenten nicht die gleiche Leuchtkraft, so modificiren sich die Erscheinungen in der Weise, dass beim Vorübergange des weniger leuchtenden Körpers vor dem helleren ein Hauptminimum, dagegen nach einer weiteren halben Rotation ein Nebenminimum stattfindet; die beiden Helligkeitsmaxima bleiben gleich. Die Lichtcurve eines derartigen Systems würde vollkommen mit der beobachteten Lichtcurve von β Lyrae übereinstimmen. Ist die Erde nicht genau in der Bahnebene, so dass keine centrale Bedeckung eintreten kann, so werden die Helligkeitsunterschiede zwischen Maximum und Minimum im Allgemeinen geringer sein, und weitere Modificationen der Lichterscheinungen werden in dem Falle bedingt werden, wenn die Bahn der beiden Himmelskörper eine elliptische ist, deren grosse Axe irgendwie gegen den Visionsradius gerichtet ist. Nimmt man endlich noch statt eines doppelten ein dreifaches oder mehrfaches System an, wo wiederholte Bedeckungen stattfinden und ausserdem leicht Störungen der Bewegung vorkommen können, so werden Ungleichmässigkeiten der Lichtcurve und der Periodendauer die unvermeidliche Folge sein.

Man sieht also, dass fast alle photometrischen Erscheinungen, die wir an den Sternen der vierten Pickering'schen Classe beobachten, so leicht und ungezwungen durch die Verdeckungshypothese erklärt werden können, dass man ihr unbedenklich vor allen anderen den Vorzug geben wird, falls sie nicht mit anderen als photometrischen Beobachtungsthatsachen im Widerspruche ist. Hierbei ist in erster Linie an die Ergebnisse der spectralanalytischen Forschung zu denken, welche ein so mächtiger Bundesgenosse der Photometrie geworden ist. Einige der wichtigsten Resultate, zu denen die bisherigen Bemühungen auf diesem Gebiete geführt haben, mögen im Folgenden noch kurz berührt werden.

Bis vor wenigen Jahren wusste man über das Spectrum von β Lyrae nur so viel, dass es helle Linien enthält, deren Sichtbarkeit periodischen Schwankungen unterworfen ist. Erst durch Pickerings Spectralphotographien wurde im Jahre 1892 die Aufmerksamkeit darauf gelenkt, dass sich dicht neben den hellen Linien noch dunkle befinden, und dass der relative Abstand der beiden Liniensysteme voneinander veränderlich ist. Seitdem ist das Spectrum sehr eifrig untersucht worden, am Gründlichsten von Vogel[1]) und Belopolsky[2]), und die Ausmessungen der Spectrogramme haben zweifellos festgestellt, dass die Veränderungen der relativen Lage der dunklen und hellen Linien zu einander im Zusammenhang mit der Periode des Lichtwechsels stehen. Es liegt nun nahe, anzunehmen, dass man es mit einen engen Doppelsternsysteme zu thun hat, dessen eine intensiver leuchtende Componente ein Spectrum mit hellen Linien giebt, während die dunklen Linien der weniger leuchtenden Componente angehören; die Veränderungen im Abstande der hellen und dunklen Linien wären nach dem Doppler-Fizeau'schen Principe durch Bewegung der beiden Componenten zu erklären. Man könnte hierin auf den ersten Blick eine Bestätigung der oben besprochenen Occultations-Hypothese finden; doch sind die beobachteten Erscheinungen nicht ganz so einfach. Wenn man ein System annehmen wollte, wie es zur Erklärung der regelmässigen Lichtcurve von β Lyrae nach Obigem am wahrscheinlichsten ist, so müssten zu den Zeiten der Minima die in den Visionsradius fallenden Bewegungscomponenten beider Sterne gleich null sein; die dunklen und hellen Linien müssten demnach zusammenfallen. Zu den Zeiten der Maxima müssten dagegen die im Visionsradius gelegenen Bewegungscomponenten am grössten sein; die hellen und dunklen Linien müssten folglich gegeneinander verschoben sein, und zwar in je zwei aufeinander folgenden Maximis in verschiedenem Sinne. Dies widerspricht aber den Resultaten der Beobachtung. Denn nach den Messungen Vogels liegen zur Zeit des Hauptminimums die hellen neben den dunklen Linien und zur Zeit des zweiten Maximums fallen sie nahe zusammen. Belopolsky hat nicht nur die relative Verschiebung der hellen und dunklen Linien gegeneinander gemessen, sondern auch die Verschiebung beider gegen die Linien eines irdischen Vergleichsspectrums. Er findet für die hellen Linien zur Zeit der Minima die Verschiebung null, zur Zeit der Maxima die grössten Verschiebungen, und zwar in dem einen Maximum im Sinne einer Bewegung von der Erde

1) Sitzungsb. der K. Preuss. Akad. der Wiss. Berlin. Jahrg. 1894, p. 115.
2) Bull. de l'acad. Imp. des sciences de St.-Pétersb. Nouv. Série IV (XXXVI),
1893, p. 163.

hinweg, im anderen dagegen nach der Erde hin. Im Gegensatze hierzu findet er aus den Messungen der dunklen Linien während der ganzen Periode des Lichtwechsels die Verschiebungen nach einer und derselben Seite des Spectrums hin (nach Violett). Das Verhalten der dunklen Linien würde also auf eine stetige Bewegung des Systems nach der Erde hin schliessen lassen, während das Verhalten der hellen Linien damit im Widerspruche steht. Es ist hier nicht der Ort, näher auf diese Ergebnisse einzugehen, es genügt hervorzuheben, dass dieselben zwar auf Bewegungen innerhalb eines zweifachen oder mehrfachen Sternsystems mit Sicherheit hinweisen, dass es aber zunächst noch nicht gelingen will, die spectroskopischen und photometrischen Erscheinungen durch eine einheitliche Annahme über die Constitution und die Bewegung eines solches Systems zu erklären.

Ausser β Lyrae ist noch ein anderer Veränderlicher der vierten Pickering'schen Gruppe, δ Cephei, in neuerer Zeit von Belopolsky[1]) spectroskopisch untersucht worden. Das Spectrum dieses Sternes unterscheidet sich wesentlich von demjenigen von β Lyrae, indem es keine hellen Linien aufweist, sondern fast vollkommen dem Sonnenspectrum ähnlich ist. Bemerkenswerthe Veränderungen im Aussehen des Spectrums sind im Zusammenhange mit dem Lichtwechsel nicht zu constatiren, nur scheint im Allgemeinen die Intensität des continuirlichen Spectrums zur Zeit des Maximums grösser zu sein als zu den übrigen Zeiten. Die Ausmessungen der Spectrogramme zeigen Verschiebungen der dunklen Linien gegen die Linien des irdischen Vergleichspectrums, diese Verschiebungen sind aber nicht während der ganzen Lichtperiode constant. Man hat es hier zweifellos mit einem Doppelsternsysteme zu thun, dessen Componeten ausser einer gemeinschaftlichen Translation im Raume Bewegungen um den Schwerpunkt des Systems ausführen. Unter der Annahme, dass die Visionsrichtung nahezu in die Bahnebene des Systems fällt und dass die Umdrehungszeit gleich der Lichtperiode ist, hat Belopolsky aus den gemessenen Geschwindigkeiten im Visionsradius die Bahn des hypothetischen Doppelsternsystems nach den von Lehmann-Filhés[2]) entwickelten Formeln berechnet und gefunden, dass die Excentricität nicht unbeträchtlich ist, und dass der Periastrondurchgang etwa einen Tag nach dem Helligkeitsminimum stattfindet. Diese Resultate sind zunächst als provisorische anzusehen und bedürfen noch der Bestätigung durch weitere spectroskopische Beobachtungen; vielleicht lassen sich dann die Veränderungen im Spectrum in noch besseren Einklang mit den photometrischen

---

1) Bull. de l'Acad. Imp. des sciences de St.-Pétersb. V. Sér. t. 2 [1894], p. 267.
2) Astr. Nachr. Bd. 136, Nr. 3242.

Erscheinungen bringen. Auch an den übrigen Veränderlichen der vierten Gruppe sind spectroskopische Untersuchungen dringend erwünscht. Die bisherigen Versuche sind an der geringen Lichtstärke der meisten von ihnen gescheitert, .und man weiss daher von ihnen nicht viel mehr, als dass ihre Spectra, dem allgemeinen Anblicke nach, eher mit dem Spectrum von δ Cephei, als mit demjenigen von β Lyrae übereinzustimmen scheinen.

e. Die Veränderlichen vom Algol-Typus.

Verhältnissmässig am Schärfsten abgegrenzt gegen die übrigen Gruppen der Veränderlichen ist die letzte Pickering'sche Classe, zu welcher diejenigen Sterne gezählt werden, bei denen nur innerhalb kurzer periodisch wiederkehrender Zeiträume Lichtänderungen vor sich gehen, während sie sonst constante Helligkeit besitzen. Diese Classe hat ihren Namen nach dem Sterne β Persei oder Algol, dessen Lichtwechsel unter allen Veränderlichen bisher wohl am Sorgfältigsten und Eifrigsten studirt worden ist. Seine Variabilität wurde schon 1667 oder 1669 von Montanari bemerkt, aber erst Goodricke stellte 1782 die besondere Art der Lichtänderungen fest, die dann durch zahlreiche andere Beobachter, insbesondere durch Schönfeld, Pickering, Scheiner und Chandler auf das Genaueste ermittelt wurden. Der Stern hat gewöhnlich die Grösse 2.3; dann beginnt er plötzlich abzunehmen und erreicht in $4^h 37^m5$ die Grösse 3.5, wächst dann wieder in etwa derselben Zeit bis zur Anfangshelligkeit 2.3 und bleibt in derselben während $2^d 11^h 33^m$, worauf von Neuem ganz in der gleichen Weise die Lichtänderungen beginnen. Die Dauer der Periode, d. h. die Zeit zwischen zwei aufeinander folgenden Minimis, ist in den letzten Jahrzehnten wiederholt sehr sicher bestimmt worden, und es hat sich herausgestellt, dass dieselbe säcularen Schwankungen unterworfen ist. Nach den Angaben Chandlers[1]), welcher in neuerer Zeit fast das gesammte Beobachtungsmaterial über Algol bearbeitet hat, betrug die Periode zu Goodrickes Zeiten etwa $2^d 20^h 48^m 58^s0$. Sie wuchs mit kleinen unregelmässigen Schwankungen bis zu $2^d 20^h 48^m 59^s2$ im Jahre 1830, sank dann im Jahre 1858 bis zu $2^d 20^h 48^m 52^s8$ herab und erreichte, nach einem nochmaligen geringen Anwachsen, im Jahre 1877 den Werth $2^d 20^h 48^m 51^s1$, welcher sich lange Zeit constant gehalten hat, gegenwärtig aber wieder zuzunehmen scheint. Zur Berechnung der Minimaepochen hat Chandler aus seinen Untersuchungen die folgende Formel abgeleitet:

---

1) Astr. Journ. Vol. 7, Nr. 165—167.

1888 Jan. 3, $7^h 21^m 29\overset{s}{.}23$ (Mittl. Z. Greenw.) $+ 2^d 20^h 48^m 55\overset{s}{.}425\ E$
$+ 173^m 3 \sin\left(\tfrac{1}{50} E + 202^\circ 30'\right) + 18\overset{m}{.}0 \sin\left(\tfrac{3}{50} E + 203^\circ 15'\right)$
$+ 3\overset{m}{.}5 \sin\left(\tfrac{1}{2} E + 90^\circ 20'\right),$

worin E die Anzahl der Perioden bedeutet, welche seit der gewählten Anfangsepoche verflossen sind.

Die Lichtcurve Algols (Fig. 81) hat eine sehr einfache und regelmässige Form. Manche Beobachter haben zwar Abweichungen von der regelmässigen Form der Lichtcurve sowohl beim absteigenden als aufsteigenden Zweige derselben vermuthet, andere wollen auch während der Zeit des vollen Lichtes kleine Schwankungen der Helligkeit bemerkt haben; doch sind alle diese Angaben keineswegs als verbürgt zu betrachten, weil sie

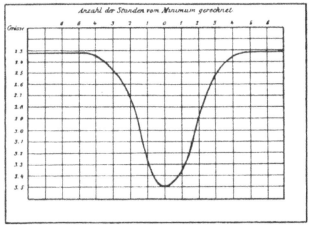

Fig. 81.   Lichtcurve von β Persei.

fast ausschliesslich auf Beobachtungen nach der Stufenschätzungsmethode beruhen, bei der gerade in diesen Fällen die Gefahr der Voreingenommenheit sehr gross ist. Nur sorgfältige photometrische Messungen, an denen es bisher leider fehlt, können uns vollkommene Gewissheit über etwaige Einbiegungen der Lichtcurve verschaffen.

Die übrigen Sterne der Algolgruppe zeigen im Allgemeinen einen ähnlichen Charakter des Lichtwechsels wie Algol; nur sind bei den meisten von ihnen Ungleichmässigkeiten mit Sicherheit constatirt, und insbesondere steht es fest, dass bei einigen die Lichtabnahme in kürzerer Zeit erfolgt als die Lichtzunahme. Man kennt gegenwärtig erst 14 Sterne, die mit einiger Bestimmtheit zu dieser Classe von Veränderlichen zu rechnen sind. Nächst β Persei sind am Längsten bekannt λ Tauri und S Cancri,

die im Jahre 1848 entdeckt wurden, und von denen der erstere die
grössten, noch nicht zur Genüge erforschten Unregelmässigkeiten aufweist.
Die Periodendauer ist bei den 14 Sternen ausserordentlich verschieden;
sie schwankt zwischen $9\frac{1}{4}$ Tagen (S Cancri) und der überraschend kurzen
Zeit von 7.8 Stunden (S Antliae). Das Verhältniss des Zeitraumes, innerhalb dessen die Lichtvariationen vor sich gehen, zur ganzen Periodendauer ist ebenfalls bei den einzelnen Sternen sehr verschieden; es
schwankt ungefähr zwischen $\frac{1}{2}$ und $\frac{1}{11}$. Zweifellos existiren am Himmel
noch viele Veränderliche vom Algoltypus; doch ist ihre Auffindung ungemein schwierig und nur durch glücklichen Zufall möglich.

Besonderes Interesse verdienen zwei Vertreter dieser Gruppe, Y Cygni
und Z Herculis, weil sie eine doppelte Periode besitzen. Geht man nämlich
von einer bestimmten Minimumepoche aus, so ergiebt sich das Zeitintervall
zwischen einer geraden und der folgenden ungeraden Epoche merklich
verschieden von dem Intervalle zwischen einer ungeraden und der nächst-
folgenden geraden Epoche, während die Hauptperiode, d. h. die Zwischenzeit zwischen zwei benachbarten geraden oder zwei benachbarten ungeraden Minimis nahezu constant ist. Nach den Untersuchungen von Dunér[1])
sind bei Y Cygni die beiden Theilperioden gleich $1^d\,10^h\,11^m\,10^s$ und gleich
$1^d\,13^h\,43^m\,43^s$, also die Hauptperiode gleich $2^d\,23^h\,54^m\,53^s$.

Bei Z Herculis sind die Bestimmungen noch etwas unsicher. Die
Theilperioden ergeben sich für 1895 ungefähr zu $1^d\,22^h\,49^m$ und zu $2^d\,0^h\,59^m$,
die Hauptperiode etwa zu $3^d\,23^h\,48^m\,20^s$. Bei diesem Sterne ist auch
ein nicht unmerklicher Helligkeitsunterschied zwischen den geraden und
ungeraden Minimis constatirt.

Ausser den beiden eben erwähnten Sternen zeigt noch ein anderer
Vertreter der Algolgruppe, U Cephei, gewissermassen eine doppelte Lichtcurve, indem die Minimalhelligkeit der geraden Epochen stets um einige
Zehntel Grössenclassen von derjenigen der ungeraden Epochen verschieden
ist. Der Charakter der doppelten Periode ist aber nicht so scharf ausgeprägt wie bei Y Cygni und Z Herculis, da die Epochen der Nebenminima fast genau in die Mitte der Hauptepochen fallen.

In der folgenden Tabelle sind noch die wichtigsten Daten für die
jetzt einigermassen sicher bekannten Algolsterne zusammengestellt; sie
sind geordnet nach der Länge der Periode. Ausser der Position für 1900
ist die Maximal- und Minimalhelligkeit, die Periodenlänge, die Dauer der
Lichtänderungen und der Name des Entdeckers mit Hinzufügung des

---

1) Öfversigt af K. Svenska Vetensk.-Akad. Förhandl. 1892, p. 325. — Ausserdem
Astrophys. Journ. Vol. I, p. 285.

Jahres der Entdeckung angegeben. Bei Y Cygni und Z Herculis ist nur die Länge der Hauptperiode verzeichnet.

Name	Position für 1900		Helligkeit im		Länge der Periode	Dauer der Licht-Ände-rung	Entdecker
	A. R.	Decl.	Max.	Min.			
S Cancri. . . .	8h38m14s	+19°23'6	8.2	9.8	9d11h37m45s	21h5	Hind, 1848
S Velorum . .	9 29 27	-44 45.9	7.8	9.3	5 22 24 21	15	Woods, 1894
W Delphini . .	20 33 7	+17 55.9	9.3	12.0	4 19 21 11	14	Miss Wells, 1895
Z Herculis. . .	17 53 36	+15 8.8	7.1	8.0	3 23 48 30	5	Hartwig, Chandler, 1894
λ Tauri	3 55 8	+12 12.5	3.4	4.2	3 22 52 12	10	Baxendell, 1848
U Coronae. . .	15 14 7	+32 0.8	7.5	8.9	3 10 51 12.4	10	Winnecke, 1869
Y Cygni. . . .	20 48 4	+34 17.0	7.1	7.9	2 23 54 43	8	Chandler, 1886
β Persei	3 1 40	+40 34.2	2.3	3.5	2 20 48 55.425	9	Montanari, 1669?
U Cephei . . .	0 53 23	+81 20.2	7.1	9.2	2 11 49 38.25	10	Ceraski, 1880
RS Sagittarii .	18 10 59	- 34 8.5	6.4	7.5	2 9 58 24	13	Gould, 1874; Roberts, 1895
δ Librae	14 55 38	- 8 7.3	5.0	6.2	2 7 51 22.8	12	Schmidt, 1859
R Canis majoris	7 14 56	-16 12.4	5.9	6.7	1 3 15 46.0	5	Sawyer, 1887
U Ophiuchi . .	17 11 27	+ 1 19.3	6.0	6.7	0 20 7 42.56	5	Gould, 1871; Sawyer, 1881
S Antliae . . .	9 27 56	- 28 11.2	6.7	7.3	0 7 46 48.0	3.5	Paul, 1888

Sämmtliche Sterne haben eine weisse oder gelblichweisse Farbe, und ihre Spectra, soweit sie bekannt sind, gehören dem ersten Spectraltypus an.

Man hat früher versucht, die Lichterscheinungen der Algolsterne durch Axendrehung dieser Himmelskörper bei ungleichartiger Oberflächenbeschaffenheit zu erklären, und noch im Jahre 1881 hat Bruns[1] nachgewiesen, dass unter dieser Annahme bei passender Wahl der Bestimmungsstücke auf theoretischem Wege eine Lichtcurve abgeleitet werden kann, die sich dem bei den Algolsternen beobachteten Helligkeitsverlaufe durchaus befriedigend anschliesst. Indessen ist diese Theorie, sowie alle anderen Erklärungsversuche, gegenwärtig vollständig verdrängt durch die Verdeckungshypothese. Pickering[2] hatte bereits im Jahre 1880 eine Deutung der Lichtverhältnisse bei Algol durch die Annahme von zwei Sternen versucht, von denen der grössere hellere durch einen weniger leuchtenden Begleiter, der sich in einer Kreisbahn um den ersteren bewegt, zeitweilig bedeckt wird. Aus der Periodendauer, dem Helligkeitsunterschiede zwischen Maximum und Minimum und den beobachteten Momenten von Anfang, Mitte und Ende des eigentlichen Lichtwechsels hatte Pickering sogar

---

1) Monatsber. d. K. Preuss. Akad. d. Wiss. Berlin. 1881, p. 48.
2) Proc. of the Amer. Acad. of arts and sciences. New series. Vol. 8, p. 1.

eine provisorische Berechnung der Bahn dieses hypothetischen Doppelsternsystems unternommen. Eine wesentliche Stütze hat diese Hypothese seitdem
durch die spectroskopischen Beobachtungen Vogels[1] erhalten. Aus diesen
geht hervor, dass die Linien im Algolspectrum gegen die Linien eines
irdischen Vergleichspectrums zeitweilig nach der einen und zeitweilig
nach der anderen Seite verschoben sind; es folgt also nach dem Doppler-
Fizeau'schen Principe, dass der Stern, welcher das Spectrum giebt, sich
bald von der Erde hinweg, bald auf dieselbe zu bewegt. Durch sorgfältige Ausmessung der Verschiebungen hat sich ergeben, dass etwa 1 Tag
und 10 Stunden lang vor einem Helligkeitsminimum eine Bewegung von
uns hinweg, dagegen in dem gleichen Zeitraume nach dem Minimum
eine Bewegung auf uns zu stattfindet. Dadurch ist aber die Existenz
zweier um einen gemeinschaftlichen Schwerpunkt rotirenden Körper, von
denen der eine relativ dunkel ist, so gut wie zweifellos festgestellt. Die
Vereinigung der photometrischen und spectroskopischen Ergebnisse gestattet
nun eine viel genauere Bestimmung der Bahn dieses Systems, als die Verwerthung der Helligkeitsmessungen allein. Die photometrischen Beobachtungen liefern die Umlaufszeit und die ungefähren Dimensionen der
beiden Körper (letztere aus der Zwischenzeit zwischen den Punkten der
Lichtcurve, wo die Krümmung merklich zu werden anfängt); die spectroskopischen Beobachtungen geben die im Visionsradius gelegene Geschwindig-
keitscomponente. Unter Voraussetzung einer kreisförmigen Bahn, deren
Ebene nur sehr wenig gegen die Gesichtslinie geneigt ist, so dass die Bedeckung nahezu central ist, ferner unter der Annahme gleicher Dichtigkeit
beider Körper hat Vogel die folgenden Werthe berechnet:

Durchmesser des hellen Hauptsternes = 1707000 Klm.
Durchmesser des relativ dunklen Begleiters = 1336000 »
Abstand der Mittelpunkte = 5194000 »
Bahngeschwindigkeit des Hauptsternes = 42 » | in der
Bahngeschwindigkeit des Begleiters = 88 » / Secunde.
Masse des Hauptsternes = $\frac{4}{9}$ Sonnenmasse
Masse des Begleiters = $\frac{2}{9}$ »

Von den übrigen Algolsternen liegen bisher wegen der geringen Lichtstärke der meisten keine zuverlässigen spectroskopischen Beobachtungen
vor, aus denen mit derselben Sicherheit wie bei Algol die Bahnbewegungen
und die Beschaffenheit des Systems berechnet werden könnten. Indessen
drängt sich bei dem analogen Verlaufe der Lichterscheinungen der Gedanke an Bedeckungen so selbstverständlich auf, dass man heutzutage

[1] Publ. des Astrophys. Obs. zu Potsdam. Bd. 7, Theil I, p. 111.

kaum einer anderen Hypothese Berechtigung zuerkennen wird. Alle Abweichungen von der regelmässigen Algolcurve lassen sich ohne Weiteres
durch plausible Annahmen über die relativen Helligkeiten der Componenten, über die Lage der Bahnebene zum Visionsradius, über die Excentricität der Bahn u. s. w. erklären, und auch Erscheinungen, wie sie
z. B. die beiden Sterne Y Cygni und Z Herculis bieten, finden ungezwungene
Erklärung. Nach Dunér besteht das System Y Cygni aus zwei Sternen
von gleicher Grösse und gleicher Helligkeit, die sich in $2^d 23^h 54^m 43\overset{s}{.}26$
um einander in einer elliptischen Bahn bewegen, deren Ebene durch die
Sonne geht, und deren Apsidenlinie einen gewissen Winkel mit dem
Visionsradius bildet. Noch genauere Angaben macht Dunér über Z Herculis. Von den beiden gleich grossen Componenten dieses Systems ist
die eine doppelt so hell als die andere; die Ebene der elliptischen Bahn
geht ebenfalls durch die Sonne, die Excentricität ist 0.2475, und die
Apsidenlinie bildet einen Winkel von 4° mit dem Visionsradius. Die Umdrehungszeit ist $3^d 23^h 48^m 30^s$.

Das Hypothetische, welches diesen Untersuchungen gegenwärtig noch
anhaftet, wird zweifellos bald verschwinden, sobald es gelungen ist, mit
den mächtigsten optischen Hülfsmitteln der Neuzeit auch die schwächeren
Algolsterne in den Bereich exacter spectrographischer Messungen zu
ziehen.

3. Die spectralphotometrischen Beobachtungen der Fixsterne.

Bei der Besprechung der gebräuchlichsten Formen der Spectralphotometer ist bereits auf die Wichtigkeit der Anwendung dieser Art von
Instrumenten für die Photometrie der Himmelskörper hingewiesen worden.
Dadurch dass anstatt des Gesammtlichtes die einzelnen Strahlengattungen
miteinander verglichen werden, ist es möglich, einen Überblick über die
verschiedene Zusammensetzung des Lichtes der Gestirne und damit bis
zu einem gewissen Grade auch über die verschiedenen Entwicklungsstadien derselben zu gewinnen. Die grossen Schwierigkeiten, die bei der
directen Vergleichung verschiedenfarbiger Sterne aus physiologischen Gründen auftreten, kommen bei der spectralphotometrischen Methode gar nicht
in Betracht. Die Helligkeit eines Gestirnes, bezogen auf eine bestimmte
Lichtquelle als Einheit, wird bei dieser Methode nicht durch eine einzige
Zahl, sondern durch eine Reihe von Zahlen, gültig für die verschiedenen
untersuchten Stellen des Spectrums, ausgedrückt. Je mehr einzelne Spectralbezirke verglichen werden, desto klarer wird das Bild, welches wir
von den Lichtverhältnissen der Sterne erhalten, und wenn der Zusammen-

hang zwischen Intensität und Wellenlänge für eine genügende Anzahl von Punkten ermittelt ist, so lässt sich, wie bereits im Capitel über die Spectralphotometer angegeben ist, rechnungsmässig die gesammte innerhalb der sichtbaren Grenzen des Spectrums enthaltene Lichtquantität bestimmen. Es ist auf diese Weise möglich, die Ergebnisse der directen Messungen der Gesammthelligkeit zu controliren und zu ergänzen.

So deutlich aber auch die Vortheile der spectralphotometrischen Methode vor Augen liegen, so ist doch die Anwendung derselben auf die Fixsterne in der Praxis mit sehr grossen Schwierigkeiten verbunden. Die Spectra derselben erscheinen bei Anwendung eines Refractors und eines damit verbundenen Spectralphotometers als schmale Linien, die an sich schon, ausser bei den allerhellsten Sternen, wenig lichtstark sind, aber noch viel schwächer werden, wenn man zum Zwecke der Verbreiterung derselben eine Cylinderlinse benutzt. Will man daher schwächere Sterne in den Bereich der Untersuchung ziehen, so sind ziemlich bedeutende instrumentelle Hülfsmittel erforderlich. Ein Übelstand ist ferner, dass das verbreiterte Fixsternspectrum infolge der chromatischen Abweichung des Fernrohrobjectivs nicht in seiner ganzen Ausdehnung von parallelen geraden Linien begrenzt ist. In den einzelnen Spectralbezirken ist also das Licht auf einen mehr oder weniger breiten Streifen zusammengedrängt, während das Spectrum der künstlichen Lichtquelle, welche man bei den meisten Spectralphotometern zur Vergleichung benutzt, als gleichmässig breiter Streifen erscheint. Da es sich nun um Flächenhelligkeiten handelt, so ist es zur Erlangung vergleichbarer Resultate erforderlich, die verschiedene Breite des Sternspectrums in Rechnung zu ziehen. Dieser Übelstand würde wegfallen, wenn man anstatt eines Refractors ein Spiegelteleskop benutzte, bei welchem alle Strahlen in einem Brennpunkte vereinigt werden.

Es ist ferner zu bedenken, dass die mit verschiedenen Apparaten gefundenen Resultate nicht ohne Weiteres untereinander vergleichbar sind. Je nach den benutzten Prismen ändert sich die Dispersion im Spectrum, und damit ändert sich auch die Flächenhelligkeit für einen bestimmten Wellenlängenbezirk. Es ist also erwünscht, die gemessenen Intensitäten in der Weise, wie es früher (Seite 270) erörtert worden ist, auf das Normalspectrum zu reduciren. Die Benutzung von Diffractionsgittern, bei denen diese Reduction überflüssig sein würde, empfiehlt sich wegen der geringeren Lichtstärke nicht.

Zu diesen Schwierigkeiten kommt noch hinzu, dass bei nicht ganz regelmässig functionirendem Uhrwerke das Sternbild während der Dauer der Messung nicht leicht auf dem Spalte zu halten ist; selbst wenn dies aber durch Benutzung eines Leitfernrohrs erreicht werden kann, so bewirkt doch die unvermeidliche Luftunruhe, dass das Sternspectrum von zahlreichen hin- und herschwankenden dunklen Längsstrichen durchzogen erscheint und ein wesentlich anderes Aussehen hat, als das ruhige Vergleichslichtspectrum. Sehr störend sind endlich noch, namentlich bei den Sternen vom dritten Spectraltypus, die Absorptionslinien im Spectrum. Um diese zu beseitigen, muss der Spalt verhältnissmässig weit geöffnet werden, und dies hat wieder den Nachtheil im Gefolge, dass die Farben unrein werden und die Vergleichung dadurch erschwert wird.

In vollem Umfange ist die Methode bisher nur von H. C. Vogel[1] angewandt worden, aber auch nur an einer geringen Zahl der allerhellsten Fixsterne. Zur Benutzung kam dabei ein Glan-Vogel'sches Spectralphotometer, welches mit dem grossen Refractor des Potsdamer Observatoriums verbunden wurde. Als Vergleichslicht diente eine am Apparate aufgehängte Petroleumlampe. Die Verbreiterung der Sternspectren geschah nicht mit Hülfe einer Cylinderlinse, sondern einfach dadurch, dass der Spalt des Spectroskops etwas ausserhalb des Focus des Fernrohrobjectivs gestellt wurde. Die Messungen wurden an sieben verschiedenen Stellen des Spectrums ausgeführt; sie sind aber nicht auf das Normalspectrum reducirt, sondern nur wegen der verschiedenen Breite des Spectrums corrigirt. Die in der folgenden Tabelle mitgetheilten Resultate sind daher nur untereinander vergleichbar. Ausser den sechs untersuchten Sternen, die absichtlich aus verschiedenen Spectraltypen ausgewählt sind, ist in der Zusammenstellung noch die Sonne angeführt. Die Zahlen geben das Helligkeitsverhältniss des Petroleumspectrums zu den Spectren der einzelnen Himmelskörper für die verschiedenen Wellenlängen an, wobei durchgängig der Werth für die Wellenlänge 555 μμ gleich 100 gesetzt worden ist.

| Wellenlänge | Helligkeitsverhältniss des Vergleichslichtes zum Stern |||||||
	α Can. maj.	α Lyrae	α Aurigae	α Bootis	α Tauri	α Orionis	Sonne
633 μμ	285	270	232	200	218	202	232
600	200	191	173	153	159	153	175
555	100	100	100	100	100	100	100
517	49	50	46	71	70	61	52
486	24	27	20	57	53	47	27
464	14	16	14	50	48	39	15
444	11	9	12	46	41	32	11

Wenn diese Zahlen auch kaum eine grössere Genauigkeit als höchstens 5 Procent besitzen werden, so geht aus der Zusammenstellung doch deutlich hervor, wieviel mal heller die weissen Sterne in den brechbareren

1 Monatsber. der K. Preuss. Akad. der Wiss. Jahrg. 1880, p. 801.

Theilen des Spectrums sind als die gelblichen und rothen. Ferner ergiebt sich, dass die Intensitätsvertheilung im Sonnenspectrum fast vollständig mit derjenigen im Spectrum von α Aurigae übereinstimmt; man wird also schliessen dürfen, dass die Sterne von diesem Typus sich in ähnlichem Glühzustande befinden wie die Sonne, während die Temperatur der weissen Sterne weit über, die Temperatur der rothen Sterne weit unter der Temperatur der Sonne gelegen ist.

Bei dem grossen Interesse, welches der Gegenstand im Hinblick auf die Entwicklungsgeschichte der Fixsterne hat, wäre eine Fortführung der Vogel'schen Untersuchungen in grösserem Massstabe durchaus erwünscht. Bisher scheint die Schwierigkeit der Beobachtungen von weiteren Versuchen abgeschreckt zu haben.

In gewissem Zusammenhange damit steht eine ganz eigenartige Photometrie der Fixsterne, welche Pickering[1]) in seinem »Draper Catalog« in Anwendung gebracht hat, und welche sich ebenfalls auf die Spectra der Sterne gründet. Obgleich diese auf photographischem Wege ausgeführten Helligkeitsbestimmungen insofern keine vollständigen spectralphotometrischen Angaben liefern, weil die Vergleichungen nur an einer einzigen Stelle des Spectrums gemacht sind, und obgleich ausserdem Vieles gegen die Methode und die Art der Bearbeitung einzuwenden ist, so verdient das Unternehmen doch hier erwähnt zu werden, schon deshalb, weil es sich auf mehr als 10000 Sterne erstreckt und in Verbindung mit anderen photometrischen Bestimmungen in Zukunft noch von grossem Nutzen sein kann. Der Hauptzweck der Pickering'schen Arbeit war eine Classificirung der Spectren der Sterne bis etwa zur siebenten Grösse vom Nordpol bis zur Declination −25°. Die Spectra wurden mittelst eines Objectivprismas von 20 cm Öffnung und 13° brechendem Winkel erhalten, welches vor einem parallaktisch montirten Voigtländerschen Objective von 20 cm Durchmesser und 115 cm Focallänge so angebracht war, dass die brechende Kante parallel der täglichen Bewegung stand. Dadurch dass dem Uhrwerk eine etwas andere Geschwindigkeit als nach Sternzeit ertheilt wurde, bewegte sich das Spectrum langsam über die photographische Platte und erschien daher ein wenig verbreitert. Bei einer durchschnittlichen Expositionszeit von 5 Minuten für Äquatorsterne hatten die Spectra auf der Platte eine Länge von 1 cm und eine Breite von etwa 1 mm. Zur Bestimmung der Helligkeiten der Spectren bediente sich Pickering eines photographischen Streifens, welcher durch künstliches Licht hervorgebracht war und an dem einen Ende ganz dunkel, an dem anderen Ende vollkommen durchsichtig erschien,

---

1) Annals of the Astr. Obs. of Harvard College. Vol. 26, part. I and Vol. 27.

ähnlich wie ein keilförmig geschliffenes Stück dunklen Glases. Dieser Vergleichsstreifen wurde durch ein Verfahren erhalten, welches mit dem früher beschriebenen Janssen'schen (Seite 299) eine gewisse Ähnlichkeit hat. Die Helligkeitsabstufung des Streifens liess sich durch Rechnung ermitteln, und eine daran angebrachte Scala gab für jeden Punkt desselben die Intensität unmittelbar in Sterngrössenclassen an, bezogen auf einen beliebigen Ausgangspunkt. Dieser photographische Massstab wurde nun neben die aufgenommenen Sternspectra, aus denen durch ein Diaphragma stets ein bestimmter Theil herausgeblendet war, gelegt und dann diejenige Stelle des Streifens aufgesucht, wo die Dichtigkeit des Silberniederschlages die gleiche zu sein schien, wie auf dem herausgeblendeten Bezirke des Sternspectrums. Die Ablesungen an der Scala gaben dann für zwei verschiedene Sterne unmittelbar den Helligkeitsunterschied in Grössenclassen, gültig für die untersuchte Stelle des Spectrums. Sämmtliche Messungen wurden nur an einem einzigen Punkte in der Nähe der Wellenlänge 432 $\mu\mu$ ausgeführt; es stünde aber natürlich Nichts im Wege, die Vergleichungen auf beliebig viele Stellen des Spectrums auszudehnen.

Die Einheit, auf welche die so erhaltenen Spectralhelligkeiten bezogen werden, kann willkürlich gewählt werden; Pickering hat aber, um die Angaben mit den optischen Helligkeiten der Sterne in einen gewissen Zusammenhang zu bringen, das folgende Verfahren eingeschlagen. Auf jeder Platte, welche gewöhnlich eine beträchtliche Anzahl von Spectren enthielt, wurden diejenigen Sterne aufgesucht, deren Spectrum dem ersten Typus angehörte, und für welche in der Harvard Photometry die optische Helligkeit angegeben ist. Mit Zugrundelegung dieser Helligkeitswerthe wurde nun aus den photometrischen Spectralmessungen der betreffenden Sterne für jede Platte eine Constante berechnet, und mit Hülfe dieser Constante wurden dann die endgültigen Helligkeiten für sämmtliche Sterne des Draper Cataloges abgeleitet. Das System schliesst sich natürlich nur für die Sterne vom ersten Typus an das System der Harvard Photometry an; für alle anderen Sterne sind die Grössen des Draper Cataloges nicht direct mit den optischen Grössen vergleichbar. Zwei Sterne, die in diesem Cataloge als gleich hell bezeichnet sind, können, wenn sie verschiedenen Typen angehören, in der Harvard Photometry um mehr als zwei Grössen voneinander verschieden sein.

So interessant in mancher Hinsicht das Pickering'sche Verfahren ist, auf welches hier nicht näher eingegangen werden kann, so wird doch schwerlich eine Photometrie, die sich nur auf Vergleichungen in einer einzigen Strahlengattung gründet, allgemeinen Anklang finden. Erst wenn der Versuch gemacht würde, die spectralphotometrischen Messungen über möglichst viele Stellen des Spectrums auszudehnen und daraus das

Gesammtlicht der Sterne zu berechnen, würde der Weg zu einer durchaus rationellen und einwurfsfreien Photometrie der Fixsterne angebahnt sein. Die Hindernisse, die sich jeder photographischen Lichtmessung entgegenstellen, treten auch bei der Pickering'schen Methode in vollem Umfange auf. Die Genauigkeit der Resultate steht entschieden hinter der bei optischen Messungen erreichbaren zurück. Insbesondere ist die Bestimmung der photographischen Vergleichsscala ein heikler Punkt, abgesehen von allen anderen Schwierigkeiten, die durch die äusseren Umstände, namentlich durch die Unruhe der Luft, die Absorption in der Atmosphäre, die verschiedene Empfindlichkeit der benutzten Platten u. s. w. herbeigeführt werden.

4. Die photographischen Helligkeiten der Fixsterne.

Nachdem im letzten Capitel des zweiten Abschnittes die photographischen Methoden zur Bestimmung des Gesammtlichtes der Gestirne bereits so ausführlich, als es in diesem Buche wünschenswerth schien, besprochen worden sind, braucht hier nur noch kurz auf die wichtigsten Ergebnisse dieser Methoden am Fixsternhimmel hingewiesen zu werden. Die grossen Hoffnungen, die man im vorigen Jahrzehnt auf die Entwicklung der photographischen Photometrie gesetzt hatte, sind freilich nicht in Erfüllung gegangen, und es ist gegenwärtig sogar ein Stillstand in den Bemühungen auf diesem Gebiete eingetreten. Aber der Hauptvortheil, der bei der photographischen Methode darin liegt, dass man in verhältnissmässig sehr kurzer Zeit von einer beträchtlichen Anzahl von Sternen Aufnahmen erhält, die zur Bestimmung der Helligkeit in aller Bequemlichkeit ausgemessen werden können, ist so in die Augen fallend, dass es verfehlt sein würde, von weiteren Versuchen abzustehen, selbst wenn es nicht gelingen sollte, alle im Früheren erwähnten Schwierigkeiten zu überwinden und die Genauigkeit so weit zu treiben, als man anfangs erwartet hatte. Dass die photographische Photometrie der Fixsterne sich jemals der optisch-physiologischen so weit überlegen zeigen sollte, dass man auf die letztere gänzlich verzichten könnte, ist durchaus unwahrscheinlich; dagegen werden die photographischen Helligkeitsbestimmungen immer eine sehr willkommene Ergänzung der bisherigen physiologischen Resultate bilden; für gewisse specielle Aufgaben wird man unbedenklich schon heute eine ausgedehntere Anwendung der Photographie empfehlen können.

Man hat sich bisher davor gehütet, eine besondere Intensitätsscala für die photographischen Helligkeiten einzuführen. Es ist vielmehr der Begriff

der Sterngrösse zunächst streng festgehalten und ein möglichst enger
Anschluss an die optische Grössenscala erstrebt worden. Solange die
photographische Photometrie noch nicht auf genügend sicherem Fundamente ruht, mag eine derartige Verbindung das Beste sein; aber, da nun
doch einmal wegen der verschiedenartigen Zusammensetzung des Fixsternlichtes eine directe Vergleichung der photographischen und optischen
Helligkeiten für alle Sterne unmöglich ist, so wird man in Zukunft
schwerlich auf einen allzu engen Anschluss Gewicht legen und eventuell
nicht davor zurückschrecken, die photographischen Grössen vollkommen
unabhängig zu machen. Gegenwärtig benutzt man gewöhnlich die weissen,
dem ersten Spectraltypus angehörigen Sterne als Verbindungsglieder und
bestimmt aus ihnen, wie bereits früher auseinandergesetzt ist, die Constanten der Formeln, welche zur Ableitung der photographischen Grössen
dienen. Damit ist allerdings erreicht, dass wegen des Überwiegens des
ersten Spectraltypus für den grössten Theil der Sterne am Himmel die
photographischen Helligkeitsangaben mit den gebräuchlichen Cataloghelligkeiten direct vergleichbar sind; aber für die Sterne der anderen
Spectraltypen, die weniger reich an photographisch wirksamen Strahlen
sind, geben die photographischen Bestimmungen verhältnissmässig zu kleine
Helligkeiten. Man kann im Durchschnitt annehmen, dass ein Stern vom
III. Typus photographisch um etwa 2.5 Grössenclassen schwächer gemessen
wird als optisch. Die blosse photographische Helligkeitsangabe für irgend
einen Stern giebt uns also nur dann eine ungefähre Vorstellung von der
physiologischen Helligkeit desselben, wenn gleichzeitig auch sein Spectraltypus bekannt ist.

Die bisherigen Arbeiten auf dem Gebiete der photographischen Fixsternphotometrie sind zum grössten Theile nur als Vorversuche zu betrachten; sie waren in erster Linie dazu bestimmt, die verschiedenen Arten
der Ausmessung zu erproben und über die wichtigsten principiellen Fragen
Klarheit zu schaffen. Von zusammenhängenden Messungsreihen, die einen
ungefähren Überblick über die zu erreichende Genauigkeit geben könnten,
sind eigentlich nur die Ausmessung der Plejadengruppe von Charlier[1])
und die von Pickering[2]) veröffentlichten photographischen Helligkeitsverzeichnisse hervorzuheben.

Charlier hat sich bei seiner Arbeit der Methode der Durchmesserbestimmung der photographischen Sternscheibchen bedient, die zweifellos
vor allen anderen Methoden den Vorzug verdient. Das von ihm benutzte
chemisch achromatisirte Objectiv von 81 mm Öffnung und 100 cm Brennweite war an dem Stockholmer Refractor befestigt, und die Aufnahmen

1) Publ. der Astron. Gesellschaft, Nr. 19.
2) Annals of the Astr. Obs. of Harvard College. Vol. 18, No. VII, p. 119.

umfassten einen Raum von etwa 20 Quadratgraden am Himmel. Den
Untersuchungen zu Grunde gelegt wurden vier Platten, die bei Expositionszeiten zwischen 13 Minuten und 3 Stunden aufgenommen waren. Auf jeder
derselben wurden die Durchmesser von 52 der Bessel'schen Plejadensterne
sorgfältig ausgemessen, und mit Zugrundelegung der von Lindemann für
diese Sterne photometrisch bestimmten Helligkeiten wurden die Constanten
der Formel $m = a - b \log D$ berechnet, wo m die photographische Grösse
und D den gemessenen Durchmesser des Sternscheibchens repräsentirt.
Zur Ableitung des Helligkeitscataloges der Plejadengruppe wurde nur
die am Längsten exponirte Platte benutzt. Auf dieser wurden im Ganzen
364 Sternscheibchen ausgemessen und daraus die Intensitäten mittelst der
betreffenden Formel bestimmt, ausserdem wurden noch von 168 schwächeren
Sternen der Platte die photographischen Helligkeiten angenähert durch
Schätzungen des Schwärzungsgrades erhalten. Die Vergleichung der vier
Charlier'schen Plejadenaufnahmen gestattet ein Urtheil über die bei dieser
Methode der Helligkeitsbestimmung zu erreichende Genauigkeit. Dasselbe ist ausserordentlich günstig. Grössere Abweichungen zwischen den
vier Bestimmungen eines Sternes als 0.4 Grössenclassen kommen nicht
vor, und der wahrscheinliche Fehler einer einzelnen photographischen
Helligkeit ergiebt sich im Durchschnitte zu $\pm$ 0.10 Grössenclassen; die
Genauigkeit bleibt also nur sehr wenig hinter den besten photometrischen
Messungen zurück. Die Ausmessung der Plejadengruppe ist freilich insofern eine der günstigsten Aufgaben für die photographische Photometrie,
als die sämmtlichen zu vergleichenden Sterne auf derselben Platte enthalten sind, welche auch gleichzeitig genügend zahlreiche zur Constanten-
bestimmung geeignete Anhaltsterne aufweist. Dadurch werden von vornherein die bedenklichsten Schwierigkeiten, die bei der photographischen
Methode auftreten, beseitigt; insbesondere kommt die verschiedene
Empfindlichkeit verschiedener Platten gar nicht und der Einfluss der
Extinction nur verschwindend wenig in Betracht; die überaus gefährliche
Einwirkung der Unruhe der Luft trifft alle zu vergleichenden Sternbildchen
in demselben Grade. Endlich ist eine Vergleichung der photographischen
Resultate mit den optisch photometrischen gerade bei der Plejadengruppe
ausserordentlich günstig, weil fast alle Sterne dieser Gruppe dem ersten
Spectraltypus angehören. Alles in Allem betrachtet wird man den
Charlier'schen Helligkeitscatalog der Plejaden unbedenklich für einen
äusserst werthvollen Beitrag zur Fixsternphotometrie erklären dürfen.
Auf ähnliche Aufgaben, insbesondere auf die Ausmessung noch dichterer
Sterngruppen, die den optischen Helligkeitsbestimmungen grosse Schwierig-
keiten bereiten, sollte die photographische Photometrie künftig in erster
Linie ihr Augenmerk richten.

Bei Weitem weniger günstig lautet das Urtheil über die Pickering-schen photographischen Helligkeitsverzeichnisse. Von diesen bezieht sich das eine ebenfalls auf die Plejadengruppe, und die von Charlier ange-stellte Vergleichung zwischen seinen und den Pickering'schen Resultaten lässt einen systematischen Gang erkennen, der zweifellos dem Pickering-schen Verfahren zur Last zu legen ist. Das zweite Verzeichniss umfasst alle Sterne (1009 an der Zahl) heller als fünfzehnter Grösse, die nicht weiter als 1° vom Nordpol abstehen. Ein dritter Catalog endlich enthält 1131 Sterne zwischen der dritten und neunten Grösse innerhalb des schmalen Gürtels von — 2° bis + 2° Declination. Die benutzten Aufnahmen sind zum Theil mit bewegtem, zum grössten Theil mit ruhendem Fernrohr gemacht worden; die Helligkeiten sind also in der überwiegenden Zahl durch Vergleichung der von den Sternen auf der photographischen Platte beschriebenen Striche (trails) abgeleitet worden. Steht diese Methode, wie früher betont worden ist, an und für sich schon hinter der Methode der Durchmesserbestimmung der Sternscheibchen zurück, so ist auch in mancher anderen Hinsicht das ganze Verfahren Pickerings keineswegs nachahmenswerth. Er bediente sich wieder, wie bei den spectralphotometrischen Messungen des Draper Catalogs, einer photographischen Scala, die er in der Weise herstellte, dass er von einem bestimmten Sterne eine Reihe von gleich langen Auf-nahmen unter Anwendung von verschiedenen Blenden vor dem Objectiv machte. Die Blendenöffnungen waren so abgemessen, dass das Verhält-niss je zweier aufeinander folgenden freien Objectivflächen gleich 2.5 war. Unter der Annahme, dass das Abblendungsprincip durchaus einwurfsfrei ist, würde der Unterschied in dem Aussehen zweier aufeinander folgenden Striche der Scala einem Helligkeitsunterschiede von einer Grössenclasse entsprechen. Pickering hat die von dem gewählten Vergleichsterne beschriebenen Striche aus der photographischen Platte herausgeschnitten und benutzt dieselben als feste Scalen zur Vergleichung mit allen anderen Strichaufnahmen, wobei noch Zehntel der einzelnen Intervalle geschätzt werden. Abgesehen von der verhältnissmässig grossen Unsicherheit dieser Schätzungen ist die Abblendungsmethode aus verschiedenen Gründen, insbesondere wegen des schädlichen Einflusses der Beugung bei sehr kleinen Öffnungen, entschieden zu verwerfen. Nicht viel besser ist das Verfahren, welches Pickering bei der Verwerthung der mit bewegtem Fernrohr gemachten Sternscheibchenaufnahmen angewendet hat. Auch hier ist eine feste Scala benutzt worden, bestehend aus einer Reihe von Bildern eines bestimmten Sternes auf derselben Platte, die bei verschiedenen Expositionszeiten erhalten waren. Die Expositionszeiten waren so ge-wählt, dass der Unterschied zwischen je zwei aufeinander folgenden Bildern der Scala wieder einer Intensitätsänderung von einer ganzen

Grössenclasse entsprechen sollte. Zehntel des Intervalles wurden durch Schätzung erhalten. Da der Zusammenhang zwischen der Dichtigkeit des Silberniederschlages und der Expositionszeit keineswegs durch ein einfaches Gesetz ausgedrückt werden kann, sondern empirisch ermittelt werden muss, so ist die Herstellung der festen Vergleichsscala eine der schwierigsten Aufgaben bei diesem Verfahren. Um von den Fehlern der Scala einigermassen frei zu werden, hat Pickering auf jeder Platte noch eine Gruppe von Polsternen aufgenommen, deren Helligkeiten mit dem Meridianphotometer und einem Keilphotometer bestimmt waren, und die zur Ermittlung von Reductionsgrössen für jede Platte dienen sollten. Damit ist zugleich auch der Anschluss der photographischen Helligkeiten an das System der Harvard Photometry, den Pickering bei allen seinen photographischen Helligkeitsverzeichnissen streng festhält, erreicht.

Die Hauptschwierigkeiten, die sich einer allgemeinen photographischen Fixsternphotometrie entgegenstellen, sind in den eben besprochenen Vorarbeiten nicht beseitigt, vielmehr erst in ihrem vollen Umfange erkannt worden, und es bleibt der Zukunft überlassen, inwieweit es gelingen wird, dieser Schwierigkeiten Herr zu werden und die bisherigen unvollkommenen Methoden durch einwurfsfreiere zu ersetzen.

Ein specielles Gebiet der Fixsternphotometrie, wo auch schon jetzt die Photographie mit Aussicht auf günstigen Erfolg angewendet werden könnte, umfasst die veränderlichen Sterne, speciell diejenigen von kurzer Periode. Es ist leicht möglich, auf ein und derselben Platte eine grosse Anzahl von Aufnahmen eines Veränderlichen, alle von gleicher Expositionsdauer, nahe nebeneinander zu machen. Der Vortheil, den dieses Verfahren namentlich für die Sterne vom Algoltypus gewähren kann, wo es auf die Festlegung möglichst vieler Punkte der Lichtcurve ankommt, liegt auf der Hand. Zur Ableitung der Helligkeiten sollte dabei ausschliesslich die Methode der Bilddurchmesserbestimmung benutzt werden, und ferner sollte es Regel sein, nur Differenzmessungen gegen einen benachbarten Stern, von denen wohl stets einer auf der Platte vorhanden sein wird, zu verwerthen. Es wird keine Schwierigkeiten bereiten, die zugehörigen Sternbildchen auf der Platte zu unterscheiden. Die Differenzmessung macht den Einfluss der Extinction fast ganz unschädlich, und auch die wechselnde Luftunruhe, einer der gefährlichsten Feinde der photographischen Photometrie, kommt dabei nicht in Betracht. Handelt es sich nur um die Festlegung der Epochen der Minima oder Maxima und um die Bestimmung der blossen Form der Lichtcurve, so geben die gemessenen Unterschiede zwischen den Bilddurchmessern des Veränderlichen und des benutzten Vergleichsternes, ganz gleichgültig, in welcher Einheit sie ausgedrückt sind, alles erforderliche Material. Bei der

Anwendung dieser Methode auf die Algolsterne wird es am Ehesten möglich sein, kleine Einbiegungen und Unregelmässigkeiten der Lichtcurven, die bei optisch photometrischen Bestimmungen der Aufmerksamkeit leichter entgehen können, zu entdecken; auch sind alle Täuschungen, die durch etwaige Voreingenommenheit des Beobachters veranlasst sein könnten, von vornherein ausgeschlossen. Schon heute kann man mit Sicherheit behaupten, dass auf diesem beschränkten Gebiete die photographische Photometrie der optischen zum Mindesten ebenbürtig ist.

Handelt es sich nicht nur um die Form der Lichtcurve, sondern soll der Betrag der Helligkeitsschwankung in einem bestimmten Masse angegeben werden, so ist eine Constantenbestimmung für jede Platte erforderlich, und es treten dann sofort alle im Früheren erwähnten Schwierigkeiten auf. Am Besten wird man in diesem Falle noch zum Ziele kommen, wenn mehrere dem Veränderlichen nahe stehenden Sterne von verschiedener Helligkeit mit auf der Platte enthalten sind. Eine sorgfältige Bestimmung der photometrischen Grössen derselben ermöglicht dann den Anschluss der photographischen Helligkeitsscala an das übliche optische System.

Bisher sind nur an Algol photographische Helligkeitsbestimmungen versucht worden, und zwar von Charlier[1]) und Townley[2]). Die Urtheile beider Beobachter weichen wesentlich voneinander ab. Während Charlier der Meinung ist, dass unter günstigen atmosphärischen Bedingungen durch die photographische Methode weit bessere Resultate erreicht werden können, als durch die optische Methode, erkennt Townley keineswegs die Überlegenheit der Photographie an und hebt die Schwierigkeiten, die sich dabei entgegenstellen, nachdrücklich hervor. Freilich ist das von Letzterem eingeschlagene Verfahren, bei welchem der Einfluss der atmosphärischen Extinction sowie der Unruhe der Luft sich in vollem Grade geltend machen, durchaus zu verwerfen. Das ungünstige Urtheil sollte daher auch auf keinen Fall von weiteren Bemühungen, die Photographie für die Helligkeitsbestimmungen der Veränderlichen nutzbar zu machen, abschrecken.

---

1) Bihang till K. Svenska Vetensk.-Akad. Handlingar. Bd. 18, Afd. I, No. 3.
2) Publ. of the Astr. Soc. of the Pacific. Vol. 6, 1894, p. 199.

ANHANG.

I. Tafel der nach den Theorien von Lambert, Lommel-Seeliger und Euler berechneten, vom Phasenwinkel abhängigen Reductionen auf volle Beleuchtung eines Planeten.

Phasen-Winkel α	$\frac{1}{\pi}[\sin\alpha + (\pi-\alpha)\cos\alpha]$ Logarithmen	Grössenclassen	$1-\sin\frac{\alpha}{2}\tan\frac{\alpha}{2}\log\cot\frac{\alpha}{4}$ Logarithmen	Grössenclassen	$\cos^2\frac{\alpha}{2}$ Logarithmen	Grössenclassen
0	$0.0000_{\ 1}$	0.00	$0.0000_{\ 2}$	0.00	$0.0000_{\ 0}$	0.00
1	$9.9999_{\ 2}$	0.00	$9.9998_{\ 4}$	0.00	$0.0000_{\ 1}$	0.00
2	$9.9997_{\ 3}$	0.00	$9.9994_{\ 7}$	0.00	$9.9999_{\ 2}$	0.00
3	$9.9994_{\ 4}$	0.00	$9.9987_{\ 8}$	0.00	$9.9997_{\ 2}$	0.00
4	$9.9990_{\ 6}$	0.00	$9.9979_{\ 10}$	0.01	$9.9995_{\ 3}$	0.00
5	$9.9984_{\ 7}$	0.00	$9.9969_{\ 12}$	0.01	$9.9992_{\ 4}$	0.00
6	$9.9977_{\ 8}$	0.01	$9.9957_{\ 14}$	0.01	$9.9988_{\ 4}$	0.00
7	$9.9969_{\ 10}$	0.01	$9.9943_{\ 15}$	0.01	$9.9984_{\ 5}$	0.00
8	$9.9959_{\ 11}$	0.01	$9.9928_{\ 16}$	0.02	$9.9979_{\ 6}$	0.01
9	$9.9948_{\ 12}$	0.01	$9.9912_{\ 17}$	0.02	$9.9973_{\ 6}$	0.01
10	$9.9936_{\ 13}$	0.02	$9.9895_{\ 18}$	0.03	$9.9967_{\ 7}$	0.01
11	$9.9923_{\ 15}$	0.02	$9.9877_{\ 20}$	0.03	$9.9960_{\ 8}$	0.01
12	$9.9908_{\ 15}$	0.02	$9.9857_{\ 20}$	0.04	$9.9952_{\ 8}$	0.01
13	$9.9893_{\ 17}$	0.03	$9.9837_{\ 22}$	0.04	$9.9944_{\ 9}$	0.01
14	$9.9876_{\ 18}$	0.03	$9.9815_{\ 23}$	0.05	$9.9935_{\ 10}$	0.02
15	$9.9858_{\ 19}$	0.04	$9.9792_{\ 24}$	0.05	$9.9925_{\ 10}$	0.02
16	$9.9839_{\ 20}$	0.04	$9.9768_{\ 25}$	0.06	$9.9915_{\ 11}$	0.02
17	$9.9819_{\ 22}$	0.05	$9.9743_{\ 26}$	0.06	$9.9904_{\ 12}$	0.02
18	$9.9797_{\ 23}$	0.05	$9.9717_{\ 26}$	0.07	$9.9892_{\ 12}$	0.03
19	$9.9774_{\ 24}$	0.06	$9.9691_{\ 28}$	0.08	$9.9880_{\ 13}$	0.03
20	$9.9750_{\ 25}$	0.06	$9.9663_{\ 28}$	0.08	$9.9867_{\ 14}$	0.03
21	$9.9725_{\ 26}$	0.07	$9.9635_{\ 29}$	0.09	$9.9853_{\ 14}$	0.04
22	$9.9699_{\ 27}$	0.08	$9.9606_{\ 30}$	0.10	$9.9839_{\ 15}$	0.04
23	$9.9672_{\ 28}$	0.08	$9.9576_{\ 31}$	0.11	$9.9824_{\ 16}$	0.04
24	$9.9644_{\ 30}$	0.09	$9.9545_{\ 32}$	0.11	$9.9808_{\ 17}$	0.05
25	$9.9614_{\ 31}$	0.10	$9.9513_{\ 32}$	0.12	$9.9791_{\ 17}$	0.05
26	$9.9583_{\ 32}$	0.10	$9.9481_{\ 33}$	0.13	$9.9774_{\ 18}$	0.06
27	$9.9551_{\ 33}$	0.11	$9.9448_{\ 35}$	0.14	$9.9756_{\ 18}$	0.06
28	$9.9518_{\ 34}$	0.12	$9.9413_{\ 35}$	0.15	$9.9738_{\ 19}$	0.07
29	$9.9484_{\ 35}$	0.13	$9.9378_{\ 36}$	0.16	$9.9719_{\ 20}$	0.07
30	$9.9449_{\ 36}$	0.14	$9.9342_{\ 36}$	0.16	$9.9699_{\ 21}$	0.08

Phasen-Winkel α	$\frac{1}{\pi}[\sin\alpha + (\pi-\alpha)\cos\alpha]$		$1-\sin\frac{\alpha}{2}\,\text{tang}\,\frac{\alpha}{2}\,\log\cot\frac{\alpha}{4}$		$\cos^2\frac{\alpha}{2}$	
	Logarithmen	Grössenclassen	Logarithmen	Grössenclassen	Logarithmen	Grössenclassen
31	9.9413 $_{38}$	0.15	9.9306 $_{38}$	0.17	9.9678 $_{21}$	0.08
32	9.9375 $_{39}$	0.16	9.9268 $_{38}$	0.18	9.9657 $_{22}$	0.09
33	9.9336 $_{40}$	0.17	9.9230 $_{39}$	0.19	9.9635 $_{22}$	0.09
34	9.9296 $_{41}$	0.18	9.9191 $_{40}$	0.20	9.9613 $_{24}$	0.10
35	9.9255 $_{42}$	0.19	9.9151 $_{40}$	0.21	9.9589 $_{25}$	0.10
36	9.9213 $_{43}$	0.20	9.9111 $_{41}$	0.22	9.9564 $_{25}$	0.11
37	9.9170 $_{45}$	0.21	9.9070 $_{42}$	0.23	9.9539 $_{26}$	0.12
38	9.9125 $_{45}$	0.22	9.9028 $_{42}$	0.24	9.9513 $_{26}$	0.12
39	9.9080 $_{47}$	0.23	9.8986 $_{43}$	0.25	9.9487 $_{27}$	0.13
40	9.9033 $_{48}$	0.24	9.8943 $_{44}$	0.26	9.9460 $_{28}$	0.13
41	9.8985 $_{49}$	0.25	9.8899 $_{45}$	0.28	9.9432 $_{29}$	0.14
42	9.8936 $_{50}$	0.27	9.8854 $_{45}$	0.29	9.9403 $_{30}$	0.15
43	9.8886 $_{52}$	0.28	9.8809 $_{46}$	0.30	9.9373 $_{30}$	0.16
44	9.8834 $_{52}$	0.29	9.8763 $_{47}$	0.31	9.9343 $_{31}$	0.16
45	9.8782 $_{54}$	0.30	9.8716 $_{48}$	0.32	9.9312 $_{32}$	0.17
46	9.8728 $_{55}$	0.32	9.8668 $_{48}$	0.33	9.9280 $_{32}$	0.18
47	9.8673 $_{56}$	0.33	9.8620 $_{49}$	0.34	9.9248 $_{33}$	0.19
48	9.8617 $_{57}$	0.35	9.8571 $_{50}$	0.36	9.9215 $_{34}$	0.20
49	9.8560 $_{59}$	0.36	9.8521 $_{51}$	0.37	9.9181 $_{35}$	0.20
50	9.8501 $_{60}$	0.37	9.8470 $_{51}$	0.38	9.9146 $_{36}$	0.21
51	9.8441 $_{61}$	0.39	9.8419 $_{52}$	0.40	9.9110 $_{37}$	0.22
52	9.8380 $_{62}$	0.40	9.8367 $_{53}$	0.41	9.9073 $_{37}$	0.23
53	9.8318 $_{64}$	0.42	9.8314 $_{54}$	0.42	9.9036 $_{38}$	0.24
54	9.8254 $_{65}$	0.44	9.8260 $_{54}$	0.43	9.8998 $_{39}$	0.25
55	9.8189 $_{66}$	0.45	9.8206 $_{55}$	0.45	9.8959 $_{40}$	0.26
56	9.8123 $_{67}$	0.47	9.8151 $_{56}$	0.46	9.8919 $_{41}$	0.27
57	9.8056 $_{69}$	0.49	9.8095 $_{57}$	0.48	9.8878 $_{41}$	0.28
58	9.7987 $_{70}$	0.50	9.8038 $_{57}$	0.49	9.8837 $_{43}$	0.29
59	9.7917 $_{71}$	0.52	9.7981 $_{58}$	0.50	9.8794 $_{43}$	0.30
60	9.7846 $_{72}$	0.54	9.7923 $_{59}$	0.52	9.8751 $_{45}$	0.31
61	9.7774 $_{74}$	0.56	9.7864 $_{60}$	0.53	9.8706 $_{45}$	0.32
62	9.7700 $_{75}$	0.57	9.7804 $_{61}$	0.55	9.8661 $_{46}$	0.33
63	9.7625 $_{77}$	0.59	9.7743 $_{61}$	0.56	9.8615 $_{47}$	0.35
64	9.7548 $_{78}$	0.61	9.7682 $_{63}$	0.58	9.8568 $_{48}$	0.36
65	9.7470 $_{79}$	0.63	9.7619 $_{63}$	0.60	9.8520 $_{49}$	0.37
66	9.7391 $_{81}$	0.65	9.7556 $_{64}$	0.61	9.8471 $_{50}$	0.38
67	9.7310 $_{82}$	0.67	9.7492 $_{65}$	0.63	9.8421 $_{50}$	0.39
68	9.7228 $_{84}$	0.69	9.7427 $_{66}$	0.64	9.8371 $_{52}$	0.41
69	9.7144 $_{85}$	0.71	9.7361 $_{66}$	0.66	9.8319 $_{52}$	0.42
70	9.7059 $_{86}$	0.74	9.7295 $_{68}$	0.68	9.8267 $_{54}$	0.43
71	9.6973 $_{88}$	0.76	9.7227 $_{68}$	0.69	9.8213 $_{54}$	0.45
72	9.6885 $_{89}$	0.78	9.7159 $_{69}$	0.71	9.8159 $_{56}$	0.46
73	9.6796 $_{91}$	0.80	9.7090 $_{70}$	0.73	9.8103 $_{56}$	0.47
74	9.6705 $_{92}$	0.82	9.7020 $_{71}$	0.74	9.8047 $_{57}$	0.49
75	9.6613 $_{94}$	0.85	9.6949 $_{72}$	0.76	9.7990 $_{59}$	0.50

Phasen-Winkel α	$\frac{1}{\tau}[\sin\alpha + (\tau-\alpha)\cos\alpha]$		$1-\sin\frac{\alpha}{2}\,\tan\frac{\alpha}{2}\,\log\cot\frac{\alpha}{4}$		$\cos^2\frac{\alpha}{2}$	
	Logarithmen	Grössen-classen	Logarithmen	Grössen-classen	Logarithmen	Grössen-classen
76	9.6519 $_{96}$	0.87	9.6877 $_{73}$	0.78	9.7931 $_{60}$	0.52
77	9.6423 $_{97}$	0.89	9.6804 $_{74}$	0.80	9.7871 $_{61}$	0.53
78	9.6326 $_{99}$	0.92	9.6730 $_{75}$	0.82	9.7810 $_{62}$	0.55
79	9.6227 $_{100}$	0.94	9.6655 $_{76}$	0.84	9.7748 $_{63}$	0.56
80	9.6127 $_{102}$	0.97	9.6579 $_{77}$	0.86	9.7685 $_{64}$	0.58
81	9.6025 $_{104}$	0.99	9.6502 $_{78}$	0.87	9.7621 $_{66}$	0.59
82	9.5921 $_{105}$	1.02	9.6424 $_{79}$	0.89	9.7555 $_{66}$	0.61
83	9.5816 $_{107}$	1.05	9.6345 $_{80}$	0.91	9.7489 $_{68}$	0.63
84	9.5709 $_{109}$	1.07	9.6265 $_{81}$	0.93	9.7421 $_{69}$	0.64
85	9.5600 $_{110}$	1.10	9.6184 $_{83}$	0.95	9.7352 $_{70}$	0.66
86	9.5490 $_{113}$	1.13	9.6101 $_{83}$	0.97	9.7282 $_{71}$	0.68
87	9.5377 $_{114}$	1.16	9.6018 $_{85}$	1.00	9.7211 $_{72}$	0.70
88	9.5263 $_{116}$	1.18	9.5933 $_{86}$	1.02	9.7139 $_{74}$	0.72
89	9.5147 $_{118}$	1.21	9.5847 $_{87}$	1.04	9.7065 $_{76}$	0.73
90	9.5029 $_{121}$	1.24	9.5760 $_{88}$	1.06	9.6989 $_{76}$	0.75
91	9.4908 $_{121}$	1.27	9.5672 $_{89}$	1.08	9.6913 $_{78}$	0.77
92	9.4787 $_{124}$	1.30	9.5583 $_{90}$	1.10	9.6835 $_{79}$	0.79
93	9.4663 $_{126}$	1.33	9.5493 $_{92}$	1.13	9.6756 $_{81}$	0.81
94	9.4537 $_{128}$	1.37	9.5401 $_{93}$	1.15	9.6675 $_{82}$	0.83
95	9.4409 $_{131}$	1.40	9.5308 $_{95}$	1.17	9.6593 $_{83}$	0.85
96	9.4278 $_{132}$	1.43	9.5213 $_{96}$	1.20	9.6510 $_{85}$	0.87
97	9.4146 $_{135}$	1.46	9.5117 $_{97}$	1.22	9.6425 $_{86}$	0.89
98	9.4011 $_{137}$	1.50	9.5020 $_{98}$	1.25	9.6339 $_{88}$	0.92
99	9.3874 $_{139}$	1.53	9.4922 $_{100}$	1.27	9.6251 $_{90}$	0.94
100	9.3735 $_{142}$	1.57	9.4822 $_{102}$	1.29	9.6161 $_{91}$	0.96
101	9.3593 $_{144}$	1.60	9.4720 $_{103}$	1.32	9.6070 $_{93}$	0.98
102	9.3449 $_{146}$	1.64	9.4617 $_{105}$	1.35	9.5977 $_{94}$	1.01
103	9.3303 $_{149}$	1.67	9.4512 $_{106}$	1.37	9.5883 $_{96}$	1.03
104	9.3154 $_{152}$	1.71	9.4406 $_{108}$	1.40	9.5787 $_{98}$	1.05
105	9.3002 $_{154}$	1.75	9.4298 $_{109}$	1.43	9.5689 $_{100}$	1.08
106	9.2848 $_{157}$	1.79	9.4189 $_{111}$	1.45	9.5589 $_{102}$	1.10
107	9.2691 $_{159}$	1.83	9.4078 $_{113}$	1.48	9.5487 $_{103}$	1.13
108	9.2532 $_{163}$	1.87	9.3965 $_{115}$	1.51	9.5384 $_{106}$	1.16
109	9.2369 $_{165}$	1.91	9.3850 $_{116}$	1.54	9.5278 $_{107}$	1.18
110	9.2204 $_{169}$	1.95	9.3734 $_{119}$	1.57	9.5171 $_{109}$	1.21
111	9.2035 $_{171}$	1.99	9.3615 $_{120}$	1.60	9.5062 $_{111}$	1.23
112	9.1864 $_{174}$	2.03	9.3495 $_{123}$	1.63	9.4951 $_{114}$	1.26
113	9.1690 $_{178}$	2.08	9.3372 $_{124}$	1.66	9.4837 $_{115}$	1.29
114	9.1512 $_{181}$	2.12	9.3248 $_{127}$	1.69	9.4722 $_{118}$	1.32
115	9.1331 $_{184}$	2.17	9.3121 $_{128}$	1.72	9.4604 $_{120}$	1.35
116	9.1147 $_{188}$	2.21	9.2993 $_{131}$	1.75	9.4484 $_{122}$	1.38
117	9.0959 $_{191}$	2.26	9.2862 $_{133}$	1.78	9.4362 $_{125}$	1.41
118	9.0768 $_{195}$	2.31	9.2729 $_{135}$	1.82	9.4237 $_{128}$	1.44
119	9.0573 $_{199}$	2.36	9.2594 $_{138}$	1.85	9.4109 $_{130}$	1.47
120	9.0374 $_{203}$	2.41	9.2456 $_{141}$	1.89	9.3979 $_{132}$	1.51

Phasen-Winkel α	$\frac{1}{\eta}[\sin\alpha + \eta - \alpha\cos\alpha]$		$1-\sin\frac{\alpha}{2}\,\mathrm{tang}\,\frac{\alpha}{2}\,\log\cot\frac{\alpha}{4}$		$\cos^2\frac{\alpha}{2}$	
	Logarithmen	Grössen-classen	Logarithmen	Grössen-classen	Logarithmen	Grössen-classen
121	9.0171_{207}	2.46	9.2315_{143}	1.92	9.3847_{136}	1.54
122	8.9964_{211}	2.51	9.2172_{146}	1.96	9.3711_{138}	1.57
123	8.9753_{215}	2.56	9.2026_{149}	1.99	9.3573_{141}	1.61
124	8.9538_{219}	2.62	9.1877_{152}	2.03	9.3432_{144}	1.64
125	8.9319_{224}	2.67	9.1725_{154}	2.07	9.3288_{147}	1.68
126	8.9095_{229}	2.73	9.1571_{157}	2.11	9.3141_{150}	1.71
127	8.8866_{234}	2.78	9.1414_{160}	2.15	9.2991_{154}	1.75
128	8.8632_{239}	2.84	9.1254_{164}	2.19	9.2837_{157}	1.79
129	8.8393_{244}	2.90	9.1090_{167}	2.23	9.2680_{161}	1.83
130	8.8149_{250}	2.96	9.0923_{171}	2.27	9.2519_{164}	1.87
131	8.7899_{256}	3.03	9.0752_{174}	2.31	9.2355_{169}	1.91
132	8.7643_{261}	3.09	9.0578_{179}	2.36	9.2186_{172}	1.95
133	8.7382_{268}	3.15	9.0399_{183}	2.40	9.2014_{176}	2.00
134	8.7114_{274}	3.22	9.0216_{187}	2.45	9.1838_{181}	2.04
135	8.6840_{281}	3.29	9.0029_{191}	2.49	9.1657_{185}	2.09
136	8.6559_{288}	3.36	8.9838_{196}	2.54	9.1472_{190}	2.13
137	8.6271_{295}	3.43	8.9642_{200}	2.59	9.1282_{195}	2.18
138	8.5976_{303}	3.51	8.9442_{205}	2.64	9.1087_{200}	2.23
139	8.5673_{311}	3.58	8.9237_{211}	2.69	9.0887_{206}	2.28
140	8.5362_{319}	3.66	8.9026_{216}	2.74	9.0681_{211}	2.33
141	8.5043_{328}	3.74	8.8810_{222}	2.80	9.0470_{217}	2.38
142	8.4715_{338}	3.82	8.8588_{229}	2.85	9.0253_{223}	2.44
143	8.4377_{347}	3.91	8.8359_{235}	2.91	9.0030_{230}	2.49
144	8.4030_{358}	3.99	8.8124_{242}	2.97	8.9800_{237}	2.55
145	8.3672_{368}	4.08	8.7882_{250}	3.03	8.9563_{244}	2.61
146	8.3304_{380}	4.17	8.7632_{257}	3.09	8.9319_{252}	2.67
147	8.2924_{392}	4.27	8.7375_{265}	3.16	8.9067_{260}	2.73
148	8.2532_{406}	4.37	8.7110_{272}	3.22	8.8807_{269}	2.80
149	8.2126_{419}	4.47	8.6838_{280}	3.29	8.8538_{278}	2.87
150	8.1707_{433}	4.57	8.6558_{291}	3.36	8.8260_{288}	2.94
151	8.1274_{450}	4.68	8.6267_{302}	3.43	8.7972_{298}	3.01
152	8.0824_{466}	4.79	8.5965_{314}	3.51	8.7674_{310}	3.08
153	8.0358_{485}	4.91	8.5651_{326}	3.59	8.7364_{322}	3.16
154	7.9873_{504}	5.03	8.5325_{338}	3.67	8.7042_{335}	3.24
155	7.9369_{526}	5.16	8.4987_{352}	3.75	8.6707_{349}	3.32
156	7.8843_{548}	5.29	8.4635_{365}	3.84	8.6358_{365}	3.41
157	7.8295_{573}	5.43	8.4267_{385}	3.93	8.5993_{381}	3.50
158	7.7722_{600}	5.58	8.3882_{402}	4.03	8.5612_{399}	3.60
159	7.7122_{630}	5.72	8.3480_{421}	4.13	8.5213_{420}	3.70
160	7.6492_{664}	5.88	8.3059_{444}	4.24	8.4793_{441}	3.80
161	7.5828_{699}	6.04	8.2615_{468}	4.35	8.4352_{465}	3.91
162	7.5129_{740}	6.22	8.2147_{494}	4.46	8.3887_{493}	4.03
163	7.4389_{786}	6.40	8.1653_{525}	4.59	8.3394_{523}	4.15
164	7.3603_{836}	6.60	8.1128_{560}	4.72	8.2871_{557}	4.28
165	7.2767	6.81	8.0568	4.86	8.2314	4.42

IIa. Mittlere Extinctionstabellen für Potsdam (Meereshöhe 100 m) und für den Gipfel des Säntis (Meereshöhe 2500 m) von Grad zu Grad in Helligkeitslogarithmen und Grössenclassen.

Wahre Zenithdistanz	Potsdam Logarith.	Grössen	Säntis Logarith.	Grössen	Wahre Zenithdistanz	Potsdam Logarith.	Grössen	Säntis Logarith.	Grössen
11°	0.0006	0.00	0.0010	0.00	50°	0.0482	0.12	0.0310	0.08
12	0.0008	0.00	0.0012	0.00	51	0.0514	0.13	0.0328	0.08
13	0.0010	0.00	0.0014	0.00	52	0.0549	0.14	0.0348	0.09
14	0.0013	0.00	0.0017	0.00	53	0.0586	0.15	0.0369	0.09
15	0.0016	0.00	0.0019	0.00	54	0.0625	0.16	0.0391	0.10
16	0.0019	0.00	0.0022	0.01	55	0.0667	0.17	0.0415	0.10
17	0.0023	0.01	0.0025	0.01	56	0.0711	0.18	0.0440	0.11
18	0.0027	0.01	0.0029	0.01	57	0.0758	0.19	0.0466	0.12
19	0.0032	0.01	0.0032	0.01	58	0.0808	0.20	0.0494	0.12
20	0.0037	0.01	0.0036	0.01	59	0.0862	0.22	0.0524	0.13
21	0.0042	0.01	0.0040	0.01	60	0.0920	0.23	0.0556	0.14
22	0.0048	0.01	0.0044	0.01	61	0.0982	0.25	0.0590	0.15
23	0.0054	0.01	0.0048	0.01	62	0.1048	0.26	0.0627	0.16
24	0.0061	0.02	0.0053	0.01	63	0.1118	0.28	0.0667	0.17
25	0.0068	0.02	0.0058	0.01	64	0.1194	0.30	0.0710	0.18
26	0.0076	0.02	0.0063	0.02	65	0.1276	0.32	0.0757	0.19
27	0.0084	0.02	0.0068	0.02	66	0.1364	0.34	0.0808	0.20
28	0.0093	0.02	0.0074	0.02	67	0.1460	0.36	0.0863	0.22
29	0.0102	0.03	0.0080	0.02	68	0.1564	0.39	0.0922	0.23
30	0.0112	0.03	0.0086	0.02	69	0.1676	0.42	0.0987	0.25
31	0.0122	0.03	0.0093	0.02	70	0.1798	0.45	0.1059	0.26
32	0.0133	0.03	0.0100	0.03	71	0.1931	0.48	0.1139	0.28
33	0.0144	0.04	0.0107	0.03	72	0.2075	0.52	0.1228	0.31
34	0.0156	0.04	0.0115	0.03	73	0.2232	0.56	0.1327	0.33
35	0.0169	0.04	0.0123	0.03	74	0.2405	0.60	0.1438	0.36
36	0.0182	0.05	0.0132	0.03	75	0.2596	0.65	0.1563	0.39
37	0.0196	0.05	0.0141	0.04	76	0.2807	0.70	0.1705	0.43
38	0.0211	0.05	0.0150	0.04	77	0.3040	0.76	0.1868	0.47
39	0.0227	0.06	0.0160	0.04	78	0.3298	0.82	0.2057	0.51
40	0.0244	0.06	0.0170	0.04	79	0.3585	0.90	0.2277	0.57
41	0.0262	0.07	0.0181	0.05	80	0.3908	0.98	0.2536	0.63
42	0.0281	0.07	0.0192	0.05	81	0.4279	1.07	0.2845	0.71
43	0.0301	0.08	0.0204	0.05	82	0.4718	1.18	0.3221	0.81
44	0.0323	0.08	0.0217	0.05	83	0.5260	1.32	0.3688	0.92
45	0.0346	0.09	0.0231	0.06	84	0.5959	1.49	0.4277	1.07
46	0.0370	0.09	0.0245	0.06	85	0.6892	1.72	0.5034	1.26
47	0.0396	0.10	0.0260	0.06	86	0.8164	2.04	0.6035	1.51
48	0.0423	0.11	0.0276	0.07	87	0.9929	2.48	0.7408	1.85
49	0.0452	0.11	0.0293	0.07	88	1.2409	3.10	0.9358	2.34

33*

IIb. Mittlere Extinctionstabelle für Potsdam zwischen 50° und 88° Zenithdistanz von Zehntel zu Zehntel Grad in Helligkeitslogarithmen.

NB. Einheiten der vierten Decimale.

Wahre Zenithdistanz	0.0	0.1	0.2	0.3	0.4	0.5	0.6	0.7	0.8	0.9
50°	482	485	488	491	495	498	501	504	507	511
51	514	517	521	524	528	531	535	538	542	545
52	549	553	556	560	564	567	571	575	578	582
53	586	590	594	597	601	605	609	613	617	621
54	625	629	633	637	642	646	650	654	658	663
55	667	671	676	680	684	689	693	698	702	706
56	711	716	720	725	729	734	739	744	748	753
57	758	763	768	773	778	783	788	793	798	803
58	808	813	818	824	829	835	840	845	851	856
59	862	868	873	879	885	891	896	902	908	914
60	920	926	932	938	944	951	957	963	969	976
61	982	988	995	1002	1008	1015	1021	1028	1035	1041
62	1048	1055	1062	1069	1076	1083	1090	1097	1104	1111
63	1118	1125	1133	1140	1148	1155	1163	1171	1178	1186
64	1194	1202	1210	1218	1226	1234	1242	1251	1259	1267
65	1276	1285	1293	1302	1310	1319	1328	1337	1346	1355
66	1364	1373	1383	1392	1401	1411	1421	1430	1440	1450
67	1460	1470	1480	1490	1501	1511	1521	1532	1543	1553
68	1564	1575	1586	1597	1608	1619	1630	1642	1653	1664
69	1676	1688	1700	1712	1724	1736	1748	1760	1773	1785
70	1798	1811	1824	1837	1850	1863	1876	1890	1904	1917
71	1931	1945	1959	1973	1987	2002	2016	2031	2045	2060
72	2075	2090	2106	2121	2137	2152	2168	2184	2200	2216
73	2232	2249	2265	2282	2299	2316	2334	2352	2369	2387
74	2405	2423	2442	2460	2479	2498	2517	2537	2556	2576
75	2596	2616	2637	2657	2678	2699	2720	2742	2763	2785
76	2807	2829	2852	2875	2898	2921	2944	2968	2992	3016
77	3040	3065	3090	3115	3140	3166	3192	3218	3244	3271
78	3298	3325	3353	3381	3409	3438	3467	3496	3525	3555
79	3585	3616	3647	3678	3710	3742	3775	3808	3841	3874
80	3908	3943	3978	4014	4050	4087	4124	4162	4200	4239
81	4279	4319	4360	4402	4444	4488	4532	4577	4623	4670
82	4718	4767	4817	4868	4920	4973	5028	5084	5141	5200
83	5260	5322	5385	5450	5517	5586	5656	5728	5803	5880
84	5959	6040	6124	6210	6299	6391	6485	6582	6682	6785
85	6892	7002	7115	7232	7353	7477	7606	7739	7876	8018
86	8164	8315	8471	8632	8799	8971	9150	9335	9526	9724
87	9929	10141	10360	10586	10821	11063	11314	11573	11842	12120

III. Litteraturverzeichniss.

Obgleich die wichtigsten Arbeiten auf dem Gebiete der Astrophotometrie bereits bei den einzelnen Capiteln des Buches angemerkt sind,
dürfte doch vielleicht Vielen, die sich näher mit diesem Zweige der
Astrophysik beschäftigen wollen, eine besondere nach bestimmten Gesichtspunkten geordnete Zusammenstellung der einschlägigen Litteratur nicht
unwillkommen sein. Eine absolute Vollständigkeit ist dabei nicht angestrebt worden; der leitende Gedanke war, in erster Linie alle diejenigen
Schriften anzuführen, deren Kenntniss für ein näheres Studium der Astrophotometrie entweder unumgänglich nothwendig oder wenigstens in irgend
einer Beziehung lehrreich und förderlich erscheint, dagegen von vornherein
Alles auszuschliessen, was gänzlich werthlos ist oder höchstens nur ein
nebensächliches Interesse bieten kann. Aus diesem Grunde sind z. B.
ohne Weiteres blosse Ankündigungen oder gelegentliche kurze Notizen
über Gegenstände der Astrophotometrie, namentlich wenn sie in schwer
zugänglichen Zeitschriften zu finden sind, ganz unberücksichtigt geblieben.
Es sollte denjenigen, die sich mit der Litteratur des Faches vertraut
machen wollen, die Mühe erspart werden, eine ganze Anzahl von Schriften,
deren Titel in irgend einem Zusammenhange mit der Astrophotometrie zu
stehen scheinen, deren Inhalt aber häufig wenig oder gar nichts damit zu
thun hat, vergeblich zu Rathe zu ziehen, eine Mühe, der ich mich selbst
bei den Vorarbeiten zu diesem Buche nicht entziehen konnte.

Bei Weitem die meisten der in der Übersicht aufgezählten Werke
sind von mir selbst durchgesehen worden, sodass, sowohl was ihren Inhalt als die Zuverlässigkeit der Citate anbetrifft, eine gewisse Bürgschaft
übernommen werden kann; nur bei einer verhältnissmässig kleinen Anzahl
von Abhandlungen, die mir nicht zugänglich gewesen sind, habe ich mich
auf das Zeugniss anderer Quellen verlassen müssen. Wenn eine Abhandlung
in mehreren Zeitschriften oder in Übersetzungen und Auszügen erschienen
ist, so ist die Originalpublication entweder allein oder wenigstens an erster
Stelle angeführt. Blosse Referate über astrophotometrische Arbeiten sind

nur ausnahmsweise berücksichtigt worden. Bei denjenigen Artikeln, die vom Verfasser nicht mit einem eigenen Titel versehen sind, ist eine kurze Inhaltsangabe (in eckigen Klammern) zu dem Namen des Autors hinzugefügt.

Die gewählten Abkürzungen der Citate werden durchweg ohne weitere Erläuterungen verständlich sein; es verdient höchstens noch hervorgehoben zu werden, dass die fettgedruckte Zahl sich stets auf den Band oder Jahrgang, die daneben stehenden Zahlen auf die Seiten beziehen. Die in Klammern dabei gesetzte Jahreszahl nennt fast immer dasjenige Jahr, in welchem der betreffende Band erschienen ist.

Der gesammte Stoff ist im Folgenden in acht Abschnitte eingetheilt worden, wobei im Allgemeinen die in diesem Buche gewählte Disposition massgebend gewesen ist. Noch mehr Unterabtheilungen zu wählen schien bei der nicht allzu grossen Zahl der vorhandenen Titel kaum erforderlich zu sein. Innerhalb jedes Abschnittes sind die Schriften in der alphabetischen Reihenfolge der Namen der Verfasser geordnet.

1. Theoretisches und Allgemeines.

Albert, L. A. Versuch, den Saturnring photometrisch zu betrachten. Diss. inaug. München, 1832.

Anding, E. Photometrische Untersuchungen über die Verfinsterungen der Jupitertrabanten. Preisschr. der Univers. München. München 1889.

—— Die Seeliger'sche Theorie des Saturnringes und der Beleuchtung der grossen Planeten überhaupt. Astr. Nachr. **121**, Nr. 2881 (1889).

—— Über die Lichtvertheilung auf einer unvollständig beleuchteten Planetenscheibe. Astr. Nachr. **129**, Nr. 3095 (1892).

Arago, Fr. Sieben Abhandlungen über Photometrie. Aragos Werke; deutsche Ausg. von Hankel. Bd. **10** (1859).

Beer, A. Vier photometrische Probleme. Pogg. Ann. **88**, 114 (1853).

—— Grundriss des photometrischen Calcüles. Braunschweig, 1854.

Bouguer, P. Essai d'optique sur la gradation de la lumière. Paris, 1729.

—— Traité d'optique sur la gradation de la lumière. — Ouvrage posthume, publié par l'abbé de Lacaille. Paris, 1760.

v. Bezold, W. Einige analoge Sätze der Photometrie und Anziehungslehre. Pogg. Ann. **141**, 91 (1870).

Bruns, H. Bemerkungen über den Lichtwechsel der Sterne vom Algoltypus. Monatsber. d. Berliner Akad. 1881, 48.

Carstaedt. Über die Abnahme der Lichtstärke mit dem Quadrate der Entfernung. Pogg. Ann. **150**, 551 (1873).

Charlier, C. V. L. Astrophotometrische Studien. Bih. Svensk. Vet.-Akad. Handl. **14**, Afd. 1, Nr. 2 (1888).

Chwolson, O. Photometrische Untersuchungen über die innere Diffusion des Lichtes. Bull. Acad. St.-Pétersb. **31**, 213 (1887).

—— Grundzüge einer mathematischen Theorie der inneren Diffusion des Lichtes. Bull. Acad. St.-Pétersb. Nouv. Sér. 1 (**38**), 221 (1890).

Euler, L. Réflexions sur les divers degrés de lumière du soleil et des autres corps célestes. Hist. et Mém. de l'Acad. R. de Berlin 1750, 280.

Fechner, G. Th. Über ein psychophysisches Grundgesetz und dessen Beziehung zur Schätzung der Sterngrössen. Abhandl. d. K. Sächs. Ges. d. Wiss. 4, 455 (1859). — Siehe auch Ber. über die Verhandl. d. Sächs. Ges. 11, 58 (1859); 16, 1 (1864).

Günther, S. Studien zur theoretischen Photometrie. Diss. inaug. Erlangen, 1872.

Gyldén, H. Versuch einer mathematischen Theorie zur Erklärung des Lichtwechsels der veränderlichen Sterne. Acta Soc. scient. Fennicae 11, 3 (1880).

Karsten, W. J. G. Lehrbegriff der gesammten Mathematik. Achter Theil: Die Photometrie. Greifswald, 1777.

Krüss, H. Die Grundlagen der Photometrie. Abh. d. Naturw. Vereins in Hamburg (7) 2, 28 (1882).

—— Die elektro-technische Photometrie. Wien, Pest, Leipzig, 1886.

Lambert, J. H. Photometria sive de mensura et gradibus luminis, colorum et umbrae. Augustae Vindelicorum, 1760. (Deutsch herausgegeben von E. Anding. Ostwald's Klassiker der exacten Wissenschaften, Nr. 31—33. Leipzig, 1892.)

v. Langsdorff, K. C. Grundlehren der Photometrie oder der optischen Wissenschaften. Abtheilung I u. II. Erlangen, 1803 u. 1805.

Lommel, E. Über Fluorescenz. Abschnitt I: Über die Grundsätze der Photometrie. Wiedem. Ann. 10, 449 (1880).

—— Die Photometrie der diffusen Zurückwerfung. Sitzungsber. der Münchener Akad. II. Cl. 17, 95 (1887).

Mascart, E. Traité d'optique. Chapitre XVI: Photométrie. Tome III, p. 145—271.

Meisel, Fr. Über die Bestrahlung einer Kugel durch eine Kugel. Zeitschr. f. Math. u. Phys. 27, 66 (1882).

Messerschmitt, J. B. Über diffuse Reflexion. Diss. inaug. Leipzig, 1888.

Obrecht, A. Étude sur les éclipses des satellites de Jupiter. Annales de l'Obs. de Paris. Mémoires, tome 18 (1885).

Plana, J. Note sur la manière de calculer le décroissement d'intensité que la photosphère du soleil subit en traversant l'atmosphère qui l'entoure. Astr. Nachr. 34, Nr. 813 (1852).

Recknagel, G. Lamberts Photometrie und ihre Beziehung zum gegenwärtigen Standpunkt der Wissenschaft. Von der philos. Facultät in München gekrönte Preisschrift als Dissertation. München, 1861.

Rheinauer, J. Grundzüge der Photometrie. Halle, 1862.

Searle, A. The phases of the Moon. Proc. Amer. Acad. New Ser. 11, 310 (1884).

Seeliger, H. Zur Photometrie des Saturnringes. Astr. Nachr. 109, Nr. 2612 (1884).

—— Bemerkungen zu Zöllners »Photometrischen Untersuchungen«. Vierteljahrsschr. d. Astr. Ges. 21, 216 (1886).

—— Zur Theorie der Beleuchtung der grossen Planeten, insbesondere des Saturn. Abhandl. der Münchener Akad. II. Cl. 16, 405 (1888).

—— Zur Photometrie zerstreut reflectirender Substanzen. Sitzungsber. der Münchener Akad. II. Cl. 18, 201 (1888).

—— Theorie der Beleuchtung staubförmiger kosmischer Massen, insbesondere des Saturnringes. Abhandl. der Münchener Akad. II. Cl. 18, 1 (1893).

—— Über den Schatten eines Planeten. Sitzungsber. der Münchener Akad. II. Cl. 24, 423 (1894).

Wellmann, V. Zur Photometrie der Jupiters-Trabanten. Berlin, 1887.

Wesely, J. Analytische und geometrische Auflösung einiger photometrischer Probleme und ein neues Photometer. Zeitschr. f. Math. u. Phys. **16**, 324 (1871).

Wislicenus, W. F. Abriss der Astrophotometrie und Astrospectroskopie. Breslau, 1896. Sonderdruck aus dem Handwörterbuch der Astronomie, herausgeg. von W. Valentiner.

Zöllner, Fr. Photometrische Untersuchungen. Pogg. Ann. **100**, 381, 474, 651 (1857); **109**, 244 (1860).

—— Grundzüge einer allgemeinen Photometrie des Himmels. Berlin, 1861.

—— Photometrische Untersuchungen mit besonderer Rücksicht auf die physische Beschaffenheit der Himmelskörper. Leipzig, 1865.

—— Einige Sätze aus der theoretischen Photometrie. Pogg. Ann. **128**, 46 (1866).

—— Resultate photometrischer Beobachtungen an Himmelskörpern. Pogg. Ann. **128**, 260 (1866); Astr. Nachr. **66**, Nr. 1575 (1866).

2. Photometrische Apparate und Methoden.

Abney, W. Note on the scaling of Dr. Spitta's wedge by means of photography. Monthly Not. **50**, 515 (1890).

—— On the estimation of star magnitudes by extinction with the wedge. Monthly Not. **52**, 426 (1892).

—— Graduating wedges. Monthly Not. **54**, 368 (1894).

Abney, W. und Festing, E. R. Colour photometry. Phil. Trans. **177**, 423 (1886); **179**, 547 (1888); **183**, 531 (1892).

Arago, Fr. Über das Gesetz des Cosinusquadrats für die Intensität des polarisirten Lichts, welches von doppeltbrechenden Krystallen durchgelassen wird. Pogg. Ann. **35**, 444 (1835).

Argelander, Fr. [Über das Schwerd'sche Photometer.] Sitzungsber. des naturhist. Vereins der Preuss. Rheinlande und Westphalens. Jahrg. **16**, 64 (1859).

Babinet, J. Note descriptive du photomètre industriel. Compt. Rend. **37**, 774 (1853).

Becquerel, E. Recherches sur divers effets lumineux qui résultent de l'action de la lumière sur les corps. Ann. Chim. et Phys. (3) **62**, 5 (1861).

v. Berg, F. Über das Schwerd'sche Photometer und die Lichtextinction für den Wilnaer Horizont. Aus den »Sapisski« der Petersburger Akademie, 1873. — (In russischer Sprache.)

Bernard, F. Thèse sur l'absorption de la lumière par les milieux non cristallisés. (Darin enthalten Beschreibung und Abbildung eines Photometers.) Ann. Chim. et Phys. (3) **35**, 385 (1852).

—— Note sur la description et l'emploi d'un nouveau photomètre. Compt. Rend. **36**, 728 (1853).

Bohn, C. Photometrische Untersuchungen. Pogg. Ann. Ergänzungsband **6**, 386 (1873).

Bruhns, C. [Über ein neues Photometer. Vortrag auf der Astronomenversammlung in Leiden, 1875.] Vierteljahrsschr. der Astr. Ges. **10**, 235 (1875).

Carl, Ph. Zöllner's Astrophotometer. Carl's Repert. **1**, 187 (1866).

Ceraski, W. Über Helligkeitsbestimmung sehr heller Sterne mit dem Zöllner'schen Photometer. Astr. Nachr. **107**, Nr. 2561 (1884).

—— Über das Zöllner'sche Photometer. Astr. Nachr. **110**, Nr. 2621; **112**, Nr. 2688 (1885).

Ceraski, W. Nouvelle construction de l'astrophotomètre de Zöllner et le collimateur photométrique. Annal. de l'obs. de Moscou. Sér. 2, Vol. I, livr. 2, p. 13 (1886).
—— Sur le photomètre de Zöllner à deux oculaires. Astr. Nachr. 120, Nr. 2870 (1889).
—— Petit appareil à l'usage de ceux qui étudient les magnitudes des étoiles. Annal. de l'obs. de Moscou. Sér. 2, Vol. II, 173 (1890).
Chacornac, J. Sur un moyen de comparer avec précision l'éclat de deux étoiles. Compt. Rend. 58, 657 (1864).
Christie, W. H. M. On the colour and brightness of stars as measured with a new photometer. Monthly Not. 84, 111 (1874).
Cornu, A. Études photométriques. Séances de la Soc. Franç. de physique, 1881, 50.
—— Sur quelques dispositifs permettant de réaliser, sans polariser la lumière, des photomètres biréfringents. Compt. Rend. 103, 1227 (1886).
Crookes, W. On the measurement of the luminous intensity of light. Proc. R. Soc. London 17, 166, 358 (1869).
Crova, A. Étude des radiations émises par les corps incandescents. Mesure optique des hautes températures. Ann. Chim. et Phys. (5) 19, 472 (1880).
—— Étude des aberrations des prismes et de leur influence sur les observations spectroscopiques. Ann. Chim. et Phys. (5) 22, 513 (1881).
—— Étude sur les spectrophotomètres. Compt. Rend. 92, 36 (1881).
—— Comparaison photométrique des sources lumineuses de teintes différentes. Compt. Rend. 93, 512 (1881).
—— Description d'un spectrophotomètre. Ann. Chim. et Phys. (5) 29, 556 (1883).
Crova, A. et Lagarde, H. Détermination du pouvoir éclairant des radiations simples. Compt. Rend. 93, 959 (1881).
Czapski, S. Einrichtung der Spalten an Polarisationsphotometern, um auch ohne Achromatisirung der Kalkspathprismen vollständige Achromasie der Grenzlinie zu erhalten. Zeitschr. f. Instrum. 12, 161 (1892).
Dawes, W. R. Description of an aperture-diminishing eye-piece and of a photometer of neutral-tint glass. Monthly Not 25, 229 (1865).
Dove, H. [Beschreibung eines Photometers.] Monatsber. d. Berliner Akad. 1861, 483.
Espin, T. E. Observations of U Monocerotis and Lalande 14551, with a new photometer. Monthly Not. 43, 431 (1883).
Finck, E. W. J. V. Alberts neuer Lichtmessapparat, beschrieben und mitgetheilt von E. W. Finck, Mechaniker. Dinglers polytechn. Journal 100, 20 (1846).
Foucault, L. [Photomètre à compartiment.] Recueil d. trav. scient. de L. Foucault. Paris 1878, 100.
Fuchs, Fr. Über ein neues Interferenzphotometer. Wiedem. Ann. 11, 465 (1880).
—— Vorschläge zur Construction einiger optischer Vorrichtungen. II. Spectrophotometer. Zeitschr. f. Instrum. 1, 349 (1881).
Glan, P. Über ein neues Photometer. Wiedem. Ann. 1, 351 (1877).
Glazebrook, R. T. On a spectrophotometer. Proc. Cambridge Phil. Soc. 4, 304 (1883).
v. Gothard, E. Keilphotometer mit Typendruck-Apparat. Zeitschr. f. Instrum. 7, 347 (1887).
Gouy. Recherches photométriques sur les flammes colorées. Ann. Chim. et Phys. (5) 18, 5 (1879).
Govi, G. Note sur un photomètre analyseur. Compt. Rend. 50, 156 (1860).

G r o s s e , W. Über Polarisationsprismen mit besonderer Berücksichtigung ihrer An-
wendung in Photometern. Clausthal, Grosse'sche Buchh. (1887).
—— Über eine neue Form von Photometern. Zeitschr. f. Instrum. 7, 129 (1887);
8, 95 (1888).
G u t h r i e , F. On a new photometer. Chem. News 40, 262 (1879).
H a m m e r l , H. Über eine Methode zur Messung der Intensität sehr heller Lichtquellen. Elektrot. Zeitschrift 4, 262 (1883).
H e i s , E. [Über das Schwerd'sche Photometer.] Heis' Wochenschrift. Neue Folge
2, 275 (1859).
H e r s c h e l , J. Account of some attempts to compare the intensities of light of the
stars one with another by the intervention of the Moon, by the aid of an astrometer adapted to that purpose. Results of astr. obs. made during 1834—38 at
the Cape of Good Hope. London, 1847; p. 353.
H e r s c h e l , W. On the power of penetrating into space by telescopes; with a
comparative determination of the extent of that power in natural vision and in
telescopes of various sizes and constructions. Phil. Trans. 90, 49 (1800).
—— Astronomical observations and experiments tending to investigate the local
arrangement of the celestial bodies in space, and to determine the extent and
condition of the milky way. Phil. Trans. 107, 302 (1817).
H i r s c h , A. Description d'un photomètre. Bull. de la Soc. des sciences naturelles
de Neuchâtel 6, 94 (1861—64).
H o r n e r , J. K. Description d'un photomètre. Bibl. univers. de Genève 6, 162 (1817).
H o r n s t e i n , C. Über Helligkeitsmessungen bei kleinen Fixsternen. II. Beschreibung
des Zonen-Photometers. Sitzungsber. d. Wiener Akad. II. Cl. 41, 263 (1860).
H ü f n e r , G. Über quantitative Spectralanalyse und ein neues Spectrophotometer.
Journal für prakt. Chemie, Neue Folge 16, 290 (1877).
J a n s s e n , J. Sur la photométrie photographique et son application à l'étude des
pouvoirs rayonnants comparés du soleil et des étoiles. Compt. Rend. 92, 821 (1881).
J o h n s o n , M. J. Remarks on the application of the heliometer to the photometry
of the stars. Radcliffe Observations 12, Appendix I; Monthly Not. 13, 278 (1853).
K a y s e r , E. Ein Photometer zur Bestimmung der relativen Helligkeiten der Sterne.
Astr. Nachr. 57, Nr. 1346 (1862).
K e t t e l e r , E., und P u l f r i c h , C. Photometrische Untersuchungen. [Theil I. Über
das Glan'sche Photometer.] Wiedem. Ann. 15, 337 (1882).
K l e i n , H. J. Über eine einfache Abänderung des Steinheil'schen Prismenphoto-
meters zur Messung lichtschwacher Sterne. Heis' Wochenschrift. Neue Folge 5,
319, 331, 355 (1862).
K n o b e l , E. B. On a new astrometer. Monthly Not. 35, 100 (1875).
—— On the application of the method of limiting apertures to the photometry of
naked-eye stars. Monthly Not. 35, 381 (1875).
K ö h l e r , J. G. [Über ein neues Photometer nach dem Princip der Abblendung.]
Bodes astr. Jahrb. für 1792, 233.
K r e c h , G. Photometrische Untersuchungen. Wissensch. Beilage zum Programm
des Luisenstädtischen Gymn. in Berlin, Ostern 1883. Berlin, 1883.
K r ü s s , H. Eine neue Form des Bunsen'schen Photometers. Abhandl. d. naturwiss.
Vereins in Hamburg 8, 55 (1884).
—— Das Mischungs-Photometer nach Dr. W. Grosse. Zeitschr. f. Instrum. 8,
347 (1888).

Lagrange, E. et Stroobant, P. Une nouvelle méthode astrophotométrique. Bull. de l'acad. R. de Belgique **1892**, 811.

Lampadius, W. A. Beiträge zur Atmosphärologie. Stück II, Photometrische Beobachtungen im Jahre 1814. Freiberg, 1817. — NB. Ein ausführlicher Auszug, fast wörtlich, findet sich in »Schweiggers Journal für Chemie und Physik«, **11**, 361.

Langley, S. P. Note on the transmission of light by wire gauze screens. American Journal (3) **30**, 210 (1885).

Langley, S. P., Young, C. A. and Pickering, E. C. Pritchard's wedge photometer. Investigations on light and heat published with appropriation from the Rumford fund, **1886**, p. 301.

Lehmann, A. Über Photometrie mittelst rotirender Scheiben. Naturforscher **20**, 288 (1887).

Lehmann, E. W. Über ein Photometer. Wiedem. Ann. **49**, 672 (1893).

Loewy, M. Remarques sur la méthode proposée par M. le professeur Pritchard pour la mesure de l'éclat des astres. Monthly Not. **42**, 91 (1882).

Lummer, O. und Brodhun, E. Photometrische Untersuchungen. Zeitschr. f. Instrum. **9**, 41, 461 (1889); **10**, 119 (1890); **12**, 41, 132 (1892); **16**, 299 (1896).

Macé de Lépinay, J. et Nicati, W. Recherches sur la comparaison photométrique des diverses parties d'un même spectre. Ann. Chim. et Phys. (5), **24**, 289 (1881); **30**, 145 (1883).

de Maistre, Xaver. Description d'un photomètre destiné à comparer la splendeur des étoiles. Bibl. univers. de Genève **51**, 323 (1832). — Siehe auch das Referat in Pogg. Ann. **29**, 186.

Masson, A. Études de photométrie électrique. Ann. Chim. et Phys. (3), **14**, 129 (1845).

Minchin, G. M. Electromotive force from the light of the stars. Nature **49**, 270 (1894).

—— The electrical measurement of starlight. Nature **52**, 246 (1895).

Möller, W. Photometrische Untersuchungen. Elektrot. Zeitschr. **5**, 370, 405 (1884).

—— Über das Wild'sche Photometer. Wiedem. Ann. **24**, 446 (1885).

Müller, G. Photometrische Untersuchungen. Erster Abschnitt. Publ. d. Astrophys. Obs. Potsdam **8**, 236 (1883).

Nagand. [Ein neues Photometer.] Naturforscher **8**, 350 (1870).

Napoli, D. Un nouveau photomètre. Séances de la Soc. Franç. de physique, **1880**, 53.

Neumann, F. E. Photometrisches Verfahren, die Intensität der ordentlichen und ausserordentlichen Strahlen sowie die des reflectirten Lichtes zu bestimmen etc. Pogg. Ann. **40**, 497 (1837).

Parkhurst, H. M. [The deflecting photometer.] Ann. Harvard Coll. Obs. **18**, 29. — Siehe auch das Referat in Vierteljahrsschr. d. Astr. Ges. **28**, 297 (1890).

Peruter, J. M. Die Methoden der Messung der chemischen Intensität des Lichtes. Zeitschr. d. Österr. Ges. f. Meteor. **14**, 254 (1879).

Pickering, E. C. A nebula photometer. American Journ. (3) **11**, 482 (1876).

—— [Neue Formen von Photometern.] Ann. Harv. Coll. Observ. **11**, 1 (1879); **14**, 1 (1884); **23**, 1 (1890).

—— The wedge photometer. Proc. Amer. Acad. New Ser. **9**, 231 (1882).

—— A new form of stellar photometer. Astrophys. Journ. **2**, 89 (1895).

Plateau, A. F. J. Sur un principe de photométrie. Bull. Acad. de Bruxelles **2**, 52 (1835).

Pritchard, C. On a simple and practicable method of measuring the relative apparent brightnesses or magnitudes of the stars with considerable accuracy.
Monthly Not. 42, 1 (1882).

—— Notes on Mr. Loewy's remarks relative to the wedge-extinction method of
stellar photometry. Monthly Not. 42, 223 (1882).

—— On certain deviations from the law of apertures in relation to stellar photometry; and on the applicability of a glass wedge to the determination of the
magnitudes of coloured stars. Monthly Not. 43, 1, 100 (1883).

—— On Dr. Wilsing's experimental examination of the wedge photometer and on
the degree of accuracy attainable by means of that instrument. Monthly Not.
46, 2 (1886).

—— On the verification of the constants employed in the Uranometria nova Oxoniensis.
Monthly Not. 50, 512 (1890).

Quetelet, A. Sur un photomètre proposé par M. de Maistre pour mesurer la
splendeur des étoiles. Bibl. univ. de Genève 52, 212 (1833). — Siehe Refer.
Pogg. Ann. 29, 187.

Reissig. [Beschreibung einer photometrischen Einrichtung.] Bodes astr. Jahrb.
für 1811, 250.

Ritchie, W. On a new photometer with its application to determine the relative
intensities of artificial light. Phil. Trans. 115, 141 (1825).

—— On a new photometer, founded on the principles of Bouguer. Trans. R. Soc.
Edinburgh 1011, 443 (1826).

de la Rive, A. Note sur un photomètre destiné à mesurer la transparence de
l'air. Ann. Chim. et Phys. (4) 12, 243 (1867).

Rood, O. N. Photometrische Untersuchungen. I. Theil. Über ein einfaches Photometer zur Bestimmung der von Metallflächen bei verschiedenen Einfallswinkeln
reflectirten Lichtmengen. Repert. d. Phys. 7, 204 (1871).

Roscoe, H. E. Einfaches Instrument zu meteorologischen Lichtmessungen in allgemein vergleichbarem Masse. Pogg. Ann. 124, 353 (1865).

Rosén, P. G. Studien und Messungen an einem Zöllner'schen Astro-Photometer.
Bull. Acad. St.-Pétersb. 14, 95 (1870).

Rüdorff, Fr. Über das Bunsen'sche Photometer. Pogg. Ann. Jubelbd., 234 1874.

Rumford, B. Th. An account of a method of measuring the comparative intensities of the light emitted by luminous bodies. Phil. Trans. 84, 67 (1794).

Sabine. E. A wedge and diaphragm photometer. Nature 27, 201 (1883).

Schafhäutl. Abbildung und Beschreibung des Universal-Vibrations-Photometers.
Abh. der Münchner Akad. II. Cl. 7, 465 (1855).

v. Schumacher, C. D. Instrument till bestämmande af stjernornas relativa klarhet
och ljusstyrka. Öfvers. K. Vetensk. Akad. Förhandl. 9, 236 (1852).

Searle, G. [Vorschlag zu einem neuen Photometer.] Astr. Nachr. 57, Nr. 1353 1862.

Secchi, A. Sopra un nuovo fotometro destinato specialmente a misurare l'intensità
relativa della luce delle stelle. Atti dell' accad. Pontif. dei nuovi Lincei 4, 10
(1850—51).

Silliman, B. and Porter, H. Notice of a photometer and of some experiments
therewith upon the comparative power of several artificial means of illumination.
American Journ. (2) 28, 315 (1857).

Simon, H. Über ein neues photographisches Photometrirverfahren und seine Anwendung auf die Photometrie des ultravioletten Spectralgebietes. Wiedem. Ann.
59, 91 (1896).

Simonoff, L. Sur un photomètre optique. Compt. Rend. 97, 1055 (1883).

Späth, J. L. Photometrische Untersuchung über die Deutlichkeit, mit welcher wir entfernte Gegenstände vermittelst dioptrischer Fernröhre beobachten können etc. Leipzig, 1789.

Spitta, E. J. A compound wedge photometer. Proc. R. Soc. London 47, 15 (1890).

—— Some experiments relating to the method of obtaining the coefficient of absorption of the wedge photometer. Monthly Not. 50, 319 (1890).

—— Some experiments relating to the photometric comparison of points of light with objects of sensible area. Monthly Not. 51, 32 (1891).

—— A note on some photometric experiments connected with the application of the law of limiting apertures to small object glasses. Monthly Not. 52, 48 (1892).

—— On the scaling of a wedge. Observatory 17, 176 (1894).

Steinheil, C. A. Elemente der Helligkeits-Messungen am Sternenhimmel. Denkschr. der Münchner Akad. II. Cl. 2 (1837).

—— [Verbesserte Form seines Prismenphotometers.] Münchner gelehrte Anzeigen 15, 9.

—— Beiträge zur Photometrie des Himmels. Astr. Nachr. 48, Nr. 1152 (1858).

Talbot, H. F. Experiments on light. § 2: On photometry. Phil. Mag. (3) 5, 321 (1834).

Thury, M. Description d'un photomètre astronomique et considérations sur la photométrie. Bibl. univ. et Revue Suisse. Arch. des sciences phys. et nat. Nouv. Période 51, 209 (1874).

Trannin, H. Mesures photométriques dans les différentes régions du spectre. Journ. de phys. 5, 297 (1876).

Varley, H. Ein neues Photometer mit directer Ablesung. British Association meeting at Leeds, Reports. 1890, 759.

Vierordt, C. Beschreibung einer photometrischen Methode zur Messung und Vergleichung der Stärke des farbigen Lichtes. Pogg. Ann. 187, 200 (1869).

—— Die Messung der Lichtabsorption durchsichtiger Medien mittelst des Spectralapparates. Pogg. Ann. 140, 172 (1870).

—— Die Anwendung des Spectralapparates zur Messung und Vergleichung der Stärke des farbigen Lichtes. Tübingen, 1871.

—— Die Messung der Lichtstärke der Sternspectren. Repert. d. Phys. 7, 392 (1871).

—— Die Anwendung des Spectralapparates zur Photometrie der Absorptionsspectren und zur quantitativen chemischen Analyse. Tübingen, 1873.

—— Zur quantitativen Spectralanalyse. Wiedem. Ann. 8, 357 (1878).

Voller, A. Über die Anwendung von Dispersionslinsen bei photometrischen Messungen. Abh. d. naturw. Vereins in Hamburg (7' 2, 40 (1882').

Weber, L. Mittheilung über einen photometrischen Apparat. Wiedem. Ann. 20, 326 (1883').

—— Zur Theorie des Bunsen'schen Photometers. Wiedem. Ann. 31, 676 (1887).

—— Eine neue Montirung des Milchglasplattenphotometers. Zeitschr. f. Instrum. 11, 6 (1891').

Wild, H. Über ein neues Photometer und Polarimeter nebst einigen damit angestellten Beobachtungen. Pogg. Ann. 99, 235 (1856).

—— Photometrische Untersuchungen. Pogg. Ann. 118, 193 (1863).

—— Über die Umwandlung meines Photometers in ein Spectro-Photometer. Bull. Acad. St.-Pétersb. 28, 392 (1883); Wiedem. Ann. 20, 452 (1883).

—— Polarisations-Photometer für technische Zwecke und Untersuchung von Wenham-Gaslampen mit demselben. Bull. Acad. St.-Pétersb. 82, 193 (1888).

W i l s i n g , J. Versuche mit dem Wedge-Photometer. Astr. Nachr. 112, Nr. 2686 und Nr. 2681 (1885).

W i l s o n , W. E. A new photographic photometer for determining star magnitudes. Monthly Not. 52, 153 (1892).

W o l f , M. C. Photometrische Untersuchungen. Reper. d. Physik 8, 227 (1872.

W o l l a s t o n , W. H. On a method of comparing the light of the Sun with that of the fixed stars. Phil. Trans. 119, 19 (1829); Pogg. Ann. 16, 328 (1829.

Z e n k e r , W. Das neue Spectrophotometer von Crova verglichen mit dem von Glan, nebst einem Vorschlag zur weiteren Verbesserung beider Apparate. Zeitschr. f. Instrum. 4, 83 (1884.

. . . . [Photometer zur Vergleichung zweier Sterne.] Göttingische gelehrte Anzeigen 1885, Stück 34 u. 35.

3. Sonne und Mond.

A b n e y , W. The photographic values of moonlight and starlight compared with the light of a standard candle. Proc. R. Soc. London 59, 314 1896.

A b n e y , W. and T h o r p e , T. E. On the determination of the photometric intensity of the coronal light during the Solar eclipse of Aug. 28—29, 1886. Phil. Trans. 180, 363 (1889.

—— On the determination of the photometric intensity of the coronal light during the Solar eclipse of 16th April, 1893. Proc. R. Soc. London 60, 15 (1896).

d ' A r r e s t , H. Über die ungleiche Vertheilung der Wärme auf der Sonnenoberfläche. Astr. Nachr. 87, Nr. 879 (1854.

B o e d d i c k e r , O. Lunar radiant heat, measured at Birr Castle Observatory, during the total eclipse of Jan. 28, 1888. Trans. R. Dublin Soc. 2 Ser. 4, 451 (1888—92.

B o n d , G. P. On the results of photometric experiments upon the light of the Moon and of the planet Jupiter, made at the observatory of Harvard College. Mem. Amer. Acad. New Ser. 8, 221 (1861).

—— Comparison of the light of the Sun and Moon. Mem. Amer. Acad. New Ser. 8, 287 (1861).

—— On the light of the Sun, Moon, Jupiter and Venus. Monthly Not. 21, 197 (1861.

B u n s e n , R. und R o s c o e , H. E. Photochemische Untersuchungen. Fünfte Abhandlung: Die Sonne. Pogg. Ann. 108, 193 (1859).

C h a c o r n a c , J. [Intensité lumineuse du centre du soleil comparée à celle des bords.] Lettre de Chacornac à Leverrier. Compt. Rend 49, 806 (1859. — Siehe auch Monthly Not. 20, 92.

C l a r k , A. The sun and stars photometrically compared. American Journal 2 36, 76 (1863.

C r o v a , A. Sur la photométrie solaire. Compt. Rend. 95, 1271 (1882.; 96, 124 1883.

C r u l s , L. und L a C a i l l e , J. O. Sur la distribution de la chaleur à la surface du soleil. Compt. Rend. 88, 570 1879.

E r i c s s o n , J. The difference of thermal energy transmitted to the earth by radiation from different parts of the solar surface. Nature 12, 517 1875 ; 13. 114, 224 (1876).

E x n e r , Fr. Zur Photometrie der Sonne. Sitzungsber. d. Wiener Akad. II. Classe. 94 II, 345 (1886.

F a y e , H. A. E. Sur l'atmosphère du soleil. Compt. Rend. 49, 696 1859.

Frost, E. B. Observations on the thermal absorption in the solar atmosphere. Astr. Nachr. 130, Nr. 3105—3106 (1892).

Gore, J. E. [The Sun's stellar magnitude.] Knowledge, Juni 1895; Nature 52, 135 (1895).

Guy und Thollon. Mesures spectrophotométriques en divers points du disque solaire. Compt. Rend. 95, 834 (1882).

Harkness, W. Note on the brightness of the corona. Aus: Reports on the total Solar eclipses of July 29, 1878 and January 11, 1880. Wash. Observ. 1876, App. III, 386.

v. Hepperger, J. Über die Helligkeit des verfinsterten Mondes und die scheinbare Vergrösserung des Erdschattens. Sitzungsber. der Wiener Akad. II. Classe. 104 II a, 189 (1895).

Holden, E. S. Reports on the Observations of the total eclipse of the Sun, Dec. 21—22, 1889, and of the total eclipse of the Moon, July 22, 1888. Contributions from the Lick Observatory, No. 2. Sacramento, 1891. — Siehe speciell den Abschnitt: Photographic photometry of the Corona, p. 4.

Langley, S. P. Sur la température relative des diverses régions du soleil. Compt. Rend. 80, 746, 819 (1875).

—— Étude des radiations superficielles du soleil. Compt. Rend. 81, 436 (1875).

—— The solar atmosphere, an introduction to an account of researches made at the Allegheny observatory. American Journ. (3) 10, 489 (1875).

—— On the temperature of the Sun. Proc. Amer. Acad. New Ser. 6, 106 (1879).

—— Sur la distribution de l'énergie dans le spectre solaire normal. Compt. Rend. 92, 701 (1881); 93, 140 (1881).

—— The temperature of the Moon. Mem. National Acad. of sciences 4 II, 105 (1889.

Langley, S. P., Very, F. W. und Keeler, J. E. On the temperature of the surface of the Moon. Mem. National Acad. of sciences 3 I, 13 (1885).

Liais, E. Sur l'intensité relative de la lumière dans les divers points du disque du soleil. Mém. Soc. d. sc. de Cherbourg 12, 277 (1866). — Ref. darüber Fortschr. d. Phys. 23, 266 (1867).

Petruscheffsky, Th. Einige Worte über eine spectrophotometrische Untersuchung der Mondoberfläche. Astr. Nachr. 91, Nr. 2173 (1878).

Pickering, E. C. und Strange, D. P. Light absorbed by the atmosphere of the Sun. Proc. Amer. Acad. New Ser. 2, 428 (1874—75).

Pickering, W. H. Total eclipse of the Sun, Aug. 29, 1886. Siehe den Abschnitt: Brightness of the corona. Ann. Harv. Coll. Obs. 18, 100 (1886—1890).

Provenzali, P. F. S. Sulla misura dell' intensità della luce solare. Atti dell' accad. Pont. dei nuovi Lincei 25, 32, 311 (1872); 26, 245 (1873).

Roscoe, H. E. On the measurement of the chemical brightness of various portions of the Sun's disk. Proc. R. Soc. London 12, 648 (1863). — Deutsch in Pogg. Ann. 120, 331 (1863).

Rosse, L. P. On the radiation of heat from the Moon, the law of its absorption by our atmosphere and its variation in amount with her phase. Phil. Trans. 163, 587 (1873).

Secchi, A. Sull' intensità del calore nelle varie parti del disco solare. Memor. dell' Osserv. del Coll. Roman. 1851, App. 3 und App. 5. — Astr. Nachr. 34. Nr. 806 (1852); 35, Nr. 833 (1853).

—— Sur l'intensité lumineuse des diverses parties du disque solaire. Compt. Rend. 49, 931 (1859; 62, 1060 (1866).

Secchi, A. Recenti ricerche intorno alla distribuzione del calore sul disco solare. Mem. della Soc. d. Spettroc. Ital. 4, 121 (1875).

Seidel, L. Über die Helligkeit der Sonne, verglichen mit Sternen, und über die Licht reflectirende Kraft der Planeten und des Mondes. Abh. der Münchener Akad. II. Cl., 6, 623 (1852).

Thomson, W. Approximative photometric measurements of Sun, Moon, cloudy sky and electric and other artificial lights. Nature 27, 277 (1883).

Very, F. W. Photometry of a Lunar eclipse. Astrophys. Journ. 2, 293 (1895).

Violle, J. Mémoire sur la température moyenne de la surface du soleil. Ann. Chim. et Phys. (5) 10, 289 (1877).

Vogel, H. C. Über die Absorption der chemisch wirksamen Strahlen in der Atmosphäre der Sonne. Verhandl. der Sächs. Ges. d. Wiss. II. Cl., 24, 135 (1872); Pogg. Ann. 148, 161.

―― Spectralphotometrische Untersuchungen, insbesondere zur Bestimmung der Absorption der die Sonne umgebenden Gashülle. Monatsber. der Berliner Akad. 1877, 104.

Weber, L. Photometrische Beobachtungen während der Sonnenfinsterniss 1887, Aug. 18—19. Astr. Nachr. 118, Nr. 2810 (1888).

4. Planeten und Satelliten.

Albert, L. A. Über die Berechnung des grössten Glanzes der Venus. Gruithuisen's naturw.-astr. Jahrbuch 5, 101 (1843—44).

Alexander, Stephen. [Mittheilungen über das Aussehen und die Helligkeit der Jupitertrabanten bei ihren Vorübergängen vor der Jupiterscheibe.] Astr. Nachr. 83, Nr. 1986; 84, Nr. 2012 (1874).

Arago, Fr. Untersuchung des Lichtes des Jupiter und seiner Monde. Arago's Werke, deutsche Ausg. 10, 241 (1843).

Arcimis, A. T. On the visibility of the unilluminated portion of the disk of Venus. Monthly Not. 37, 259 (1877).

Argelander, Fr. Über die Helligkeiten der kleinen Planeten. Astr. Nachr. 41, Nr. 982 (1855).

―― Vorschlag zu Beobachtungen über die Helligkeiten der kleinen Planeten. Astr. Nachr. 42, Nr. 996 (1856).

Bailly, J. S. Mémoire sur les inégalités de la lumière des satellites de Jupiter, sur la mesure de leurs diamètres et sur un moyen, aussi simple que commode, de rendre les observations comparables, en remédiant à la différence des vues et des lunettes. Mém. de l'acad. R. des sciences de Paris 1771, 580.

Baldwin, H. L. Visibility of Venus in the daytime. Observatory 3, 573 (1880).

Beer, W. und Mädler, J. H. Beiträge zur physischen Kenntniss der himmlischen Körper im Sonnensysteme. Weimar 1841, p. 101.

Bond, G. P. On the light of the Sun, Moon, Jupiter and Venus. Monthly Not. 21, 197 (1861).

Bremiker, C. [Über die grösste Helligkeit der Venus.] Monatsber. d. Berliner Akad. 1860, 706.

Burton, C. E. Note on the appearence presented by the fourth satellite of Jupiter in transit in the years 1871—1873. Monthly Not. 33, 472 (1873).

Cassini, Dom. Réflexions sur les observations des satellites de Saturne et de son anneau. Mém. de l'acad. des sciences de Paris 1705, 14.

Christie, W. H. M. Note on the gradation of light on the disk of Venus. Monthly Not. 37, 90 (1877).

—— Note on specular reflexion from Venus. Monthly Not. 38, 108 (1878).

Cornu, A. Sur la possibilité d'accroître dans une grande proportion la précision des observations des éclipses des satellites de Jupiter. Compt. Rend. 96, 1609 (1883).

—— Sur les méthodes photométriques d'observation des satellites de Jupiter. Astr. Nachr. 114, Nr. 2727 (1886).

Cornu, A. et Obrecht, A. Études expérimentales relatives à l'observation photométrique des éclipses des satellites de Jupiter. Compt. Rend. 96, 1815 (1883).

Dawes, W. R. On the appearance of Jupiter's satellites while transiting the disk of the planet. Monthly Not. 20, 245 (1860).

Dennett, F. C. Jupiter's satellites. Astr. Register 17, 48 (1879).

Denning, W. F. Note on the visibility of Jupiter. Monthly Not. 33, 179 (1873).

—— Naked-eye observations of Jupiter's satellites. Monthly Not. 34, 309 (1874).

—— Visibility of Mercury and of Venus in sunshine. Monthly Not. 36, 345 (1876).

—— Jupiter's third satellite in transit, April 11, 1886. Monthly Not. 46, 394 (1886).

Draper, H. On a photograph of Jupiter's spectrum showing evidence of intrinsic light from that planet. Monthly Not. 40, 433 (1880).

Engelmann, R. Über die Helligkeitsverhältnisse der Jupiterstrabanten. Habilitationsschrift. Leipzig, 1871.

Erck, W. Satellite of Mars. [Helligkeit von Deimos.] Astr. Register 16, 20 (1879).

Ferguson, J. Results of observations for determining the relative brightness of the asteroids made with the Washington equatoreal. Astr. Nachr. 34, Nr. 802 (1852).

Flammarion, C. Phénomènes observés sur les satellites de Jupiter. Compt. Rend. 78, 1295 (1874).

—— Sur les changements d'éclat des satellites de Jupiter. Compt. Rend. 79, 1490 (1874).

—— Observation des satellites de Jupiter pendant les oppositions de 1874 et 1875. Détermination de leurs différences d'aspect et de leurs variations d'éclat. Compt. Rend. 81, 145 (1875).

—— Variations d'éclat du quatrième satellite de Jupiter. Déductions relatives à sa constitution physique et à son mouvement de rotation. Compt. Rend. 81, 233 (1875).

v. Glasenapp, S. Observations des satellites de Jupiter. Bull. Acad. St.-Pétersb. 18, 90 (1873).

Grunert, J. A. Venus im grössten Glanze. Grunert's Archiv der Math. u. Phys. 20, 288 (1853).

Hall, A. Observations and orbits of the satellites of Mars. Washington, 1878.

Hall, Maxwell. Variation in the light of Neptune, from Nov. 29 to Dec. 14, 1883. Monthly Not. 44, 257 (1884).

Halley, E. An account of the late remarkable appearance of the planet Venus, seen this summer for many days together in the daytime. Phil. Trans. 29, 466 (1717).

Harding, K. L. Beobachtungen der Nachtseite der Venuskugel. Bodes astr. Jahrb. für 1809, 167.

Harrington, M. W. A brief study of Vesta. American Journ. (3) 26, 461 (1883).

Heis, E. Die Venus in ihrem grössten Glanze. Unterhalt. im Gebiete der Astron., Geogr. u. Meteor. 11, 95 (1857).

Herschel, A. S. When is Venus brightest? Quarterly Journ. of pure and applied mathematics 4, 232 (1861).

Herschel, W. On the ring of Saturn and the rotation of the fifth satellite upon its axis. Phil. Trans. 82, 1 (1792). — Theilweise übersetzt in Bodes astr. Jahrb. für 1796, 88.

—— Observations of the changeable brightness of the satellites of Jupiter and of the variation in their apparent magnitudes; with a determination of the time of their rotatory motions on their axes. Phil. Trans. 87, part II, 332 (1797).

Holden, E. S. On the inner satellites of Uranus. Monthly Not. 85, 16 (1875).

—— Note on the brightness and the stellar magnitude of the third Saturnian satellite Tethys. American Journ. (3) 17, 49 (1879).

Huggins, W. On the periodical changes in the belts and surface of Jupiter. Monthly Not. 22, 294 (1862).

Kies, J. Sur le plus grand éclat de Vénus, en supposant son orbite et celle de la Terre elliptique. Hist. et Mém. de l'acad. de Berlin, 1750, 218.

Klein, H. J. Über das secundäre Licht der Venus. Kleins Wochenschrift, Neue Folge 10, 329 (1867).

—— Über die Helligkeitsverhältnisse der Jupitersmonde. Astr. Nachr. 71, Nr. 1684 (1868).

Kononowitsch, A. K. Photometrische Untersuchungen der Planeten Mars, Jupiter und Saturn. Memoiren der K. Neurussischen Univers. 37. Odessa, 1883. (In russ. Sprache.)

—— Über die Albedo des Planeten Mars. Astron. Nachr. 109, Nr. 2604 (1884).

Lalande, J. Sur le diamètre et la lumière du quatrième satellite de Jupiter. Mém. de l'acad. R. des sciences de Paris 1788, 209.

Lambert, H. Vom Glanze der Venus. Berl. astr. Jahrb. für 1780, Theil 2, 58.

Lassell, W. Physical observations of Jupiter's satellites. Monthly Not. 20, 57 (1860).

Leslie, J. Remarks on the light of the Moon and of the planets. Edinburgh Philos. Journ. 11, 393 (1824). — Deutsch in Schweiggers Journ. f. Chemie u. Phys. 43, 185 (1825).

Lindsay, J. B. On the relative star magnitude of Mars in February and March 1880. Monthly Not. 40, 380 (1880).

Marth, A. Note referring to observations and estimations of the brightness of Mars, which ought to be made in February and March 1880. Monthly Not. 40, 159 (1880).

—— Note on the computation of the brightness of the planets with some ephemerides for the observations of the brightness of Mercury. Monthly Not. 54, 388 (1894).

Müller, G. Helligkeitsmessungen des Planeten Neptun. Astr. Nachr. 109, Nr. 2600 (1884).

—— Resultate aus Helligkeitsmessungen des Planeten Saturn. Astr. Nachr. 110, Nr. 2631 (1885).

—— Beobachtungen über den Einfluss der Phase auf die Lichtstärke kleiner Planeten. Astr. Nachr. 114, Nr. 2724—2725 (1886).

—— Über den grössten Glanz der Venus. Astr. Nachr. 132, Nr. 3162 (1893).

—— Helligkeitsbestimmungen der grossen Planeten und einiger Asteroiden. Publ. d. Astrophys. Obs. Potsdam 8, 193 (1893).

—— Über die Lichtstärke des Planeten Mercur. Astr. Nachr. 133, Nr. 3171 (1893).

Müller, G. Helligkeitsänderungen der Planeten ⑥ Melete und ⑦ Niobe. Astr. Nachr. **185**, Nr. 3227 (1894).

Nasmyth, J. Relative brightness of Venus and Mercury. Observatory **2**, 225 (1879).

Neison, E. On the atmosphere of Venus. Monthly Not. **86**, 347 (1876).

―― On the position of the point of maximum brightness on Venus. Monthly Not. **87**, 89 (1877).

Noble, W. On the appearance of Jupiter's third satellite on the disk of the planet. Monthly Not. **20**, 247 (1860).

―― Observations of Venus. Monthly Not. **86**, 350 (1876).

Obrecht, A. Observation photométrique d'une éclipse du premier satellite de Jupiter. Compt. Rend. **97**, 1128 (1883).

Olbers, W. Mars und Aldebaran. v. Zachs monatl. Corresp. **8**, 293 (1803).

Parkhurst, H. M. Photometric observations of asteroids. Annals Harv. Coll. Obs. **18**, 29 (1890); **29**, 65 (1893); Astron. Journ. **9**, Nr. 208 (1890).

Peters, C. H. F. Über die Helligkeit der Frigga ⑦. Astr. Nachr. **97**, Nr. 2314 (1880).

―― Zur Geschichte photometrischer Beobachtungen der Jupiterstrabanten-Verfinsterungen. Astr. Nachr. **114**, Nr. 2721 (1886).

Pickering, E. C. Conjunction of planets. Annals Harv. Coll. Obs. **11**, 98 (1879).

―― [Photometrische Messungen der Satelliten von Mars, Jupiter, Saturn, Uranus und Neptun.] Annals Harv. Coll. Observ. **11**II, 226—276, 311 (1879).

―― Photometric observations of planets and of Jupiter's satellite III, made at the Harvard College Observatory. Astr. Nachr. **102**, Nr. 2434 (1882).

―― Photometric observations of the satellites of Mars, made at the Harvard College Observatory 1881—82. Astr. Nachr. **102**, Nr. 2437 (1882).

―― Photometric observations of Neptune at the Harvard College Observatory. Observatory **7**, 134 (1884).

―― Photometric observations of Ceres ①, Pallas ② and Vesta ④ at the Harvard College Observatory. Observatory **8**, 238 (1885).

Plummer, J. Photometric experiments upon the light of Venus. Monthly Not. **36**, 351 (1876).

Pogson, N. Magnitude constants for fifthy-seven of the minor planets. Monthly Not. **21**, 33 (1861).

Ranyard, A. C. On periodical changes in the physical condition of Jupiter. Monthly Not. **31**, 34, 224 (1871).

Rheinauer, J. Die Erleuchtung des Planeten Venus durch die Erde. Freiburg i/Br. 1859. Beigabe zum Programm des Gymnasiums in Offenburg, 1859.

Roberts, G. W. Observation of transit of Jupiter's fourth satellite. Monthly Not. **33**, 412 (1873).

Rodgers, J. Observations of the brightness of the satellites of Uranus. American Journ. (3) **15**, 195 (1878).

Rogerson, G. R. On the visibility of Oberon and Titania. Monthly Not. **36**, 331 (1876).

Safarik, A. Über die Sichtbarkeit der dunkelen Halbkugel der Venus. Sitzungsber. der K. Böhm. Akad. **1878**, Juli.

Schmidt, J. F. J. Helligkeit des Planeten Mars. Astr. Nachr. **97**, Nr. 2310 (1880).

Schönfeld, E. [Mittheilung der Kirch'schen Beobachtungen des aschgrauen Lichtes der Venus.] Astr. Nachr. **67**, Nr. 1586 (1866).

―― Über eine ältere Helligkeitsbestimmung des Planeten Saturn. Astr. Nachr. **67**, Nr. 1592 (1866).

Schröter, J. H. Fragmente zur genaueren Kenntniss der Jupiterstrabanten, ihrer Naturanlage, wahren Grössenverhältnisse, Rotationsperioden und Atmosphären. Beiträge zu den neuesten astron. Entdeckungen, Bd. 2. Göttingen, 1798.
—— Beobachtung der Nachtseite der Venuskugel. Bodes astr. Jahrb. für **1809**, 164.
Secchi, A. Ricerche sopra il pianeta Giove. Mem. dell' Osserv. Coll. Romano **1852—55**, 114.
Seeliger, H. Zur Reduction von photometrischen Messungen des Saturn. Astr. Nachr. **110**, Nr. 2639 (1885).
Seidel, L. Untersuchungen über die Lichtstärke der Planeten Venus, Mars, Jupiter und Saturn, verglichen mit Sternen, und über die relative Weisse ihrer Oberflächen. Monumenta saecularia der Münchener Akad. II. Classe (1859).
Späth, J. L. Photometrische Untersuchung über die Beobachtungen der Verfinsterungen der Jupitersmonde. Bodes astr. Jahrb. für **1795**, 153.
Spitta, E. J. The fourth satellite of Jupiter during superior conjunction on the night of April 5, 1886. Monthly Not. **46**, 451 (1886).
—— On the appearances presented by the satellites of Jupiter during transit, with a photometric estimation of their relative albedos, and of the amount of light reflected from the different portions of an unpolished sphere. Monthly Not. **48**, 32 (1888).
Stampfer, S. Über die kleinen Planeten zwischen Mars und Jupiter. Sitzungsber. der Wiener Akad. II. Cl. **7**, 756 (1851).
Stone, E. J. Approximate relative dimensions of seventy-one of the asteroids. Monthly Not. **27**, 302 (1867).
Tebbutt, J. Observations of Jupiter's third satellite. Monthly Not. **34**, 73 (1874); **38**, 73 (1878).
Tietjen, F. [Grössenschätzungen der Planeten Melete und Niobe.] Astr. Nachr. **57**, Nr. 1359 (1862).
Vogel, H. C. Über die Sichtbarkeit der Uranusmonde in Fernröhren mittlerer Grösse. Astr. Nachr. **87**, Nr. 2068 (1876).
Webb, T. W. Dark side of Venus. Astr. Register **16**, 76 (1879).
Winnecke, A. [Notiz betreffend die Sichtbarkeit des unbeleuchteten Theiles der Venusscheibe um Mittag.] Astr. Nachr. **78**, Nr. 1863 (1872).
—— Beobachtungen während der Conjunction von Mercur und Venus am 30. Sept. 1877, angestellt auf der provisorischen Universitätssternwarte zu Strassburg. Astr. Nachr. **94**, Nr. 2245 (1879).
Wittstein, T. Das grösste Licht der Venus. Heis' Wochenschrift **6**, 243 (1863).
Wurm, J. F. Über den grössten Glanz des Mercurs. Berl. astr. Jahrb. für **1797**, 137, 145.
—— Über den grössten Glanz der Venus sammt Tafeln für diese periodische Erscheinung. v. Zachs allgem. geogr. Ephem. **2**, 305 (1798).
—— Allgemeine Tafeln, um die grössten Digressionen der Venus, ihre oberen und unteren Conjunctionen, auch die Zeiten ihres grössten Glanzes, für alle Jahrhunderte zu berechnen. Bodes astr. Jahrb. für **1802**, 183.
Zenger, C. V. Absorption of the light of Venus by dark violet glass plates. Monthly Not. **37**, 460 (1877).
—— On a new astrophotometrical method. [Helligkeitsbest. der Jupiterscheibe und der Jupitertrabanten.] Monthly Not. **38**, 65 (1878).
—— On the visibility of the dark side of Venus. Monthly Not. **48**, 331 (1883).

Zöllner, F. Photometrische Untersuchungen über die physische Beschaffenheit des Planeten Mercur. Pogg. Ann. Jubelband, 624 (1874).

5. Cometen und Nebelflecke.

d'Arrest, H. Vorläufige Mittheilungen, betreffend eine auf der Kopenhagener Sternwarte begonnene Revision des Himmels in Bezug auf die Nebelflecken. Astr. Nachr. 57, Nr. 1366 (1862).
—— Auffindung eines zweiten variablen Nebelflecks im Stier. Astr. Nachr. 58, Nr. 1378 (1862).
—— Auffindung eines dritten variablen Nebelflecks. Astr. Nachr. 58, Nr. 1379 (1862).
—— Über den Nebel bei Merope und einen zweiten Nebel in den Plejaden. Astr. Nachr. 59, Nr. 1393 (1863).
—— Über einen angeblich von Maskelyne beobachteten, gegenwärtig unsichtbaren Nebelfleck. Astr. Nachr. 60, Nr. 1440 (1863).
—— Struve's Beobachtung eines neuen Nebelflecks nahe bei Hind's variablem Nebel im Taurus. Astr. Nachr. 71, Nr. 1689 (1868).
Auwers, A. [Bemerkungen über drei der Veränderlichkeit verdächtige Nebel.] Astr. Nachr. 58, Nr. 1391 (1862).
Backhouse, T. W. The relative brightness of comets. Observatory 16, 71 (1893).
Barnard, E. E. Two probable variable nebulae. Astr. Nachr. 130, Nr. 3097 (1892).
—— On the variable nebulae of Hind (G. C. 1555) and Struve (G. C. 1554) in Taurus and on the nebulous condition of the variable star T Tauri. Monthly Not. 55, 442 (1895).
—— Invisibility of Hind's variable nebula (G. C. 1555). Monthly Not. 56, 66 (1896).
Berberich, A. Die Helligkeit des Encke'schen Cometen. Astr. Nachr. 119, Nr. 2836 —37 (1888).
Bessel, F. W. Beobachtungen über die physische Beschaffenheit des Halley'schen Kometen und dadurch veranlasste Bemerkungen. Astr. Nachr. 13, Nr. 300—302 (1836).
Bruhns, C. Bemerkungen über die Erscheinung des Cometen V, 1858. Astr. Nachr. 51, Nr. 1205 (1859).
Burnham, S. W. Note on Hind's variable nebula in Taurus. Monthly Not. 51, 94 (1891).
Chacornac, J. On the missing nebula in Coma Berenices. Monthly Not. 22, 277 (1862).
Chandler, S. C. On the outburst in the light of the Comet Pons-Brooks, Sept. 21—23. Astr. Nachr. 107, Nr. 2553 (1884).
Deichmüller, Fr. Über die Vorausberechnung der Cometen-Helligkeiten. Astr. Nachr. 131, Nr. 3123 (1893).
—— Zur Photometrie der Cometen. Astr. Nachr. 131, Nr. 3139 (1893).
Denning, W. F. Supposed variable nebulae. Astr. Nachr. 130, Nr. 3111 (1892).
Dreyer, J. L. E. On some nebulae hitherto suspected of variability or proper motion. Monthly Not. 47, 412 (1887).
—— Note on some apparently variable nebulae. Monthly Not. 52, 100 (1892).
Heis, E. [Helligkeitsschätzungen des Cometen II, 1861.] Astr. Nachr. 56, Nr. 1325 (1862).
Herschel, J. On the disappearence of a nebula in Coma Berenices. Monthly Not. 22, 248 (1862).

Hind, J. R. Note on the variable nebula in Taurus. Monthly Not. **24**, 65 (1864).

Holden, E. S. Monograph of the central parts of the nebula of Orion. Part II: Reduction of photometric observations made at Washington. Wash. Obs. 1878, App. I, 191.

Holetschek, J. Helligkeitsschätzungen der Cometen 1886 I (Fabry) und 1886 II (Barnard). Astr. Nachr. **115**, Nr. 2739 (1886).

—— Über die Beobachtung und Berechnung von Cometen-Helligkeiten. Astr. Nachr. **131**, Nr. 3135 (1893).

—— Über die Berechnung von Cometenhelligkeiten, insbesondere für periodische Cometen. Astr. Nachr. **135**, Nr. 3237 (1894).

—— Untersuchungen über die Grösse und Helligkeit der Cometen und ihrer Schweife. I. Die Cometen bis zum Jahre 1760. Denkschr. der Wiener Akad. II. Cl. **63**, 317 (1896).

Huggins, W. Further observations on the spectra of some of the nebulae with a mode of determining the brightness of these bodies. Phil. Trans. **156**, 381 (1866).

Knobel, E. B. Note on the comparative brightness of the nebula of Orion. Monthly Not. **41**, 312 (1881).

Müller, G. Photometrische Beobachtungen des Cometen 1882 Wells. Astr. Nachr. **103**, Nr. 2453 (1882).

—— Über einen zweiten merkwürdigen Lichtausbruch an dem Cometen Pons-Brooks. Astr. Nachr. **107**, Nr. 2568 (1884).

—— Photometrische Beobachtungen des Cometen Pons-Brooks. Astr. Nachr. **108**, Nr. 2579 (1884).

—— Über die Helligkeit der Cometen 1886, Fabry und Barnard. Astr. Nachr. **114**, Nr. 2733 (1886).

Olbers, W. Einige Bemerkungen über das Licht der Cometen. Berl. astr. Jahrb. für 1819, 190.

Paschen, F. [Helligkeitsvergleichungen der beiden Biela'schen Cometen, 1846.] Astr. Nachr. **24**, Nr. 562 (1846).

Pickering, E. C. Light of Webb's planetary nebula, D. M. $+ 41°,4004$. Nature **21**, 346 (1880).

Roberts, J. Photographic evidence of variability in the nucleus of the great nebula in Andromeda. Monthly Not. **51**, 116 (1891).

Sawyer, E. F. The apparent brightness of comet b, 1893. Astr. Journ. **13**, Nr. 305 (1894).

Schmidt, J. F. J. [Helligkeitsschätzungen des Petersen'schen Cometen, 1850.] Astr. Nachr. **31**, Nr. 736 (1851).

—— Über den von Klinkerfues entdeckten Cometen, 1853. Astr. Nachr. **37**, Nr. 883 (1854).

—— Bemerkungen über den Cometen im April 1854. Astr. Nachr. **38**, Nr. 911 (1854).

—— [Helligkeitsschätzungen des Brorsen'schen Cometen, 1857.] Astr. Nachr. **46**, Nr. 1090 (1857).

—— Über veränderliche Nebelgestirne. Astr. Nachr. **57**, Nr. 1360 (1862).

—— [Über die Sichtbarkeit des Nebels in den Plejaden.] Astr. Nachr. **58**, Nr. 1391 (1862).

—— [Helligkeit des Cometen II, 1862.] Astr. Nachr. **59**, Nr. 1395 (1863).

—— Beobachtungen über den grossen Cometen im Jahre 1874. Astr. Nachr. **87**, Nr. 2067 (1876).

Schönfeld, E. Über den Nebelfleck + 30°,548 des Bonner Sternverzeichnisses, mit einigen Bemerkungen über die Nebelbeobachtungen in der Bonner Durchmusterung überhaupt. Astr. Nachr. 58, Nr. 1391 (1862).

Schultz, H. [Bemerkungen über einen wahrscheinlich veränderlichen Nebelfleck.] Astr. Nachr. 65, Nr. 1556 (1865).

Schwab, Fr. Beobachtungen über die Helligkeit und den Schweif der Cometen 1861, III und IV. Astr. Nachr. 101, Nr. 2412 (1882).

Stone, O. Herschel's estimates of brightness of nebulae expressed in magnitudes. Astr. Journ. 13, Nr. 294 (1894).

Struve, O. On the missing nebula in Taurus. Monthly Not. 22, 242 (1862).

Winnecke, A. On the evidence of periodic variability of the nebula H. II, 278. Monthly Not. 38, 104 (1878).

—— [Bemerkungen über zwei der Veränderlichkeit verdächtige Nebel.] Astr. Nachr. 59, Nr. 1397 (1863).

—— Über die periodische Veränderlichkeit in der Helligkeit des Nebelflecks h 882, nebst einigen Bemerkungen über andere Nebelflecke. Astr. Nachr. 96, Nr. 2293 (1880).

Wolff, Th. Photometrische Beobachtungen des Cometen Pons-Brooks. Astr. Nachr. 108, Nr. 2583 (1884).

6. Fixsterne.

NB. In Betreff der überaus umfangreichen Litteratur über die Beobachtungen der einzelnen veränderlichen Sterne ist auf die von Knobel gegebene Übersicht (Monthly Not. 36, 372 [1876]), ferner auf die Generalregister der Astronomischen Nachrichten und die Einzelregister des Astronomical Journal zu verweisen.

Abney, W. On errors that may arise in estimating star magnitudes by photography. Monthly Not. 54, 65 (1894).

Argelander, Fr. Neue Uranometrie. Darstellung der im mittleren Europa mit blossen Augen sichtbaren Sterne nach ihren wahren, unmittelbar vom Himmel entnommenen Grössen. Sternverzeichniss und Atlas. Berlin, 1843.

—— Aufforderung an Freunde der Astronomie zur Anstellung von ebenso interessanten und nützlichen, als leicht auszuführenden Beobachtungen über mehrere wichtige Zweige der Himmelskunde. Schumachers Jahrbuch für 1844, 122.

—— De stella β Lyrae variabili disquisitio. Bonnae, 1844.

—— De stella β Lyrae variabili commentatio altera. Bonnae, 1859.

—— Beobachtungen und Rechnungen über veränderliche Sterne. Astron. Beob. auf der Sternw. Bonn. Bd. 7, 315 (1869).

Auwers, A. Bemerkungen über die sogenannten neuen Sterne und Beobachtungen der Nova Scorpii von 1860. Astr. Nachr. 114, Nr. 2715 (1886).

Ceraski, W. Photometrische Beobachtungen. Annales de l'Obs. de Moscou, 2 II, 98; 8 II, 23; 4 II, 12; 5 II, 114; 6 I, 62; 6 II, 107; 7 II, 8; 9 II, 78; 2. Ser. 1 I, 71; 2. Ser. 1 II, 83; 2. Ser. 8 I, 70 (1876—1893).

—— Über die Berechnung der Beobachtungen von veränderlichen Sternen. Astr. Nachr. 99, Nr. 2371 (1881).

—— Über die Berechnung des Lichtverhältnisses für Sterne von auf einander folgenden Grössenclassen. Annales de l'Obs. de Moscou 10 II, 155 (1884).

—— Photometrische Helligkeiten von 58 Sternen. Astr. Nachr. 116, Nr. 2783 (1887).

—— Observations photométriques de l'étoile nouvelle apparue dans la constellation du cocher. Annales de l'Obs. de Moscou 2. Ser. 8 I, 107 (1893).

Chambers, G. F. A catalogue of variable stars. Astr. Nachr. 63, Nr. 1496 (1865); Monthly Not. 25, 208 (1865).

Chandler, S. C. On the light-ratio unit of stellar magnitudes. Astr. Nachr. 115, Nr. 2746 (1886).

—— Investigation of the light variations of U Ophiuchi. Astr. Journ. 7, Nr. 161 u. 162 (1888).

—— On the period of Algol. Astr. Journ. 7, Nr. 165—167 (1888).

—— Catalogue of variable stars. Astr. Journ. 8, Nr. 179—180 (1889).

—— On the observation of the fainter minima of the telescopic Variables. Astr. Journ. 8, Nr. 183 (1889).

—— On some remarkable anomalies in the period of Y Cygni. Astr. Journ. 8, Nr. 185 (1889).

—— On the colors of the variable stars. Astr. Journ. 8, Nr. 186 (1889).

—— Contributions to the knowledge of the inequalities in the periods of the variable stars. Astr. Journ. 8, Nr. 189 u. 190 (1889); 9, Nr. 208 (1890); 10, Nr. 229 (1891); 11, Nr. 242, 255, 256 (1892).

—— On the general relations of variable star phenomena. Astr. Journ. 9, Nr. 193 (1890).

—— On the light variations of U Cephei. Astr. Journ. 9, Nr. 199 (1890).

—— Supplement to first edition of the catalogue of variable stars. Astr. Journ. 9, Nr. 216 (1890).

—— On the observations of variable stars with the meridian-photometer of the Harvard College Observatory. Astr. Nachr. 134, Nr. 3214 (1894).

—— On the Harvard photometric observations. Astr. Nachr. 136, Nr. 3246 (1894).

—— Second catalogue of variable stars. Astr. Journ. 13, Nr. 300 (1894).

—— Supplement to second catalogue of variable stars. Astr. Journ. 14, Nr. 319 (1895).

—— Revised supplement to second catalogue of variable stars. Astr. Journ. 15, Nr. 347 (1895).

—— Third catalogue of variable stars. Astr. Journ. 16, Nr. 379 (1896).

Charlier, C. V. L. Über die Anwendung der Sternphotographie zu Helligkeitsmessungen der Sterne. Publ. 19 der Astron. Ges. Leipzig, 1889.

Clerke, A. M. An historical and descriptive list of some double stars suspected to vary in light. Nature 39, 55 (1889).

Dawes, W. R. On a photometrical method of determining the magnitudes of telescopic stars. Monthly Not. 11, 187 (1851).

—— Explanation of some points relative to the photometry of telescopic stars. Monthly Not. 13, 277 (1853).

Dibdin, W. J. Stellar photometry. Proc. R. Soc. London 51, 404 (1892).

Doberck, W. On the brightness of the components of revolving double-stars. Astr. Nachr. 95, Nr. 2278 (1879).

Dorst, F. J. Reduction der von Zöllner photometrisch bestimmten Sterne. Astr. Nachr. 118, Nr. 2822—23 (1888).

Dunér, N. C. Sur la détermination des grandeurs photographiques des étoiles. Bull. du comité pour la carte du ciel 1, 453 (1892).

—— Sur les elements de l'étoile variable Y Cygni. Öfvers. K. Vetensk.-Akad. Förh. Stockholm 1892, Nr. 7.

—— On the chief cause of the anomalies in the light-variations of Y Cygni. Astr. Journ. 12, Nr. 265 u. 266 (1893).

Espin, T. E. The distribution of the variable stars. Observatory 4, 250 (1881;; 5, 77 (1882).

Gore, J. E. A catalogue of known variable stars. With notes and observations. Proc. Irish Acad. (2) 4, 149 (1884).

—— A catalogue of suspected variable stars. With notes and observations. Proc. Irish Acad. (2) 4, 267 (1884).

—— A revised catalogue of variable stars, with notes and observations. Proc. Irish Acad. (3), 1, 97 (1887).

Gould, B. A. Uranometria Argentina. Brightness and position of every fixed star, down to the seventh magnitude, within one hundred degrees of the south pole. With an atlas. Buenos Aires, 1879.

Heis, E. De magnitudine relativa numeroquo accurato stellarum quae solis oculis conspiciuntur fixarum. Coloniae, 1852.

—— Neuer Himmels-Atlas. Darstellung der im mittleren Europa mit blossen Augen sichtbaren Sterne nach ihren wahren, unmittelbar vom Himmel entnommenen Grössen. Sternverzeichniss und Atlas. Köln, 1872.

Herschel, J. Astrometry, or the numerical expression of the apparent magnitudes of the stars. Results of astr. obs. made during the years 1834—1838 at the Cape of Good Hope. London, 1847, chapter III, 304.

Herschel, W. On the method of observing the changes that happen to the fixed stars; with some remarks on the stability of the light of our Sun. To which is added a catalogue of comparative brightness, for ascertaining the permanency of the lustre of stars. Phil. Trans. 86, 166 (1796).

—— On the periodical star α Herculis, with remarks tending to establish the rotatory motion of the stars on their axes. To which is added a second catalogue of the comparative brightness of the stars. Phil. Trans. 86, 452 (1796).

—— A third catalogue of the comparative brightness of the stars etc. Phil. Trans. 87, 293 (1797).

—— A fourth catalogue of the comparative brightness of the stars. Phil. Trans. 89, 121 (1799).

Holden, E. S. Note on a relation between the colors and magnitudes of the components of binary stars. Amer. Journ. (3) 19, 467 (1880).

—— Sur la détermination des grandeurs stellaires à l'aide de la photographie. Bull. du comité pour la carte du ciel 1, 291 (1892).

Houzeau, J. C. Uranométrie générale avec une étude sur la distribution des étoiles visibles à l'œil nu. Annales de l'Obs. de Bruxelles. Nouv. Sér. 1 (1878).

Jäger, G. Über die Beziehung zwischen Helligkeit und Eigenbewegung der Fixsterne. Sitzungsber. der Wiener Akad. II. Cl. 108 IIa, 145 (1894).

Kapteyn, J. C. Différence systématique entre les grandeurs photographiques et visuelles dans les différentes régions du ciel. Bull. du comité pour la carte du ciel 2, 131 (1893).

Klinkerfues, E. F. W. Über den Lichtwechsel der Veränderlichen. Nachrichten der K. Ges. d. Wiss. Göttingen 1865, 1.

Knobel. E. On Al-Sûfi's star magnitudes. Monthly Not. 45, 417 (1885).

v. Kövesligethy, R. Beiträge zur Erkenntniss der Natur variabler Sterne. Astr. Nachr. 108, Nr. 2585 (1884).

Lindemann, E. Ueber Helligkeitsbestimmungen von Fixsternen mit dem Zöllnerschen Photometer und durch Stufenschätzungen. Bull. Acad. St.-Pétersb. 20, 387 (1875).

Lindemann, E. Zur Beurtheilung der Veränderlichkeit rother Sterne. Mém. Acad. St.-Pétersb. (7) 80, Nr. 4 (1882).

—— Über den Lichtwechsel des Sterns V Cygni. Bull. Acad. St.-Pétersb. 29, 302 (1884).

—— Helligkeitsmessungen der Bessel'schen Plejadensterne. Mém. Acad. St.-Pétersb. (7) 82, Nr. 6 (1884).

—— Die Grössenclassen der Bonner Durchmusterung. Astr. Nachr. 118, Nr. 2816 (1888).

—— Photometrische Bestimmung der Grössenclassen der Bonner Durchmusterung. Supplément II aux Observations de Poulkova. St.-Pétersb. 1889.

—— Über eine von Prof. Ceraski angedeutete persönliche Gleichung bei Helligkeitsvergleichungen der Sterne. Bull. Acad. St.-Pétersb. Nouv. Sér. II (84), 77 (1892).

—— Die Lichtcurve des neuen Sterns von 1892 (T Aurigae). Bull. Acad. St.-Pétersb. Nouv. Sér. III (85), 507 (1894).

—— Helligkeitsmessungen im Sternhaufen h Persei. Bull. Acad. St.-Pétersb. Sér. 5, 2, 55 (1895).

Lockyer, N. On the causes which produce the phenomena of new stars. Phil. Trans. 182, 397 (1891).

—— On the variable stars of the δ Cephei class. Proc. R. Soc. London 59, 101 (1896).

Loomis, F. C. Periodic stars. Inaug.-Dissert. Göttingen, 1869.

Mädler, H. Über das Helligkeitsverhältniss der Doppelsternpaare. Astr. Nachr. 16, Nr. 364 (1839).

Müller, G. [Helligkeitsmessungen des neuen Sterns im Andromeda-Nebel.] Astr. Nachr. 118, Nr. 2690 (1886).

Müller, G. und Kempf, P. Photometrische Durchmusterung des nördlichen Himmels, enthaltend alle Sterne der B. D. bis zur Grösse 7.5. Theil I. Zone 0° bis + 20° Declination. Publ. Astrophys. Obs. Potsdam 9 (1894).

Oudemans, J. A. C. Zweijährige Beobachtungen der meisten jetzt bekannten veränderlichen Sterne. Abhandl. d. mathem.-phys. Classe der K. Niederl. Akad. d. Wiss. 1856.

—— Über die Änderung der Helligkeit der Fixsterne zufolge der eigenen Bewegung in der Richtung der Gesichtslinie. Astr. Nachr. 137, Nr. 3275 1895).

Parkhurst, H. M. Photometric observations of the new star in Auriga. Astr. Journ. 11, Nr. 262 (1892).

—— Observations of variable stars. Annals Harv. Coll. Observ. 29, 89 (1893).

Peirce, C. S. Photometric researches. Made in the years 1872—75. Annals Harv. Coll. Obs. 9 (1878).

Peters, C. H. F. Über Ulugh Beg's Sterngrössen. Astr. Nachr. 99, Nr. 2367 (1881).

Pickering, E. C. [Photometrische Messungen von Doppelsternen.] Annals Harv. Coll. Observ. 11, 105, 277 (1879).

—— Dimensions of the fixed stars, with especial reference to binaries and variables of the Algol type. Proc. Amer. Acad. New Ser. 8, 1 (1881).

—— Variable stars of short period. Proc. Amer. Acad. New Ser. 8, 257 (1881).

—— Photometric measurements of the variable stars β Persei and D. M. 81°, 25, made at the Harvard College Observatory. Proc. Amer. Acad. New Ser. 8, 370 (1881).

—— Observations with the Meridian photometer during the years 1879—1882. [Harvard Photometry.] Annals Harv. Coll. Observ. 14 (1884—1885).

Pickering, E. C. Magnitudes of circumpolar stars determined at the observatories of Moscow and of Harvard College. Astr. Nachr. 117, Nr. 2793 (1887).

—— Magnitudes of stars employed in various Nautical Almanacs. Annals Harv. Coll. Observ. 18, 1 (1890).

—— Discussion of the Uranometria Oxoniensis. Annals Harv. Coll. Observ. 18, 15 (1890).

—— A photographic determination of the brightness of the stars. Annals Harv. Coll. Observ. 18, 119 (1890).

—— Index to observations of variable stars. Annals Harv. Coll. Observ. 18, 215 (1890).

—— Results of observations with the Meridian photometer during the years 1882 —88. [Photometric revision of the Durchmusterung.] Annals Harv. Coll. Observ. 24 (1890).

—— The photometric catalogues of the Harvard College Observatory. Astr. Nachr. 135, Nr. 3229 (1894).

—— Comparison of the photometric magnitudes of the stars. Astr. Nachr. 137, Nr. 3269 (1895); Astrophys. Journ. 1, 154 (1895). — Bemerkungen zu diesem Aufsatz von Turner (Astr. Nachr. 137, Nr. 3274) und von Müller u. Kempf (Astr. Nachr. 137, Nr. 3279 (1895)).

Pigott, E. Observations and remarks on those stars which the astronomers of the last century suspected to be changeable. Phil. Trans. 76, 189 (1786).

Plassmann, J. Die veränderlichen Sterne. Darstellung der wichtigsten Beobachtungs-Ergebnisse und Erklärungs-Versuche. Köln, 1888.

Plummer, J. On the collective light and distribution of the fixed stars. Monthly Not. 37, 436 (1877).

Pogson, N. Catalogue of 53 known variable stars, with notes. Astron. Obs. Radcliffe Observ. Oxford 15, 281 (1856).

Pritchard, C. Photometric determination of the relative brightness of the brighter stars north of the equator. Mem. R. Astr. Soc. London 47, 353 (1883).

—— Uranometria nova Oxoniensis. A photometric determination of the magnitudes of all stars visible to the naked eye from the pole to ten degrees south of the equator. Oxford, 1885.

—— Note on the comparison of the photometric magnitudes of the same stars observed at Harvard College and at the University Observatory, Oxford. Monthly Not. 45, 33 (1885).

—— On some points of difference between the Harvard and Oxford stellar photometry. Monthly Not. 45, 411 (1885).

—— Photometric Observations of the Nova Andromedae. Monthly Not. 46, 18 (1886).

—— Further experience regarding the magnitudes af stars as obtained by photography in the Oxford University Observatory. Monthly Not. 51, 430 (1891).

Roberts, A. W. Certain considerations concerning the accuracy of eye-estimates of magnitude by the method of sequences. Astrophys. Journ. 4, 184 (1896).

—— Notes on a method of determining the value of the light-ratio. Astrophys. Journ. 4, 265 (1896).

Sawyer, E. F. On the new Algol-type Variable, Y Cygni. Astr. Journ. 7, Nr. 159 u. 161 (1888).

—— Catalogue of the magnitudes of southern stars from 0° to — 30° declination, to the magnitude 7.0 inclusive. Mem. Amer. Acad. 12, 1 (1893).

Schaeberle, J. M. On the photographic brightness of the fixed stars. Publ. Astr. Soc. of the Pacific 1, 51 (1889).

Scheiner, J. Untersuchungen über den Lichtwechsel Algols nach den Mannheimer Beobachtungen von Prof. Schönfeld in den Jahren 1869 bis 1875. Diss. inaug. Bonn, 1882.

——— Vergleichung der Grössenangaben der Südlichen Durchmusterung mit denen anderer Cataloge. Astr. Nachr. **116**, Nr. 2766 (1887).

——— Über die Bestimmung der Sterngrössen aus photographischen Aufnahmen. Astr. Nachr. **121**, Nr. 2884 (1889); **124**, Nr. 2969 (1890).

——— Photographisch-photometrische Untersuchungen. Astr. Nachr. **128**, Nr. 3054 (1891).

——— Application de la photographie à la détermination des grandeurs stellaires. Bull. du Comité intern. pour l'exécution photogr. de la carte du ciel **1**, 227 (1892).

Schjellerup, C. Eine Uranometrie aus dem zehnten Jahrhundert. Astr. Nachr. **74**, Nr. 1759 (1869).

——— Description des étoiles fixes composée au milieu du dixième siècle de notre ère par l'astronome Persan Abd-Al-Rahman Al-Sûfi. St.-Pétersbourg, 1874.

Schönfeld, E. Beobachtungen von veränderlichen Sternen. Sitzungsber. der Wiener Akad. II. Cl. **42**, 146 (1860).

——— Catalog von veränderlichen Sternen mit Einschluss der neuen Sterne. 32. Jahresbericht des Mannheimer Vereins für Naturkunde für 1866.

——— Zweiter Catalog von veränderlichen Sternen. Mit Noten. 40. Jahresber. des Mannheimer Vereins für Naturkunde für 1874.

Schönfeld, E. und Winnecke, A. Verzeichniss von veränderlichen Sternen zur Feststellung ihrer Nomenclatur. Vierteljahrsschr. d. Astr. Ges. **3**, 66 (1868).

Seeliger, H. Über den neuen Stern im Andromeda-Nebel. Astr. Nachr. **113**, Nr. 2710 (1886).

Seidel, L. Untersuchungen über die gegenseitigen Helligkeiten der Fixsterne erster Grösse und über die Extinction des Lichtes in der Atmosphäre. Abhandl. der Münchener Akad. II. Cl. **6**, 541 (1850—1852).

——— Resultate photometrischer Messungen an zweihundert und acht der vorzüglichsten Fixsterne. Abhandl. der Münchener Akad. II. Cl. **9**, 421 (1863).

Thome, J. M. Cordoba Durchmusterung. Brightness and position of every fixed star down to the tenth magnitude comprised in the belt of the heavens between 22 and 32 degrees of south declination. Results of the National Argentine Observatory, Vol. 16. Buenos Aires, 1892.

Vogel, H. C. Resultate spectralphotometrischer Untersuchungen. Monatsber. der Berliner Akad. **1880**, 801.

Westphal, J. H. Über die periodisch veränderlichen Sterne. Neueste Schriften d. naturf. Ges. zu Danzig. Bd. I, Heft 2 (1820). — Ausserdem Zeitschr. für Astr. von Lindenau u. Bohnenberger **4**, 185, 316; **6**, 282.

——— Über die verhältnissmässige Helligkeit der Sterne. Neueste Schriften d. naturf. Ges. zu Danzig, **1820**, 60.

Wilsing, J. Untersuchungen über den Lichtwechsel von *U* Cephei. Astr. Nachr. **109**, Nr. 2596 (1884).

——— Über den Lichtwechsel Algols und über die Klinkerfues'sche Erklärung des veränderlichen Lichtes bei Sternen der III. Spectralclasse. Astr. Nachr. **124**, Nr. 2960 (1890).

Wolf, M. Photographische Messung der Sternhelligkeiten im Sternhaufen G. C. 4410. Astr. Nachr. **126**, Nr. 3019 (1891).

Wolff, J. Th. Photometrische Beobachtungen an Fixsternen. Leipzig, 1877.

Wolff, J. Th. Photometrische Beobachtungen an Fixsternen aus den Jahren 1876 bis 1883. Berlin, 1884.
—— Photometrische Arbeiten über die Sterne der Bonner Durchmusterung. Vierteljahrsschrift der Astr. Ges. **22**, 366 (1887).

7. Extinction des Lichtes in der Erdatmosphäre.

Abney, W. On the atmospheric transmission of visual and photographically active light. Monthly Not. **47**, 260 (1887).
—— Transmission of sunlight through the earth's atmosphere. Phil. Trans. **178**, 251 (1887); **184**, 1 (1893).
Abney, W. and Festing, E. R. The influence of water in the atmosphere on the solar spectrum and solar temperature. Proc. R. Soc. London **85**, 328 (1883).
Ångström, K. Beiträge zur Kenntniss der Absorption der Wärmestrahlen durch die verschiedenen Bestandtheile der Atmosphäre. Bih. Svenska Vet.-Acad. Handl. **15**, Nr. 9 (1890). — Siehe auch Wiedem. Ann. **39**, 267 (1890).
—— Beobachtungen über die Strahlung der Sonne. Bih. Svenska Vet.-Acad. Handl. **15**, Nr. 10. — Siehe auch Wiedem. Ann. **39**, 294 (1890).
Cornu, A. Sur la limite ultra-violette du spectre solaire. Compt. Rend. **88**, 1101 (1879).
—— Sur l'absorption par l'atmosphère des radiations ultra-violettes. Compt. Rend. **88**, 1285 (1879).
—— Observation de la limite ultra-violette du spectre solaire à diverses altitudes. Compt. Rend. **89**, 808 (1879).
—— Sur la loi de répartition suivant l'altitude de la substance absorbant dans l'atmosphère les radiations solaires ultra-violettes. Compt. Rend. **90**, 940 (1880).
—— Sur l'observation comparative des raies telluriques et métalliques, comme moyen d'évaluer les pouvoirs absorbants de l'atmosphère. Compt. Rend. **95**, 801 (1882).
Crova, A. Mesure de l'intensité calorifique des radiations solaires, et de leur absorption par l'atmosphère terrestre. Ann. Chim. et Phys. (5) **11**, 433 (1877); **19**, 167 (1880).
—— Sur la transmissibilité de la radiation solaire par l'atmosphère terrestre. Compt. Rend. **104**, 1475 (1887).
Elster, J. und Geitel, H. Beobachtungen des atmosphärischen Potentialgefälles und der ultravioletten Sonnenstrahlung. Theil 4: Über die Absorption des ultravioletten Sonnenlichtes in der Erdatmosphäre. Sitzungsber. d. Wiener Akad. II. Classe **101 IIa**, 835 (1892).
Forbes, J. D. On the transparency of the atmosphere and the law of extinction of the solar rays in passing through it. Phil. Trans. **132**, 225 (1842).
Frölich, O. Über das Gesetz der Absorption der Sonnenwärme in der Atmosphäre. Meteor. Zeitschr. **5**, 382 (1888).
Hausdorff, F. Über die Absorption des Lichtes in der Atmosphäre. Sitzungsber. Sächs. Ges. d. Wiss. **1895**, 401.
v. Hepperger, J. Über den Einfluss der selectiven Absorption auf die Extinction des Lichtes in der Atmosphäre. Sitzungsber. d. Wiener Akad. II. Cl. **105 IIa**, 173 (1896).
Hill, S. A. On the constituent of the atmosphere which absorbs radiant heat. Proc. R. Soc. London **33**, 216 (1882).

Hodgkinson, G. C. Actinometrical observations among the alps, with the description of a new actinometer. Proc. R. Soc. London 15, 321 (1867).

Langley, S. P. Observations on Mount Etna. American Journ. (3) 20, 33 (1880).
—— Sunlight and skylight at high altitudes. American Journal (3) 24, 393; Nature
26, 586 (1882).
——— The selective absorption of solar energy. American Journal (3) 25, 169 (1883).
—— On the amount of the atmospheric absorption. American Journal (3) 28, 163
(1884).
—— Researches on solar heat and its absorption by the earth's atmosphere. A
report of the Mount Whitney expedition. Prof. papers of the Signal Service
Nr. 15 (1884).

Laplace, P. S. Traité de mécanique céleste. Tome IV, Chap. III: De l'extinction de la lumière des astres dans l'atmosphère terrestre, et de l'atmosphère du
soleil.

Maurer, J. Die Extinction des Fixsternlichtes in der Atmosphäre in ihrer Beziehung zur astronomischen Refraction. Diss. inaug. Zürich, 1882.
—— Über die atmosphärische Absorption von strahlender Wärme niedriger Temperatur und die Grösse der Sternenstrahlung. Vierteljahrsschr. naturf. Ges. Zürich
34; Repert. d. Phys. 25, 642 (1889).

Michalke, C. Untersuchungen über die Extinction des Sonnenlichtes in der Atmosphäre. Astr. Nachr. 113, Nr. 2691 (1886).

Müller, G. Untersuchungen über die Helligkeitsänderungen in verschiedenen Theilen
des Sonnenspectrums bei abnehmender Höhe der Sonne über dem Horizont. Astr.
Nachr. 103, Nr. 2464 (1882).
—— Photometrische Untersuchungen. Zweiter Abschnitt: Untersuchungen über die
Extinction des Lichtes in der Atmosphäre. Publ. Astrophys. Observ. Potsdam
3, Nr. 12, 227 (1883).
—— Photometrische und spectroskopische Beobachtungen, angestellt auf dem Gipfel
des Säntis. Publ. Astrophys. Observ. Potsdam 8, Nr. 27, 1 (1891).

Pouillet, C. S. M. Mémoire sur la chaleur solaire, sur les pouvoirs rayonnants et
absorbants de l'air atmosphérique et sur la température de l'espace. Compt.
Rend. 7, 24 (1838).

Roscoe, H. E. and Baxendell, J. Note on the relative chemical intensities of
direct sunlight and diffuse daylight at different altitudes of the sun. Proc. R.
Soc. London 15, 20 (1867).

Schaeberle, J. M. Terrestrial atmospheric absorption of the photographic rays of
light. Contrib. Lick Observatory, Nr. 3. Sacramento, 1893.

Schlagintweit, H. Bemerkungen über die Durchsichtigkeit der Atmosphäre und
die Farbe des Himmels in grösseren Höhen der Alpen. Astr. Nachr. 31, Nr. 742
(1851).

Secchi, A. Considerazioni sulla vera maniera di valutare il raggiamento solare
e ricerche sulla forza assorbente dell' atmosfera terrestre. Mem. dell'Osserv.
dell'università Greg. del Collegio Rom. 1851, App. II.

Seeliger, H. Über die Extinction des Lichtes in der Atmosphäre. Sitzungsber.
d. Münchner Akad. II. Cl. 21, 247 (1891).

Seidel, L. Untersuchungen über die gegenseitigen Helligkeiten der Fixsterne erster
Grösse und über die Extinction des Lichtes in der Atmosphäre. Abhandl. der
Münchener Akad. II. Cl. 6, 541 (1850—1852).

Trépied, Ch. Sur la photométrie des étoiles et la transparence de l'air. Compt. Rend. 82, 557 (1876).

Violle, J. [Absorption atmosphérique. Rôle de la vapeur d'eau.] Ann. Chim. et Phys. (5) 17, 433 (1879).

8. Verschiedenes.

Abney, W. On the photometry of the magnetoelectric light. Proc. R. Soc. London 27, 157 (1878).

Abney, W. and Festing, E. R. On photometry of the glow lamp. Proc. R. Soc. London 43, 247 (1888).

Adams, W. G. The action of light on Selenium. Phil. Trans. 167, 313 (1877).

Brennand, W. Photometric Observations of the sun and sky. Proc. R. Soc. London 49, 255 (1891).

Brosinsky, A. Über die Vergrösserung des Erdschattens bei Mondfinsternissen. Diss. inaug. Berlin, 1889.

Bunsen, R. und Roscoe, H. E. Photo-chemical researches. Phil. Trans. 147, 355, 381, 601 (1857); 149, 879 (1859); 153, 139 (1863). — Deutsch in Pogg. Ann. 96, 373; 100, 43, 481; 101, 235; 108, 193; 117, 529.

Christie, W. H. M. On the relation between diameter of image, duration of exposure and brightness of objects in photographs of stars taken at the Royal observatory, Greenwich. Monthly Not. 52, 125 (1892).

Clausius, R. Über die Lichtzerstreuung in der Atmosphäre. Journ. f. reine u. angewandte Mathem. 34, 122 (1847).

—— Über die Intensität des durch die Atmosphäre reflectirten Sonnenlichtes. Journ. f. reine u. angewandte Mathem. 36, 185 (1848).

Conroy, J. Some observations on the amount of light reflected and transmitted by certain kinds of glass. Phil. Trans. 180, 245 (1889).

Crosby, W. O. Light of the sky. Proc. Amer. Acad. New Ser. 2 (1875).

Crova, A. Sur l'analyse de la lumière diffusée par le ciel. Compt. Rend. 109, 493 (1889); Ann. Chim. et Phys. (6) 20, 480 (1890); 25, 534 (1892).

Dobrowolsky, W. Die Empfindlichkeit des Auges gegen Unterschiede der Lichtintensität verschiedener Spectralfarben. Monatsber. der Berliner Akad. 1872, 119.

Dove, H. Über den Einfluss der Helligkeit einer weissen Beleuchtung auf die relative Intensität verschiedener Farben. Monatsber. der Berliner Akad. 1852, 69.

Fizeau, H. L. et Foucault, L. Recherches sur l'intensité de la lumière émise par le charbon dans l'expérience de Davy. Compt. Rend. 18, 746 u. 860 (1844).

Glan, P. Über die Intensität des vom Glase reflectirten Lichtes. Monatsber. der Berliner Akad. 1874, 511.

Gouy. Sur la mesure de l'intensité des raies d'absorption et des raies obscures du spectre solaire. Compt. Rend. 89, 1033 (1879).

Hankel, H. Messungen über die Absorption der chemischen Strahlung des Sonnenlichtes. Abhandl. K. Sächs. Ges. d. Wiss. II. Cl. 6, 53 (1864).

Hartmann, J. Die Vergrösserung des Erdschattens bei Mondfinsternissen. Abhandl. K. Sächs. Ges. d. Wiss. II. Cl. 17, 363 (1891).

—— Die Beobachtung der Mondfinsternisse. Abhandl. K. Sächs. Ges. d. Wiss. II. Cl. 23, 369 (1896).

König, A. Über den Helligkeitswerth der Spectralfarben bei verschiedener absoluter Intensität. Beiträge zur Psychologie und Physiologie der Sinnesorgane. Festschrift für H. v. Helmholtz. Hamburg 1891, 309.

544 Anhang.

Kononowitsch, A. Bestimmung der Albedo des weissen Cartons unabhängig von der Lambert'schen Berechnung. Schriften der math. Abth. d. Neuruss. Naturf. Ges. Bd. 2 (1879) Odessa. (In russischer Sprache.) — Referat in den Fortschr. d. Phys. 1879, 430.

—— Über die Reflexion des Lichtes verschiedener Wellenlänge von der Oberfläche des Gypses. Schriften d. K. Neuruss. Universität. Bd. 29 (1880). (In rusisscher Sprache.)

Krüss, H. Über den Lichtverlust in sogenannten durchsichtigen Körpern. Abhandl. d. naturwiss. Vereins in Hamburg 11, Heft 1 (1890).

Lagarde, H. Mesure de l'intensité photométrique des raies spectrales de l'hydrogène. Compt. Rend. 95, 1350 (1882).

Langley, S. P. Energy and vision. Amer. Journ. (3) 36, 359 (1888).

v. Littrow, K. Zählung der nördlichen Sterne im Bonner Verzeichniss nach Grössen. Sitzungsber. der Wiener Akad. II. Cl. 59, Abth. II, 569 (1869); 61, Abth. II, 263 (1870).

Olbers, W. Über die Durchsichtigkeit des Weltraums. Berl. Astron. Jahrb. für 1826, 110.

Pickeriug, W. H. Photometric researches. Proc. of the Amer. Acad. New Series 7, 236 (1880).

Preece, W. H. On a new standard of illumination and the measurement of light. Proc. R. Soc. London 36, 270 (1884).

Pritchard, C. A photometric comparison of the light transmitted by certain refracting and reflecting telescopes of equal aperture. Monthly Not. 45, 29 (1885).

Rayleigh, J. W. On the intensity of light reflected from certain surfaces at nearly perpendicular incidence. Proc. R. Soc. London 41, 275 (1887).

Rood, O. N. Photometrische Untersuchungen. Zweiter Theil. Über die Lichtmenge, die durch polirte Crownglasplatten bei senkrechter Incidenz durchgelassen wird. Repert. d. Phys. 7, 213 (1871).

Roscoe, H. E. On a method of meteorological registration of the chemical action of total daylight. Phil. Trans. 155, 605 (1865); Pogg. Ann. 124, 353 (1865).

—— On the chemical intensity of total daylight at Kew and Pará, 1865—1867. Phil. Trans. 157, 555 (1867); Pogg. Ann. 132, 404 (1867).

Roscoe, H. E. and Thorpe, T. E. On the relations between the Suns altitude and the chemical intensity of total daylight in a cloudless sky. Phil. Trans. 160, 309 (1870); Pogg. Ann. Ergänzungsbd. 5, 177 (1871).

Schumann, O. Über die Farbe und Helligkeit des elektrischen Glühlichtes. Elektr. Zeitschr. 5, 220 (1884).

Seeliger, H. Über die Vertheilung der Sterne auf der nördlichen Halbkugel nach der Bonner Durchmusterung. Sitzungsber. der Münchener Akad. II. Cl. 14, 521 (1884).

—— Über die Vertheilung der Sterne auf der südlichen Halbkugel nach Schönfelds Durchmusterung. Sitzungsber. der Münchener Akad. II. Cl. 16, 220 (1886).

—— Die scheinbare Vergrösserung des Erdschattens bei Mondfinsternissen. Abh. der Münchener Akad. II. Cl. 19, 385 (1896).

Stampfer, S. Über den scheinbaren Durchmesser der Fixsterne. Denkschriften der Wiener Akad. II. Cl. 5, 91 (1852).

Stelling, E. Photochemische Beobachtungen der Intensität des gesammten Tageslichts in St. Petersburg. Repert. f. Meteor. 6, Nr. 6 (1879).

Stokes, G. On the intensity of the light reflected from or transmitted trough a pile of plates. Proc. R. Soc. London 11, 545 (1862).

Stone, E. J. On apparent brightness as an indication of distance in stellar masses. Monthly Not. 87, 232 (1877).

Strehl, K. Über die Helligkeitsmessung der Gestirne. Klein's Wochenschr. 1891, 105.

Tumlirz, O. Das mechanische Äquivalent des Lichtes. Sitzungsber. d. Wiener Akad. II. Cl. 98 IIa, 826, 1121 (1889).

Vierordt, C. Die Photometrie der Fraunhofer'schen Linien. Wiedem. Ann. 18, 338 (1881).

Violle, J. Sur l'étalon absolu de lumière. Ann. Chim. et Phys. (6) 8, 373 (1884).

Weber, L. Intensitätsmessungen des diffusen Tageslichtes. Wiedem. Ann. 26, 374 (1885).

Wild, H. Über die Lichtabsorption der Luft. Pogg. Ann. 134, 568 (1868); 135, 99 (1868).

—— Photometrische Bestimmung des diffusen Himmelslichtes. Bull. Acad. St.-Pétersb. 21, 312 (1876); 23, 290 (1877).

Wilsing, J. Über die Lichtabsorption astronomischer Objective und über photographische Photometrie. Astr. Nachr. 142, Nr. 3400 (1897).

Namen- und Sachregister.

Abblendung des Objectivs, Einwirkung der Beugung des Lichtes dabei 162—169.

Abblendungsphotometer, bei denen die Auslöschung des Lichtes beobachtet wird 169—177; bei denen die Gleichheit zweier Lichteindrücke beobachtet wird 210—220.

Ablenkungsphotometer, von Parkhurst 177 —180.

Abney, W. Transmissionscoefficient der Erdatmosphäre 138; Durchlässigkeit der Atmosphäre für verschiedene Wellenlängen 140; Methode zur Bestimmung der Constante beim Keilphotometer 188; photographische Helligkeitsbestimmung der Sonnencorona 332.

Abney, W. und Festing, E. R. Methode zur Bestimmung der Helligkeitsvertheilung im Sonnenspectrum 269.

Absorption, der Sonnenatmosphäre 324—328.

Absorption, selective, der Erdatmosphäre 139—144.

Absorptionsphotometer 180—192.

Absorptionstheorie bei diffus reflectirenden Flächen, von Lommel 44—52.

Actinometer, von J. Herschel 288.

Airy, G. B. Beugungserscheinungen an Fernrohren 163.

Albedo, Begriffsbestimmung nach Lambert und Seeliger 52—55; irdischer Substanzen 52; Formeln zur Berechnung derselben für einen Himmelskörper 64—65; des Mondes 343; des Mercur 355; der Venus 360; des Mars 373; der kleinen Planeten Ceres, Pallas, Vesta 380; des Jupiter 383; der Jupitertrabanten 391; des Saturn 398; des Uranus 403; des Neptun 406.

Albert, L. A. Photoskop 181.

Algol, Lichtwechsel 495—496.

Algoltypus der Veränderlichen 495—500.

Al-Sûfi. Helligkeitskatalog 430.

Anderson, Th. D. Nova T Aurigae 477.

Anding, E. Über selbstleuchtende Flächen mit Mittelpunkt 35—37; über die Lichtvertheilung auf einer Planetenscheibe 68; Verfinsterung der Jupitertrabanten 102.

Andromedanebel, Neuer Stern in demselben 476.

Anthelm. Nova 11 Vulpeculae 474.

η Aquilae, Lichtcurve 489.

Arago, Fr. Empfindungsgrenze 13; Polarisationsphotometer 240; Vertheilung der Helligkeit auf der Sonnenscheibe 318; Intensitätsvertheilung auf der Mondoberfläche 344; Helligkeitsvertheilung auf dem Jupiter 383; Polarisation des Cometenlichtes 409.

Argelander, F. W. A. Photometrie kleiner Planeten 375; Uranometria Nova 435; Bonner Durchmusterung 438—442; Stufenschätzungsmethode 459; Lichtwechsel von β Lyrae 488; Lichtwechsel von δ Cephei 490.

η Argus, Lichtwechsel 482.

Ariel, Lichtstärke 404.

d'Arrest, H. Veränderliche Nebel 423 —424.

Aschfarbenes Mondlicht, Theorie desselben 82—85.

Asteroiden, Helligkeitsbestimmungen und Phasenlichtcurven 375—381.

Astrometer, von Knobel 171; von J. Herschel 200—204.

Astrophotometer, Zöllner'sches 246—249; Potsdamer Form desselben 249; in Verbindung mit Refractoren 250; Abänderungen von Ceraski 250; allgemeine Vorschriften über den Gebrauch desselben 251—253; Genauigkeit der Messungen mit demselben 254.

Atmosphäre der Erde, Extinction in derselben 110—138; selective Absorption derselben 139—144.

Atmosphäre der Sonne, Absorptionswirkung 324—328.

Ausgestrahlte Lichtmenge, Definition des Begriffs 26.

Ausgleichung photometrischer Beobachtungen nach dem Fechner'schen Gesetz 17—18.

Auslöschungsphotometer, allgemeine Vorschriften für die Beobachtungen mit denselben 153—157, Auslöschungsphotometer mit Abblendung 169—179; Auslöschungsphotometer mit absorbirenden Medien 180—192.

Auwers, A. Helligkeitsschätzungen der Jupitertrabanten 389; Nova *T* Scorpii 475.

Babinet, J. Polarisationsphotometer 243.

Bailey, S. J. Helligkeitscatalog südlicher Sterne 449.

Bailly, J. S. Helligkeitsschätzungen der Jupitertrabanten 386.

Baldwin, H. L. Sichtbarkeit der Venus am Tage 358.

Barnard, E. Durchgang des Japetus durch den Schatten des Saturnsystems 101; Helligkeit der Sonnencorona 334; Durchmesser der kleinen Planeten Ceres, Pallas, Vesta 379; veränderliche Nebel 423—424.

Bayer, J. Uranometrie 431.

Beer, A. Über das Lambert'sche Emanationsgesetz 30.

Beer, W. und Mädler, J. H. Helligkeitsscala für den Mond 346; Helligkeit der Jupitertrabanten 388.

Behrmann, C. Atlas des südlichen Himmels 436.

Beleuchtung, von Flächen durch leuchtende Punkte 19—25; von Flächen durch leuchtende Flächen 25—38.

Beleuchtung der Netzhaut 157—162.

Beleuchtungsgesetz, von Lambert 29—33, 39—40; von Lommel-Seeliger 44—52; von Euler 57.

Beleuchtungsmeridiane auf beleuchteten Flächen 23.

Beleuchtungsparallele auf beleuchteten Flächen 23.

Beleuchtungstheorie, der Planeten 56—67; der Planetentrabanten 79—82; eines Systems kleiner Körper 86—94; des Saturnringes 94—101.

Belopolsky, A. Spectroskopische Beobachtungen von β Lyrae und δ Cephei 493—494.

Berberich, A. Helligkeit des Enckeschen Cometen 416.

v. Berg, F. Das Schwerd'sche Photometer 213.

Bernard, F. Polarisationsphotometer 242; Lichtänderungen des Japetus 399.

Bessel, F. W. Die Helligkeitsschätzungen desselben verglichen mit der Bonner Durchmusterung 443.

Beugung des Lichtes an den Rändern des Objectivs, Einfluss derselben auf Lichtmessungen 162—169.

Beugungsfigur eines Sternes, Vertheilung der Intensität innerhalb derselben 164; Dimensionen der centralen Beugungsfigur bei kreisförmiger Abblendung 168.

Birmingham, J. Nova *T* Coronae 475.

Blenden, Verwendung derselben in der Photometrie 169—177.

Blendkappe, beim Parkhurst'schen Photometer 178.

Blendscheibe, von Thury 172; beim Hornstein'schen Zonenphotometer 219.

Blendvorrichtung, sectorförmige 175.

Bolometer, von Langley 290.

Bond, G. P. Verwendung spiegelnder Kugeln zu photometrischen Messungen 231; Anwendung der Photographie zu Helligkeitsmessungen 297—298; Helligkeitsverhältniss von Sonne und Vollmond 314; Helligkeitsverhältniss zwischen Mond und den Planeten Jupiter und Venus 339; Lichtstärke der Mondphasen 341—342; Lichtvertheilung auf der Mondscheibe 344; photographische und optische Albedo von Jupiter 383.

Bonner Durchmusterung 438—442; Vergleichung derselben mit der Potsdamer photometrischen Durchmusterung 452.

Bouguer, P. Empfindungsgrenze 13; Reflexionstheorie 41; Extinctionstheorie 116—122; Weglängen in der Erdatmosphäre und Zenithreductionen 135; Transmissionscoefficient der Erdatmosphäre 138; Sectorblenden 174; photometrische Apparate 195—196, 211; Verwendung des Heliometers zu photometrischen Messungen 212; Sonne und Kerzenlicht 308; Sonne und Vollmond 313; Vertheilung der Helligkeit auf der Sonnenscheibe 318; Mond und Kerzenlicht 338; Helligkeitsverhältniss verschiedener Stellen der Mondoberfläche 344.

Boys, C. V. Radiomikrometer 290.

Bremiker, C. Helligkeit der Venus 356.

Brennpunktsbilder in Fernrohren, Helligkeit derselben 158—160.

Bruguière, H. Sichtbarkeit der Venus am Tage 358.

Bruhns, C. Durchmesser kleiner Planeten aus Helligkeitsschätzungen 380.

Bruns, H. Theorie der Veränderlichen vom Algoltypus 498.

Buchholz, H. Japetusverfinsterung durch das Saturnsystem 101.

Bunsen'sches Fleckphotometer 199—200.

Bunsen, R. und Roscoe, H. E. Chemi-

sches Photometer 292; photographische Lichtmessungen 296.
Burnham, S. W. Veränderliche Nebel 423—424.

Cacciatore, N. Phasenerscheinungen der Cometen 408.
Cameron. Sichtbarkeit der Venus am Tage 358.
Campbell, W. Nova R Normae 479.
Cassini, D. Lichtschwankungen des Japetus 399; Phasenerscheinungen am Cometen von 1744 408; Nova P Cygni und Nova Vulpeculae 474.
δ Cephei, Lichtcurve 490.
Ceraski, W. Einrichtungen am Zöllnerschen Photometer 250; Helligkeiten von Circumpolarsternen 446.
Chacornac, J. Sternphotometer 257—259; Vertheilung der Helligkeit auf der Sonnenscheibe 319; Intensität der Sonnenflecke 328.
Chambers, G. F. Catalog veränderlicher Sterne 465.
Chandler, S. C. Lichtverhältniss zweier aufeinander folgenden Grössenclassen 457; Cataloge von veränderlichen Sternen 465; Bezeichnung der Veränderlichen 466; Vertheilung der Veränderlichen am Himmel 468; Algol 495.
Charlier, C. V. L. Beziehung zwischen optischen Sterngrössen und photographischen Durchmessern 302; photographische Helligkeit der Plejadensterne 506; photographische Helligkeit Algols 510.
Chemisches Photometer, von Bunsen und Roscoe 292.
Chemische Wirkung verschiedener Partien der Sonnenscheibe 322.
Christie, W. H. M. Spiegelung der Venusoberfläche 361.
Colorimeter, am Zöllner'schen Astrophotometer 248.
Cometen, Phasenerscheinungen und Eigenlicht 408; polarisirtes Licht 409; spectroskopische Beobachtungen 410; Gesammtintensität und Flächenintensität 411; Beobachtungsmethoden 412; Ergebnisse 413—416; photometrische Messungen 417.
Comet 1862 II (Schmidt), periodische Helligkeitsschwankungen 415.
Comet 1874 III (Coggia), Helligkeitsschätzungen von Schmidt 413.
Comet 1882 I (Wells), photometrische Messungen 415.
Comet 1884 I (Pons-Brooks), photometrische Messungen 415.
Comet 1886 I (Fabry) und 1886 II (Barnard), photometrische Messungen 415.

Copeland, R. Helligkeit des Mars 372.
Cornu, A. Verfinsterung der Jupitersatelliten 102, 109, 392; photometrische Methoden 220.
Corona der Sonne, Helligkeitsbestimmungen derselben 329—335.
Cosinusquadratgesetz, von Malus 236.
Crookes, W. Radiometer 291.
Crova, A. Verbesserung am Glan-Vogelschen Spectralphotometer 279; neues Spectralphotometer 280—281.
Crova, A. und Lagarde. Methode zur Bestimmung der Helligkeitsvertheilung im Sonnenspectrum 268.
Curven gleicher Helligkeit, auf beleuchteten Flächen 23—25; auf einer Planetenscheibe 70—73.

Dämmerlicht, des Planeten Venus 361.
Dawes, W. R. Abblendungsphotometer 171; Verwendung von Diaphragmen zwischen Objectiv und Ocular zu photometrischen Messungen 176; Keilphotometer 183.
Deflectionsphotometer, von Parkhurst 177—180.
Deimos, Lichtstärke 374; Durchmesser 375.
De la Rue, Warren. Anwendung der Photographie zu Helligkeitsmessungen 297.
Dennett, F. C. Lichtvariationen der Jupitertrabanten 389.
Denning, W. F. Sichtbarkeit des Mercur mit blossem Auge 351.
Dichtigkeit der Beleuchtung 26—27.
Dichtigkeit des Lichtes, Definition des Begriffes derselben 20.
Differentialthermometer, von Leslie 288.
Diffraction, Einfluss derselben auf Lichtmessungen 162—169.
Dione, Lichtstärke und Durchmesser 400.
Dorst, F. J. Bearbeitung der Zöllnerschen photom. Fixsternmessungen 444.
Dove, W. Helligkeitsverhältniss verschiedener Farben 11.
Draper, W. Methode zur Bestimmung der Helligkeitsvertheilung im Sonnenspectrum 268.
Dumbbell-Nebel, Helligkeit 420.
Dunér, N. C. Lichtwechsel von T Cygni und Z Herculis 497, 500.
Durchlässigkeitscoefficient der Erdatmosphäre, Zusammenstellung der verschiedenen Bestimmungen 138; für verschiedene Wellenlängen 140.
Durchlässigkeitscoefficienten der Sonnenatmosphäre für Strahlen verschiedener Wellenlänge 327.
Durchmesserbestimmung, photometrische, Formeln dafür 66; der Marstrabanten

375; der kleinen Planeten 378; der Saturn-satelliten 400; der Uranustrabanten 404; des Neptuntrabanten 407.
Durchmusterung, Bonner 438; Südliche von Schönfeld 441; Potsdamer photometrische 450.

Eigenlicht, des Auges 14.
Eigenlicht, der Cometen 410.
Ellipse, sphärische, die von einer selbst-leuchtenden ausgesandte Lichtmenge 37.
Emanationsgesetz, Lambert'sches 29—33, 39.
Emanationswinkel 26.
Empfindungsgrenze, bei Beurtheilung von Intensitätsunterschieden 13.
Enceladus, Helligkeit und Durchmesser 400.
Encke'scher Comet, Lichtstärke desselben 416.
Engelmann, R. Photometrische Messungen der Jupitertrabanten 388.
Entfernungsgesetz in der Photometrie 6—7; die auf demselben beruhenden Photometer 195—210.
Erck, W. Helligkeitsschätzungen der Marstrabanten 374.
Erdatmosphäre, Extinction des Lichtes in derselben 110—138; selective Absorption derselben 139—144.
Erhebungen auf den Planetenoberflächen, Einfluss derselben auf die scheinbare Helligkeit 74—78.
Espin, T. E. Vertheilung der Veränder-lichen am Himmel 468.
Euler, L. Abhängigkeit der Helligkeit vom Emanationswinkel 28; Beleuch-tungsgesetz 57.
Exner, F. Vergleichung von Sonnen-und Kerzenlicht 311.
Extinction des Lichtes, in der Erdatmo-sphäre 110—144; in der Sonnenatmo-sphäre 324—327.
Extinctionstabelle, für München 131; für Potsdam 132, 513—516; für den Säntis 134, 515; theoretische 135.
Extinctionstheorie, von Lambert 112—116; von Bouguer 116—122; von Laplace 122—128; von Maurer 128—131.

Farben der Fixsterne, Einfluss auf Hellig-keitsmessungen 453.
Farbenphotometer, von Abney und Festing 269.
Fechner, G. T. Psychophysisches Grund-gesetz 12—18.
Fernrohr, Helligkeit der Brennpunktsbilder 158.
Fizeau, H. L. und Foucault, L. Photo-graphische Lichtmessungen 295.

Flammarion, C. Lichtvariationen der Jupitersatelliten 389.
Flamsteed, J. Sterncatalog 432.
Flaugergues, H. Helligkeitsschätzun-gen der Jupitertrabanten 387.
Fleckphotometer, von Bunsen 199—200.
Fluthhypothese, zur Erklärung des Licht-wechsels der neuen und variablen Sterne 480, 485.
Forbes, J. D. Selective Absorption der Erdatmosphäre 141.
Foucault'sches Photometer 197.
Fourier, J. Wärmeemanationsgesetz 30.
Fraunhofer, J. Bestimmung der Licht-vertheilung im Sonnenspectrum 267.
Frost, E. B. Wärmewirkung verschie-dener Theile der Sonnenscheibe 323; Strahlungsintensität der Sonnenflecke 329.

Glan, P. Spectralphotometer 275—280.
Glazebrook, R. T. Spectralphotometer 281.
Goodricke, W. Veränderliche Sterne 488, 489.
Gore, J. E. Cataloge veränderlicher Sterne 465.
v. Gothard, E. Registrirvorrichtung beim Keilphotometer 185.
Gould, B. A. Uranometria Argentina 436—437.
Gouy. Spectralphotometer 281, 283.
Gouy und Thollon. Spectralphoto-metrische Untersuchungen an der Sonne 322, 328.
Govi, G. Spectralphotometer 272—273.
Grössenclassen der Fixsterne, nach Schätzungen 428; nach photometrischen Messungen 447; Lichtverhältniss zweier aufeinander folgenden 455—458.
Gyldén, H. Veränderliche Sterne 484.

Hall, A. Helligkeitsschätzungen der Mars-trabanten 374; der Uranustrabanten 404.
Hall, Maxwell. Lichtänderungen des Neptun 405.
Halley, E. Grösster Glanz der Venus 362.
Harding, K. L. Dämmerlicht d. Venus 361.
Harkness, W. Intensitätsvertheilung in der Sonnencorona 334.
Harrington, M. W. Helligkeitsände-rungen der Vesta 376.
Hartwig, E. Benennung der Veränder-lichen 466; Nova S Andromedae 476.
Harvard Photometry, von Pickering 446; Vergleichung derselben mit der Pots-damer photometrischen Durchmusterung 452.
Heis, E. Atlas coelestis novus 435.

Heliocentrische Zeiten der Epochen bei veränderlichen Sternen 467.

Heliometer, Verwendung desselben in der Photometrie 212.

Heliothermometer, von de Saussure 288.

Helligkeit eines leuchtenden Elements, wirkliche, 27; scheinbare 28.

Helligkeit des Himmelsgrundes, Einfluss derselben auf die Beobachtung des Verschwindens der Sterne 155.

Helligkeitscataloge aus Schätzungen, von Ptolemäus 428; von Sûfi 430; von Ulugh Begh, Tycho Brahe, Hevel, Bayer, Flamsteed 431; von W. Herschel 432; von J. Herschel 434; von Argelander, Heis 435; von Behrmann, Houzeau, Gould 436; von Argelander, Schönfeld, Krüger Bonner Durchmusterung) 438—442; Vergleichung der verschiedenen Cataloge 443.

Helligkeitscataloge aus photometrischen Messungen, von J. Herschel, Seidel 443; von Zöllner, Peirce 444; von Wolff 445; von Pickering 446; von Pritchard 449; von Müller und Kempf 450.

Helligkeitslogarithmen, als Mass in der Astronomie 15.

Helligkeitsvertheilung im Sonnenspectrum, Methoden zur Bestimmung derselben, von Fraunhofer 267; von Vierordt 268; von W. Draper, Crova und Lagarde 268; von Abney und Festing 269.

v. Hepperger, J. Helligkeit des verfinsterten Mondes 101.

Herschel, A. Apparat zur Bestimmung des grössten Glanzes der Venus 365.

Herschel, J. Astrometer 200—204; Actinometer 288; Helligkeitsverhältniss zwischen Mond und α Centauri 339; Lichtstärke der Mondphasen 342; Helligkeitscatalog südlicher Sterne in Sequenzen 434; Helligkeitscatalog aus photometrischen Messungen 443.

Herschel, W. Sein photometrisches Verfahren 211; Intensität der Sonnenflecke 328; Helligkeitsschätzungen der Jupitertrabanten 386; Lichtschwankungen des Japotus 399; Schätzungsscala für Nebelflecke 418; Fixsternhelligkeiten 432.

Hevelius, J. Sterncatalog 431.

Himmelsgrund, Einfluss der Helligkeit desselben auf die Messungen mit den Auslöschungsphotometern 155.

Hind, J. R. Nova Ophiuchi 475.

Hind's veränderlicher Nebel 423.

Hirsch, A. Verwendung von Blendscheiben zwischen Objectiv und Ocular zu photometrischen Messungen 175.

Holden, E. S. Coronalhelligkeit 334; Helligkeit der Marstrabanten 374; Schätzungen der Uranustrabanten 404; Helligkeit des Orionnebels 421.

Horner, J. K. Auslöschungsphotometer 181.

Hornstein'sches Zonenphotometer 217 —219.

Houzeau, J. C. Uranométrie Générale 436.

Huggins, W. Helligkeitsbestimmungen von Nebelflecken 419.

Huyghens, Chr. Helligkeitsvergleichung von Sonne und Sirius 316.

Hyperion, Helligkeit und Durchmesser 400.

Janson. Nova P Cygni 474.

Janssen, P. J. C. Photographisches Photometer 298.

Japetus, Lichtvariationen desselben 401.

Jenkins, B. G. Uranometria nova Oxoniensis 449.

Incidenzwinkel, Gesetz vom Cosinus desselben 20.

Intensität des Lichtes, allgemeine Begriffsdefinition 5; physiologische Intensität 9.

Intensitätskreis, beim Zöllner'schen Astrophotometer 247.

Intensitätsvertheilung, im Beugungsbilde eines Sternes 164—168.

Interferenz-Spectralphotometer von Trannin 282.

Johnson, S. J. Verwendung des Heliometers als Photometer 213; Lichtverhältniss zweier aufeinander folgenden Grössenclassen 456.

Isophoten, Curven gleicher Helligkeit 23 —25.

Jupiter, Albedo 383; Helligkeitsvertheilung auf der Oberfläche 383; Zusammenstellung der von verschiedenen Beobachtern gefundenen Helligkeitswerthe 384.

Jupitersatelliten, Theorie der Verfinsterung derselben 101—109; Helligkeitsbeobachtungen derselben 385—390; Albedo derselben 391.

Kalkspathprisma, achromatisirtes 234.

Katzenaugendiaphragma 169.

Kayser, E. Keilphotometer 183.

Keilphotometer, von de Maistre, Quetelet, Schumacher 182; von Kayser, Dawes, Pritchard 183; das Potsdamer Keilphotometer 184; Theorie des Keilphotometers 186; Bestimmung der Keilconstante 188; allgemeine Vorschriften über den Gebrauch desselben 191; parallaktisch aufgestelltes in Potsdam 192.

Keilspectralphotometer, Potsdamer 283.

Kempf, P. Extinction in der Erdatmosphäre 136, 138; persönliche Unterschiede beim Keilphotometer 153; Potsdamer photometrische Durchmusterung 450.

Kepler, J. Nova Serpentarii 474.

Kies, J. Über den grössten Glanz der Venus 364.

Kleine Planeten, Resultate photometrischer Messungen 378.

Klinkerfues, W. Neue Sterne und Veränderliche 480, 485.

Knobel, E. B. Astrometer 171.

Köhler, J. G. Abblendungsphotometer 169.

König, A. Helligkeitswerth der Spectralfarben 11.

v. Kövesligethy, R. Nova S Andromedae 476.

Kononowitsch, A. K. Phasenlichtcurve des Mars 371; Helligkeit des Jupiter 384; Helligkeit des Saturn 397.

Krüger, A. Bonner Durchmusterung 438.

Kugeln, spiegelnde, Anwendung derselben zu photometrischen Messungen 226—231.

Lalande, J. Helligkeitsschätzungen der Fixsterne 443.

Lambert, J. H. Emanationsgesetz 29—33, 39—40; Begriff der Albedo 52; Extinctionstheorie 112—116; Mond- und Kerzenlicht 387.

Lamont, J. Fächerförmige Abblendung eines Objectivs bei Lichtmessungen 175.

Lampadius, W. A. Auslöschungsphotometer 180.

Langley, S. P. Transmissionscoefficient der Erdatmosphäre 138; Durchlässigkeit der Atmosphäre für Licht von verschiedener Wellenlänge 140; theoretische Untersuchungen über den Energieverlust in der Erdatmosphäre 141; Methode zur Bestimmung der Constante beim Keilphotometer 189; Bolometer 290; Vertheilung der Wärme auf der Sonnenscheibe 323; Strahlungsenergie der Sonnenflecke 329.

Laplace, P. S. Abhängigkeit der Lichtausstrahlung vom Emanationswinkel 28; Extinctionstheorie 122—128; Weglängen in der Erdatmosphäre und Zenithreductionen 135.

Lassell, W. Helligkeitsschätzungen der Uranustrabanten 404.

Leslie, J. Differentialthermometer 288.

Leuchtende Flächen mit Mittelpunkt, Theorie derselben 35—38.

Leuchtkraft eines leuchtenden Elementes, Definition 26.

Liais, E. Helligkeitsvertheilung auf der Sonnenscheibe 319; Intensität der Sonnenflecke 328.

Licht, allgemeine Eigenschaften nach der Undulationstheorie 3—4; Begriff der Intensität 5.

Lichtäther, Bewegungsgleichungen der Theilchen nach der Undulationstheorie 4.

Lichtempfindliches Papier, Anwendung desselben in der Photometrie 296.

Lichtgleichung, f. veränderliche Sterne 467.

Lichtvertheilung, auf einer Planetenscheibe 67—77; innerhalb der Beugungsfigur eines Sternes 163—165; im Sonnenspectrum 266—271.

Lindemann, E. Genauigkeit der Messungen mit dem Zöllner'schen Photometer 254; photometrische Fixsternmessungen 446; Lichtverhältniss zweier aufeinander folgenden Grössenclassen 457; Nova T Aurigae 477; β Lyrae 489.

Lockyer, N. Meteoritenhypothese 481, 485.

Loewy, M. Verwendung von Blendscheiben zwischen Objectiv und Ocular 177.

Lohse, O. Photographische Wirkung des Jupiter 383; neue Sterne 480.

Lommel, E. Beweis des Lambert'schen Emanationsgesetzes für selbstleuchtende Flächen 31—33; Beleuchtungsgesetz für zerstreut reflectirende Substanzen 44; Lichtvertheilung innerhalb der Beugungsfigur eines Sternes 163—168; β Lyrae, Lichtcurve 488.

Lyra-Typus der veränderlichen Sterne 487—495.

de Maistre, X. Keilphotometer 182.

Mars, Phasenlichtcurve 370; Zusammenstellung der von verschiedenen Beobachtern gefundenen Helligkeitswerthe 372; Albedo 373.

Marstrabanten, Helligkeit derselben 373.

Masson, A. Empfindungsgrenze des Auges 13.

Maurer, J. Extinctionstheorie 128—131; Weglängen in der Erdatmosphäre und Zenithreductionen 135.

Mercur, Sichtbarkeit mit blossem Auge 351; Helligkeitsmessungen 352; Phasenlichtcurve 353; Albedo 355.

Meridianphotometer, von Pickering 262—266.

Messerschmitt, J. B. Zerstreut reflectirende Substanzen 40, 51.

Mimas, Lichtstärke und Durchmesser 400.

Minchin, G. M. Photoelektrische Elemente 294.

Mira Ceti, Lichtwechsel 482.

Mira-Typus der veränderlichen Sterne 481—485.

Mittelpunktsflächen, selbstleuchtende, Theorie derselben 35—38.

Möller, W. Experimentelle Bestätigung des Emanationsgesetzes für glühende Körper 33; Änderungen am Wild'schen Photometer 257.

Mond, Intensitätsverhältniss desselben zur Sonne 312—315; Vergleichung mit Kerzenlicht 336—338; verglichen mit Planeten und Fixsternen 338—340; Albedo 343.

Mondlicht, aschfarbenes, theoretische Berechnung desselben 82—85.

Mondoberfläche, Vertheilung der Helligkeit auf derselben 344—347.

Mondphasen, Lichtstärke derselben 340—343.

Nebelflecke, Schätzungsscala von Herschel 418; photometrische Methoden 419—421; photographische Helligkeitsbestimmungen 422; Veränderlichkeit 423—425.

Neptun, Oppositionshelligkeit 405; Albedo 406.

Neptuntrabant, Helligkeitsmessungen von Pickering 406.

Netzhaut, die auf derselben hervorgebrachte Beleuchtung 157—161.

Neue Sterne, Beobachtungen und Lichtcurven 473—478; Erklärungsversuche 479—481.

Neutrales Glas, Verwendung desselben in Keilphotometern 190.

Newcomb, S. Helligkeitsschätzungen der Uranustrabanten 404.

Nicol'sche Prismen, über die Verwendung derselben in der Photometrie 235.

Normalspectrum der Sonne, Helligkeitsvertheilung in demselben 270.

Nova S Andromedae 476.

Nova T Aurigae 477.

Nova B Cassiopejae, Tychonischer Stern 473.

Nova T Coronae 475.

Nova P Cygni 474.

Nova Q Cygni 476.

Nova R Normae 478.

Nova Ophiuchi 475.

Nova T Scorpii 475.

Nova Serpentarii 474.

Nova 11 Vulpeculae 474.

Oberon, Lichtstärke und Durchmesser 404.

Objectivöffnung, Abhängigkeit der Lichtstärke von derselben 159—168.

Obrecht, A. Verfinsterung der Jupitersatelliten 102.

Ocularphotometer, von Steinheil 209; von Cornu 220.

Olbers, W. Helligkeit des Mars 372; Helligkeitsschätzung des Saturn 397.

α Orionis, Lichtänderung 486.

Orionnebel, Helligkeitsuntersuchungen 421.

Oudemans, J. A. C. Veränderliche Sterne 488. 490.

Parkhurst, H. M. Deflectionsphotometer 177; Helligkeitsmessungen kleiner Planeten 377—378.

Paschen, F. Helligkeitsschätzungen des Biela'schen Cometen 415.

Peirce, C. S. Über das Ptolemäus'sche Helligkeitsverzeichniss d. Fixsterne 429; Bearbeitung der Helligkeitsschätzungen von W. Herschel 433; Helligkeitscatalog von Fixsternen 444; Lichtverhältniss zweier aufeinander folgenden Grössenclassen 457.

Peters, C. F. Helligkeitsschätzungen der Frigga 378.

Phasenbeleuchtung eines Himmelskörpers, Theorie derselben 58—64.

Phasenhelligkeit, des Mercur 353; der Venus 359; des Mars 371; der kleinen Planeten 377.

Phobos, Lichtstärke 374; Durchmesser 375.

Photoelektrische Elemente, von Minchin 294.

Photographie, Anwendung derselben in der Photometrie 294—304.

Photographische Helligkeiten der Fixsterne 505—510.

Photographisches Photometer, von Janssen 298.

Photometrische Durchmusterung, Potsdamer 450—451.

Photometrische Oculare, von Cornu 220.

Photometric Revision of the Durchmusterung, von Pickering 448; Vergleichung derselben mit der Potsdamer Durchmusterung 452.

Pickering, E. C. Photometrische Apparate 259—262; Meridianphotometer 262 —266; photographisch-photometrische Methoden 304; Helligkeitsvertheilung auf der Sonnenscheibe 320; Helligkeit verschiedener Stellen der Mondoberfläche 345—346; Helligkeit des Mars 372; Lichtstärke der Marstrabanten 374; die Jupitersatelliten 391; die Saturnsatelliten 400; Helligkeit des Uranus 402; die Uranustrabanten 404; Lichtstärke des Neptun 405; der Neptunsatellit 406; photometrische Methode für Nebelflecke 420; Genauigkeit der Ptolemäus'schen Fixsternhelligkeiten 430; über Sûfis Helligkeitsangaben 431; Bearbeitung der Helligkeitscataloge von W. Herschel 433; Helligkeitsstufen der Argelander'schen Uranometria 435; Genauigkeit der Grössen der Bonner Durchmusterung 441; Harvard Photometry 446; Photometric Revision 448; Schätzungsmethode bei veränderlichen Sternen 460; Classificirung der Veränderlichen 471; Algol 498; Draper Catalog 503; photographische Helligkeitscataloge 505.

Pickering, W. H. Photographische Helligkeit der Sonnencorona 335; Helligkeit des Orionnebels 421.
Pigott, E. Catalog veränderlicher Sterne 465; η Aquilae 489.
Planetentrabanten, Theorie der Beleuchtung derselben 79—82.
Planetoiden, Resultate photometrischer Messungen 378.
Plassmann, J. Beobachtungen von β Lyrae 489.
Plateau, A. F. J. Rotirende Scheiben in der Photometrie 221.
Plejaden, photographische Helligkeit derselben 506.
Plummer, J. Mond verglichen mit Kerzenlicht 338; photometrische Vergleichung zwischen Vollmond und Venus 340; Uranometria nova Oxoniensis 449.
Pogson, N. Lichtverhältniss zweier aufeinander folgenden Grössenclassen 456; Catalog veränderlicher Sterne 465.
Polarisation des Lichtes, Anwendung derselben in der Photometrie 231—266.
Polarisationsphotometer, von Arago 240; von Bernard 242; von Babinet 243; von Zöllner 244—254; von Wild 254—257; von Chacornac 257—259; von Pickering 259—266.
Polarisationsprismen, die wichtigsten in der Photometrie benutzten 233—236.
Potsdam, Extinctionstabelle 132—136, 515—516; photometrische Durchmusterung 450.
Pouillet, C. S. M. Pyrheliometer 289.
Prismenphotometer, von Steinheil, Theorie desselben 205; Beschreibung des auf der Münchener Sternwarte befindlichen 207; parallaktische Aufstellung desselben in Wien 210.
Pritchard, C. Transmissionscoefficient der Erdatmosphäre 138; Keilphotometer 183—184; Bestimmung der Keilconstante 187; Uranometria nova Oxoniensis 449—454.
Psychophysisches Gesetz, von Fechner 13—18.
Ptolemäus. Helligkeitscatalog 428—430.
Purkinje, J. E. Physiologische Intensität 10.
Pyrheliometer, von Pouillet 289.

Quetelet, A. Auslöschungsphotometer mit absorbirender Flüssigkeit 181; Auslöschungsphotometer mit Keil 182.

Radiometer, von Crookes 291.
Radiomikrometer, von Boys 290.
Reflexionstheorie, von Bouguer 41—44.

Registrirvorrichtung, beim Keilphotometer 185—186.
Reissig. Abblendungsphotometer 170.
Rhea, Helligkeit und Durchmesser 400.
Rheinauer, J. Das Lambert'sche Emanationsgesetz 30.
Ringnebel in der Leier, Helligkeit 420.
Ritchie, W. Optisches Photometer 197; thermisches Photometer 288.
de la Rive, A. Photometer 217.
Rochon'sches Prisma 233.
Roscoe, H. E. Chemisches Photometer 292; photographische Photometrie 296; chemische Intensität verschiedener Partien der Sonnenscheibe 323.
Rosén, P. G. Lichtverhältniss zweier aufeinander folgenden Grössenclassen 457.
Rotationsellipsoid, Beleuchtungsformeln für dasselbe nach Seeliger 67.
Rotirende Scheiben, über die Verwendung derselben in der Photometrie 221—225.
Rotirende Spiegel, über die Verwendung derselben zur Messung des Sonnenlichtes 223.
Rüdorff, F. Anordnung des Bunsenschen Photometers 199.
Rumford, B. Th. Schattenphotometer 198—199; Thermoskop 288.

Säntis, Extinctionstabelle 134, 515.
Saturn, Phaseneinfluss auf die Helligkeit 394; Abhängigkeit der Lichtstärke von der Lage des Ringes 394; Darstellung der Beobachtung durch die Formeln von Zöllner und die Seeliger'sche Theorie 397; Zusammenstellung der von verschiedenen Beobachtern erhaltenen Werthe 397; Albedo 398; Helligkeitsvertheilung auf dem Ringsysteme 398.
Saturnring, die Seeliger'sche Theorie desselben 94—101; Tabelle zur Reduction photometrischer Messungen des Saturn auf verschwundenen Ring 397.
Saturnsatelliten, photometrische Messungen von Pickering 400.
de Saussure, H. B. Heliothermometer 288.
Scalenphotometer, von Zöllner 291.
Schattenphotometer, von Rumford 198—199.
Scheiben, rotirende, Verwendung derselben in der Astrophotometrie 221—225.
Scheinbare Helligkeit, einer leuchtenden Fläche 28, 35; einer beleuchteten Planetenscheibe 69—79.
Scheiner, J. Beziehung zwischen optischen Sterngrössen und photographischen Durchmessern 303; Genauigkeit der Grössenangaben in Schönfelds Südlicher Durchmusterung 441; Algol 495.

Schlackenhypothese, von Zöllner, zur Erklärung des Lichtwechsels veränderlicher Sterne 483.

Schmidt, J. F. J. Helligkeitsbeobachtungen des Mercur 352; Helligkeitsschätzungen des Mars 372; Helligkeitsschätzungen des Saturn 397; Beobachtungen der Cometen 1850 I, 1853 III, 1854 II, 1862 II, 1874 III 415; periodische Lichtschwankungen des Cometen 1862 II 415—416; neue Sterne 475—476.

Schönfeld, E. Veränderliche Nebel 423, 425; Bonner Durchmusterung 438; Südliche Durchmusterung 441; Cataloge veränderlicher Sterne 465; Lichtwechsel von β Lyrae 488; Lichtwechsel von Algol 495.

Schröter, J. H. Helligkeitsscala für den Mond 346; Helligkeitsschätzungen der Jupitertrabanten 387; Lichtvariationen der Saturntrabanten 399.

v. Schumacher, C. D. Keilphotometer 182.

Schur, W. Anwendung des Heliometers zu photometrischen Messungen 213; β Lyrae 489; δ Cephei 490.

Schwab, F. Helligkeitsschätzungen der Cometen 1881 III und 1881 IV 415.

Schwerd'sches Photometer 213—217.

Searle, A. Über die Zöllner'sche Theorie der Mondphasen 77.

Searle, G. Photometer 219.

Secchi, A. Über die Verwendung der rotirenden Scheiben in der Sternphotometrie 223; Wärmevertheilung auf der Sonnenscheibe 323.

Sectorblenden, vor dem Objectiv eines Fernrohrs 175.

Seeliger, H. Ausgleichung photometrischer Beobachtungen 18; zerstreut reflectirende Substanzen 40, 51; die Bouguer'sche Reflexionstheorie 42—44; Begriff der Albedo 53—55; Beleuchtungsformeln für ein Rotationsellipsoid 67; über die Zöllner'sche Theorie der Mondphasen 77; Beleuchtung eines Systems kleiner Körper 86—94; Beleuchtungstheorie des Saturnsystems 94—101; Verfinsterung der Jupitersatelliten 102—109; Extinction des Lichtes in der Erdatmosphäre 144; Absorption der Sonnenatmosphäre 325—328; Darstellung der Saturnbeobachtungen durch die Theorie 397; Einfluss der Abplattung auf die Helligkeit des Planeten Uranus 403; neue Sterne 481.

Seidel, L. Rechnungsverfahren bei photometrischen Messungen 18; Extinctionstabelle für München 131; Transmissionscoefficient der Erdatmosphäre 138;

Helligkeit der Venus 368; Helligkeit des Mars 372; Helligkeit des Jupiter 384; photometrische Messungen des Saturn 397; Helligkeitscatalog 443; Lichtverhältniss zweier aufeinander folgenden Grössenclassen 457.

Selective Absorption, der Erdatmosphäre 139—144.

Selenphotometer, von Siemens 293.

Sequenzen, Schätzungsmethode von J. Herschel 434.

Sichtbarkeit der Sterne am Tage 12.

Siemens, W. Einwirkung des Lichtes auf Selen 293—294.

Sonne, verglichen mit Kerzenlicht 308—312; verglichen mit Vollmond 312—315; verglichen mit Fixsternen 316—318; Vertheilung der Helligkeit auf der Sonnenscheibe 318—323.

Sonnenatmosphäre, Absorptionswirkung derselben 324—328.

Sonnencorona, Helligkeit derselben 329—335.

Sonnenflecke, Helligkeit derselben 328—329.

Sonnenspectrum, Vertheilung der Helligkeit in demselben 266—271.

Spectralphotometer, von Govi 272; von Vierordt 273; von Glan-Vogel 275; von Crova 280; von Gouy und von Glazebrook 281; von Trannin 282; mit Absorptionskeil 283.

Spectralphotometrische Beobachtungen der Fixsterne 500—505.

Spiegelnde Kugeln, über die Verwendung derselben in der Photometrie 226—231.

Spiegelsextant, seine Verwendung als Photometer 212.

Spitta, E. J. Bestimmung der Constante beim Keilphotometer 188; Lichtstärke der Jupitertrabanten 390.

Stampfer, S. Transmissionscoefficient der Erdatmosphäre 138.

Stechert, C. Helligkeitsschätzungen des Planeten Tyche 378.

Steinheil, C. A. Empfindungsgrenze des Auges 13; Prismenphotometer 204—208; Ocularphotometer 209; Verwendung von spiegelnden Kugeln zu photometrischen Messungen 230; Helligkeitsverhältniss von Mond und Arctur 338; Lichtverhältniss zweier aufeinander folgenden Grössenclassen 456.

Strange, D. P. Helligkeitsvertheilung auf der Sonnenscheibe 320.

Struve, O. Veränderlicher Nebel 424.

Struve, W. Schätzungsscala für Fixsterne 438.

Stufenschätzungsmethode, von Argelander 459—464.

Talbot, W. H. F. Anwendnng rotirender Scheiben in der Photometrie 222.
Tempel, E. W. L. Struves veränderlicher Nebel 424.
Thermoskop, von Rumford 288.
Thetys, Lichtstärke und Durchmesser 400.
Thome, J. M. Cordoba-Durchmusterung 438.
Thomson, W. Vergleichung von Sonnen- und Kerzenlicht 310; Vergleichung von Mond- und Kerzenlicht 338.
Thorpe, T. E. Helligkeitsbestimmung der Sonnencorona 331.
Thury, M. Photometer mit Blendscheibe 172.
Tietjen, F. Helligkeitsschätzungen der kleinen Planeten Melete und Niobe 378.
Titan, Helligkeit und Durchmesser 400.
Titania, Lichtstärke und Durchmesser 404.
Townley, S. D. Photographische Helligkeit von Algol 510.
Trannin, H. Interferenz-Spectralphotometer 282.
Transmissionscoefficient der Erdatmosphäre, Zusammenstellung der verschiedenen Bestimmungen 138; für verschiedene Wellenlängen 140.
Transmissionscoefficienten der Sonnenatmosphäre 324, 327.
Trépied, C. Transmissionscoefficient der Erdatmosphäre 138.
Trouvelot, L. Helligkeitsvertheilung auf den Saturnringen 398.
Tycho Brahe, Sterncataloge 431; neuer Stern in der Cassiopeja 473.

Ulugh Begh. Helligkeitscatalog 431.
Umbriel, Lichtstärke 404.
Undulationstheorie des Lichtes 3.
Uranometria Argentina, von Gould 436.
Uranometria Nova, von Argelander 435.
Uranometria nova Oxoniensis 449; Vergleichung mit der Potsdamer photometrischen Durchmusterung 452.
Uranus, Oppositionshelligkeit 402; Albedo 403; Einfluss der Abplattung auf die Helligkeit 403.
Uranustrabanten, Helligkeitsschätzungen und photometrische Messungen 404.

Venus, Helligkeitstabelle 356; Sichtbarkeit am Tage mit blossem Auge 358; Phasenlichtcurve 359; Albedo 360; spiegelnde Eigenschaft 361; Dämmerlicht 361; grösster Glanz 362—368; Zusammenstellung der von verschiedenen Beobachtern gefundenen Helligkeitswerthe 368.
Veränderliche Nebel 423—425.
Veränderliche Sterne, Schätzungsmethode von Argelander 459; Zahl derselben und

Cataloge 465; Benennung 466; heliocentrische Zeiten der Epochen 467; Vertheilung am Himmel 468; Gruppirung nach der Periodenlänge 469; Zusammenhang zwischen Farbe und Periodenlänge 470; Classificirung nach Pickering 471.
Verfinsterung der Jupitersatelliten, Theorie derselben 101—109.
Vergrösserung eines Fernrohrs, Einfluss derselben auf die Bildhelligkeit 161.
Verschwindungs-Photometer 153—192.
Vierordt, C. Methode zur Bestimmung der Lichtvertheilung im Sonnenspectrum 268; Spectralphotometer 273—275.
Vogel, H. C. Spectralphotometer 275; Helligkeitsvertheilung auf der Sonnenscheibe 320; Vertheilung der chemischen Intensität auf der Sonnenscheibe 322; Wärmevertheilung auf der Sonnenscheibe 323; Transmissionscoefficienten der Sonnenatmosphäre 324; Mercur 352; neue Sterne 481; spectroskopische Beobachtungen von β Lyrae 493; Algolsystem 499; spectralphotometrische Messungen an Fixsternen 502.

Wärmeintensität verschiedener Theile der Sonnenscheibe 323.
Weglängen in der Erdatmosphäre, Tabelle derselben nach den Theorien von Bouguer, Laplace und Maurer 135.
Wellmann, V. Verfinsterung der Jupitertrabanten 102.
Wild, H. Polarisationsphotometer 254 —257.
Wilsing, J. Neue Sterne und Veränderliche 480, 485.
Winnecke, A. Periodisch veränderliche Nebel 425.
Wolff, Th. Transmissionscoefficient der Erdatmosphäre 138; photometrische Cataloge 445; Lichtverhältniss zweier aufeinander folgenden Grössenclassen 457.
Wollaston, F. Verwendung von spiegelnden Kugeln zu photometrischen Messungen 230; Polarisationsprisma 234; Sonne und Kerzenlicht 309; Sonne und Vollmond 313; Sonne und Sirius 316; Mond und Kerzenlicht 338.

Young, C. A. Über das Keilphotometer 184.

Zenger, C. V. Helligkeit der Jupitertrabanten 389.
Zerstreut reflectirende Substanzen 38—52.
Zöllner, Fr. Lamberts Emanationsgesetz 30; Albedowerthe irdischer Substanzen 52; Einfluss der Erhebungen auf die

Lichtstärke eines Himmelskörpers 75—78; Genauigkeit der photometrischen Messungen von J. Herschel 203; Polarisationsphotometer 244—254; Scalenphotometer 291; Sonne und Vollmond 314; Sonne und α Aurigae 317; Lichtstärke der Mondphasen 342; Mercur 352; Venus 368; Mars 372; Jupiter 384;

Formel zur Reduction der Saturnbeobachtungen 395; Lichtstärke des Saturnsystems 397; Uranus 402; Neptun 405; Helligkeitscatalog von Fixsternen 444; Lichtverhältniss zweier aufeinander folgenden Grössenclassen 457; neue Sterne 479; Schlackenhypothese 483. Zonenphotometer, von Hornstein 217.

Berichtigungen.

pag. 8 Zeile 2 von unten lies: cos ϑ statt: ϑ.

» 22 » 2 »   »   » das Complement des Winkels i statt: der Winkel i.

» 40 » 1 »   »   » Messerschmitt.

» 72 » 10 » oben » $1 - 2b \cos\alpha + b^2$ statt: $1 + 2b \cos\alpha + b^2$.

» 85 In der Formel für $\dfrac{\lambda_1}{\lambda'_1}$ lies im Nenner: cos ω' statt: cos ω.

» 160 Zeile 6 von oben lies: dasselbe statt: desselbe.

» 365 » 6 » unten » $V_s \cos(\pi - \alpha)$ statt: $V_s \cos\alpha$.

» 388 » 2 » oben » Trabant 4 statt: Trabant 3.

Druck von Breitkopf & Härtel in Leipzig.

CPSIA information can be obtained
at www.ICGtesting.com
Printed in the USA
LVHW102116101022
730381LV00001B/155